JN274455

刊行の辞

龍谷大学図書館には、数多くの貴重書が収蔵されている。これらの資料は本学創設以来の永い伝統と多くの諸先学の努力によるものであって、研究資料としての価値は高く評価されている。これらの貴重書については、かねて国内外の諸学者より、広く公開することによって、斯学の進展に寄与することが望まれていた。

このたび、龍谷大学はその要望に答えて、また、資料の保存と利用の両面より勘案し、これらの貴重書を複製本として、それに研究と解説を付し、逐次刊行することを計画、ようやく実現の運びとなった。この計画は非常に膨大なものであるが、学界にはまことに意義深いものであると信ずる。

わが仏教文化研究所は、龍谷大学図書館より、昭和五十一年にこの研究と編集についての依頼をうけた。そこで当研究所では指定研究第一部門として、真宗、仏教、真宗史、東洋史、国文の五部門を設け、それぞれに学外からも専門研究者に客員研究員として応援を求め、国内外の関係諸資料の照合をふくめた研究を進めて来た。

爾来五ヵ年を閲して、その研究成果を年々刊行しうる事となったが、その間において研究と編集に従事された方々の尽力を深く多とすると共に、この出版が各分野の研究の進展に大きく貢献しうることを念願している。

本叢書が出版されるについて、題字をご染筆頂いた本願寺派前門主大谷光照師をはじめ、本学関係者の各般にわたってのご支援、さらに印刷出版をお引受け頂いた各出版社のご協力に厚く御礼申上げる次第である。

昭和五十五年三月二十七日

龍谷大学仏教文化研究所長

武内紹晃

翻刻　澪標（安藤徹）　蓬生（當麻良子）　関屋・絵合（石黒みか・安藤）
松風・薄雲（乾澄子）　朝顔（吉海直人・當麻）　少女（吉海）
玉鬘（久保田孝夫）　行幸（久保田）　藤袴・真木柱（安田真一）
梅枝・藤裏葉（糸井通浩）　若菜上（辻和良）　若菜下（浅尾広良）
解説　第一節（吉海）　第二節（安藤）　第三節（浅尾）　第四節（糸井）
声点一覧（糸井・安藤）
参考資料（外山敦子）　＊なお、翻刻と解説の最終的な校正は安藤の責任で行なった。

特に浅尾広良さんと石黒みかさんは、それぞれの担当だけではなく全体にわたるような作業を献身的に進めてくださった。また、忠住佳織さん（龍谷大学大学院生）と岩田行展さん（同）は、院生アルバイトとして研究員をサポートして余りある力を発揮してくださった。他にも、本研究期間中に開催した「研究談話会」で講師をお引き受けくださった伊井春樹さん（大阪大学（当時））、岡田至弘さん（龍谷大学理工学部）、岩坪健さん（同志社大学）や、東北大学附属図書館での調査に際して格別のご配慮を賜った仁平道明さん（東北大学）、原本調査で何かとお世話になった龍谷大学大宮図書館の田中利生さんと青木正範さん、遅々として進まない作業を常にねばり強く支えてくださった思文閣出版編集長の林秀樹さんと仏教文化研究所の橋本巌さん、そして『源氏物語細流抄』の価値を教え、ぜひとも調査・研究するようにと怠惰な私を叱咤してくださった大取一馬さん（龍谷大学文学部）など、多くの方々との出会いがあってはじめて本書の刊行が可能となった。本書はこうした方々も含めた共同研究の成果というべきものなのである。この場を借りて皆さんに深甚の謝意を表したい。

共同研究の醍醐味を存分に体験できた三年間を、ありがとう。

願わくば、本書が今後の研究の一助たらんことを。

二〇〇五年二月

安藤　徹

あとがき

平安時代末期以来の積層する『源氏物語』注釈史・研究史にあって、中世後期に三条西実隆―公条―実枝の三代にわたって深化・発展し確立していった「三条西源氏学」は、以後の『源氏物語』研究や享受において多大な影響を与えてきた。現在では、その過程で生産されたいくつもの注釈書――『弄花抄』『細流抄』『明星抄』『孟津抄』『山下水』『岷江入楚』など――が翻刻されており、比較的容易にその注釈世界に触れることができる環境にある。とはいえ、注釈活動はこうした完成した注釈書のみで把握できるものではない。講釈の聞書なども含めたより広範な資料をも視野に入れてはじめて、その深遠かつ魅力的な活動の現場を明らかにすることができるのであろう。

その意味で、ここに龍谷大学善本叢書の一冊として公刊する『三条西公条自筆稿本 源氏物語細流抄』は、単に公条自筆の草稿本聞書というだけではなく、長らく公条自身が大切に手元に置いて注の増補修訂を繰り返したらしいという事情をも勘案したとき、注釈・研究活動の息吹とでもいうべきものを伝えてくれる貴重な資料といえる。そうした資料的価値の詳細は本書所収の「解説」に譲るが、影印と翻刻とを公にすることで、三条西源氏学や『源氏物語』注釈史の実態解明に裨益するところは決して小さくないと思われる。

本書は、龍谷大学仏教文化研究所の指定研究として二〇〇二年四月から三年間にわたって調査・研究を進めてきた成果をまとめたものである。草稿本という性格上(反故紙に書かれているということも含めて)、翻刻作業は予想以上に手間取ることになり、結果としてなお十分に解読できないままの箇所も多く、また翻刻ミスもあろうかと思うが、とにもかくにもこの資料の全体像を公にするところまで辿り着けたことに対する感慨は深いものがある。

言うまでもなく、本研究は中表紙裏に示した共同研究員の努力と協力とによってなしえたものである。翻刻や解説・参考資料作成にあたっての直接担当者は以下のとおりである。

参考資料

『細流抄』『明星抄』との見出し項目対照表

1 本対照表は、『細流抄』から『明星抄』へ、さらにそれ以降へとの継承深化していく三条西家源氏学の史的展開の中に位置づけられる龍大本『細流抄』の特徴の一端を具体的に示すため、三者の見出し項目を比較できるよう作成したものである。

2 『細流抄』は伊井春樹編『源氏物語古注釈集成 第7巻 内閣文庫本細流抄』(おうふう 1980年／底本：内閣文庫本)に、『明星抄』は中野幸一編『源氏物語古註釈叢刊 第4巻 明星抄 種玉編次抄 雨夜談抄』(武蔵野書院 1980年／底本：無刊記版本)にそれぞれ拠る。なお、見出し項目はそれぞれの凡例に従って表記した。

3 龍大本については簡略を旨として、墨消しなどは一切省略した。 (外山 敦子)

巻	細流抄	龍大本	明星抄
澪標	1 さやかに見え給ひし	001 さやかにみえ給し	さやかにみえ給ひし
澪標	2 かくかへり給ては	002 かくかへり給てはその御いそきし給	かく帰り給ひては其御いそき
澪標	3 神無月に	003 神な月に	神無月
澪標	(ナシ)	004 御八講	御八講
澪標	4 よの人なひき	005 よの人なひきつかうまつる事	よの人なひきつかうまつる事
澪標	5 おほきさき	006 おほきさき	おほきさき
澪標	6 この人を	007 この人を	この人を
澪標	7 御かとは院の御ゆいこん	008 御かとは院の御ゆいこん	御かとは院の御遺言
澪標	(ナシ)	(ナシ)	ものゝむくひ(細字)
澪標	8 なをしたて給ひて	009 なをしたて給て	なをしたて給ひて
澪標	9 おほかた世にえなかく	010 おほかた世にえなかく	おほかた世にえなかく
澪標	10 あひなくうれしき	011 あひなくうれしき事に	あひなくうれしき事に
澪標	(ナシ)	(ナシ)	大宮(細字)
澪標	11 おとゝうせ給ふ	012 おとゝうせ給ふ	おとゝうせ給ふ
澪標	12 わか世のこりすくなく	013 わか世のこりすくなく	わか世のこりすくなく
澪標	13 昔より人には	014 昔より人には	昔より人には
澪標	14 たちまさる人	015 たちまさる人	たちまさる人
澪標	15 をろかならぬ	016 をろかならぬ	をろかならぬ
澪標	16 よろつのつみ	017 よろつのつみわすれて	万のつみ忘れて
澪標	17 なとか御こを	018 なとか御こをたに	なとかみこをたに
澪標	18 ちきりふかき人	019 ちきりふかき人	契り深き人
澪標	19 かきりあれは	020 かきりあれは	限りあれは
澪標	20 めてたき人なれと	021 めてたき人なれと	めてたき人なれと
澪標	21 さしもおもひ給へられさりし	022 さしも思ひ給へららさりし	さしも思ひ給へられさりし
澪標	22 ものおもひしられ給	023 ものおもひしられ給まゝに	物思ひしられ給まゝに
澪標	23 あくるとし	024 あくるとし	あくるとし
澪標	24 春宮の御元服	025 春宮の御くゑんふく	春宮の御くゑんふく
澪標	25 はゝ宮は	026 はゝ宮は	はゝみやは
澪標	(ナシ)	027 うちにもめてたしと	(ナシ)
澪標	26 御国ゆつり	028 御くにゆつり	御くにゆつり
澪標	27 かひなきさ事(ま)なから	029 かひなきさまなから	かひなきさまなから
澪標	28 かすさたまりて	030 数さたまりて	数さたまりて
澪標	29 ことしけきそくには	031 ことしけきそくには	ことしけきそくに(は)
澪標	30 ちゝのおとゝ	032 ちしのおとゝ	ちしのおとゝ
澪標	31 御としも	033 御としも六十三にそなり給	御年も六十三にそなり給ふ
澪標	(ナシ)	(ナシ)	さるためしも(細字)
澪標	32 宰相中将	034 宰相中将	宰相中将
澪標	33 四君の御はら	035 四君の御はら	四の君の御はら
澪標	34 かのたかさこうたひし	036 かのたかさこうたひし	かのたかさこうたひ(し)
澪標	35 源氏の君は	037 源氏の君は	源氏の君は
澪標	36 大殿はらのわか君	038 大殿はらのわか君	大殿はらの若君

澪標	37 こ姫君	039 こひめ君の	こ姫君の
澪標	38 宮おとゝ又さらに	040 宮おとゝ又さらに	宮おとゝ又さらに
澪標	39 おわせぬなこりも	041 おはせぬなこりも	おはせぬなこりも
澪標	40 ことにふれつゝ	042 ことにふれつゝよすかつけんことを	ことにふれつゝよすかつけんことを
澪標	41 二条の院のひんかしなる宮	043 二条院のひんかしなる宮	二条院のひんかしなる宮
澪標	(ナシ)	(ナシ)	忘るゝ時なけれと(細字)
澪標	42 心くるしけなりし	044 心くるしけなりし	心くるしけなり
澪標	(ナシ)	(ナシ)	十六日になん女にて(細字)
澪標	43 めつらしきさま	045 めつらしきさまにてさへ	めつらしきさまにてさへ
澪標	44 すくように御子三人	046 すくように御子三人	すくように御子三人
澪標	45 年比は世のわつらはしさに	047 としころは世のわつらはしさに	年比は世のわつらはしさに
澪標	46 もてはなれたるすち	048 もてはなれたるすち	もてはなれたるすち
澪標	47 たゝ人に覚しをきてゝ	049 たゝ人におほしをきてける	たゝ人におほし置てける
澪標	48 うちのかくて	050 うちのかくて	うちのかくて
澪標	49 今行すゑのあらまし	051 いま行すゑのあらましことを	今行末のあらまし事を
澪標	50 かの人	052 まことにかの人も	まことにかの人も
澪標	51 かしこきすちにも	053 さるにてはかしこきすちにも	さるにてはかしこき筋に(て)も
澪標	52 さる所にはか〳〵しき人	054 さるところにはか〳〵しき人しも	さる所にはか〳〵しき人も
澪標	(ナシ)	055 せんしのむすめ	せんしのむすめ
澪標	53 はかなきさまにて	056 はかなきさまにて	はかなきさまにて
澪標	54 さるへきさま	057 さるへきさま	さるへきさま
澪標	55 この御あたり	058 この御あたり	この御あたり
澪標	(ナシ)	059 いたしたて給	いたしたて給
澪標	56 しのひまきれて	060 しのひまきれて	しのひまきれて
澪標	57 さはきこえなから	061 さはきこえなから	さはきこえなから
澪標	58 あやしう思ひやりなき	062 あやしう思やりなき	あやしう思やりなき
澪標	59 おもふさまことなる事にて	063 思さまことなる事にて	思ふさまことなる事にて
澪標	60 みつからも	064 身つからも	みつからも
澪標	61 うへの宮つかへ	065 うへの宮つかへ	うへの宮仕
澪標	62 木たちなと	066 木たちなと	木たちなと
澪標	(ナシ)	(ナシ)	さすかにおほきなる所の(細字)
澪標	63 とかくたはふれ	067 とかくたはふれの給て	とかくたはふれの給ひ
澪標	64 けにおなしうは	068 け□おなしうは	けにおなしうは
澪標	65 かねてより	069 かねてより	かねてより
澪標	66 うちつけの	070 うちつけの	うちつけの
澪標	67 なれてきこゆるを	071 なれてきこゆるを	なれてきこゆるを
澪標	68 いたしと	072 いたしと	いたしと
澪標	69 御はかし	073 御はかし	御はかし
澪標	70 入道のおもひかしつき	074 入道の思かしつき	入道の思かしつき
澪標	71 いつしかも	075 いつしかも	いつしかも
澪標	72 そなたにむきて	076 そなたにむきて	そなたにむきて
澪標	73 ありかたき御心はへ	077 ありかたき御心はへを	ありかたき御心はへを
澪標	(ナシ)	(ナシ)	いよ〳〵いたはしうおそろしきまて
澪標	74 ちこのいとゆゝしきまて	078 ちこのいとゆゝしきまて	ちこのいとゆか(ゝ)しきまて
澪標	75 けにかしこき	079 けにかしこき御心に	けにかしこき御心に
澪標	76 こもちの君	080 こもちの君	こもちの君
澪標	77 ひとりして	081 ひとりして	ひとりして
澪標	78 あやしきまて	082 あやしきまて	あやしきまて
澪標	79 女君には	083 女君には	女君には
澪標	(ナシ)	084 きゝあはせ	(ナシ)
澪標	80 さこそあなれ	085 さこそあなれ	さこそあなれ

澪標	81 さもおはせなんと	086 さもおはせなんと	さもおはせなんと
澪標	(ナシ)	087 おもてうちあかみて	おもてうちあかみて
澪標	82 あやしうつねに	088 あやしうつねに	あやしうつねに
澪標	83 うちゑみて	089 いと□□うちゑみて	いとよく打ゑみて
澪標	84 そよたかならはしにか	090 そよたかならはしにか	そよたかならはしにか
澪標	85 年比あかす恋しと	091 としころあかす恋しと	年比あかす恋しと
澪標	86 この人をかうまて	092 この人をかうまて	此人をかうまて
澪標	87 またきにきこえは	093 またきにきこえは	またきにきこえは
澪標	88 人からのおかしかりし	094 人からのおかしかりし	人からのおかしかりし
澪標	89 あはれなりし夕のけふり	095 あはれなりしゆふへのけふり	あはれなりしゆふへの煙
澪標	90 我はまたなくこそ	096 われはまたなくこそ	われはまたなくこそ
澪標	91 われは我と	097 われはわれと	われはわれと
澪標	92 あはれなりし世のさま	098 あはれなりしよのさま	哀なりしよのさま(ナシ)
澪標	93 おもふとち	099 おもふとち	思ふとち
澪標	94 誰により	100 たれにより	たれにより
澪標	95 いかてみえたてまつらむ	101 いかてみえたてまつらん	いかてみえ奉らん
澪標	96 かのすくれたりけむも	102 かのすくれたりけんも	かのすくれたりけんも
澪標	97 五月五日	103 五月五日	五月五日
澪標	98 なに事もいかに	104 なに事もいかにかひある	何事もいかにかひある
澪標	99 我御すくせも	105 我御すくせも	我御すくせも
澪標	100 御つかひ出したて給	106 御つかひいたしたて給	御つかひいたしたて給
澪標	101 うみ松	107 うみ松や	うみ松や
澪標	(ナシ)	108 いかに	(ナシ)
澪標	102 なをかくて	109 猶かくては	猶かくては
澪標	103 うしろめたき事はよも	110 うしろめたき事はよも	うしろめたき事はよも
澪標	104 こゝにもよろつ	111 こゝにもよろつ	爰にもよろつ
澪標	105 此女君の	112 この女君の	此女君の
澪標	106 をさ〳〵をとらぬ人も	113 をさ〳〵をとらぬ人も	おさ〳〵をとらぬ人も
澪標	107 おとろへたる宮つかへ	114 おとろへたる宮つかへ	をとろへたる宮仕
澪標	108 これはこよなう	115 これはこよなう	これはこよなう
澪標	109 かくおほしいつはかり	116 かくおほしいつはかり	かくおほしいつ計
澪標	110 もろともに	117 もろともに	諸共に
澪標	111 あはれかうこそ	118 あはれかうこそ	哀かうこそ
澪標	112 めのとの事はいかに	119 めのとの事はいかに	めのとの事はいかに
澪標	113 かすならぬ	120 数ならぬ	数ならぬ
澪標	114 よろつにおもふ給へ	121 よろつにおもふたまへ	万に思ふ給へ
澪標	115 いのちの程もはかなく	122 いのちの程もはかなく	命の程もはかなく
澪標	116 うらよりをちに	123 うらよりをちに	うらよりをちに
澪標	117 まことにかくまて	124 まことにかくまて	まことにかくまて
澪標	118 かはかりの	125 かはかりの	かはかりの
澪標	119 所のさま	126 所のさま	所のさま
澪標	120 やんことなき人くるしけなる	127 やんことなき人くるしけなる	やんことなき人くるしけなる
澪標	121 かゝれはなめりと	128 かゝれはなめりと	かゝれはなめりと
澪標	122 めつらしく御めをとろく	129 めつらしく御めおとろく事のなき程	めつらしく御目おとろく事のなき程
澪標	123 よそながらも	130 よそなからも	よそなからも
澪標	124 女御の君に	131 女御の君に	女御の君に
澪標	125 にしのつまと	132 にしのつまと	にしのつまと
澪標	126 いとゝつゝましけれと	133 いとゝつゝましけれと	いとゝつゝましけれと
澪標	127 くゐなたに	134 くゐなたに	くゐなたに
澪標	128 とり〳〵に	135 とり〳〵にすてかたき	とり〳〵に捨かたき
澪標	129 をしなへて	136 をしなへて	をしなへて

澪標	130 そらななかめそと	137 そらなゝかめそと	そらななかめそと
澪標	131 なとてたくひあらしと	138 なとてたくひあらしと	なとてたくひあらしと
澪標	132 おいらかにらうたけ	139 おいらかにらうたけなり	おいらかにらうたけなり
澪標	133 女物思ひたえぬ	140 女ものおもひたえぬを	女物思ひたえぬを
澪標	134 世にへん事を	141 世にへん事を思たえたり	世にへん事を思たえたり
澪標	135 心やすき	142 心やすき	心やすき
澪標	136 さる人のうしろみ	143 さる人のうしろみ	さる人のうしろみ
澪標	137 かの院のつくりさま	144 かの院のつくりさま	かの院のつくりさま
澪標	(ナシ)	(ナシ)	よしある受領(ナシ)
澪標	138 女御かうゐみな	145 女御かういみなれいのこと	女御かういみな(ナシ)れいの事
澪標	139 春宮の御母女御	146 春宮の御母女御	春宮の御母女御
澪標	140 かくひきたかへ	147 かくひきたかへめてたき御さいはひ	かくひきたかへめてたき
澪標	141 御とのゐ所は	148 このおとゝの御とのゐ所は	此おとゝの御とのゐ所は
澪標	142 宮をもうしろみ	149 宮をもうしろみ	宮をもうしろみ
澪標	143 入道きさきの宮	150 入道きさきの宮	入道后の宮
澪標	144 おとゝはことにふれて	151 おとゝはことにふれて	おとゝはことにふれて
澪標	145 人もやすからす	152 人もやすからす	人もやすからす
澪標	146 兵部卿のみこ	153 兵部卿のみこ	兵部卿のみこ
澪標	147 入道の宮はいとをしう	154 入道の宮はいとをしう	入道宮はいとおしう
澪標	148 兵部卿宮の中宮も	155 兵部卿の宮の中の君	兵部卿の宮の中の君
澪標	149 おとゝは人よりまさり給へ	156 おとゝは人よりまさり給へ	おとゝは人よりまさり給へ
澪標	(ナシ)	(ナシ)	いかゝし給はんとすらん(細字)
澪標	150 その秋すみよしに	157 その秋すみよしに	その秋すみよしに
澪標	151 おりしもかの明石の人	158 おりしもかのあかしの人	おりしもかの明石人
澪標	152 こそことしは	159 こそことしは	こそことしは
澪標	153 かく人とをつら	160 かく人とをつら	かく人とをつら
澪標	154 たかまうて給へるそ	161 たかまうて給へるそ	たかまうて給つるそ
澪標	155 しらぬ人も	162 しらぬ人も	しらぬ人も
澪標	156 けにあさましう	163 けにあさましう	けにあさましう
澪標	(ナシ)	164 まつはらのふかみとりなるに	松はらのふかみとりなるに
澪標	157 上のきぬのこきうすき	165 うへのきぬのこきうすき	うへのきぬのこきうすき
澪標	158 かすしらす	166 かすしらす	数しらす
澪標	159 六位の中にも	167 六位のなかにも	六位のなかにも
澪標	160 かもの水かき	168 かものみつかき	かものみつかき
澪標	161 ゆけいに成て	169 ゆけいになりて	ゆけいになりて
澪標	162 おなしすけ	170 おなしすけ	おなしすけ
澪標	163 あかきぬ	171 あかきぬ	あかきぬ
澪標	164 みし人〳〵ひきかへ	172 みし人〳〵ひきかへ	みし人〳〵ひきかへ
澪標	165 御くるま	173 御くるまを	御くるまを
澪標	166 かはらのおとゝ	174 かはらのおとゝの	かはらのおとゝの
澪標	167 いまめかしう	175 いまめかしうみゆ	今めかしうみゆ
澪標	168 おほとのはらの若君	176 おほとのはらのわか君	おほとのはらの若君
澪標	169 雲井はるかに	177 雲井はるかに	雲井はるかに
澪標	170 わか君	178 わか君	わが君
澪標	171 国のかみ	179 国のかみ	国のかみ
澪標	172 いとはしたなけれは	180 いとはしたなけれは	いとはしたなけれは
澪標	173 神も見いれ	181 神もみいれ	神もみいれ
澪標	(ナシ)	182 君は夢にもしり給はす	君は夢にも知給はす
澪標	174 これみつやう	183 これみつやうの	これみつやうの
澪標	175 すみよしの	184 すみよしの	すみよしの
澪標	176 あらかりし	185 あらかりし	あらかりし

澪標	177 しるしあり	186 しるしあり	しるしあり
澪標	178 かのあかしのふね	187 かのあかしのふね	かのあかしの船
澪標	179 神の御しるへを	188 神の御しるへを	神の御しるへを
澪標	180 なゝせに	189 なゝせに	なゝせに
澪標	(ナシ)	(ナシ)	ほり江(細字)
澪標	181 いまはたおなし	190 いまはたおなしなにはなる	今はたおなし難波なる
澪標	182 みをつくし	191 みをつくし	身をつくし
澪標	183 こまなめて	192 こまなめて	こまなへて
澪標	184 かすならて	193 数ならて	数ならて
澪標	185 たみのゝしま	194 たみのゝしまに	たみのゝ嶋に
澪標	186 御はらへのものにつけて	195 御はらへのものにつけて	御はらへの物につけて
澪標	(ナシ)	196 日くれかたに	日暮かたに
澪標	187 露けさ	197 つゆけさは	つゆけさは
澪標	188 道のまゝに	198 道のまゝに	道のまゝに
澪標	189 あそひとも	199 あそひとも	あそひとも
澪標	190 いてやおかしき事も	200 されといてやおかしき事も	されといてやおかしき事も
澪標	191 なのめなる事をたに	201 なのめなる事をたに	なのめなる事をたに
澪標	192 をのか心をやりて	202 をのか心をやりて	をのか心をやりて
澪標	193 かの人は	203 かの人は	かの人は
澪標	194 すくしきこえて	204 すくしきこえて	すくし聞えて
澪標	195 又中〳〵物思ひ	205 又中〳〵ものおもひ	又中〳〵物思ひ
澪標	196 いまや京に	206 いまや京に	いまや京に
澪標	197 しまうち(こき)はなれ	207 いさや又しまこきはなれ	いさや又嶋こきはなれ
澪標	198 さりとてかくうつもれ	208 さりとてかくうつもれ	さりとてかくうつもれ
澪標	199 まことやかの斎宮	209 まことやかの斎宮も	まことやかの斎宮も
澪標	200 むかしたに	210 むかしたに	むかしたに
澪標	201 あなかちにうこかし	211 あなかちにうこかし	あなかちにうこかし
澪標	(ナシ)	212 斎宮をそ	斎宮をそ
澪標	202 つみふかき所に	213 つみふかき所に	つみふかき所に
澪標	203 おとろきなから	214 おとろきなから	おとろきなから
澪標	204 たえぬ心さし	215 たえぬ心さし	たえぬ心さし
澪標	205 かくまても覚しとゝめたり	216 かくまてもおほしとゝめたり	かくまてもおほしとゝめたる
澪標	206 さいくうの御事	217 斎宮の御事を	斎宮の御事を
澪標	207 かゝる御事	218 かゝる御こと	かゝる御事を
澪標	208 いとかたき事	219 いとかたき事	いとかたき事
澪標	209 ましておもほし人めかさむ	220 ましておもほし人めかさんに	ましておほし人めかさんに
澪標	210 うき身をつみはつるにも	221 うき身をつみはへるにも	うき身をつみ侍るにも
澪標	211 あひなくも	222 あひなくも	あひなくも
澪標	212 とし比によろつ	223 としころによろつ	年比によろつ
澪標	213 よしをのつから	224 よしをのつから	よしをのつから
澪標	(ナシ)	(ナシ)	みき丁のほころひより
澪標	214 御くしいとおかしけに	225 御くしいとをかしけに	御くしいとおかしけに
澪標	215 帳のひんかし	226 帳のひんかし	帳のひんかしおもて(ナシ)
澪標	216 けたかき物からひそやかに	227 気たかき物からひちゝかに	けちかき物からひちゝかに
澪標	217 さはかりの給物をと	228 さはかりの給物をと	さはかりの給物をと
澪標	218 いとくるしく	229 いとくるしく	いとくるしく
澪標	219 ちかくまいり	230 ちかくまいり	ちかくまいり
澪標	220 いとおそろしけに	231 いとおそろしけに	いとおそろしけに
澪標	221 思ひ侍ことを	232 思侍ことを	思侍ことを
澪標	222 かゝる御ゆひこん	233 かゝる御ゆいこん	かゝる御ゆいこん
澪標	223 故院のみこたち	234 故院のみこたち	古院のみこたち

澪標	224 うへのおなし	235 うへのおなし	うへのおなし
澪標	225 あつかふ人もなけれは	236 あつかふ人もなけれは	あつかふ人もなけれは
澪標	226 御とふらひ今すこし	237 御とふらひいますこし	御とふらひ今すこし
澪標	227 七日八日ありて	238 七八日ありて	七八日ありて
澪標	228 御身つからも	239 御身つからも	御みつからも
澪標	229 宮に御せうそこ	240 宮に御せうそこ	宮に御せうそこ
澪標	230 なに事も	241 なに事も	何事も
澪標	231 きこえさせ給をきし	242 きこえさせの給をきし	聞えさせの給をきし
澪標	232 いとたのもしけにとし比	243 いとたのもしけにとし比の	いとたのもしけに年比の
澪標	233 あはれに	244 あはれに	哀に
澪標	(ナシ)	(ナシ)	御しやうしん(細字)
澪標	234 たゝいまのそら	245 たゝいまのそらを	たゝ今のそら
澪標	235 ふりみたれ	246 ふりみたれ	ふりみたれ
澪標	236 そら色のかみ	247 そら色のかみ	そら色のかみ
澪標	237 きえかてに	248 きえかてに	きえかてに
澪標	238 くたり給しほと	249 くたり給しほとより	くたり給ひし程
澪標	239 かたしけなくとも	250 かたしけなくとも	かたしけなくとも
澪標	240 あるははなれ奉ぬ	251 あるははなれたてまつらぬ	あるははなれ奉らぬ
澪標	241 この人しれす	252 この人しれす	此人しれす
澪標	242 人にをとり給ましかめり	253 人にをとり給ましかめり	人にをとり給ましかめり
澪標	243 我か御心も定かたけれは	254 我御心もさためかたけれは	我御心もさためかたけれは
澪標	244 御わさなとの御事	255 御わさなとの御事	御わさなとの御事
澪標	245 しもつかたの	256 しもつかたの	しもつかたの
澪標	246 かきりある道にては	257 かきりあるみちにては	限りある道にては
澪標	247 院にも	258 院にも	院よりも
澪標	248 斎院なと	259 斎院なと	斎院なと
澪標	249 御はらからの宮	260 御はらからの宮々をはします	御はらからの宮〳〵おはします
澪標	250 うへのいとあつしう	261 うへのいとあつしう	うへのいとあつしう
澪標	251 ねん比に	262 ねんころに	念比に
澪標	252 よことり	263 よことり	よことり
澪標	253 人の御ありさま	264 人の御ありさま	人の有様(ナシ)
澪標	254 かう〳〵の事をなん	265 かう〳〵の事をなん	かう〳〵の事をなん
澪標	255 いとよう	266 いとよう	いとよう
澪標	256 かの御ゆいこん	267 かの御ゆいこんを	かの御ゆいこんを
澪標	257 いまはたさやうの	268 いまはたさやうの	今はたさやうの
澪標	258 さらは御けしき	269 さらはみけしき	さらは御気色
澪標	259 とさまかうさま	270 とさまかうさまに	とさまかうさまに
澪標	260 さはかりの心かまへもかたく侍を	271 さはかりの心かまへもかたく侍を	さはかりの心かまへもかたく侍を
澪標	261 のちには	272 のちには	のちには
澪標	262 女君	273 女君	女君
澪標	263 兵部卿の宮	274 兵部卿の宮	兵部卿の宮
澪標	264 権中納言	275 権中納言	権中納言
澪標	265 大殿の御子にて	276 大殿の御子にて	大殿の御子にて
澪標	266 宮の中の君	277 宮のなかの君	宮の中の君
澪標	267 おとなしき	278 おとなしき御うしろみ	おとなしき御うしろみ
澪標	268 おほやけかた	279 おほやけかたの	おほやけかたの
澪標	269 いとあつしく	280 いとあつしくのみ	いとあつ(や)しくのみ
澪標	270 すこしおとなひて	281 すこしおとなひて	すこしおとなひて
蓬生	1 もしほたれつゝ	001 もしほたれつゝ	もしほたれつゝ
蓬生	2 我か御身の	002 我御身の	我御身の
蓬生	3 たけのこ〈の〉よ	003 たけのこのよ	たけのこのよ

蓬生	4 中〳〵そのかすと	004 なか〳〵そのかすと	なか〳〵そのかすと
蓬生	5 ひたちの宮	005 ひたちの宮	ひたちの宮
蓬生	6 大空のほしの光を	006 おほそらのほしのひかりを	大空の星の光を
蓬生	7 懸よのさはき	007 かかるよのさはき	かゝる世のさはき
蓬生	8 うち忘たるやうにて	008 うちわすれたるやうにて	打忘れたるやうにて
蓬生	9 そのなこり	009 そのなこり	そのなこり
蓬生	10 おほえす神仏の	010 おほえす神仏の	おほえす神仏の
蓬生	11 さるかたにありつきたる	011 さるかたにありつきたる	さる方にありつきたる
蓬生	12 中〳〵すこしよつきて	012 中〳〵すこしよつきて	中〳〵すこしよつきて
蓬生	13 すこしもさてありぬへき	013 すこしもさてありぬへき	すこしもさてありぬへき
蓬生	14 もとより	014 もとより	もとより
蓬生	15 きつねのすみか	015 きつねのすみか	きつねのすみか
蓬生	(ナシ)	(ナシ)	こたま(細字)
蓬生	16 まれ〳〵のこりて	016 まれ〳〵のこりて	まれ〳〵のこりて
蓬生	(ナシ)	017 このころす両ともの	このころすりやうともの
蓬生	17 はなちたまはせてん	018 はなちたまはせてん	はなち給はせん
蓬生	18 あないみしや	019 あないみしや	あないみしや
蓬生	19 なまものゝゆへしらむ	020 なま物のゆへしらんと	なまものゝゆへしらんと
蓬生	20 その人かの人に	021 その人かの人に	その人かの人に
蓬生	21 そこには	022 そこそは	そこそは
蓬生	22 いみしういさめ給て	023 いみしういさめ給て	いみしういさめ給て
蓬生	23 みよと思ひ給ひて	024 みよと思ひ給て	みよと思ひ給てこそ
蓬生	24 かろ〳〵しき人の	025 かろ〳〵しき人の	かろ〳〵しき人の
蓬生	(ナシ)	026 御せうとのせんしのきみ	御せうとのせんしの君
蓬生	25 おなしきほうしと	027 おなしきほうしと	おなしきほうしと
蓬生	26 しけき草よもきを	028 しけきくさよもきを	しけきくさよもきを
蓬生	27 ふよう	029 ふよう	ふよう
蓬生	28 わさとこのましからねと	030 わさとこのましからねと	わさとこのましからねと
蓬生	29 おなし心なる	031 おなし心なる	おなし心なる
蓬生	30 からもりはこやのとし	032 からもりはこやのとし	からもりはこやのとし
蓬生	31 ふるき哥とても	033 ふる歌とても	ふるうたとても
蓬生	32 すゝなととりよせ	034 すゝなととりよせ	すゝなととりよせ
蓬生	33 かやうにうるはしくそ	035 かやうにうるはしくて	かやうにうるはしく
蓬生	34 侍従なと	036 侍従なといひし	侍従なといひし
蓬生	35 かよひ参し斎院	037 かよひまいりし斎院	かよひまいりし斎院
蓬生	36 す両の北のかた	038 す両の北かた	すりやうの北の方
蓬生	37 むすめとも	039 むすめとも	むすめとも
蓬生	38 むけにしらぬ	040 むけにしらぬ	むけにしらぬ
蓬生	39 をのれをはをとしめ	041 をのれをはをとしめ給て	をのれをはおとしめ給て
蓬生	40 もとよりありつき	042 もとよりありつきたる	もとよりありつきたるやうのなみ 〳〵の人は中〳〵よき人のまねに (ナシ)
蓬生	41 かうまて	043 かうまて	かうまて
蓬生	42 我かかくをとりのさまにて	044 我カかくをとりのさまにて	我かくをとりのさまにて
蓬生	43 心はせなとの	045 心はせなとの	心はせなとの
蓬生	(ナシ)	(ナシ)	時〳〵爰に渡らせ給て
蓬生	(ナシ)	(ナシ)	この侍従も(細字)
蓬生	44 人にいとむ心には	046 人にいとむ心には	人にいとむ心には
蓬生	45 ねたしとなむ	047 ねたしとなん	ねたしとなん
蓬生	46 かの家あるし大弐	048 かの家あるし大弐	かの家あるし大弐
蓬生	47 はるかにかくまかりなむ	049 はるかにかくまかりなんと	はるかにかくまかりなんと
蓬生	48 つねにしも	050 つねにしも	つねにしも

蓬生	49 ことよかる	051 ことよかる	ことよかる
蓬生	50 さらにうけひき	052 さらにうけひき	さらにうけひき
蓬生	51 あなにく	053 あなにく	あなにく
蓬生	52 うけひけり	054 うけひけり	うけひけり
蓬生	53 さるほとにけによの中	055 さる程にけによのなかに	さる程にけに世中に
蓬生	54 かやうにあはたゝしき	056 かや□にあはたゝしき程に	かやうにあはたゝしき程に
蓬生	55 今はかきり也	057 いまはかきりなりけり	今は限也けり
蓬生	56 たひしかはら	058 たひしかはら	たひしかはら
蓬生	57 かなしかりし折の	059 かなしかりしおりの	かなしかりしおりの
蓬生	58 我身ひとつ	060 我身ひとつ	我身ひとつの(ナシ)
蓬生	59 大弐北かたされはよ	061 大弐のきたのかたされはよ	大弐の北の方されはよ
蓬生	60 仏ひしり	062 仏ひしりも	仏ひしりも
蓬生	61 宮うへ	063 宮うへ	宮うへ
蓬生	62 大弐のおいたつ人	064 大弐のおいたつ人	大弐のをいだつ人
蓬生	63 猶かくかけはなれて	065 なをかくかけはなれて	なをかく(かけ)はなれて
蓬生	64 我身のうくて□(かく)忘られたる	066 我身のうくてかくわすられたる	我身のかくてかく忘られたる
蓬生	65 但山人のあかきこのみ	067 たゝ山人のあかきこのみ	たゝ山人のあかきこのみ
蓬生	66 くはしくはきこえし	068 くはしくはきこえし	くはしくは聞えし
蓬生	67 いとゝかきつかん	069 いとゝかきつかん	いとゝかきつかん
蓬生	68 かの殿には故院御れう	070 かの殿には古院の御れうの	かの殿には古院の御れうの
蓬生	69 此せんしの君も	071 このせんしのきみも	此せんしの君も
蓬生	70 いつゝのにこり	072 いつゝのにこり	いつゝのにこり
蓬生	71 心うの仏菩薩	073 心うの仏ほさつ	心うの仏ほさつ
蓬生	72 けにかきりなめりと	074 けにかきりなめりと	けに限りなめりと
蓬生	73 をのことも	075 をのことも	おのこ共
蓬生	74 わけたる跡	076 わけたる跡	わけたる跡
蓬生	75 みなみおもて	077 みなみおもての	南おもての
蓬生	76 とし比いたうつゐへたれと	078 としころいたうつゐへたれと	年比いたうつゐへたれと
蓬生	77 かたしけなくとも	079 かたしけなくとも	かたしけなく共
蓬生	78 いてたちなんことを	080 いてたちなんことを	いてたちなんことを
蓬生	79 なとかう	081 なとかう	なとかう
蓬生	80 故宮おはせし時	082 故宮おはせしとき	古(故)宮おはせしとき
蓬生	81 ちかき程は	083 ちかき程はをのつから	近き程はをのつから
蓬生	82 心とけても	084 心とけても	心とけても
蓬生	83 いとうれしき事なれと	085 いとうれしき事なれと	いとうれしき事なれと
蓬生	84 けにしかなむ	086 けにしかなん	けにしかなん
蓬生	(ナシ)	(ナシ)	大将殿(細字)
蓬生	85 兵部卿の御むすめ	087 兵部卿の御むすめ	兵部卿の御むすめ
蓬生	(ナシ)	(ナシ)	やふはら
蓬生	86 心きよく我をたのみ	088 心きよく我をたのみ給へる	心きよく我をたのみ給へる
蓬生	87 けにとおほすも	089 けにとおほすも	けにとおほすも
蓬生	88 なく〱さらはまつ	090 なく〱さらはまつ	なく〱さらはまつ
蓬生	89 かのきこえ給も	091 かのきこえ給も	かの聞え給も
蓬生	(ナシ)	092 此人さへ	此人さへ
蓬生	90 九しやくあまりはかり	093 九尺よはかり	九尺よはかり
蓬生	91 くのへ香	094 くのえかう	くのえかう
蓬生	(ナシ)	(ナシ)	(さらはまつけふは)
蓬生	92 たゆましき	095 たゆましき	たゆましき
蓬生	93 こまゝの	096 こまゝの	こまゝの
蓬生	(ナシ)	097 この人も	この人も
蓬生	94 とし比の	098 としころの	年比の

蓬生	95 玉かつら	099 玉かつら	玉かつら
蓬生	96 いつらくらう	100 いつらくらう	いつらくらう
蓬生	97 心も空に	101 心もそらにて	心もそらにて
蓬生	98 おひ人さえ	102 おひ人さへ	おひ人さへ
蓬生	99 こしのしら山思ひやらるゝ	103 こしのしら山思やらるゝ	こしのしら山
蓬生	100 はかなきことを	104 はかなきことを	はかなき事を
蓬生	101 ちりかましく	105 夜るもちりかましき	よるもちりかましき
蓬生	102 かのとのには	106 かのとのにはめつらし人に	かの殿にはめつらし(きイ)人に
蓬生	103 その人は	107 その人はまたよに	その人はまた世に
蓬生	104 としかはりぬ	108 としかへりぬ	年かはりぬ
蓬生	105 かたもなく	109 かたもなく	かたもなく
蓬生	106 おほきなる松に	110 おほきなる松に	おほきなる松に
蓬生	107 風につきて	111 風につきて	風につきて
蓬生	108 たちはなにかはりて	112 たち花にはかはりて	たちはなにかはりて
蓬生	109 見し心地する	113 みし心ちする	みし心地する
蓬生	110 をしとゝめ	114 おしとゝめさせ	をしとゝめさせ
蓬生	111 こゝはひたちの宮	115 こゝはひたちの宮	こゝはひたちの宮
蓬生	112 しか侍ると	116 しか侍と	しか〳〵侍と
蓬生	(ナシ)	117 こゝにありし人	こゝにありし人
蓬生	113 よくたつねよりてを	118 よくたつねよりてを	よく尋ねよりてを
蓬生	114 こゝにはいとゝ	119 こゝにはいとゝ	こゝにはいとゝ
蓬生	115 ひるねの夢に	120 ひるねの夢に	ひるねの夢に
蓬生	116 なき人を	121 なき人を	なき人を
蓬生	117 それは外になん	122 それはほかになん	それはほかになん
蓬生	118 ちかうよりて	123 ちかうよりて	ちかうよりて
蓬生	119 たしかになむ	124 たしかになん	たしかになん
蓬生	120 こよひもすきかてに	125 こよひもすきかてに	こよひも過かてに
蓬生	121 かはらせ給御ありさま	126 かはらせ給御ありさまならは	かはらせ給ふ御有さまならは
蓬生	122 よし〳〵	127 よし〳〵まつかくなん	よし〳〵まつかくなん
蓬生	123 なといと久し	128 なとかいとひさしかりつる	なとかいとひさしかりつる
蓬生	124 しか〳〵	129 しか〳〵なん	しか〳〵なん
蓬生	125 我か御心のなさけなさも	130 我御心のなさけなさも	吾御心のなさけなさも
蓬生	(ナシ)	131 いかゝすへき	いかゝすへき
蓬生	126 かはらぬありさま	132 かはらぬありさま	かはらぬ有さま
蓬生	127 ゆへある御せうそこ	133 ゆへある御せうそこ	ゆへある御せうそこ
蓬生	128 たつねても	134 たつねても	たつねても
蓬生	129 猶おり給へは	135 猶おり給へは	猶おり給へは
蓬生	130 御さきの露	136 御さきの露を	御さきの露を
蓬生	131 御かさゝふらふ	137 御かささふらふ	御かささふらふ
蓬生	132 むとくなる	138 むとくなる	むとくなる
蓬生	133 たちましりける	139 たちましりみる	たちましりみる
蓬生	134 心ゆかすおほされし	140 心ゆかすおほされし	心ゆかすおほされ(し)
蓬生	135 いとなつかしき	141 いとなつかしき	いとなつかしき
蓬生	136 かのすゝけたる	142 かのすゝけたる	かのすゝけたる
蓬生	137 年比	143 としころ	年比
蓬生	138 すきならぬこたち	144 すきならぬこたち	すきならぬこたちの
蓬生	139 まつ(け)きこえけり	145 まけきこえにける	まけきこえにける
蓬生	140 ほのかにきこえ	146 ほのかにきこえ	ほのかに聞え
蓬生	141 またかはらぬ心ならひ	147 またかはらぬ心ならひ	またかはらぬ
蓬生	142 いひしにたかう	148 いひしにたかふ	いひしにたかふ
蓬生	143 ひきうへし	149 ひきうへし	ひき植し

蓬生	144 夢のやうなる	150 ゆめのやうなる	夢のやうなる
蓬生	145 藤浪の	151 ふちなみの	ふちなみの
蓬生	146 みやこにかはりにける	152 宮こにかはりにける	宮こにかはりにける
蓬生	147 春秋のくらしかたき	153 春秋のくらしかたさ	春秋のくらしかたさ
蓬生	148 としをへて	154 年をへて	年をへて
蓬生	149 月入かたに	155 月いりかたに	月入方に
蓬生	150 あたり〱	156 あたり〱	あたり〱
蓬生	151 うへのみるめよりは	157 うへのみるめよりは	うへのみるめよりは
蓬生	152 たうこほちたる人	158 たうこほちたる人も	たうこほちたる
蓬生	153 おなしさまにて	159 おなしさまにて	同しさまにて
蓬生	154 物つゝみしたる	160 物つゝみしたる気はひの	物つゝみしたる
蓬生	155 かの花ちる里	161 かのはなちるさと	かの花散里と
蓬生	156 まつりこけい	162 まつりこけい	まつりこけい
蓬生	(ナシ)	163 此宮には	(ナシ)
蓬生	157 しもへとも	164 しもへとも	しもべとも
蓬生	158 いたかき	165 いたかき	いたかき
蓬生	159 かう尋出給へりと	166 かうたつねいて給へりと	かう尋出給へりと
蓬生	160 二条の院いとちかき所	167 二条の院いとちかき所	二条院いとちかき所
蓬生	161 なけの御すさひ	168 なけの御すさひ	なけの御すさ(ま)ひ
蓬生	162 世にすこしこれはと	169 世にすこしこれはと	世にすこしこれはと
蓬生	163 なのめにたにあらぬ	170 なのめにたにあらぬ	なのめにたにあらぬ
蓬生	164 うへしもの人〱	171 うへしもの人〱	うへしもの人〱
蓬生	165 心はへなとはた	172 心はへなとはた	心はへなとはた
蓬生	166 君はいにしへにも	173 君はいにしへにも	君はいにしへにも
蓬生	167 物の思ひやりも	174 物のおもひやりも	物(の)思ひやりも
蓬生	168 かく御心の	175 かく御心の	かく御心の
蓬生	169 ふたとせはかり	176 ふたとせはかり	ふたとせはかり
蓬生	170 東の院	177 東の院	東の院
蓬生	171 いとあなつらはしけに	178 いとあなつらはしけに	いとあなつらはしけに
蓬生	172 かの大弐の北方	179 かの大弐の北のかた	かの大弐の北のかた
蓬生	173 うれしき物の	180 うれしき物の	うれしき物の
蓬生	174 いますこしとはすかたりにも	181 いますこしとはすかたりも	今すこしとはすかたりも
関屋	1 いよのすけ	001 いよのすけ	いよのすけ
関屋	2 又年ひたちに成て	002 またのとしひたちになりて	またの年ひたちになりて
関屋	3 かのはゝきゝも	003 かのはゝきゝも	かのはゝ木ゝも
関屋	4 つくはねの山を	004 つくはねのやまを	つくはねの山を
関屋	5 かきれる事も	005 かきれる事も	かきれる事も
関屋	6 京にかへりすみ	006 京にかへりすみ給て	京にかへり住給て
関屋	7 せきいる日しも	007 せきいる日しも	せきいる日しも
関屋	8 車ともかきおろし	008 車ともかきおろし	車ともかきおろし
関屋	9 かたへはをくらかし	009 かたへはをくらかし	かたへはをくらかし
関屋	10 車とをはかり	010 車とをはかりそ	車とをはかりそ
関屋	11 斎宮	011 斎宮の	斎宮の
関屋	12 なにそやうの	012 なにそやうの	何そやうの
関屋	(ナシ)	013 殿もかく世に	殿もかく世に
関屋	13 せきやよりさとくつれ	014 せき屋よりさとくつれいてたる	関屋よりさとくつれ出たる
関屋	14 色〱のあを	015 色〱のあを	色〱のあを
関屋	15 御車はすたれおろし	016 御くるまはすたれおろし	御車はすたれおろし
関屋	16 かのむかしの小君	017 かのむかしの小君	かの昔の小君
関屋	17 けふのせきむかへ	018 けふのせきむかへ	けふの関むかへ
関屋	18 ゆくとくと	019 ゆくとくと	ゆくとくと

関屋	19 えしり給はし	020 えしり給はし	えしり給はし
関屋	20 いしやまより	021 いしやまより	いし山より
関屋	21 ゑもんすけ	022 衛門のすけ	衛門のすけ
関屋	22 一日まかり	023 一日まかり	一日まかり
関屋	23 おほえぬ世の	024 おほえぬ世の	おほえぬ世の
関屋	24 紀伊のかみ	025 紀伊のかみ	紀伊のかみ
関屋	25 右近のそう	026 右近のそう	右近のそう
関屋	26 すけめしよせて	027 すけめしよせて	すけめしよせて
関屋	27 今は覚し忘ぬへき	028 いまはおほしわすれぬへき	今はおほし忘れぬへき
関屋	28 一日はちきり	029 一日はちきり	一日はちきり
関屋	29 わくらはに	030 わくらはに	わくらはに
関屋	30 せきもりの	031 せきもりの	関守の
関屋	31 むかしに少おほしのく事	032 むかしにすこしおほしのく事	昔にすこしおほしのくこと
関屋	32 女にては	033 女にては	女にては
関屋	33 いまはまして	034 いまはまして	今はまして
関屋	34 めつらしき	035 めつらしき	めつらしき
関屋	35 あふさかの	036 あふさかの	あふさかの
関屋	(ナシ)	037 ゆめのやうに	夢のやうに
関屋	36 あはれもつらさも	038 あはれもつらさも	哀もつらさも
関屋	37 此君の	039 この君の	この君の
関屋	(ナシ)	(ナシ)	のこしをく玉しゐもかな(細字)
関屋	38 しはしこそ	040 しはしこそ	しはしこそ
関屋	39 たゝ此かうちの守	041 たゝこのかうちのかみ	たゝ此かうちのかみ
関屋	40 かみもいとつらう	042 かみもいとつらう	かみもいとつらふ
関屋	41 のこりの御よはひ	043 のこりの御よはひ	のこりの御よはひ
関屋	42 あいなのさかしらや	044 あいなのさかしらや	あいなのさかしらや
絵合	1 前斎宮の御まいり	001 前斎宮の御まいり	前斎宮の御まいり
絵合	2 中宮の	002 中宮の	中宮の
絵合	3 とりたてたる	003 とりたてたる	とりたてたる
絵合	4 二条の院に	004 二条院に	二条院に
絵合	5 その日に成て	005 その日になりて	その日になりて
絵合	(ナシ)	(ナシ)	うちみたりの箱(細字)
絵合	6 かうこ	006 かうこ	かうこの(ナシ)
絵合	7 百ふのほかを	007 百ふのほかを	百ふのほかを
絵合	(ナシ)	(ナシ)	とゝのへさせ給へり(細字)
絵合	8 おとゝの君	008 おとゝのきみ	おとゝの君
絵合	9 かくなんと	009 かくなんと	かくなんと
絵合	10 たゝ御くしの	010 たゝ御くしの	たゝ御こ(く)しの
絵合	(ナシ)	(ナシ)	さしくし(細字)
絵合	11 わかれちに	011 わかれちに	わかれちに
絵合	12 おとゝ是を御らんし	012 おとゝこれを御覧し	おとゝこれを御らんし
絵合	13 かゝるたかひめ	013 かゝるたかひめ	かゝるたかひめ
絵合	14 なにゝかく	014 なにゝかく	なにゝかく
絵合	15 つらしとも思ひきこえし	015 つらしとも思きこえしかと	つらしとも思ひ聞えしかと
絵合	16 またなつかしう	016 またなつかしう	またなつかしう
絵合	17 とはかりうちなかめ	017 とはかりうちなかめ	とはかりうち詠め
絵合	18 此御返は	018 この御返は	この御返は
絵合	19 又御せうそこも	019 又御せうそこも	文御せうそこも
絵合	20 いとあるましき	020 いとあるましき	いとあるましき
絵合	21 しるしはかり	021 しるしはかり	しるしはかり
絵合	22 いにしへ覚しいつる	022 いにしへおほしいつるに	いにしへおほし出るに

絵合	23 こみやす所	023 こみやすん所の	古御息所の
絵合	24 わかるとて	024 わかるとて	わかるとて
絵合	25 院の御ありさま	025 院の御ありさま	院の御有さま
絵合	(ナシ)	026 うちはまたいといはけなく	うちはまたいといはけなく
絵合	(ナシ)	(ナシ)	にくき事をさへ(細字)
絵合	26 すりの宰相	027 すりの宰相	すりの宰相
絵合	27 よき女房	028 よき女房なとは	よき女房なとは
絵合	28 あはれおはせましかは	029 あはれおはせましかは	哀おはせましかは
絵合	(ナシ)	(ナシ)	さこそえあらぬ(細字)
絵合	29 中宮も	030 中宮も	中宮も
絵合	30 宮も	031 宮も	宮も
絵合	31 人しれす	032 人しれす	人しれす
絵合	32 こきてんには	033 こきてんには	こきてんには
絵合	(ナシ)	(ナシ)	これは人さまも(細字)
絵合	33 あなたかち	034 あなたかち	あなたかち
絵合	34 権中納言	035 権中納言	権中納言
絵合	35 院には	036 院には	院には
絵合	36 斎宮のくたり	037 斎宮のくたり	斎宮のくたり
絵合	37 とかうの御事を	038 とかうかの御事を	とかうかの御事を
絵合	38 めてたしと	039 めてたしと	めてたしと
絵合	39 心にくき御けはひ	040 心にくき御気はひ	心にくき御けはひ
絵合	40 見たてまつり給	041 見たてまつり給ふ	み奉り給ふ
絵合	41 かくすきまなくて	042 かくすきまなくて	かくすきまなくて
絵合	42 兵部卿宮	043 兵部卿宮	兵部卿宮
絵合	43 御かとをとなひ給なは	044 御かとをとなひ給なは	御門おとなひ給なは
絵合	(ナシ)	(ナシ)	ゑを興ある物に(細字)
絵合	44 ましておかしけなる	045 ましてをかしけなる	ましておかしけなる
絵合	45 まほならす	046 まほならす	まほならす
絵合	(ナシ)	(ナシ)	いましめて(ナシ)
絵合	46 月なみの	047 月なみの	月なみの
絵合	47 又こなたにても	048 又こなたにても	又こなたにても
絵合	48 この御かたに	049 この御かたに	この御かたに
絵合	49 殿に	050 殿に	殿に
絵合	50 女君	051 女君と	女君と
絵合	51 長恨歌王昭君	052 長恨歌王昭君	長恨歌王昭君
絵合	52 こたみは	053 こたみは	こたみは
絵合	53 かのたひの	054 かのたひの	かのたひの
絵合	(ナシ)	(ナシ)	しらて今みん人たに(細字)
絵合	54 いまゝて	055 いまゝて	いまゝて
絵合	55 ひとりゐて	056 ひとりゐて	ひとりゐて
絵合	56 うきめみし	057 うきめみし	うきめみし
絵合	57 中宮	058 中宮	中宮
絵合	58 かたはなるましき	059 かたはなるましき	かたはなるましき
絵合	59 やよひの十日の	060 やよひの十日の	やよひの十日の
絵合	60 おなしくは御らんし	061 おなしくは御覧し	おなしくは御らんし
絵合	61 こなたかなた	062 こなたかなた	こなたかなた
絵合	62 梅つほ	063 むめつほ	むめつほ
絵合	63 名たかくゆへある	064 名たかくゆへある	名たかくゆへある
絵合	64 うちみるめの	065 うちみるめの	うちみるめの
絵合	(ナシ)	(ナシ)	今めかしき(細字)
絵合	(ナシ)	(ナシ)	こよなふまされり(細字)
絵合	65 これはかれは	066 これはかれは	これはかれは

絵合	66 中宮も	067 中宮も	中宮も
絵合	67 かた〳〵御覧し	068 かた〳〵御覧し	かた〳〵御覧し
絵合	68 ひたりみきと	069 ひたりみきと	ひたりみきと
絵合	69 いうそく	070 いうそく	いうそく
絵合	70 竹とりのおきな	071 竹とりのおきなに	竹とりのおきなに
絵合	71 なよ竹のよゝに	072 なよ竹のよゝに	なよ竹のよゝに
絵合	72 神世の事なめれは	073 神世の事なめれは	神世の事なれは
絵合	(ナシ)	(ナシ)	めもおよはぬならん
絵合	(ナシ)	(ナシ)	もゝしきのかしこき
絵合	(ナシ)	(ナシ)	あへのおほしか
絵合	(ナシ)	(ナシ)	くらもちのみこ
絵合	73 ゑはこせのあふみ	074 ゑはこせのあふみ	ゑはこせのあふみ
絵合	74 かんやかみ	075 かんやかみ	かんやかみ
絵合	75 としかけ	076 としかけは	としかけは
絵合	(ナシ)	(ナシ)	ならひなしといふ(細字)
絵合	76 つねのり	077 つねのり	つねのり
絵合	(ナシ)	078 みちかせ	
絵合	77 左には	079 左には	左には
絵合	78 伊勢物語	080 伊勢物語	伊勢物語
絵合	79 正三位	081 正三位を	正三位を
絵合	80 へい内侍	082 平内侍	へい内侍
絵合	81 伊勢の海の	083 いせのうみの	いせの海の
絵合	82 雲のうへに	084 雲の上に	雲のうへに
絵合	83 さい五中将	085 さい五中将	さい五中将
絵合	84 宮	086 宮	宮
絵合	85 みるめこそ	087 みるめこそ	みるめこそ
絵合	86 一まきに	088 一まきに	一まきに
絵合	87 うへのも宮のも	089 うへのも宮のも	うへのも宮のも
絵合	88 御前にて	090 御前にて	御前にて
絵合	89 かの須磨明石	091 かのすまあかし	かのすま明石
絵合	90 かみ絵を	092 かみ絵を	かみ絵を
絵合	91 いまあらためかゝむ事	093 いまあらためかゝむ事は	今あらためかゝん事は
絵合	92 院にも	094 院にも	院にも
絵合	93 梅つほ	095 むめつほ	むめつほ
絵合	(ナシ)	(ナシ)	年の内の節会(細字)
絵合	94 えんきの	096 えんきの	えんきの
絵合	95 又我か御よの事も	097 又わか御よの事も	又吾御よの事も
絵合	96 きんもち	098 きむもち	きんもち
絵合	97 えんにそきたる	099 えんにすきたるちんのはこ	えんにすきたるちんの箱
絵合	(ナシ)	100 心は	心は
絵合	98 たゝことはにて	101 たゝこと葉にて	たゝこと葉にて
絵合	99 さこんの中将	102 左こんの中将を	さこんの中将を
絵合	100 かう〳〵しきに	103 かう〳〵しきに	かう〳〵しきは(に)
絵合	101 身こそかく	104 身こそかく	身こそかく
絵合	102 むかしの御かんさし	105 むかしの御かんさし	むかしの御かんさし
絵合	103 しめのうちは	106 しめのうちは	しめの内は
絵合	104 おとゝをもつらしと	107 おとゝをもつらしと	おとゝをもつらし
絵合	(ナシ)	(ナシ)	すきにし方の(細字)
絵合	105 きさいの宮より	108 きさいの宮より	きさいの宮より
絵合	106 あの女御	109 あの女御	あの女御
絵合	107 内侍のかんの君	110 内侍のかんの君	内侍のかんの君

絵合	108 ひたりみき	111 ひたりみき	ひたりみき
絵合	109 女房のさふらひ	112 女房のさふらひ	女房のさふらひ
絵合	110 こうらう殿	113 こうらう殿の	こうらう殿の
絵合	(ナシ)	114 をの〳〵心よせつゝ	(ナシ)
絵合	111 左はしたんのはこに	115 左はしたむのはこに	左はしたんのはこに
絵合	112 わらは六人	116 わらは六人	わらは六人
絵合	(ナシ)	(ナシ)	あか色に桜かさねのかさみ
絵合	113 あをに	117 あをに	あをに
絵合	114 あしゆひのくみ	118 あしゆひのくみ	あしゆひのくみ
絵合	(ナシ)	(ナシ)	わらはあを色に柳のかさみ
絵合	(ナシ)	(ナシ)	山吹かさね
絵合	115 まへしりへと	119 まへしりへと	まへしりへと
絵合	116 そちの宮	120 そちの宮も	そちの宮も
絵合	117 かみゑはかきり有て	121 かみゑはかきりありて	かみゑは限りありて
絵合	118 むかしのあと	122 むかしのあと	昔の跡
絵合	119 あさかれい	123 あさかれい	あさかれい
絵合	120 中宮も	124 中宮も	中宮も
絵合	(ナシ)	125 ふかうしろしめしたらんと思に	(ナシ)
絵合	(ナシ)	126 おとゝもいといふにおもほされて	(ナシ)
絵合	(ナシ)	127 所〳〵のはんとも	(ナシ)
絵合	121 さしいらへ	128 さしいらへ	さしいらへ
絵合	(ナシ)	129 あらまほし	(ナシ)
絵合	(ナシ)	(ナシ)	左なを(細字)
絵合	122 心のかきり思ひすまして	130 心のかきり思すまして	心の限り思ひすまして
絵合	123 いはけなきほとより	131 いはけなきほとより	いはけなき程より
絵合	124 院の	132 院のゝたまはせし	院のの給はせ
絵合	125 いのちさいはい	133 いのちさいはひ	命さいはひ
絵合	126 ほんさゐ	134 ほんさい	ほんさい
絵合	127 つたなき事	135 つたなき事	つたなき事
絵合	128 おほえぬ山かつに	136 おほえぬ山かつに	おほえぬ山かつに
絵合	129 なにのさえも	137 なにのさえも	なにのさえも
絵合	130 をのつからうつさんも	138 をのつからうつさんに	をのつからうつさんに
絵合	131 筆とる事と	139 筆とる事と	筆とる事と
絵合	132 ふかきらうなく	140 ふかきらうなく	ふかきらうなく
絵合	133 家のこ	141 家のこ	家のこ
絵合	134 猶人にぬけぬる	142 猶人にぬけぬる	猶人にぬけぬる
絵合	135 そのなかにも	143 そのなかにも	そのなかにも
絵合	(ナシ)	(ナシ)	文才(細字)
絵合	136 琴ひかせ	144 琴ひかせ	琴ひかせ
絵合	137 まさなきまて	145 まさなきまて	またなきまて
絵合	138 廿日あまり	146 廿日あまりの	廿日あまりの
絵合	139 こなたは	147 こなたは	こなたは
絵合	140 ふんのつかさ	148 ふんのつかさ	ふんのつかさ
絵合	(ナシ)	(ナシ)	権中納言(細字)
絵合	141 さはいへと	149 さはいへと	さはいへと
絵合	142 うへ人の中に	150 うへ人の中に	うへの中に
絵合	143 みこは御そ	151 みこは御そ	みこは御そ
絵合	(ナシ)	(ナシ)	又かさねて(ナシ)
絵合	144 うら〳〵のまきは	152 うら〳〵のまきは	うら〳〵のまきは中宮に
絵合	145 またのこりて	153 またのこりの	またのこりの
絵合	146 うへにも	154 うへにも	うへにも
絵合	147 権中納言は	155 権中納言は	権中納言は

絵合	（ナシ）	（ナシ）	うへの御心はもとより（細字）
絵合	148 さるへきせちゑ	156 さるへきせちゑ	さるへきせちゑ
絵合	149 おとゝ	157 おとゝ	おとゝ
絵合	（ナシ）	158 むかしのためしをみきくに	（ナシ）
絵合	150 なかころなきになりて	159 なかころなきになりて	なかころなきになりて
絵合	151 御たうつくらせ	160 御たうつくらせ	御堂つくらせ
絵合	152 すゑの君たに	161 すゑの君たち	すゑの君たち
絵合	153 いかにおほしをきつる	162 いかにおほしをきつる	いかにおほしをきつる
松風	1 ひんかしの院つくりたてゝ	001 ひんかしの院つくりたてゝ	ひんかしの院
松風	2 ひんかしのたいは	002 ひんかしのたいは	東のたい（は）
松風	3 きたのたいは	003 きたのたいは	北のたいは
松風	4 しんてんはふたけ給はす	004 しんてんはふたけ給はす	しんてんはふたけ給はす
松風	5 やんことなきゝはの	005 やんことなきゝはの人〱	やんことなききはの人〱
松風	6 むかしはゝきみ	006 むかしはゝきみの御おほち	昔女君の御おほち
松風	（ナシ）	007 あひつく人も	あひつぐ人も
松風	7 世中をいまはと	008 世中をいまはと	世中を今はと
松風	8 さるへき物はあけわたさむ	009 さるへき物はあけわたさん	さるへき物をはあけわたさん
松風	9 あつかり	010 あつかりこのとしころ	あつかり此年比
松風	10 内の大殿	011 内の大殿のつくらせ	内の大殿の作らせ
松風	11 しつかなる御ほいならは	012 しつかなる御ほいならは	しつかなる御ほいならは
松風	12 なにかそれも	013 なにかそれも	なにかそれも
松風	13 みつからうする	014 みつからうする	みつからうする
松風	14 故民部大輔	015 故民部大輔	古（故）民部大輔
松風	15 さるへきものなと	016 さるへきものなと	さるへき物なと
松風	16 そのあたりのたくはへ	017 そのあたりのたくはへ	其あたりのたくはへ
松風	17 つなしにくき	018 つなしにくき	つなしにくき
松風	18 はちふきいへは	019 はちふきいへは	はちふきいへは
松風	19 さらにそのたなと	020 さらにそのたなと	さらに其たなと
松風	20 券なとは	021 券なとは	巻なとは
松風	21 大とのゝけはひ	022 大とのゝけはひを	大殿のけはひを
松風	22 かやうにおもひよらん	023 かやうに思ひよるらん	かやうに思ひよるらん
松風	23 つくりいてゝそ	024 つくりはてゝそ	つくりはてゝそ
松風	24 人にましらはむ	025 人にましらはん	人にましらはん
松風	25 かくおもふなりけりと	026 かく思ふなりけりと	かく思ふなりけりと
松風	26 これみつのあそん	027 これみつのあそん	これみつのあそん
松風	27 うみつらにかよひたる	028 うみつらにかよひたる	うみつらに通ひたる
松風	28 さやうのすまゐ	029 さやうのすまゐ	さやうのすまゐ
松風	29 つくらせ給御たうは	030 つくらせ給御たうは	つくらせ給御たうは
松風	30 たきとのゝ	031 たきとのゝ	たきとのゝ
松風	31 これは河つらに	032 これはかはつらに	これは河つらに
松風	32 うちのしつらひ	033 うちのしつらひ	うちのしつらひ
松風	33 したしき人〱	034 したしき人〱	したしき人〱
松風	34 露のかゝらぬ	035 露のかゝらぬ	露のかゝらぬ
松風	35 さらはわか君をは	036 さらはわか君をは	さらはわか君をは
松風	36 としころたに	037 としころたに	年比たに
松風	37 たゝあたにうちみる	038 たゝあたにうちみる	たゝあたに打みる
松風	38 もてひかめたる	039 もてひかめたるかしらつき	もてひかめたるかしらつき
松風	39 これこそはよをかきるへき	040 これこそはよをかきるへき	これこそは世をかきるへき
松風	40 わかき人々	041 わかき人〱	わかき人〱
松風	41 みなれて	042 見なれて	みなれて
松風	42 ゆくさきを	043 ゆくさきを	ゆくさきを

松風	43 ゆゝしやとて	044 ゆゝしやとて	ゆゝしやとて
松風	44 もろともに	045 もろともに	もろともに
松風	45 こゝらちきりかはして	046 こゝら契かはして	こゝら契かはして
松風	46 いきて又	047 いきて又	いきて又
松風	47 をくりをたに	048 をくりをたに	をくりをたに
松風	48 世中を	049 世中を	世中を
松風	49 さらに都にかへりて	050 さらに都にかへりて	さらに都に帰りて
松風	50 おやの御なきかけ	051 おやの御なきかけ	親の御なきかけ
松風	51 そのかたにつけて	052 そのかたにつけて	其方につけて
松風	52 君のやう〳〵	053 君のやう〳〵	君のやう〳〵
松風	53 にしきかくし	054 にしきをかくし	にしきをかくし
松風	54 仏神を	055 仏神を	仏神を
松風	55 おもひよりかたくて	056 おもひよりかたくて	思ひよりかたくて
松風	56 見たてまつりそめて	057 みたてまつりそめても	み奉りそめても
松風	57 君たちは	058 君たちは世をてらし	君たちは世をてらし
松風	58 天にむまるゝ	059 天にむまるゝ人の	天にむまるゝ人の
松風	59 いのちつきぬと	060 いのちつきぬと	命つきぬと
松風	60 むかしの人もあはれと	061 むかしの人もあはれと	昔の人も哀と
松風	(ナシ)	062 かのきしに	かのきしに
松風	61 いくかへり	063 いくかへり	いくかへり
松風	62 おもふかたの	064 おもふかたの	思ふ方の
松風	63 いゑのさまも	065 いへのさまも	いへのさまも
松風	64 としころい(へ)つる	066 としころへつるうみつらに	年比へつる海つら(に)
松風	65 したしきけいし	067 したしきけいしに	したしき家司に
松風	66 わたり給はん	068 わたり給はん事は	渡り給はん事は
松風	67 かの御かたみ	069 かの御かたみのきむ	かの御かたみのきん
松風	68 身をかへて	070 身をかへて	身をかへて
松風	69 ふる里に	071 ふるさとに	古郷に
松風	70 女君にはかくなんと	072 女君にはかくなんとたに	女君にはかくなんとたに
松風	(ナシ)	(ナシ)	かつらにみるへき(細字)
松風	71 とふらはんといひし人	073 とふらはんといひし人	とふらはんといひし人
松風	72 かつらの院といふ所	074 かつらの院といふ所	桂の院といふ所
松風	73 おのゝえさへ	075 おのゝえさへあらため給はん	をのゝえさへあらため給はん
松風	74 れいのくらへくるしき	076 れいのくらへくるしき	れいのくらへくるしき
松風	75 いにしへのありさま	077 いにしへのありさま	いにしへの有さま
松風	76 かりの御そに	078 かりの御そに	かりの御そに
松風	77 めつらしう	079 めつらしう	めつらしう
松風	78 大とのはらの君	080 大とのはらの君を	大殿はらの君を
松風	79 山くち	081 山くち	山くち
松風	80 うちゑみたる	082 うちゑみたるかほ	打ゑみたる顔
松風	81 ほいある所	083 ほいあるところに	ほひある所に
松風	82 いとうゐ〳〵しき	084 いとうゐ〳〵しきほと	いとうゐ〳〵しき
松風	(ナシ)	(ナシ)	つくろふへき所(細字)
松風	83 かつらのゐんに	085 かつらの院にわたり給ふへしと	桂の院に渡り給へしと
松風	84 かゝるところを	086 かゝるところを	かゝる所を
松風	(ナシ)	(ナシ)	たつ時物うく(細字)
松風	85 あかのくなと	087 あかのくなと	あかの具なと
松風	86 御なをしめしいてゝ	088 御なをしめしいてゝ	御なをしめしいてゝ
松風	87 つみかろく	089 つみかろく	つみかろく
松風	88 すて侍し世を	090 すて侍し世を	捨侍し世を
松風	89 いのちなかさの	091 いのちなかさの	命なかさの

松風	90 あらいそかけに	092 あらいそかけに	あら磯陰に
松風	91 あさきねさし	093 あさきねさし	浅きねさしに(ナシ)
松風	92 むかし物語に	094 むかしものかたりに	昔物語に
松風	93 かことかましう	095 かことかましう	かことかましう
松風	94 すみなれし	096 住なれし	住なれし
松風	95 いさらゐは	097 いさらゐは	いさらゐは
松風	(ナシ)	(ナシ)	御寺に(細字)
松風	96 十四五日つこもり	098 十四五日つこもりの日	十四五日つこもりの日
松風	97 月のあかき	099 月のあかきにかへり給	月のあかきに帰給
松風	98 ありし世の	100 ありし世の	ありし世の
松風	(ナシ)	(ナシ)	折すくさす(細字)
松風	99 しらへかはらす	101 しらへかはらす	しらへかはらす
松風	(ナシ)	102 ちきりしに	契しに
松風	100 かはらしと	103 かはらしと	かはらしと
松風	101 にけなからぬ	104 にけなからぬ	にけなからぬ
松風	102 身にあまりたる	105 身にあまりたる	身にあまりたる
松風	103 いかにせまし	106 いかにせまし	いかにせまし
松風	104 二条院に	107 二条の院に	二条院に
松風	105 またおもはむ事	108 また思はん事	又思はん事
松風	106 おさなき心ちに	109 おさなき心ちに	おさなき心ちに
松風	(ナシ)	110 見ては	見では
松風	107 いと里とをしや	111 いとさとゝをしやと	いと里とをしやと
松風	108 はるかにおもひたまへ	112 はるかに思たまへ	はるかに思給へ
松風	109 もろともに	113 もろともにいてゝは	もろともにいてゝは
松風	110 うちわらひて	114 うちわらひて	うちわらひて
松風	111 たをやきたるけはひ	115 たをやきたるけはひ	たをやきたる
松風	112 さこそしつめつれ	116 さこそしつめつれ	さこそしつめつれ
松風	113 かくてこそもの〳〵し	117 かくてこそもの〳〵しき	かくてこそもの〳〵しき
松風	114 かのとけたりし	118 かのとけたりし	かのとけたりし
松風	115 人かけを見つけて	119 人かけを見つけて	人かけをみつけて
松風	(ナシ)	(ナシ)	きし方の(細字)
松風	116 うら風おほえ侍る	120 うら風おほえ侍る	浦風おほえ侍る
松風	117 やへたつ山は	121 やへたつ山は	やへ立山は
松風	118 松もむかし	122 まつもむかし	松も昔
松風	119 こよなしや	123 こよなしや	こよなしや
松風	(ナシ)	(ナシ)	我も思ひなきにしも(細字)
松風	120 いまことさらに	124 いまことさらに	今ことさらに
松風	121 頭中将兵衛督	125 頭中将兵衛督	頭中将兵衛督
松風	122 いとかる〳〵しき	126 いとかる〳〵しき	いとかる〳〵しき
松風	123 よへの月に	127 よへの月に	よへの月に
松風	124 山のにしきは	128 山のにしきは	山の錦は
松風	(ナシ)	129 御あるししさはきて	御あるししさはぎて
松風	(ナシ)	130 ことりしるしはかり	こ鳥しるしはかり
松風	(ナシ)	131 すんなかれて	ずんなかれて
松風	125 ゑいにまきれて	132 ゑいにまきれて	ゑいにまきれて
松風	(ナシ)	(ナシ)	おほみあそひ(細字)
松風	126 けふは六日の御物いみ	133 けふは六日の御ものいみ	けふは六日の御物忌
松風	127 くら人の弁	134 くら人の弁	くら人の弁
松風	128 月のすむ	135 月のすむ	月のすむ
松風	129 まうけの物とも	136 まうけのものとも	まうけの物共
松風	130 久かたの	137 ひさかたの	久方の

松風	131 中におひたる	138 中におひたる	中に生たる
松風	132 かのあはちしま	139 かのあはちしま	かの淡路嶋
松風	133 物あはれなる	140 ものあはれなる	もの哀なる
松風	134 めくりきて	141 めくりきて	めくりきて
松風	135 うき雲に	142 うき雲に	浮雲に
松風	136 右大弁	143 右大弁	右(左イ)大弁
松風	137 雲のうへの	144 雲のうへの	雲の上の
松風	138 こゝろ〳〵に	145 心〳〵に	心〳〵に
松風	139 おのゝえもくちぬへけれは	146 おのゝえもくちぬへけれは	をのゝえも
松風	140 ものゝふしとも	147 ものゝふしとも	ものゝふしとも
松風	141 れいの心とけす	148 れいの心とけす	れいの心とけす
松風	142 なすらひならぬ	149 なすらひならぬ	なすらへならぬ
松風	143 我はわれと	150 われはわれと	われは我と
松風	144 ひきそはめて	151 ひきそはめて	ひきそはめて
松風	145 とけさりし御けしき	152 とけさりし御けしき	とけさりし御けしき
松風	146 これやりかくし	153 これやりかくし	これやりかくし
松風	147 せめてみかくし	154 せめて見かくし	やめてみかくし
松風	148 まことは	155 まことは	まことは
松風	149 ひるのこかよはひ	156 ひるのこかよはひ	ひるのこかよはひ
松風	150 いはけなけなる	157 いはけなけなるしもつかた	いはけなけなるしもつかた
松風	(ナシ)	158 ひきゆひたまへ	ひきゆひ給へる
松風	151 おもはすにのみ	159 おもはすにのみ	思はすにのみ
松風	152 いはけなからん	160 いはけなからん	いはけなからん
松風	153 ちこをはりなふ	161 ちこをわりなう	ちこをわりなう
松風	154 いかにせまし	162 いかにせまし	いかにせまし
松風	155 月にふたゝひ	163 月にふたゝひ	月に二度
松風	156 としのわたり	164 としのわたり	年の渡り
薄雲	1 冬になりゆくまゝに	001 冬になり行まゝに	冬になり行まゝに
薄雲	2 うはの空なる	002 うはのそらなる	うはの空なる
薄雲	3 かのちかきところ	003 かのちかき所に	かの近き所に
薄雲	4 つらきところ	004 つらきところ	つらき所
薄雲	5 いかにいひてか	005 いかにいひてか	いかにいひて
薄雲	6 かくてのみはひなき	006 かくてのみはひなき	かくてのみはひなき
薄雲	7 たいに	007 たいに	たいに
薄雲	(ナシ)	(ナシ)	はかまきの事(細字)
薄雲	8 さおほすらん	008 さおほすらん	さおほすらん
薄雲	9 あらためてやんことなきかたに	009 あらためてやんことなきかたに	あらためてやん事なき方に
薄雲	10 はなちかたく	010 はなちかたく	はなちかたく
薄雲	11 うしろやすき	011 うしろやすき	うしろやすき
薄雲	12 かしこには	012 かしこには	かしこには
薄雲	13 前斎宮おとなひ	013 前斎宮おとなひもの給を	前の(ナシ)斎宮おとなひものし給を
薄雲	14 女君の御子(有)さま	014 女きみの御ありさま	女君の御ありさま
薄雲	15 けにいにしへは	015 けにいにしへは	けにいにしへは
薄雲	(ナシ)	016 数ならぬ	数ならぬ
薄雲	16 おいさきとをき	017 おいさきとをき	おひさき遠き
薄雲	17 なにゝつけてか	018 なにゝつけてか	何につけてか
薄雲	18 あま君	019 あま君	尼君
薄雲	19 はゝかたからこそ	020 はゝかたからこそ	母かたから(ナシ)こそ
薄雲	20 さしむかひたる	021 さしむかひたる	さしむかひたる
薄雲	21 おとりのところ	022 おとりの所	をとりの所
薄雲	22 これはやんことなき	023 これはやんことなき	これはやんことなき

薄雲	23 おもひよはりにたる	024 思よはりにたり	思ひよはりにたる(り)
薄雲	24 おもはんところ	025 おもはん所の	思はん所の
薄雲	25 かひなき身に	026 かひなき身に	かひなき身に
薄雲	26 いみしくおほゆへき	027 いみしくおほゆへき	いみしくおほゆへき
薄雲	27 さるへきにやおほえぬ	028 さるへきにやおほえぬ	さるへきにやおほえぬ
薄雲	28 かやうならん	029 かやうならん	かやうならん
薄雲	29 雪ふかみ	030 雪ふかみ	雪ふかみ
薄雲	30 雪まなき	031 雪まなき	雪まなき
薄雲	31 この雪すこし	032 この雪すこしとけて	此雪すこしとけて
薄雲	32 れいはまちきこゆる	033 れいはまちきこゆる	れいは待聞ゆる
薄雲	33 さならむと	034 さならんと	さならんと
薄雲	34 人やりならす	035 人やりならす	人やりならす
薄雲	35 かろ〳〵しきやうなりと	036 かろ〳〵しきやうなりと	かろ〳〵しきやうなりと
薄雲	36 いとうつくしけに	037 いとうつくしけに	いとうつくしけに
薄雲	37 をろかには	038 をろかには	をろかには
薄雲	38 この春より	039 この春より	此春より
薄雲	39 あまそきのほと	040 あまそきのほと	あまそきの程
薄雲	40 何かその	041 なにかその	何かその
薄雲	41 みつからいたきて	042 みつからいたきて	みつからいたきて
薄雲	42 すゑとをき	043 末とをき	末遠き
薄雲	43 さりや	044 さりや	さりや
薄雲	44 おひそめし	045 おひそめし	おひそめし
薄雲	45 人たまひに	046 人たまひに	人たまひに
薄雲	46 とまりつる人	047 とまりつる人	とまりつる人
薄雲	47 いかにつみうらんと	048 いかにつみやうらんと	いかにつみやうらんと
薄雲	48 ゐなかひたる	049 ゐなかひたる心ちともには	いなかひたる心ちともには
薄雲	49 にしおもて	050 にしおもて	にしおもて
薄雲	50 山里のつれ〳〵	051 山さとのつれ〳〵	山里のつれ〳〵
薄雲	51 物あひたる	052 物あひたる	物あひたる
薄雲	52 いかにそや人のおもふ	053 いかにそや人のおもふ	いかにそや人の思ふ
薄雲	53 わさとおほしいそく	054 わさとおほしいそくことは	わさとおほし急く事は
薄雲	(ナシ)	(ナシ)	まいり給へるまらうとゝも(細字)
薄雲	54 たすきひきゆひ	055 たすきひきゆひ給へる	たすき引ゆひ給へる
薄雲	55 身のをこたり	056 身のをこたり	身のをこたり
薄雲	56 さこそいひしか	057 さこそいひしか	さこそいひしか
薄雲	57 何事をか	058 なに事をか中〳〵	何事をかなか〳〵
薄雲	58 まちとをあらん	059 まちとをならん	待遠ならん
薄雲	59 女君も	060 女君も	女君も
薄雲	60 としもかへりぬ	061 年もかへりぬ	年もかへりぬ
薄雲	61 まいりつとひ	062 まいりつとひ	まいりつとひ
薄雲	62 おとなしきほとの	063 おとなしきほとのは七日	おとなしき程のは七日
薄雲	63 うはへはほこりかに	064 うはへはほこりかに	うはへはほこりかに
薄雲	64 ひんかしのゐん	065 ひんかしの院	ひんかしの院
薄雲	65 ちかきしるしは	066 ちかきしるしは	近きしるしは
薄雲	66 さくらの御なをし	067 さくらの御なをし	桜の御なをし
薄雲	67 とにも出給ひぬへけれは	068 とにもいて給ぬへけれは	とにも出給ぬへけれは
薄雲	68 あすかへりこん	069 あすかへりこん	あす帰りこん
薄雲	69 舟とむる	070 舟とむる	舟とむる
薄雲	70 ゆきてみて	071 行てみて	行て見て
薄雲	71 なにことゝも	072 なにことゝも	何事とも
薄雲	72 いかにおもひをこすらん	073 いかに思をこすらん	いかに思をこすらん

薄雲	73 なとかおなしくは	074 なとかおなしくは	なとかおなしくは
薄雲	74 たゝよのつねのおほえに	075 たゝよのつねのおほえに	たゝよのつねのおほえに
薄雲	75 さるたくひなくやは	076 さるたくひなくやはと	さるたくひなくやはと
薄雲	76 心のとかならす	077 心のとかならす	心のとかならす
薄雲	77 ひきくしけむ	078 ひきくしけん	ひきくしけん
薄雲	78 こゝはかゝるところなれと	079 こゝはかゝるところなれと	こゝはかゝる所なれと
薄雲	79 ちかきみてら	080 ちかきみてらかつら殿	近き御寺桂殿
薄雲	80 けさやかには	081 けさやかには	けさやかには
薄雲	81 女もかゝる御心のほと	082 女もかゝる御心のほと	女もかゝる御心の程
薄雲	82 中〳〵いとめなれて	083 中〳〵いとめなれて	中〳〵いと目なれて
薄雲	83 ふりはへて	084 ふりはへて	ふりはへて
薄雲	84 あかしにもさこそ	085 あかしにもさこそいひしか	あかしにもさこそいひしか
薄雲	85 そのころおほきおとゝ	086 その比おほきおとゝ	其比おほきおとゝ
薄雲	86 しはしこもり	087 しはしこもり給へりし	しはしこもり給へりし
薄雲	87 しつかなる御ほい	088 しつかなる御ほい	しつかなる御ほい
薄雲	88 入道きさいの宮	089 入道きさいの宮	入道きさいの宮
薄雲	89 ことしはかならす	090 ことしはかならす	ことしはかならす
薄雲	(ナシ)	(ナシ)	くとくの事
薄雲	90 うつしさま	091 うつしさま	うつしさま
薄雲	91 三十七にそ	092 三十七にそ	三十七にそ
薄雲	92 つゝしませ給ふへき	093 つゝしませ給へき	つゝしませ給へき
薄雲	93 かきりあれは	094 かきりあれは	かきりあれは
薄雲	94 たかきすくせ	095 たかきすくせ	たかきすくせ
薄雲	95 うへの夢のなかにも	096 うへの夢のなかにも	うへの夢のなかにも
薄雲	96 おとゝはおほやけかたさま	097 おとゝはおほやけかたさまにても	おとゝはおほやけかたさまに(て)も
薄雲	97 かうしなと	098 かうしなと	かうしなと
薄雲	98 院の御ゆいこん	099 院の御ゆいこん	院の御ゆいこん
薄雲	99 御いらへも	100 御いらへも	御いらへも
薄雲	100 はか〳〵しからぬ	101 はか〳〵しからぬ	はか〳〵しからぬ
薄雲	101 かしこき御身	102 かしこき御身	かしこき御身
薄雲	102 かうけに事よせて	103 かうけに事よせて	かうけにことよせて
薄雲	103 くとくのかたとても	104 くとくのかたとても	くとくのかたとても
薄雲	104 殿上人なとひとつ色に	105 殿上人なとひとつ色に	殿上人なとひとつ色に
薄雲	105 ものゝはへなき	106 ものゝはへなき	ものゝはへなき
薄雲	106 二条院	107 二条院	二条院
薄雲	107 山きはの木すへ	108 山きはのこすゑ	山きはの梢
薄雲	108 入日さす	109 入日さす	入日さす
薄雲	109 人きかぬ	110 人きかぬ	人きかぬ
薄雲	(ナシ)	111 入道の宮の御はゝきさき	入道の宮の御母后
薄雲	(ナシ)	112 年七十	年七十
薄雲	110 宮の御事	113 宮の御事	宮の御こと
薄雲	111 もとのことく	114 もとのことく	もとのことく
薄雲	112 ふるき御心さし	115 ふるき御心さし	古き御心さし
薄雲	(ナシ)	116 こたいに	こだいに
薄雲	113 いとそうしかたく	117 いとそうしかたく	いとそうしかたく
薄雲	114 しろしめさぬに	118 しろしめさぬに	しろしめさぬに
薄雲	115 法しはひしりといへとも	119 法しはひしりといへとも	法師はひしりといへとも
薄雲	116 いはけなかりしとき	120 いはけなかりし時	いはけなかりし時
薄雲	117 あなかしこ	121 あなかしこ	あなかしこ
薄雲	118 すきおはしましにしゐん	122 すきをはしましにし院	過おはしましにし院
薄雲	119 きさいの宮	123 きさいの宮	きさいの宮

薄雲	120 世をまつりこち給ふおと、	124 世をまつりこち給おと、	世をまつりこち給おと、
薄雲	121 仏天のつけ	125 仏天のつけある	仏天のつけある
薄雲	122 わか君	126 わか君	わか君
薄雲	123 故宮	127 故宮	古宮
薄雲	124 心にしらて	128 心にしらて	心にしらて
薄雲	125 てんへむしきりに	129 天へんしきりに	天へんしきりに
薄雲	126 式部卿のみこ	130 式部卿のみこ	式部卿のみこ
薄雲	127 世はつきぬる	131 世はつきぬる	世はつきぬる
薄雲	128 故宮のおほさむ	132 故宮のおほさん	古宮のおほさん
薄雲	129 いとあるましき御事	133 いとあるましき御事	いとあるましき御事
薄雲	130 ひしりのみかと	134 ひしりのみかとの	ひしりのみかと
薄雲	131 ましてことはり	135 ましてことはり	ましてことはり
薄雲	132 かたはしまねふも	136 かたはしまねふも	かたはしまねふも
薄雲	133 つねよりもくろき	137 つねよりもくろき御よそひ	つねよりもくろき御よそひ
薄雲	134 うちかしこまりて	138 うちかしこまりて	うちかしこまりて
薄雲	135 いまさらに	139 いまさらに	今さらに
薄雲	136 いよ／＼御かくもん	140 いよ／＼御かくもん	いよ／＼御学文(もん)
薄雲	137 もろこしにはあらはれてもしのひても	141 もろこしにはあらはれてもしのひても	もろこしには顕れても忍びても
薄雲	138 日本には	142 日本には	日本には
薄雲	139 一世の源氏又納言大臣になりて	143 一世の源氏又納言大臣になりて	一世の源氏又(大)納言大臣になりて
薄雲	140 太政大臣	144 太政大臣に	太政大臣に
薄雲	141 おほしよする	145 おほしよする	おほしよする
薄雲	142 しはしとおほす	146 しはしとおほす所ありて	しはしとおほす所ありて
薄雲	143 御くらゐそひて	147 御くらゐそひて	御位そひて
薄雲	144 世中の御うしろみ	148 世中の御うしろみ	世の中の御うしろみ
薄雲	145 権中納言	149 権中納言	権中納言
薄雲	146 何事もゆつり	150 なに事もゆつり	何事もゆつり
薄雲	(ナシ)	(ナシ)	やかて御精進(細字)
薄雲	147 命婦はみくしけ殿	151 命婦はみくしけ殿の	命婦はみくしけ殿の
薄雲	148 此事をもし	152 この事をもし	この事をもし
薄雲	149 きこしめさむ	153 きこしめさむ事を	きこしめさん事を
薄雲	150 ひとかたならす	154 ひとかたならす心ふかく	一かたならす心ふかく
薄雲	151 斎宮の女御	155 斎宮の女御は	斎宮の女御は
薄雲	152 あらまほしう	156 あらまほしう	あらまほしう
薄雲	153 秋のころ二条院に	157 秋の比二条院に	秋のころ二条院に
薄雲	154 御袖もぬれつゝ	158 御袖もぬれつゝ	御袖もぬれつゝ
薄雲	155 せんさいとも	159 せんさいともこそ	せんさいともこそ
薄雲	156 ときしりかほなる	160 時しりかほなる	時しりかほなる
薄雲	157 むかしの御事とも	161 むかしの御事とも	昔の御事共
薄雲	158 かくれはとにや	162 かくれはとにや	かくれはとにや
薄雲	159 見たてまつらぬこそ	163 みたてまつらぬこそ	み奉らぬこそ
薄雲	160 すきにしかた	164 すきにしかた	過にし方
薄雲	161 この過給ひにし	165 このすき給にし	この過給にし
薄雲	162 あさましうのみ	166 あさましうのみ	浅ましうのみ
薄雲	163 かうまても	167 かうまてもつかうまつり	かうまてもつかうまつり
薄雲	164 もえしけふりの	168 もえしけふりの	もえしけふりの
薄雲	(ナシ)	169 いまひとつはのたまひさし	今ひとつはの給ひさしつ
薄雲	165 中ころの身のなきにしつみ侍し	170 なか比の身のなきにしつみ侍し	なかころの身のなきに沈み侍し
薄雲	166 ひんかしのゐん	171 ひんかしの院に	ひんかしの院に
薄雲	167 おほろけに	172 おほろけに	おほろけに
薄雲	(ナシ)	(ナシ)	思ひ忍ひたる(ナシ)

薄雲	168 あはれとたに	173 あはれとたに	哀とたに
薄雲	169 かすならぬおさなき人	174 数ならぬおさなき人の	数ならぬおさなき人の
薄雲	170 此門ひろけさせ給ふ	175 この門ひろけさせ給て	此門ひろけさせ給て
薄雲	171 としのうちゆきかはる	176 としのうちゆきかはる時〳〵の花もみち	年のうちゆきかはる時〳〵の花もみち
薄雲	172 あらはなるさため	177 あらはなるさため	あらはなるさため
薄雲	(ナシ)	178 もろこしには	もろこしには
薄雲	173 やまとことの葉には	179 やまとことの葉には	やまとことの葉には
薄雲	174 とき〳〵につけて	180 時〳〵につけて	時〳〵につけて
薄雲	175 いつかたにか御心よせ	181 いつかたにか御心よせ侍へからん	いつかたにか御心よせ侍へからん
薄雲	176 いときこえにくき	182 いときこえにくき	いと聞えにくき
薄雲	177 ましていかゝおもひ	183 ましていかゝ思ひ	ましていかゝ思ひ
薄雲	178 あやしときゝし	184 あやしときゝし	あやしときゝし
薄雲	179 はかなうきえ給ひにし	185 はかなうきえ給にし	はかなうきえ給にし
薄雲	(ナシ)	186 君もさは	君をさば
薄雲	180 いつこの御いらへ	187 いつこの御いらへ	いつこの御いらへ
薄雲	181 このつゐてには	188 このつゐてに	このついてに
薄雲	182 あさましうも	189 あさましうも	あさましうも
薄雲	183 まことに心ふかき人は	190 まことに心ふかき人は	まことに心深き人は
薄雲	184 つらからんとて	191 つらからんとて	つらからんとて
薄雲	185 わたり給ぬ	192 わたり給ひぬ	渡り給ぬ
薄雲	186 やなきのえたに	193 やなきのえたに	柳の枝に
薄雲	187 かうあなかちなる	194 かうあなかちなる	かうあなかちなる
薄雲	188 これはいとにけなき	195 これはいとにけなき	是はいとにけなき
薄雲	189 おそろしうつみふかき	196 おそろしうつみふかき	おそろしうつみふかきかたはおほくまさりけめといにしへのすきは思ひやりすくなきほとのあやまちに仏神もゆるし給けんとおほしさますも
薄雲	190 なをこのみちは	197 なをこのみちは	なをこのみちは
薄雲	191 君の春の明ほの	198 君の春の明ほの	君の春のあけほの
薄雲	192 いかておもふ事	199 いかておもふ事	いかて思ふこと
薄雲	193 山里の人も	200 山里の人も	山里の人も
薄雲	194 世中をあちきなく	201 世中をあちきなく	世中をあちきなく
薄雲	195 なとかさしも	202 なとかさしも思ふへき	なとかさしも思ふへき
薄雲	196 すみなるゝ	203 すみなるゝ	すみなるゝ
薄雲	197 いとふかゝらさらん	204 いとふかゝらさらん	いとふかゝらさらん
薄雲	198 つらかりける御ちきりの	205 つらかりける御ちきりのさすかにあさからぬを思ふに	つらかりける御契のさすかにあさからぬを思ふに
薄雲	199 こしらへかね給ふ	206 こしらへかね給	こしらへかね給
薄雲	200 かゝり火とも	207 かゝり火ともの	かゝり火ともの
薄雲	201 かゝるすまゐ	208 かゝるすまゐに	かゝる住居に
薄雲	202 いさりせし	209 いさりせし	いさりせし
薄雲	203 おもひこそまかへ	210 おもひこそまかへ	思ひこそまかへ
薄雲	204 あさからぬ	211 あさからぬ	浅からぬ
薄雲	205 たれうき物と	212 たれうき物と	たれうき物と
朝顔	1 斎院は御ふく	001 斎院は御ふく	斎院は御ふくにて
朝顔	(ナシ)	(ナシ)	宮いとわつらはしかりし事を(しつ)
朝顔	2 いとくちおしと	002 いとくちおしと	いとくちおしと
朝顔	3 なか月になりて	003 なか月になりて	なか月になりて
朝顔	4 女五宮	004 女五宮	女五宮
朝顔	5 こ院このみこたちを	005 こ院このみこたちを	こ院この御子たちを
朝顔	6 いまもしたしく	006 いまもしたしく	今もしたしく
朝顔	7 おなしくしんてん	007 おなししんてん	同ししん殿

朝顔	8 ほともなくあれにける	008 程もなくあれにける	程もなくあれにける
朝顔	9 宮たいめん	009 宮たいめん	宮たいめん
朝顔	10 こおと丶の宮は	010 このおほとの丶宮は	こおほとの丶宮は
朝顔	11 院のうへ	011 院のうへ	院のうへ
朝顔	12 この宮さへ	012 この宮さへ	この宮さへ(ナシ)
朝顔	13 かしこくも	013 かしこくも	かしこくも
朝顔	14 院かくれ給ひてのちは	014 院かくれ給て後は	院かくれ給て
朝顔	15 おほえぬつみに	015 おほえぬつみに	おほえぬつみに
朝顔	16 たま〳〵おほやけに	016 たま〳〵おほやけに	たま〳〵おほやけに
朝顔	17 いとも〳〵	017 いとも〳〵	いとも〳〵
朝顔	18 かくてよにたちかへり	018 かくてよにたちかへり	かくて世に立帰り
朝顔	19 いときよらに	019 いときよらに	いときよらに
朝顔	20 内のうへなむ	020 内のうへなん	内のうへなん
朝顔	21 さりともをとり	021 さりともをとり	さりともをとり
朝顔	22 ことにかくさしむかひて	022 ことにかくさしむかひて	ことにかくさしむかひて
朝顔	23 やまかつになりて	023 やまかつになりて	山かつになりて
朝顔	24 あやしき御をしはかり	024 あやしき御をしはかり	あやしき御をしはかり
朝顔	25 とき〳〵みたてまつらは	025 とき〳〵みたてまつらは	時〳〵み奉らは
朝顔	26 三宮うら山しく	026 三宮うらやましく	三宮うらやましく
朝顔	27 このうせ給ひぬる	027 このうせたまひぬる	このうせ給ぬる
朝顔	28 すこしみ丶とまり給ふ	028 すこしみ丶とまり給ふ	すこしみ丶とまり給
朝顔	29 さもさふらひ	029 さもさふらひ	(ナシ)
朝顔	30 みなさしはなたせ	030 みなさしはなたせ給ひてと	みなさしはなたせ給てと
朝顔	31 あなたの御まへ	031 あなたの御まへを	あなたの御まへを
朝顔	32 かくさふらひたる	032 かくさふらひたる	かくさふらひたる
朝顔	33 にひいろ	033 にひいろのみす	にひ色のみす
朝顔	34 せんしたいめん	034 せんしたいめんして	せんしたいめんして
朝顔	35 いまさらに	035 いまさらにわか〳〵しき	今さらにわか〳〵しき
朝顔	36 神さひにける	036 神さひにける	神さひにける
朝顔	37 ありし世はみな夢に	037 ありし世はみな夢に	ありし世はみな夢に
朝顔	38 らうなとは	038 らうなとは	らうなとは
朝顔	39 けにこそさためかたき	039 けにこそさためかたき	けにこそ御ためかたき
朝顔	40 人しれす	040 人しれす	人しれす
朝顔	41 いまはなにのいさめ	041 いまはなにのいさめ	今は何のいさめ
朝顔	42 なへて世にわつらはしき	042 なへて世にわつらはしき	なへて世にわつらはしき
朝顔	43 かたはしをたに	043 かたはしをたに	かたはしをたに
朝顔	(ナシ)	044 御よういなと	御よういなと
朝顔	44 すくしたまへと	045 すくし給へと	すくし給へと
朝顔	45 なへて世の	046 なへて世の	なへて世の
朝顔	46 あな心う	047 あな心う	あな心う
朝顔	(ナシ)	048 しなとの風に	しなどの風に
朝顔	47 みそきをかみは	049 みそきをかみは	みそきを神は
朝顔	48 よつかぬ御ありさま	050 よつかぬ御ありさま	世つかぬ御有さま
朝顔	49 見たてまつりなやめり	051 見たてまつりなやめり	み奉りなやめり
朝顔	50 すき〳〵しき	052 すき〳〵しきやうに	すき〳〵しきやうに
朝顔	51 よはひのつもり	053 よはひのつもりには	よはひのつもりには
朝顔	52 世にしらぬやつれ	054 世にしらぬやつれを	世にしらぬやつれを
朝顔	53 ところせきまて	055 ところせきまて	所せきまて
朝顔	54 おほかたの空も	056 おほかたのそらも	大かたの空も
朝顔	55 とりかへしつ丶	057 とりかへしつ丶	とりかへしつつ
朝顔	56 心やましく	058 心やましくてたちいて給ぬる	心やましくて立出給ぬる

朝顔	（ナシ）	（ナシ）	朝かほをおりて(細字)
朝顔	57 けさやかなりし	059 けさやかなりし	けさやかなりし
朝顔	58 みしおりの	060 みしおりの	みしおりの
朝顔	59 かつはなと	061 かつはなと	かつはなと
朝顔	60 をとなひたる	062 をとなひたる	おとなひたる
朝顔	61 秋はてゝ	063 あきはてゝ	秋はてゝ
朝顔	62 につかはしき	064 につかはしき	につかはしき
朝顔	63 なにのおかしき	065 なにのをかしき	なにのおかしき
朝顔	64 人の御ほと	066 人の御ほと	人の御程
朝顔	65 たちかへりいまさら	067 たちかへりいまさら	立かへり今さら
朝顔	（ナシ）	（ナシ）	もてはなれぬ(ナシ)
朝顔	（ナシ）	（ナシ）	さらかへり(ナシ)
朝顔	（ナシ）	（ナシ）	東のたい(ナシ)
朝顔	66 せんしをむかへつゝ	068 せんしをむかへつゝ	せんしをむかへつゝ
朝顔	67 さふらふ人〳〵	069 さふらふ人〳〵	さふらふ人〳〵
朝顔	68 宮はそのかみたに	070 宮はそのかみたに	宮は其かたみに
朝顔	69 と(よ)の人にかはり	071 よの人にかはり	世の人にかはり
朝顔	70 よのなかにもりきこえて	072 よのなかにもりきこえて	世中にもり聞えて
朝顔	71 たいのうへ	073 たいのうへも	たいのうへも
朝顔	72 御けしき	074 御気しきなとも	御けしきなとも
朝顔	73 まめ〳〵しく	075 まめ〳〵しく	まめ〳〵しく
朝顔	74 おなしすち	076 おなしすち	おなしすち
朝顔	75 人にをしけたれ	077 人にをしけたれ	人にをしけたれ
朝顔	76 よろしき事こそ	078 よろしきことこそ	よろしき事こそ
朝顔	77 やくとは御ふみを	079 やくとは御ふみを	やくとは御文を
朝顔	78 けに人のことは	080 けに人のことは	けに人のことは
朝顔	79 けしきをたに	081 気しきをたに	けしきをたに
朝顔	80 かんわさなとも	082 かんわさなとも	かんわさなとも
朝顔	81 五の宮	083 五の宮	五の宮
朝顔	（ナシ）	（ナシ）	心よはからん人は(細字)
朝顔	82 見もやり給はす	084 見もやり給はす	みもやり給はす
朝顔	83 わか君を	085 わか君を	若宮を
朝顔	84 あやしき御けしき	086 あやしく御けしきの	あやしくみ気色の
朝顔	85 しほやき衣	087 しほやきころも	汐やき衣
朝顔	86 なれゆくこそ	088 なれゆくこそ	なれ行こそ
朝顔	87 宮に御せうそこ	089 宮に御せうそこ	宮に御せうそこ
朝顔	88 かゝりける事も	090 かゝりける事も	かゝりける事も
朝顔	89 にひたる御そ	091 にひたる御そ	にひたる御そ
朝顔	90 まことにかれまさり	092 まことにかれまさり	誠にかれまさり
朝顔	91 うちよりほかの	093 うちよりほかの	うちより外のありきは(ナシ)
朝顔	92 いてや御すき心	094 いてや御すき心の	いてや御すき心
朝顔	93 宮には	095 宮には	宮には
朝顔	94 きたおもての	096 きたおもての人しけき	北おもての人しけき
朝顔	（ナシ）	097 にしなるかこと〳〵しきを	にしなるかこと〳〵しきを
朝顔	（ナシ）	098 けふしもわたり給はしと	けふしも渡り給はしと
朝顔	95 うすゝき	099 うすすき	うすゞき
朝顔	（ナシ）	100 こほ〳〵と	こほ〳〵と
朝顔	96 しやうのいといたく	101 上のいといたく	上のいといたく
朝顔	97 きのふけふと	102 きのふけふと	昨日けふと
朝顔	（ナシ）	103 三とせのあなた	（ナシ）
朝顔	98 いつのまに	104 いつのまに	いつのまに

朝顔	（ナシ）	105 ひこしろひ	ひこしろい
朝顔	99 宮の御かたに	106 宮の御かたに	宮の御かたに
朝顔	（ナシ）	107 いひきとか	いびきとか
朝顔	100 かしこけれと	108 かしこけれと	かしこけれと
朝顔	101 院のうへはをはおとゝ	109 院のうへはをはおとゝ	院のうへはをはおとゝ
朝顔	（ナシ）	（ナシ）	この宮の御てしにて（細字）
朝顔	102 そのよのことは	110 そのよのことは	そのよのことは
朝顔	103 おやなしにふせるたひ人	111 をやなしにふせるたひ人と	おやなしにふせる旅人と
朝顔	104 すけみにたる	112 すけみにたる	すげみにたる
朝顔	105 うちされんとは	113 うちされんとは	うちされんとは
朝顔	106 いひこしほとに	114 いひこしほとに	いひこし程に
朝顔	107 いましもきたる	115 いましもきたる	いましもきたる
朝顔	108 このさかりに	116 このさかりに	このさかりに
朝顔	109 入道の宮	117 入道の宮なとの	入道の宮なとの
朝顔	（ナシ）	（ナシ）	物あはれなる（細字）
朝顔	110 心ときめき	118 心ときめき	心ときめき
朝顔	111 としふれと	119 としふれと	年ふれと
朝顔	112 身をかへて	120 身をかへて	身をかへて
朝顔	113 にしおもて	121 にしおもて	にしおもて
朝顔	114 ひとまふたま	122 ひとまふたま	ひとまふたま
朝顔	（ナシ）	123 ありつるおいらく	ありつるおいらく
朝顔	115 人つてならて	124 人つてならて	人つてならて
朝顔	116 むかしわれも人も	125 むかしわれも人も	むかし我も人も
朝顔	117 こ宮なとの	126 こ宮なとの	こ宮なとの
朝顔	118 さたすき	127 さたすき	さだすき
朝顔	119 あさましう	128 あさましう	あさましう
朝顔	120 さすかにはしたなく	129 さすかにはしたなく	さすかにはしたなく
朝顔	121 まことに	130 まことに	まことに
朝顔	（ナシ）	131 つれなさを	つれなさを
朝顔	122 心つからの	132 心つからのと	心つからのと
朝顔	123 けにかたはら	133 けにかたはら	けにかたはら
朝顔	124 あらためて	134 あらためて	あらためて
朝顔	125 むかしにかはる	135 むかしにかはる	昔にかはる
朝顔	126 いさらかは	136 いさゝかは	いさゝかは
朝顔	127 何事にか	137 なに事にか	何事にか
朝顔	128 かるらかにをしたちて	138 かるらかにをしたちて	かるらかにをしたちて
朝顔	129 けに人のほとの	139 けに人のほとの	けに人の程の
朝顔	130 なへてよの人	140 なへてのよの人の	なへての世の人の
朝顔	（ナシ）	（ナシ）	かつはかろ〳〵しき（細字）
朝顔	131 としころしつみつるつみ	141 としころしつみつるつみ	とし比しつみつるつみ
朝顔	132 御おこなひをとは	142 御をこなひをとは	御おこなひをとは
朝顔	（ナシ）	（ナシ）	中〳〵今めかしき（細字）
朝顔	133 御はらから	143 御はらから	御はらから
朝顔	（ナシ）	144 ひとつ御はらならねは	ひとつ御はらならねは
朝顔	134 めてたき人の	145 めてたき人の	めてたき人の
朝顔	135 ひとつ心に	146 ひとつ心と	ひとつ心と
朝顔	136 まけてやみなん	147 まけてやみなんも	まけてやみなんも
朝顔	137 むかしよりもあまた経まさりて	148 むかしよりもあまたへまさりて	昔よりあまたへまさりて
朝顔	（ナシ）	149 御あたけも	御あだげも
朝顔	138 しのひ給へと	150 しのひ給へといかゝうちこほるゝ	忍ひ給へといかゝうちこほるゝ
朝顔	139 あやしくれいならぬ	151 あやしくれいならぬ	あやしくれいならぬ

朝顔	140 宮うせ給ふ	152 宮うせ給	宮うせ給
朝顔	141 まろかれたる	153 まろかれたる	まろかれたる
朝顔	142 世にかくまて	154 世にかくまて	世にかくまて
朝顔	143 さい院にはかなしこと	155 さい院にはかなしこと	斎院にはかなしこと
朝顔	144 むかしよりこよなふ	156 昔よりこよなう	昔よりこよなう
朝顔	145 かしこも	157 かしこも	かしこも
朝顔	(ナシ)	(ナシ)	かくなんあるとしも(細字)
朝顔	146 まつとたけとの	158 まつとたけとの	松と竹との
朝顔	147 冬の夜のすめる月	159 冬の夜のすめる月に	冬のよのすめる月に
朝顔	(ナシ)	(ナシ)	みす捲あけて
朝顔	148 あこめみたれき	160 あこめみたれき	あこめみたれき
朝顔	149 おひしとけなき	161 おひしとけなき	おひしとけなき
朝顔	150 わらはけて	162 わらはけて	わらはげて
朝顔	151 うちとけかほなる	163 うちとけかほ	打とけかほ
朝顔	152 ふくつけかれと	164 ふくつけかれと	ふくつけがれと
朝顔	153 ゆきの山	165 中宮のおまへにゆきのやま	中宮の御前に雪の山
朝顔	154 はかなき	166 はかなき	はかなき
朝顔	155 もていてらう〳〵しき	167 もていてゝらう〳〵しき	もて出てらう〳〵しき
朝顔	(ナシ)	168 はかなき事をもしなし給しはや	はかなき事をもしなし給しばや
朝顔	(ナシ)	169 やはらかにをひれたる	やはらかにをびれたる
朝顔	156 君こそはさいへと	170 君こそはさいへと	君こそはさいへと
朝顔	157 前斎院	171 前さい院	前斎院
朝顔	158 内侍のかみこそは	172 内侍のかみこそは	内侍のかみこそは
朝顔	159 あやしくもありける	173 あやしくもありける	あやしくもありける
朝顔	160 さかし	174 さかし	さかし
朝顔	161 さも思ふに	175 さも思ふにいとおしく	さも思ふにいとおしく
朝顔	162 しつけさと	176 しつけさと	しつけさと
朝顔	163 山里の人こそは	177 山里の人こそは	山里の人こそは
朝顔	164 人よりことなる	178 人よりことなる	人よりことなる
朝顔	165 いふかひなき	179 いふかひなき	いふかひなき
朝顔	166 ひんかしの院に	180 ひんかしの院に	ひんかしのゐんに
朝顔	167 さはたさらに	181 さはたさらに	さはたさらに
朝顔	168 氷とち	182 氷とち	氷とち
朝顔	169 恋きこゆる人	183 恋きこゆる人	恋聞ゆる人
朝顔	170 わくる御心も	184 わくる御心も	わくる御心も
朝顔	171 かきつめて	185 かきつめて	かきつめて
朝顔	172 宮の御事	186 宮の御事	宮の御事
朝顔	173 もらさしと	187 もらさしと	もらさしと
朝顔	174 いまもいみしく	188 今もいみしく	今もいみしく
朝顔	175 うちもみしろかて	189 うちもみしろかて	うちもみしろかて
朝顔	176 とけてねぬ	190 とけてねぬ	とけてねぬ
朝顔	(ナシ)	(ナシ)	しるへなきせかいに
朝顔	177 うちにも御心のをにゝ	191 うちにも御心のをにゝ	内にも御心のおにゝ
朝顔	178 なき人を	192 なき人を	なき人を
朝顔	(ナシ)	(ナシ)	おなしはちす
少女	1 としかはりて	001 としかはりて	年かはりて
少女	2 まして	002 まして	まして
少女	3 前斎院には	003 前斎院には	前斎院(には)
少女	4 おまへなるかつら	004 おまへなるかつら	おまへなる桂の(ナシ)
少女	(ナシ)	005 大殿	大殿
少女	5 みそきの日	006 みそきの日は	みそきの日は

少女	6 かけきやは	007 かけきやは	かけきやは
少女	7 ふちのはなに	008 ふちのはなに	ふちの花に
少女	8 おりのあはれなれは	009 おりのあはれなれは	おりの哀なれは
少女	9 ふち衣	010 ふちころも	藤衣
少女	10 はかなくとはかり	011 はかなくとはかり	はかなくと計
少女	11 御ふくなをし	012 御ふくなをしの	御ふくなをしの
少女	12 院はみくるしき	013 院は見くるしき	院はみくるしき
少女	13 としころも	014 としころも	年比も
少女	14 わかき人々	015 わかき人〳〵	若き人〳〵
少女	15 こなたにも	016 こなたにも	こなたにも
少女	16 なにかいまはしめたる	017 なにかいまはしめたる	なにか今はしめたる
少女	17 すき(ち)ことになり給て	018 すちことになり給て	すちことに成給て
少女	18 こ大殿のひめ君	019 こ大殿のひめ君	こ大殿の姫君
少女	19 三宮	020 三宮	三宮
少女	20 やんことなくえさらぬ	021 やんことなくえさらぬ	やんことなくえさらぬ
少女	21 さらかへりて	022 さらかへりて	さらかへりて
少女	22 心つきなしと	023 心つきなしと	心つきなしと
少女	23 宮人も	024 宮人も	宮人も
少女	24 かの御みつからは	025 かの御みつからは	かの御みつからは
少女	25 おほさゝるへし	026 おほさゝるへし	おほさゝるへし
少女	26 大殿はらのわか君	027 大殿はらのわか君	大殿はらの若君
少女	27 御くゐふく	028 御くゐんふく	御くゐんふく
少女	28 おほ宮	029 おほ宮の	大宮の
少女	29 かのとのにて	030 かのとのにて	かのとのにて
少女	30 右大将殿	031 右大将殿	右大将殿
少女	31 四位になしてん	032 四位になしてん	四位になしてん
少女	32 しかゆくりなからん	033 しかゆくりなからん	しかゆくりなからん
少女	33 あさきにて	034 あさきにて	あさきにて
少女	34 殿上にかへり給を	035 殿上にかへり給を	殿上にかへり給を
少女	35 御たいめんありて	036 御たいめんありて	御たいめんありて
少女	36 をひつかすましう	037 をいつかすましう	をいつかすましう
少女	(ナシ)	038 大かくのみちに	(ナシ)
少女	37 二三年	039 二三年	二三年
少女	38 みつからは	040 みつからは	みつからは
少女	39 たゝかしこき	041 たゝかしこき	たゝかしこき
少女	40 はかなきおやに	042 はかなきをやに	はかなきおやに
少女	41 たかき家のことして	043 たかき家のことして	たかき家の子として
少女	(ナシ)	044 はなましろき	はなまじろき
少女	42 やまとたましゐ	045 やまとたましゐ	やまとだましゐ
少女	43 さしあたりて	046 さしあたりて	さしあたりて
少女	44 侍らすなりなん	047 侍らすなりなん	侍らすなりなん
少女	45 うちなけき	048 うちなけき	うちなけき
少女	46 この大将なとも	049 此大将なとも	此大将なとも
少女	47 おさな心ちにも	050 おさな心ちにも	おさな心ちにも
少女	48 左衛門督	051 左衛門督	左衛門督(ナシ)
少女	49 うちわらひ給て	052 うちわらひ給て	打わちひ給て
少女	50 この人のほとよ	053 この人のほとよ	この人の程よ
少女	(ナシ)	054 あさなつくる	あさなつくる
少女	51 はゝかる所なく	055 はゝかる所なく	はゝかる所なく
少女	52 いゐよりほかに	056 いゐよりほかに	家より外に
少女	53 すくしつゝ	057 すくしつゝ	すくしつゝ

少女	54 へいしなとも	058 へいしなとも	へいしなとも
少女	55 民部卿	059 民部卿	民部卿
少女	56 おほな〳〵	060 をほな〳〵	おほな〳〵
少女	(ナシ)	061 おほな〳〵	(ナシ)
少女	57 とかめいてゝおろす	062 とかめいてゝおろす	とかめいてゝおろす
少女	58 おほしかいもとあるし	063 おほしかいもとあるし	おほしかいもとあるし
少女	59 ひさうに侍り給ふ	064 ひさうに侍りたうふ	ひざうに侍りたうぶ
少女	60 かくはかりのしるしと	065 かくはかりのしるしと	かくはかりのしるしと
少女	61 ほころひて	066 ほころひて	ほころひて
少女	62 なりたかし	067 なりたかし	なり高し
少女	63 なめけなりとて	068 なめけなりとて	なめけなりとて
少女	64 あされかたくなゝる	069 あされかたくなゝる	あされかたくなゝる
少女	65 けうさうしまとはされ	070 けうさうしまとはされ	けうさうしまとはされ
少女	66 かへりまかつる	071 かへりまかつる	かへりまかつる
少女	67 さい人	072 さい人	さい人
少女	68 みしかきころの夜	073 みしかきころの夜	みしかき比の夜
少女	69 左中弁	074 左中弁	左中弁
少女	70 枝の雪をならし	075 えたの雪をならし	枝の雪をならし
少女	71 おとゝの御は	076 おとゝの御は	おとゝの御を(ナシ)は
少女	72 女のえしらぬ	077 女のえしらぬ	女のえしらぬ
少女	73 にうかく	078 にかく	にうかく
少女	74 よるひるうつくしみ	079 よるひるうつくしみて	よるひるうつくしみて
少女	75 おほかたの人から	080 おほかたの人から	大かたの人から
少女	(ナシ)	081 たゝ四五月	たゝ四月五月
少女	76 れうしうけさせん	082 いまはれうしうけさせん	今はれうしうけさせん
少女	77 まつ御まへにて	083 まつ御まへにて	先御前にて
少女	78 左大弁	084 左大弁	左大弁
少女	79 つましるし	085 つましるし	つましるし
少女	80 さるへきに	086 さるへきに	さるへきに
少女	81 おやのたちかはり	087 おやのたちかはりしれ行	親の立かへりしれ行
少女	82 大将さかつきさし給へは	088 大将さかつきさし給へは	大将さかつきさし給へは
少女	83 世のひか物	089 世のひか物にて	世のひか物にて
少女	84 大かくにまいり給	090 大かくにまいり給	大学にまいり給
少女	85 れうもんに	091 れうもんに	れうもんに
少女	86 火さの君	092 火さの君	かさの君
少女	87 座のすゑ	093 座の末を	座の末を
少女	88 おろしのゝしる	094 おろしのゝしる	おろしのゝしる
少女	89 大かくもさかゆる	095 大かくもさかゆる	大学もさかゆる
少女	90 文人きさう	096 文人きさう	文人きさう
少女	91 かくてきさき	097 かくてきさき	かくてきさき
少女	92 はゝ宮	098 はゝ宮	はゝ宮
少女	(ナシ)	099 源氏のうちしきり	源氏の打しきり
少女	93 兵部卿宮	100 兵部卿宮	兵部卿宮
少女	94 御はゝかたにて	101 御はゝかたにて	御母方にて
少女	95 梅つほ	102 梅つほ	梅つほ
少女	96 御さいはい	103 御さいわいの	御さいはいの
少女	(ナシ)	104 おとゝ太政大臣にあかり	おとゝ太政大臣にあかり
少女	97 人からいとすくよかに	105 人からいとすくよかに	人からいとすくよかに
少女	(ナシ)	106 ゐんふたき	ゐんふたき
少女	98 おほやけこと	107 おほやけことには	おほやけことには
少女	99 をとらすさかへ	108 をとらすさかへ	をとらすさかへ

少女	100 いま一所	109 いま一所	今一所
少女	101 わかんとをり	110 わかんとをり	わかんとをり
少女	102 それにませてのちのおや	111 それにませてのちのおやに	それにまかせて後のおやに
少女	103 女御には	112 女御には	女御には
少女	104 おのこゝにはうちとくましき	113 おのこゝにはうちとくましき	おのこゝにはうちとくましき
少女	105 よそ〳〵になりては	114 よそ〳〵になりては	よそ〳〵になりては
少女	106 所〳〵のたいきやう	115 所〳〵のたいきやう	所〳〵のたいきやう
少女	107 宮はよろつ	116 宮はよろつ	宮はよろつ
少女	108 ひはこそ	117 ひはこそ	ひはこそ
少女	109 なにのみこ	118 なにのみこ	何のみこ
少女	110 おほきおとゝの山さとに	119 おほきおとゝの山さとに	おほきおとゝの山里に
少女	111 ものゝ上手ののちには	120 ものゝ上手のゝちには	物の上手の後には
少女	112 ひろうあはせ	121 ひろうあはせ	ひろうあはせ
少女	113 ちうさす	122 ちうさす事	ちうさすこと
少女	114 さいはいにうちそへて	123 さいはいにうちそへて	さいはひに打そへて
少女	115 やむことなきにゆつれる	124 やむことなきにゆつれる	やん事なきにゆつれる
少女	116 女はたゝ心はせ	125 女はたゝ心はせ	女はたゝ心はせ
少女	117 女御を	126 女御を	女御を
少女	118 おもはぬ人に	127 おもはぬ人に	おもはぬ人に
少女	119 この君を	128 この君を	この君を
少女	120 東宮の御元服	129 東宮の御元服	東宮の御元服
少女	121 さいはい人のはらのきさきかね	130 さいわい人ののはらのきさきかね	さいはひ人のはらのきさきかね
少女	122 なとかさしも	131 なとかさしも	なとかさしも
少女	123 この御事にて	132 この御ことにて	この御ことにて
少女	124 ひめ君の御さま	133 ひめ君の御さま	姫君の御さま
少女	125 きひはに	134 きひはに	きひはに
少女	126 りちのしらへ	135 りちのしらへの	りちのしらへの
少女	127 かせのちからけたしすくなし	136 かせのちからけたしすくなし	風のちからけたしすくなし
少女	128 いとゝそへんとにや	137 いとゝそへんとにや	いとゝそへんとにや
少女	129 おさ〳〵たいめん	138 おさ〳〵たいめん	おさ〳〵たいめん
少女	130 さえのほとより	139 さえのほとより	さえの程より
少女	131 はうしおとろ〳〵しからす	140 はうしおとろ〳〵しからす	はうしおとろ〳〵しからす
少女	132 はきか花すり	141 はきかはなすり	萩の花すり
少女	133 大殿も	142 大殿も	大殿も
少女	134 いとをしき事	143 いとおしき事	いとおしき事
少女	135 おとゝ	144 おとゝ	おとゝ
少女	136 我御うへ	145 我御うへ	我御うへ
少女	137 おれたる事こそ	146 おれたる事こそ	おれたる事こそ
少女	(ナシ)	147 子をしるといふ	(ナシ)
少女	138 されはよおもひよらぬ	148 されはよおもひよらぬことには	されはよ思ひよらぬ事には
少女	139 をともせて	149 をともせていて給ぬ	音もせて出給ひぬ
少女	140 わつらはしき	150 わつらはしき御心をと	わつらはしき御心をと
少女	141 おとゝのしゐて	151 おとゝのしゐて	おとゝのしゐて
少女	142 大宮をは	152 大宮をも	大宮をも
少女	143 おゝしくあさやきたる	153 おゝしくあさやきたる	おゝしくあさやきたる
少女	144 しきりにまいり給	154 しきりにまいり給	しきりにまいり給ふ
少女	145 こゝにさふらふも	155 こゝにさふらふも	こゝにさふらふも
少女	146 よからぬものゝ	156 よからぬものゝ	よからぬものゝ
少女	147 いかやうなる事にて	157 いかやうなる事にて	いかやうなる事にて
少女	148 たのもしき御かけ	158 たのもしき御かけに	たのもしき御かけに
少女	149 おさなきものを	159 おさなきものを	おさなきものを

少女	150 あめのした	160 あめのした	あめのした
少女	151 なにはかりのほと	161 なにはかりのほとにもあらぬ	なにはかりの程にもあらぬ
少女	（ナシ）	162 ゆかりむつひ	ゆかりむつひ
少女	152 ゆめにもしり給はぬ	163 ゆめにもしり給はぬ	夢にもしり給はぬ
少女	153 くちおしきことは	164 くちおしきことは	くちおしき事は
少女	154 みたてまつりしより	165 みたてまつりしより	み奉りしより
少女	155 むなしき事にて	166 むなしきことにて	むなしき事にて
少女	156 なにのうきたる	167 なにのうきたることにか	何のうきたる事にか
少女	157 わかき人といひなから	168 わかき人といひなから	わかき人といひなから
少女	（ナシ）	169 かきりなきみかとの御いつきむすめ	かきりなきみかとの御いつきむすめ
少女	158 けしきをしりつたふる	170 気しきをしりつたふる	けしきをしりつたふる
少女	159 よししはし	171 よししはし	よししはし
少女	160 そこたちは	172 そこたちは	そこたちは
少女	161 大納言とのに	173 大納言とのに	大納言殿に
少女	162 おとこ君の	174 おとこ君の	男君の
少女	163 もとよりいたう	175 もとよりいたう思ひつき給	もとよりいたう思ひつき給ふ
少女	164 このきみよりほかに	176 この君よりほかに	此君より外に
少女	165 おと丶をうらめしう	177 おと丶をうらめしう	おと丶をうらめしう
少女	166 御心のうちを	178 御心のうちを	御心の内を
少女	167 せひしらす	179 せひしらす	ぜひしらす
少女	168 御ことにより	180 御ことにより	御ことにより
少女	169 心にか丶れる	181 心にか丶れる	心にか丶れる
少女	170 なに事にか	182 なに事にか	何事にか
少女	171 よしいまより	183 よしいまより	よし今より
少女	172 なかさうし	184 なかさうし	なかさうし
少女	173 雲ゐのかりも	185 雲井のかりも	雲井雁も
少女	（ナシ）	186 こし丶う	こ侍従
少女	174 ひとりことを	187 ひとりことを	ひとりことを
少女	175 あはれはしらぬ	188 あはれはしらぬ	哀はしらぬ
少女	176 さ夜なかに	189 さ夜なかに	さ夜中に
少女	177 身にもしみける	190 身にもしみける	身にもしみける
少女	178 又かうさはかるへき事	191 又かうさはかるへき事とも	又かくさはるへき事とも
少女	179 おと丶はそのま丶	192 おと丶はそのま丶	おと丶は其ま丶
少女	180 きたのかたには	193 きたのかたには	北の方には
少女	181 た丶大かたいとむつかしき	194 た丶大かたいとむつかしき	た丶大かたいとむつかしき
少女	182 さすかにうへにつと	195 さすかにうへにつと	さすかにうへにつと
少女	183 にはかにまかて	196 にはかにまかてさせ	にはかにまかてさせ
少女	（ナシ）	197 しふ〳〵に	しふ〳〵に
少女	184 つれ〳〵におほされむ	198 つれ〳〵におほされん	つれ〳〵におほされん
少女	185 さくしり	199 さくしり	さくしり
少女	186 宮いとあへなしと	200 宮いとあへなしと	宮いとあへなしと
少女	187 ひとりものせられし女こ	201 ひとりものせられし女こ	ひとり物せられし女こ
少女	188 うちかしこまりて	202 うちかしこまりて	打かしこまりて
少女	189 心にあかすおもふ	203 心にあかすおもふ	心にあかす思ふ
少女	190 ふかくへたて	204 ふかくへたて	深くへたて
少女	191 内にさふらふか	205 内にさふらふか	内にさふらふか
少女	（ナシ）	（ナシ）	あからさま
少女	192 はく丶み人となさせ	206 はく丶み人となさせ	はく丶み人となさせ
少女	193 かうおほしたち	207 かうおほしたちに	かうおほしたち
少女	194 をさなき心とも	208 おさなき心とも	おさなき心とも
少女	195 さもこそはあらめ	209 さもこそはあらめ	さもこそはあらめ

少女	196 このころはしけう	210 このころはしけう	此比はしけう
少女	197 左少将少納言	211 左少将少納言	左少将少納言
少女	198 左衛門督権中納言	212 左衛門督権中納言	左衛門督権中納言
少女	199 この君に	213 この君に	此君に
少女	200 大宮の御心さし	214 大宮の御心さしも	大宮の御心さしも
少女	201 このひめ君	215 このひめ君	此姫君
少女	202 かくてわたり	216 かくてわたり	かくて渡り
少女	203 とのはいまのほとに	217 とのはいまのほとに	とのは今の程に
少女	204 いふかひなき事を	218 いふかひなき事を	いふかひなき事を
少女	205 こゝろさしのふかさ	219 心さしのふかさ	心さしの深き
少女	206 宮もよもあなかち	220 宮もよもあなかち	宮もよもあなかち
少女	207 宮の御ふみにて	221 宮の御ふみにて	宮の御文にて
少女	208 こめかしく	222 こめかしく	こめかしく
少女	209 いてむつかしき	223 いてむつかしきことな	いてむつかしき事な
少女	210 いてやものけなしと	224 いてやものけなしと	いてや物けなしと
少女	211 わか君	225 わか君	わか君
少女	212 よろしきときこそ	226 よろしきときこそ	よろしき時こそ
少女	213 おとゝの御心の	227 おとゝの御心の	おとゝの御心の
少女	214 さわれ	228 さわれ	さはれ
少女	(ナシ)	229 まろも	まろも
少女	215 とのまかて	230 とのまかて	とのまかて
少女	(ナシ)	231 そゝやなと	そゞやなと
少女	216 さもさはかれはと	232 さもさはかれはと	さもさはかれはと
少女	217 御めのと	233 御めのと	御めのと(ナシ)
少女	218 宮しらせ給はぬ	234 宮しらせ給はぬ	宮知せ給はぬ
少女	219 かれきゝたまへ	235 かれきゝたまへ	かれきゝ給へ
少女	220 くれなゐの	236 くれなゐの	くれなゐの
少女	221 いろ〳〵に	237 いろ〳〵に	色〳〵に
少女	222 しもこほり	238 しもこほり	しもこほり
少女	223 大とのにはことし	239 大とのにはことし五せち	大殿にはことし五せち
少女	224 なにはかりの	240 なにはかりの	何はかりの
少女	225 ひんかしの院	241 ひんかしの院	ひんかしの院
少女	226 過にしとし	242 過にしとし	過にし年
少女	227 左衛門督	243 左衛門督	左衛門督
少女	228 うへの五せち	244 うへの五せち	うへの五せち
少女	229 宮つかへすへく	245 宮つかへすへく	宮つかへすへて
少女	230 あそんのいつきむすめ	246 あそんのいつきむすめ	あそんのいつきむすめ
少女	231 まひならはしなと	247 まひならはしなと	まひならはしなと
少女	232 いま一所のれう	248 いま一ところのれう	今一所のれう
少女	233 大かくの君	249 大かくの君	大かくの君
少女	234 うへの御かた	250 うへの御かた	うへの御かた
少女	235 わか御心ならひ	251 わか御心ならひ	わか御心ならひ
少女	236 なやましけにて	252 なやましけにて	なやましけにて
少女	237 かの人	253 かの人	かの人
少女	(ナシ)	254 なに心もなく	なに心もなく
少女	238 あめにます	255 あめにます	あめにます
少女	239 みつかきのと	256 みつかきのと	みつ垣のと
少女	240 なまむつかしき	257 なまむつかしき	なまむつかしき
少女	241 けさうしそふとて	258 けさうしそふとて	けさうしそふとて
少女	242 五せちにことつけて	259 五せちにことつけて	五せちにことつけて

少女	243 こゝしう	260 こゝしう	こゝしう
少女	244 ものきよけ	261 ものきよけ	物きよけ
少女	245 れいのまひひめ	262 れいのまひゝめ	れいの舞姫
少女	246 むかし御めとまり	263 むかし御めとまり	昔御目とまり
少女	247 おとめこも	264 おとめこも	乙女子も
少女	248 とし月のつもり	265 とし月のつもり	年月のつもり
少女	249 かけていへは	266 かけていへは	かけていへは
少女	250 あをすりのかみ	267 あをすりのかみ	あをすりのかみ
少女	(ナシ)	268 こすみおほすみ	こずみうすゝみ
少女	(ナシ)	269 けゝしう	けゞしう
少女	251 つらき人の	270 つらき人の	つらき人の
少女	252 あふみのはからさき	271 あふみのはからさき	あふみのはからさき
少女	253 左衛門督	272 左衛門督	左衛門督
少女	254 それもとゝめさせ	273 それもとゝめさせ	それもとゝめさせ
少女	255 かの人は	274 かの人は	かの人は
少女	256 うちそへて	275 うちそへて	打そへて
少女	257 せうとの	276 せうとの	せうとの
少女	258 ましか	277 ましか	ましが
少女	259 いかてか	278 いかてか	いかてか
少女	(ナシ)	297 さき〳〵も	さき〳〵も
少女	260 みとりのうすやう	280 みとりのうすやう	緑のうすやう
少女	261 日かけにも	281 日かけにも	日かけにも
少女	262 ふたりみるほとに	282 ふたりみるほとに	ふたりみる程に
少女	263 ちゝぬし	283 ちゝぬし	ちゝぬし
少女	264 なこりなくうちゑみて	284 なこりなくうちゑみて	なこりなく打ゑみて
少女	265 きんちら	285 きんちらは	きんぢらは
少女	266 殿の御心をきて	286 殿の御心をきて	殿の御心をきて
少女	267 みないそきたち	287 みないそきたち	みないそきたち
少女	268 かの人はふみをたに	288 かの人はふみをたに	かの人は文をたに
少女	269 さとさへうく	289 さとさへうく	里さへうく
少女	270 とのはこのにしのたい	290 とのはこのにしのたいに	とのは此西のたいに
少女	271 たゝの給まゝに	291 たゝの給まゝに	たゝの給ふまゝに
少女	272 ほのかになと	292 ほのかになと	ほのかになと
少女	273 又むかひてみるかひなからん	293 又むかひてみるかひなからん	又むかひてみるかひなからん
少女	274 はまゆふはかり	294 はまゆふはかりの	はまゆふ計の
少女	275 大宮の	295 大宮の	大宮の
少女	276 宮はたゝ	296 宮はたゝ	宮はたゝ
少女	277 おいねと	297 おいねと	おいねと
少女	278 おとこはくちおしき	298 おとこはくちをしき	男はくちおしき
少女	279 なにかは	299 なにかは	なにかは
少女	280 こおとゝ	300 こおとゝ	こおとゝ
少女	281 ものへたてぬ	301 ものへたてぬ	物へたてぬ
少女	282 けゝしう	302 けゝしう	けゝしう
少女	283 たいの御かた	303 たいの御かた	たいの御方
少女	284 おやいま一所	304 おやいま一ところ	おや今一所
少女	285 ついたちにも	305 ついたちにも	ついたちにも
少女	286 よしふさのおとゝ	306 よしふさのおとゝ	よしふさのおとゝ
少女	287 朱雀院に	307 朱雀院に	朱雀院に
少女	288 故宮	308 故宮	古(故)宮
少女	(ナシ)	309 忌月	忌月(ナシ)
少女	289 あを色	310 あを色	あを色

少女	290 おなしあか色	311 おなしあか色	おなしあかいろ
少女	291 院も	312 院もいと	院も(いと)
少女	292 わさとの文人	313 わさとの文人	わさとの文人
少女	293 かく生	314 かく生	かく生
少女	294 式部のつかさ	315 式部のつかさの	式部のつかさの
少女	295 大殿のたらう君	316 大殿のたらう君	大殿の太郎君
少女	296 おくたかき	317 おくたかき	おく高き
少女	297 つなかぬふねに	318 つなかぬふねに	つなかぬ船に
少女	298 かうくるしき	319 かうくるしき	かうくるしき
少女	299 院のみかと	320 院のみかと又さはかりの事	院のみかと又さはかりの事
少女	300 鶯の	321 鶯の	鶯の
少女	301 こゝのへを	322 こゝのへを	九重を
少女	302 帥のみこ	323 帥のみこ	帥のみこ
少女	303 いにしへを	324 いにしへを	いにしへを
少女	304 あさやかに	325 あさやかに	あさやか(に)
少女	305 うくひすの	326 うくひすの	鶯の
少女	306 これは御わたくし	327 これは御わたくし	これは御わたくし
少女	307 おほきさいの宮	328 おほきさいの宮	おほきさいの宮
少女	308 かくなかくおはしましける	329 かくなかくおはしましける	かくなかくおはしましける
少女	309 いまはかくふりぬる	330 いまはかくふりぬる	今はかく古ぬる
少女	310 さるへき御かけとも	331 さるへき御かけとも	さるへき御かけ共
少女	311 おとゝもさるへきさまに	332 をとゝもさるへきさまに	おとゝもさるへきさまに
少女	312 いまもさるへき	333 いまもさるへき	今もさるへき
少女	(ナシ)	(ナシ)	御たうはり
少女	313 おいもておはする	334 おいもておはする	おひもておはする
少女	314 進士になり給ひぬ	335 進士になり給ぬ	進士になり給ひぬ
少女	315 三人	336 三人	三人
少女	316 かの人の御こと	337 かの人の御こと	かの人の御事
少女	317 おとゝの	338 おとゝの	おとゝの
少女	318 中宮のふるき宮	339 中宮のふるき宮	中宮の古き宮
少女	319 式部卿の宮	340 式部卿の宮	式部卿(の)宮
少女	320 としかへりては	341 としかへりては	年かへりては
少女	321 御としみの事	342 御としみの事	御としみの事
少女	322 うへはいそかせ	343 うへはいそかせ	うへはいそかせ
少女	323 ひかしの院にも	344 ひんかしの院にも	ひんかしの院にも
少女	324 ことにふれて	345 ことにふれて	ことにふれて
少女	325 女御の御ましらひ	346 女御の御ましらひ	女御の御ましらひ
少女	326 ひんかしの院にすみ給	347 ひんかしの院にすみ給	東の院にすみ給ふ
少女	(ナシ)	348 やり水のをとまさるへき	やり水の音まさるへき
少女	327 くたに	349 くたに	くだに
少女	(ナシ)	350 五月	五月
少女	328 上め	351 上め	上め
少女	329 われはかほなるはゝそはら	352 われはかほなるはゝそはら	我は顔なるはゝそはら
少女	(ナシ)	353 ひかんの	ひかんの
少女	330 御くるま十五	354 御くるま十五	御車十五
少女	331 四位五位かち	355 四位五位かち	四位五位がち
少女	332 いまひとかた	356 いまひとかた	今ひとかた
少女	333 侍従の君	357 侍従の君	侍従の君
少女	334 こまけ	358 こまけ	こまけ
少女	335 五六日	359 五六日	(ナシ)
少女	336 さはいへと	360 さはいへと	さはいへと

少女	337 こなたに	361 こなたに	こなたに
少女	338 わらはのおかしきを	362 わらはのおかしきを	わらはのおかしきを
少女	339 さふらひなれたれは	363 さふらひなれたれは	さふらひなれたれは
少女	340 心から	364 心から	心から
少女	341 風にちる	365 風にちる	風にちる
少女	342 御せんなる人〳〵	366 御せんなる人〳〵	御せんなる人〳〵
少女	343 春のはなさかりに	367 春の花さかりに	春の花盛に
少女	344 いと、おもふやうなる	368 いと、おもふやうなる	いと、思ふやうなる
少女	345 大井の御かた	369 大井の御かたは	大井の御方は
玉鬘	1 とし月へたゝりぬれと	001 とし月へたゝりぬれと	年月へたゝりぬれと
玉鬘	2 右近はなにの人かす	002 右近はなにの人かすならねと	右近は何の人数ならねと
玉鬘	3 すまの御うつろひ	003 すまの御うつろひ	須磨の御うつろひ
玉鬘	4 かのにしの京にとまり	004 かのにしの京にとまり	かの西の京にとまり
玉鬘	5 わか名もらすな	005 わかなもらすな	わか名もらすな
玉鬘	6 その御めのと	006 その御めのと	其御めのと
玉鬘	7 ちゝおとゝ	007 ちゝおとゝ	父おとゝ
玉鬘	8 またう(よ)くも	008 またよくも	またよくも
玉鬘	9 しりなからは	009 しりなから	知ながら
玉鬘	10 心わかうおはせし	010 心わかうおはせし	心わかうおはせし
玉鬘	11 おはせましかは	011 おはせましかは	おはせましかは
玉鬘	12 うらかなしくも	012 うらかなしくも	うらかなしくも
玉鬘	13 ふたりさしむかひて	013 ふたりさしむかひて	ふたりさしむかひて
玉鬘	14 ふな人も	014 ふな人も	舟人も
玉鬘	15 こしかたも	015 こしかたも	こし方も
玉鬘	16 かねのみさき	016 かねのみさき	かねのみさき
玉鬘	17 かしこにいたりつきて	017 かしこにいたりつきて	かしこにいたりつきて
玉鬘	18 夢なとに	018 夢なとに	夢なとに
玉鬘	19 心ちあしく	019 心ちあしくなやみ	心地あしくなやみ
玉鬘	(ナシ)	020 少弐にんはてゝ	少弐にんはてゝ
玉鬘	20 ことなるいひ(き)ほひ	021 ことなるいきほひなき	ことなるいきほひなき
玉鬘	21 たゆたひつゝ	022 たゆたひつゝ	たゆたひつつ
玉鬘	22 この君とをはかり	023 この君のとをはかり	此君のとをはかり
玉鬘	23 をのこゝ三人	024 をのこゝ三人	をのこゝ三人
玉鬘	24 わか身のけうをは	025 わか身のけうをは	吾身のけうをは
玉鬘	25 その人の御ことは	026 その人の御ことは	其人の御事は
玉鬘	26 きゝついつゝ	027 きゝついつゝ	きゝついつゝ
玉鬘	27 いときなきほとを	028 いときなきほとを	いときなき程を
玉鬘	28 むすめともか	029 むすめともゝ	むすめともゝ
玉鬘	29 心のうちにこそ	030 心のうちにこそ	心の内にこそ
玉鬘	30 ものおほししる	031 ものおほししる	物おほししる
玉鬘	31 ねさう	032 ねさう	ねさう
玉鬘	32 ひせんのくにとそ	033 ひせんのくにとそ	ひせんの国とそ
玉鬘	33 大夫のけか(ママ)ん	034 大夫のけん	大夫のげん
玉鬘	34 おなし心	035 おなし心	おなし心
玉鬘	35 ふたりは	036 ふたりは	ふたりは
玉鬘	36 をの〳〵我身の	037 をの〳〵わか身の	をの〳〵吾身の
玉鬘	37 世にしられては	038 世にしられては	世にしられでは
玉鬘	38 この人の	039 この人の	此人の
玉鬘	39 なかのこのかみ	040 なかのこのかみ	なかのこのかみ
玉鬘	40 たい〳〵しく	041 たい〳〵しく	たい〳〵しく
玉鬘	41 あけたてまつらん	042 あけたてまつらん	あけたてまつらん

玉鬘	42 われはおほえたかき	043 われはおほえたかき身と	われはおほえ高き身と
玉鬘	43 ことはそいとたみたりける	044 ことはそいとたみたりける	ことはそいとたみたりける
玉鬘	44 けさう人	045 けさう人は	けさう人は
玉鬘	45 よはひとは	046 よはひとは	よばひとは
玉鬘	46 秋ならねとも	047 秋ならねとも	秋ならねとも
玉鬘	47 心をやふらしとて	048 心をやふらしとて	心をやふらしとて
玉鬘	48 をはおとゝ	049 おはおとゝ	おはおとゝ
玉鬘	49 こ少弐	050 こ少弐	こ少弐
玉鬘	50 いかうに	051 いかうにつかふまつるへく	いかうにつかふまつるへく
玉鬘	51 おとゝも	052 おとゝも	おとゝも
玉鬘	52 しふ〳〵に	053 しふ〳〵に	しぶ〳〵に
玉鬘	53 すやつはら	054 すやつはら	すやつはら
玉鬘	54 ひとしなみ	055 ひとしなみ	ひとしなみ
玉鬘	55 きさきのくらゐ	056 きさきのくらゐに	きさきの位に
玉鬘	56 いかゝはかくの給を	057 いかゝはかくの給を	いかゝはかくの給ふを
玉鬘	57 おもひはゝかる事	058 おもひはゝかること	おもひはゝかること
玉鬘	58 さらになおほし	059 さらになおほし	さらになおほし
玉鬘	59 天下に	060 天下に	天下に
玉鬘	60 きのはて	061 きのはて	きのはて
玉鬘	61 おりていく	062 おりていく	おりていく
玉鬘	62 君にもし	063 きみにもし	君にもし
玉鬘	63 このわかは	064 このわかは	このわらは
玉鬘	64 あれにもあらねは	065 あれにもあらねは	あれにもあらねは
玉鬘	65 うちおもひける	066 うちおもひける	うち思ひける
玉鬘	66 としをへて	067 としをへて	年をへて
玉鬘	67 いてやこはいかに	068 いてやこはいかに	いてやこはいかに
玉鬘	68 さはいへと	069 さはいへと心つよく	さはいへと心つよく
玉鬘	69 この人のさまことに	070 この人のさまことに	此人のさまことに
玉鬘	70 おいさり〳〵と	071 おいさり〳〵と	おいさり〳〵と
玉鬘	71 まれ〳〵のはらから	072 まれ〳〵のはらから	まれ〳〵のはらから
玉鬘	72 兵部卿宮	073 兵部君	兵部君
玉鬘	73 大夫のけん	074 大夫のけん	大夫のけん
玉鬘	74 まつらのみや	075 まつらのみや	まつらの宮
玉鬘	75 うきしまを	076 うきしまを	うき嶋を
玉鬘	76 行さきも	077 行さきも	行さきも
玉鬘	77 うきことに	078 うきことに	うき事に
玉鬘	78 すこし心のとまりて	079 すこし心のとまりて	すこし心の留りて
玉鬘	79 胡の地のせいし	080 胡の地のせいし	胡の地のせいじ
玉鬘	80 この人	081 この人	此人
玉鬘	81 いそきいりぬ	082 いそきいりぬ	いそきいりぬ
玉鬘	82 九条にむかし	083 九条にむかし	九条に昔
玉鬘	83 秋にもなるまゝに	084 秋にもなるまゝに	秋にもなるまゝに
玉鬘	84 たゝ水鳥の	085 たゝ水とりの	たゝ水鳥の
玉鬘	85 まつらはこせ(さ)き	086 まつらはこさき	まつら箱崎
玉鬘	86 こしとて	087 こしとて	ごしとて
玉鬘	87 おやのかたらひし	088 おやのかたらひし	親のかたらひし
玉鬘	88 うちつきて	089 うちつきて	うちつきて
玉鬘	89 仏のつ(御)なかに	090 仏の御なかに	仏の御中に
玉鬘	90 もろこしに	091 もろこしに	もろこしに
玉鬘	91 とをきくにの	092 とをきくにの	遠き国の
玉鬘	92 ことさらにかちよると	093 ことさらにかちよりと	ことさらにかちよりと

玉鬘	93 ありけんさま	094 ありけんさまを	ありけんさまを
玉鬘	94 つはいち	095 つはいち	つは市
玉鬘	95 たのもし人	096 たのもし人	たのもし人
玉鬘	96 ゆみやもちたる	097 ゆみやもちたる	弓矢もちたる
玉鬘	97 をんなはら	098 をんなはら	をんなはら
玉鬘	98 ひすましめくもの	099 ひすましめくもの	ひすましめくもの
玉鬘	99 おほみやかし	100 おほみあかし	おほみあかし
玉鬘	100 家あるし	101 家あるし	家あるし
玉鬘	(ナシ)	102 けに人〳〵きぬ	けに人〳〵きぬ
玉鬘	101 これもかちより	103 これもかちよりなめり	是もかちよりなめり
玉鬘	102 せ上なと	104 せ上なと	ぜじやうなと
玉鬘	103 とし月にそへて	105 とし月そへて	年月そへて
玉鬘	104 れいならひにけれは	106 れいならひにけれは	れいならひにけれは
玉鬘	105 わかなみの人	107 わかなみの人	わかなみの人
玉鬘	106 兵とうたと	108 兵とうたと	兵とうだと
玉鬘	107 おほえすこそ	109 おほえすこそ	おほえすこそ
玉鬘	108 かいねり	110 かいねり	かいねり
玉鬘	109 わかよはひ	111 わかよはひ	わかよはひ
玉鬘	110 あかおもと	112 あかおもと	あかおもと
玉鬘	111 うへは	113 うへは	うへは
玉鬘	112 おとゝはおはすや	114 おとゝはおはすや	おとゝはおはすや
玉鬘	113 あてき	115 あてき	あてき
玉鬘	114 君の御こと	116 君の御こと	君の御こと
玉鬘	115 みなおはします	117 みなおはします	みなおはします
玉鬘	116 いとつらく	118 いとつらく	いとつらく
玉鬘	117 なきかはす	119 なきかはす	なきかはす
玉鬘	118 わか君	120 わか君	わか君
玉鬘	119 またゝき	121 またゝき	またゝき
玉鬘	120 むかしそのおり	122 むかしそのおり	昔そのおり
玉鬘	121 いてやきこえても	123 いてやきこえても	いてや聞えても
玉鬘	122 このすけにも	124 このすけにも	この介にも
玉鬘	123 なかにうつくしけ	125 なかにうつくしけ	なかにうつくしけ
玉鬘	124 うつきのひとへめく	126 うつきのひとへめく	うつきのひとへめく
玉鬘	125 あしなれたる人	127 あしなれたる人	あしなれたる人
玉鬘	126 このきみを	128 このきみを	此君を
玉鬘	127 そや	129 そや	そや
玉鬘	128 この御しは	130 この御しは	此法師は
玉鬘	129 にしのまにとをかりける	131 にしのまにとをかりけるを	西のまに遠かりけるを
玉鬘	130 かくあやしき	132 かくあやしき	かくあやしき
玉鬘	131 このくにのかみ	133 このくにのかみ	此国のかみ
玉鬘	132 大ひさに	134 大ひさに	大ひさに
玉鬘	133 三条らも	135 三条らも	三条らも
玉鬘	134 いといたくこそ	136 いといたくこそ	いといたくこそ
玉鬘	135 中将とのは	137 中将とのは	中将殿は
玉鬘	136 御かたしも	138 御かたしも	御かたしも
玉鬘	137 あなかま	139 あなかま	あなかま
玉鬘	138 観世をんしに	140 観世をんしに	観世音寺に
玉鬘	139 つくし人	141 つくし人は	つくし人は
玉鬘	140 御あかしみふみ	142 御あかしふみ	御あかし文
玉鬘	141 さやうの人はくた〳〵しう	143 さやうの人はくさ〳〵しう	さやうの人はくさ〳〵しう
玉鬘	142 るり君	144 るり君	るり君

玉鬘	(ナシ)	145 その人このころなん	その人此比なん
玉鬘	(ナシ)	146 きくもあはれなり	きくも哀なり
玉鬘	143 しれる大とこ	147 しれる大とこ	しれる大とこ
玉鬘	144 おほえぬたかき	148 おほえぬたかき	おほえぬたかき
玉鬘	145 との丶うへ	149 との丶うへの	殿のうへの
玉鬘	146 またをひいて	150 またをひいて	またおひいて
玉鬘	147 かうやつれ	151 かうやつれ	かうやつれ
玉鬘	148 ち丶みかと	152 ち丶みかと	父帝
玉鬘	149 たうたいの御母きさき	153 たうたいの御は丶きさき	たうたいの御母后
玉鬘	150 われにならひ	154 われにならひ	我にならび
玉鬘	151 いつくかをとり	155 いつくかをとり	いつくかをとり
玉鬘	152 いた丶きをはなれたる	156 いた丶きをはなれたる	いた丶きをはなれたる
玉鬘	153 おひ人	157 おい人	老人
玉鬘	154 ほと〱	158 ほと〱	ほど〱
玉鬘	(ナシ)	159 ち丶おと丶にきこしめされかすまへられ給へきたはかり給へ	(ナシ)
玉鬘	155 うしろむき	160 うしろむき	うしろむき
玉鬘	156 いてや身こそ	161 いてや身こそ	いてや身こそ
玉鬘	157 ありしさま	162 ありしさま	ありしさま
玉鬘	158 心のおさなかり	163 心のをさなかりける	心のおさなかりける
玉鬘	159 少弐になり給へる	164 少弐になりたまへる	少弐になり給へる
玉鬘	160 ふたもとの	165 ふたもとの	二もとの
玉鬘	161 うれしきせにも	166 うれしきせにも	うれしきせにも
玉鬘	162 はつせ川	167 はつせ川	泊瀬川
玉鬘	163 ゐなかひこち〱	168 ゐなかひこち〱	いなかひこち〱
玉鬘	164 おと丶をうれし	169 おと丶をうれし	おと丶をうれし
玉鬘	165 は丶きみは	170 は丶きみは	女君は
玉鬘	166 つくしを心にく丶	171 つくしを心にく丶	つくしを心にく丶
玉鬘	167 みな見し人はさとひにたる	172 みなみし人はさとひにたる	みな見し人は里ひにたる
玉鬘	168 秋風たにより	173 秋風たにより	秋風谷より
玉鬘	169 人なみ〱ならん	174 人なみ〱ならん	人なみ〱ならん
玉鬘	170 はら〱	175 はら〱	はら〱
玉鬘	171 いつとても	176 いつとても	いつとても
玉鬘	172 いひかはき(す)たつき	177 いひかはすたつき	いひかはすたつき
玉鬘	173 右近は大とのに	178 右近は大とのに	右近はおほとのに
玉鬘	174 このことを	179 このことを	此事を
玉鬘	175 みかとひきいる丶	180 みかとひきいる丶より	みかとひきいる丶より
玉鬘	176 おもひふしたり	181 おもひふしたり	思ひふしたり
玉鬘	177 右近めしいつれは	182 右近めしいつれは	右近めしいつれは
玉鬘	178 おと丶も御覧して	183 おと丶も御覧して	おと丶も御覧して
玉鬘	179 こまかへる	184 こまかへる	こまかへる
玉鬘	180 まかて丶なぬか	185 まかて丶なぬか	まかて丶なぬか
玉鬘	181 あはれなる人	186 あはれなる人	哀なる人
玉鬘	182 またうへにきかせ	187 またうへにきかせ	またうへにきかせ
玉鬘	183 御とのあふら	188 御とのあふら	御とのあふら
玉鬘	184 女君は廿七八	189 女君は廿七八	女君は廿七八
玉鬘	185 かの人を	190 かの人を	かの人を
玉鬘	186 おほとのこもるとて	191 おほとのこもるとて	おほとのこもるとて
玉鬘	187 さりやたれか	192 さりやたれか	さりやたれか
玉鬘	188 としへぬるとち	193 としへぬるとち	年へぬるとち
玉鬘	189 さるましき心と	194 さるましき心と	さるましき心と
玉鬘	190 かのたつねいてたりけん	195 かのたつねいてたりけん	かの尋出たりけん

玉鬘	191 あなみくるしや	196 あなみくるしや	あなみくるしや
玉鬘	192 けにあはれ	197 けにあはれ	けにあはれ
玉鬘	193 よし心しりたまはぬ	198 よし心しり給はぬ	よし心知り給はぬ
玉鬘	194 うへあなわつらはし	199 うへあなわつらはし	うへあなわつらはし
玉鬘	195 かたちなとに	200 かたちなとは	かたちなとは
玉鬘	196 こよなうこそ	201 こよなうこそ	こよなうこそ
玉鬘	197 おかしのことや	202 をかしのことや	おかしのことや
玉鬘	198 いかてかさらてはと	203 いかてかさまてはと	いかてかさまてはと
玉鬘	199 したりかほに	204 したりかほに	したりかほに
玉鬘	200 かくきゝそめてのち	205 かくきゝそめてのち	かくきゝそめて後
玉鬘	201 かつ〳〵いとうれし	206 かつ〳〵いとうれしく	かつ〳〵いとうれしく
玉鬘	202 いたつらにすきものし	207 いたつらにすきものし	いたつらにすきものし
玉鬘	203 いたうもかこちなす	208 いたうもかこちなす	いたうもかこちなす
玉鬘	204 かくてつとへたるかた〳〵	209 かくてつとへたるかた〳〵	かくてつとへたるかた〳〵
玉鬘	205 わか心なかさを	210 わか心なかさをみはつるたくひ	わか心長さをみはつるたくひ
玉鬘	206 御せうそこ	211 御せうそこ	御せうそこ
玉鬘	207 かのすゑつむ	212 かのすゑつむ	かの末摘
玉鬘	208 ものまめやかに	213 ものまめやかに	物まめやかに
玉鬘	209 しらすとも	214 しらすとも	しらすとも
玉鬘	210 みつからまかてゝ	215 身つからまかてゝ	みつからまかてゝ
玉鬘	211 うへにもかたらひ	216 うへにもかたらひ	上にもかたらひ
玉鬘	212 御くしけとの	217 御くしけとの	御くしけとの
玉鬘	213 さうしみ	218 さうしみは	さうしみは
玉鬘	214 かこと	219 かこと	かこと
玉鬘	215 右近かかすにも	220 右近かかすにも	右近か数にも
玉鬘	216 たいらかに	221 たいらかに	たいらかに
玉鬘	217 かすならぬ	222 かすならぬ	かすならぬ
玉鬘	218 てははかなたちて	223 てははかなたちて	手ははかなたちて
玉鬘	219 みなみのまち	224 みなみのまち	南のまち
玉鬘	(ナシ)	225 けせうに	げせうに
玉鬘	220 さふらふ人の	226 さふらふ人の	さふらふ人の
玉鬘	221 あひすみも	227 あひすみも	あひすみも
玉鬘	222 かのありし昔	228 かのありしむかし	かのありし昔
玉鬘	223 かく御心に	229 かく御心に	かく御心に
玉鬘	224 わりなしや	230 わりなしや	わりなしや
玉鬘	225 人のうへにても	231 人のうへにても	人の上にても
玉鬘	226 おもはぬなかも	232 おもはぬなかも	思はぬ中も
玉鬘	227 をのつからさるましき	233 をのつからさるましき	をのつからさるましき
玉鬘	228 あはれとひたふるに	234 あはれとひたふるに	あはれとひたふるに
玉鬘	229 きたのまち	235 きたのまち	北のまち
玉鬘	230 さりともあかし	236 さりともあかし	さりともあかし
玉鬘	231 又ことはりそかし	237 又ことはりそかしと	又ことはりそかしと
玉鬘	232 すか〳〵しくも	238 すか〳〵しくも	すか〳〵しくも
玉鬘	233 にはかにまとひ	239 にはかにまとひ	にはかにまとひ
玉鬘	234 その人	240 その人の	その人の
玉鬘	235 十月	241 十月	十月
玉鬘	236 ひんかしの御方	242 ひんかしの御かた	ひんかしの御方
玉鬘	237 あはれとおもひし	243 あはれとおもひし	哀と思ひし
玉鬘	238 女になるまて	244 女になるまて	女になるまて
玉鬘	239 中将を	245 中将を	中将を
玉鬘	240 けにかゝる人の	246 けにかゝる人の	けにかゝる人の

玉鬘	241 かのおや	247 かのおやなりし	かの親なりし
玉鬘	242 御心も	248 御心も	御心も
玉鬘	243 つき〳〵しく	249 つき〳〵しく	つき〳〵しく
玉鬘	244 との丶うちの人	250 との丶うちの人は	との丶内の人は
玉鬘	245 むかしひかる源し	251 むかしひかるくゑんし	昔ひかるくゑんし
玉鬘	246 かいはなては	252 右近かいはなては	右近かいはなては
玉鬘	247 このとくち	253 このとくちに	この戸くちに
玉鬘	248 わりなく	254 わりなく	わりなく
玉鬘	249 か丶けてすこしよす	255 右近か丶けてすこしよす	右近か丶けてすこしよす
玉鬘	250 をもなの人や	256 おもなの人や	おもなの人や
玉鬘	（ナシ）	257 けにとおほゆる御まみの	（ナシ）
玉鬘	251 としころ	258 としころ	年比
玉鬘	252 あした丶す	259 あした丶す	あした丶す
玉鬘	253 しつみたまへる	260 しつみたまへる	しつみ給へる
玉鬘	254 いふかひなくは	261 いふかひなくは	いふかひなくは
玉鬘	255 うへにもかたり	262 うへにもかたり	上にもかたり
玉鬘	256 あやしの人の	263 あやしの人の	あやしの人の
玉鬘	257 まことに君をこそ	264 まことにきみをこそ	誠に君をこそ
玉鬘	258 す丶りひきよせ	265 す丶りひきよせ	す丶りひきよせ
玉鬘	259 こひわたる	266 こひわたる	恋渡る
玉鬘	260 けにふかう	267 けにふかう	けにふかう
玉鬘	261 人かすならぬ	268 人かすならす	人かすならす
玉鬘	262 かたはらいたき	269 かたはらいたき	かたはらいたき
玉鬘	263 心のかきりつくしたりし	270 心のかきりつくしたりし	心の限つくしたりし
玉鬘	264 おやはらから	271 おやはらから	おやはらから
玉鬘	265 いまそ三条も	272 いまそ三条も	今そ三条も（の）
玉鬘	266 けんかいきさし	273 けんかいきさし	監かいきさし
玉鬘	267 このすけもなりぬ	274 このすけもなりぬ	このすけもなりぬ
玉鬘	268 いかてかかりにても	275 いかてかかりにても	いかてか丶りにても
玉鬘	269 てらしたるも	276 てうしたるも	てうしたるも
玉鬘	270 かた〳〵にうらやみなき	277 かた〳〵にうらやみなきやうに	かた〳〵にうらやみなきやうに
玉鬘	271 世になき色あひ	278 世になき色あひ	世になき色あひ
玉鬘	272 うちとのより	279 うちとのより	うちとのより
玉鬘	273 御そひつ	280 御そひつ	御そひつ
玉鬘	（ナシ）	281 いつれをとり	いつれをとり
玉鬘	274 きたまはん人の	282 きたまはん人の御かたち	き給はん人の（たちに）
玉鬘	275 さていつれをか	283 さていつれをか	さていつれをか
玉鬘	276 それもか丶みにて	284 それもか丶みにては	それもか丶みにては
玉鬘	277 かの御れう	285 かの御れう	かの御れう
玉鬘	278 さくらのほそなかに	286 さくらのほそなかに	桜のほそなかに
玉鬘	279 かいねり	287 かいねり	かいねり
玉鬘	280 かいふのおりもの	288 かいふのおりもの	かいふのおり物
玉鬘	281 夏の御かた	289 夏の御かた	夏の御かた
玉鬘	282 くもりなく	290 くもりなく	くもりなく
玉鬘	283 にしのたい	291 にしのたい	にしのたい
玉鬘	284 うちのおと丶	292 うちのおと丶	内のおと丶
玉鬘	285 もの丶色はかきりあり	293 もの丶色はかきりあり	もの丶色は限りあり
玉鬘	286 そこひあるものをとてかのすゑつむ	294 そこひあるものをとてかのすゑつむ	そこひある物をとてかのすゑつむ
玉鬘	287 こきか	295 こきか	こきか
玉鬘	288 ゆるしいろ	296 ゆるし色	ゆるし色
玉鬘	289 おなしひ	297 おなしひ	おなし日

玉鬘	290 けにゝけついたる	298 けににけついたる	けににけついたる
玉鬘	291 やまふきのうちき	299 やまふきのうちき	山吹のうちき
玉鬘	292 いてやたまへる	300 いてやたまへるは	いてや給へるは
玉鬘	(ナシ)	301 きてみれは	きてみれは
玉鬘	293 あふよりにたる	302 あふよりにたる	あふよりにたる
玉鬘	294 御けしきあしけれは	303 御けしきあしけれは	御けしきあしけれは
玉鬘	295 さかしらに	304 さかしらに	さかしらに
玉鬘	296 はつかしきまみ	305 はつかしきまみ	はつかしきまみ
玉鬘	297 から衣	306 からころも	から衣
玉鬘	298 まろも	307 まろも	まろも
玉鬘	299 まとゐはなれぬみもし	308 まとゐはなれぬ三もし	まとゐはなれぬみもし
玉鬘	300 あた人	309 あた人	あた人
玉鬘	301 やすめ所	310 やすめところ	やすめ所
玉鬘	302 よろつのさうし	311 よろつのさうし	よろつのさうし
玉鬘	303 ひたちのみこ	312 ひたちのみこの	ひたちのみこの
玉鬘	304 見よとて	313 みよとて	みよとて
玉鬘	305 よくあなひしり給へる	314 よくあないしりたまへる	よくあない知給へる
玉鬘	306 いとまめやかにて	315 いとまめやかにて	いとまめやかにて
玉鬘	307 ひめ君にも	316 ひめ君にも	姫君にも
玉鬘	(ナシ)	317 とおかりけれと	とをかりけれと
玉鬘	308 すへて女は	318 すへて女は	すへて女は
玉鬘	309 こゝろのすき(ち)を	319 こゝろのすちを	心のすちを
玉鬘	310 御かへりことは	320 御かへりことは	御かへり事は
玉鬘	311 をしかへし給はさらん	321 をしかへしたまはさらん	をしかへし給はさらん
玉鬘	312 なさけすてぬ	322 なさけすてぬ	なさけすてぬ
玉鬘	313 かへさんと	323 かへさんと	かへさんと
行幸	1 かくおほしいたらぬ	001 かくおほしいたらぬ	かくおほしいたらぬ
行幸	2 このをとなしの滝	002 このをとなしのたき	此をとなしのたき
行幸	3 かのおとゝ	003 かのおとゝ	かのおとゝ
行幸	(ナシ)	004 きはきはしく	きは〳〵しく
行幸	4 けさやかなる	005 さておもひくまなくけさやかなる	さて思ひくまなくけさやかなる
行幸	(ナシ)	(ナシ)	大原のゝ行幸
行幸	5 朱雀院より	006 朱雀より	朱雀より
行幸	6 たけたち	007 たけたち	たけたち
行幸	7 あを色のうへのきぬ	008 あをいろのうへのきぬ	あをいろのうへのきぬ
行幸	8 みこたち	009 みこたち	みこたち
行幸	9 そゑのたかゝひ	010 そゑのたかゝひ	そゑの鷹かひ
行幸	10 うちはしのもと	011 うきはしのもと	うきはしのもと
行幸	11 にしのたい	012 にしのたい	西の対
行幸	12 みかとのあか色	013 みかとのあかいろ	みかとのあかいろ
行幸	13 わかちゝおとゝ	014 わかちゝおとゝ	吾父おとゝ
行幸	(ナシ)	(ナシ)	御こし
行幸	14 まして	015 まして	まして
行幸	15 かたちありや	016 かたちありや	かたちありや
行幸	16 兵部卿宮	017 兵部卿宮	兵部卿の宮
行幸	17 右大将	018 右大将	右大将
行幸	18 おもりかに	019 おもりかに	おもりかに
行幸	19 やなくひ	020 やなくひ	やなくゐ
行幸	20 いかてはつくろひ	021 いかてかはつくろひ	いかてかはつくろひ
行幸	21 おとゝの君	022 おとゝの君	おとゝの君
行幸	22 なれ〳〵しきすち	023 なれ〳〵しきすち	なれ〳〵しきすち

行幸	23 御さうそくともなをし	024 御さうそくともなをし	御さうそくともなをし
行幸	24 六条院より	025 六条院より	六条院より
行幸	25 けふつかうまつらせ	026 けふつかふまつらせ	けふつかふまつらせ
行幸	26 くら人のさ衛もん	027 くら人のさゑもん	くら人の左衛門
行幸	27 おほせ事には	028 おほせ事には	おほせ事には
行幸	28 ゆきふかき	029 ゆきふかき	雪深き
行幸	29 太政大臣	030 太政大臣	太政大臣
行幸	(ナシ)	(ナシ)	もてなさせ
行幸	30 をしほ山	031 をしほ山	をしほ山
行幸	31 そのころほひ	032 そのころほひ	其比ほひ
行幸	32 きのふうへは	033 きのふうへは	きのふうへは
行幸	33 かのことはおほしなひき	034 かのことははおほしなひき	かの事はおほしなひき
行幸	34 あいなの	035 あいなの	あいなの
行幸	35 よくもをしはからせ	036 よくもをしはからせ	よくもをしはからせ
行幸	36 うちきらし	037 うちきらし	うちきらし
行幸	37 おほつかなき	038 おほつかなき	おほつかなき
行幸	38 しか〳〵の事	039 しか〳〵の事を	しか〳〵の事を
行幸	39 こゝなからのおほえには	040 こゝなからのおほえには	こゝなからのおほえに
行幸	40 かのおとゝに	041 かのおとゝに	かのおとゝに
行幸	41 わかう人の	042 わか人の	わか人の
行幸	42 あなうたて	043 あなうたて	あなうたて
行幸	43 いてそこにしも	044 いてそこにしも	いてそこにしも
行幸	44 又御かへり	045 又御かへり	又御かへり
行幸	45 あかねさす	046 あかねさす	あかねさす
行幸	46 猶おほしたて	047 猶おほしたて	猶おほしたて
行幸	47 よたけく	048 よたけく	よたけく
行幸	48 女はきこえたかく	049 女はきこえたかく	女は聞え高く
行幸	49 このもしおほし	050 このもしおほし	このもしおほし
行幸	50 わさとかましきのちの名	051 わさとかましきのちの名まて	わさとかましき後の名まて
行幸	(ナシ)	052 なを〳〵しき人のきはこそいまやうとては	なを〳〵しき人のきはこそ今やうとては
行幸	51 御こしゆひ	053 御こしゆひ	御こしゆひ
行幸	52 大宮こその冬つかた	054 大みやこその冬つかたより	大宮こその冬つかさより
行幸	53 いかにせまし	055 いかにせまし	いかにせまし
行幸	54 御ふくあるへきを	056 御ふくあるへきを	御ふくあるへきを
行幸	55 三条の宮に	057 三条宮に	三条宮に
行幸	56 いまはまして	058 いまはまして	今はまして
行幸	57 御心ちのなやましき	059 御心ちのなやましさ	御心ちのなやましさ(ナシ)
行幸	58 けしうはおはし	060 けしうはおはし	けしうはおはし
行幸	59 なにかし	061 なにかし	なにかし
行幸	(ナシ)	062 うゐ〳〵しくよたけく	うゐ〳〵しくよたけく
行幸	60 おれ〳〵しき	063 おれ〳〵しき	をれ〳〵しき
行幸	61 としのつもり	064 としのつもり	年のつもり
行幸	62 いてたちいそき	065 いてたちいそき	出たちいそき
行幸	63 さる事ともなれは	066 さる事ともなれは	さる事共なれは
行幸	64 うちのおとゝは	067 うちのおとゝは	内のおとゝは
行幸	65 おほやけこと	068 おほやけこと	おほやけこと
行幸	66 中将のうらめしけに	069 中将のうらめしけに	中将のうらめしけに
行幸	(ナシ)	(ナシ)	今はけにくゝ
行幸	67 たてたるところ	070 たてたるところ	たてたる所
行幸	68 いふかひなきに	071 いふかひなきに	いふかひなきに
行幸	69 よろつのことに	072 よろつの事に	万の事に

行幸	70 かくくちおしき	073 かく〻ちおしきにこりのすゑに	かく口おしきにこりの末に
行幸	71 すゑになれは	074 すゑになれは	すゑになれは
行幸	72 さるはかの	075 さるはかの	され(る)はかの
行幸	73 そのおりは	076 そのおりは	其おりは
行幸	74 さるもの〻	077 さるもの〻	さるもの〻
行幸	75 むつひも見侍らす	078 むつひも見侍らす	むつひもみ侍らす
行幸	76 かのところの	079 かのところの	かの所の
行幸	77 こらうのすけ	080 こらうのすけ	こらうのすけ
行幸	78 いゑたかく	081 いゑたかく	家たかく
行幸	79 いゑのいとなき(み)	082 いゑのいとなみ	いへのいとなみ
行幸	80 した〻かなる	083 した〻かなる	した〻かなる
行幸	81 にけなきこと〻も	084 にけなきこと〻も	にけなき事とも
行幸	82 宮つかへはさるへき	085 宮つかへはさるへき	宮仕はさるへき
行幸	83 よはひの程なと	086 よはひのほとなと	よはひの程なと
行幸	84 御なやみにことつけて	087 御なやみにことつけて	御なやみにことつけて
行幸	85 よろしう	088 よろしう	よろしう
行幸	86 宮いかに〳〵	089 宮いかに〳〵	宮いかに〳〵
行幸	87 かしこには	090 かしこには	かしこには
行幸	88 か〻るなのり	091 か〻るなのり	か〻るなのり
行幸	89 このとしころ	092 このとしころうけたまはりて	此年比うけ給はりて
行幸	90 さるやう侍る	093 さるやう侍る	さるやう侍る
行幸	(ナシ)	094 大宮の御ふみあり	大宮の御文あり
行幸	91 六条のおと〻	095 六条のおと〻	六条のおと〻
行幸	92 なに事にか	096 なに事にか	何事にか
行幸	93 つれなくて	097 つれなくておもひ	つれなくて思ひ
行幸	(ナシ)	098 いなひ所なからんか	いなひ所なからんか
行幸	94 又なとかさしも	099 又なとかさしも	又なとかさしも
行幸	(ナシ)	100 たけたち	たけたち
行幸	95 ふとさもあひて	101 ふとさもあひて	ふとさもあひて
行幸	(ナシ)	(ナシ)	しうとく
行幸	96 あゆまひ	102 あゆまひ	あゆまひ
行幸	97 えひそめの御さしぬき	103 えひそめの御さしぬき	えひそめの御さしぬき
行幸	98 かうした〻かにひきつくろひ	104 かうした〻かにひきつくろひ	かうした〻かに引つくろひ
行幸	99 とう大納言春宮大夫	105 とう大納言春宮大夫	とう大納言春宮の大夫
行幸	100 さいはひ人	106 さいはい人に	さいはい人に
行幸	101 さふらはては	107 さふらはては	さふらはては
行幸	102 御かうしや	108 御かうしや	御かうしや
行幸	103 かんたう	109 かんたうはこなたさまにこそ	かんたうは
行幸	(ナシ)	110 かうしとおもふ事侍り	(ナシ)
行幸	104 この事にや	111 この事にや	此事にや
行幸	105 むかしより	112 むかしより	むかしより
行幸	(ナシ)	113 大小の事	大小の事
行幸	106 ことかきりありて	114 ことかきりありて	ことかきりありて
行幸	107 いにしへは	115 いにしへは	いにしへは
行幸	108 たい〳〵〈し〉き	116 たい〳〵しき	たい〳〵しき
行幸	109 はねならへたる	117 はねならへたる	はねならへたる
行幸	110 思給へしらぬ	118 思給へしらぬ	思ひ給へしらぬ
行幸	111 そのついて	119 そのついてに	其ついてに
行幸	112 おと〻いとあはれに	120 おと〻いとあはれに	おと〻いと哀に
行幸	113 そのかみより	121 そのかみより	そのかみより
行幸	114 もらしきこしめさせし	122 もらしきこしめさせし	もらしきこしめさせし

行幸	115 はか〳〵しからぬ	123 はか〳〵しからぬ	はか〳〵しからぬ
行幸	116 あはれに思ふたまへ	124 あはれにおもふたまへ	哀に思ふ給へ
行幸	117 ひめきみ	125 ひめきみの御ことを	姫君の御事を
行幸	(ナシ)	126 しほ〳〵と	しほ〳〵と
行幸	118 中将の御ことをは	127 中将の御ことをは	中将の御事をは
行幸	119 かのおとゝ	128 かのおとゝ	かのおとゝ
行幸	120 こよひも御ともに	129 こよひも御ともに	こよひも御ともに
行幸	121 さらはこの御なやみ	130 さらはこの御なやみも	さらは此御なやみも
行幸	122 又いかなる御ゆつり	131 又いかなる御ゆつり	又いかなる御ゆつり
行幸	123 おとゝうちつけに	132 おとゝうちつけに	おとゝ打つけに
行幸	124 やんことなきかた〳〵	133 やんことなきかた〳〵	やん事なき方〳〵
行幸	125 それをきすと	134 それをきすとすへき	それをきすと
行幸	126 ことさらに	135 ことさらにも	ことさらにも
行幸	127 みやつかへさまにも	136 みやつかへさまにも	宮仕さまにも
行幸	128 よろしくおはしませは	137 よろしくおはしませは	よろしくおはしませは
行幸	129 れいのわたり	138 れいのわたり	れいの渡り
行幸	130 あへきことゝも	139 あへきことゝも	あへき事とも
行幸	131 あはれなる御心は	140 あはれなる御心は	哀なる御心は
行幸	132 おほす物から	141 おほす物から	おほす物から
行幸	133 むへなりけりと	142 むへなりけりとおもひあはする	むへなりけりと思ひあはする
行幸	134 かのつれなき	143 かのつれなき人	かのつれなき人
行幸	135 されとあるましく	144 されとあるましく	されとあるましく
行幸	136 三条宮より	145 三条宮より	三条宮より
行幸	137 きこえんにも	146 きこえんにも	聞えんにも
行幸	138 なかきためし	147 なかきためし	なかきためし
行幸	139 あはれにうけ給はり	148 あはれにうけたまはり	哀にうけたまはり
行幸	140 御けしきにしたかひて	149 御気しきにしたかひて	御けしきにしたかひて
行幸	141 ふたかたに	150 ふたかたに	二かたに
行幸	142 いたしや	151 いたしや	いたしや
行幸	143 御て	152 御てふるひにけり	御手ふるひにけり
行幸	144 卅一しのなかに	153 卅一しのなかに	卅一しの中に
行幸	145 からのたきもの	154 からのたきもの	からのたき物
行幸	(ナシ)	155 おちくりとかや	おちくりとかや
行幸	146 あはせのはかま	156 あはせのはかま	あはせのはかま
行幸	147 しらきりみゆる	157 しらきりみゆる	しらきりみゆる
行幸	148 おいらかなり	158 おいらかなり	おいらかなり
行幸	(ナシ)	159 かくものつゝみしたる人はひきいり	かく物つゝみしたる人はひきいり
行幸	149 かへりことはつかはせ	160 かへりことはつかはせ	かへり事はつかはせ
行幸	(ナシ)	161 わか身こそ	わか身こそ
行幸	150 しゝかみ	162 しゝかみ	しゝかみ
行幸	151 ゑりふかく	163 ゑりふかく	ゑりふかく
行幸	152 ましていまは	164 ましていまはちからなくて	まして今はちからなくて
行幸	153 から衣	165 から衣	から衣
行幸	154 みせたてまつり給へは	166 みせたてまつり給へは	みせ奉り給へは
行幸	155 君いと	167 君いと	君いと
行幸	156 ろうしたる	168 ろうしたる	ろうしたる
行幸	157 よしなきこと	169 よしなきこと	よしなき事
行幸	158 さしもいそかれ給ましき	170 さしもいそかれたまふましき	さしもいそかれ給ふましき
行幸	159 やうかはりて	171 やうかはりて	やうかはりて
行幸	160 ゐの時	172 ゐの時	ゐの時
行幸	161 すこしひかりみせて	173 すこしひかりみせて	すこし光みせて

行幸	162 よのつねのさほう	174 よのつねのさほう	よのつねのさほう
行幸	163 けにさらにきこえさせ	175 けにさらにきこえさせ	けにさらに聞えさせ
行幸	164 かきりなきかしこまり	176 かきりなきかしこまり	かきりなきかしこまり
行幸	165 うらめしや	177 うらめしや	うらめしや
行幸	166 しほたれ給	178 しほたれ給	しほたれ給ふ
行幸	167 よるへなみ	179 よるへなみ	よるへなみ
行幸	168 いとわりなき	180 いとわりなき	いとわりなき
行幸	169 つき〳〵	181 みこたちつき〳〵	みこたちつき〳〵
行幸	170 御けさう人も	182 御けさう人も	御けさう人も
行幸	171 中将弁	183 中将弁	中将弁
行幸	172 人しれすおもひし事	184 人しれすおもひし事	人しれす思ひし事も
行幸	173 さまことなる	185 さまことなる	さまことなる
行幸	174 中宮	186 中宮の	中宮の
行幸	175 猶しはしは御心つかひ	187 猶しはしは御心つかひし給て	猶しはしは御心つかひし給て
行幸	176 たゝ御もてなし	188 たゝ御もてなし	たゝ御もてなし
行幸	177 をくり物	189 御をくりもの	御をくり物
行幸	178 うちより御けしきある	190 うちより御気し□ある	うちより御気色ある
行幸	179 なまかたほなる	191 なまかたほなる	なまかたほなる
行幸	180 かの御ゆめ	192 かの御ゆめ	かの御夢
行幸	181 女御はかり	193 女御はかり	女御はかり
行幸	(ナシ)	194 しねんに	しねんに
行幸	182 さかなものゝ	195 さかなものゝ	さかなものゝ
行幸	183 ふたかたに	196 ふたかたに	ふたかたに
行幸	184 あふなけに	197 あふなけに	あふなげに
行幸	185 中将	198 中将	中将
行幸	186 しかかしつかへるへき	199 しかかしつかるへき	しかかしつかるへき
行幸	187 あなかまみな	200 あなかまみな	あなかまみな
行幸	188 内侍のかみあかは	201 ないしのかみあかは	ないしのかみあかは
行幸	(ナシ)	202 ましりひきあけたり	ましりひきあげ(あけたり)
行幸	189 けにしあやまりたる	203 けにしあやまりたる	けにしあやまりたる
行幸	190 少将はかゝるかた	204 少将はかゝるかた	少将はかゝるかた
行幸	191 かたきいは	205 かたきいは	かたきいは
行幸	192 あまのいはと	206 あまのいはと	あまのいはと
行幸	193 御まへの御心	207 御まへの御心の	御まへの御心の
行幸	194 いそしく	208 いそしく	いそしく
行幸	195 をといとけさやかに	209 をといとけさやかに	をといとけさやかに
行幸	196 むねにてをゝき	210 むねにてをゝきたる	むねに手をきたる
行幸	(ナシ)	211 したふり	したふり
行幸	197 ゑみたまひ	212 ゑみたまひ	ゑみ給ひ
行幸	198 いとあやしく	213 いとあやしく	いとあやしく
行幸	199 さもおほし	214 さもおほし	さもおほし
行幸	200 ひゝしく	215 ひゝしく	ひゝしく
行幸	201 人のおやけなく	216 人のおやけなく	人のおやけなく
行幸	202 やまとうたは	217 やまとうたは	やまと歌
行幸	203 つまこゑ	218 つまこゑ	つまこゑ
行幸	204 世人は	219 世人は	世人は
藤袴	1 内侍のかみ	001 内侍のかみの	内侍のかみの
藤袴	2 たれも〳〵	002 たれも〳〵	たれも〳〵
藤袴	3 おやとおもひ	003 おやとおもひ	おやと思ひ
藤袴	4 心よりほかに	004 心よりほかに	心より外に
藤袴	5 いつかたにも	005 いつかたにも	いつかたにも

藤袴	6 うけひ給人〳〵	006 うけひ給人〳〵	うけひ給ふ人〳〵
藤袴	7 さりとてかゝる	007 さりとてかゝるありさま	さりとてかゝるありさま
藤袴	8 まことのちゝ	008 まことのちゝ	まことの父
藤袴	9 いつかたも〳〵	009 いつかたも〳〵	いつかたも〳〵
藤袴	10 うすにひ色	010 うすきにひ色	うすきにひ色
藤袴	11 宰相中将	011 宰相中将	宰相中将
藤袴	12 こまやかなる	012 こまやかなる	こまやかなる(なり)
藤袴	13 はしめより物まめやかに	013 はしめよりものまめやかに	はしめより物まめやかに
藤袴	14 いまあらさりけりとて	014 いまあらさりけりとて	今あらさりけりとて
藤袴	15 とのゝ御せうそこ	015 とのゝ御せうそこ	(ナシ)
藤袴	16 内よりおほせ	016 内よりおほせ	内よりおほせ
藤袴	17 御かへり	017 御かへり	御かへり
藤袴	18 かの野わきのあした	018 かの野わきのあした	かの野分のあした
藤袴	19 うたてあるすちに	019 うたてあるすちに	うたてあるすちに
藤袴	20 猶もあらぬ心地	020 猶もあらぬ心ちそひて	猶もあらぬ心ちそひて
藤袴	(ナシ)	021 さはかり見所ある	さはかりみ所ある
藤袴	21 おかしきさまなる	022 をかしきさまなる	おかしきさまなる
藤袴	22 人にきかすましと	023 人にきかすましと	人にきかすましと
藤袴	23 うへの御けしき	024 うへの御けしきの	上の御気色の
藤袴	24 御ふくも	025 御ふくも	御ふくも
藤袴	(ナシ)	026 十三日	十三日
藤袴	25 たくひ給はん	027 たくひ給はん	たくひ給はん
藤袴	26 この御ふくなと	028 この御ふくなと	此御ふくなと
藤袴	27 いとらう	029 いとらう	いとらう
藤袴	28 もらさしと	030 もらさしと	もらさしと
藤袴	29 さてもあやしう	031 さてもあやしく	さてもあやしう
藤袴	30 なに事も	032 なに事も	何事も
藤袴	31 らにの花	033 らにの花の	らにの花(の)
藤袴	32 これも御らんすへき	034 これも御らんすへき	これも御らんすへき
藤袴	33 うつたへに	035 うつたへに	うつたへに
藤袴	34 おなし野の	036 おなし野の	おなし野の
藤袴	(ナシ)	037 道のはてなる	道のはてなる
藤袴	35 たつぬるに	038 たつぬるに	尋ぬるに
藤袴	36 あさきもふかきも	039 あさきもふかきも	あさきもふかきも
藤袴	37 えしつめ	040 えしつめ	えしつめ
藤袴	38 いまはた	041 いまはた	今はた
藤袴	39 頭中将	042 頭中将	頭中将
藤袴	(ナシ)	043 人のうへに	人のうへに
藤袴	40 かたはらいたけれは	044 かたはらいたけれは	かたはらいたけれは
藤袴	41 かんの君	045 かんの君	かんの君
藤袴	42 心うき御けしき	046 心うき御気しきかな	心うき御気色かな
藤袴	43 いりはて給ぬれは	047 いりはて給ぬれは	いりはて給ひぬれは
藤袴	44 いますこし身にしみて	048 かのいますこし身にしみて	かの今すこし身にしみて
藤袴	45 おまへにまいり	049 おまへにまいり	おまへにまいり
藤袴	46 御返なと	050 御返なと	御返なと
藤袴	47 このみやつかへ	051 この宮つかへ	此宮仕
藤袴	48 れんし給へる	052 れんし給へる	れんし給へる
藤袴	49 さても人さまは	053 さても人さまは	さても人さまは
藤袴	50 いみしき御おもひ	054 いみしき御おもひ	いみしき御思ひ
藤袴	51 わさとさるすち	055 わさとさるすち	わさとさるすち
藤袴	52 さる御ならひ	056 さる御なからひ	さる御なからひ

藤袴	53 かたしや	057 かたしや	かたしや
藤袴	54 わか心ひとつ	058 わか心ひとつ	わか心ひとつ
藤袴	55 大将	059 大将	大将
藤袴	56 かゝることの	060 かかる事の	かゝる事の
藤袴	57 かのおとゝ	061 かのおとゝ	かのおとゝ
藤袴	58 人からは	062 人からは	人から(は)
藤袴	59 みやつかへにも	063 みやつかへにも	宮仕にも
藤袴	60 けしきの	064 けしきの	けしきの
藤袴	61 としころ	065 としころ	年比
藤袴	62 ひかさま	066 ひかさま	ひかさま
藤袴	63 かのおとゝも	067 かのおとゝも	かのおとゝも
藤袴	(ナシ)	068 大将のあなたさま	大将のあなたさま
藤袴	64 かた〳〵	069 かた〳〵	かた〳〵
藤袴	65 御心ゆるして	070 御心ゆるして	御心ゆるして
藤袴	66 女は三にしたかふ	071 女は三にしたかふ	女は三にしたかふ
藤袴	67 ついてをたかへ	072 ついてをたかへ	ついてをたかへ
藤袴	68 うち〳〵にも	073 うち〳〵にも	うち〳〵にも
藤袴	69 えそのすち	074 えそのすちの	えそのすちの
藤袴	70 おほそふの宮つかへ	075 おほそふの宮つかへ	おほそふの宮仕
藤袴	71 らうろう	076 らうろう	らうろう
藤袴	72 けにさはおもふらん	077 けにさはおもふらん	けにさは思ふらん
藤袴	73 まか〳〵しき	078 まか〳〵しき	まか〳〵しさ(き)
藤袴	74 いたりふかき	079 いたりふかき	いたり深き
藤袴	75 思ひくまなしや	080 おもひくまなしや	思ひくまなしや
藤袴	76 御けしきは	081 御けしきは	御気しきは
藤袴	77 かしこくも	082 かしこくも	かしこくも
藤袴	78 御ふくは	083 御ふく	御ふく
藤袴	79 月たゝは	084 月たゝは	月たゝは
藤袴	80 うちにも心もとなく	085 うちにも心もとなく	内にも心もとなく
藤袴	81 たれも〳〵	086 たれも〳〵	たれも〳〵
藤袴	82 よしのゝたきを	087 よしのゝたきを	よしのゝたきを
藤袴	83 中将も	088 中将も	中将も
藤袴	84 たはやすく	089 たはやすく	たはやすく
藤袴	85 とのゝ御つかひ	090 とのゝ御つかひにて	殿の御使にて
藤袴	86 なをもていたす	091 なをもていてす	猶もて出す
藤袴	87 かつらのかけ	092 かつらのかけに	かつらのかけに
藤袴	88 見きゝいるへくも	093 見きゝいるへくも	みきゝいるへくも
藤袴	89 宰相の君	094 宰相のきみ	宰相の君
藤袴	90 なにかしを	095 なにかしを	なにかしを
藤袴	91 たえぬたとひ	096 たえぬたとひ	たえぬたとひ
藤袴	92 こたいの	097 こたいの	こたいの
藤袴	93 けにとしころ	098 けにとしころ	けに年比
藤袴	94 かくまてとかめ	099 かくまてとかめ	かくまてとかめ
藤袴	95 なやましく	100 なやましく	なやましく
藤袴	96 まいり給はん	101 まいり給はん	まいり給はん
藤袴	97 なに事も	102 なに事も	何事も
藤袴	98 いつかたにつけても	103 いつかたにつけても	いつ方につけても
藤袴	99 まつはこよひなと	104 まつはこよひなと	まつはこよひなと
藤袴	100 きたおもて	105 きたおもて	北おもて
藤袴	101 きむたちこそ	106 きむたちこそ	きんたちこそ
藤袴	102 けに人きゝを	107 けに人きゝを	けに人きゝを

藤袴	103 いもせ山	108 いもせ山	いもせ山
藤袴	(ナシ)	109 すくよかに	すくよかに
藤袴	104 まとひける	110 まとひける	まとひける
藤袴	105 をのつから	111 をのつから	をのつから
藤袴	106 よしなかゐ	112 よしなかゐ	よしなかゐ
藤袴	107 らうつもり	113 らうつもり	らうつもり
藤袴	108 大将はこの中将	114 大将はこの中将	大将は此中将
藤袴	109 人からも	115 人からも	人からも
藤袴	110 かのおとゝ	116 かのおとゝ	かのおとゝ
藤袴	111 さるやうある事	117 さるやうある事	さるやうある事
藤袴	112 式部卿	118 式部卿	式部卿
藤袴	113 六条のおとゝ	119 六条のおとゝ	六条のおとゝ
藤袴	114 かのおとゝ	120 かのおとゝ	かのおとゝ
藤袴	115 女はみやつかへ	121 女はみやつかへ	女は宮仕
藤袴	116 おほとの	122 おほとのゝ	おほとのゝ
藤袴	117 弁のおもと	123 弁のおもと	弁のおもと
藤袴	118 たのみこしも	124 たのみこしも	たのみこし
藤袴	119 数ならは	125 数ならは	数ならは
藤袴	120 月たゝは	126 月たゝは	月たゝは
藤袴	121 いふかひなき	127 いふかひなき	いふかひなき
藤袴	122 あさ日さす	128 あさ日さす	朝日さす
藤袴	123 いとかしけたる	129 いとかしけたる	いとかしけたる
藤袴	124 うちあひたるや	130 うちあひたるや	うちあひたるや
藤袴	125 式部卿宮の左兵衛のかみ	131 式部卿宮の左兵衛のかみ	式部卿宮左兵衛のかみ
藤袴	(ナシ)	132 わすれなん	忘れなん
藤袴	126 おほしたえぬ	133 おほしたえぬ	おほしたえぬ
藤袴	127 宮の御かへり	134 宮の御かへり	宮の御かへり
藤袴	128 心もて	135 心もて	心もて
藤袴	129 あはれをしりぬへき	136 あはれをしりぬへき	哀を知ぬへき
藤袴	130 女の御心はへは	137 女の御心はへは	女の御心はへはこの君を(なん)本に
真木柱	1 うちにきこし	001 うちにきこし	内にきこし
真木柱	2 しはし人に	002 しはし人に	しはし人に
真木柱	3 ほとふれと	003 ほとふれと	程ふれと
真木柱	4 みるまゝに	004 みるまゝに	みるまゝに
真木柱	5 女君の	005 女君の	女君の
真木柱	(ナシ)	006 けにそこら心くるしき	けにそこら心苦しき
真木柱	6 心あさき人	007 心あさき人	心あさき人
真木柱	7 おとゝも	008 おとゝも	おとゝも
真木柱	8 たれも〳〵	009 たれも〳〵	たれも〳〵
真木柱	9 きしきいとになく	010 きしきいとになく	きしきいとになく
真木柱	10 わかとのに	011 わかとのに	わかとのに
真木柱	11 かしこにまち	012 かしこにまち	かしこにまち
真木柱	12 ちゝおとゝは	013 ちゝおとゝは	父おとゝは
真木柱	13 心さしはありなから	014 心さしはありなから	心さしはありなから
真木柱	14 三日のよ	015 三日のよ	三日の夜
真木柱	15 このおとゝ	016 このおとゝの	此おとゝの
真木柱	16 内にもきこしめして	017 内にもきこしめして	内にもきこしめして
真木柱	17 みやつかへなと	018 みやつかへなと	宮つかへなと
真木柱	18 しも月になりぬ	019 しも月になりぬ	霜月になりぬ
真木柱	19 兵衛の督	020 兵衛の督	兵衛のかみ
真木柱	20 女はわらゝかに	021 女はわらゝかに	女はわらゝかに

真木柱	21 もてかくし	022 もてかくし	もてかくし
真木柱	22 心もてあらぬさも	023 心もてあらぬさま	心もてあらぬさま
真木柱	23 宮の御心さま	024 宮の御心さま	宮の御心さま
真木柱	24 とのもいとをしう	025 とのもいとおしう	殿もいとおしう
真木柱	25 うちつけに	026 うちつけに	うちつけに(ナシ)
真木柱	26 いまさらに	027 いまさらに	今更に
真木柱	27 大将のおはせね	028 大将のおはせぬ	大将のおはせぬ
真木柱	28 けゝしき	029 けゝしき	けゝしき
真木柱	29 すくよかなる	030 すくよかなる	すくよかなる
真木柱	30 よそにみはなつ	031 よそに見はなつ	よそにみはなつ
真木柱	31 おりたちて	032 おりたちて	おりたちて
真木柱	32 おもひのほか	033 おもひのほか	思ひの外
真木柱	33 みつせ川	034 みつせ川	みつせ河
真木柱	34 心をさなき	035 心をさなき	心おさなき
真木柱	35 よきみち	036 よきみち	よぎみち
真木柱	36 御てのさきはかり	037 御てのさきはかり	御手のさき計
真木柱	37 まめやかに	038 まめやかに	まめやかに
真木柱	38 世になきしれ〳〵し	039 世になきしれ〳〵し	世になきしれ〳〵し(ナシ)
真木柱	39 又うしろやすく	040 又うしろやすく	又うしろやすく
真木柱	40 いとおしうて	041 いとおしうて	いとおしうて
真木柱	41 うちにのたまはする	042 うちにのたまはする	うちにの給はする
真木柱	42 なをあからさまに	043 なをあからさまに	猶あからさまに
真木柱	43 をのかものと	044 をのかものと	をのかものと
真木柱	44 おもひそめ	045 おもひそめ	思ひそめ
真木柱	45 二条のおとゝ	046 二条のおとゝ	二条のおとゝ
真木柱	46 あはれにも	047 あはれにも	哀にも
真木柱	47 たゝあるへき	048 たゝあるへき	たゝあるへき
真木柱	48 かしこに	049 かしこに	かしこに
真木柱	49 そのついてに	050 そのつゐてに	其つゐてに
真木柱	50 きたのかた	051 きたのかた	北の方
真木柱	51 なよひかに	052 なよひかに	なよひかに
真木柱	52 ひたおもむき	053 ひたおもむき	ひたをもむき
真木柱	53 女君人にをとり	054 女君人にをとり	女君人にをとり
真木柱	54 ちゝみこ	055 ちゝみこ	父みこ
真木柱	55 かのうたかひ	056 かのうたかひ	かのうたかひ
真木柱	56 式部卿の宮	057 式部卿の宮	式部卿宮
真木柱	57 やさしかるへし	058 やさしかるへし	やさしかるへし
真木柱	58 をのかあらんこなた	059 をのかあらんこなたは	をのかあらんこなたは
真木柱	59 うちはへ	060 うちはへ	うちはへ
真木柱	60 いまはかきりの身にて	061 いまはかきりの身にて	今はかきりの身にて
真木柱	(ナシ)	062 本上	本上
真木柱	61 こゝろあやまり	063 時〳〵心あやまり	時〳〵心あやまり
真木柱	62 たまをみかける	064 玉をみかける	玉をみかける
真木柱	63 きのふけふの	065 きのふけふの	昨日けふの
真木柱	64 身をくるしけに	066 身もくるしけに	身もくるしけに
真木柱	65 としころちきり	067 としころちきり	年比契り
真木柱	66 よの人にもにぬ	068 よの人にもにぬ	世の人にも似ぬ
真木柱	67 おほしうとむな	069 おほしうとむな	おほしうとむな
真木柱	68 女の御心みたりかはしき	070 女の御心のみたりかはしき	女の御心のみたりかはしき
真木柱	69 宮のきこし	071 宮のきこし	宮のきこし
真木柱	70 かうし	072 かうし	かうじ

真木柱	71 いとねたけ	073 いとねたけに	いとねたけに
真木柱	72 もくの君中将	074 もくの君中将	もくの君中将
真木柱	73 身つからを	075 身つからを	みつからを(ナシ)
真木柱	74 宮の御事を	076 宮の御事を	宮の御事をかろくは
真木柱	75 玉のうてなに	077 玉のうてなに	玉のうてなに
真木柱	76 御なかよくて	078 御なかよくて	御中よくて
真木柱	77 人の御つらさは	079 人の御つらさは	人の御つらさは
真木柱	78 おほとの丶きたのかた	080 おほとののきたのかた	大との丶北の方
真木柱	79 かく人のおやたち	081 かく人のおやたち	かく人の親たち
真木柱	80 こ丶には	082 こ丶には	爰には
真木柱	81 もてない	083 もてない	もてない
真木柱	82 いとよう	084 いとよう	いとよう
真木柱	83 おほとの丶きたのかた	085 おほとの丶きたのかたの	おほとの丶北の方
真木柱	84 いつきむすめ	086 いつきむすめ	いつきむすめ
真木柱	85 人の御おやけなく	087 人の御おやけなく	人の御おやけなく
真木柱	86 くれぬれは心もそらに	088 くれぬれは心もそらにて	くれぬれは心も空にて
真木柱	87 この御けしきも	089 この御けしきも	此御けしきも
真木柱	88 むかへひ	090 むかへひ	むかへ火
真木柱	89 かうしなとも	091 かうしなともさなから	かうしなともさなから
真木柱	90 いまはかきり	092 いまはかきり	今は限り
真木柱	91 か丶るには	093 か丶るにはいかてか	か丶るにはいかてか
真木柱	92 おと丶たち	094 おと丶たち	おと丶たち
真木柱	93 たちとまりても	095 たちとまりても	立とまりても
真木柱	(ナシ)	096 よそにても	よそにても
真木柱	94 袖の氷も	097 そてのこほりも	袖の氷も
真木柱	95 みつからは	098 みつからは	みつからは
真木柱	96 ならひなき御ひかり	099 ならひなき御ひかり	ならひなき御光
真木柱	97 お丶しき	100 お丶しき	お丶しき
真木柱	98 中将もくなと	101 中将もくなとあはれのよや	中将もくなと哀のよや
真木柱	99 さうしみ	102 さうしみ	さうしみ
真木柱	100 このしたなりつる火とり	103 おほきなるこのしたなりつる火とり	おほきなるこの下なりつる火とり
真木柱	101 いかけ給	104 いかけ給	いかけ給ふ
真木柱	(ナシ)	105 見あふる	みあふる
真木柱	102 きよらをつくし	106 きよらをつくし	きよらをすくし
真木柱	103 心たかひ	107 心たかひ	心たかひ
真木柱	(ナシ)	108 よはひの丶しり	よはひの丶しり
真木柱	104 うたれひかれ	109 うたれひかれ	うたれひかれ
真木柱	105 こ丶ろさへ	110 心さへ	心さへ
真木柱	106 つしやかに	111 つしやかに	づしやかに
真木柱	107 心ときめき	112 心ときめき	心ときめき
真木柱	108 こ丶ろのうちに	113 心のうちに	心のうちに
真木柱	109 御さうそく	114 御さうそく	御さうそく
真木柱	110 ひとりゐて	115 ひとりゐて	ひとりゐて
真木柱	111 なこりなき	116 なこりなき	名残なき
真木柱	112 かやうの人に	117 かやうの人に	かやうの人に
真木柱	113 なさけなき	118 なさけなき	情なき
真木柱	114 うき事を	119 うきことを	うき事を
真木柱	115 ちうけん	120 ちうけん	ちうけん
真木柱	116 一夜はかりの	121 一夜はかりの	一夜はかりの
真木柱	117 ち丶宮	122 ち丶宮	ち丶宮
真木柱	118 人のたえはてん	123 人のたえはてん	人のたえはてん

真木柱	119 かたへは	124 かたへは	かたへは
真木柱	120 えさらす	125 えさらす	えさらす
真木柱	121 かのおと丶たち	126 かのおと丶たち	かのおと丶達
真木柱	(ナシ)	127 かく心をくへきわたりそとさすかにしめられて	(ナシ)
真木柱	122 むかし物かたり	128 むかし物かたり	昔物語
真木柱	123 かたのやうに	129 かたのやうに	かたのやうに
真木柱	124 いまなんともきこえて	130 いまなんともきこえて	今なんとも聞えで
真木柱	125 かくくれなんに	131 かくくれなんにまさにうこき給なんや	かく丶れなんにまさにうこき給ひなんや
真木柱	126 ひはた色	132 ひはた色	ひはた色
真木柱	127 いまはとて	133 いまはとて	今はとて
真木柱	128 なれきとは	134 なれきとは	なれきと(ナシ)は
真木柱	129 あさけれと	135 あさけれと	あさけれと
真木柱	130 ともかくも	136 ともかくも	ともかくも
真木柱	131 かくる丶まてそ	137 かくる丶まてそ	かくる丶まてそ
真木柱	132 きみかすむ	138 きみかすむ	君か住
真木柱	133 宮には	139 宮には	宮には
真木柱	134 いみしう	140 いみしう	いみしう
真木柱	135 は丶きたのかた	141 は丶きたのかた	母北の方
真木柱	136 おほきおと丶	142 おほきおと丶	おほきおと丶
真木柱	137 女御をも	143 女御をも	女御をも
真木柱	138 御中のうらみとけさりし	144 御中のうらみとけさりし	御中の恨とけさりし
真木柱	139 人ひとりを	145 人ひとりを	人ひとりを
真木柱	140 す丶ろなるま丶こ	146 す丶ろなるま丶こ	す丶ろなるま丶子
真木柱	(ナシ)	147 いとをしみにしほふなる人の	(ナシ)
真木柱	141 ふかう	148 ふかう	ふかう
真木柱	142 をのれひとり	149 をのれひとり	をのれひとり
真木柱	143 いよ〳〵はらたちて	150 いよ〳〵はらたちて	いよ〳〵はらたちて
真木柱	144 かんの君	151 かんの君	かんの君
真木柱	145 きのさしぬき	152 きのさしぬき	きのさしぬき
真木柱	146 なとかはにけなからん	153 なとかはにけなからん	なとかはにけなからん
真木柱	147 まつとのに	154 まつとのに	まつとのに
真木柱	148 お丶しく	155 を丶しくねんし給へと	お丶しくねんし給へと
真木柱	149 よの人ににす	156 よの人に丶す	よの人に似す
真木柱	150 としころの	157 とし比の	年比の
真木柱	151 思ひのま丶ならん	158 思のま丶ならん	思ひのま丶ならん
真木柱	152 たいめんし給へくも	159 たいめんし給へくも	(ナシ)
真木柱	153 なにかた丶	160 なにかはた丶	何かた丶
真木柱	154 いさめ申	161 いさめ申	いさめ申
真木柱	155 いとわか〳〵しき	162 いとわか〳〵しき	いとわか〳〵しき
真木柱	156 のとかに	163 のとかに	のとかに
真木柱	157 いまはた丶なたらかに	164 いまはた丶なたらかに	今はた丶なたらかに
真木柱	158 女君の御さま	165 女君の御さま	女君の御さま
真木柱	159 うちたえて	166 うちたえて	打たえて
真木柱	160 春のうへ	167 春のうへ	春の上
真木柱	161 かたき事也	168 かたき事なり	かたき事なり
真木柱	162 をのか心ひとつ	169 をのか心ひとつ	をのか心ひとつ
真木柱	163 をのつから人のなからひ	170 をのつから人のなからひは	をのつから人の中らひは
真木柱	164 このまいり給はん	171 このまいり給はんと	此参り給はんと
真木柱	165 なめて	172 なめく	なめく
真木柱	166 としかへり	173 としかへり	年かへり

真木柱	167 おとこたうか	174 おとこたうか	男たうか
真木柱	168 かた〳〵のおとゝたち	175 かた〳〵のおとゝたち	かた〳〵のおとゝ達
真木柱	169 宰相中将	176 宰相中将	宰相中将
真木柱	170 せうとのきんたち	177 せうとのきんたち	せうとのきんたち
真木柱	171 承香殿	178 承香殿	承香殿
真木柱	172 にしの宮の女御	179 にしに宮の女御	西に宮の女御
真木柱	173 御心のうちは	180 御心のうちは	御心の内は
真木柱	174 ことにみたりかはしき	181 ことにみたりかはしき	ことにみたりかはしき
真木柱	175 中宮弘徽殿	182 中宮弘徽殿	中宮弘徽殿
真木柱	176 左の大殿	183 左の大殿	左の大殿
真木柱	177 中納言宰相	184 中納言宰相	中納言宰相
真木柱	178 春宮の女御	185 春宮の女御	春宮の女御
真木柱	179 宮はまた	186 宮はまた	宮はまた
真木柱	180 はふき	187 はふき	はふき
真木柱	181 むかひはらにて	188 むかひはらにて	むかひ腹
真木柱	182 大将とのゝ大郎君	189 大将とのゝ太郎君	大将殿の太郎君
真木柱	183 よそ人と	190 よそ人と	よそ人と
真木柱	184 この御つほね	191 この御つほね	此御つほね
真木柱	185 しはしはすくい	192 しはしはすくい	しはしはすくひ
真木柱	186 けはひにきはゝしく	193 けはひにきはゝしく	けはひにきはゝしく
真木柱	187 とのゐ所に	194 とのゐ所に	宿直所に
真木柱	188 おなしことを	195 おなし事を	おなし事を
真木柱	189 さふらふ人〳〵そ	196 さふらふ人〳〵そ	さふらふ人〳〵そ
真木柱	190 さはかりきこえ	197 さはかりきこえ	さばかり聞え
真木柱	191 ねんしあまりて	198 ねんしあまりて	ねんしあまりて
真木柱	192 それよりとて	199 それよりとて	それよりとて
真木柱	193 みやま木に	200 みやま木に	み山木に
真木柱	194 さへつるこゑも	201 さえつるこゑも	さへつる声も
真木柱	195 うへわたらせ	202 うへわたらせ	うへ渡らせ
真木柱	196 かの御心はへ	203 かの御心はへ	かの御心はへ
真木柱	197 いとなつかしけに	204 いとなつかしけに	いとなつかしけに
真木柱	198 あやしう	205 あやしう	あやしう
真木柱	199 よろこひなとも	206 よろこひなとも	よろこひなとも
真木柱	200 かゝる御くせ	207 かゝる御くせ	かゝる御くせ
真木柱	201 なとてかく	208 なとてかく	なとてかく
真木柱	202 こくなりはつましき	209 こくなりはつましき	こくなりはつましき
真木柱	203 たかひ給へる	210 たかひ給へる	たかひ給へる
真木柱	204 宮つかへの	211 宮つかへの	宮仕の
真木柱	205 いかならん	212 いかならん	いかならん
真木柱	206 今よりなん	213 いまよりなん	今よりなん
真木柱	207 そのいまより	214 そのいまより	その今より
真木柱	208 うれふへき	215 うれふへき	うれふへき
真木柱	209 やう〳〵こそは	216 やう〳〵こそは	やう〳〵こそは
真木柱	210 いそきまとはし	217 いそきまとはし	いそきまとはし
真木柱	211 みつからも	218 みつからも	みつからも
真木柱	212 ちゝおとゝ	219 ちゝおとゝ	父おとゝ
真木柱	213 さらはものこり	220 さらはものこり	さらはものこり
真木柱	214 人よりさきに	221 人よりさきに	人よりさきに
真木柱	215 むかしのなにかし	222 むかしのなにかしか	昔のなにかしか
真木柱	216 われはわれと	223 われはわれと	我はわれと
真木柱	217 御てくるま	224 御てくるま	御手くるま

真木柱	218 こなたかなた	225 こなたかなた	こなたかなた
真木柱	219 きひしきちかきまもり	226 きひしきちかきまもり	きひしきちかきまもり
真木柱	220 九重に	227 九重に	九重より
真木柱	221 野をなつかし	228 野をなつかし	野をなつかしみ
真木柱	222 おしむへかめる人	229 おしむへかめる人	おしむへかめる人
真木柱	223 いかてかきこゆへきと	230 いかてかきこゆへきと	いかてか聞ゆへきと
真木柱	224 かはかりは	231 かはかりは	かはかりは
真木柱	225 したいならぬ	232 したいならぬ	したいならぬ
真木柱	226 女もしほやく	233 女もしほやく	女も汐やく
真木柱	227 ぬすみもて	234 ぬすみもて	ぬすみもて
真木柱	（ナシ）	235 かのいりゐ給し	（ナシ）
真木柱	228 かの宮	236 かの宮	かの宮
真木柱	229 たゝおもふことの	237 たゝおもふことの	たゝ思ふ事の
真木柱	230 たゆめられたる	238 たゆめられたる	たゆめられたる
真木柱	231 わらゝかなるけ	239 わらゝかなるけもなき	わらゝかなるけもなき
真木柱	232 かきたれて	240 かきたれて	かきたれて
真木柱	233 いかてかきこゆへからん	241 いかてかきこゆへからん	いかてかは聞ゆへからん
真木柱	234 この人にも	242 この人にも	此人にも
真木柱	235 なかめする	243 なかめする	なかめする
真木柱	236 ゐや〳〵しく	244 ゐや〳〵しく	ゐや〳〵しき
真木柱	237 ひきひろけて	245 ひきひろけて	ひきひろけて
真木柱	238 むかしのかんの君	246 むかしのかんの君	昔のかんの君
真木柱	239 さしあたりたる	247 さしあたりたる	さしあたりたる
真木柱	240 いまはなにゝか	248 いまはなにゝか	今は何にか
真木柱	241 さましわひ	249 さましわひ	さまし侘
真木柱	242 たまもはなかりそ	250 たまもはなかりそ	玉もはなかりそ
真木柱	243 あかもたれひき	251 あかもたれひき	あかもたれひき
真木柱	244 なをかのありかたかりし	252 なをかのありかたかりし	猶かのありかたかりし
真木柱	245 春の御まへをうちすてゝ	253 春の御まへをうちすてゝ	春の御前を打捨て
真木柱	（ナシ）	254 くれ竹のませ	呉竹のませ
真木柱	246 色に衣を	255 いろにころもを	色に衣を
真木柱	（ナシ）	256 おもはすに	おもはすに
真木柱	247 かほに見えつゝ	257 かほにみえつゝ	かほにみえつゝ
真木柱	248 けにあやしき	258 けにあやしき	けにあやしき
真木柱	249 かりのこ	259 かりのこ	かりの子
真木柱	250 おほつかなき	260 おほつかなき	おほつかなき
真木柱	251 おなしすに	261 おなしすに	おなしすに
真木柱	252 女はまことの	262 女はまことの	女はまことの
真木柱	253 まろきこえんと	263 まつきこえんと	まつきこえんとて
真木柱	254 すかくれて	264 すかくれて	すかくれて
真木柱	255 よろしからぬ	265 よろしからぬ	よろしからぬ
真木柱	256 すき〳〵しやと	（ナシ）	（ナシ）
真木柱	257 この大将	266 この大将	此大将
真木柱	258 ほけしれて	267 ほけしれて	ほけしれて
真木柱	259 ひめ君をそ	268 ひめ君をそ	ひめ君をも（そイ）
真木柱	（ナシ）	269 わかき御心のうちに	若き御心の内に
真木柱	260 あやしう	270 あやしう	あやしう
真木柱	261 十一月に	271 十一月に	十一月に
真木柱	262 わさとかしつき	272 わさとかしつき給	わさとかしつき給ふ
真木柱	263 みやつかひにかひありて	273 みやつかへにかひありて	宮仕にかひありて
真木柱	264 おほやけことは	274 おほやけことは	おほやけことは

真木柱	265 まいり給はぬことそ	275 まいり給はぬことそ	まいり給はぬ事そ
真木柱	266 さてもありぬへき	276 さてもありぬへき	さてもありぬへき
真木柱	267 内侍のかみのそみし	277 内侍のかみのそみし	内侍のかみのそみし
真木柱	268 宰相中将	278 宰相中将	宰相中将
真木柱	269 れいならす	279 れいならす	れいならす
真木柱	270 あふなき	280 あふなき	あふなき
真木柱	271 よになれぬ	281 よになれぬ	よになれぬ
真木柱	（ナシ）	282 興つ船	おきつ舟
真木柱	272 この御かたには	283 この御かたには	此御方には
真木柱	273 よるへなみ	284 よるへなみ	よるへなみ
梅枝	1 御裳きの事	001 御裳きの事	御裳着の事
梅枝	2 春宮も	002 春宮も	春宮も
梅枝	（ナシ）	003 おほやけわたくし	大やけわたくし
梅枝	3 大弐	004 大弐	大弐
梅枝	4 猶いにしへのには	005 猶いにしへのには	猶いにしへのには
梅枝	5 故院の御よのはしめ	006 故院の御よのはしめ	古院の御世のはしめ
梅枝	6 ひこんき	007 ひこんき	ひこんき
梅枝	7 このたひのあやうすもの	008 このたひのあやうすもの	此度のあやうす物
梅枝	8 かうとも	009 かうとも	かうとも
梅枝	9 ふたくさつゝ	010 ふたくさつゝ	二くさつゝ
梅枝	10 うちにもとにも	011 うちにもとにも	うちにもとにも
梅枝	11 そう王	012 そうわの御いましめ	そう王の御いましめ
梅枝	12 ふたつのほう	013 ふたつのほう	ふたつのほう
梅枝	13 こゝろにしめて	014 心にしめて	心にしめて
梅枝	14 うへは	015 うへは	うへは
梅枝	15 はなちいて	016 はなちいて	はなちいて
梅枝	（ナシ）	017 八条の式部卿	八条の式部卿
梅枝	16 にほひのふかさ	018 にほひのふかさ	にほひの深き
梅枝	17 人の御おやけなき	019 人の御おやけなき	人のおやけなき
梅枝	18 かうこ	020 かうこ	かうご
梅枝	19 所〳〵の心をつくし給へらん	021 所〳〵の心をつくし給へらん	所々の心をつくし給へらん
梅枝	20 兵部卿宮	022 兵部卿宮	兵部卿宮
梅枝	21 御いそき	023 御いそき	御いそき
梅枝	22 むかしよりとりわきたる	024 むかしよりとりわきたる	むかしよりとりわきたる
梅枝	23 前斎院	025 前斎院	前斎院
梅枝	24 きこしめす事	026 きこしめす事	きこしめす事
梅枝	25 ほゝゑみて	027 ほゝゑみて	ほゝゑみて
梅枝	26 いとなれ〳〵しき	028 いとなれ〳〵しき	いとなれ〳〵しき
梅枝	27 こゝろは	029 こゝろは	心ば
梅枝	28 えんなるものゝ	030 えんなるものゝ	えんなるものゝ
梅枝	29 花の香は	031 花の香は	花の香は
梅枝	30 こうはいかさね	032 こうはいかさね	紅梅かさね
梅枝	31 なにことかは侍らん	033 なに事かは侍らん	何事か侍らん
梅枝	32 花の枝に	034 花のえに	花のえに
梅枝	33 とやありつらん	035 とやありつらん	とやありつらん
梅枝	34 まめやかに	036 まめやかに	まめやかに
梅枝	35 いとみにくけれは	037 いとみにくけれは	いとみにくけれと
梅枝	36 はつかしき所の	038 はつかしき所の	はつかしき所の
梅枝	37 あえ物も	039 あえ物も	あへ物も
梅枝	38 これわかせ給へ	040 これわかせ給へ	これわかせ給へ
梅枝	39 しる人にもあらす	041 しる人にもあらすやと	しる人にもあらすやと

梅枝	40 いひしらぬにほひとも	042 いひしらぬにほひとも	いひしらぬ匂ひ共
梅枝	41 一くさなとか	043 一くさなとか	一くさなとか
梅枝	（ナシ）	044 みかはみつ	みかは水
梅枝	42 これみつの宰相	045 これみつの宰相	これみつの宰相
梅枝	43 兵衛のそう	046 兵衛のそう	兵衛のせう
梅枝	44 おなしうこそは	047 おなしうこそは	おなしうこそは
梅枝	45 さはいへと	048 さはいへと	さはいへと
梅枝	46 しゝうはおとゝの御	049 しゝうはおとゝの御	侍従はおとゝの御
梅枝	47 三くさあるなかに	050 三くさあるなかに	みくさある中に
梅枝	48 このころの風	051 このころの風に	此比の風に
梅枝	49 冬の御かた	052 冬の御かた	冬の御かた
梅枝	50 とき〳〵によれる	053 とき〳〵によれる	とき〳〵によれる
梅枝	51 さきのすさく院	054 さきのすさく院	さきのすさく院
梅枝	52 おもひえて	055 おもひえて	思ひえて
梅枝	53 心きたなき	056 心きたなき	心きたなき
梅枝	54 おとゝのあたり	057 おとゝのあたり	おとゝのあたり
梅枝	55 くら人所	058 くら人所	くら人所
梅枝	56 あすの御あそひ	059 あすの御あそひ	あすの御あそひ
梅枝	（ナシ）	（ナシ）	けさん計にて
梅枝	57 むめかえいたしたる	060 むめか枝いたしたる	梅かえ出したり
梅枝	58 たかさこうたひし	061 たかさこうたひし	高砂うたひし
梅枝	59 うくひすの	062 うくひすの	鶯の
梅枝	60 千世もへぬへし	063 千世もへぬへし	千世もへぬへし
梅枝	61 色も香も	064 色もかも	色もかも
梅枝	62 鶯の	065 鶯の	鶯の
梅枝	63 心ありて	066 心ありて	心ありて
梅枝	64 なさけなくと	067 なさけなくと	なさけなくと
梅枝	65 霞たに	068 かすみたに	霞たに
梅枝	66 まことにあけかたに	069 まことにあけかたに	まことに明かたに
梅枝	67 てふれ給はぬ	070 てふれ給はぬ	てふれ給はぬ
梅枝	68 花の香を	071 花の香を	花のかを
梅枝	69 くんしたりやと	072 くんしたりやと	くつしたりやと
梅枝	70 御車かくるほとに	073 御くるまかくるほとに	御車かくる程に
梅枝	71 めつらしと	074 めつらしと	めつらしと
梅枝	72 又なき事	075 又なき事	又なき事に
梅枝	73 かくて西のおとゝ	076 かくて西のおとゝに	かくて西のおとゝに
梅枝	74 宮のおはします	077 宮のおはします	宮のおはします
梅枝	75 御くしあけの内侍	078 御くしあけの内侍	御くしあけの内侍
梅枝	76 宮はみたて	079 宮はみたて	宮はみたて
梅枝	77 おほしすつましき	080 おほしすつましき	おほしすつましき
梅枝	78 のちのよの	081 のちのよの	後の世の
梅枝	79 おとゝもおほすさま	082 おとゝもおほすさま	（ナシ）
梅枝	80 はゝ君	083 はゝ君	母君
梅枝	81 かゝる所の	084 かゝる所の	かゝる所の
梅枝	82 よろしきに	085 よろしきに	よろしきに
梅枝	83 大将	086 大将	大将
梅枝	84 このかたは	087 この御かたは	此御かたは
梅枝	85 宮にも	088 宮にも	宮にも
梅枝	86 よろつのこと	089 よろつのこと	よろつのこと
梅枝	87 ふるきあとは	090 ふるきあとは	ふるき跡は
梅枝	88 とよりて	091 とよりて	とよりて

梅枝	89 女手	092 女手を	女手を
梅枝	90 中宮のはゝみやす所	093 中宮のはゝみやす所	中宮の母宮す所
梅枝	91 くやしき事に	094 くやしき事に	くやしき事に
梅枝	92 さしもあらさりけり	095 さしもあらさりけり	さしもあらさりけり
梅枝	93 かとやをくれ	096 かとやをくれ	かとやをくれ
梅枝	94 故入道の宮	097 故入道の宮	古入道の宮
梅枝	95 よはき所	098 よはき所	よはき所
梅枝	96 院の内侍のかみ	099 院の内侍のかみ	院の内侍のかみ
梅枝	97 かの君と	100 かの君と	かの君と
梅枝	98 こゝにと	101 こゝにと	爰にと
梅枝	99 このかすには	102 このかすには	此数には
梅枝	100 いたうなすくし給そ	103 いたうなすくし給そ	いたうなすくし給ひそ
梅枝	101 にこやかなる	104 にこやかなる	にこやかなる
梅枝	102 まんなのすゝみたる	105 まんなのすゝみたるほとに	まんなのすゝみたる程に
梅枝	103 兵部卿	106 兵部卿	兵部卿
梅枝	104 左衛門督	107 左衛門督	左衛門督
梅枝	105 ひとよろひ	108 ひとよろひ	ひとよろひ
梅枝	106 けしきはみ	109 けしきはみ	気色はみ
梅枝	107 式部卿宮の兵衛督	110 式部卿宮の兵衛督	式部卿宮の兵衛督
梅枝	(ナシ)	(ナシ)	いますかり
梅枝	108 れいのしんてん	111 れいのしんてん	れいのしんてん
梅枝	109 しろきあかき	112 しろきあかき	白きあかき
梅枝	110 けちえん	113 けちゑん	けちえん
梅枝	111 御しとね	114 御しとね	御しとね
梅枝	112 つれ〳〵に	115 つれ〳〵に	つれ〳〵に
梅枝	113 かの御さうし	116 かの御さうし	かの御さうし
梅枝	114 すくれてしも	117 すくれてしも	すくれてしも
梅枝	115 みくたり	118 三くたり	みくたり
梅枝	116 かうまては	119 かうまては	かうまては
梅枝	117 かゝる御なかに	120 かゝる御なかに	かゝる御中に
梅枝	(ナシ)	(ナシ)	さり共
梅枝	118 すくみたる	121 すくみたり	すくみたる
梅枝	119 なこう	122 なこう	なごう
梅枝	(ナシ)	123 女て	女手
梅枝	120 ふてのをきてすまぬ	124 ふてのをきてすまぬ	筆のをきてすまぬ
梅枝	121 うたなとも	125 うたなともことさらめき	歌なともことさらめき
梅枝	122 いとまいるへき	126 いとまいるへき	いとまいるへき
梅枝	(ナシ)	127 けうし	けうじ
梅枝	123 つきかみ	128 つきかみ	つきかみ
梅枝	124 御子の侍従	129 御子の侍従	御子の侍従
梅枝	125 古万葉集	130 古万葉集	古万葉集
梅枝	126 おなしきたまのちく	131 おなしきたまのちく	おなしき玉のちく
梅枝	127 たんのからくみ	132 たんのからくみ	たんのからくみ
梅枝	128 やかてこれはとゝめ	133 やかてこれはとゝめ	やかて是はとゝめ
梅枝	129 をんなこなとを	134 をんなこなとを	をんなこなとを
梅枝	130 しゝうにからの本	135 しゝうにからの本	侍従にからの本
梅枝	131 上中下	136 上中下	上中下
梅枝	132 かのすまの日記	137 かのすまの日記	かの須磨の日記
梅枝	133 ひめ君	138 ひめきみ	姫君
梅枝	134 かの人の御けしき	139 かの人の御けしき	かの人の御気色
梅枝	135 人しれす	140 人しれす	人しれす

梅枝	136 ひとかたに	141 ひとかたに	一かたに
梅枝	137 かくすこしたはみ給へる	142 かくすこしたわみ給へる	かくすこしたはみ給へる
梅枝	138 あさみとり	143 あさみとり	浅みとり
梅枝	139 おとゝは	144 おとゝは	おとゝは
梅枝	140 かのわたり	145 かのわたり	かの渡り
梅枝	141 右大臣中務宮	146 右大臣中務宮	右大臣中務宮
梅枝	142 かやうの事はかしこき御をしへ	147 かやうの事はかしこき御をしへ	かやうの事はかしこき御をしへ
梅枝	143 しりひに	148 しりひに	しりひに
梅枝	144 くらゐあさく	149 くらゐあさく	位あさく
梅枝	145 女のことにて	150 女のことにて	女のことにて
梅枝	146 とりあやまり	151 とりあやまり	とりあやまち
梅枝	147 もしはおやの心に	152 もしはおやの心に	もしは親の心に
梅枝	148 それをかたかとに	153 それをかたかとに	それをかたかとに
梅枝	149 かやうなる	154 かやうなる	かやうなる
梅枝	150 女もつねよりことに	155 女もつねよりことに	女もつねよりことに
梅枝	151 たかまことをか	156 たかまことをか	たかまことをか
梅枝	152 中務宮	157 中務の宮	中務宮
梅枝	153 なみたをうけて	158 なみたをうけて	涙をうけて
梅枝	154 いかにせまし	159 いかにせまし	いかにせまし
梅枝	155 あやしく	160 あやしく	あやしく
梅枝	156 御ふみあり	161 御ふみあり	御文あり
梅枝	157 つれなさは	162 つれなさは	つれなさは
梅枝	158 けしきはかりも	163 けしきはかりも	気色計も
梅枝	159 かきりとて	164 かきりとて	かきりとて
梅枝	160 とあるをあやしと	165 とあるをあやしと	とあるをあやしと
梅枝	161 見給へるとそ	166 見給へるとそ	みゐ給へりとそ
藤裏葉	1 御いそきのほと	001 御いそきのほとにも	御いそきの程にも
藤裏葉	2 宰相中将はなかめかちにて	002 宰相中将はなかめかちにて	宰相中将はなかめかちにて
藤裏葉	3 かつはあやしく	003 かつはあやしく	かつはあやしく
藤裏葉	4 おとゝのかすめ	004 おとゝのかすめ	おとゝのかすめ
藤裏葉	5 かの宮にも	005 かの宮にも	かの宮にも
藤裏葉	6 わか御かたさま	006 わか御かたさま	(ナシ)
藤裏葉	7 しのふとすれと	007 しのふとすれと	しのぶとすれと
藤裏葉	8 なをまけぬへき	008 なをまけぬへき	猶まけぬへき
藤裏葉	9 うへはつれなくて	009 うへはつれなくて	うへはつれなくて
藤裏葉	10 三月廿日	010 三月廿日	三月廿日
藤裏葉	11 こくらく寺	011 こくらく寺	極楽寺
藤裏葉	12 このおとゝをは	012 このおとゝをは	此おとゝをは
藤裏葉	(ナシ)	013 おとゝもつねよりは	おとゝも常よりは
藤裏葉	13 よろつをとりもちて	014 よろつをとりもちて	よろつを取もちて
藤裏葉	14 心ときめきに	015 心ときめきに	心ときめきに
藤裏葉	15 なとかいとこよなう	016 なとかいとこよなう	なとかいとこよなう
藤裏葉	16 けふのみのり	017 けふのみのり	今日の御のり
藤裏葉	17 うちかしこまりて	018 うちかしこまりて	うちかしこまりて
藤裏葉	18 過にし御おもむけも	019 過にし御おもむけも	過にし御をもむけ(を)
藤裏葉	19 こゝろあはたゝしき	020 心あはたゝしき	心あはたゝしき
藤裏葉	20 きみいかに	021 きみいかに	君いかに
藤裏葉	21 一日の花のかけ	022 一日の花のかけ	ひとひの花のかけ
藤裏葉	22 わかやとの	023 わか屋との	わか宿の
藤裏葉	23 なか〳〵に	024 なか〳〵に	中〳〵に
藤裏葉	24 くちおしく	025 くちおしくこそ	くちおしくこそ

藤裏葉	25 御ともにこそ	026 御ともにこそ	御ともにこそ
藤裏葉	26 わつらはしき	027 わつらはしき	わつらはしき
藤裏葉	27 おとゝのおまへ	028 おとゝのおまへに	おとゝの御前に
藤裏葉	28 思やう有て	029 思やうありて	思ふやうありて
藤裏葉	29 さもすゝみ	030 さもすゝみものし	さもすゝみものし
藤裏葉	30 すきにしかたのけう	031 すきにしかたのけう	過にし方のけう
藤裏葉	31 御心おこり	032 の給御心をこり	の給ふ御心をこり
藤裏葉	32 さしも侍らし	033 さしも侍らし	さしも侍らし
藤裏葉	（ナシ）	034 わさと	わさと
藤裏葉	33 いかならんと	035 いかならんと	いかならんと
藤裏葉	34 なをしこそ	036 なをしこそ	なをしこそ
藤裏葉	35 非参議	037 非参議	非参議
藤裏葉	36 中将をはしめ	038 中将をはしめ	中将をはしめ
藤裏葉	37 なを人にすくれ	039 なを人にすくれ	猶人にすくれ
藤裏葉	38 かれは	040 かれは	かれは
藤裏葉	39 たはふれて	041 たはれて	たはれて
藤裏葉	（ナシ）	042 色ことに	色ごとに
藤裏葉	40 この花	043 この花のひとり	此花のひとり
藤裏葉	41 月はさしいてぬれと	044 月はさしいてぬれと	月はさし出ぬれと
藤裏葉	（ナシ）	045 みたりかはしくしゐゑはし	みたりかはしくしゐゑはし
藤裏葉	42 さる心ちして	046 さる心ちして	さるこゝちして
藤裏葉	43 君はすゑの世には	047 君はすゑのよには	君は末の世には
藤裏葉	44 よはひふりぬる	048 よはひふりぬる	よはひふりぬる人
藤裏葉	45 文籍にも家礼	049 文籍にも家礼	文籍にも家礼
藤裏葉	46 なにかしのをしへ	050 なにかしのをしへ	なにかしのをしへ
藤裏葉	47 いたう心なやまし	051 いたう心なやまし	いたう心なやまし
藤裏葉	48 いかてか	052 いかてか	いかてか
藤裏葉	49 むかしを思たまへ	053 むかしを思たまへ	昔を思ひ給へ
藤裏葉	50 御ときよく	054 御ときよく	御時よく
藤裏葉	51 さうときて	055 さうときて	さうときて
藤裏葉	52 ふちのうら葉	056 ふちのうら葉	藤のうらは
藤裏葉	53 むらさきに	057 むらさきに	むらさきに
藤裏葉	54 はいしたてまつる	058 はいしたてまつり	（ナシ）
藤裏葉	55 いくかへり	059 いくかへり	いくかへり
藤裏葉	56 たをやめの	060 たをやめの	たをやめの
藤裏葉	57 つき〳〵すんなかる	061 つき〳〵すんな□る	つき〳〵すんなかる
藤裏葉	58 七日のゆふつくよ	062 七日のゆふつくよ	七日の夕月夜
藤裏葉	59 けにまたほのかなる	063 けにまたほのかなる	けにまだほのかなる
藤裏葉	60 あしかき	064 あしかきを	あしかきを
藤裏葉	61 けやけうも	065 けやけうも	けやけうも
藤裏葉	62 としへにけるこの家	066 としへにけるこの家の	年へにける此家の
藤裏葉	63 いたうそらやまひして	067 いたうそらやまひして	いたうそらなやみして
藤裏葉	64 朝臣や	068 朝臣や御やすみ所	朝臣や御やすみ所
藤裏葉	65 花のかけ	069 花のかけの	花のかけの
藤裏葉	66 松にちきれる	070 松にちきれるは	松に契れる
藤裏葉	67 ねたのわさや	071 ねたのわさや	ねたのわさや
藤裏葉	68 おとこ君	072 おとこ君は	おとこ君は
藤裏葉	69 いつかしうそ	073 いつかしうそ	いつかしうそ
藤裏葉	70 よのためし	074 よのためしにも	世のためしにも
藤裏葉	71 いたきぬしかな	075 いたきぬしかな	いたきぬしかな
藤裏葉	72 かはくち	076 かはくちの	かはくちの

藤裏葉	73 あさき名を	077 あさき名を	あさき名を
藤裏葉	74 こめき	078 こめき	こめき
藤裏葉	75 もりにける	079 もりにける	もりにける
藤裏葉	76 あかしはてヽ	080 あかしはてヽ	あかしはてゞ
藤裏葉	77 御ふみは	081 御ふみは	御文は
藤裏葉	78 中〳〵けふは	082 中〳〵けふは	中〳〵けふは
藤裏葉	79 つきせさりつる	083 つきせさりつる	つきせさりつる
藤裏葉	80 とかむなよ	084 とかむなよ	とかむなよ
藤裏葉	81 うちゑみて	085 うちゑみて	打ゑみて
藤裏葉	82 けさはいかに	086 けさはいかに	けさはいかに
藤裏葉	83 御こともみえす	087 御こともみえす	御子ともみえす
藤裏葉	84 うすき御なをし	088 うすき御なをし	うすき御なをし
藤裏葉	85 しろき御そ	089 しろき御そ	しろき御そ(ナシ)
藤裏葉	86 丁子そめ	090 丁子そめのこかるヽ	丁子そめのこかるヽ
藤裏葉	(ナシ)	091 くはん仏	くはん仏
藤裏葉	87 わさとならねと	092 わさとならねと	わさとならねと
藤裏葉	88 としころのつもり	093 としころのつもり	年比のつもり
藤裏葉	89 女御の御ありさま	094 女御の御ありさま	女御の御有さま
藤裏葉	90 きたのかた	095 きたのかた	北のかた
藤裏葉	(ナシ)	096 あせちのきたのかた	あせちの北方
藤裏葉	91 六条院の御いそき	097 六条院の御いそき	六条院の御いそき
藤裏葉	92 たいのうへみあれに	098 たいのうへみあれに	たいの上みあれに
藤裏葉	93 中宮の御はヽみやす所	099 中宮の御はヽみやす所	中宮御母宮す所
藤裏葉	94 なけきおふやうにて	100 なけきおふやうにて	歎きおふやうにて
藤裏葉	95 中将は	101 中将は	中将(は)
藤裏葉	96 宮はならひなき	102 宮はならひなき	宮はならひなき
藤裏葉	97 かんたちめ	103 かんたちめ	かんたちめ
藤裏葉	98 そなたにいて給ぬ	104 そなたにいて給ぬ	そなたに出給ひぬ
藤裏葉	99 藤内侍のすけも	105 藤内侍のすけも	藤内侍のすけも
藤裏葉	100 たヽならす	106 たヽならす	たヽならす
藤裏葉	101 なにとかや	107 なにとかや	何とかや
藤裏葉	102 おりすくし給はぬ	108 おりすくし給はぬ	折過し給はぬ
藤裏葉	103 かさしても	109 かさしても	かさしても
藤裏葉	104 はかせならては	110 はかせならては	はかせならては
藤裏葉	105 なをこの内侍	111 なをこの内侍	猶この内侍
藤裏葉	106 きたのかたそひ給へき	112 きたのかたそひ給へき	北方そひ給ふへき
藤裏葉	107 かのうしろみ	113 かの御うしろみ	かの御うしろみ
藤裏葉	108 かの人も	114 かの人も	かの人も
藤裏葉	109 この御心にも	115 この御心にも	この御心にも
藤裏葉	110 あなたにも	116 あなたにも	あなたにも
藤裏葉	111 その夜はうへそひて	117 その夜はうへそひて	其夜はうへそひて
藤裏葉	112 たちくたり	118 たちくたり	立くたり
藤裏葉	113 人めおとろく	119 人のめおとろく	人のめおとろく
藤裏葉	114 人にゆつるましう	120 人にゆつるましう	人にゆつるましう
藤裏葉	115 たちかはり	121 たちかはり	立かはり
藤裏葉	116 御たいめん	122 御たいめん	御たいめん
藤裏葉	117 かくをとなひ	123 かくおとなひ	かくおとなひ
藤裏葉	118 これもうちとけぬる	124 これもうちとけぬる	これもうちとけぬる
藤裏葉	119 ものなとうちいひたる	125 ものなとうちいひたる	物うちいひたる
藤裏葉	120 又いとけたかう	126 又いと気たかう	又いとけたかう
藤裏葉	121 そこらの	127 そこらの	そこらの

藤裏葉	122 かうまてたちならひ	128 かうまてたちならひきこゆるちきり	かうまて立ならひ聞ゆる契り
藤裏葉	123 御てくるま	129 御てくるまなと	御手くるまなと
藤裏葉	124 いて給けしき	130 いて給気しき	出給ふきしき
藤裏葉	125 ひゐなのやう	131 ひゐなのやうなる	ひいなのやうなる
藤裏葉	126 ひとつものとも	132 ひとつものとも	ひとつ物とも
藤裏葉	127 おもふさまに	133 おもふさまに	思ふさまに
藤裏葉	128 宮もわかき	134 宮もわかき	宮もわかき
藤裏葉	129 うへもさるへき	135 うへもさるへき	うへもさるへき
藤裏葉	130 さりとてさしすき	136 さりとてさしすき	さりとてさし過
藤裏葉	131 なかゝらすのみ	137 なかゝらすのみ	なかゝらすのみ
藤裏葉	132 御まいりかひある	138 御まいりかひある	御参りかひある
藤裏葉	133 宰相の君も思ひなく	139 宰相の君も思ひなく	宰相の君も思ひなく
藤裏葉	(ナシ)	140 その秋太上天皇	其秋太上天皇
藤裏葉	134 つかさかうふり	141 つかさかうふり	つかさかうふり
藤裏葉	135 むかしのれいをあらためて	142 むかしのれいをあらためて	昔のれいをあらためて
藤裏葉	136 うちにまいり給へき	143 うちにまいり給へき	内に参り給ふへき(細字)
藤裏葉	137 内大臣あかり給て	144 内大臣あかり給て	内大臣あかり給ひて
藤裏葉	138 あるしのおとゝ	145 あるしのおとゝ	あるしのおとゝ
藤裏葉	139 中〳〵人にをされ	146 中〳〵人にをされ	中〳〵人にをされ
藤裏葉	140 たいふのめのと	147 たいふのめのと	たいふのめのと
藤裏葉	141 あさみとり	148 あさみとり	あさみとり
藤裏葉	142 はつかしう	149 はつかしういとおしき	はつかしういとおしき
藤裏葉	143 ふた葉より	150 ふた葉より	二葉より
藤裏葉	144 三条殿に	151 三条殿に	三条殿に
藤裏葉	145 せんさいとも	152 せんさいとも	せんさいとも
藤裏葉	146 ふた所	153 ふた所	ふた所
藤裏葉	147 なれこそは	154 なれこそは	なれこそは
藤裏葉	148 なき人の	155 なき人の	なき人の
藤裏葉	149 中納言	156 中納言	中納言
藤裏葉	150 ありつる御てならひ	157 ありつる御てならひ	ありつる御手ならひ
藤裏葉	151 おきなは	158 おきなは	おきなは
藤裏葉	152 そのかみの	159 そのかみの	そのかみの
藤裏葉	153 つらかりし	160 つらかりし	つらかりし
藤裏葉	(ナシ)	161 神無月の廿日	神無月の廿日
藤裏葉	(ナシ)	162 六条院に行幸	六条院に行幸
藤裏葉	154 御つし所	163 御つし所	御づし所
藤裏葉	155 にしのおまへ	164 にしのおまへ	にしの御まへ
藤裏葉	156 御さふたつ	165 御さふたつ	御さふたつ
藤裏葉	157 せんし有て	166 せんしありて	せんしありて
藤裏葉	158 かきりあるゐや〳〵しさを	167 かきりあるゐや〳〵しさを	かきりあるいや〳〵しさを
藤裏葉	159 御ものに	168 御ものに	御ものに
藤裏葉	160 色まさる	169 色まさる	色まさる
藤裏葉	161 此きはゝ	170 このきはゝ	このきはゝ
藤裏葉	(ナシ)	171 むらさきの	むらさきの
藤裏葉	162 ときこそ有けれ	172 ときこそありけれ	時こそありけれ
藤裏葉	(ナシ)	173 あをきあかきしらつるはみ	あをきあかきしらつるはみ
藤裏葉	163 みしかき物とも	174 みしかき物とも	みしかき物とも
藤裏葉	164 ふみのつかさ	175 ふみのつかさ	ふみのつかさ
藤裏葉	165 うたのほうし	176 うたのほうし	うたのほうし
藤裏葉	166 秋をへて	177 秋をへて	秋をへて
藤裏葉	167 よのつねの	178 よのつねの	よのつねの

藤裏葉	168 たゝひとつ物と	179 たゝひとつ物と	たゝひとつ物と
藤裏葉	169 中納言のさふらひ給か	180 中納言のさふらひ給か	中納言のさふらひ給ふか
若菜上	1 朱雀院のみかと	001 朱雀院のみかと	朱雀院のみかと
若菜上	2 ありしみゆき	002 ありしみゆき	ありしみゆき
若菜上	3 きさいの宮	003 きさいの宮の	きさいの宮
若菜上	4 なをそのかたに	004 なをそのかたに	猶そのかたに
若菜上	5 みこたちは春宮	005 みこたちは春宮を	みこたちは春宮を
若菜上	6 ふちつほと	006 ふちつほと	藤壺と
若菜上	7 たかきくらゐ	007 たかきくらゐにも	たかき位にも
若菜上	8 御心のうちに	008 御心のうちにいとおしき	御心のうちにいとおしき
若菜上	9 にし山なる	009 にし山なる	にし山なる
若菜上	10 みてらつくりはてゝ	010 みてらつくりはてゝ	み寺作りはてゝ
若菜上	11 はゝ女御も	011 はゝ女御も	母女御も
若菜上	(ナシ)	012 御うしろみ	御うしろみ
若菜上	12 此世にうらみ	013 この世にうらみ	此世に恨
若菜上	13 おもふやうなる	014 思やうなる	思ふやうなる
若菜上	14 三宮なん	015 三宮なん	三宮なん
若菜上	15 女御にも	016 女御にも	女御にも
若菜上	(ナシ)	017 心うつくしきさまに	心うつくしきさま
若菜上	16 されとはゝ女御	018 されとはゝ女御	されと母女御
若菜上	17 御位はさらせ給へれは	019 御くらゐはさらせ給へれと	御位はさらせ給へれと
若菜上	18 故院のうへ	020 故院のうへの	古院のうへの
若菜上	19 この院	021 この院の御事	この院の御事
若菜上	20 いまのうちの御事	022 いまのうちの御事	今のうちの御事
若菜上	21 はかなき事	023 はかなき事の	はかなき事の
若菜上	22 春宮なと	024 春宮なと	春宮なと
若菜上	23 此秋の行幸	025 この秋の行幸	此秋の行幸
若菜上	24 すき侍りにけん	026 すき侍りにけん	過侍りにけん
若菜上	25 年まかりいりて	027 年まかり	年まかり
若菜上	26 大小	028 大小	大小
若菜上	27 いにしへのうれはしき	029 いにしへのうれはしき	いにしへのうれはしき
若菜上	28 故院の御ゆいこんのことも	030 故院の御ゆいこんのことも	古院の御ゆいこんの事も
若菜上	29 御くらゐにおはしましゝ	031 御くらゐにおはしましゝ	御位におはしまし
若菜上	30 まつりことをさりて	032 いまかくまつりことをさりて	今かく政をさりて
若菜上	31 廿にもまたわつかなる	033 廿にもまたわつかなる	廿にもまたわつかなる
若菜上	32 おほきおとゝのわたりに	034 おほきおとゝのわたりに	おほきおとゝの渡りに
若菜上	33 さすかにねたく	035 さすかにねたく	さすかにねたく
若菜上	34 はか〳〵しくも	036 はか〳〵しくも	はか〳〵しくも
若菜上	35 かの院	037 かの院	かの院
若菜上	36 かれは	038 かれは	かれは
若菜上	37 廿かうちには	039 廿かうちには	廿かうちには
若菜上	38 それにこれは	040 それにこれは	それにこれは
若菜上	39 これもをさ〳〵	041 それもをさ〳〵	これもおさ〳〵
若菜上	40 ひめ宮の	042 ひめ宮のいとうつくしけにて	姫宮のいとうつくしけにて
若菜上	41 式部卿のみこのむすめ	043 式部卿のみこのむすめ	式部卿のみこのむすめ
若菜上	42 中納言は	044 中納言はもとより	中納言はもとより
若菜上	43 かのわたり	045 かのわたり	かの渡り
若菜上	44 かの院	046 かの院こそ	かの院こそ
若菜上	45 やんことなき御ねかひ	047 やんことなき御ねかひ	やん事なき御ねかひ
若菜上	46 前斎院	048 前斎院	前斎院
若菜上	47 ふれはわせ	049 ふれはゝせ	ふればわせ

若菜上	48 われ女ならは	050 われ女ならは	われ女ならは
若菜上	（ナシ）	051 女のあさむかれん	（ナシ）
若菜上	49 御心のうちにかんの君の事も	052 御心のうちにかんの君の事も	御心の内にかんの君の事も
若菜上	50 左中将	053 左中弁	左中弁
若菜上	51 うへなんしか〳〵	054 うへなんしか〳〵	うへなんしか〳〵
若菜上	52 かの院	055 かの院に	かの院に
若菜上	53 弁のいかなるへき	056 弁いかなるへき	弁いかなるへき
若菜上	54 やむことなくおほしたるは	057 やんことなくおほしたるは	やんことなくおほしかたるは
若菜上	55 それによりてなけなるすまゐ	058 それによりてかひなけなるすまゐ	それによりてかひなけなるすまゐ
若菜上	56 御すくせありて	059 御すくせありて	御すくせありて
若菜上	57 なをいかゝとはゝからるゝ	060 なをいかゝとはゝからるゝ	猶いかゝとはゝからるゝ
若菜上	58 さるはこの世のさかへ	061 さるはこの世のさかへ	さるはこの世のさかへ
若菜上	59 かた〳〵につけて	062 かた〳〵につけて	かた〳〵につけて
若菜上	60 それにおなしくは	063 それにおなしくは	それにおなしくは
若菜上	61 ほと〳〵につけて	064 ほと〳〵につけて	程〳〵につけて
若菜上	62 いまの世のやうとて	065 いまの世のやうとて	今の世のやうとて
若菜上	63 おほかたの御心をきて	066 おほかたの御心をきてに	大かたの御心をきてに
若菜上	64 しかおもひたとるに	067 しかおもひたとるに	しか思ひた(と)るに
若菜上	65 いひもてゆけは	068 いひもてゆけは	いひもてゆけは
若菜上	66 すへてあしくもよくも	069 すへてあしくもよくも	すへてあしくもよくも
若菜上	67 おやにしられす	070 をやにしられす	おやにしらせす
若菜上	68 みつからの心より	071 みつからの心よりはなれて	みつからの心よりはなれて
若菜上	69 あやしくものはかなき	072 あやしくものはかなき	あやしくもはかなき
若菜上	70 これかれの心にまかせ	073 これかれの心にまかせて	これかれの心にまかせて
若菜上	71 いよ〳〵わつらはしく	074 いよ〳〵わつらはしく	いよ〳〵わつらはしく
若菜上	72 ふかきほいも	075 ふかきほいも	ふかきほいも
若菜上	73 あまたものせらるへき	076 あまたものせらるへき	あまた物せらるへき
若菜上	74 兵部卿宮	077 兵部卿宮	兵部卿宮
若菜上	75 なよひ	078 あまりいたくなよひ	あまりいたくなよひ
若菜上	76 大納言のあそん	079 大納言のあそん	大納言のあそん
若菜上	77 むかしも	080 むかしもかうやう	昔もかうやう
若菜上	78 右衛門督	081 右衛門督	右衛門督
若菜上	79 内侍のかみ	082 内侍のかみ	内侍のかみ
若菜上	80 あねきたのかた	083 あねきたのかた	あねきたの方
若菜上	81 兵部卿の宮	084 兵部卿の宮	兵部卿宮
若菜上	82 権中納言	085 権中納言も	権中納言
若菜上	83 女君	086 女君の	女君の
若菜上	84 のちの世	087 のちの世の	後の世の
若菜上	85 このみやの御事	088 このみやの御事	此宮の御事
若菜上	86 いくはくたちをくれし	089 いくはくたちをくれ	いくはく立をくれ
若菜上	87 それたにいと不定	090 それたにいと不定	それたに不定
若菜上	（ナシ）	091 たゝうちにこそたてまつりたまはめ	たゝ内にこそ奉り給はめ
若菜上	88 まつの人〳〵	092 やむことなきまつの人〳〵	やん事なきまつの人々
若菜上	89 故院の御時	093 故院の御時	古(故)院の御時
若菜上	90 いきまき	094 いきまき	いきまき
若菜上	91 かのみこの御はゝ	095 かのみこの御はゝ	かの御子の御はゝ
若菜上	92 かたちもさしつき	096 かたちもさしつき	かたちもさしつき
若菜上	93 としもくれぬ	097 としもくれぬ	年もくれぬ
若菜上	94 かへ殿	098 かへ殿	かへ殿
若菜上	95 もろこしのきさきのかさり	099 もろこしのきさきのかさり	もろこしの后のかさり
若菜上	96 いまふたところ	100 いまふたところ	いま二所

若菜上	97 かのむかし	101 かのむかしの	かのむかしの
若菜上	98 宮のこんのすけ	102 宮のこんのすけ	宮のこんのすけ
若菜上	99 かゝることそ	103 かゝることそ	かゝる事を
若菜上	100 さしなから	104 さしなから	さしなから
若菜上	101 あえ物	105 あえ物	あえ物
若菜上	102 むかしのあはれをは	106 むかしのあはれをは	昔の哀をは
若菜上	103 さしつきに	107 さしつきに	さしつきに
若菜上	104 よろしきほとの人	108 よろしきほとの人のうへ	よろしき程の人の上
若菜上	105 御いむ事	109 御いむ事	御いむ事
若菜上	106 おさなき宮	110 をさなき宮	おさなき宮
若菜上	107 御たうはり	111 御たうはり	御たうはり
若菜上	108 こと〳〵しからぬ車	112 こと〳〵しからぬ御車	こと〳〵しからぬ御車
若菜上	109 かはり給へる	113 かはり給へる	かはり給へる
若菜上	110 故院に	114 故院に	古院に
若菜上	111 このかたの	115 このかたの	このかたの
若菜上	112 けふかあすかと	116 けふかあすかと	今日かあすかと
若菜上	113 心さしもかなふ	117 心さしもかなふ	心さしもかなふ
若菜上	114 たゝこの心さしに	118 たゝこの心さしに	たゝ御心さし
若菜上	115 御心のうちにも	119 御心のうちにも	御心の内にも
若菜上	116 たゝ人よりも	120 たゝ人よりも	たゝ人よりも
若菜上	117 女の御ため	121 女の御ため	女の御ため
若菜上	118 猶しゐて	122 猶しゐて	猶しゐて
若菜上	119 さ様におもひよる	123 さやうにおもひよる	さやうに思ひよる
若菜上	120 いにしへのためし	124 いにしへのためしを	いにしへのためしを
若菜上	121 ましてかく	125 ましてかく	ましてかく
若菜上	(ナシ)	126 しかすつる中にも	しかすつる中にも
若菜上	122 中納言のあそん	127 中納言のあそん	中納言のあそん
若菜上	123 ふかき心にて	128 ふかき心にて	ふかき心にて
若菜上	124 おはします御かけに	129 おはします御かけに	おはします御かけに
若菜上	125 せんかう	130 せんかう	せんかう
若菜上	126 御はち	131 御はち	御はち
若菜上	127 あはれなる	132 あはれなる	哀なる
若菜上	128 なま心くるしう	133 なま心くるしう	なま心くるしう
若菜上	129 さしもあらし前斎院	134 さしもあらし前斎院	さしもあらし前斎院
若菜上	130 なかく心もなくて	135 なに心もなくて	なに心もなくて
若菜上	131 見さため給はさらん	136 見さため給はさらん	見さため給はさらん
若菜上	132 いまのとしころ	137 いまのとしころと	今の年比と
若菜上	133 その夜は	138 その夜は	その夜は
若菜上	134 院のたのもしけなく	139 院のたのもしけなく	院のたのもしけなく
若菜上	(ナシ)	140 かへさひ申さて	かへさひ申さて
若菜上	135 あちきなくや	141 あちきなくや	あちきなくや
若菜上	136 かの御ため	142 かの御ためこそ	かの御ためこそ
若菜上	137 はかなき御すまひ事	143 はかなき御すさひ事をたに	はかなき御すさひ事をたに
若菜上	138 いとつれなくて	144 いとつれなくて	いとつれなくて
若菜上	139 あはれなる	145 あはれなる	哀なる
若菜上	140 めさましくかくては	146 めさましくかくてはなと	めさましくかくてはなと
若菜上	141 かのはゝ女御	147 かのはゝ女御	かの母女御
若菜上	142 あまりかう	148 あまりかう	あまりかう
若菜上	143 人のくちといふ物	149 人のくちといふ物	人の口といふもの
若菜上	144 心ひとつにしつめて	150 心ひとつにしつめて	心ひとつにしつめて
若菜上	145 心のうちにも	151 心のうちにも	心の内にも

若菜上	146 我か心にはゝかり給ひ	152 我心にはゝかり給ひ	我心にはゝかり給ひ
若菜上	147 をのかとちの心より	153 をのかとちの心より	をのかとちの心より
若菜上	148 式部卿宮のおほきたのかた	154 式部卿宮のおほきたのかた	式部卿宮のおほきたの方
若菜上	149 をいらかなる	155 おいらかなる	おいらかなる
若菜上	150 いまはさりともと	156 いまはさりともとのみ	今はさりともとのみ
若菜上	151 年もかへりぬ	157 年もかへりぬ	年もかへりぬ
若菜上	152 きこえ給へる	158 きこえ給つる	聞え給へる
若菜上	153 さるはことしそ	159 さるはことしそ	さるはことしそ
若菜上	（ナシ）	160 正月	正月
若菜上	154 左大将殿の北のかた	161 左大将殿の北のかた	左大将殿の北方
若菜上	155 しのひたれと	162 しのひたれと	忍たれと
若菜上	156 みなみのおとゝ	163 南のおとゝの	南のおとゝ(の)
若菜上	157 いしなとは	164 いしなとは	いしなとは
若菜上	158 御ちしき	165 御ちしき	御ぢじき
若菜上	159 よつすへて	166 よつすへて	よつすへて
若菜上	160 なつふゆ	167 なつふゆ	夏冬
若菜上	161 かうこかゝけのはこ	168 かうこかゝけのはこ	かうこ
若菜上	162 かさし	169 かさし	かさし
若菜上	（ナシ）	（ナシ）	おなしきかねをもいろつかひなしたり(る／「三光院自筆書入」傍書アリ)
若菜上	163 おましに	170 おましに	おましに
若菜上	164 ひかかそへ	171 ひかかそへ	ひか(る)かす(そ)へ
若菜上	165 おさなき君も	172 をさなき君も	おさなき君も
若菜上	166 かんの君はうちつゝきても	173 かんの君はうちつゝきても	かんの君はうちつゝきても
若菜上	167 すくるよはひも	174 すくるよはひも	過るよはひも
若菜上	168 かゝるすゑ〳〵	175 かゝるすゑ〳〵の	かゝるすゑ〳〵の
若菜上	169 いつしかと	176 いつしかと	いつしかに
若菜上	170 人よりことに	177 人よりことに	人よりことに
若菜上	171 わか葉さす	178 わか葉さす	わか紫さす
若菜上	172 せめてをとなひ	179 せめておとなひ	せめておとなび
若菜上	173 さまはかり	180 さまはかり	さまはかり
若菜上	174 こまつはら	181 こまつはら	小松原
若菜上	175 式部卿宮は	182 式部卿宮は	式部卿宮(は)
若菜上	176 御むまこの君たち	183 御むまこの君たちは	御むまこの君たち(は)
若菜上	177 こもの	184 こもの	こもの
若菜上	178 おりひつもの	185 おりひつもの	おりひづもの
若菜上	（ナシ）	186 おほんつき	おほんづき
若菜上	179 御ふえ	187 御ふえ	御ふえ
若菜上	180 をさ〳〵をとるましく	188 おさ〳〵をとるましく	おさ〳〵をとるましく
若菜上	181 わらゝか	189 わらゝか	わらゝか
若菜上	182 かうしもは	190 かうしもは	かうしもは
若菜上	183 兵部卿宮	191 兵部卿宮	兵部卿宮
若菜上	184 宜陽殿	192 宜陽殿	宜陽殿
若菜上	185 故院	193 故院	古(故)院
若菜上	186 一品宮	194 一品宮	一品宮
若菜上	187 御つたへ〳〵	195 御つたへ〳〵	御つたへ〳〵
若菜上	188 かへりこゑに	196 かへりこゑに	かへり声に
若菜上	189 あをやきあそひ給	197 あをやきあそひ給ほとねくらのうくひす	青柳あそひ給程ねくらの鶯
若菜上	190 わたくしこと	198 わたくしこと	わたくしこと
若菜上	191 かう世をすつる	199 かう世をすつる	かう世をすつる
若菜上	192 年月のゆくゑも	200 とし月のゆくゑも	年月の行ゑも

若菜上	193 世にすみはて	201 世にすみはて	世にすみはて
若菜上	(ナシ)	(ナシ)	きさらき十日よ(「三光自筆書入」傍書アリ)
若菜上	194 うちにまいり	202 うちにまいり	内にまいり
若菜上	195 けいしのそみ	203 けいしのそみ	けいしのそみし
若菜上	196 御車よせたる	204 御くるまよせたり	御車よせたり
若菜上	197 たゝ人におはすれは	205 たゝ人にをはすれは	たゝ人におはすれは
若菜上	198 むこのおほ君	206 むこのおほ君	むこのおほ君
若菜上	199 いとゝありかたし	207 いとゝありかたし	いとありかたし
若菜上	200 にくけにをしたちたる	208 にくけにをしたちたる	にくけにをしたちたる
若菜上	201 年ころさもならひ給はぬ	209 としころさもならひ給はぬ	年比さもならひ給はぬ
若菜上	202 御そともなと	210 御そともなと	御そなと
若菜上	203 なとてよろつの事	211 なとてよろつの事	なとて万の事
若菜上	204 心よはく	212 心よはく	心よはく
若菜上	205 中納言をは	213 中納言をは	中納言をは
若菜上	206 こよひはかりは	214 こよひはかりは	こよひ計は
若菜上	207 すこしほゝゑみて	215 すこしほゝゑみて	すこしほゝゑみて
若菜上	208 みつからの御心なからたに	216 みつからの御心なからたに	みつからの御心なからたに
若菜上	209 すゝりをひきよせて	217 すゝりをひきよせて	硯を引よせて
若菜上	210 めにちかく	218 めにちかく	めに近く
若菜上	211 いのちこそ	219 いのちこそ	命こそ
若菜上	212 とみにも	220 とみにも	とみにも
若菜上	213 としころさもやあらん	221 としころさもやあらん	年比さもやあらん
若菜上	214 いまより後も	222 いまよりのちも	今より後も
若菜上	215 つゆも見しらぬ	223 つゆもみしらぬ	露もみしらぬ
若菜上	216 かう人のたゝならす	224 かう人のたゝならす	かう人のたゝならす
若菜上	217 かくこれかれ	225 かくこれかれ	かくこれかれ
若菜上	218 ひとしきほとをとりさま	226 ひとしきほとをとりさまなと	ひとしき程をとりさま
若菜上	219 むかしはたゝならぬ	227 むかしはたゝならぬ	昔はたゝならぬ
若菜上	220 風うちふきたる	228 風うちふきたる	風うち吹たる
若菜上	221 かの御ゆめに	229 かの御ゆめに	かの御夢に
若菜上	222 夜ふかきもしらす	230 夜ふかきもしらすかほに	夜ふかきもしらすかほに
若菜上	223 やみはあやなし	231 やみはあやなしと	やみはあやなしと
若菜上	224 猶のこれる雪と	232 猶のこれる雪と	猶残れる雪と
若菜上	225 ひさしう	233 ひさしう	ひさしう
若菜上	226 そらねをしつゝ	234 そらねをしつゝ	空ねをしつゝ
若菜上	227 こよなくひさしかりつる	235 こよなくひさしかりつる	こよなく久しがりつる
若菜上	(ナシ)	236 をちきこゆる心の	おち聞ゆる心の
若菜上	228 かきりなき人と	237 かきりなき人と	かきりなき人と
若菜上	229 しん殿には	238 しん殿には	しんでんには
若菜上	230 けさの雪	239 けさの雪	けさの雪
若菜上	231 さきこえさせ	240 さきこえさせ	さ聞えさせ
若菜上	232 ことなる事なの	241 ことなる事なの	ことなる事なの
若菜上	233 女君も	242 女君も	女君も
若菜上	234 けさはれいのやうに	243 けさはれいのやうに	けさはれいのやうに
若菜上	235 ことにはつかしけもなき	244 ことにはつかしけもなき	ことにはつかしけもなき
若菜上	236 しろきかみ	245 しろきかみ	白き紙
若菜上	237 なかみちを	246 なかみちを	なか道を
若菜上	238 やかて見いたして	247 やかてみいたして	やがてみ出して
若菜上	239 花をまさくり	248 花をまさくり	花をまさくり
若菜上	240 そてこそにほへ	249 そてこそにほへ	袖こそにほへ
若菜上	241 御かへりすこし程ふる	250 御かへりすこし程ふる	御返しすこし程なる

若菜上	242 花といはゝ	251 はなといはゝ	花といはゝ
若菜上	243 さくらにうつして	252 さくらにうつして	桜にうつして
若菜上	244 これもあまた	253 猶もあまた	これもあまた
若菜上	245 御かへりあり	254 御かへりあり	御かへりあり
若菜上	246 御てのわかきを	255 御てのわかきを	御手のわかきを
若菜上	（ナシ）	256 はかなくて	はかなくて
若菜上	247 みぬやうに	257 みぬやうに	みぬやうに
若菜上	248 いとをしくて	258 いとほしくて	いとおしくて
若菜上	（ナシ）	259 たゝ心やすくを	たゝ心やすくを
若菜上	249 心ことにうちけさうし	260 心ことにうちけさうし	心ことにうちけさうし
若菜上	250 いまみたてまつる	261 いまみたてまつる	今見奉る
若菜上	251 いてやこの御ありさま	262 いてやこの御ありさまひと所こそ	いてやこの御有さまひと所こそ
若菜上	252 ちこのおもきらひ	263 ちこのおもきらひ	ちこのおもきらひ
若菜上	253 おいらかに	264 おいらかに	おいらかに
若菜上	254 えみはなたす	265 えみはなたす	えみはなたす
若菜上	255 昔の心ならまし	266 昔の心ならまし	昔の心ならまし
若菜上	256 よそのおもひは	267 よそのおもひは	よその思ひは
若菜上	257 さしならひ	268 さしならひ	さしならひ
若菜上	258 月のうちに	269 月のうちに	月のうちに
若菜上	259 いかにきく所やなと	270 いかにきく所やなと	いかにきく所やなと
若菜上	260 おさなき人の	271 をさなき人の	おさなき人の
若菜上	261 たつね給ふへき	272 たつね給へき	たつね給へき
若菜上	262 そむきにし	273 そむきにし	そむきにし
若菜上	263 たゝ心をのへて	274 たゝ心をのへて	たゝ心をのへて
若菜上	264 そむく世の	275 そむく世の	そむく世の
若菜上	265 いとおしきよのさはき	276 いとおしきよのさはき	いとおしき世のさはき
若菜上	266 昔の中納言の君	277 むかしの中納言の君	昔の中納言の君
若菜上	267 あはれにかなしき	278 あはれにかなしき	哀に悲しき
若菜上	268 人のとはんこそ	279 心のとはんこそ	心のとはんこそ
若菜上	269 いにしへはか（ママ）りなかりし	280 いにしへわりなかりし	いにしへわりなかりし
若菜上	270 しのたのもり	281 しのたのもり	しのたのもり
若菜上	271 あやしく	282 あやしく	あやしくも
若菜上	272 御とふらひ	283 御とふらひ	御とふらひ
若菜上	273 されはよ	284 されはよ	されはよ
若菜上	274 いとわかやかなる	285 いとわかやかなる	いとわかやかなる
若菜上	275 た〈ま〉もにあそふ	286 たまもにあそふ	玉もにあそふ
若菜上	276 平仲	287 平仲	平仲
若菜上	277 とし月を	288 とし月を	年月を
若菜上	278 なみたのみ	289 なみたのみ	なみたのみ
若菜上	279 花はみなちりすき	290 花はみなちりすき	花は皆ちりすき
若菜上	280 このふちよ	291 このふちよ	この殿に
若菜上	281 さるかたにても	292 さるかたにても	さるかたにても
若菜上	282 こ宮の	293 こ宮の	古宮の
若菜上	283 やう〳〵さしあかりゆく	294 やう〳〵さしあかりゆく	やう〳〵さしあかり行
若菜上	284 しつみしも	295 しつみしも	しつみしも
若菜上	285 花のかけは	296 花のかけは	花の陰は
若菜上	286 身をなけん	297 身をなけん	身をなけん
若菜上	287 心なからも	298 心なからも	心なからも
若菜上	288 そのかみも人より	299 そのかみも人より	そのかみも人より
若菜上	289 いみしくしのひいり	300 いみしくしのひいり	いみしくしのひ入
若菜上	290 女君さはかり	301 女君さはかり	女君さはかり

若菜上	291 またもらすへき	302 またもらすへき	又もらすへき
若菜上	292 うちはらひて	303 うちわらひて	うちわらひて
若菜上	293 なかそらなる	304 なかそらなる	中そらなる
若菜上	294 かう心やすからぬ	305 かう心やすからぬ	かう心やすからぬ
若菜上	295 きりつほの御かたは	306 きりつほの御かたは	桐壺の御方は
若菜上	296 めつらしき	307 めつらしき	めつらしき
若菜上	297 ひめ宮のおはします	308 ひめ宮のおはします	姫宮のおはします
若菜上	298 あかしの御かた	309 あかしの御かた	あかしの御方
若菜上	299 姫君にも	310 姫宮にも	姫君にも
若菜上	300 うちゑみて	311 うちゑみて	うちゑみて
若菜上	301 宮よりも	312 宮よりも	宮よりも
若菜上	302 たいに侍る人	313 たいに侍る人	たいに侍る人
若菜上	303 しけいさ	314 しけいさ	しけいさ
若菜上	304 はつかしうこそは	315 はつかしうこそは	はづかしうこそは
若菜上	305 人のいらへはことにしたかひて	316 人のいらへはことにしたかひて	人のいらへはことに随ひてこそは
若菜上	306 なに心もなき	317 なに心もなき	何心もなき
若菜上	307 さのたまはんを	318 さのたまはんを	さの給はんを
若菜上	308 われよりかみの	319 われよりかみの	我よりかみの
若菜上	309 身のほとのはかなきさま	320 身のほとのはかなきさまを	身の程のはかなきさまを
若菜上	310 をのつからふることも物おもはしき	321 をのつからふることも物おもはしき	をのつからふることも物おもはしき
若菜上	311 宮女御の君	322 宮女御の君	宮女御の君
若菜上	312 身にちかく	323 身にちかく	身に近く
若菜上	313 みつとりの	324 みつとりの	水鳥の
若菜上	314 ことにふれて	325 ことにふれて	事にふれて
若菜上	315 こよひはいつ方にも	326 こよひはいつかたにも	こよひはいつ方にも
若菜上	316 かのしのひ所に	327 かのしのひ所に	かのしのひ所に
若菜上	317 いとあるましき	328 いとあるましき	いと有ましき
若菜上	318 春宮の御かたは	329 春宮の御かたは	春宮の御方は
若菜上	319 しちのはゝ君	330 しちのはゝ君	しちの母君
若菜上	320 おもひへたてす	331 おもひへたてす	思ひへたてす
若菜上	321 いとおさなけに	332 いとをさなけに	いとおさなけに
若菜上	322 むかしの御すち	333 むかしの御すち	昔の御すち
若菜上	323 中納言のめのと	334 中納言のめのと	中納言のめのと
若菜上	324 おなしかさし	335 おなしかさしを	おなしかさしを
若菜上	325 たのもしき	336 たのもしき	たのもしき
若菜上	326 そむき給にし	337 そむき給にし	そむき給にし
若菜上	327 いとかたしけなかりし	338 いとかたしけなかり	いとかたしけなかりし
若菜上	328 世の中の人もあひなう	339 世中の人もあひなう	世中の人もあひなう
若菜上	329 ことなをりて	340 ことなをりて	ことなをりて
若菜上	330 さかのみたう	341 さかのみたう	さかの御たう
若菜上	331 としみ	342 としみ	としみ
若菜上	332 この院は	343 この院は	此院は
若菜上	333 御かた〳〵も	344 御かた〳〵も	御かた〳〵も
若菜上	334 たいともは	345 たいともは	たいともは
若菜上	335 うちのこゝろは	346 うちのこゝろは	うちの心は
若菜上	336 かさしのたいは	347 かさしのたいは	かさしのたいは
若菜上	（ナシ）	348 しけいさ	しけいさ
若菜上	337 式部卿宮	349 式部卿宮	式部卿
若菜上	338 せんすいたん	350 せんすいたん	せんすいだん
若菜上	339 つかさくらゐ	351 つかさくらゐはやゝすゝみて	つかさ位はやゝすゝみて
若菜上	340 きたのまん所	352 きたのまん所	北のまん所

若菜上	341 御こと丶もは	353 御こと丶もは	(御こと丶もは)
若菜上	342 故入道の宮	354 故入道の宮	古(故)入道(の)宮
若菜上	343 故宮の	355 故宮の	古宮の
若菜上	344 中宮	356 中宮	中宮
若菜上	345 ありかたき御はく丶み	357 ありかたき御はく丶み	ありかたき御はく丶み
若菜上	346 ち丶みやは丶みやす所	358 ちちみやは丶宮す所の	父宮母宮す所の
若菜上	347 かうあなかちに	359 かうあなかちに	かうあなかちに
若菜上	348 四十賀といふ事は	360 四十の賀といふ事は	四十の賀といふ事は
若菜上	349 大やけさま	361 大やけさま	大やけさま
若菜上	350 おはします	362 おはします	おはします
若菜上	351 さき〳〵にことにかはらす	363 さき〳〵にことにかはらす	さき〳〵にことにかはらす
若菜上	352 ろくなと	364 ろくなと	ろくなと
若菜上	353 なたかきをひ	365 なたかきをひ	名たかき帯
若菜上	354 故前坊	366 故前坊	古前坊
若菜上	355 ふるき世の	367 ふるき世の一の物	ふるき世の一の物
若菜上	356 むかし物かたりにも	368 むかしものかたりにも	昔物語にも
若菜上	357 うちにはおほしそめてし	369 うちにはおほしそめてし	内にはおほしそめてし
若菜上	358 中納言にそつけ	370 中納言にそつけ【清也】	中納言にそ(て)つけ【清なり】
若菜上	359 右大将	371 右大将	右大将
若菜上	360 この中納言	372 この中納言	この中納言
若菜上	361 うしとらのまち	373 うしとらのまち	うしとらの町
若菜上	362 所〳〵のきやう	374 所〳〵のきやう	所〳〵のきやう
若菜上	363 頭中将せんしうけたまはり	375 頭中将せんしうけたまはりて	頭中将せんしうけ給はりて
若菜上	(ナシ)	376 左右のおと丶	左右のおと丶
若菜上	(ナシ)	377 殿上人はれいの内春宮院のこるすくなし	殿上人はれいの内春宮院のこるはすくなし
若菜上	364 けふはおほせ事	378 けふはおほせ事ありて	今日はおほせ事ありて
若菜上	365 うちの御て	379 うちの御て	うちの御て
若菜上	366 からのあやのうすたん	380 からのあやのうすたん	からのあやのうすたん
若菜上	367 御馬四十疋	381 御馬四十疋	御馬四十疋
若菜上	(ナシ)	382 六衛府	六衛府
若菜上	368 まんさいらく	383 まんさいらく	まんさいらく
若菜上	369 けしきはかりまひて	384 けしきはかりまひて	気色はかりまひて
若菜上	370 こ丶のさうの本	385 こ丶のさうの本	こ丶のさうの本
若菜上	371 内春宮一院	386 内春宮一院	内春宮一院
若菜上	372 かの母きたのかた	387 かのは丶きたのかた	かの母北の方
若菜上	373 こなたのうへ	388 こなたのうへ	こなたの上
若菜上	374 三条の北のかた	389 三条の北のかた	三条の北の方
若菜上	375 こなたには	390 こなたには	こなたには
若菜上	376 としかへりぬ	391 としかへりぬ	年かへりぬ
若菜上	377 ちかつき給ぬる	392 ちかつき給ぬる	近つき給ぬる
若菜上	378 ゆ丶しき	393 ゆ丶しき	ゆ丶しき
若菜上	379 あへかなと(る)御ほと	394 あへかなる御ほと	あへかなる御程
若菜上	380 所をかへて	395 所をかへて	所をかへて
若菜上	381 あかしのまち	396 あかしのまち	あかしのまち
若菜上	382 は丶君	397 は丶君	は丶君
若菜上	383 おほあま君	398 おほあま君	大あま君
若菜上	384 このありさまを	399 この御ありさまを	此御有さまを
若菜上	385 けにあはれなりけり	400 けにあはれなりけり	けに哀なりける
若菜上	386 いとあまり	401 いとあまり	いとあまり
若菜上	387 仙人	402 仙人の	仙人の
若菜上	388 御かたまいり給ひて	403 御かたまいり給て	御かたまいり給て

若菜上	389 日中	404 日中	日中
若菜上	390 あなみくるし	405 あなみくるし	あなみくるし
若菜上	391 くすしなと	406 くすしなと	くすしなと
若菜上	392 よしめきそして	407 よしめきそして	よしめきそして
若菜上	393 かはらかに	408 かはらかに	かはらかに
若菜上	394 こたいのひかこと丶も	409 こたいのひかこと丶も	こたいのひかこと丶も
若菜上	395 いまはかはかりと	410 いまはかはかりと	今はかはかりと
若菜上	396 あなかたはらいた	411 あなかたはらいた	あなかたはらいた
若菜上	397 おゐのなみ	412 おいのなみ	老の波
若菜上	398 しほたる丶	413 しほたる丶	しほたる丶
若菜上	399 世をすて丶	414 世をすて丶	世を捨て
若菜上	400 ゆめのなかに	415 ゆめのなかに	夢のなかに
若菜上	401 おとこ宮	416 おとこ宮	男宮
若菜上	402 春宮のせんしなるないしのすけそつかうまつる	417 春宮のせんしなるないしのすけそつかうまつる	春宮のせんしなる内侍のすけそつかふまつる
若菜上	403 うち〳〵の事も	418 うち〳〵の事も	うち〳〵の事も
若菜上	404 このほとのきしき	419 このほとのきしき	この程のきしき
若菜上	405 朱雀院	420 朱雀院の	朱雀院の
若菜上	406 おほやけ事には	421 おほやけ事にはたちまさり	大やけ事にはたちまさり
若菜上	407 大将のあまたまうけたる	422 大将のあまたまうけたなる	大将のあまたまうけたなる
若菜上	408 にくらかにも	423 にくらかにも	にくらかにも
若菜上	409 見えかはし給て	424 みえかはし給て	みえかはし給て
若菜上	410 宮の御とく	425 宮の御とく	宮の御とく
若菜上	411 おもひはなる丶	426 おもひはなる丶	思はなる丶
若菜上	412 このとしころは	427 このとしころは	此年比
若菜上	413 わかおもと	428 わかおもと	わかおもと
若菜上	414 すみの山を	429 すみの山を	すみの山を
若菜上	415 右のてに	430 右の手に	右の手に
若菜上	416 月日のひかり	431 月日のひかり	月日の光
若菜上	417 みつからは山のしも	432 みつからは山のしも	みつからは山のしも
若菜上	418 山をはひろき	433 山をはひろきうみに	山をはひろき海に
若菜上	419 ちいさきふねに	434 ちいさきふねにのりて	ちいさき舟にのりて
若菜上	420 又この国の事に	435 又この国の事に	又この国のことに
若菜上	421 わかきみを	436 わかきみを	わか君を
若菜上	422 わかきみくにのは丶となり給て	437 わかきみくにのは丶となり給て	我君国の母となり給て
若菜上	423 このひとつのおもひ	438 このひとつのおもひちかきよにかなひ侍めれは	此ひとつの思ひ近き世にかなひ侍ぬれは
若菜上	(ナシ)	439 水草	(ナシ)
若菜上	424 ひかりいてん	440 ひかりいてん	ひかり出ん
若菜上	425 月日かきたり	441 月日かきたり	月日かきたり
若菜上	426 ねかひ侍所に	442 ねかひ侍所に	ねかひ侍る所に
若菜上	427 いまはと世をそむき給し	443 いまはと世をそむき給しおりを	今はと世をそむき給しおりを
若菜上	428 仏の御てし	444 仏の御てし	仏の御てし
若菜上	429 おも〳〵しく	445 をも〳〵しく	おも〳〵しく
若菜上	430 おほろけならては	446 おほろけならては	おほろけならては
若菜上	431 わか身もさしもあるましき	447 わか身もさしもあるましきさまに	我身もさしもあるましきさまに
若菜上	432 にはかにかくおほえぬ	448 にはかにかくおほえぬ御事	俄にかくおほえぬ御事
若菜上	433 人にすくれん	449 人にすくれんゆくさき	人にすくれん行さき
若菜上	434 数ならぬ身には	450 数ならぬ身には	数ならぬ身には
若菜上	435 さるへき人の	451 さるへき人の御ため	さるへき人の御ため
若菜上	436 昨日もおと丶の君	452 昨日もおと丶の君	昨日もおと丶の君
若菜上	437 あか月に	453 あか月に	あかつきに

若菜上	438 わか宮は	454 わか宮は	わか宮は
若菜上	439 いまみたてまつり	455 いまみたてまつり	今み奉り
若菜上	440 女御の君	456 女御の君も	女御の君も
若菜上	441 院も	457 院も	院も
若菜上	442 又うちゑみて	458 又うちゑみて	又うちゑみて
若菜上	443 こ〈の〉ふはこは	459 こふはこは	此ふはこは
若菜上	444 宮よりとくまいり	460 宮よりとくまいり給へき	宮よりとくまいり給へき
若菜上	445 みやす所は	461 宮す所は	宮す所は
若菜上	446 たいのうへなとの	462 たいのうへなとのわたり給ぬる	たいの上なとの渡り給ぬる
若菜上	447 おまへに	463 おまへに	おまへに
若菜上	448 思ふさまに	464 おもふさまに	思ふさまに
若菜上	449 かはかりとみたてまつり	465 かはかりとみたてまつりをきつれは	かはかりとみ奉りをきつれは
若菜上	450 身にはこよなし	466 身にはこよなくまさり	身にはこよなくまさり
若菜上	451 かくむつましかるへき	467 かくむつましかるへき	かくむつましかるへき
若菜上	452 いとあはれに	468 いとあはれに	いと哀に
若菜上	453 ひめ宮の御かたに	469 ひめ宮の御かたに	姫君の御方に
若菜上	454 みつからは	470 みつからは	みつからは
若菜上	455 わか宮は	471 わか宮は	わか宮は
若菜上	456 御かた	472 御かた	御かた
若菜上	457 いとあやしや	473 いとあやしや	いとあやしや
若菜上	458 こなたにわたりて	474 こなたにわたりてこそ	こなたに渡りてこそ
若菜上	459 いとうたて	475 いとうたて	いとうたて
若菜上	460 うちはらひて	476 うちわらひて	うちわらひて
若菜上	461 御中ともにまかせて	477 御中ともにまかせて	御中ともにまかせて
若菜上	462 まつはかやうに	478 まつはかやうに	まつはかやうに
若菜上	463 ありつるはこ	479 ありつるはこ	ありつるはこ
若菜上	464 なそのはこそ	480 なそのはこそ	なそのはこそ
若菜上	465 あなうたていまめかしく	481 あなうたていまめかしく	あなうたて今めかしく
若菜上	466 ものあはれなりける	482 ものあはれなりける	物哀なりける
若菜上	467 わつらはしくて	483 わつらはしくて	わつらはしくて
若菜上	468 あはれなるへき	484 あはれなるへき	哀なるへき
若菜上	469 こゝらのとしころ	485 こゝらのとしころつとむるつみもこよなからん	こゝらの年比つとむるつみもこよなからん
若菜上	470 さかしきかた〳〵の人	486 さかしきかた〳〵の人	さかしきかた〳〵
若菜上	471 かやすき身ならは	487 かやすき身ならは	かやすき身ならは
若菜上	472 いまはかの侍し	488 いまはかの侍し	今はかの侍し
若菜上	473 さらはその	489 さらはその	さらはその
若菜上	474 ふかきちきりの	490 ふかきちきりの	深き契りの
若菜上	475 此夢かたり	491 此夢かたり	此夢語り
若菜上	476 いまはとて	492 いまはとて	今はとて
若菜上	477 猶こそあはれは	493 猶こそあはれは	猶こそ哀は
若菜上	478 とり給て	494 とり給て	とり給て
若菜上	479 なをほれ〳〵しからす	495 なをほれ〳〵しからす	猶ほれ〳〵しからす
若菜上	480 たゝこの世ふる	496 たゝこの世ふる	たゝ此世ふる
若菜上	481 かのせんそのおとゝ	497 かのせんそのおとゝ	かのせんそのおとゝ
若菜上	482 女子のかたに	498 女子のかたに	女子のかたに
若菜上	483 つきなし	499 つきなし	つぎなし
若菜上	484 この夢のわたり	500 この夢のわたり	この夢の渡り
若菜上	485 すゝろにたかき心さし	501 ずゝろにたかき心さし	すゝろに高き心さし
若菜上	486 よこさまにいみしき	502 よこさまにいみしき	よこさまにいみしき
若菜上	487 心のうちにおかみて	503 心のうちにをかみて	心のうちにおかみて
若菜上	488 これはまたくして	504 これはまたくして	これは又くして

若菜上	489 いまはかく	505 いまはかく	今はかく
若菜上	490 あなたの御心はへ	506 あなたの御心はへ	あなたの御心はへ
若菜上	491 もとよりさるへき	507 もとよりさるへき	もとよりさるへき
若菜上	492 よこさまの	508 よこさまの	よこさまの
若菜上	493 こゝになとさふらひ	509 こゝになとさふらひ	爰になとさふらひ
若菜上	494 いにしへのよのたとへ	510 いにしへのよのたとへ	いにしへの世のたとへ
若菜上	495 おもひなをる	511 おもひなをる	思ひなをる
若菜上	496 むかしの世のあたならぬ人は	512 むかしの世のあたならぬ人は	昔の世のあたならぬ人
若菜上	497 さしもあるましき	513 さしもあるましき	さしも有ましき
若菜上	498 おほくはあらねと	514 おほくはあらねと	おほくはあらねと
若菜上	499 ゆへよし	515 ゆへよし	ゆへよし
若菜上	500 さま〳〵	516 さま〳〵	さま〳〵
若菜上	501 えたるかたありて	517 えたるかたありて	えたるかたありて
若菜上	502 このたいを	518 このたいを	このたいを
若菜上	503 かたへの人は	519 かたへの人は	かたへの人は
若菜上	（ナシ）	520 そこにこそは	そこにこそ
若菜上	504 むつひかはして	521 むつひかはして	むつびかはして
若菜上	505 のたまはせねと	522 のたまはせねと	の給せねと
若菜上	506 めさましき	523 めさましき	めさましき
若菜上	507 つみなきさまに	524 つみなきさまに	つみなきさまに
若菜上	508 その御ためには	525 その御ためには	其御ためには
若菜上	509 うちそひても	526 うちそひても	打そひても
若菜上	510 それもまたとりもちて	527 それもまたとりもちて	それもまたとりもちて
若菜上	511 なをし所なく	528 なをし所なく	なをし所なく
若菜上	512 さりやよくこそ	529 さりやよくこそ	さりやよくこそ
若菜上	513 さもいとやんことなき	530 さもいとやむことなき	さもいとやん事なき
若菜上	514 宮の御方	531 宮の御方	宮の御かた
若菜上	515 おなしすちには	532 おなしすちには	おなし筋には
若菜上	516 我すくせは	533 我すくせは	我すくせは
若菜上	517 山すみ	534 山すみ	山住
若菜上	518 ふく地のそのに	535 ふくちのそのに	ふくちの園に
若菜上	519 大将の君はこのひめ宮	536 大将の君はこのひめ宮	大将の君は此姫宮
若菜上	520 かたち人	537 かたち人の	かたち人の
若菜上	521 なに事ものとやかに	538 なに事ものとやかに	何事ものとやかに
若菜上	522 ひとつさまに	539 ひとつさまに	ひとつさまに
若菜上	523 けにこそ	540 けにこそ	けにこそ
若菜上	524 紫の御ようい	541 紫の御ようい	紫の御ようい
若菜上	（ナシ）	542 しつやかなり	しつやかなる
若菜上	525 みしおもかけ	543 みしおもかけ	みし俤
若菜上	526 わか御きたのかた	544 わか御きたのかた	わか御北方
若菜上	527 をたしき	545 をたしき	をたしき
若菜上	528 みたてまつりしる	546 見たてまつりしる	見奉りしる
若菜上	529 院につねに	547 院につねに	院につねに
若菜上	530 かたしけなくとも	548 かたしけなくとも	かたしけなく共
若菜上	531 けにたくひなき	549 けにたくひなき	けにたくひなき
若菜上	532 小侍従といふ	550 小侍従といふ	小侍従といふ
若菜上	533 おとゝの君もとより	551 おとゝの君もとより	おとゝの君もとより
若菜上	534 しつかなるすまゐは	552 しつかなるすまゐは	しつかなるすまゐは
若菜上	535 うしとらのまち	553 うしとらのまち	うしとらの町
若菜上	536 みたれかはしき事の	554 みたれかはしき事の	みたれかはしき事の
若菜上	537 これかれ侍つ	555 これかれ侍つ	これかれ侍つ

若菜上	538 しんてん	556 しんてん	寝殿
若菜上	539 わかみやくし	557 わかみやくし	わか宮くし
若菜上	540 やり水なとの	558 やり水なとの	やり水なとの
若菜上	541 よしあるかゝり	559 よしあるかゝり	よしあるかゝり
若菜上	542 弁の君も	560 弁の君も	弁の君も
若菜上	543 上達部	561 上達部	上達部
若菜上	544 かはかりのよはひ	562 かはかりのよはひ	かはかりのよはひ
若菜上	545 さるはいときやう〳〵なりや	563 さるはいと軽〳〵なりや	さるはいと軽〴〵なりや(「如本」傍書アリ)
若菜上	546 もえき	564 もえ木	もえ木
若菜上	547 さくらのかけによりて	565 さくらのかけによりて	桜のかけによりて
若菜上	548 すみのかうらに	566 すみのかうらに	すみのかうらんに
若菜上	(ナシ)	567 上らうも	上らうも
若菜上	549 桜のなをし	568 桜のなをし	桜のなをし
若菜上	550 さしぬきのすそつかた	569 さしぬきのすそつかたすこしふくみたる	さしぬきのすそつかたすこしふくみたる
若菜上	551 しほれたるえた	570 しほれたるえた	しほれたるえた
若菜上	552 桜はよきて	571 さくらはよきて	桜はよきて
若菜上	553 宮の御まへ	572 宮の御まへ	宮の御前
若菜上	554 春のたむけ	573 春のたむけ	春のたむけ
若菜上	(ナシ)	574 人気ちかく	人げちかく
若菜上	555 はしより西	575 はしより西の	はしより西の
若菜上	556 すき〳〵	576 すき〳〵	すぎ〳〵
若菜上	(ナシ)	577 七八寸	七八寸
若菜上	557 わか心ちにも	578 我心ちにも	わか心ちにも
若菜上	558 たいのみなみ	579 たいのみなみ	たいの南
若菜上	559 つはいもちゐ	580 つはいもちゐ	つはいもちゐ
若菜上	560 から物はかり	581 から物はかり	から物はかり
若菜上	561 いてやこなたの	582 いてやこなたの	いてやこなたの
若菜上	562 宰相の君	583 さい相の君	宰相の君
若菜上	563 よろつのつみ	584 よろつのつみ	よろつのつみ
若菜上	564 ものゝすちは	585 ものゝすちは	ものゝすちは
若菜上	565 うちほゝゑみて	586 うちほゝゑみて	打ほゝゑみて
若菜上	566 いかてかなに事も	587 いかてかなに事も	いかて何事も
若菜上	567 なをこのころの	588 なをこのころの	猶此比の
若菜上	568 院にはなをこのたいに	589 院には猶このたいに	院には猶此たいに
若菜上	569 このみやいかに	590 この宮いかに	この宮いかに
若菜上	570 たい〳〵しき事	591 たい〳〵しき事	たい〳〵しき事
若菜上	571 こなたはさまかはり	592 こなたはさまかはり	こなたはさまかはり
若菜上	572 いてあなかま	593 いてあなかま	いてあなかま
若菜上	573 いかなれは	594 いかなれは	いかなれは
若菜上	576 さくらひとつに	595 さくらひとつに	桜ひとつに
若菜上	574 いてあなあちきなの	596 いてあなあちきなの	いてあなあちきなの
若菜上	575 み山木に	597 み山木に	み山木に
若菜上	577 ひたをもむき	598 ひたをもむき	ひたをもむき
若菜上	578 かんの君は	599 かんの君は	かんの君は
若菜上	579 おほいとのゝ	600 おほいとのゝ	おほいとのゝ
若菜上	580 くしいたく	601 くしいたく	くしいたく
若菜上	581 ふかきまとのうち	602 ふかきまとのうち	深き窓の内
若菜上	582 小侍従かり	603 小侍従かり	小侍従かり
若菜上	583 一日風にさそはれし	604 一日風にさそはれて	一日風にさそはれて
若菜上	584 みかきかはら	605 みかきかはら	みかきか原

若菜上	（ナシ）	606 あやなくけふ	あやなくけふ
若菜上	（ナシ）	607 よそにみて	よそにみて
若菜上	585 一日の心も	608 一日の心も	一日の心も
若菜上	586 心くるしけなる	609 心くるしけなる	心くるしけなる
若菜上	587 いとうたてある	610 いとうたてある	いとうたて
若菜上	588 心のうちそ	611 心のうちそ	心のうちそ
若菜上	（ナシ）	（ナシ）	御さしらへ
若菜上	589 れいのかく	612 れいのかく	れいのかく
若菜上	590 ひとひはつれなしかほ	613 ひとひはつれなしかほを	ひとひはつれなしかほを
若菜上	591 つれなしかほ	614 つれなしかほ	つれなしかほ
若菜下	1 ことはりとはおもへとも	001 ことはりとはおもへともうれたくもいへるかな	ことはりとは思へともうれたくもいへるかな
若菜下	2 いてやなそ	002 いてやなそ	いてやなそ
若菜下	3 院の御ため	003 院の御ため	院の御ため
若菜下	4 つこもり	004 つこもり	つこもり
若菜下	5 三月はた御き月	005 三月はた御き月	三月はたつ(御)き月
若菜下	6 この院	006 この院	この院
若菜下	7 左右大将	007 左右大将	左右大将
若菜下	8 すけたち	008 すけたち	すけたち
若菜下	9 かちゆみ	009 かちゆみ	かち弓
若菜下	10 まへしりへの心こまとり	010 まへしりへの心こまとりに	まへしりへの心こまとりに
若菜下	11 けふにとちむる	011 けふにとちむる	けふにとちむる
若菜下	12 いと丶たつ事やすからす	012 いと丶たつ事やすからす	いと丶たつ事やすからす
若菜下	13 かけもの	013 かけもの	かけもの
若菜下	14 やなきのはを	014 やなきのはを	柳のはを
若菜下	15 すこしこ丶しき	015 すこしこ丶しき	すこしこ丶しき
若菜下	16 かたはし心しれる	016 かたはし心しれる御めには	かたはし心しれる御めには
若菜下	17 みつからも	017 身つからも	みつからも
若菜下	18 人にてんつかるへき	018 人にてんつかるへき	人にてんつかるへき
若菜下	19 女御の御かた	019 女御の御かたに	女御の御かたに
若菜下	20 か丶る	020 か丶る	か丶る
若菜下	21 ゆくりかにあやしくは	021 ゆくりかにあやしくは	ゆくりかにあやしくは
若菜下	22 おほろけに	022 おほろけに	おほろけに
若菜下	23 春宮にまいり給て	023 春宮にまいり給て	春宮にまいり給て
若菜下	24 さはかりの御ありさま	024 さはかりの御ありさま	さはかりの御ありさま
若菜下	25 うちの御ねこ	025 うちの御ねこ	うちの御ねこ
若菜下	26 あまた引つれたり	026 あまたひきつれたり	あまたひきつれたり
若菜下	27 六条院の	027 六条院の	六条院の
若菜下	28 ねこわさとらうたく	028 ねこわさとらうたく	ねこわさとらうたく
若菜下	29 からねこ	029 からねこ	からねこ
若菜下	30 桐つほの御かた	030 きりつほの御かたより	きりつほの御方より
若菜下	31 たつねんとおほしたりきと	031 たつねんとおほしたりきと	たつねんとおほしたりきと
若菜下	32 又此宮に	032 又この宮に	又この宮に
若菜下	33 いつらこの見し人	033 いつらこのみし人	いつらこのみし人
若菜下	34 けにおかしきさま	034 けにをかしきさま	けにおかしきさま
若菜下	35 これはさるわきまへ心	035 これはさるわきまへ心	これはさるわきまへ心
若菜下	36 人けとをく	036 人けとをく	人けとをく
若菜下	37 うたてもす丶むかな	037 うたてもす丶むかな	うたてもす丶むかな
若菜下	38 こひわふる	038 こひわふる	恋わふる
若菜下	39 左大将との丶北のかた	039 左大将との丶きたのかた	左大将との丶北の方
若菜下	40 大殿の君たち	040 大殿の君たち	大殿の君たち

若菜下	41 右大将	041 右大将	右大将
若菜下	42 心はへのかと〳〵しく	042 心はへのかと〳〵しく	心はへのか(う)と〳〵しく
若菜下	43 しけいさ	043 しけいさ	しけいさ
若菜下	44 おとこ君	044 おとこ君	男君
若菜下	45 この御はら	045 この御はら	此御はら
若菜下	46 おほち宮なと	046 おほち宮なと	おほち宮なと
若菜下	47 この宮	047 この宮	この宮
若菜下	48 ひめ君のおほえ	048 ひめ君のおほえ	姫君のおほえ
若菜下	49 まゝはゝ	049 まゝはゝ	まゝ母
若菜下	50 兵部卿宮	050 兵部卿宮	兵部卿宮
若菜下	51 さてのみやはあまへて	051 さてのみやはあまへて	さてのみやはあまへて
若菜下	52 このわたりに	052 このわたりに	此渡りに
若菜下	53 大宮	053 大宮	大宮
若菜下	54 いたくもなやまし	054 いたくもなやまし	いたくもなやまし
若菜下	55 あまりうらみ所	055 あまりうらみ所	あまりうらみ所
若菜下	56 大宮は女こあまた	056 大宮は女こあまた	大宮は女こあまた
若菜下	57 ものこりしぬへけれと	057 ものこりしぬへけれと	物こりしぬへけれと
若菜下	58 宮はうせ給ひにける北のかた	058 宮はうせ給にけるきたのかた	宮はうせ給にける北の方
若菜下	59 母君	059 母君	母君
若菜下	(ナシ)	060 かんの君も	かんの君も
若菜下	60 かくたのもしけなき	061 かくたのもしけなき	かくたのもしけなき
若菜下	61 これよりもさるへき	062 これよりもさるへき	これよりもさるへき
若菜下	62 せうとの君たち	063 せうとの君たち	せうとの君達
若菜下	63 みこたちはのとかに	064 みこたちはのとかに	みこたちはのとかに
若菜下	64 宮ももりきゝ	065 宮ももりきゝ	宮ももりきゝ
若菜下	65 たゝさるかたの御中にて	066 たゝさるかたの御中にて	たゝさる方の御中にて
若菜下	66 はかなくてとし月も	067 はかなくてとし月も	はかなくて年月も
若菜下	67 十八年	068 十八年	十八年
若菜下	68 つきの君	069 つきの君	つきの君
若菜下	69 日ころいとをもく	070 日ころいとをもくなやませ	日比いとおもしくなやませ
若菜下	70 おほきおとゝ	071 おほきおとゝ	おほきおとゝ
若菜下	71 左大将	072 左大将	左大将
若菜下	72 女御の君は	073 女御の君は	女御の君(は)
若菜下	73 かきりある御くらゐ	074 かきりある御くらゐ	かきりある御位
若菜下	74 六条女御	075 六条の女御	六条の女御
若菜下	75 冷泉院の御つき	076 冷泉院の御つき	冷泉院の御つき
若菜下	76 おなしすちなれと	077 おなしすちなれと	おなしすちなれと
若菜下	77 末の世まては	078 すゑのよまては	末の世まては
若菜下	78 人にの給ひあはせぬ	079 人にの給あはせぬ	人にの給あはせぬ
若菜下	79 春宮の女御	080 春宮の女御	春宮の女御
若菜下	80 源氏のうちつゝき	081 源氏のうちつゝき	源氏のうちつゝき
若菜下	81 冷泉院のきさき	082 冷泉院のきさき	冷泉院のきさき
若菜下	82 かくしをき給へる	083 かくしをき給へる	かくしをき給へる
若菜下	83 院の御かと	084 院の御かと	院の御かと
若菜下	84 ひめ宮の御事	085 ひめみやの御事	姫宮の御事
若菜下	85 おほかたの世にも	086 おほかたの世にも	大かたの世にも
若菜下	86 たいのうへ	087 たいのうへの	対の上の
若菜下	87 いまはかう	088 いまはかう	今はかう
若菜下	88 あるましく	089 あるましく	あるましく
若菜下	89 たゝこなたをまことの御おや	090 たゝこなたをまことの御おや	たゞこなたをまことの御おや
若菜下	(ナシ)	091 尼君は目をさへのこひたゝして	(ナシ)

若菜下	90 けにかゝるいきほひならては	092 けにかゝるいきおひならては	けにかゝるいきほひならて(は)
若菜下	91 さえ〳〵して(く)	093 さえ〳〵しく	さえ〳〵しく
若菜下	92 しはしかりそめに	094 しはしかりそめに身をやつし	しはしかりそめに身をやつし
若菜下	93 このたひは此心をは	095 このたひはこの心をは	此度はこの心をは
若菜下	94 うらつたひのものさはかし	096 うらつたひのものさはかし	うらつたひの物さはかし
若菜下	95 たいのうへ	097 たいのうへも	対の上も
若菜下	(ナシ)	098 ゑふのすけとも	衛ふのすけとも
若菜下	96 へいしう	099 へいしう	べいじう
若菜下	97 くはゝりたるふたり	100 くはゝりたるふたり	くはゝりたるふたり
若菜下	98 御かくらのかたには	101 御かくらのかたには	御かくらのかたには
若菜下	(ナシ)	102 むまそひはさふらひのする事もあり	むまそひ
若菜下	99 女御殿のたいのうへ	103 女御殿たいのうへ	女御殿たいの上
若菜下	100 心しりにて	104 心しりにて	心しりにて
若菜下	101 うへの御かたの五	105 うへの御かたの五	うへの御方の五
若菜下	102 あかしの御あかれ	106 あかしの御あかれ	あかしの御あがれ
若菜下	103 のこりのいのち	107 のこりのいのち	残りの命
若菜下	104 さるへきにて	108 さるへきにて	さるへきにて
若菜下	105 をとにのみ秋をきかぬ	109 をとにのみ秋をきかぬ	をとにのみ秋をきかぬ
若菜下	106 ことにうちあはせたる	110 ことにうちあはせたる	ことにうちあはせたる
若菜下	107 つゝみをはなれて	111 つゝみをはなれて	つゝみをはなれて
若菜下	108 所からは	112 所からは	所からは
若菜下	109 やまあひにすれる	113 やまあひにすれる	やまあひにすれる
若菜下	110 まかひいろふ	114 まかひいろふ	まかひいろふ
若菜下	(ナシ)	115 かたぬきて	かたぬきて
若菜下	111 すほうかさねの	116 すはうかさねの	すわうかさねの
若菜下	112 ひきほころはしたる	117 ひきほころはしたる	ひきほころはしたる
若菜下	113 けしきはかり	118 けしきはかり	けしきはかり
若菜下	(ナシ)	119 まつはらをは	松はらをは
若菜下	114 いとしろく	120 いとしろく	いとしろく
若菜下	115 いり給て	121 いり給て	いり給て
若菜下	116 この車に	122 二の車に	二(こ)の車に
若菜下	(ナシ)	123 たれか又	たれか又
若菜下	117 世をそむき	124 世をそむき	世をそむき
若菜下	118 すみのえを	125 すみのえを	すみのえを
若菜下	119 むかしこそ	126 むかしこそ	むかしこそ
若菜下	120 すみのえの	127 すみのえの	すみのえの
若菜下	121 ひらの山さへ	128 ひらの山さへ	ひらの山さへ
若菜下	122 中務君	129 中務君	中務君
若菜下	123 はふりこか	130 はふりこか	はふりこか
若菜下	124 つき〳〵	131 つき〳〵	つき〳〵
若菜下	125 ゑいすきにたる	132 ゑいすきにたる	ゑいすきにたる
若菜下	126 うへのきぬの色〳〵	133 うへのきぬの色〳〵	うへのきぬの色〳〵
若菜下	127 あをにひのおもてのをりて	134 あをにひのおもてをりて	あをにひのおもてをりて
若菜下	128 いひつゝくるもうるさくむつかしき事ともなれは	135 いひつゝくるもうるさくむつかしきことゝもなれは	いひつゝくるもうるさくむつかしきことゝもなれは
若菜下	129 かゝる御ありさまをも	136 かゝる御ありさまをも	かゝる御ありさまをも
若菜下	130 かたき事なりかし	137 かたき事なりかし	かたきことなりかし
若菜下	(ナシ)	(ナシ)	ましらはましもみくるしや(細字)
若菜下	131 世の中の人	138 世の中の人	世中の人
若菜下	132 入道の御かとは	139 入道の御かとは	入道のみかとは
若菜下	133 春秋の行幸	140 春秋の行幸	春秋の行幸
若菜下	134 この院をは	141 この院をは	この院をは

若菜下	135 二品になり給て	142 二品になり給て	二品になり給て
若菜下	136 たゝひとゝころ	143 たゝひとゝころ	たゝひとゝころ
若菜下	137 あまりとしつもり	144 あまり年つもりなは	あまり年つもりなは
若菜下	138 さかしきやうにや	145 さかしきやうにや	さかしきやうにや
若菜下	139 うちのみかと	146 うちのみかとさへ	うちのみかとさへ
若菜下	140 さるへき事	147 さるへき事	さるへき事
若菜下	141 女一宮	148 女一宮	女一宮
若菜下	142 夏の御かた	149 夏の御かた	夏の御方
若菜下	143 すくなき御すゑと	150 すくなき御すゑと	すくなき御末と
若菜下	144 右大とのゝ	151 右大とのゝ	右大とのゝ
若菜下	145 姫君のみそ	152 姫宮のみそ	姫宮のみそ
若菜下	146 女御君は	153 女御君は	女御君は
若菜下	147 いまはむけによちかく	154 朱雀院のいまはむけによちかく	朱雀院の今はむけによちかく
若菜下	148 たいめんなんいま一たひ	155 たいめんなんいまひとたひ	たいめん今一たひ
若菜下	149 このたひたり給はん	156 このたひたり給はん	このたひたり給はん
若菜下	150 わかなゝと	157 わかななと	わかなゝと
若菜下	151 いもゐの御まうけ	158 いもゐの御まうけ	いもゐの御まうけ
若菜下	152 右の大との	159 右の大との	右の大との
若菜下	153 なゝつよりかみ	160 なゝつよりかみ	なゝつよりかみ
若菜下	154 宮はもとより	161 宮はもとより	宮はもとより
若菜下	155 さりともきんはかり	162 さりともきんはかりは	さりともきんはかりは
若菜下	（ナシ）	163 そらのさむさぬるさ	空のさむさぬるさ
若菜下	156 ゆしあんする	164 ゆしあんする	ゆしあんする
若菜下	157 女御の君	165 女御の君	女御の君
若菜下	158 十一月	166 十一月	十一月
若菜下	159 なとてわれに	167 なとてわれに	なとてわれに
若菜下	160 冬の夜の月は	168 冬の夜の月は	冬の夜の月
若菜下	161 たいなと	169 たいなとには	たいなとには
若菜下	162 院の御賀	170 院の御賀	院の御賀
若菜下	163 女かくこゝろみさせん	171 女かくこゝろみさせん	女楽心みさせん
若菜下	164 いまの物の上す	172 いまのものゝ上手ともこそ	今の物の上手ともこそ
若菜下	165 いとふかくはつかしき	173 いとふかくはつかしき	いとふかくはつかしき
若菜下	166 又此ころのわかき人〳〵	174 又このころのわかき人〳〵のされよしめき	又此比の若き人々のされよしめき
若菜下	167 きんはたまして	175 きんはたまして	きんはたまして
若菜下	168 廿一二はかり	176 廿一二はかり	廿一二計
若菜下	169 月たゝは	177 月たゝは	月たゝは
若菜下	170 しかくめきて	178 しかくめきて	しかくめきて
若菜下	171 しん殿に	179 しん殿に	しん殿に
若菜下	172 こなたにとをき	180 こなたにとをき	こなたにとをき
若菜下	173 わらはへ	181 わらはへ	わらはへ
若菜下	174 あか色に	182 あかいろに	あかいろ
若菜下	175 女御	183 女御	女御
若菜下	176 あらたまれる	184 あらたまれる	あらたまれる
若菜下	178 わらはゝ	185 わらはゝ	わらはゝ
若菜下	177 あをしのかきり	186 あをしのかきり	あをしのかきり
若菜下	179 宮の御かた	187 宮の御かた	宮の御方
若菜下	180 あをに	188 あをに	あをに
若菜下	181 院のおはしますへき	189 院のおはしますへき	院のおはしますへき
若菜下	182 宮にはかくこと〳〵しき	190 宮にはかくこと〳〵しき	宮にはかくこと〳〵しき
若菜下	183 大将をこそ	191 大将をこそ	大将をこそ
若菜下	184 春のことのね	192 春のことのねは	春のことの音は

若菜下	185 花はこそのふる雪	193 花はこそのふる雪	花はこそのふる雪
若菜下	186 かろ〳〵しきやうなれと	194 かろ〳〵しきやうなれと	かろ〳〵しきやうなれと
若菜下	187 うちかしこまりて	195 うちかしこまりて	うちかしこまりて
若菜下	188 なをかきあはせはかり	196 なをかきあはせはかりは	なをかきあはせはかりは
若菜下	189 さらにけふの	197 さらにけふの	さらにけふの
若菜下	190 さもある	198 さもある	さもある
若菜下	191 ふかき御らう	199 ふかき御らう	ふかき御らう
若菜下	192 ふつゝかに	200 ふつゝかに	ふつゝかに
若菜下	193 月心もとなき	201 月心もとなき	月心もとなき
若菜下	194 火よき程に	202 火よき程に	火よき程に
若菜下	195 宮の御かたのそき給へれは	203 宮の御かたをのそき給へれは	宮の御方をのそき給へれは
若菜下	196 ふくらかなる	204 ふくらかなる	ふくらかなる
若菜下	197 花といはゝ	205 花といはゝ	花といはゝ
若菜下	198 ねをきくよりも	206 ねをきくよりも	ねをきくよりも
若菜下	199 さつきまつ	207 さつきまつ	さつきまつ
若菜下	200 みしをりよりも	208 みしおりよりも	みしおりも
若菜下	201 院はたひ〳〵	209 院はたひ〳〵	院はたひ〳〵
若菜下	202 この御かた	210 この御かた	この御かた
若菜下	203 あなかちにあるましく	211 あなかちにあるましく	あなかちにあるましく
若菜下	204 夜ふけ行	212 夜ふけゆく	夜更ゆく
若菜下	(ナシ)	213 ふしまちの月	ふしまちの月
若菜下	205 春のおほろ月夜に	214 春のおほろ月夜よ	春のおほろ月夜よ
若菜下	206 むしのこゑよは(ママ)りあはせたる	215 むしのこゑよりあはせたる	虫の声よりあはせたる
若菜下	(ナシ)	216 花の露も	花の露も
若菜下	207 はるのそら	217 はるのそら	春のそら
若菜下	208 いなこのさためよ	218 いなこのさためよ	いなこのさためよ
若菜下	209 こくの物とも	219 こくのものとも	こくの物とも
若菜下	210 りちをは	220 りちをはつきの物に	りちをはつきの物に
若菜下	211 いかにたゝいま	221 いかにたゝいま	いかにたゝ今
若菜下	212 そのこのかみと	222 そのこのかみと	そのこのかみと
若菜下	213 あやしく人のさえ	223 あやしく人のさえ	あやしく人のさえ
若菜下	214 それをなんとり申さん	224 それをなんとり申さん	それをなんとり申さん
若菜下	215 のほりての世を	225 のほりての世を	のほりての世を
若菜下	216 かのおとゝ	226 かのおとゝ	かのおとゝ
若菜下	217 いとかしこく	227 いとかしこく	いとかしこく
若菜下	218 いとこと〳〵しき	228 いとこと〳〵しき	いとこと〳〵しき
若菜下	219 ひはゝしも	229 ひはゝしも	ひははしも
若菜下	220 おほえぬ	230 おほえぬ	おほえぬ
若菜下	221 われかしこ	231 われかしこ	われかしこ
若菜下	222 よろつの事	232 よろつの事	万の事
若菜下	223 たとりふかき	233 たとりふかき	たとり深き
若菜下	224 心をやりて	234 心をやりて	心をやりて
若菜下	225 きむなんわつらはしく	235 きむなんわつらはしく	きんなんわつらはしく
若菜下	226 よろつの物の音の	236 よろつの物のねのうちにしたかひて	よろつの物の音のうちにしたかひて
若菜下	227 かなしみふかき	237 かなしみふかき	かなしみふかき
若菜下	228 このくにに	238 このくにゝ	このくにゝ
若菜下	229 大将けにいとくちおし	239 大将けにいとくちおし	大将けにいとくちおし
若菜下	230 このみこたち	240 このみこたち	此みこたち
若菜下	231 そも	241 そも	そも
若菜下	232 二宮	242 二宮	二宮
若菜下	233 りんのて	243 りんのて	りんのね

若菜下	234 かへりこゑ	244 かへりこゑ	かへり声
若菜下	235 こかのしらへ	245 こかのしらへ	こかのしらへ
若菜下	236 五六の	246 五六の	五六の
若菜下	237 こなたより	247 こなたより	こなたより
若菜下	238 宮のおはします	248 宮のおはします	宮のおはします
若菜下	239 いつれも〱	249 いつれも〱	いつれも〱
若菜下	240 わかきたのかた	250 わかきたのかた	我北の方
若菜下	241 たいへ	251 たいへ	たいへ
若菜下	242 うへは	252 うへは	うへは
若菜下	243 宮の御こと	253 宮の御こと	宮の御事
若菜下	244 さかし	254 さかし	さかし
若菜下	245 いとまいるわさ	255 いとまいるわさなれは	いとまいるわさなれは
若菜下	246 むかしよつかぬ	256 むかしよつかぬ	昔よつかぬ
若菜下	247 かやうのすち	257 かやうのすち	かやうのすち
若菜下	248 いとかくくしぬる	258 いとかくくしぬる	いとかくくしぬる
若菜下	249 ことしは卅七	259 ことしは卅七にそ	今年は卅七にそ
若菜下	250 おほきなる事とも	260 おほきなる事とも	おほきなる事とも
若菜下	251 こそうつ	261 故僧都	こそうつ
若菜下	252 みつからはおさなくより	262 みつからはおさなくより	みつからはおさなくより
若菜下	253 おもふ人	263 おもふ人	思ふ人
若菜下	254 それにかへて	264 それにかへて	それにかへて
若菜下	255 君の御身は	265 君の御身は	君の御身は
若菜下	256 かのひとふし	266 かのひとふし	かのひとふし
若菜下	257 そのかた	267 そのかた	そのかた
若菜下	258 この宮	268 この宮	この宮
若菜下	259 御みつからの	269 御みつからの	御みつからの
若菜下	260 の給やうに	270 の給やうに	の給ふやうに
若菜下	261 さはみつからの	271 さは身つからの	さはみつからの
若菜下	262 こゝ(ママ)としもから(く)	272 ことしもかくしらすかほにて	ことしもかくしらすかほにて
若菜下	263 さき〱もきよ(こ)ゆる	273 さき〱もきこゆる	さき〱も聞ゆる
若菜下	264 それはしも	274 それはしも	それはしも
若菜下	265 おほくはあらねと	275 おほくはあらねと	おほくはあらねと
若菜下	266 大将のはゝ君	276 大将のはゝ君を	大将の母君を
若菜下	267 つねになかよからす	277 つねになかよからす	つねに中よからす
若菜下	268 又わかあやまち	278 又わかあやまち	又わかあやまち
若菜下	269 さかしとや	279 さかしとや	さかしとや
若菜下	270 おもふにはたのもしく	280 思にはたのもしく	思ふにはたのもしく
若菜下	271 中宮の御はゝ宮□所	281 中宮の御はゝ宮す所	中宮の御母宮す所
若菜下	272 うらむへき	282 うらむへき	うらむへき
若菜下	273 いとあるましき	283 いとあるましき	いとあるましき
若菜下	274 さるへき御契とは	284 さるへき御契とはいひなから	さるへき御契りとはいひなから
若菜下	275 かの世なからも	285 かの世なからも	かの世なからも
若菜下	276 みなをされ	286 みなをされ	みなをされ
若菜下	277 いまも昔も	287 いまもむかしも	今もむかしも
若菜下	278 うちの御かた	288 うちの御かた	うちの御方
若菜下	279 こと人は見ねは	289 こと人はみねは	こと人はみねは
若菜下	280 たとしへなき	290 たとしへなきうらなさを	たとしへなきうらなさを
若菜下	281 さはかりめさましと	291 さはかりめさましと	さはかりめさましと
若菜下	282 君こそは	292 君こそは	君こそは
若菜下	283 くまなき	293 くまなき	くまなき
若菜下	284 いとけしきこそ	294 いと気しきこそ	いとけしきこそ

若菜下	285 宮にいとよく	295 宮にいとよく	宮にいとよく
若菜下	286 われに心をく	296 われに心をく	われに心をく
若菜下	287 いまはいとまゆるし	297 いまはいとまゆるして	今はいとまゆるして
若菜下	288 たいには	298 たいには	たいには
若菜下	289 の給つるやうに	299 の給つるやうに	の給つるやうに
若菜下	290 人のしのひかたく	300 人のしのひかたく	人の忍ひかたく
若菜下	291 女御の御かた	301 女御の御方より	女御の御かたより
若菜下	292 御つゝしみ	302 御つつしみのすち	御つゝしみのすち
若菜下	293 御かゆなと	303 御かゆなと	御かゆなと
若菜下	294 御賀	304 御賀	御賀
若菜下	295 かの院	305 かの院よりも	かの院よりも
若菜下	296 きこゆる事を	306 きこゆる事を	聞ゆる事を
若菜下	297 かきりありて	307 かきりありて	かきりありて
若菜下	298 むかしより	308 むかしより	むかしより
若菜下	299 宮の御かた	309 宮の御かたにも	宮の御かたにも
若菜下	300 院のうち	310 院のうち	院のうち
若菜下	301 人ひとりの	311 人ひとりの	人ひとりの
若菜下	302 たゝにもおはしまさて	312 たゝにもおはしまさて	たゝにもおはしまさて
若菜下	303 わか宮	313 わか宮	わか宮
若菜下	304 ゆゝしく	314 ゆゝしく	ゆゝしく
若菜下	305 けしうは	315 けしうは	けしうは
若菜下	306 をきてひろき	316 をきてひろき	をきてひろき
若菜下	307 まことや衛門のかみ	317 まことや衛門のかみは	まことや衛門の督は
若菜下	308 ときの人	318 ときの人なり	ときの人なり
若菜下	309 思ふ事のかなはぬ	319 思事のかなはぬ	思ふ事のかなはぬ
若菜下	310 この宮のあね宮	320 この宮の御あね宮	此宮の御あね宮
若菜下	311 更衣はら	321 更衣はら	更衣はら
若菜下	312 なくさめかたき	322 なくさめかたき	なくさめかたき
若菜下	313 かくて院もはなれ	323 かくて院もはなれ	かくて院もはなれ
若菜下	314 昔より	324 むかしより	むかしより
若菜下	315 院のうへたに	325 院のうへたに	院のうへたに
若菜下	316 けにおなし御すち	326 けにおなし御すちとは	けにおなし御すちとは
若菜下	(ナシ)	327 院にも	院にも
若菜下	317 たゝいますこし	328 たゝいますこし	たゝ今すこし
若菜下	318 いとかたき	329 いとかたき	いとかたき
若菜下	319 かの院	330 かの院	かの院
若菜下	320 このころより	331 このころこそ	この比こそ
若菜下	321 いふかひなく	332 いふかひなく	いふかひなく
若菜下	322 いまはよし	333 いまはよし	今はよし
若菜下	323 これよりおほけなき	334 これよりおほけなき	これよりおほせなき
若菜下	324 いてあなきゝにく	335 いてあなきゝにく	いてあなきゝにく
若菜下	325 女御きさき	336 女御きさき	女御きさき
若菜下	326 ましてその御ありさま	337 ましてその御ありさまよ	まして其御有さまよ
若菜下	(ナシ)	338 うち〳〵は心やましき	うち〳〵は心やましき
若菜下	327 院のあまたの御中に	339 院のあまたの御中に	院のあまたの御中に
若菜下	328 さしもひとしからぬきは	340 さしもひとしからぬきはの御かた〳〵に	さしもひとしからぬきはの御方〳〵に
若菜下	329 つきゝり	341 つきゝり	つききり
若菜下	330 人にをとされ	342 人におとされ	人におとされ
若菜下	331 めてたきかたに	343 めてたきかたに	めてたきかたに
若菜下	332 これはよのつね	344 これはよのつねの	これはよのつねの
若菜下	333 よろつにいひこしらへて	345 よろつにいひこしらへて	よろづにいひこしらへて

若菜下	334 まことはさはかり	346 まことはさはかり	まことはさはかり
若菜下	335 物ふかゝらぬ	347 物ふかゝらぬ	物ふかゝらぬ
若菜下	336 いかに〳〵と	348 いかに〳〵と	いかに〳〵と
若菜下	337 わか心にも	349 わか心にも	わか心にも
若菜下	338 みち(そ)きあすとて	350 みそきあすとて	みそきあすとて
若菜下	339 上らふはあらぬ	351 上らふはあらぬ	上らふはあらぬ
若菜下	340 源中将	352 源中将	源中将
若菜下	341 さまてもあるへき	353 さまてもあるへき	さまてもあるへき
若菜下	342 かすならねと	354 かすならねと	数ならねと
若菜下	343 うこかし侍にし	355 うこかし侍にし	うこかし侍にし
若菜下	344 せきかねて	356 せきかねて	せきかねて
若菜下	345 つみをもき	357 つみをもき	つみおもき
若菜下	346 ひたふるなる心も	358 ひたふるなる心も	ひたふるなる心も
若菜下	347 余所のおもひやりは	359 よそのおもひやりは	よその思ひやりは
若菜下	348 いつちも〳〵ゐてかくし	360 いつちも〳〵ゐてかくし	いつちも〳〵ゐてかくして
若菜下	349 てならししねこ	361 てならしゝねこ	手ならしゝねこ
若菜下	350 なにしにたてまつる	362 なにしにたてまつり	なにしに奉り
若菜下	351 なをかくのかれぬ	363 なをかくのかれぬ	猶かくのかれぬ
若菜下	352 院にも	364 院にも	院にも
若菜下	(ナシ)	365 人の御なみたをさへ	人の御涙をさへ
若菜下	353 いかゝは	366 いかゝは	いかゝは
若菜下	(ナシ)	367 ものゝさらにいはれ	物のさらにいはれ
若菜下	354 いとすてかたき	368 いとすてかたきに	いとすてかたきに
若菜下	355 こよひにかきり	369 こよひにかきり	こよひにかきり
若菜下	356 あはれなる夢かたり	370 あはれなる夢かたりも	哀なるは夢かたりも
若菜下	357 あきのそらよりも	371 秋のそらよりも	秋の空よりも
若菜下	358 おきてゆく	372 おきて行	おきて行(ナシ)
若菜下	359 あけくれの	373 あけくれの	あけくれの
若菜下	360 まことに身をはなれ	374 まことに身をはなれ	まことに身をはなれ
若菜下	361 女宮	375 女二宮	女君
若菜下	362 くるしおほゆまし	376 くるしくおほゆまし	くるしくおほゆまじ
若菜下	363 この院	377 この院に	此院に
若菜下	364 かきりなき女	378 かきりなき女	かきりなき女
若菜下	365 御心をつくし給事	379 御心をつくし給事に	御心をつくし給事に
若菜下	366 かの御心ち	380 かの御心ち	かの御心ち
若菜下	367 かんの君	381 かんの君	かんの君
若菜下	368 まつりの日	382 まつりの日	まつりの日
若菜下	369 女宮	383 女宮	女宮
若菜下	370 くやしくそ	384 くやしくそ	くやしくそ
若菜下	371 さうのこと	385 さうのこと	さうのこと
若菜下	372 いまひときは	386 いまひときは	今一きは
若菜下	373 もろかつら	387 もろかつら	もろかつら
若菜下	374 いとなめけなり	388 いとなめけなり	いとなめけなり
若菜下	375 さりとももの、け	389 さりとも物の気	さり共物の気
若菜下	376 た(ふ)とうそん	390 ふとうそんの	ふとうそんの
若菜下	(ナシ)	391 わひさせ給か	わひさせ給が
若菜下	377 たゝむかしみ給し物のけ	392 たゝむかしみ給しものゝ気	たゝ昔み給しものゝけ
若菜下	378 我身こそ	393 わか身こそ	我身こそ
若菜下	379 ものいはせしと	394 ものいはせしと	物いはせしと
若菜下	380 中宮の御事	395 中宮の御こと	中宮の御こと
若菜下	381 思とちの御物語	396 思とちの御物語	思ふとちの御物語り

若菜下	382 うちおもひ	397 うちおもひ	うち思ひ
若菜下	383 此人を	398 此人を	此人を
若菜下	384 まもりつよく	399 まもりつよく	まもりつよく
若菜下	(ナシ)	400 修法と経	修法と経
若菜下	385 斎宮におはしましゝ	401 斎宮におはしましゝ	斎宮におはしましゝ(ナシ)
若菜下	386 けふのかへさ	402 けふのかへさ	けふのかへさ
若菜下	387 いけるかひありつる	403 いけるかひありつる	いけるかひありつる
若菜下	388 二品宮	404 二品宮	二品宮
若菜下	389 衛門督	405 衛門督	衛門督
若菜下	390 かくいひあへるを	406 かくいひあへるを	かくいひあへるを
若菜下	391 式部卿宮	407 式部卿宮	式部卿宮
若菜下	392 いかに〳〵	408 いかに〳〵	いかに〳〵
若菜下	393 いとをもく	409 いとをもく	いとおもく
若菜下	394 かくこれかれまいり	410 かくこれかれまいり	かくこれかれまいり
若菜下	395 らうろう	411 らうろう	らうろう
若菜下	396 うつし人	412 うつし人	うつし人
若菜下	397 いひもてゆけは	413 いひもてゆけは	いひもてゆけは
若菜下	398 なきやうなる	414 なきやうなる	なきやうなる
若菜下	399 ひめ宮は	415 ひめ宮は	姫君は
若菜下	400 かの人は	416 かの人は	かの人は
若菜下	401 夢のやうに	417 夢のやうに	夢のやうに
若菜下	402 いたくよしめき	418 いたくよしめき	いたくよしめき
若菜下	403 さるたくひなき	419 さるたくひなき	さるたくひなき
若菜下	404 かくなやみわたり	420 かくなやみわたり	かくなやみ渡り
若菜下	405 みたてまつりとかめて	421 みたてまつり□かめて	み奉りとかめて
若菜下	406 わたり給	422 わたり給	渡り給
若菜下	407 女君は	423 女君は	女君を(ナシ)は
若菜下	408 さをに	424 さをに	さをに
若菜下	409 としころ	425 とし比	年比
若菜下	410 あはれにいまゝて	426 あはれにいまゝて	哀にいまゝて
若菜下	411 かれみ給へ	427 かれみ給へ	かれみ給へ
若菜下	412 ありしはや	428 ありしはや	ありしばや
若菜下	413 みつからも	429 みつからも	みつからも
若菜下	414 きえとまる	430 きえとまる	きえとまる
若菜下	415 ちきりをかん	431 ちきりをかん	契りをかん
若菜下	416 めにちかき	432 めにちかき	めに近き
若菜下	417 かゝる雲ま	433 かゝる雲ま	かゝる雲ま
若菜下	418 日比のつもり	434 日比のつもり	日比のつもり
若菜下	419 例のさまならぬ	435 例のさまならぬ	例のさまならぬ
若菜下	420 あやしく程へて	436 あやしく程へて	あやしく程へて
若菜下	421 いかに〳〵と	437 いかに〳〵と	いかに〳〵と
若菜下	422 わか君	438 わか君	わか君
若菜下	423 かの人も	439 かの人も	かの人も
若菜下	424 こゝには	440 こゝには	爰には
若菜下	425 いたくしめりて	441 いたくしめりて	いたくしめりて
若菜下	426 月まちて	442 月まちて	月まちて
若菜下	427 ゆふ露に	443 ゆふ露に	ゆふ露に
若菜下	428 まつさとも	444 まつさとも	まつさとも
若菜下	429 かはほり	445 かはほり	かはほり
若菜下	430 これは風ぬるく	446 これは風ぬるく	これは風ぬるく
若菜下	431 すこしまよひたる	447 すこしまよひたる	すこしまよひたる

若菜下	432 その人の	448 その人の	その人の
若菜下	433 あないはけな	449 あはいはけな	あないはけな
若菜下	434 いて給ぬれは	450 いて給ぬれは	いて給ぬれは
若菜下	435 いふかひなの	451 いふかひなの	いふかひなの
若菜下	436 いつくにか	452 いつくにか	いづくにか
若菜下	437 人〳〵のまいりしに	453 人〳〵のまいりしに	人々まいりしに
若菜下	438 いらせ給し程は	454 いらせ給し程は	いらせ給ひし程は
若菜下	439 いさとよ	455 いさとよ	いさとよ
若菜下	440 あないみし	456 あないみし	あないみし
若菜下	441 かの君も	457 かの君も	かの君も
若菜下	442 人にも見えさせ給けれは	458 人にもみえさせ給けれは	人にもみえさせ給けれは
若菜下	443 かくまて思ひ給ひし	459 かくまて思給し	かくまて思給ひし
若菜下	444 はヽかりもなく	460 はヽかりもなく	はヽかりもなく
若菜下	445 おこたりはて給ふにたる	461 をこたりはて給にたる	をこたりはて給にたる
若菜下	446 としをへて	462 としをへて	年をへて
若菜下	447 いとかくさやかに	463 いとかくさやかに	いとかくさやかに
若菜下	448 さてもこの人をは	464 さてもこの人をは	さてもこの人をは
若菜下	449 めつらしきさま	465 めつらしきさま	めつらしきさま
若菜下	450 猶さりのすまゐ	466 猶さりのすさひ	猶さりのすさひ
若菜下	451 ましてこれは	467 ましてこれは	ましてこれは
若菜下	452 いふかたことなり	468 いふかたことなり	いふかたことなり
若菜下	453 おほろけのさたかなる	469 おほろけのさたかなる	おほろけのさたかなる
若菜下	454 かくはかり又なき	470 かくはかり又なき	かくはかり又なき
若菜下	455 みかとヽきこゆれと	471 みかとヽきこゆれと	みかとヽ聞ゆれと
若菜下	456 我身なから	472 我身なから	我身なから
若菜下	457 故院のうへ	473 故院のうへ	古院のうへ
若菜下	458 きえのこり	474 きえのこり	きえ残り
若菜下	459 こヽちはよろしく	475 こヽちはよろしく	心ちはよろしく
若菜下	460 さかし	476 さかし	さかし
若菜下	461 内のきこし	477 内のきこし	内のきこし
若菜下	462 けにあなかちに	478 けにあなかちに	けにあなかちに
若菜下	463 わたり給はん	479 わたり給はん	渡り給はん
若菜下	464 こヽにはしはし	480 こヽにはしはし	爰にはしはし
若菜下	465 いてやしつやかに	481 いてやしつやかに	いてやしつやかに
若菜下	466 かつさふらふ人	482 かつさふらふ人に	かつさふらふ人に
若菜下	467 あやにくにうきにまきれぬ	483 あやにくにうきにまきれぬ	あやにくに夢にまきれぬ
若菜下	468 みつからいとわりなく	484 みつからいとわりなく	みつからいとわりなく
若菜下	469 女御	485 女御	女御
若菜下	470 右のおとヽの北のかた	486 右のおとヽの北のかた	右のおとヽの北の方
若菜下	471 むしんの女房	487 むしんの女房	むしんの女房
若菜下	472 契深き中なりけれは	488 契ふかき中なりけれは	契深き中なりけれは
若菜下	473 いといたくもてなして	489 いといたくもてなして	いといたくもてなして
若菜下	474 二条の内侍	490 二条の尚侍	三条の内侍
若菜下	475 つゐに御ほい	491 つゐに御ほい	つゐに御ほい
若菜下	476 いまなんと	492 いまなんと	今なんと
若菜下	477 あまのよを	493 あまのよを	あまのよを
若菜下	478 とくおほし	494 とくおほし	とくおほし
若菜下	479 むかしより	495 むかしより	昔より
若菜下	（ナシ）	496 つねなき	つねなき
若菜下	480 あまふねに	497 あまふねに	あまふねに
若菜下	481 ゑかうには	498 ゑかうには	ゑかうには

若菜下	482 たえぬること	499 たえぬること	たえぬること
若菜下	483 はつかしめられたれ	500 はつかしめられたれ	はつかしめられたれ
若菜下	484 けに心つきなしや	501 けに心つきなしや	けに心つきなしや
若菜下	485 かくみなそむき	502 かくみなそむき	かくみなそむき
若菜下	486 人のありさまを	503 人のありさまを	人の有さまを
若菜下	487 かの人の	504 かの人の	かの人の
若菜下	488 としふかくいらさりし	505 としふかくいらさりし	年ふかくいらさる
若菜下	489 わか宮を	506 わか宮を	若宮を
若菜下	490 はか〳〵しき	507 はか〳〵しき	はか〳〵しき
若菜下	(ナシ)	508 いかならんとて	いかならんとて
若菜下	491 かんの君に	509 かんの君に	かんの君に
若菜下	492 六条の東の君	510 六条の東の君	六条の東の君
若菜下	493 のりふくたちて	511 法ふくたちて	法ふくたちて
若菜下	494 つくも所	512 つくも所	つくも所
若菜下	495 八月は大将	513 八月は大将の	八月は大将の
若菜下	496 九月は	514 九月は	九月は
若菜下	497 衛門のかみの	515 衛門の督の御あつかりの宮	衛門督の御あつかりの宮
若菜下	498 かんの君も	516 かんの君も	かんの君も
若菜下	499 宮うちはへて	517 宮うちはへて	宮うちはへて
若菜下	500 院は	518 院は	院は
若菜下	501 御やまにも	519 御やまにも	御山にも
若菜下	502 月ころ	520 月ころ	月比
若菜下	503 うちわたりなと	521 うちわたりなと	うち渡りなと
若菜下	504 そのことゝ	522 そのことゝ	其のことゝ
若菜下	505 いと〳〵おしく	523 いと〳〵おしく	いと〳〵おしく
若菜下	506 心くるしき御せうそこ	524 心くるしき御せうそこに	心くるしき御せうそこに
若菜下	507 まろこそいとくるしけれ	525 まろこそいとくるしけれ	まろこそいとくるしけれ
若菜下	508 たかきこえたる	526 たかきこえたる	たか聞えたる
若菜下	(ナシ)	527 ものおもひくし給へる	物思ひくし給へる
若菜下	509 今より後も	528 今よりのちも	今より後も
若菜下	(ナシ)	529 かうまても	かうまても
若菜下	510 うへの御心にそむくと	530 うへの御心にそむくと	うへの御心にそむくと
若菜下	511 いたりすくなく	531 いたりすくなく	いたりすくなく
若菜下	512 又いまはこよなく	532 又いまはこよなくさたすきにたり	又今はこよなくさたすきにたる
若菜下	513 いにしへより	533 いにしへより	いにしへより
若菜下	514 たとりうすかるへき	534 たとりうすかるへき	たとりうすかるへき
若菜下	515 いまはとすて給けん	535 いまはとすて給けん	今はと捨給けん
若菜下	516 もろともに	536 もろともに	諸ともに
若菜下	(ナシ)	537 我もうちなき	我もうちなき
若菜下	517 人のうへにても	538 人のうへにても	人のうへにても
若菜下	518 かゝせたてまつり	539 かゝせたてまつり	かゝせ奉り
若菜下	519 かのこまかなる	540 かのこまかなる	かのこまかなる
若菜下	520 まいり給はん事は	541 まいり給はん事は	まいり給はん事は
若菜下	521 ふるめかしき	542 ふるめかしき	ふるめかしき
若菜下	522 霜月は身つから	543 霜月は	霜月は
若菜下	523 この御すかた	544 この御すかた	此御すかた
若菜下	524 みんにつけても	545 みんにつけても	みんにつけても
若菜下	525 院にはた御あそひ	546 院にはた御あそひなと	院にはた御あそひなと
若菜下	526 すき物は	547 すき物は	すき物は
若菜下	527 けしきとりし	548 けしきとりし	けしきとりし(ナシ)
若菜下	528 いとかくさたかに	549 いとかくさたかに	いとかくさたかに

若菜下	529 十よひ	550 十よひ	十よ日
若菜下	530 二条院	551 二条院	二条院
若菜下	531 このたひのみこ	552 このたひのみこ	此度のみこ
若菜下	532 てうかく	553 てうかく	てうかく
若菜下	533 とりわきて	554 とりわきて	とりわきて
若菜下	534 例もほこりかに	555 例もほこりかに	例もほこりかに
若菜下	535 思やりなき	556 思やりなき	思ひやりなき
若菜下	536 その事となくて	557 その事となくて	その事となくて
若菜下	537 みこの法し	558 みこの法し	みこの法し
若菜下	538 いもゐ	559 いもゐ	いもゐ
若菜下	539 家にをひいつる	560 家におひいつる	家におひいつる
若菜下	540 月ころかた〳〵に	561 月ころかた〳〵に	月比かた〳〵に(し)
若菜下	541 みたりかくひやう	562 みたりかくひやう	みたりかくひやう
若菜下	542 つく所なし	563 つく所なし	つく所なし
若菜下	543 いまはいよ〳〵	564 いまはいよ〳〵かすかなる	今はいよ〳〵かすかなる
若菜下	544 いかめしくきゝし御賀	565 いかめしくきゝし御賀	いかめしくきゝし御賀
若菜下	545 たゝかくなん	566 たゝかくなん	たゝかくなん
若菜下	546 されはよと	567 されはよと	されはとよ(よと)
若菜下	547 かの院	568 かの院	かの院
若菜下	548 兵部卿宮	569 兵部卿の宮	兵部卿(の)宮
若菜下	549 式部卿	570 式部卿	式部卿
若菜下	550 御まこ	571 御まこを	御まこを
若菜下	551 衛門督心とゝめて	572 衛門督こゝろとゝめて	衛門督(ナシ)心とゝめて
若菜下	552 けしきはかりにて	573 けしきはかりにて	けしきはかりにて
若菜下	553 よそ〳〵にて	574 よそ〳〵にて	よそ〳〵にて
若菜下	554 女宮	575 女宮	女宮
若菜下	555 あひなたのみ	576 あひなたのみ	あひなたのみ
若菜下	556 はゝ宮す所	577 はゝみやす所	母みやす所
若菜下	557 世のことゝして	578 世のことゝして	世のことゝして
若菜下	558 ことはりや	579 ことはりや	ことはりや
若菜下	559 とまりかたき	580 とまりかたき	とまりかたき
若菜下	560 またはゝきたのかた	581 またはゝきたのかた	また母北のかた
若菜下	561 人よりさきなり	582 人よりさきなり	人よりさきなり
若菜下	562 いまはとたのみなく	583 いまはとたのみなく	今はとたのみなく
若菜下	563 たゆく	584 たゆく	たゆく
若菜下	564 いとゝしきおやたち	585 いとゝしきおやたちの	いとゝしきおやたちの
若菜下	565 つき〳〵	586 つき〳〵	つき〳〵
若菜下	566 女宮の	587 女宮の	女宮の
若菜下	567 五十寺	588 五十寺	五十寺
若菜下	568 おはします御てら	589 をはします御てら	おはします御てら
若菜下	569 まかひるさなの	590 まかひるさなの	まかひるさなの

龍谷大学善本叢書

25

龍谷大学
佛教文化研究所編

龍谷大学善本叢書 25

三条西公条自筆稿本

源氏物語細流抄

責任編集　安藤　徹

思文閣出版

二〇〇四年度出版

共同研究員

浅尾広良
安藤　徹
石黒みか
糸井通浩
乾　澄子
久保田孝夫
辻　和良
當麻良子
外山敦子
朴　光華
吉海直人
安田真一

（五十音順）

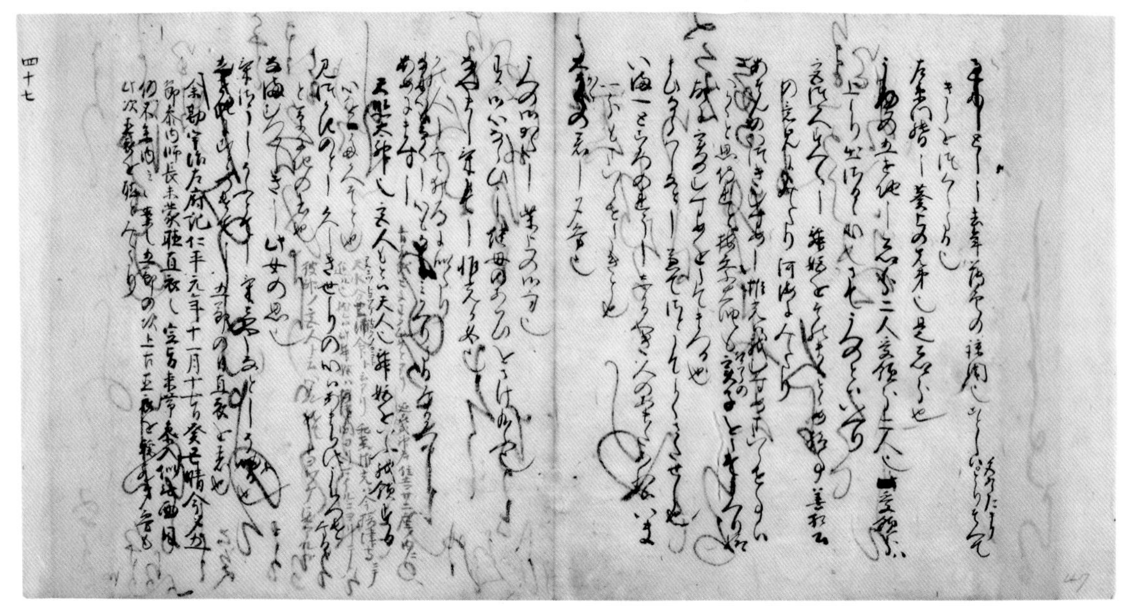

源氏物語細流抄　第二帖　少女巻47丁

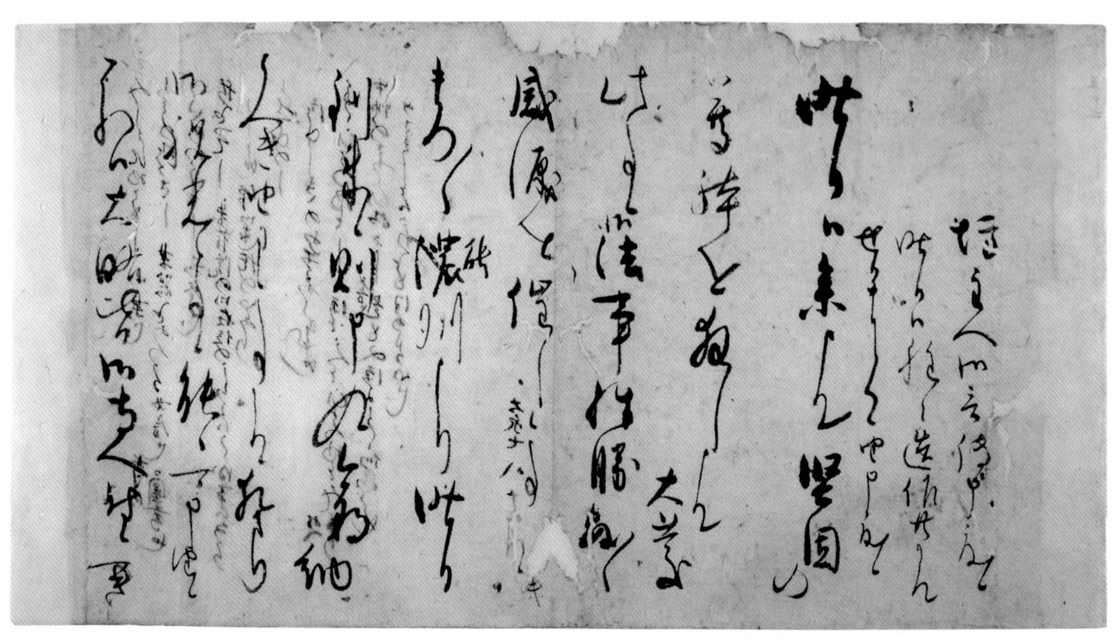

第三帖　藤裏葉巻52丁の紙背（文中に「能州」と見える）

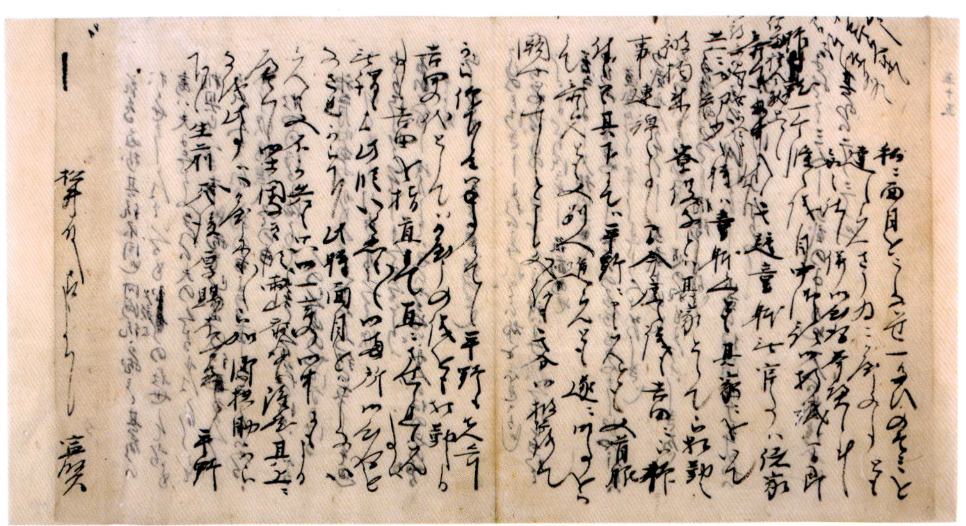

第二帖　玉鬘巻55丁の紙背（松井〔実隆の家礼〕宛ての清原宣賢の書簡）

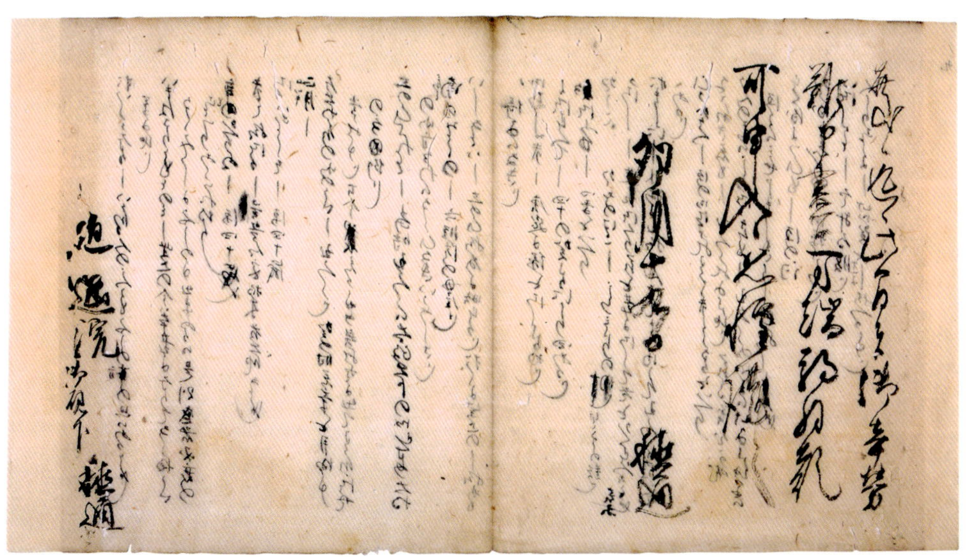

第四帖　若菜上巻9丁の紙背（実隆宛ての九条稙通の書簡）

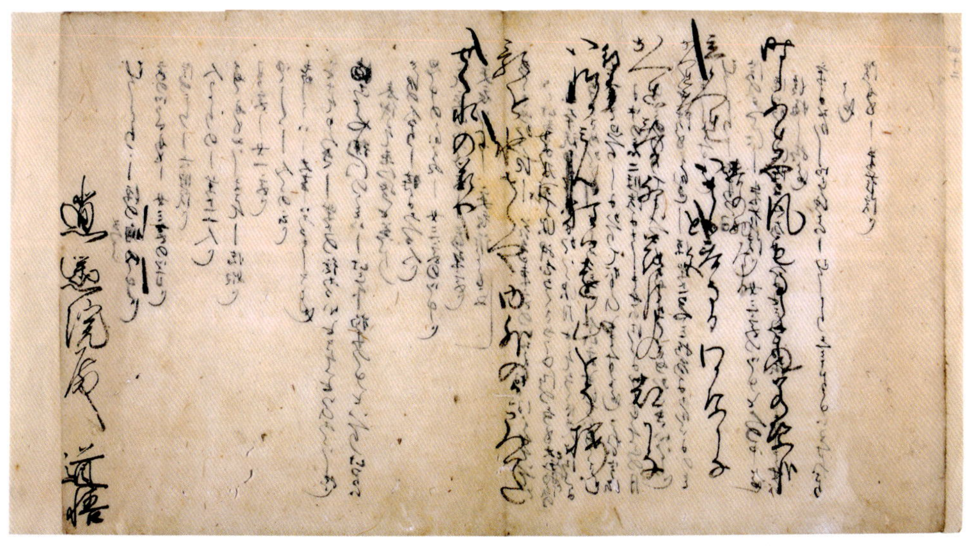

第四帖　若菜下巻43丁の紙背（「道悟」は九条稙通の父方の叔父）

目次

影印

翻刻

解　説

参考資料

三条西公条自筆稿本 源氏物語細流抄

湊遂開繪

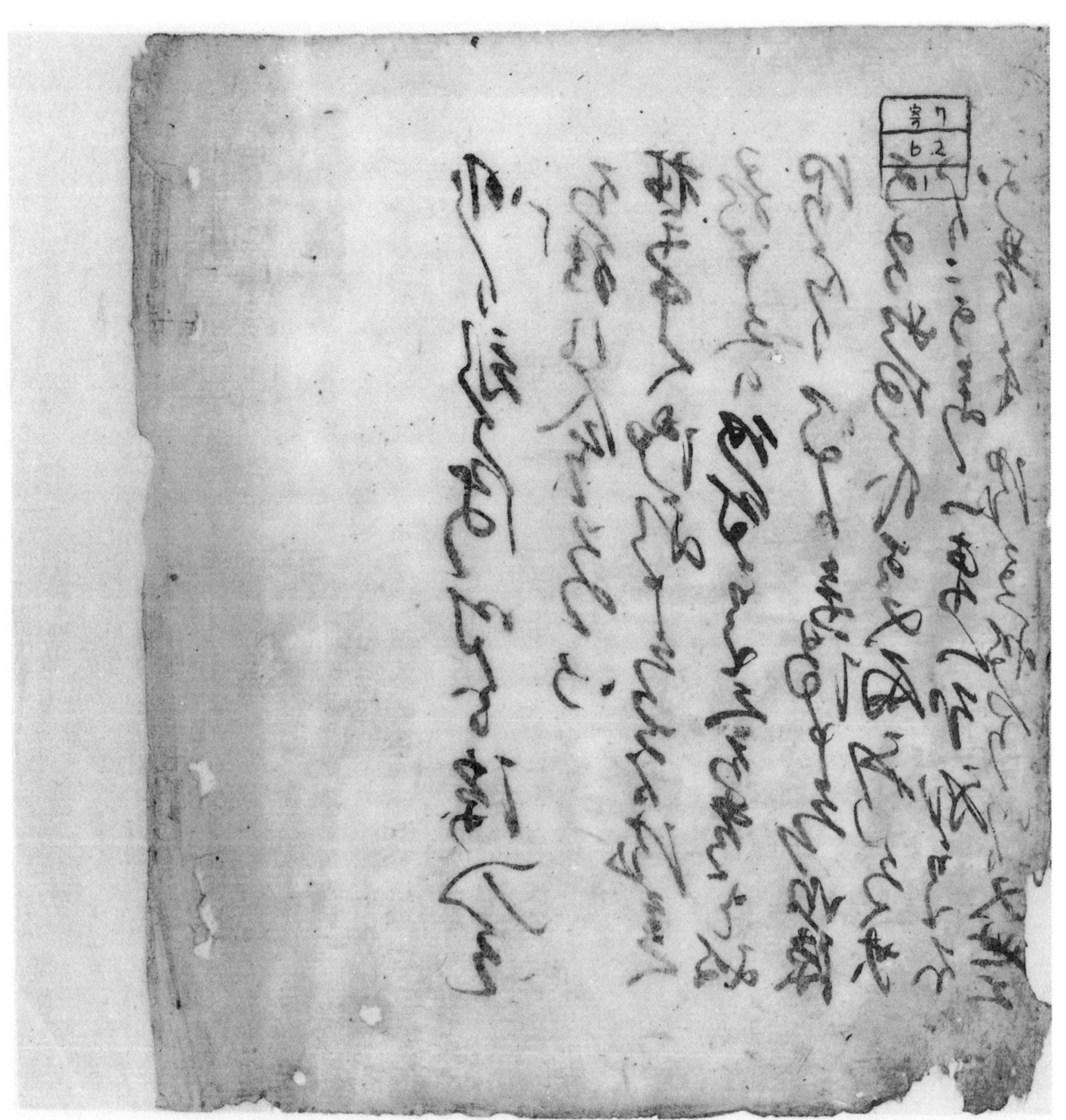

第一帖表紙見返

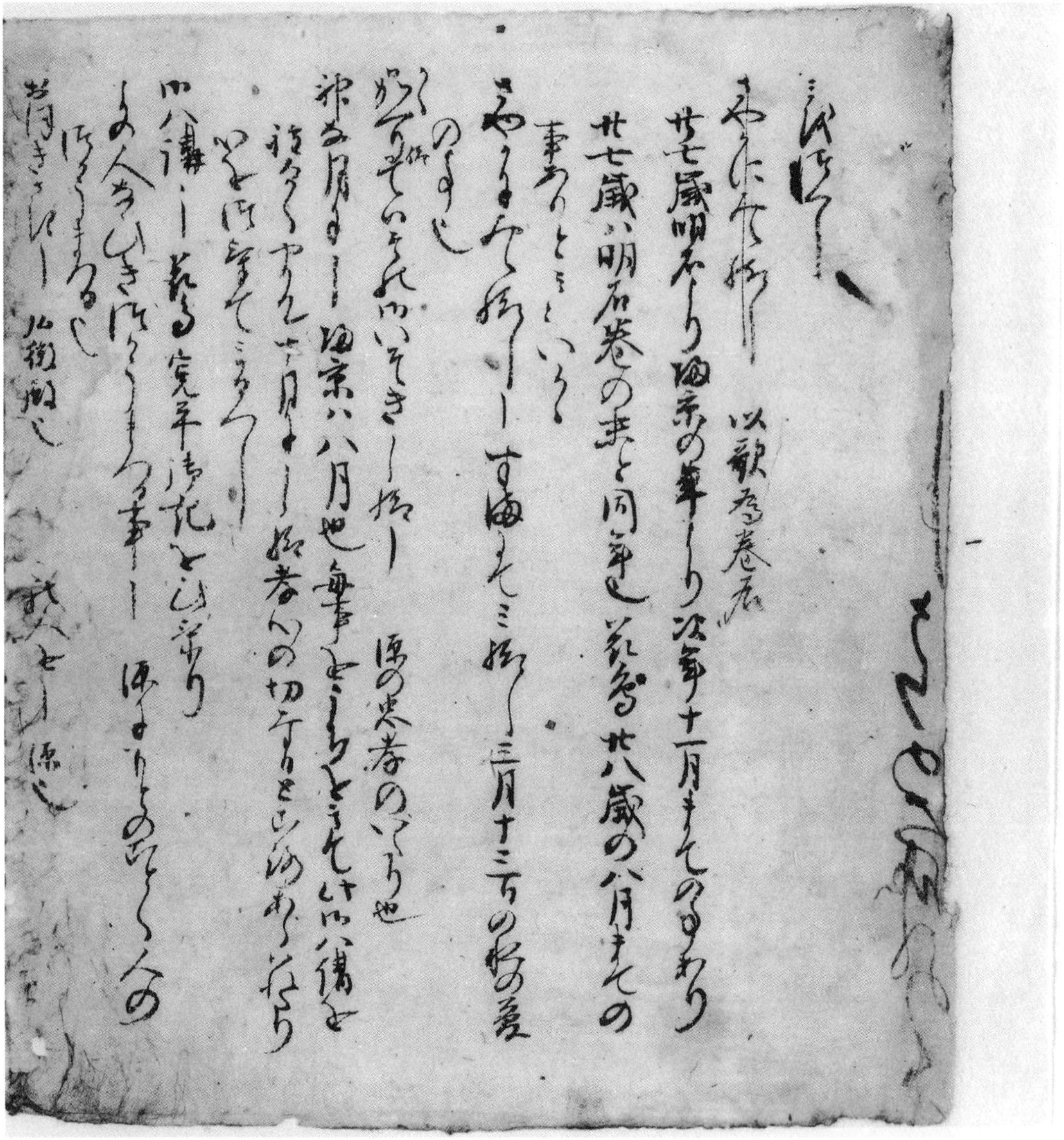

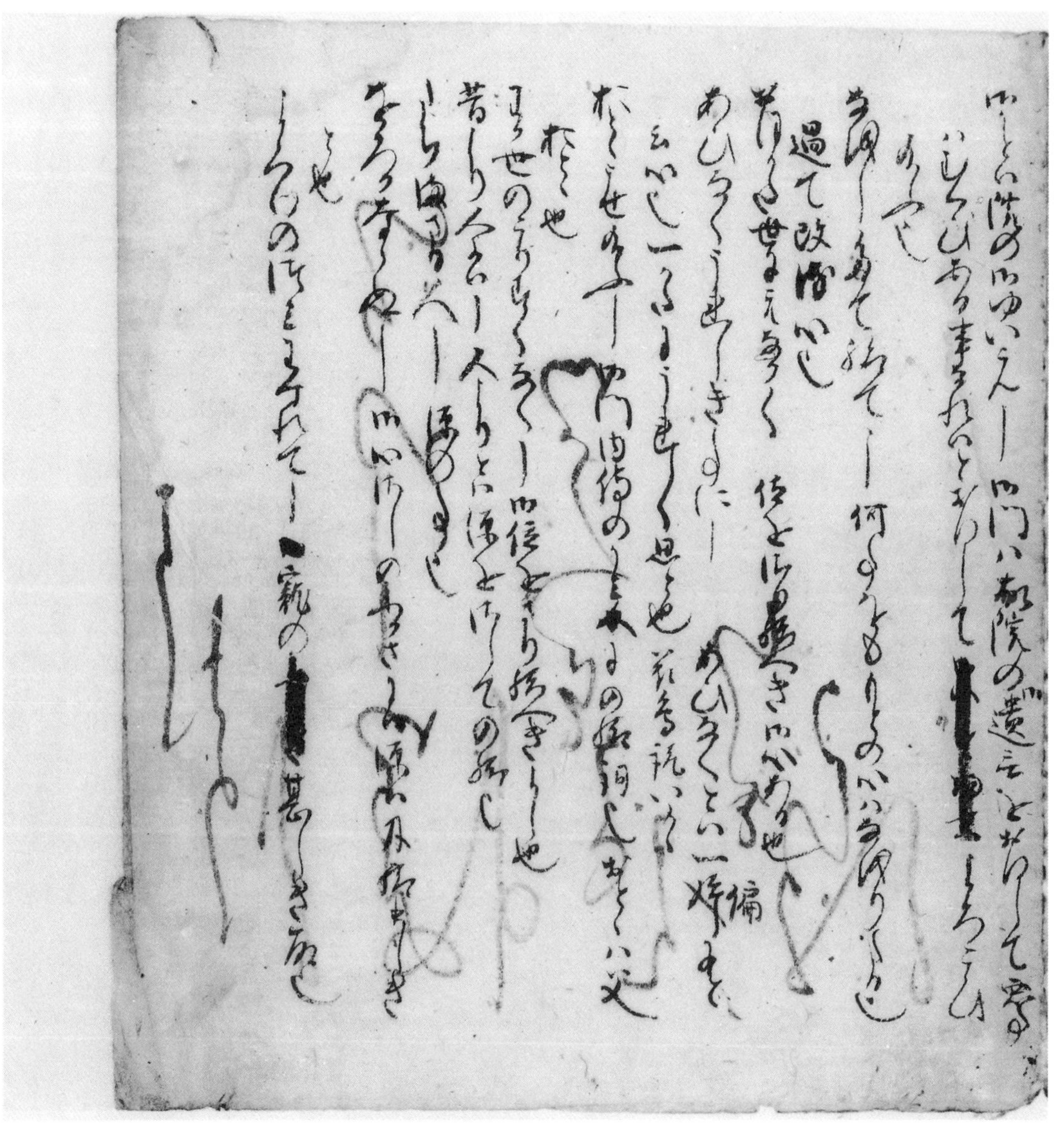

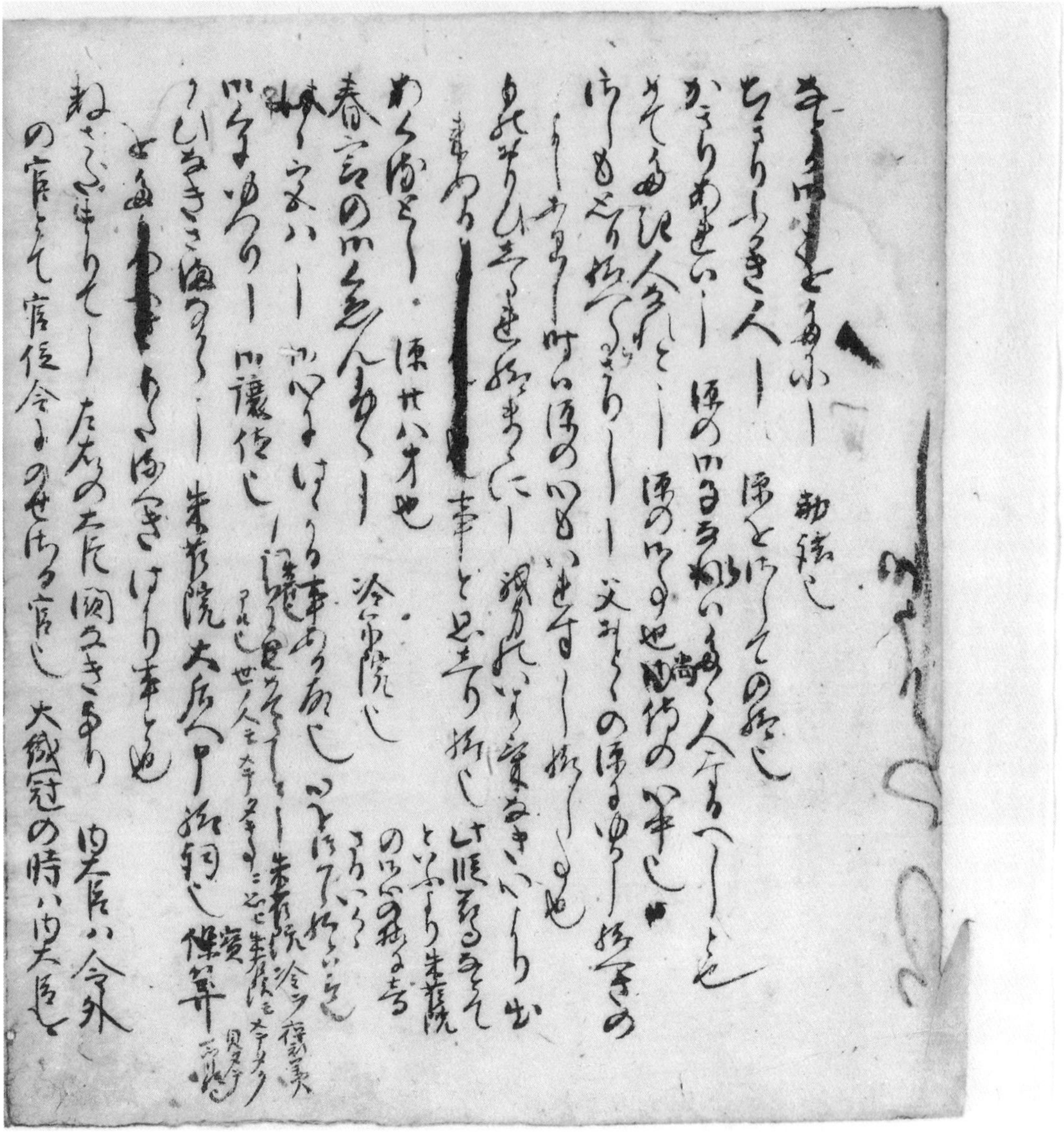

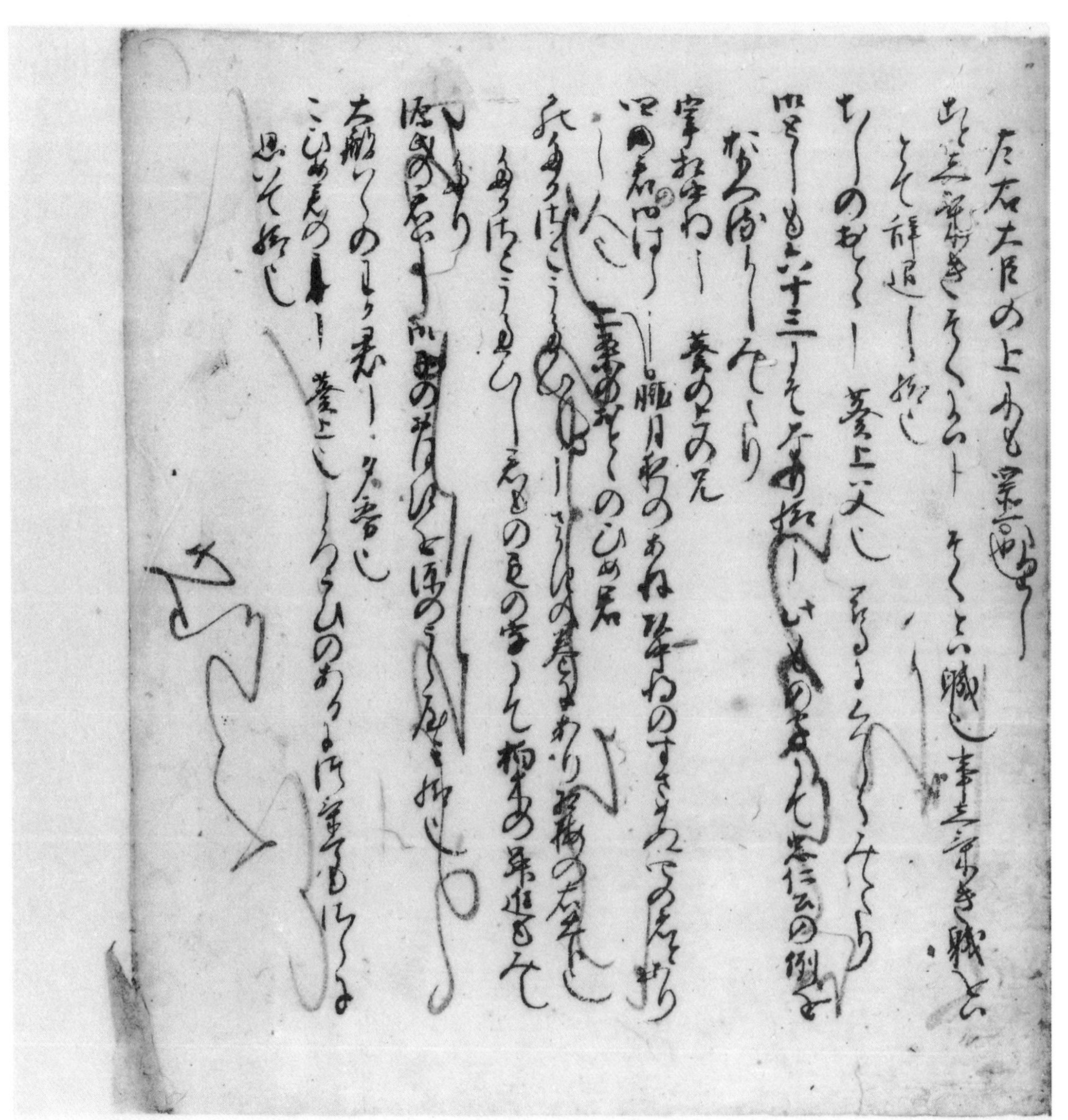

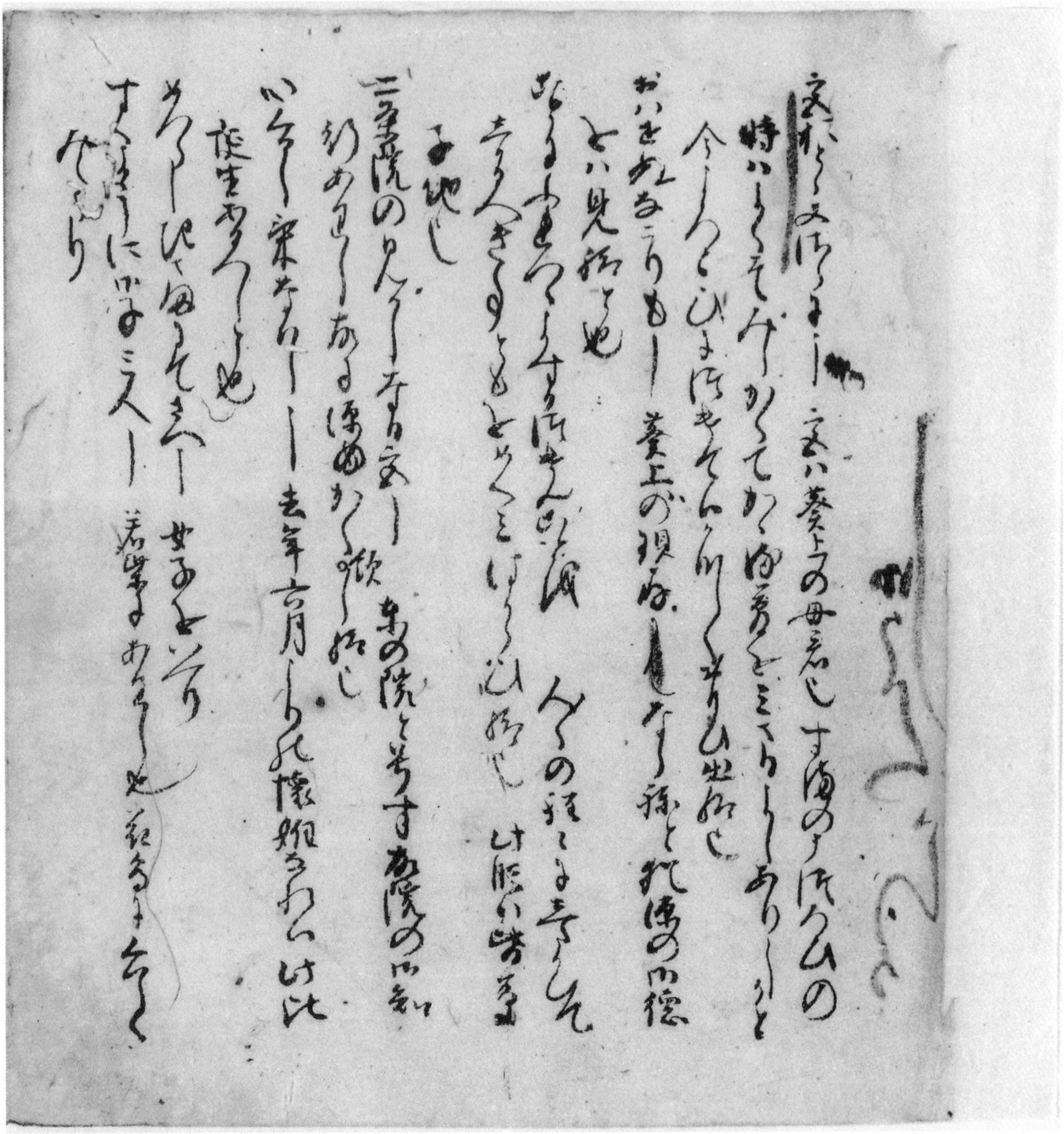

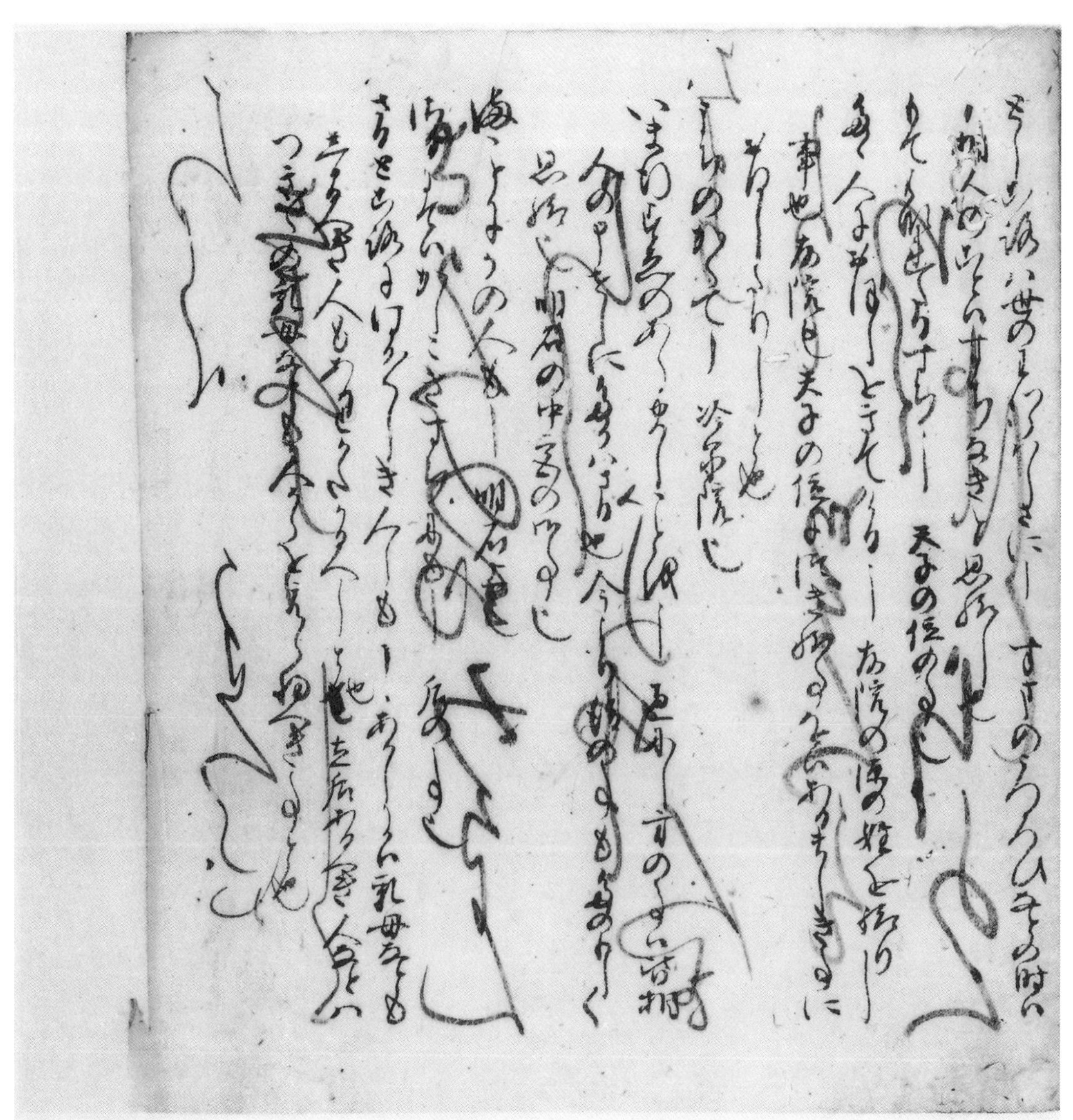

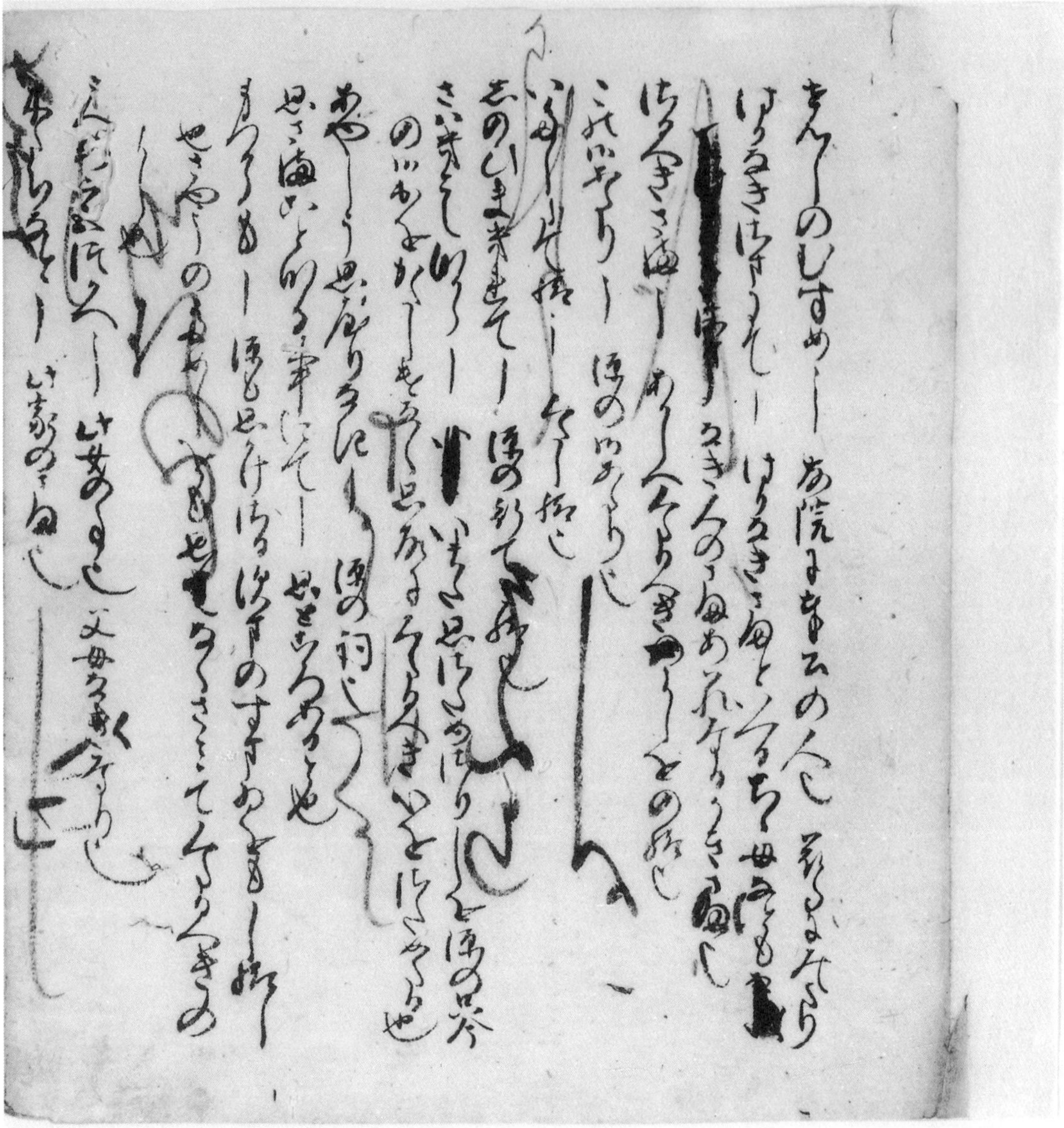

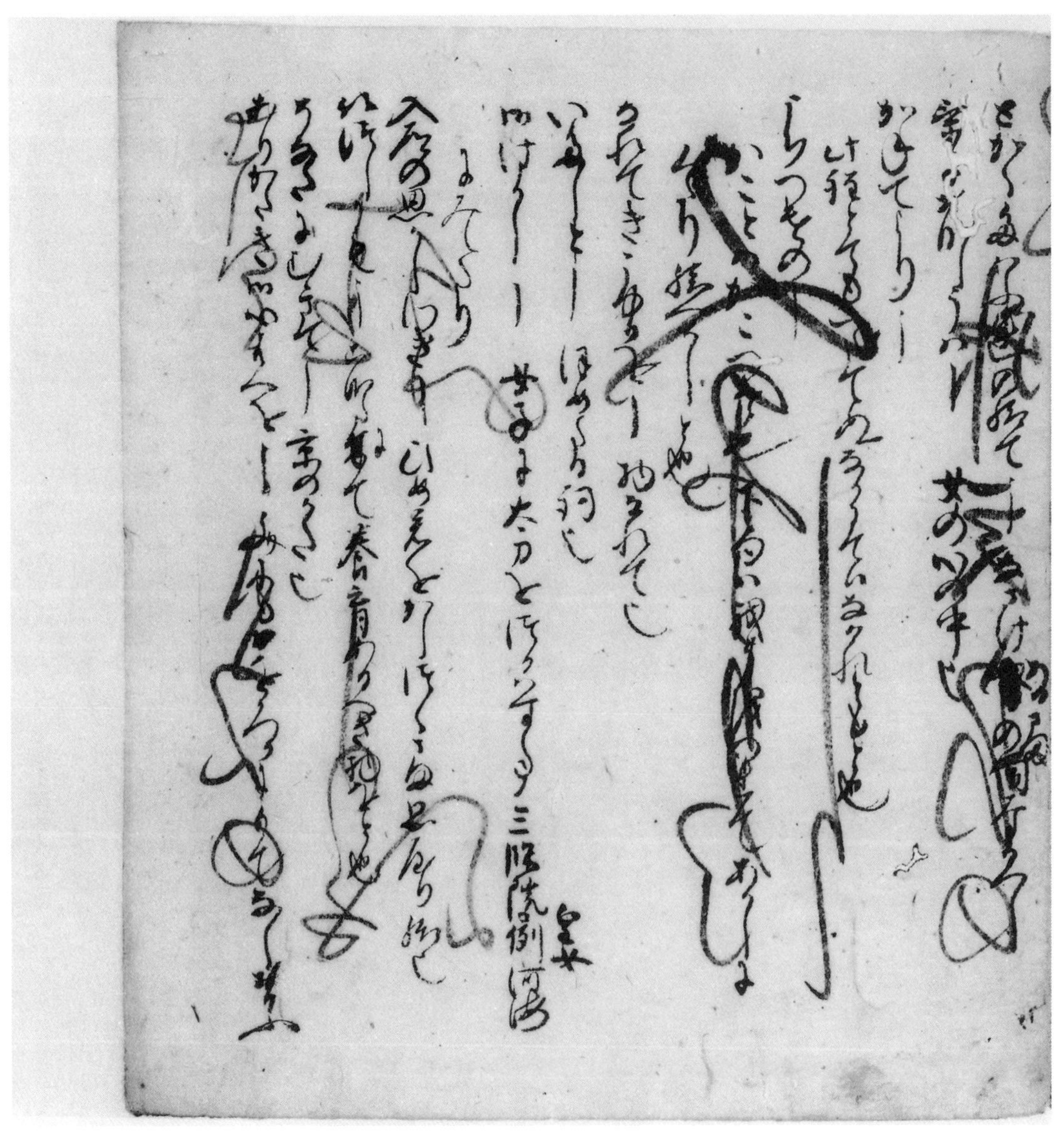

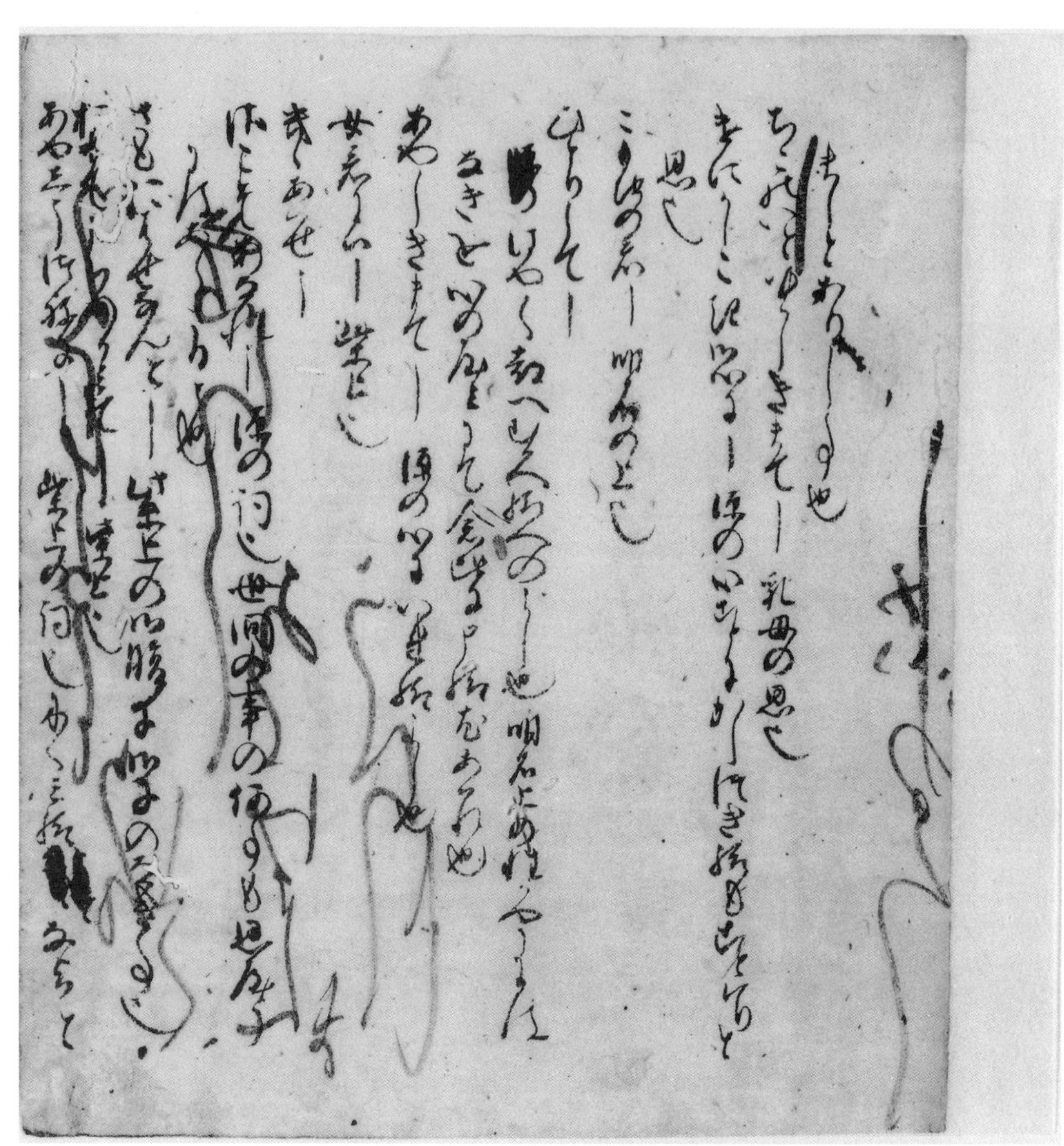

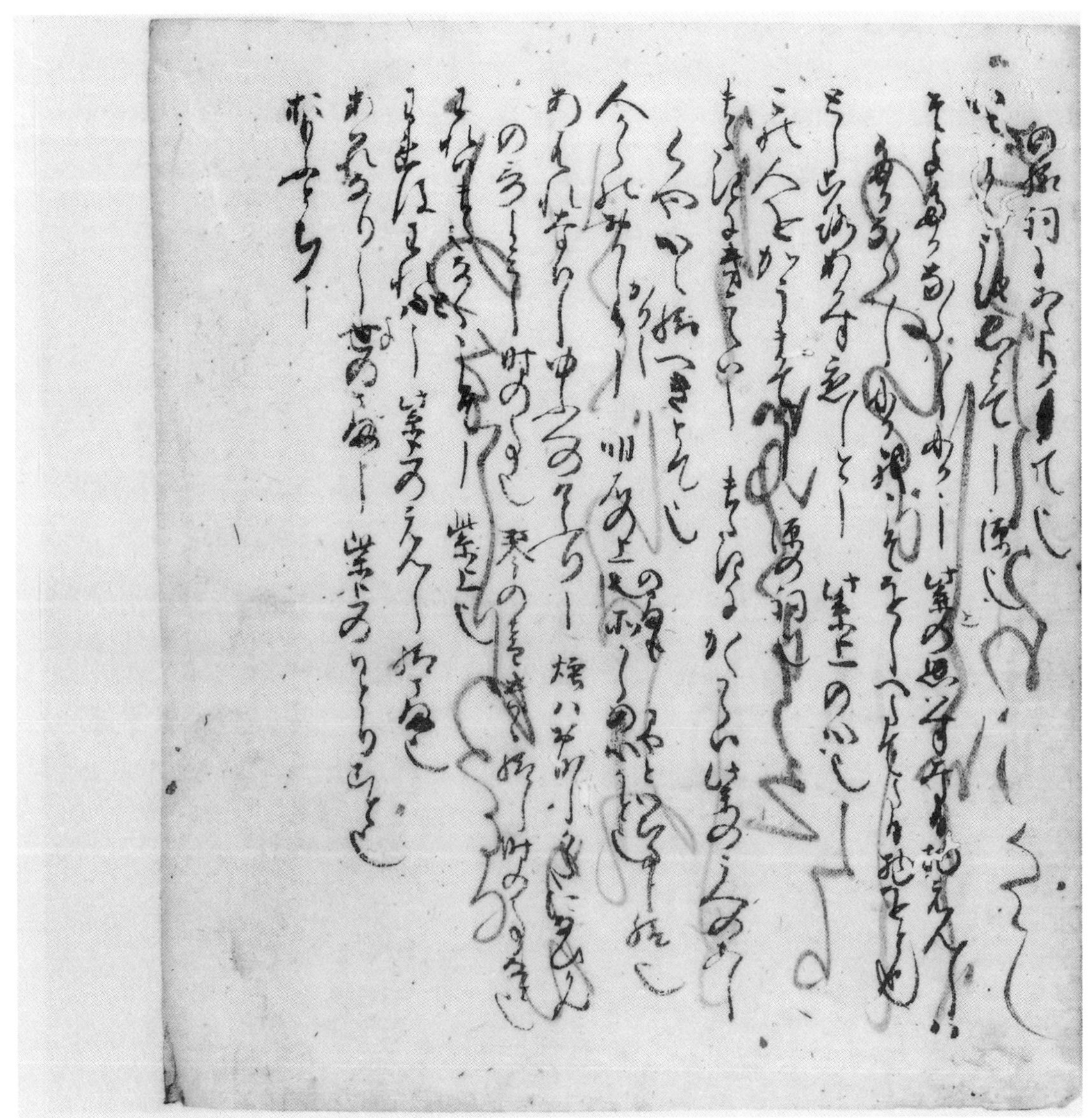

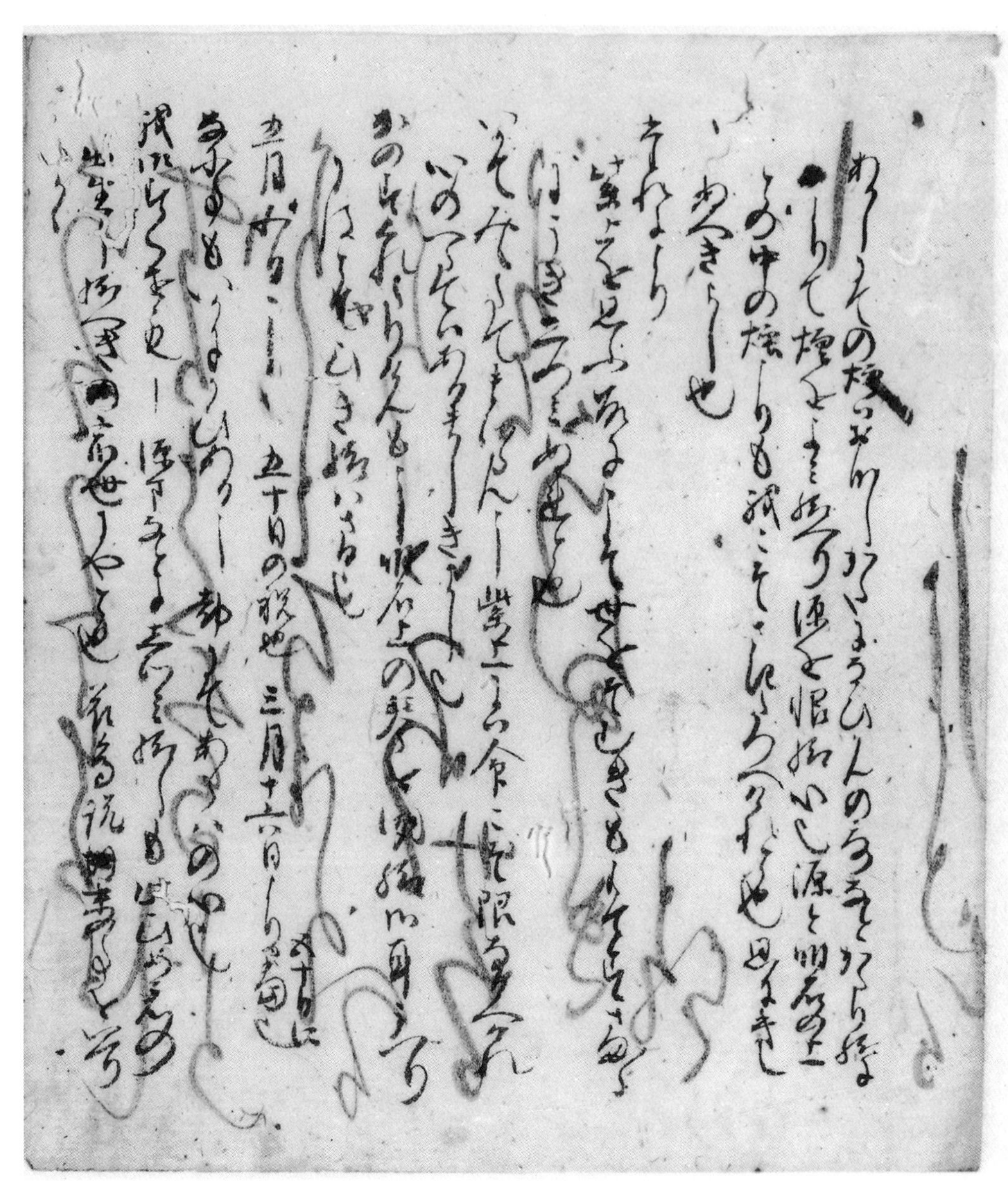

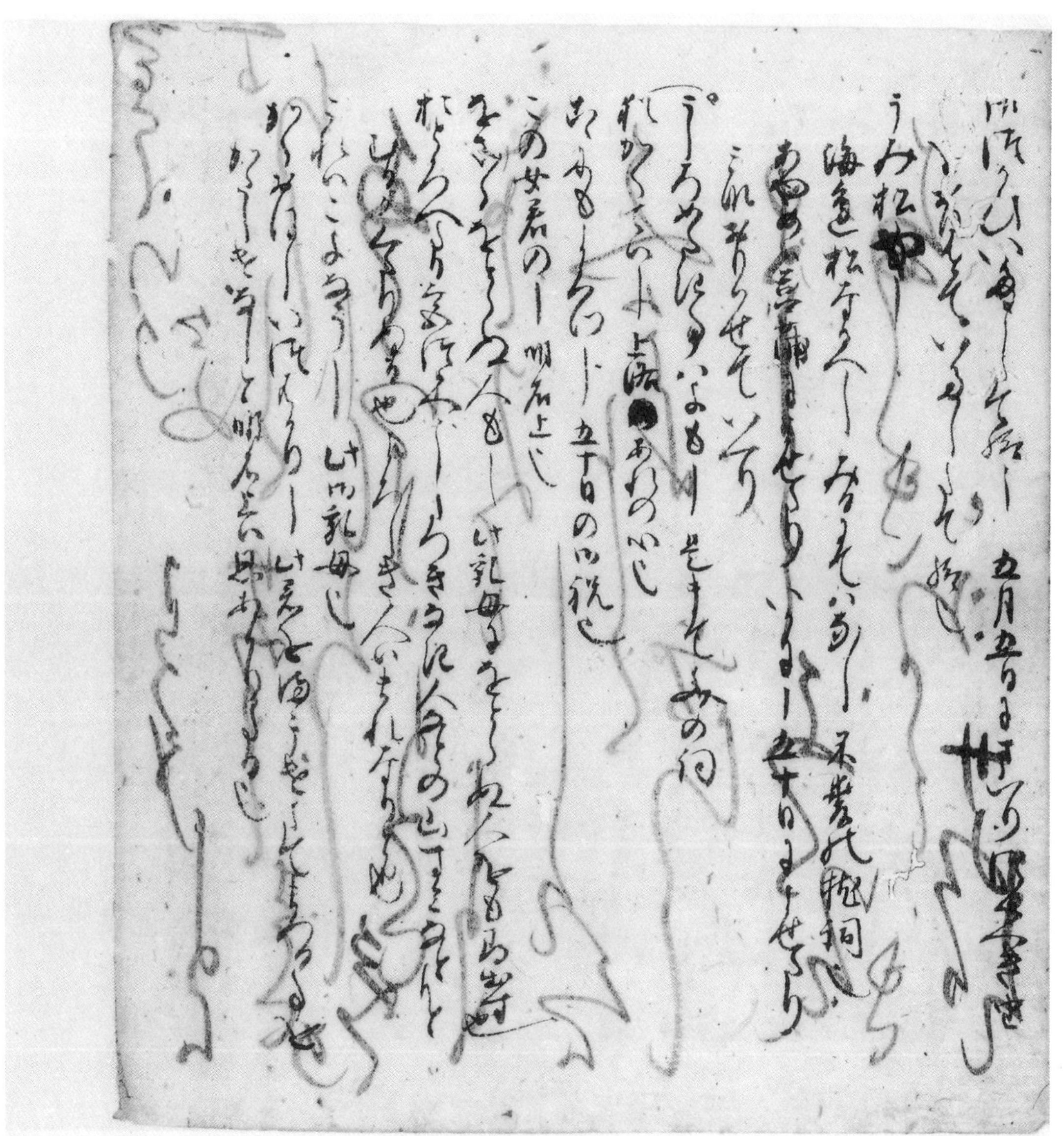

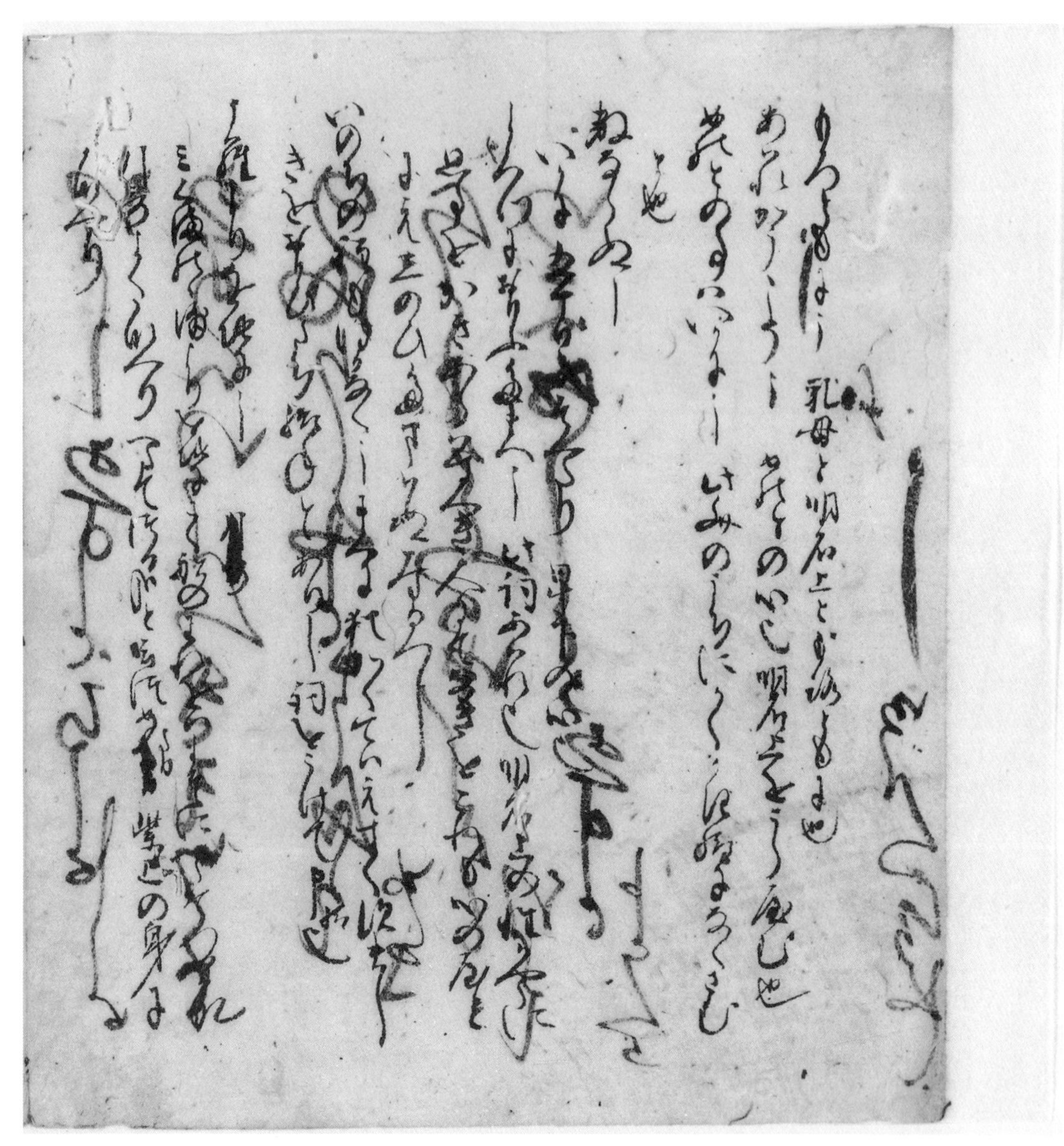

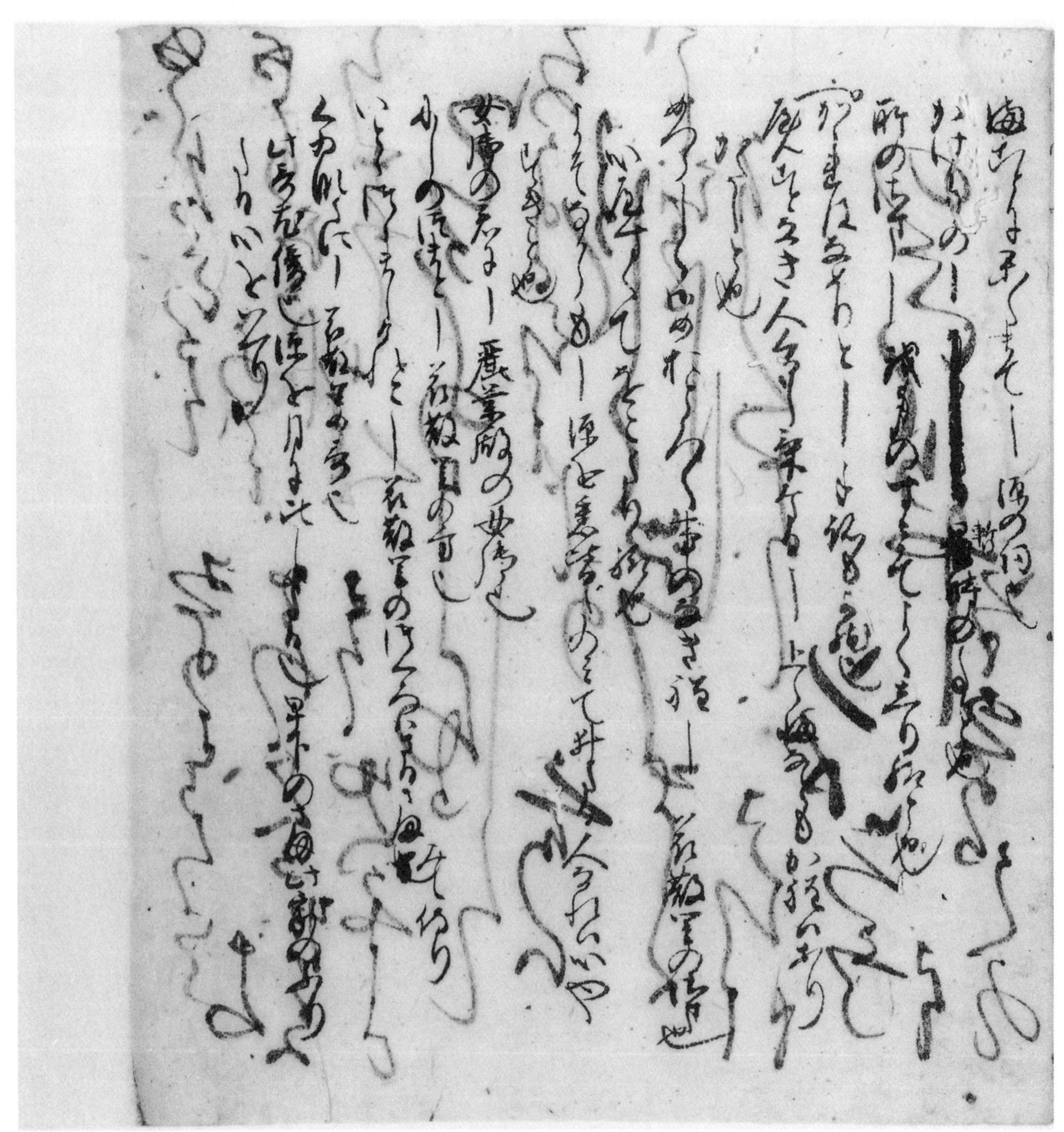

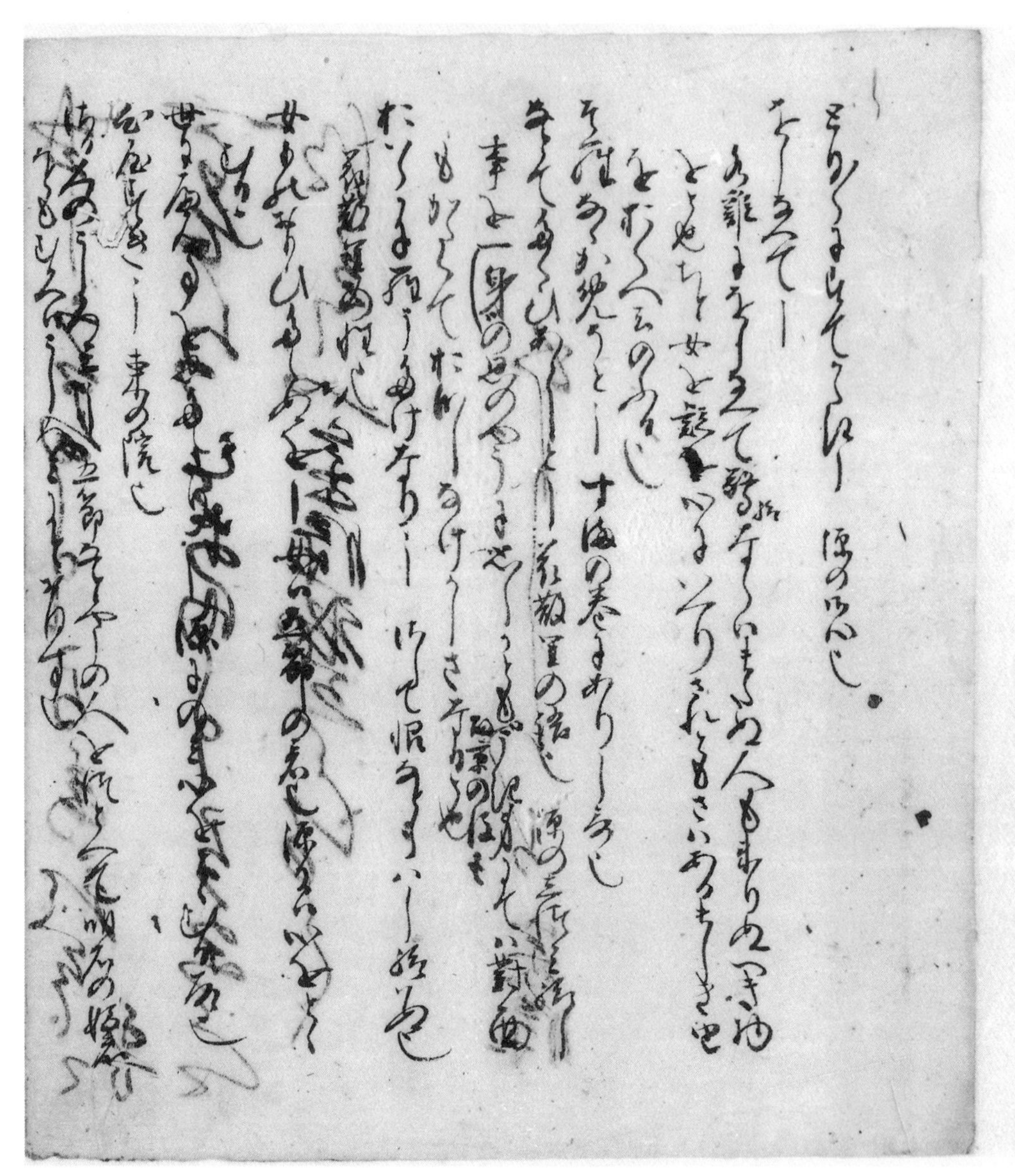

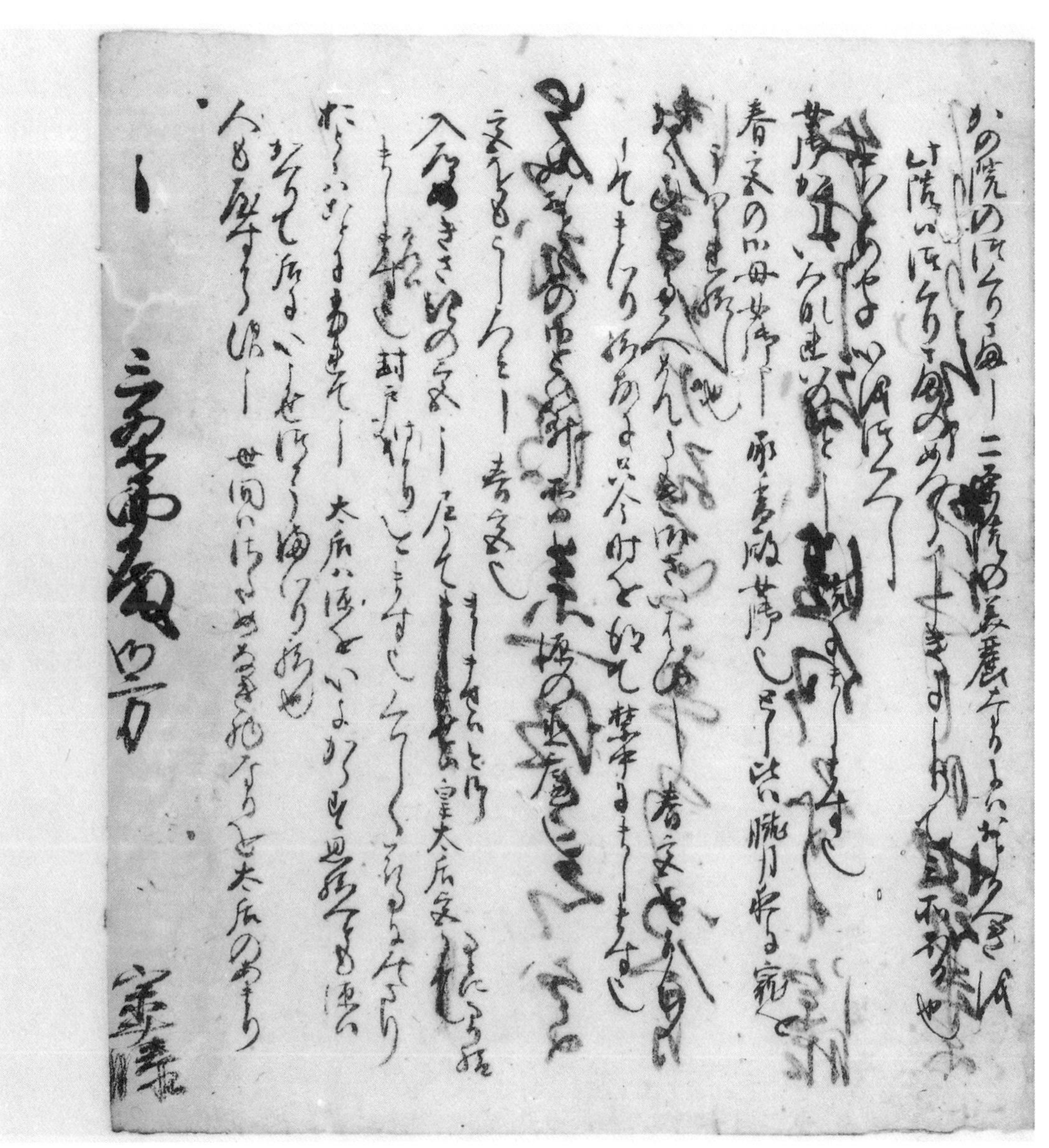

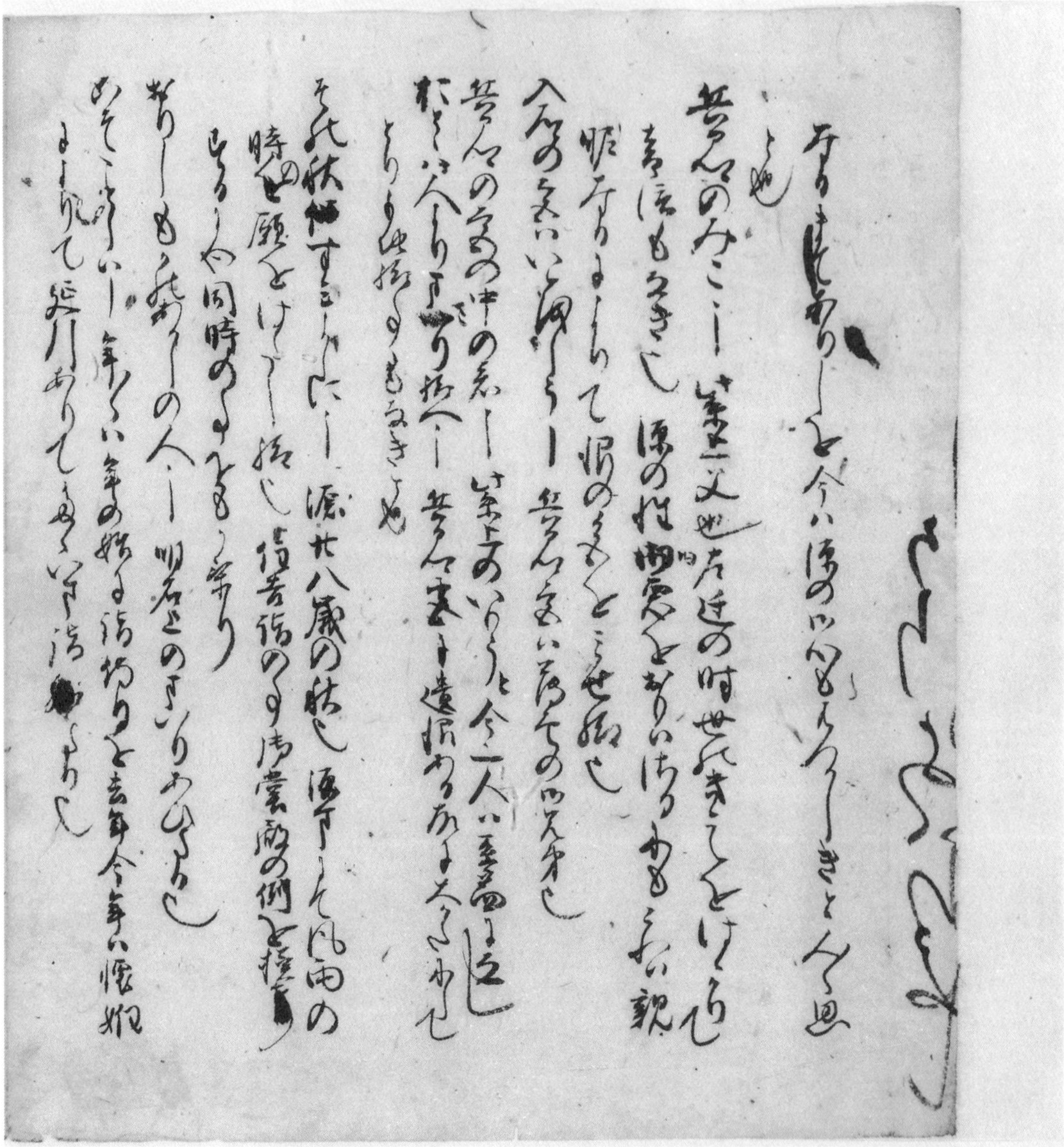

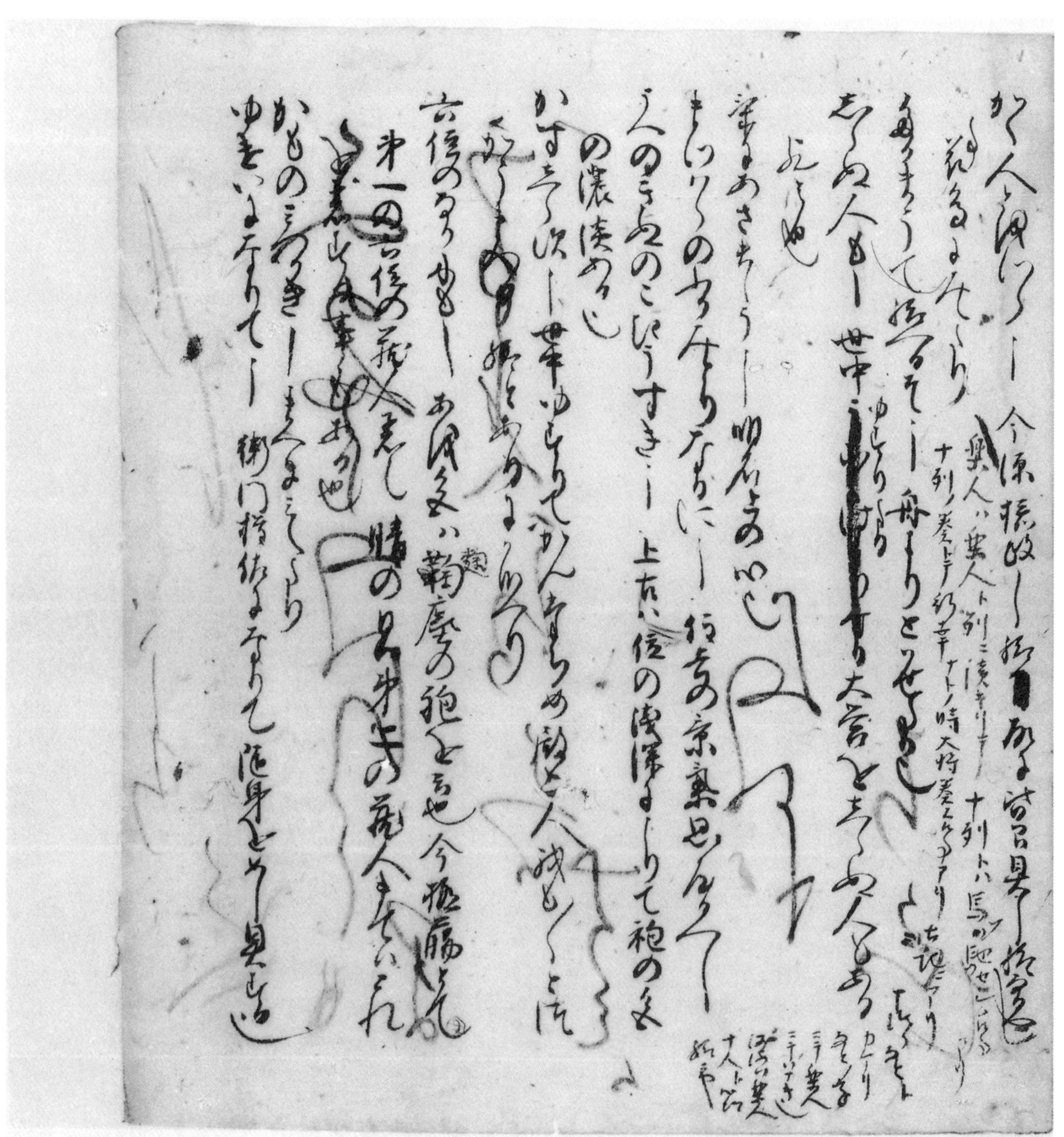

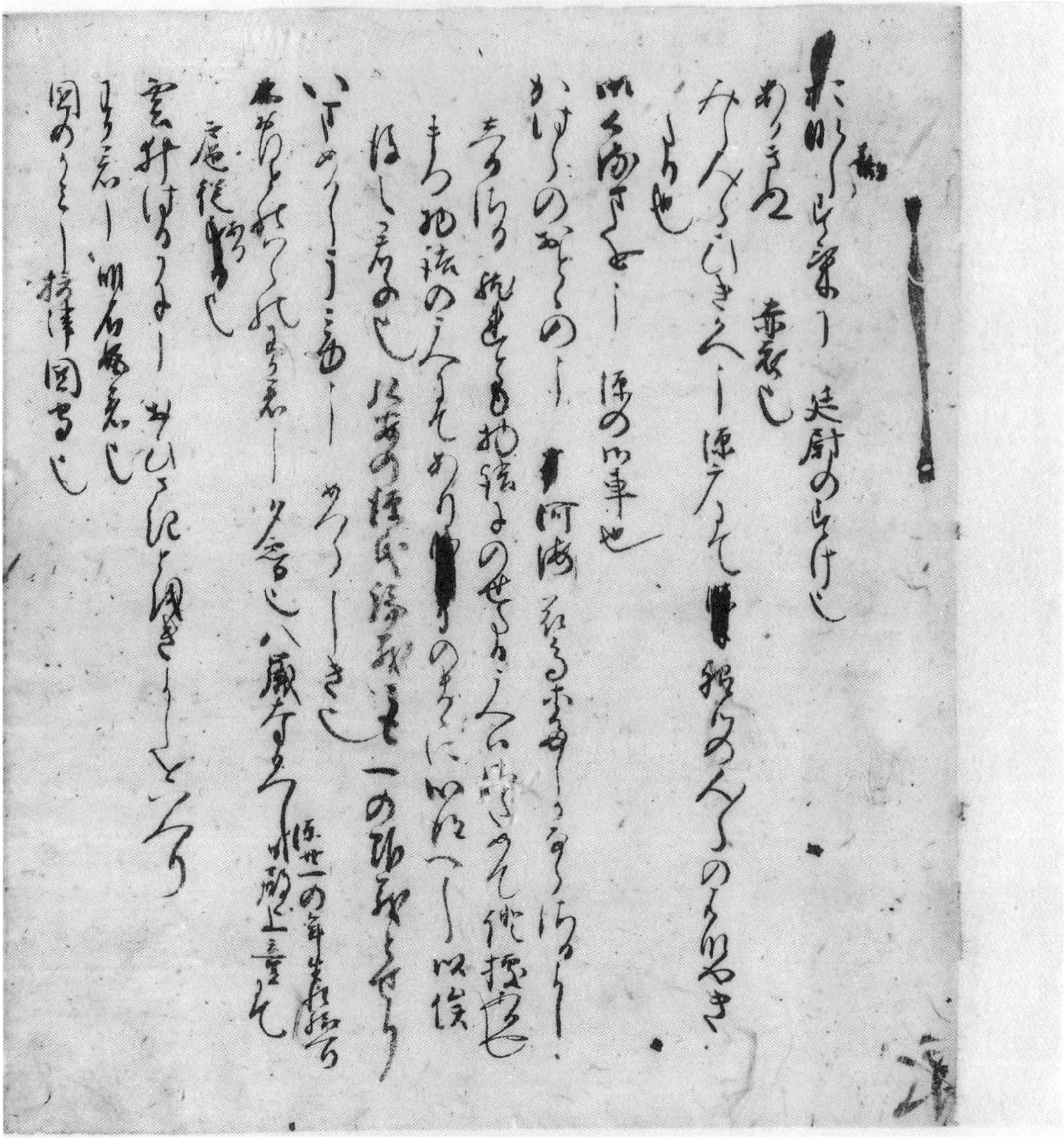

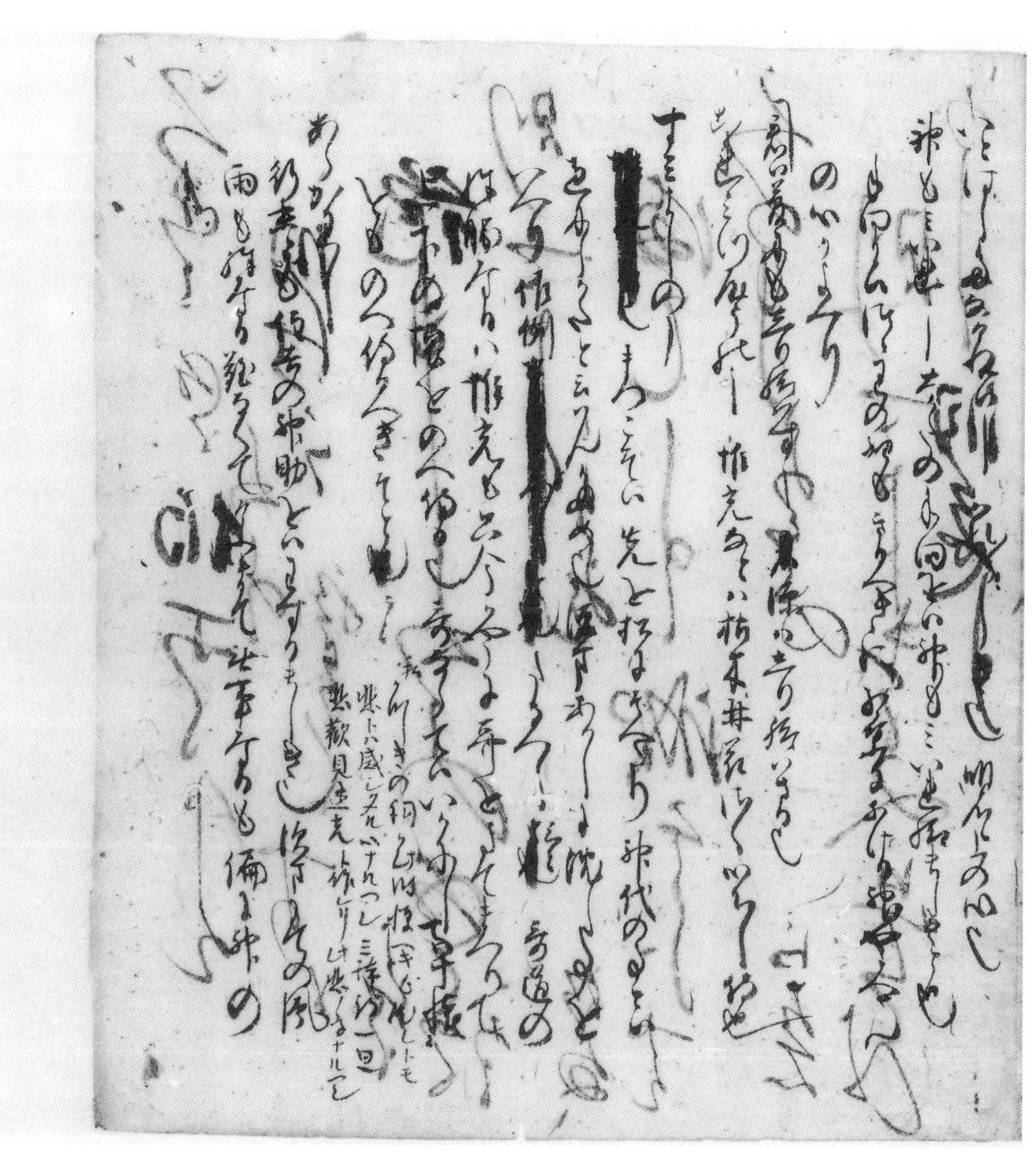

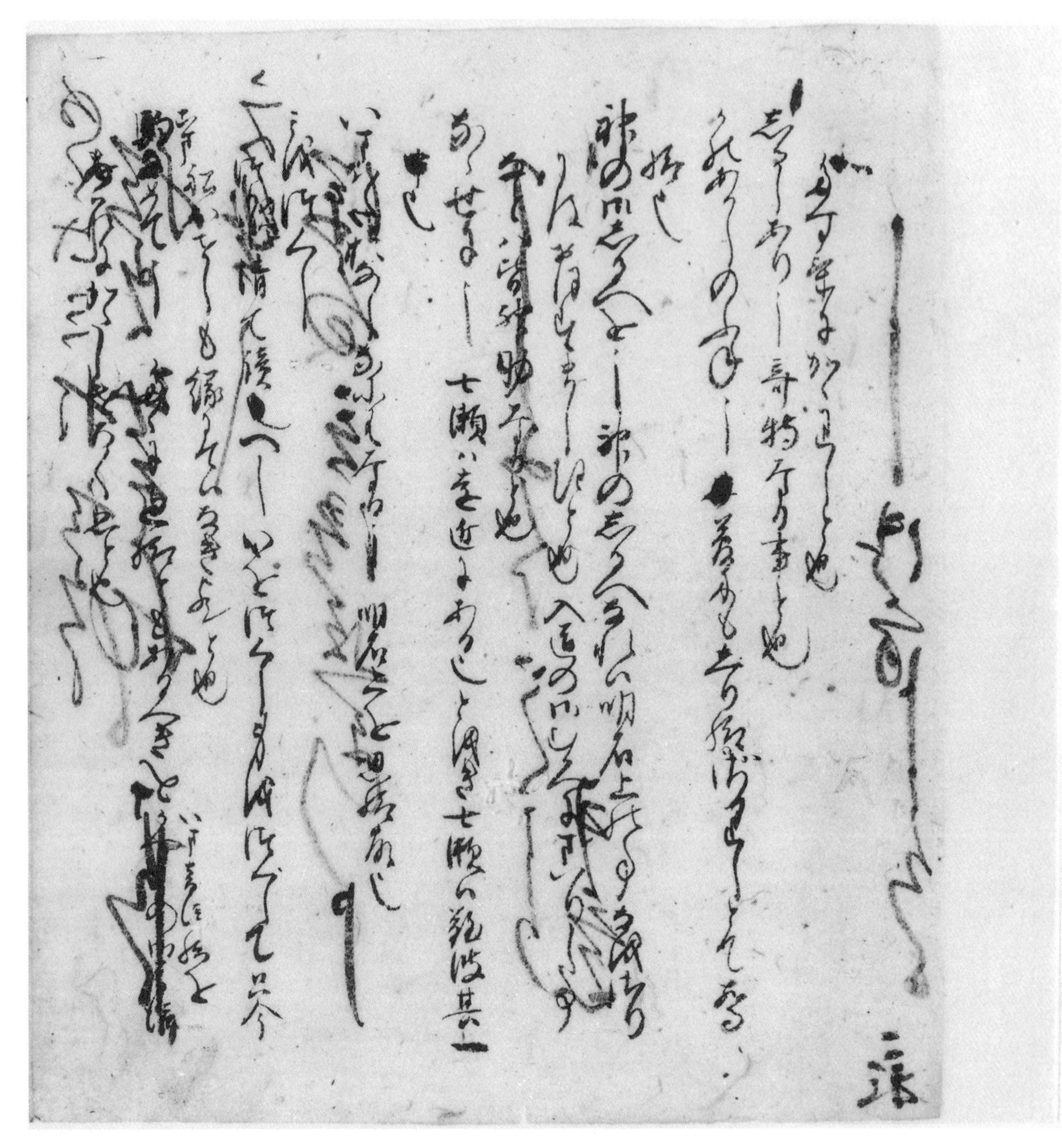

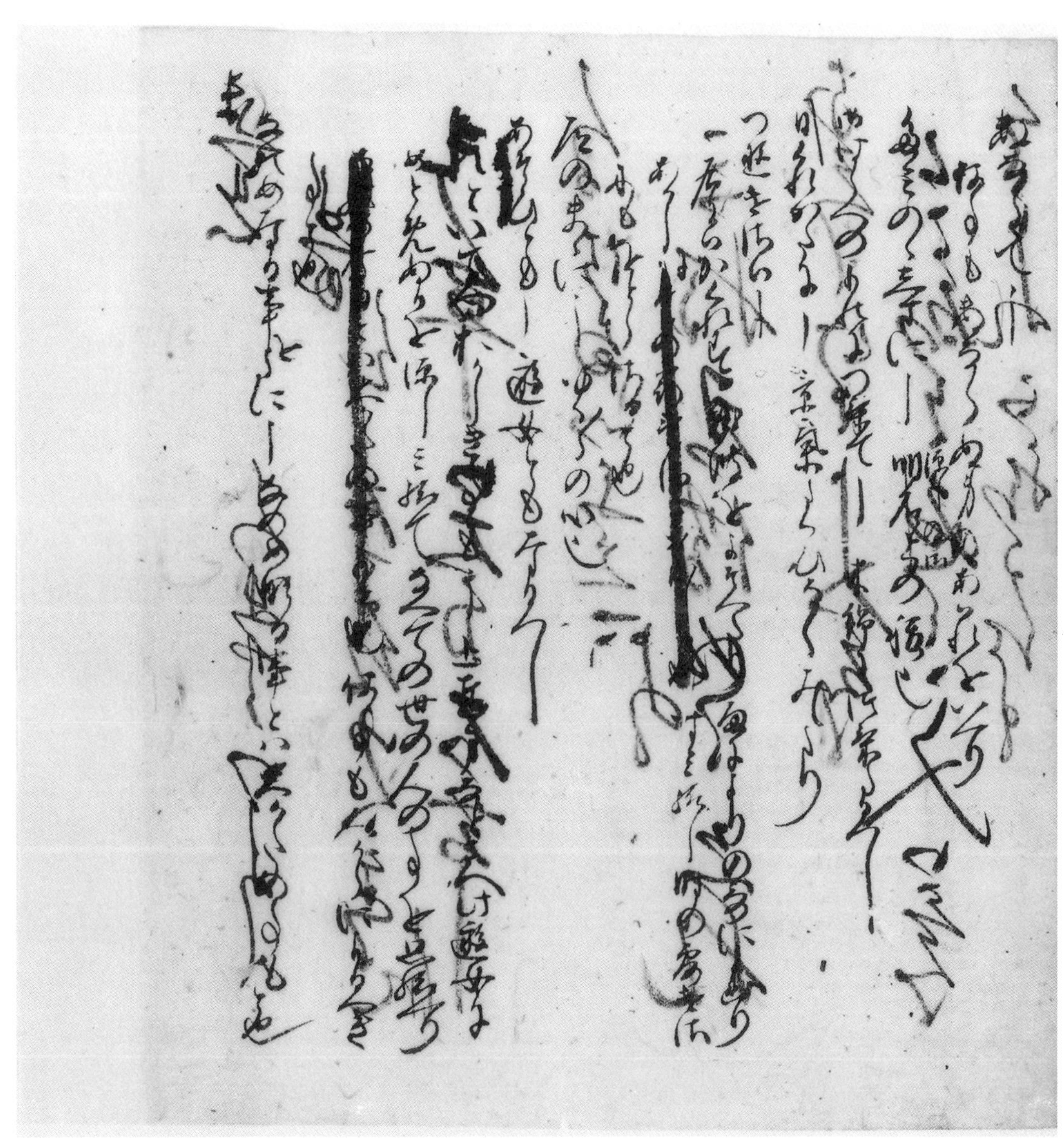

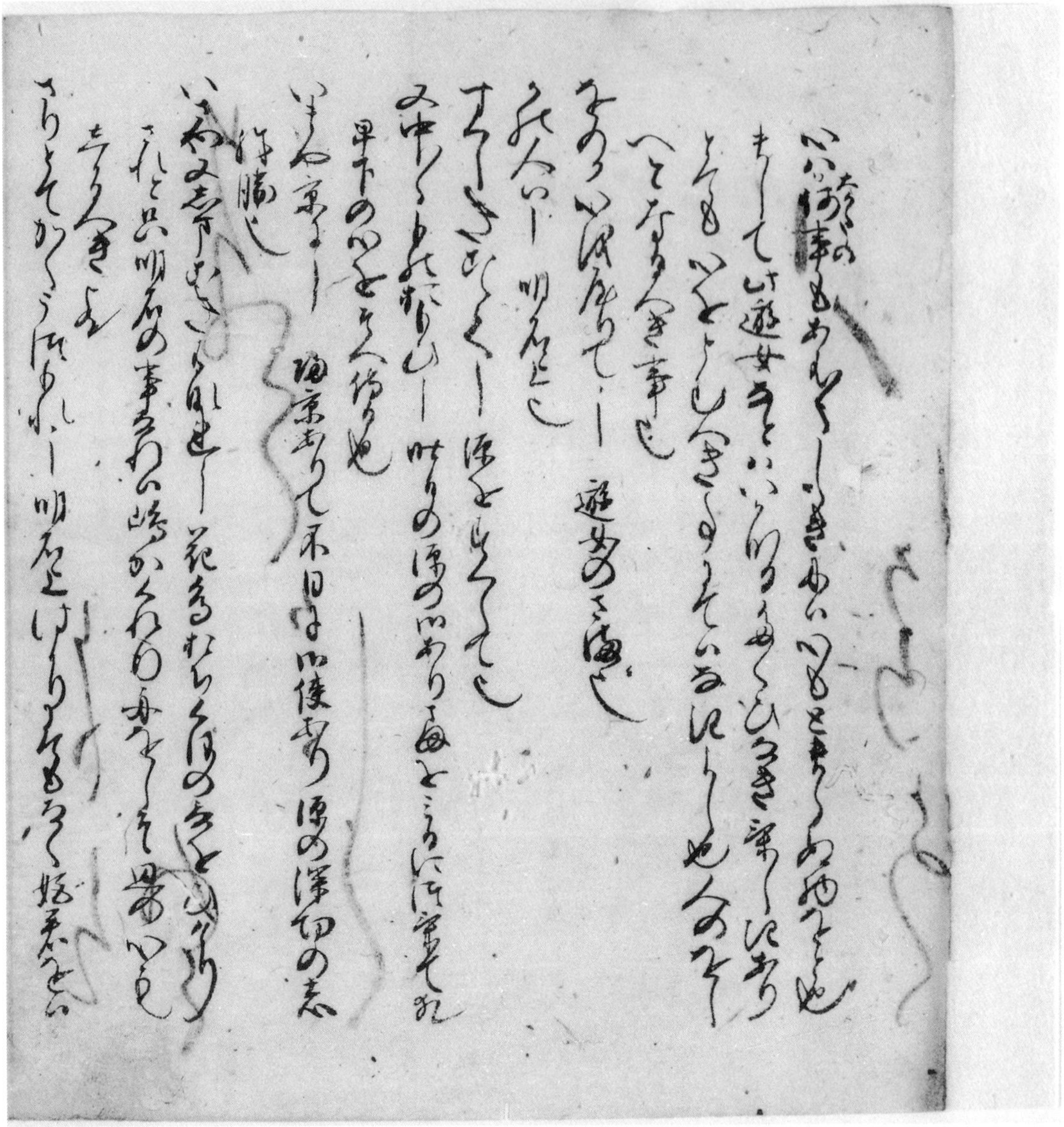

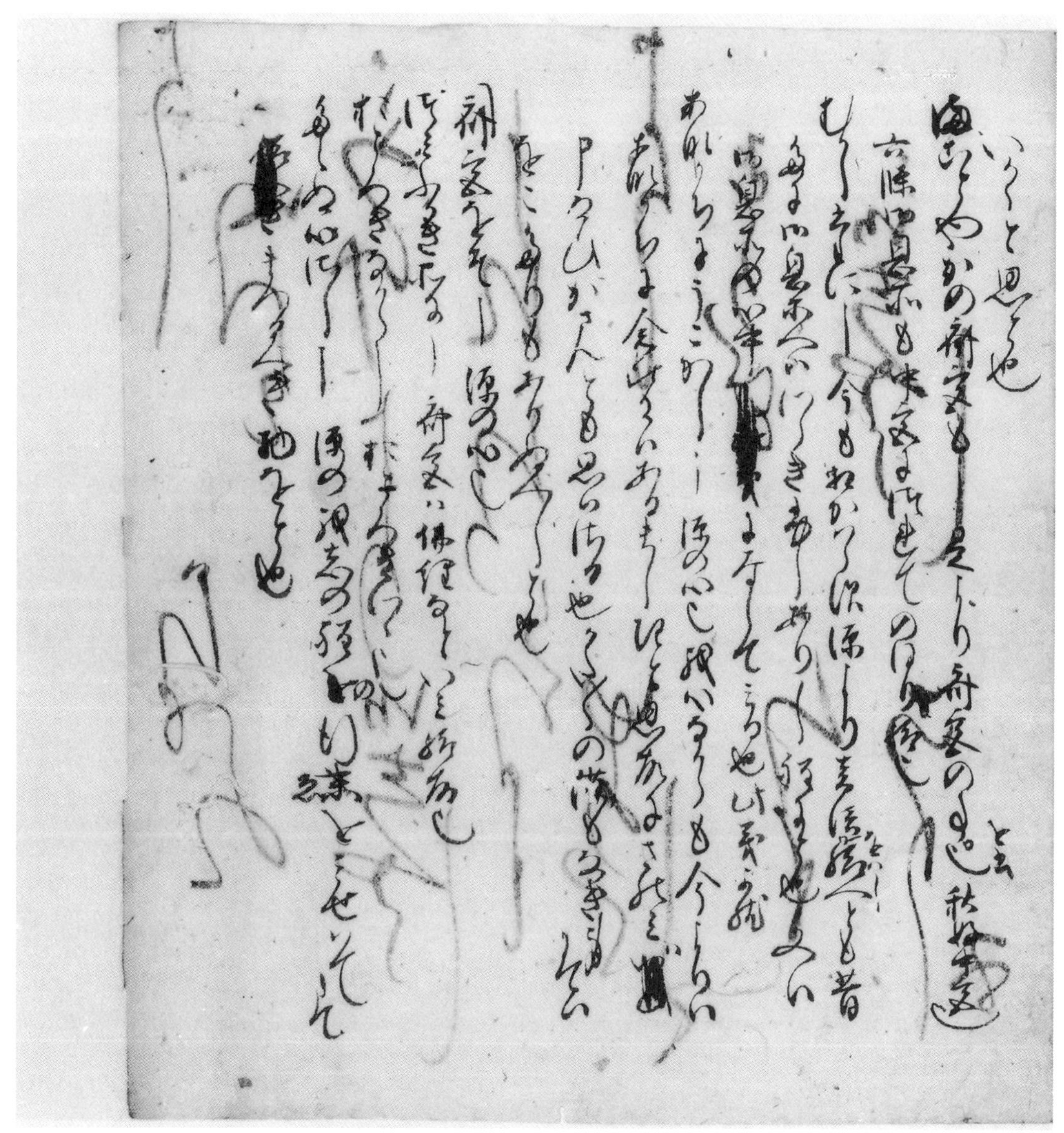

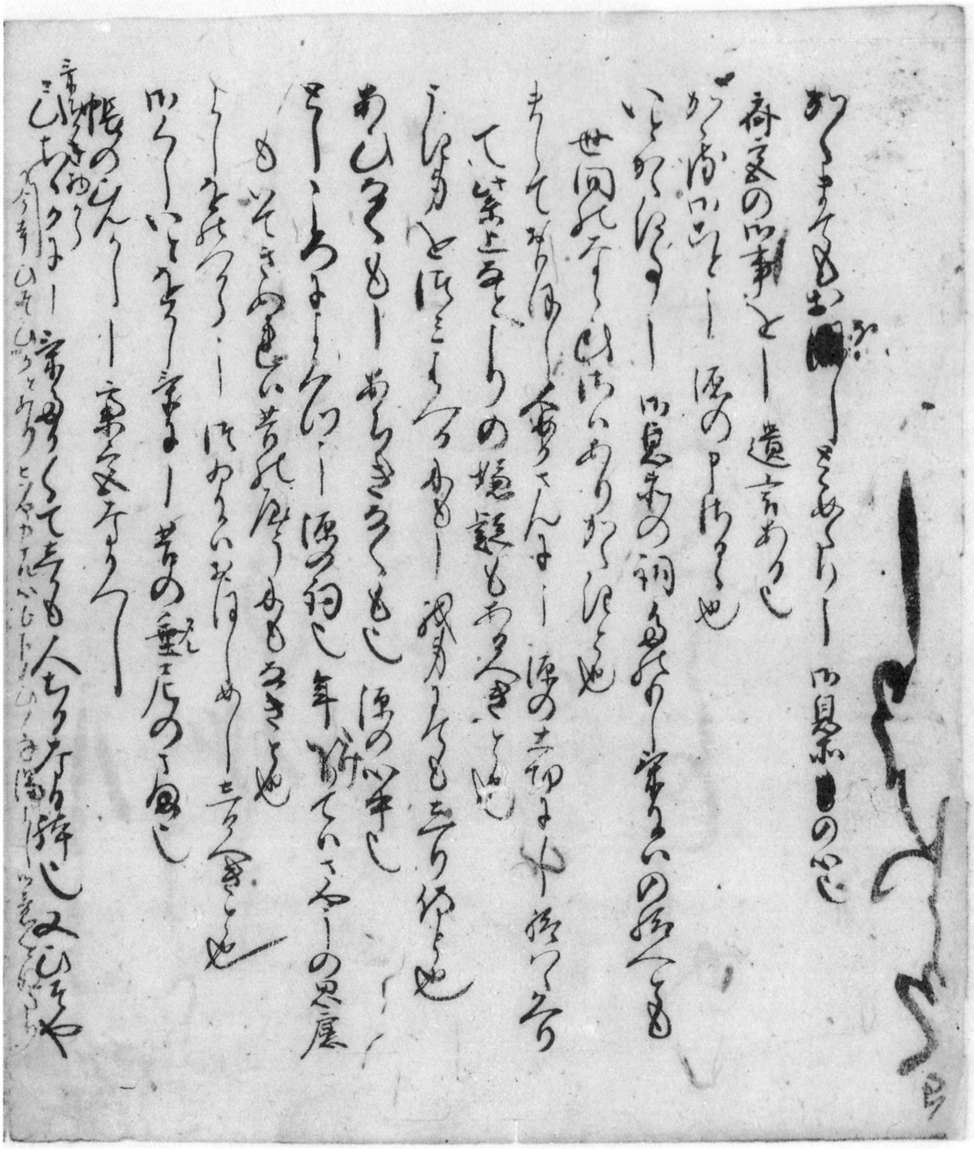

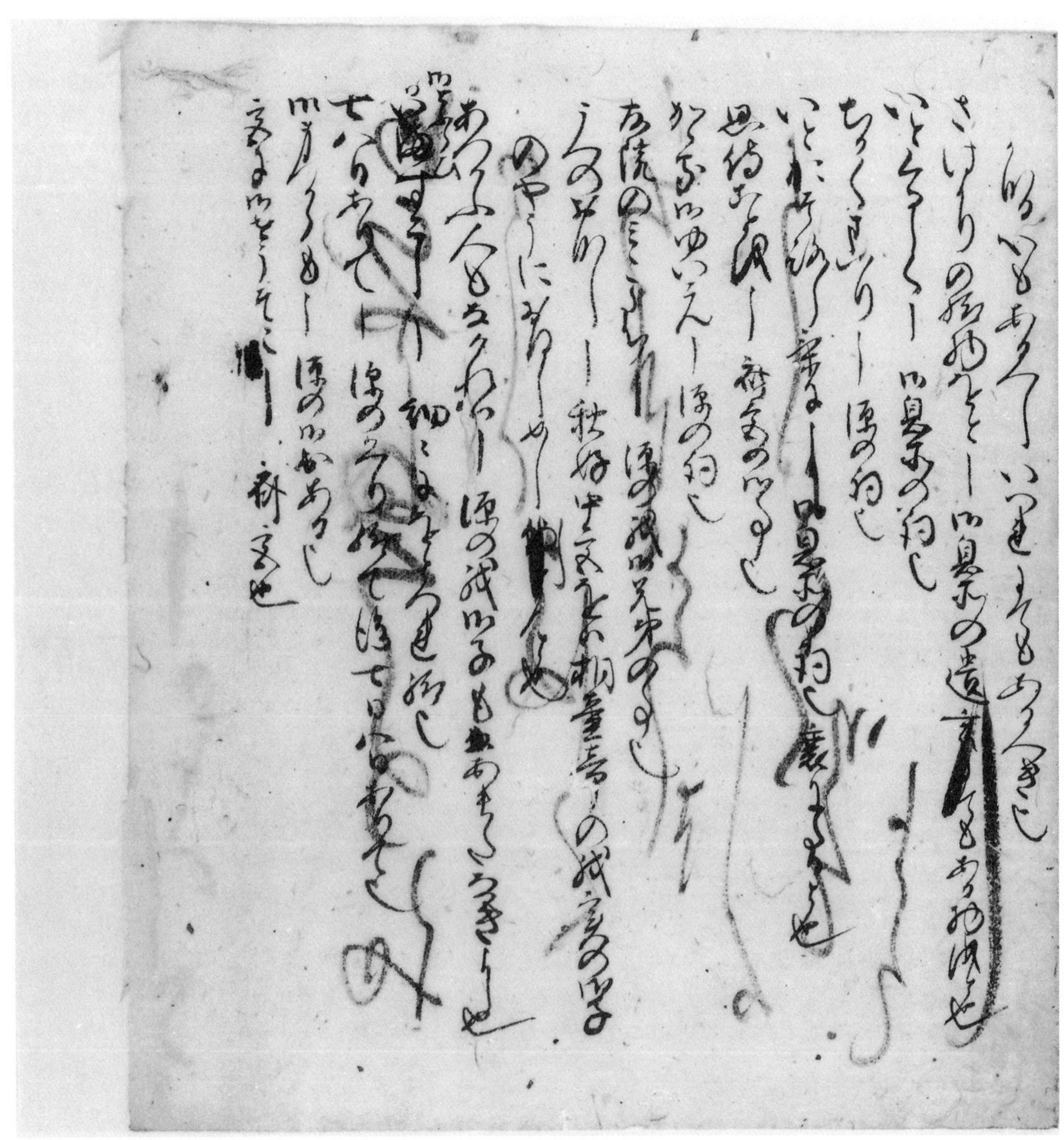

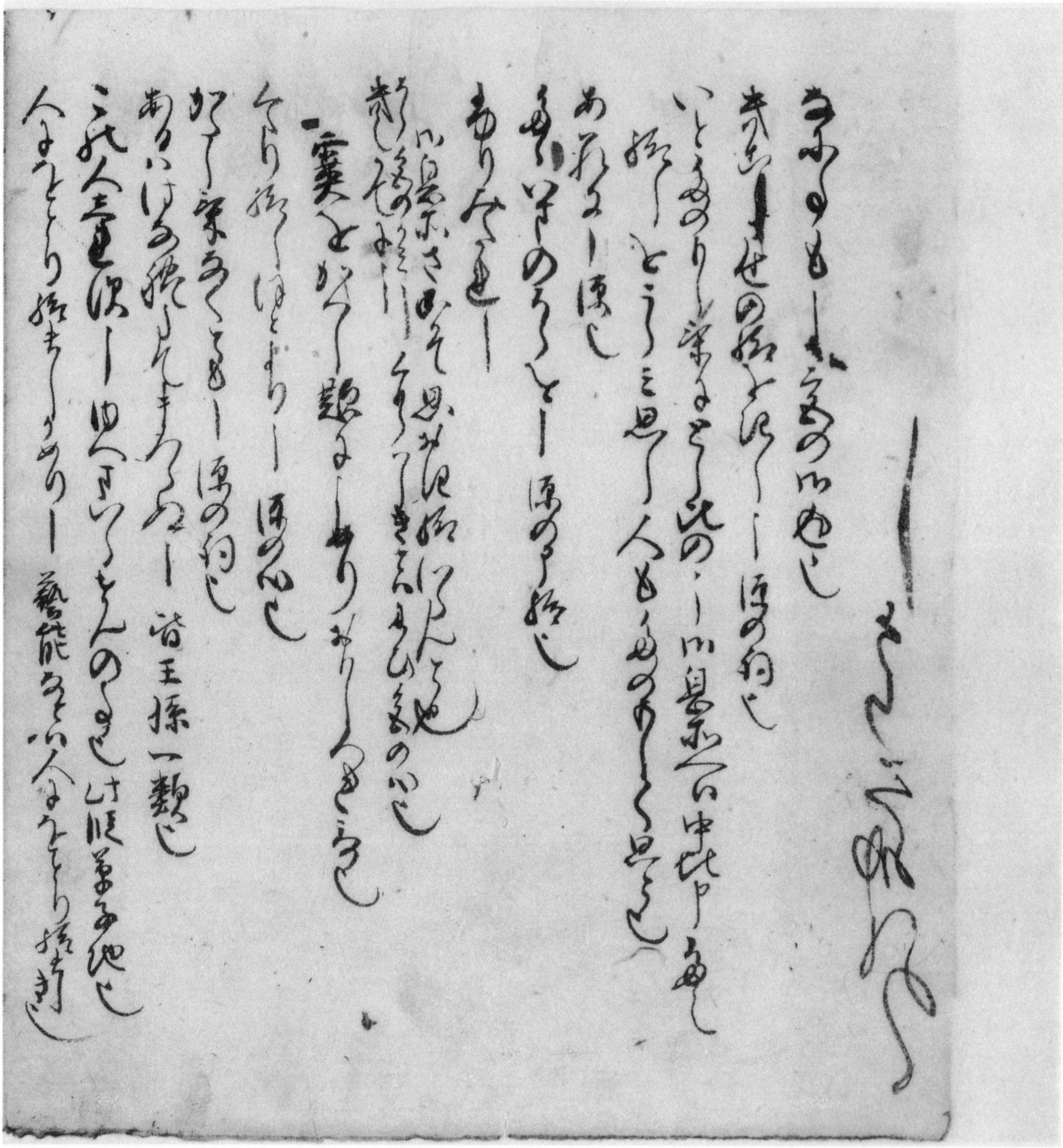

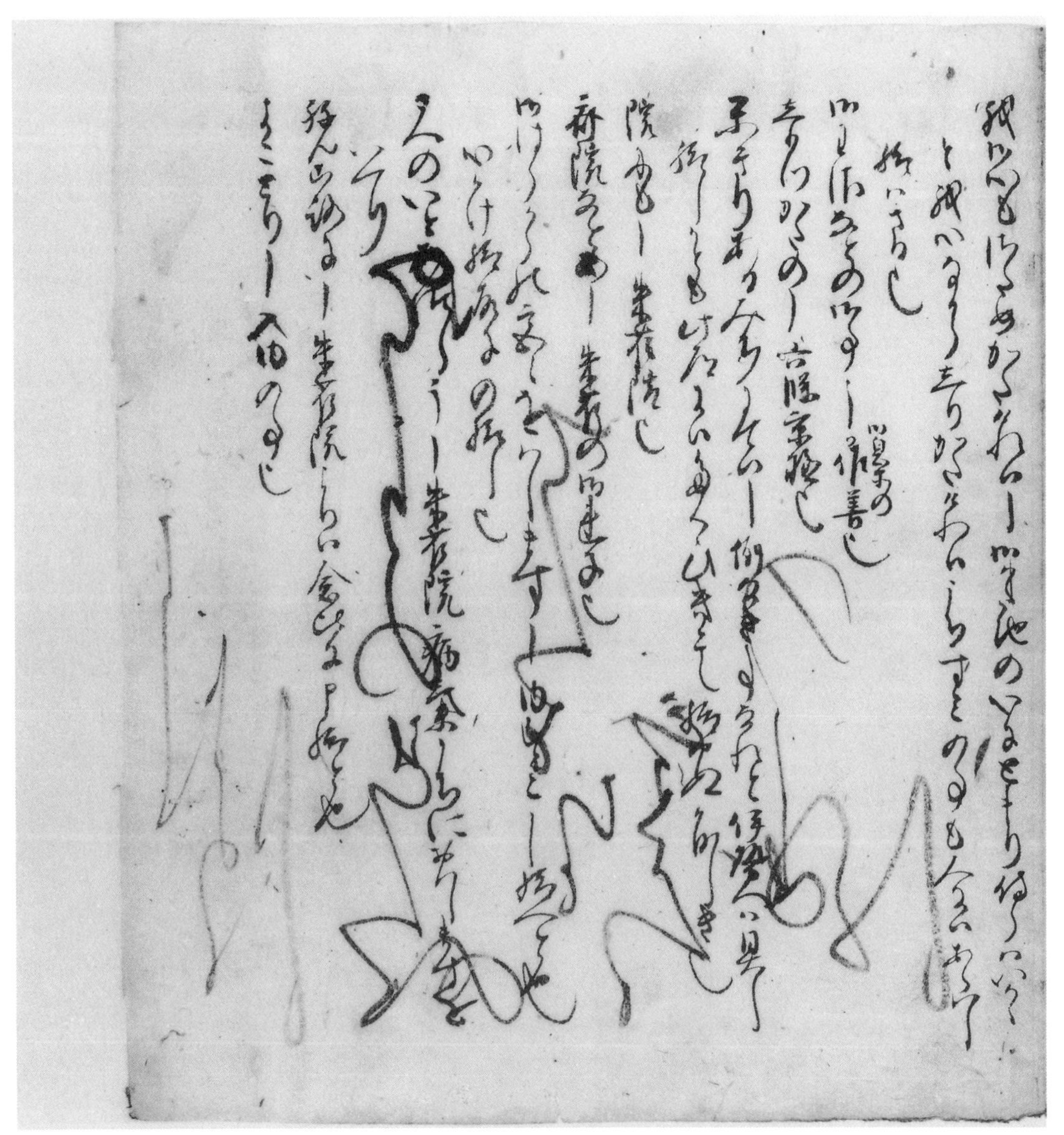

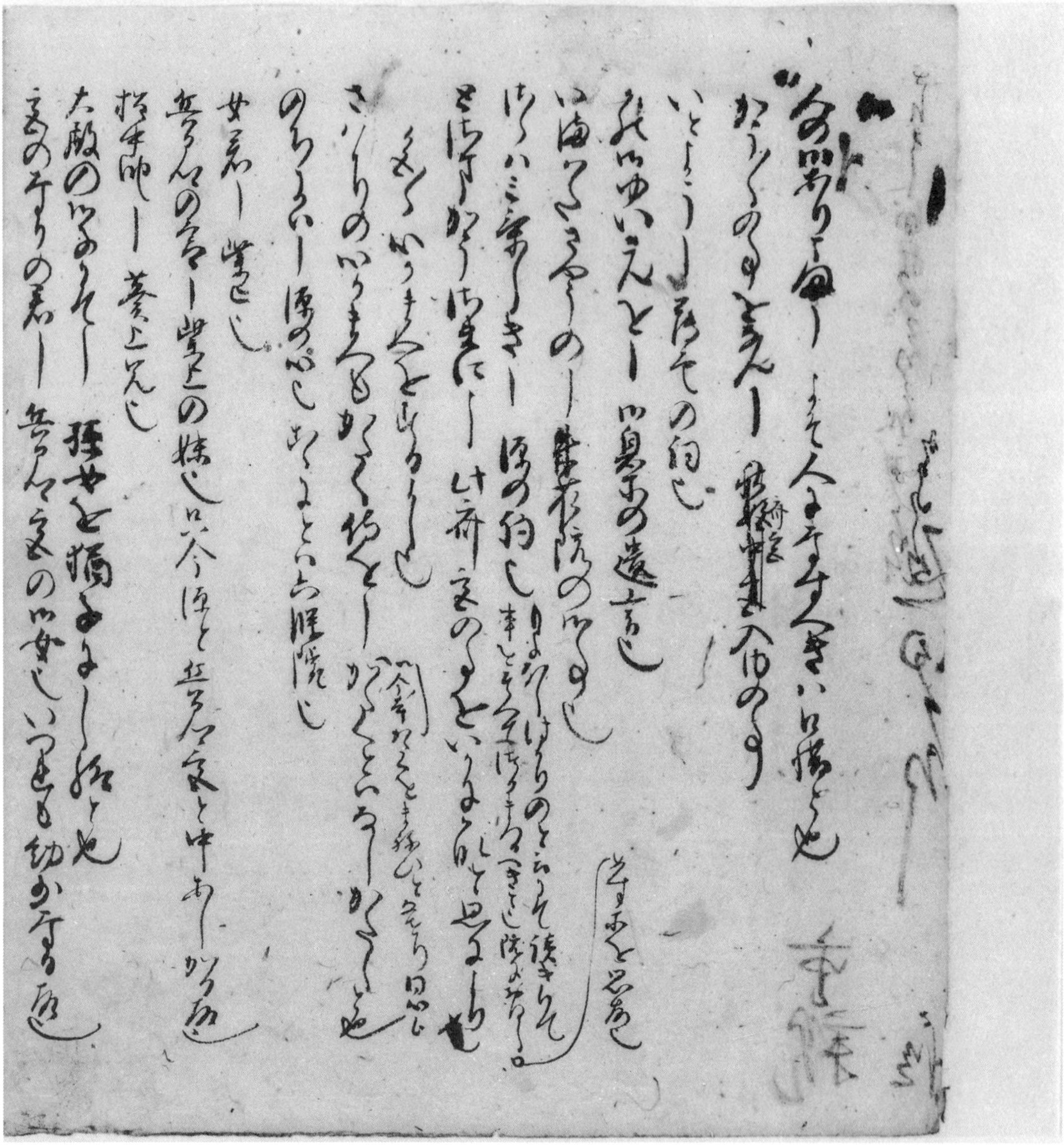

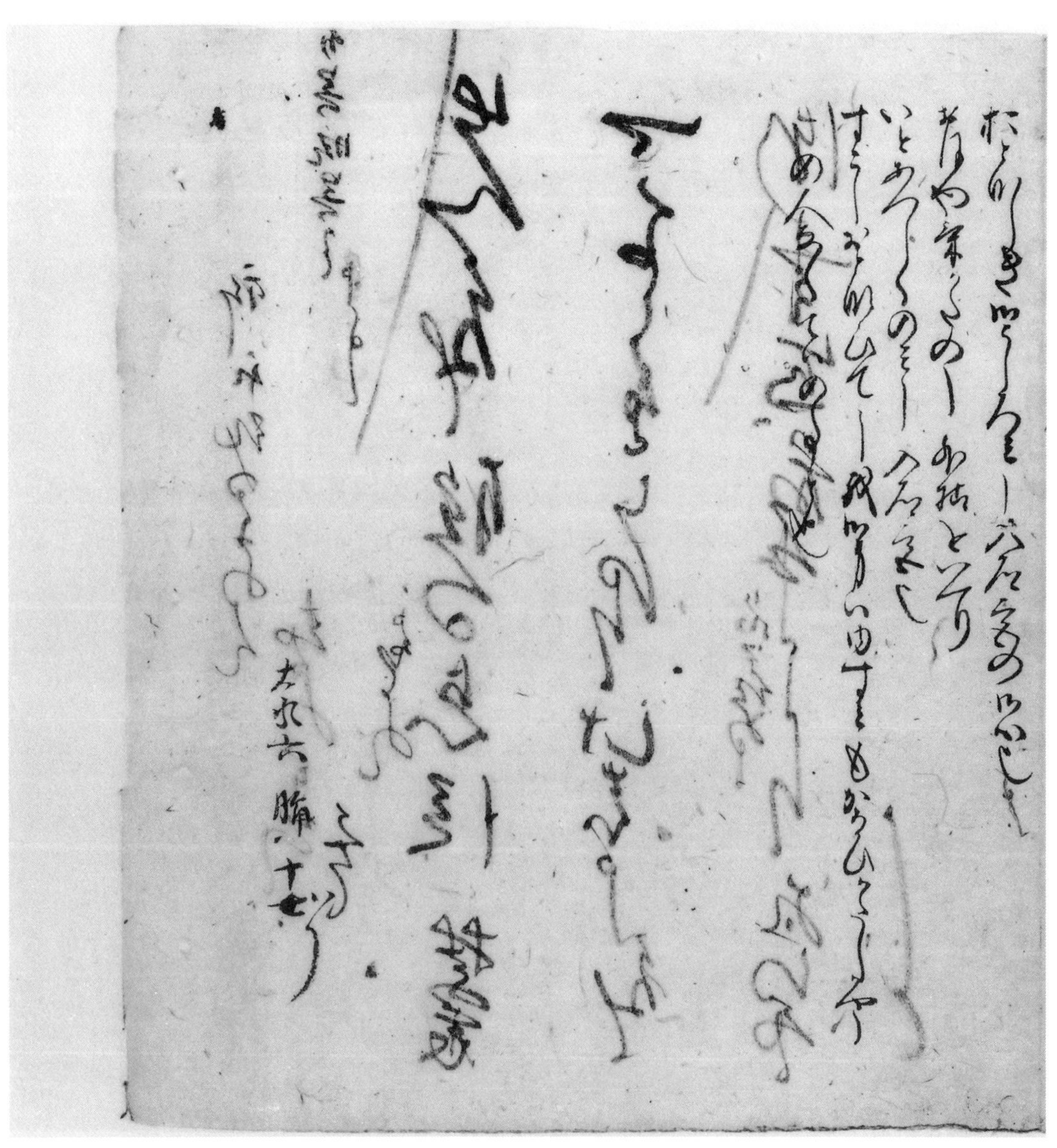

（一六オ）

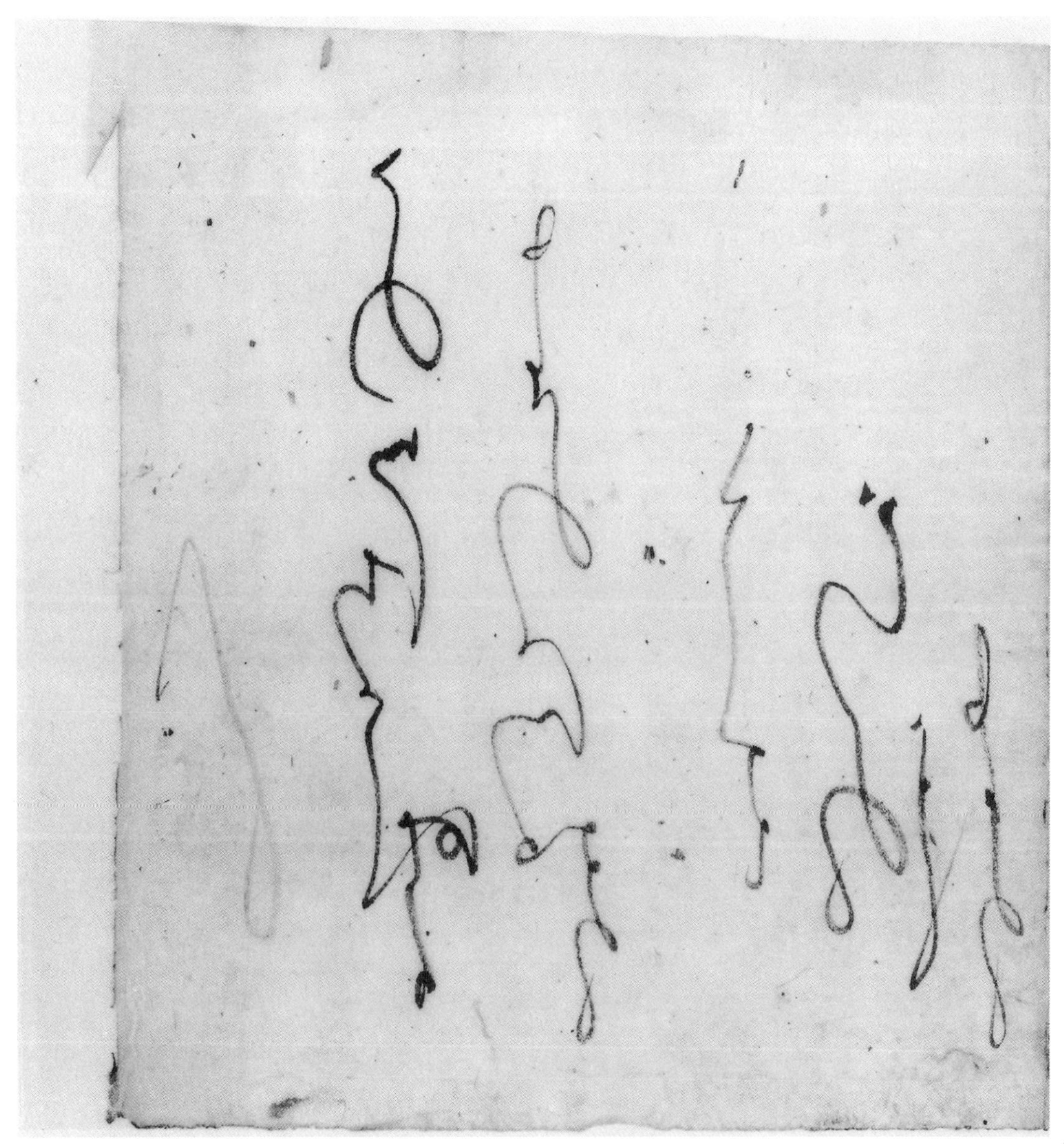

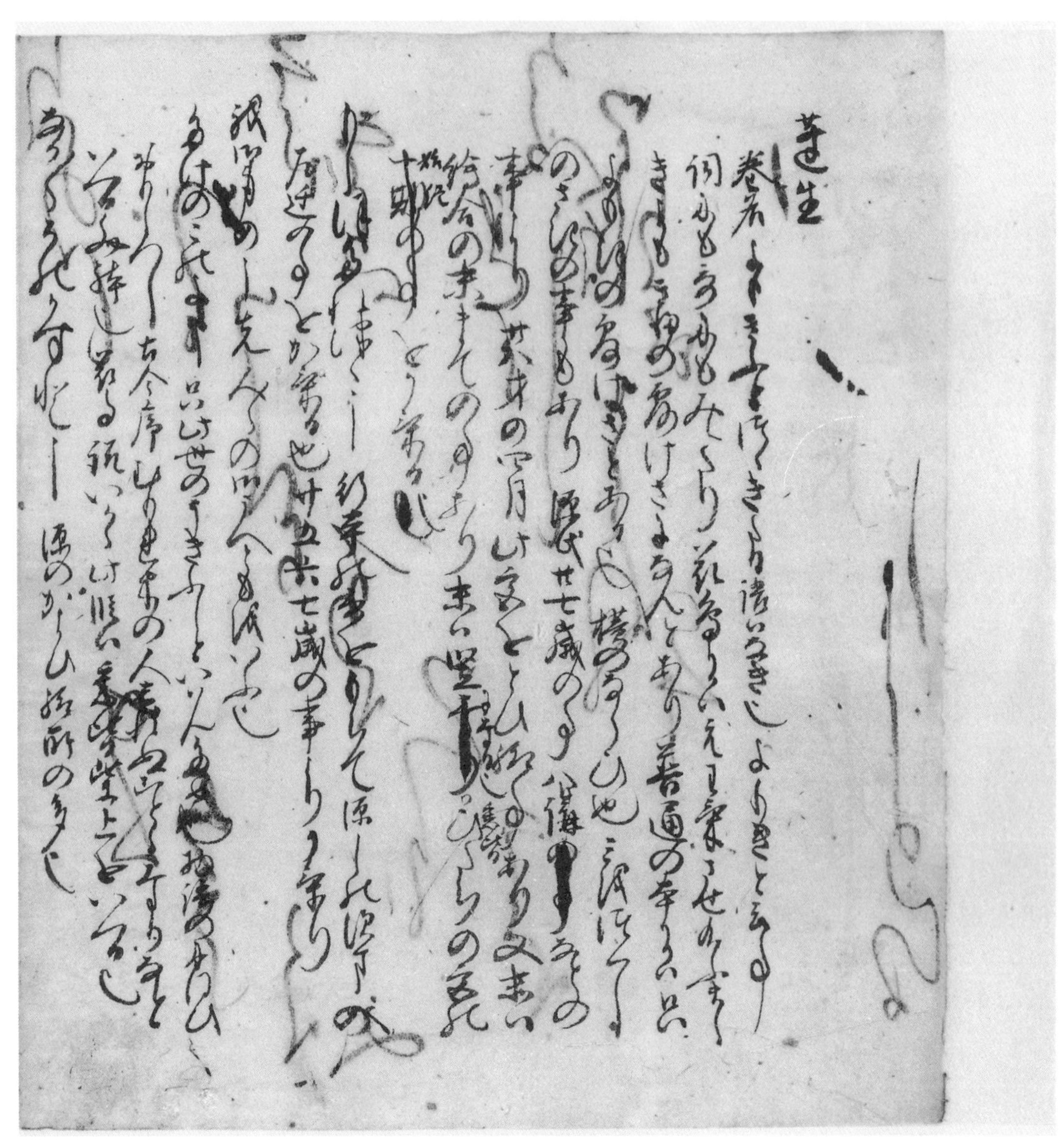

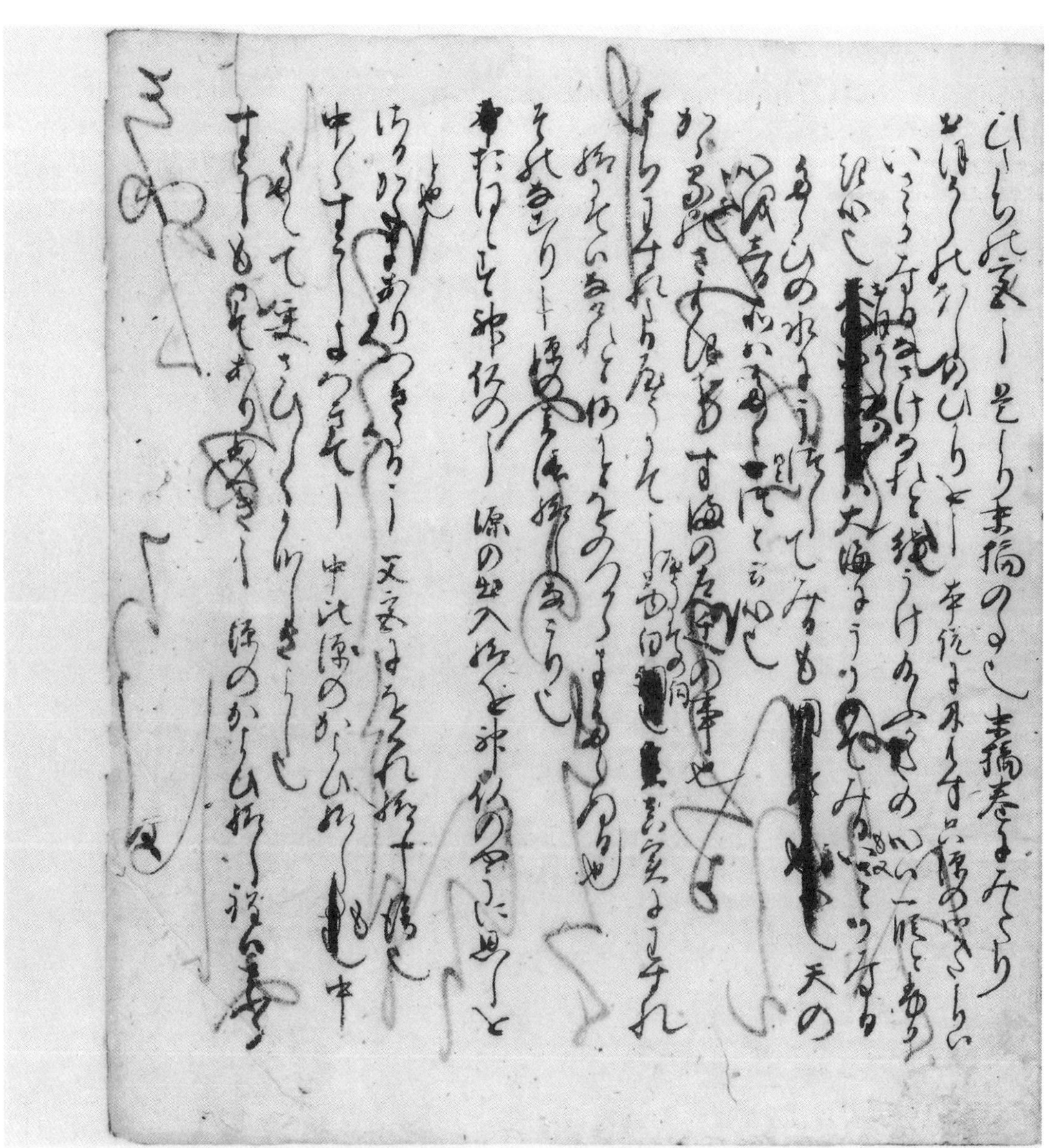

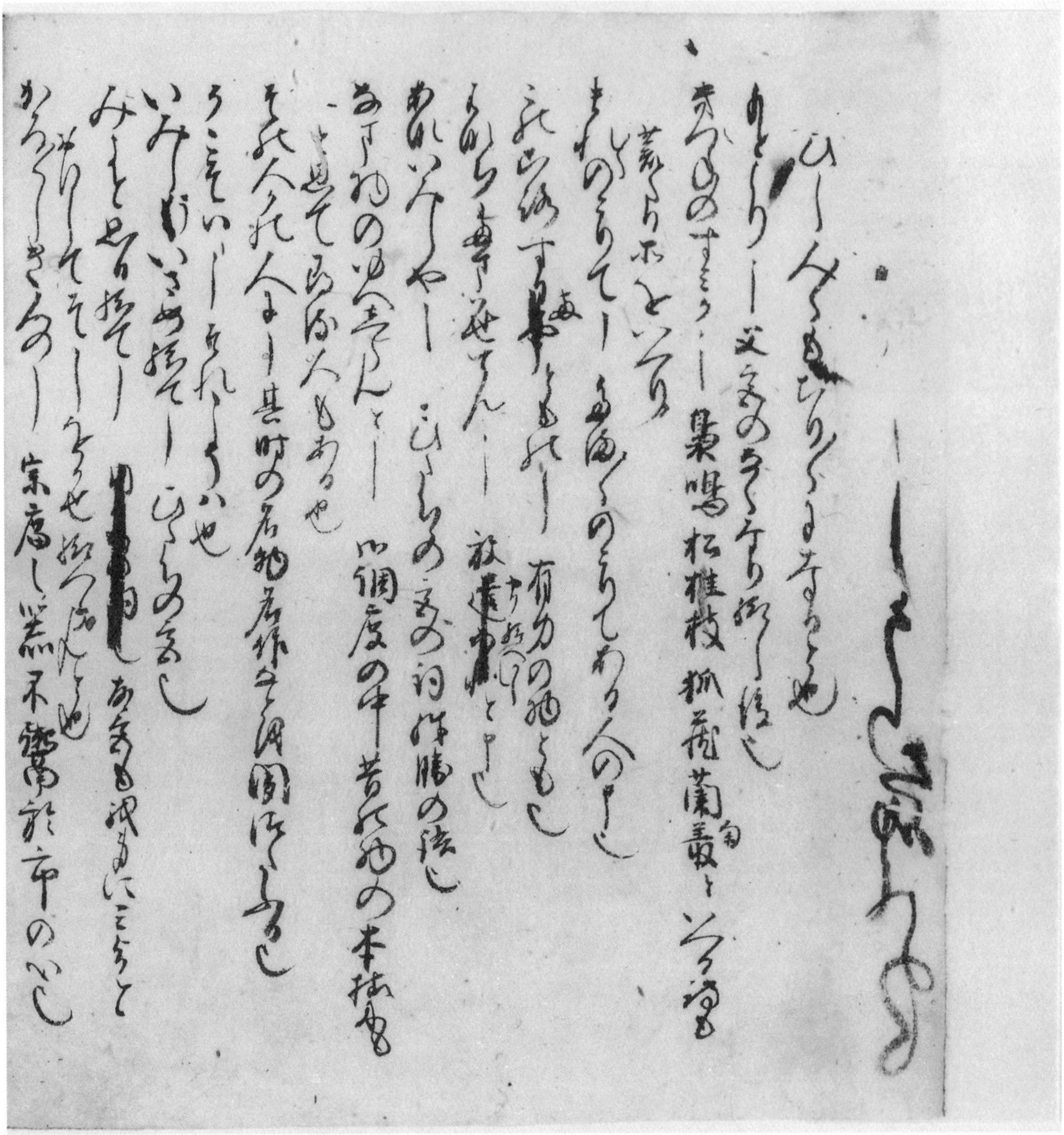

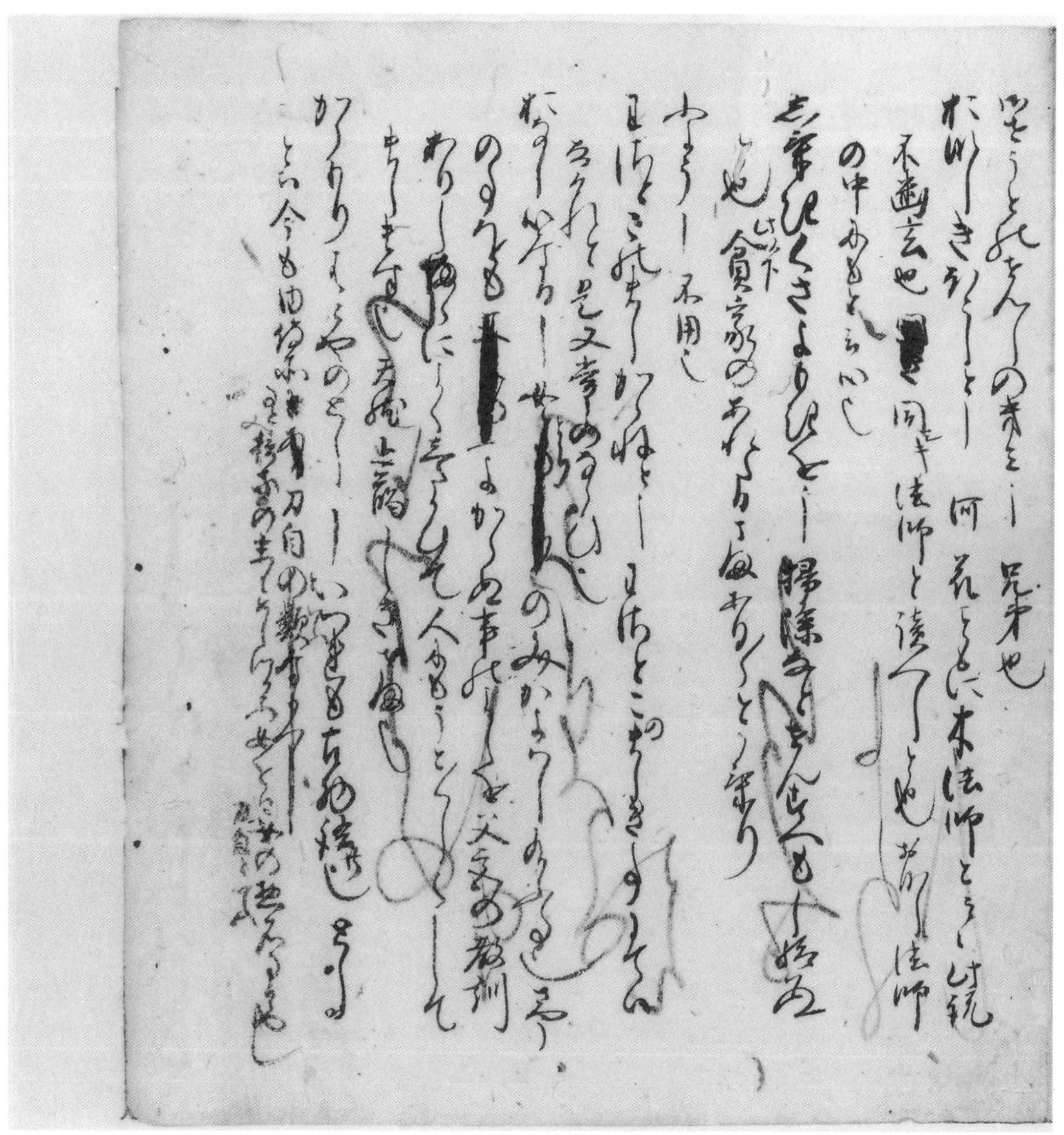

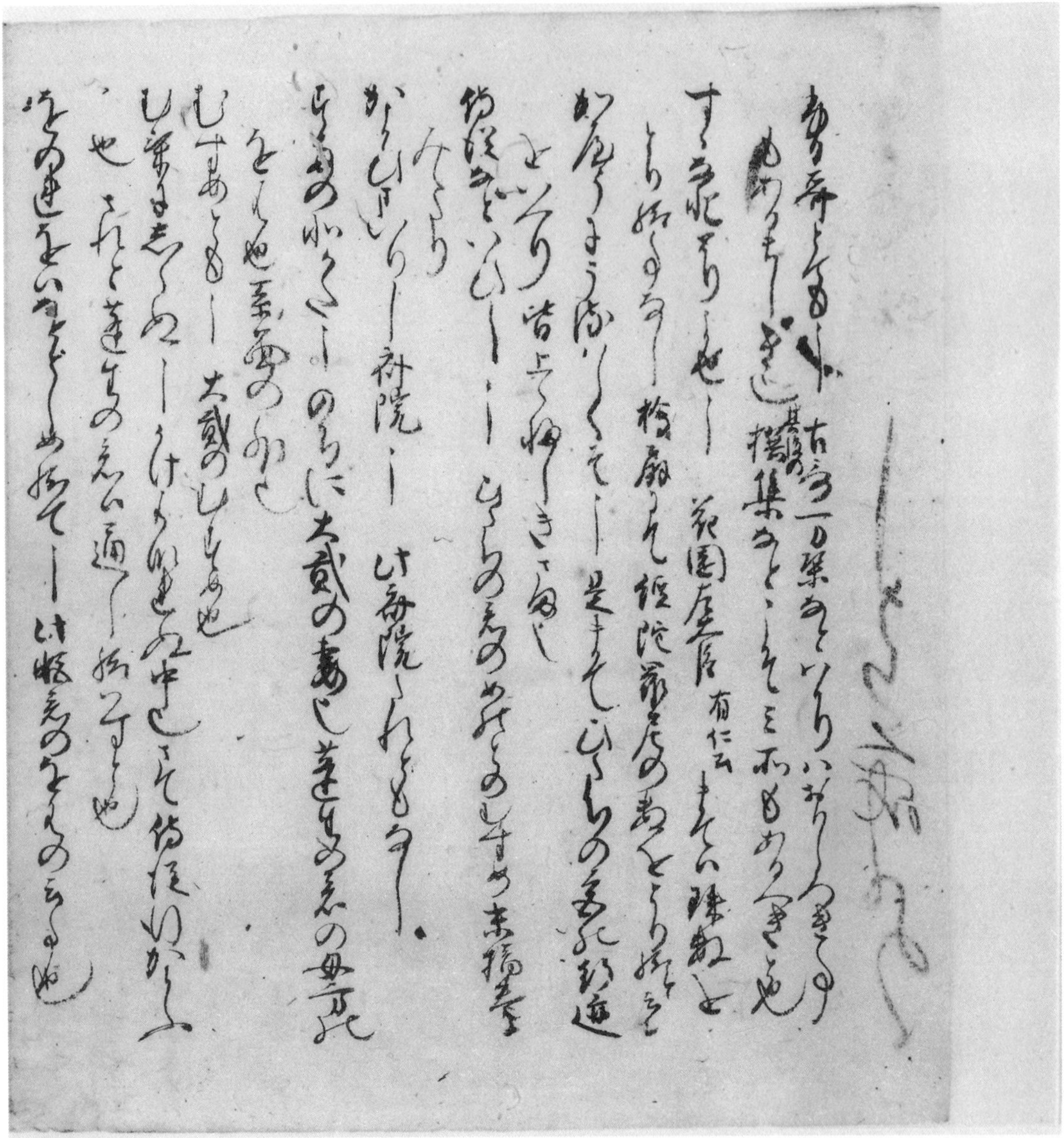

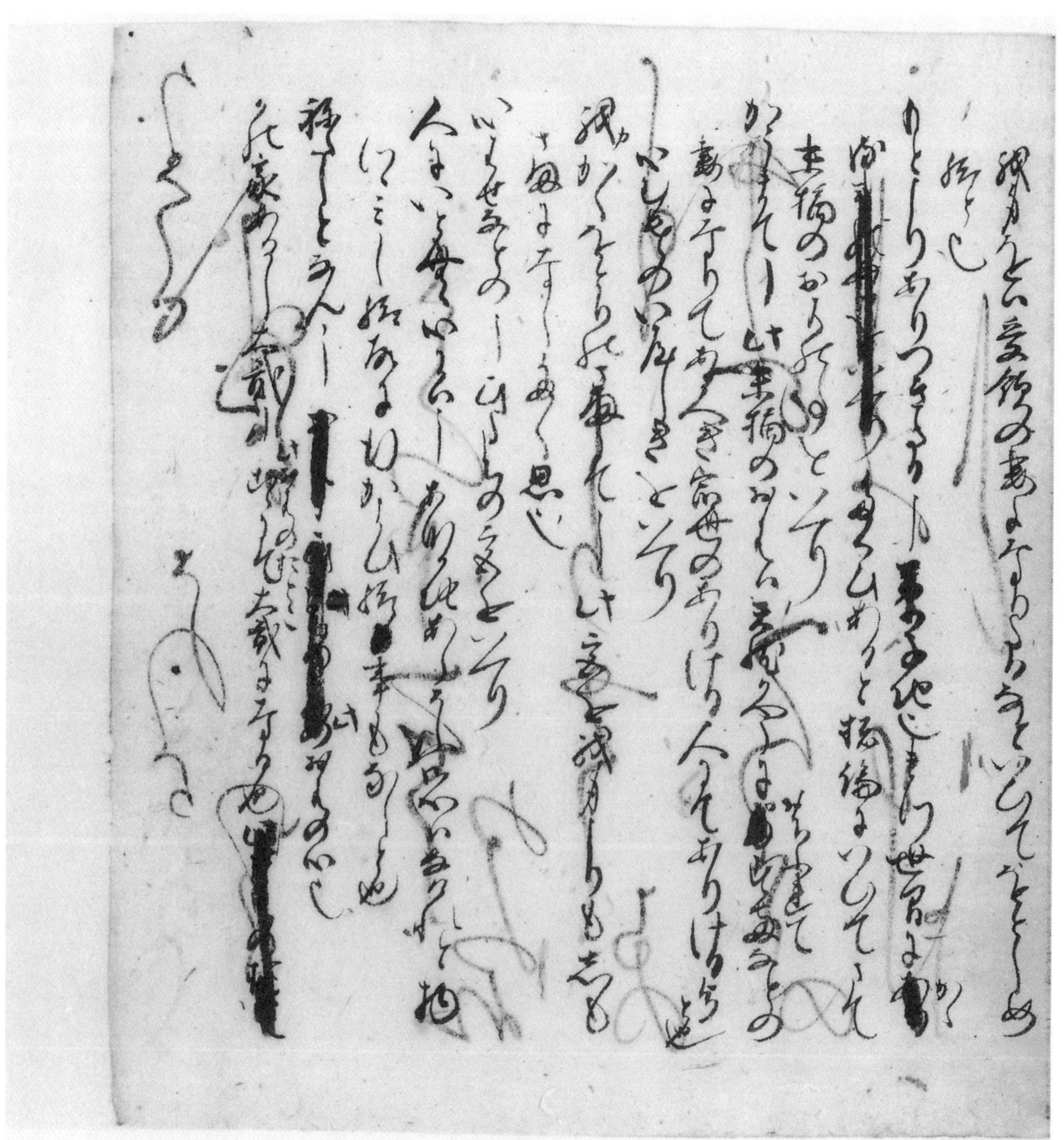

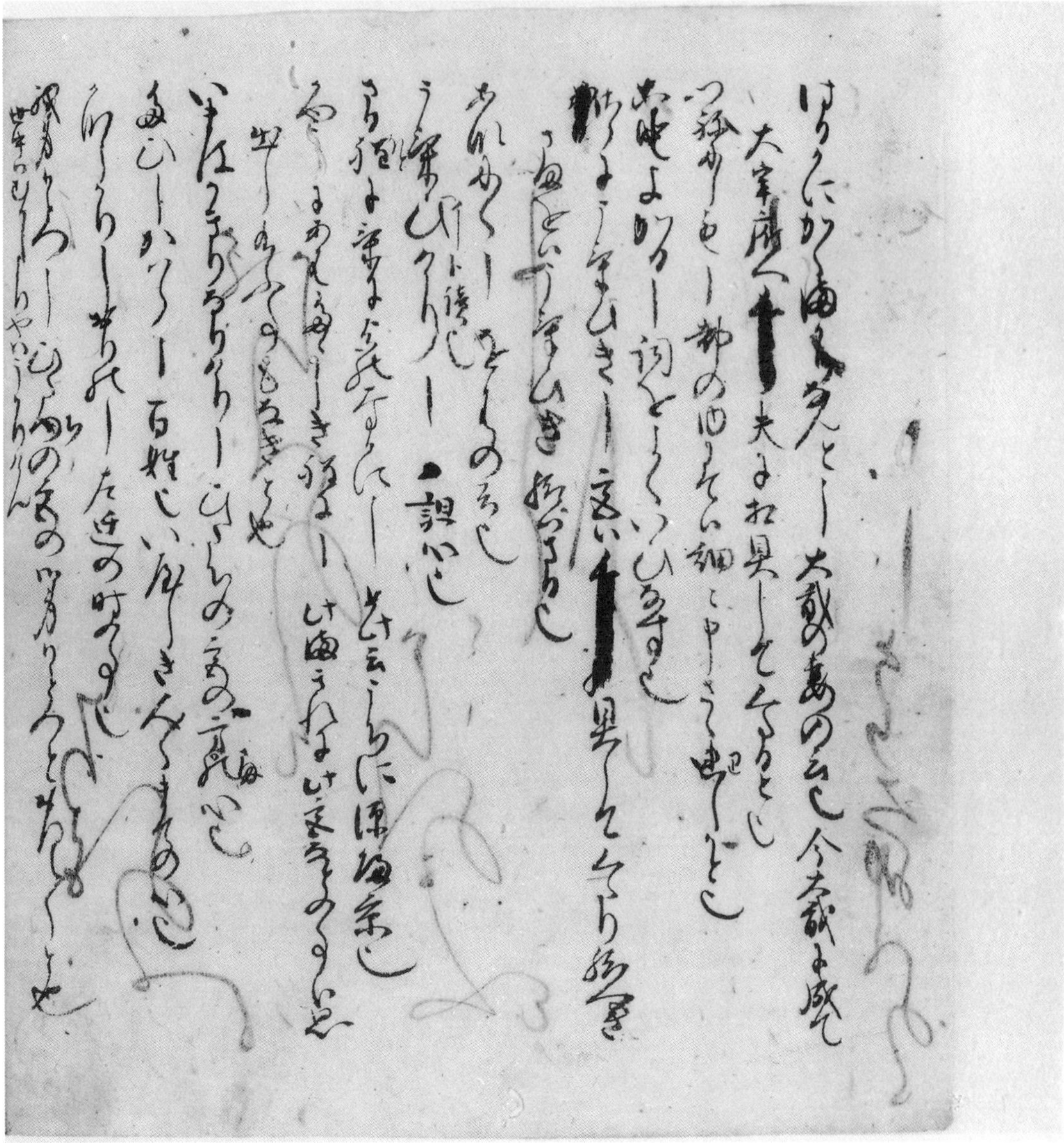

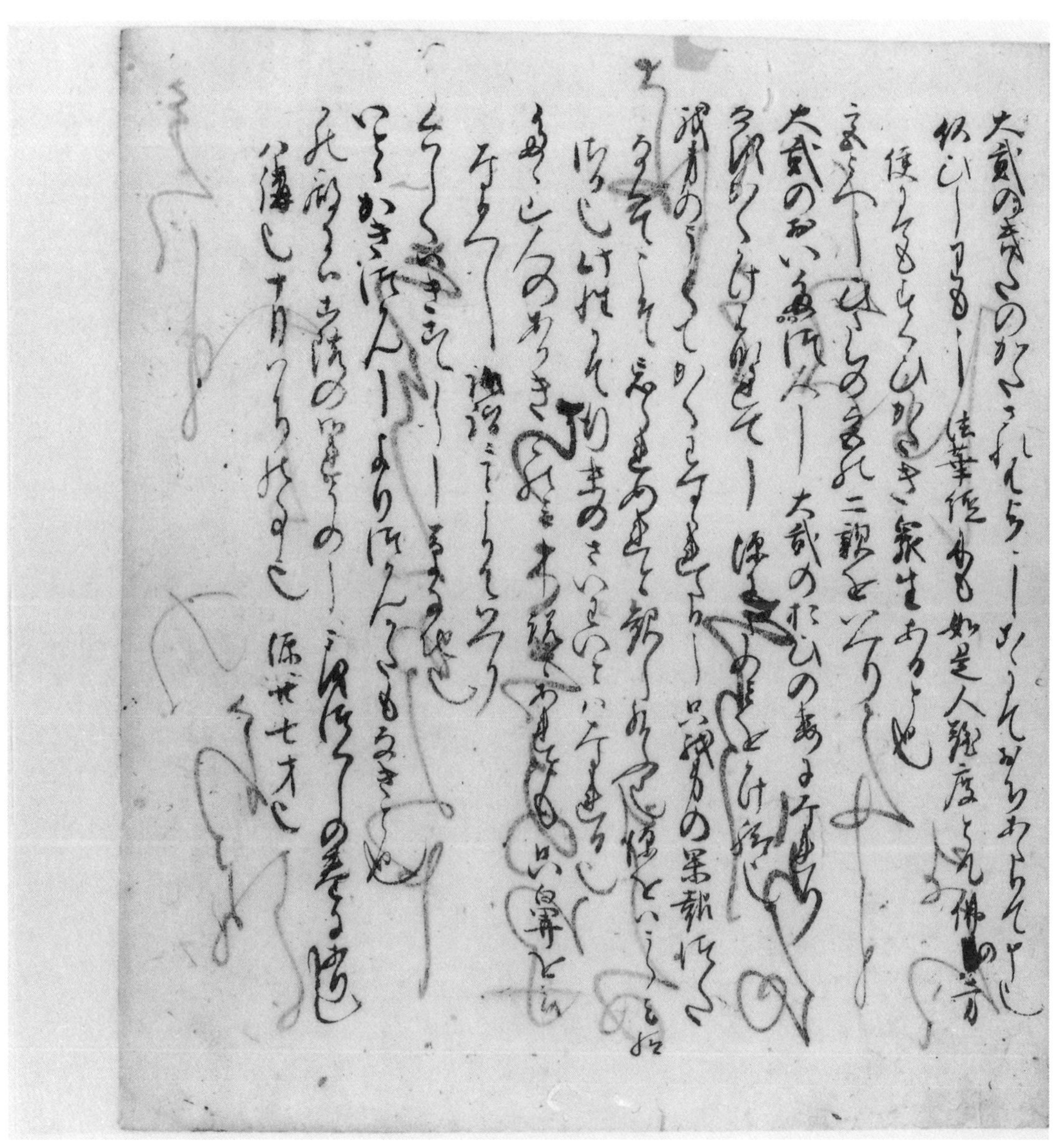

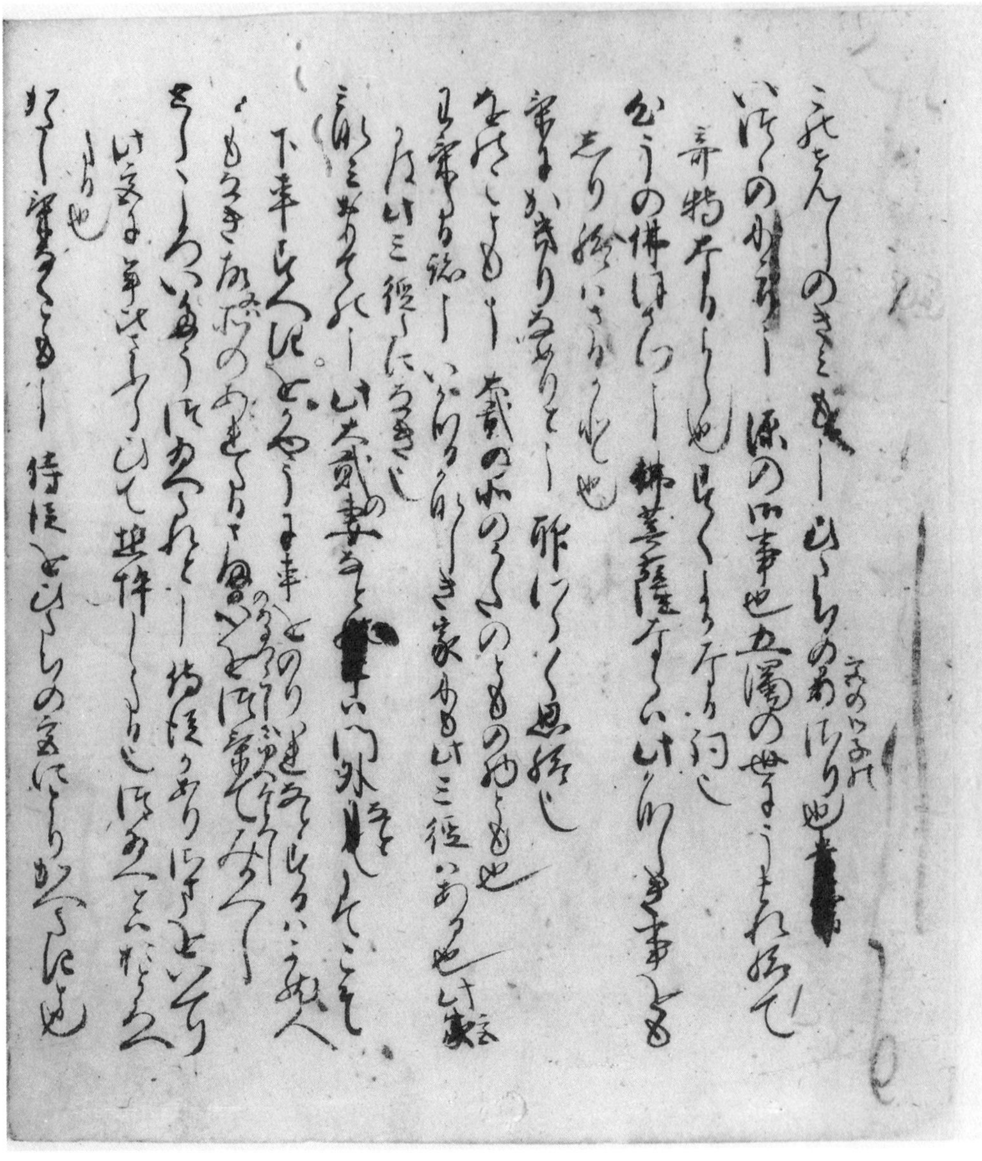

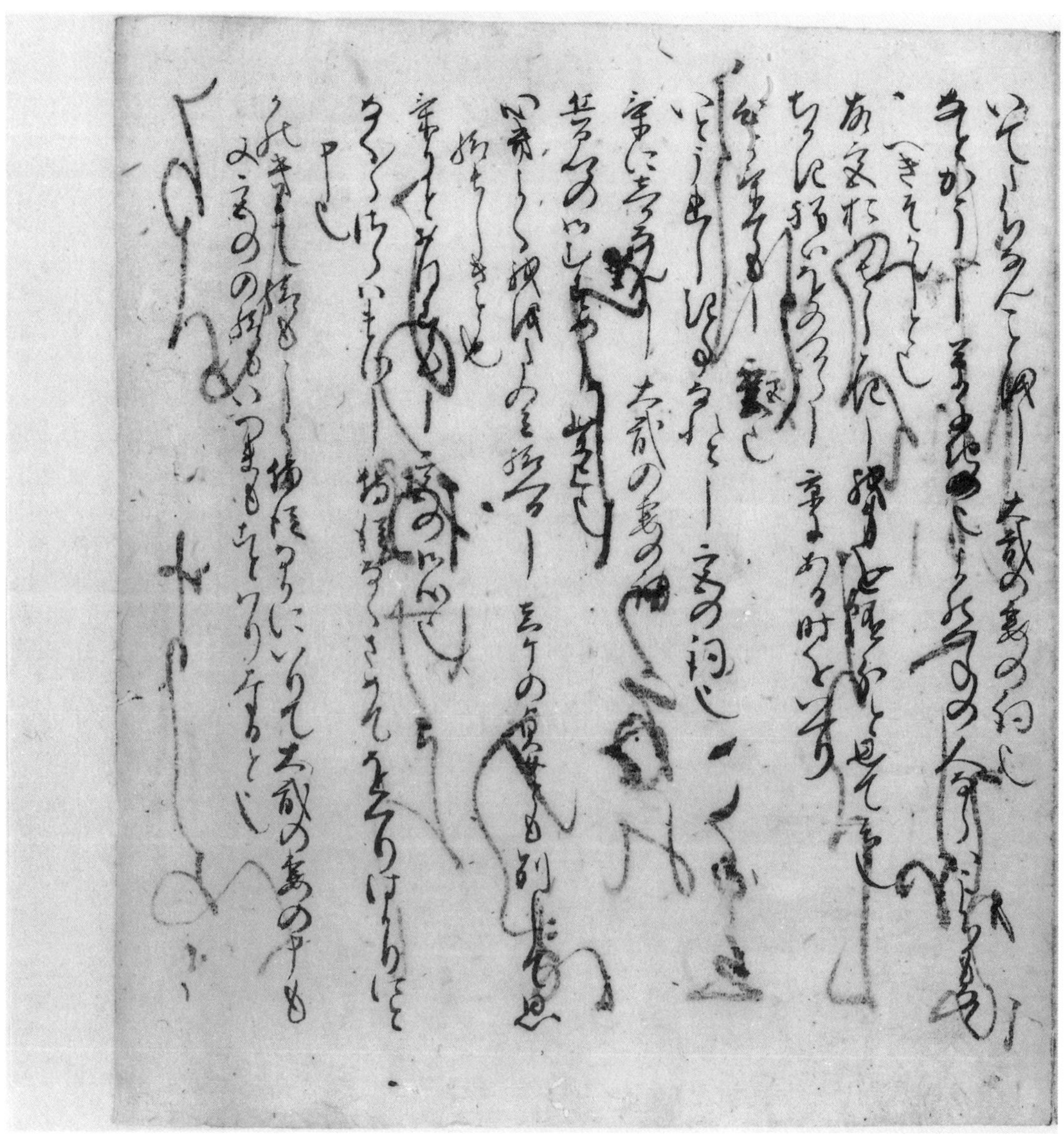

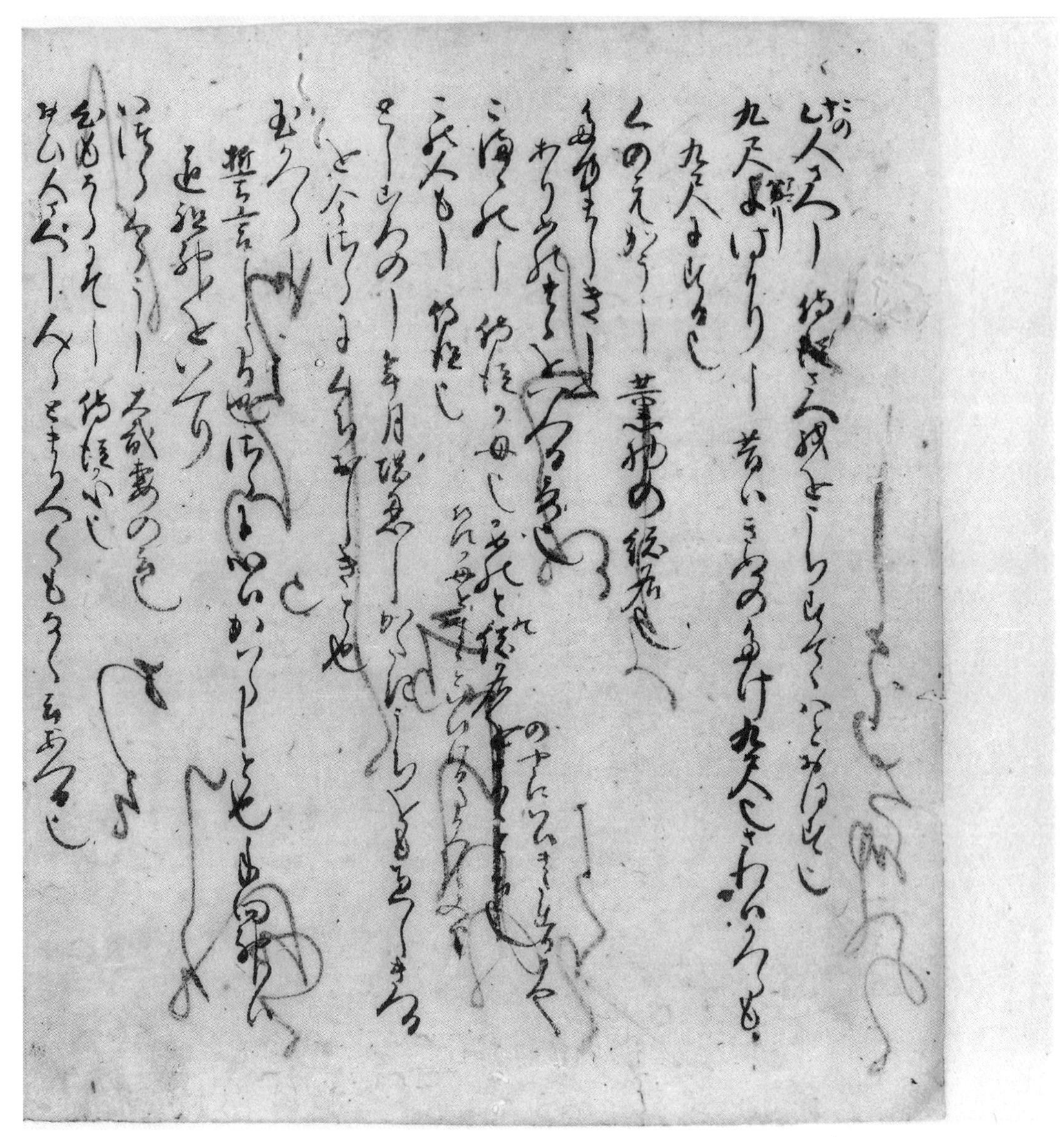

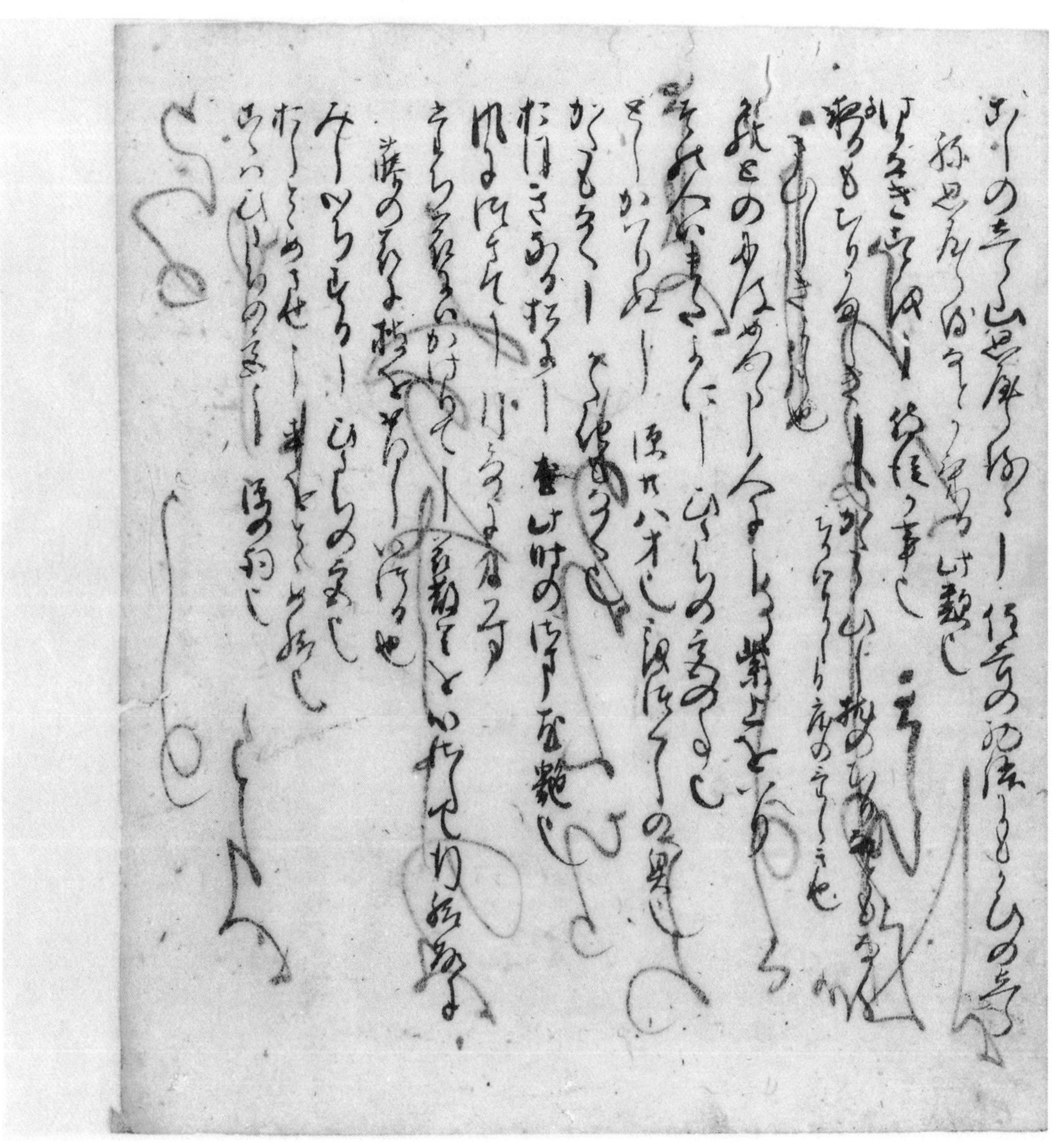

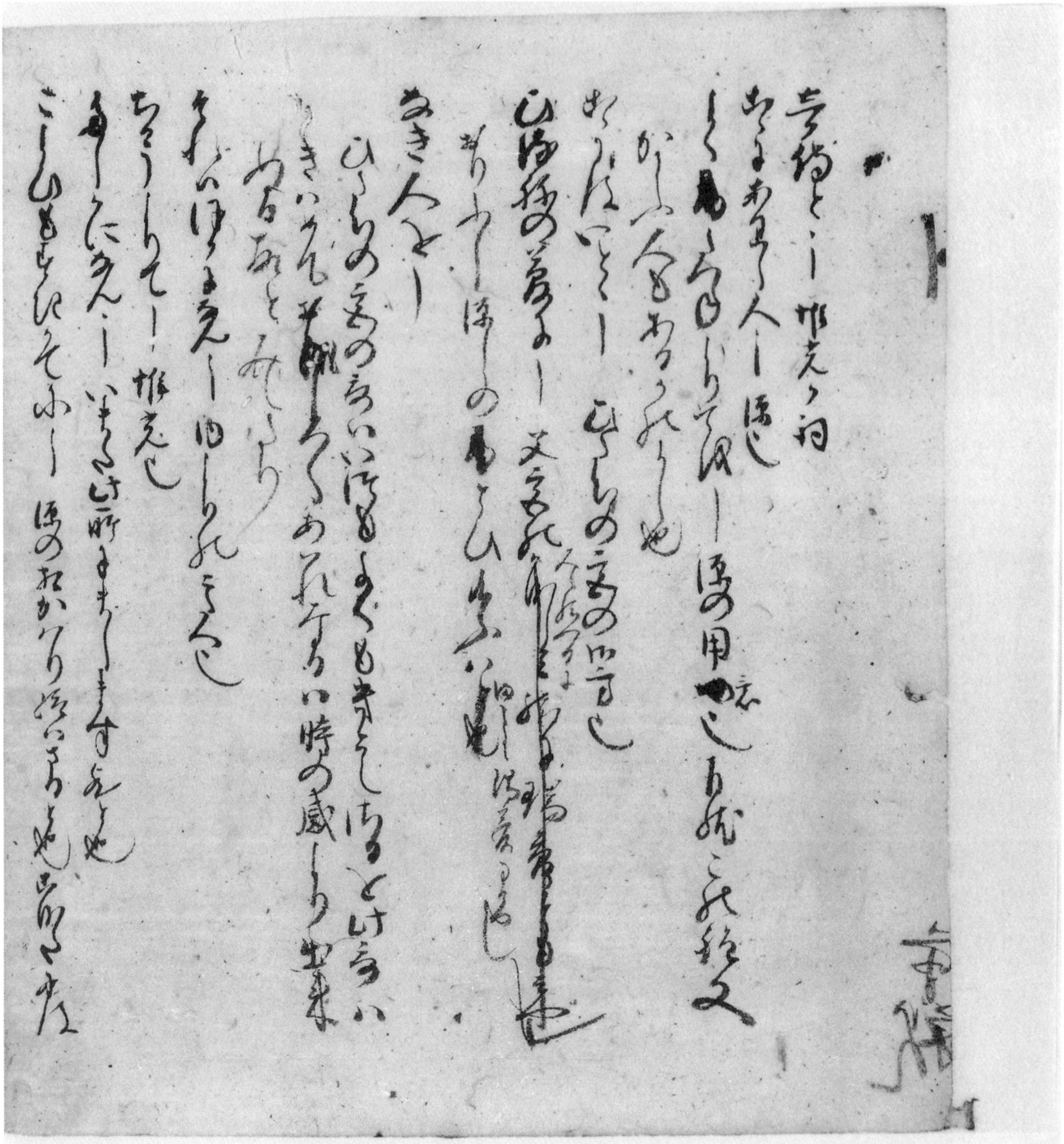

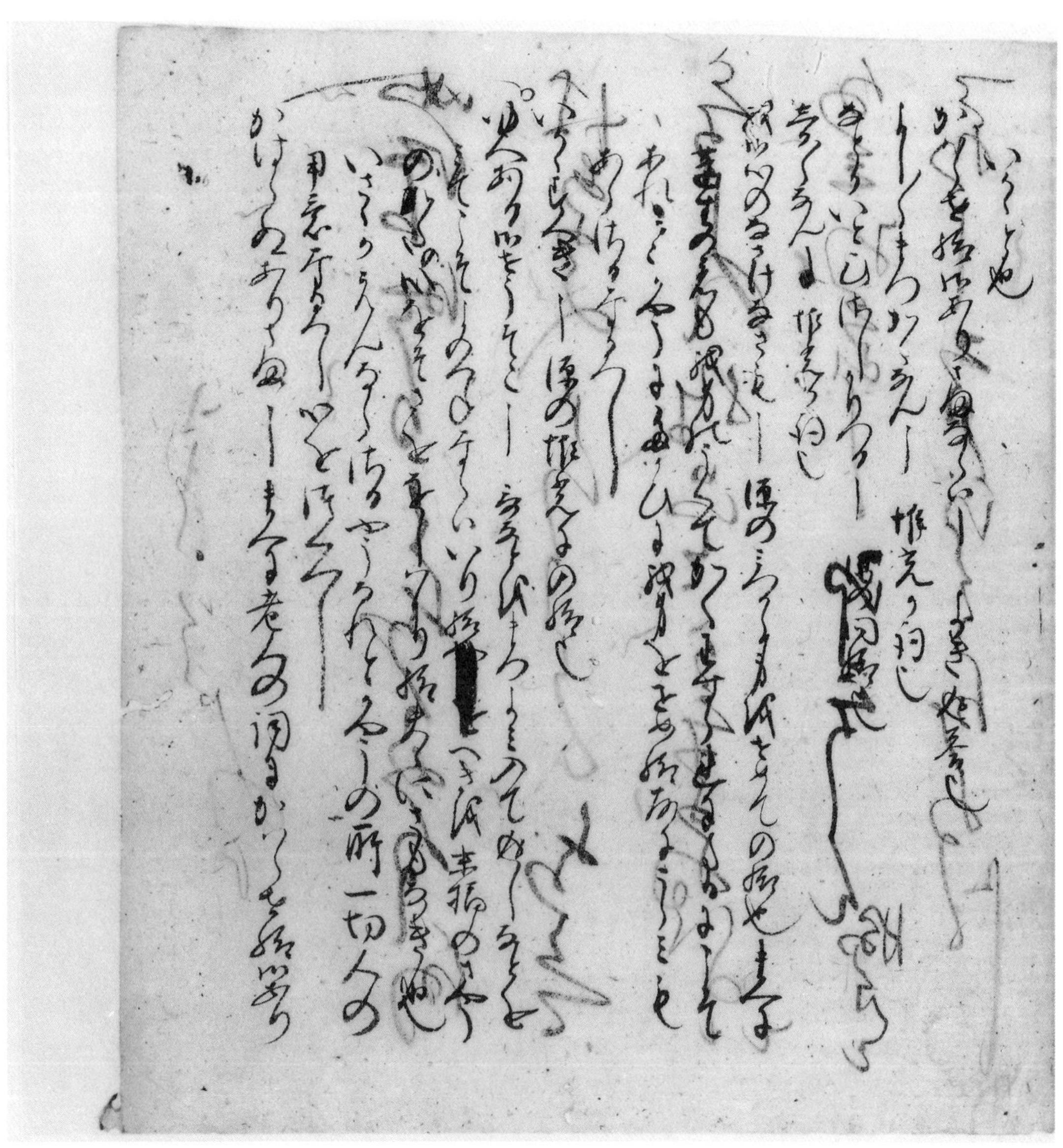

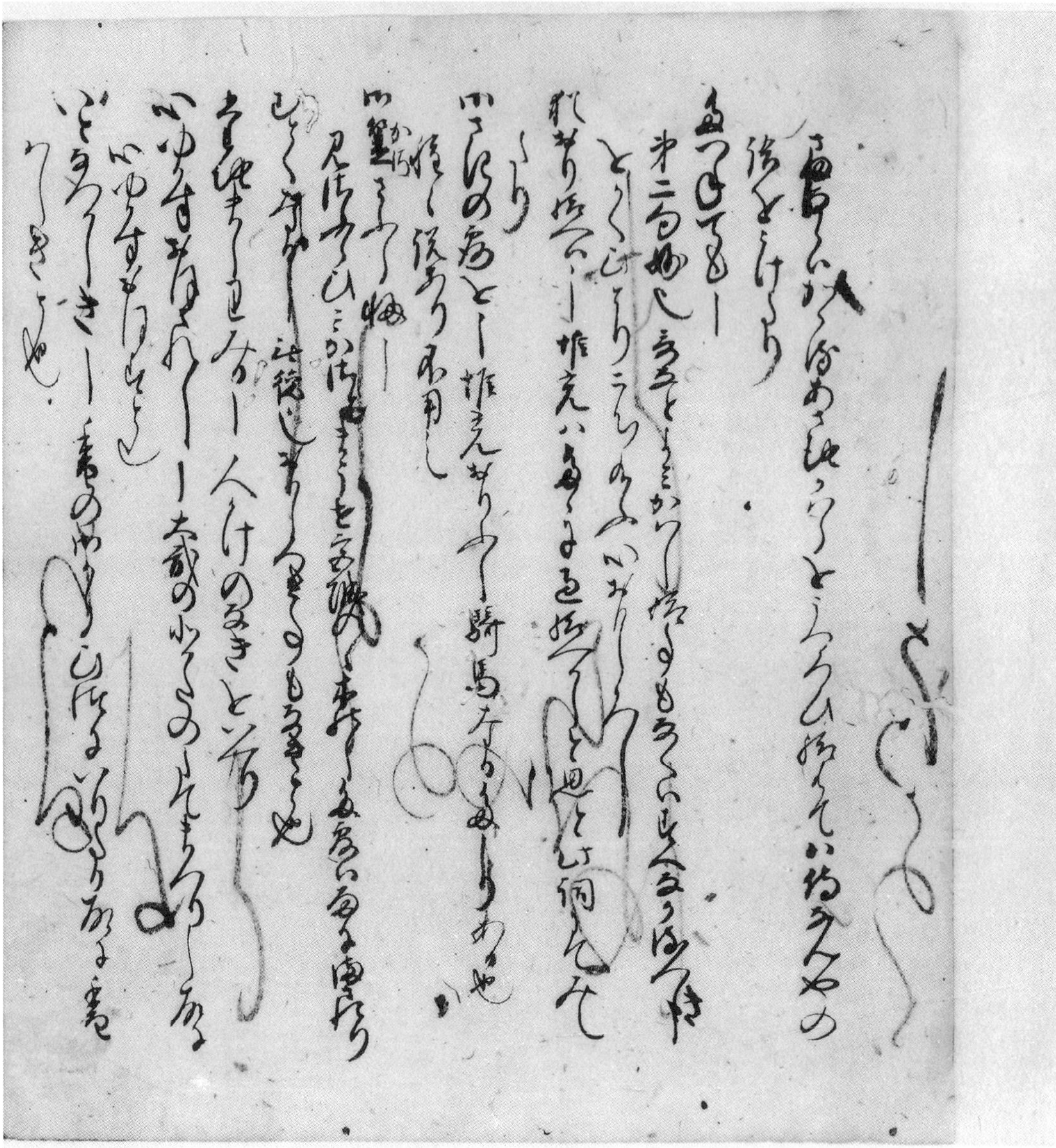

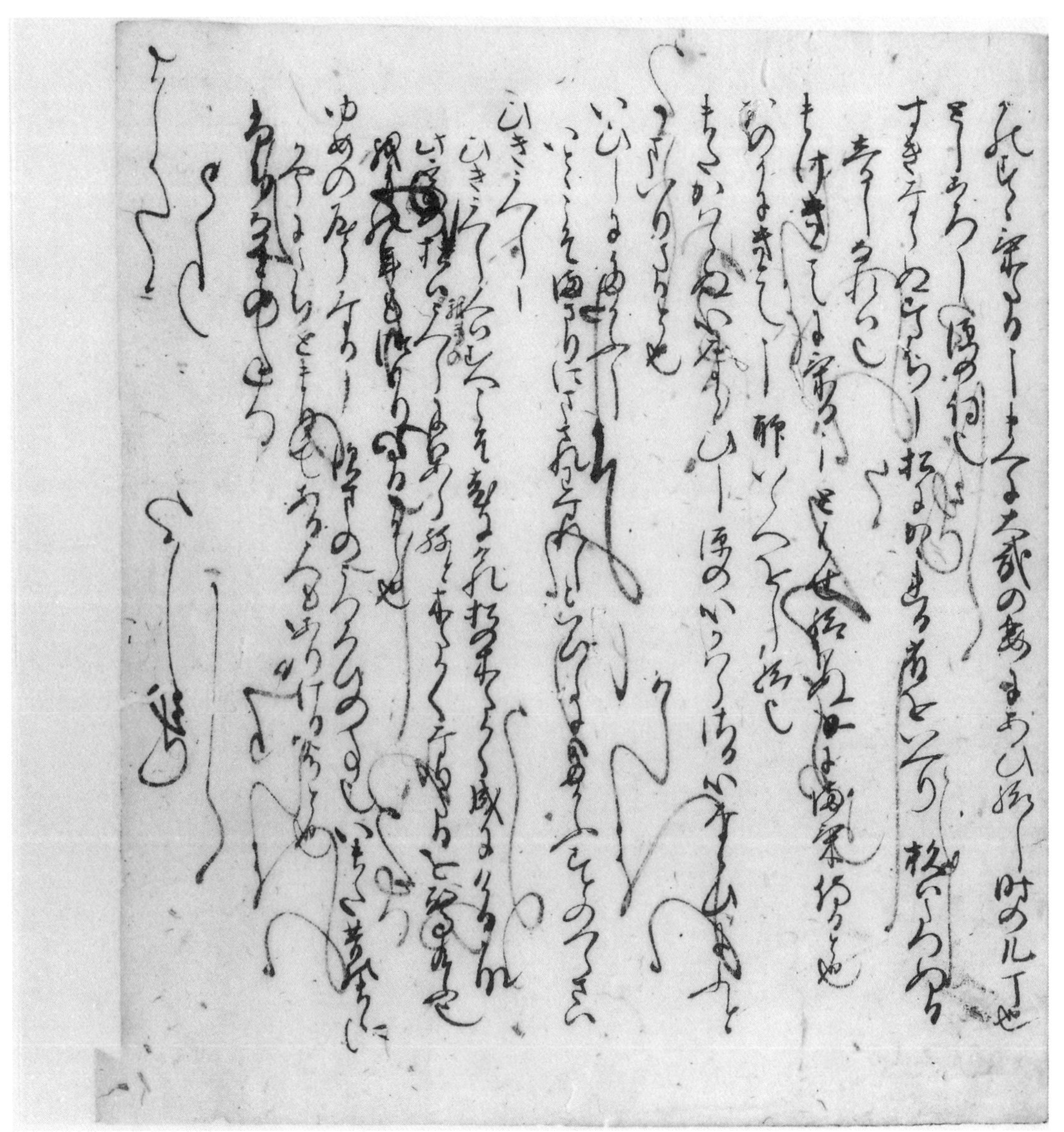

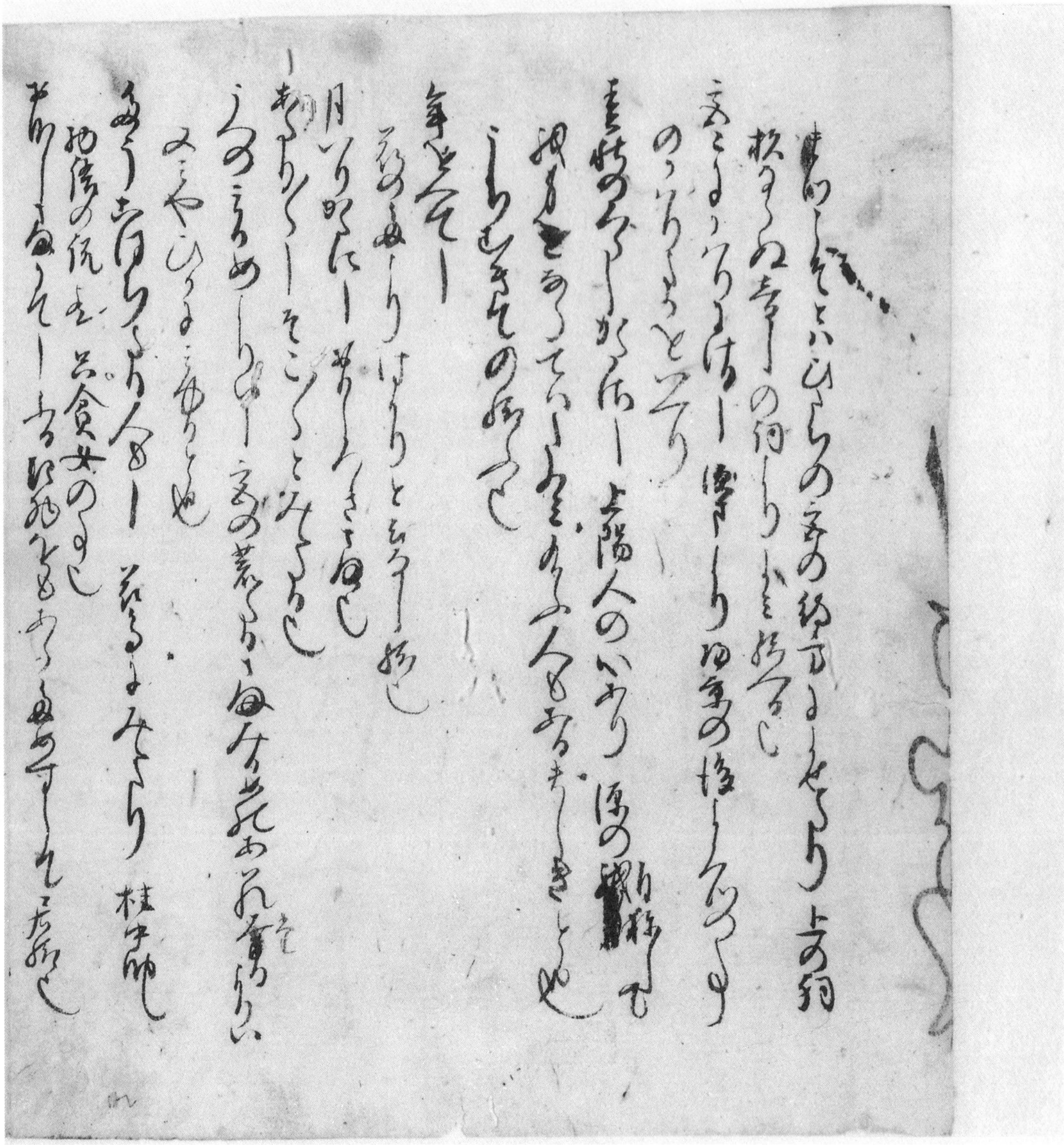

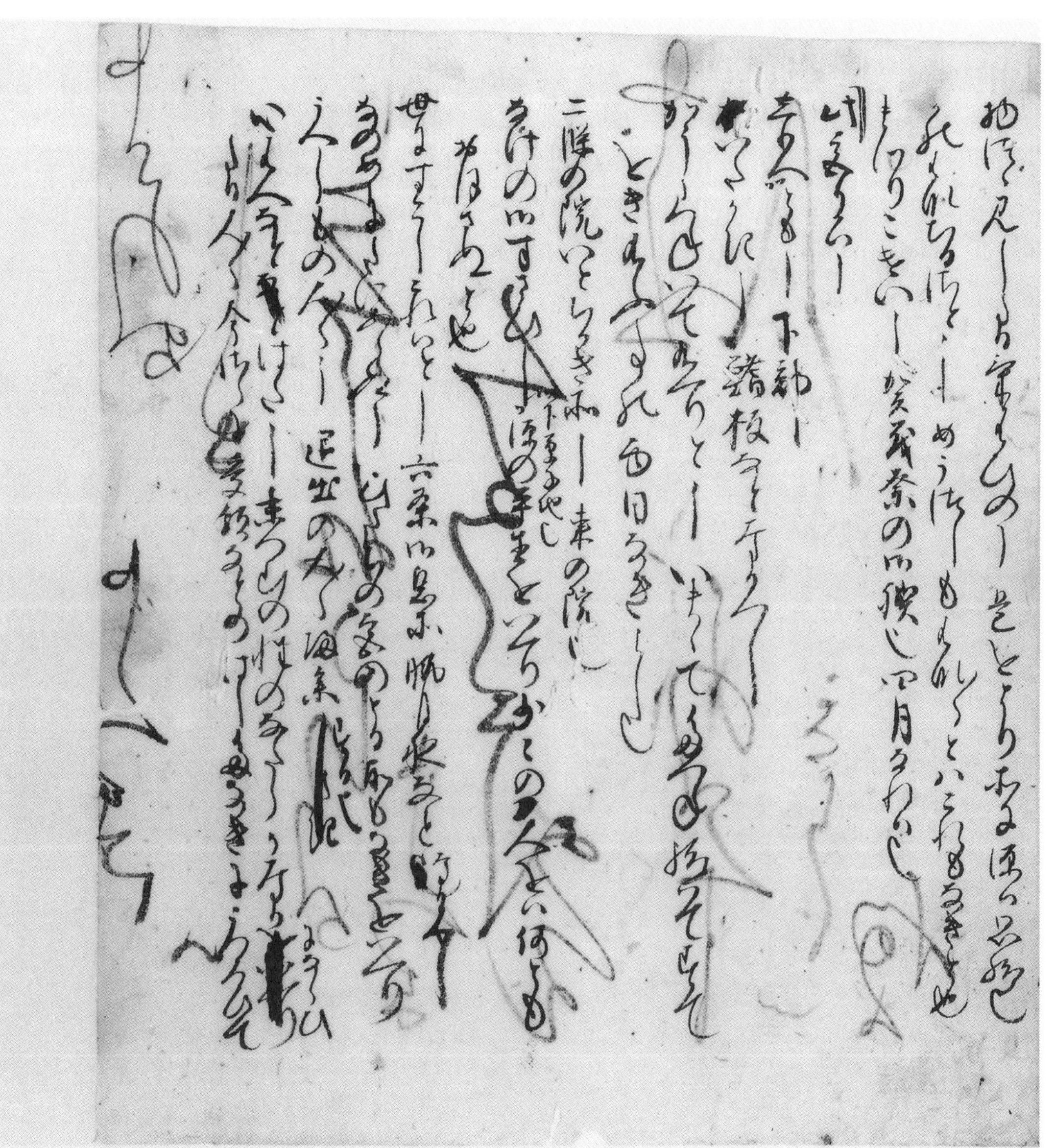

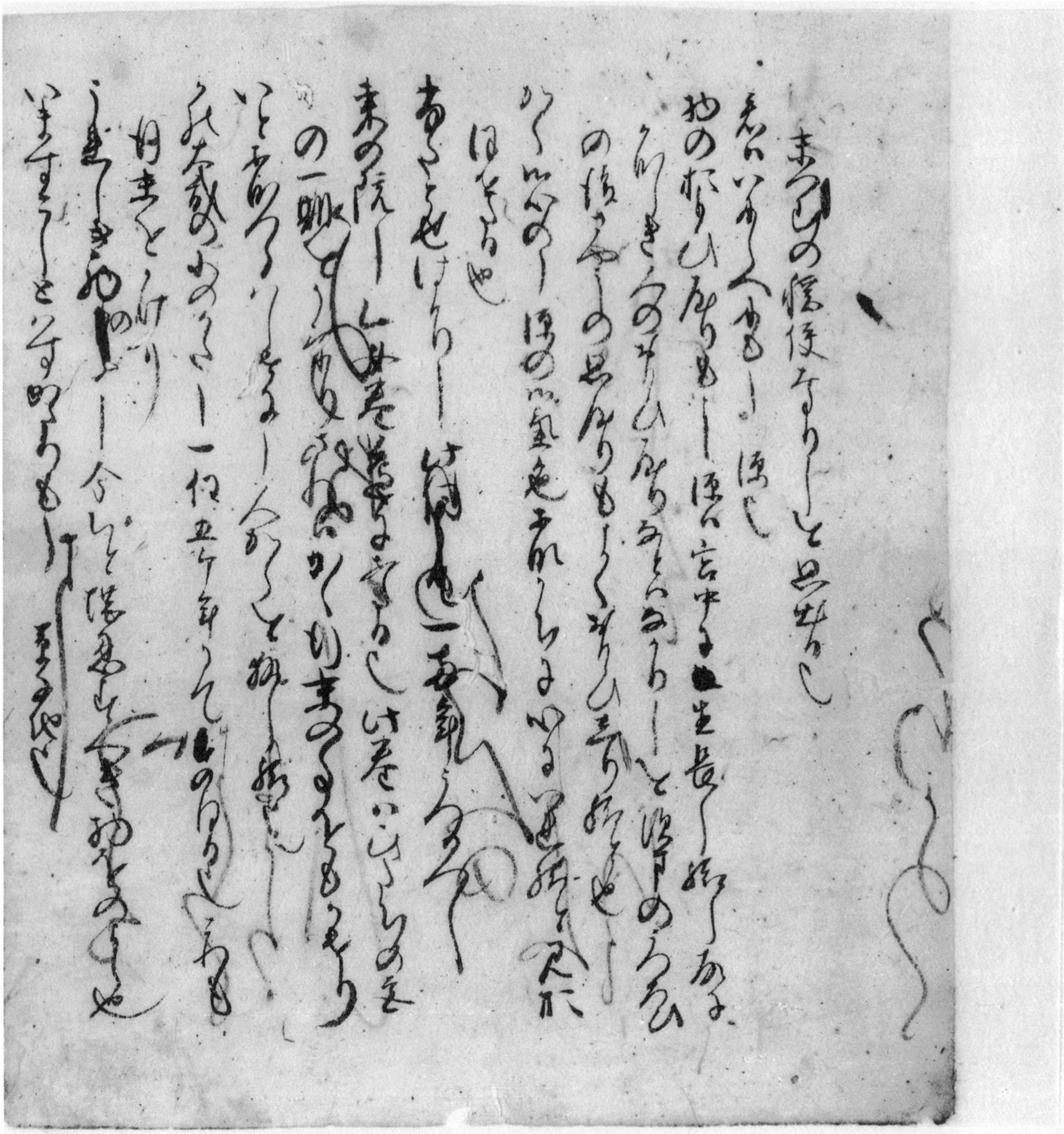

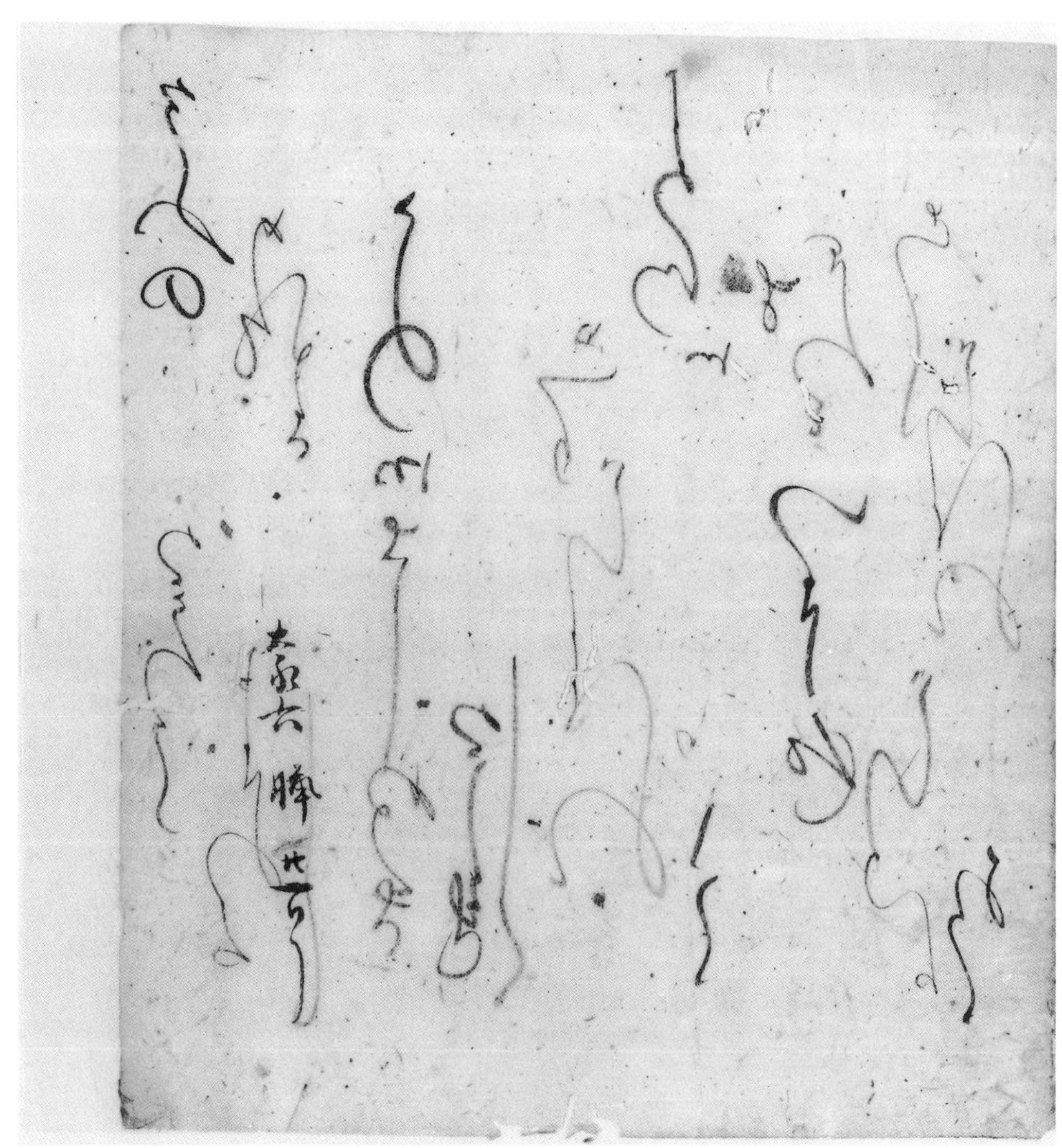

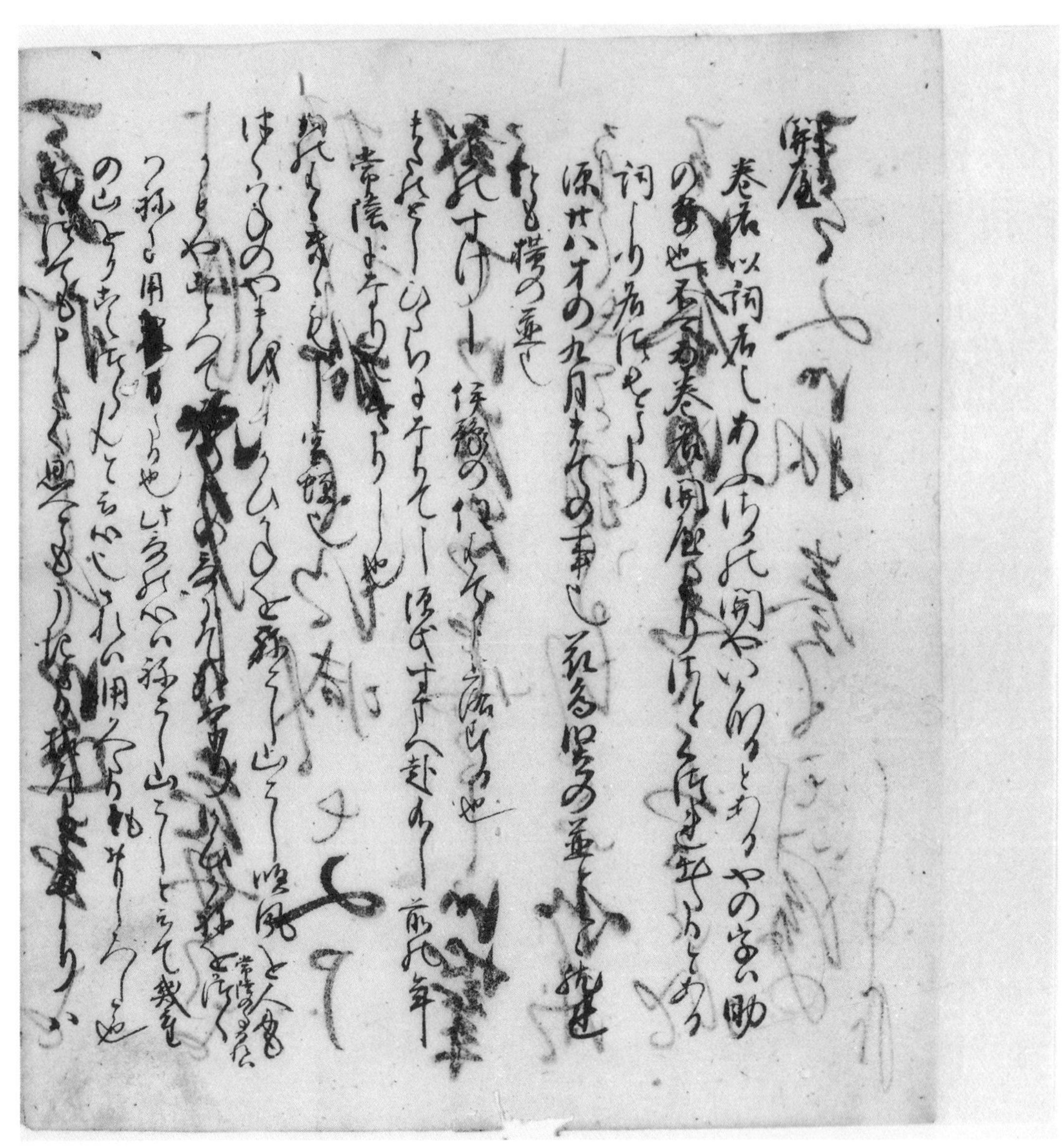

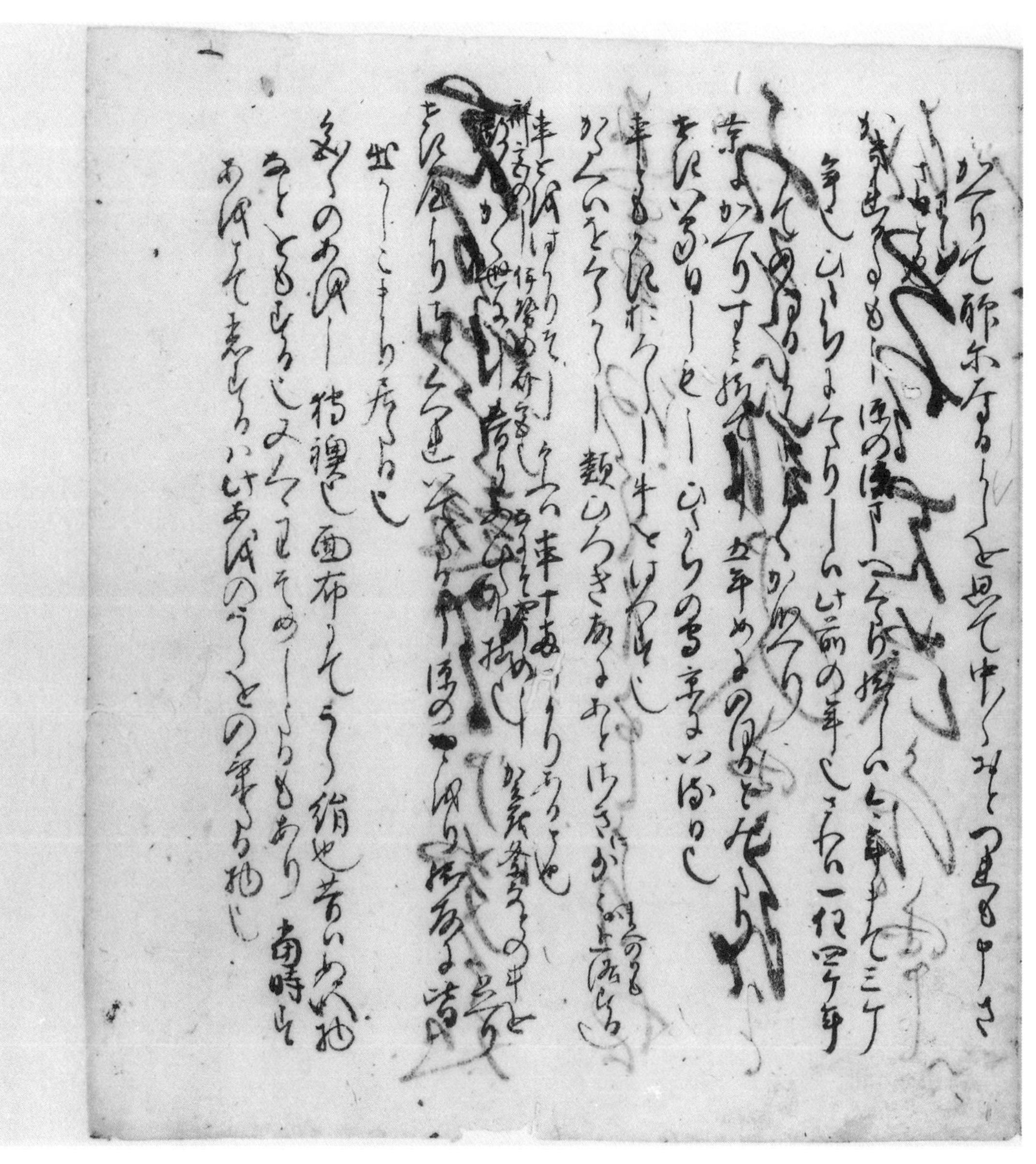

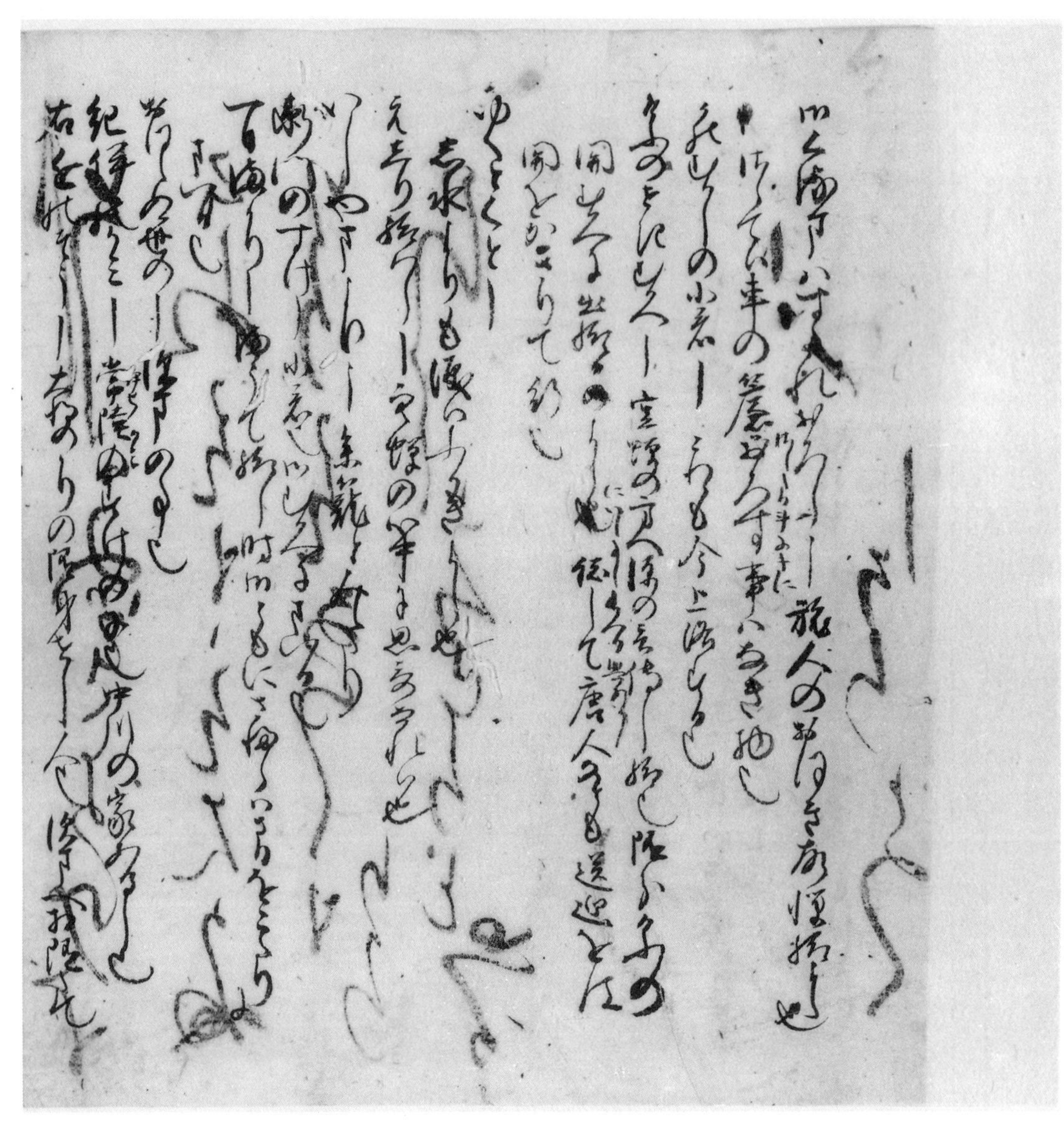

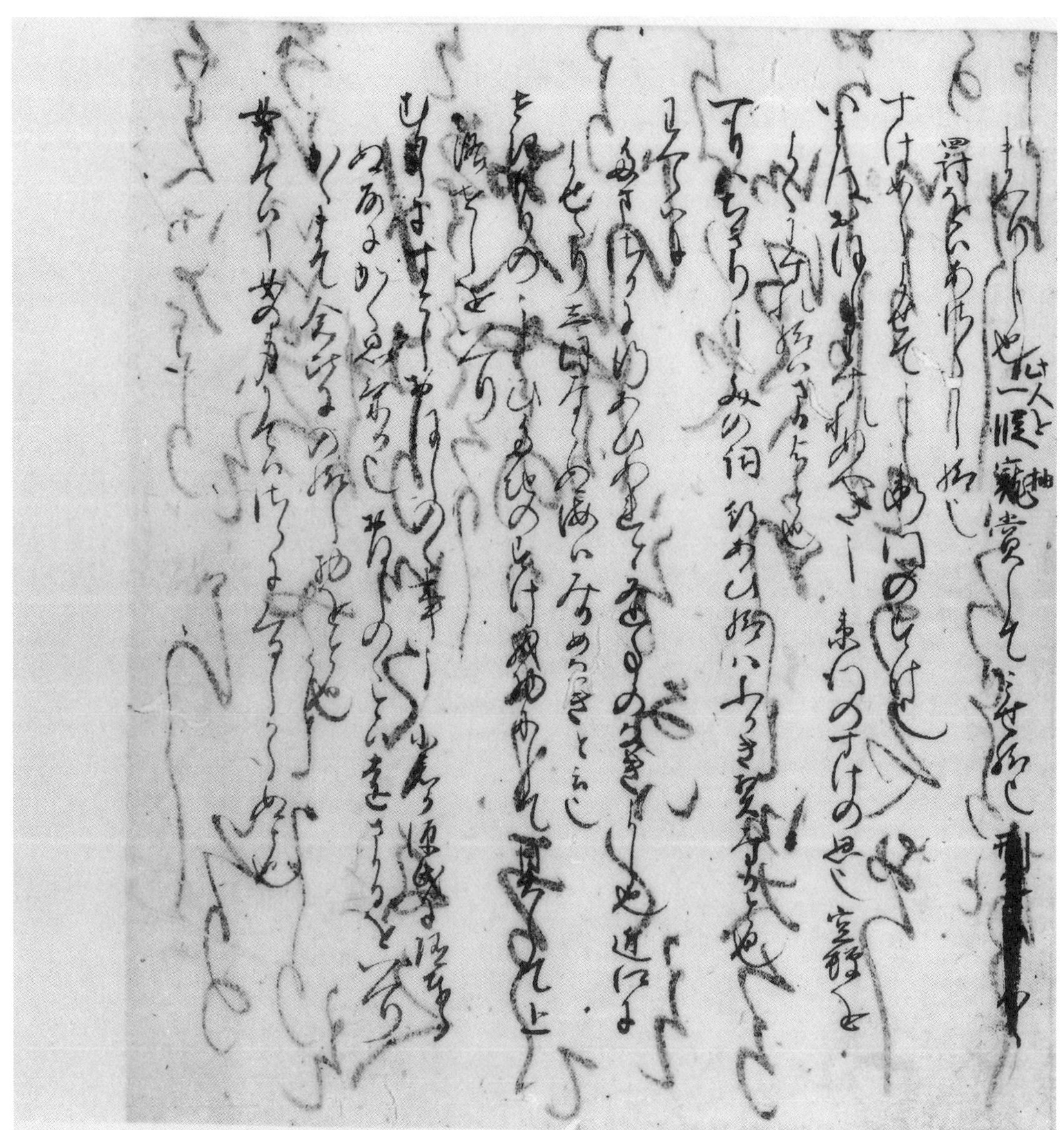

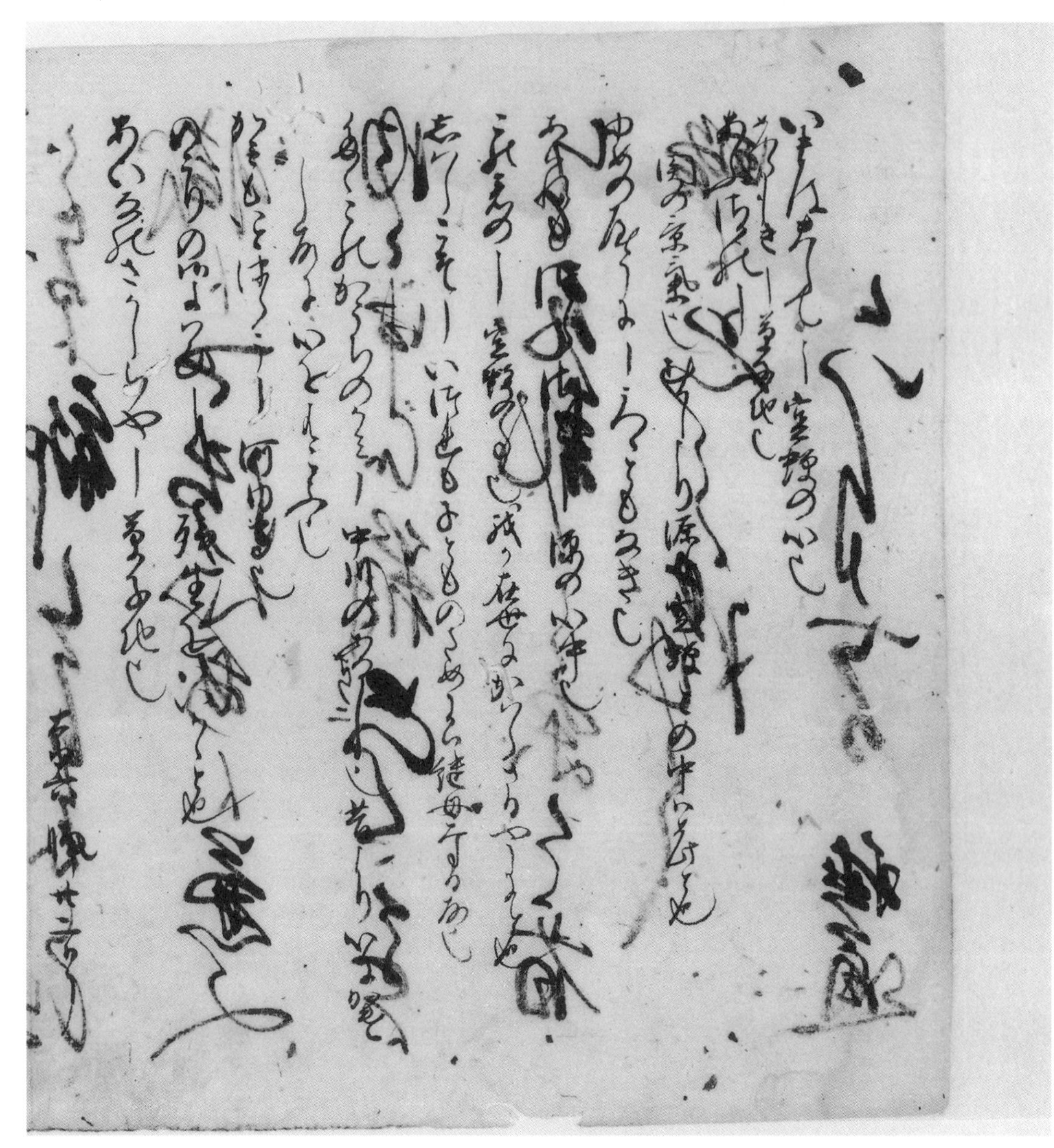

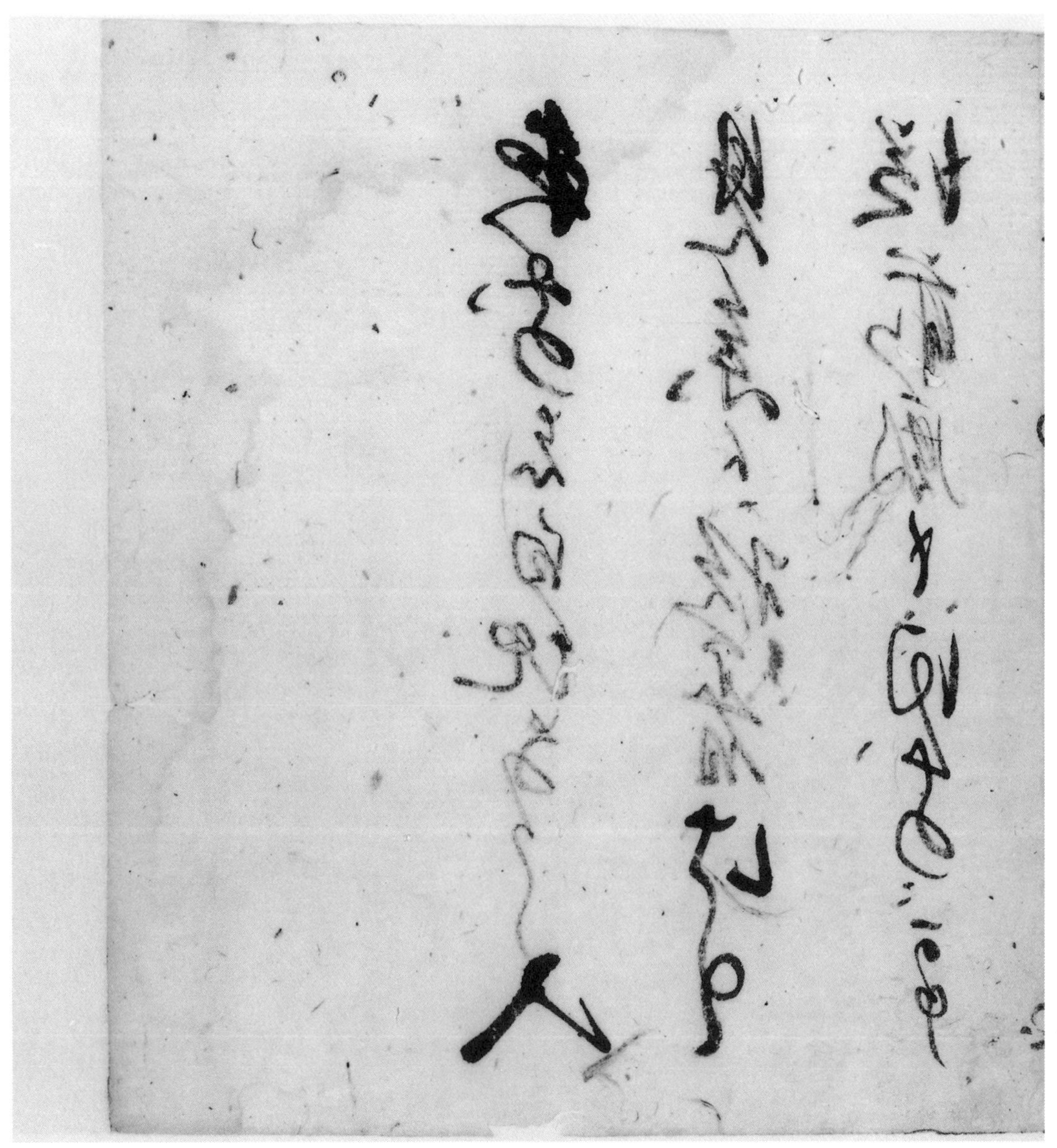

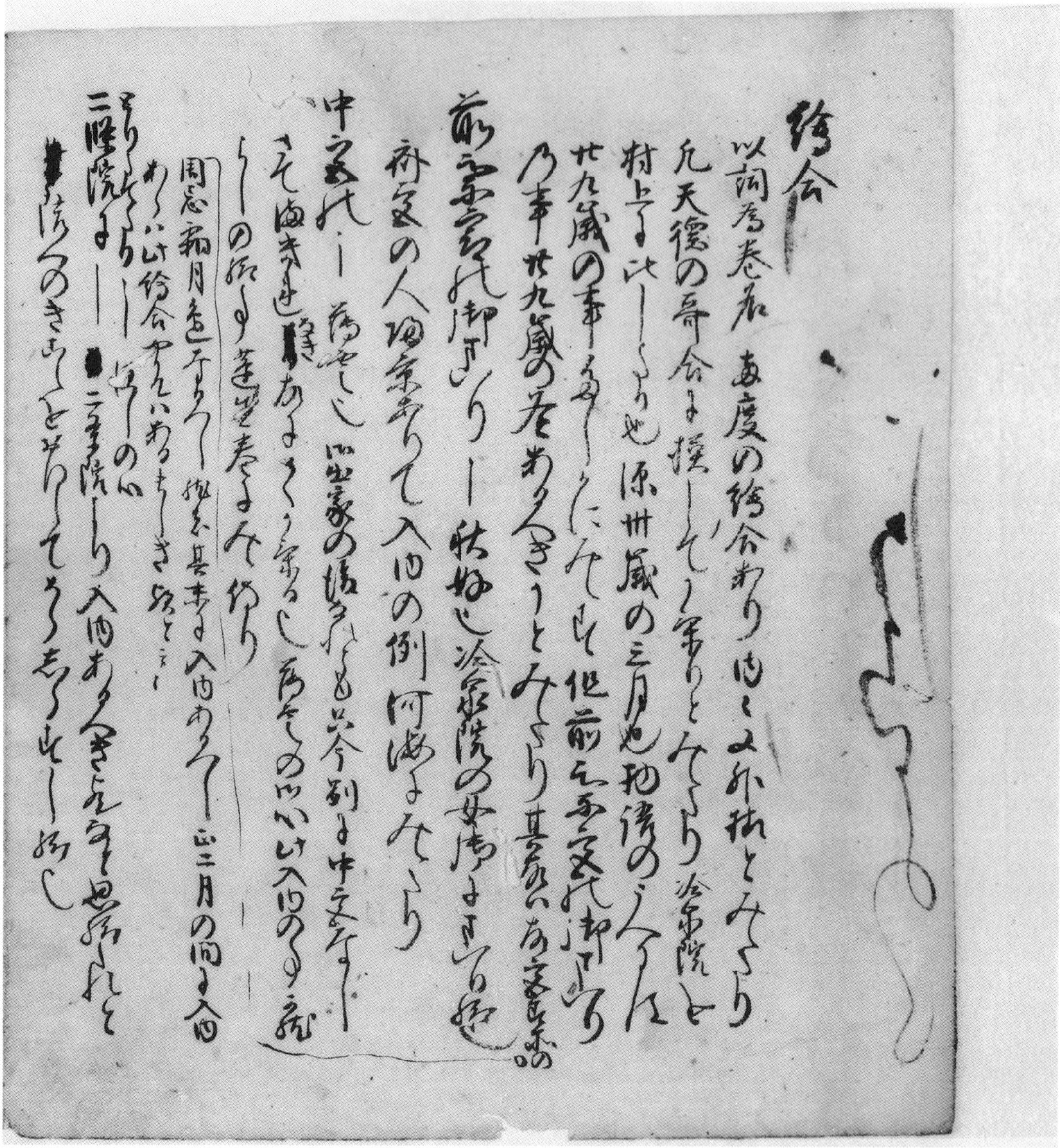

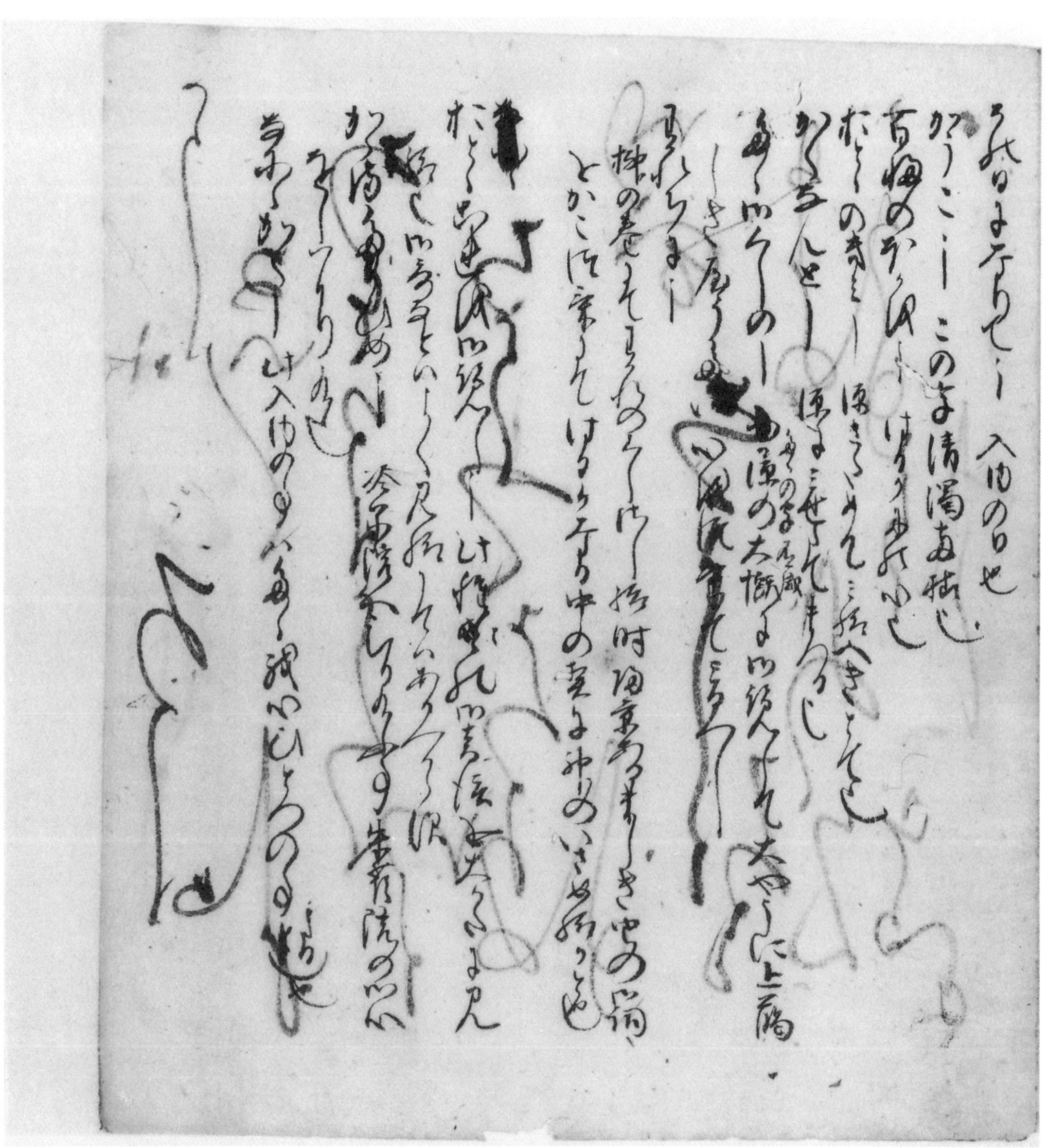

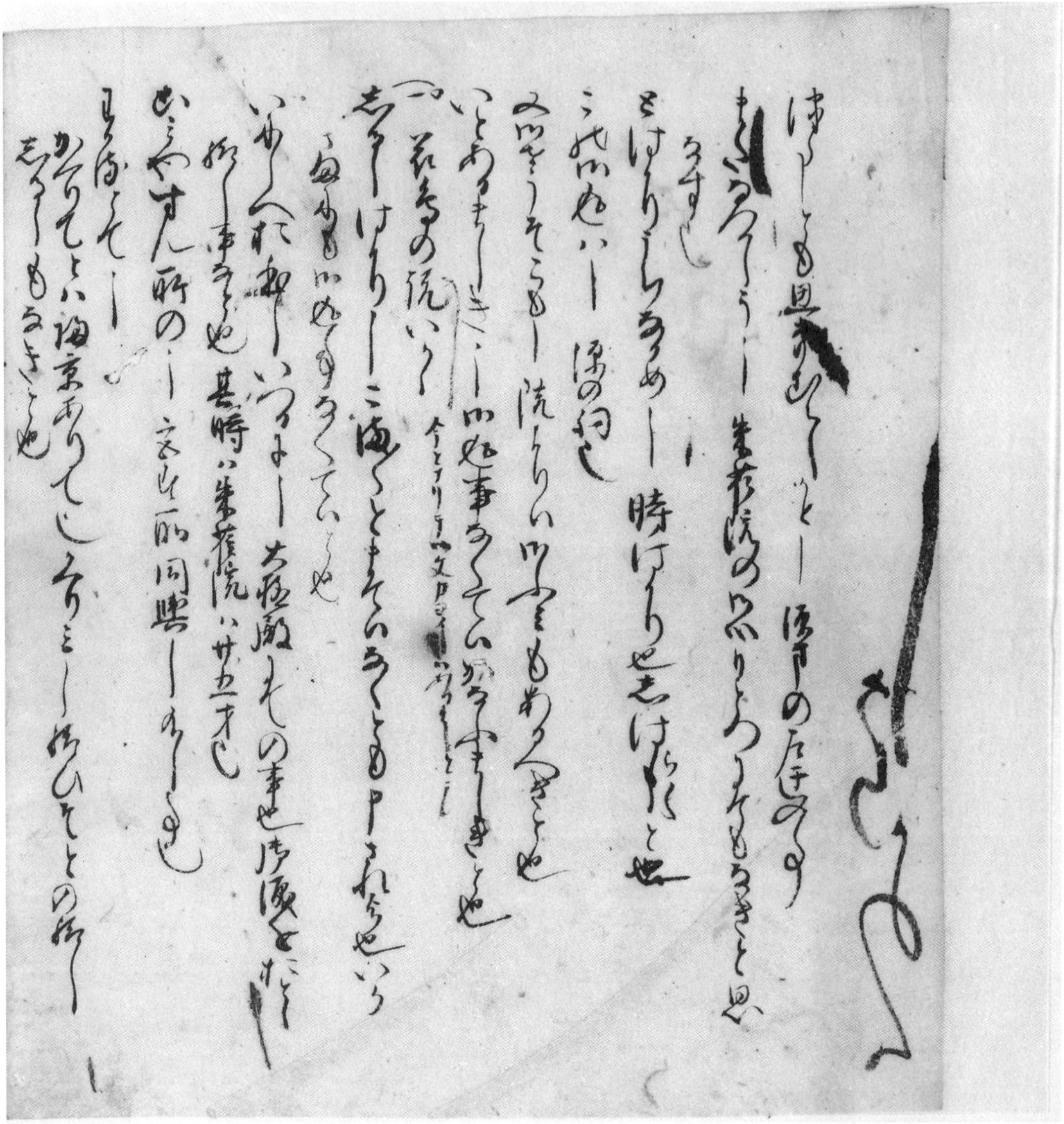

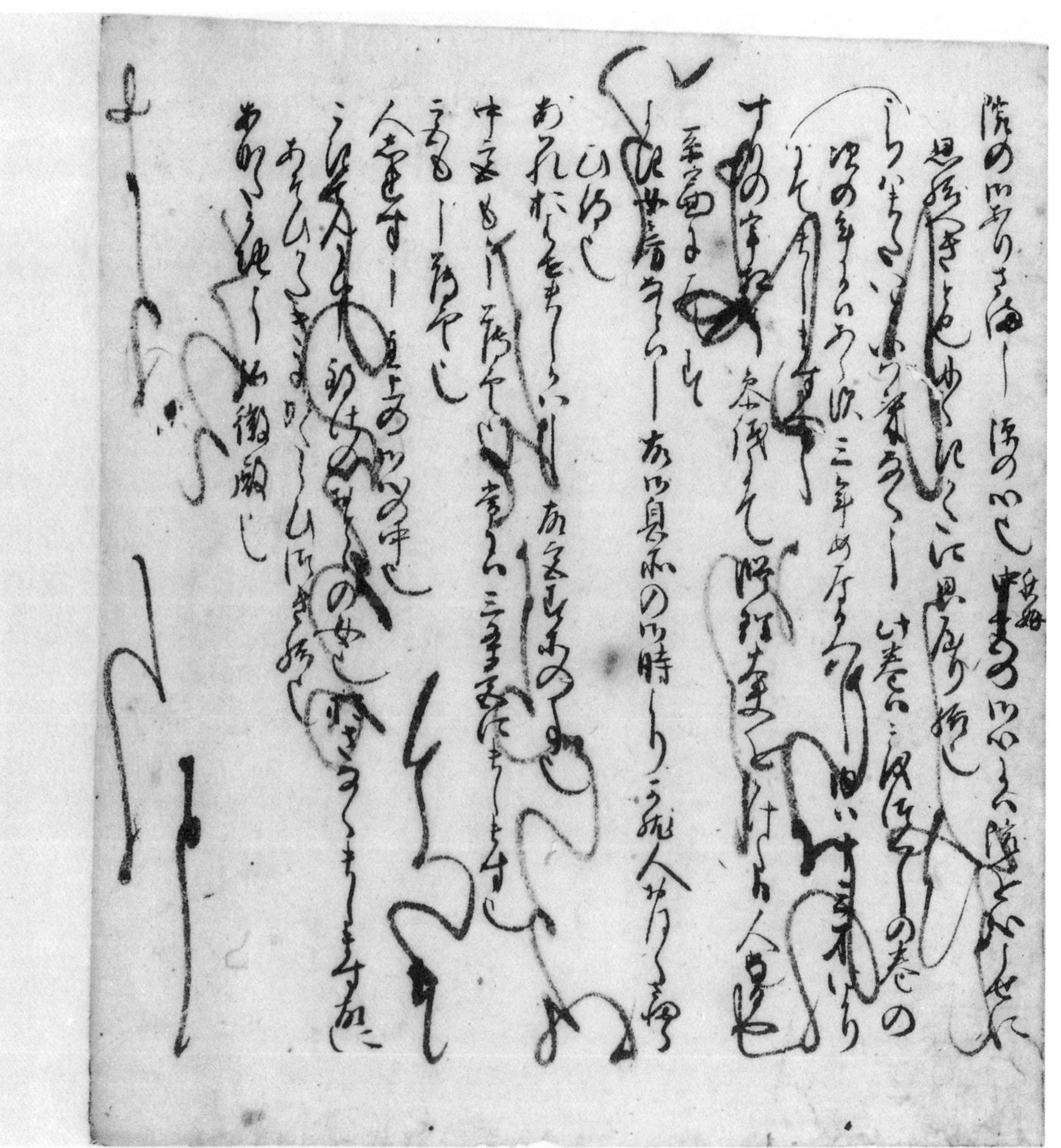

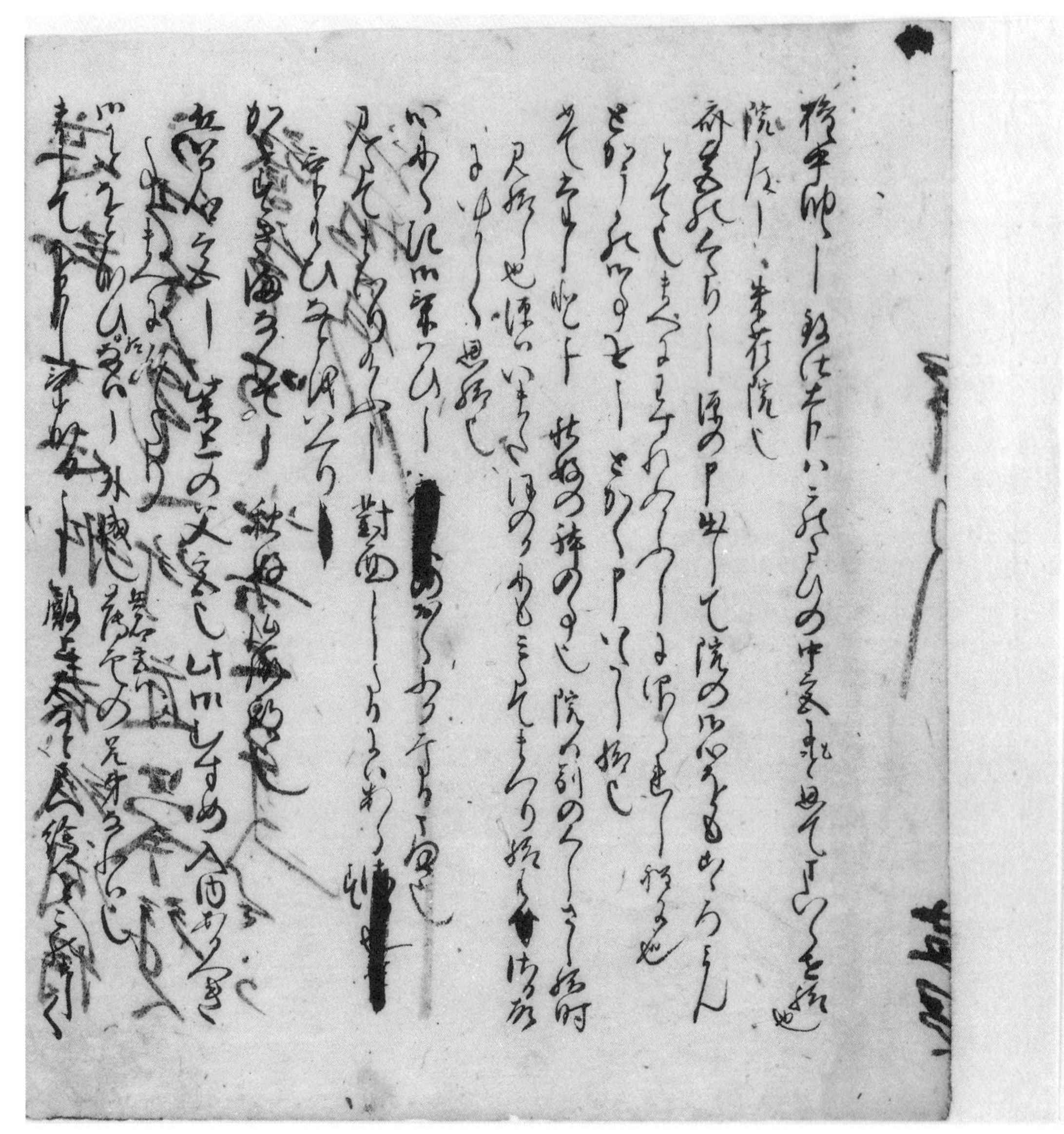

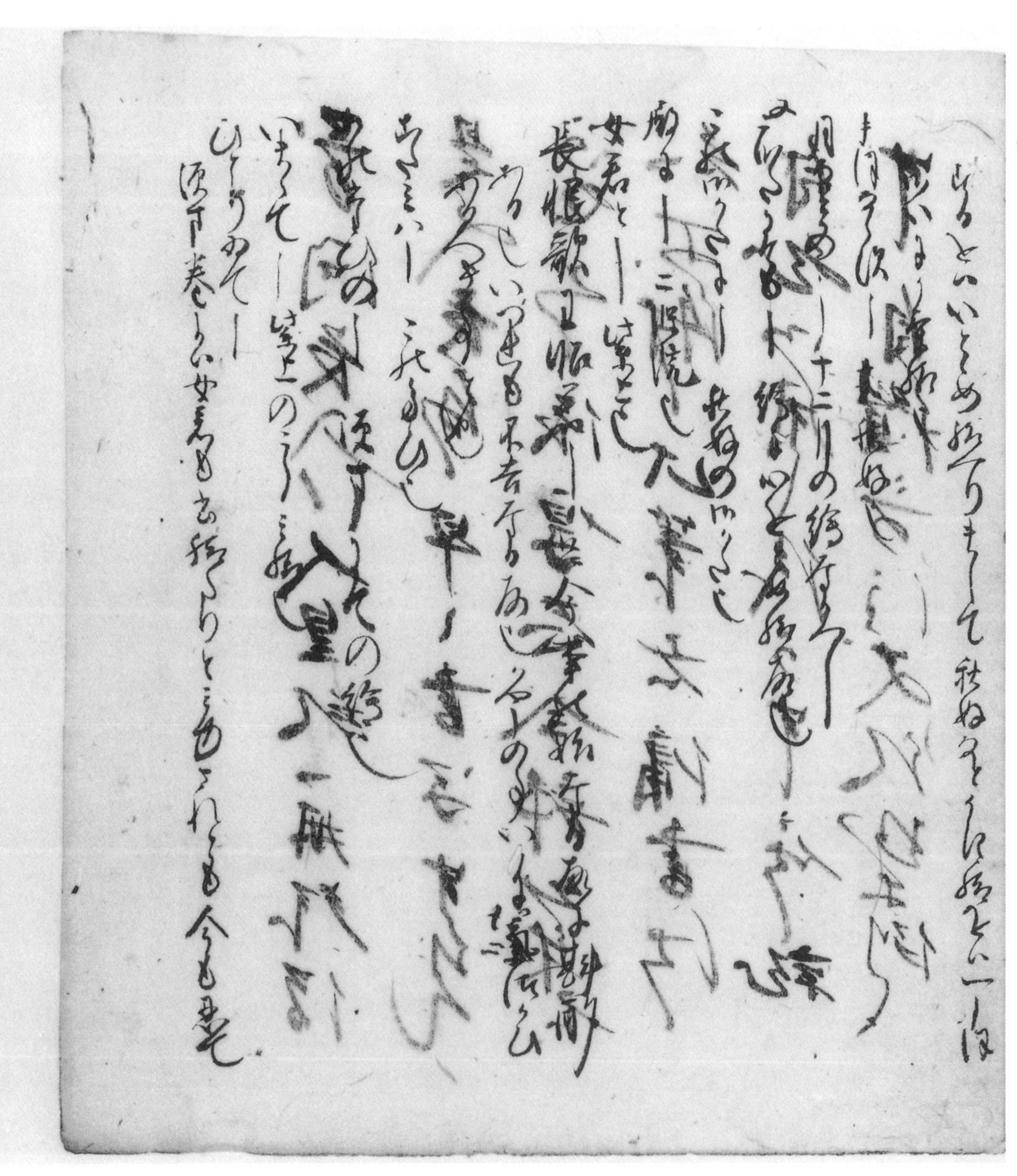

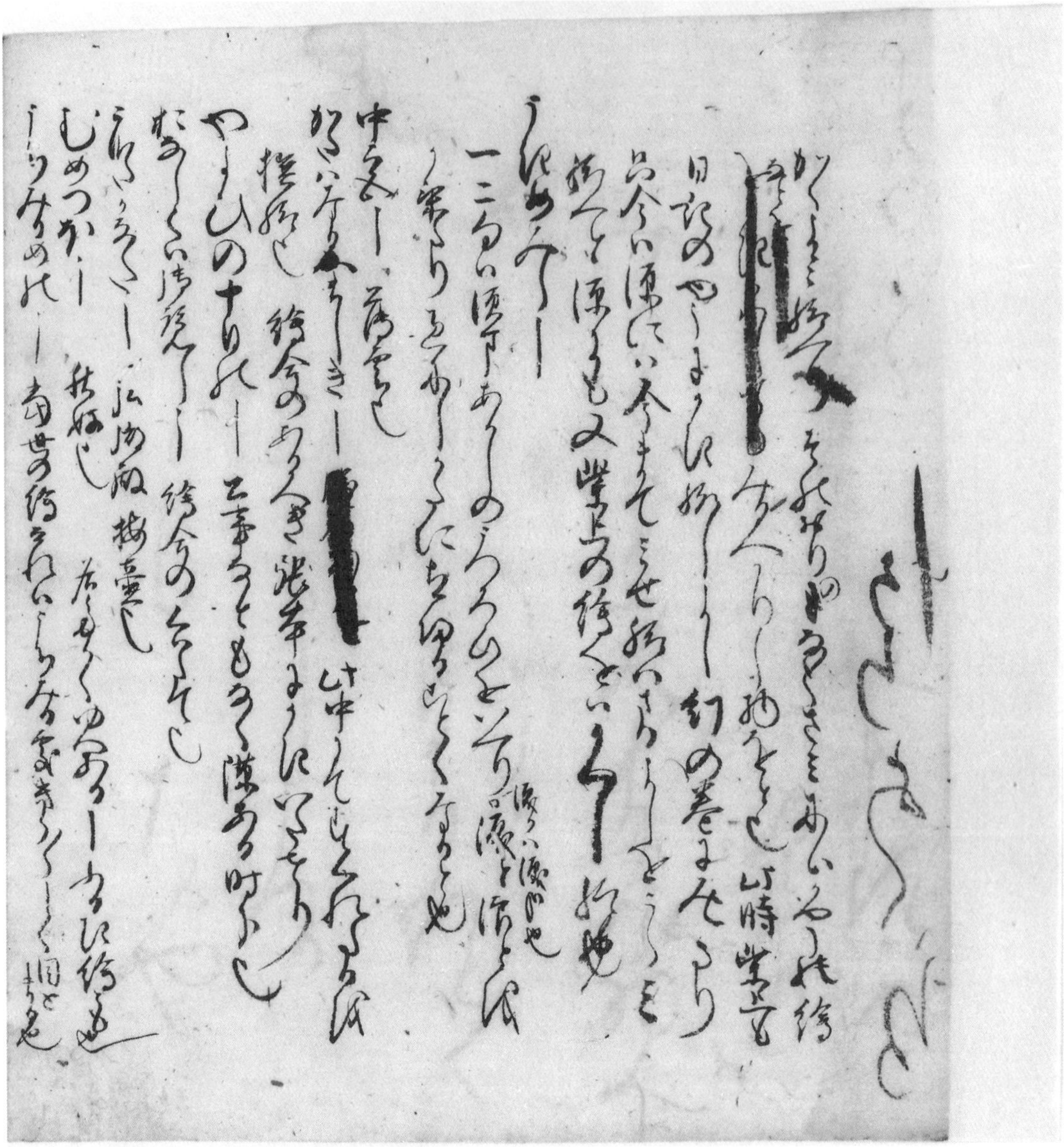

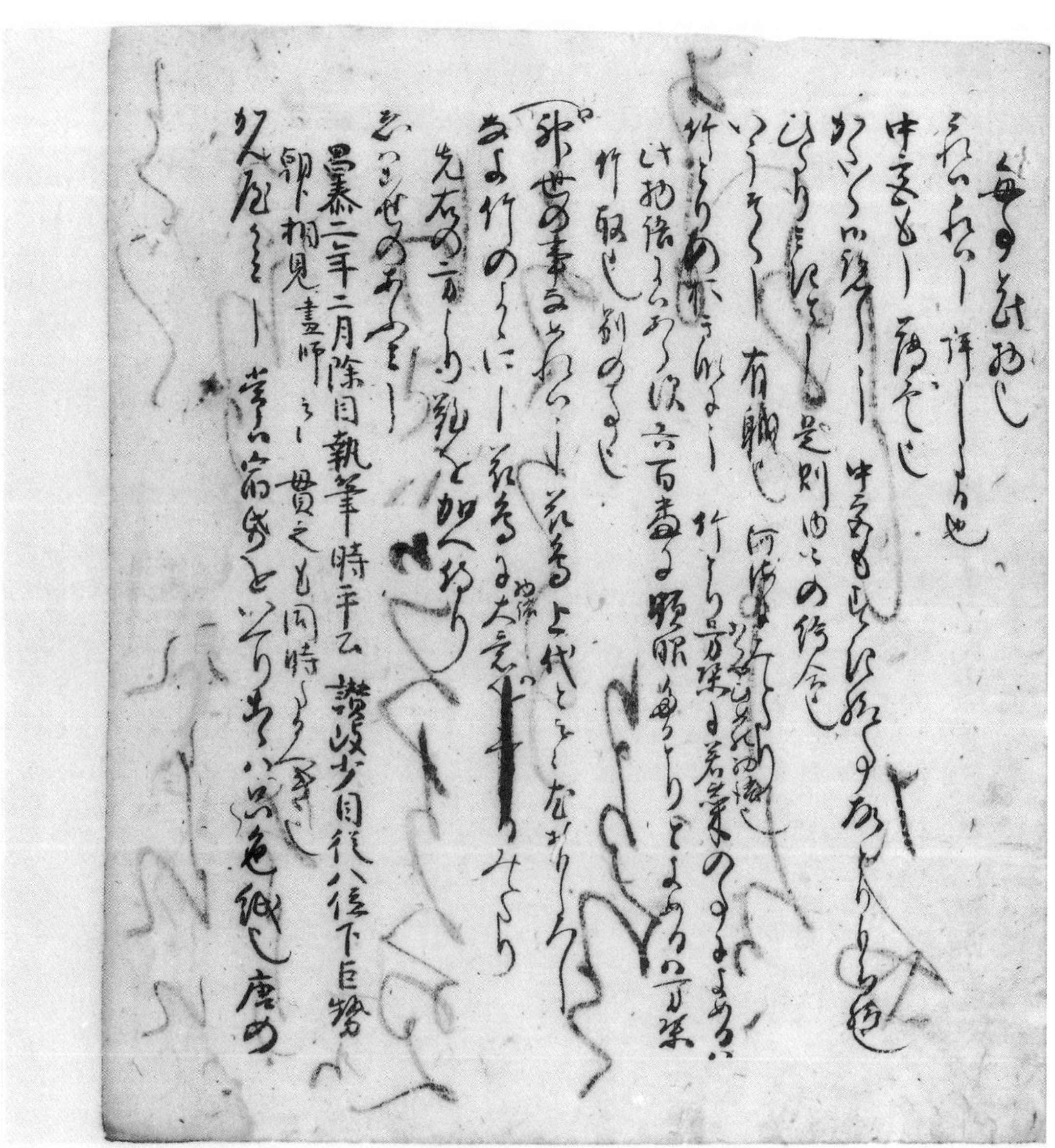

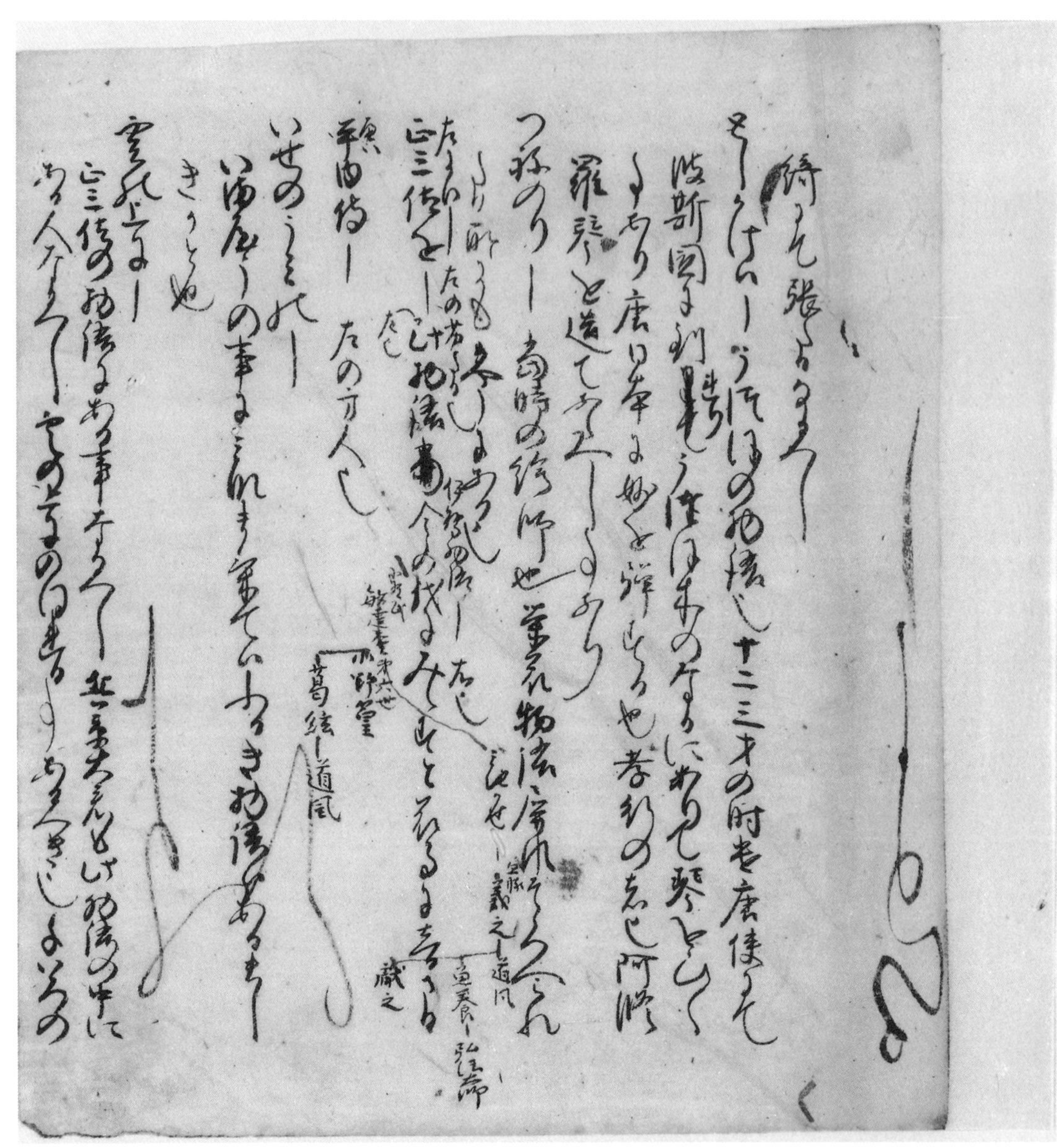

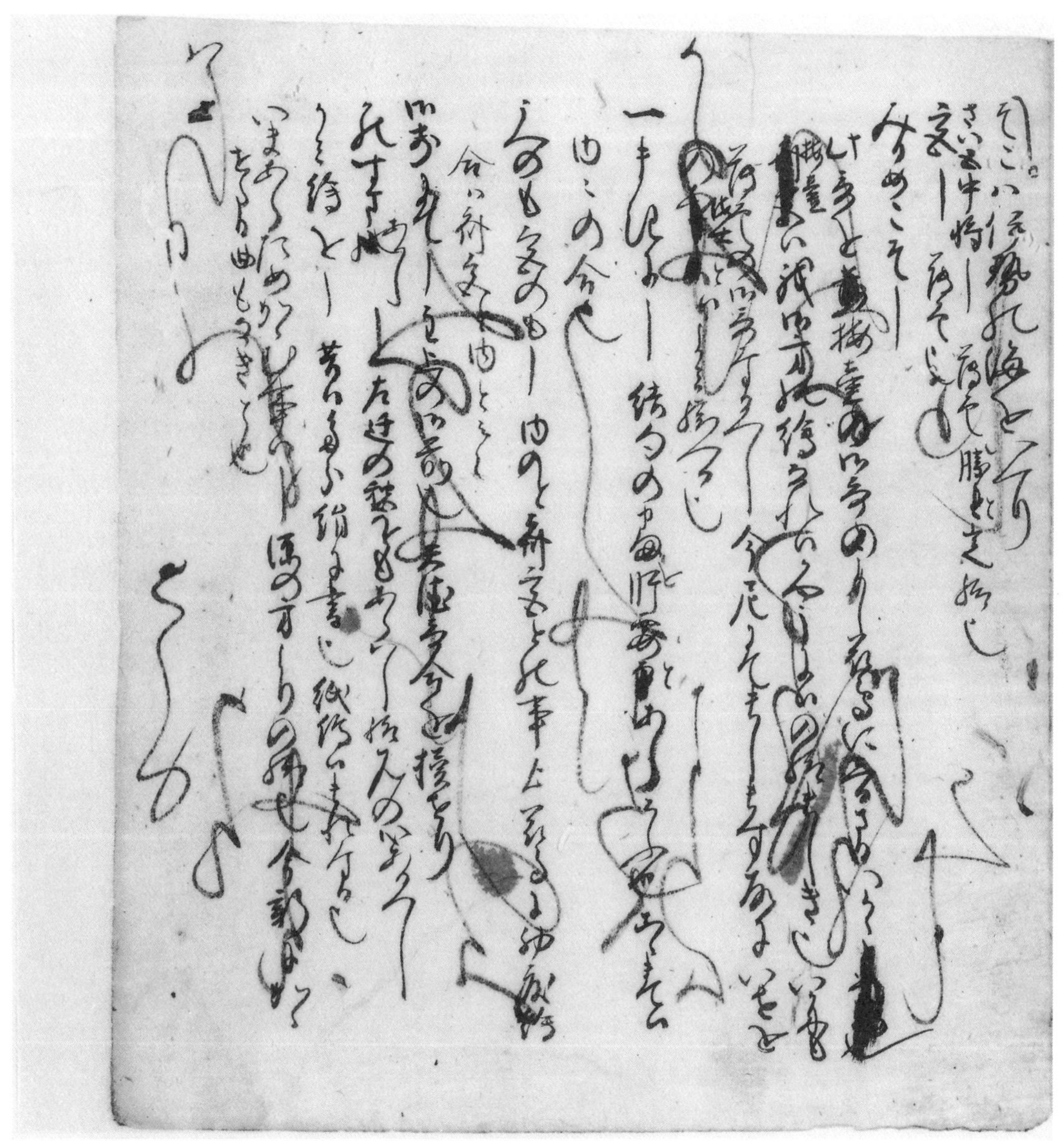

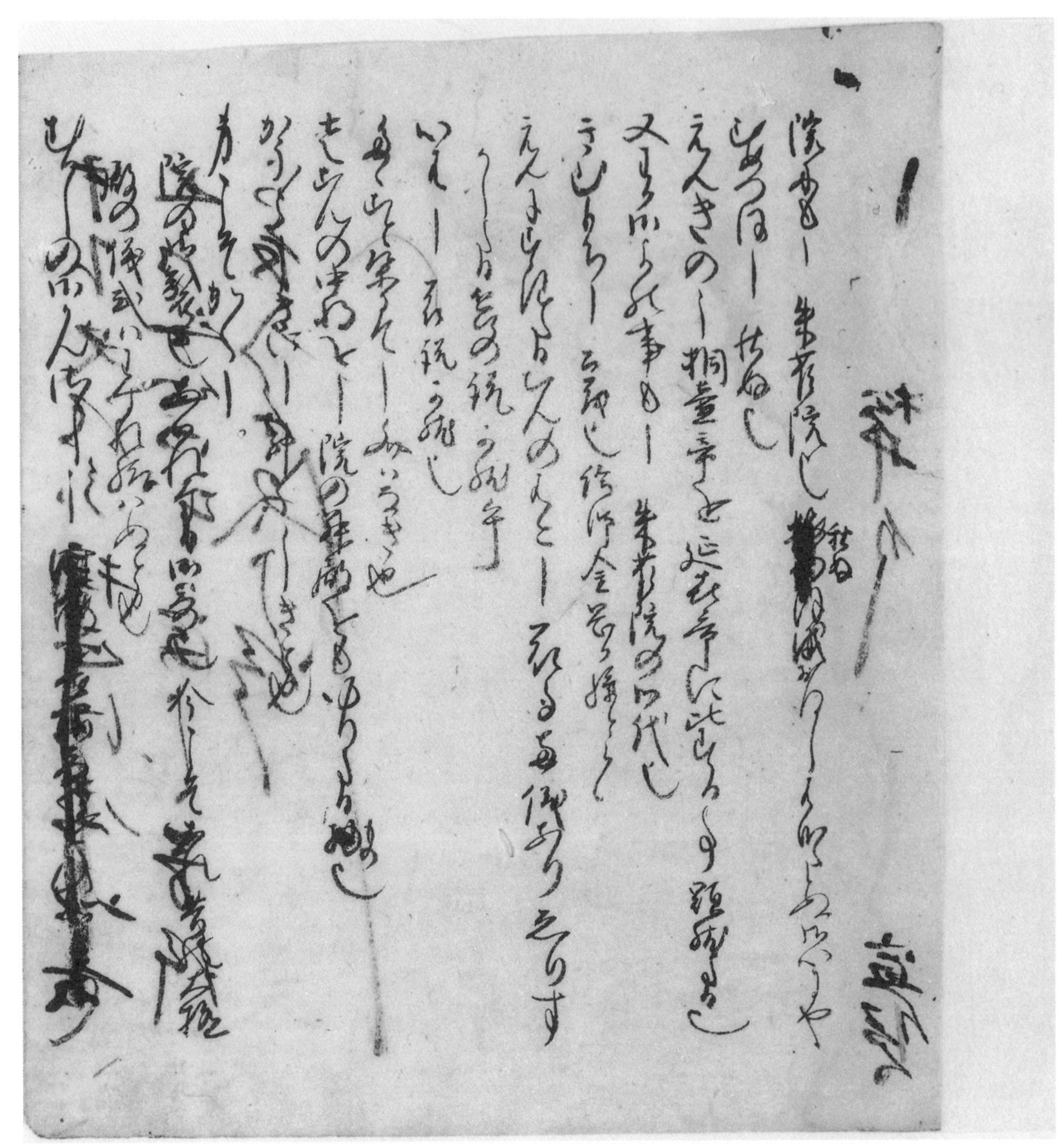

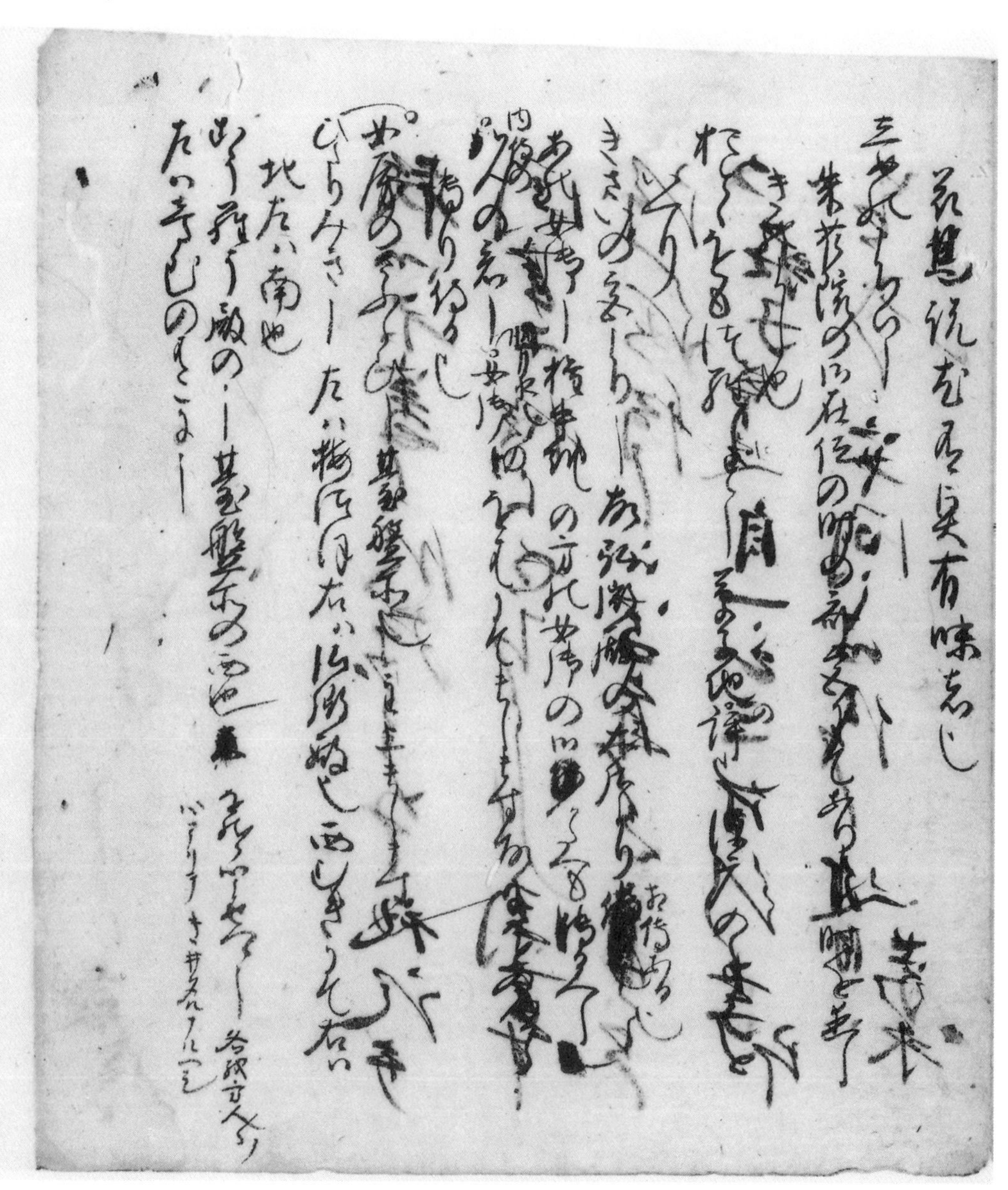

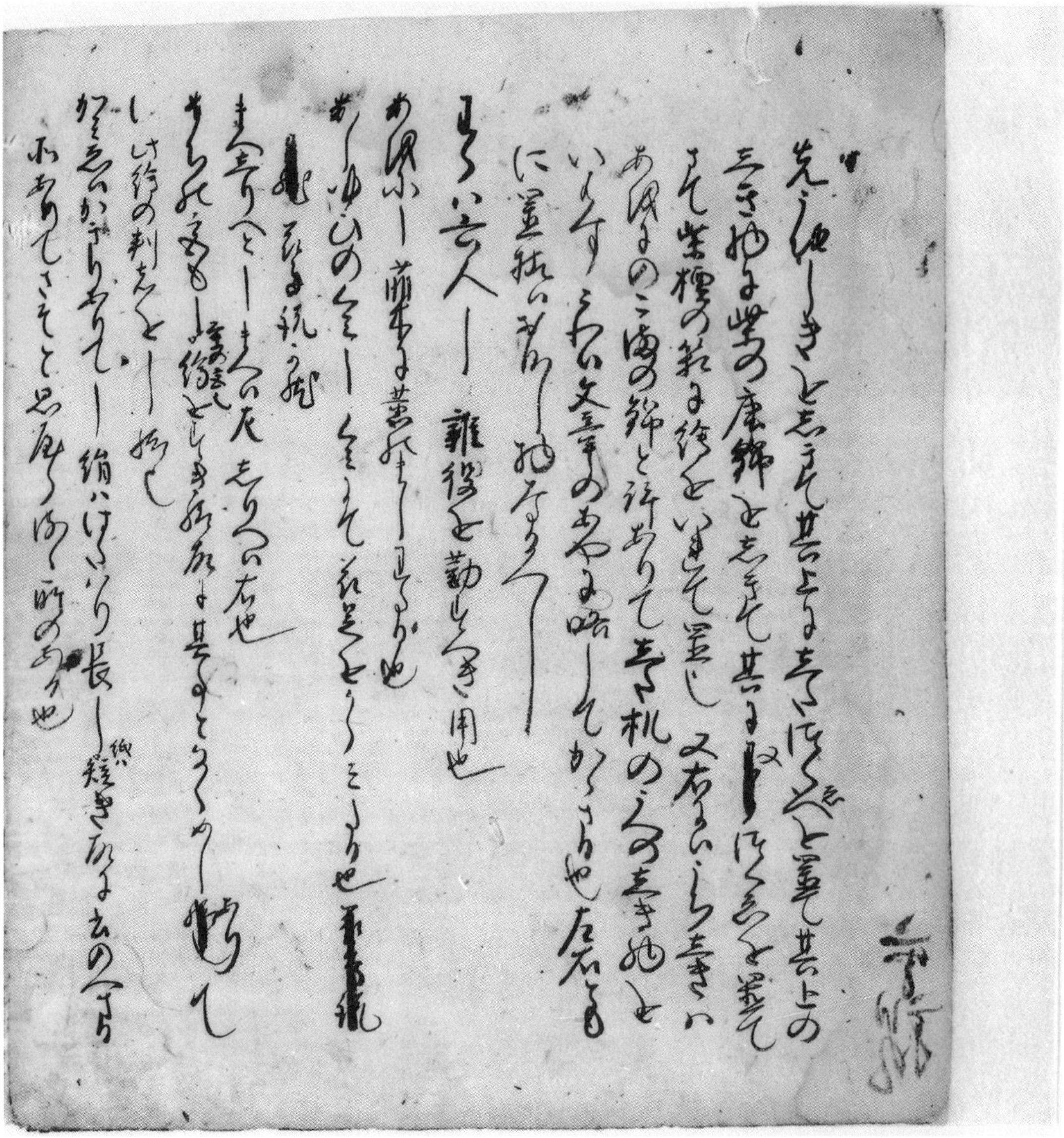

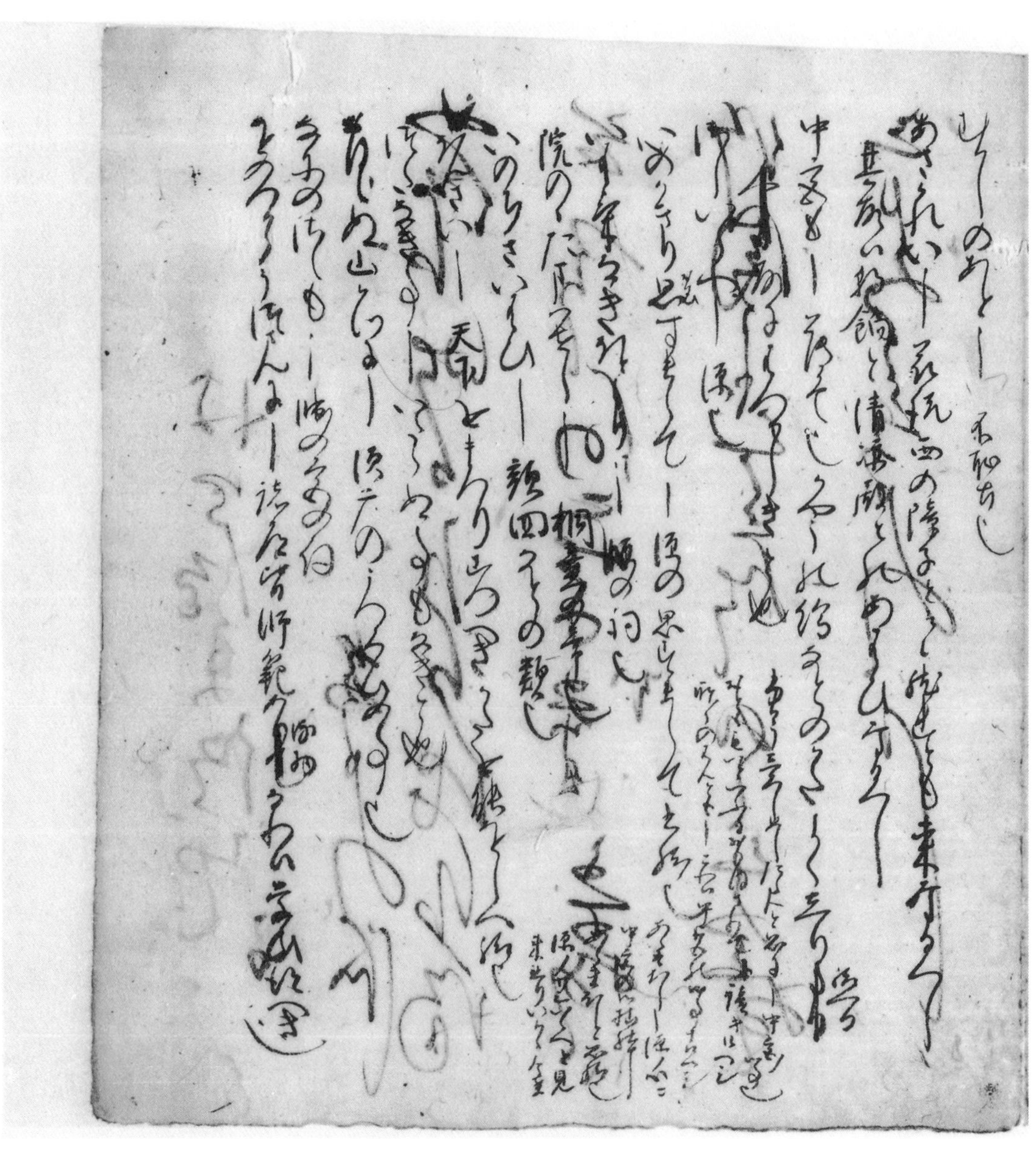

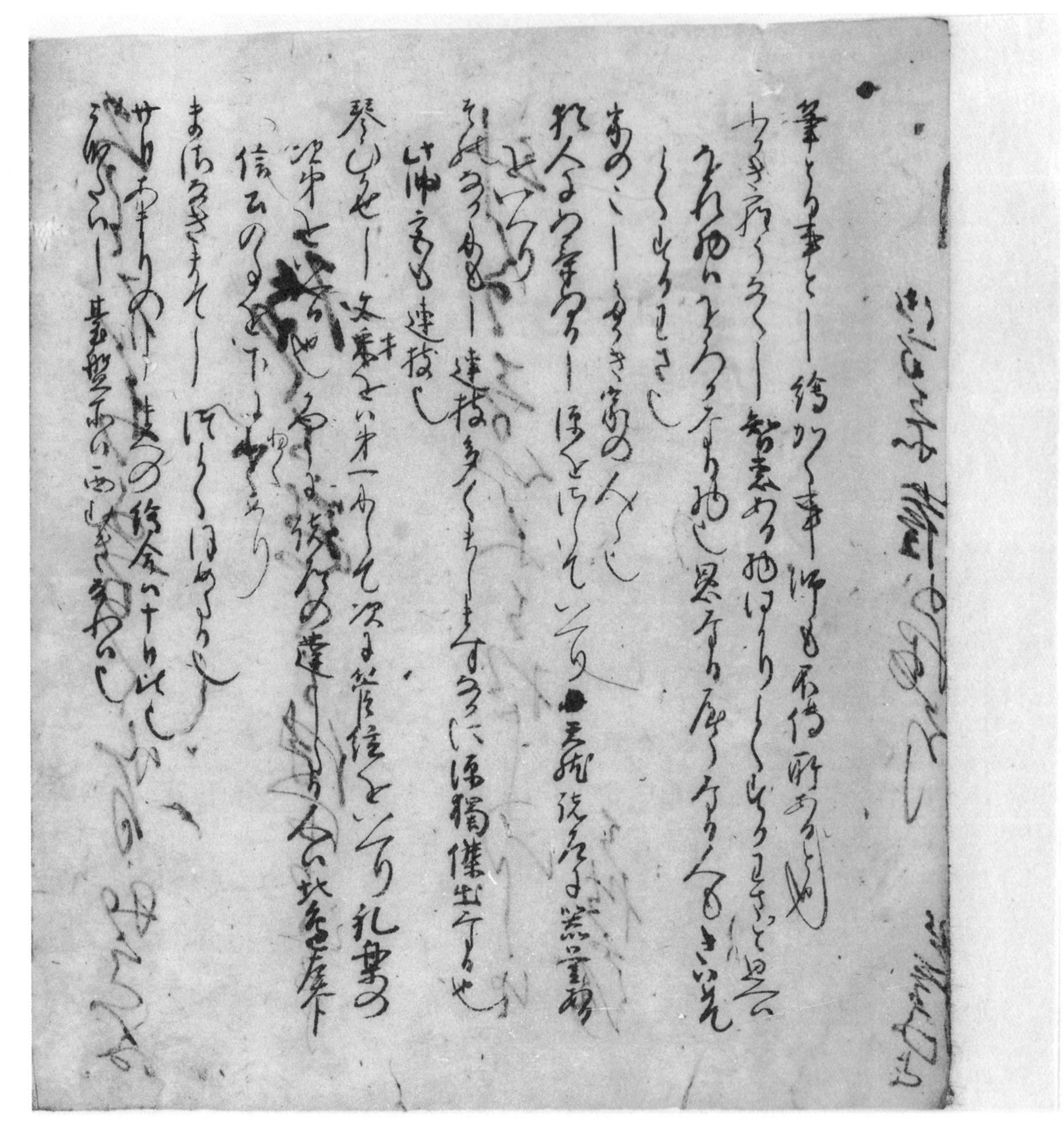

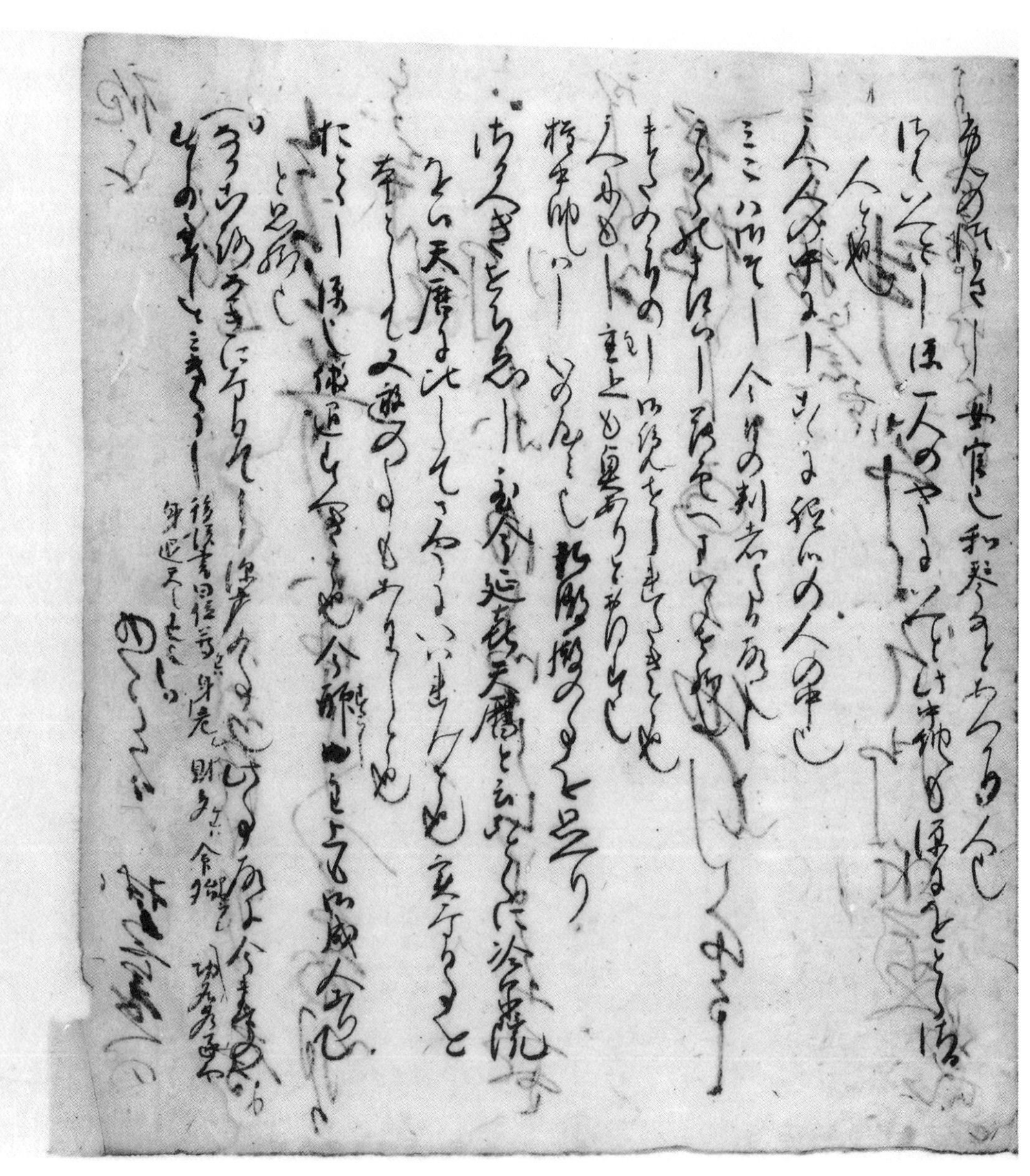

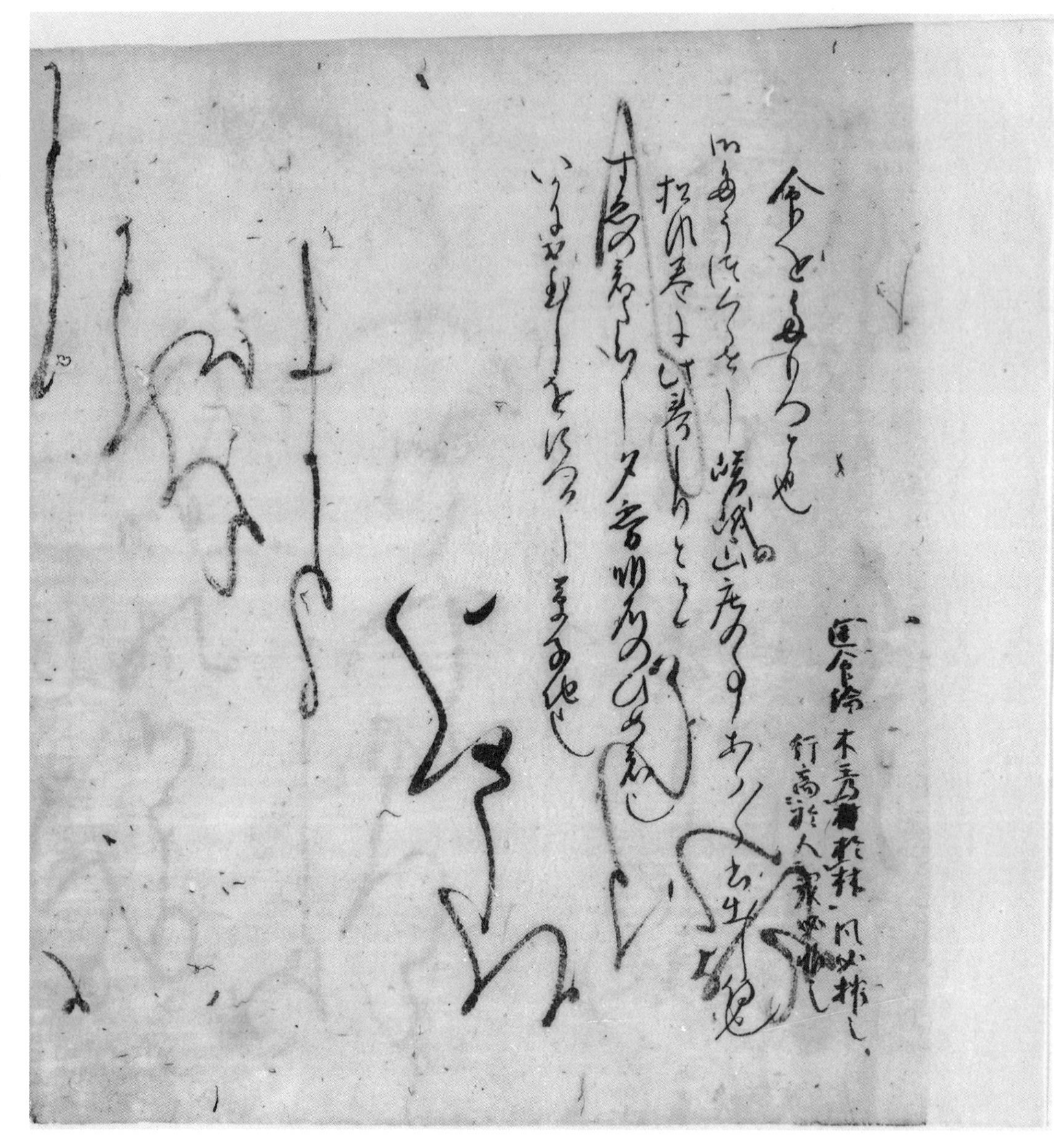

（三九オ）

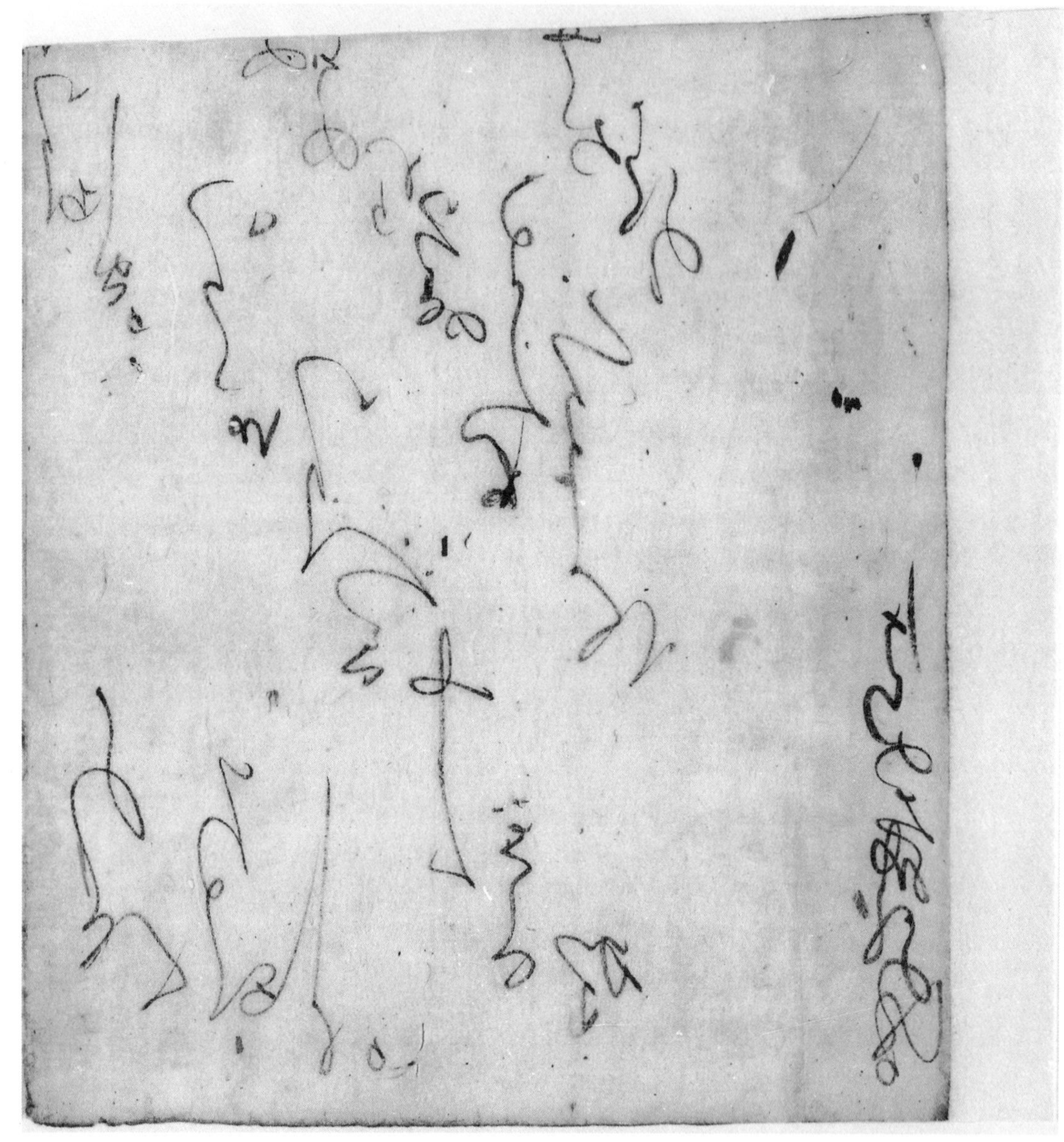

（三九ウ）

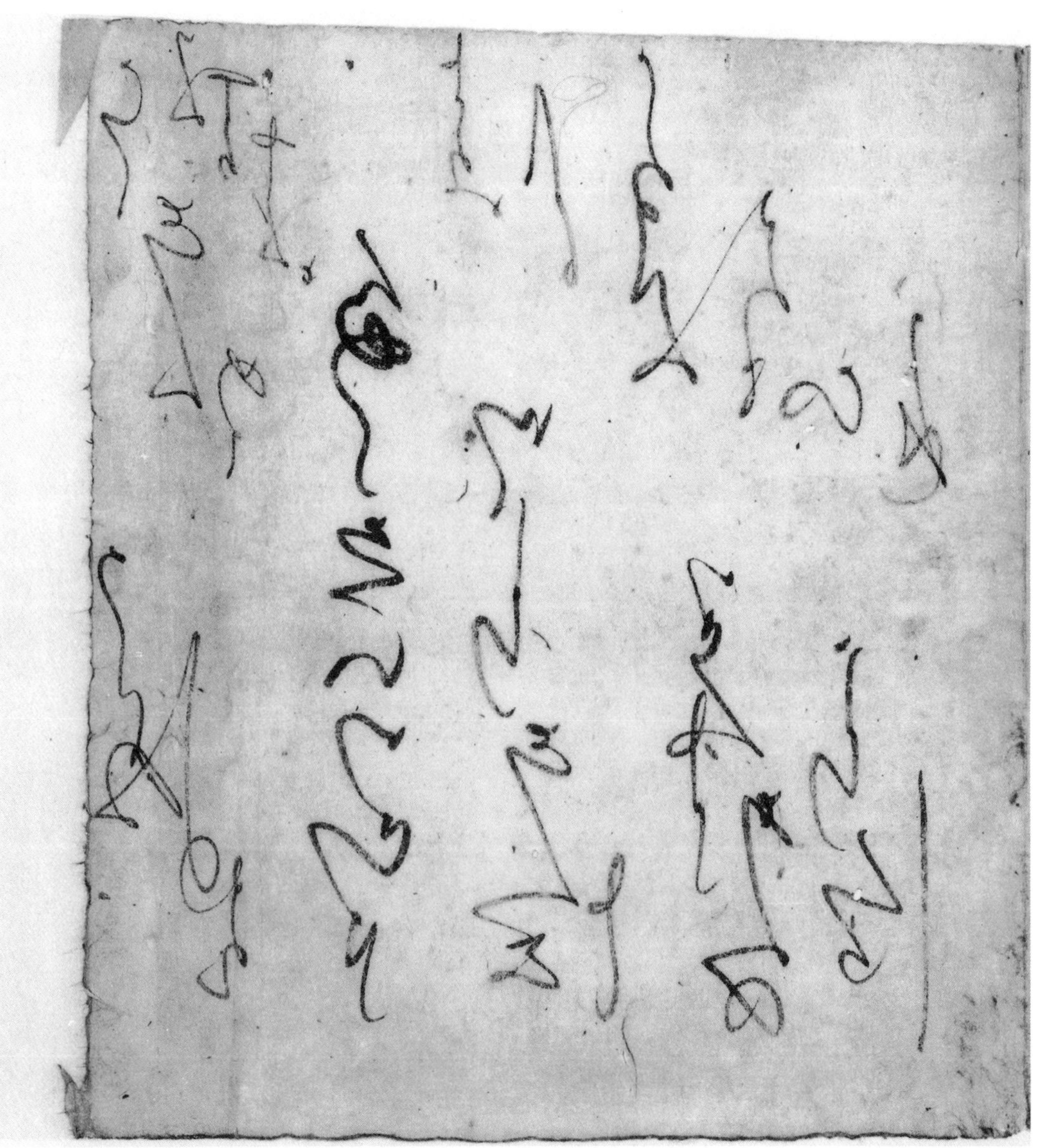

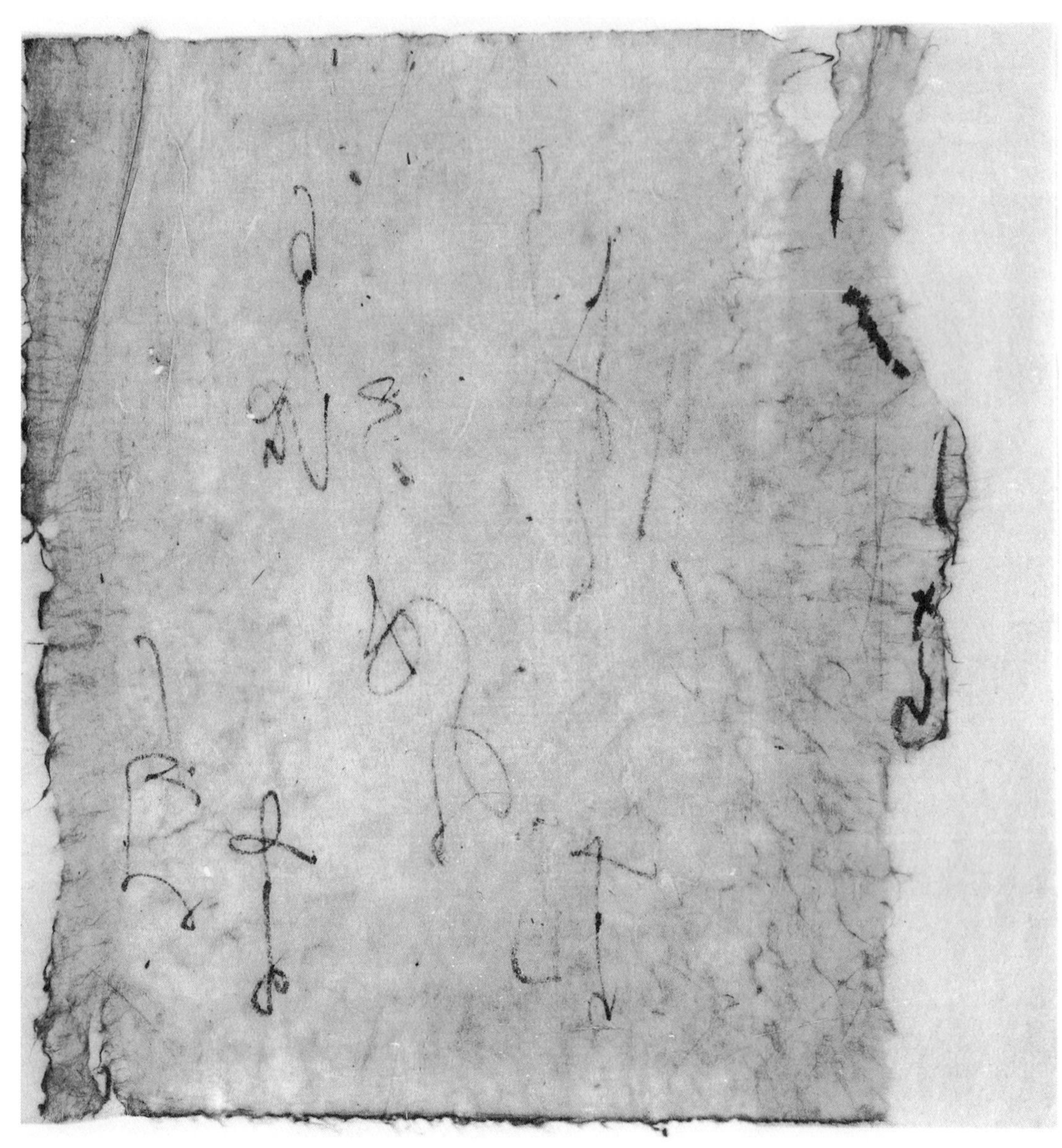

風雲翔女嚢
021
421
2/4
130064
龍谷大學圖書

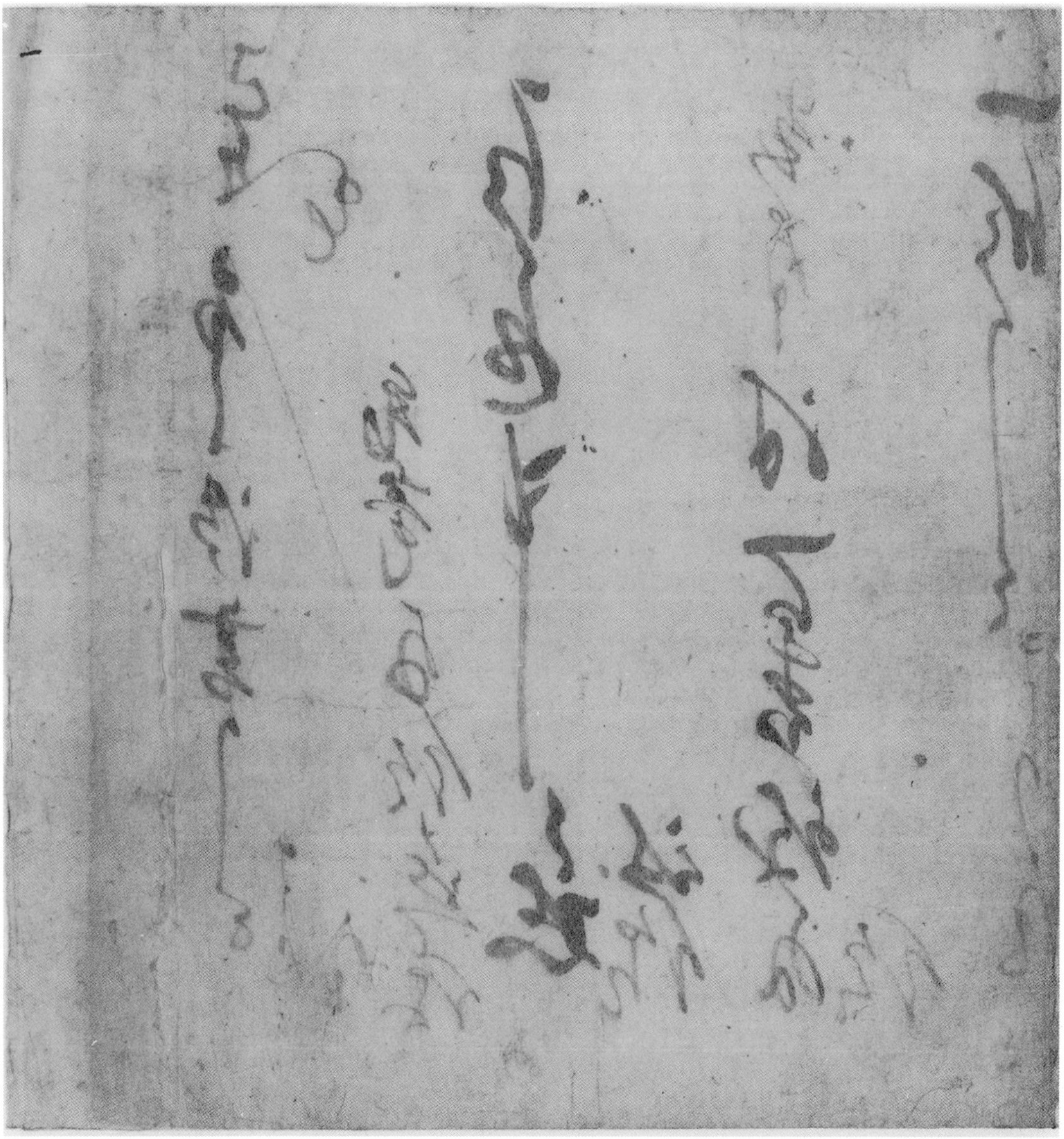

第二帖表紙見返　（一ウ）

（二オ）

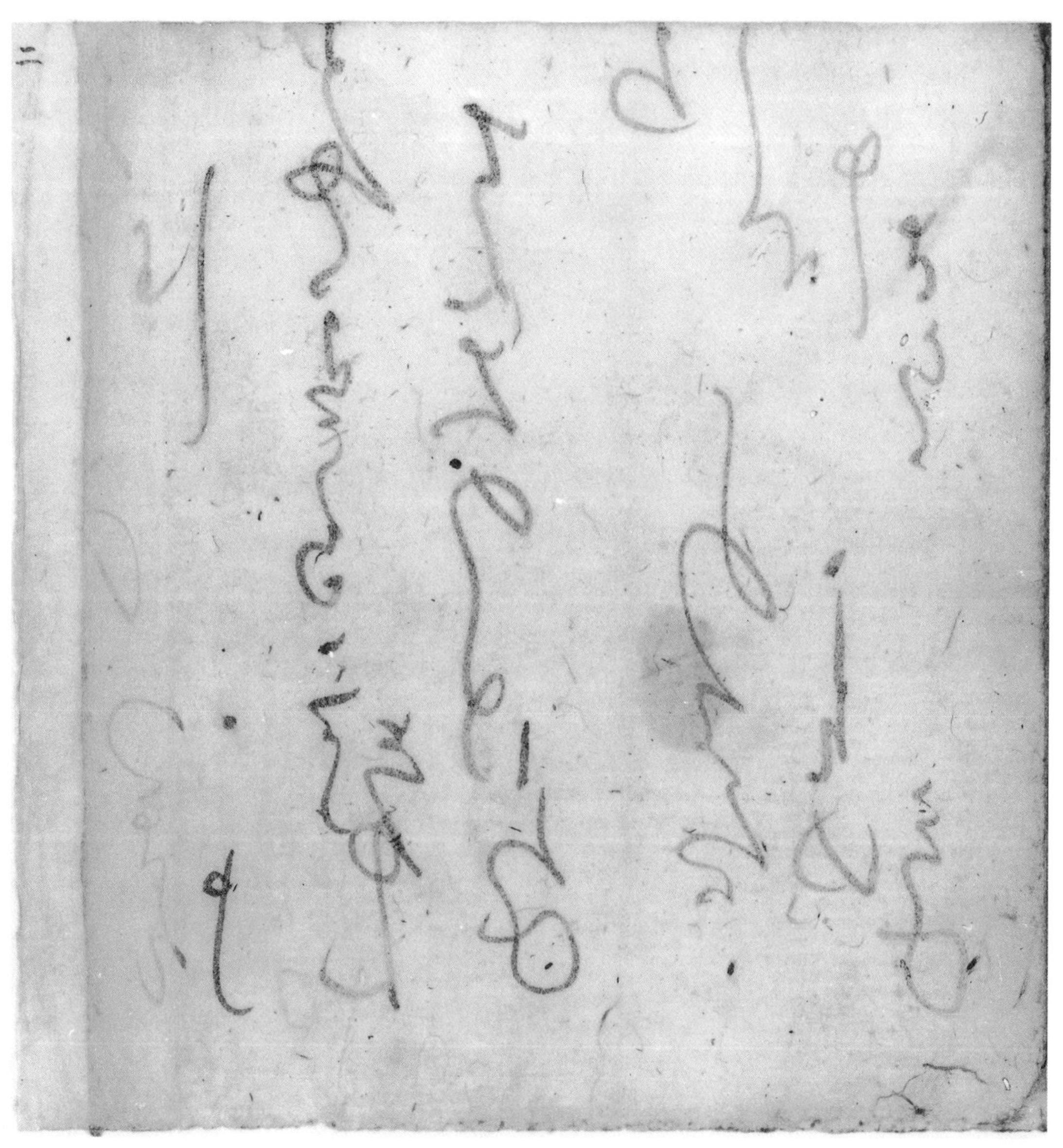

（二ウ）

松風
巻名哥并詞ノ心ヲ号ス　源卅一歳秋迄ノ事有
絵合巻と同年の春秋の事あり
然るに此院作り出て　二條院の東の院也　薄雲巻の
末ニ造給ひしみえたり
ひんかしの院に　明石の上を住せ給へきと也
[illegible]　空蝉をそのかみ住給へくて
[illegible]　花散里河海の説をあやまりたり
[illegible]
[illegible]
[illegible]　明石尼のおほち中務宮也　[illegible]
[illegible]
[illegible]
[illegible]　明石上の[illegible]

三

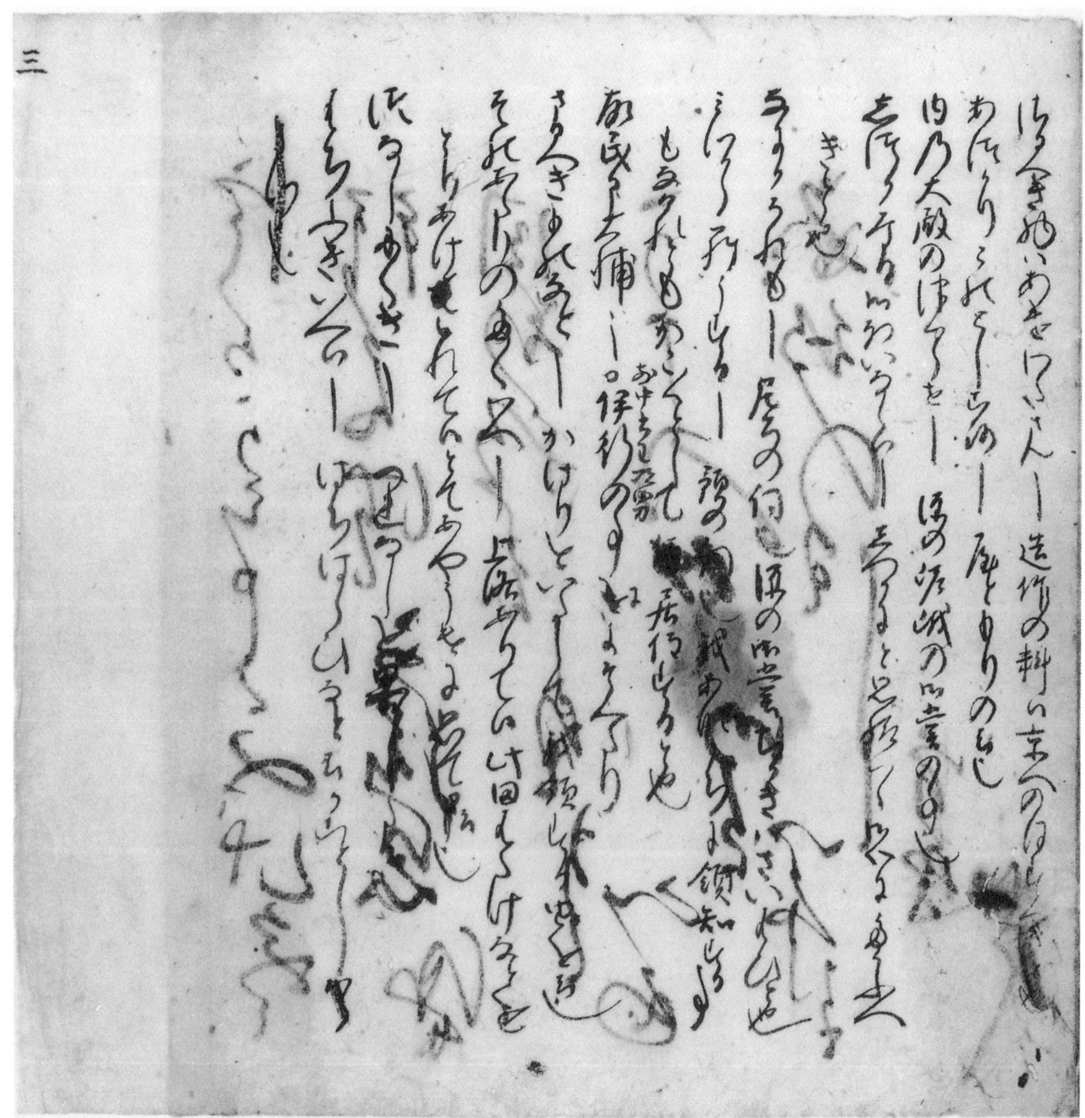

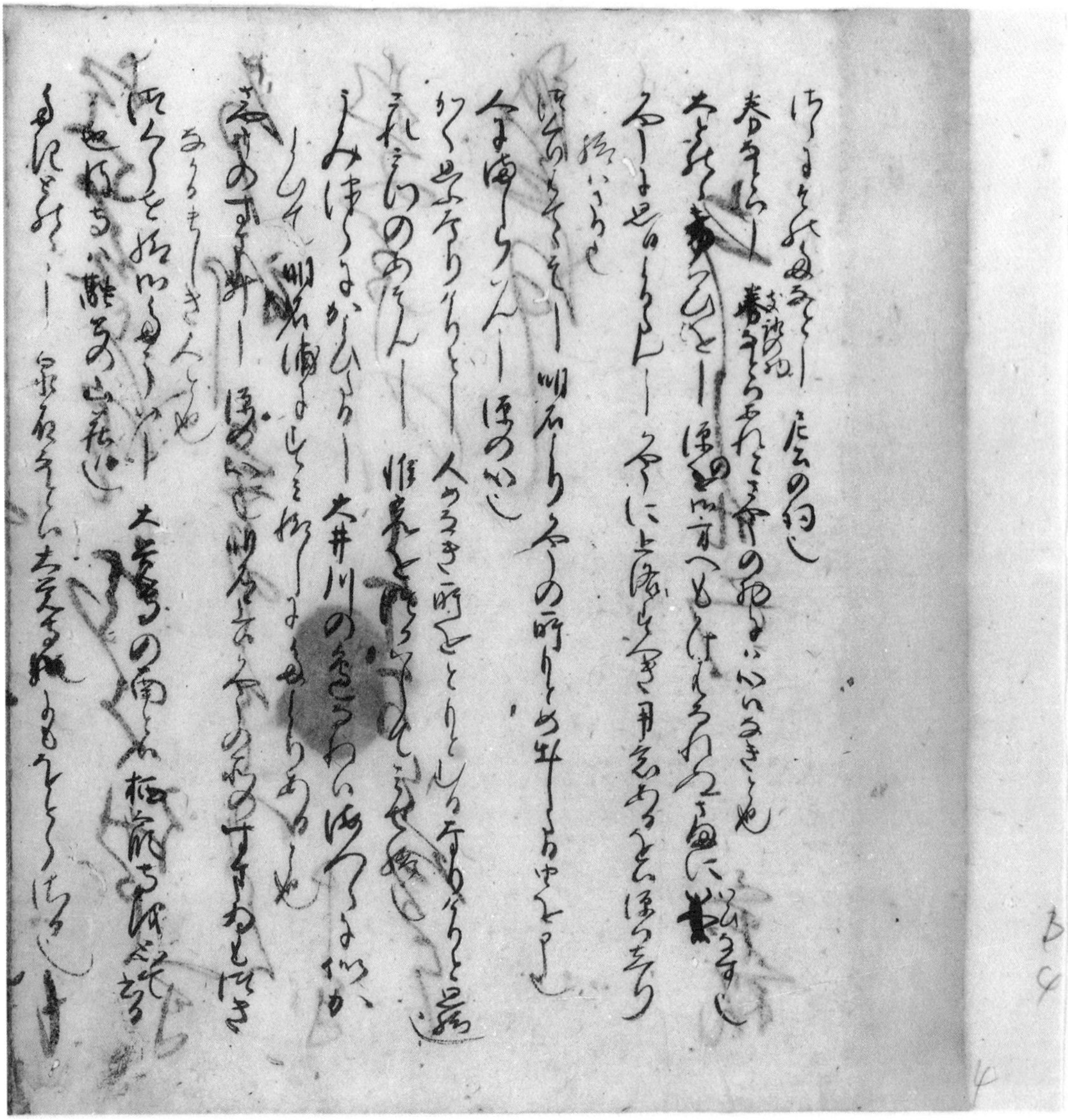

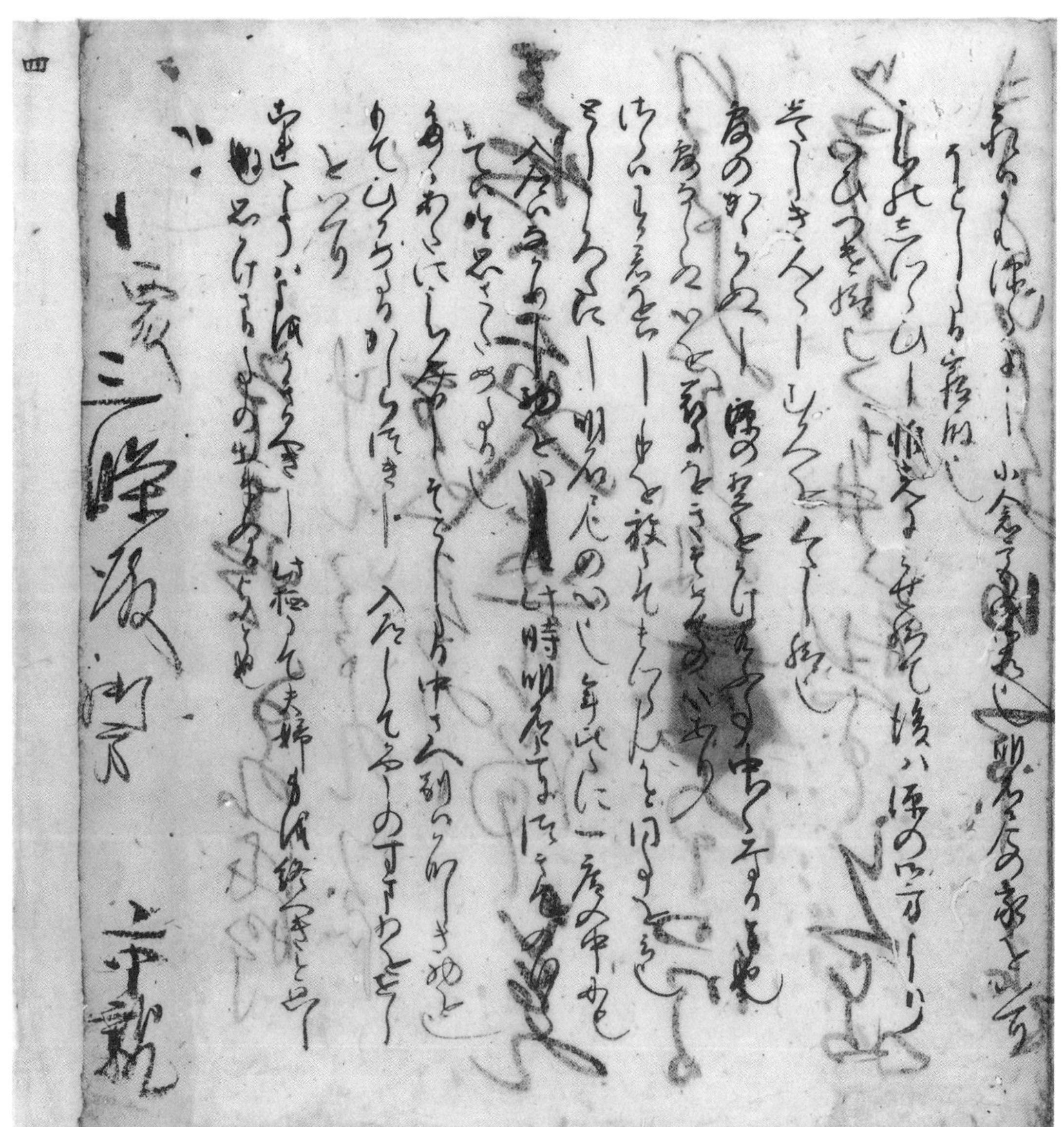

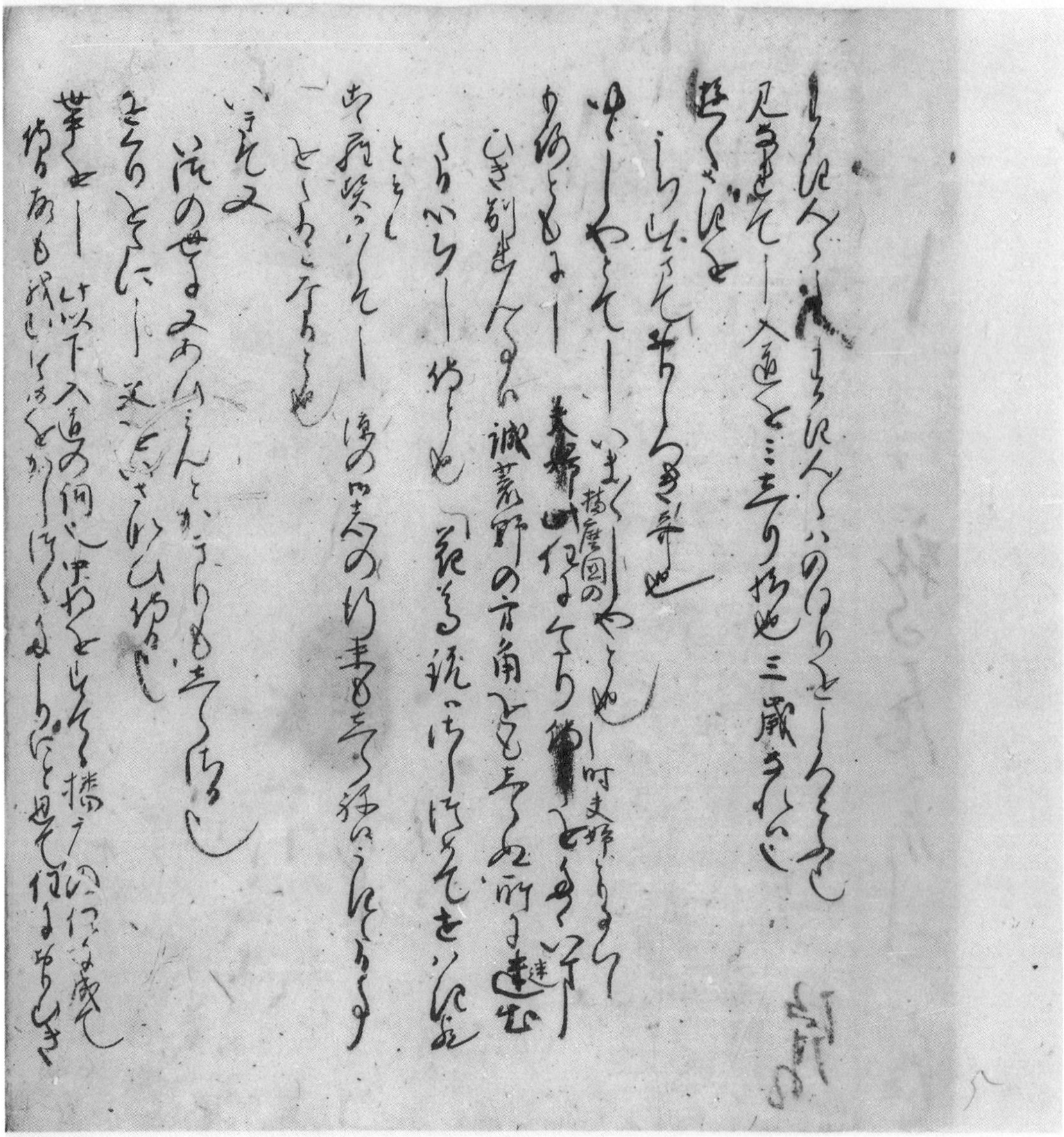

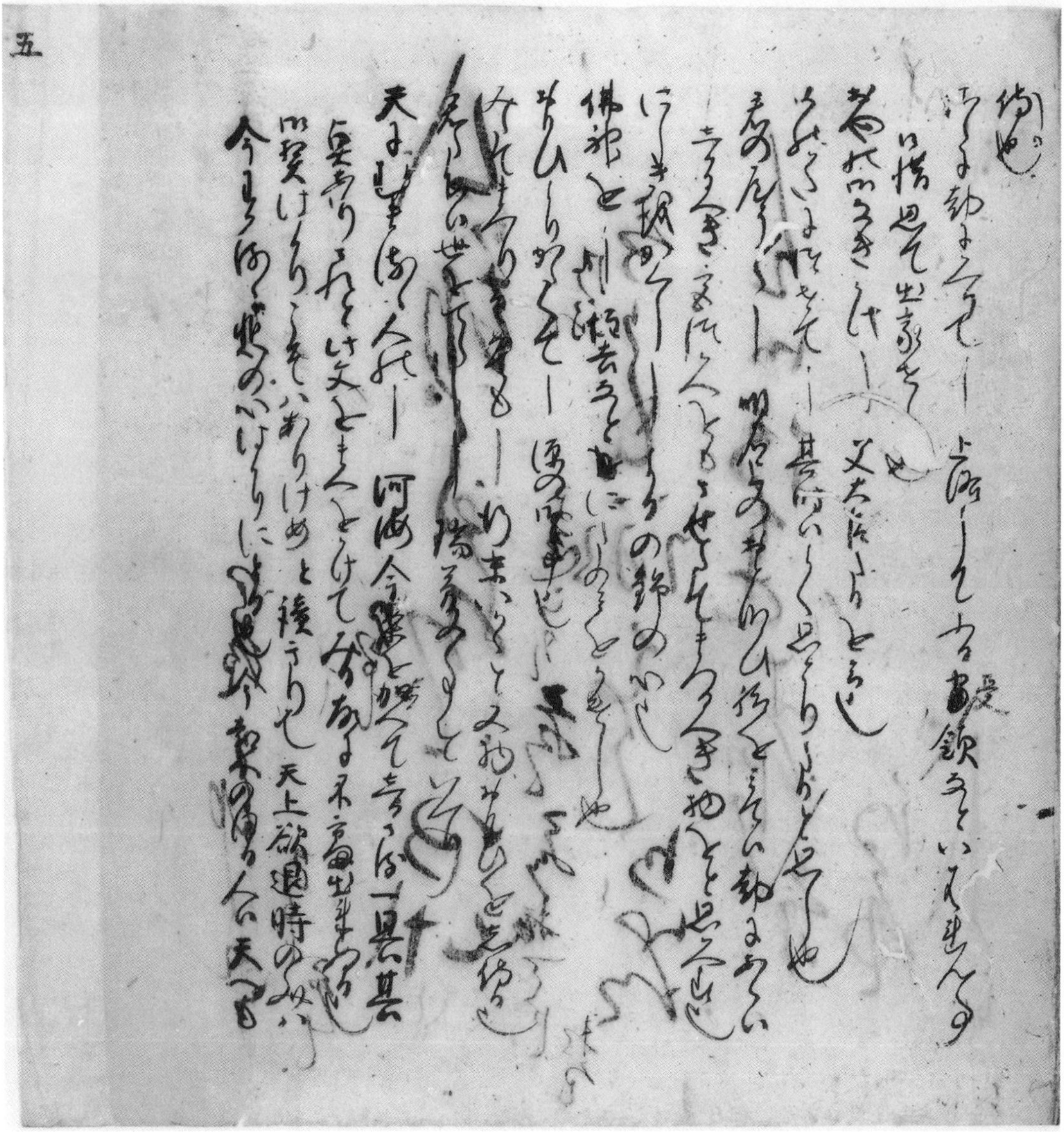

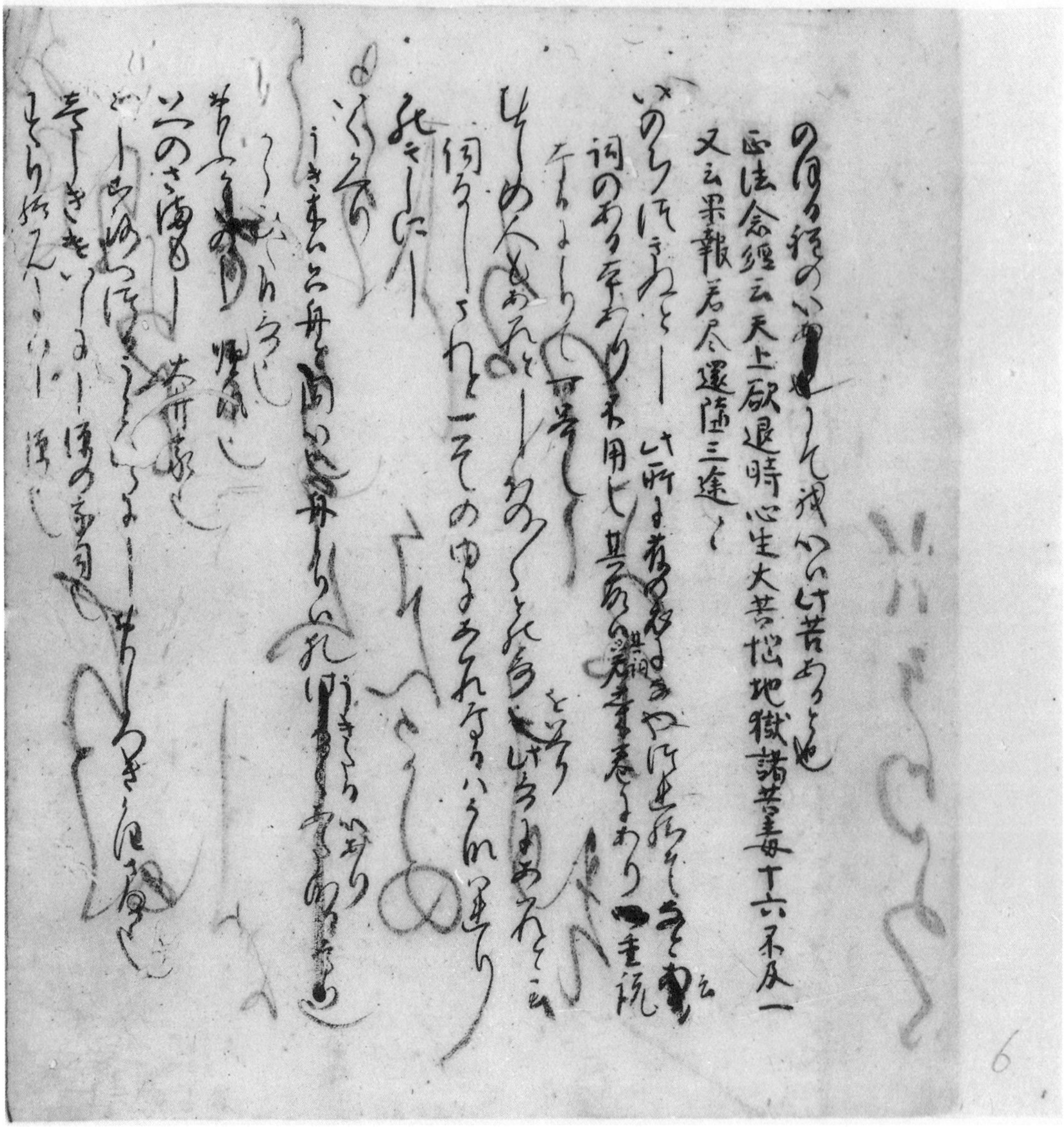
正法念經云天上欲退時心生大苦惱地獄諸苦毒十六不及一
又云果報若尽還堕三途

六

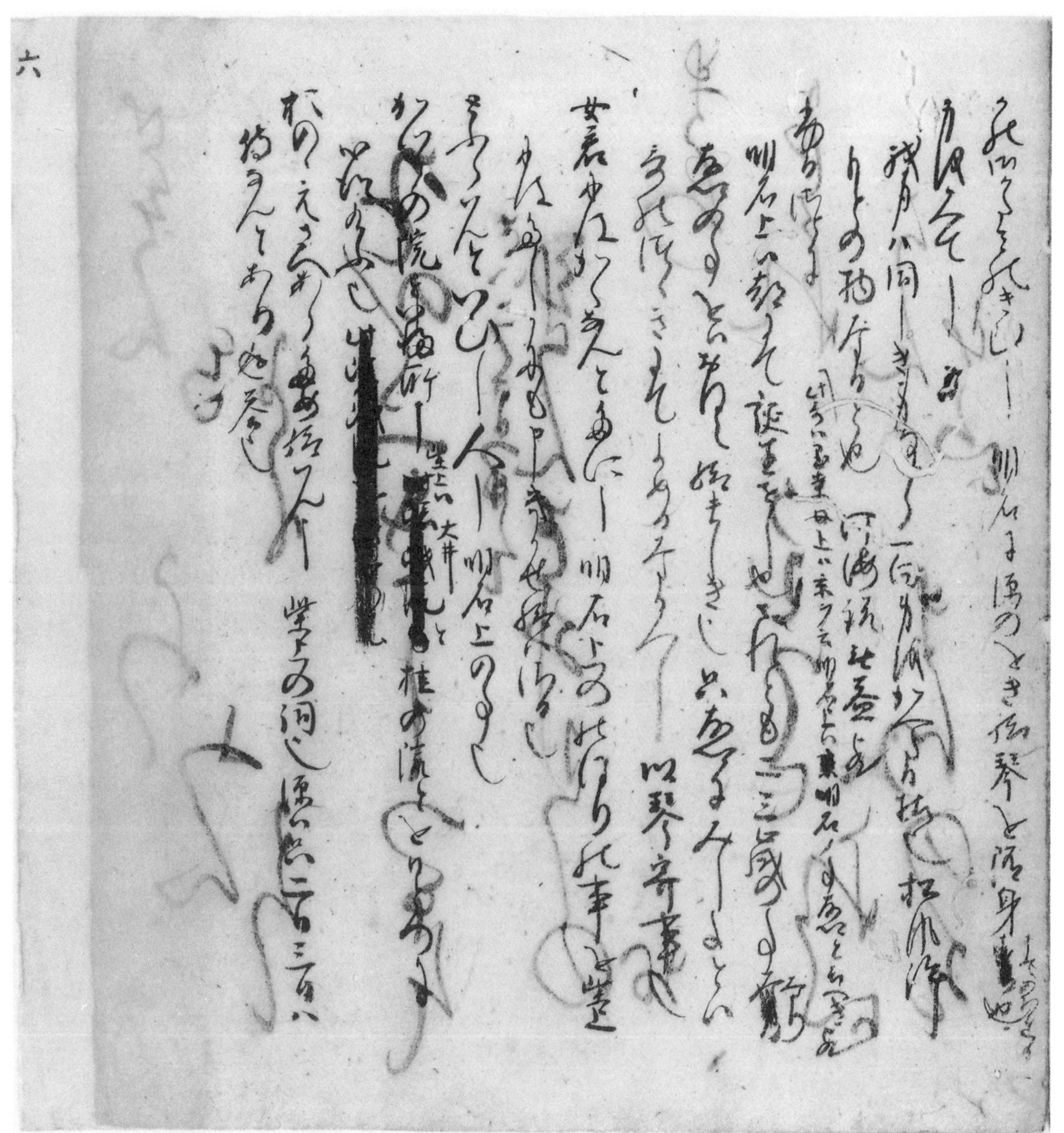

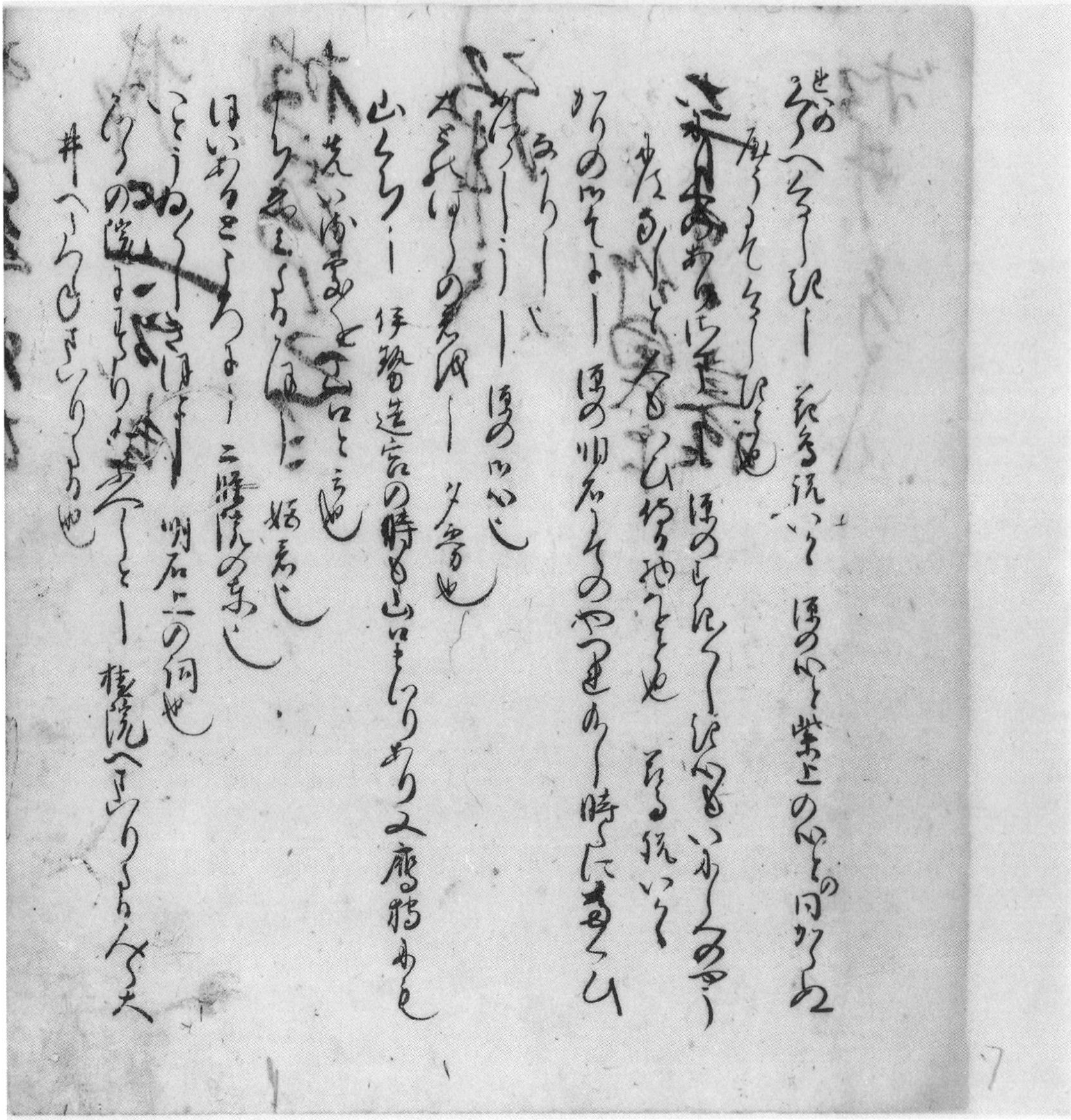

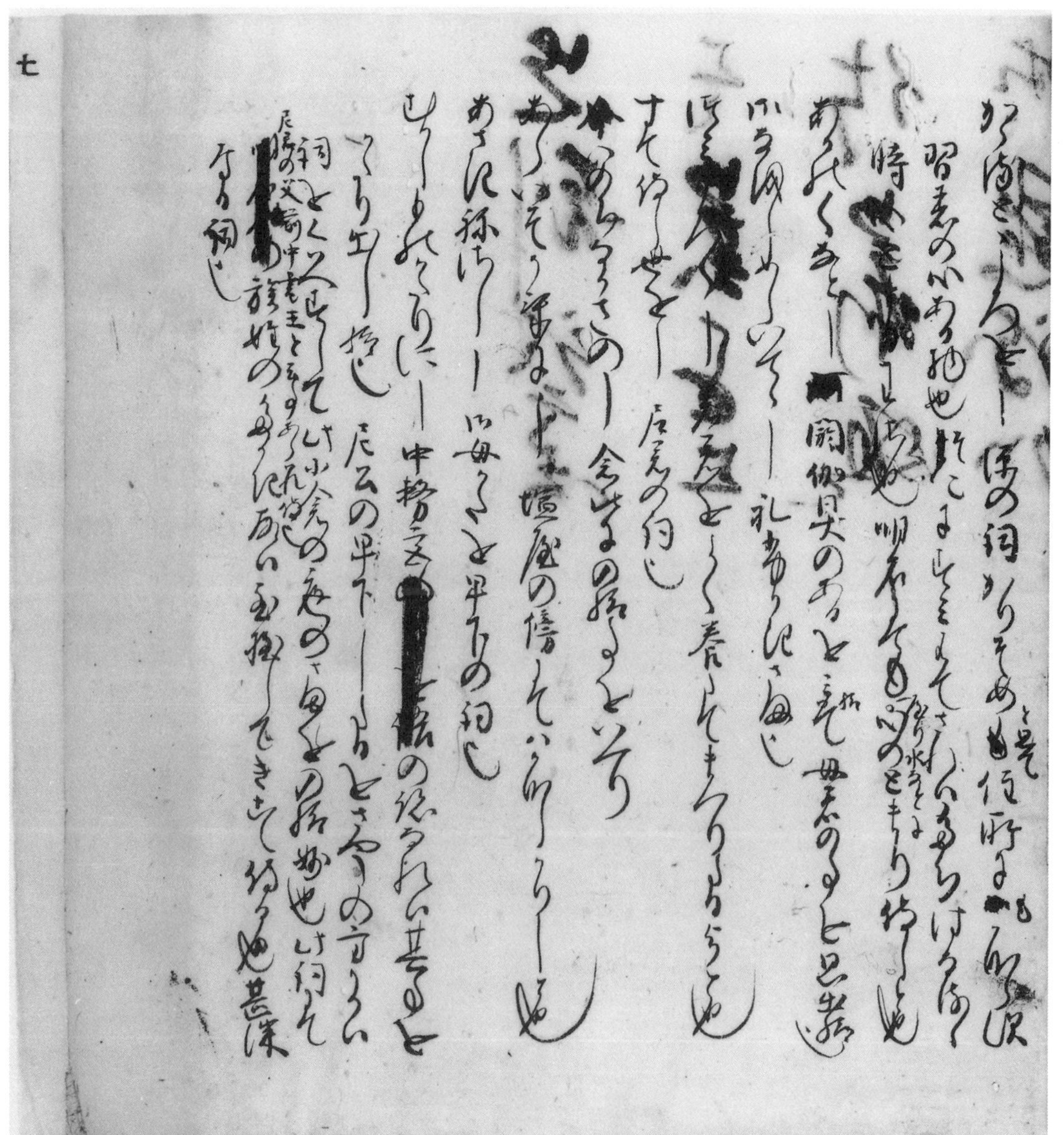

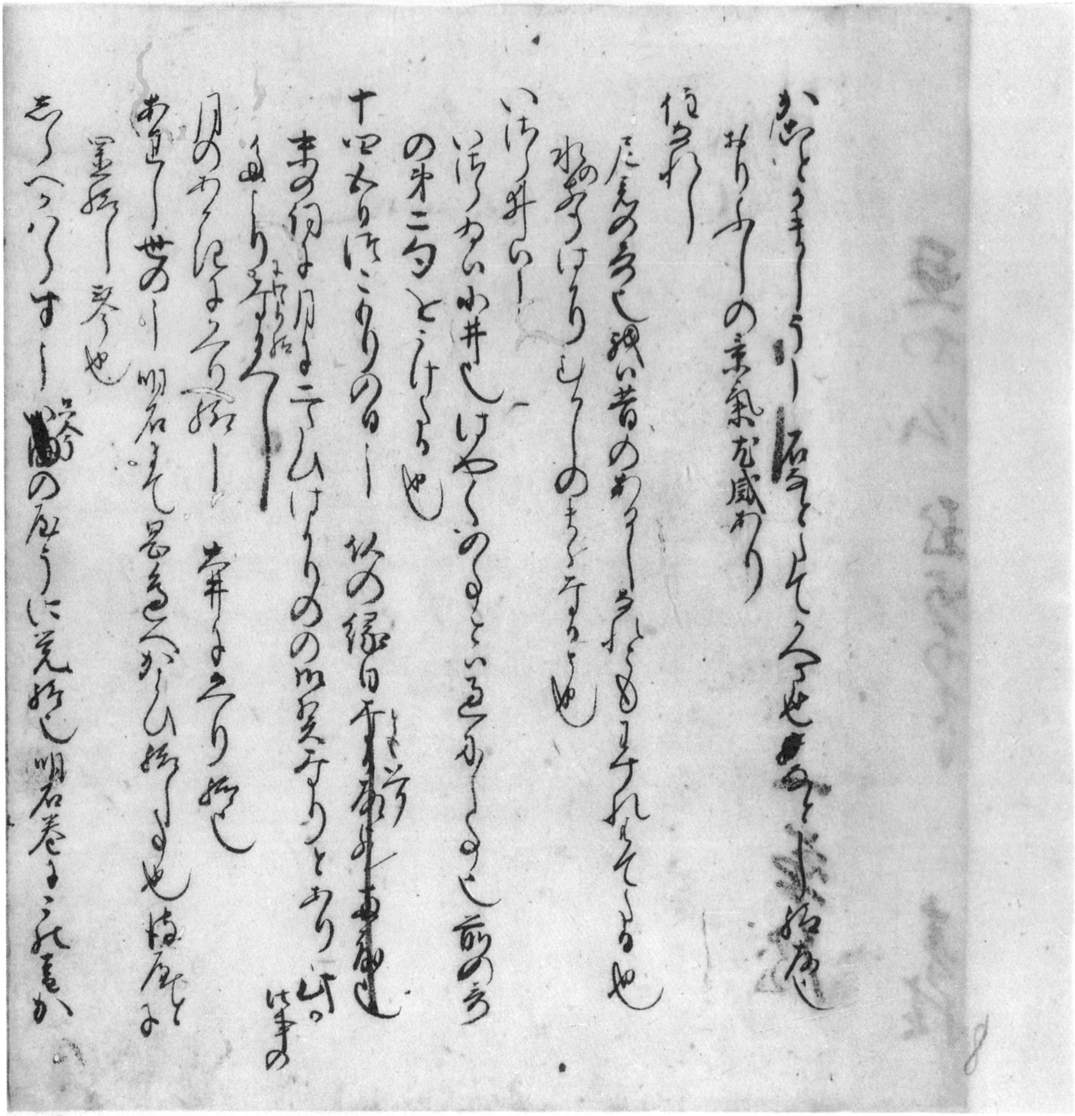

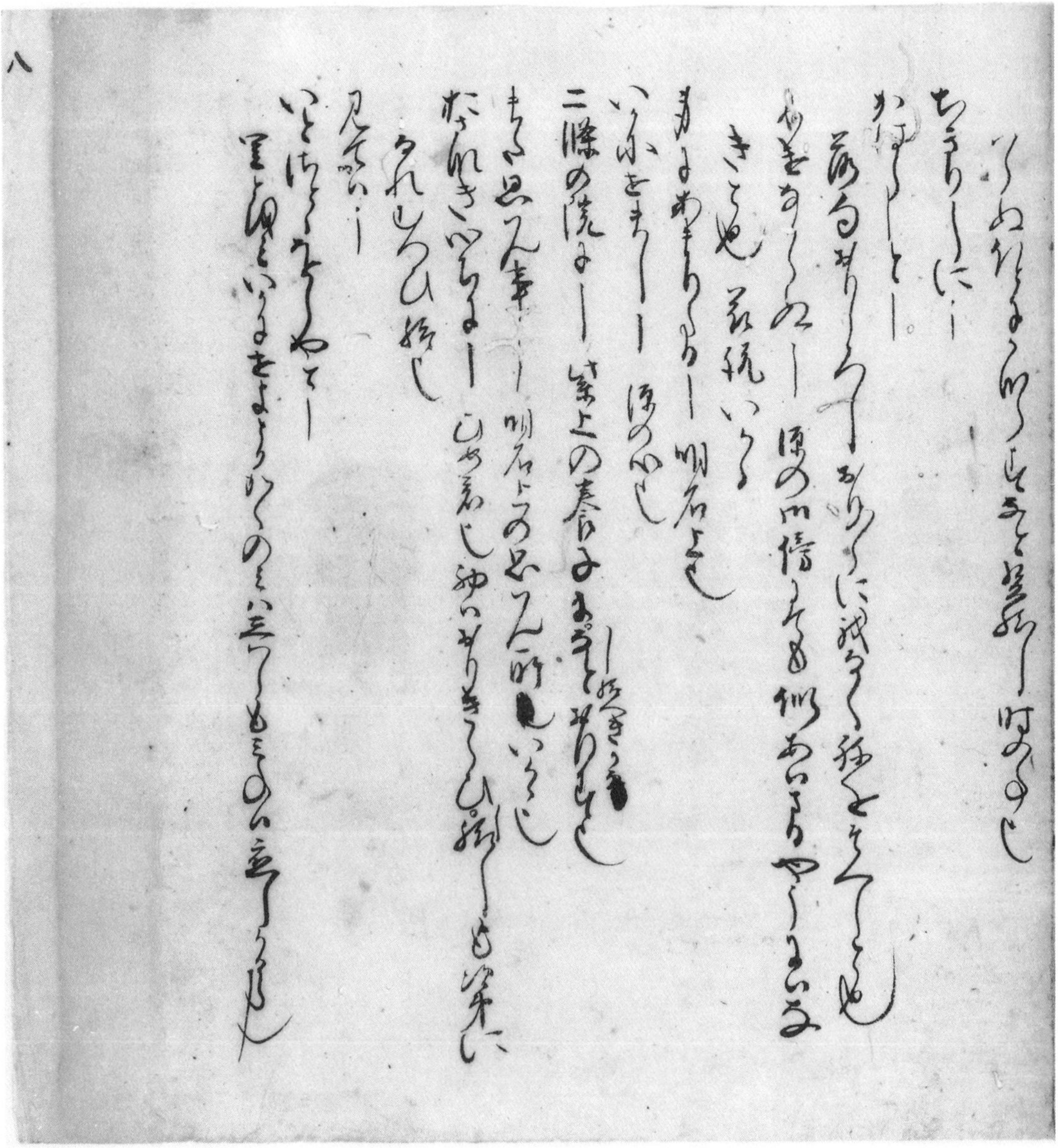

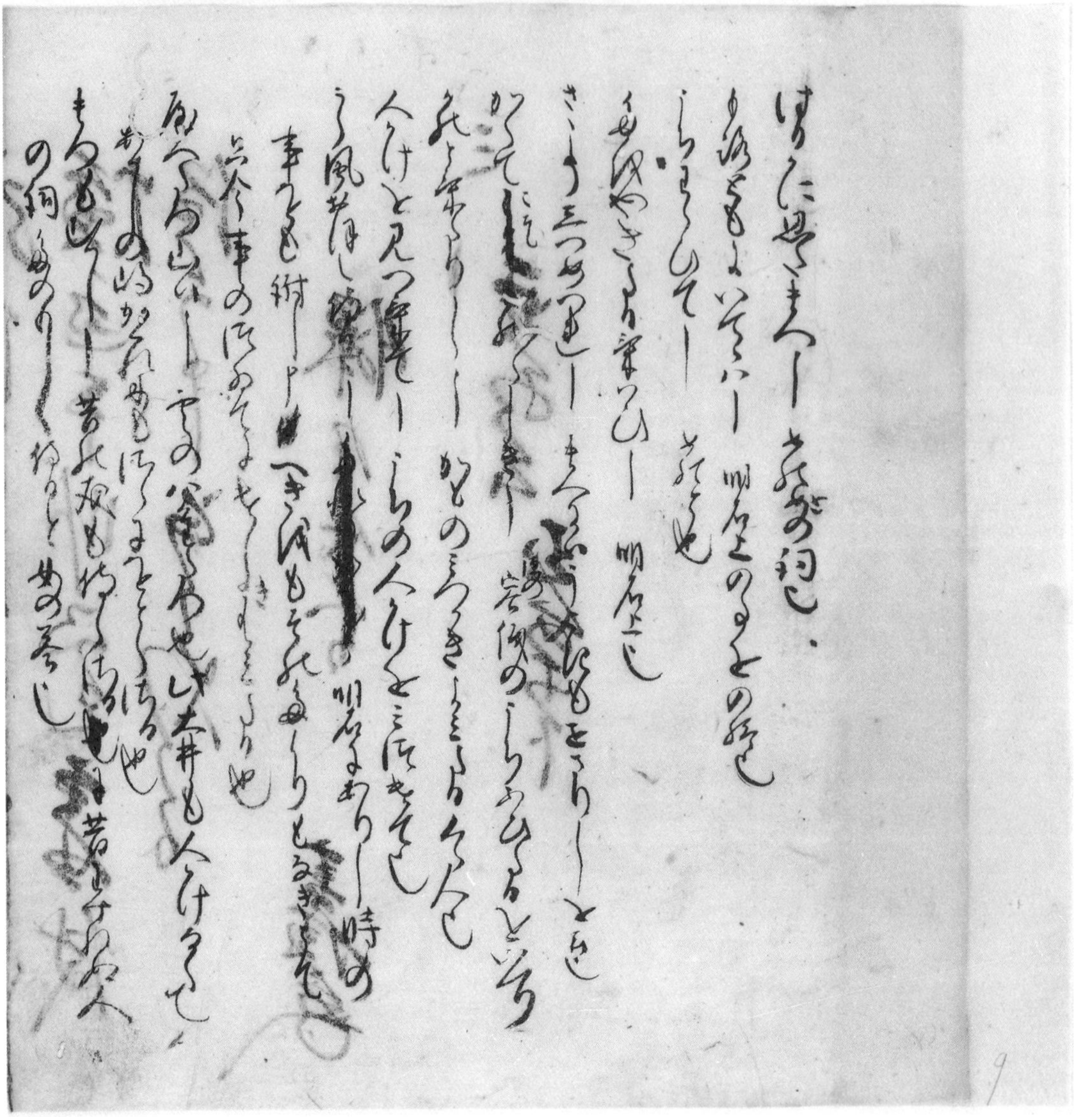

九

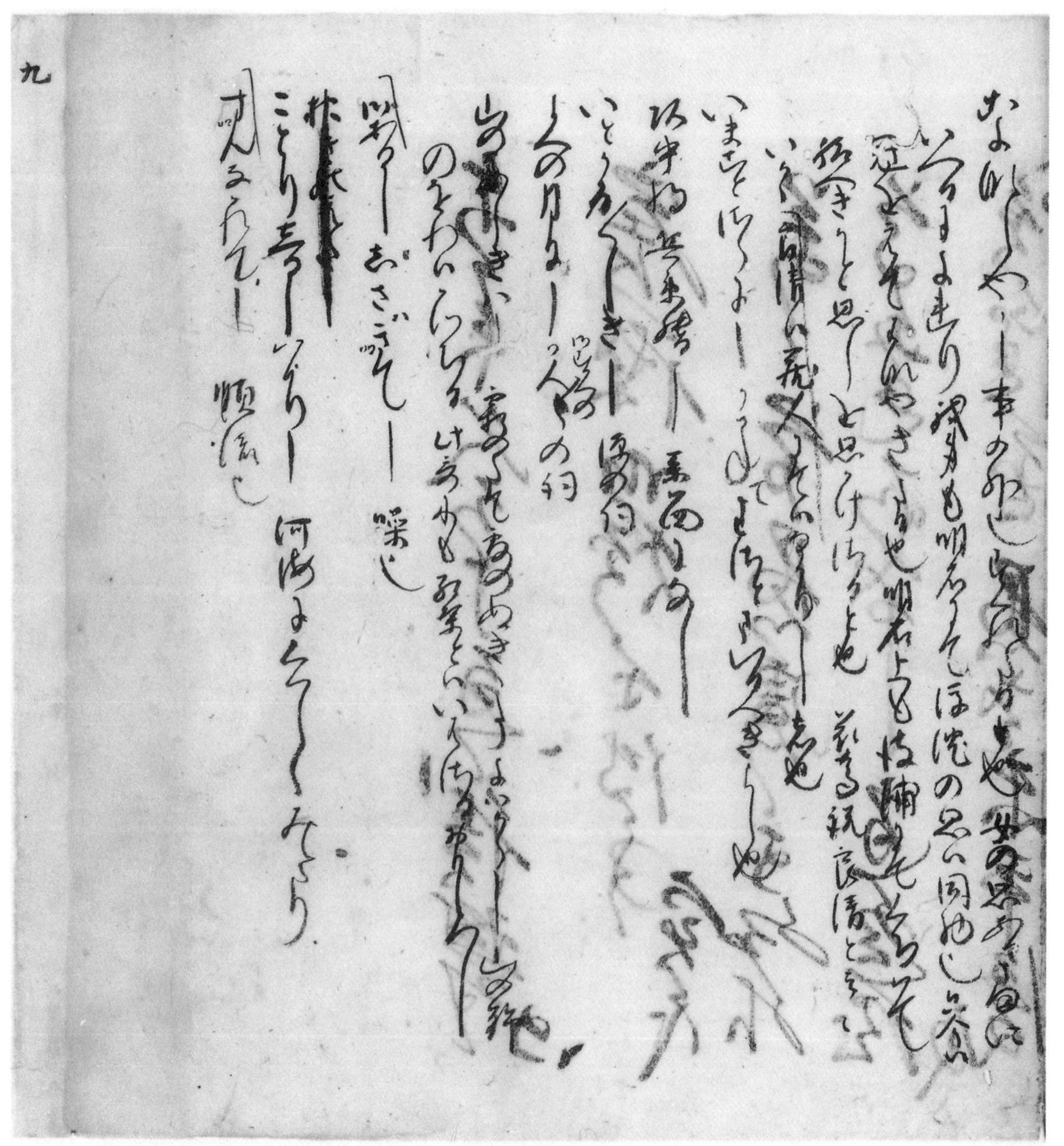

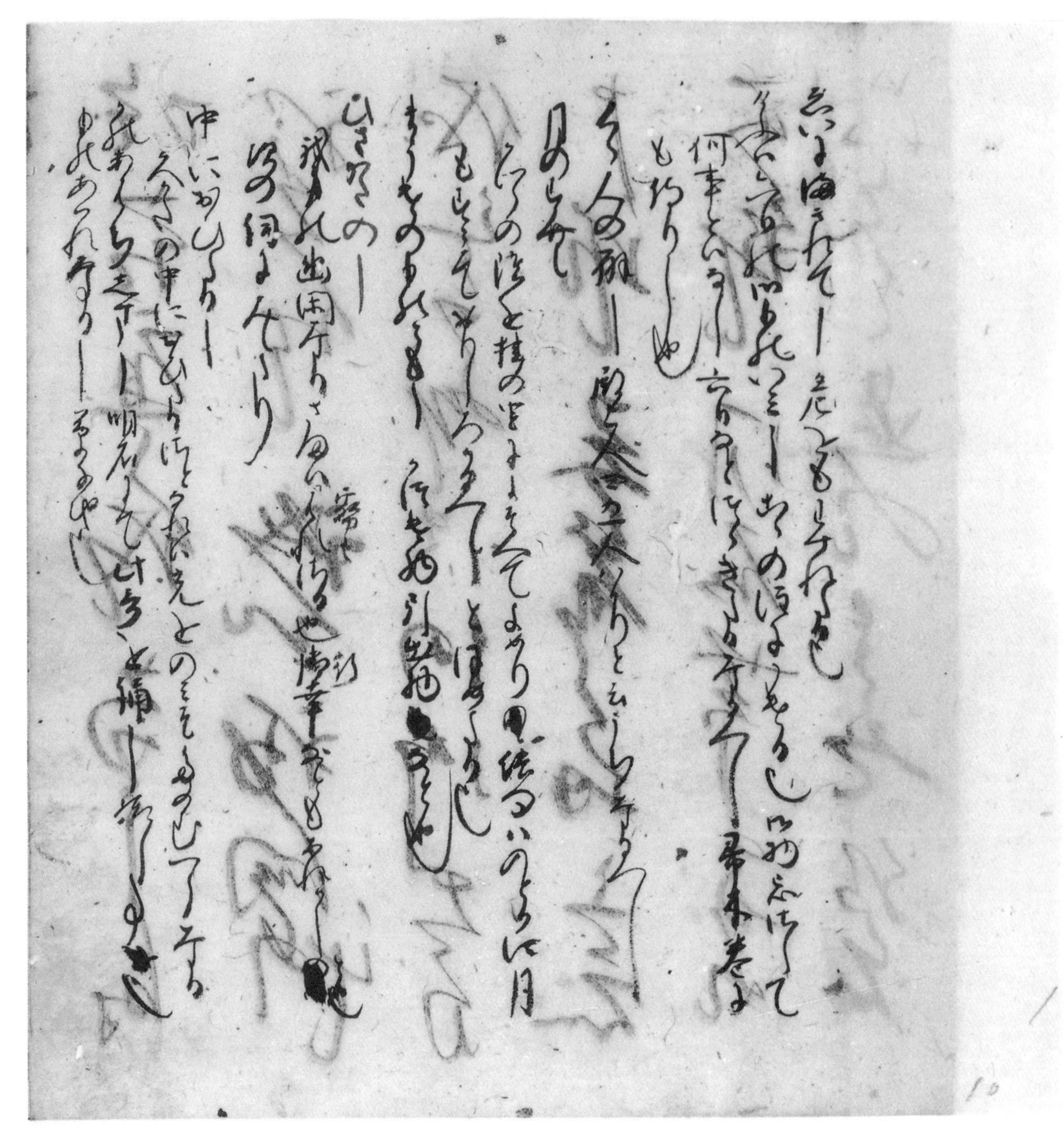

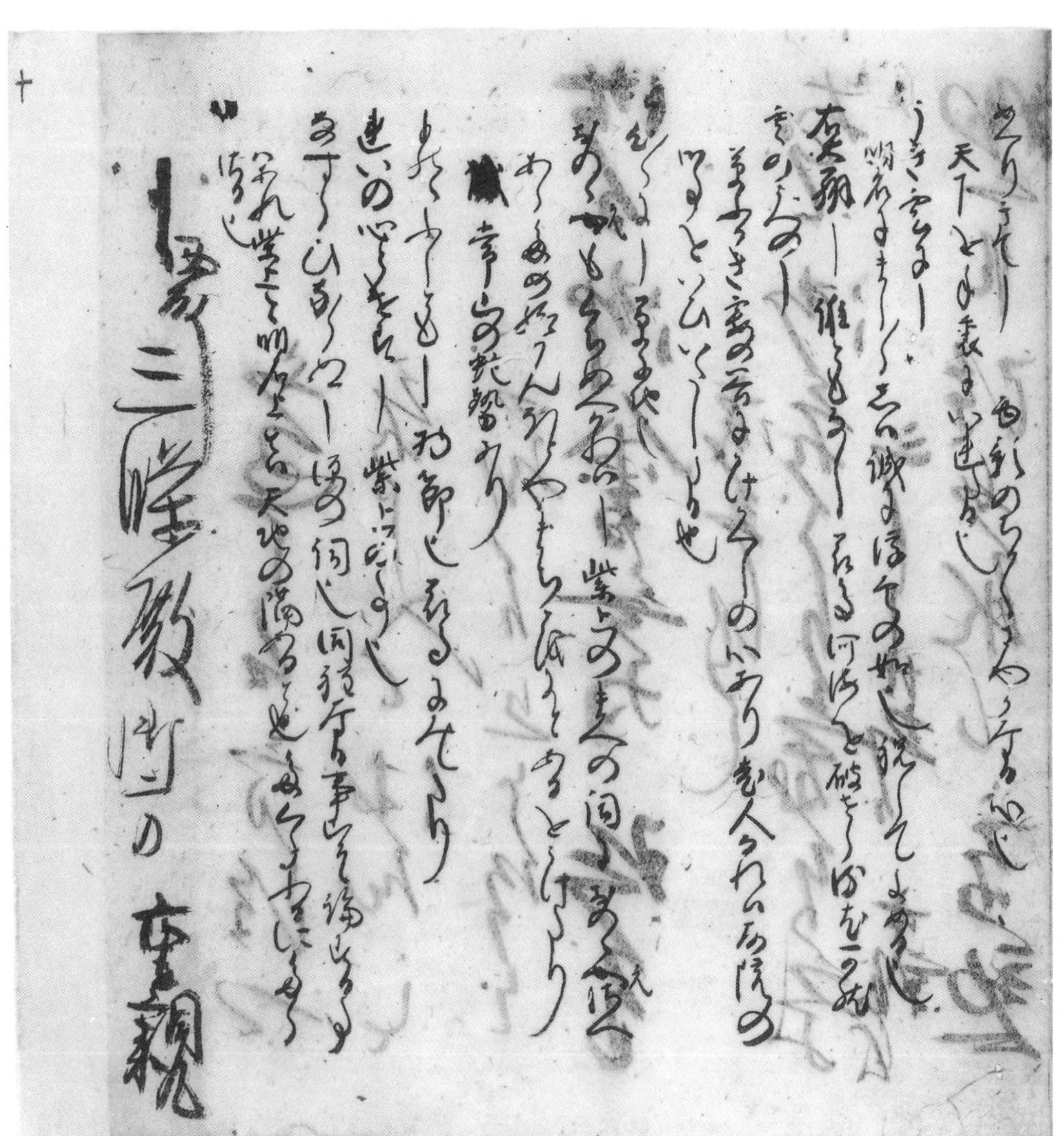

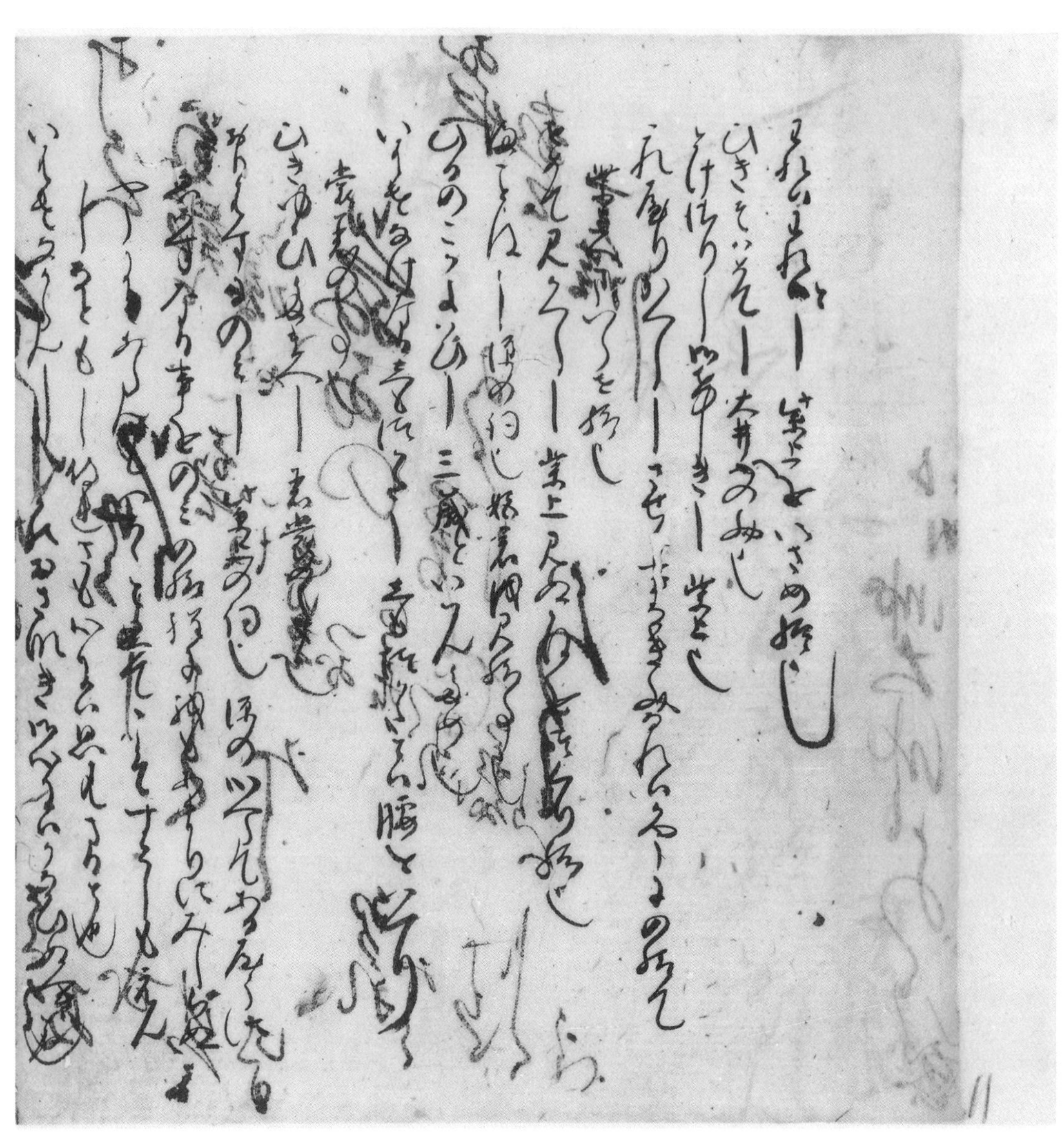

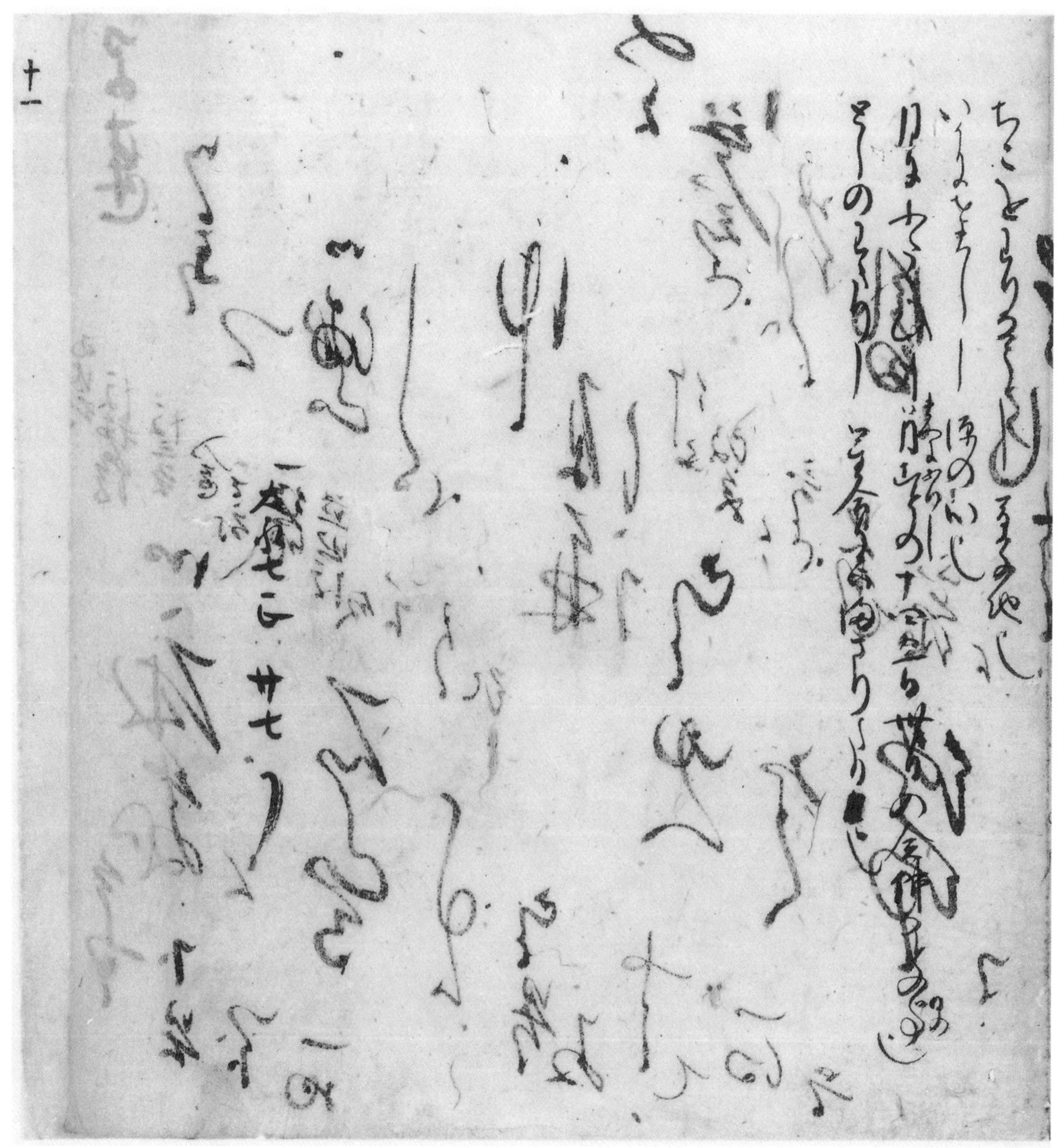

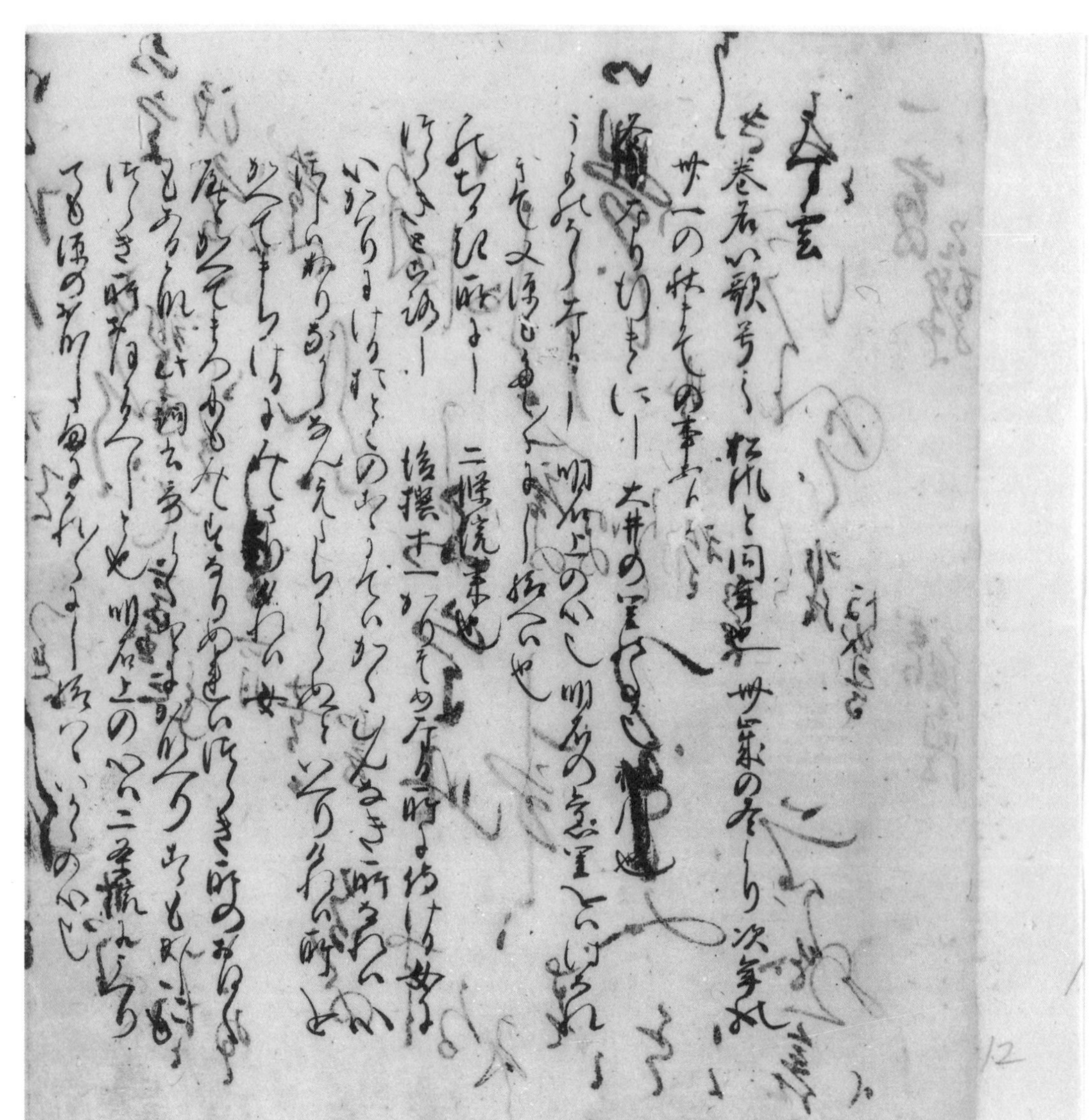

十二

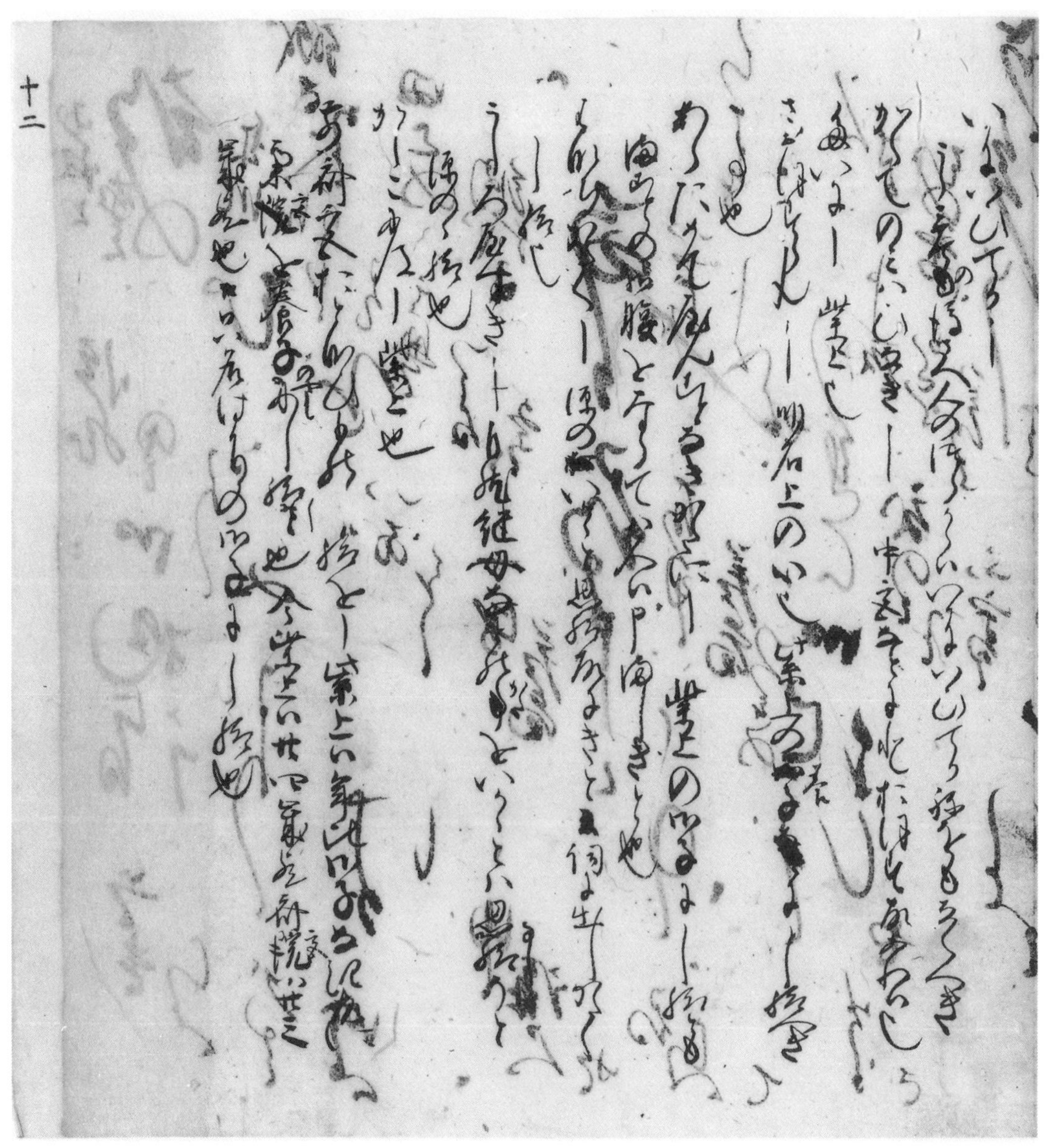

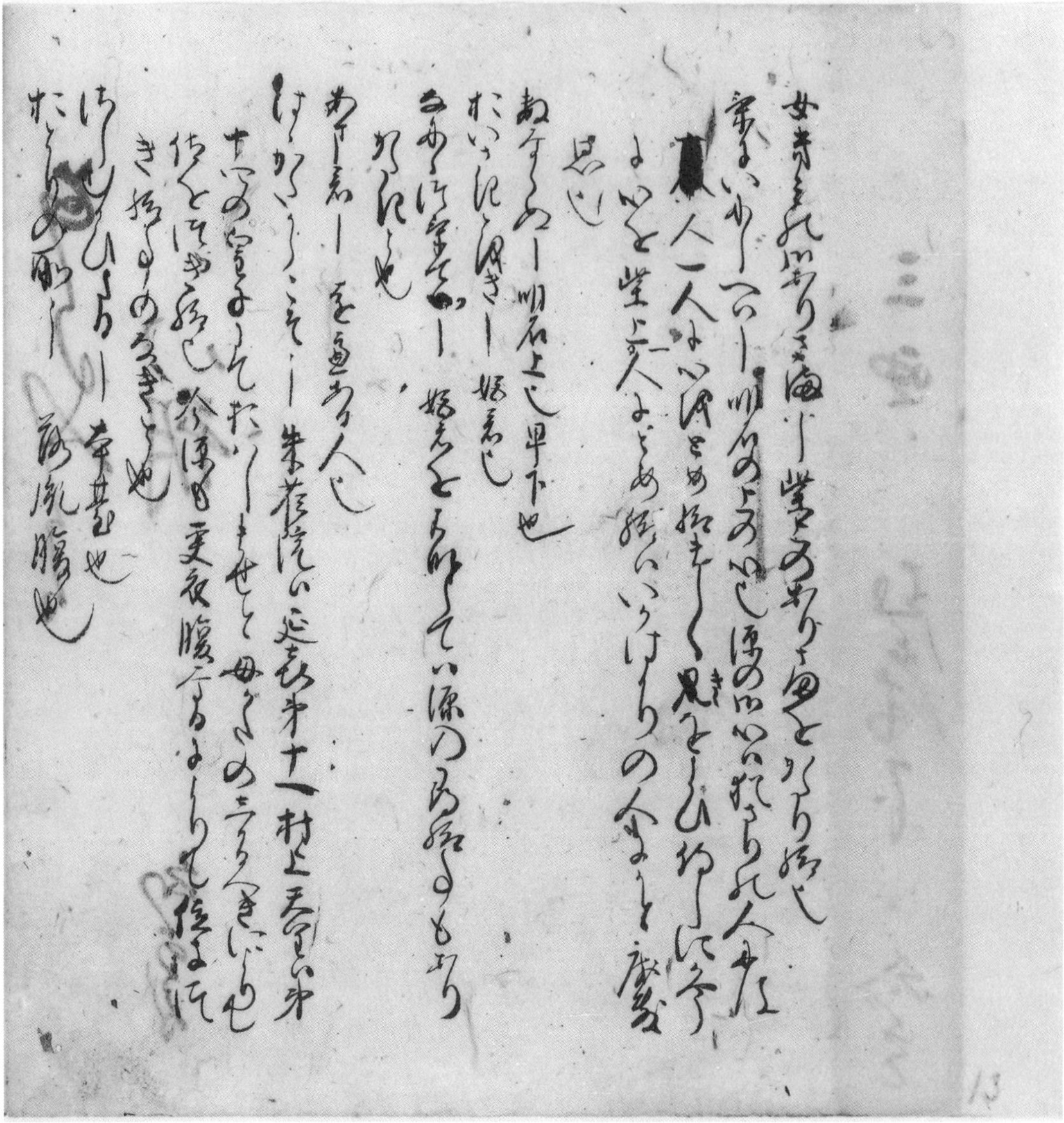

十三

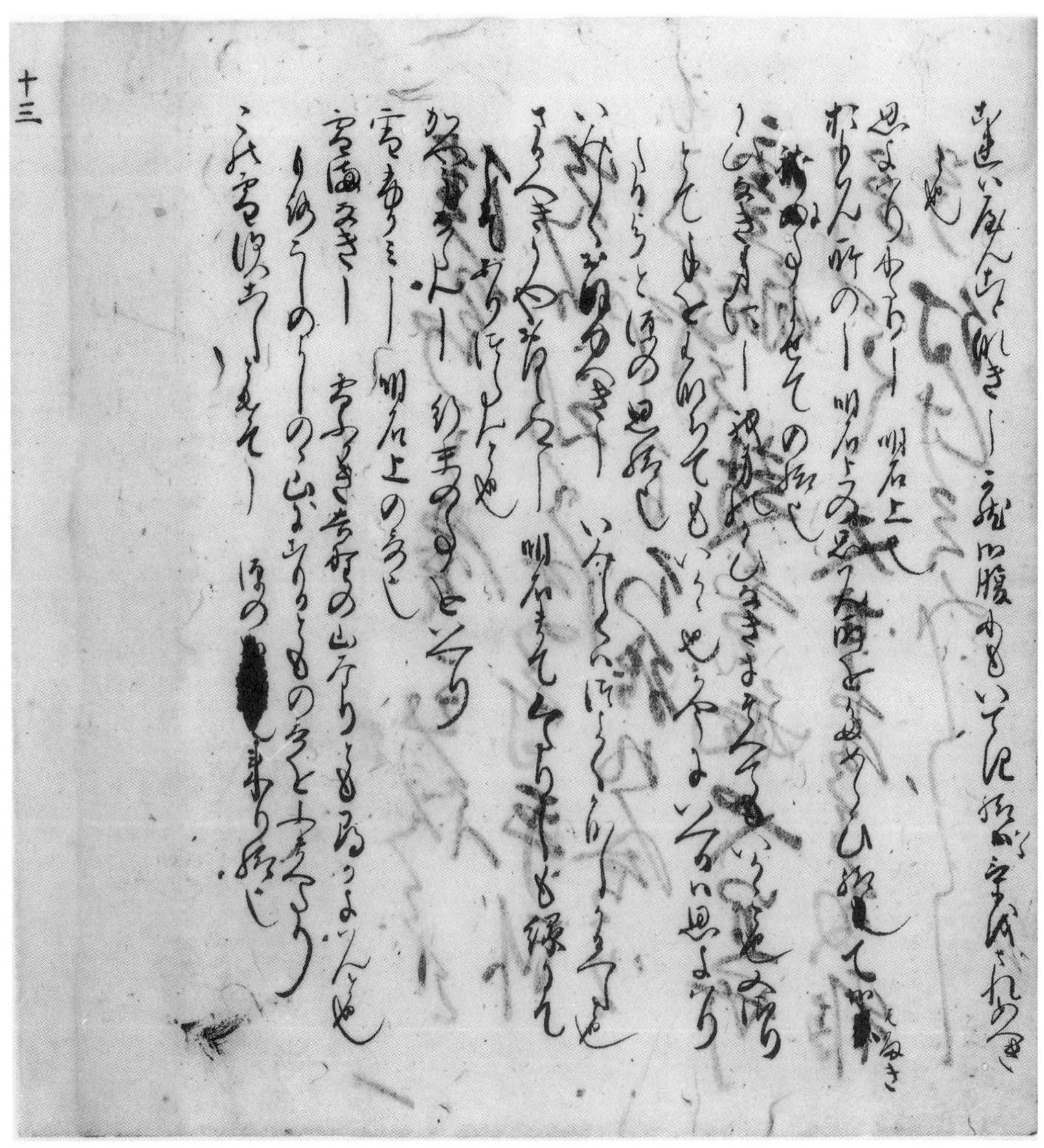

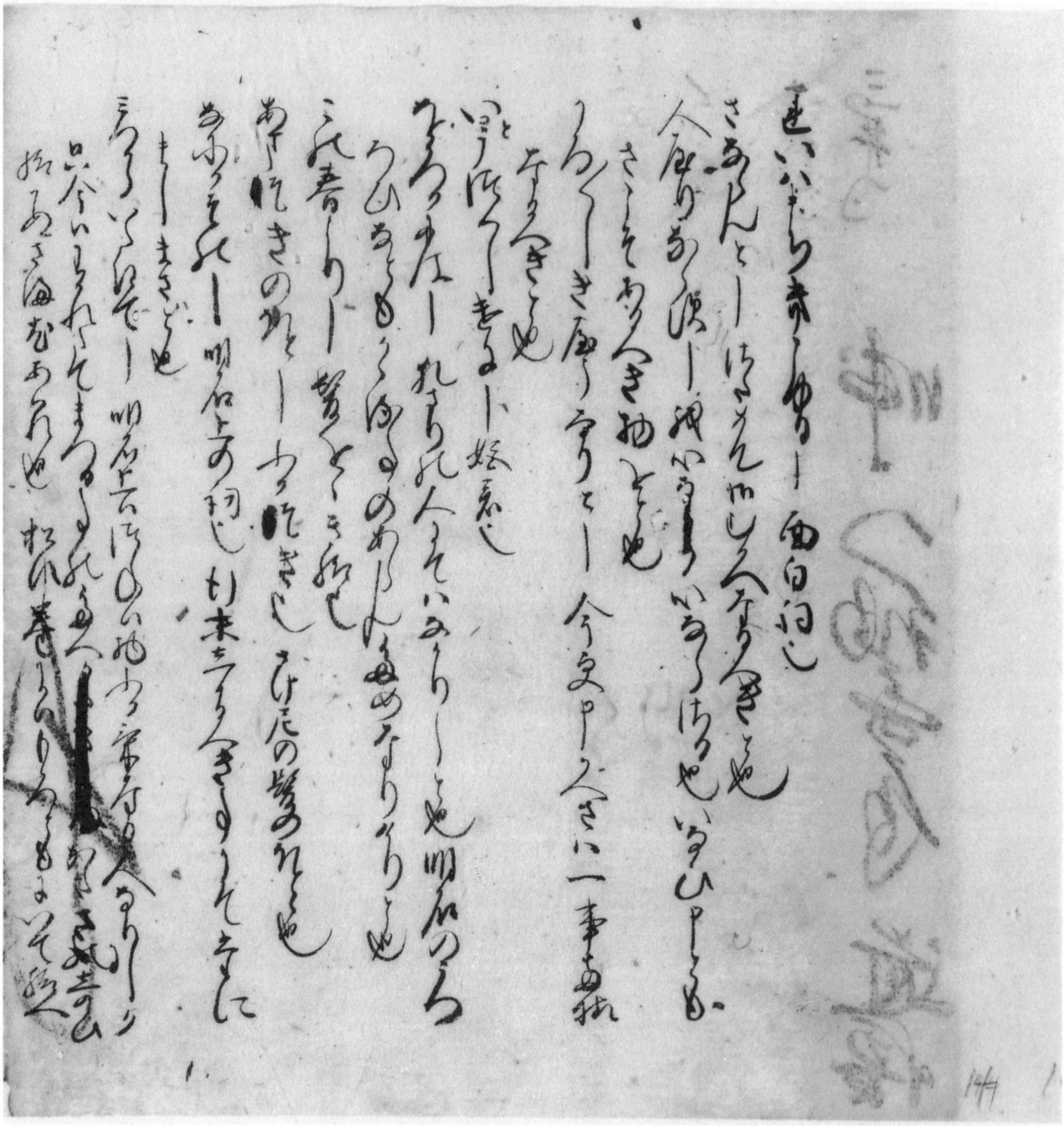

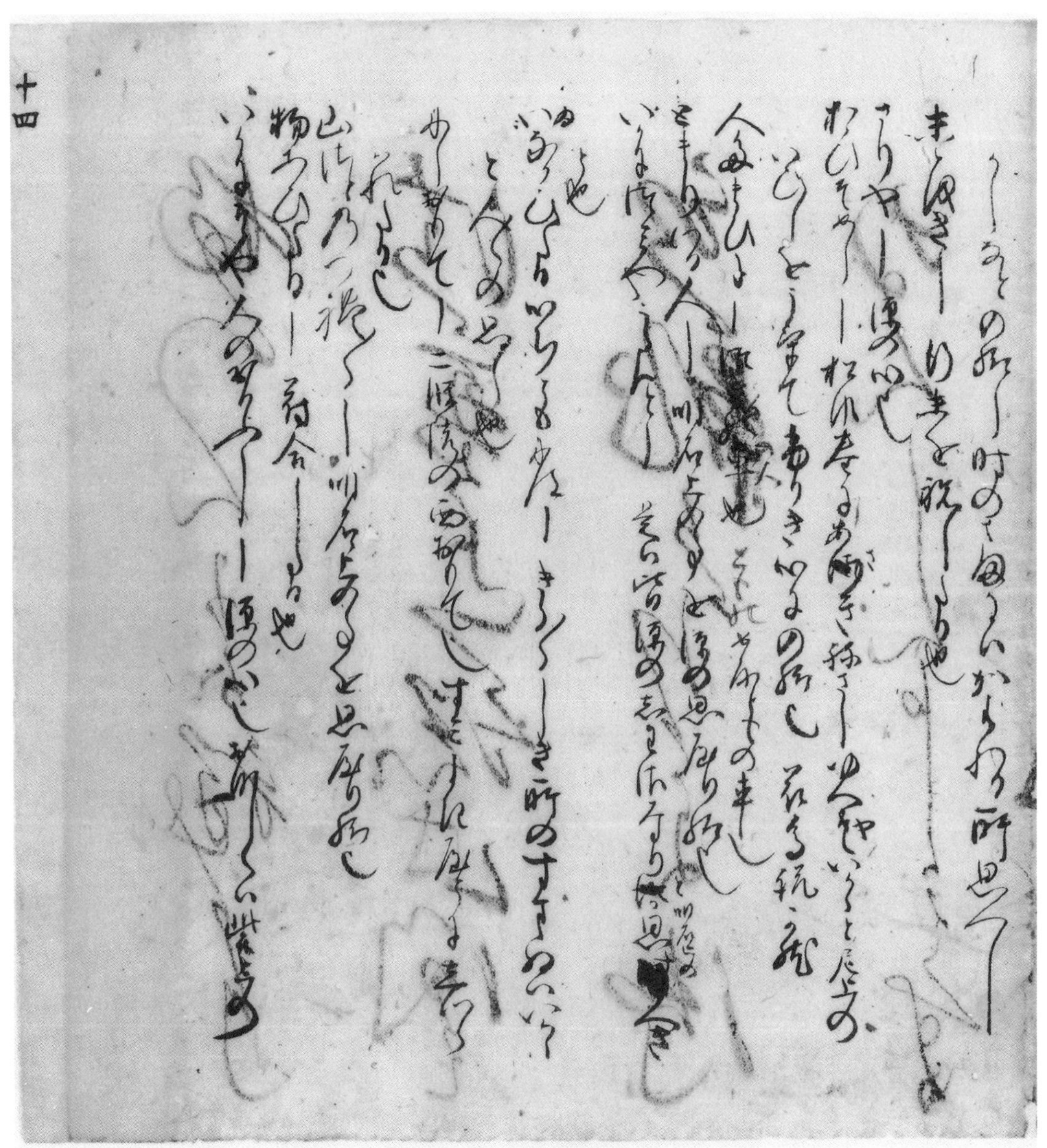
十四

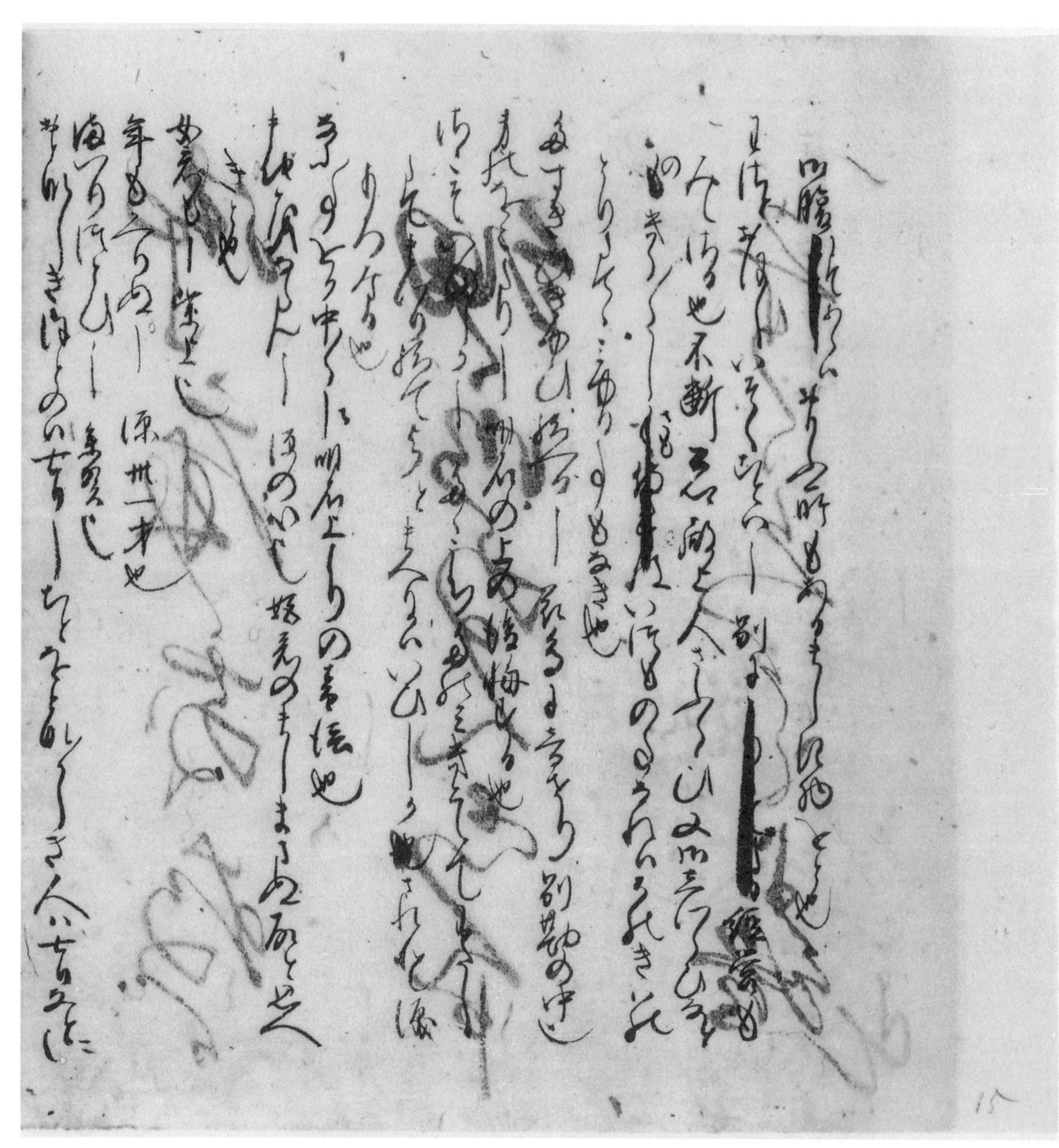

十五

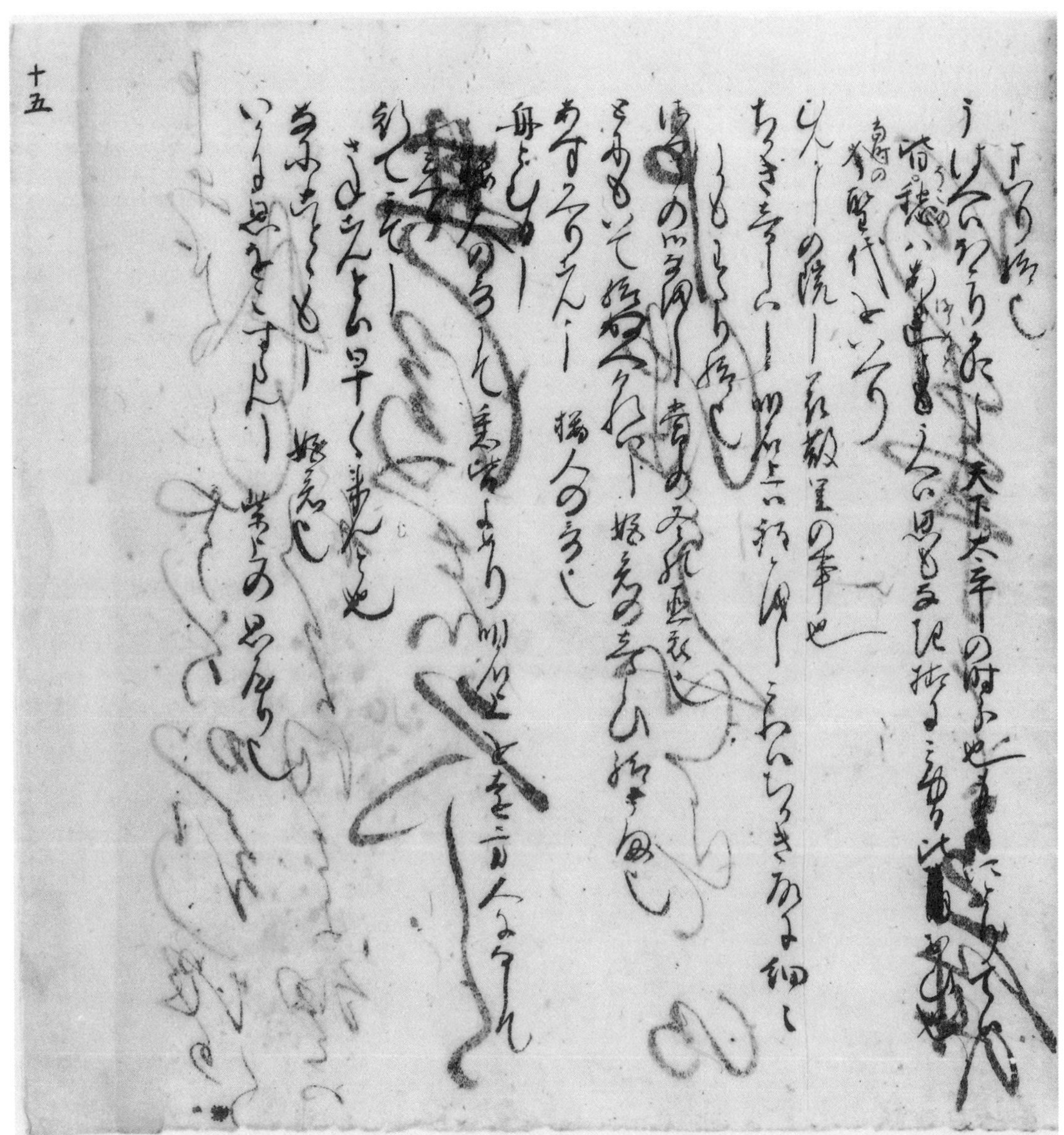

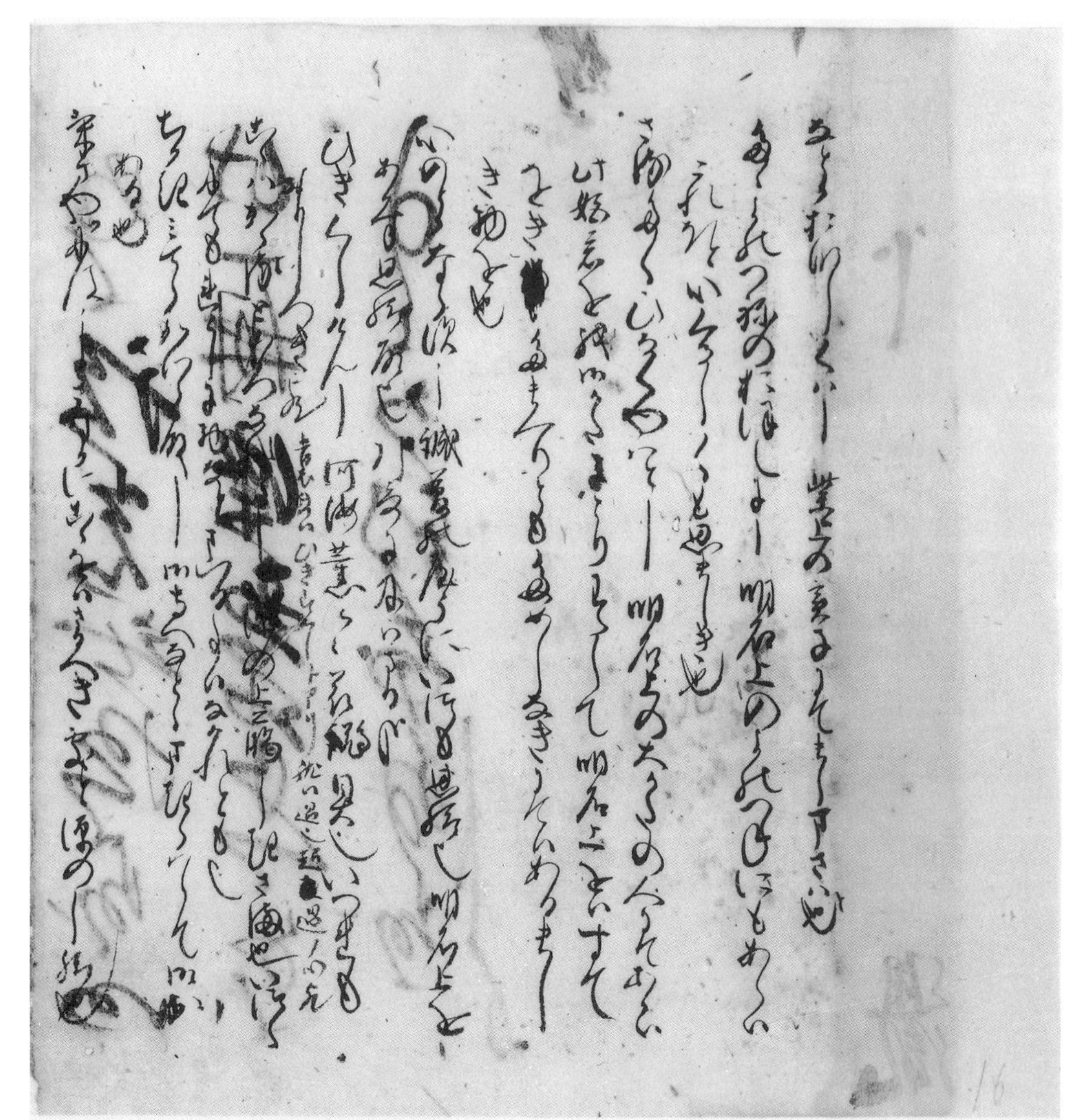

十六

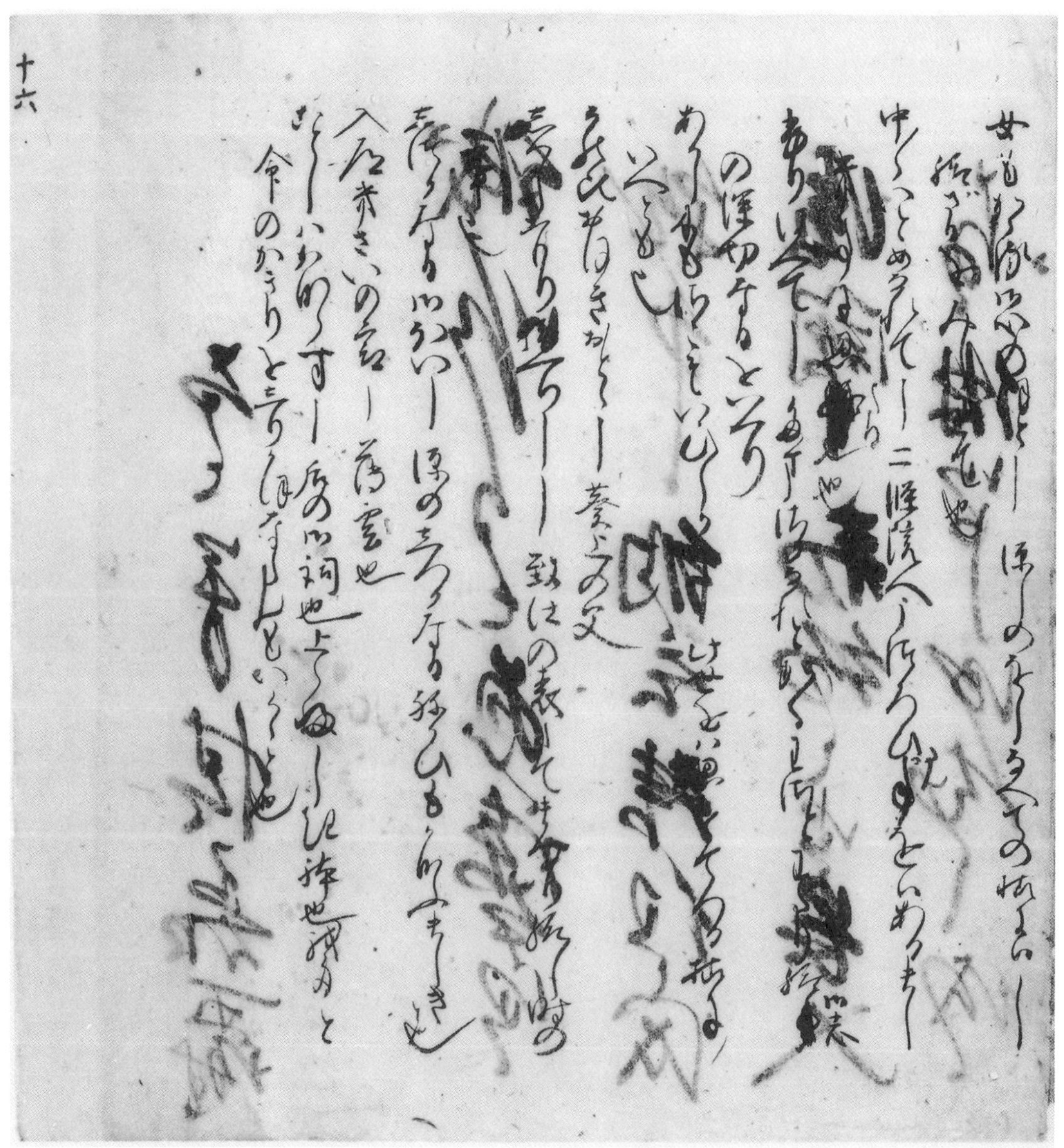

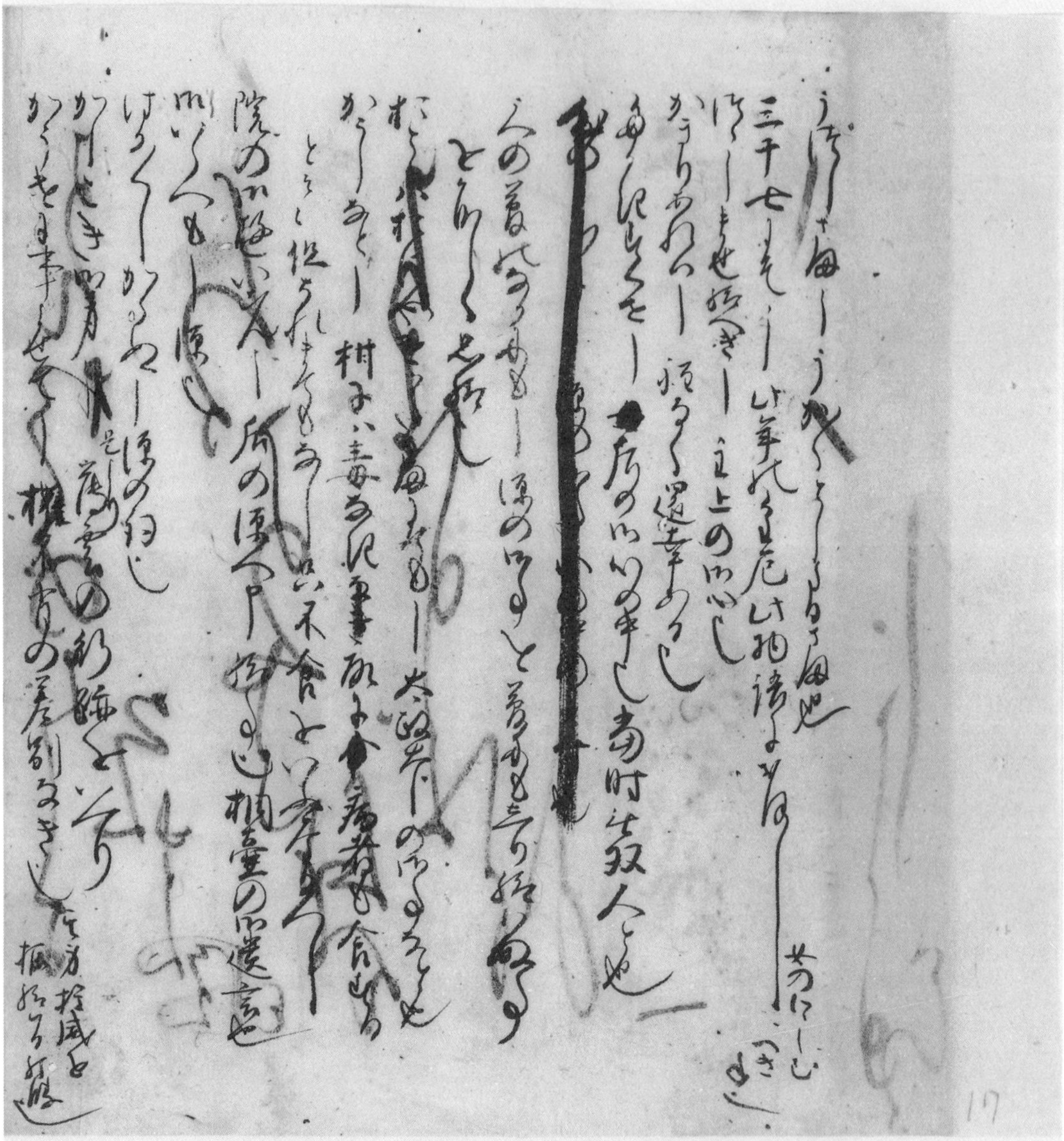

十七

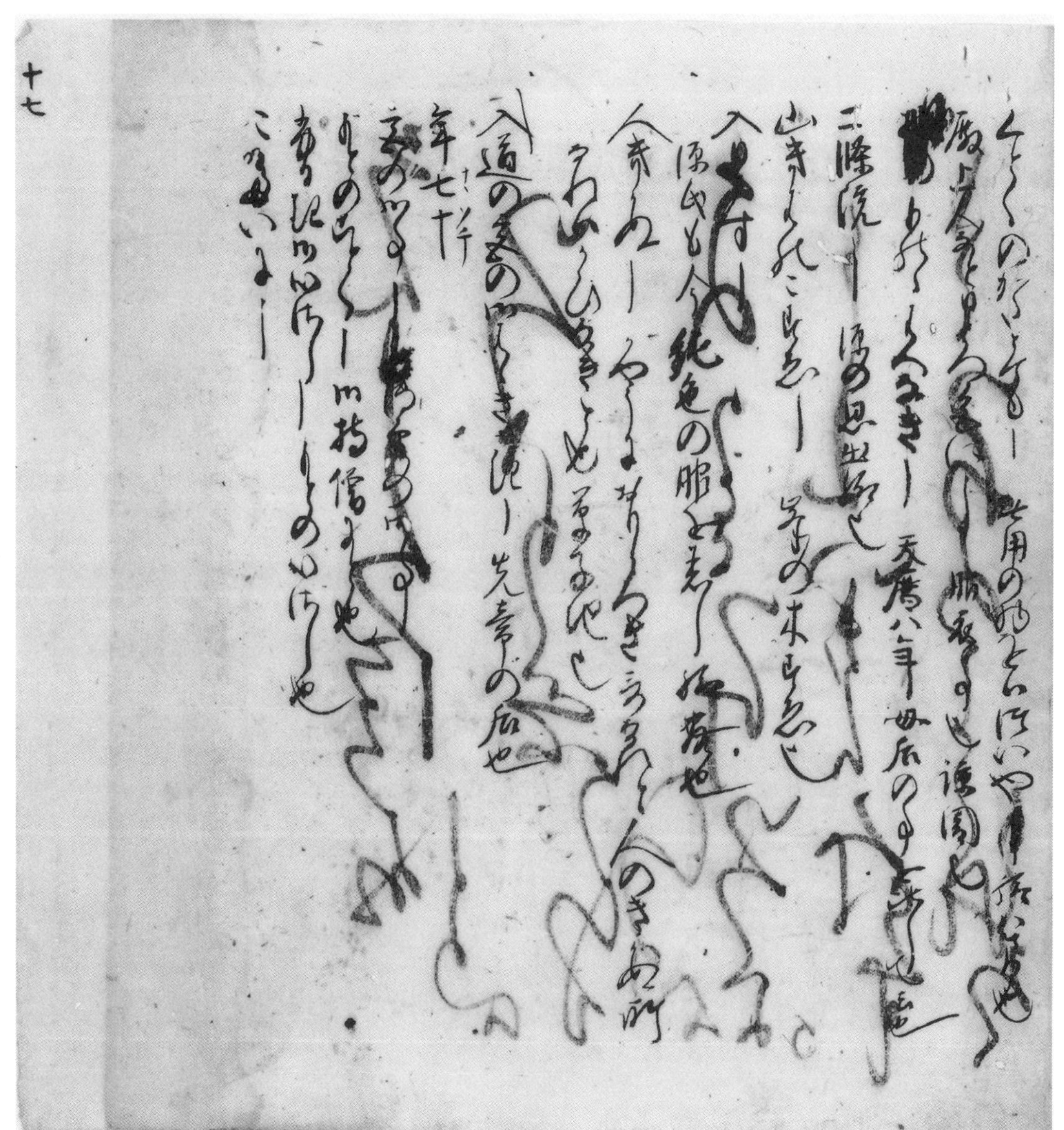

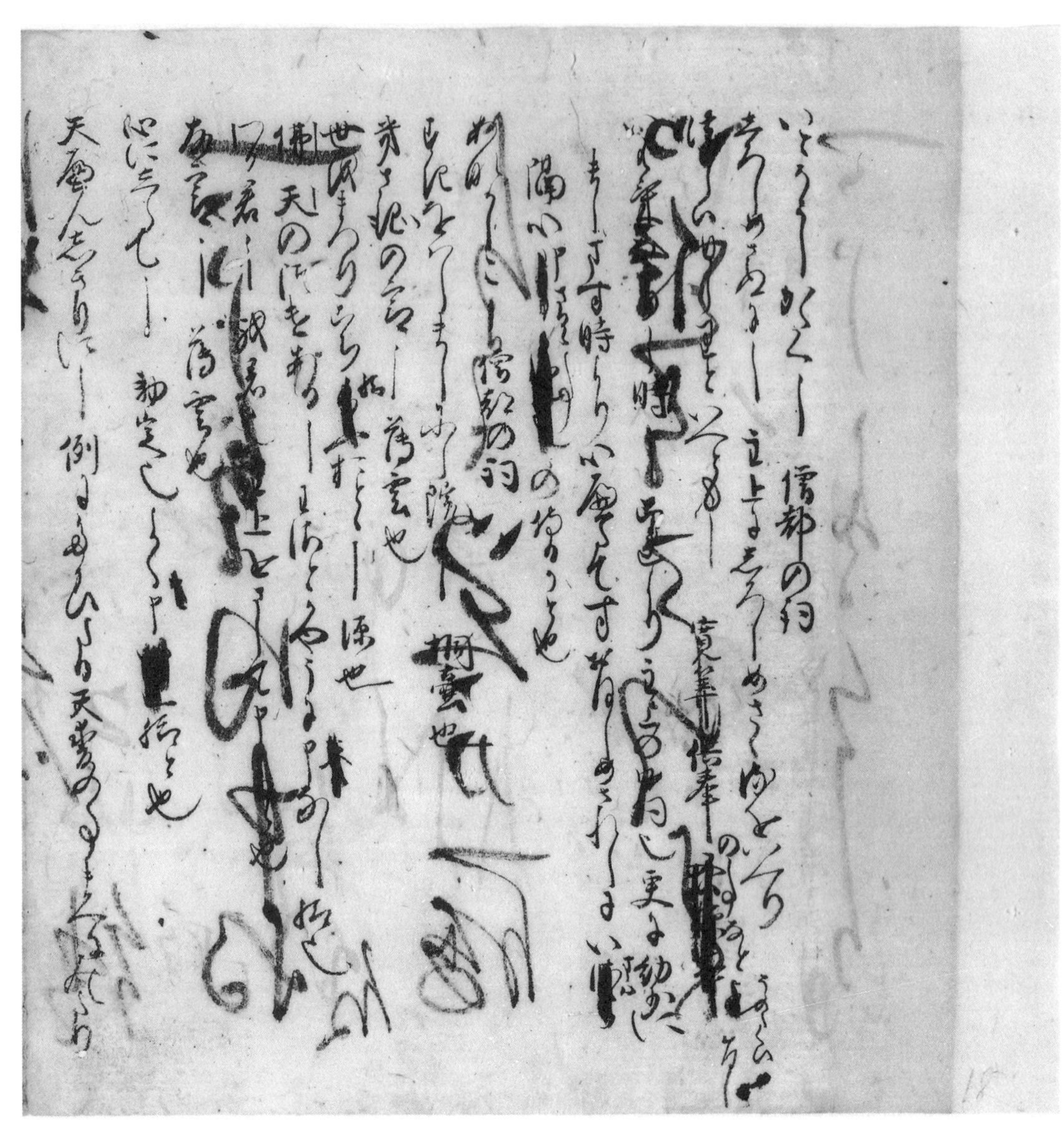

十八

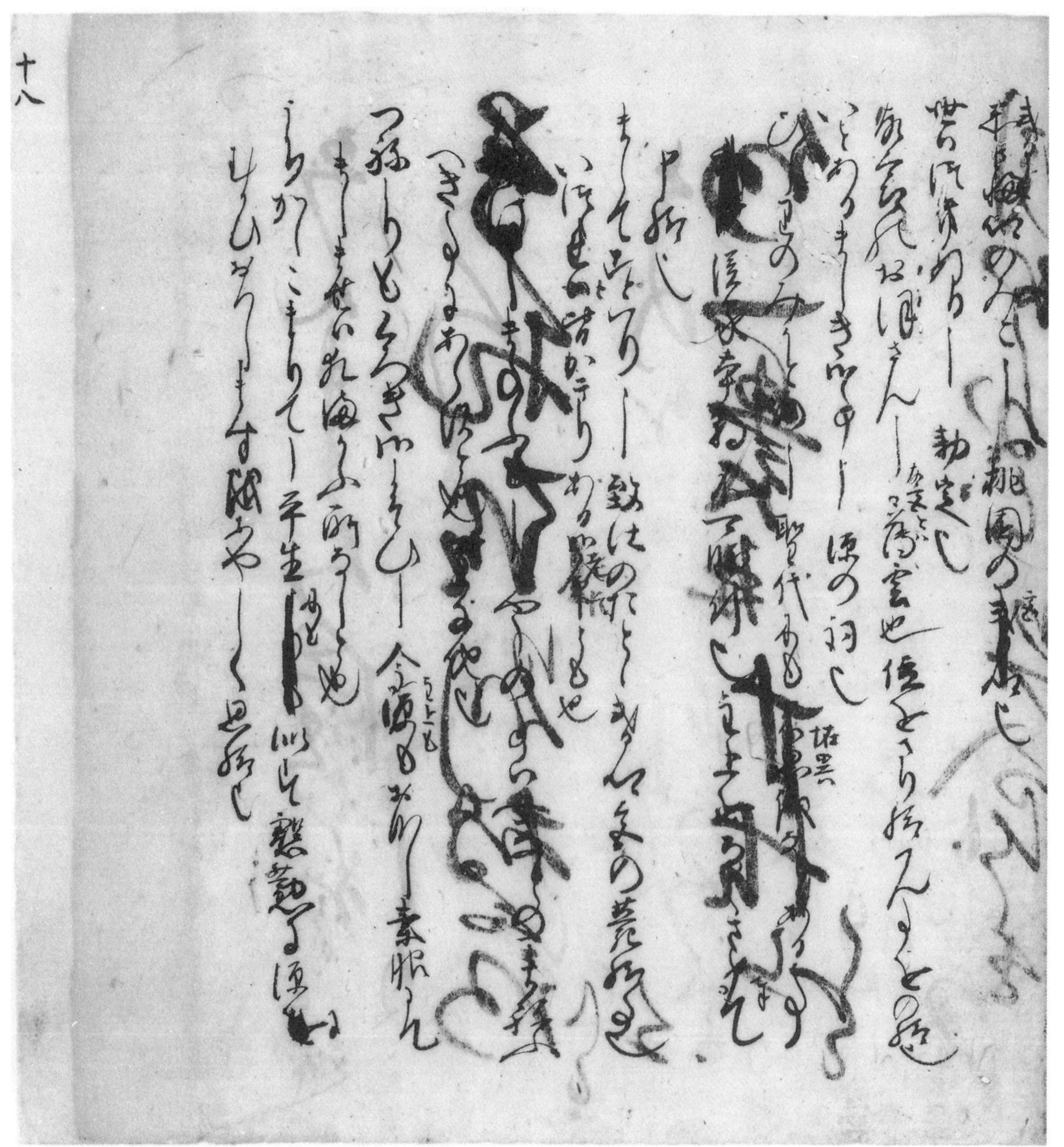

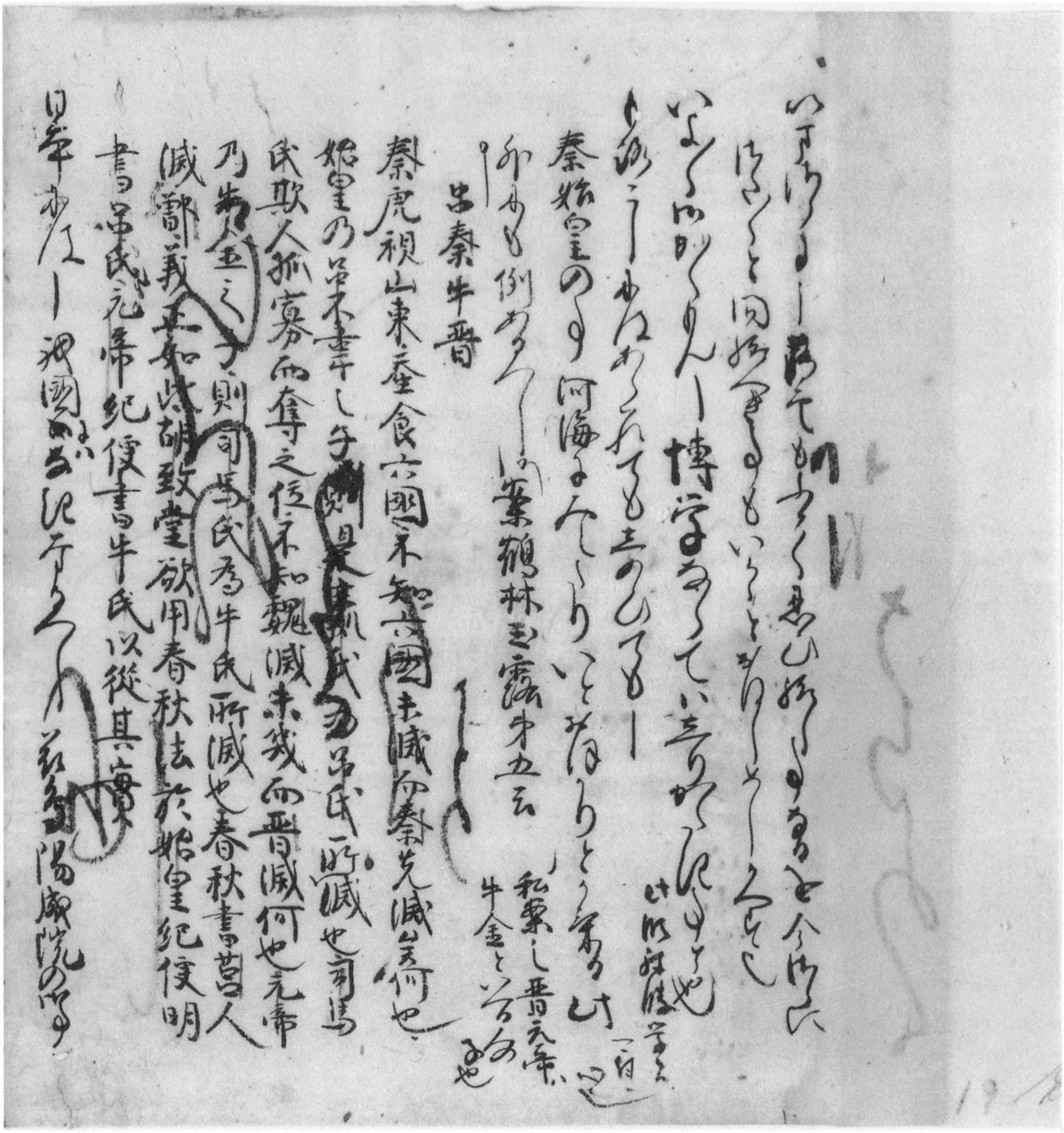

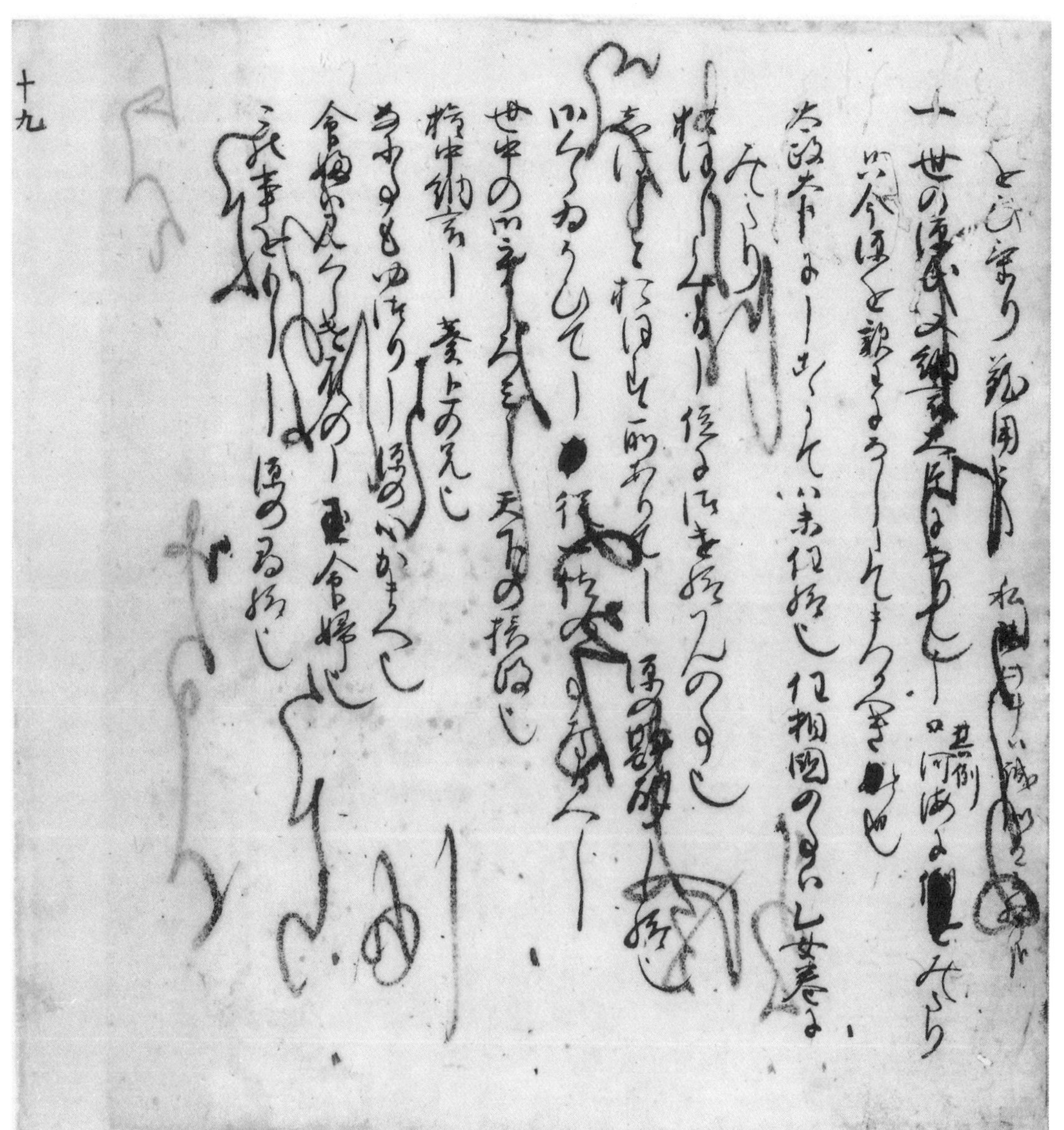

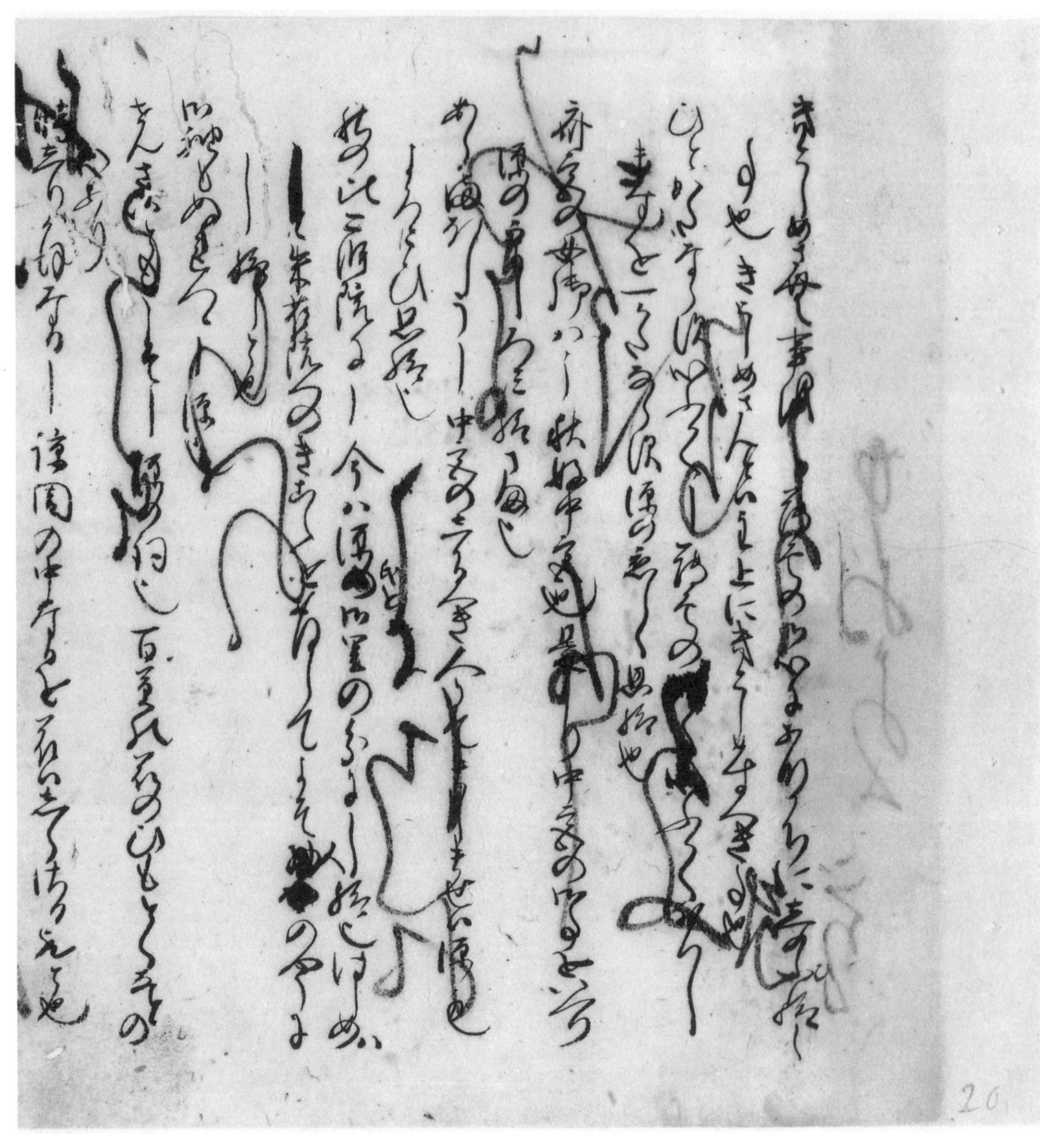

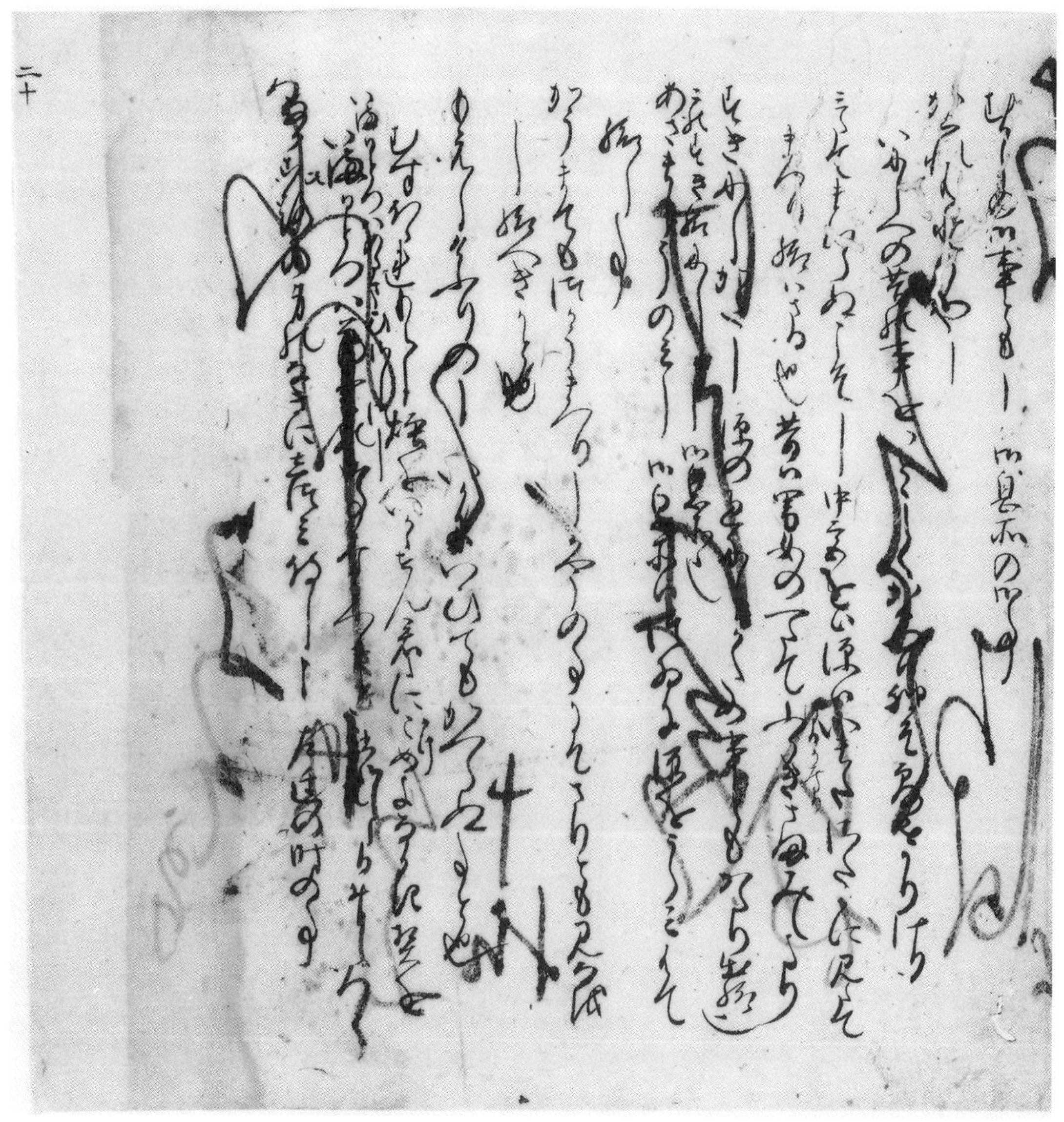

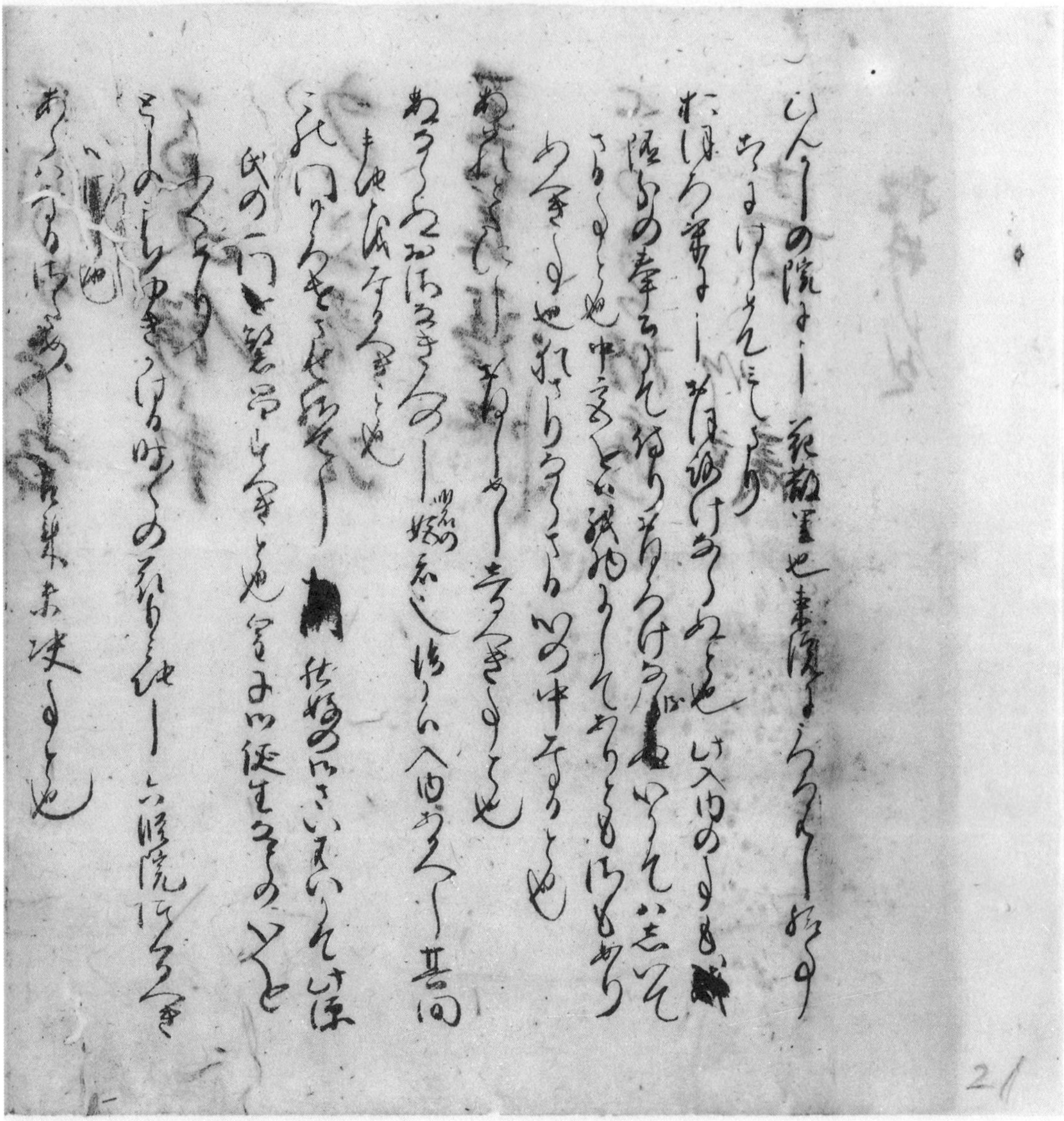

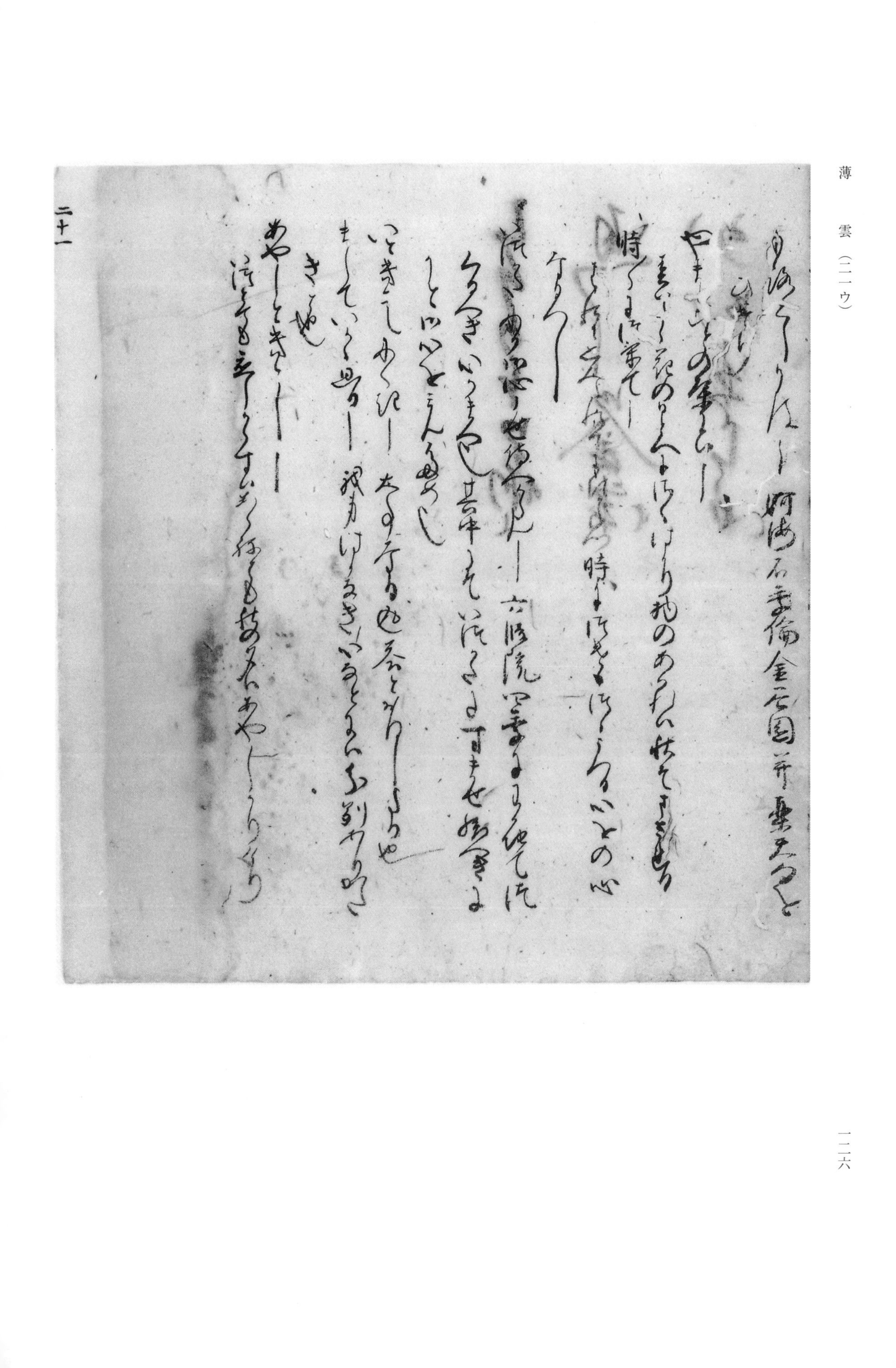

二十一

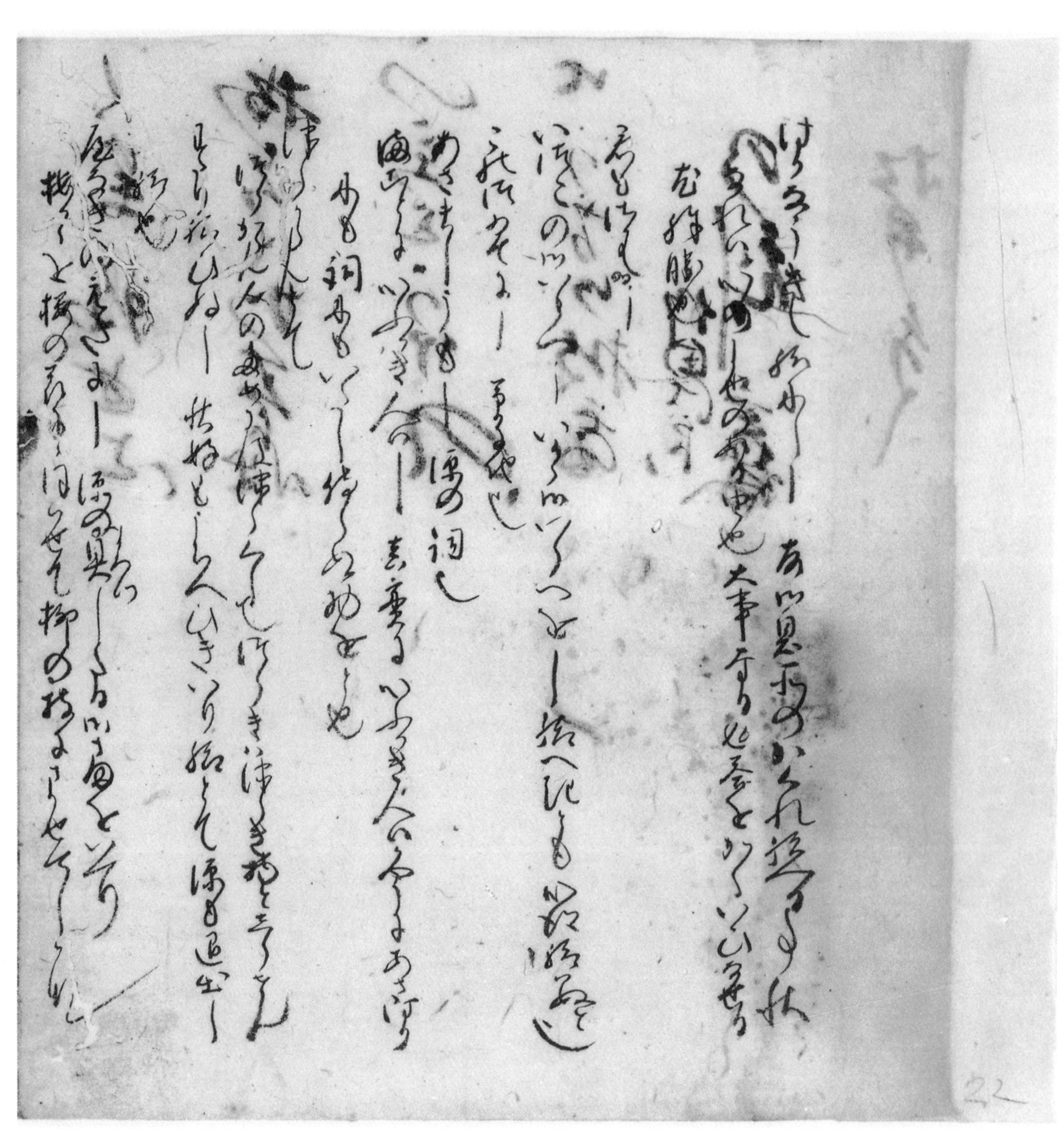

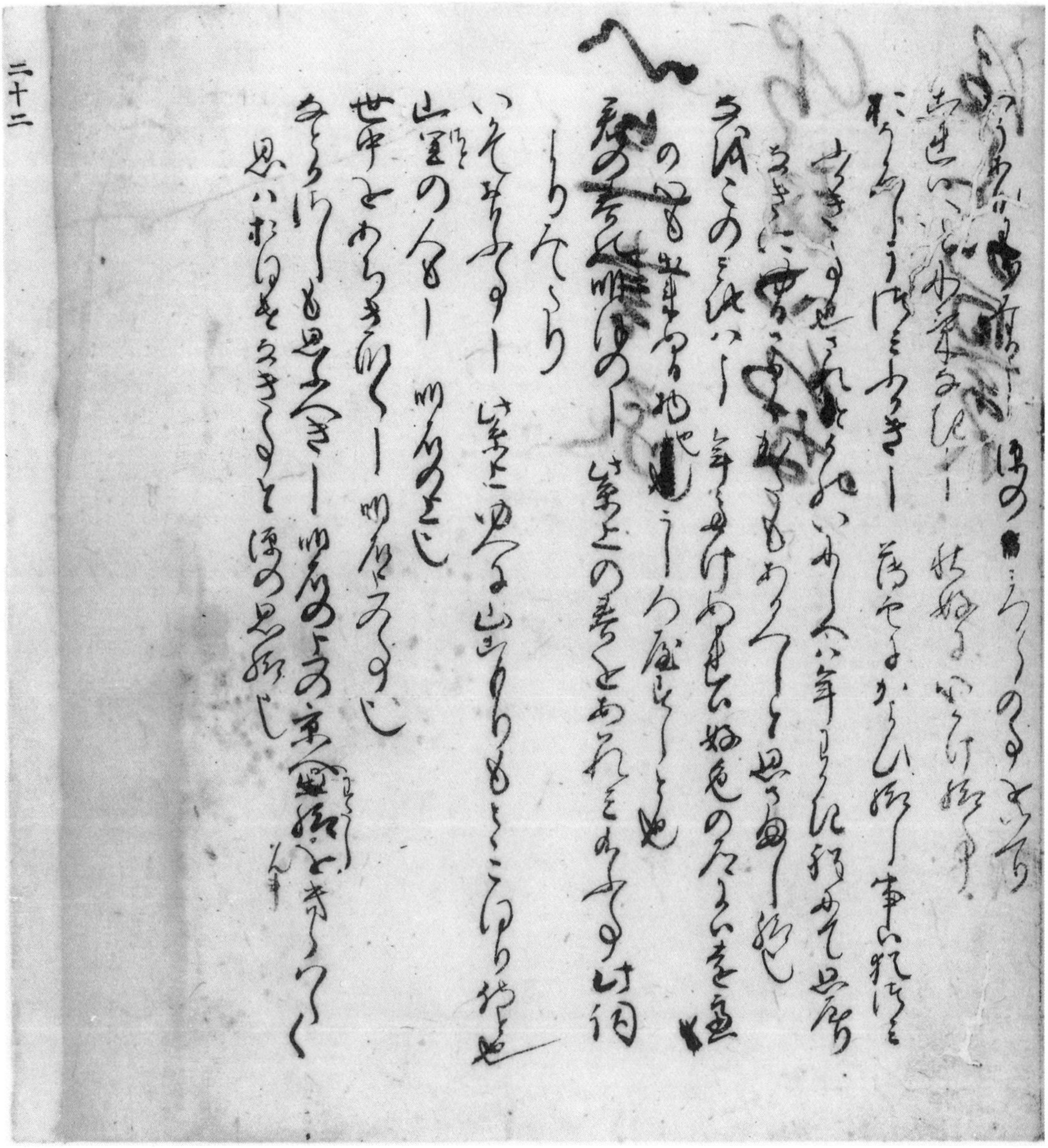

二十二

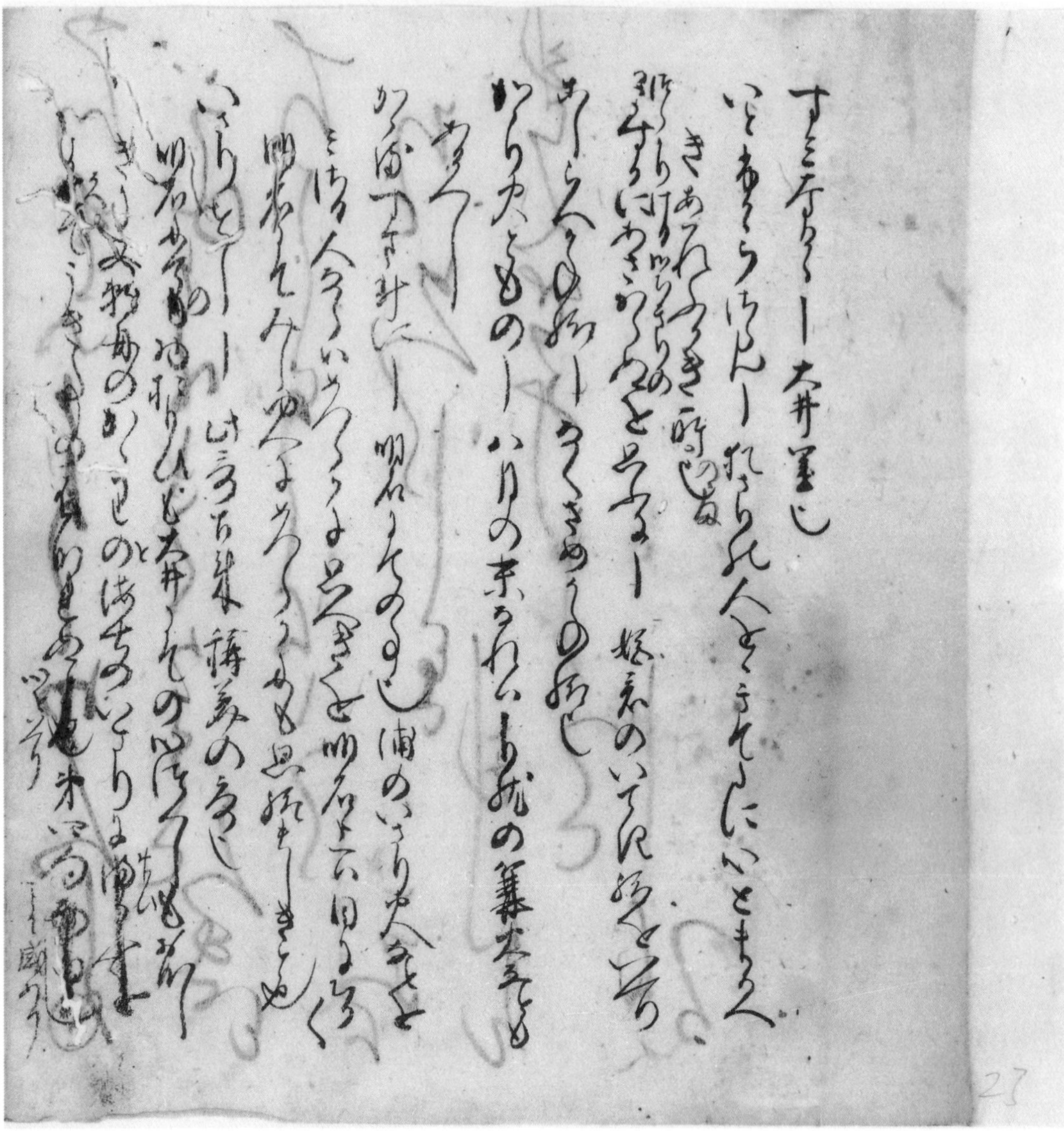

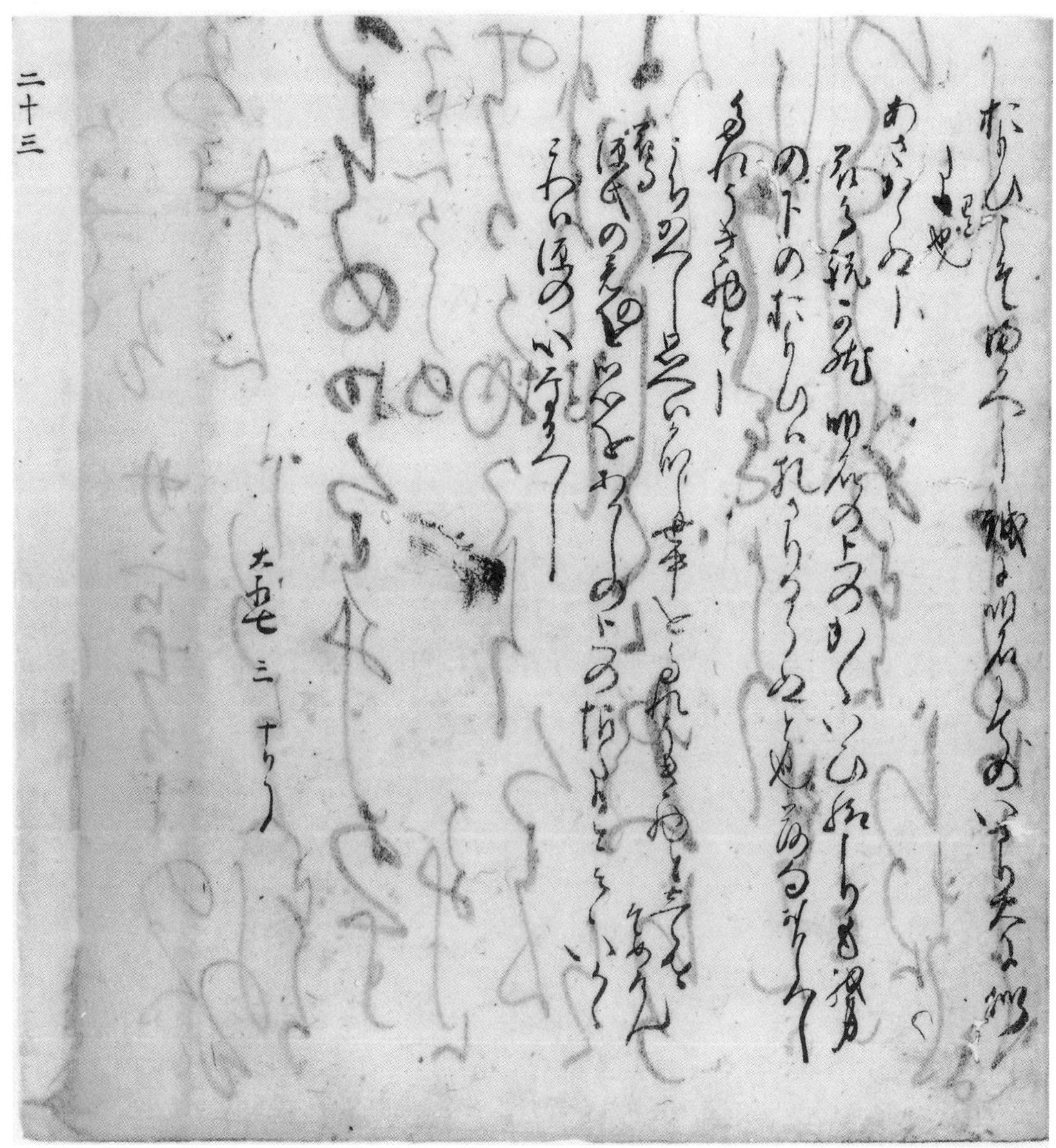

二十三

二十四

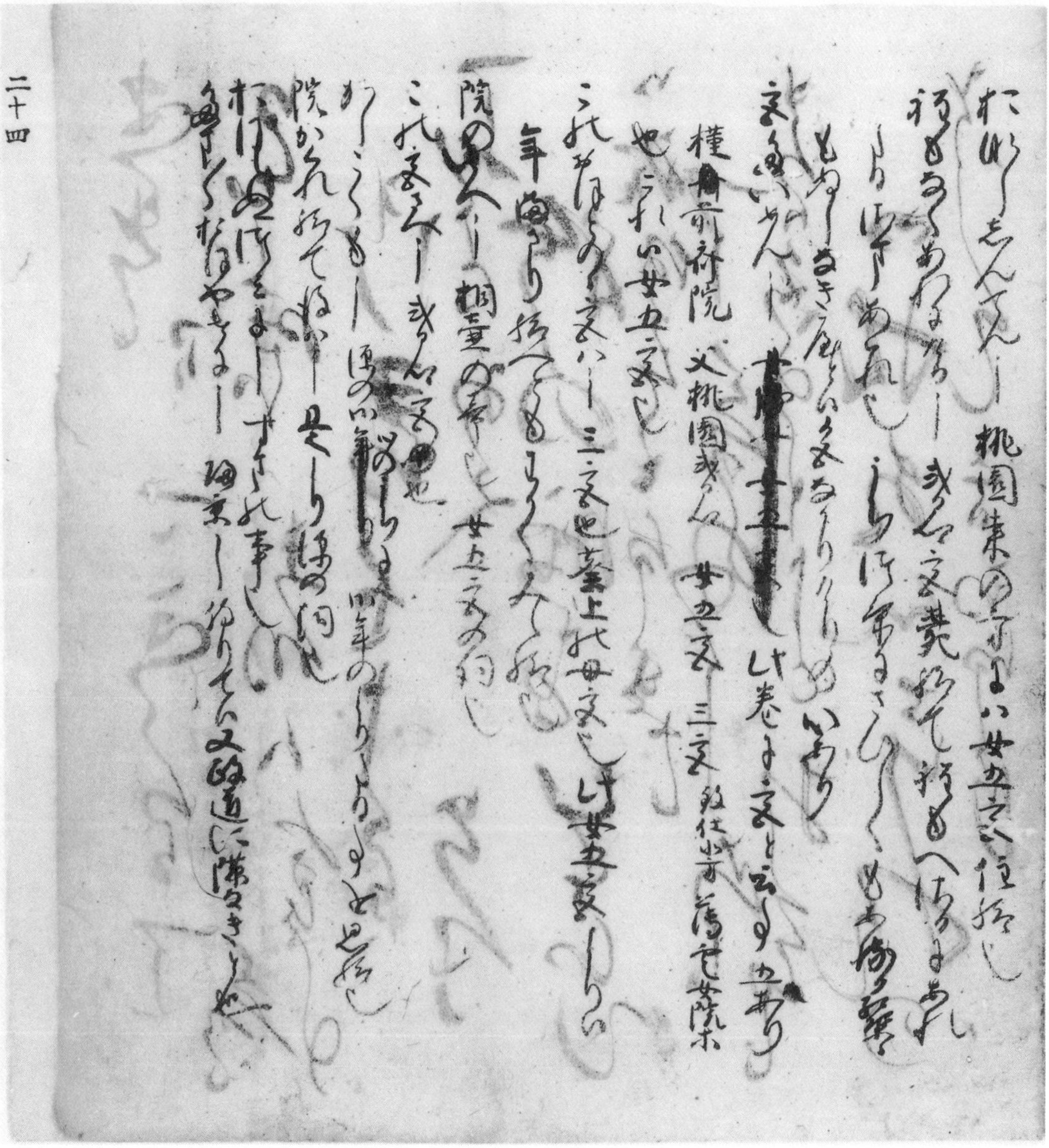

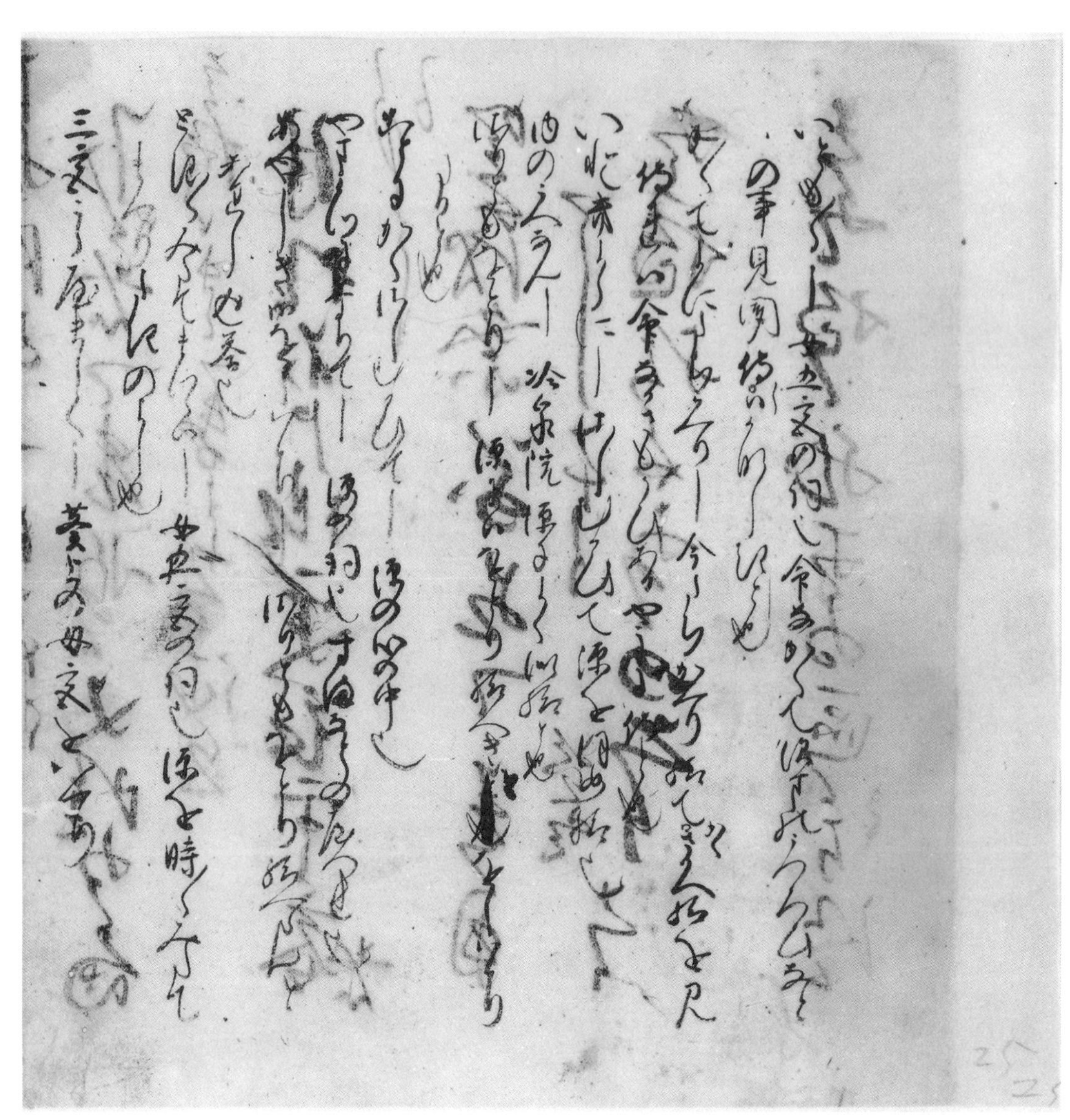

二十五

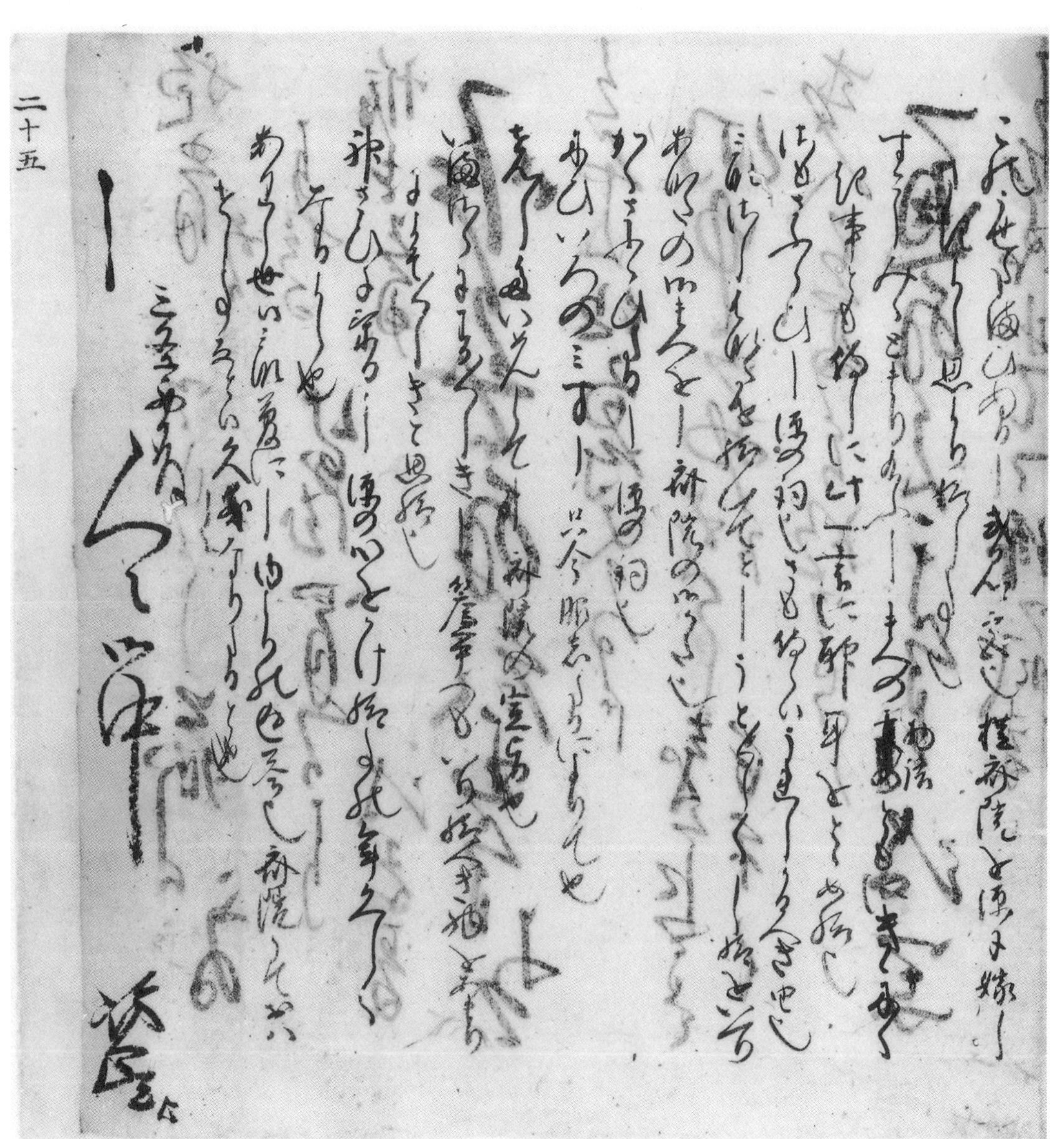

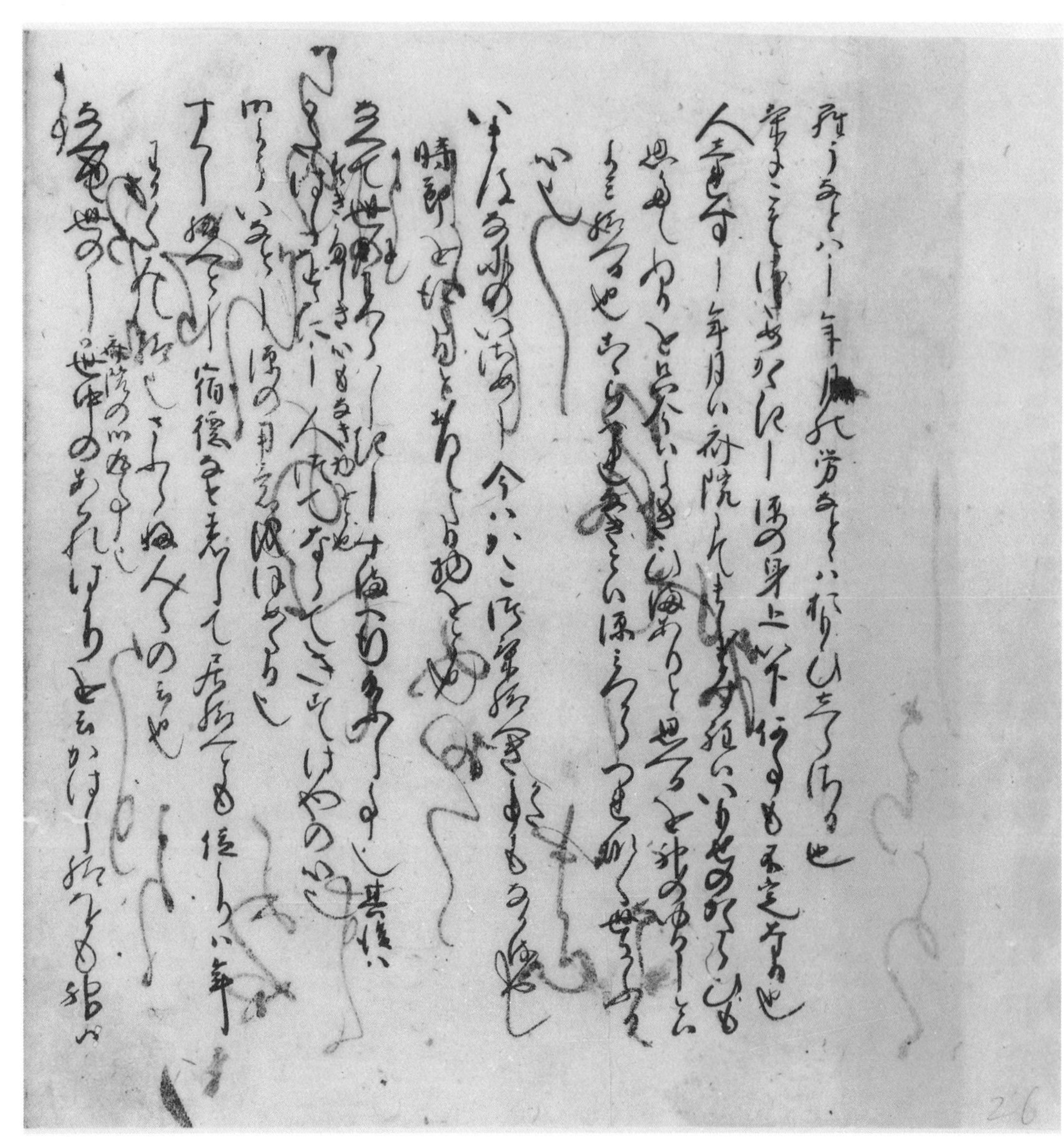

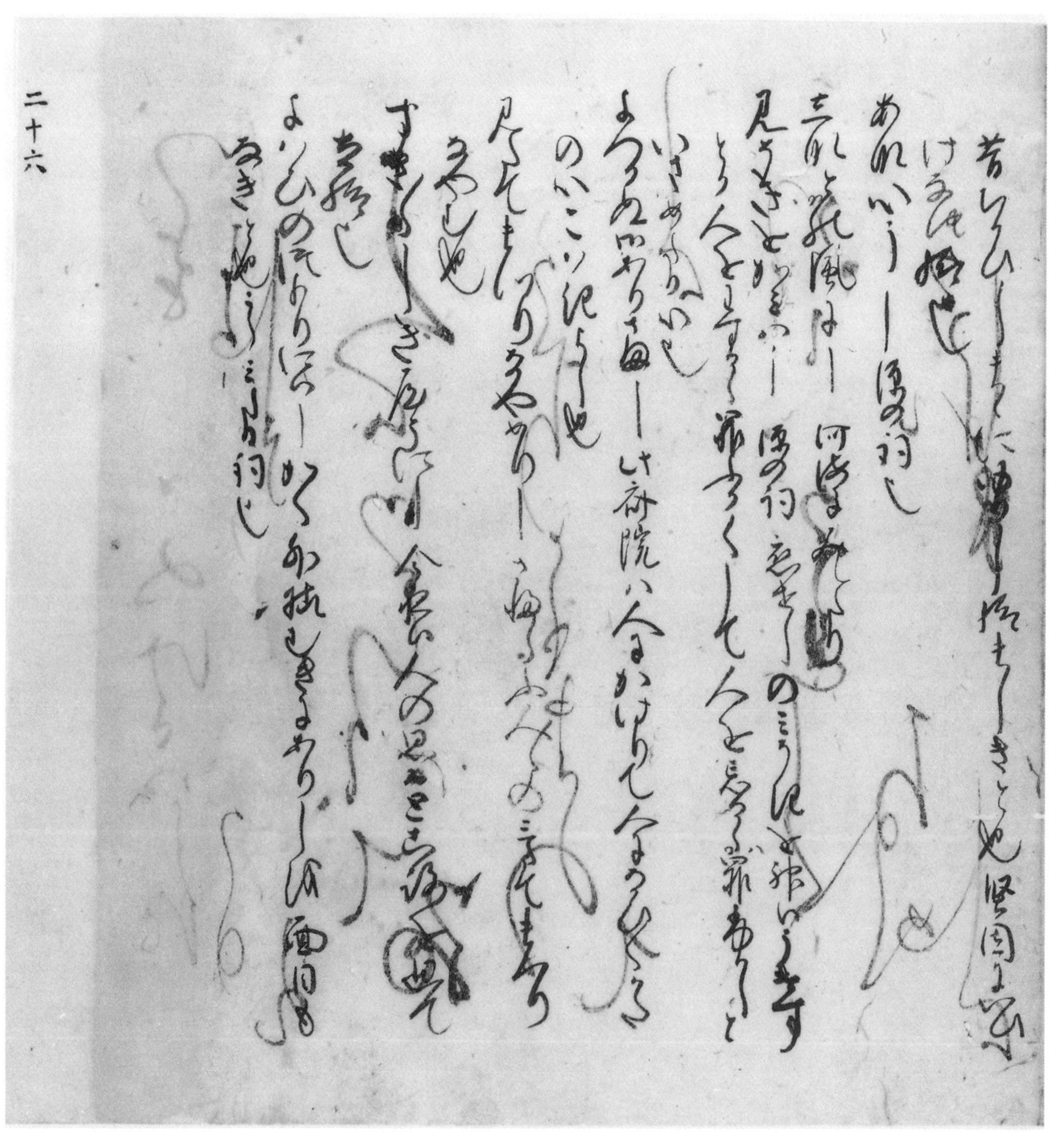

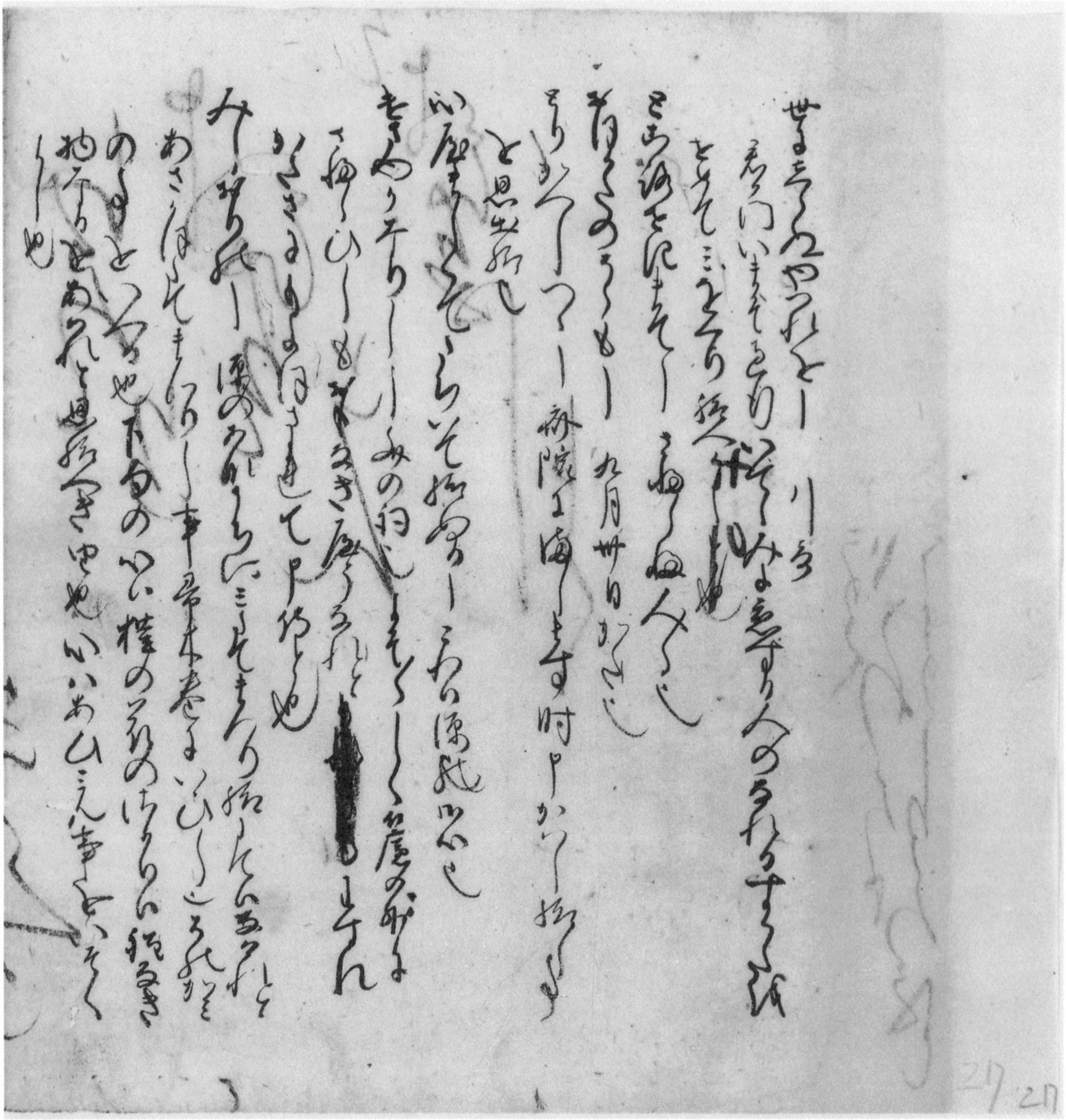

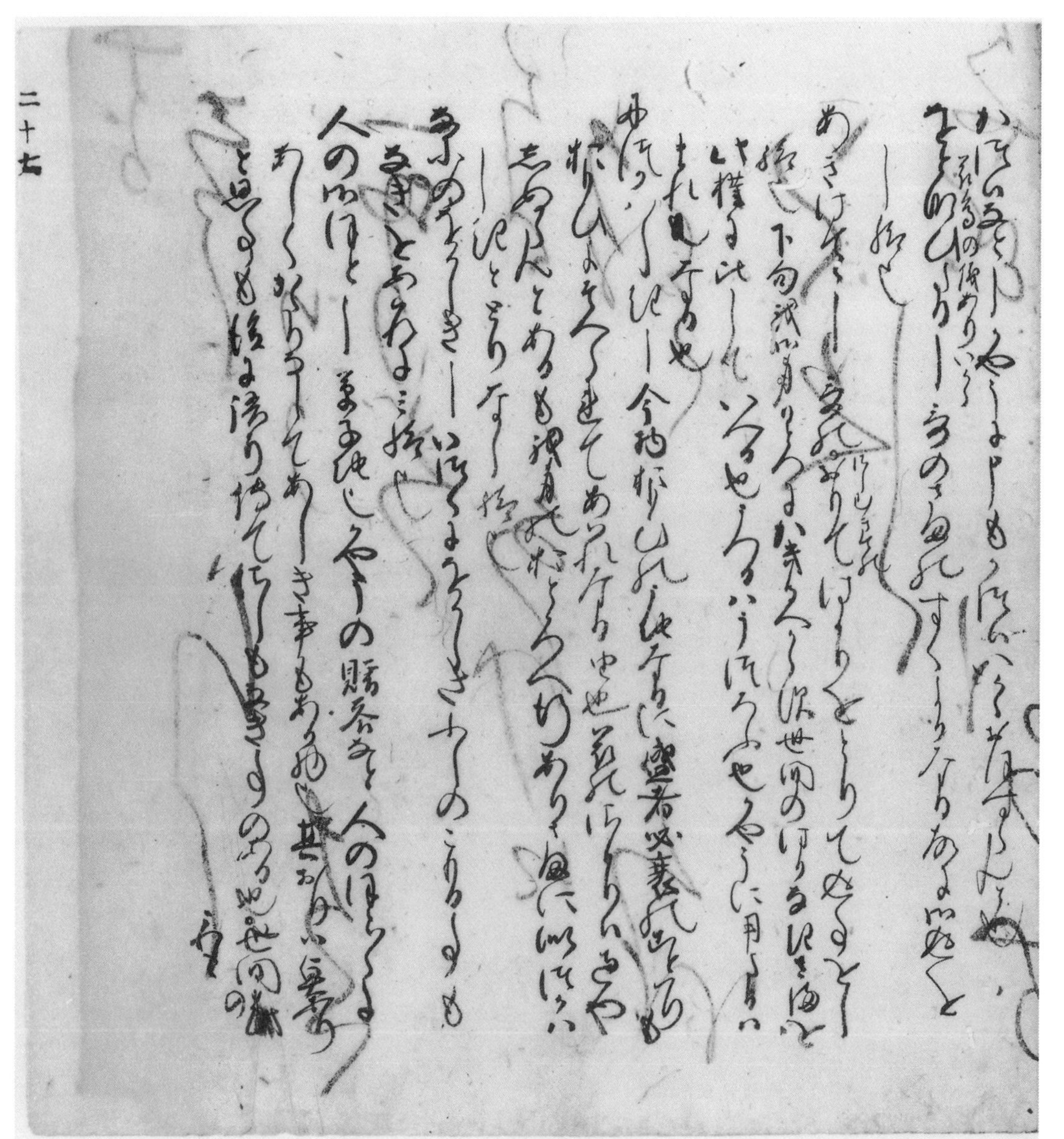

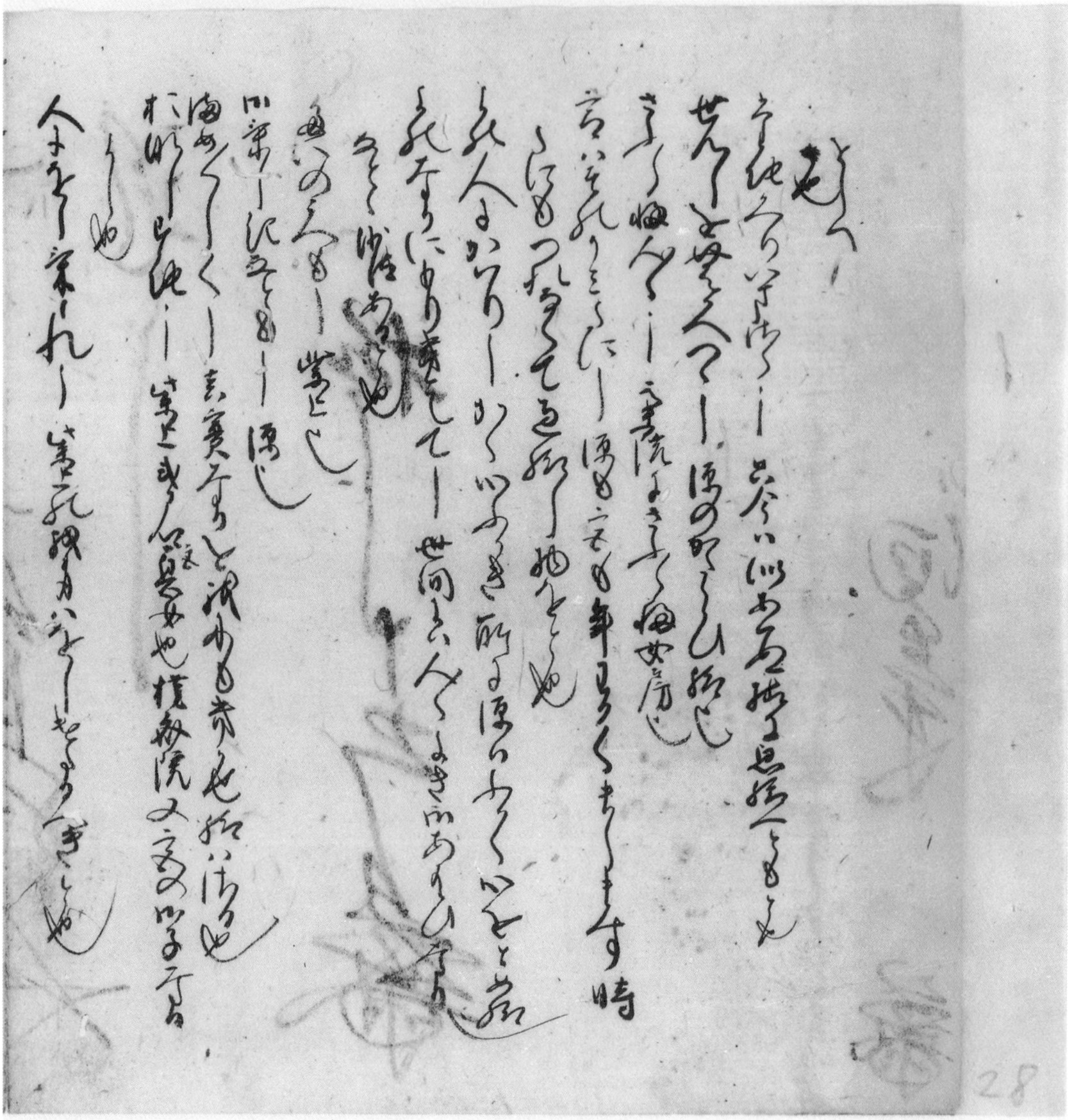

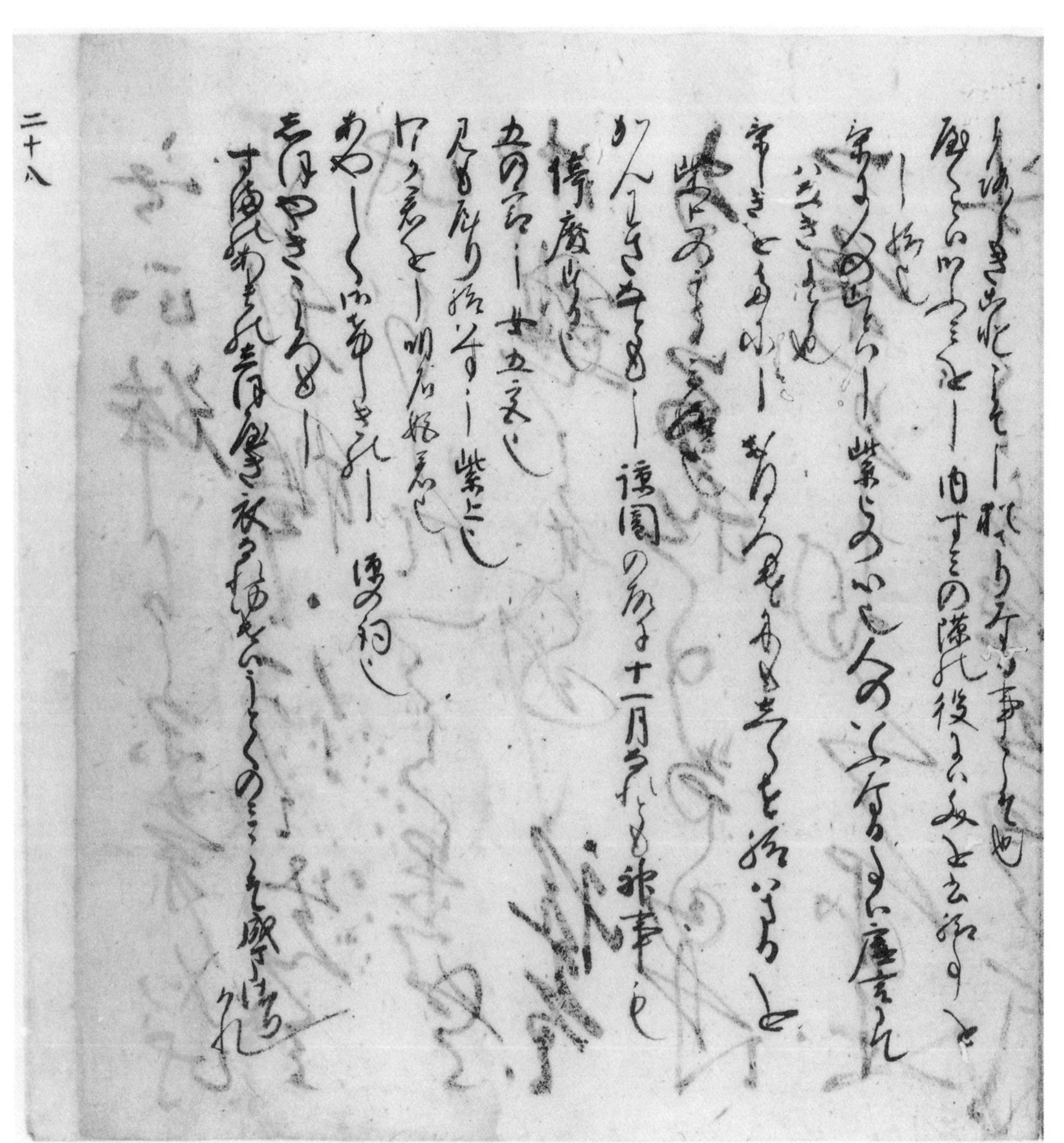
二十八

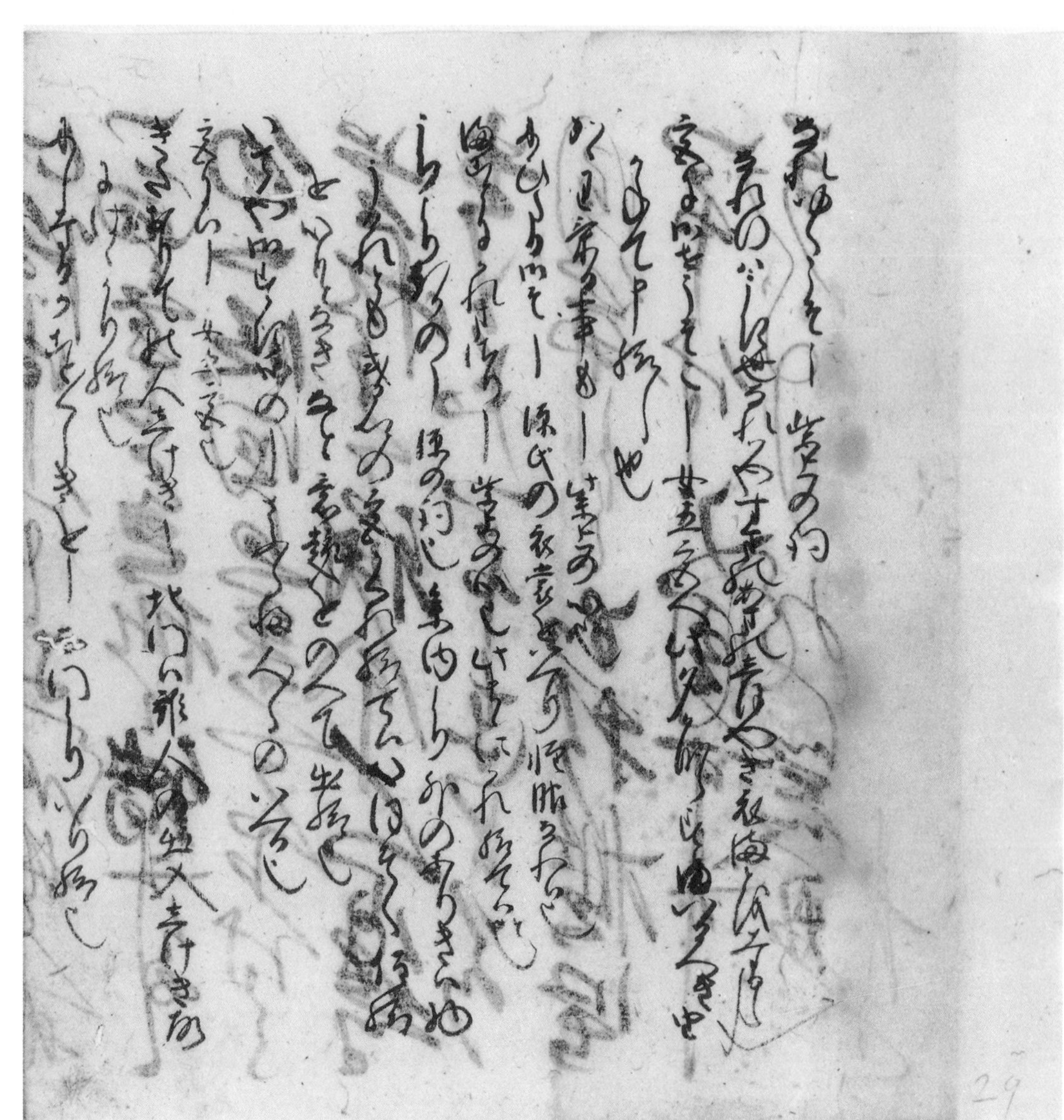

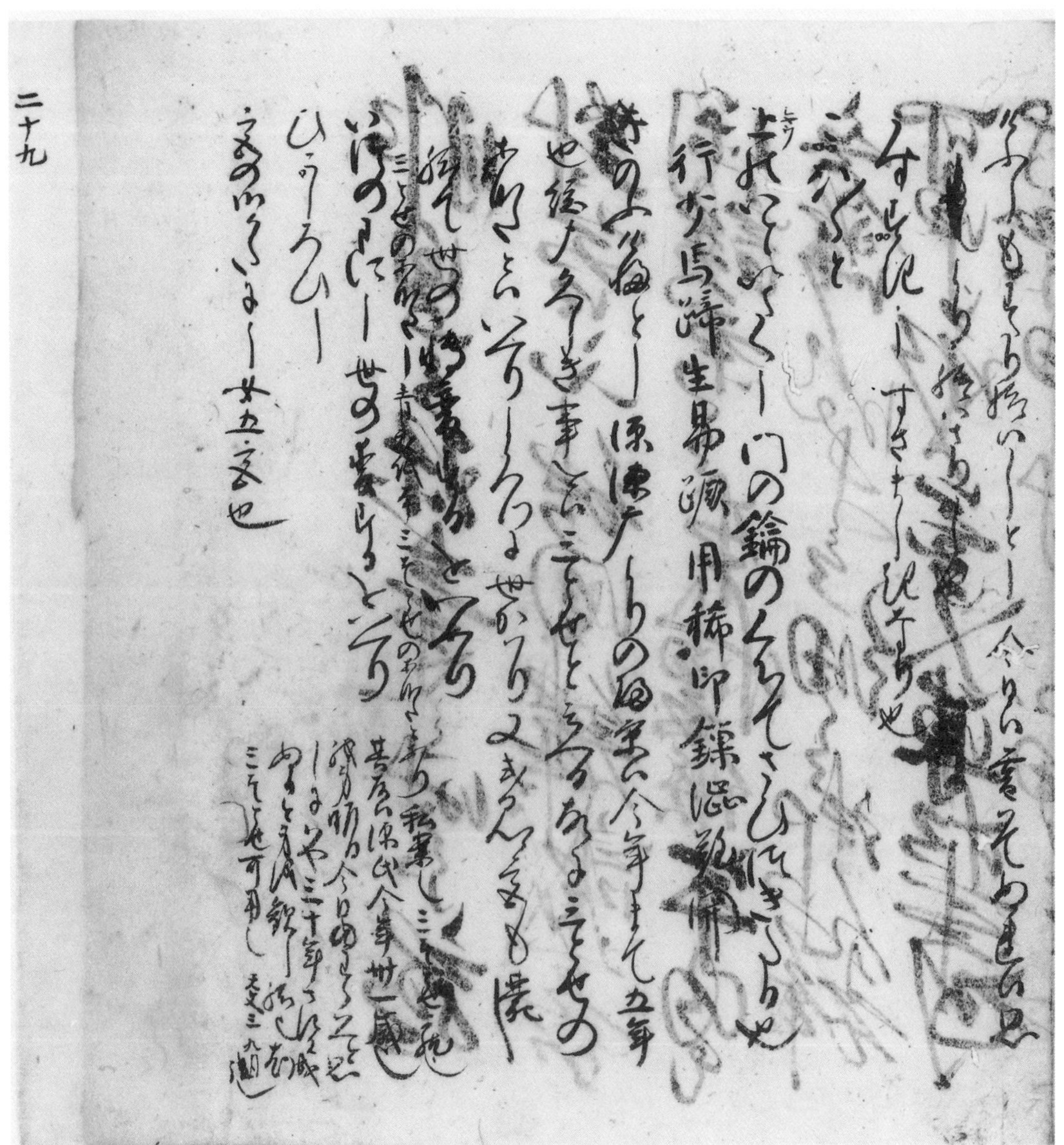

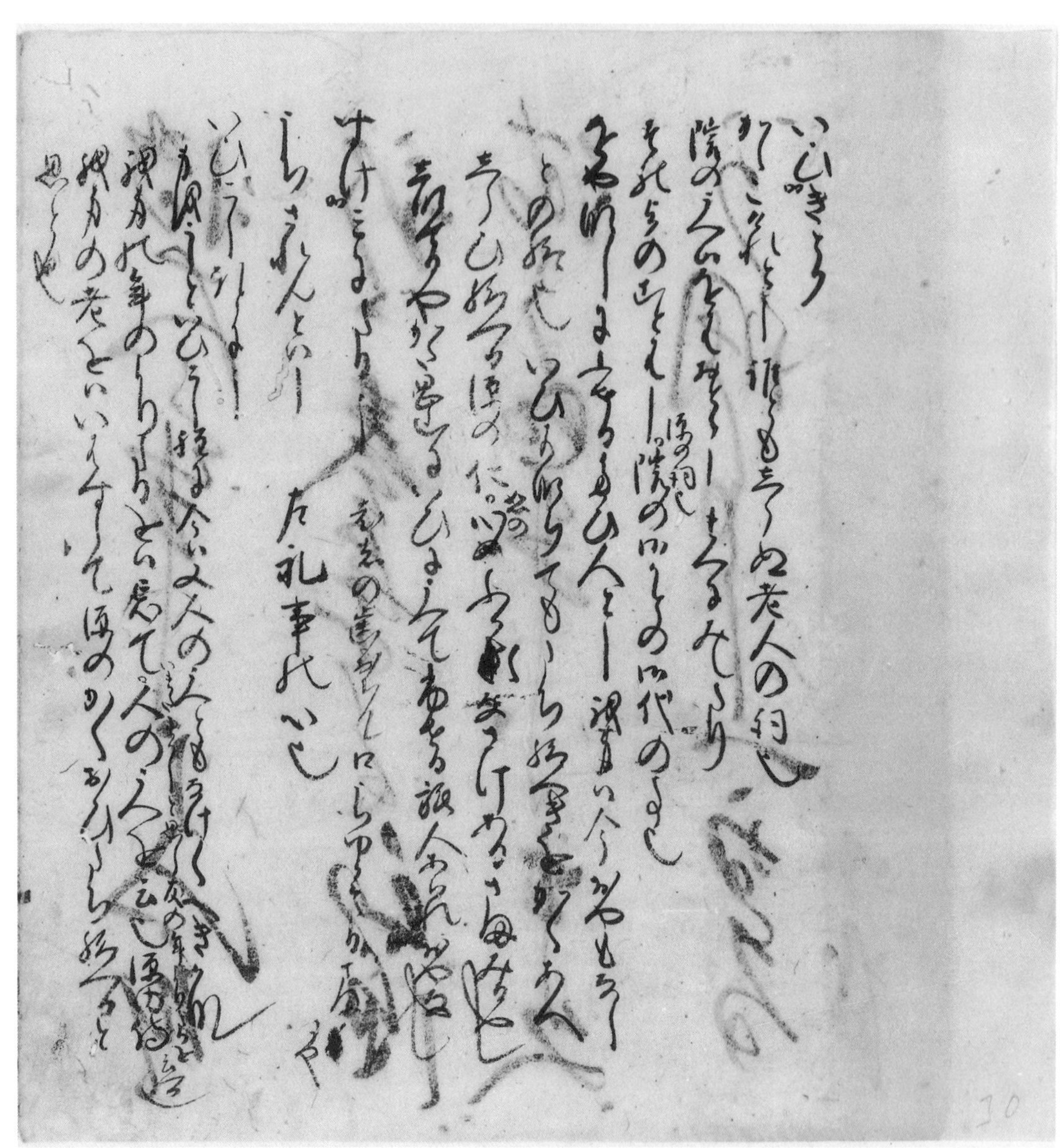

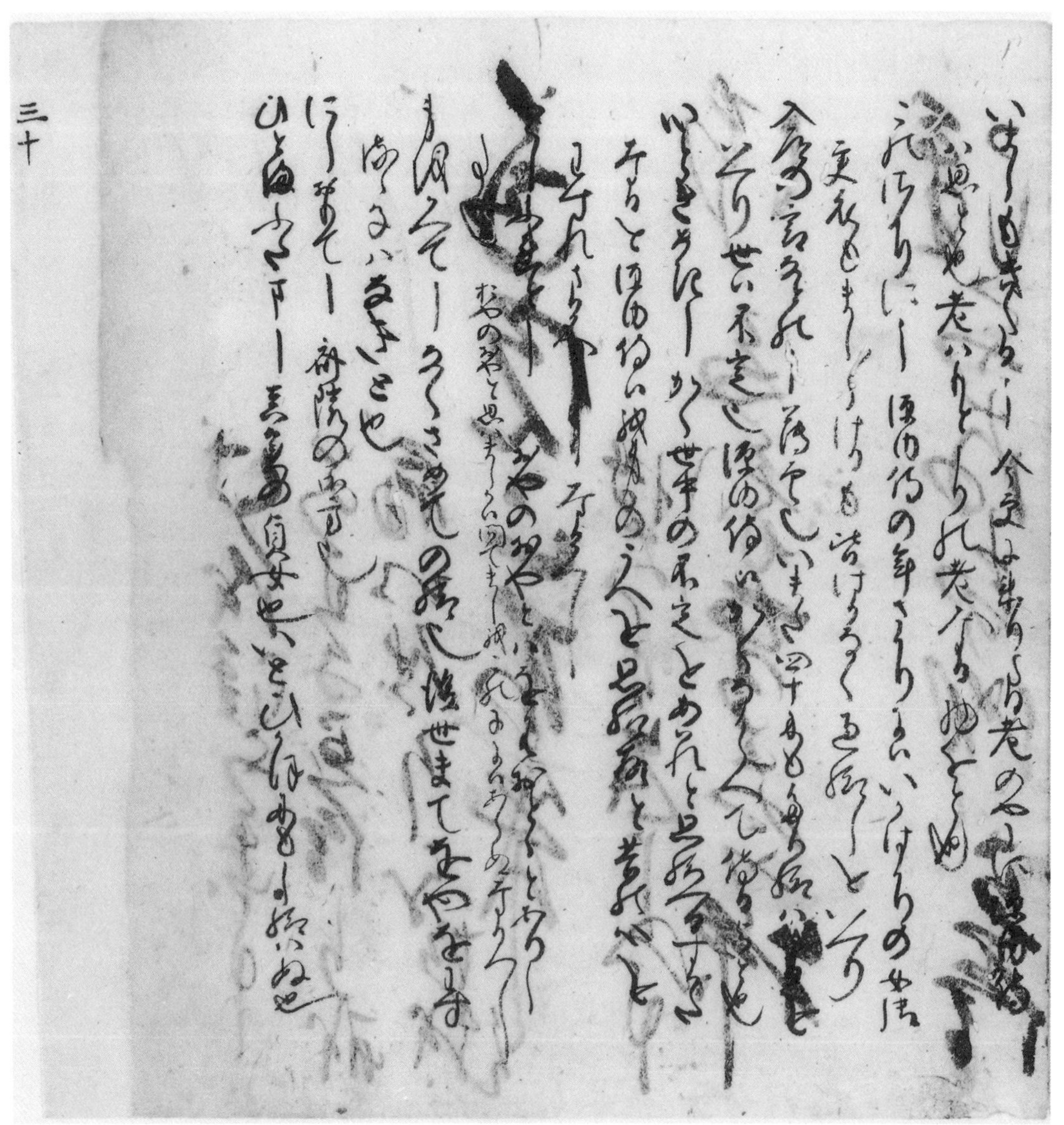

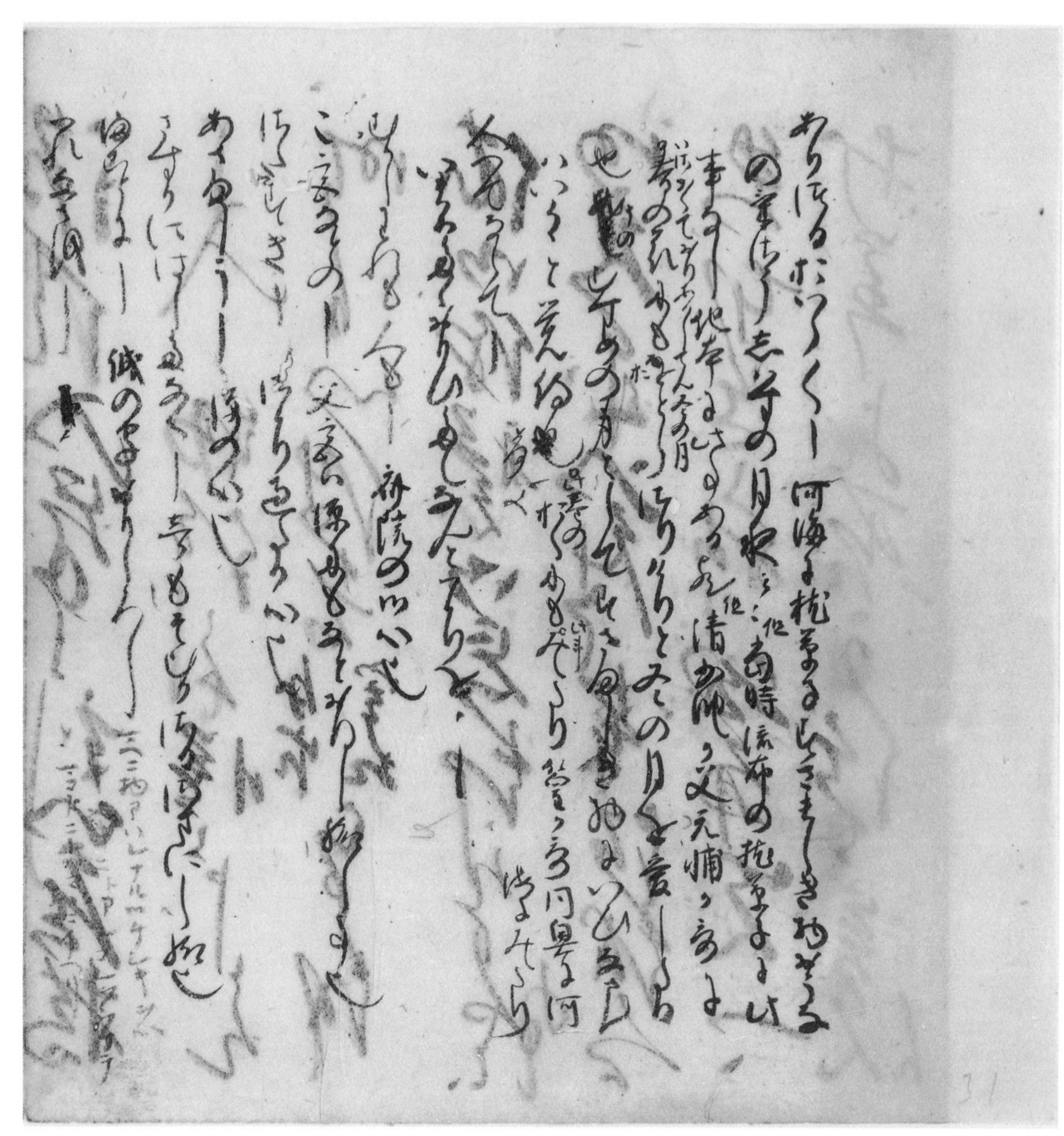

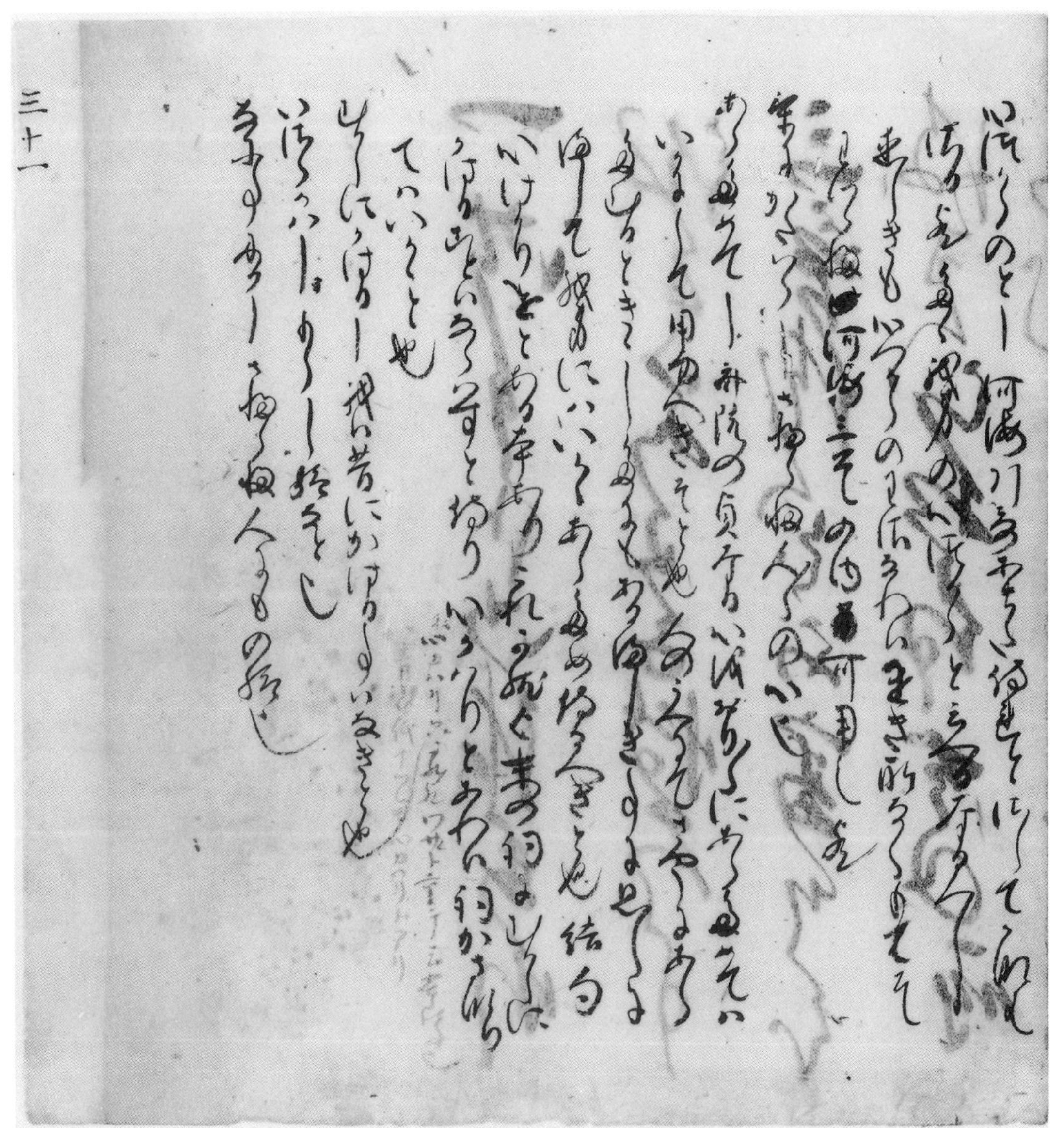

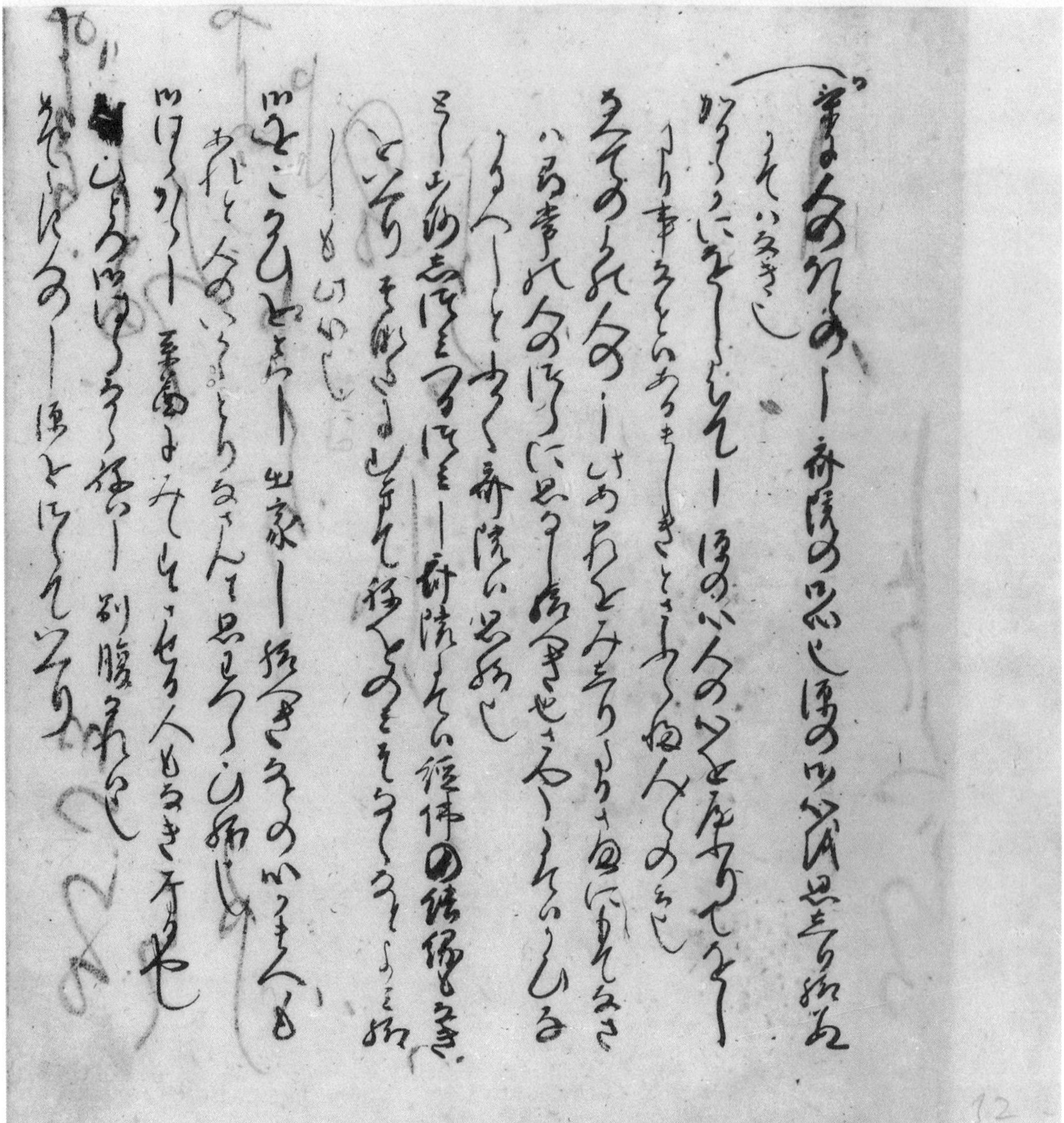

三十二

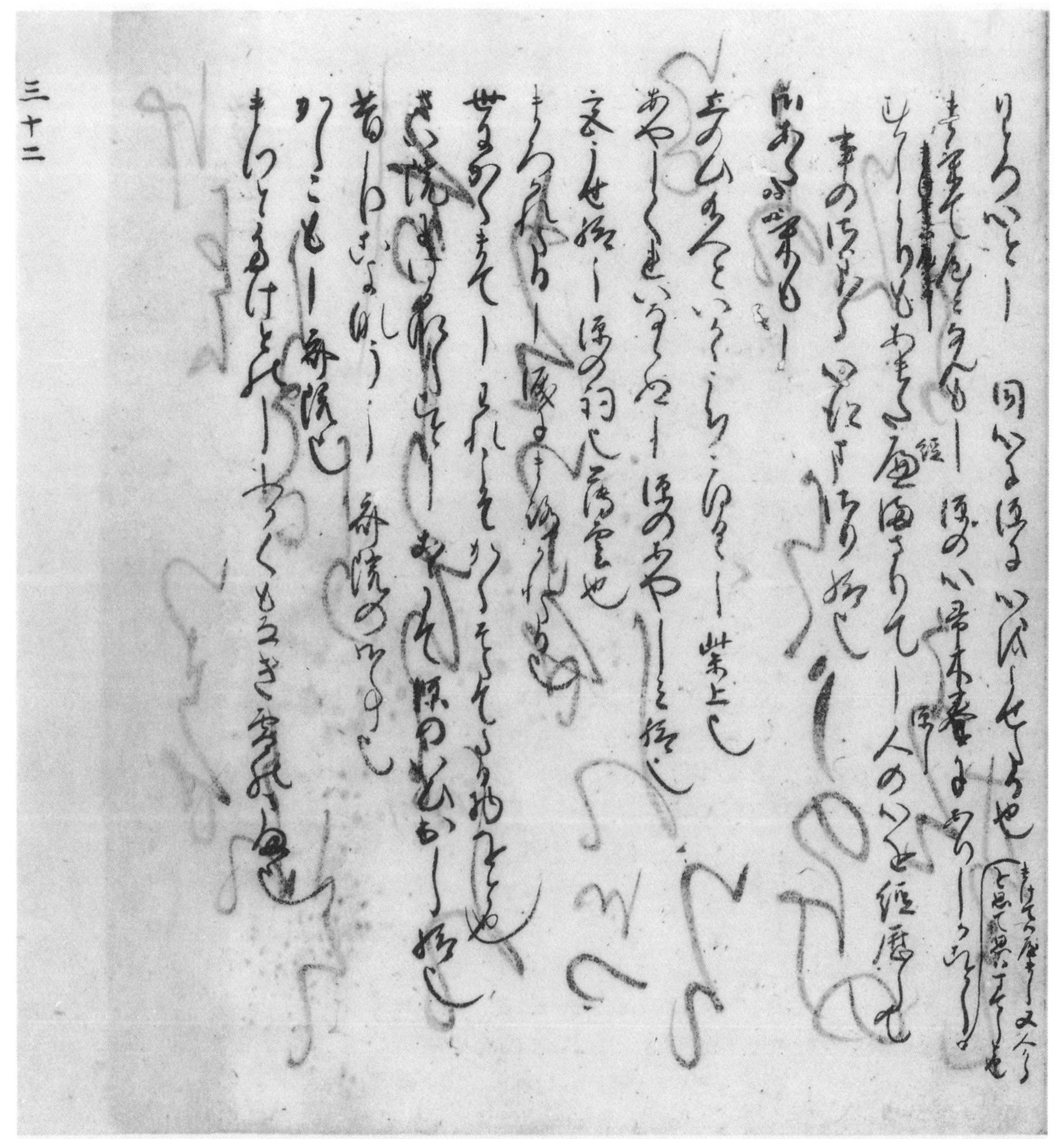

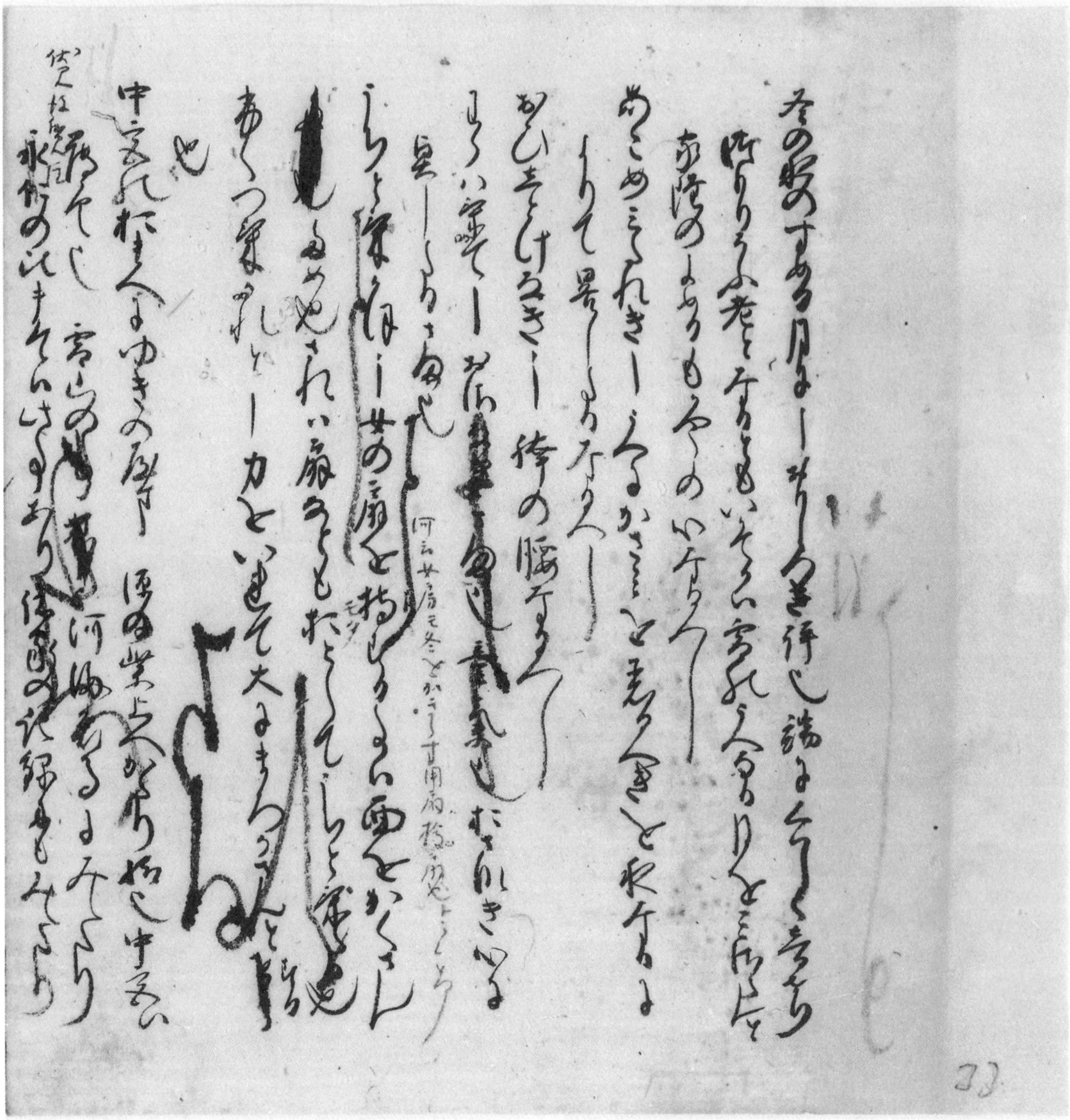

三十三

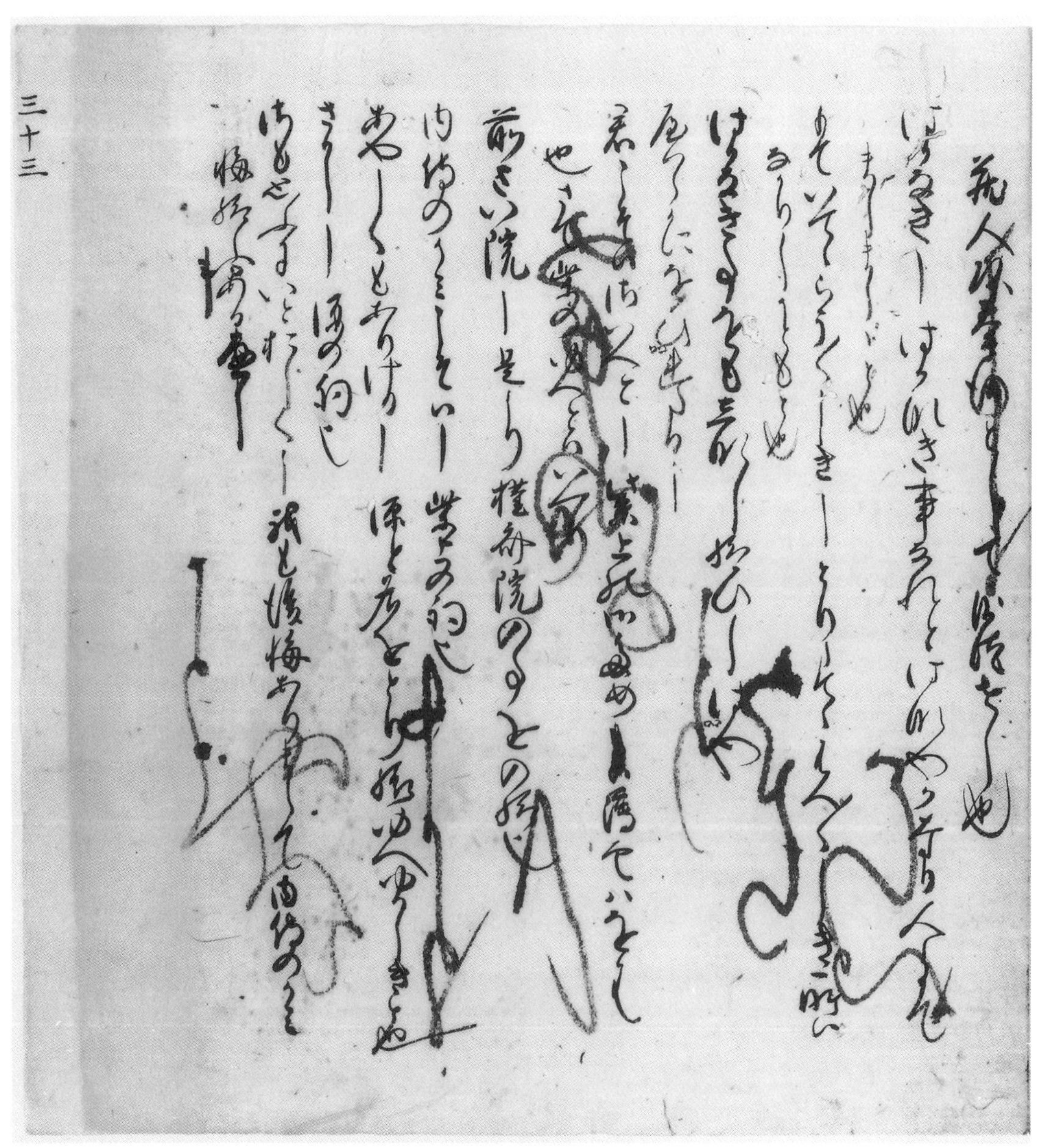

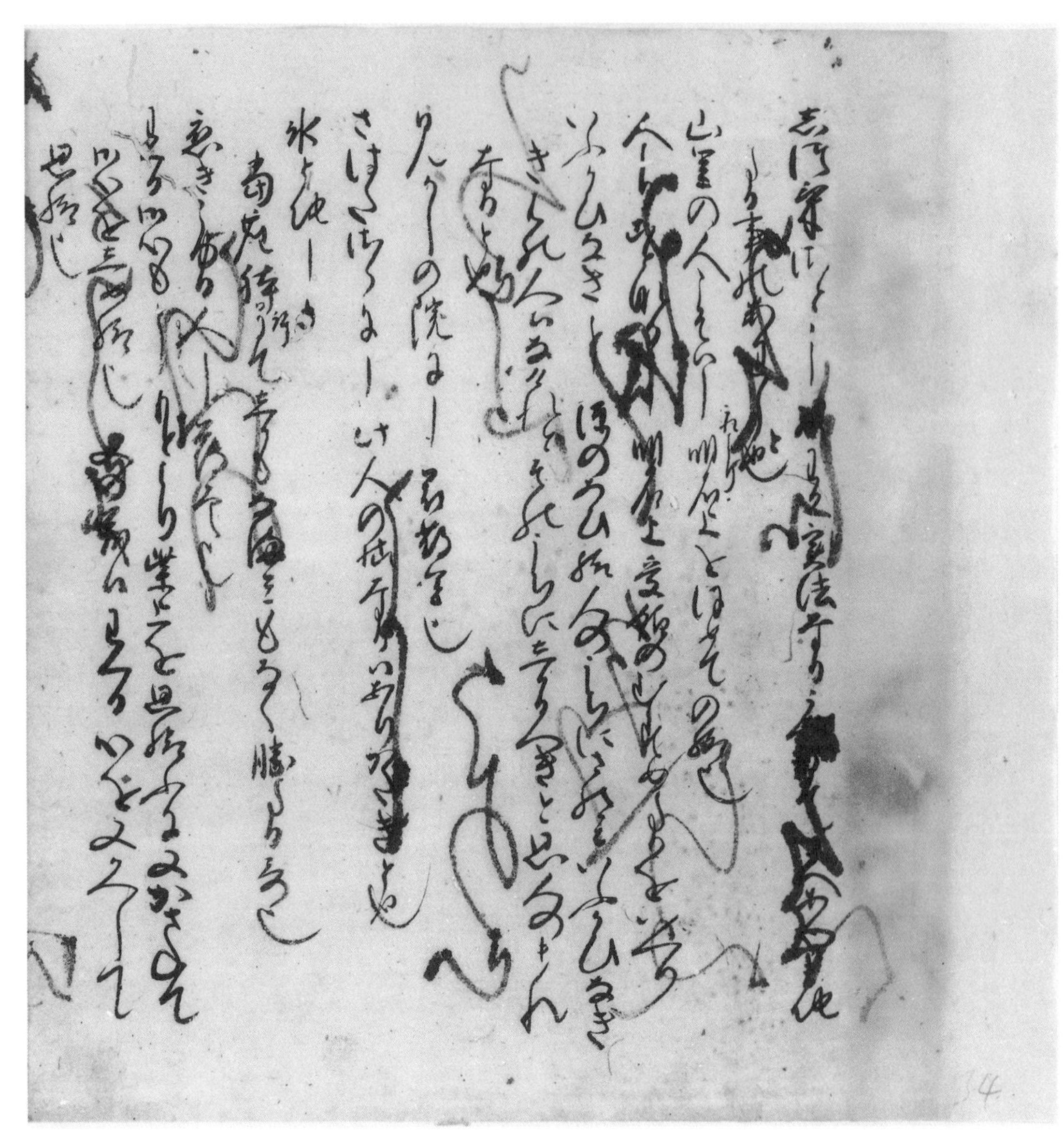

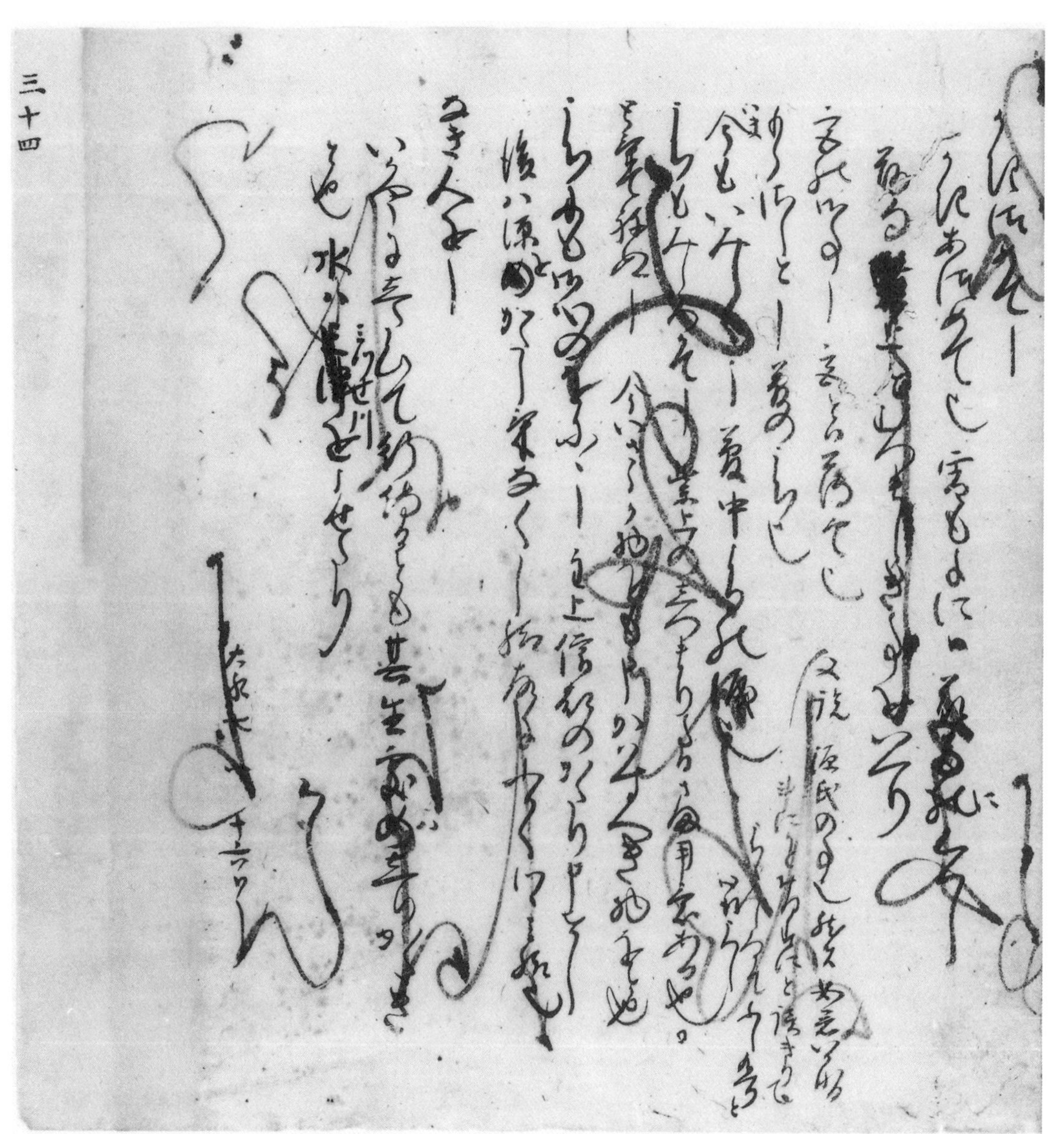
三十四

少女

巻名以詞并哥号之　五節のすかたを哥によみたり　源氏卅二の四月より卅三の十月

[illegible]みてたり

としかはりて一節也　諒闇三月まて也以今諒闇并

四月の衣更也

まして四月天氣和又清とそ

前斎院朝顔　権斎院也今年はみな替てとそ

おまへの[illegible]斎院の御事にて[illegible]とおもふ也

大殿

ここそ[illegible]服

[illegible]

[illegible]斎院[illegible]

[illegible]

[illegible]斎院[illegible]

[illegible]みたり

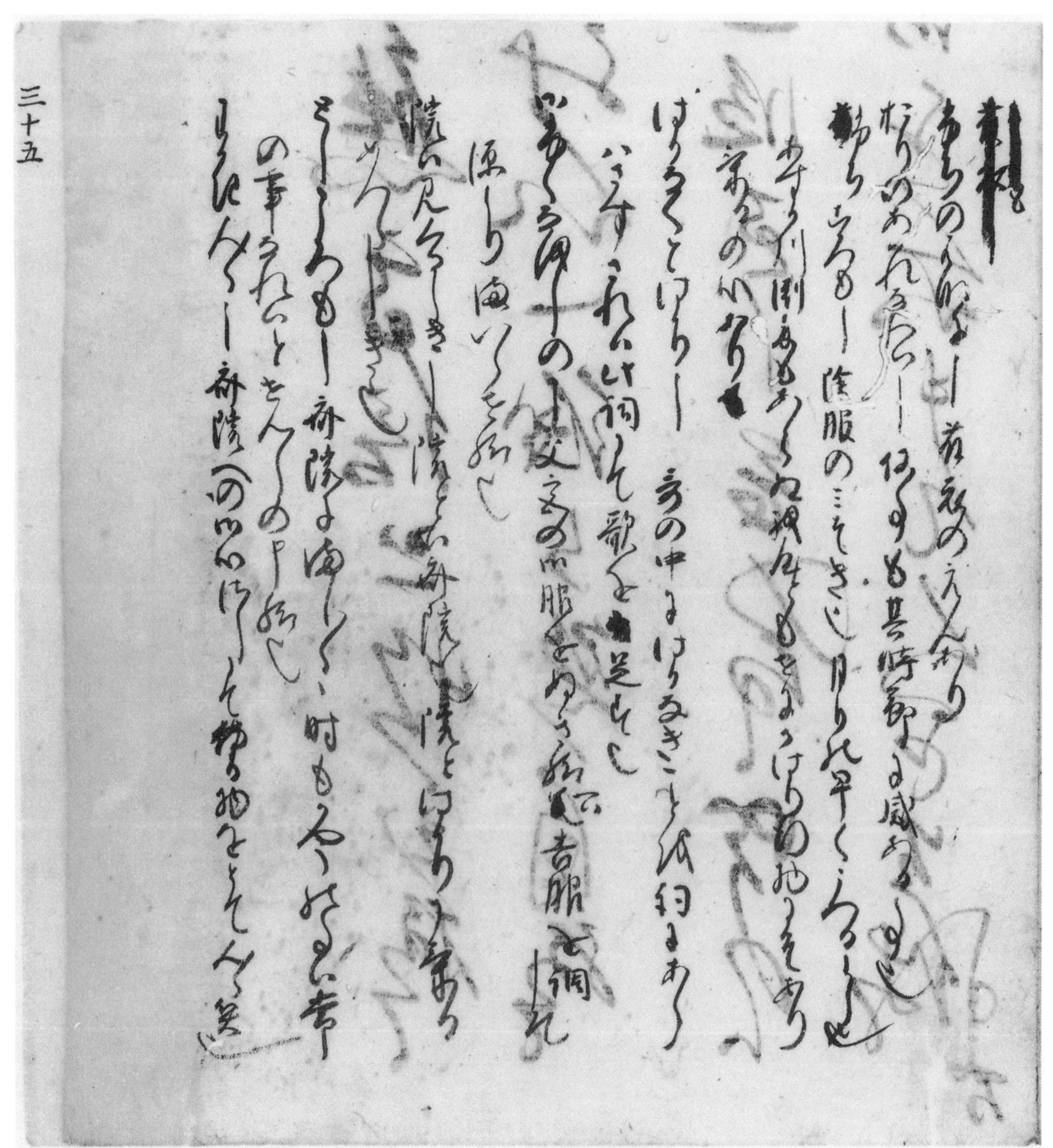

三十五

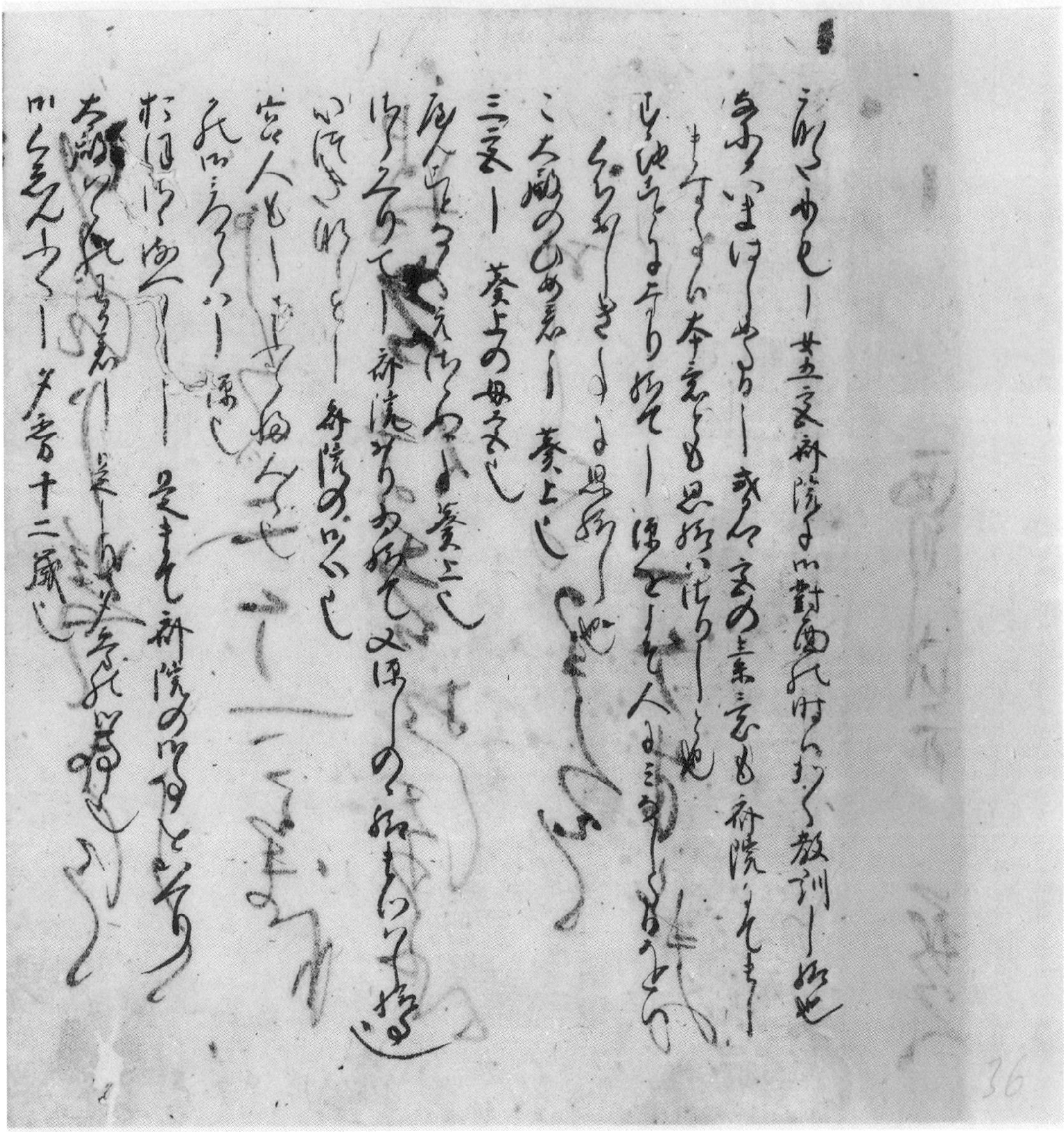

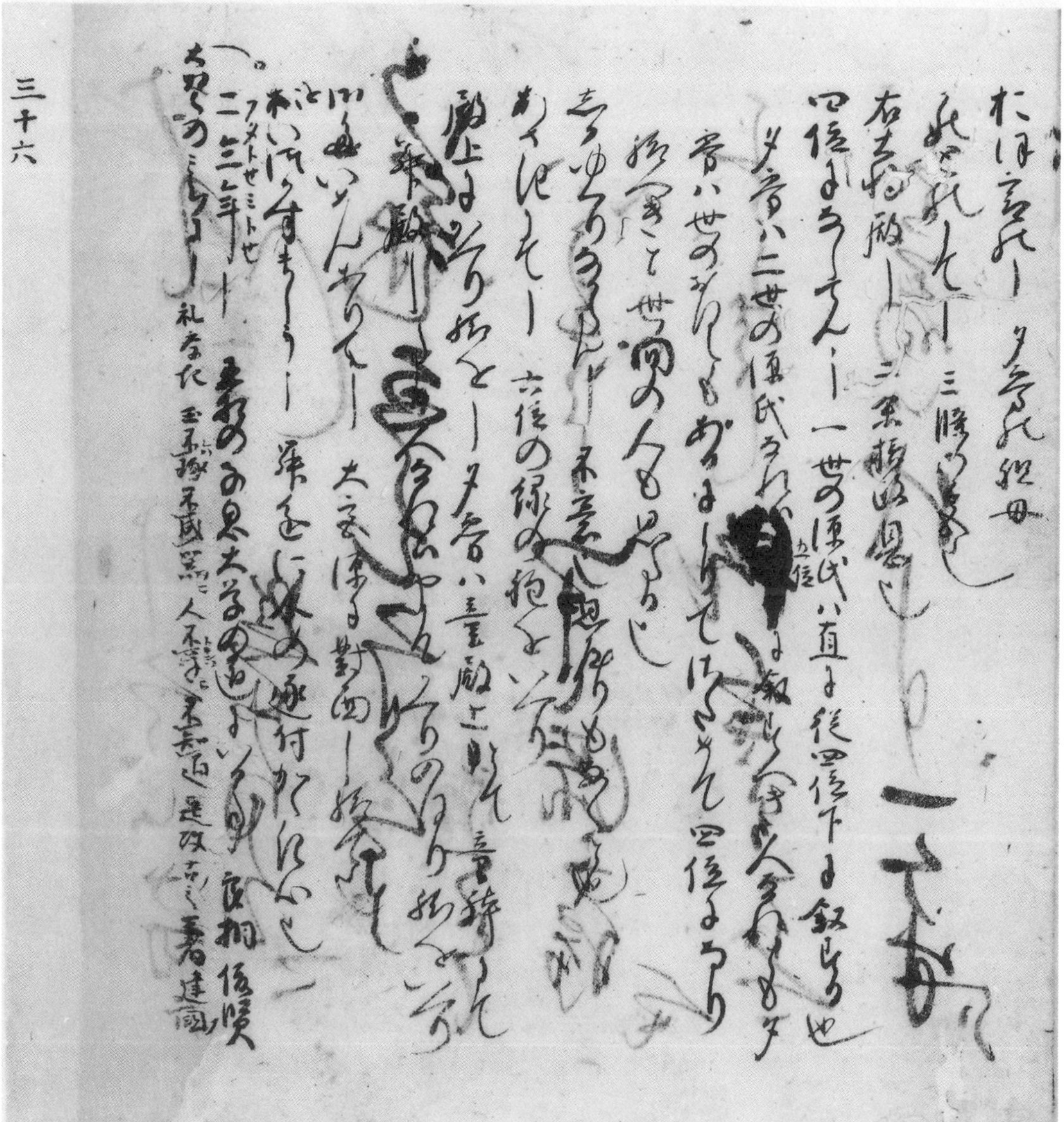
三十六

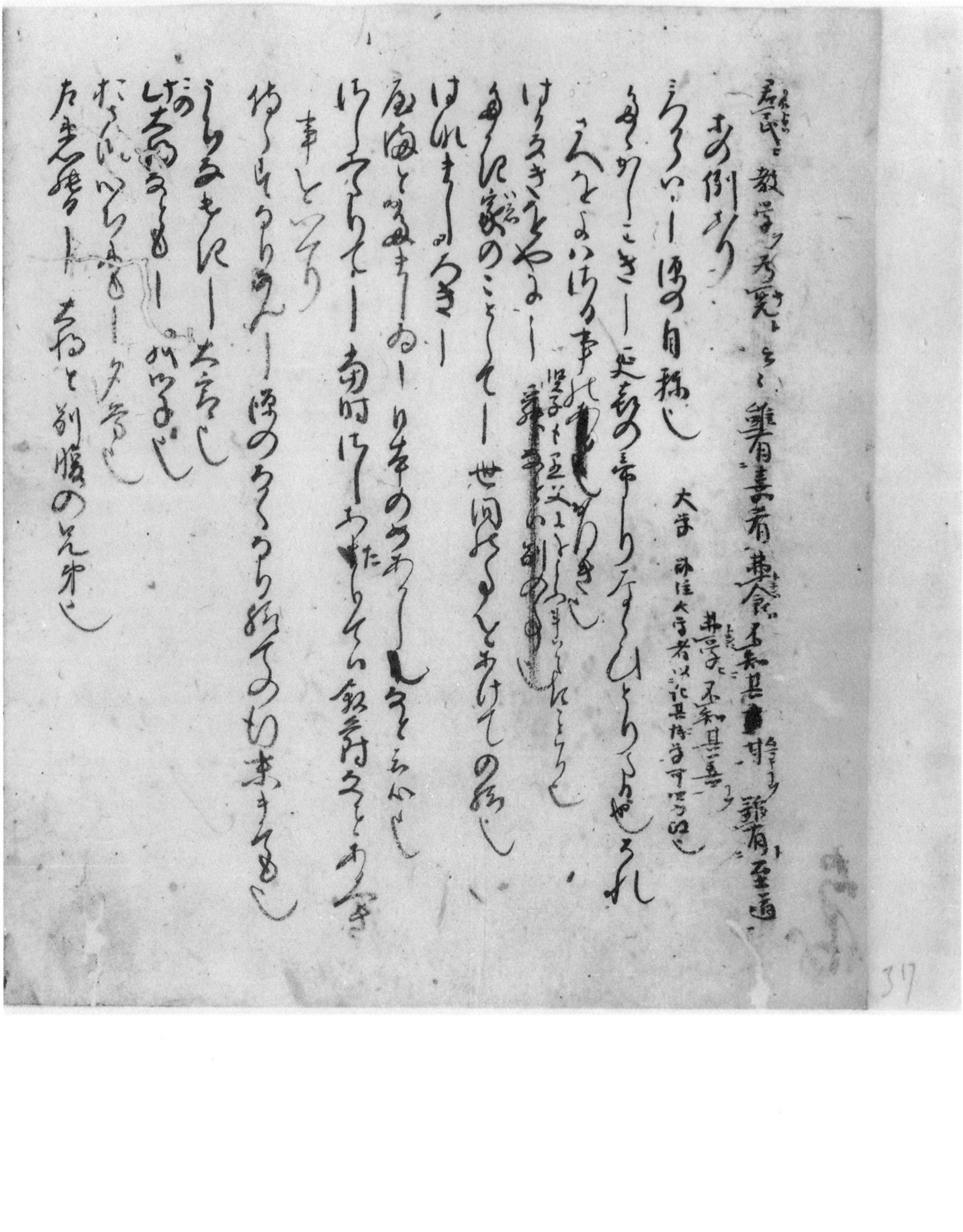

三十七

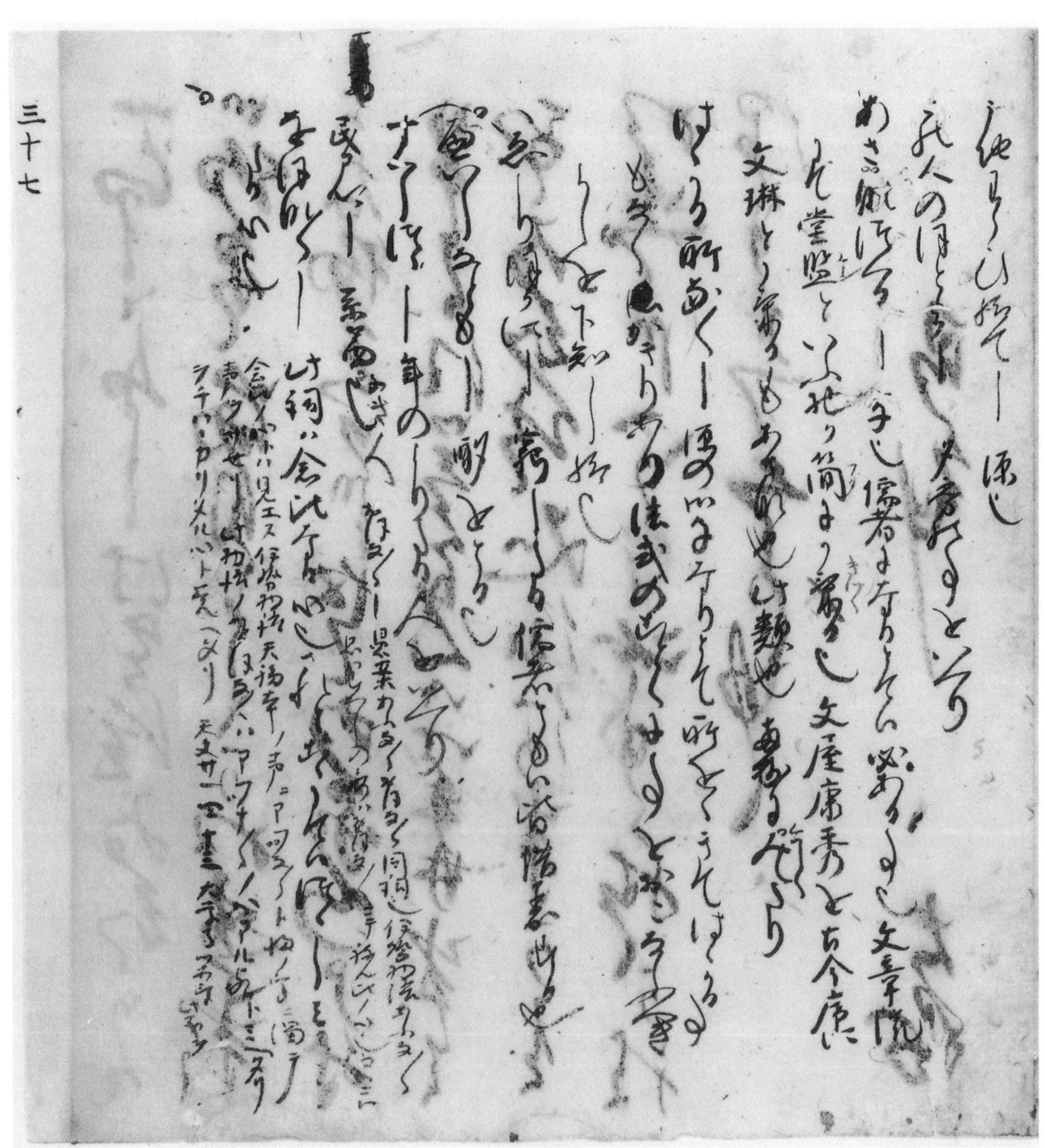

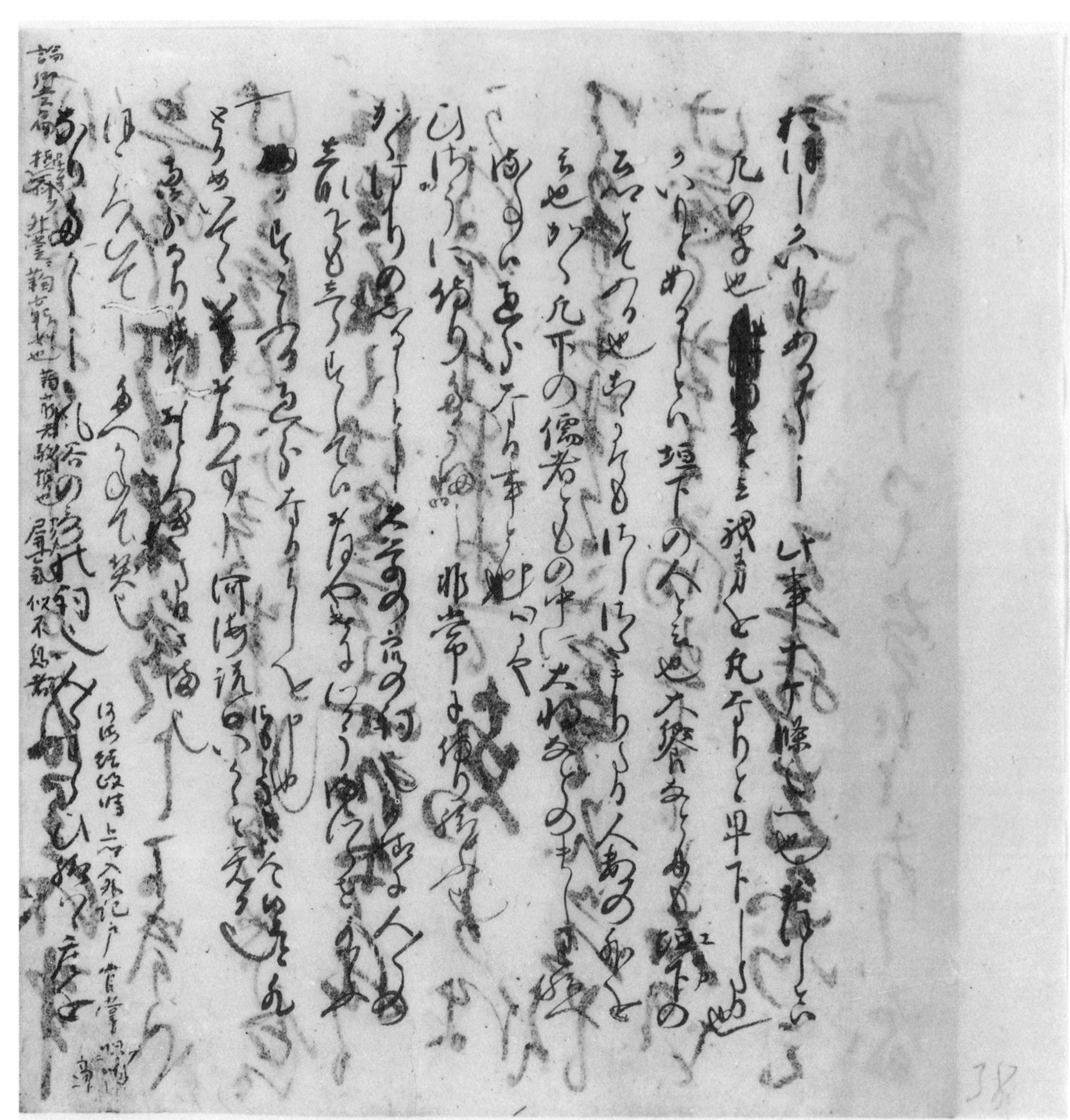

三十八

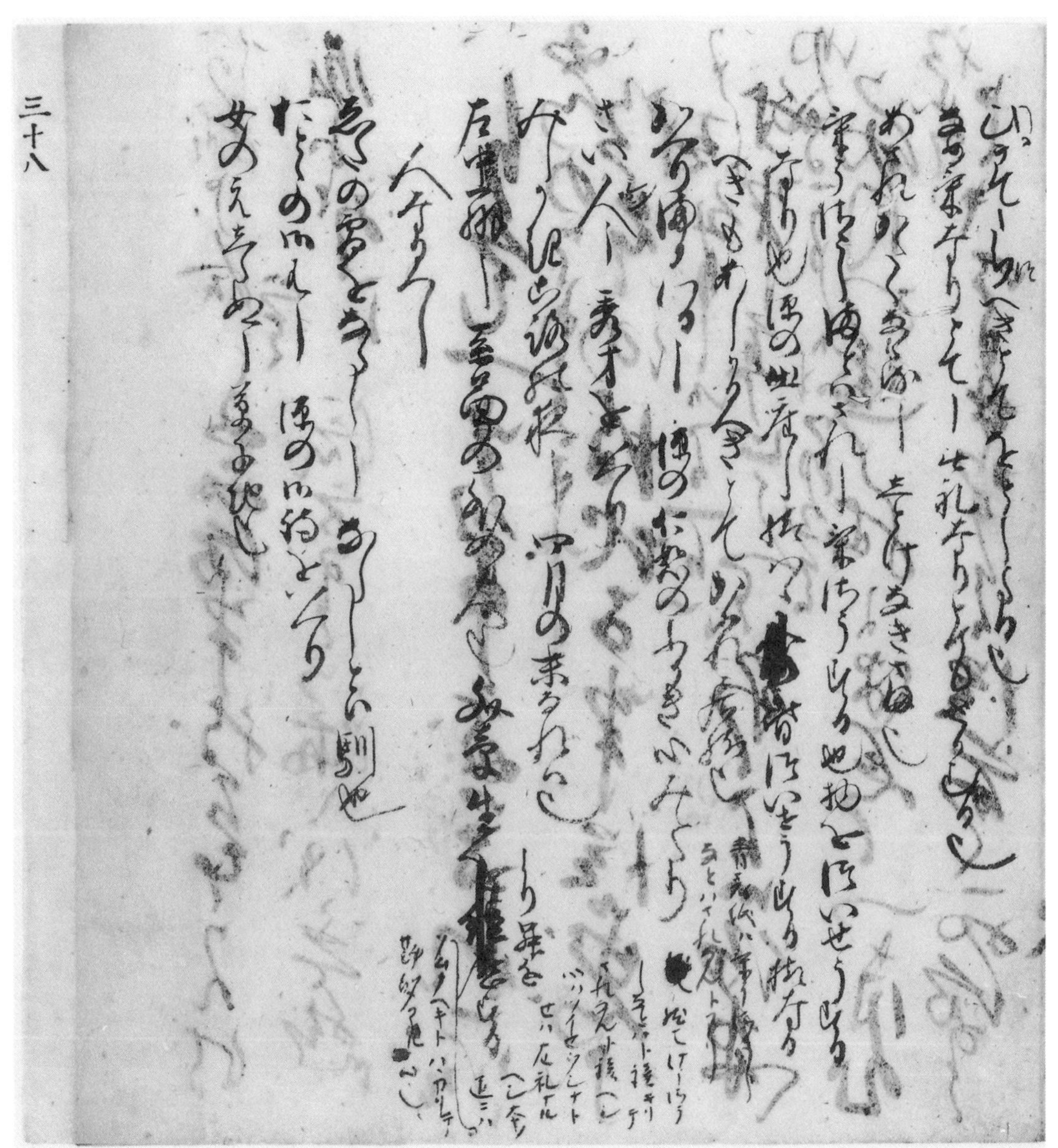

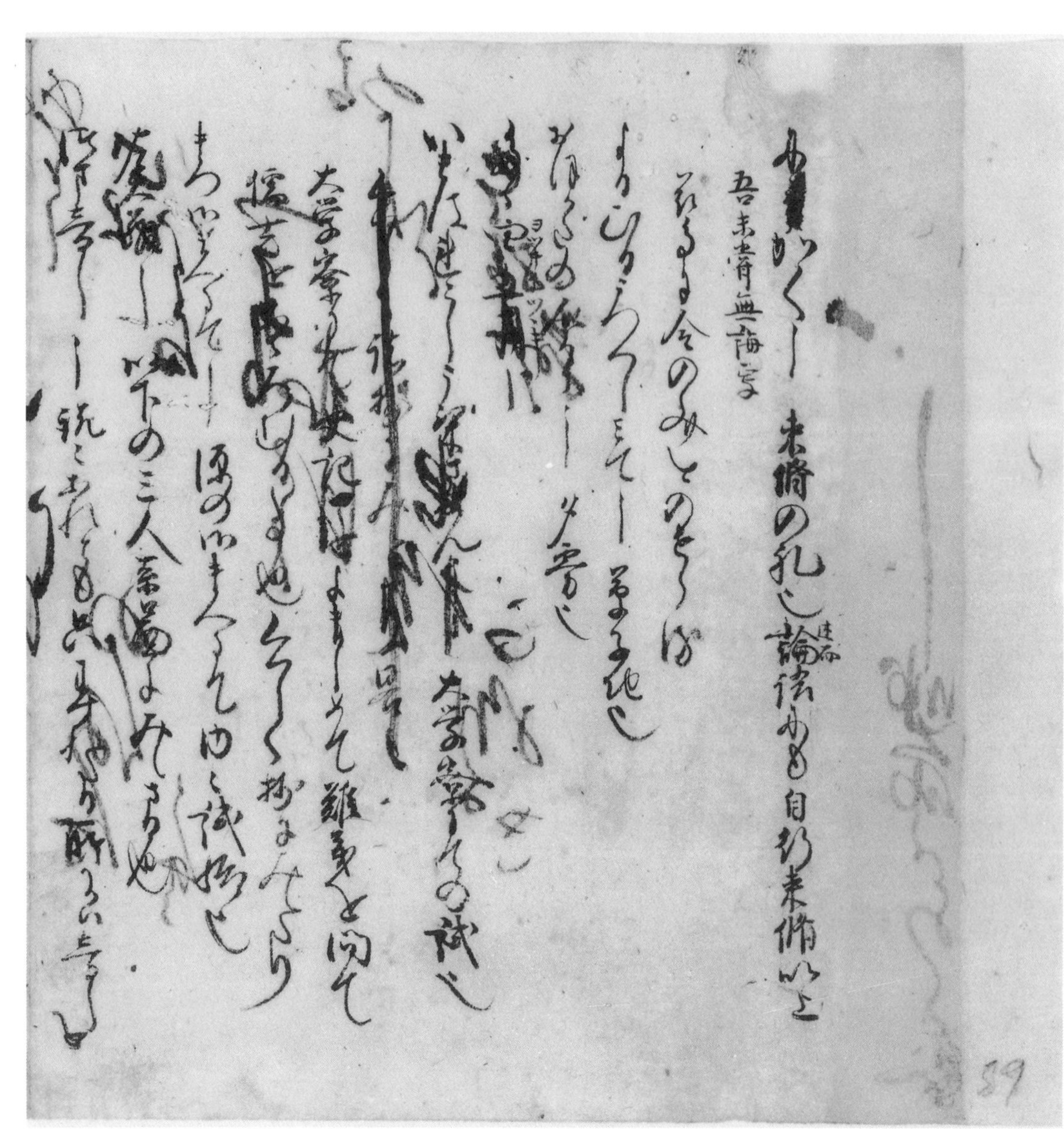

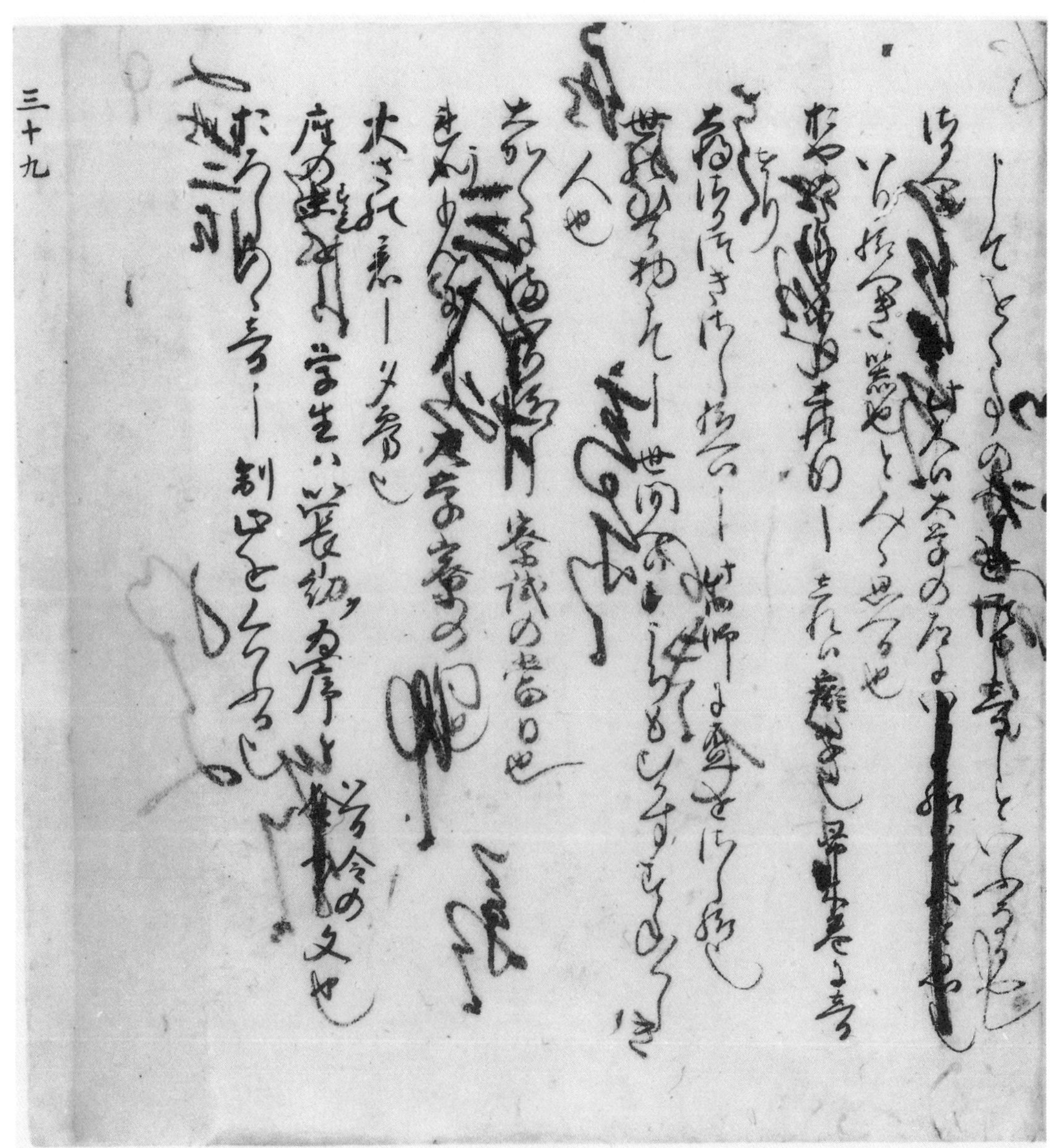

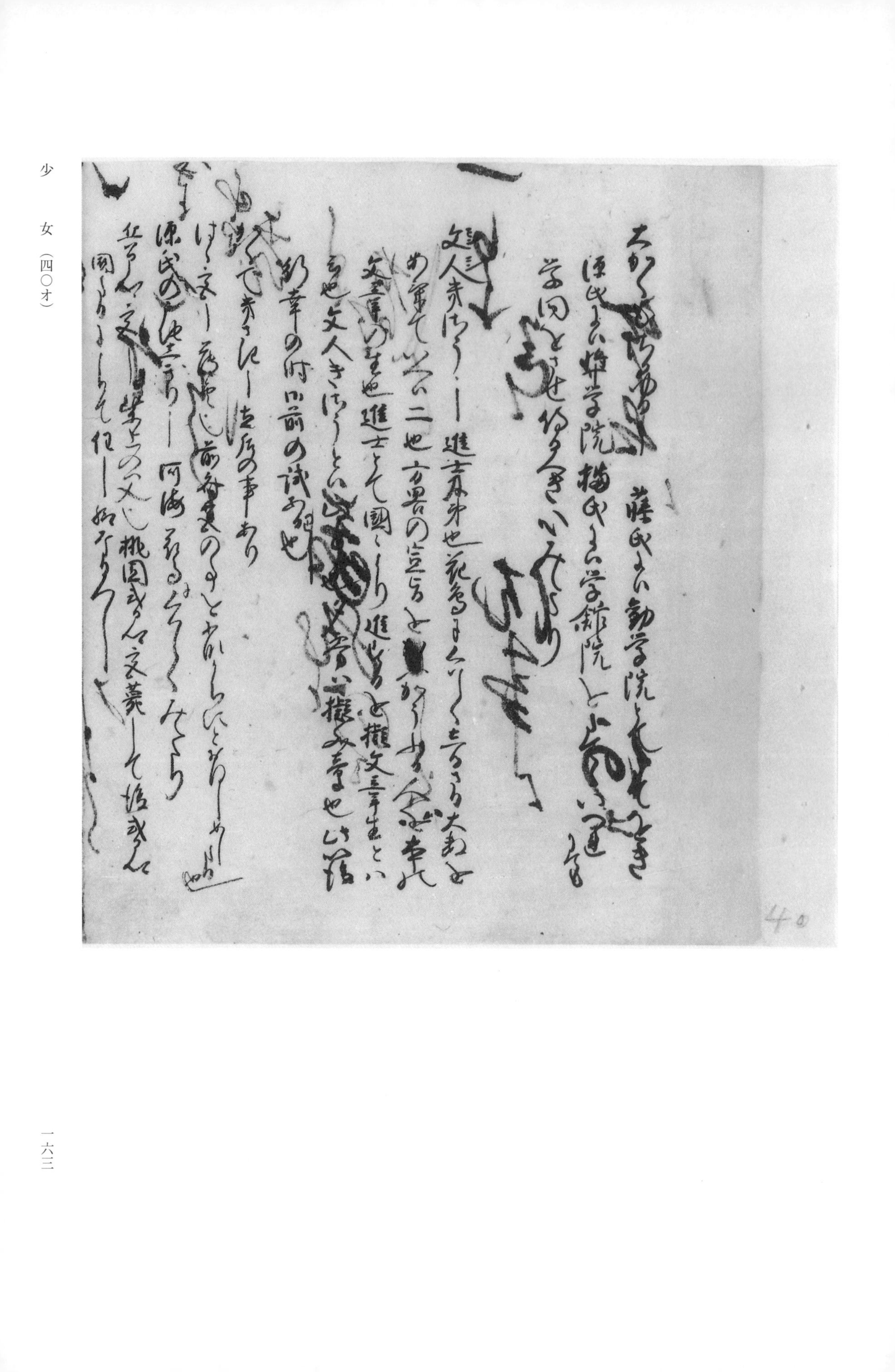

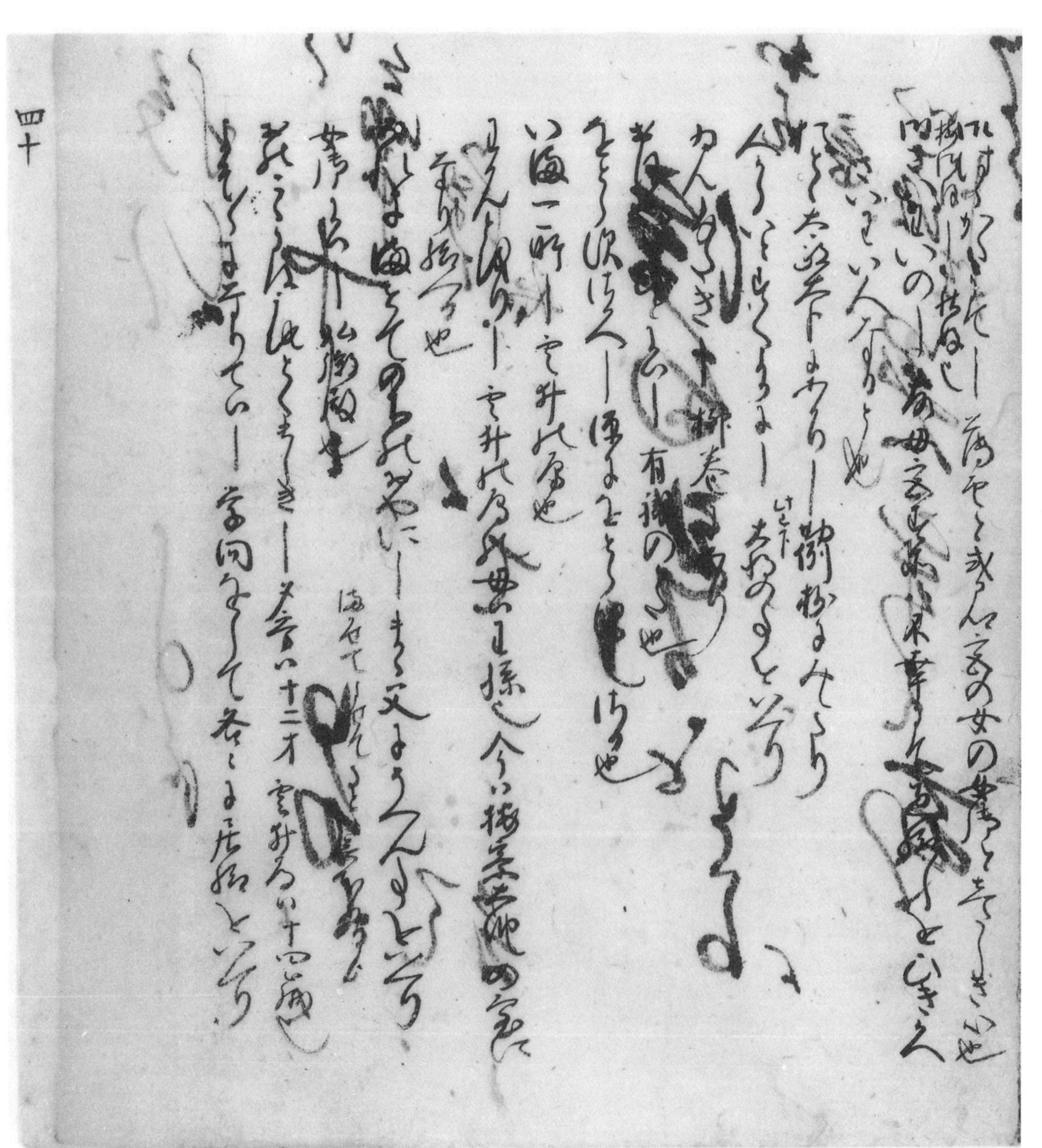

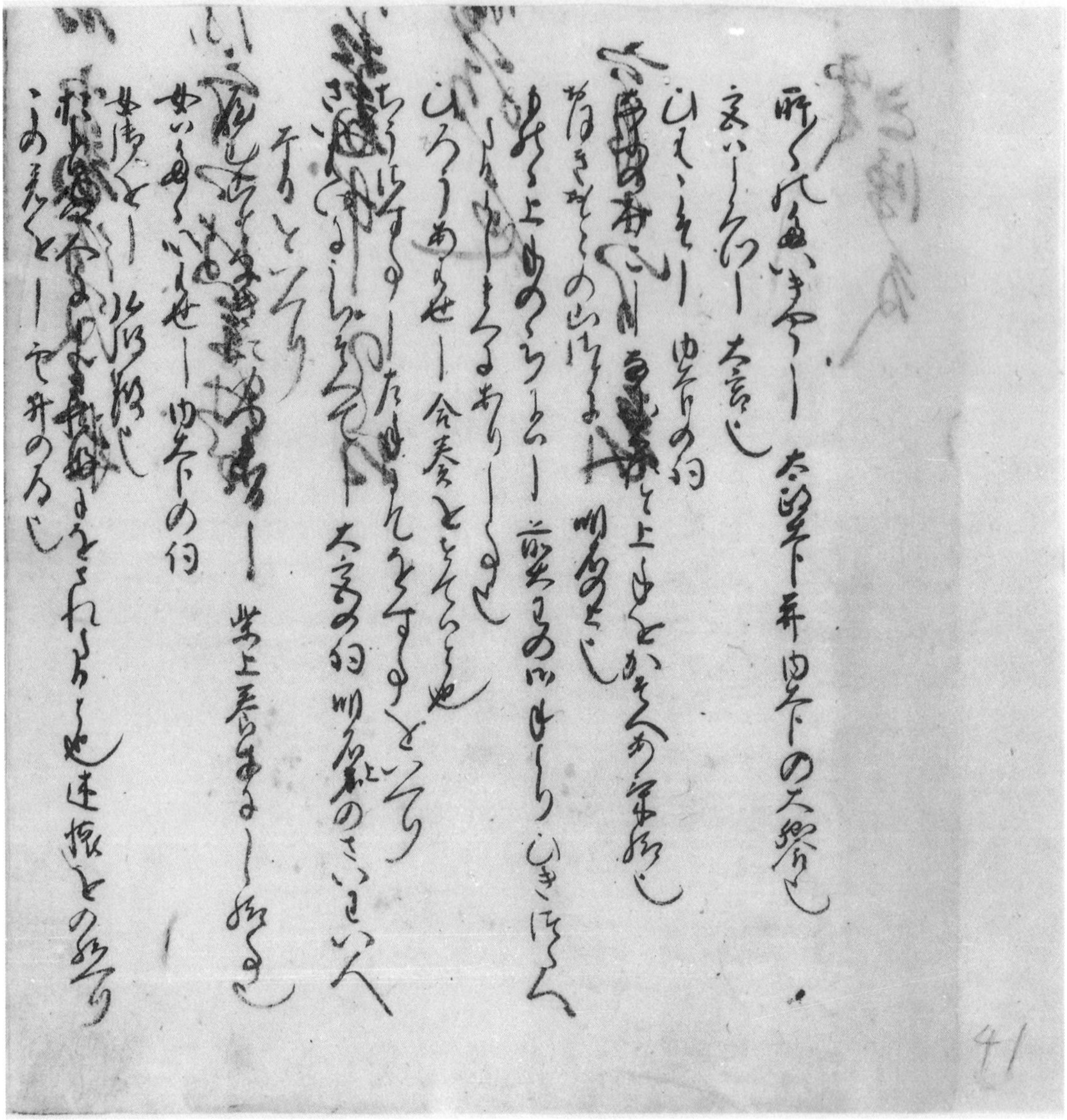

四十一

東宮の御元服し　朱雀院の御子今上と申也
さまいろのけしきはかりし　明石の中宮をさす
あはれ也し　大宮の詞也　忠仁公〜葵巻に委也
おほさるし思ふんして思ふも細きすき也
こればかりぞ猶御嬢へうこそある也
ひきまらのは御前なりのこと
きこえなし　ことをきくきこゆる也
一　あまつかし　作者詞にて
一　世のおぼえ　豪士賦序の詞也
選四十六ノ部ニアリ
私案し　豪士賦ハ斉王冏ト云人功をほこり
しり賊也　文選に此序ありと載たり　此序の　不
足繁哀響也と　いはきゝ　是故苟時啓於天理
盡於哉　庸夫可以済聖賢之功　斗筲可以定烈
士之業　言遇時也　故曰才不半古而功已倍之　蓋
得之於時勢ニ云く　此心は庸夫とてもいやしき者も時

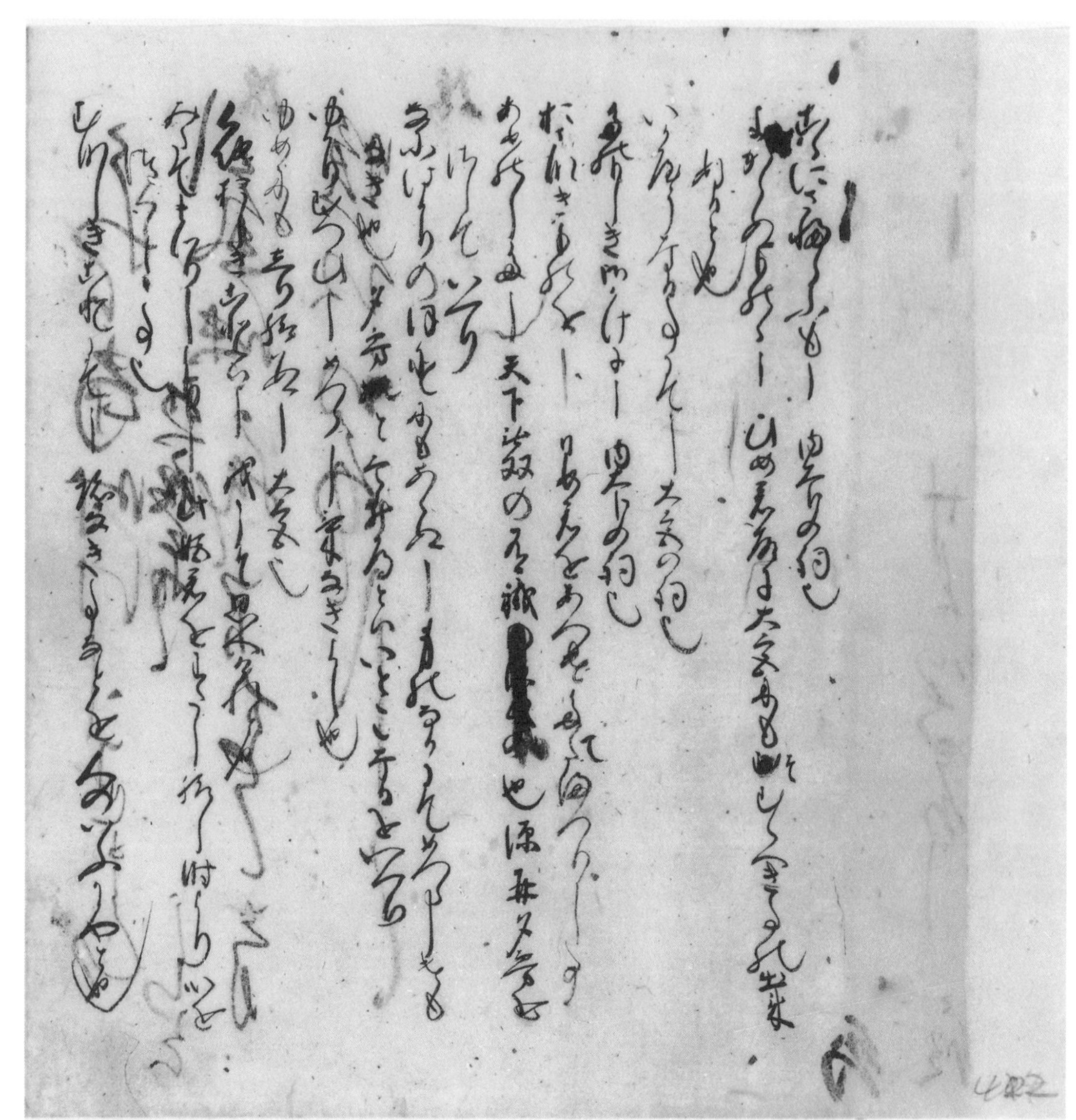

四十二

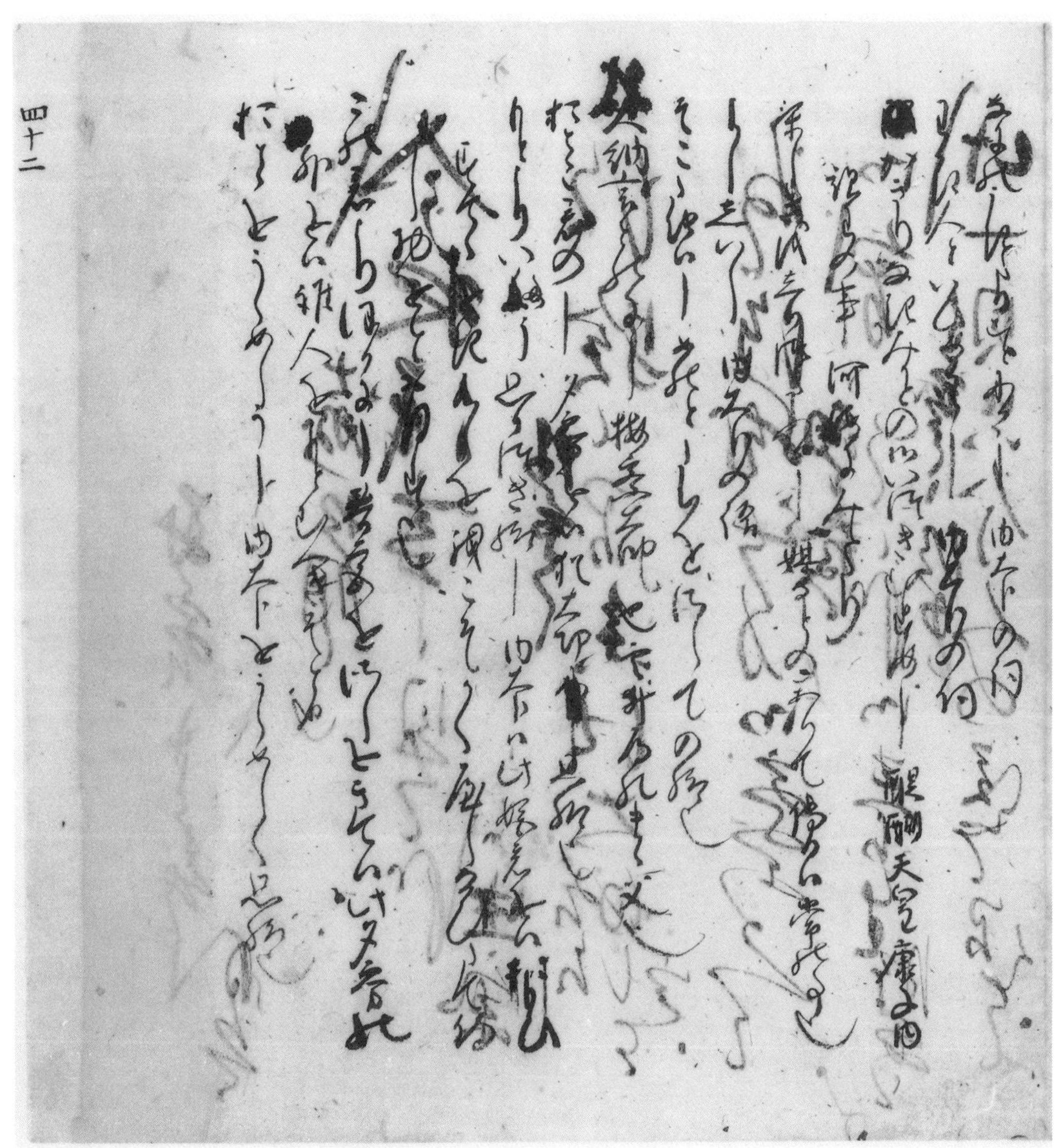

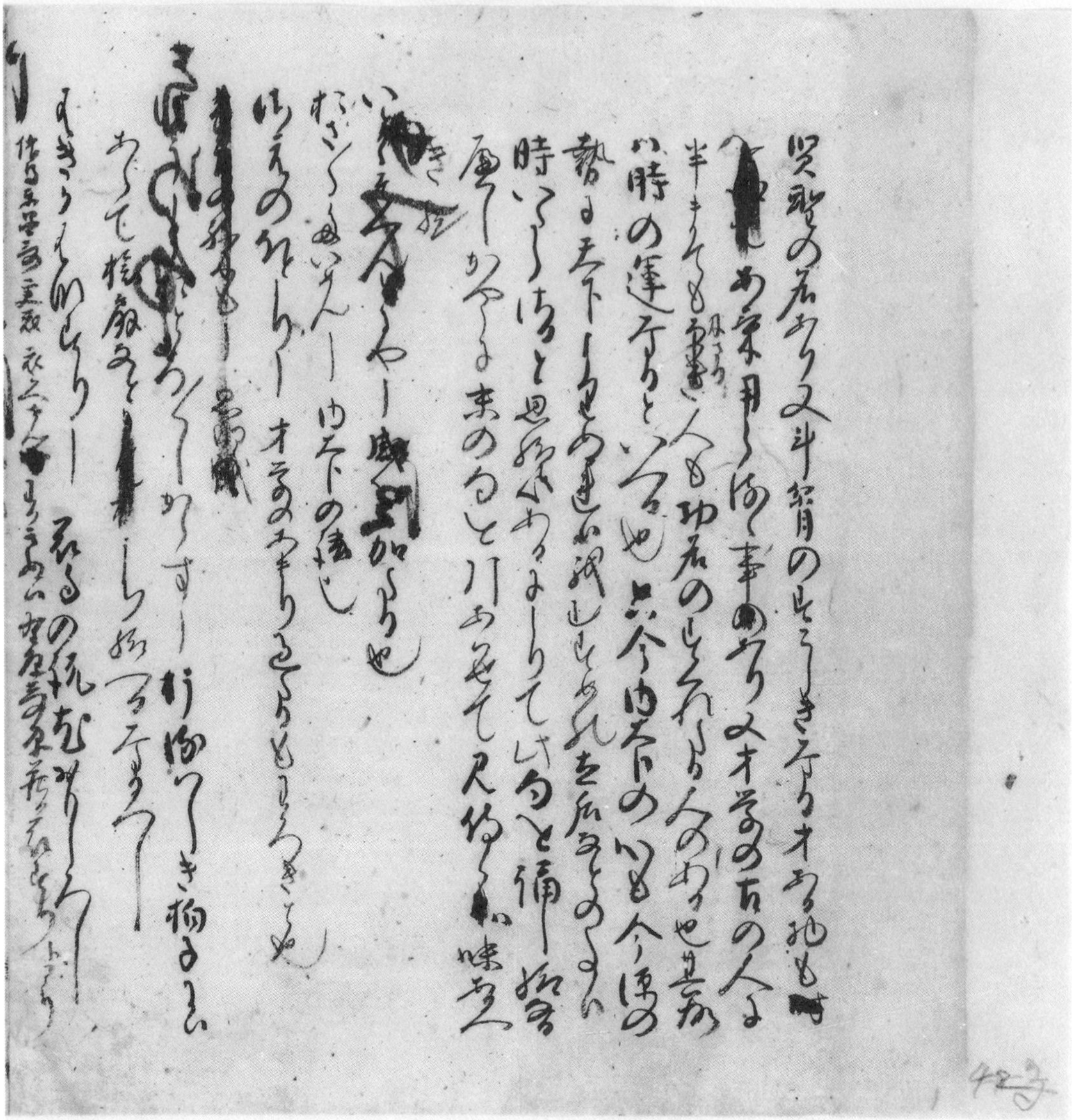

四十三

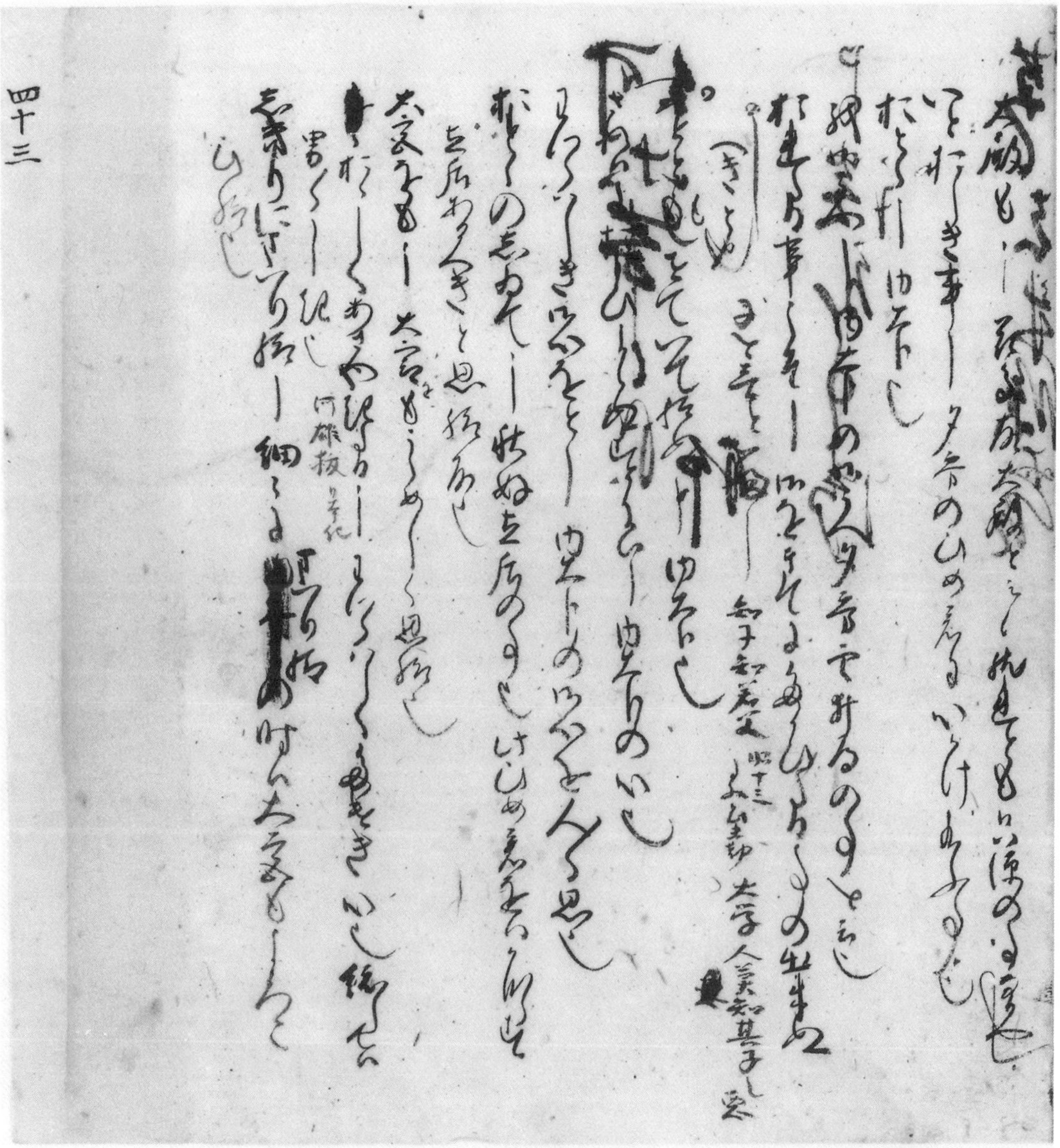

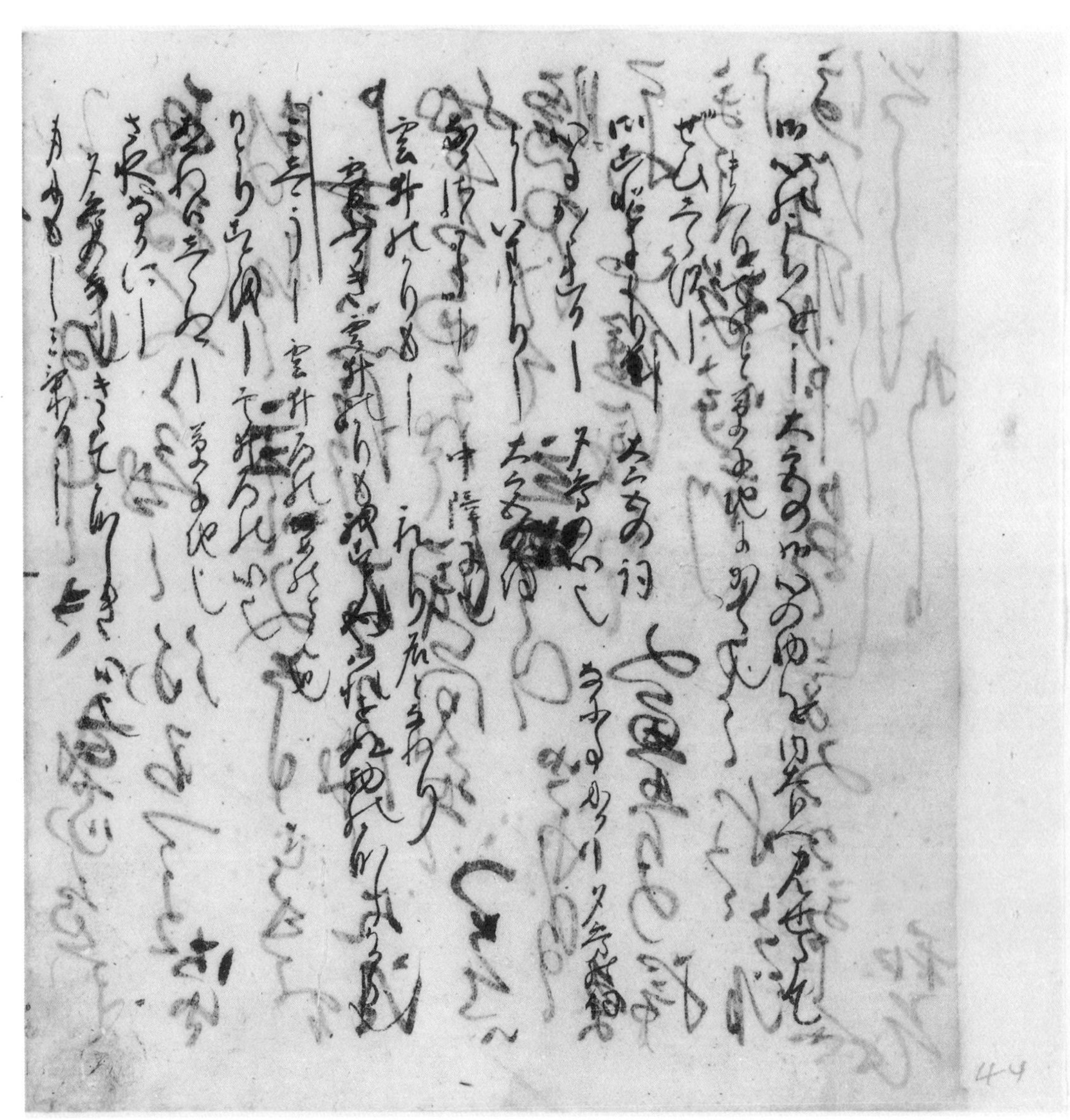

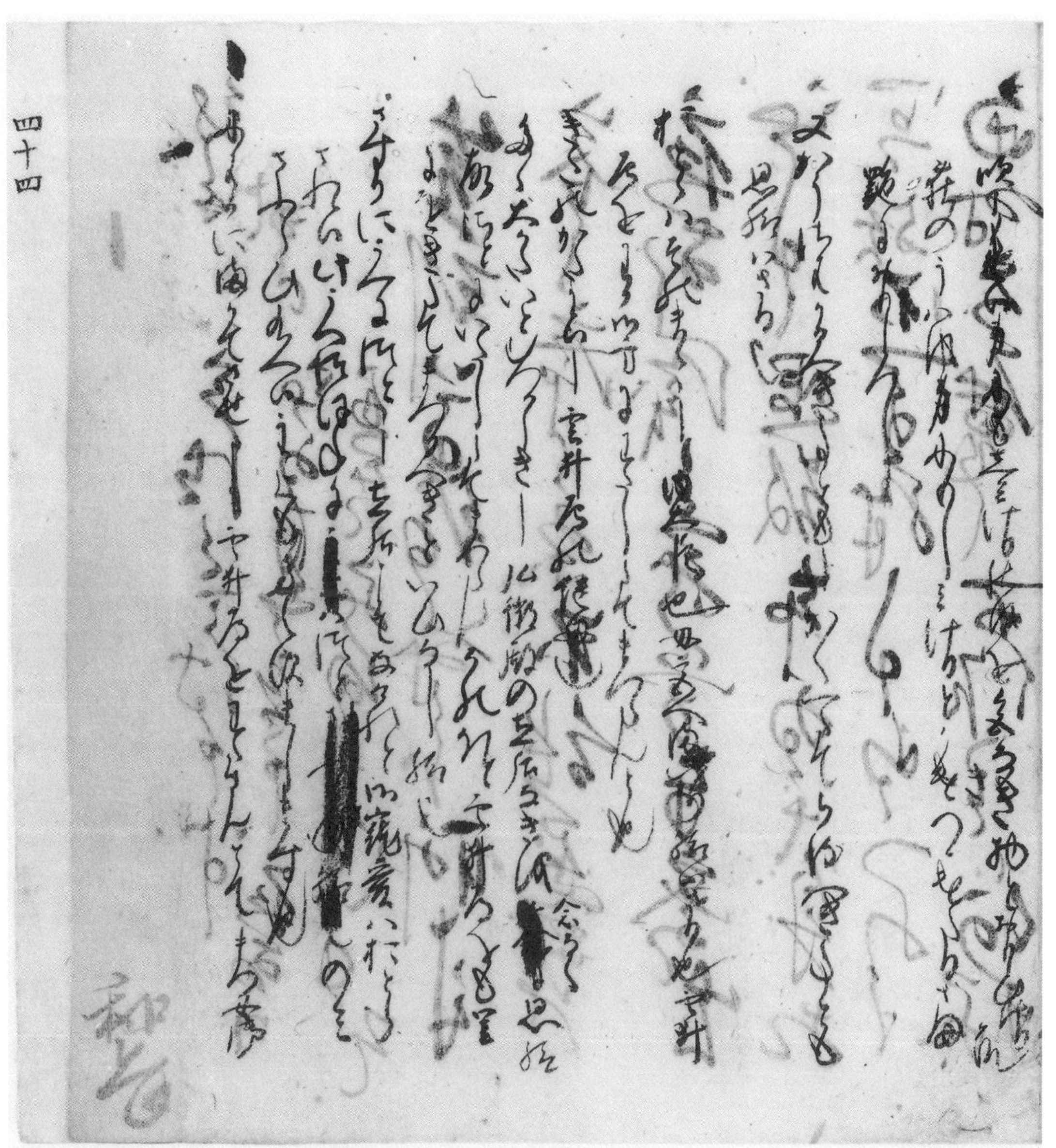

四十四

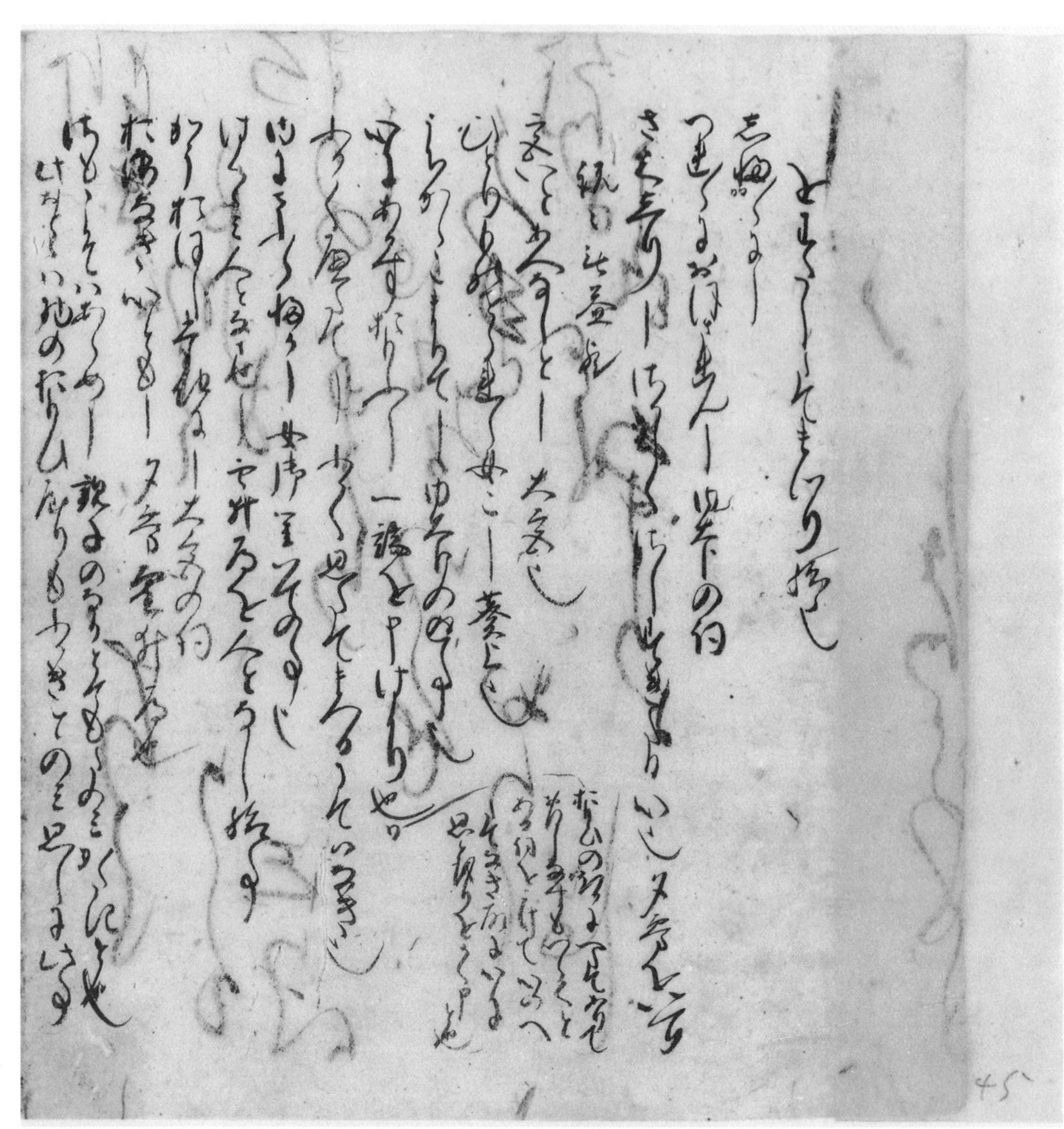

四十五

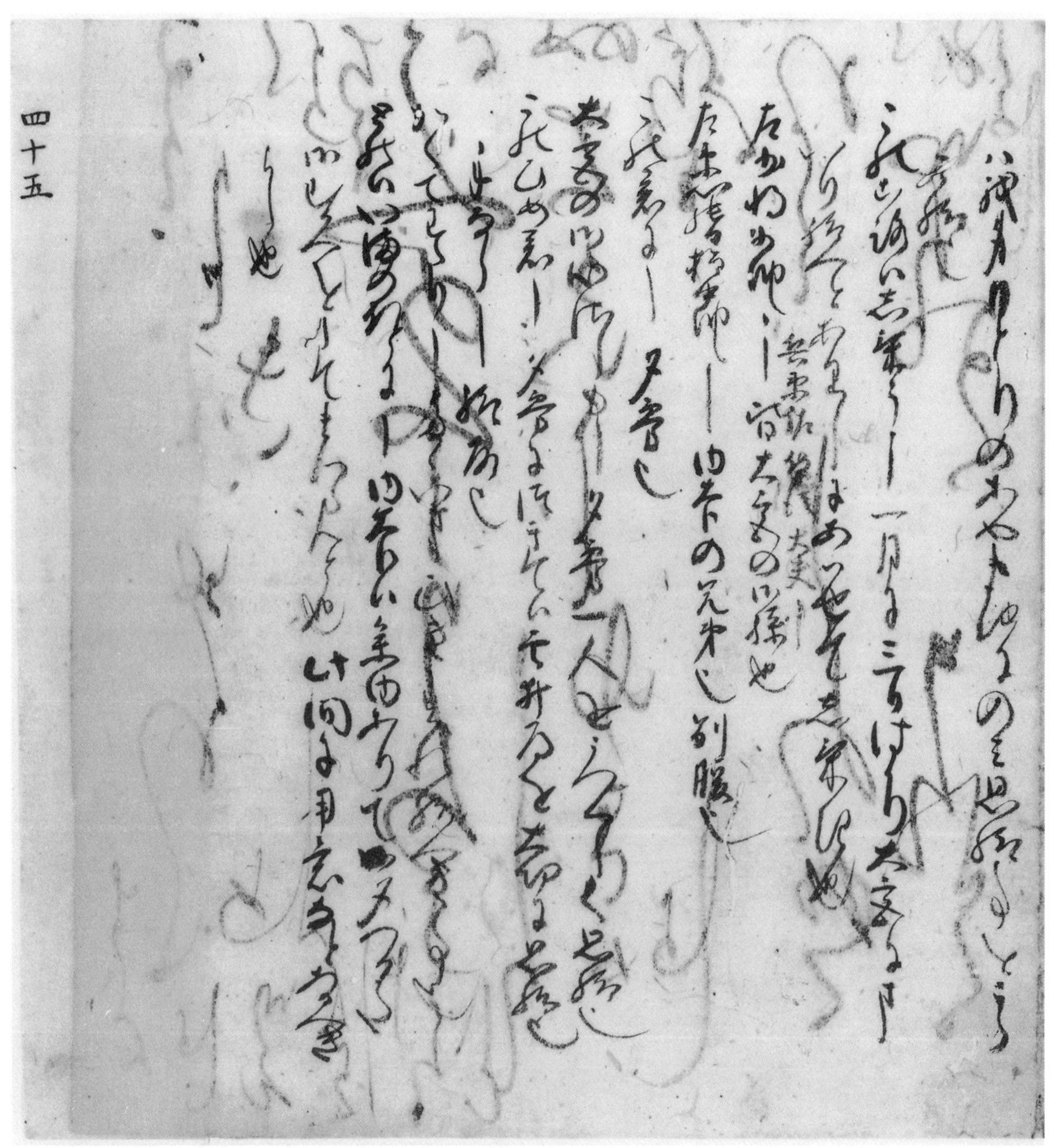

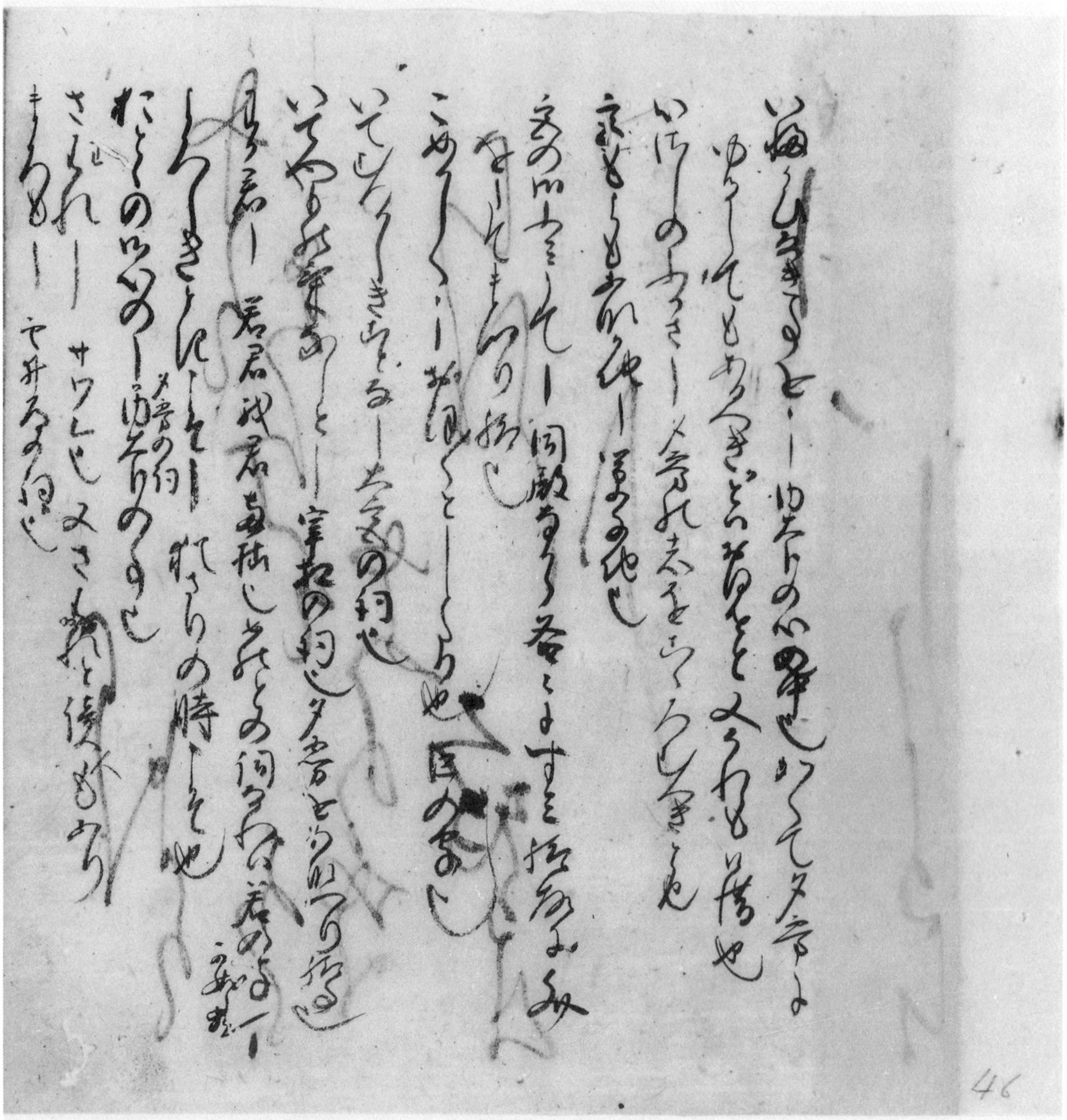

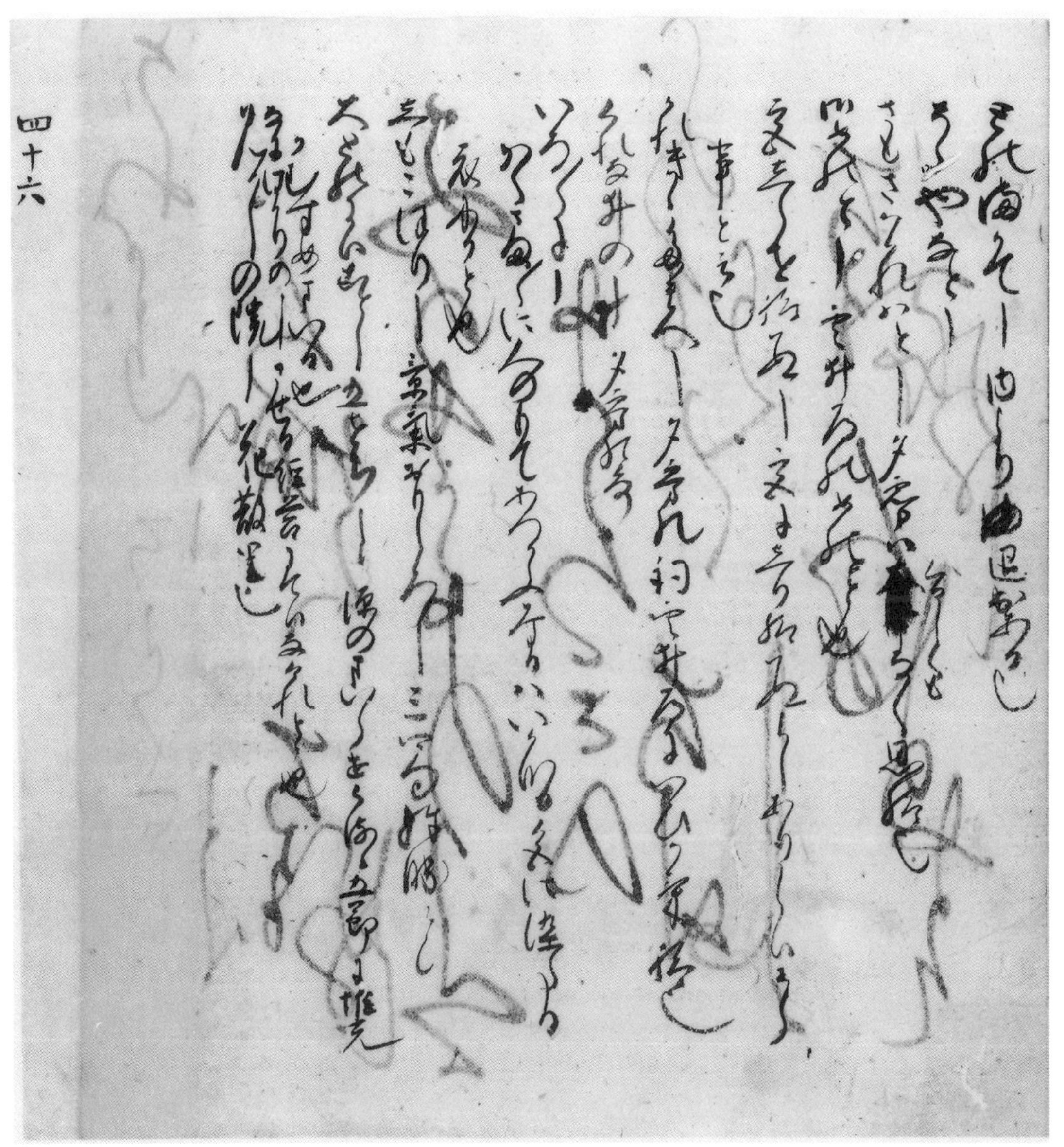

四十六

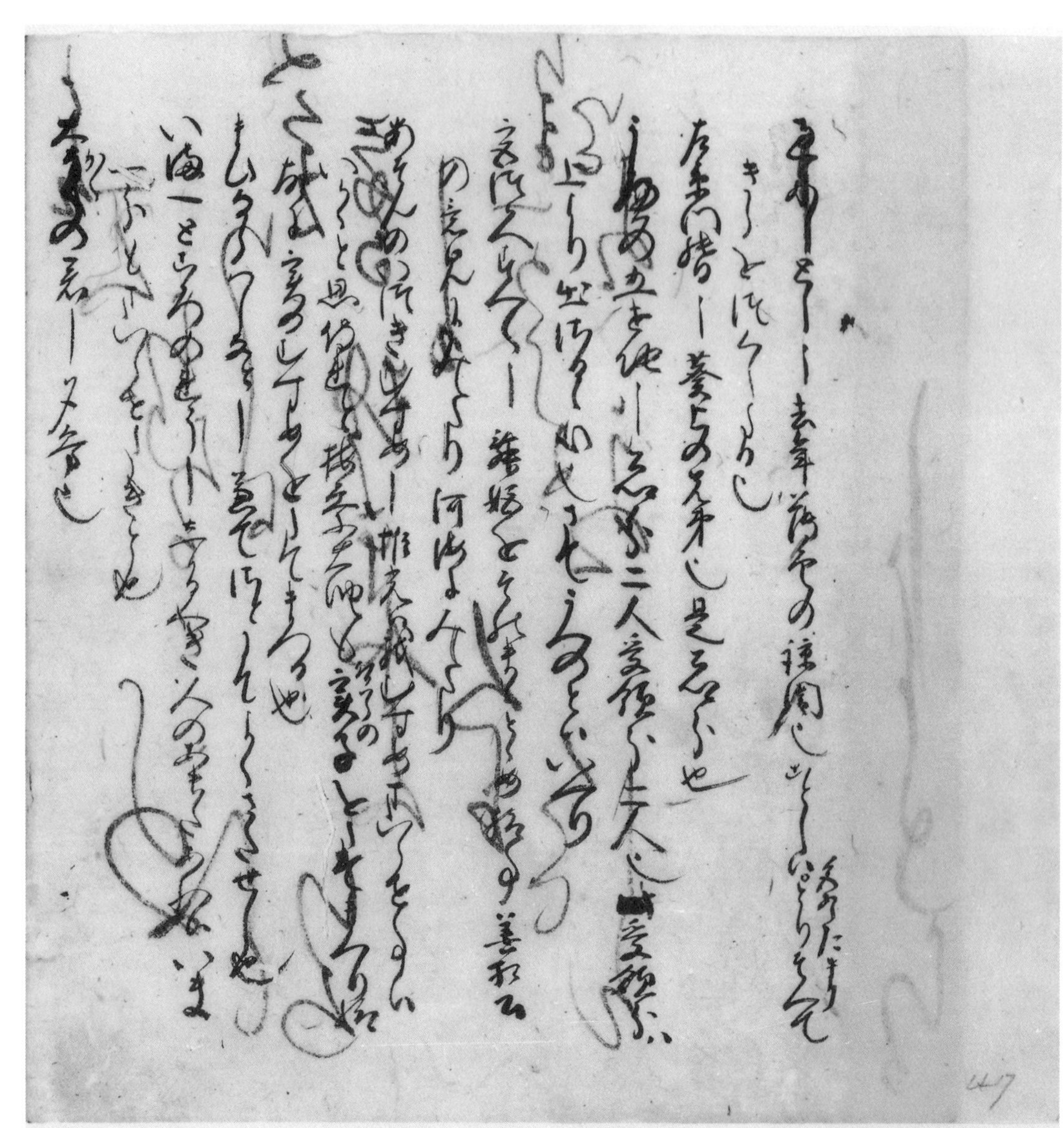

四十七

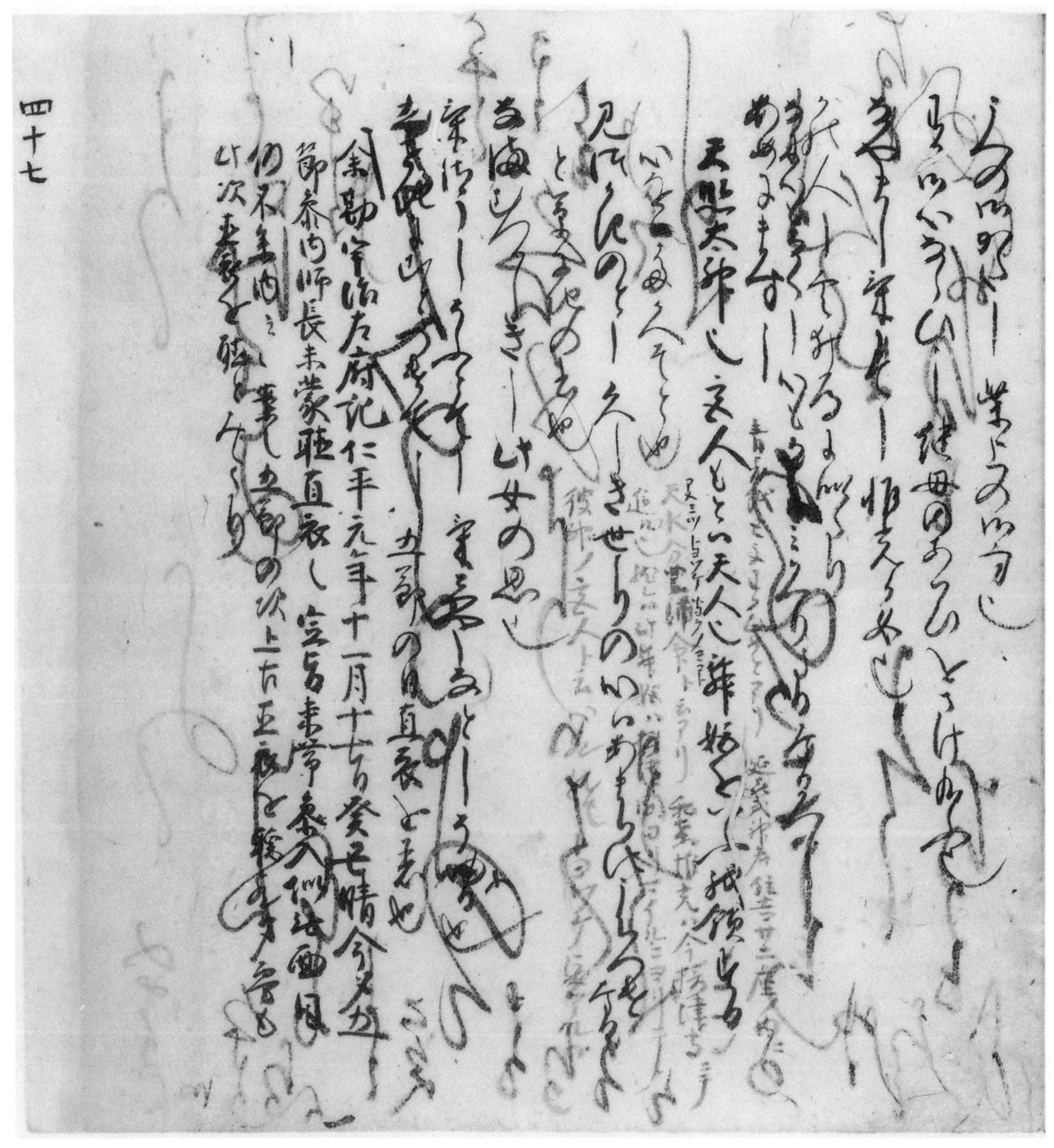

四十八

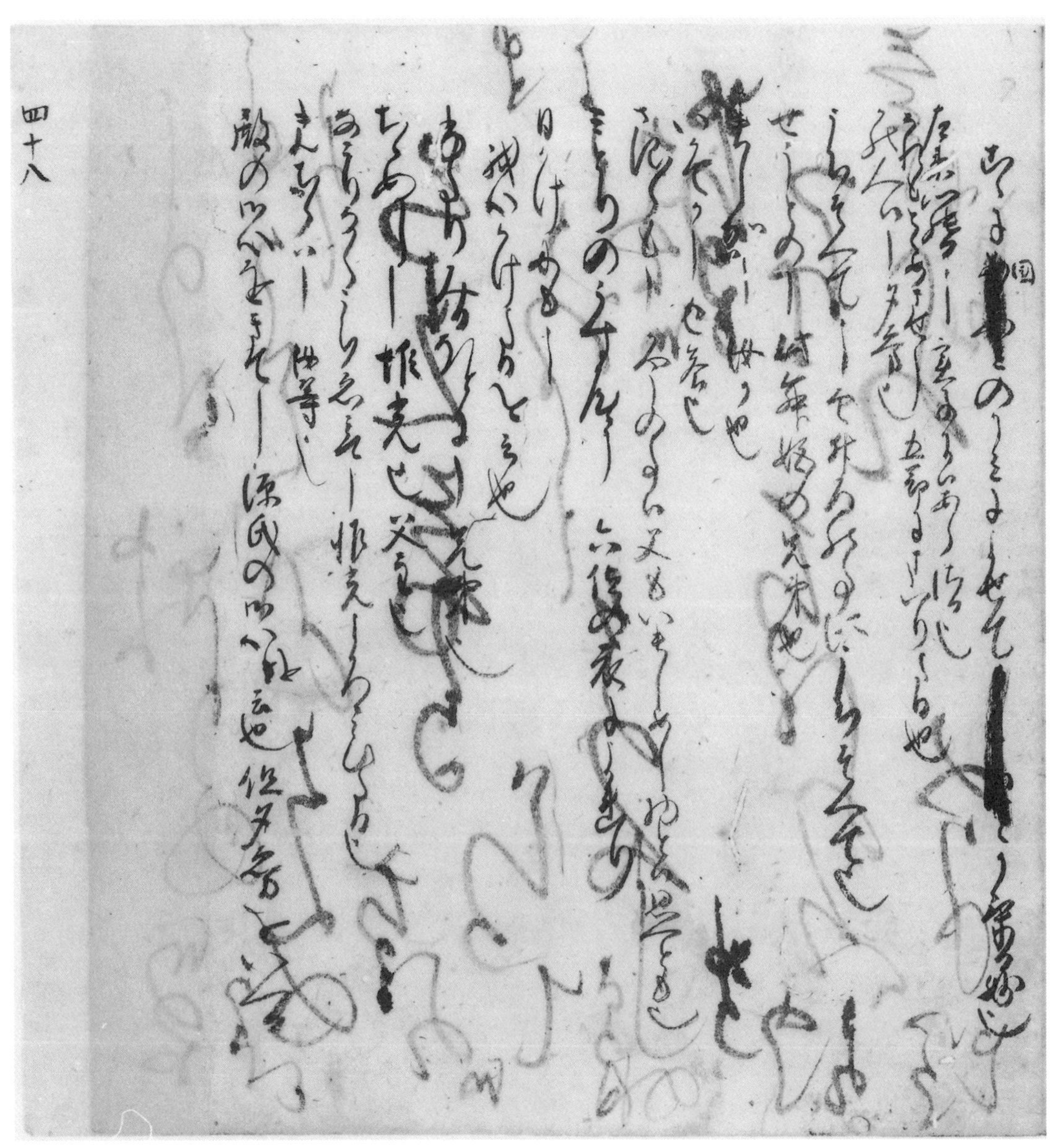

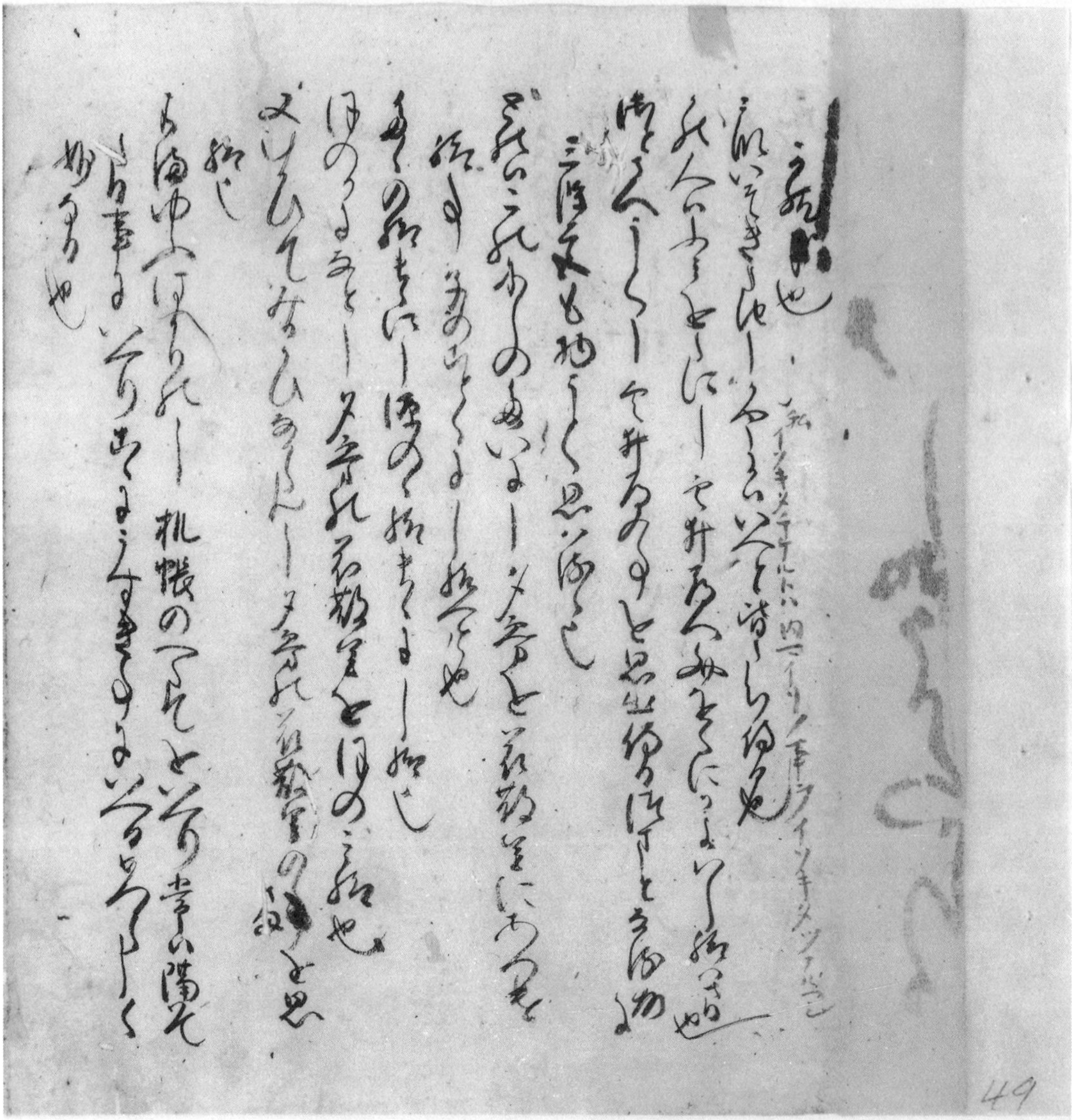

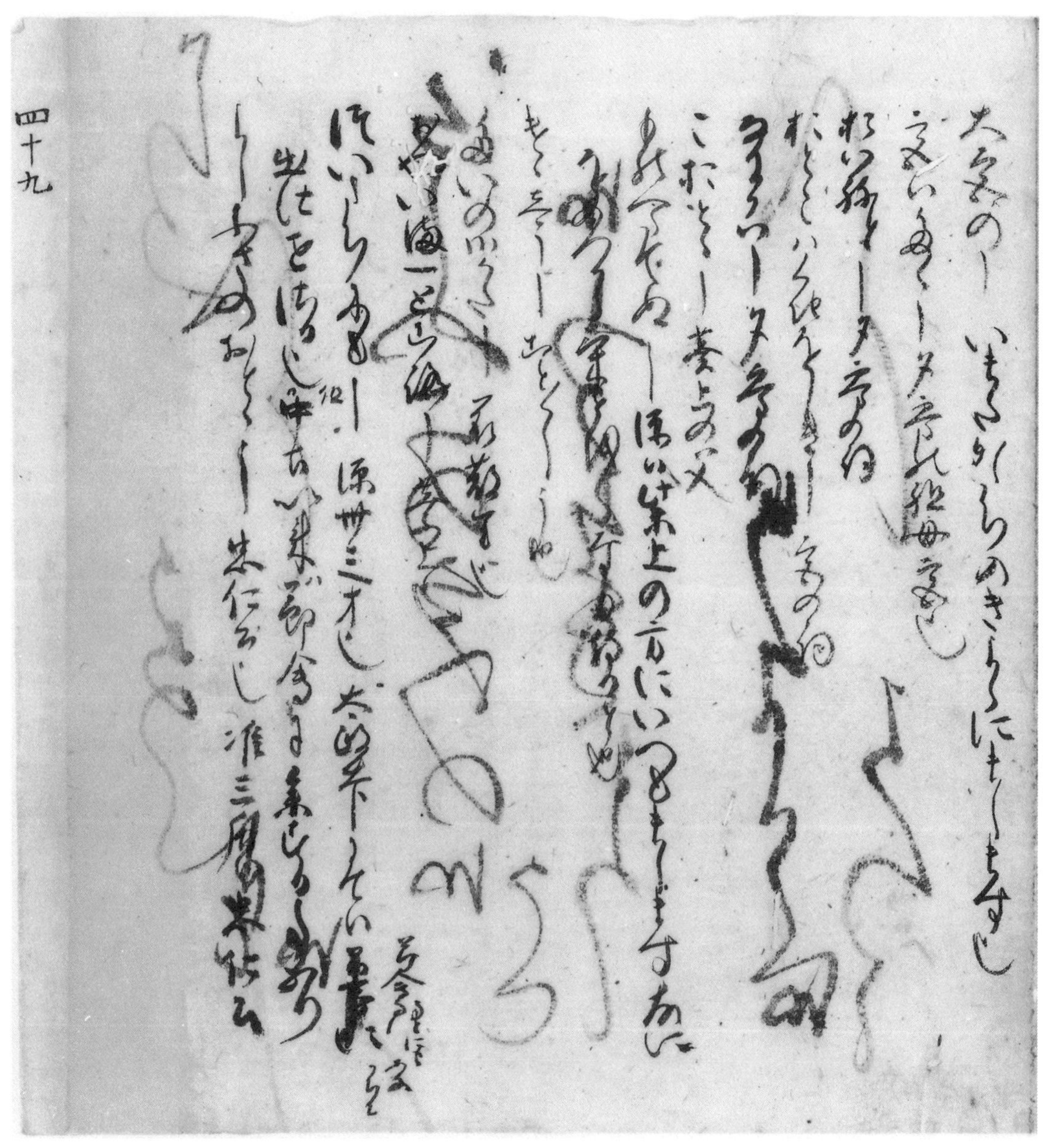

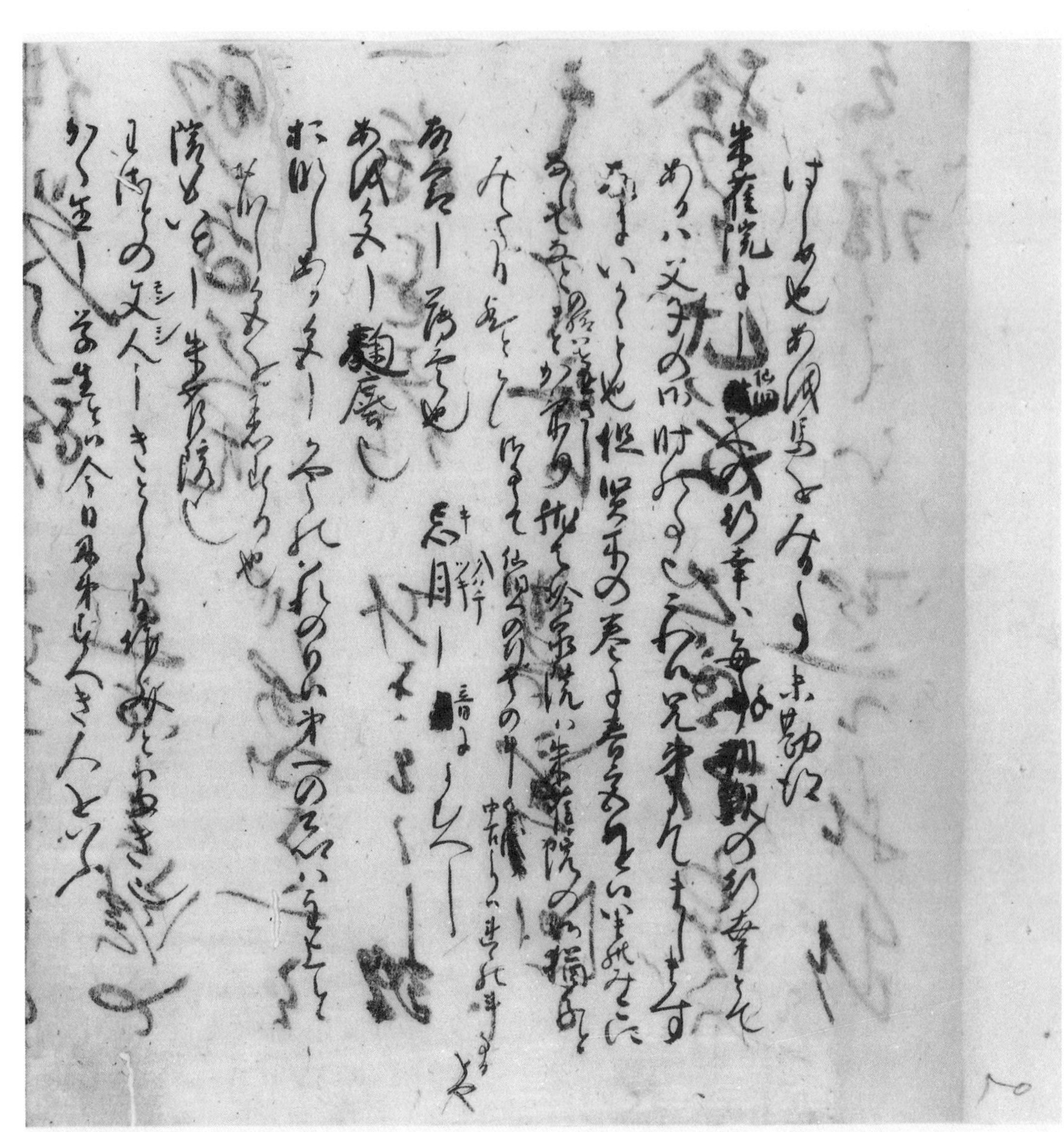

五十

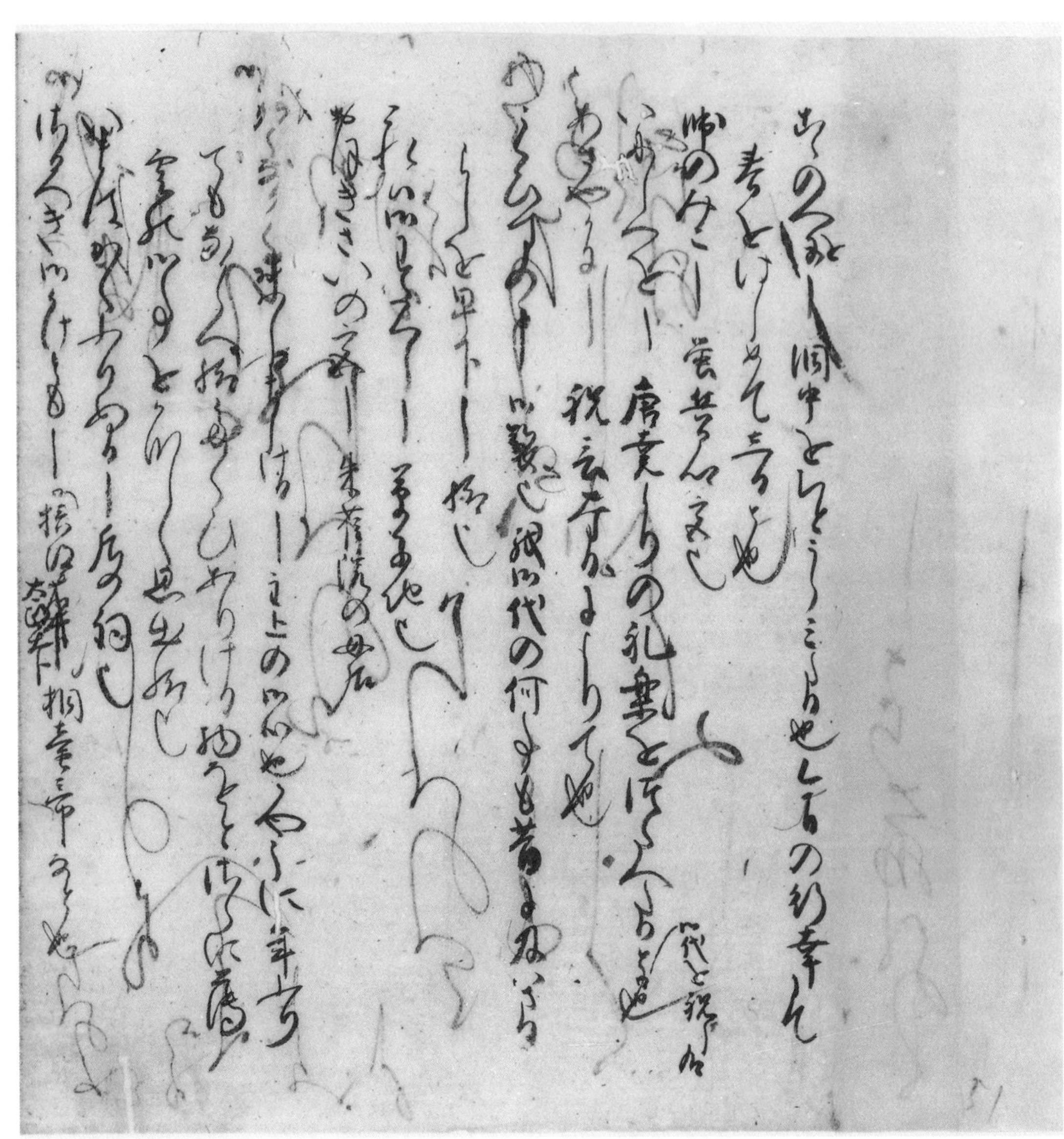

五十一

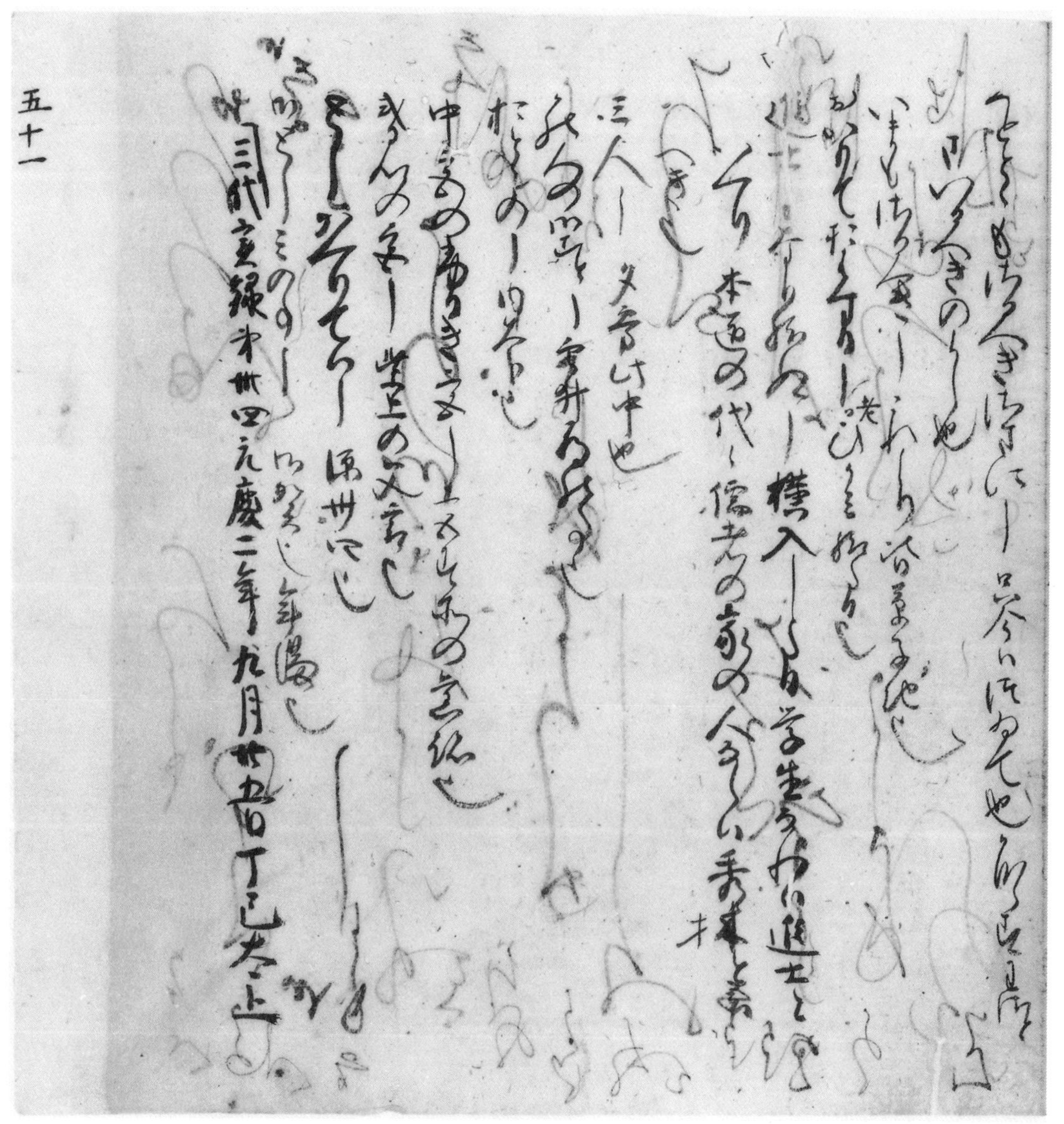

五十二

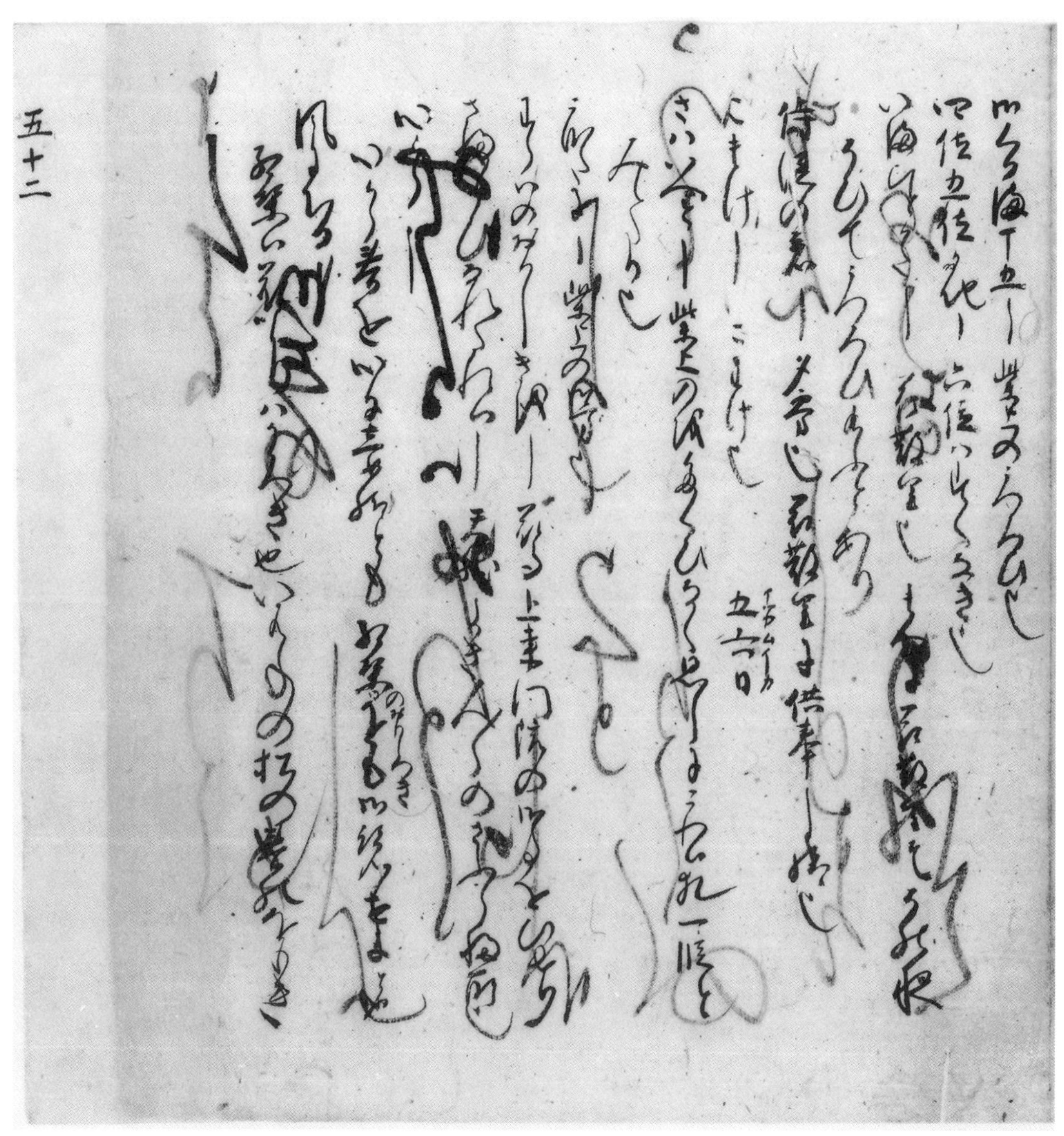

五十三

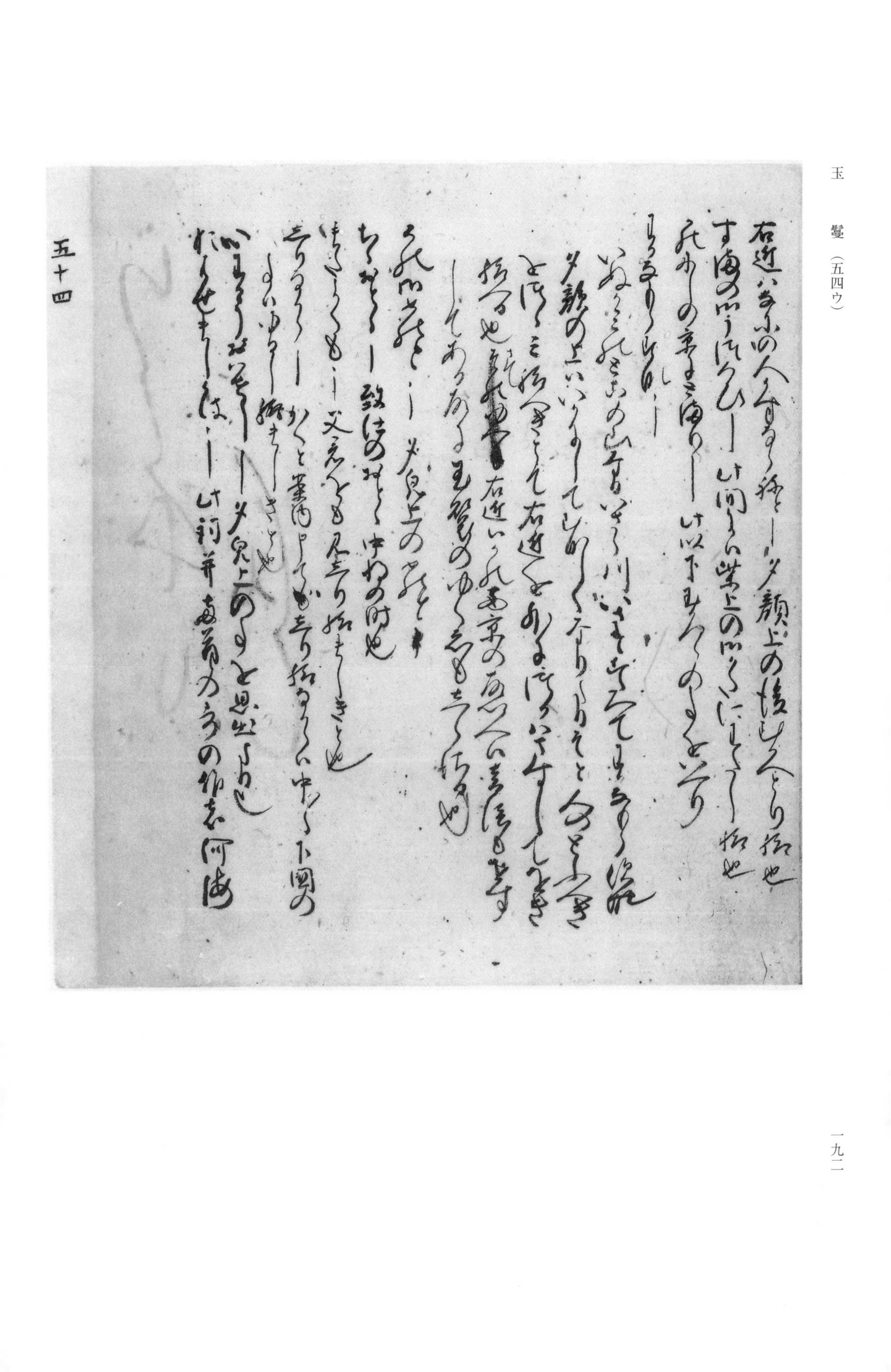

五十四

右近ハ[illegible]――夕顔上の[illegible]給也

[illegible]――此間ハ紫上の[illegible]給也

[illegible]――此以下[illegible]

[illegible]

[illegible]

夕顔の上[illegible]

[illegible]右近[illegible]

[illegible]右近ハ[illegible]

[illegible]

[illegible]夕顔上の[illegible]

[illegible]

[illegible]

[illegible]

[illegible]

[illegible]夕顔上の[illegible]

[illegible]

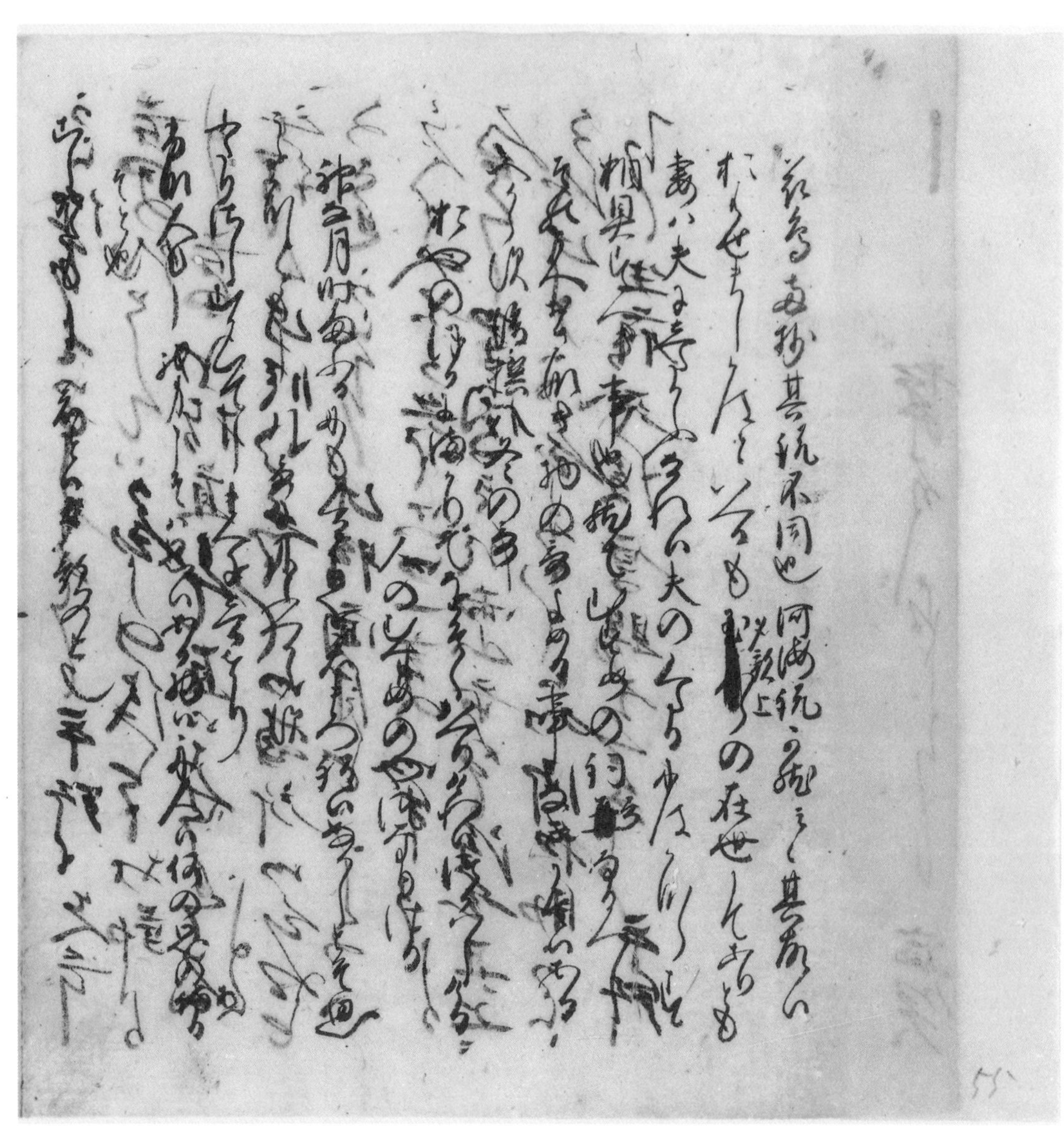

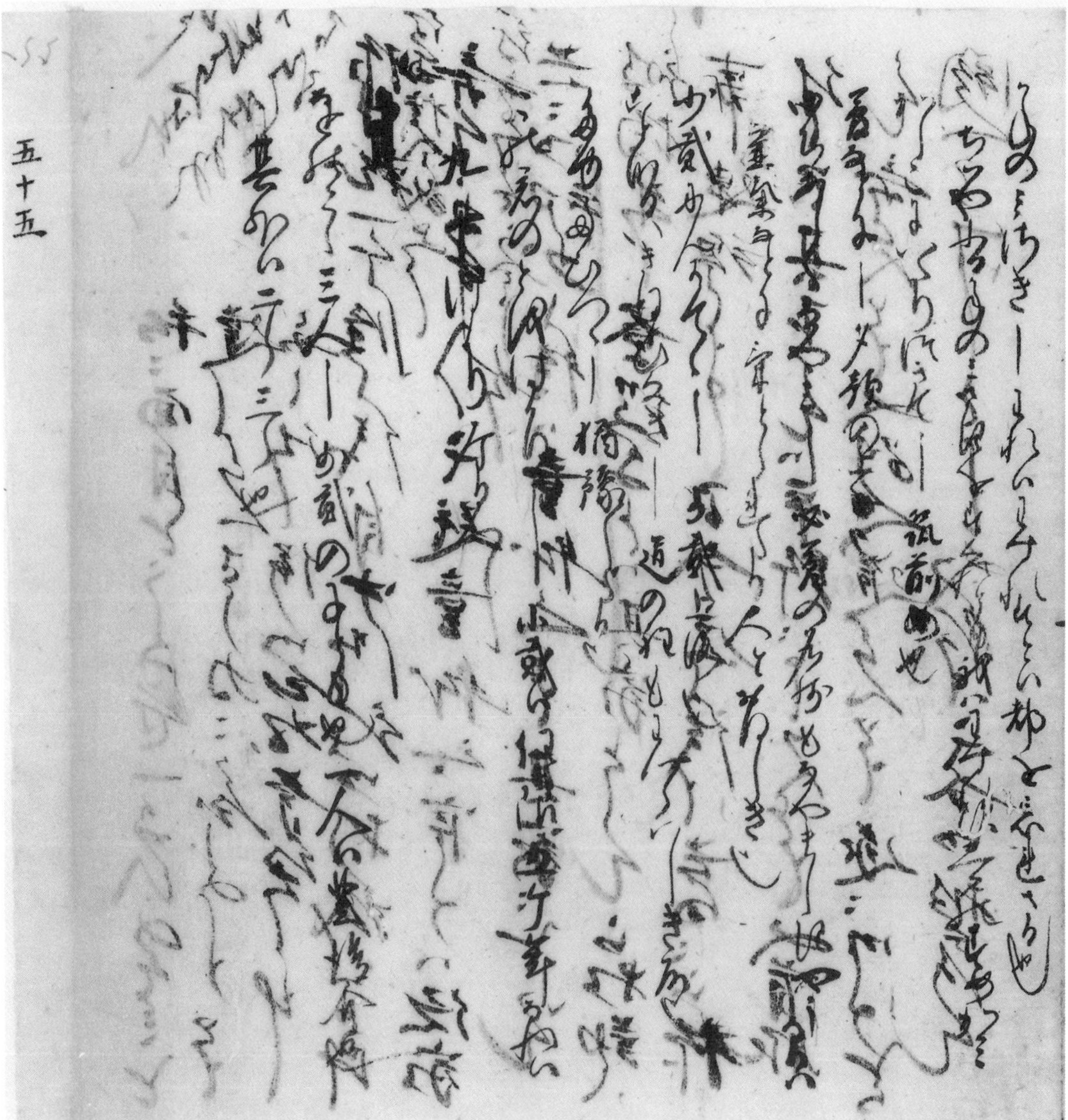
五十五

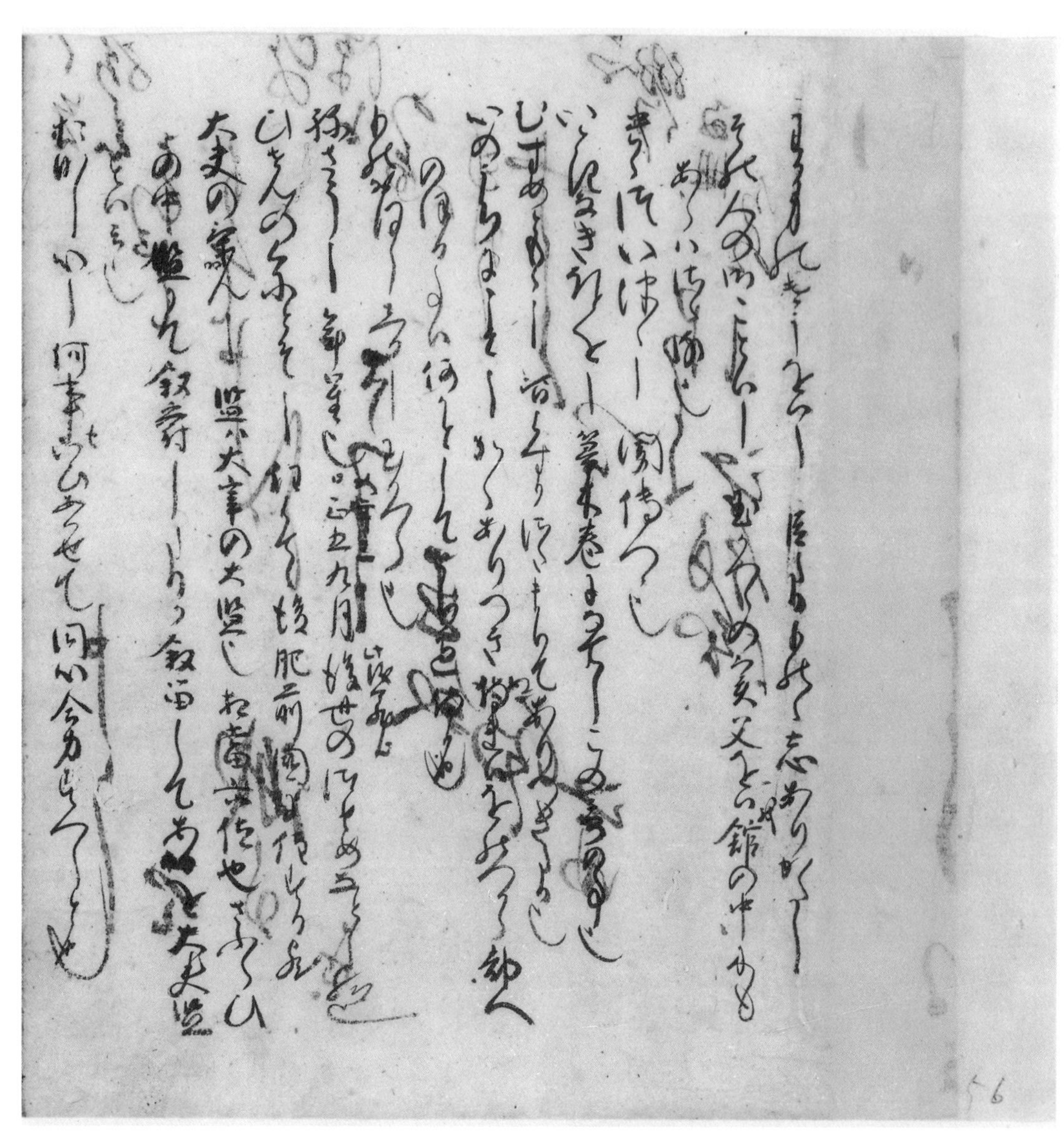

五十六

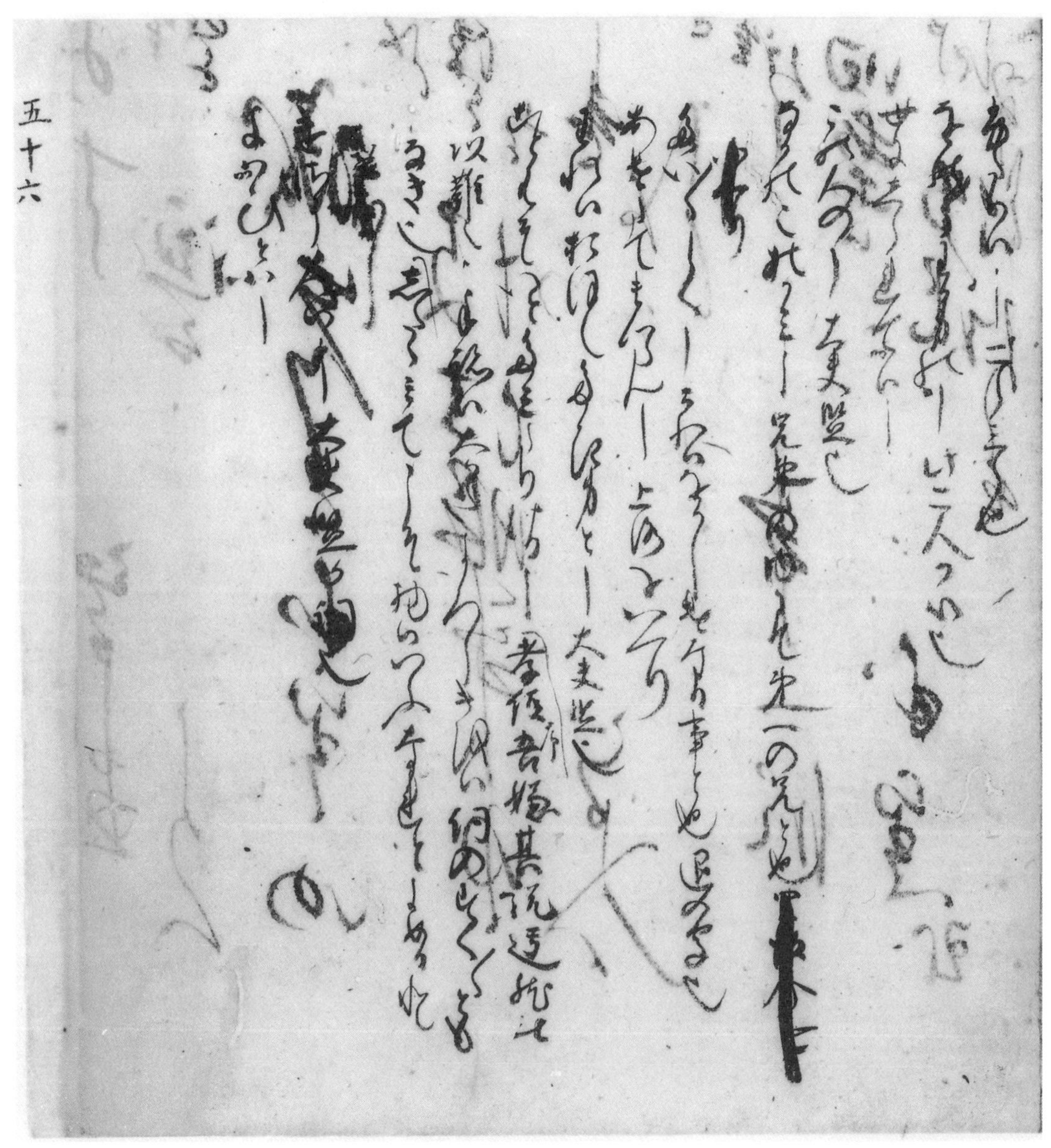

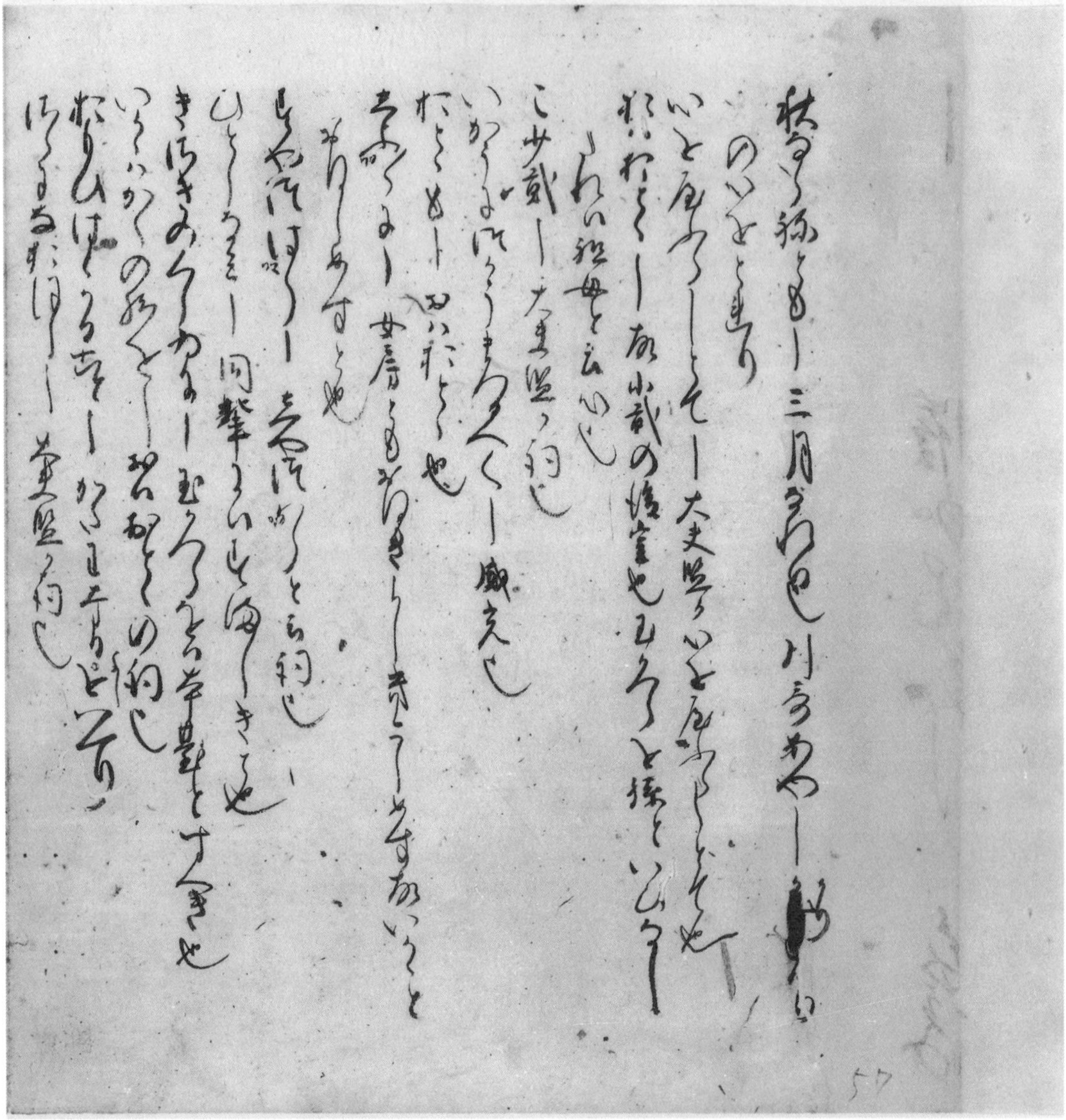

五十七

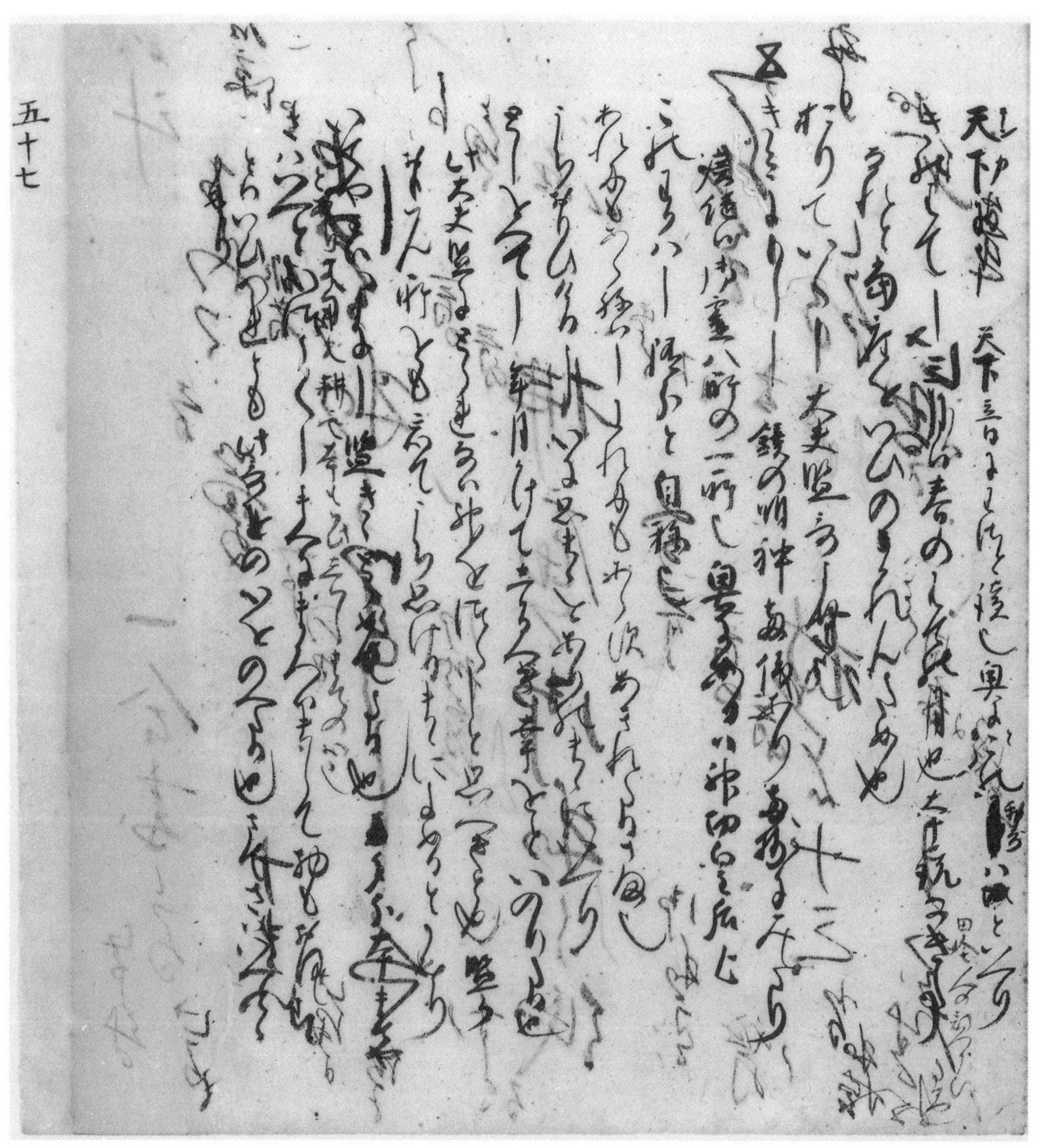

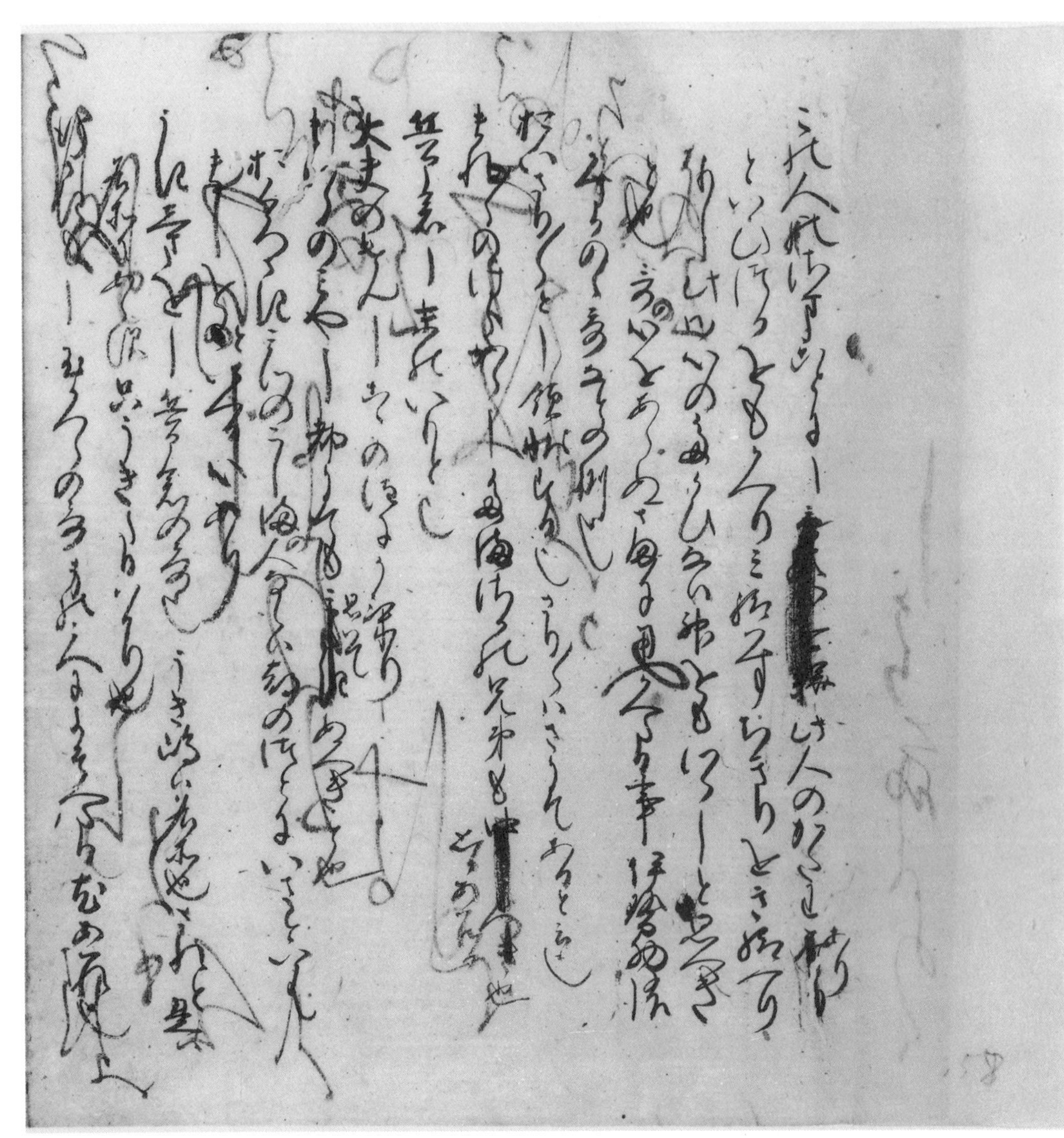

五十八

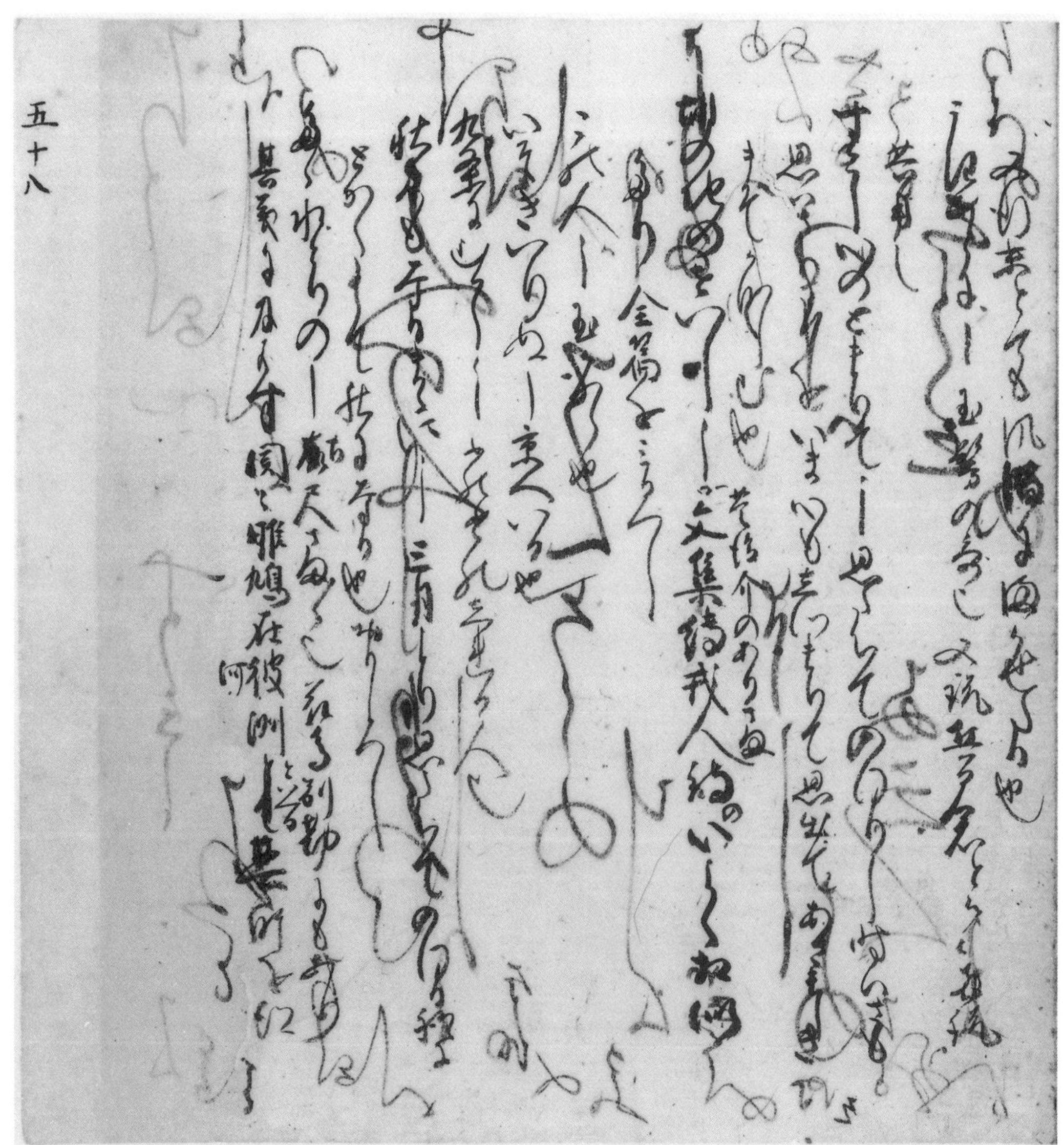

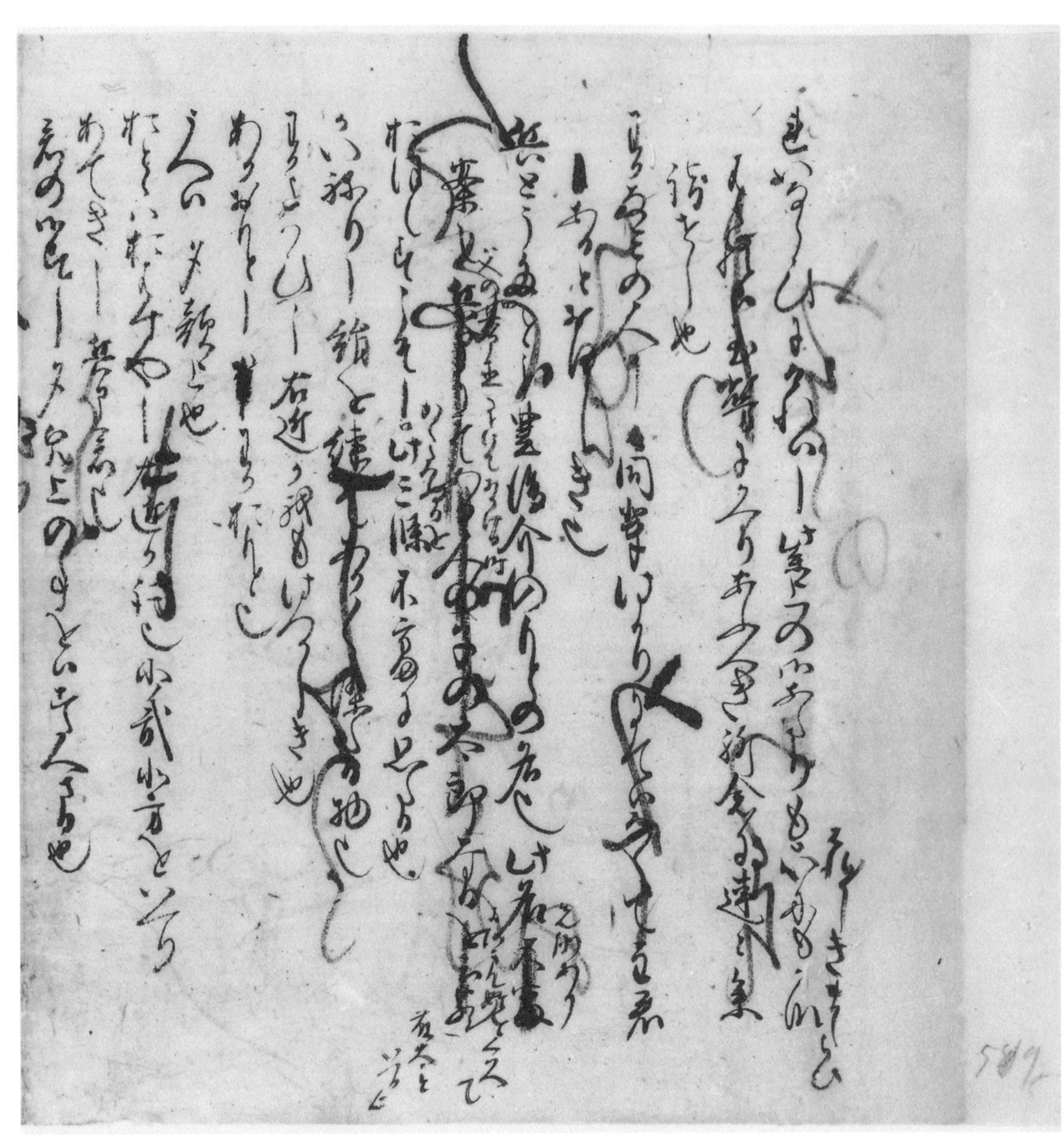

五十九

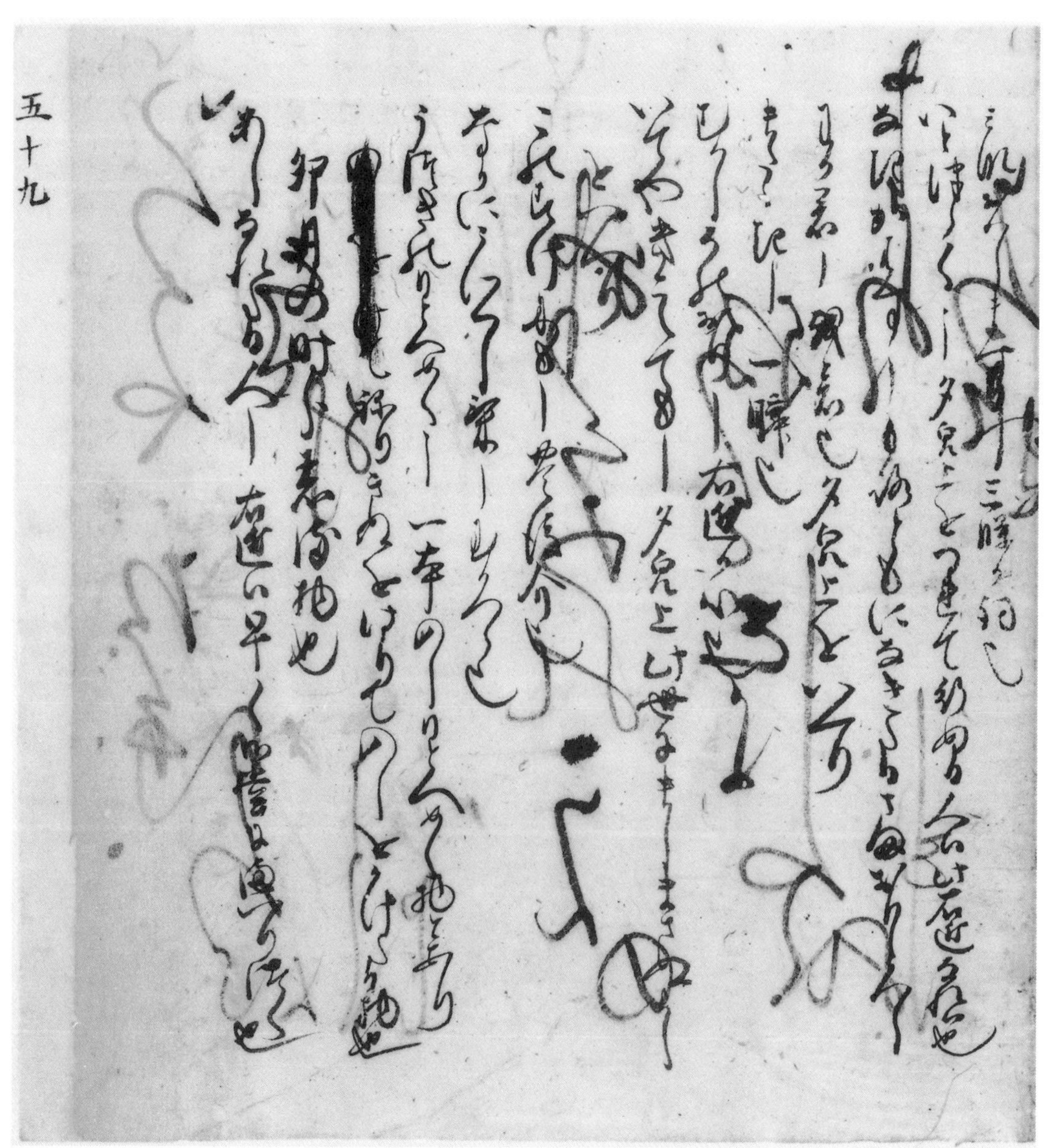

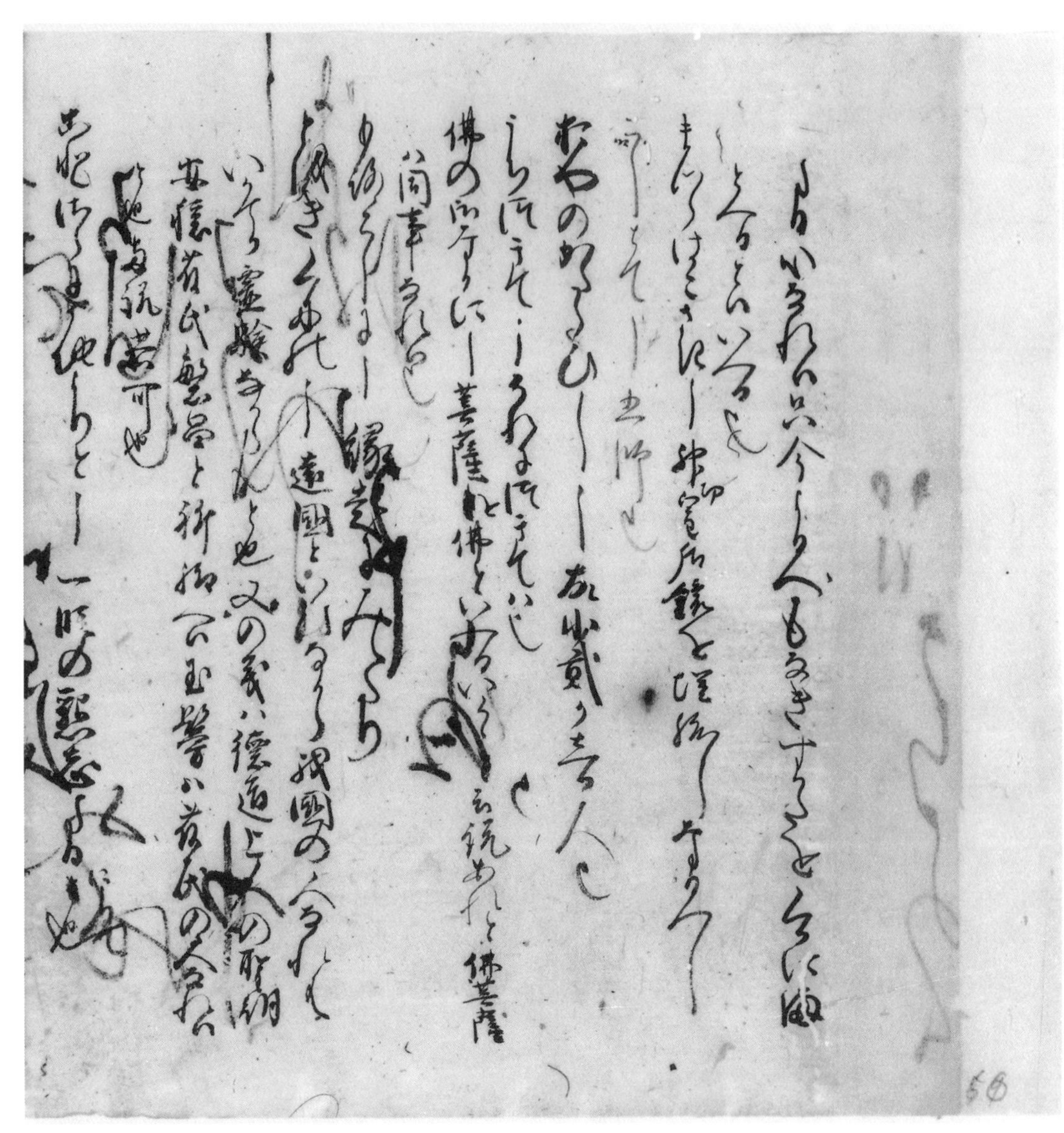

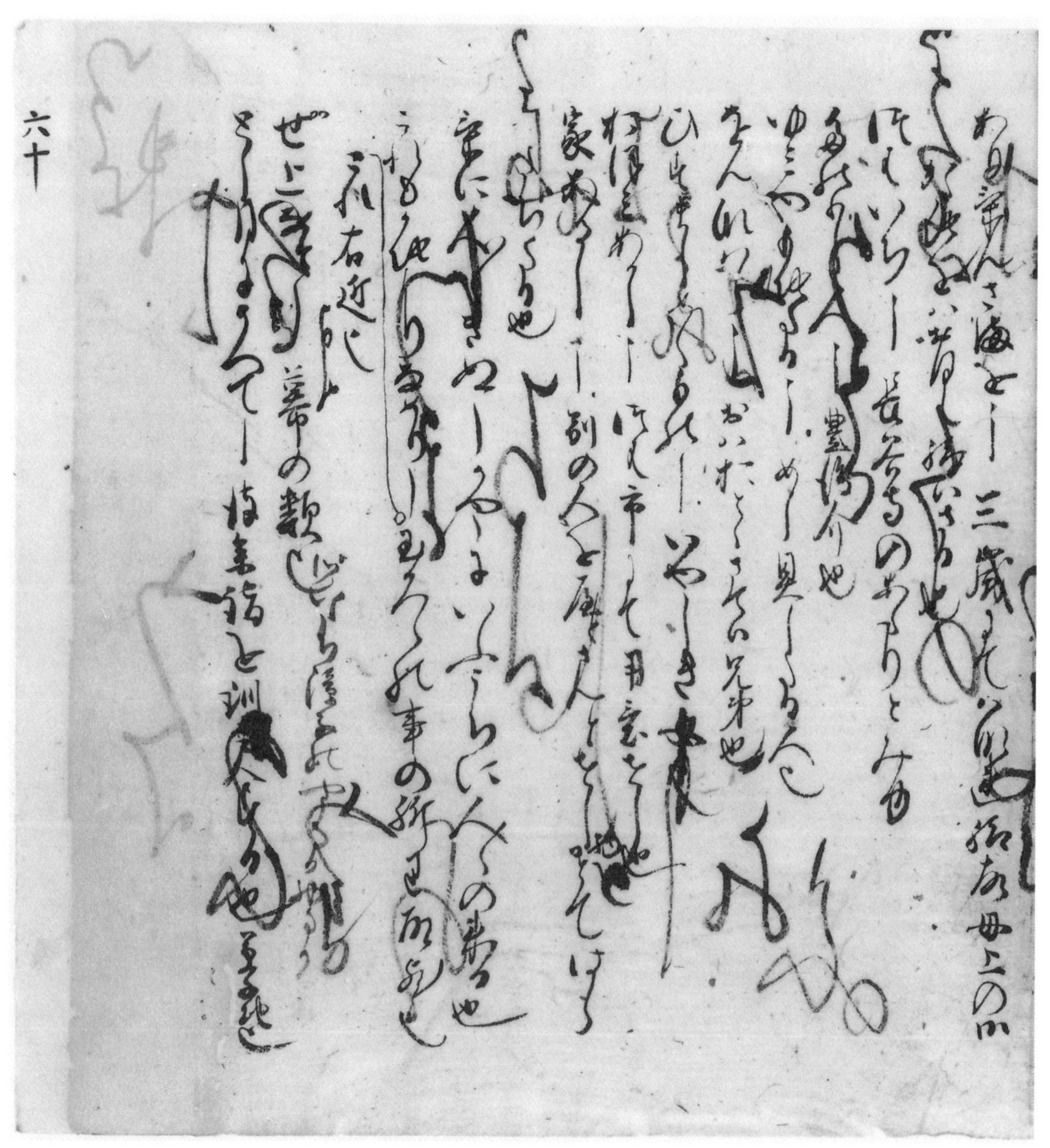

六十

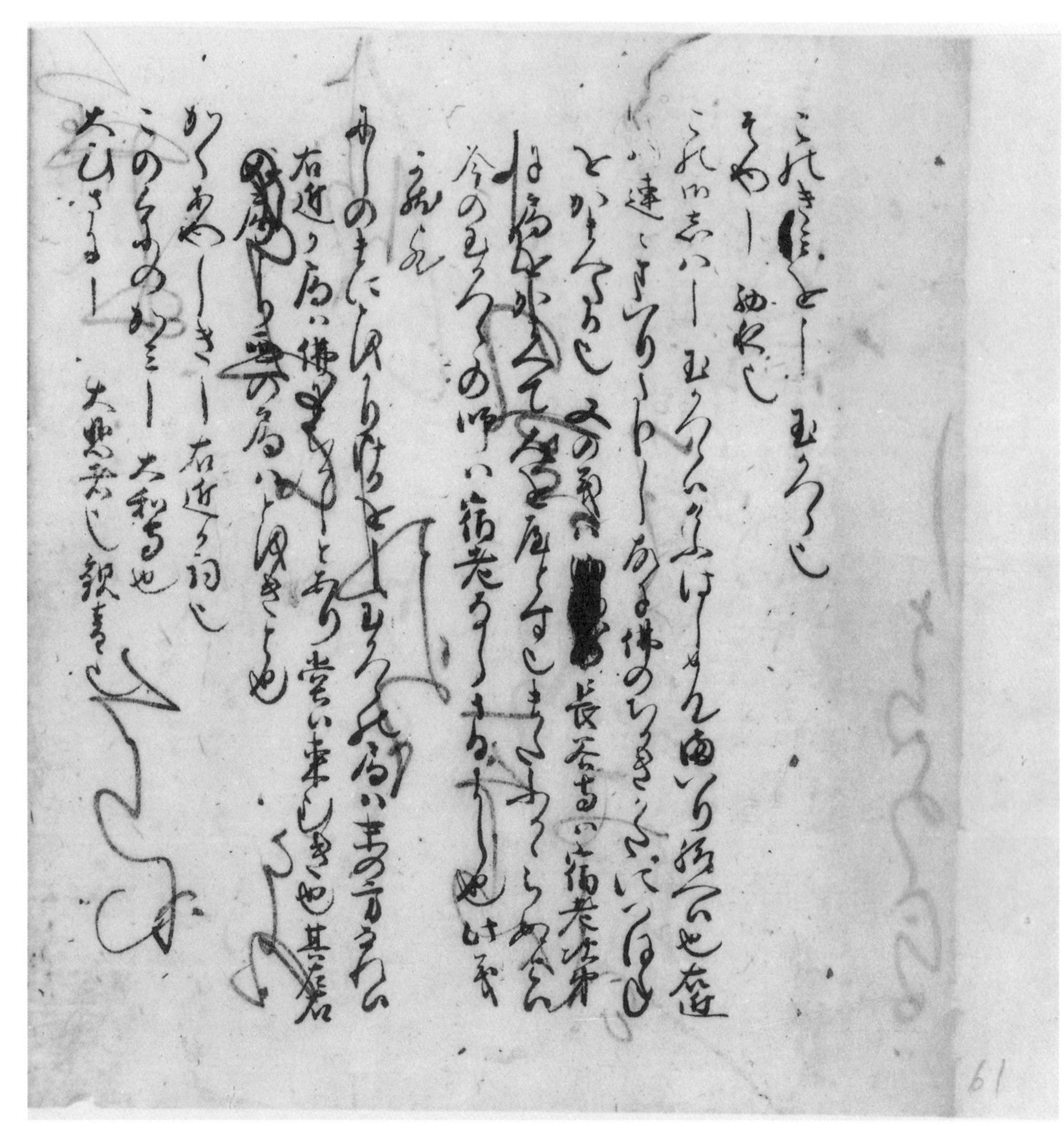

六十一

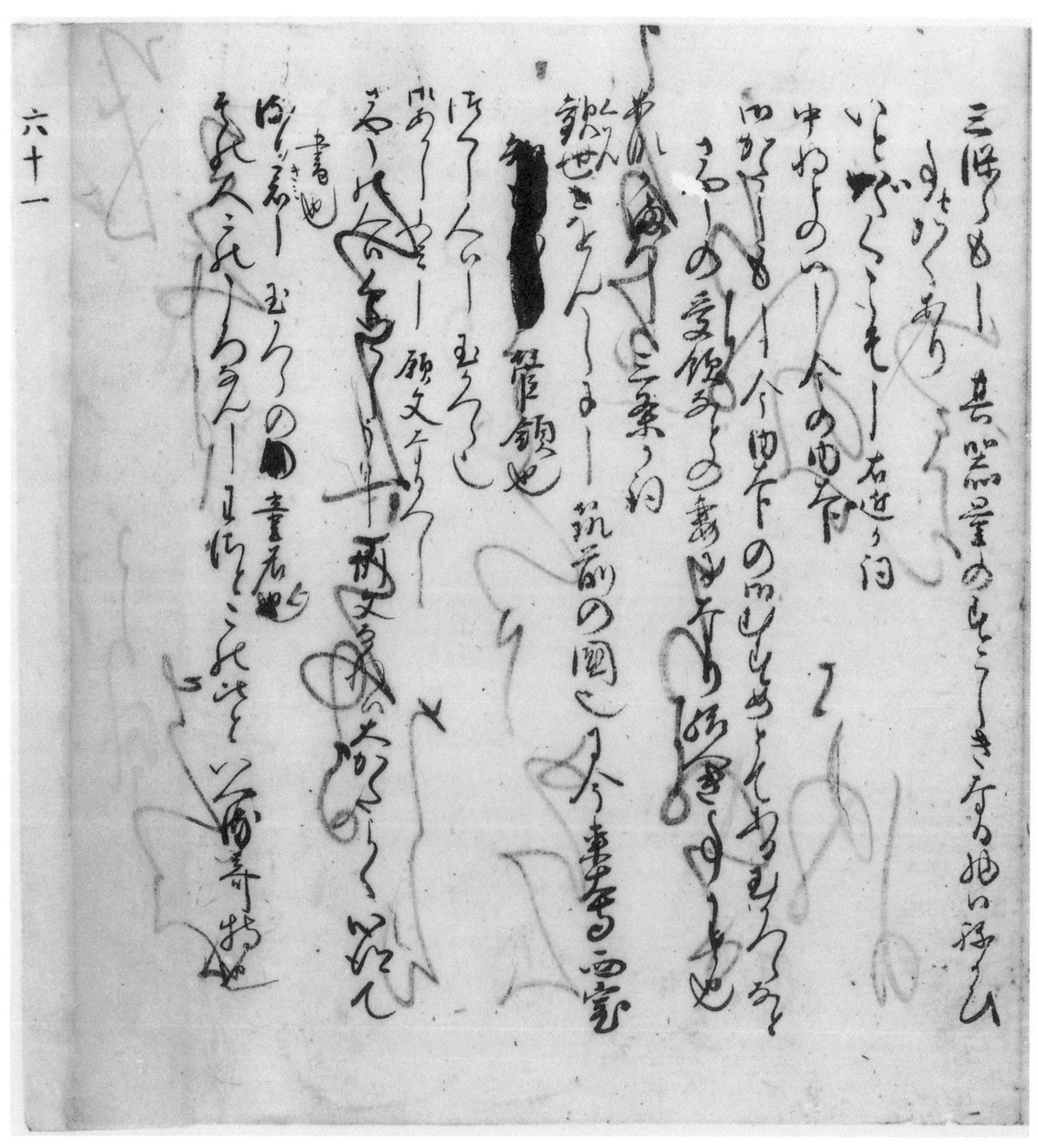

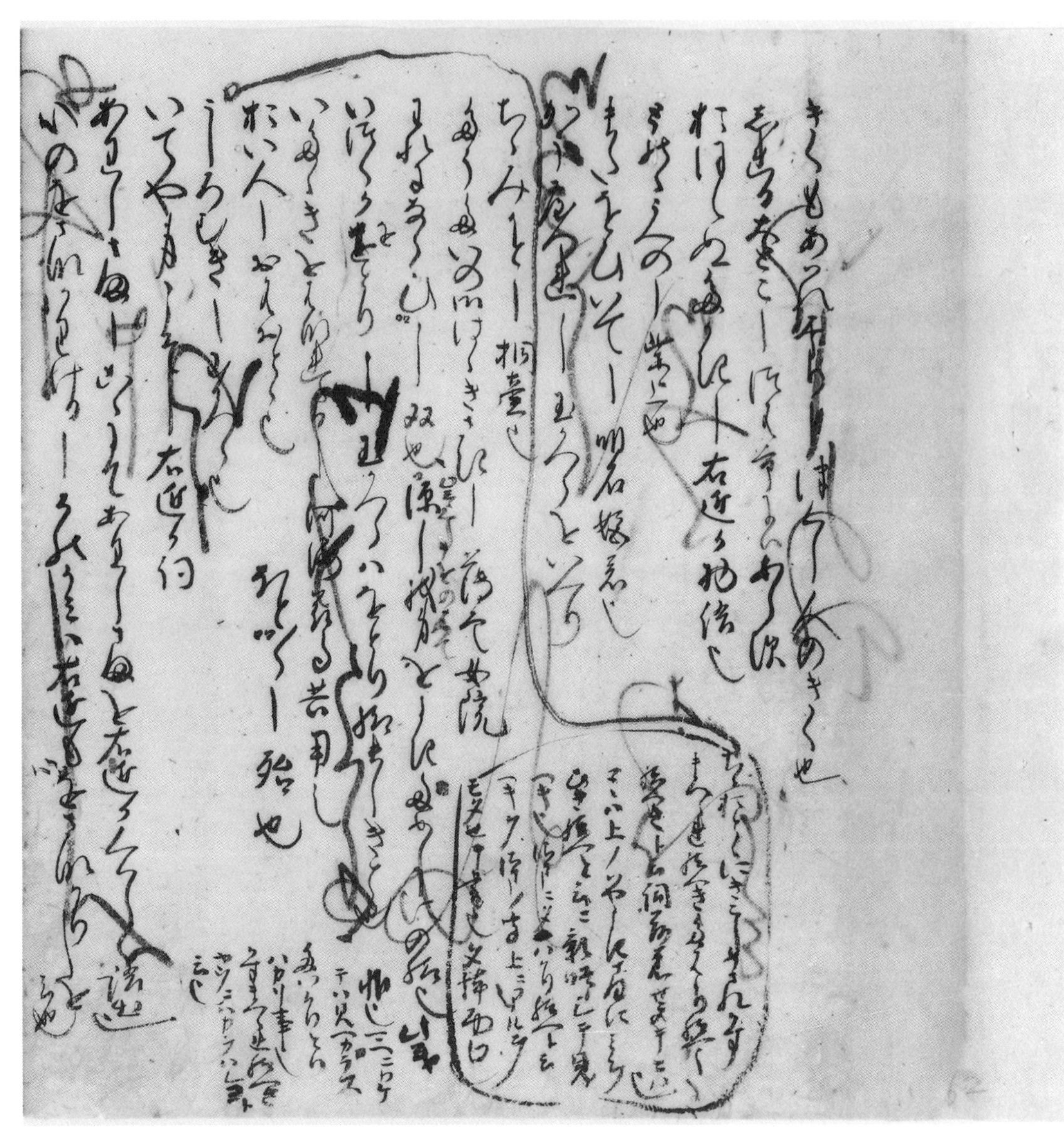

六十二

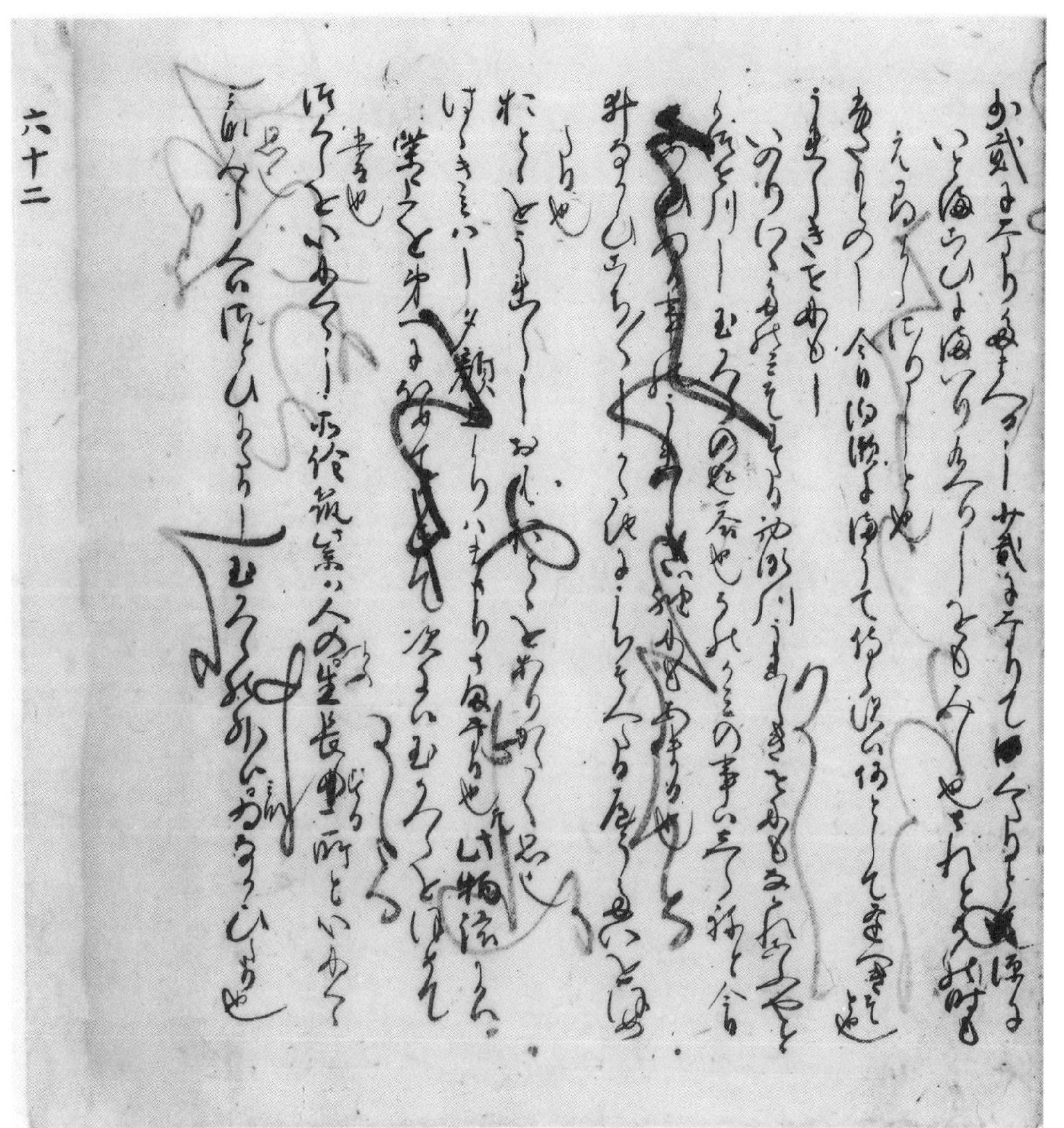

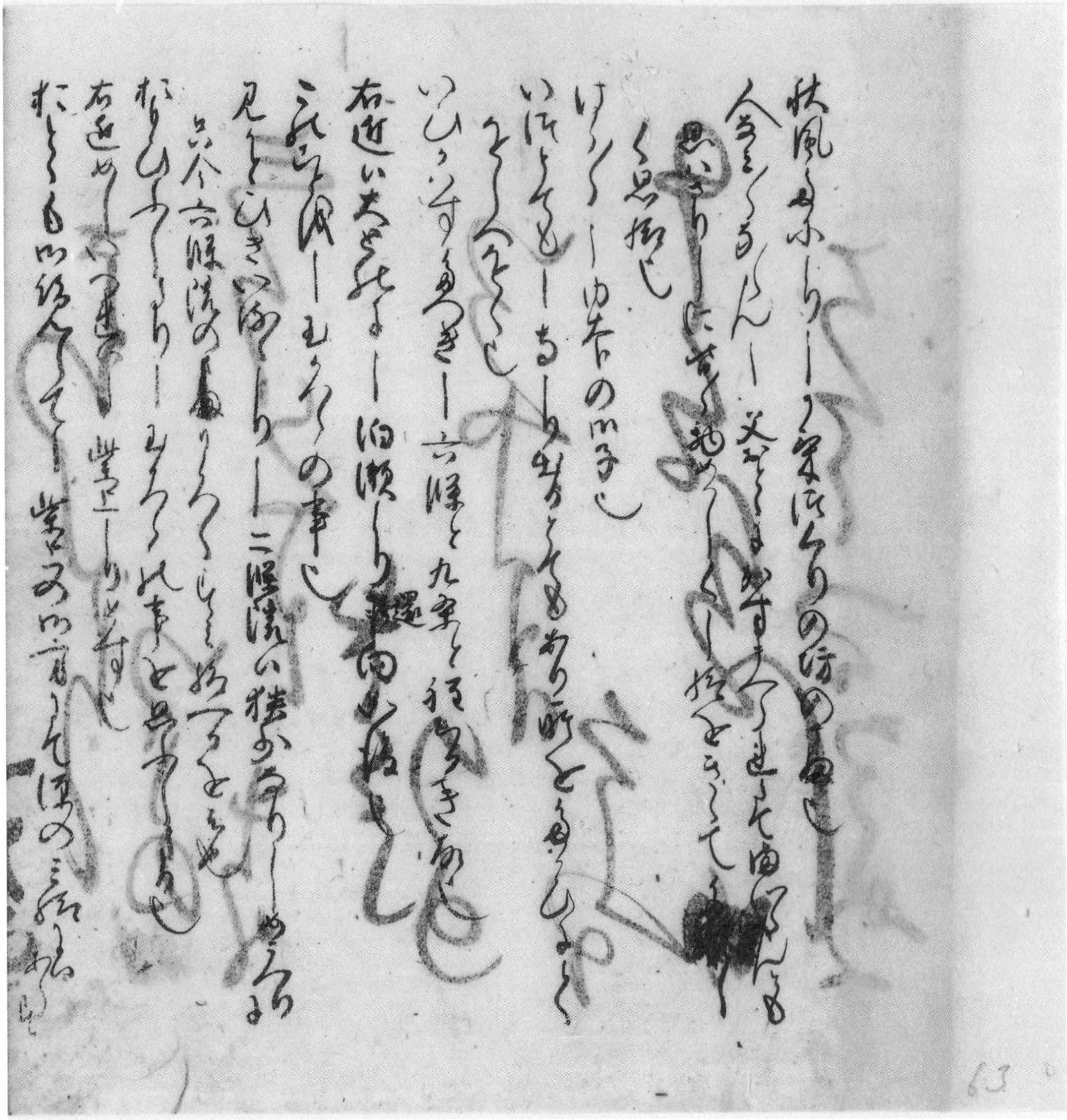

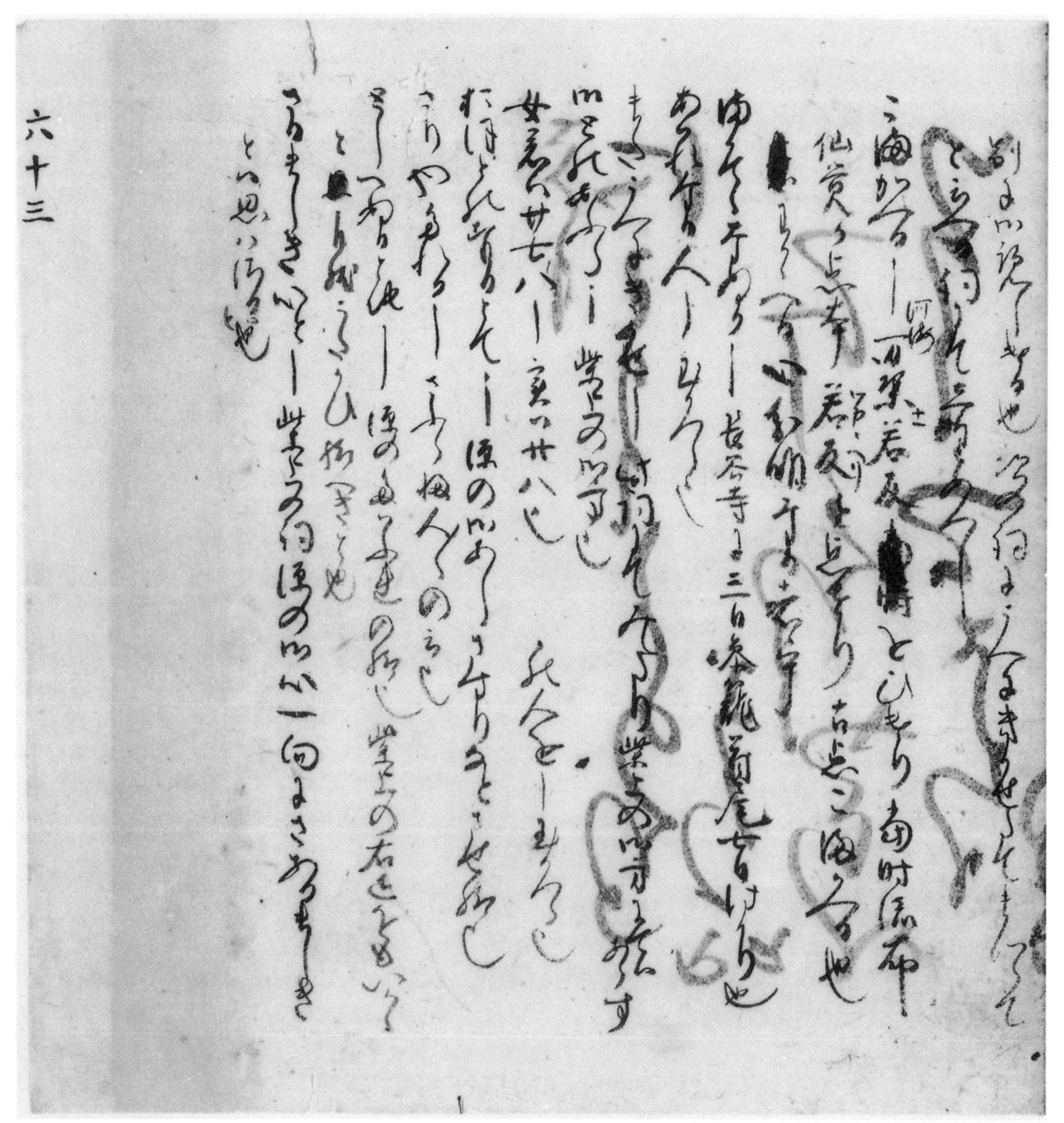

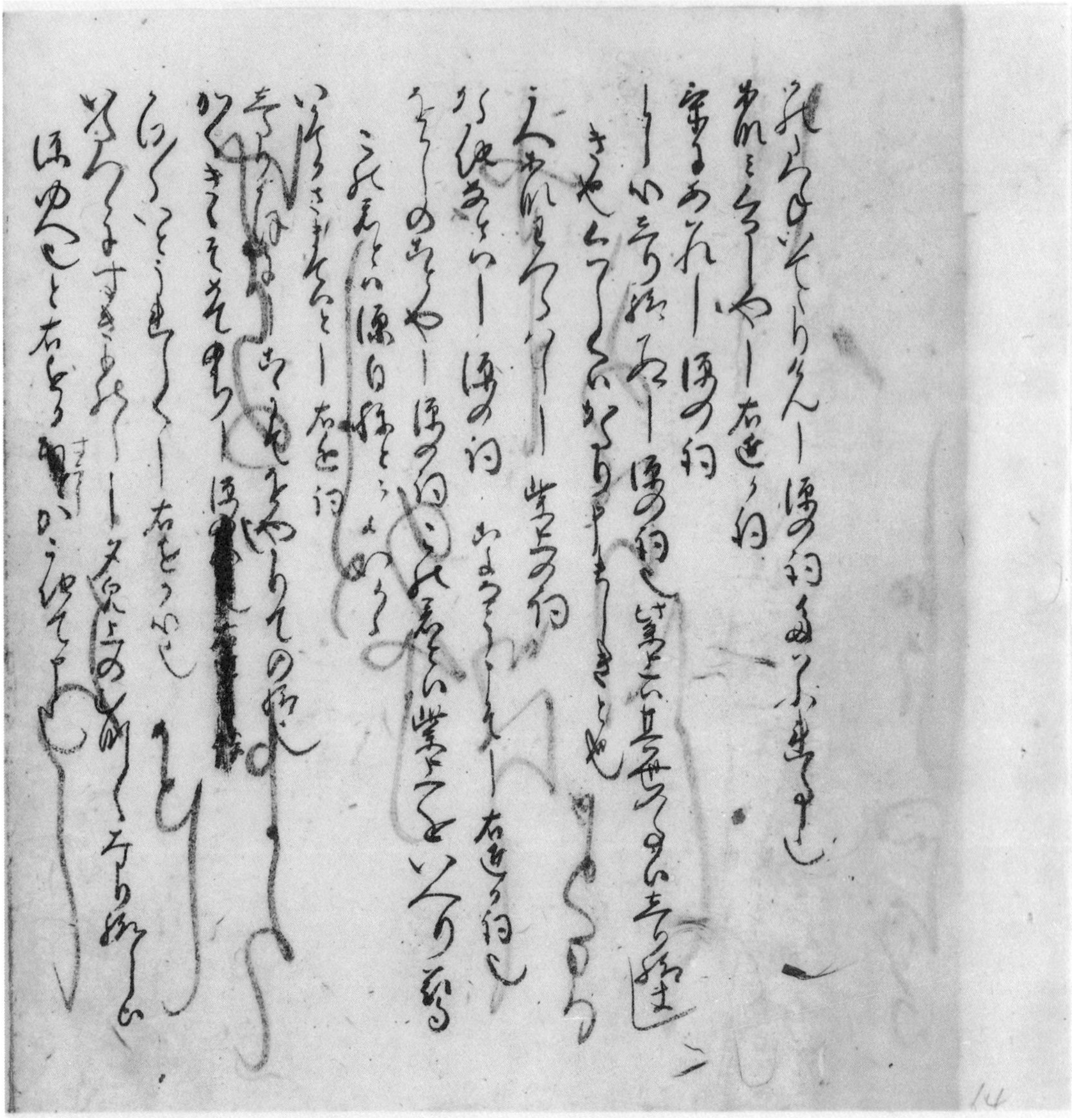

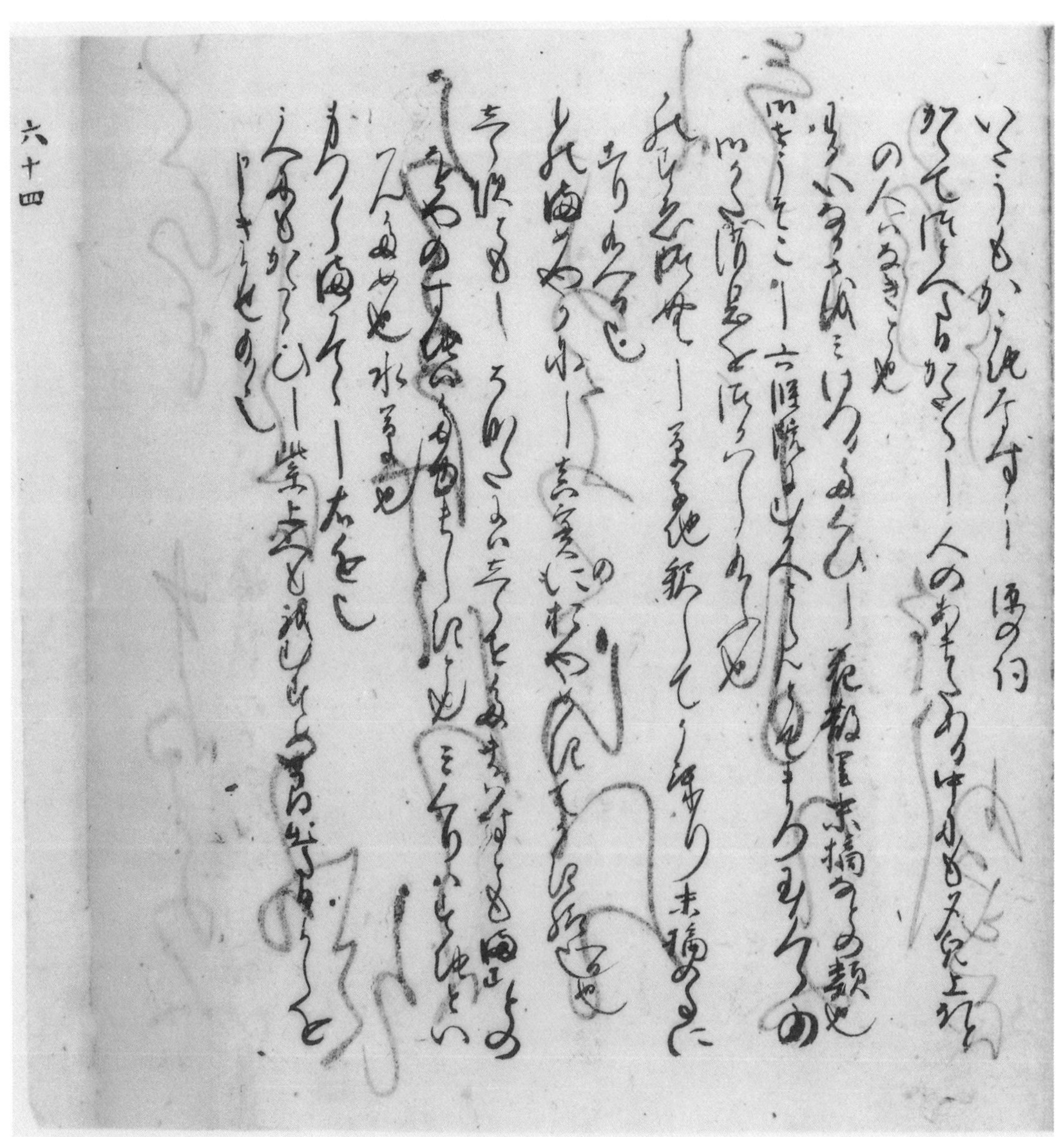

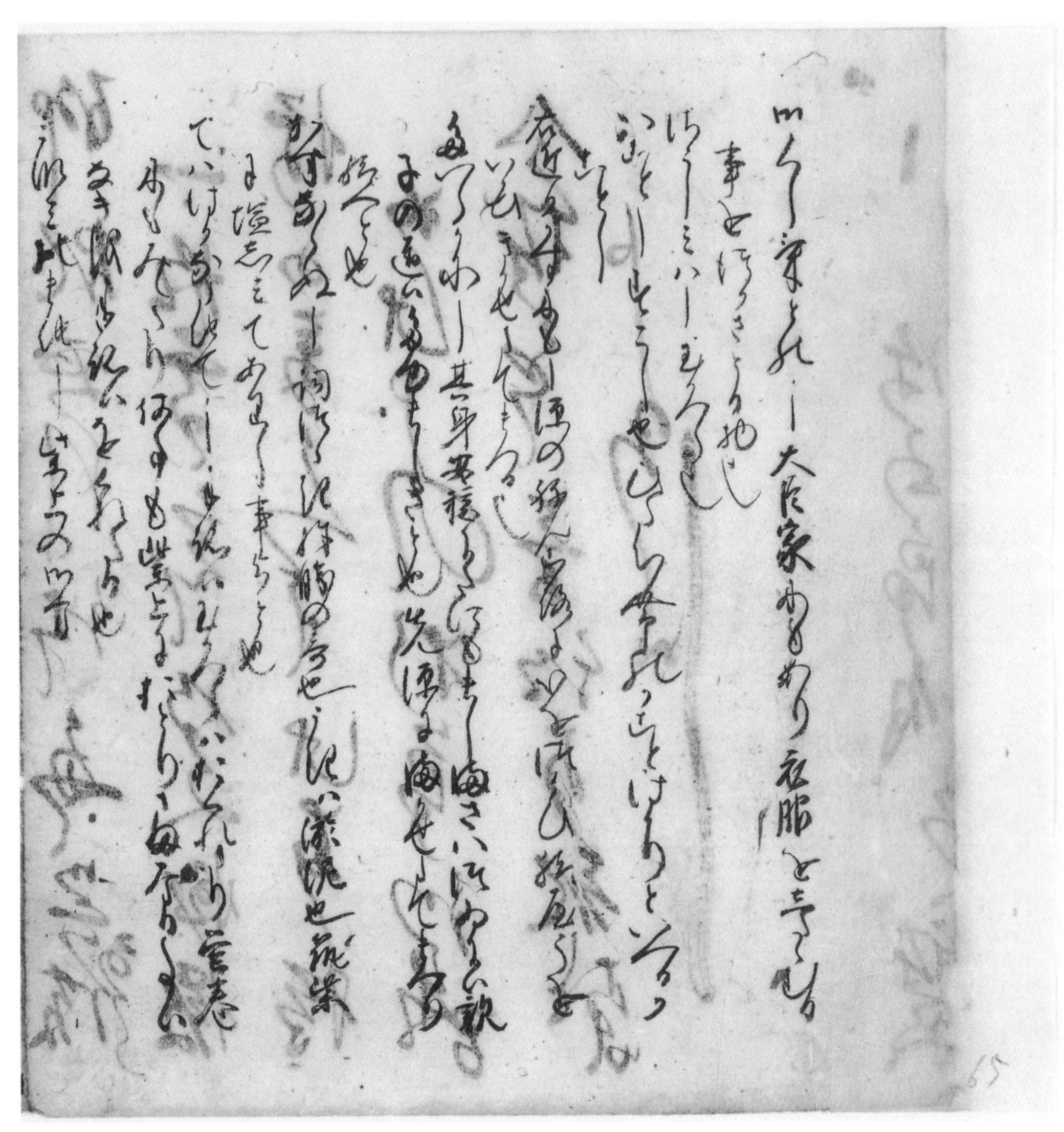

六十五

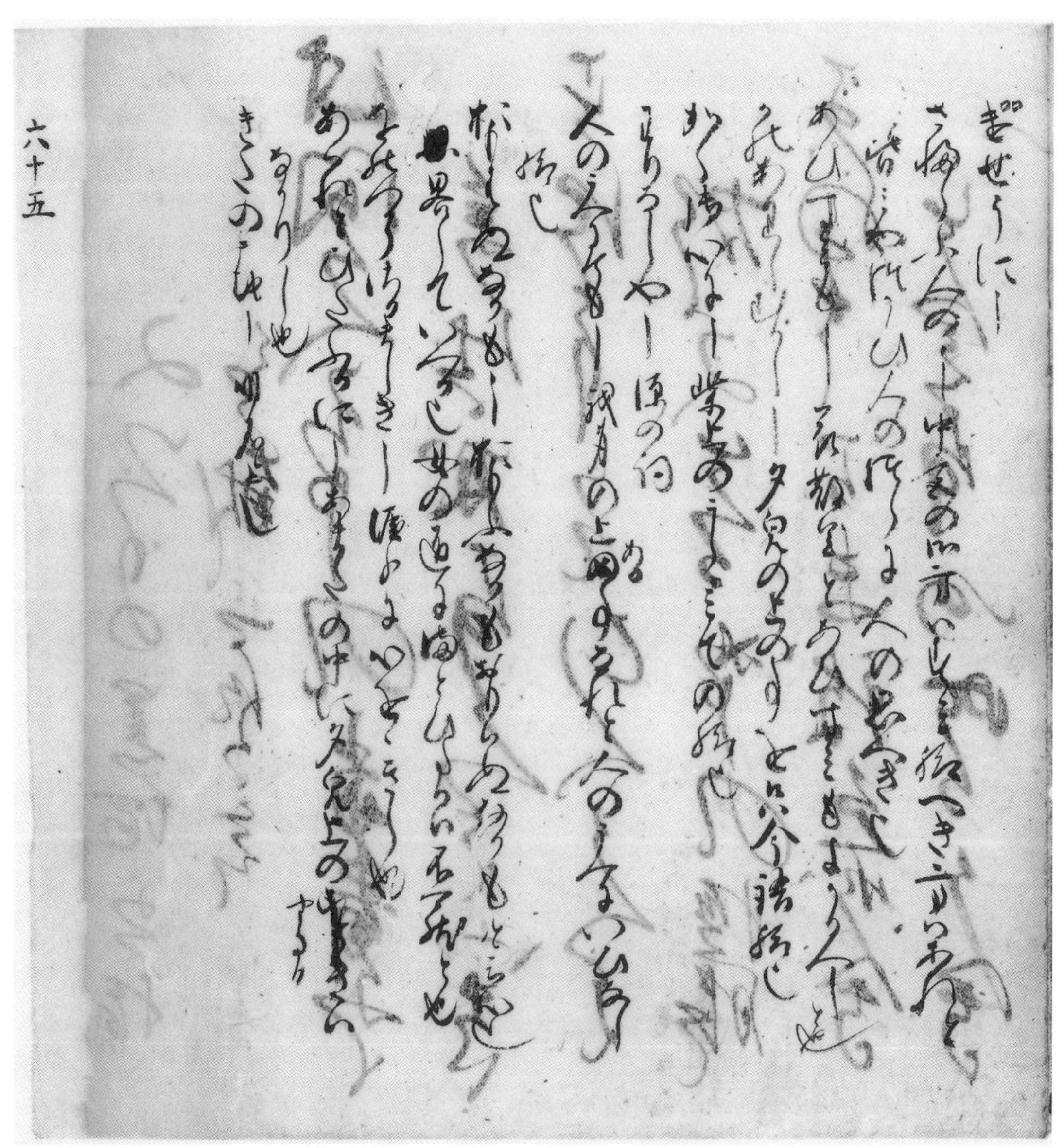

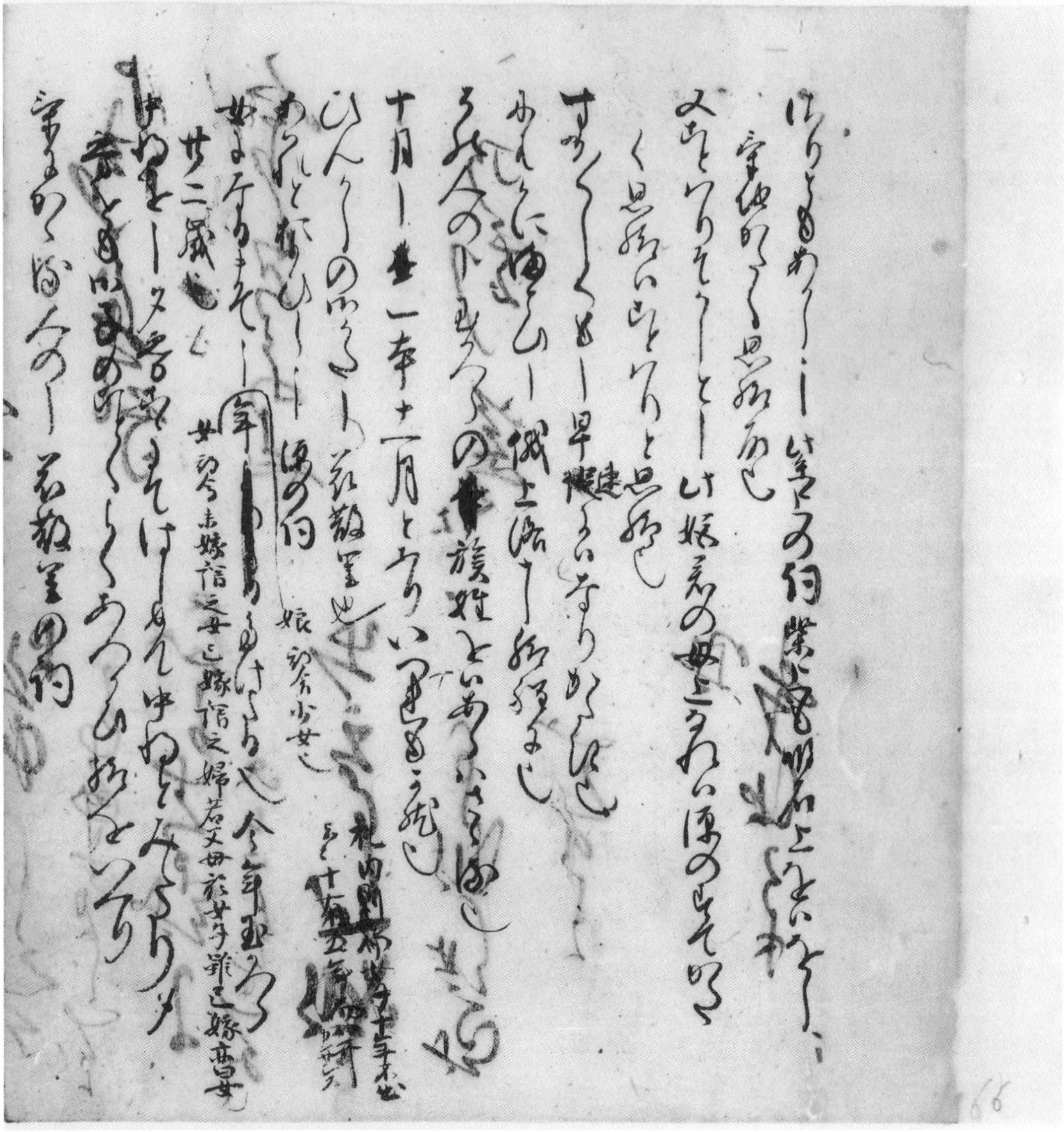

六十六

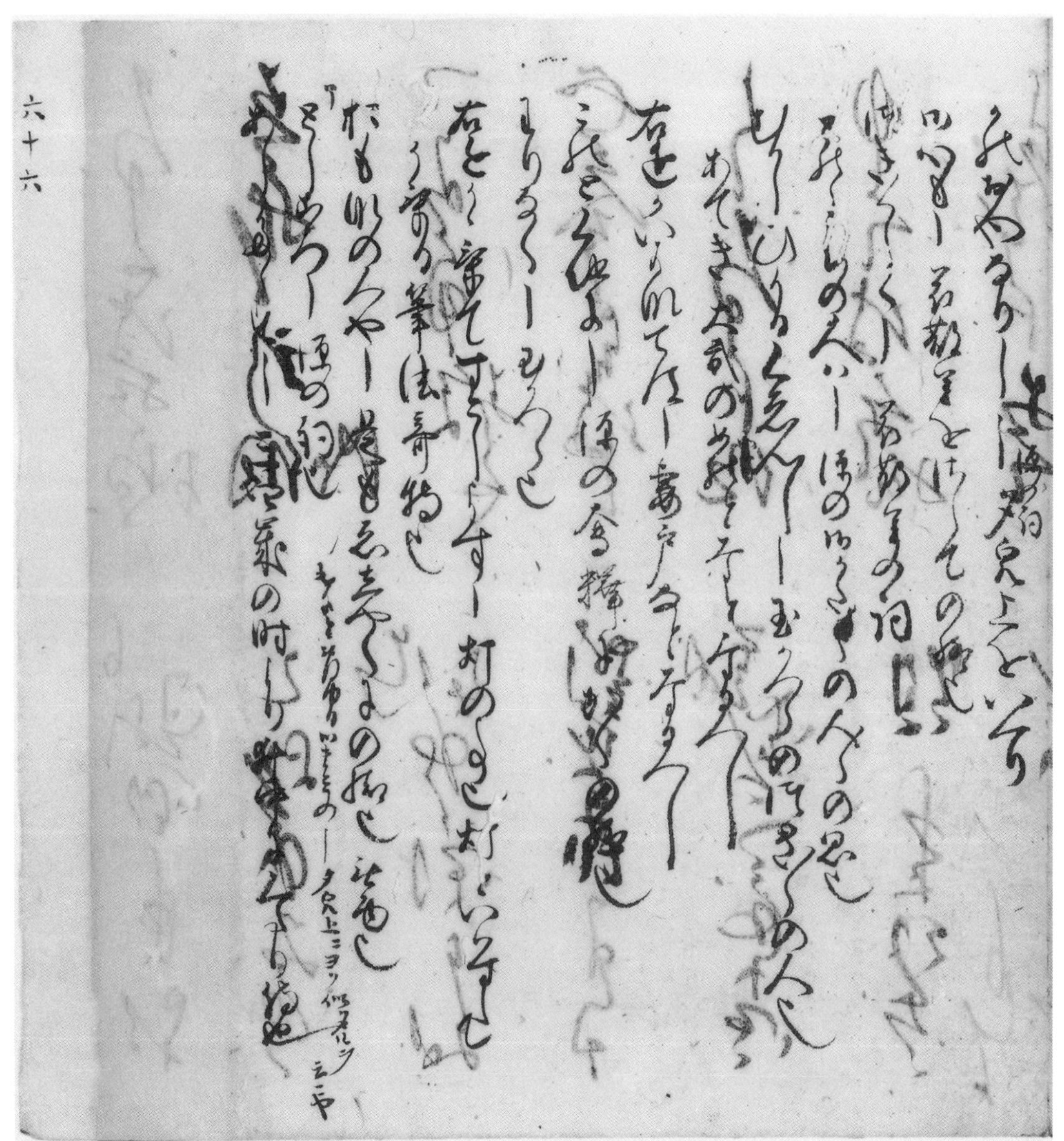

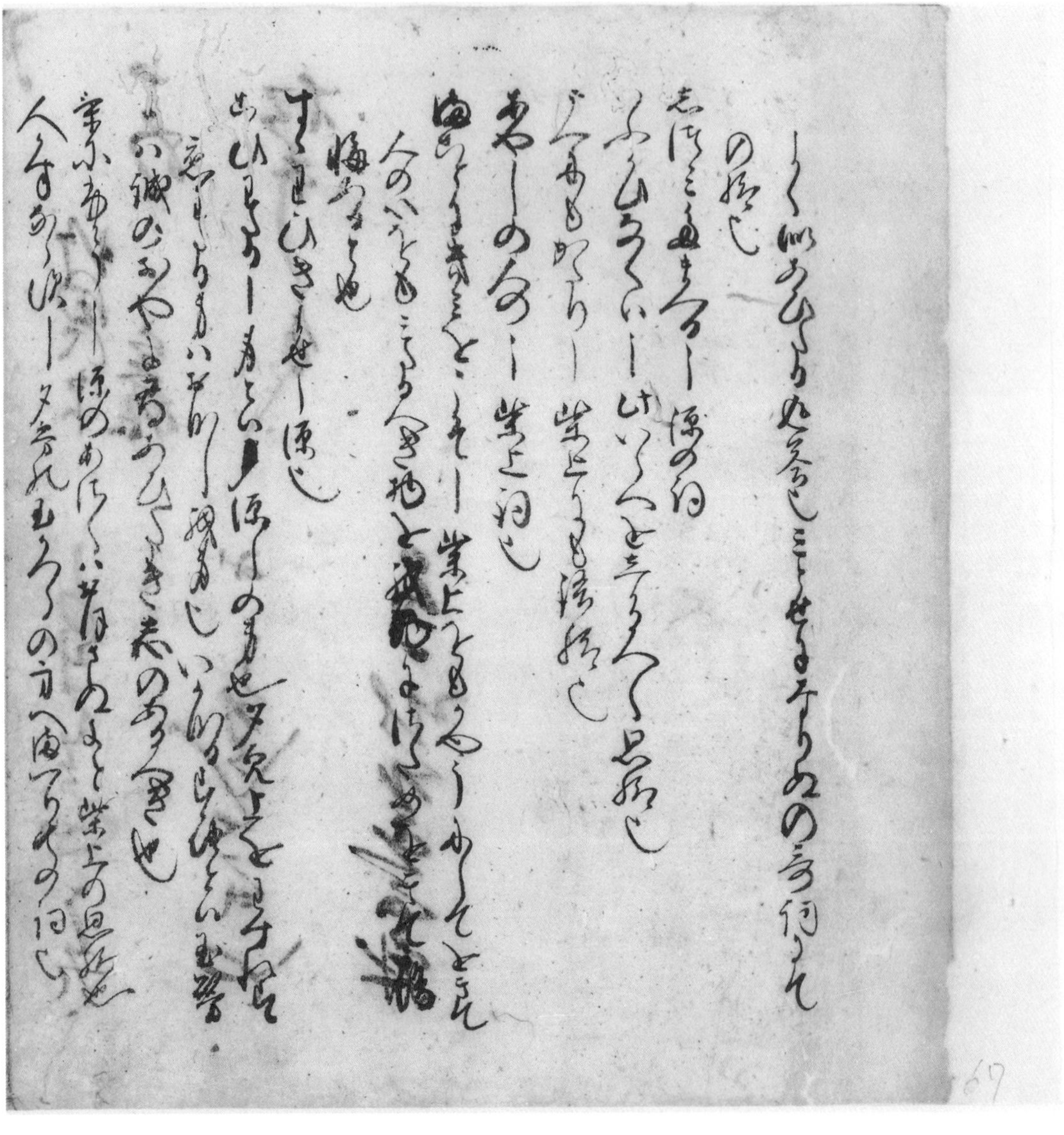

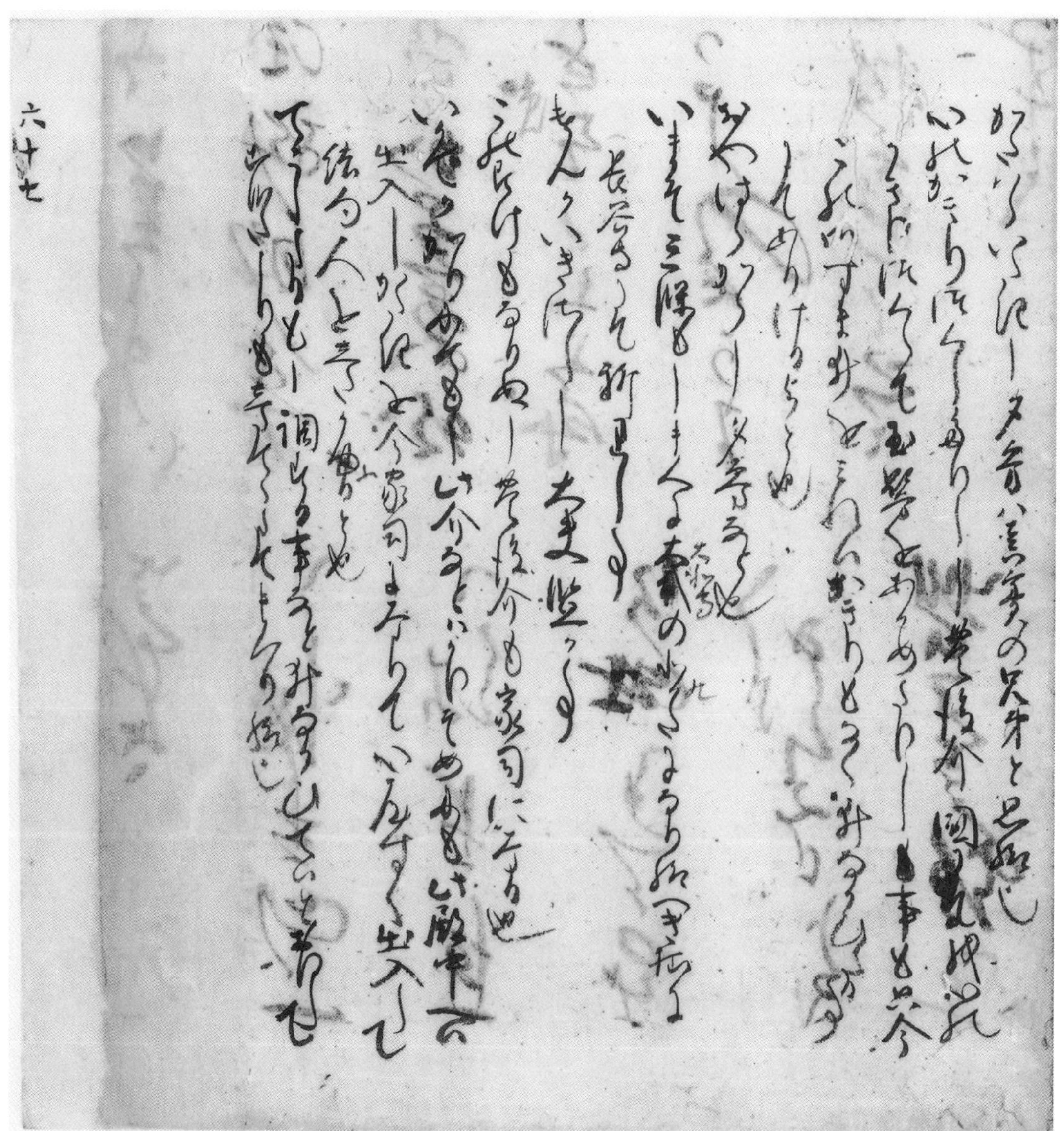

六十七

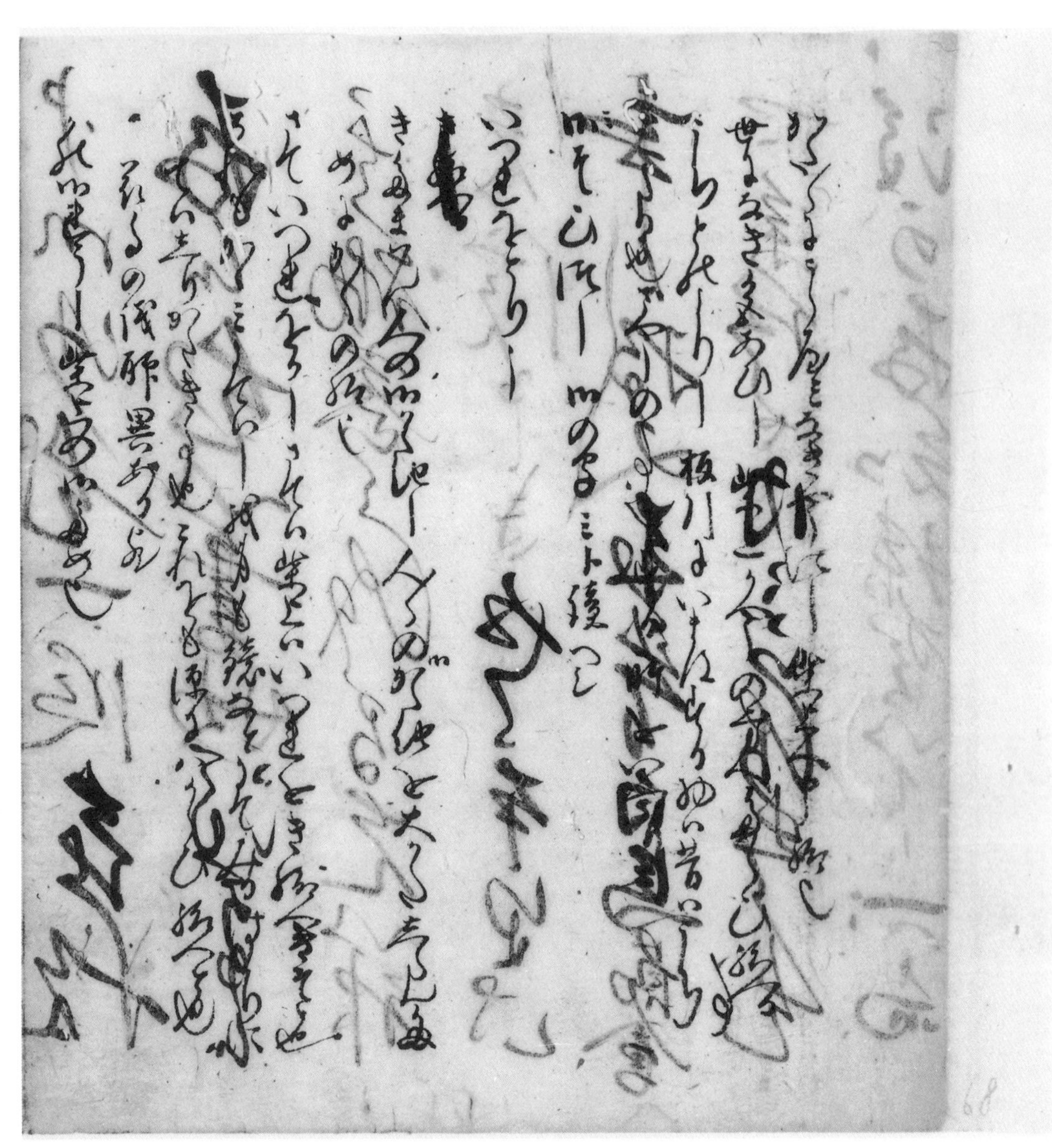

六十八

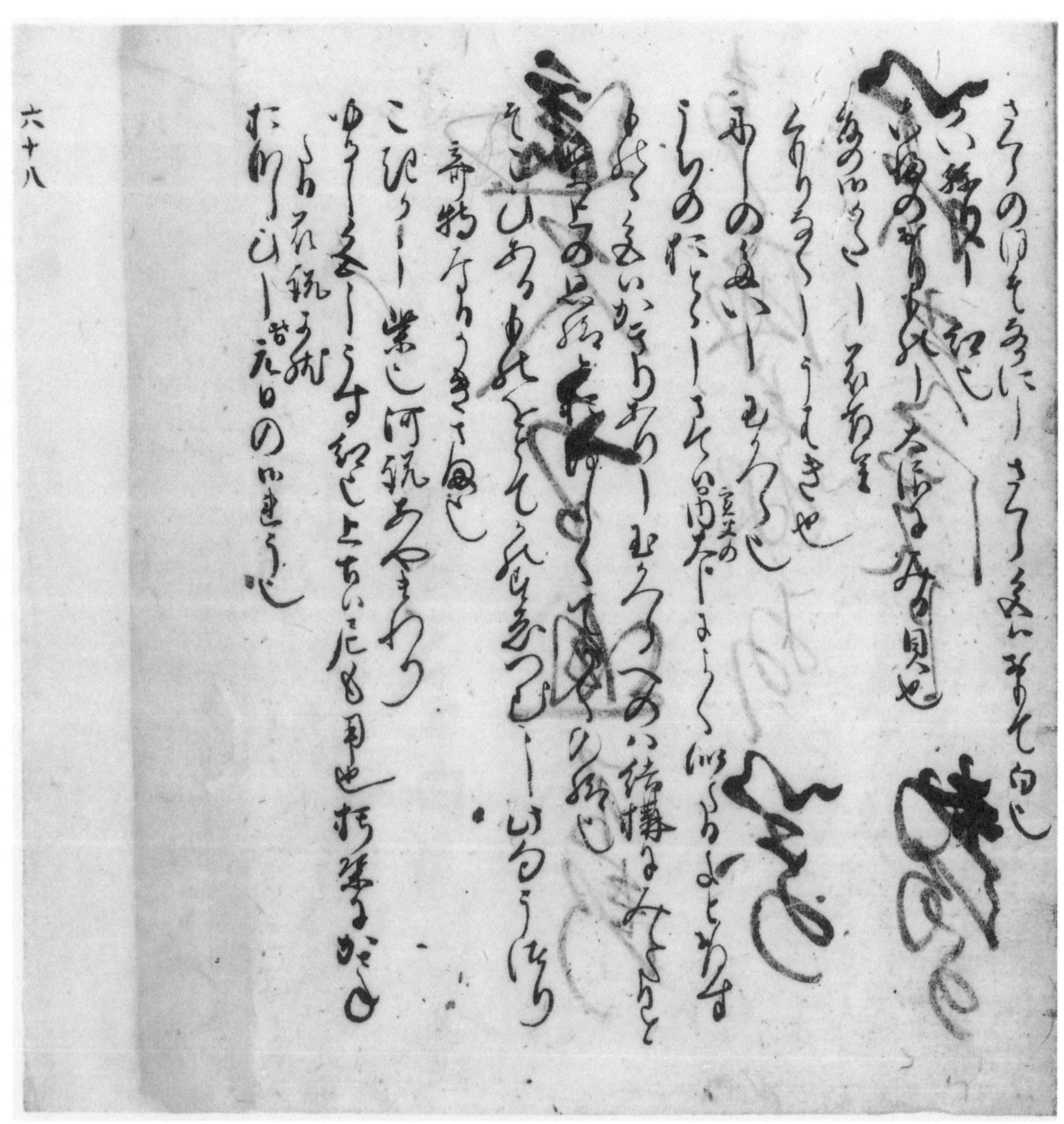

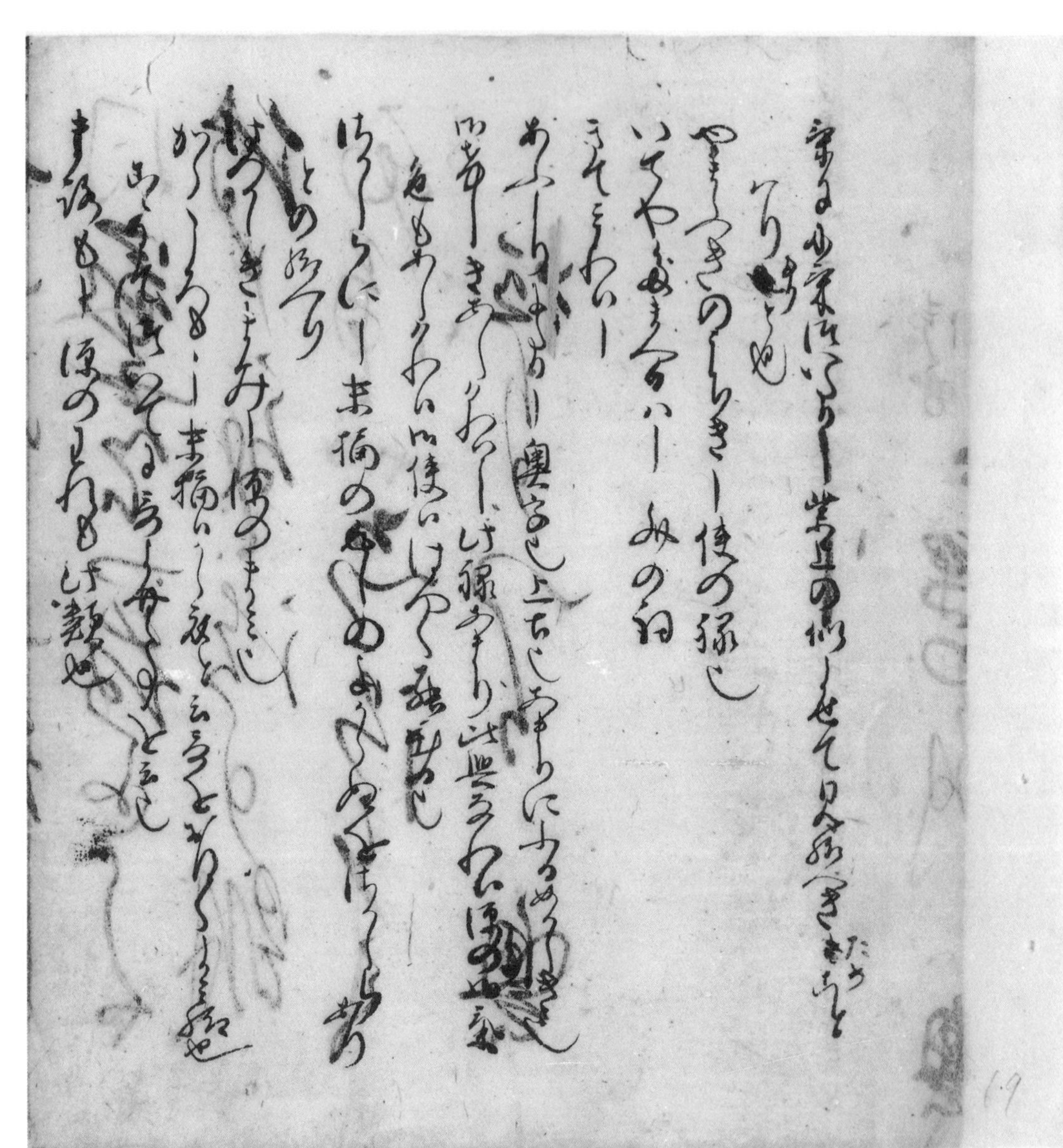

六十九

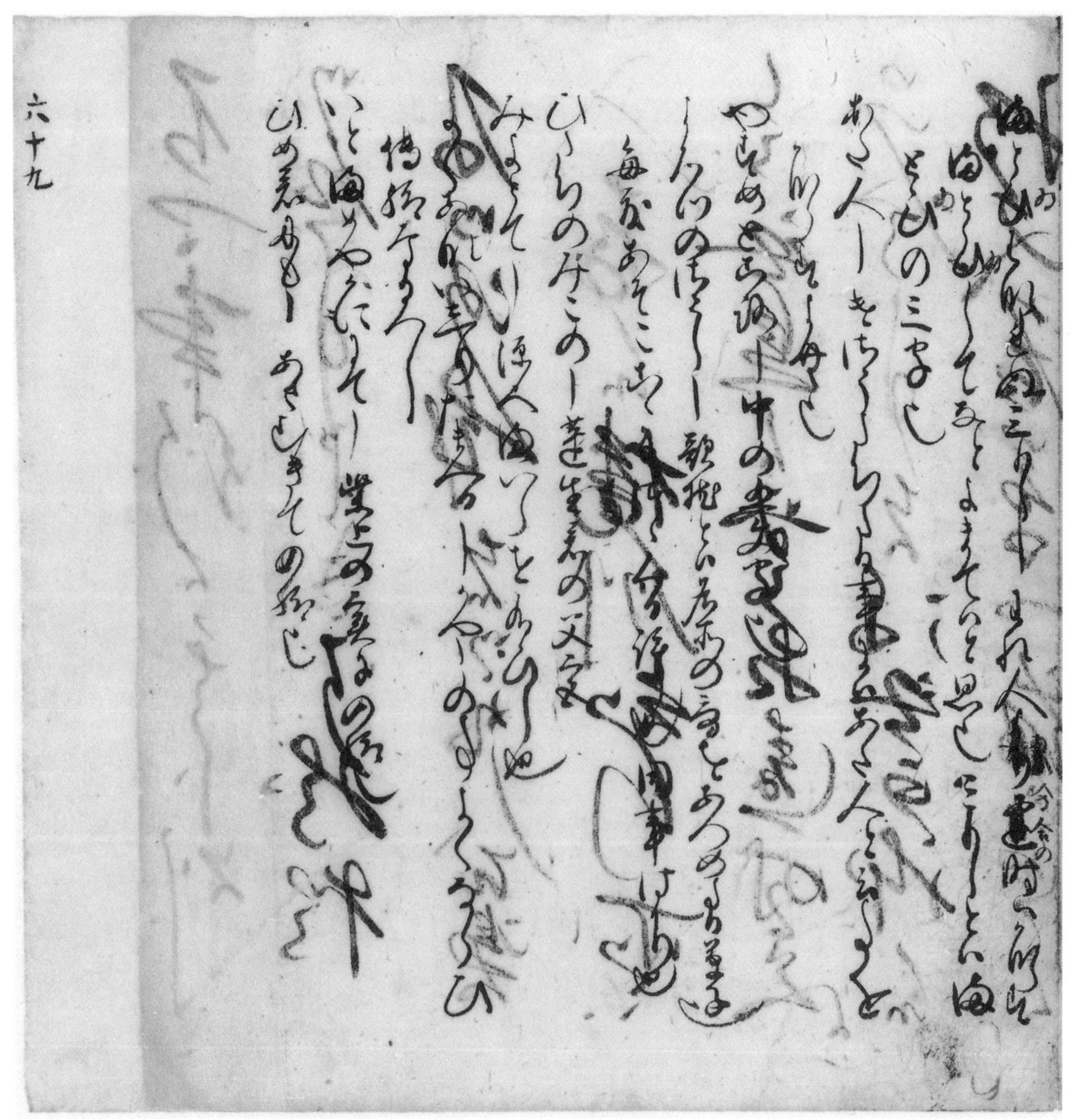

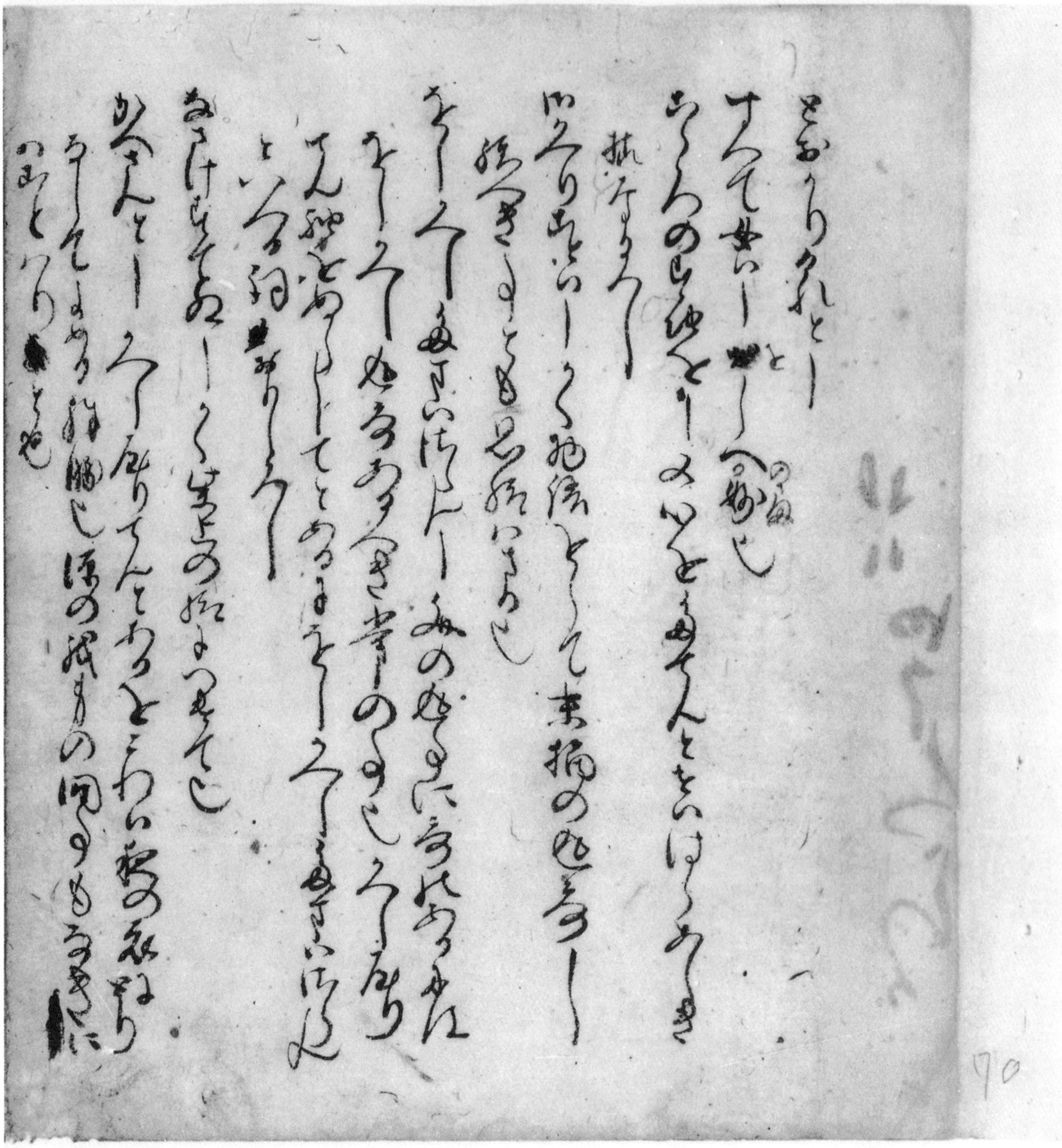

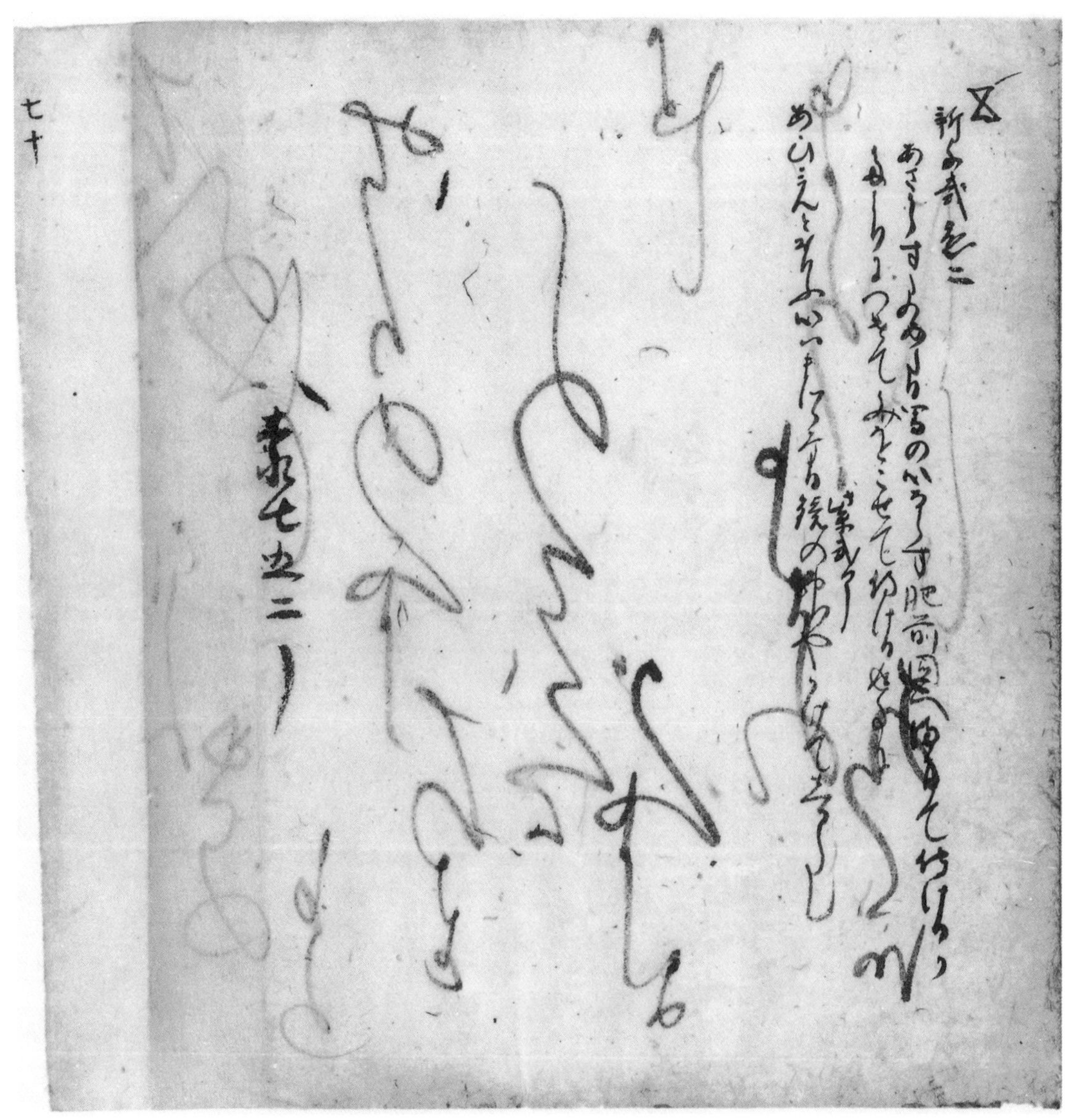

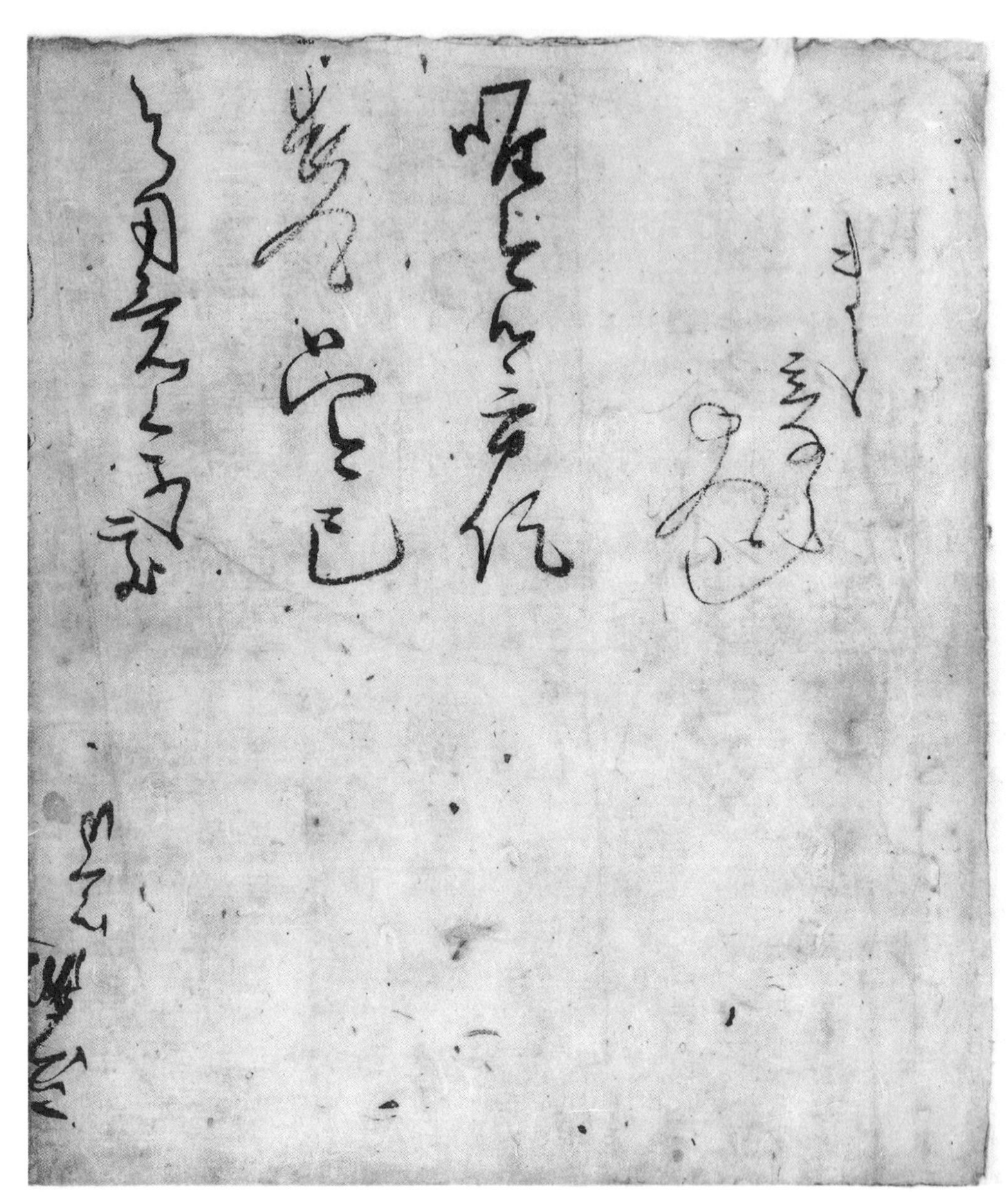

（七一ウ）

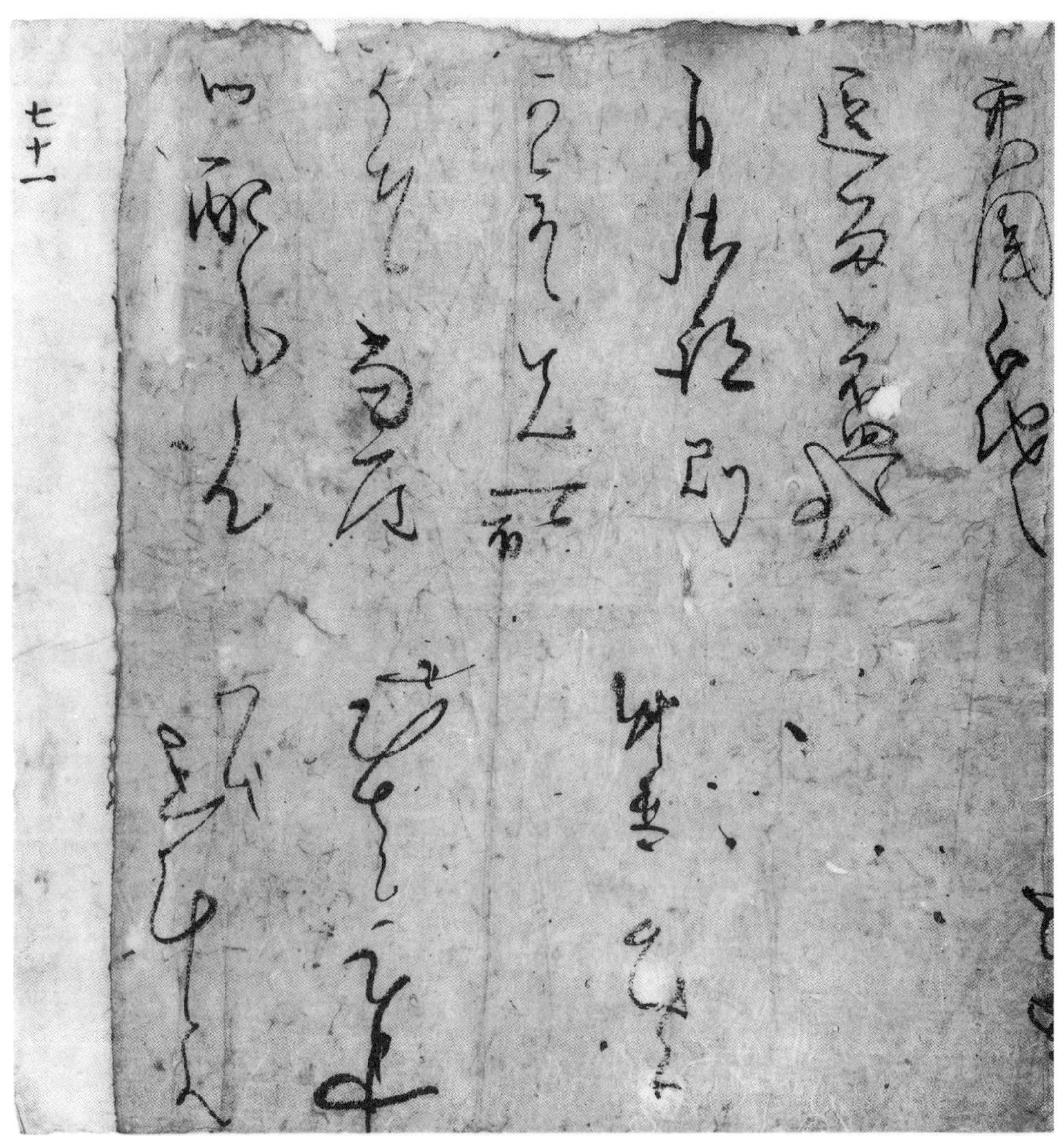

一

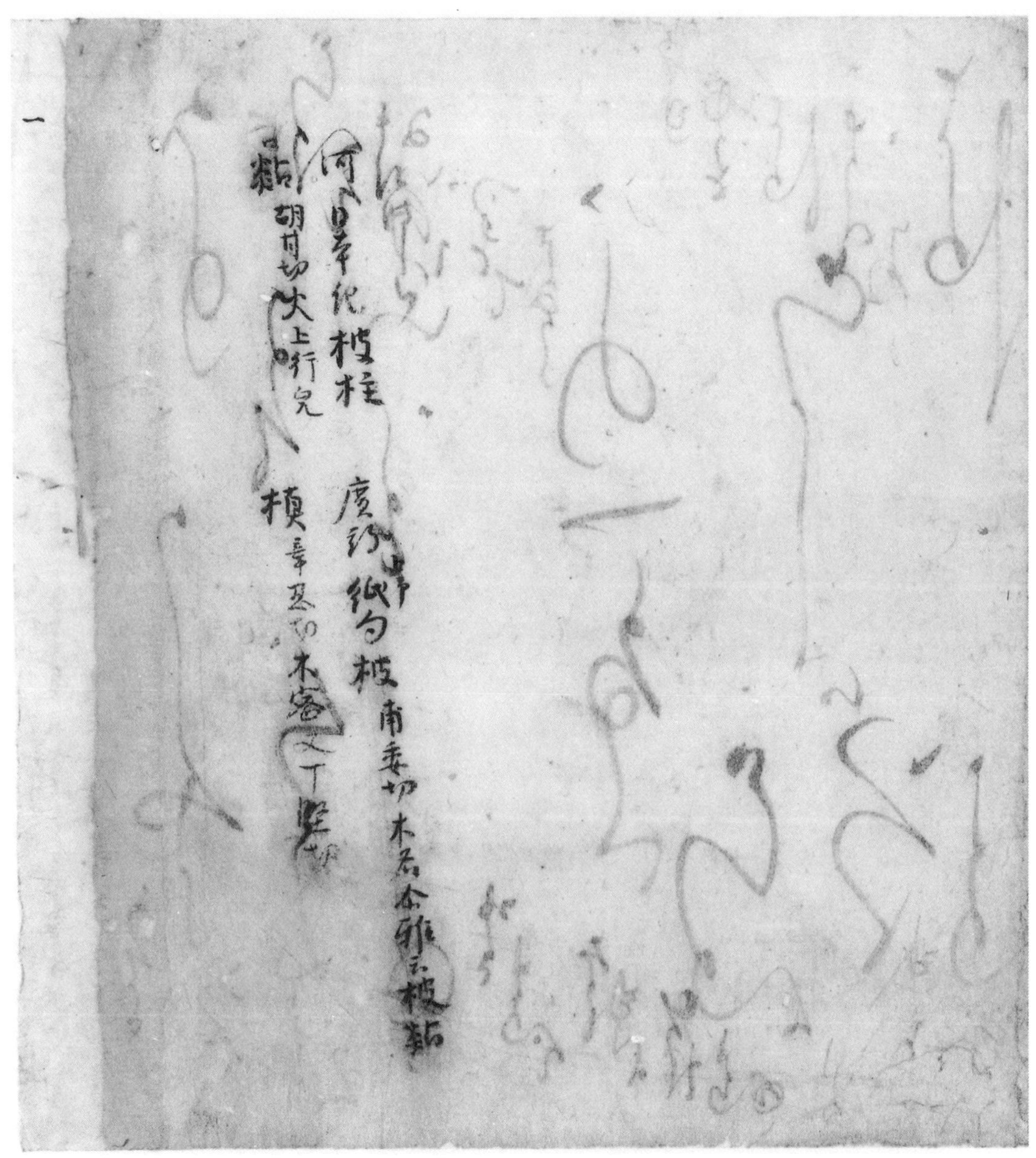

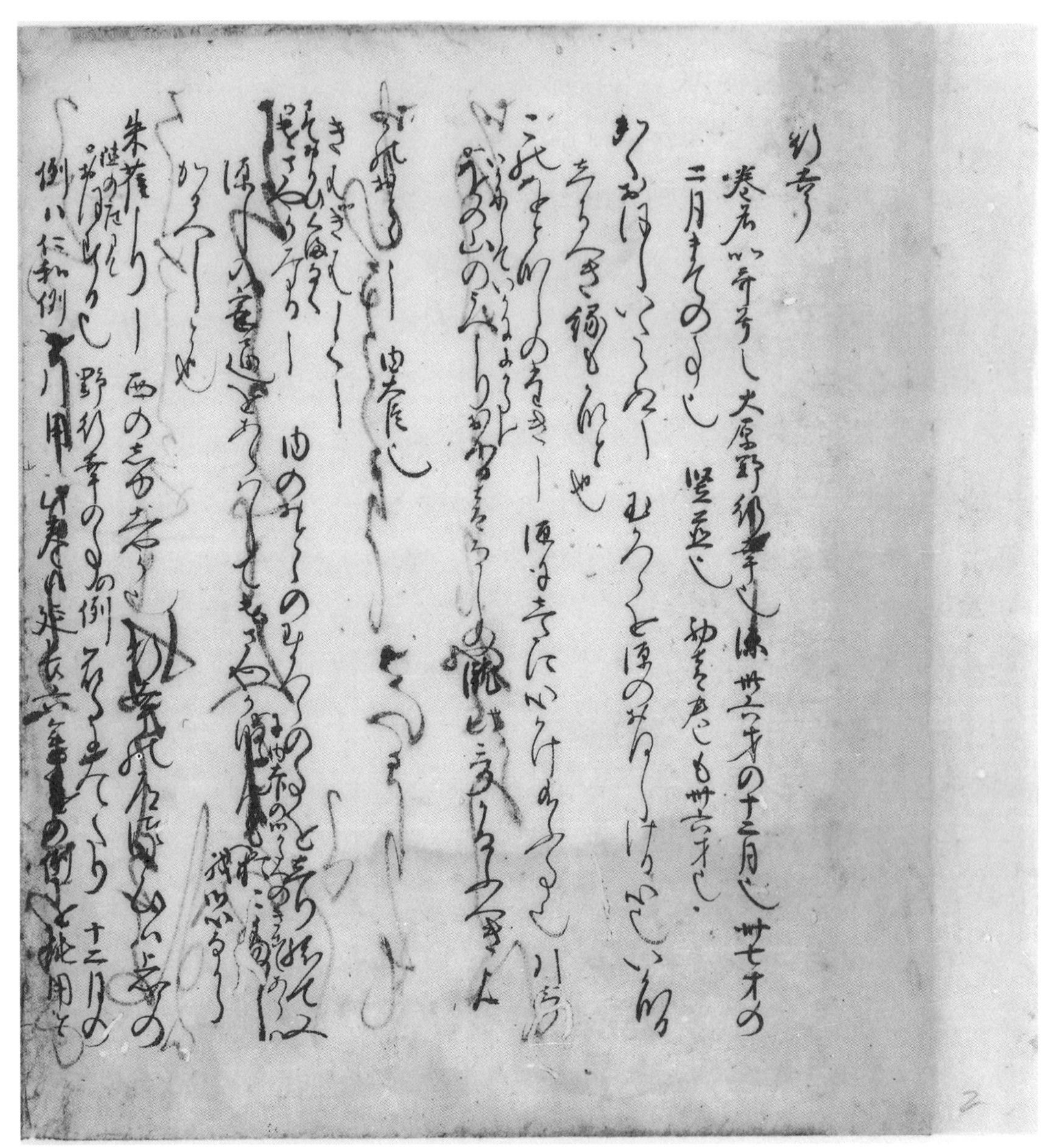

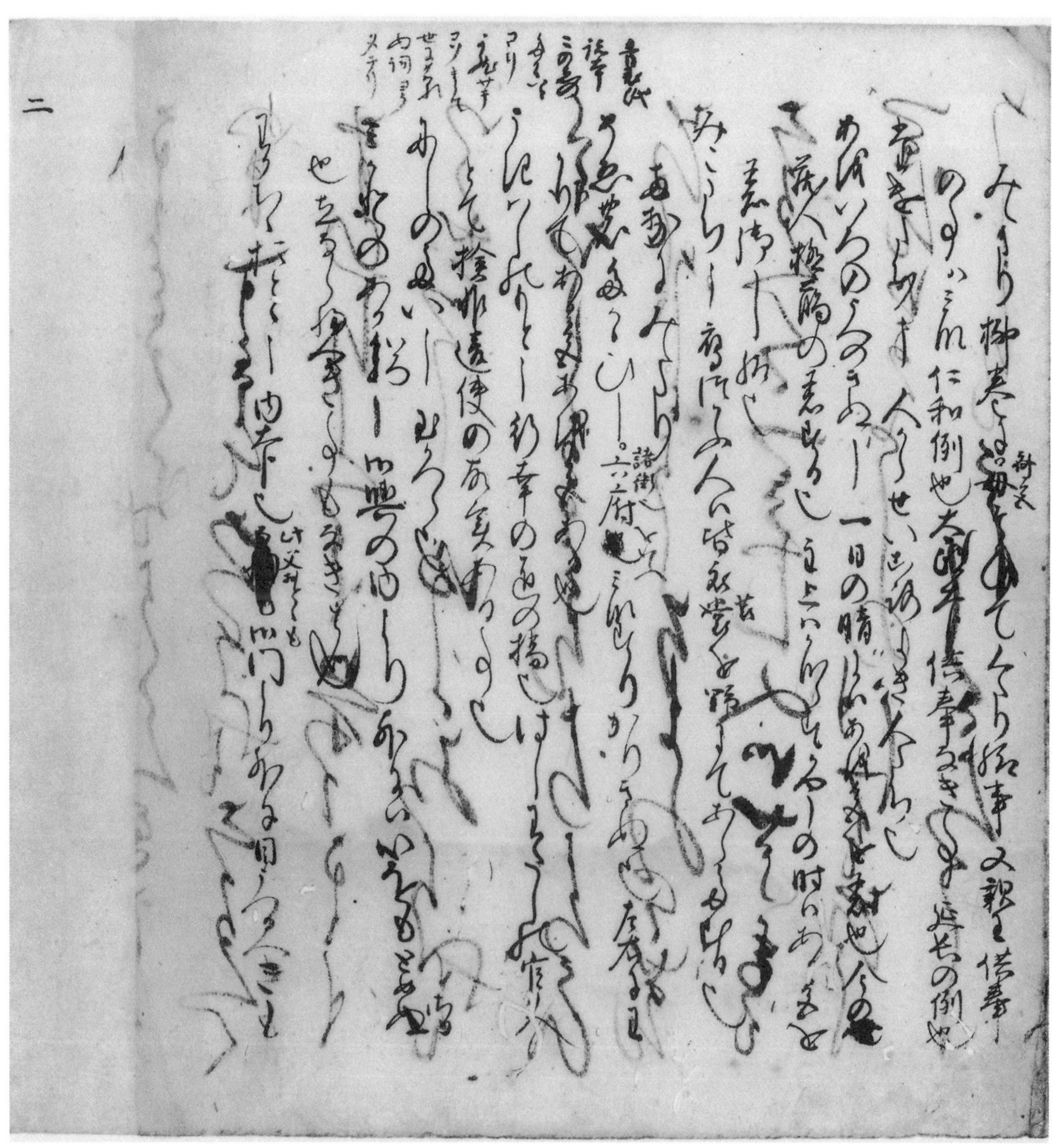

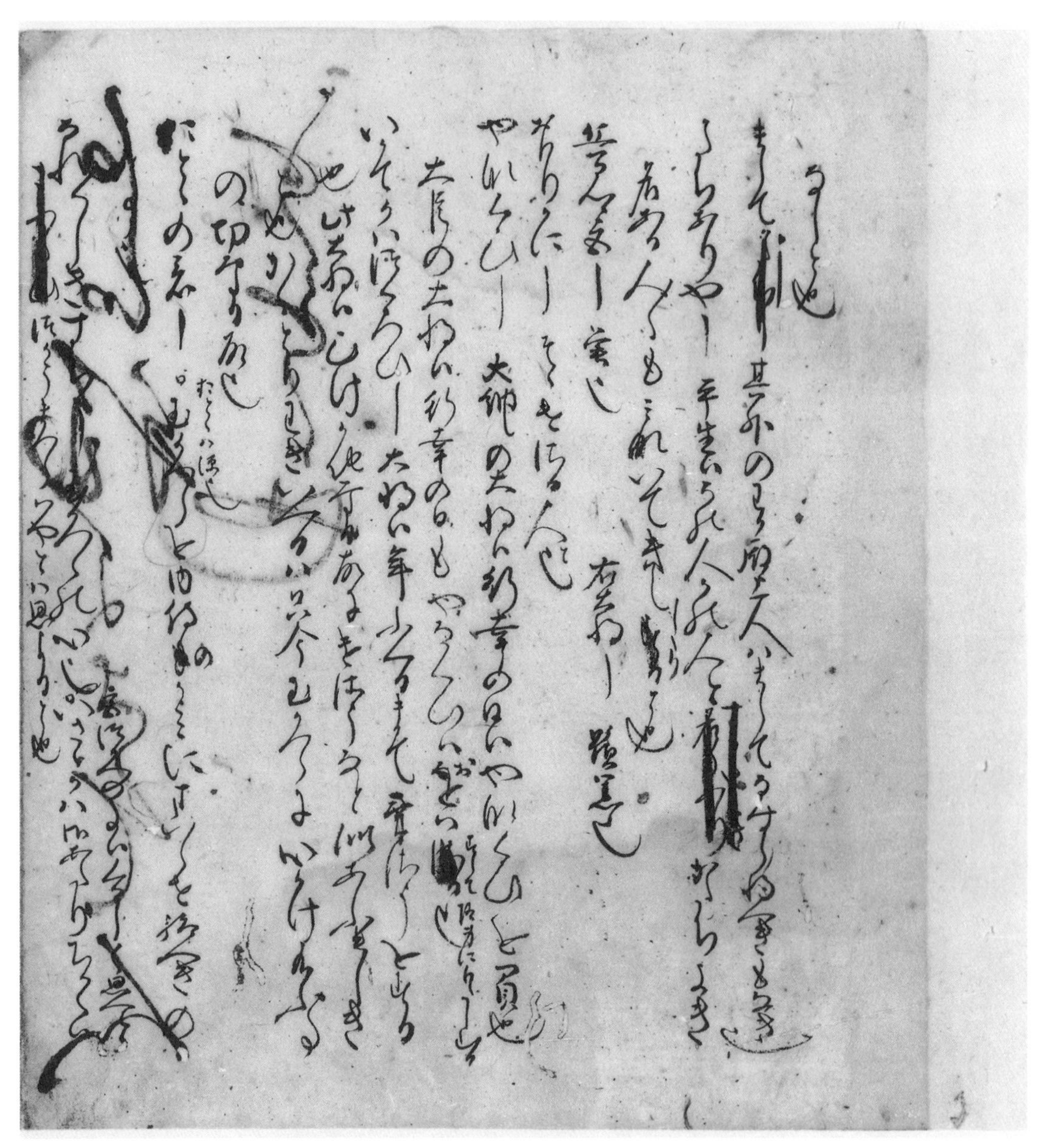

三

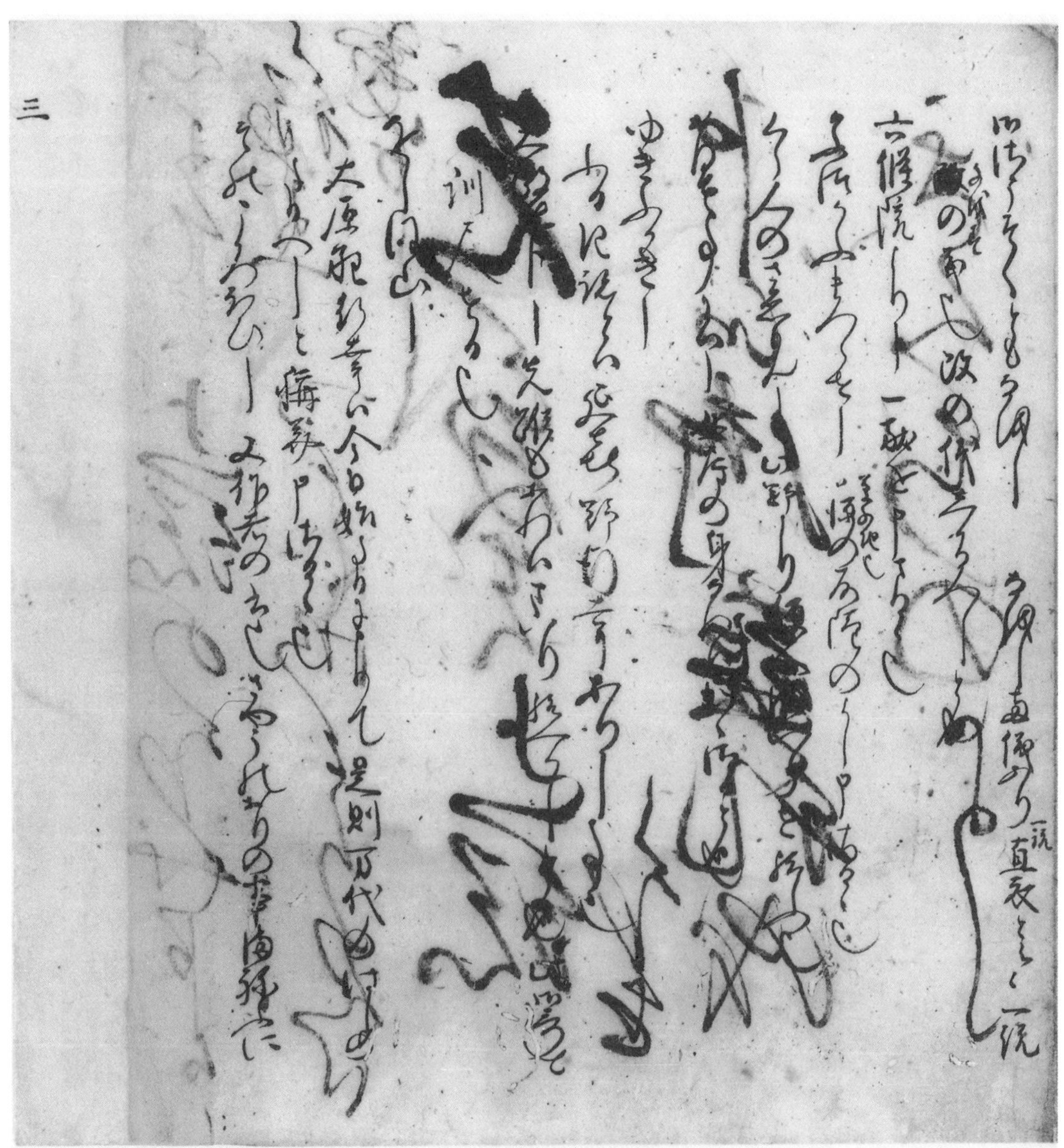

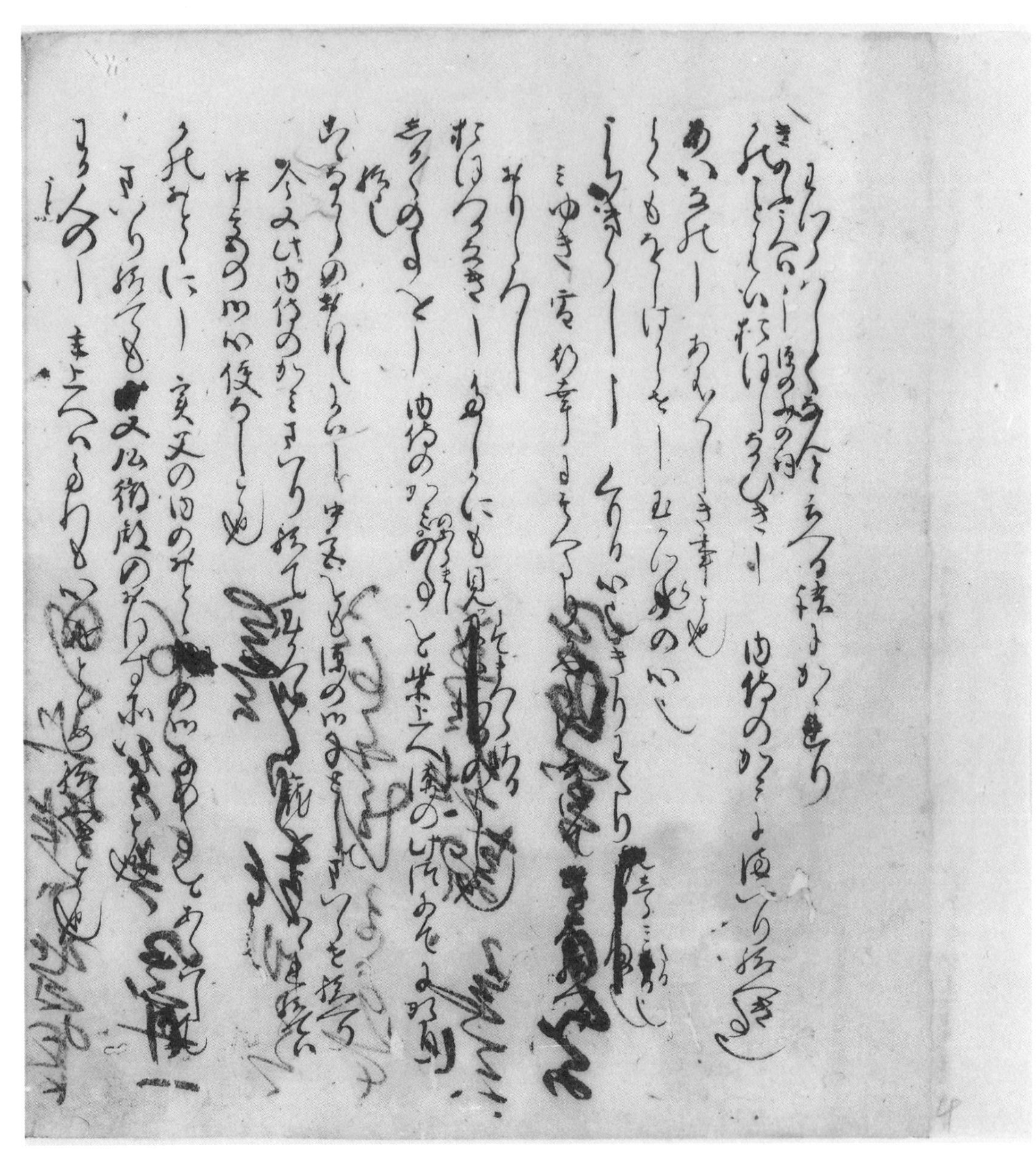

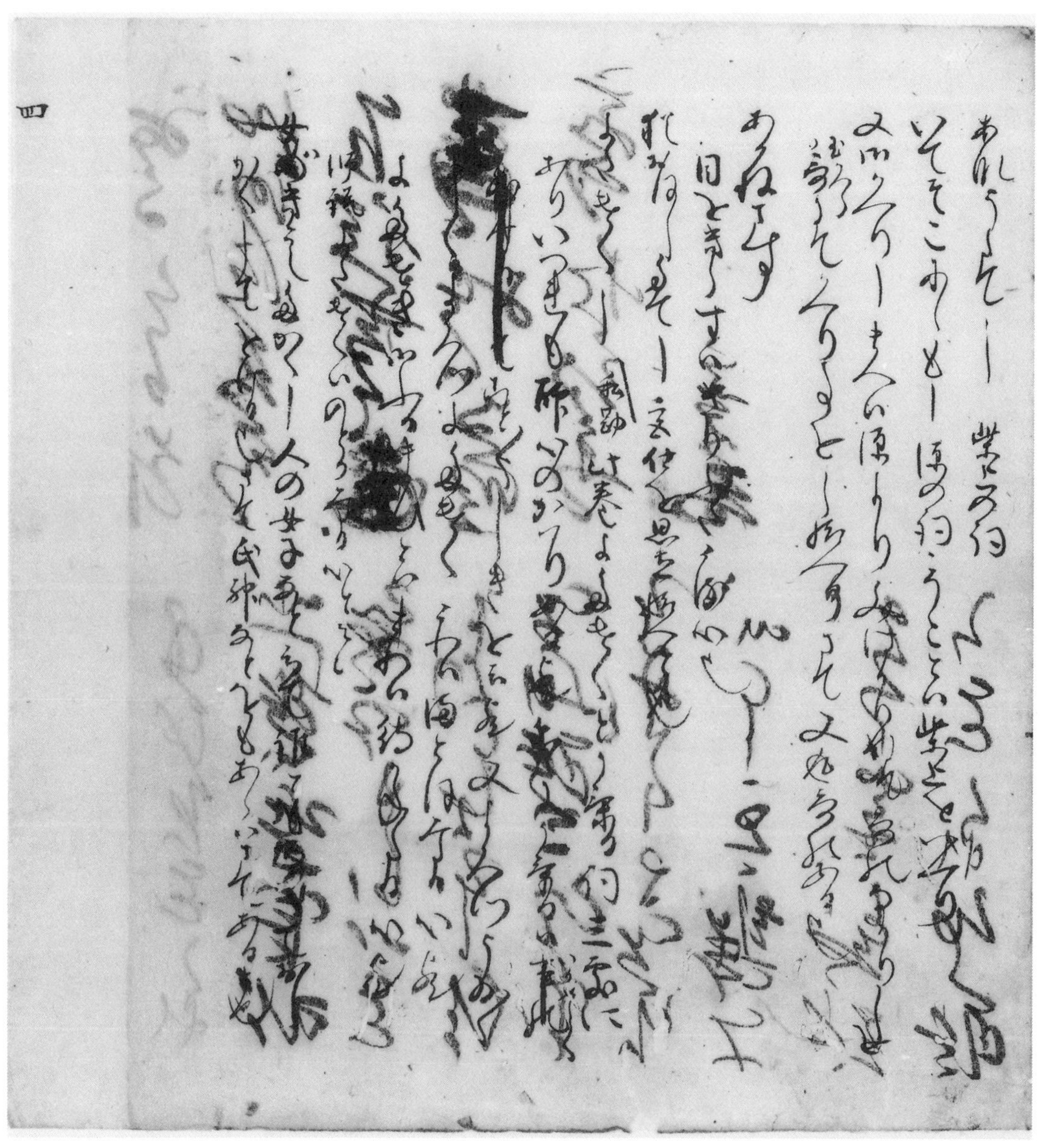

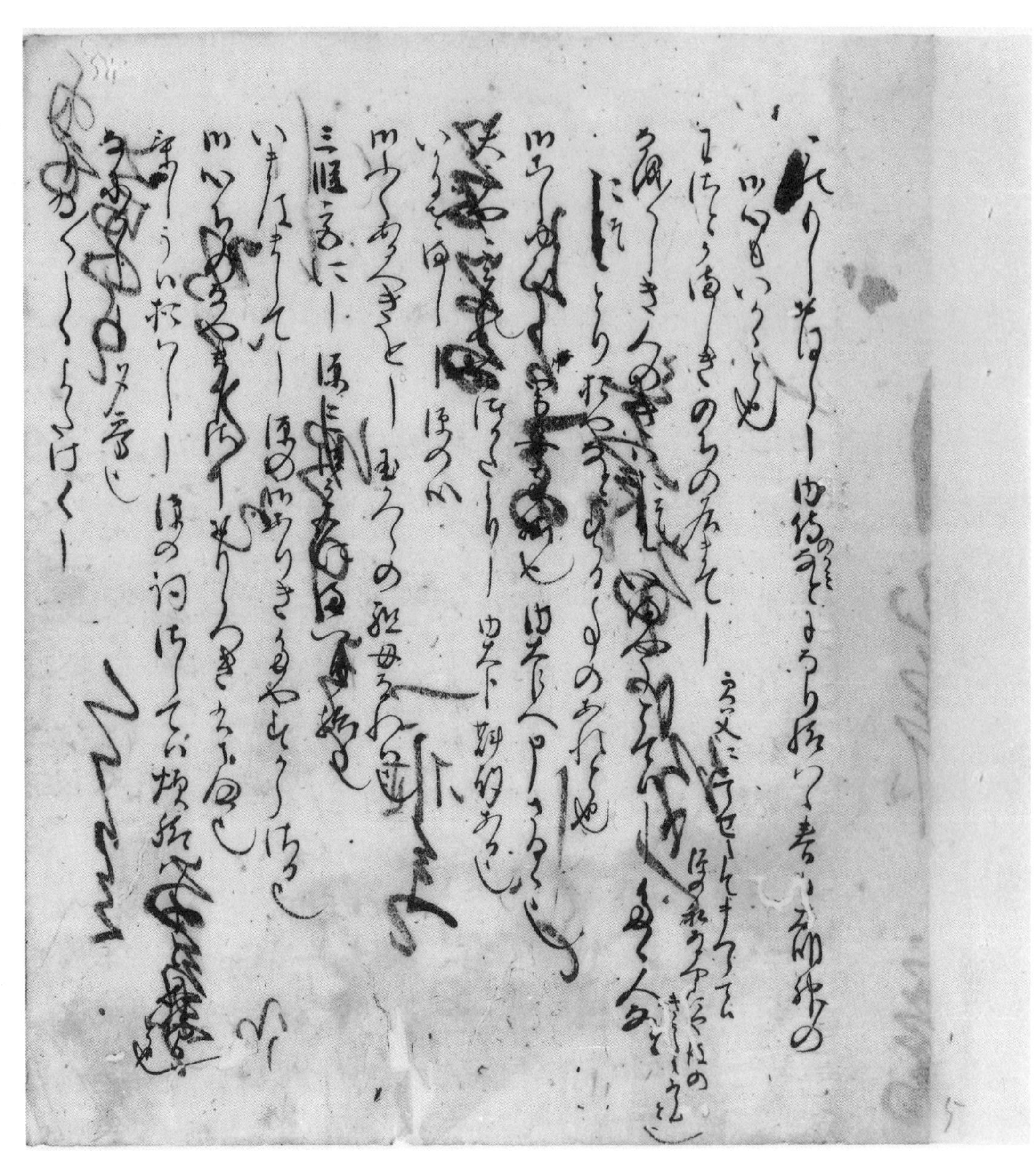

五

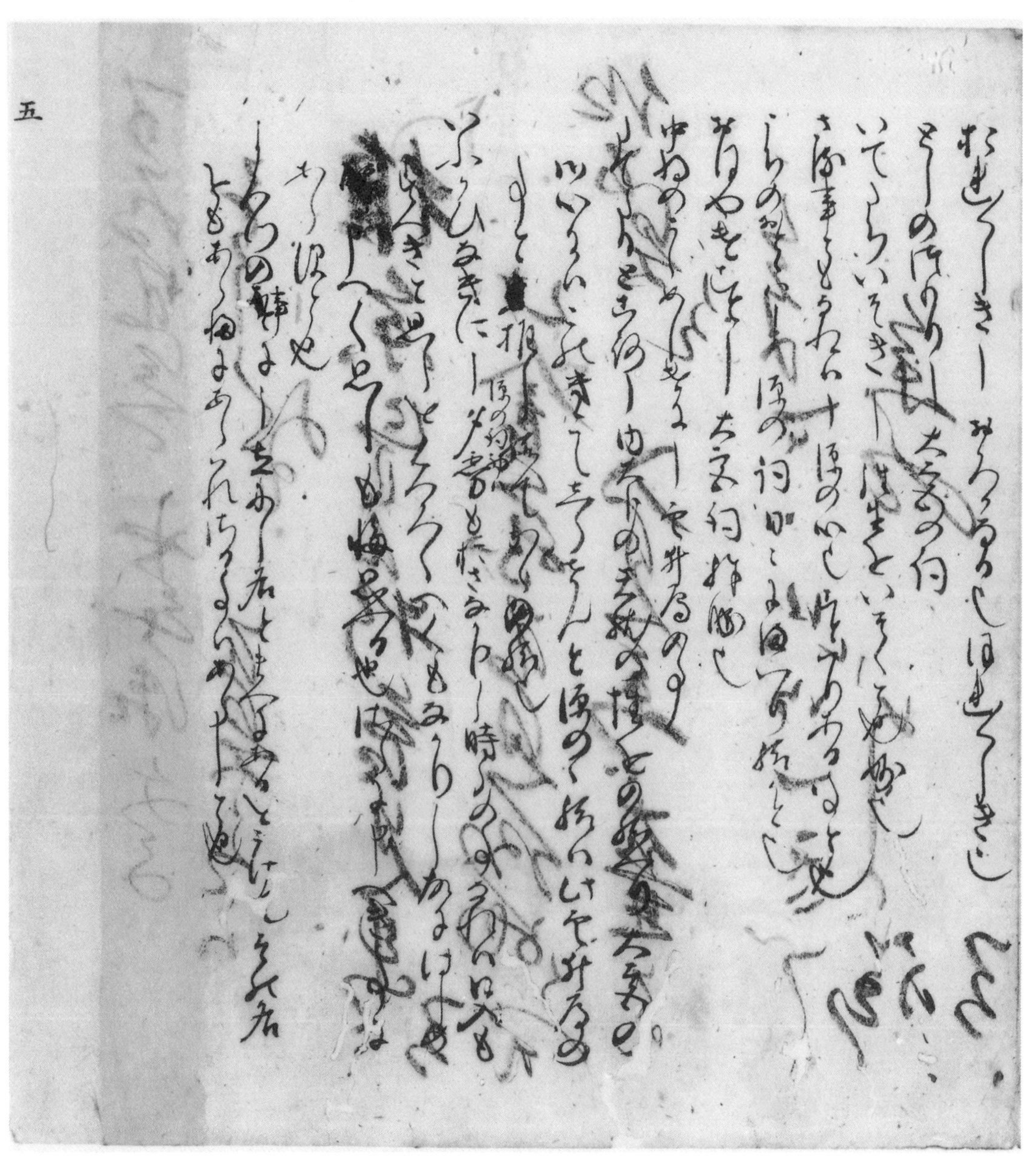

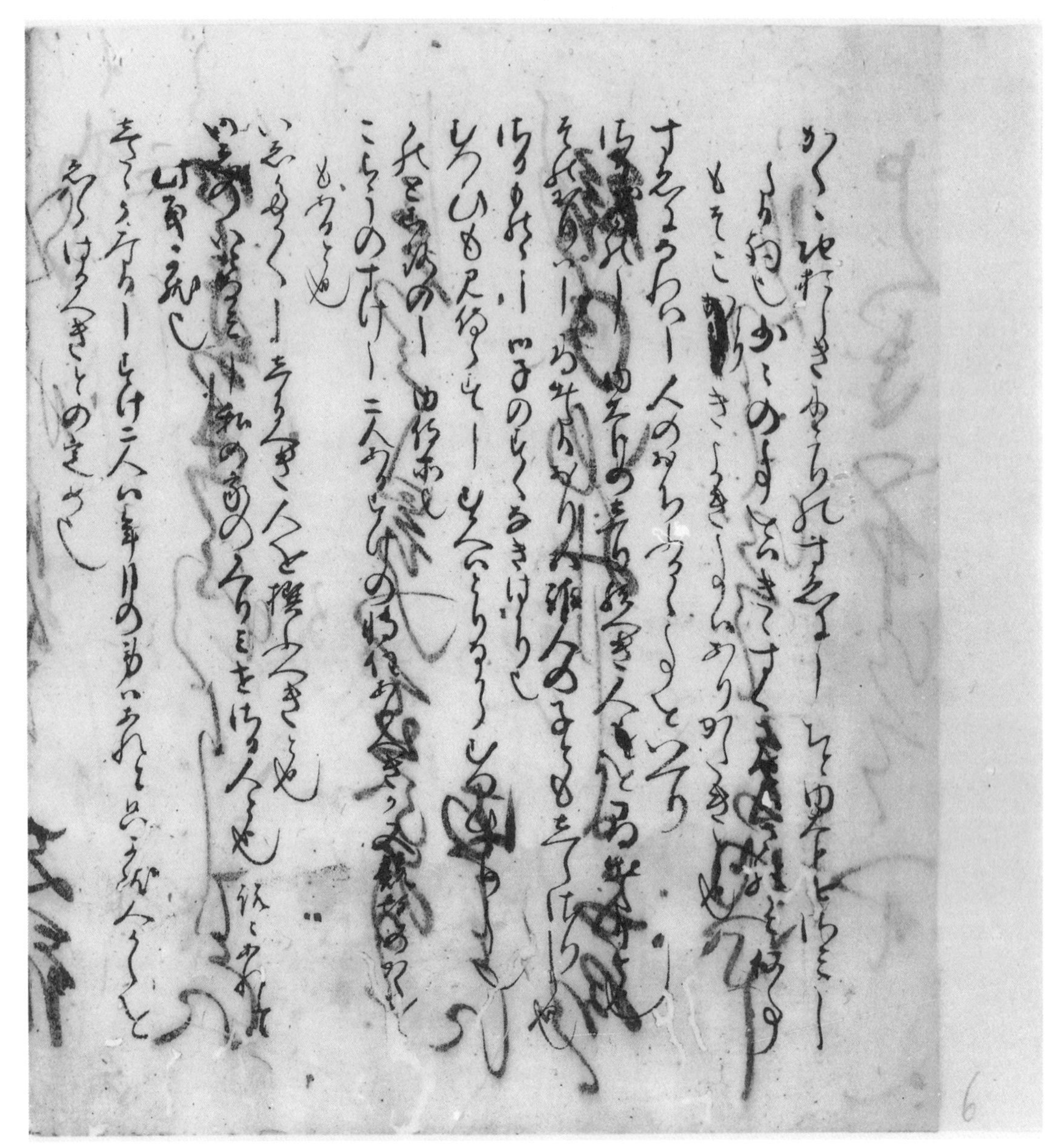

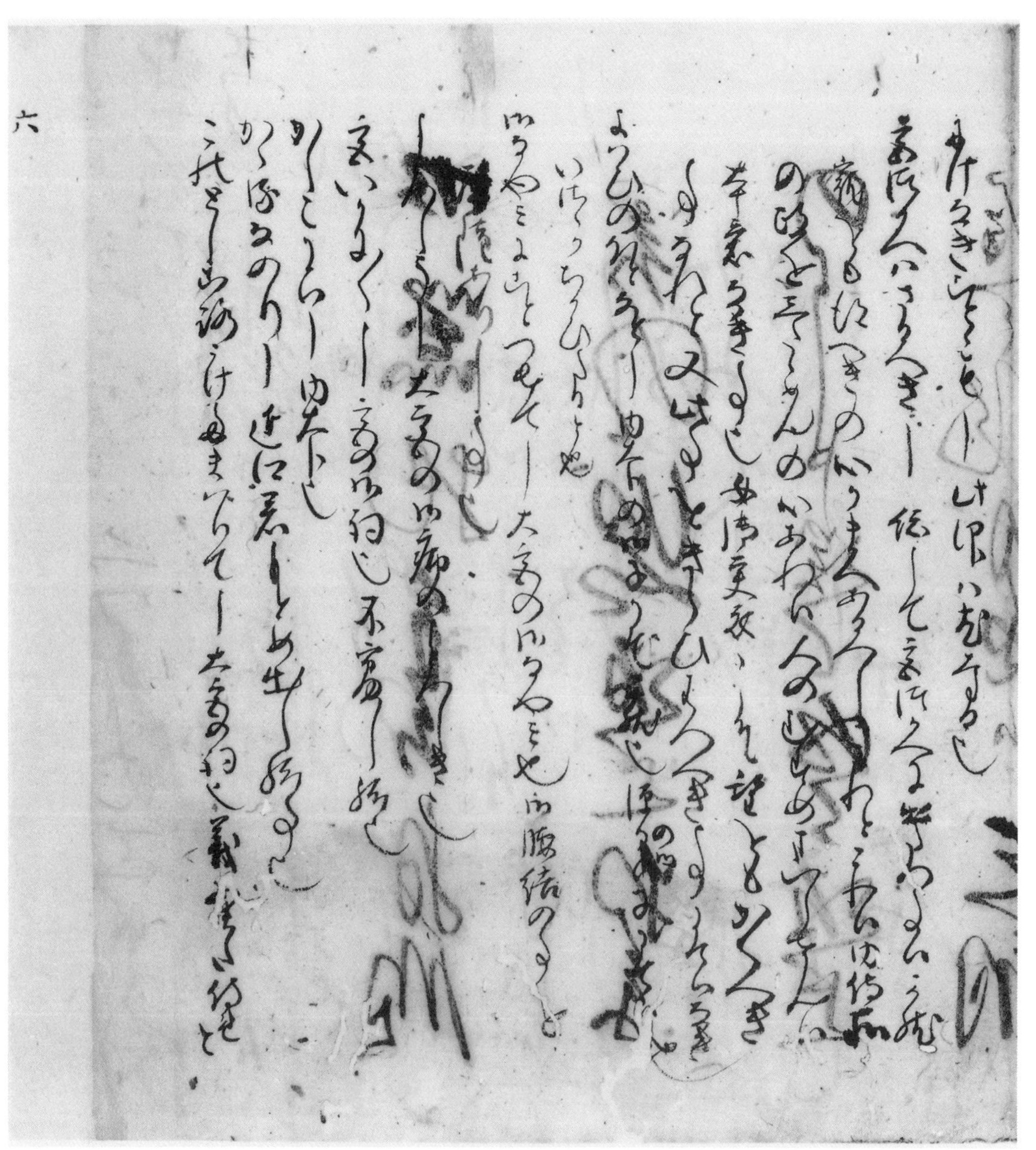

六

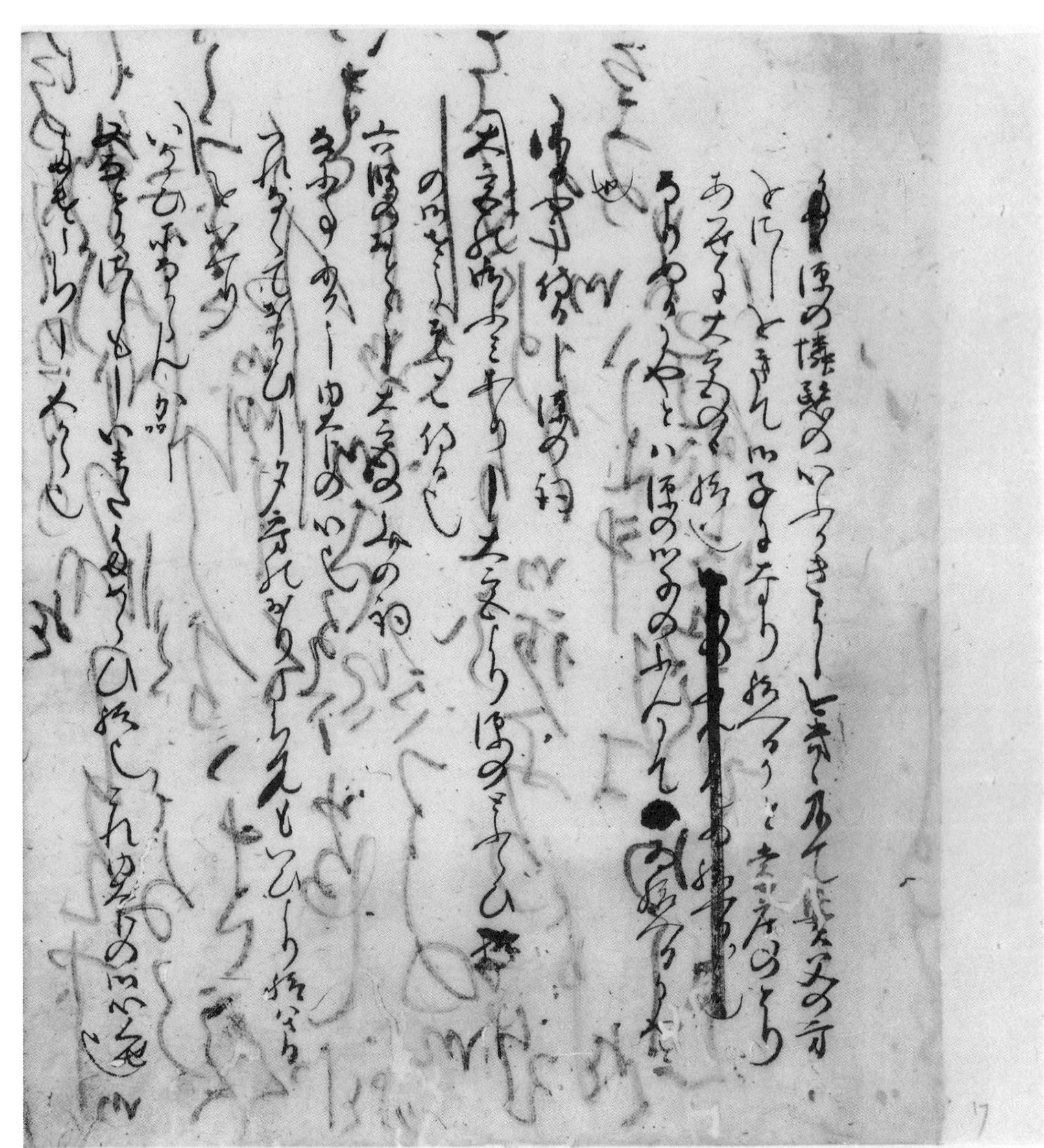

七

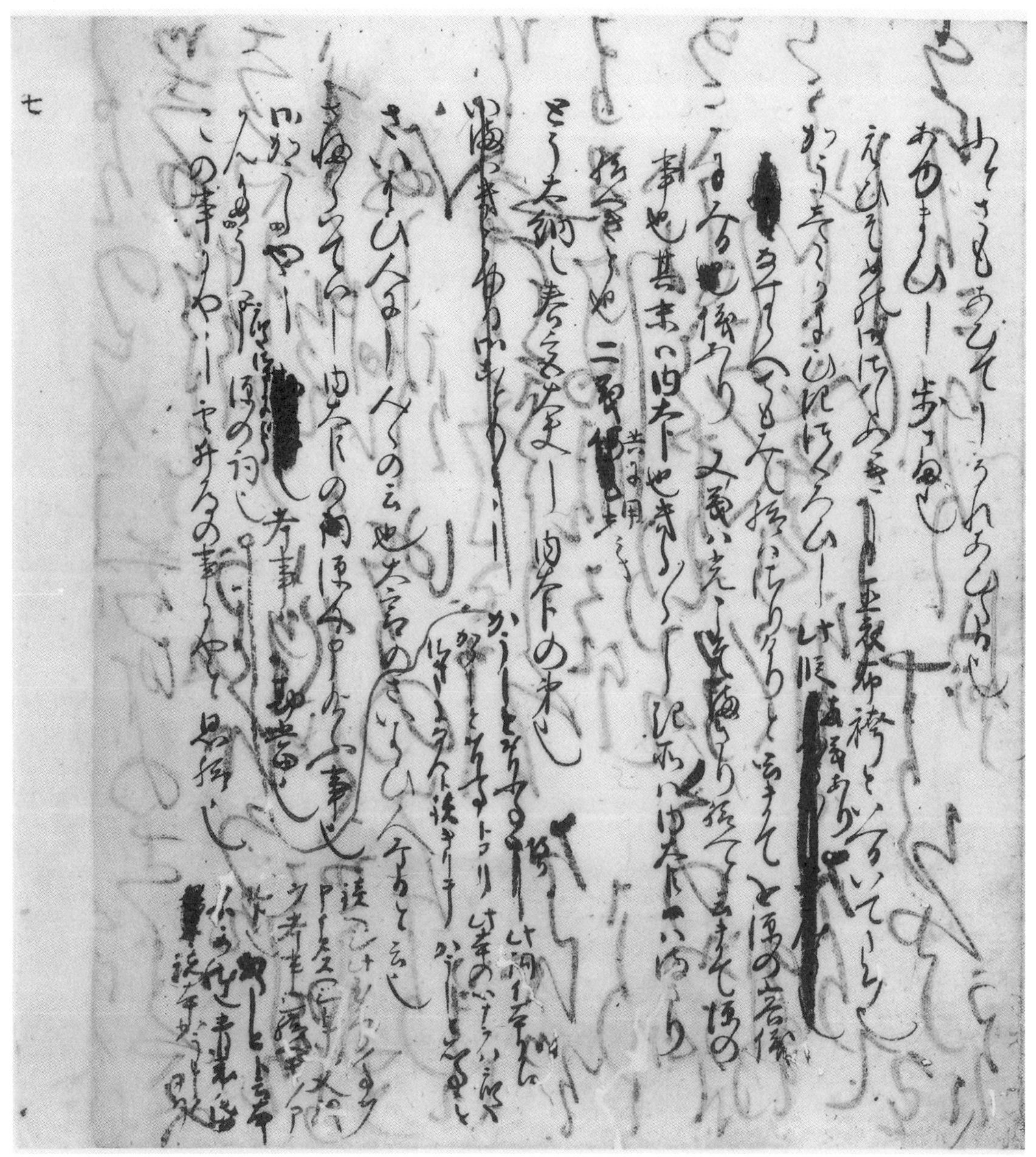

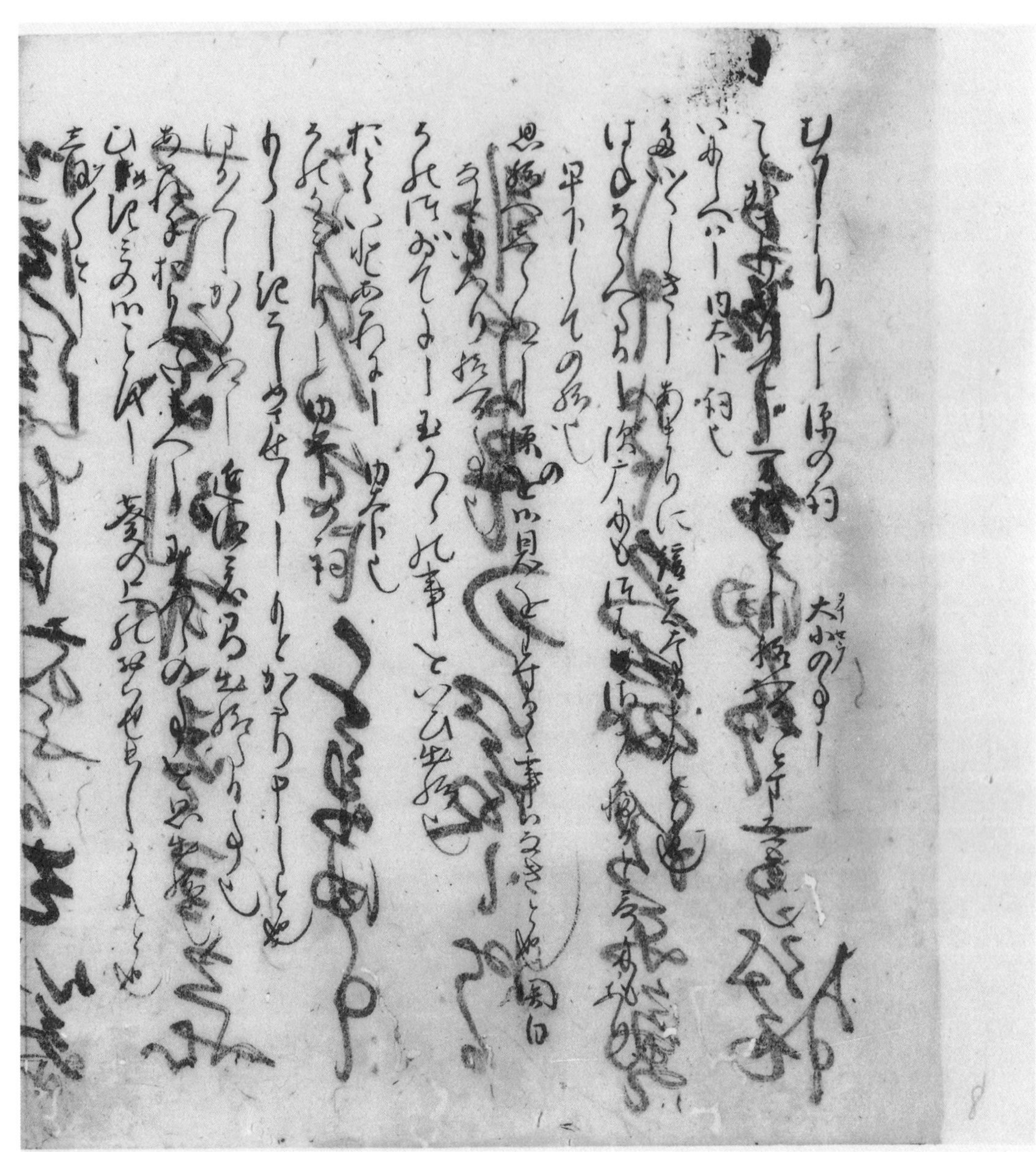

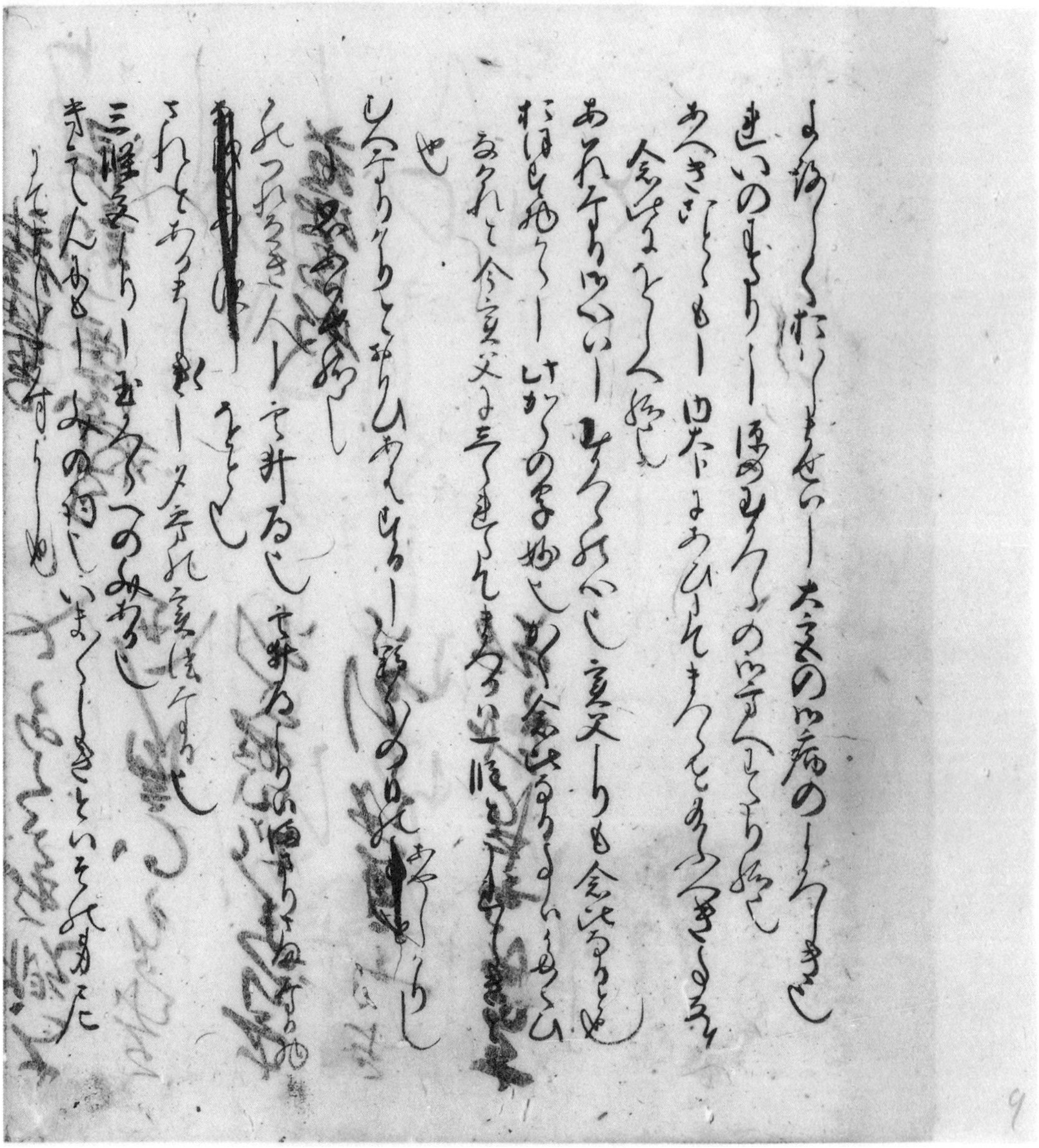

九

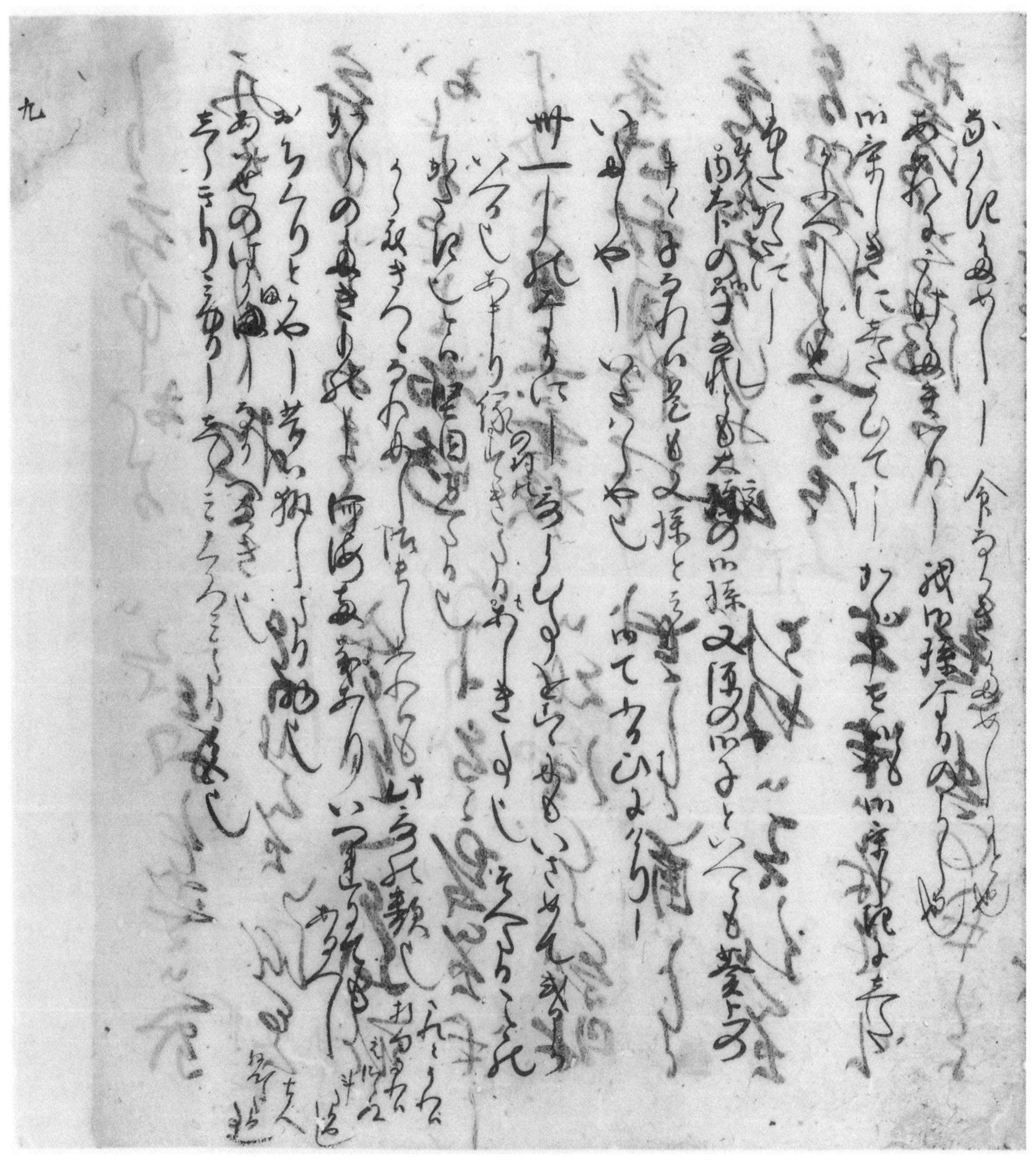

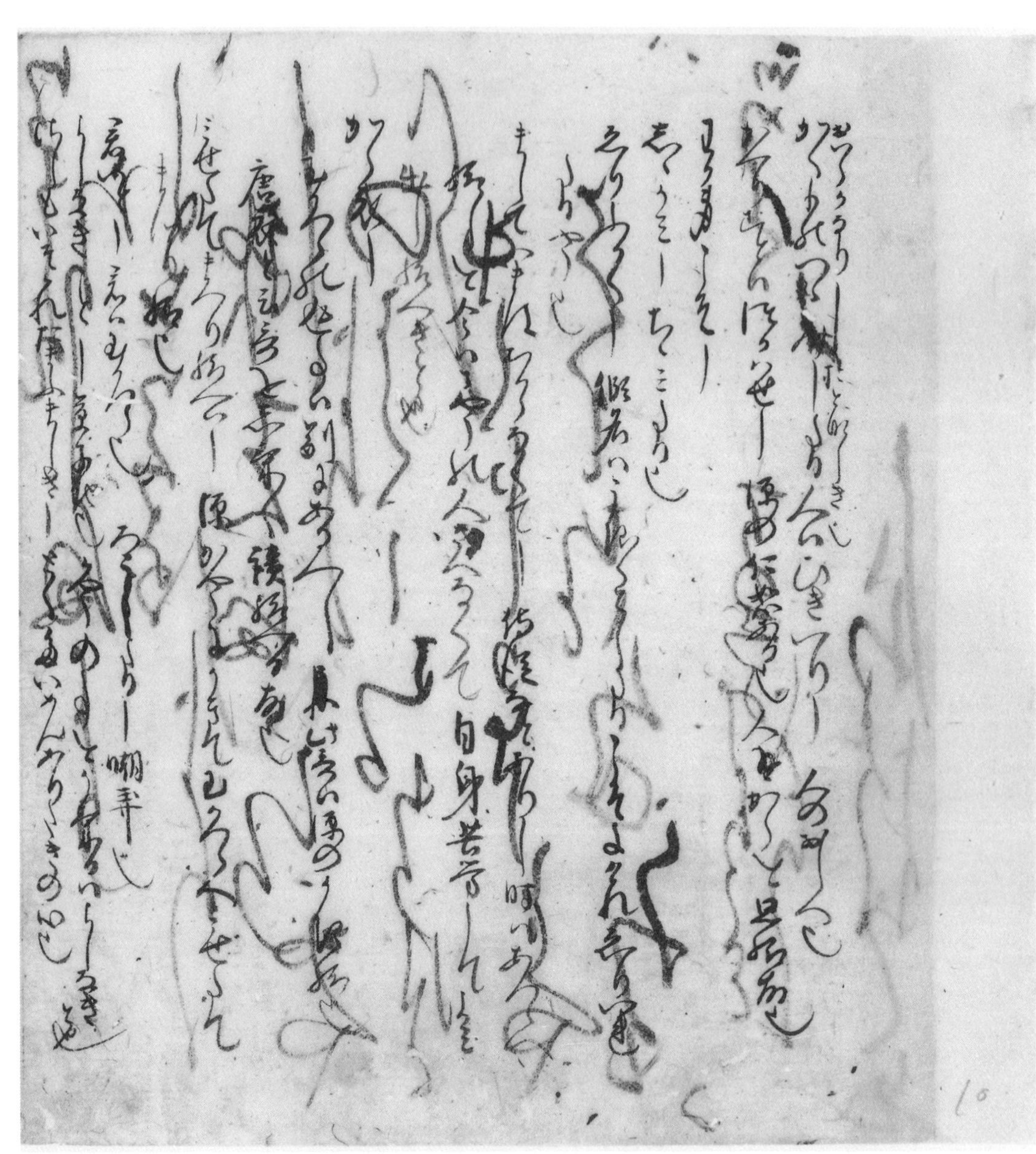

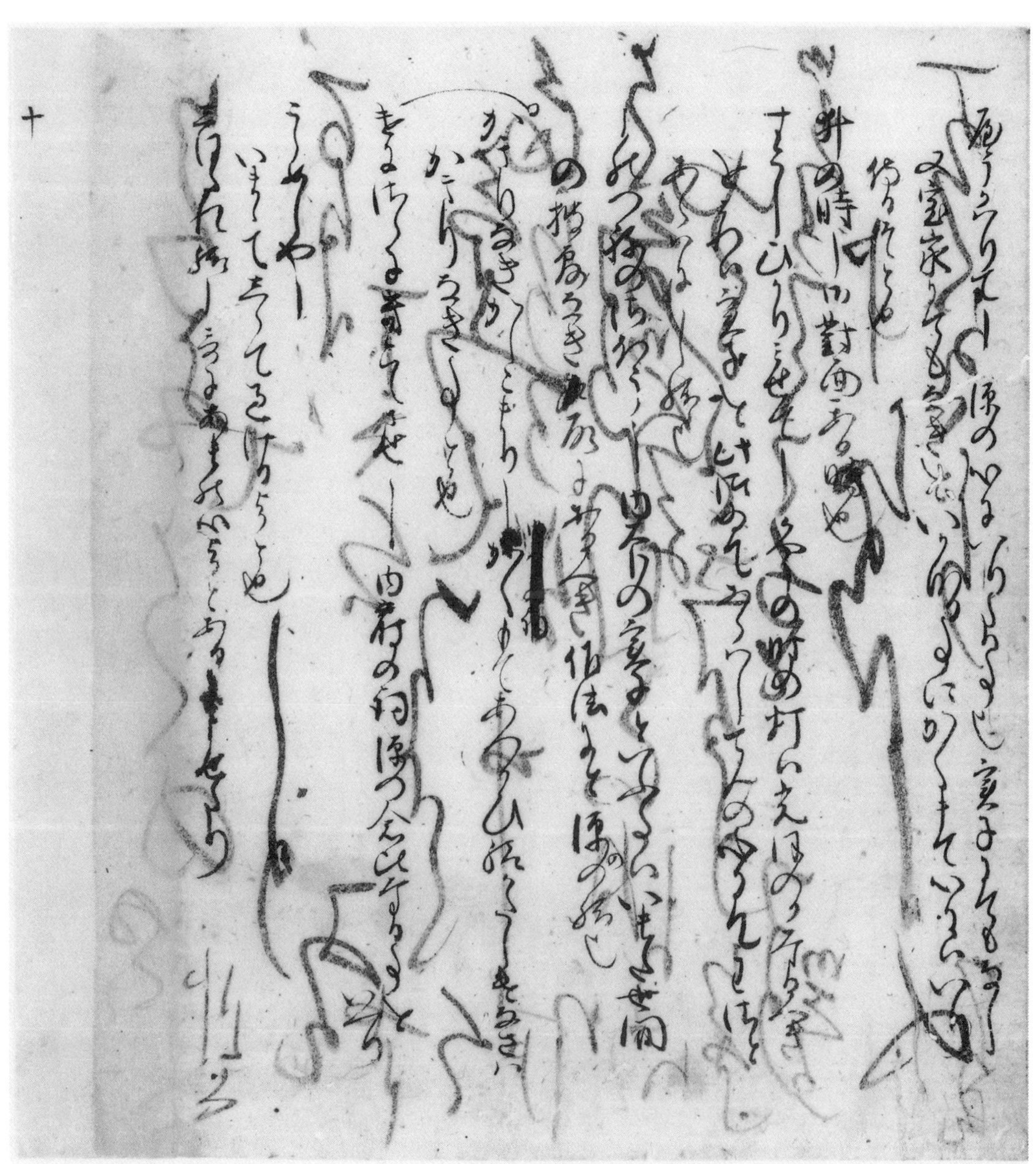

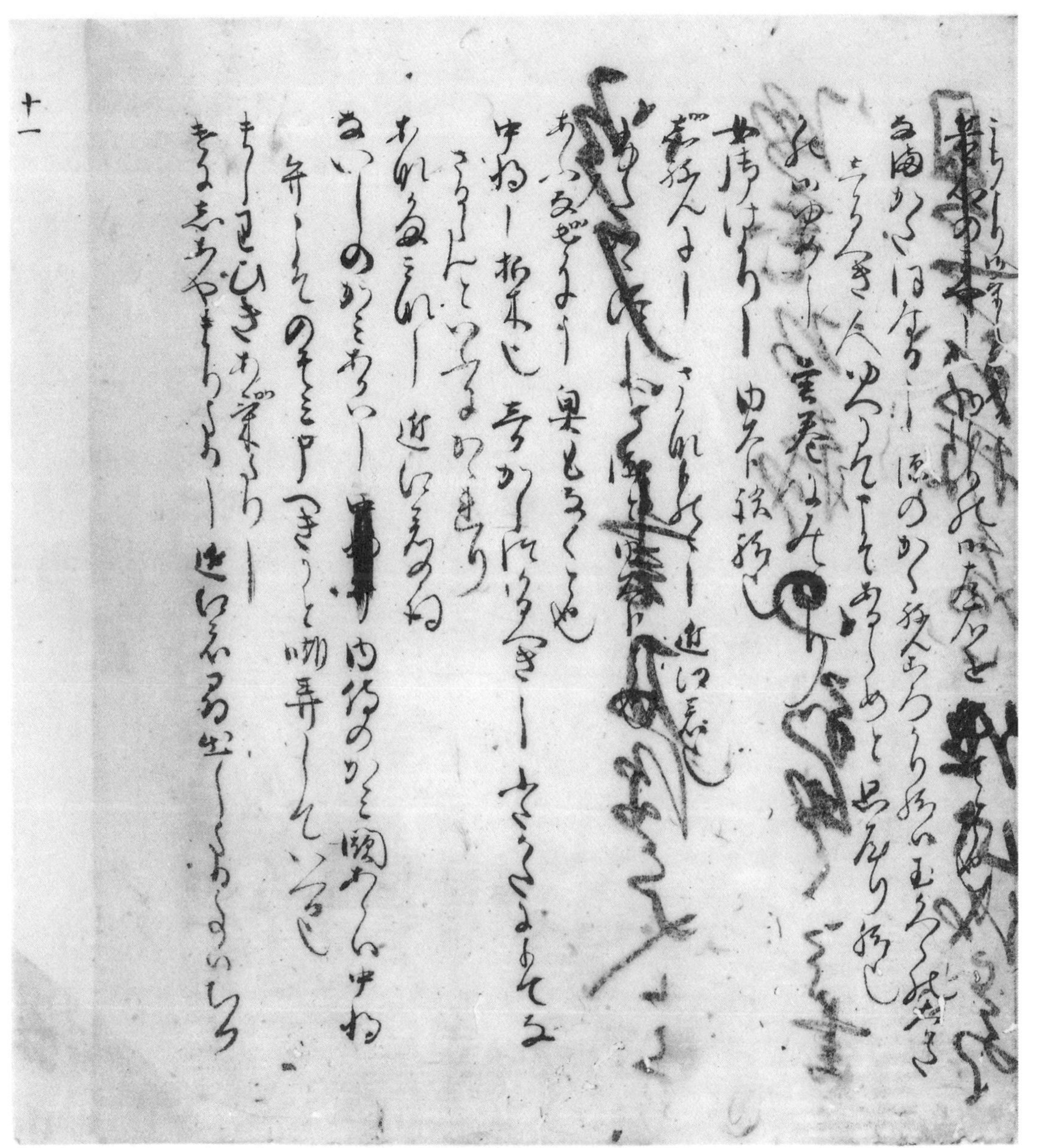

十一

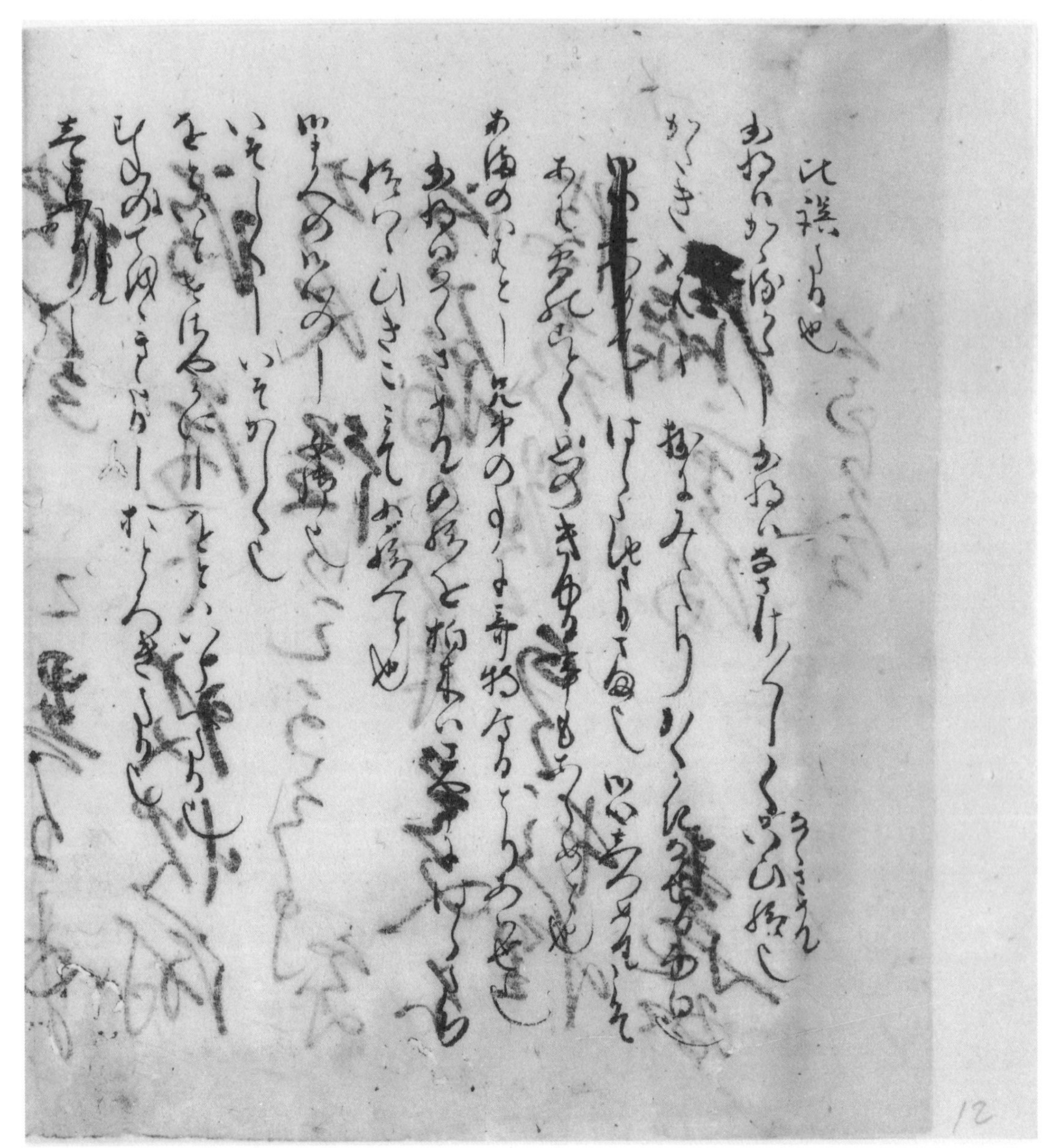

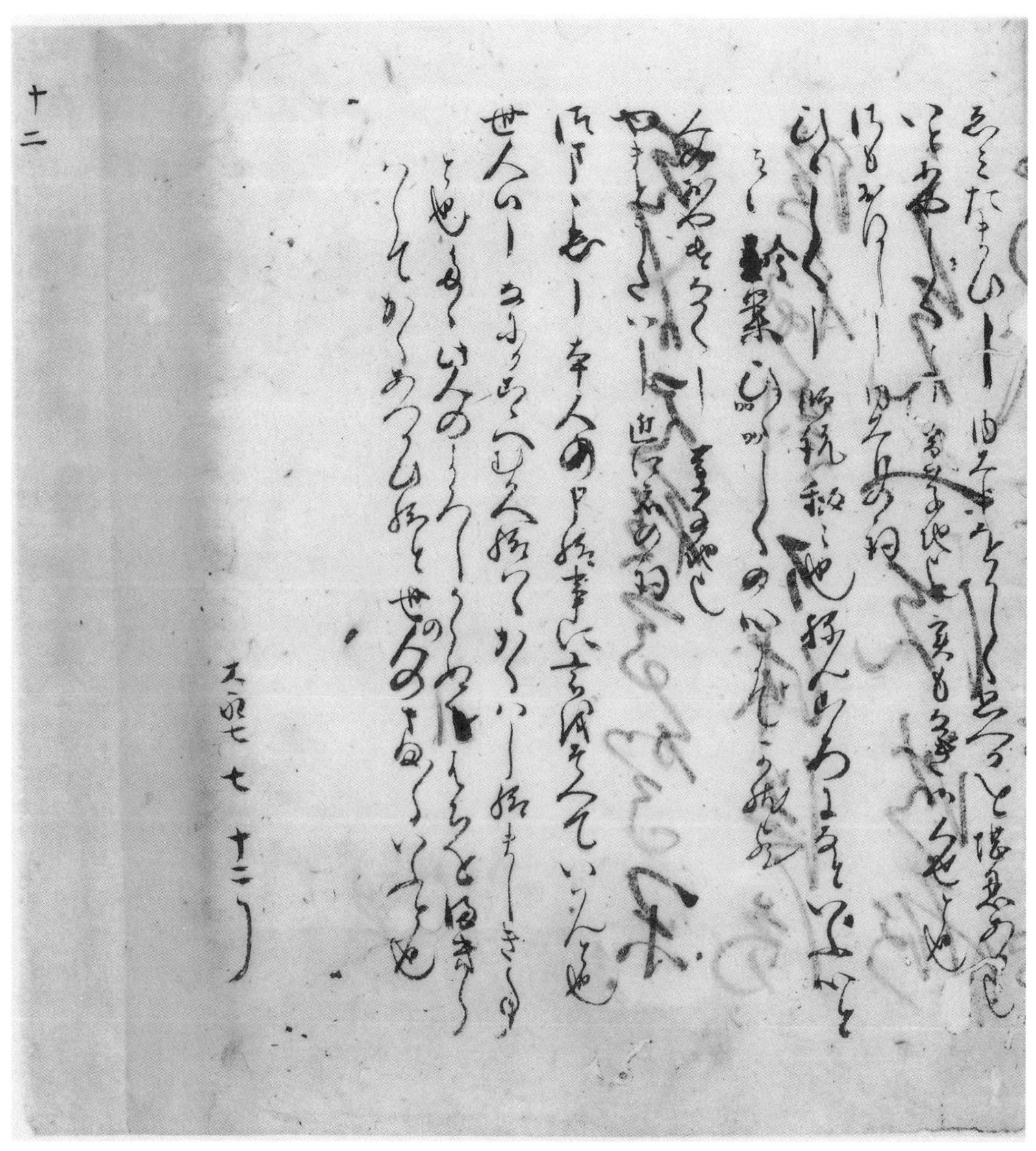

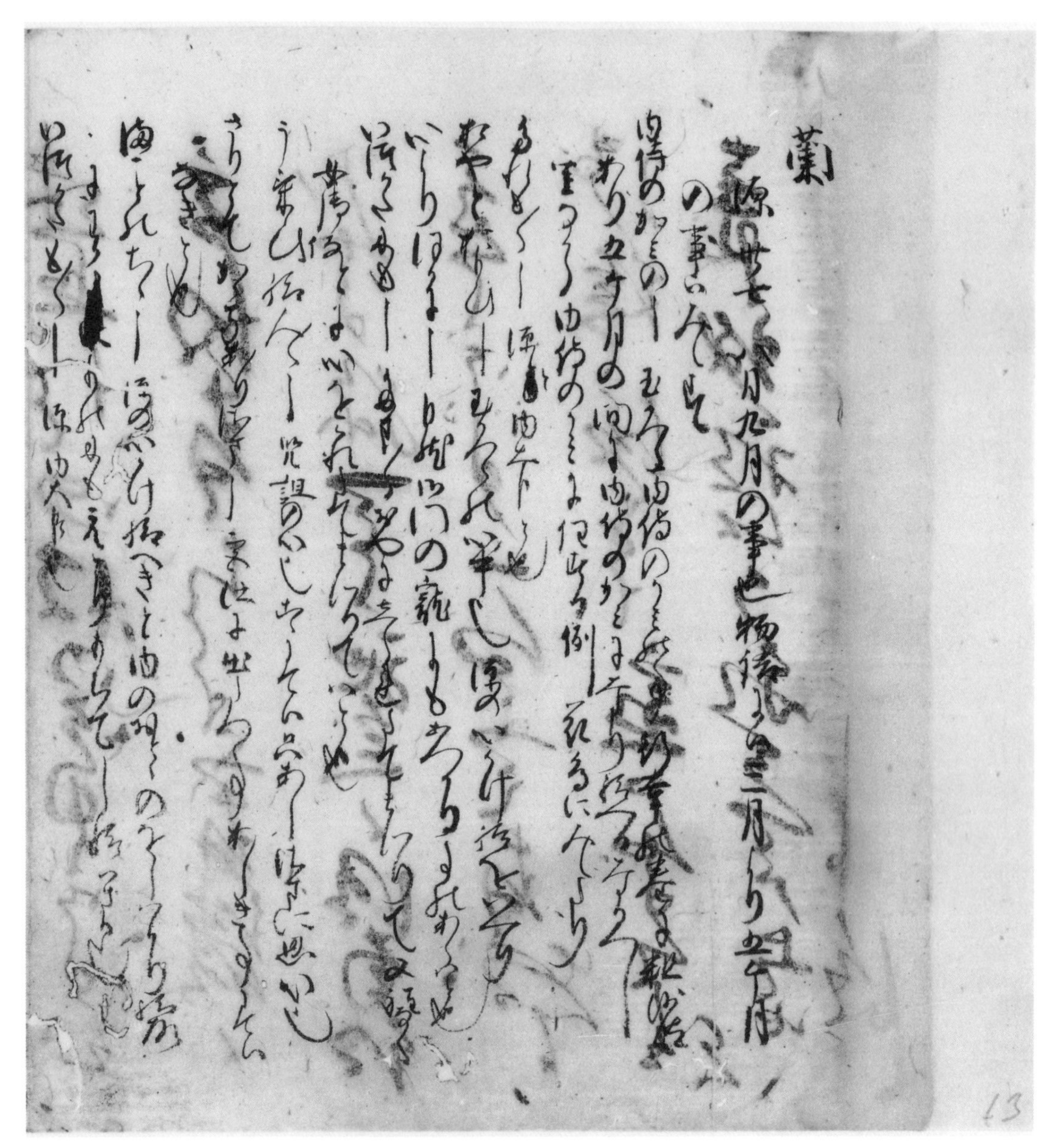

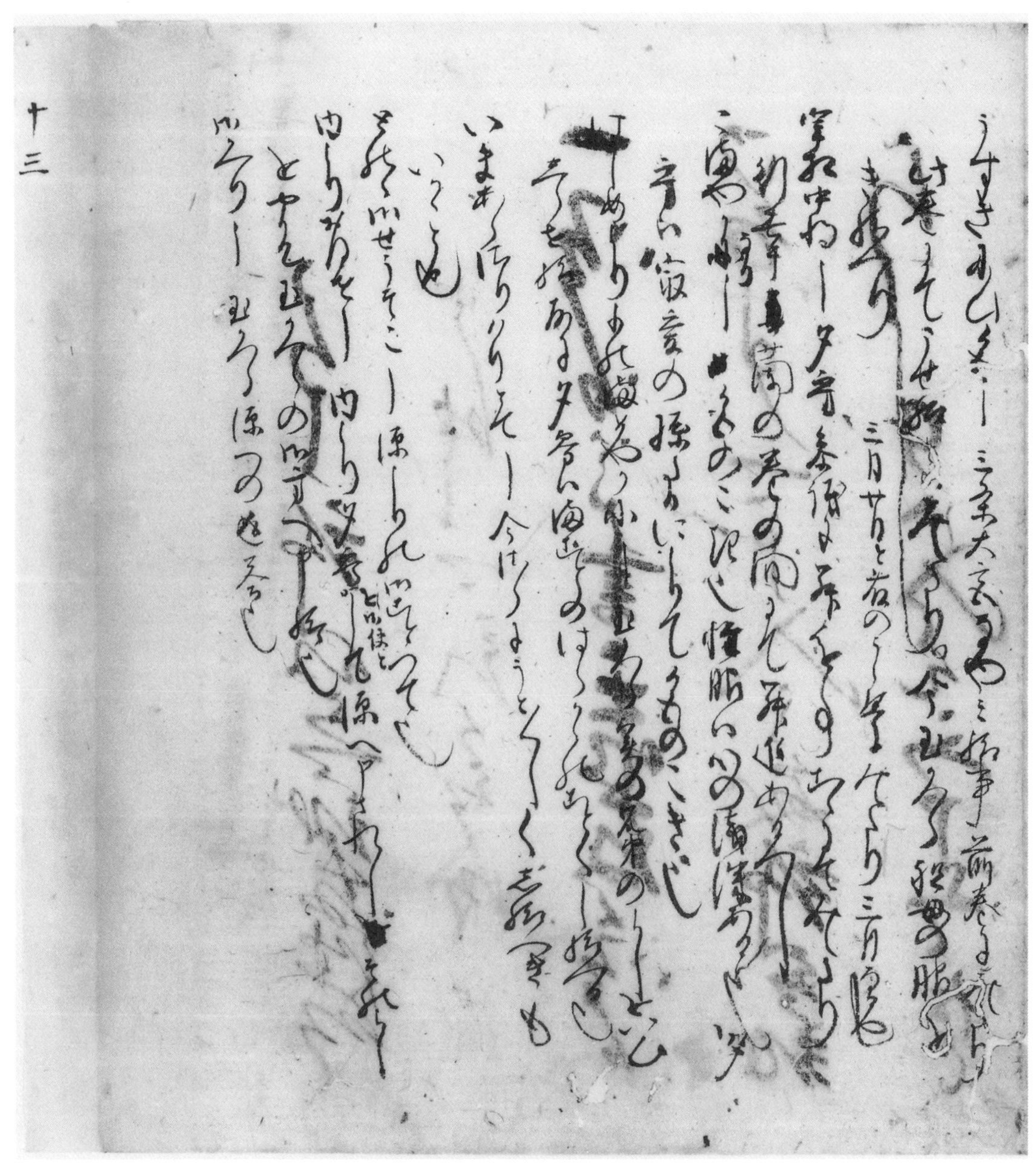

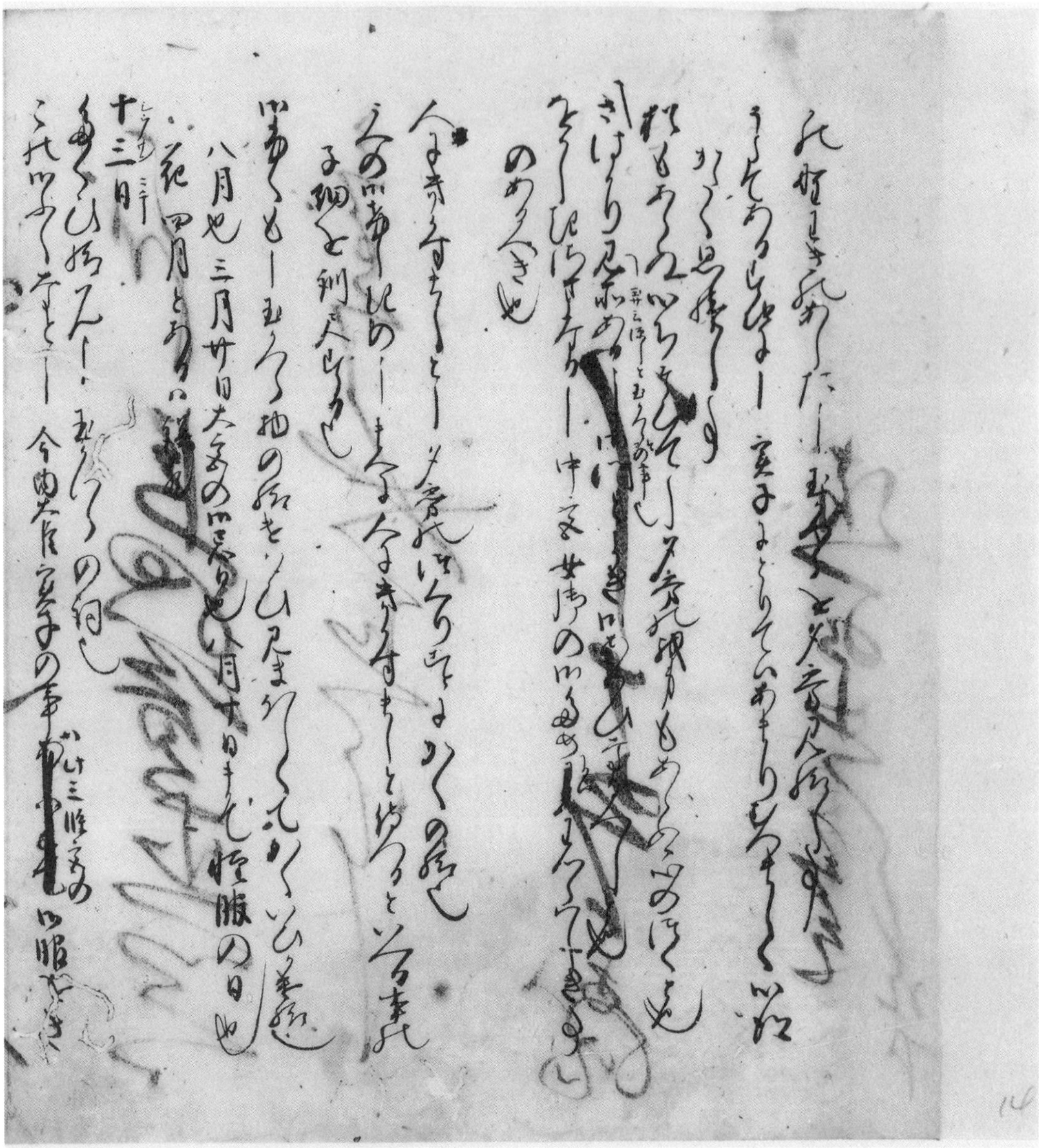

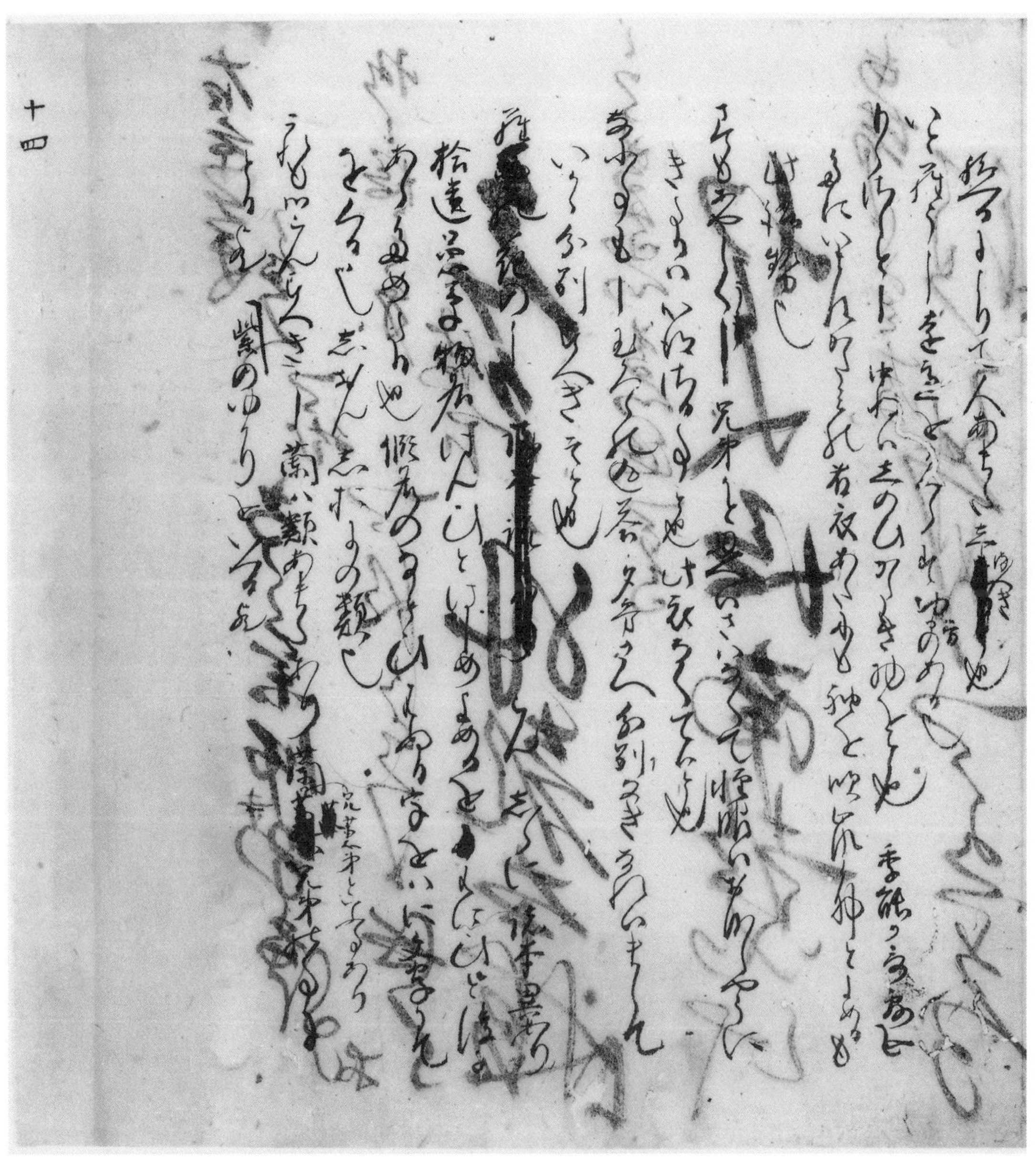

十四

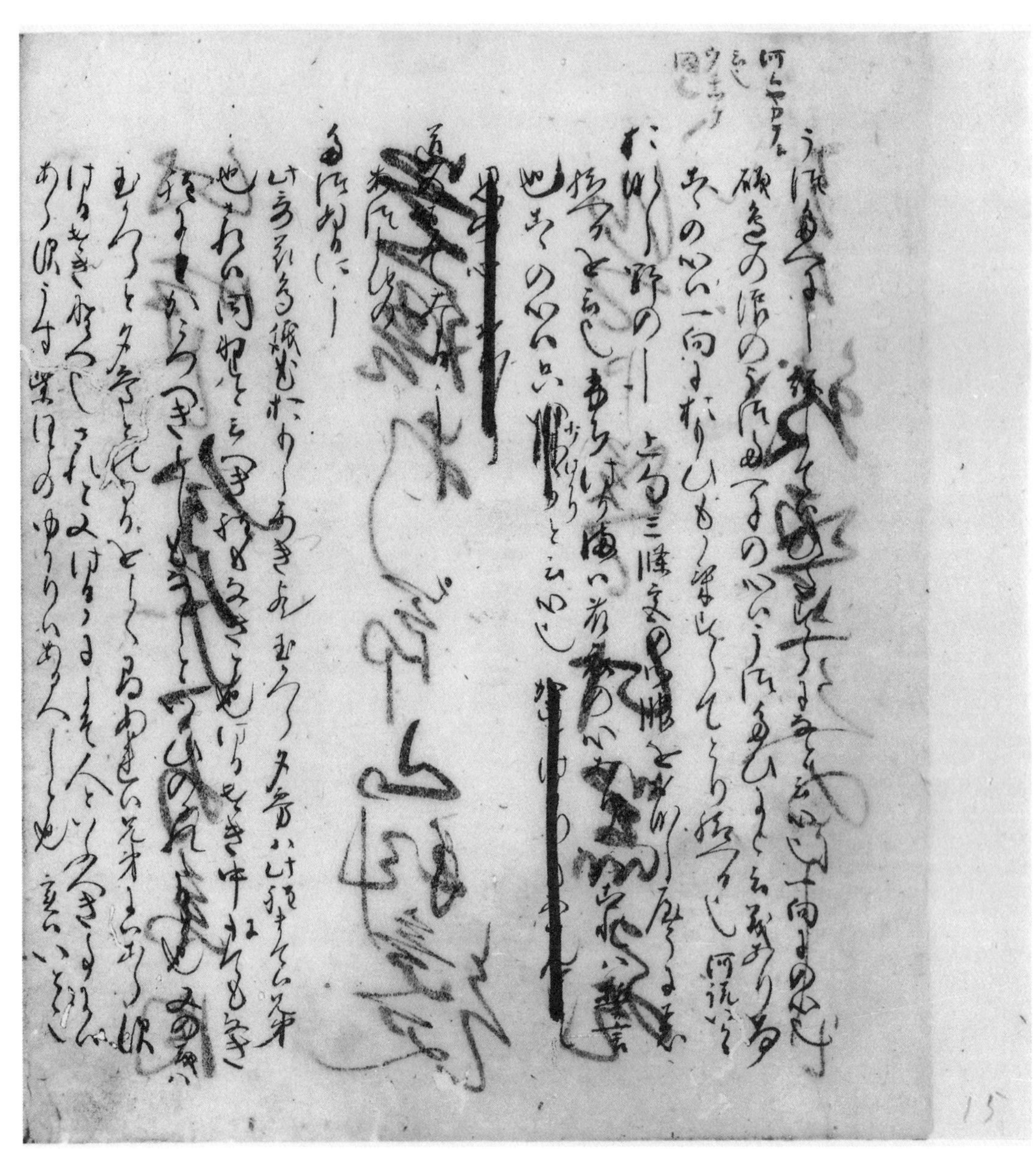

十五

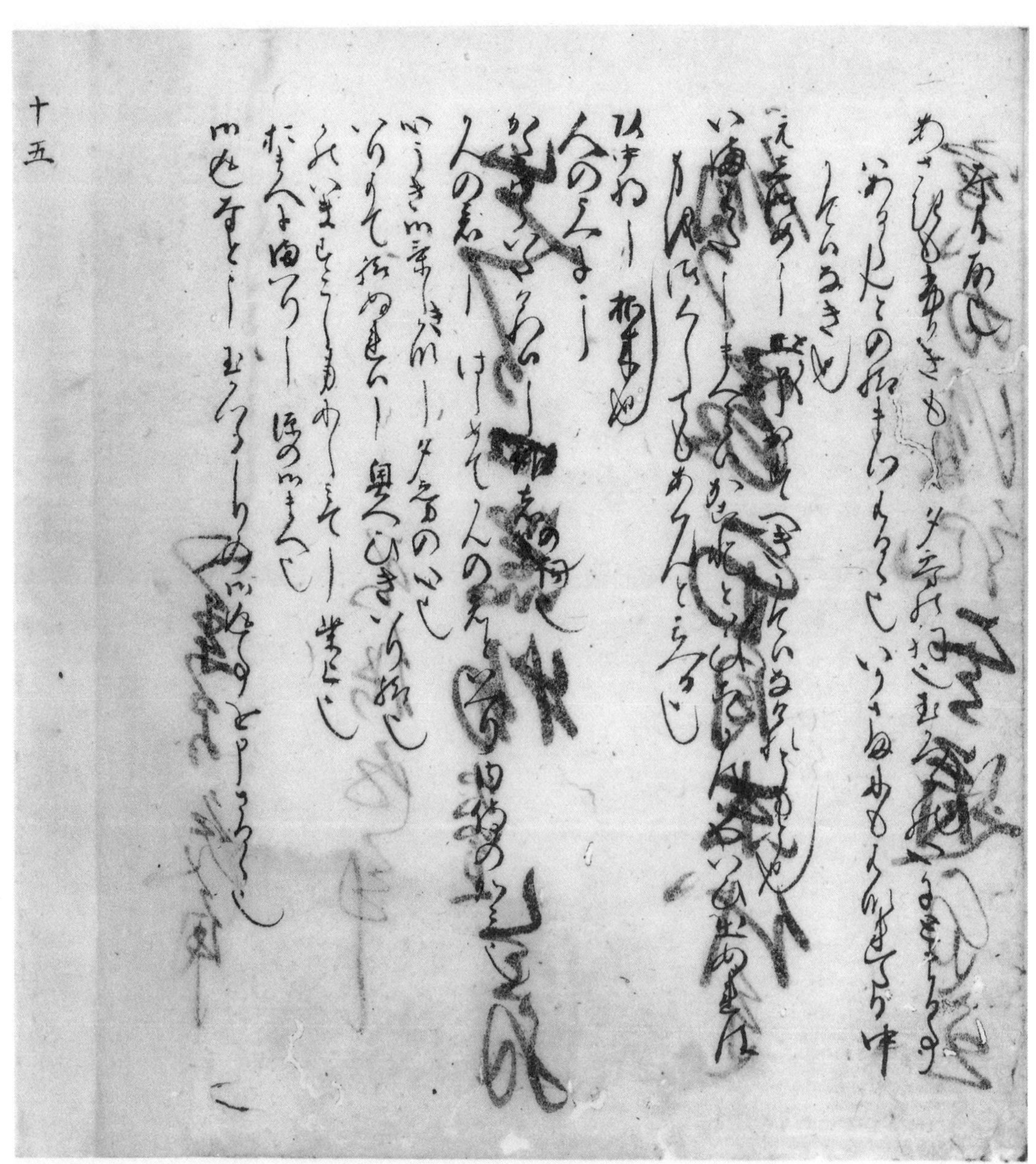

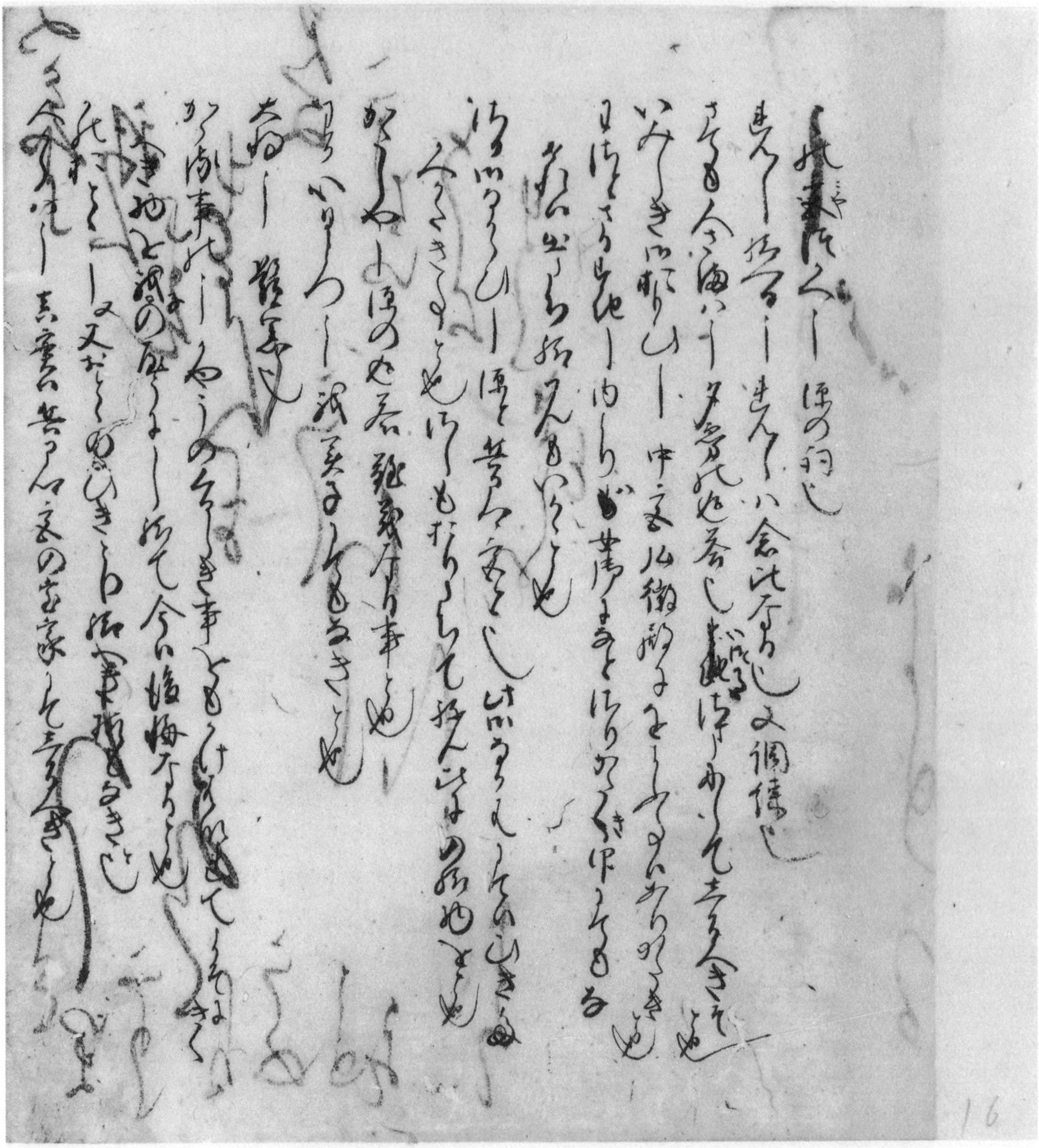

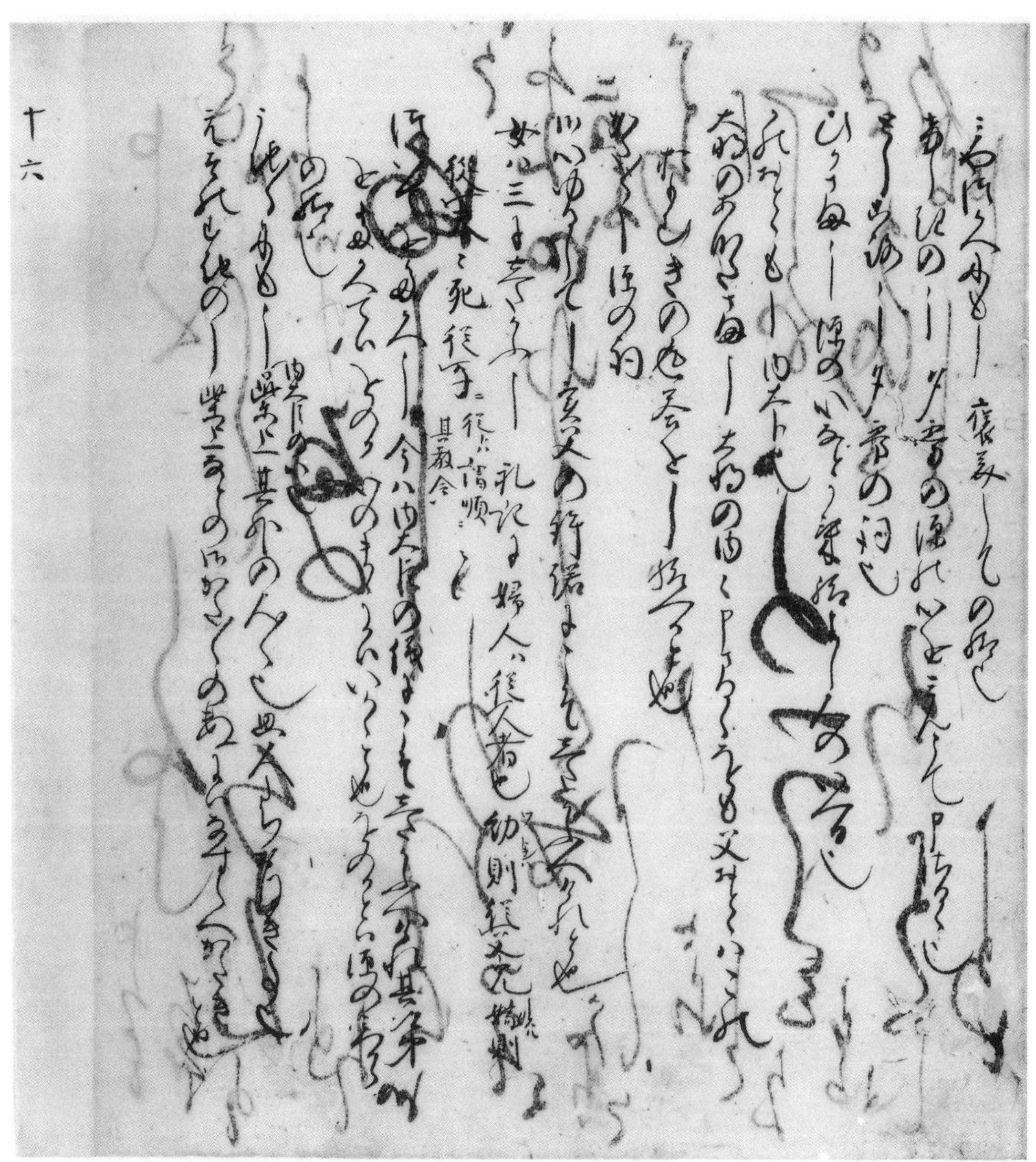

十六

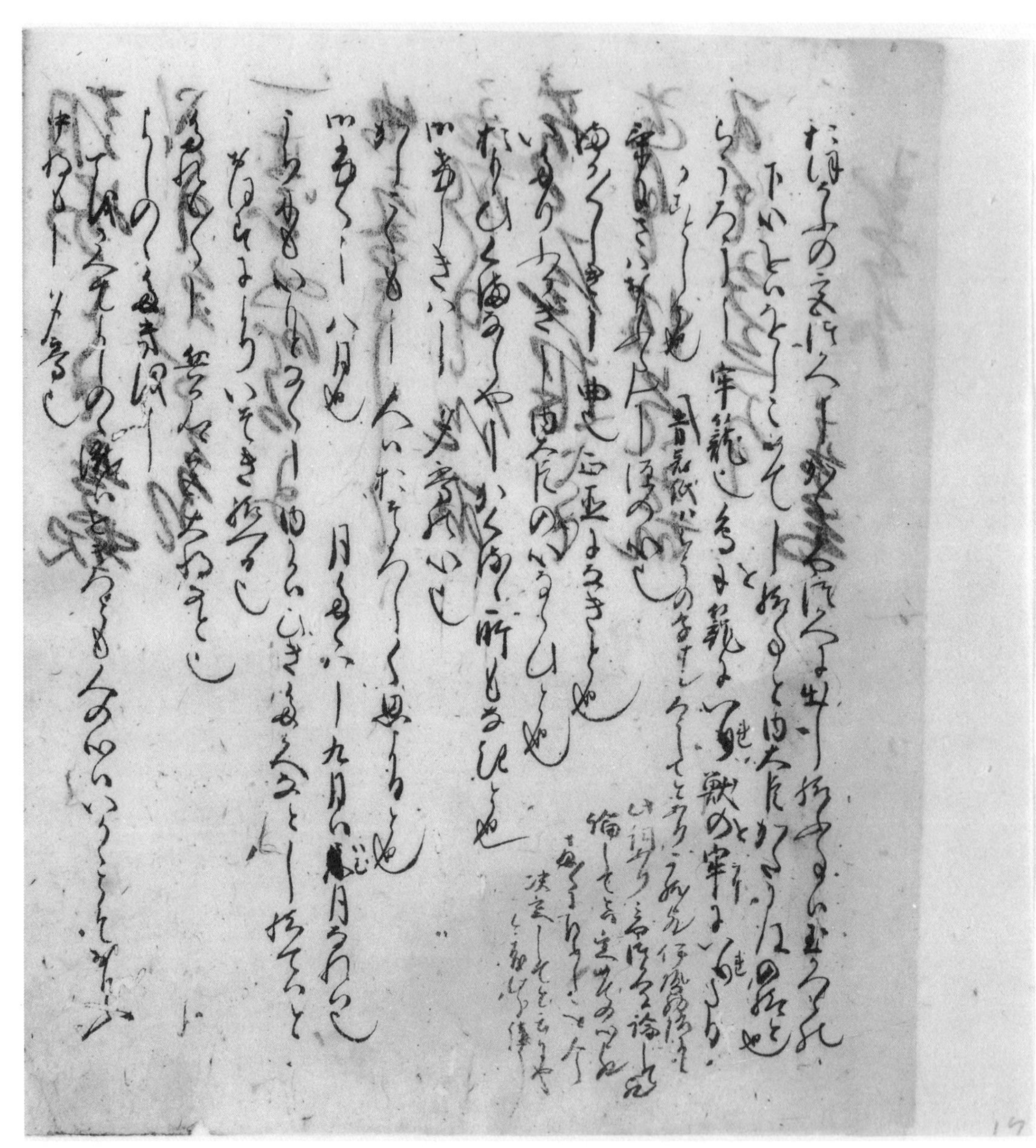

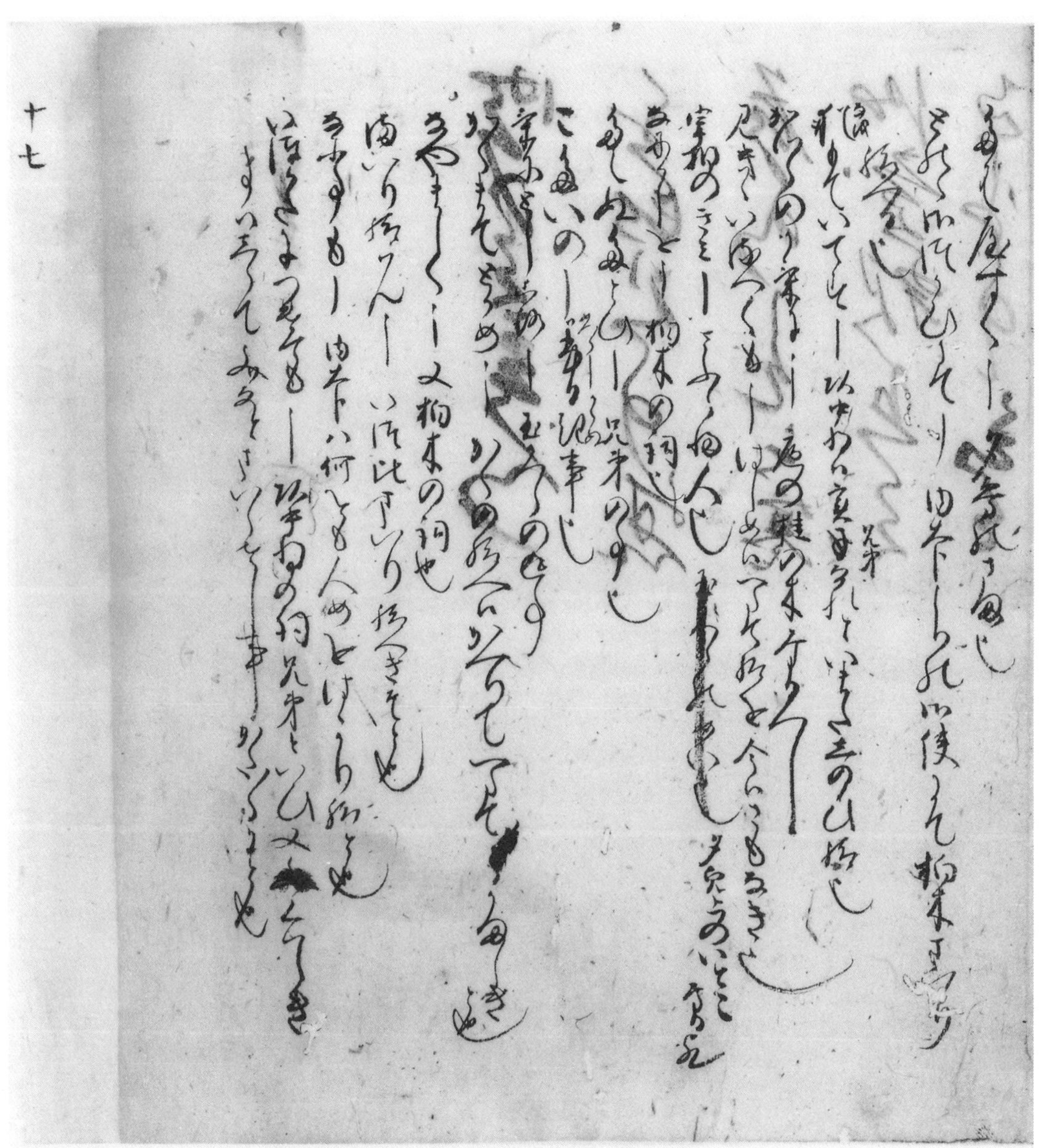

十七

藤袴（一八オ）

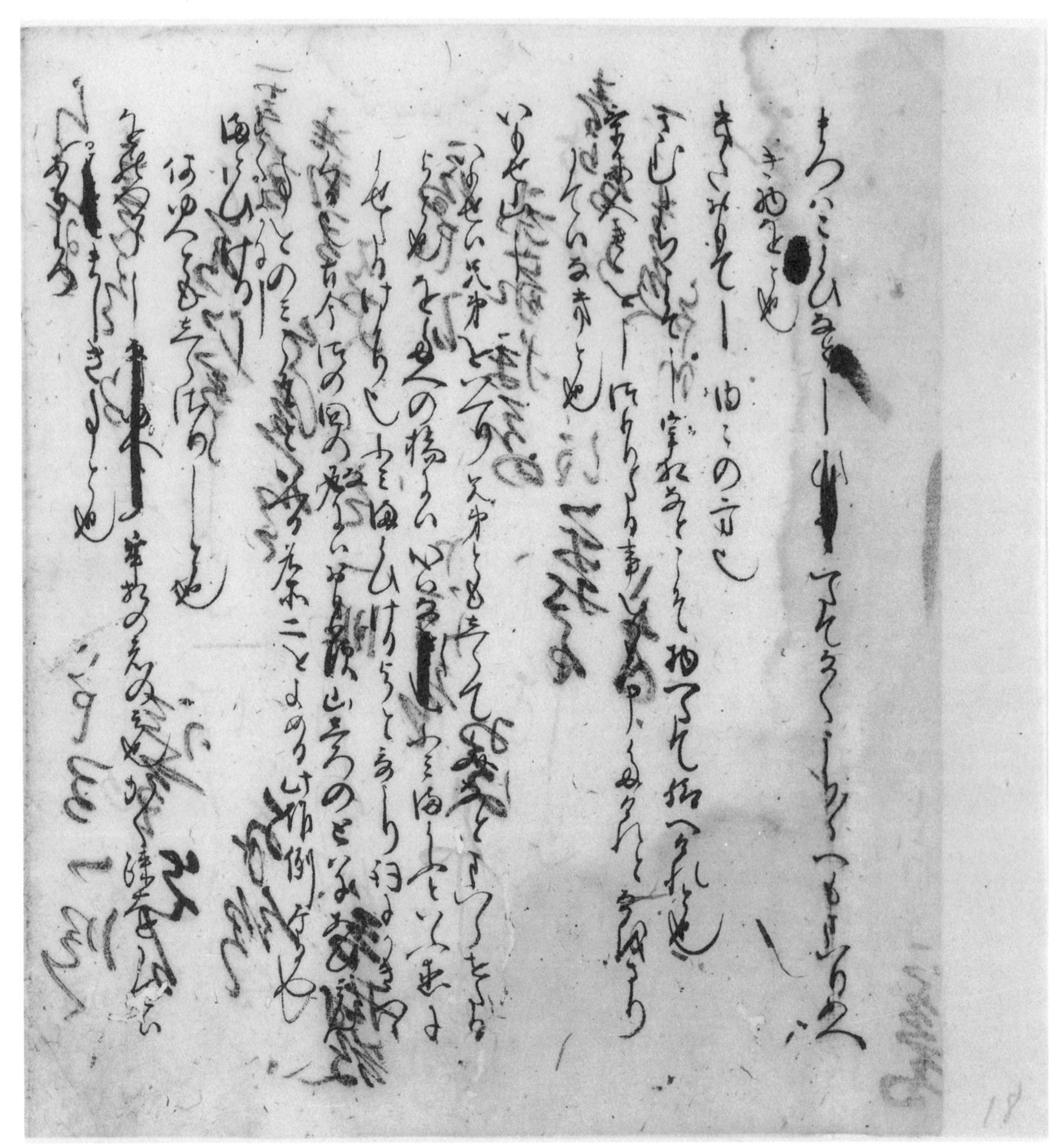

十八

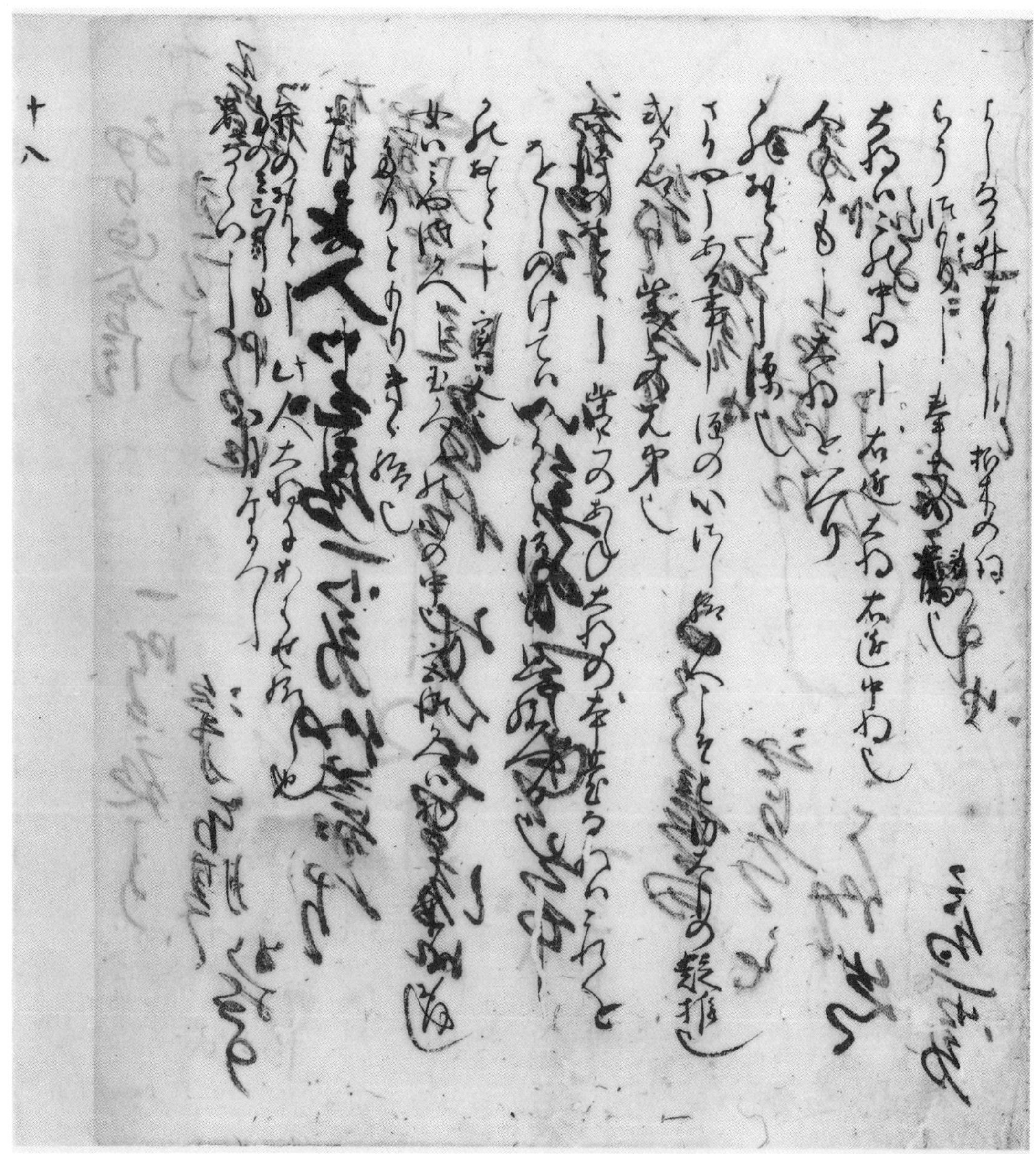

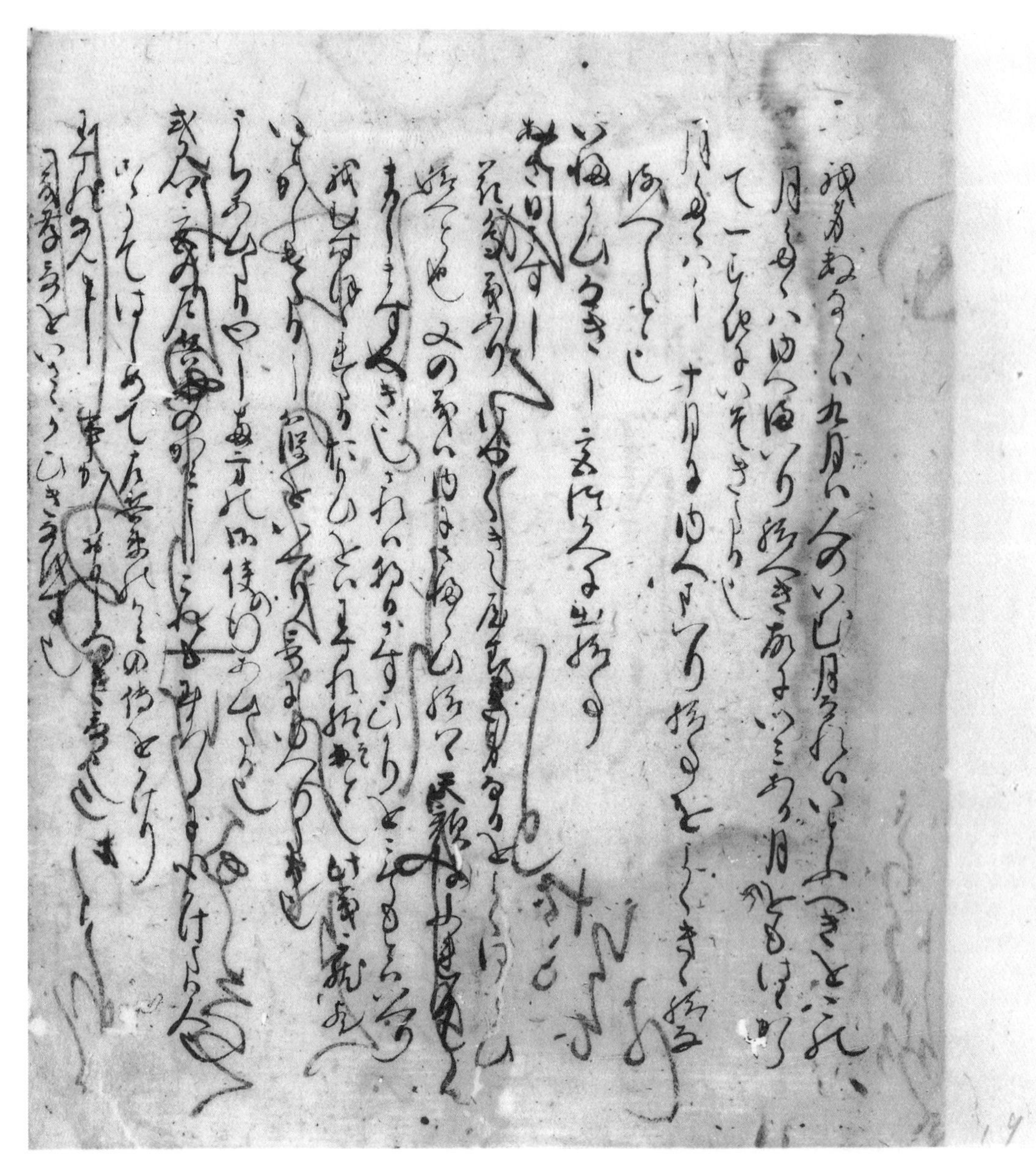

十九

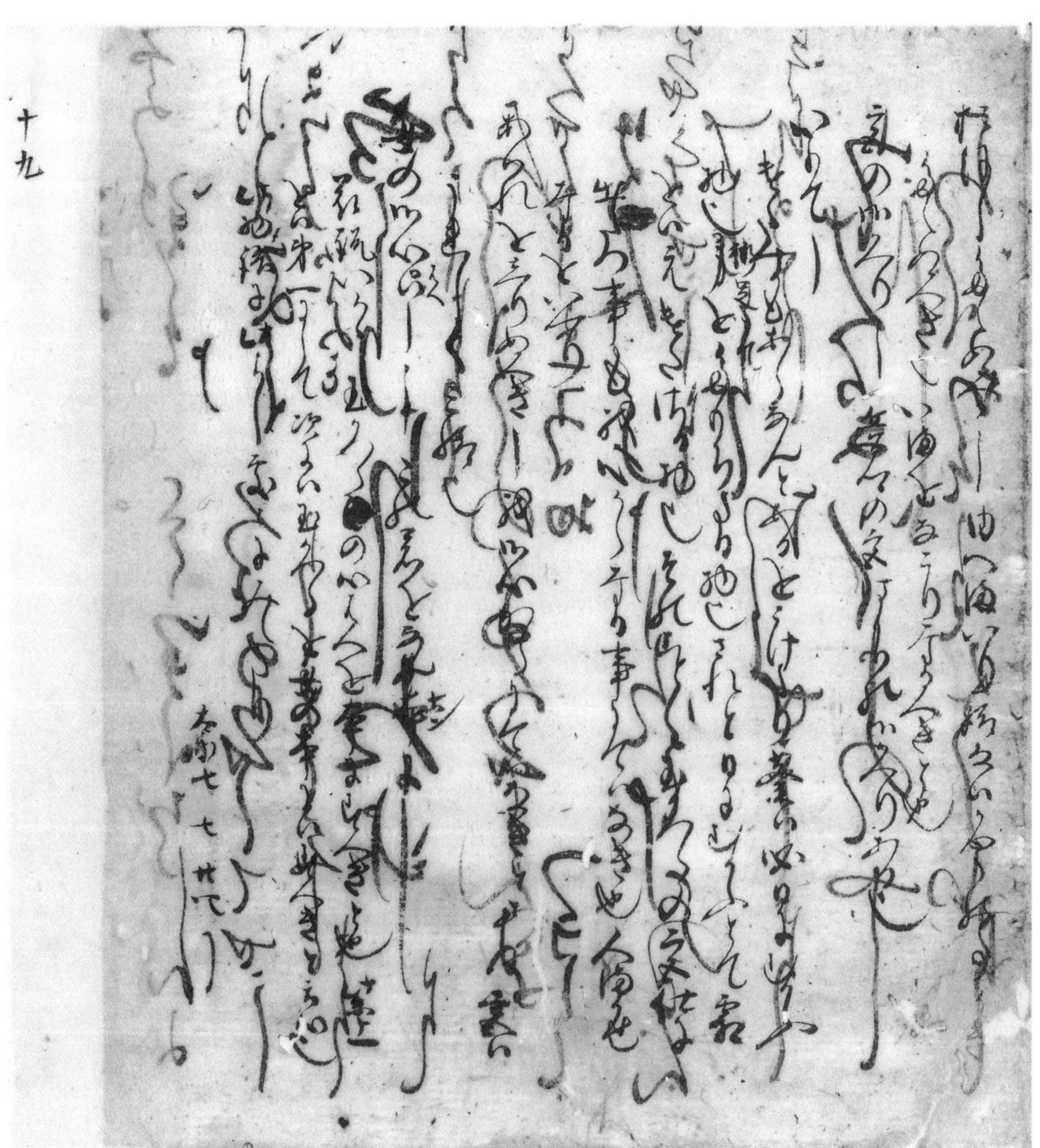

（二一〇オ）

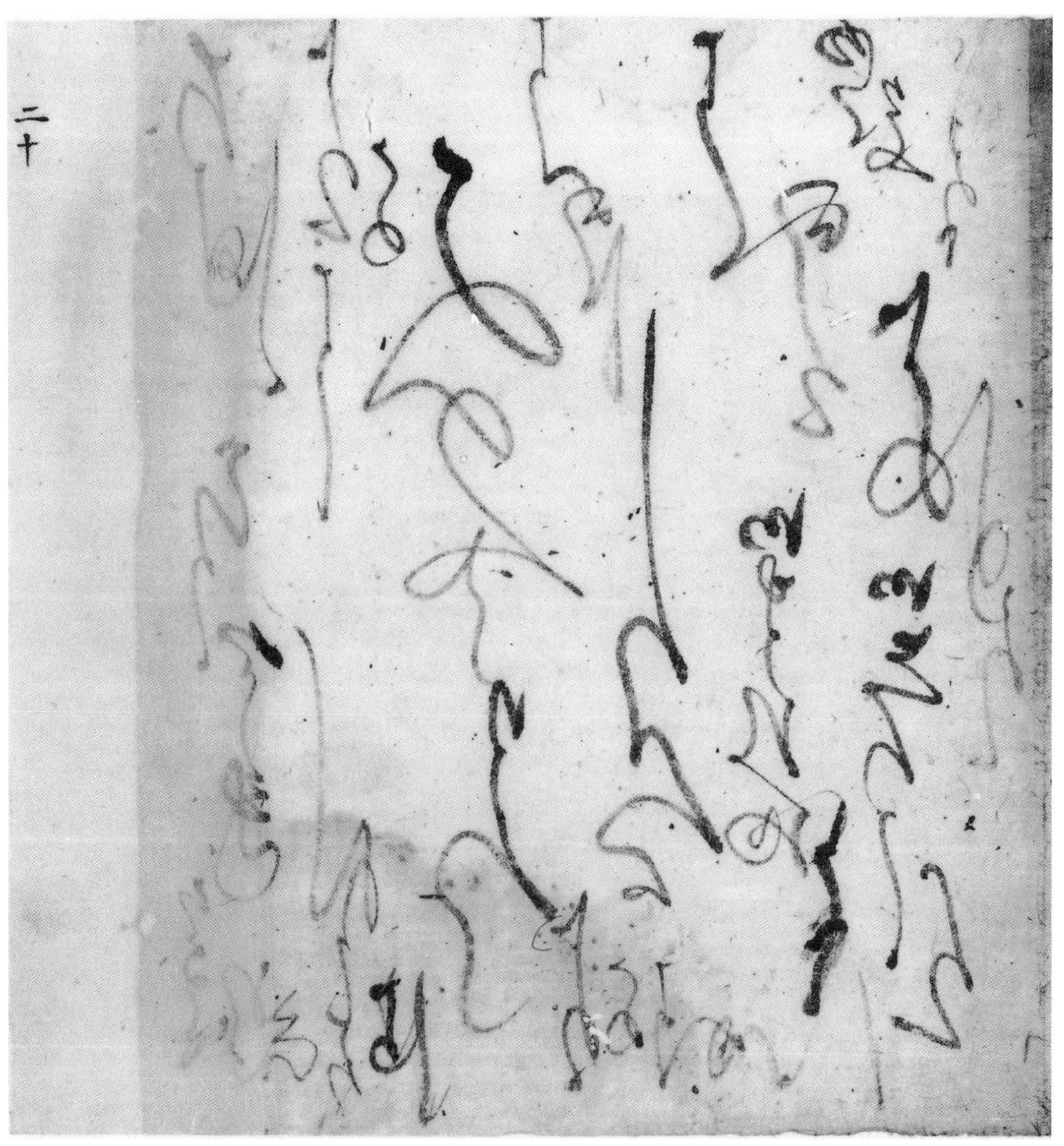

二十

（二〇ウ）

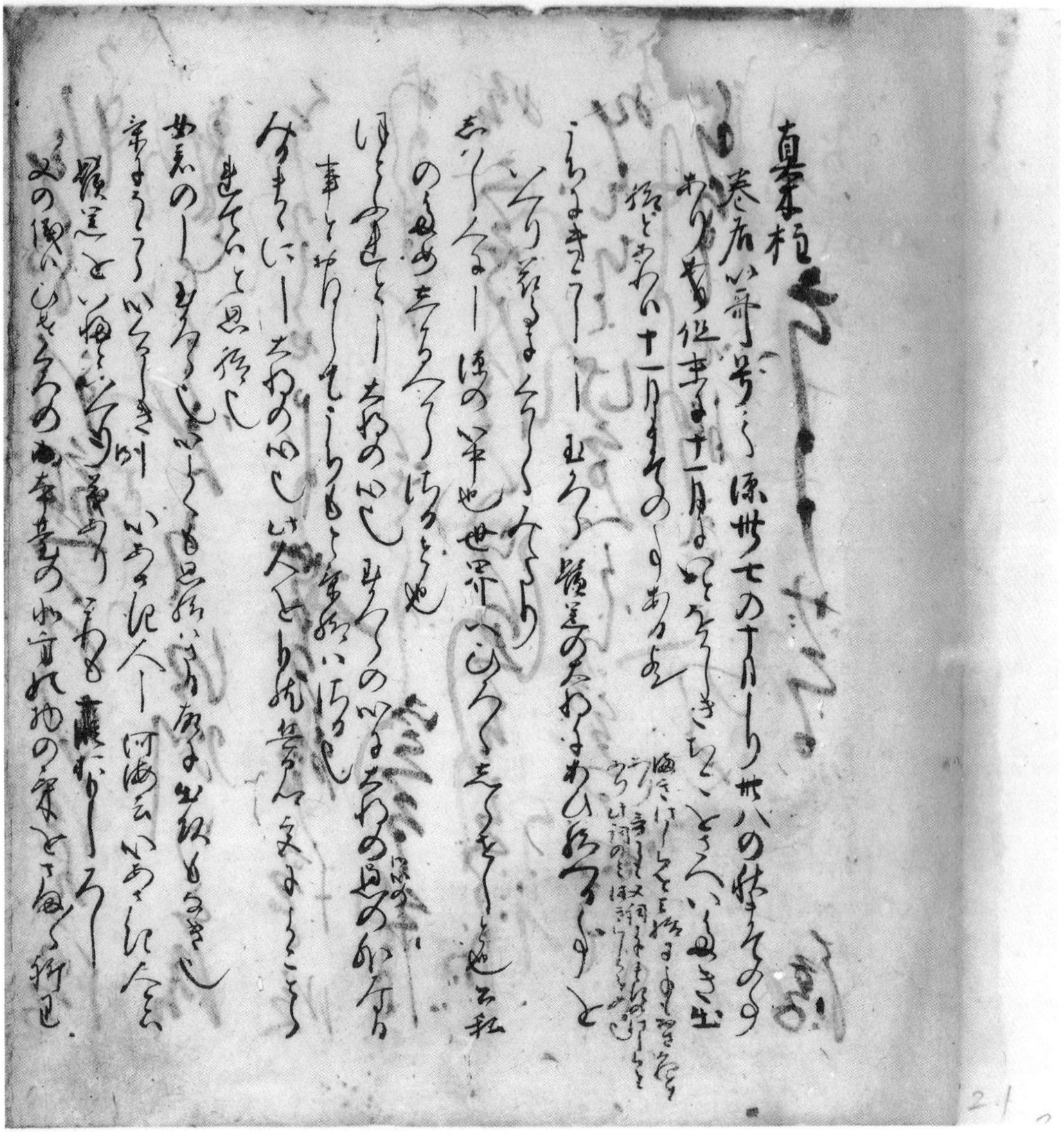

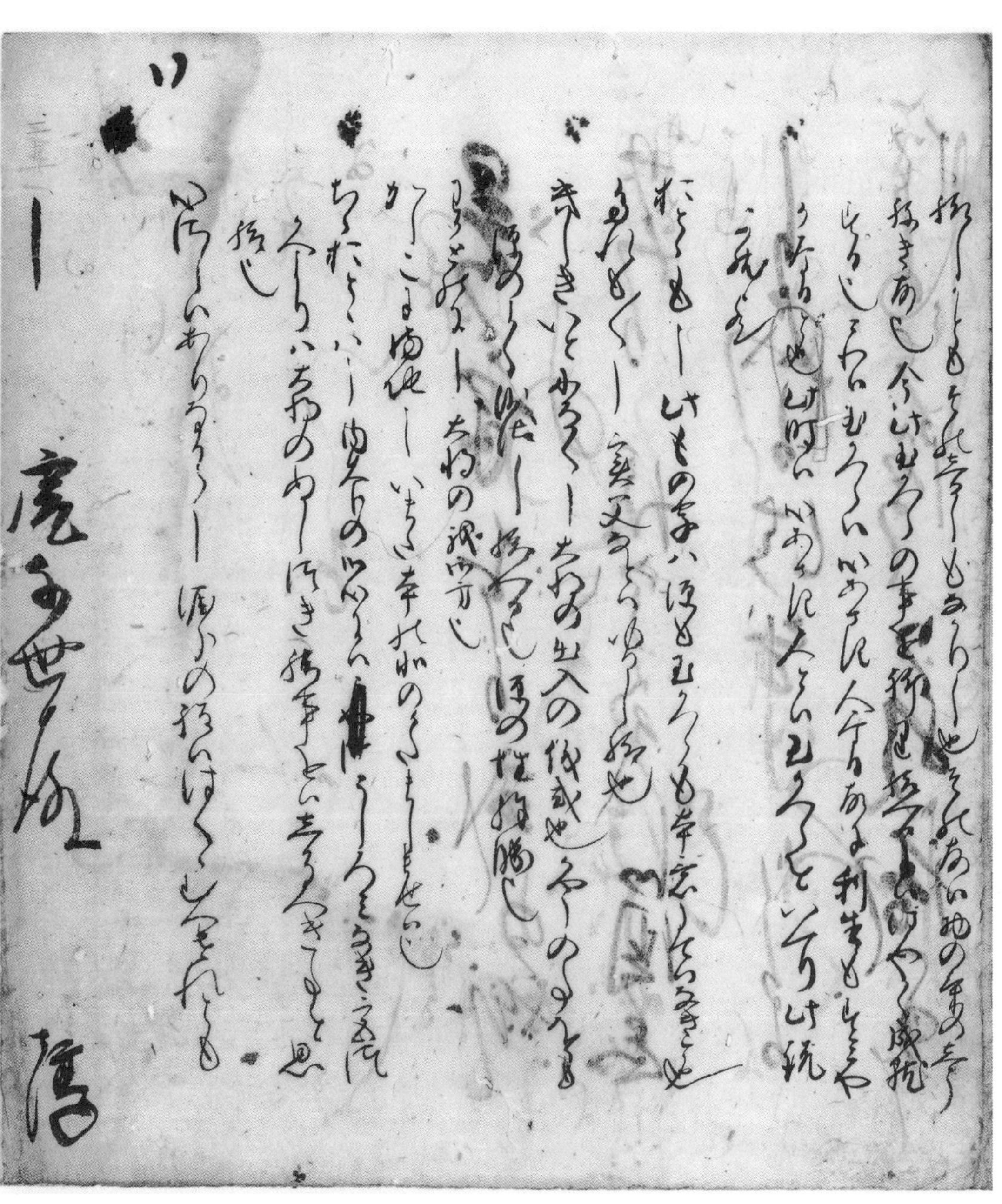

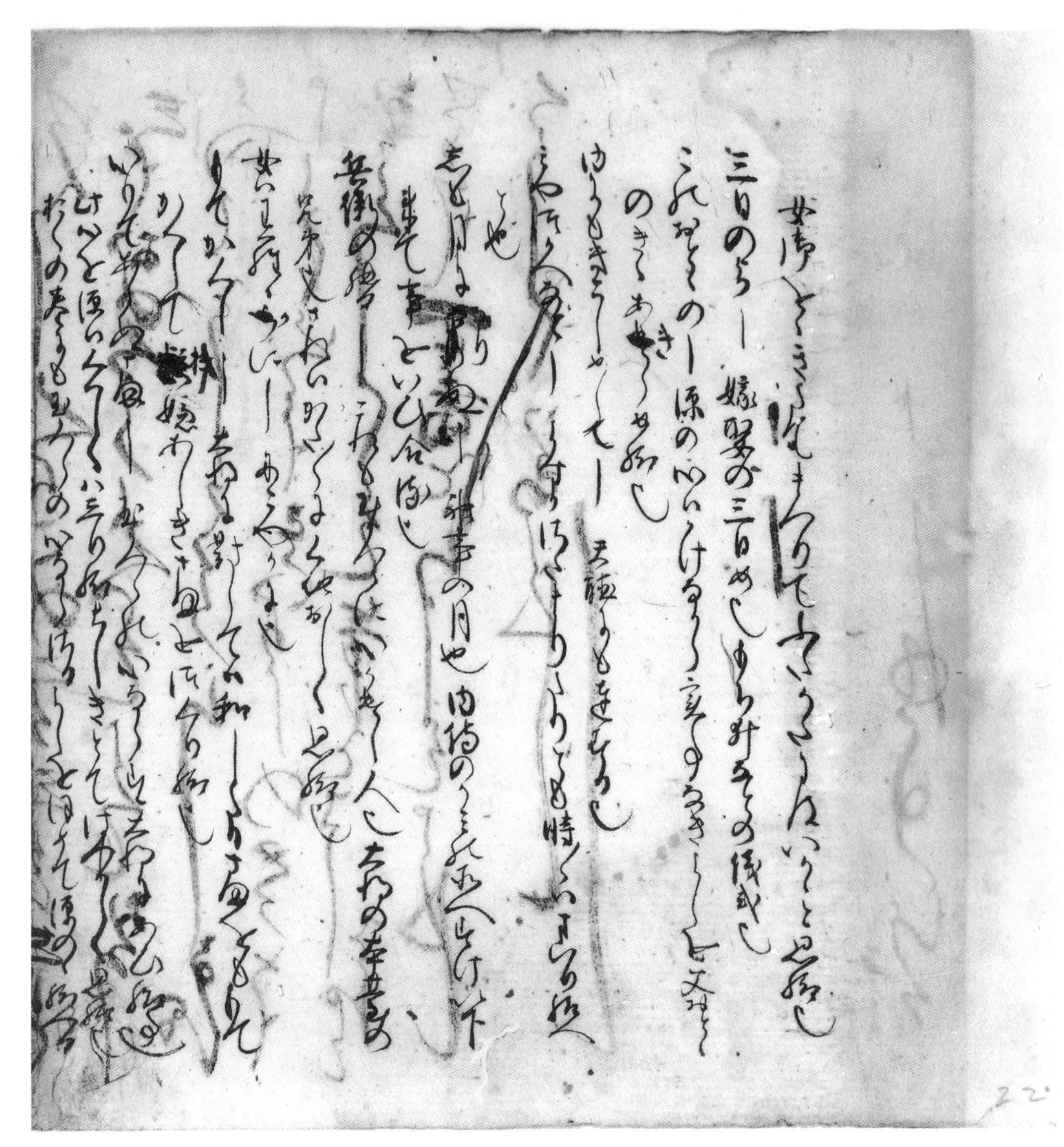

二十二

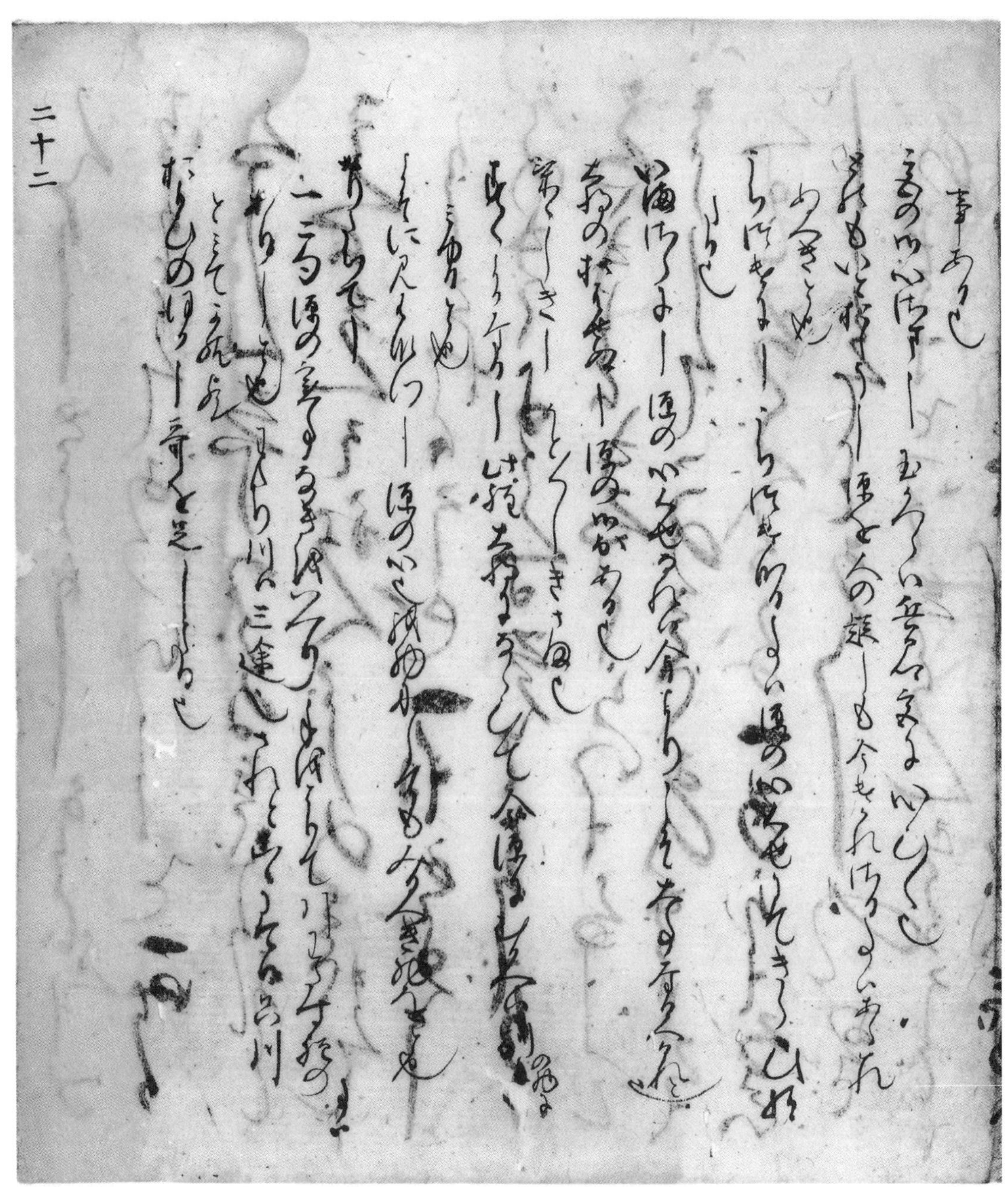

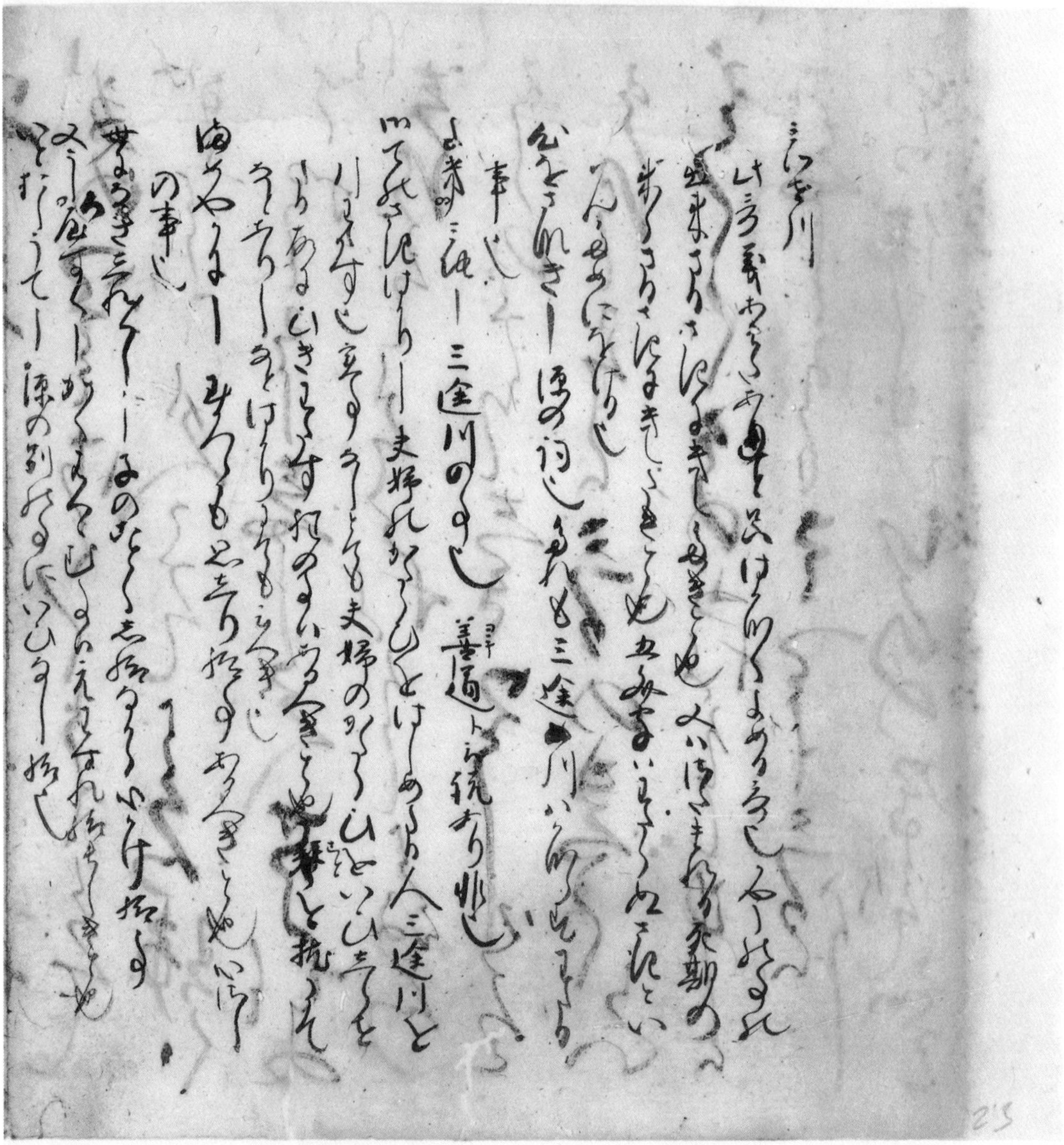

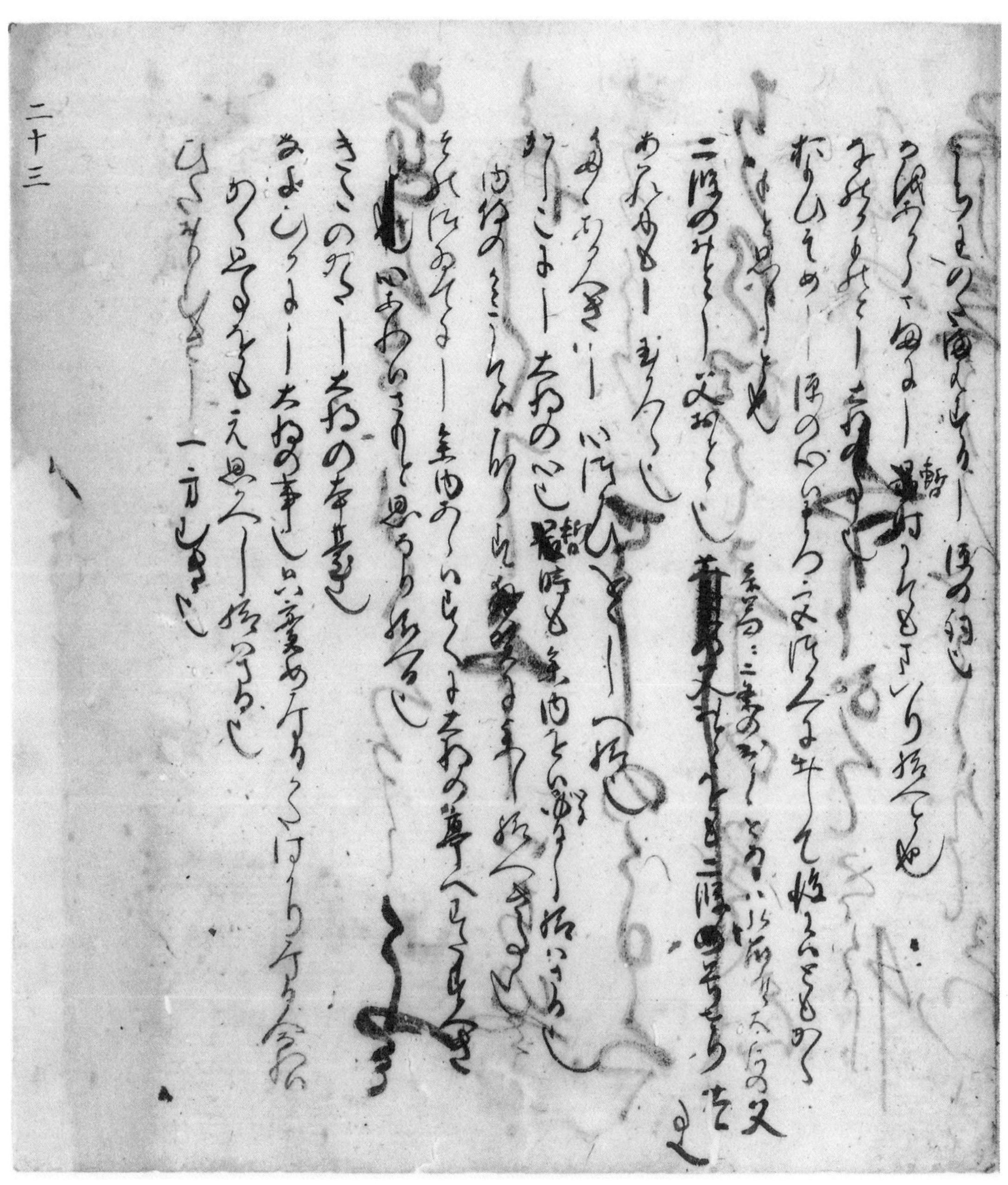

二十三

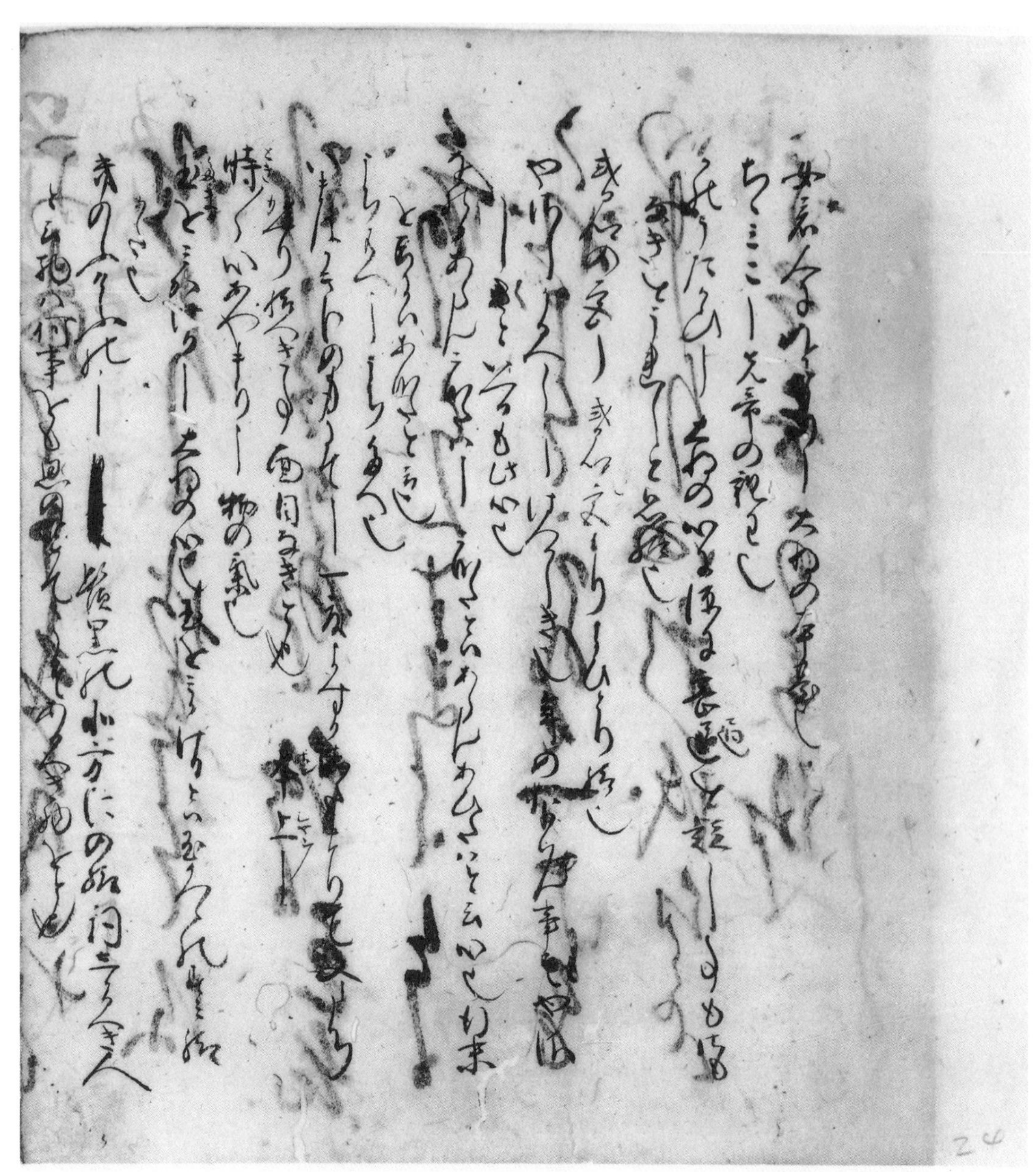

二十四

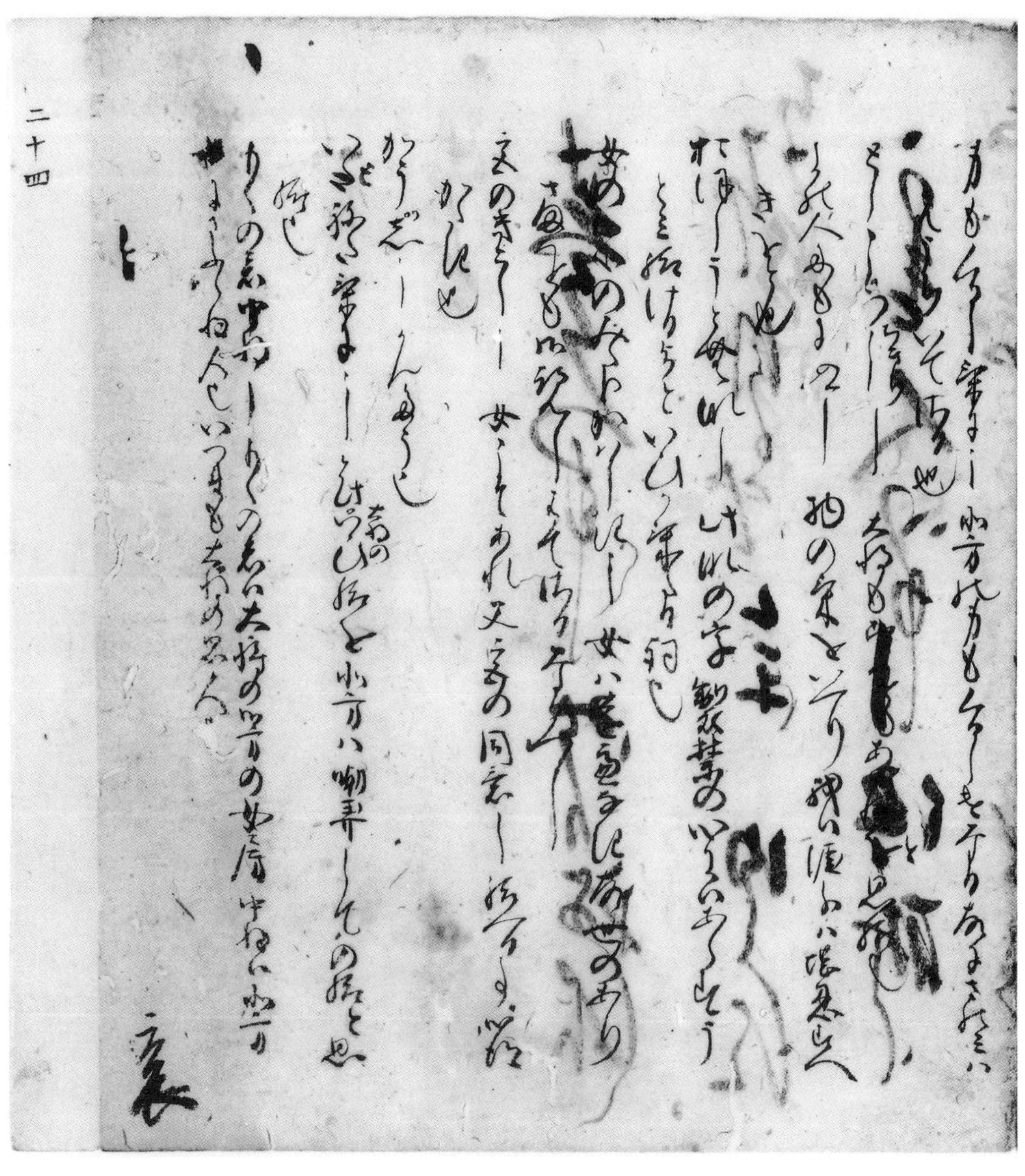

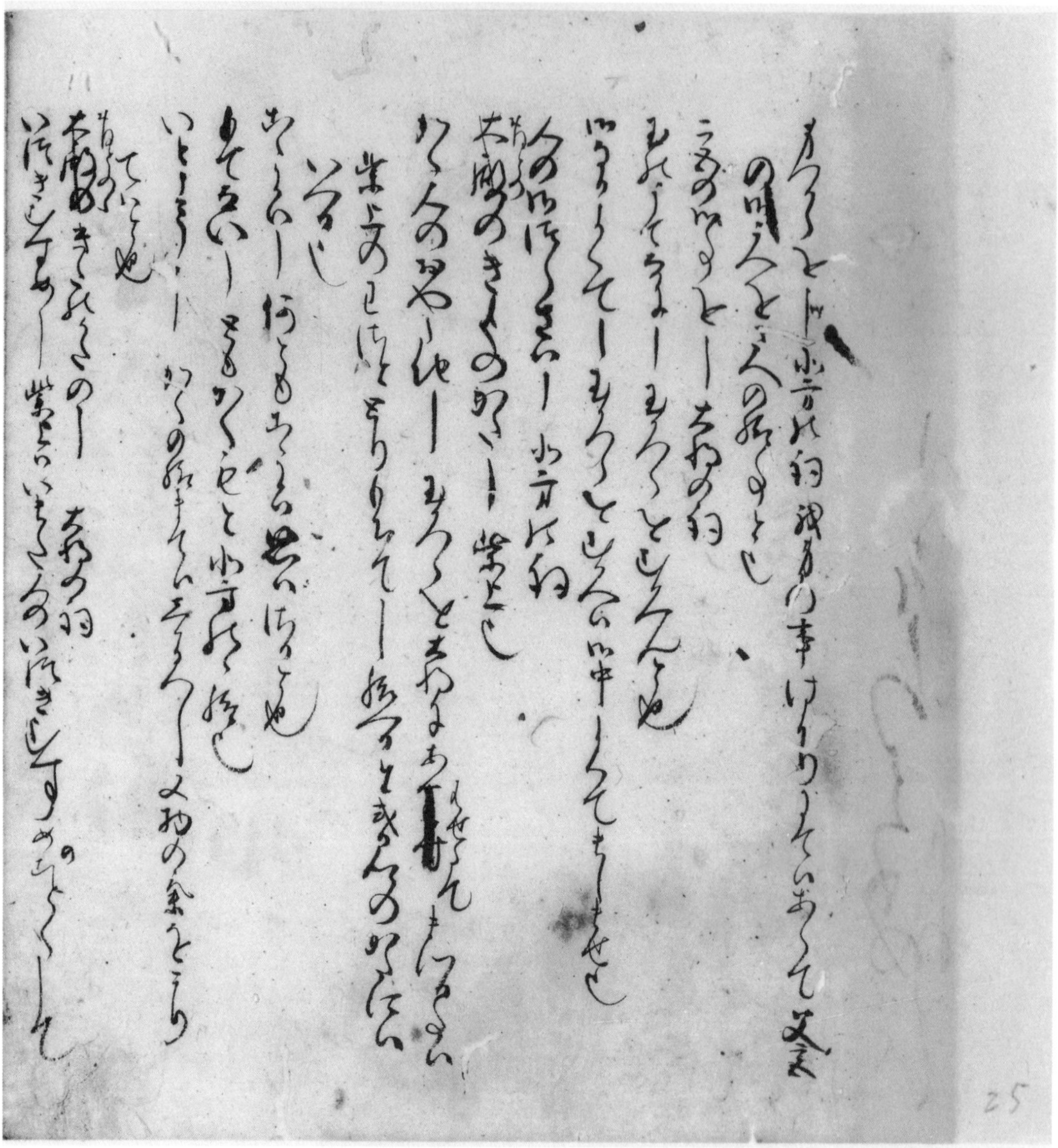

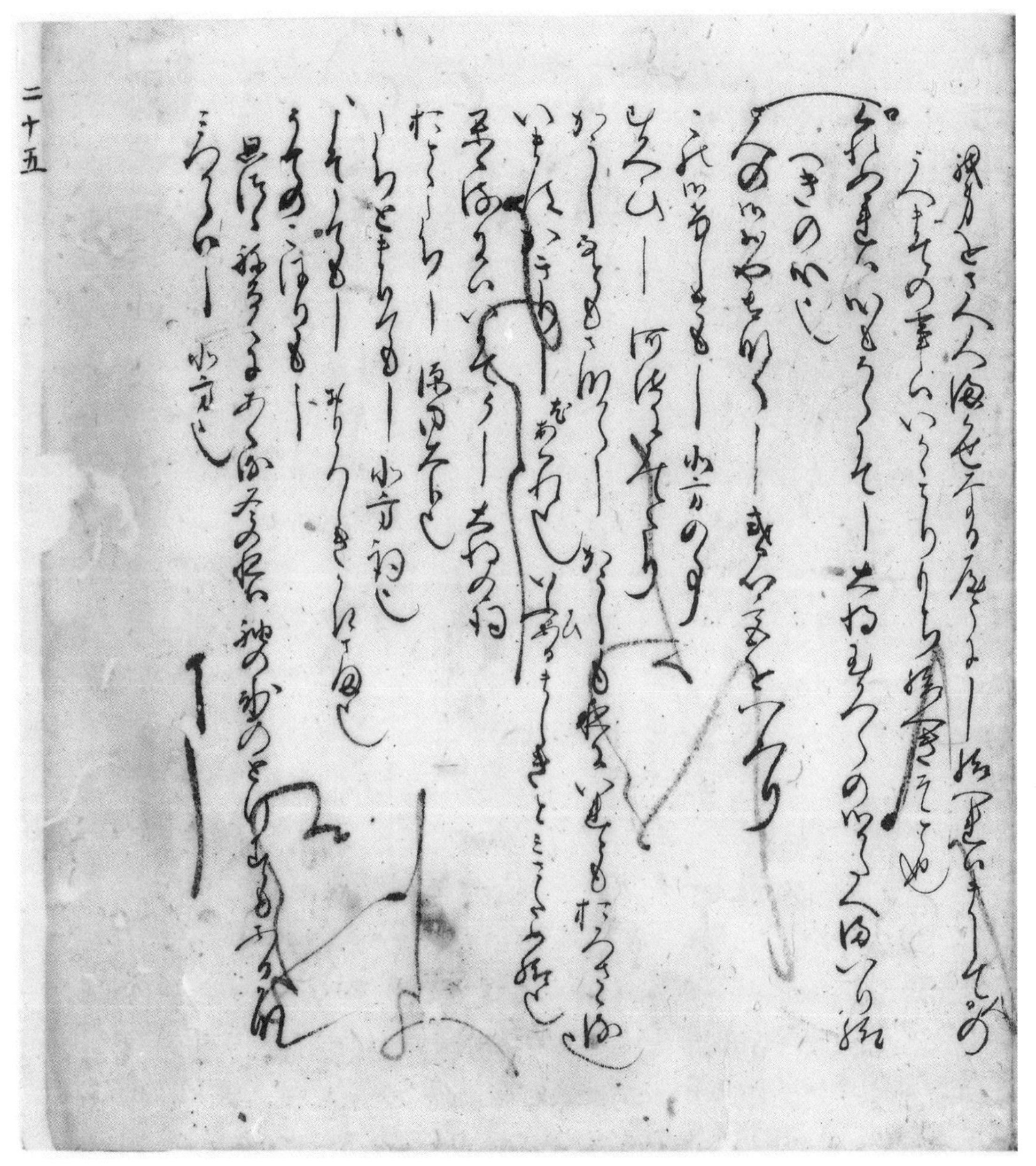

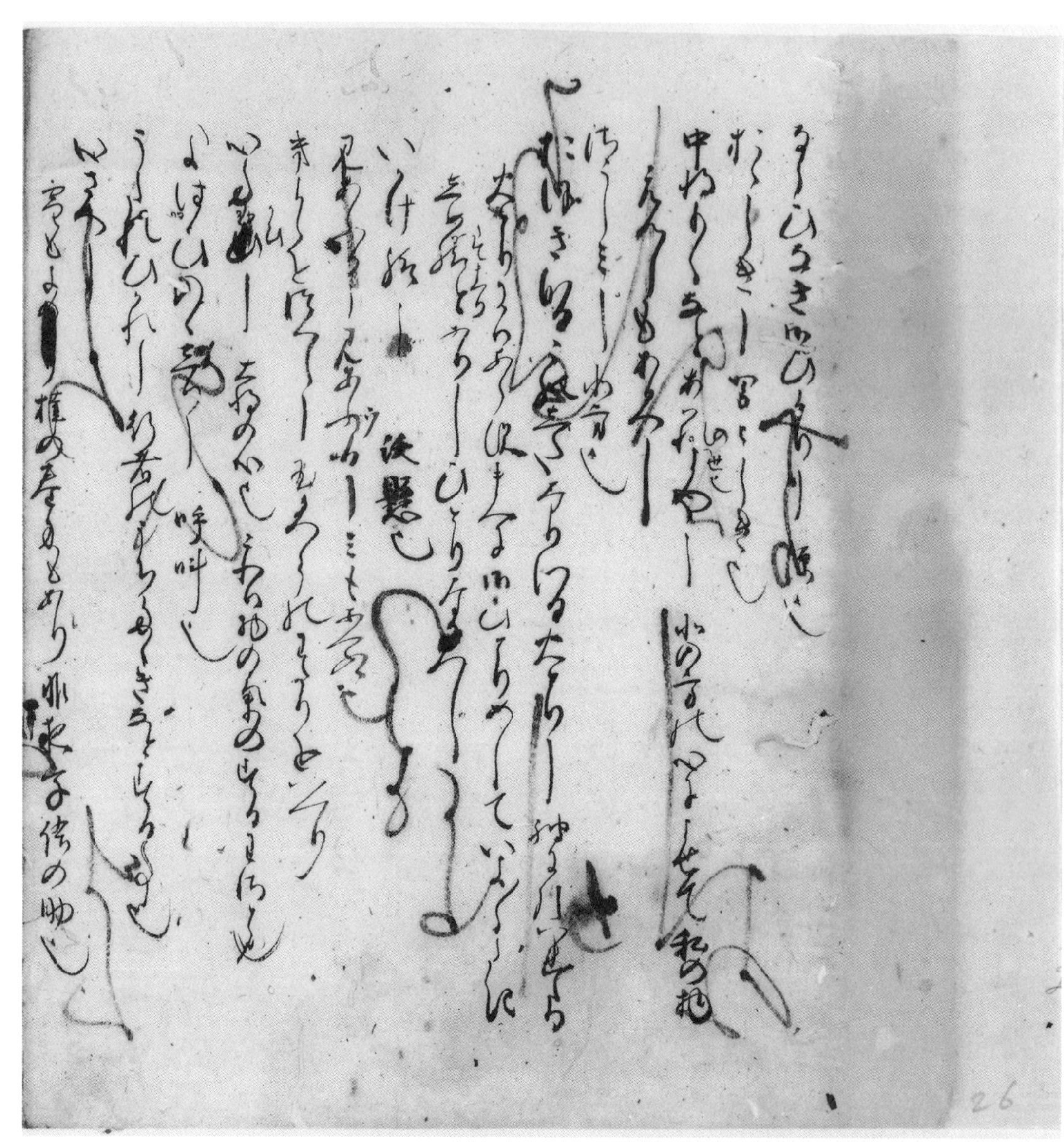

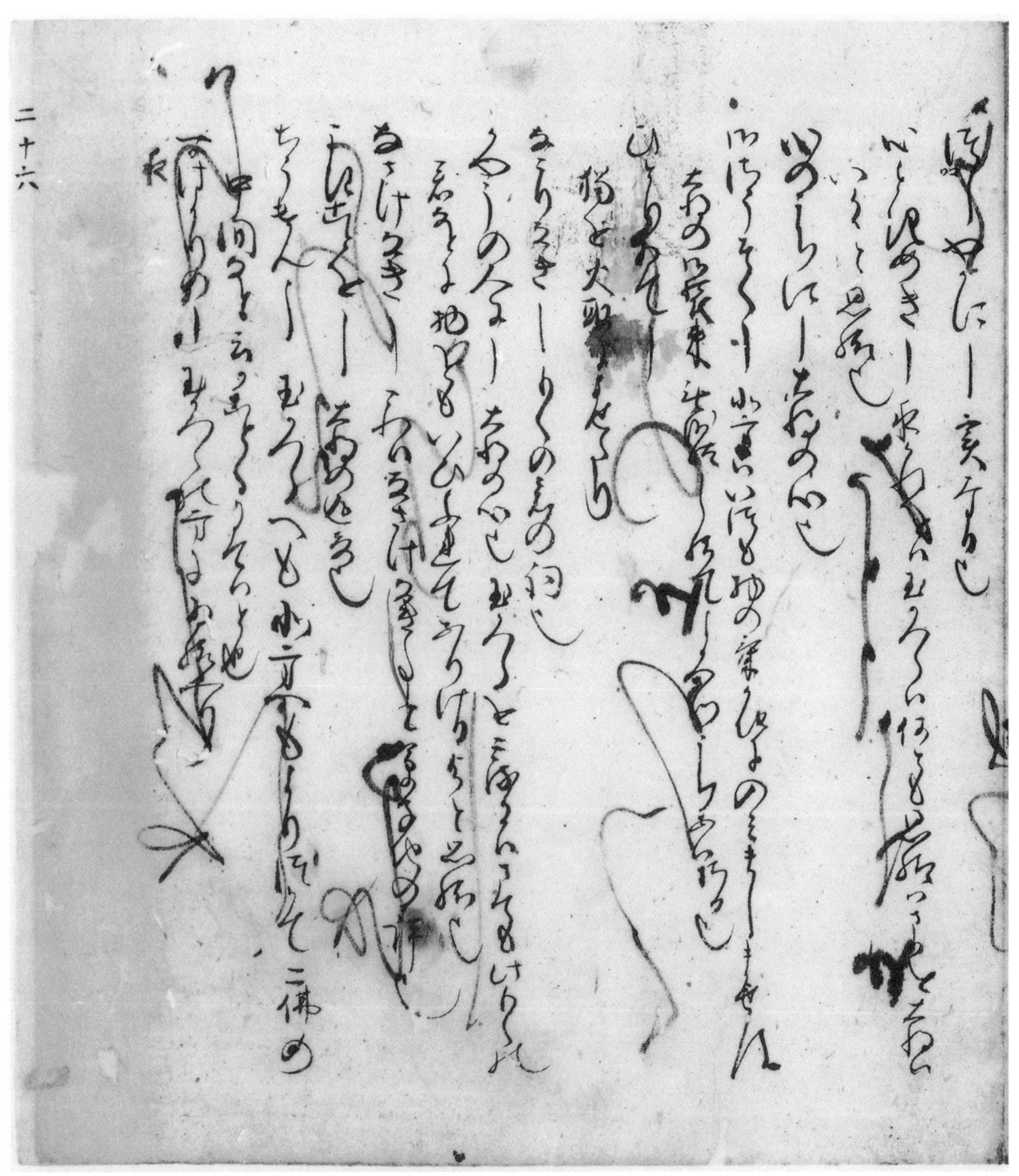

二十六

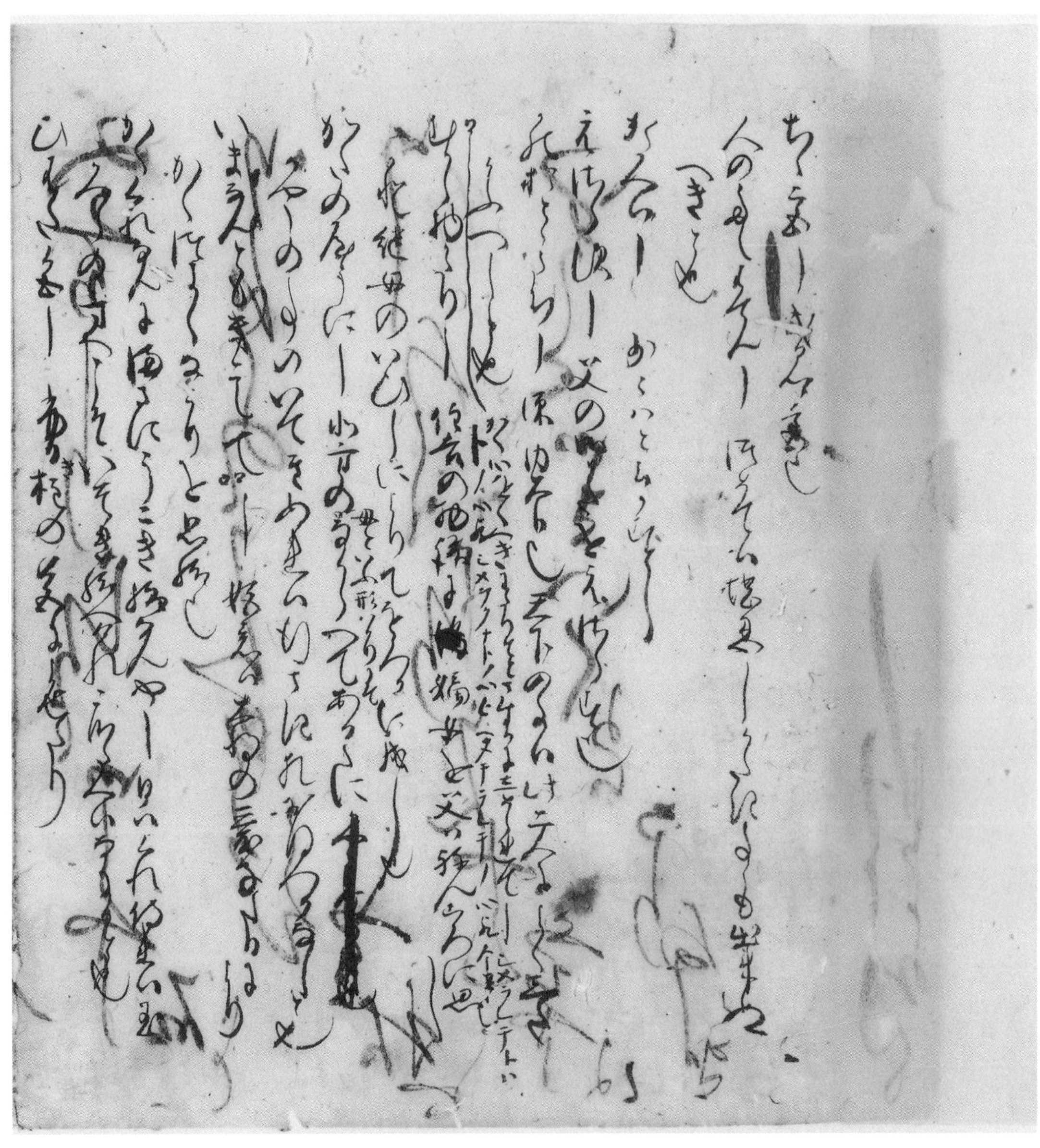

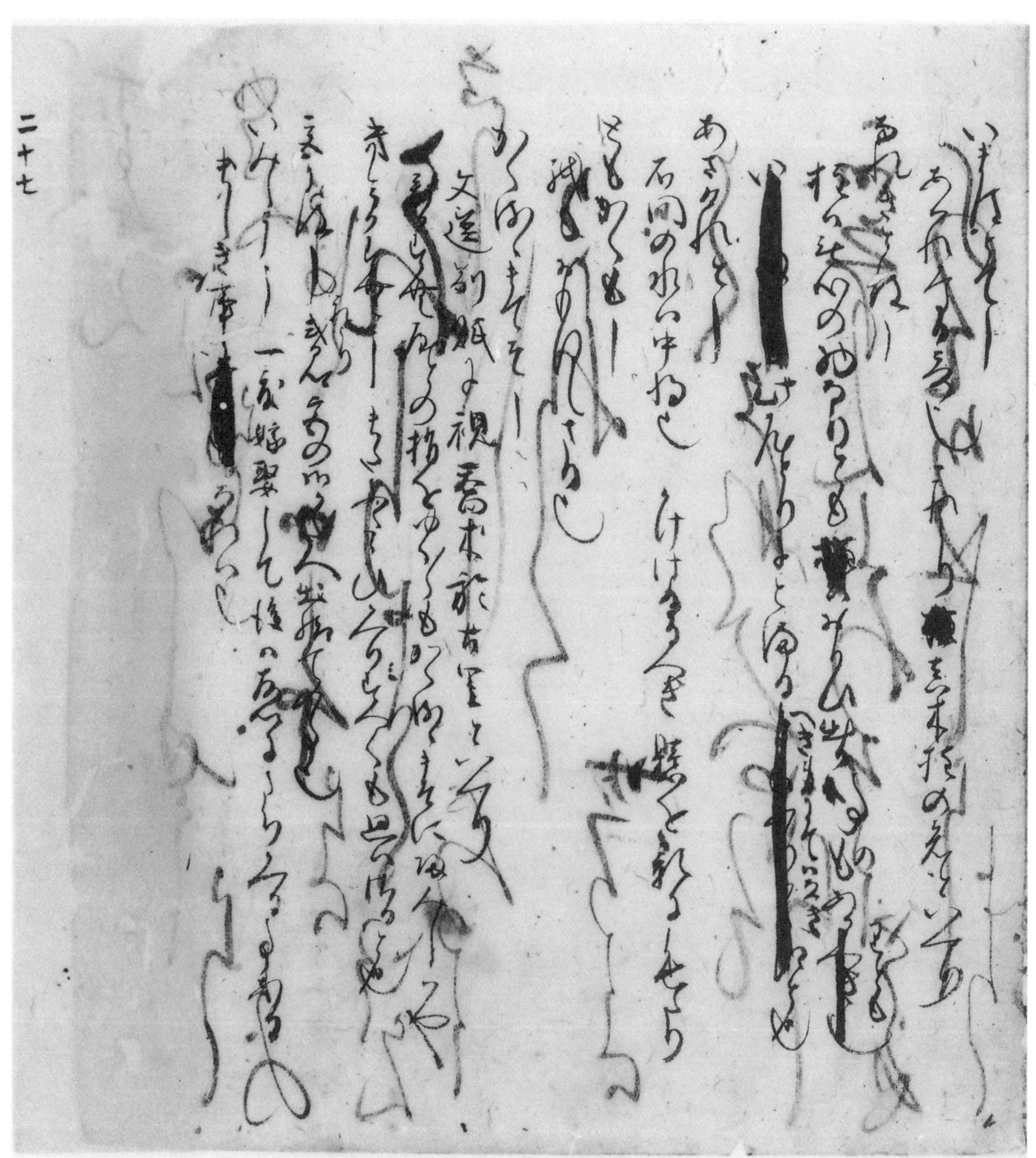
二十七

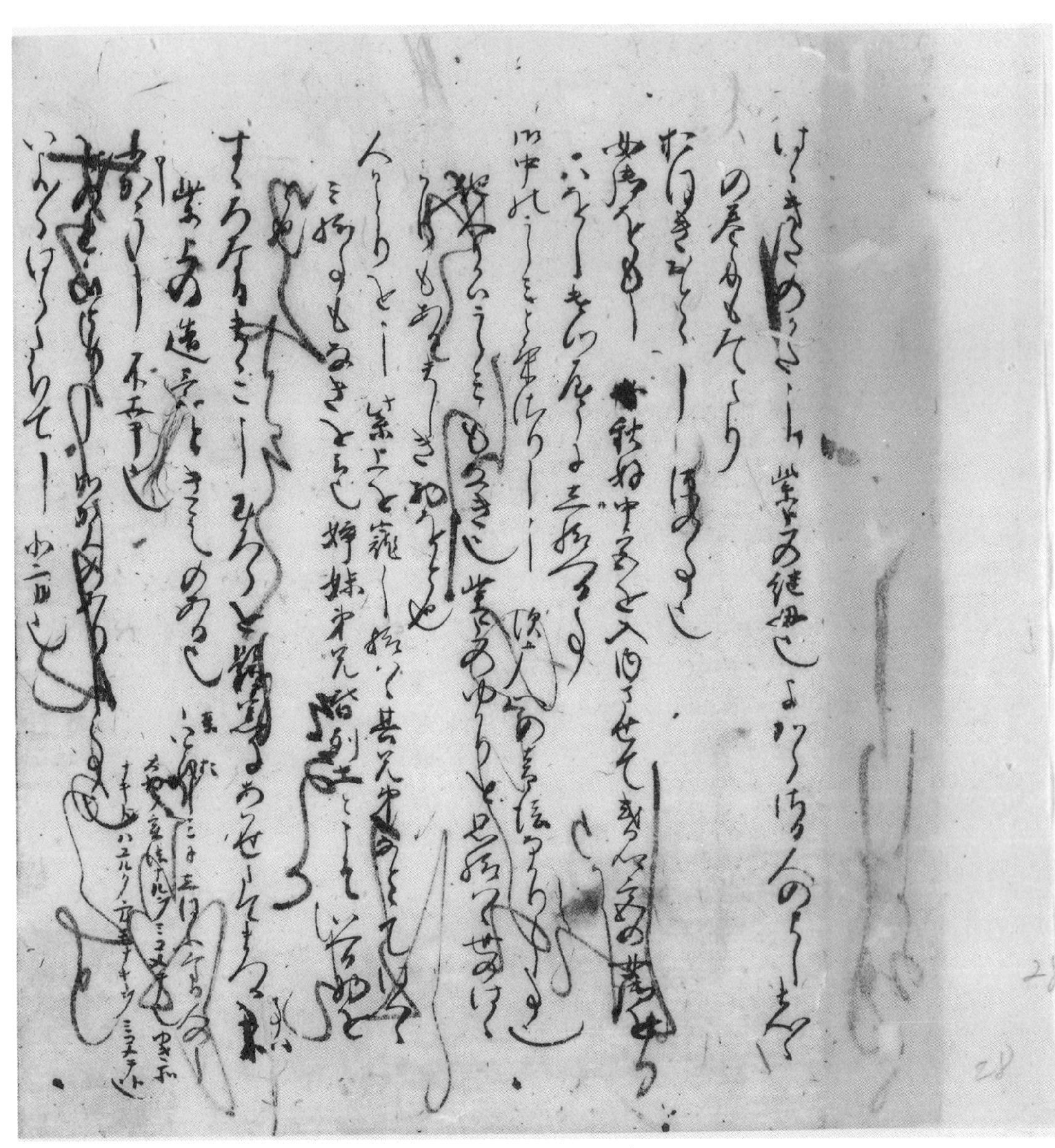

二十八

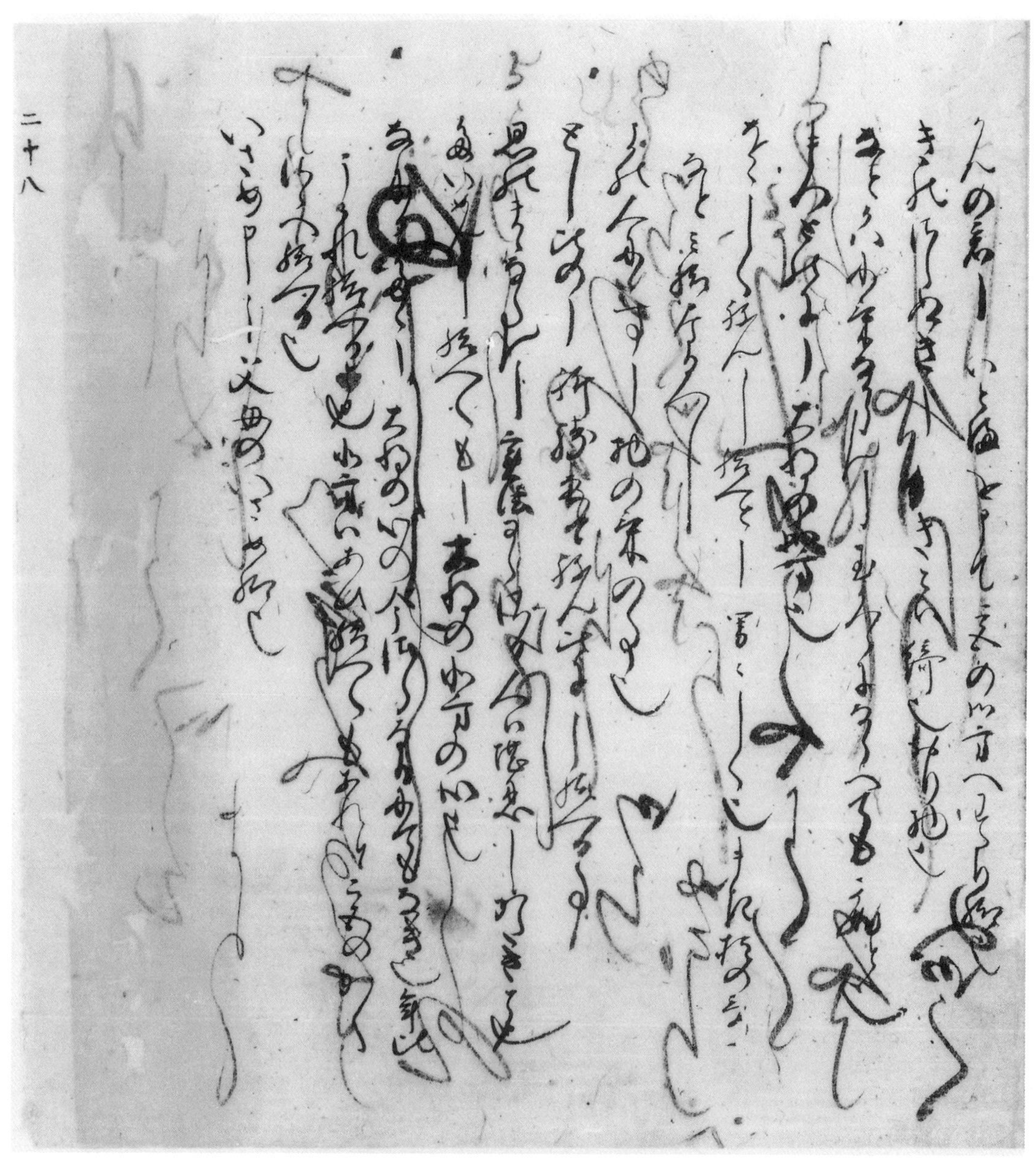

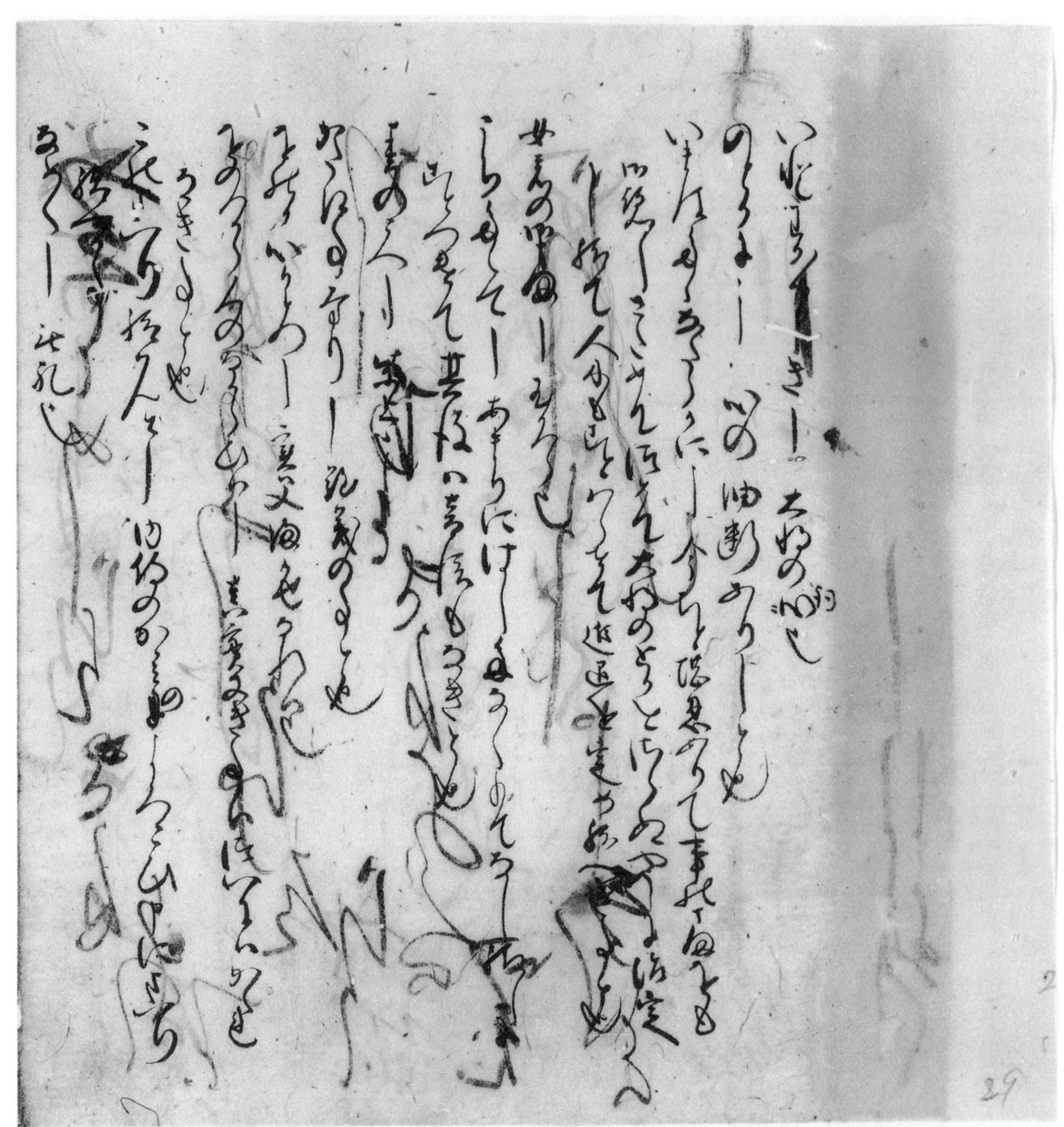

二十九

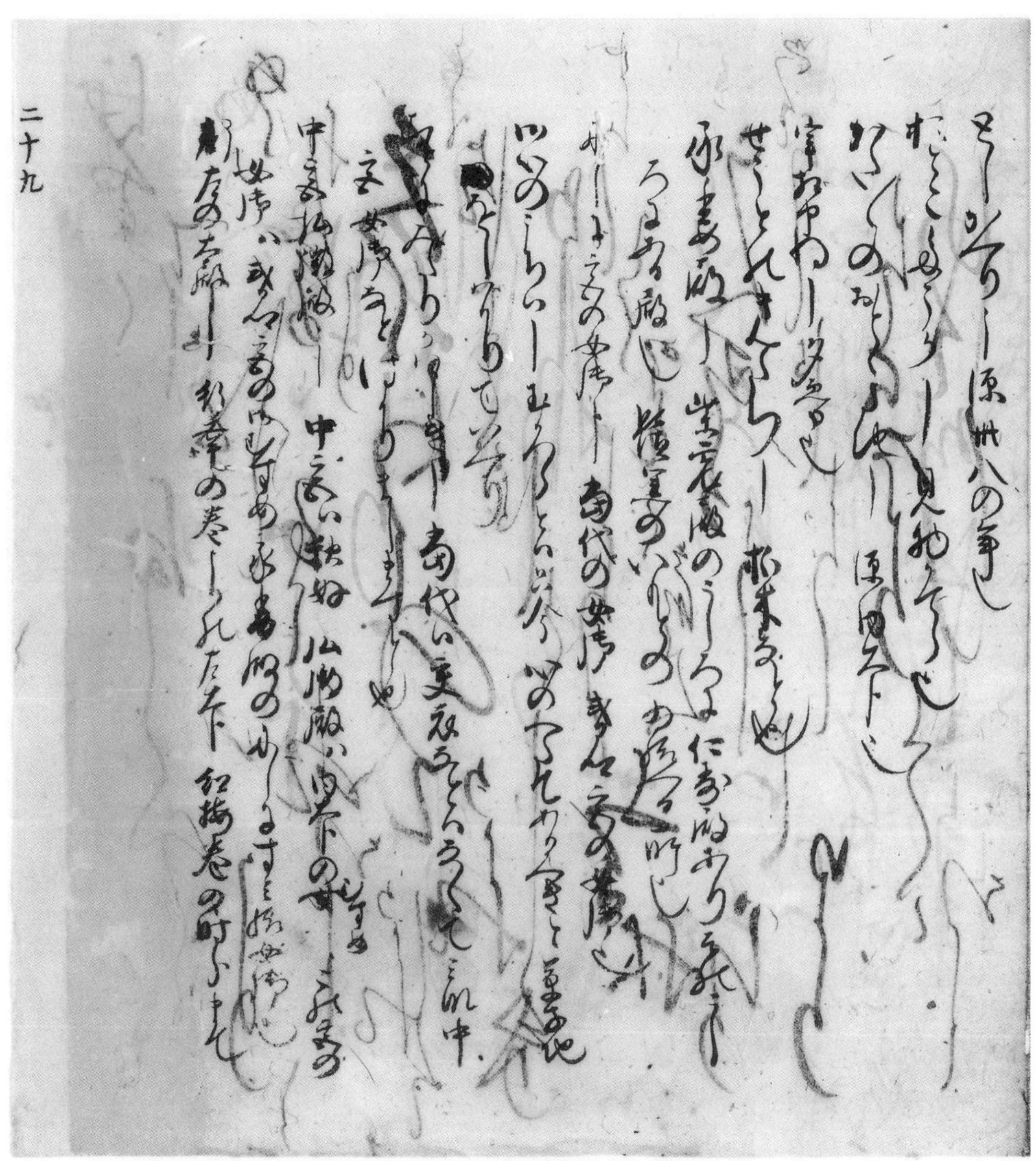

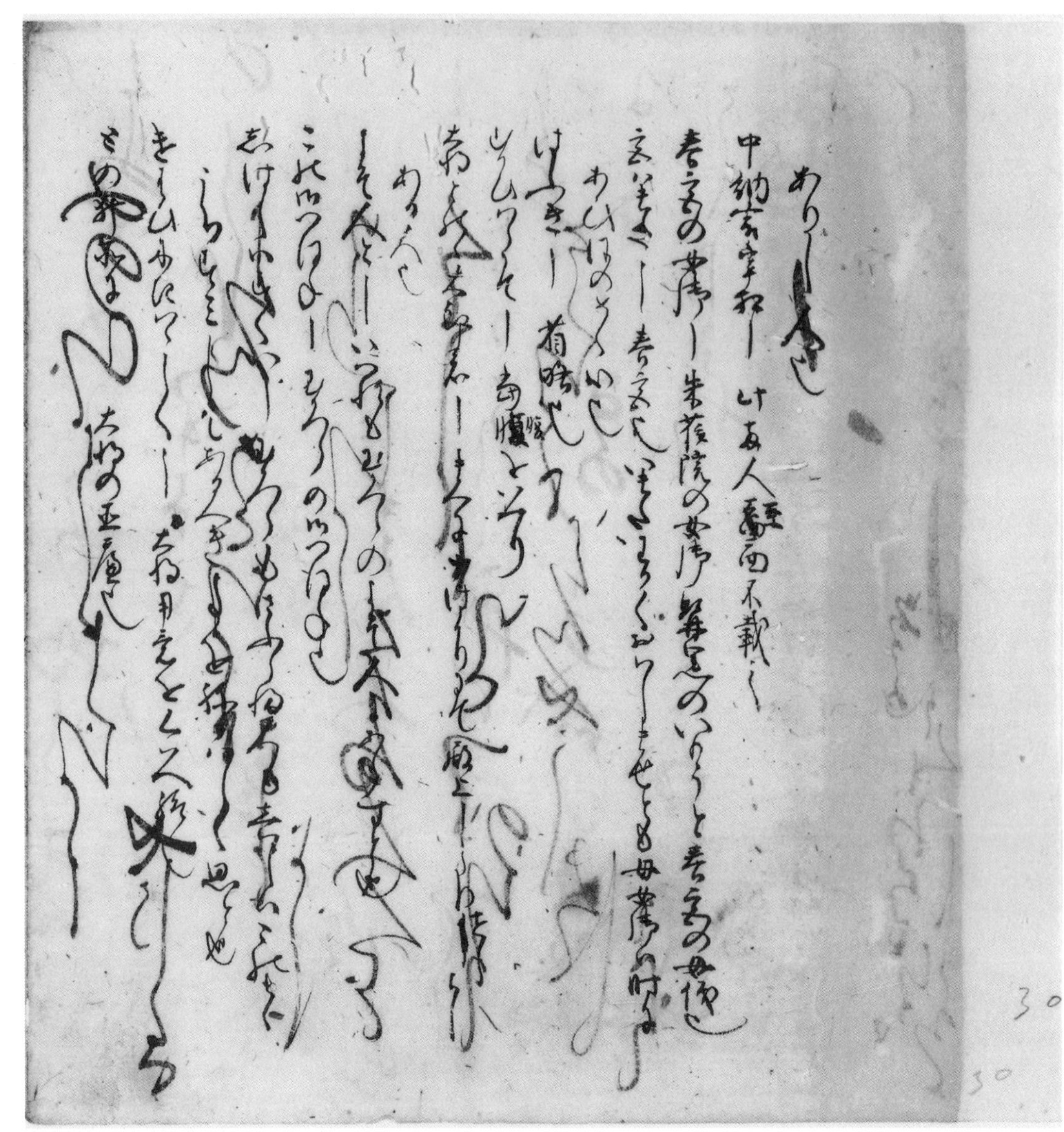

三十

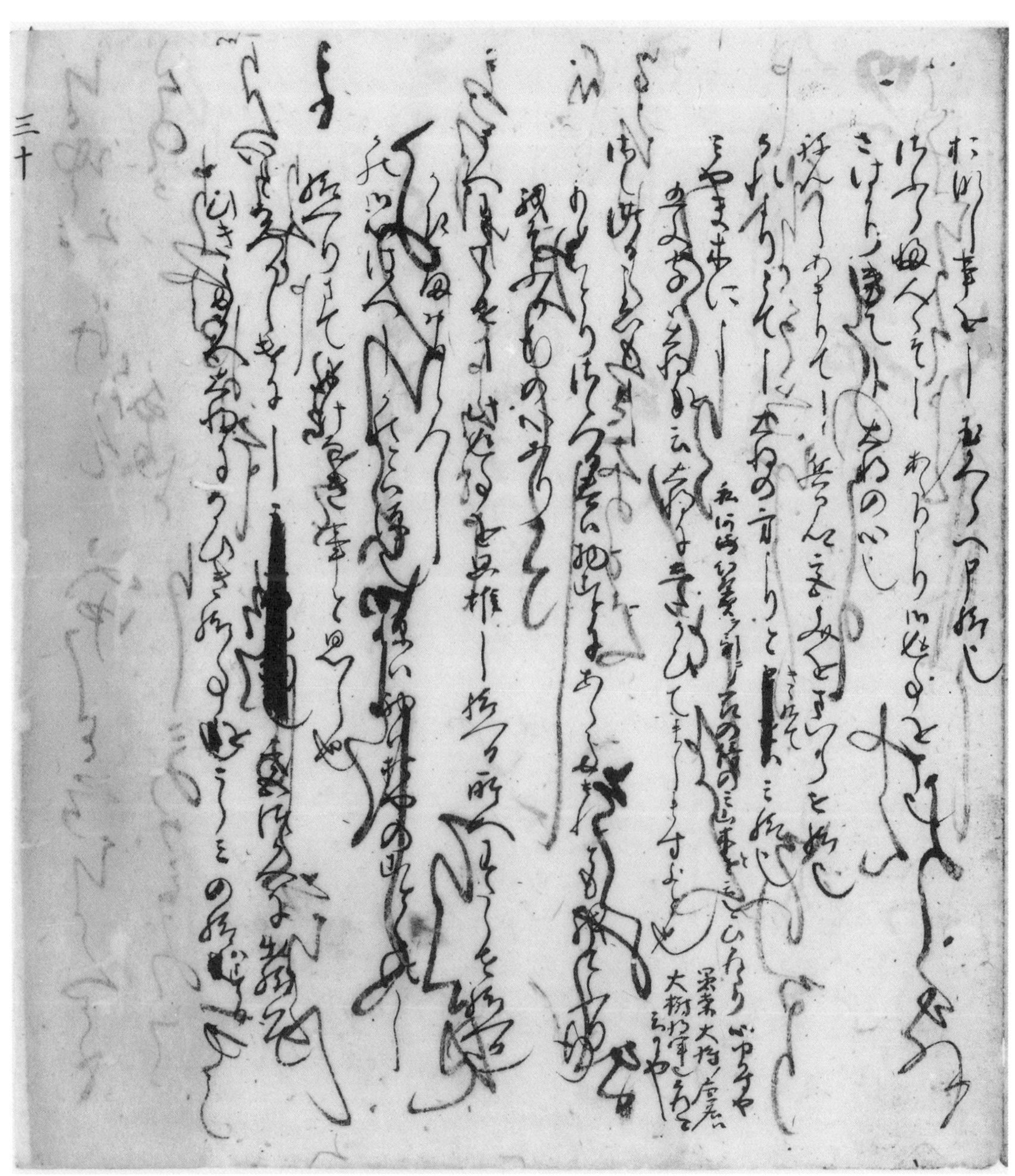

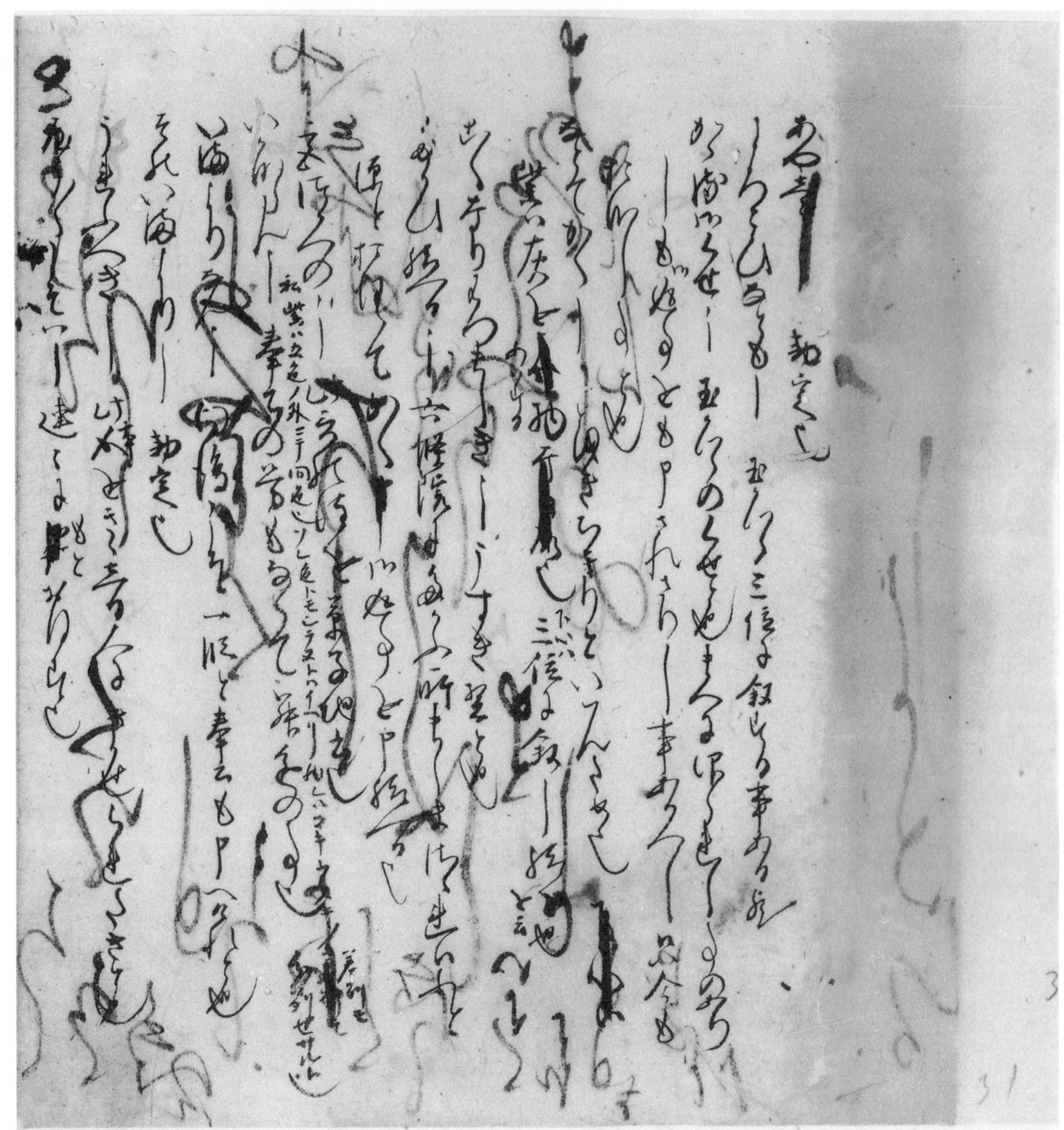

三十一

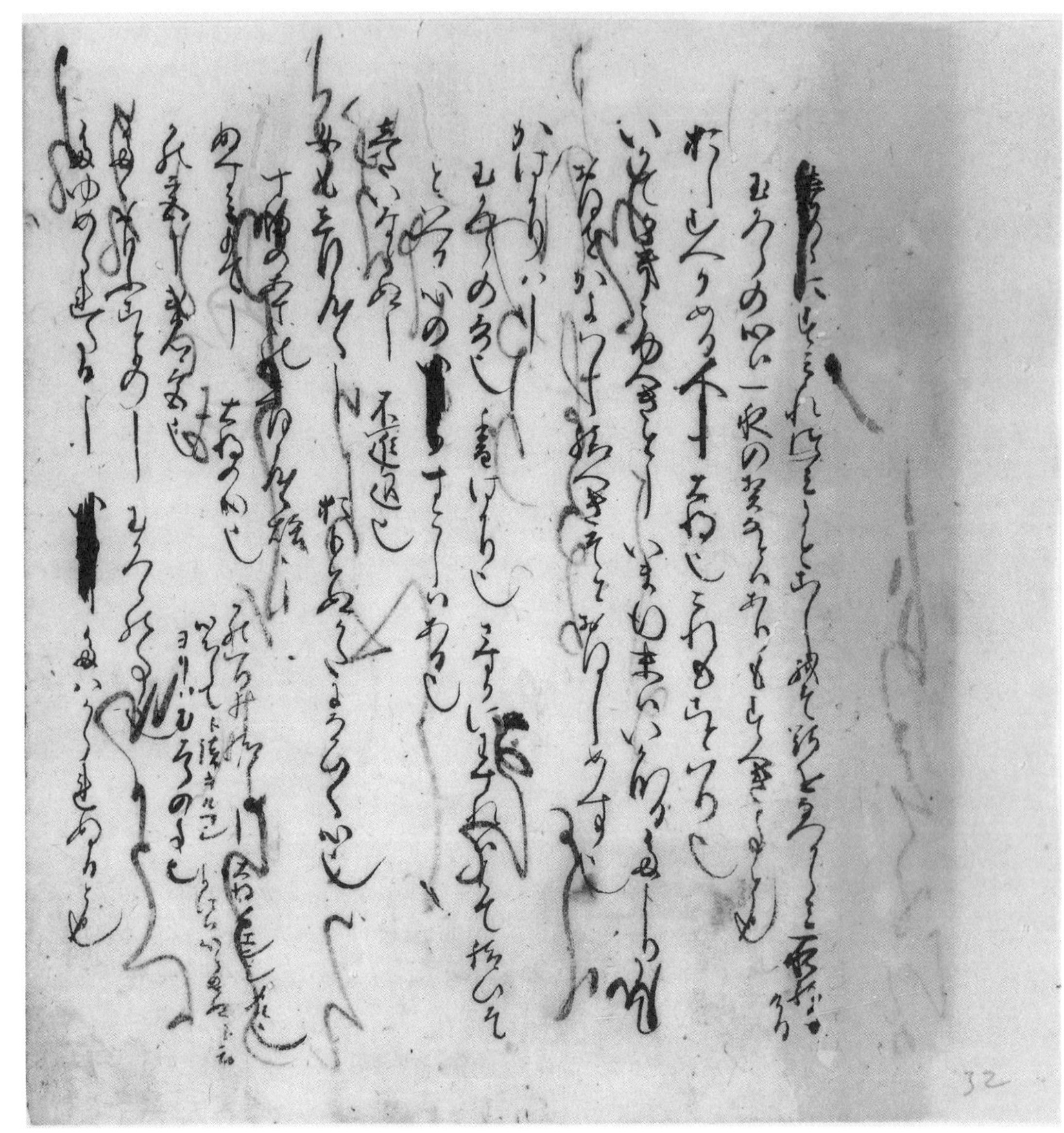

三十二

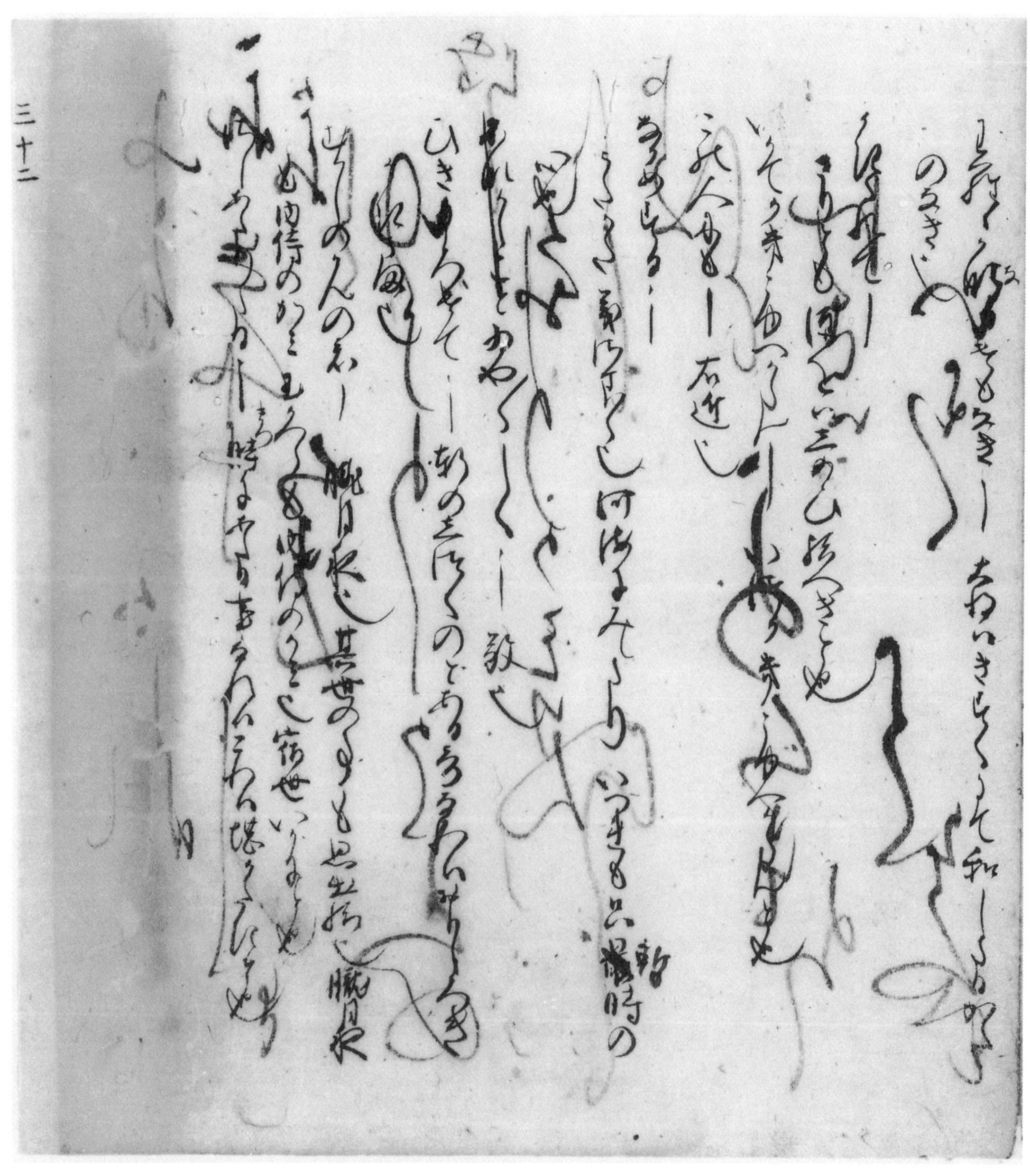

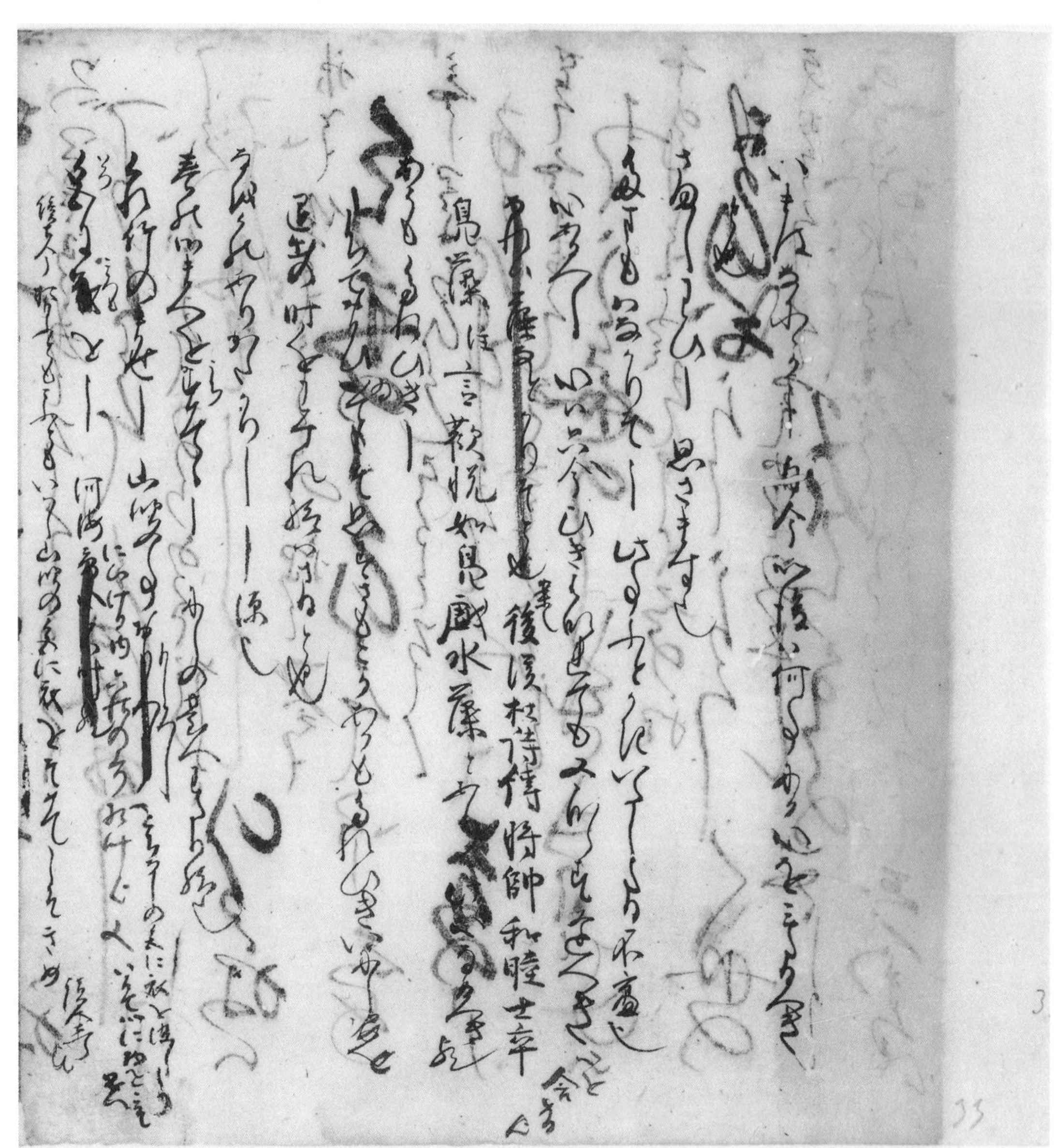

三十三

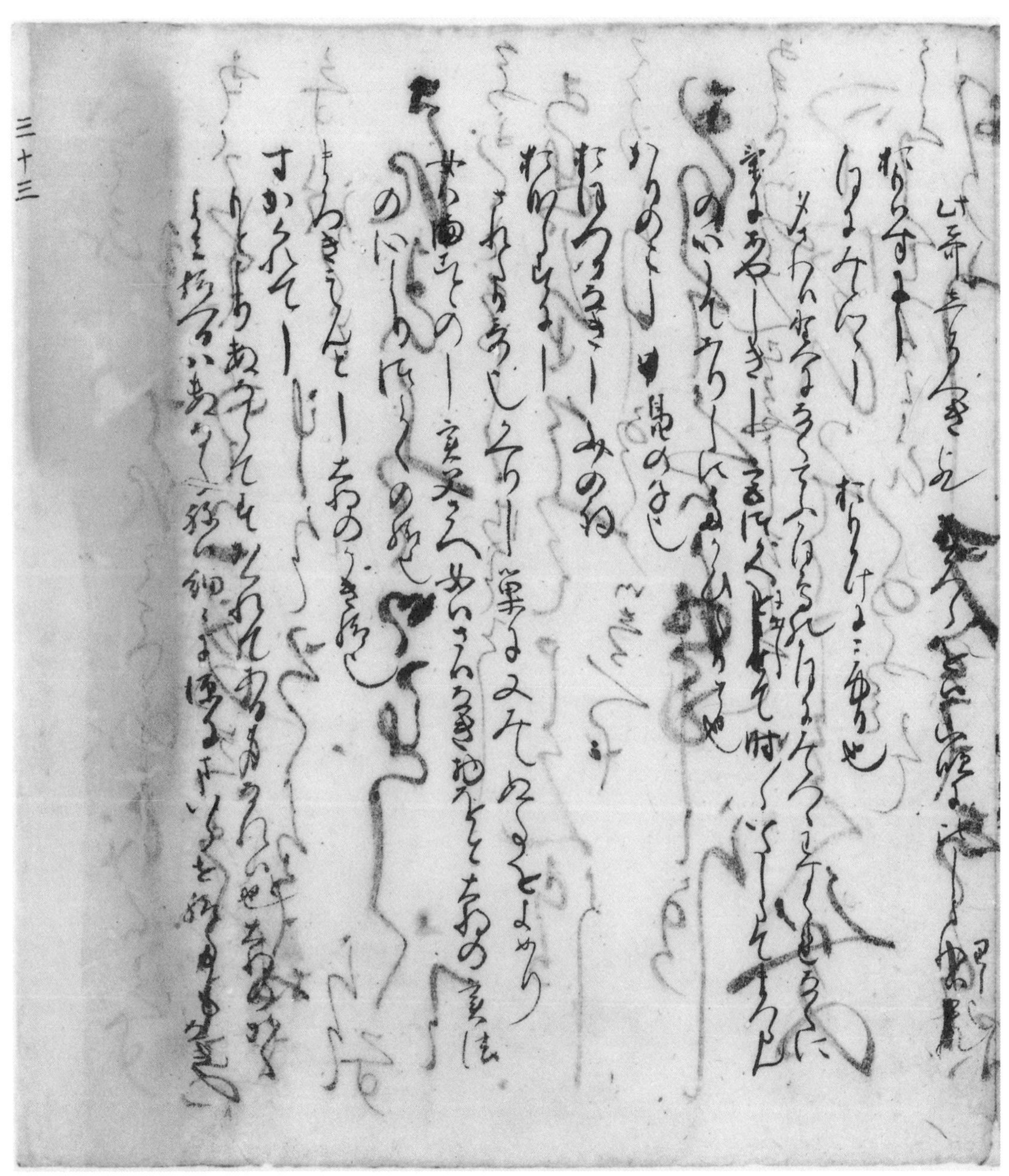

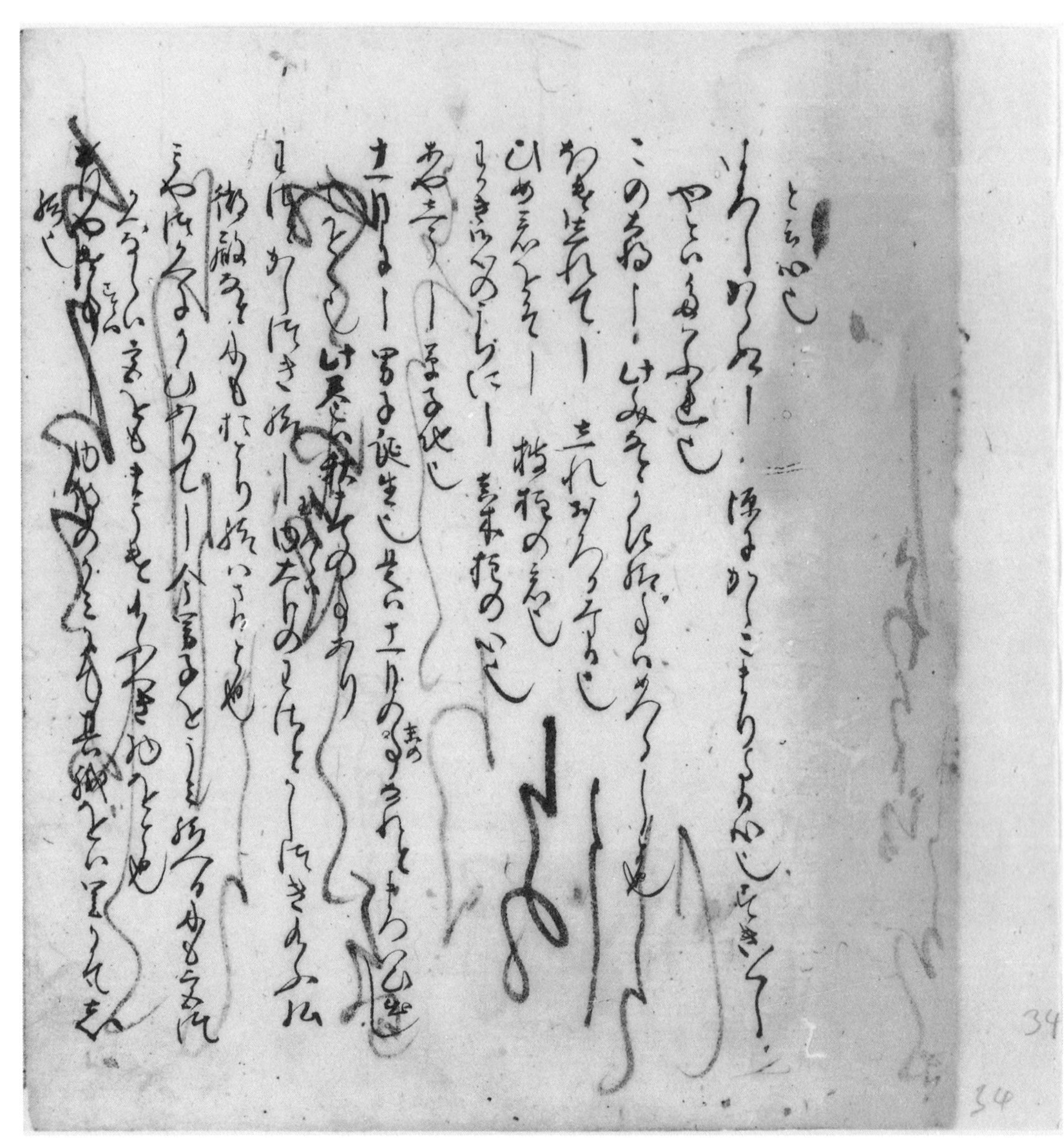

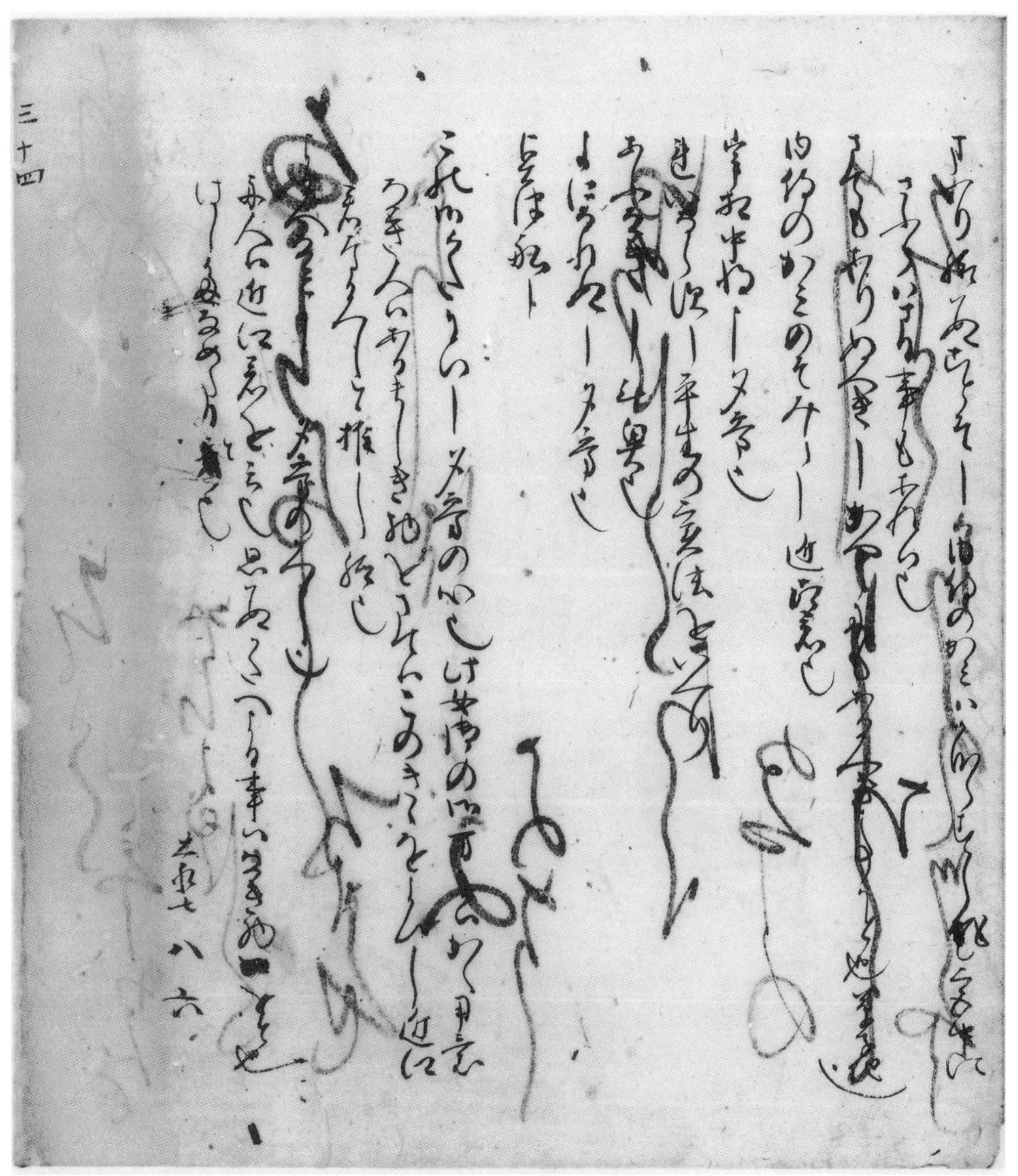

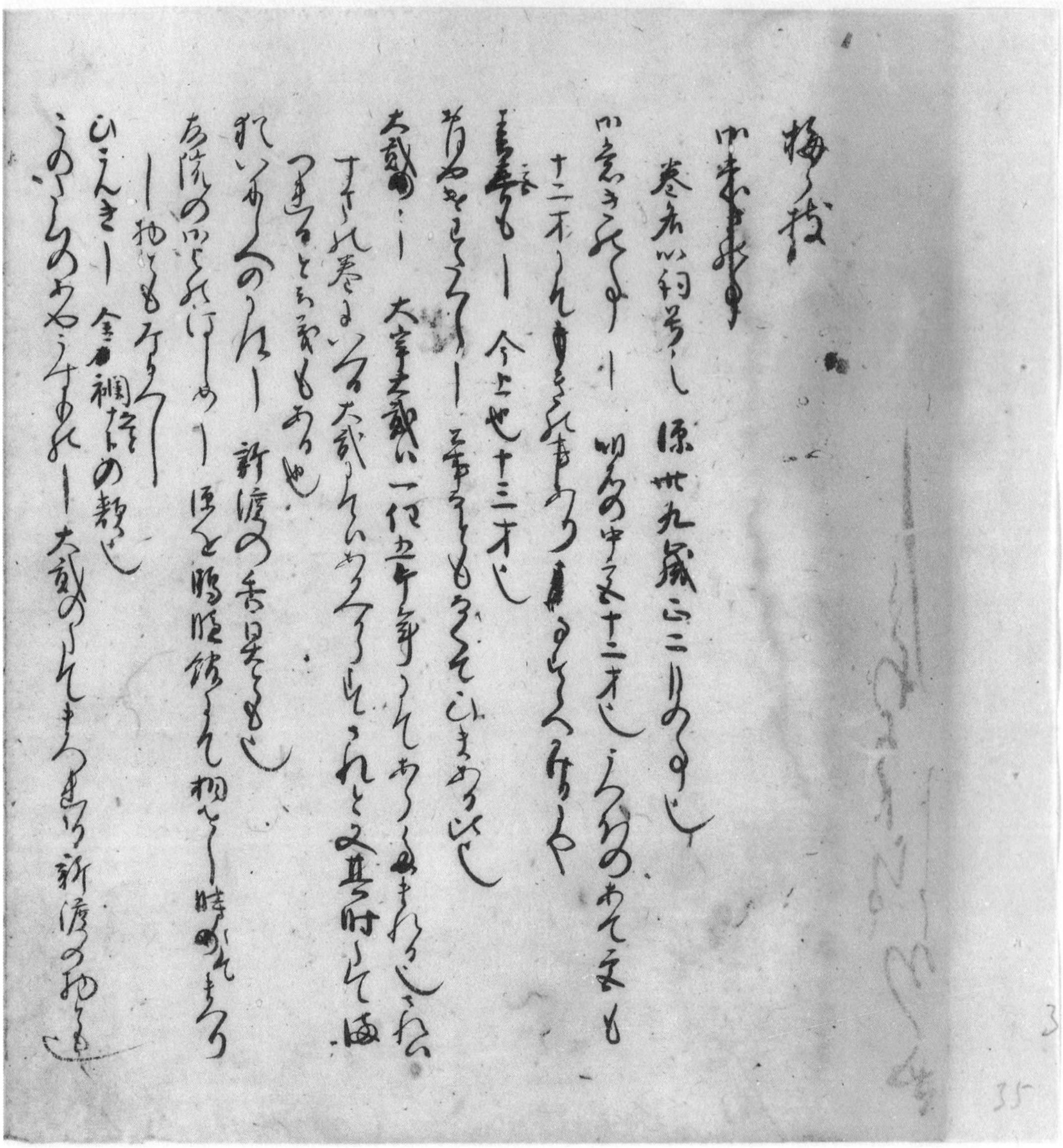

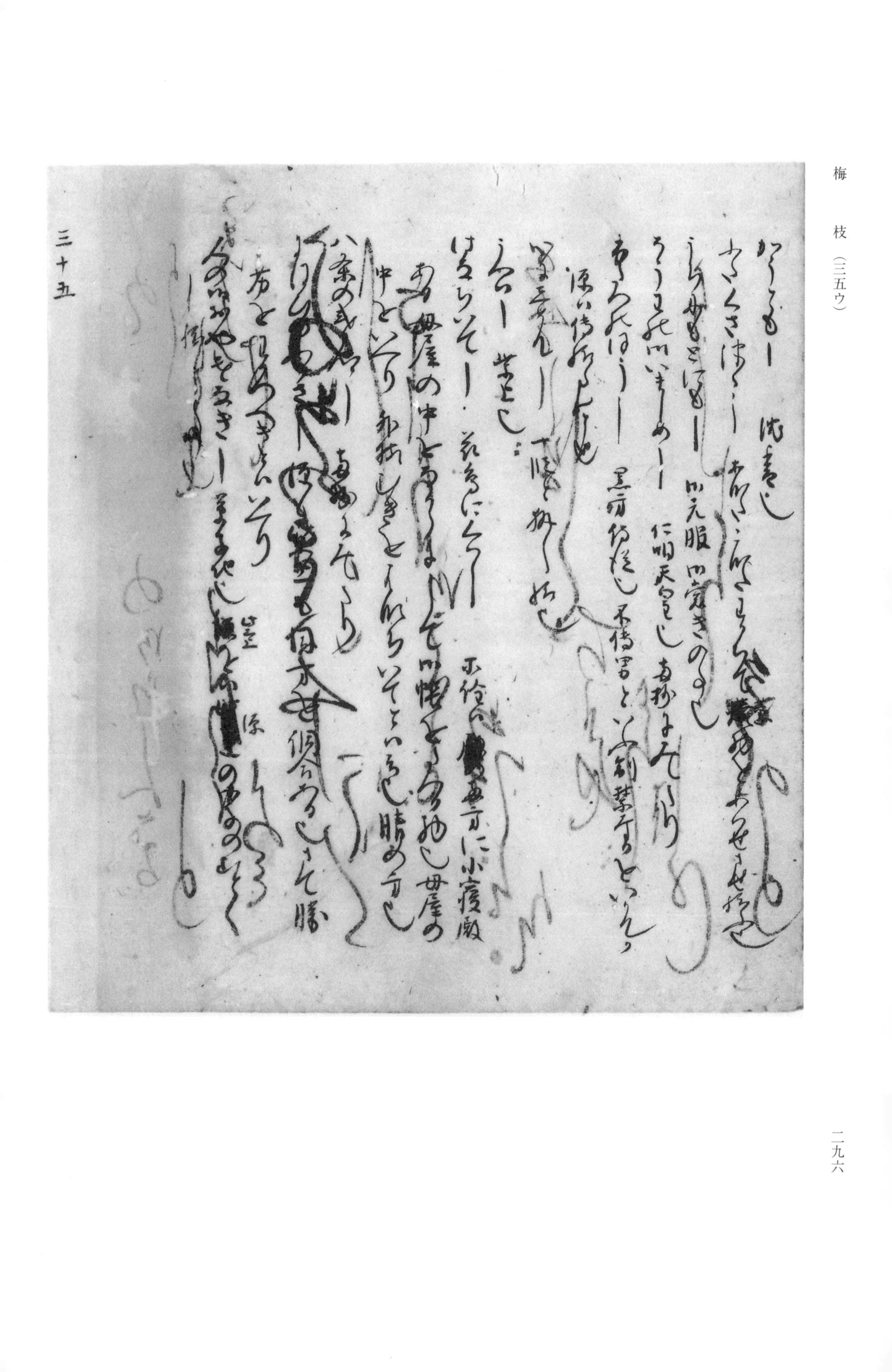

三十五

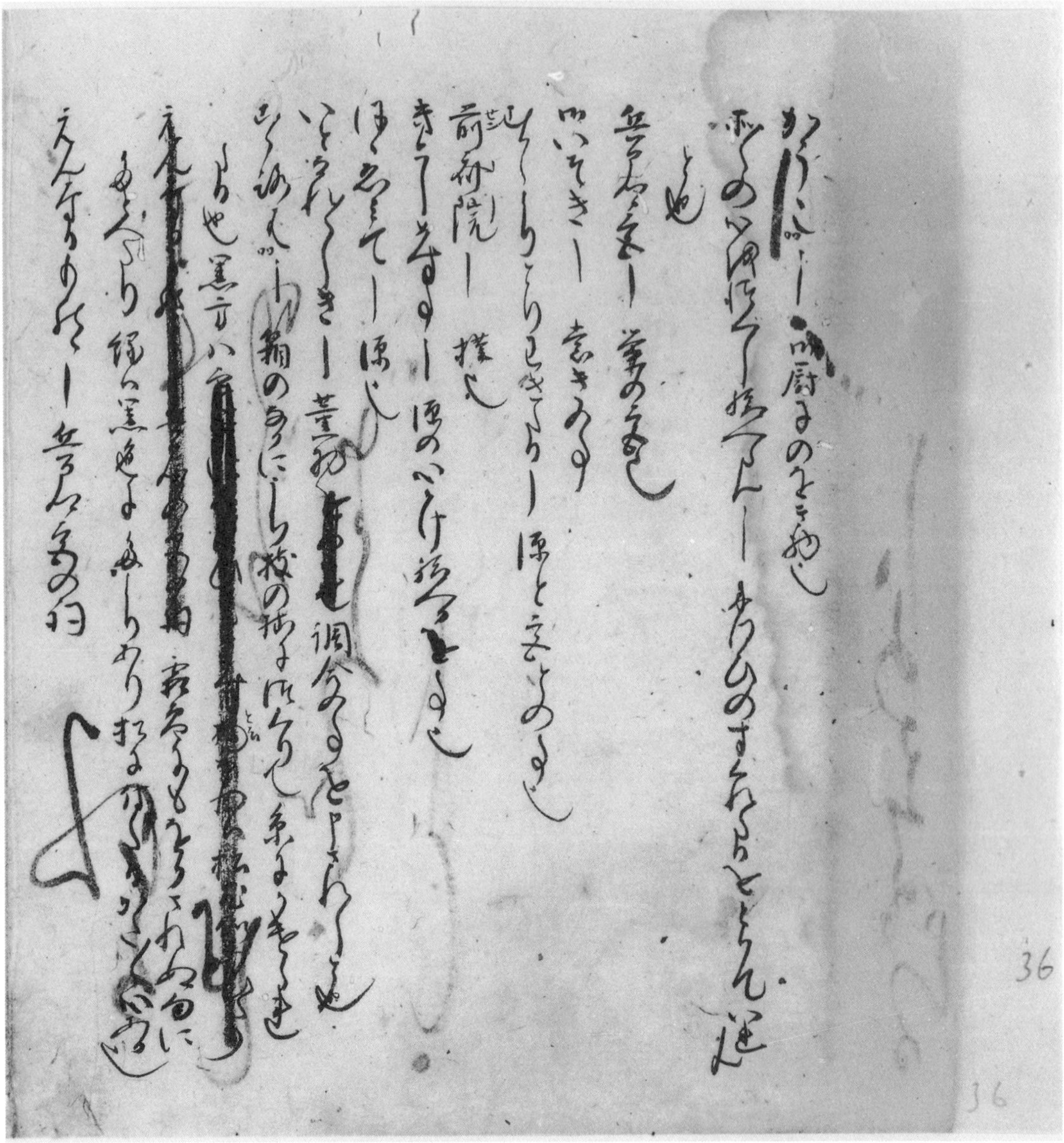

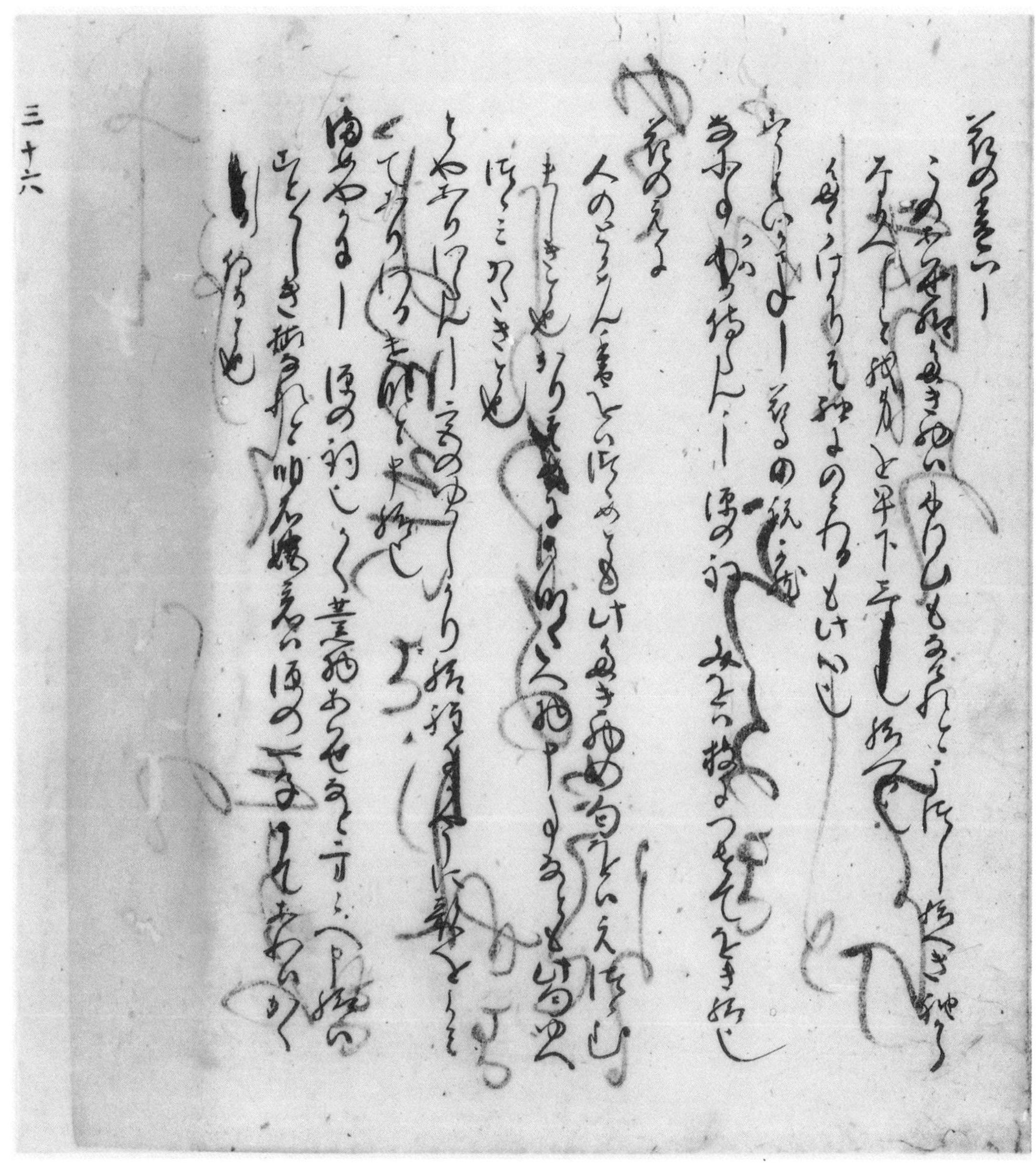
三十六

三十七

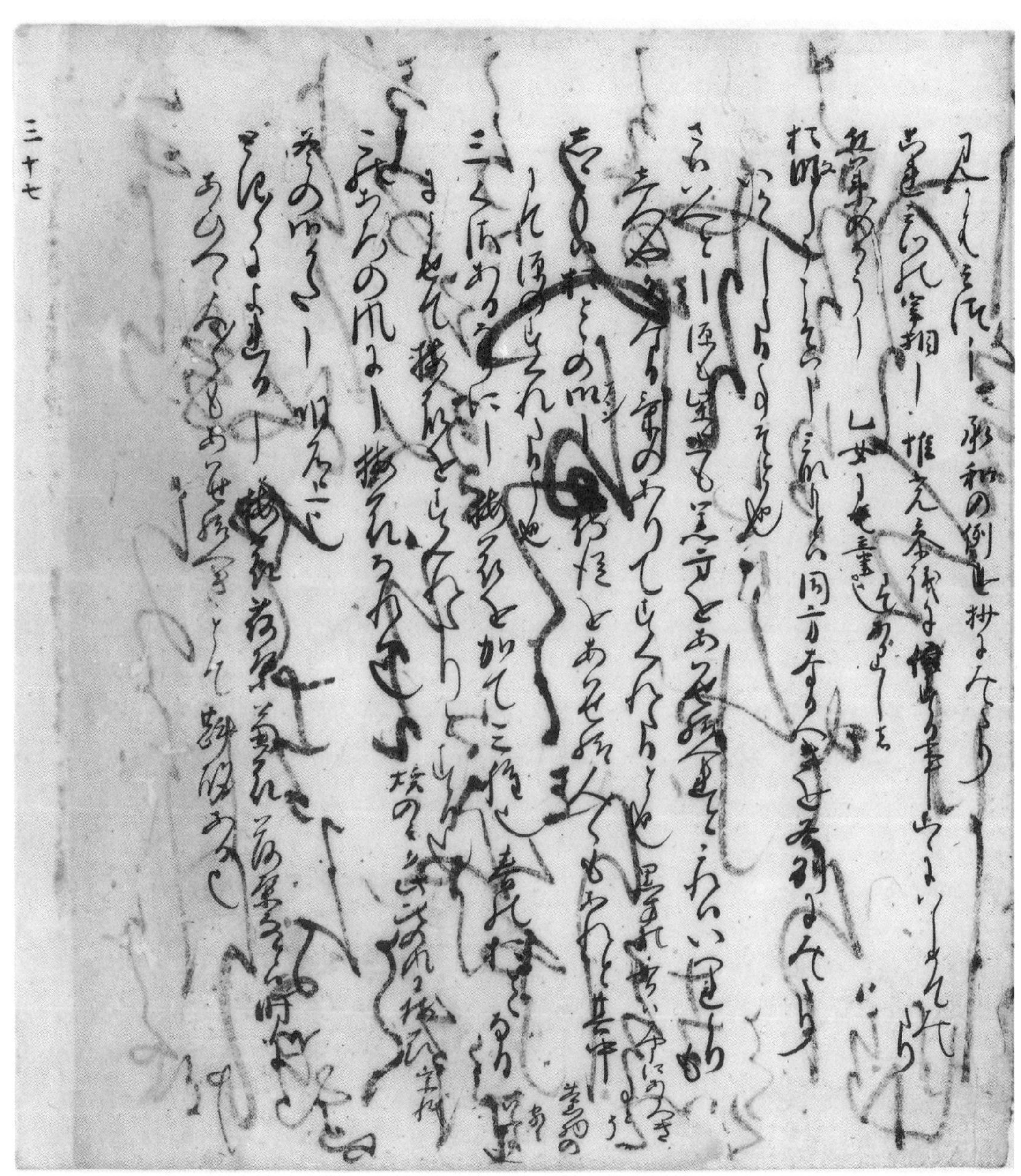

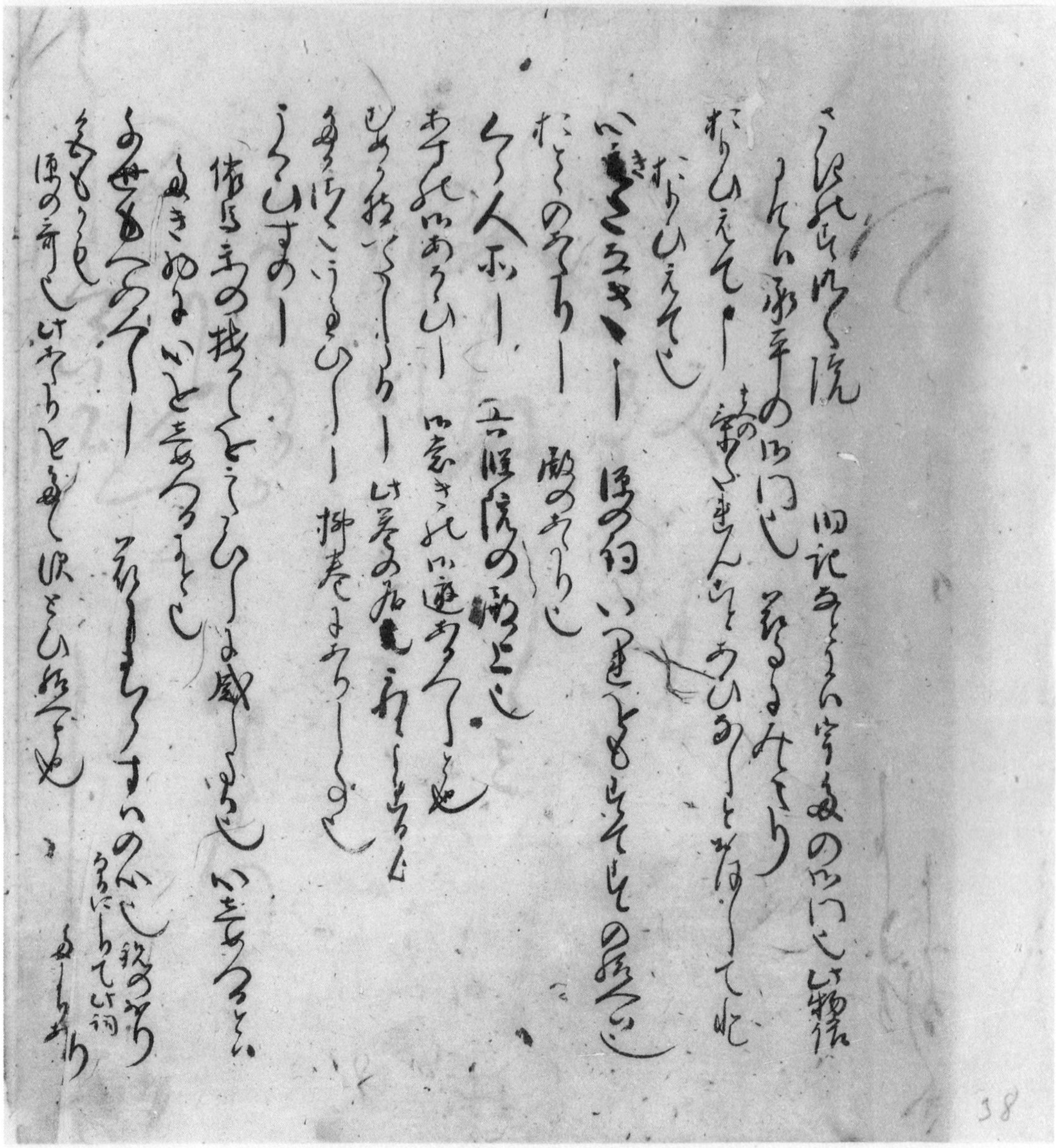

三十八

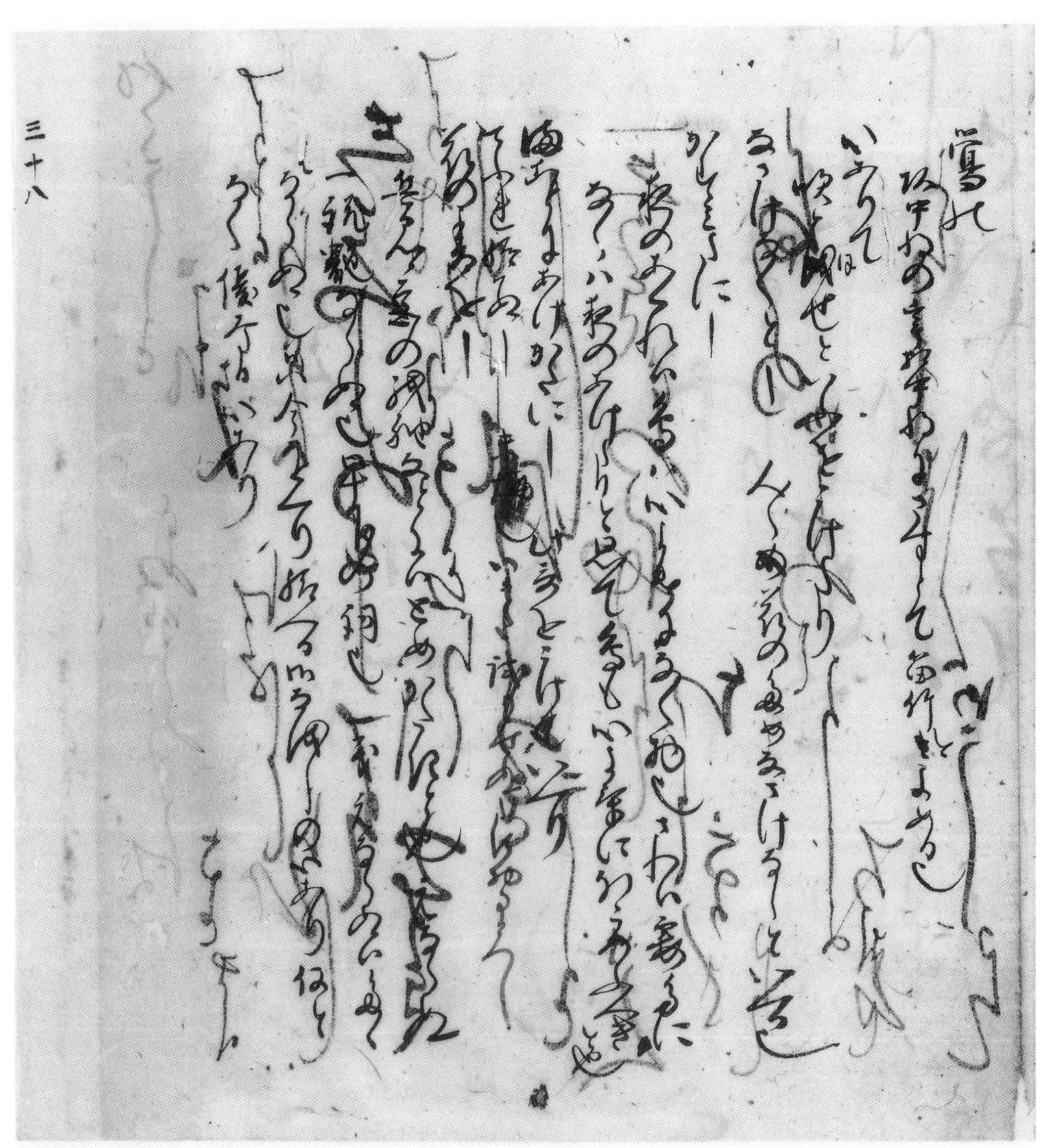

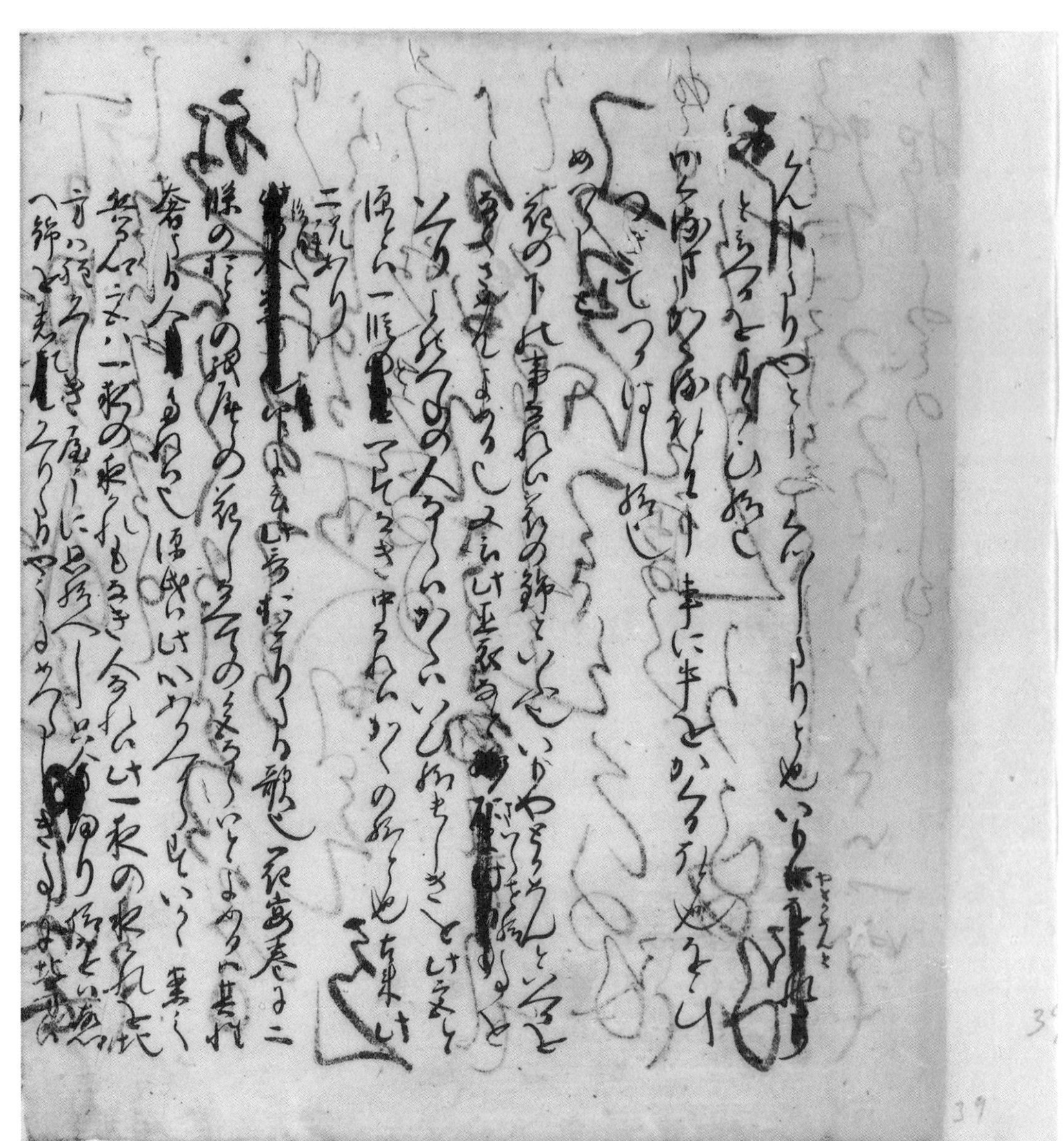

三十九

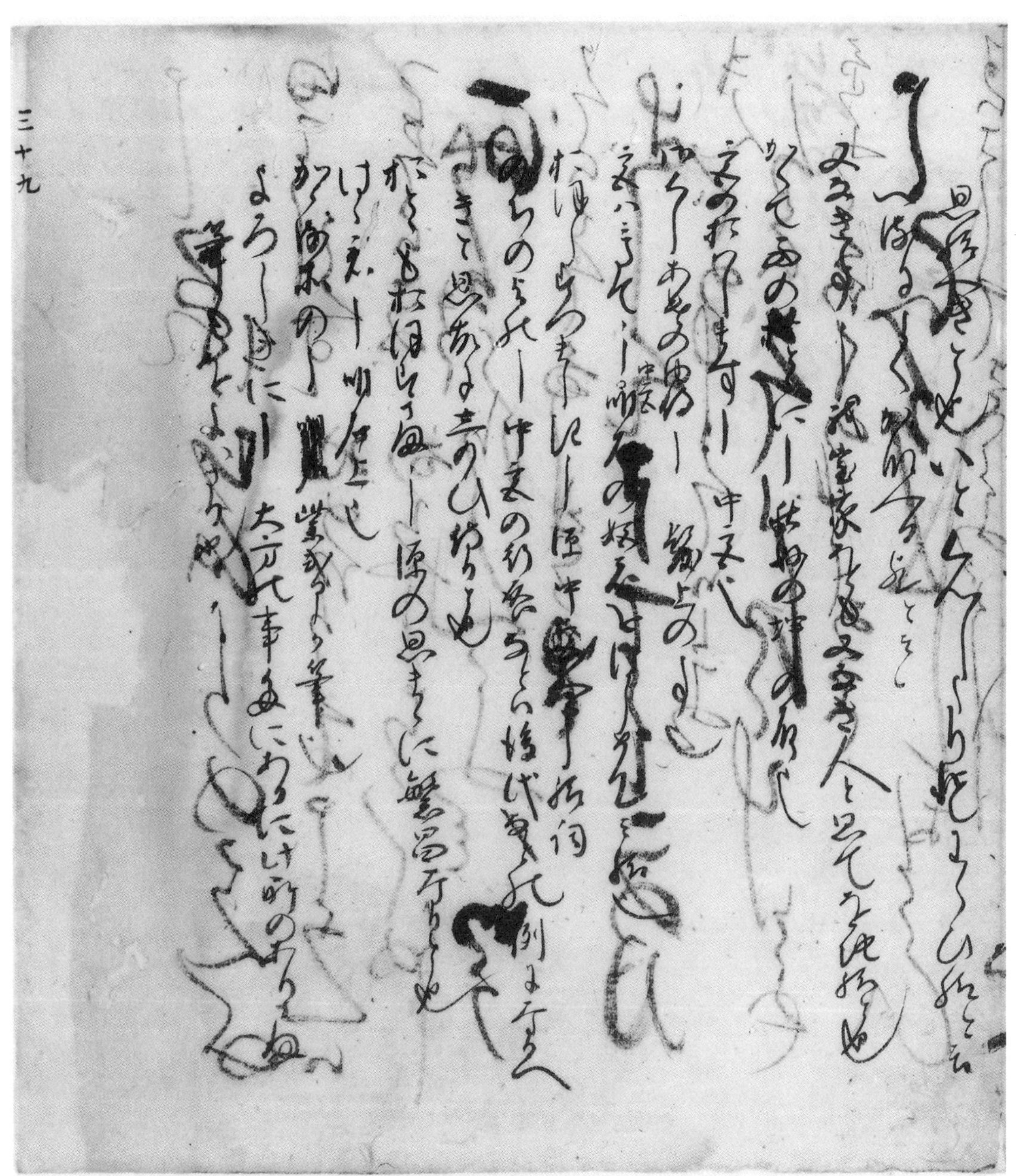

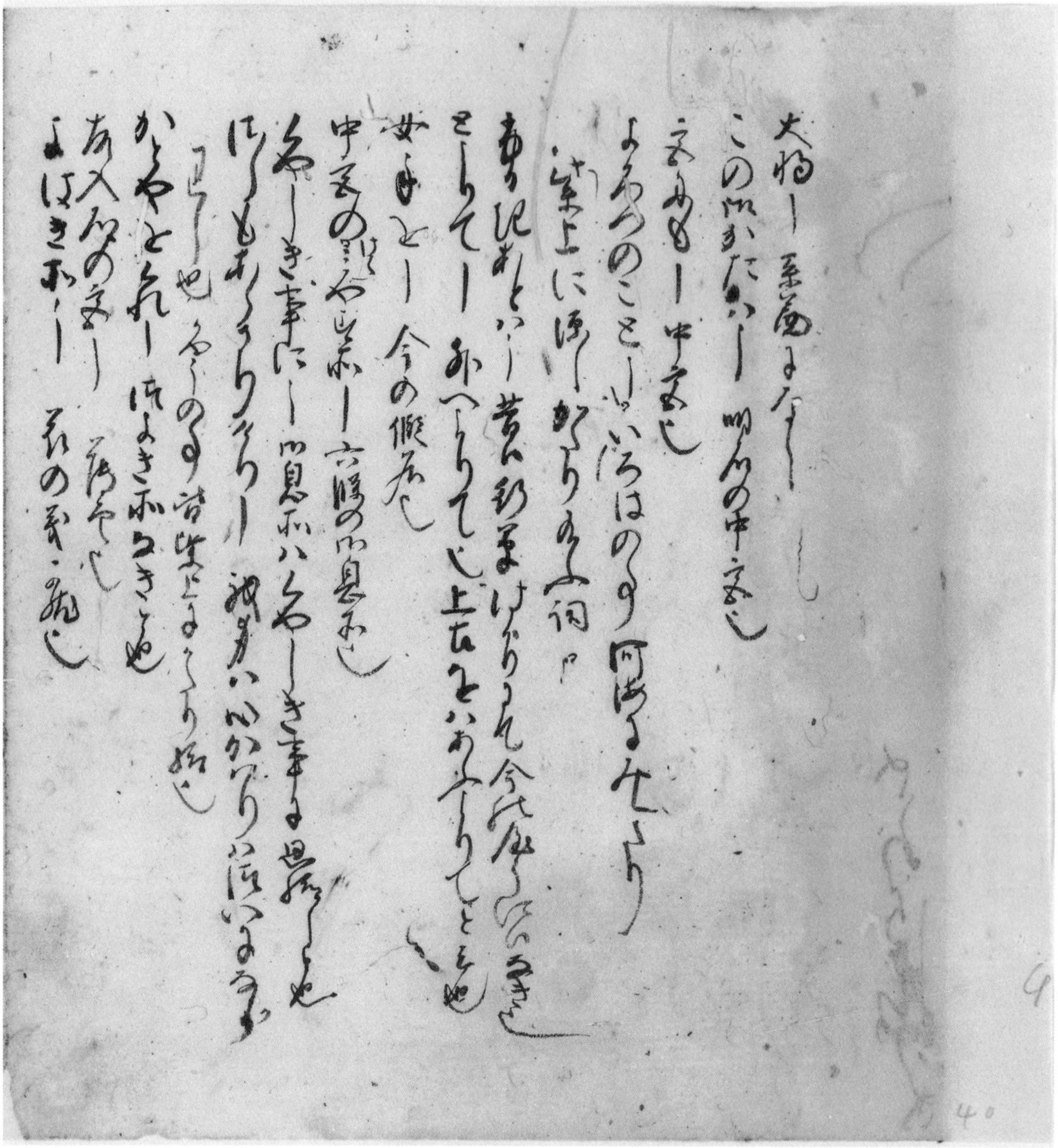

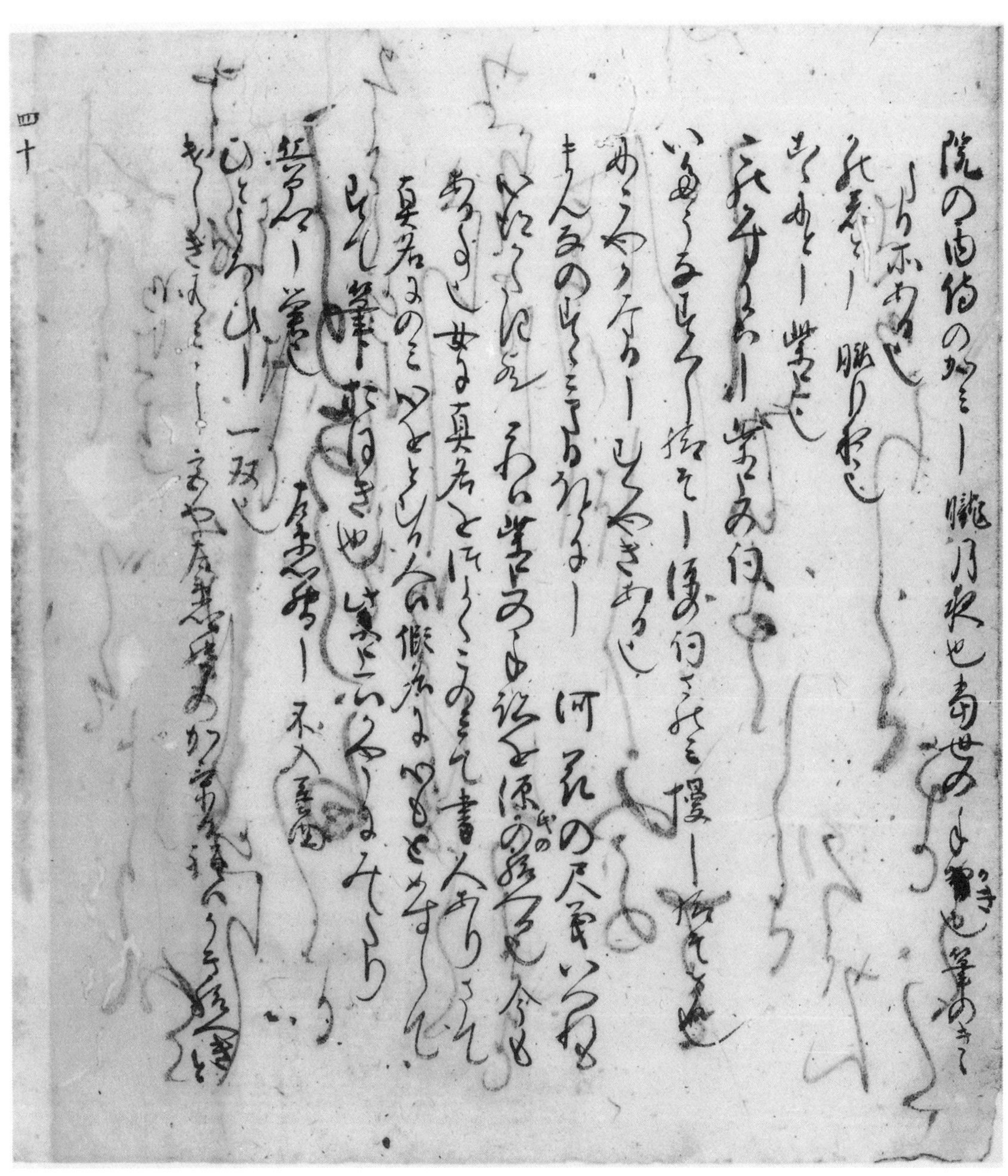
四十

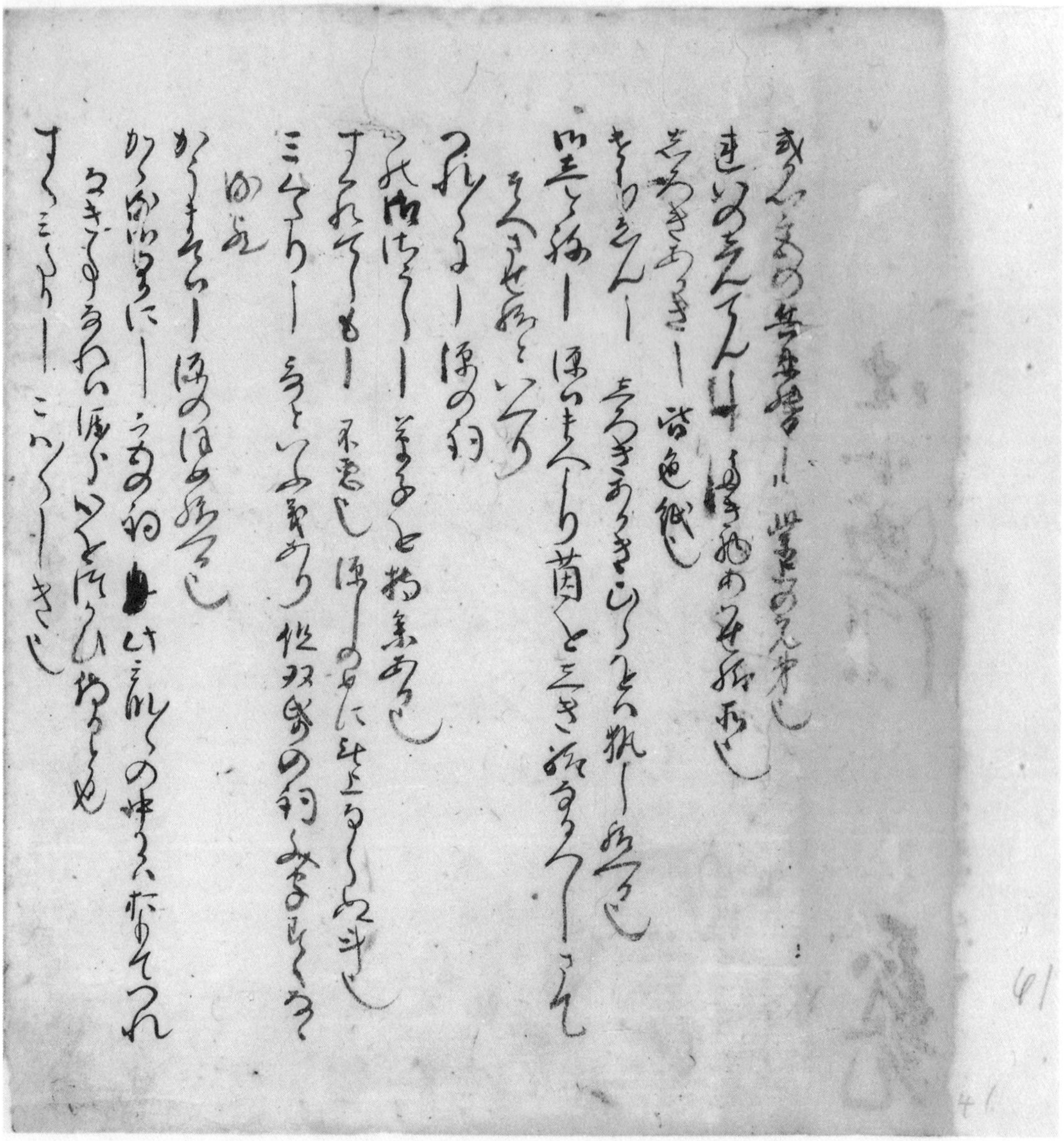

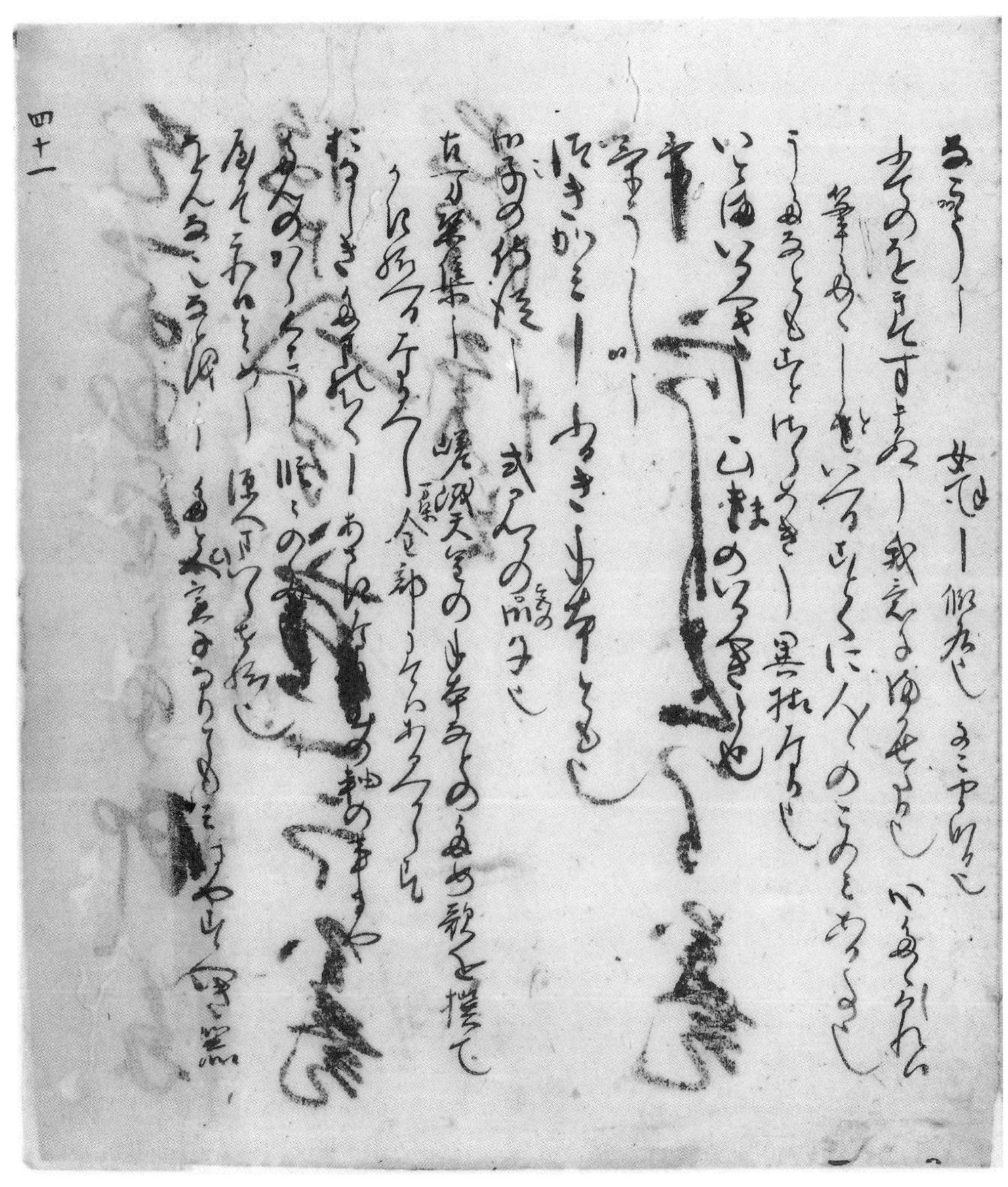

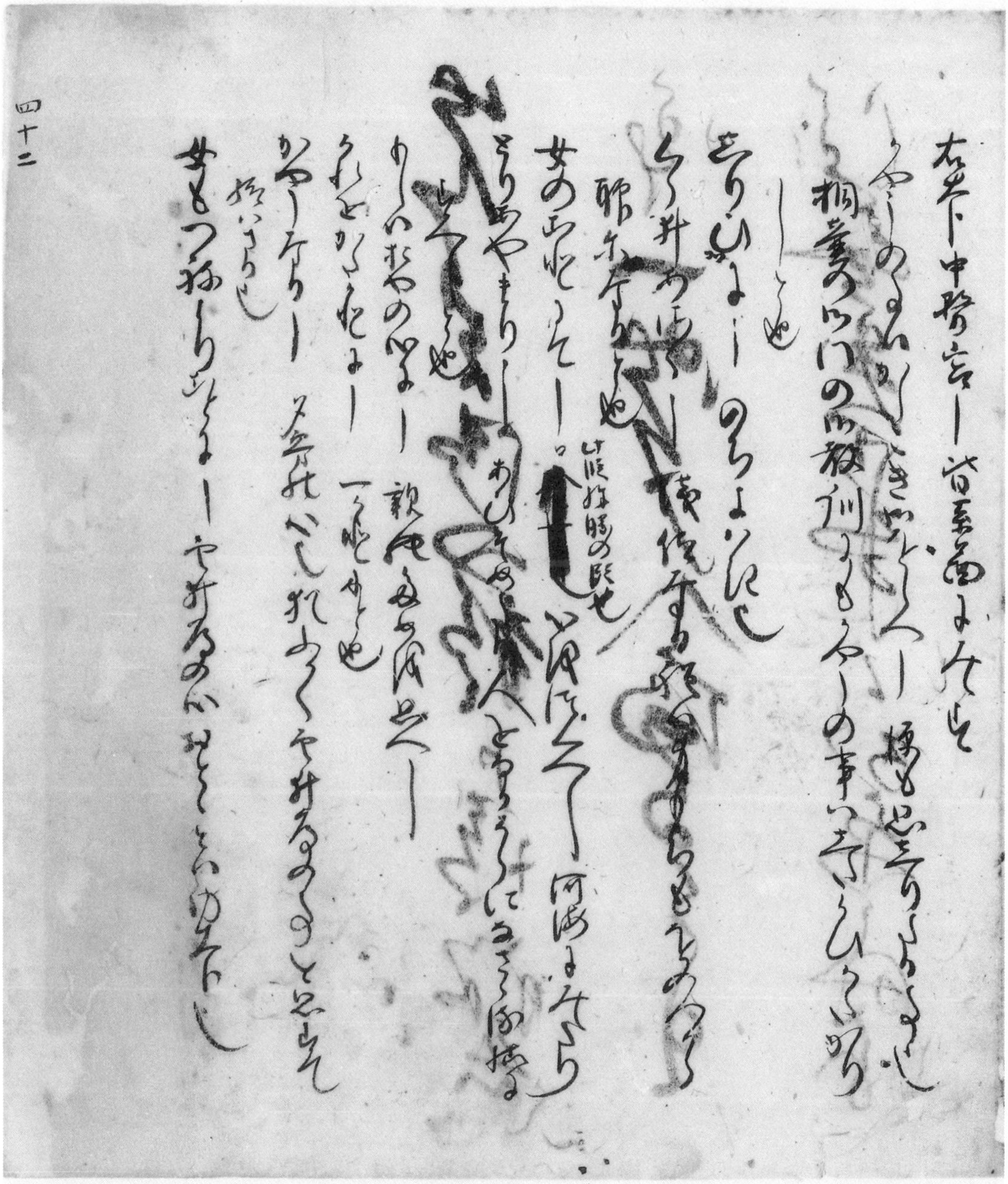

四十二

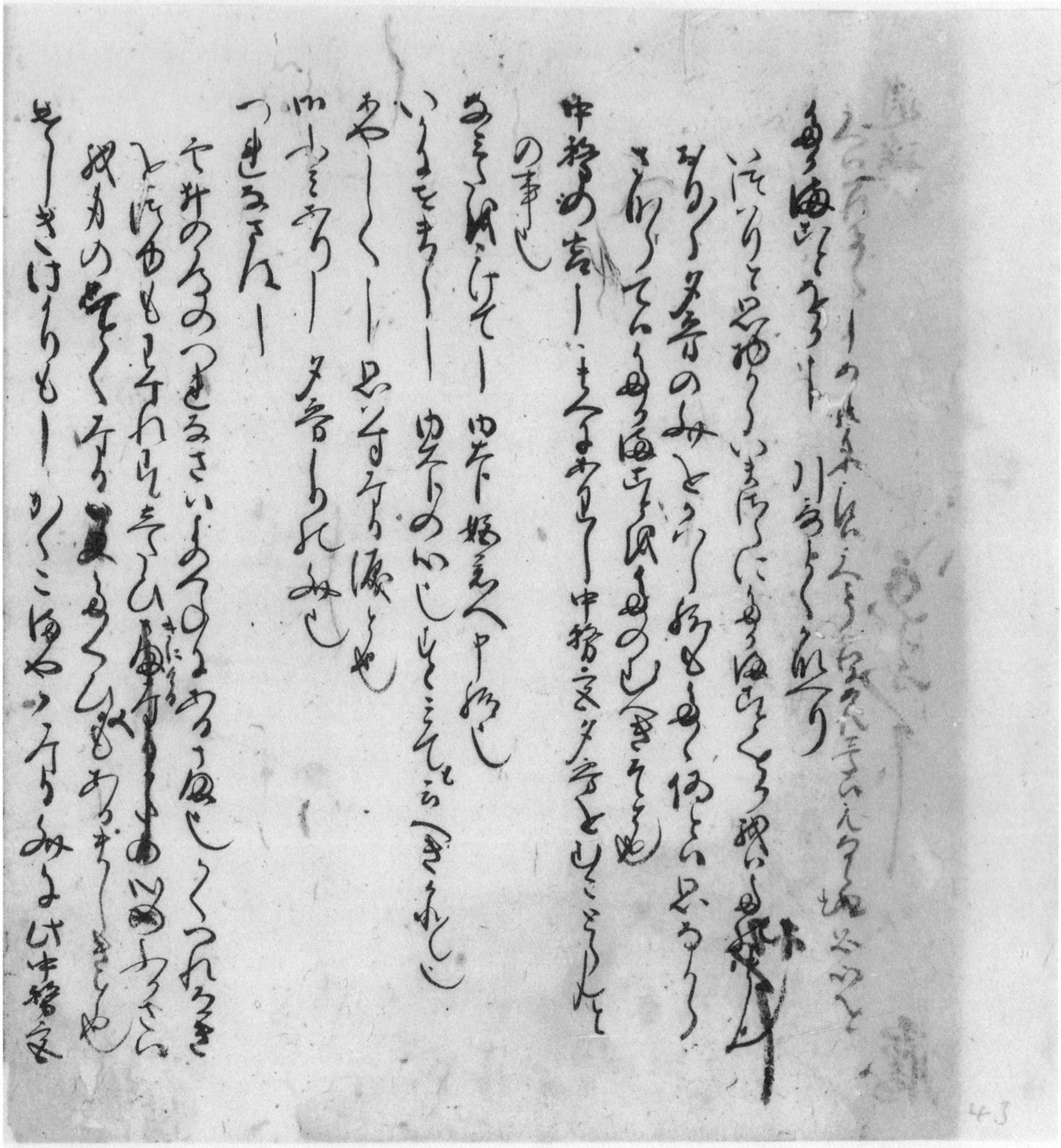

四十三

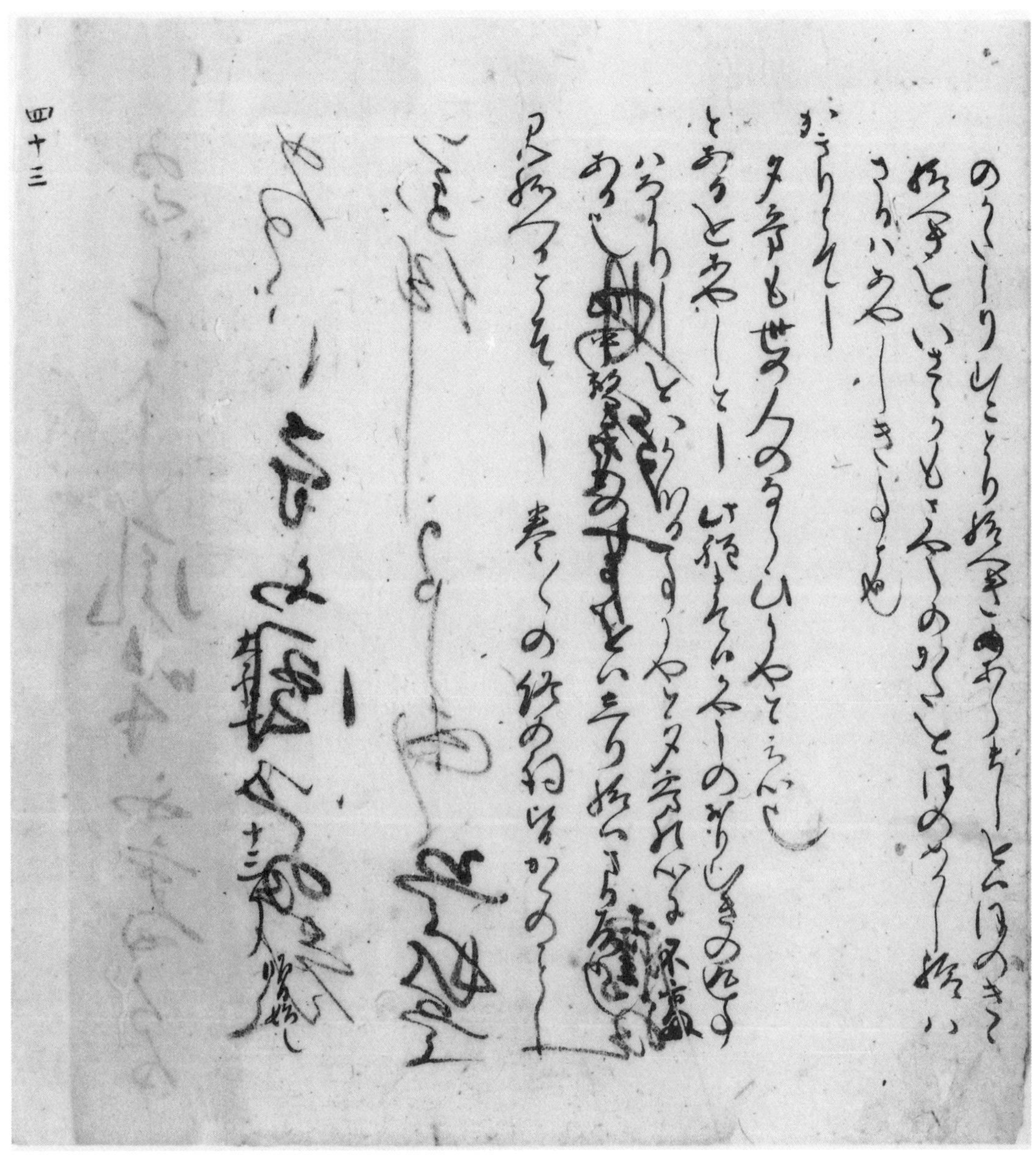

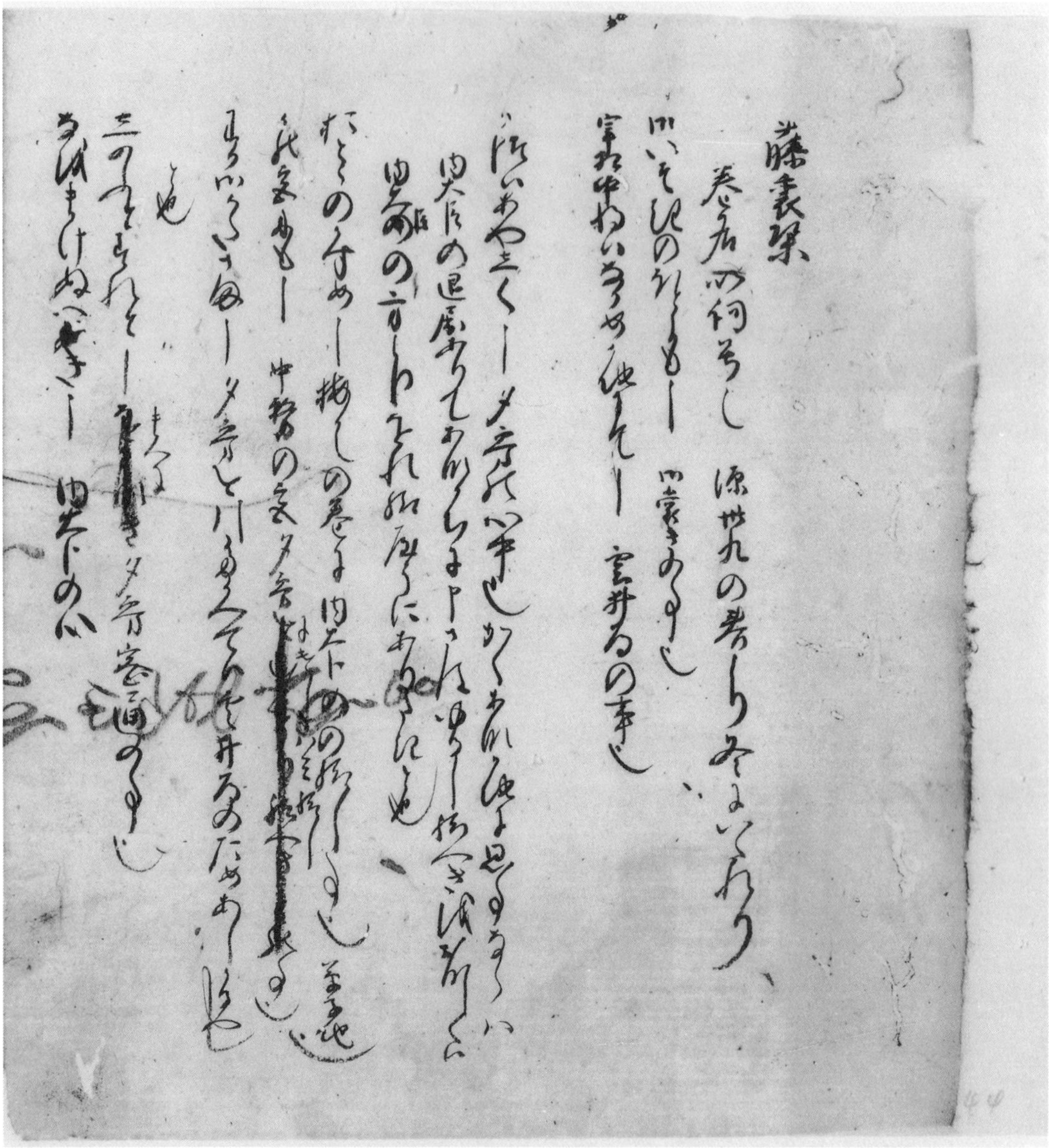

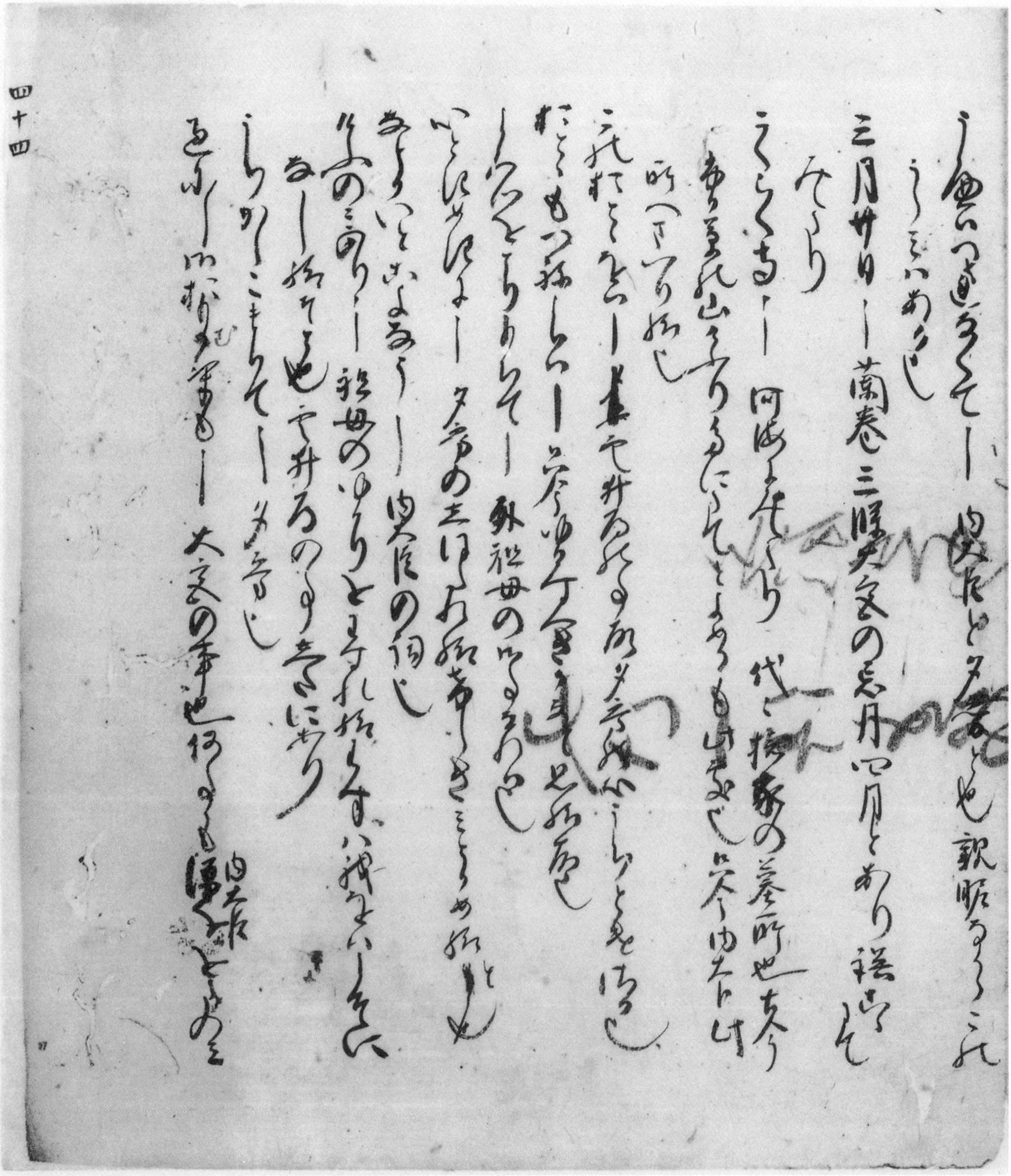

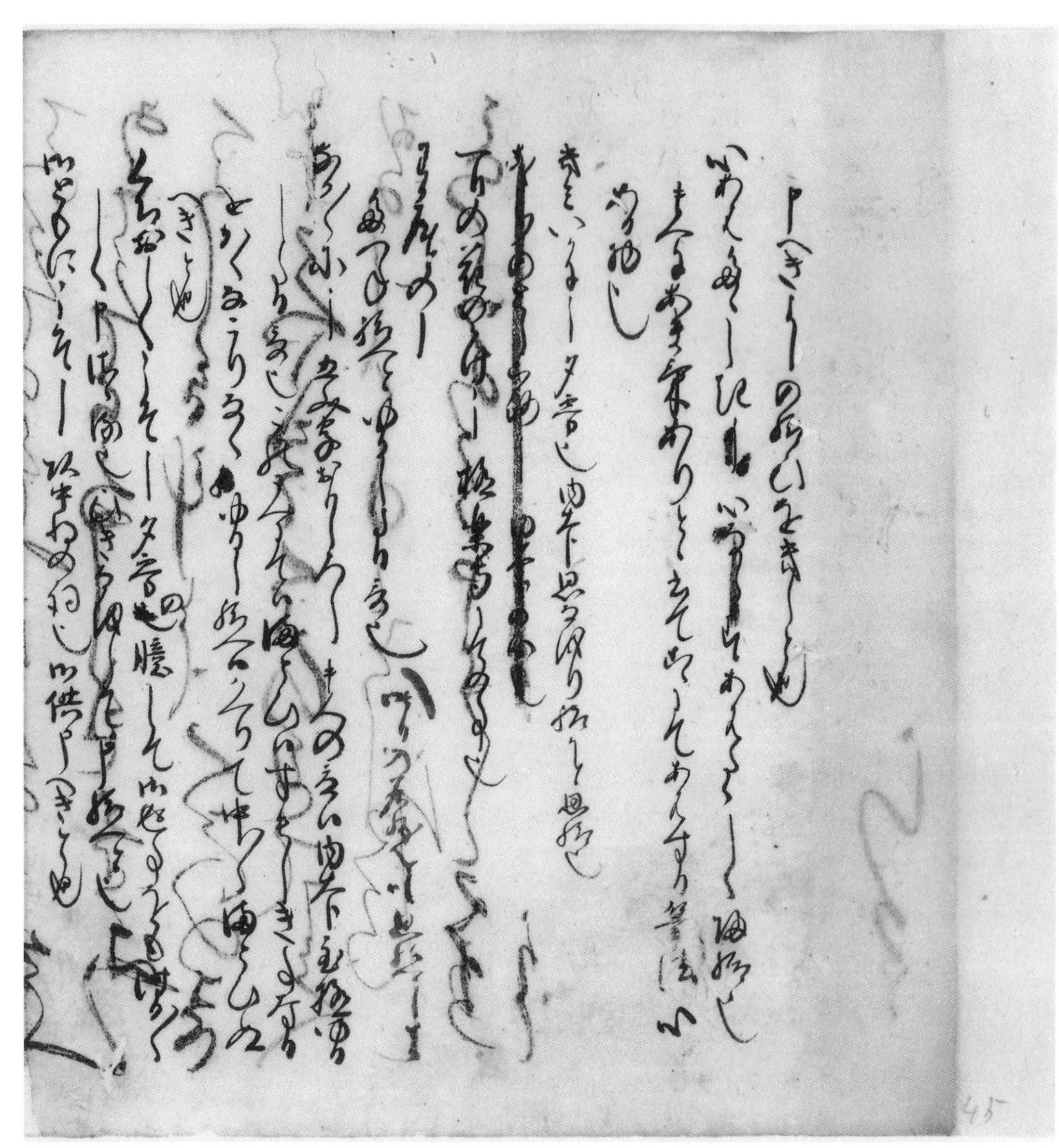

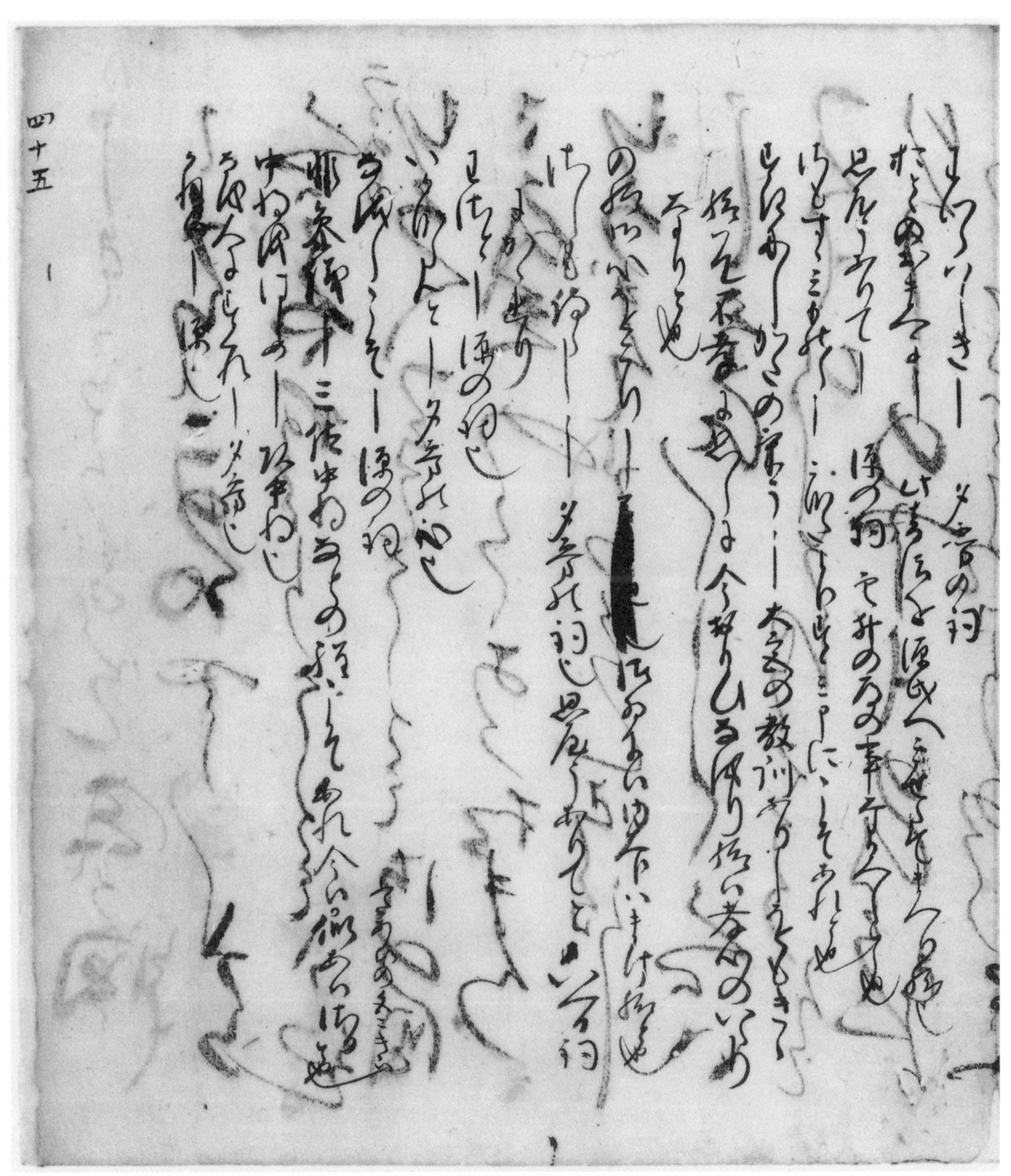

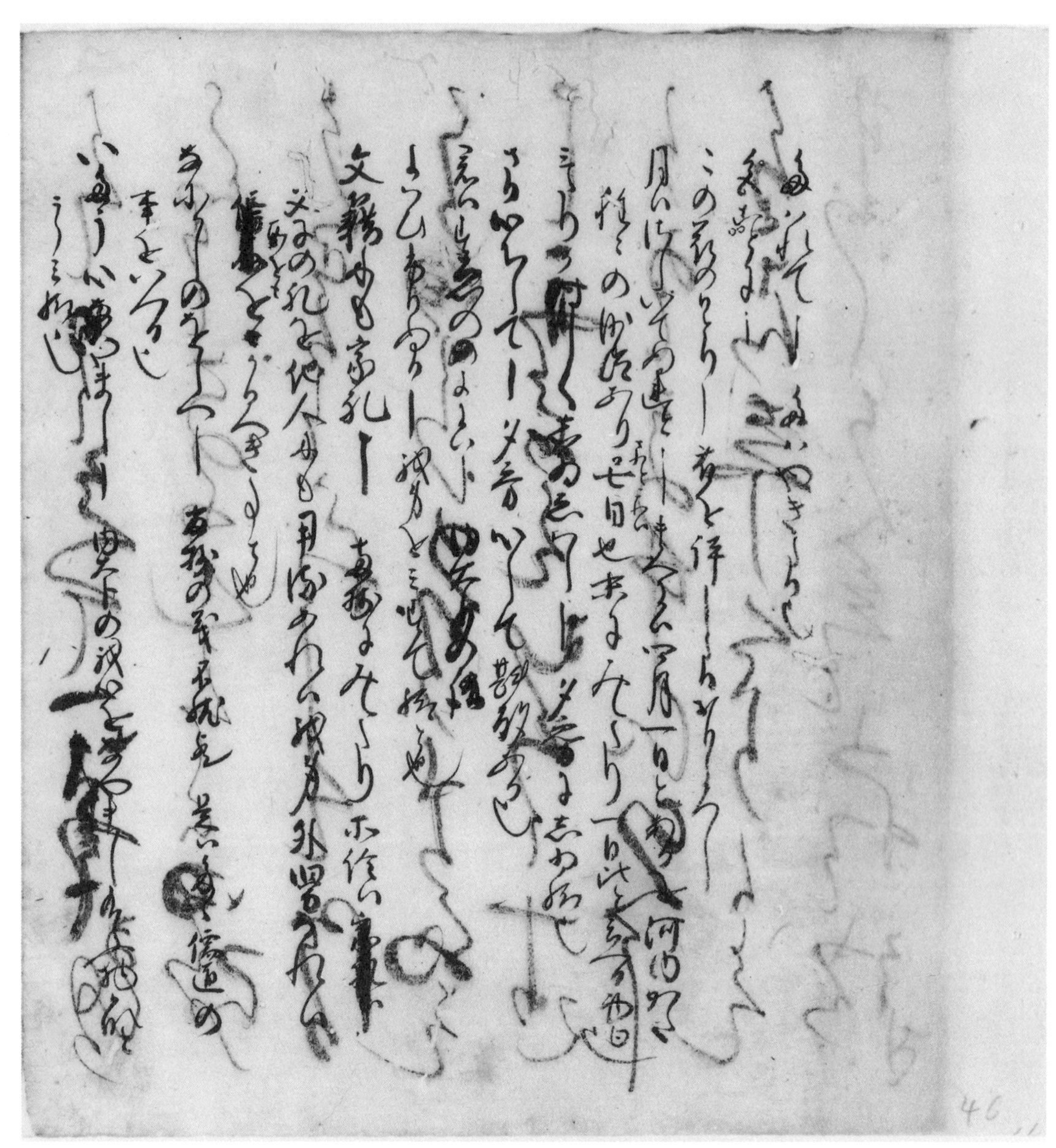

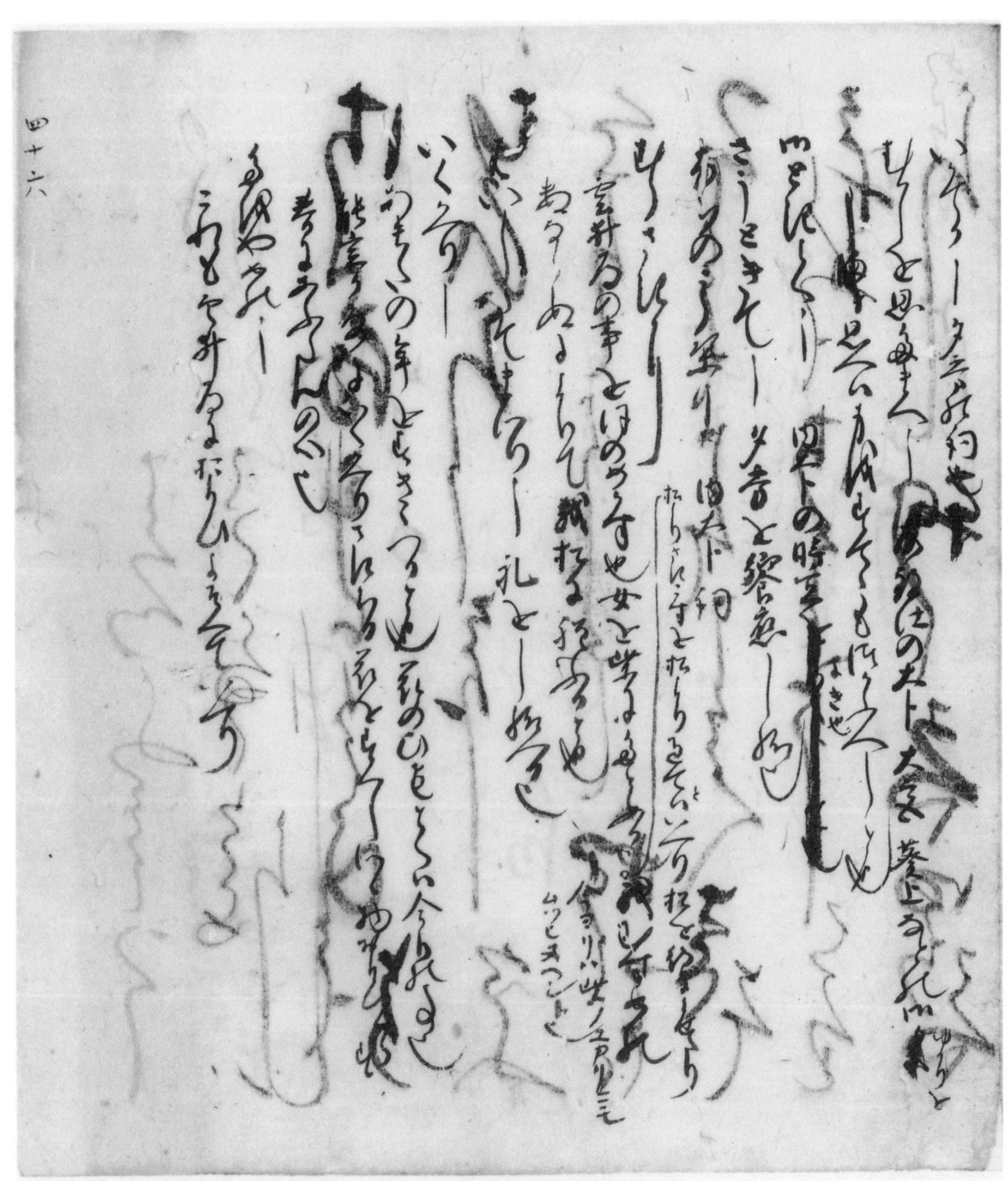

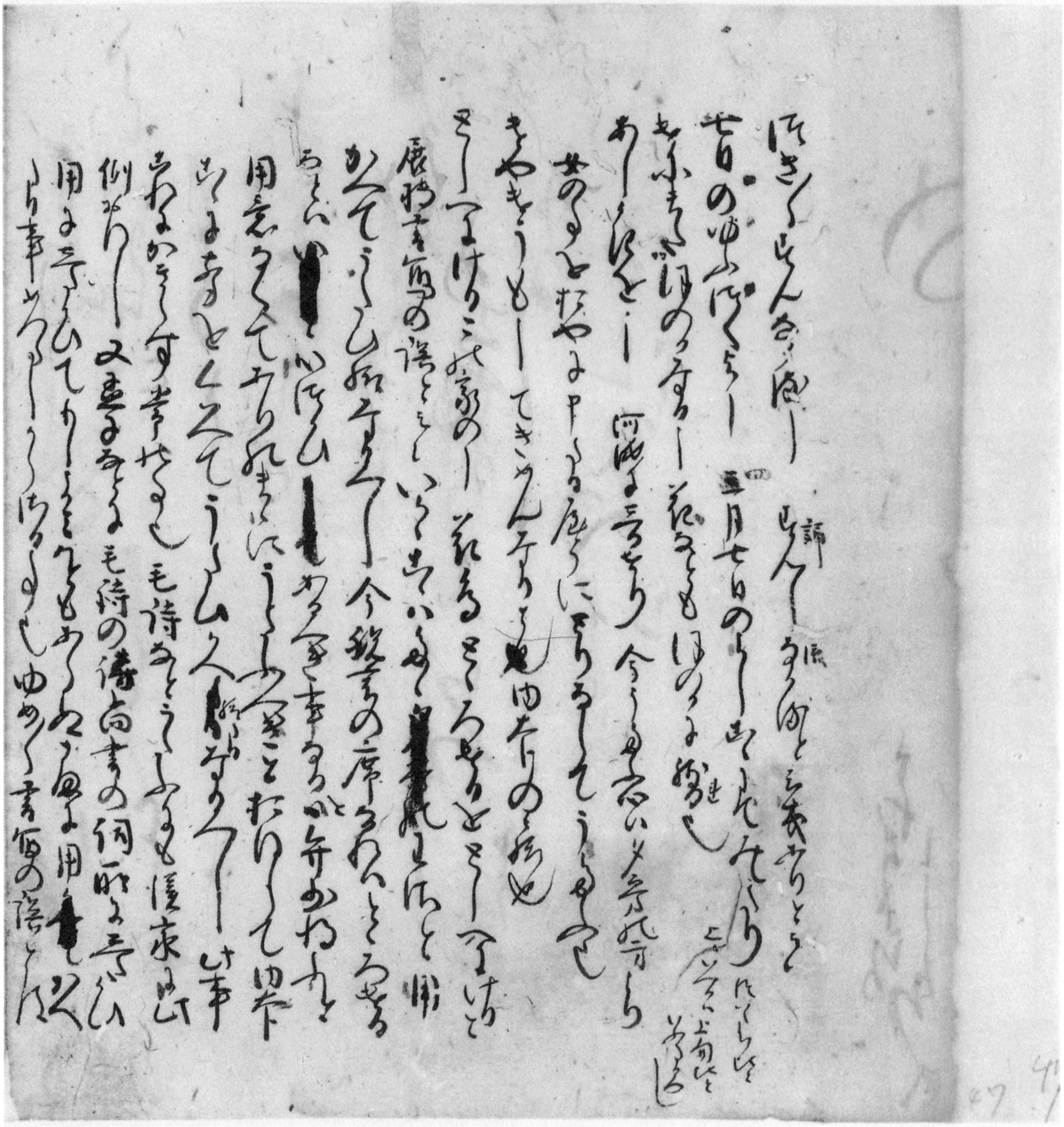

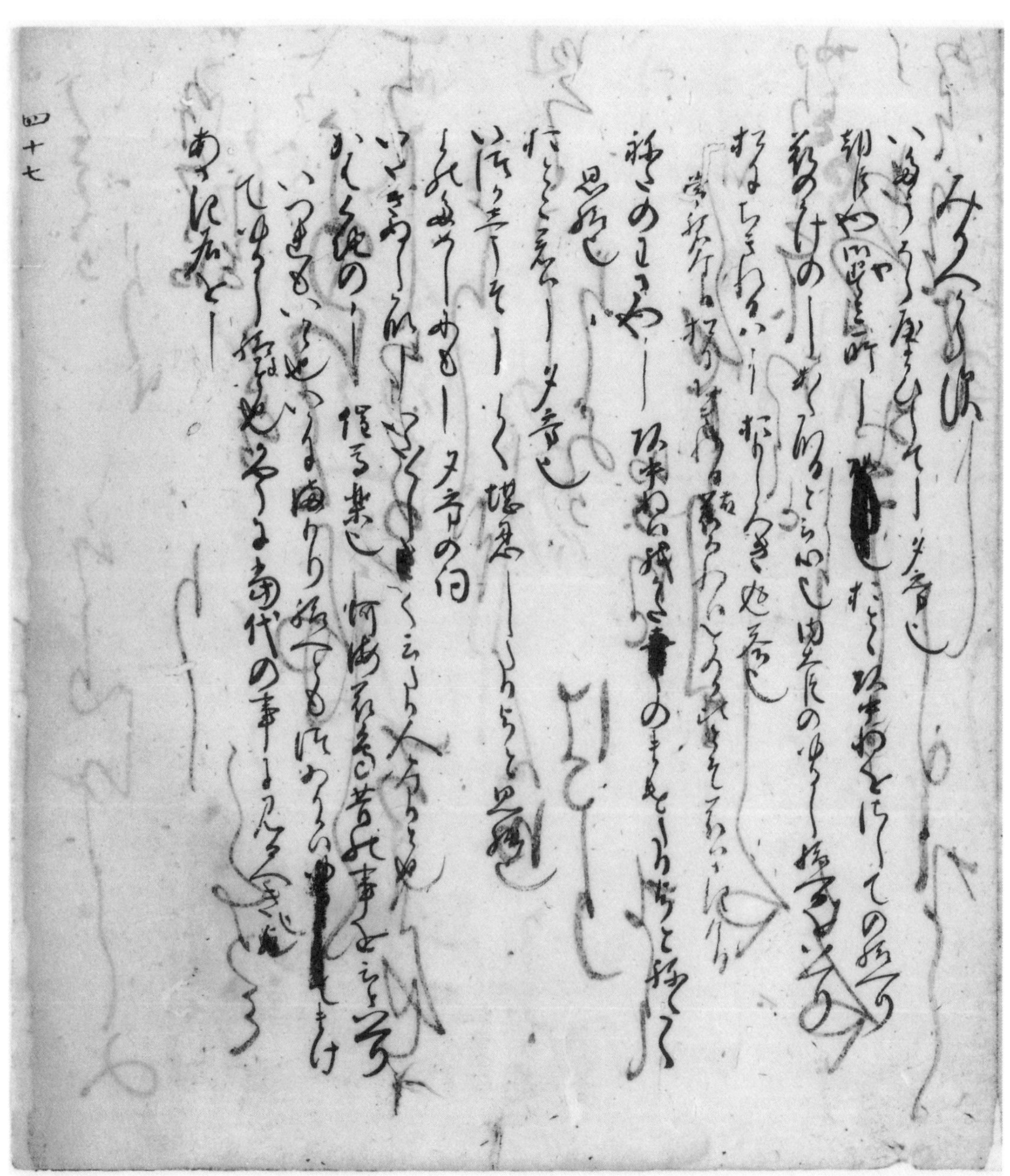

四十七

四十八

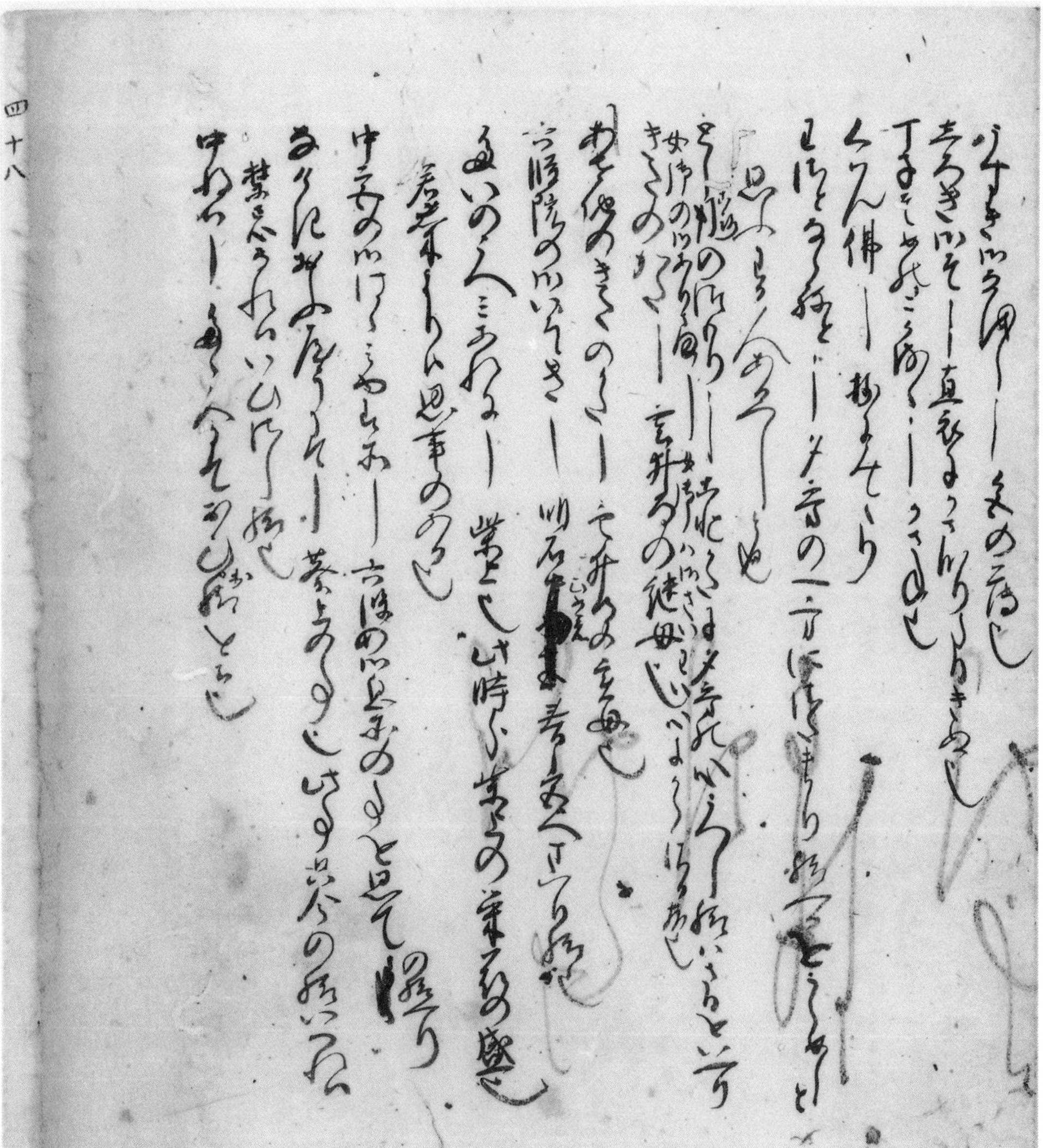

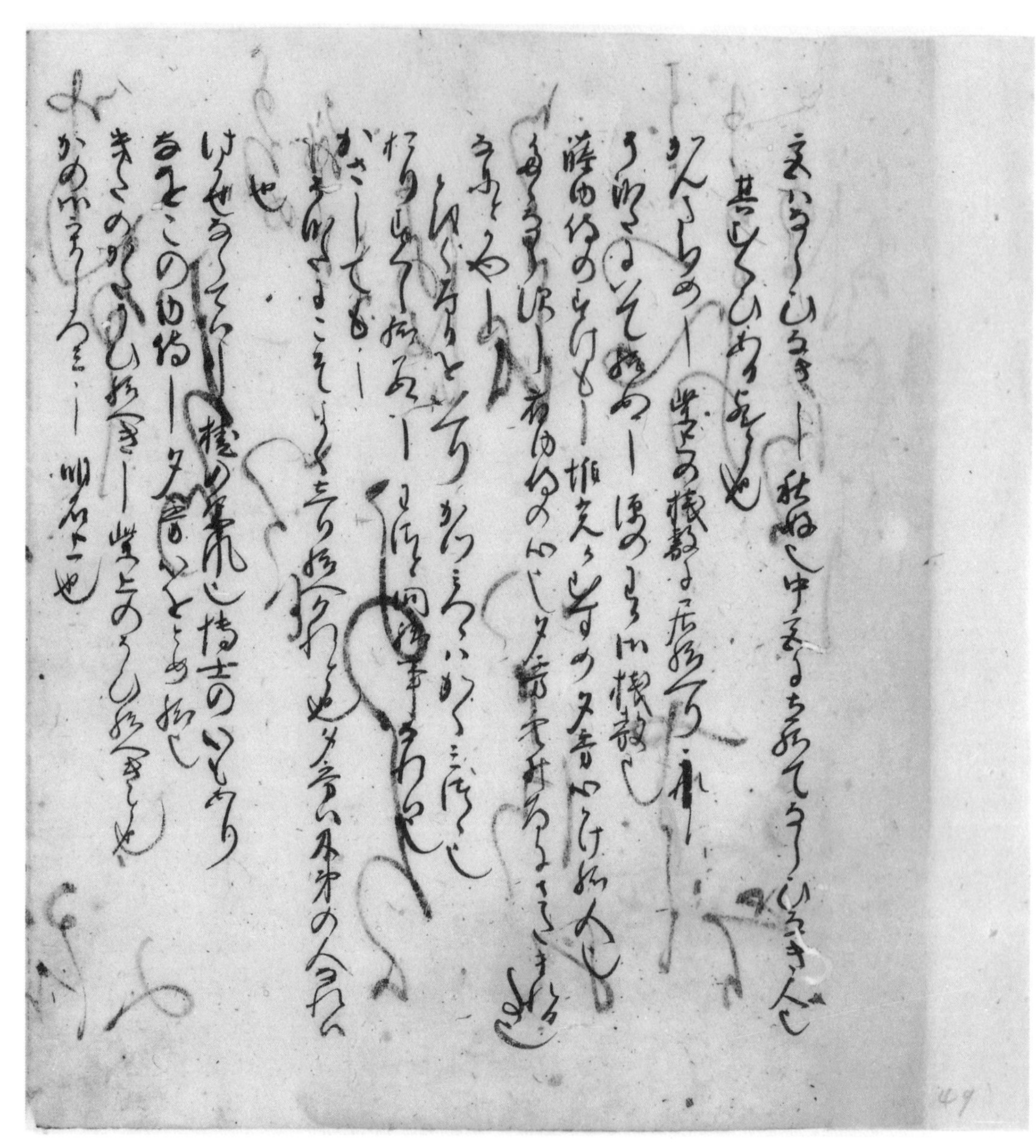

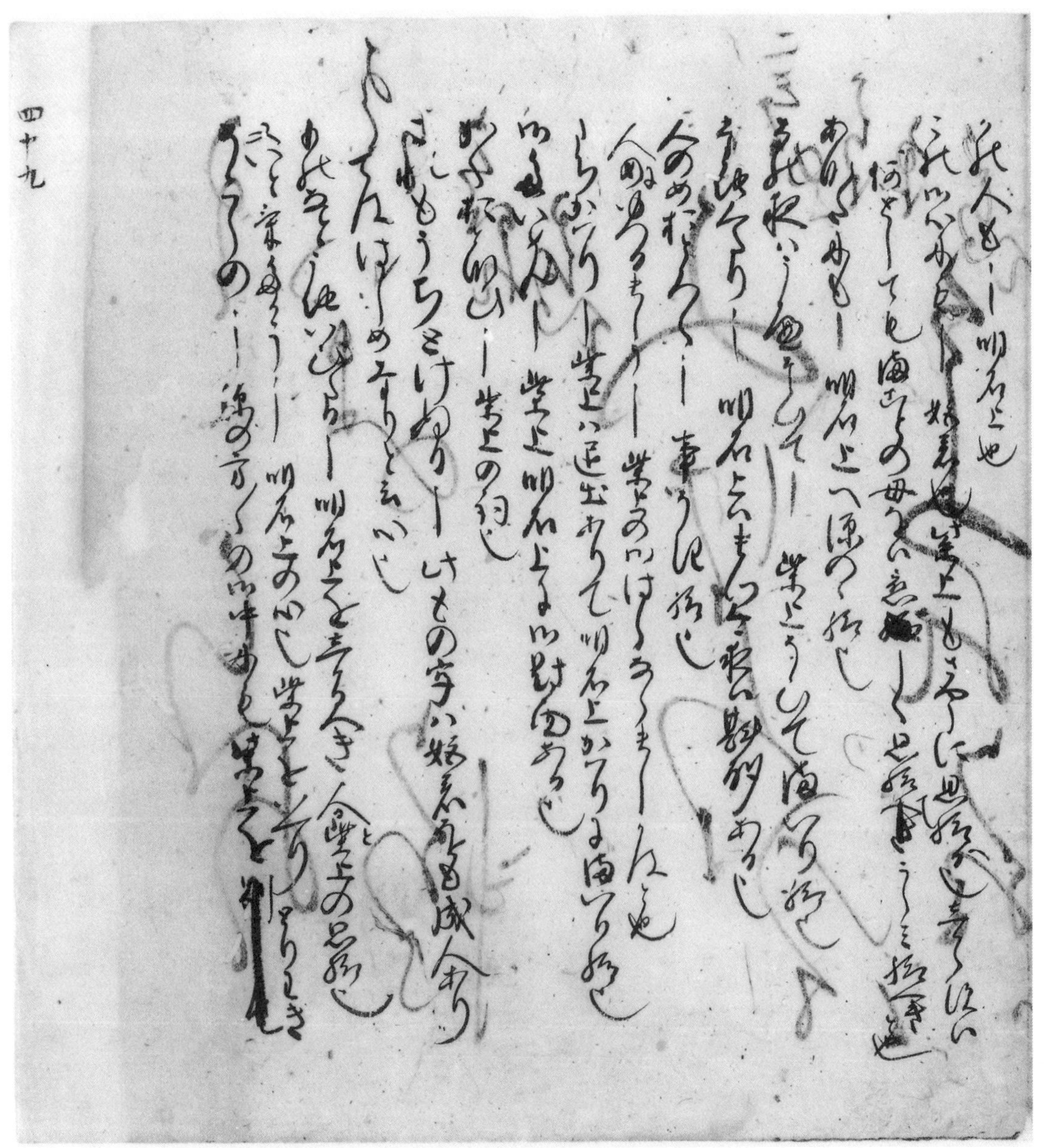

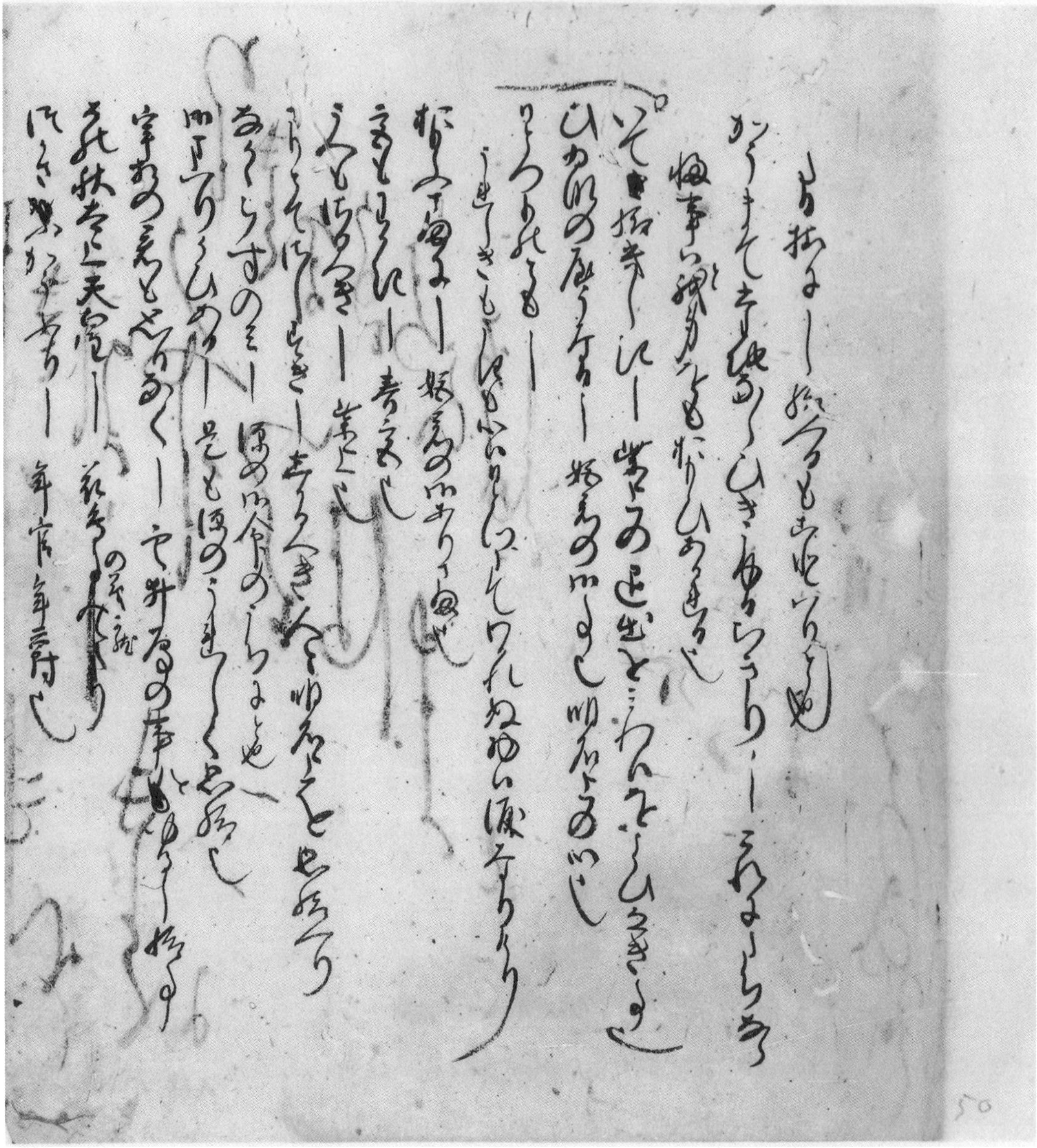

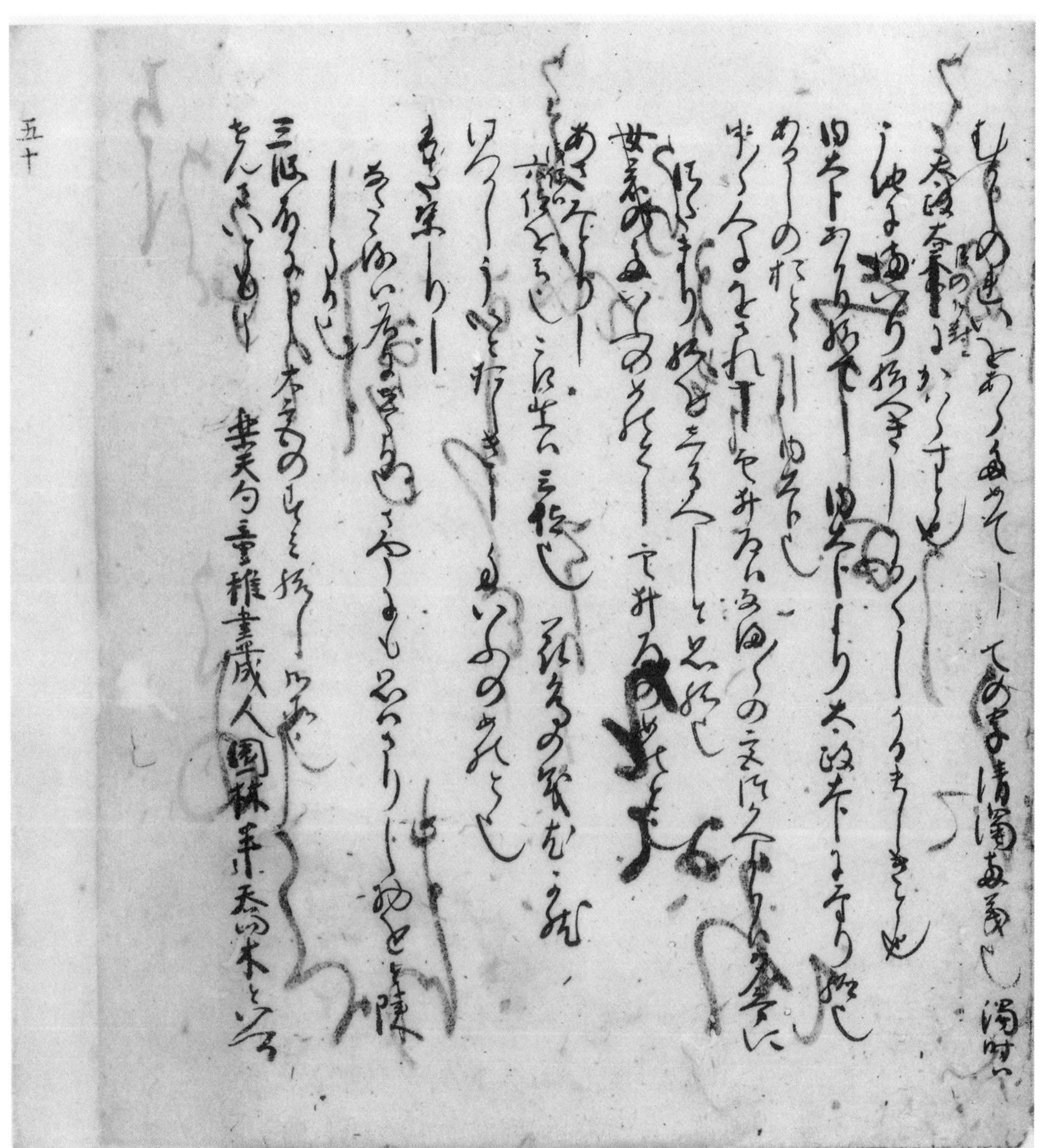

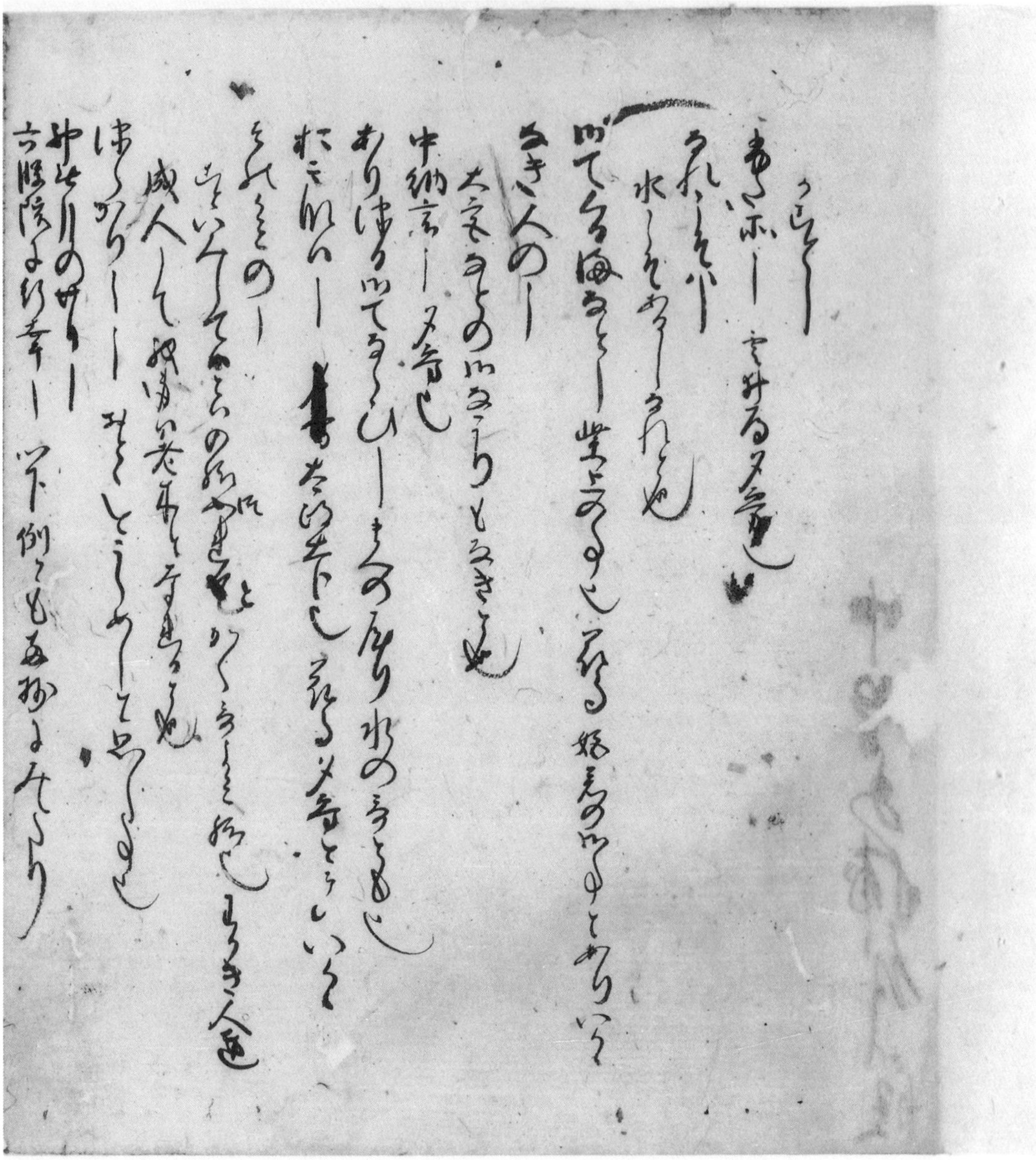

五十一

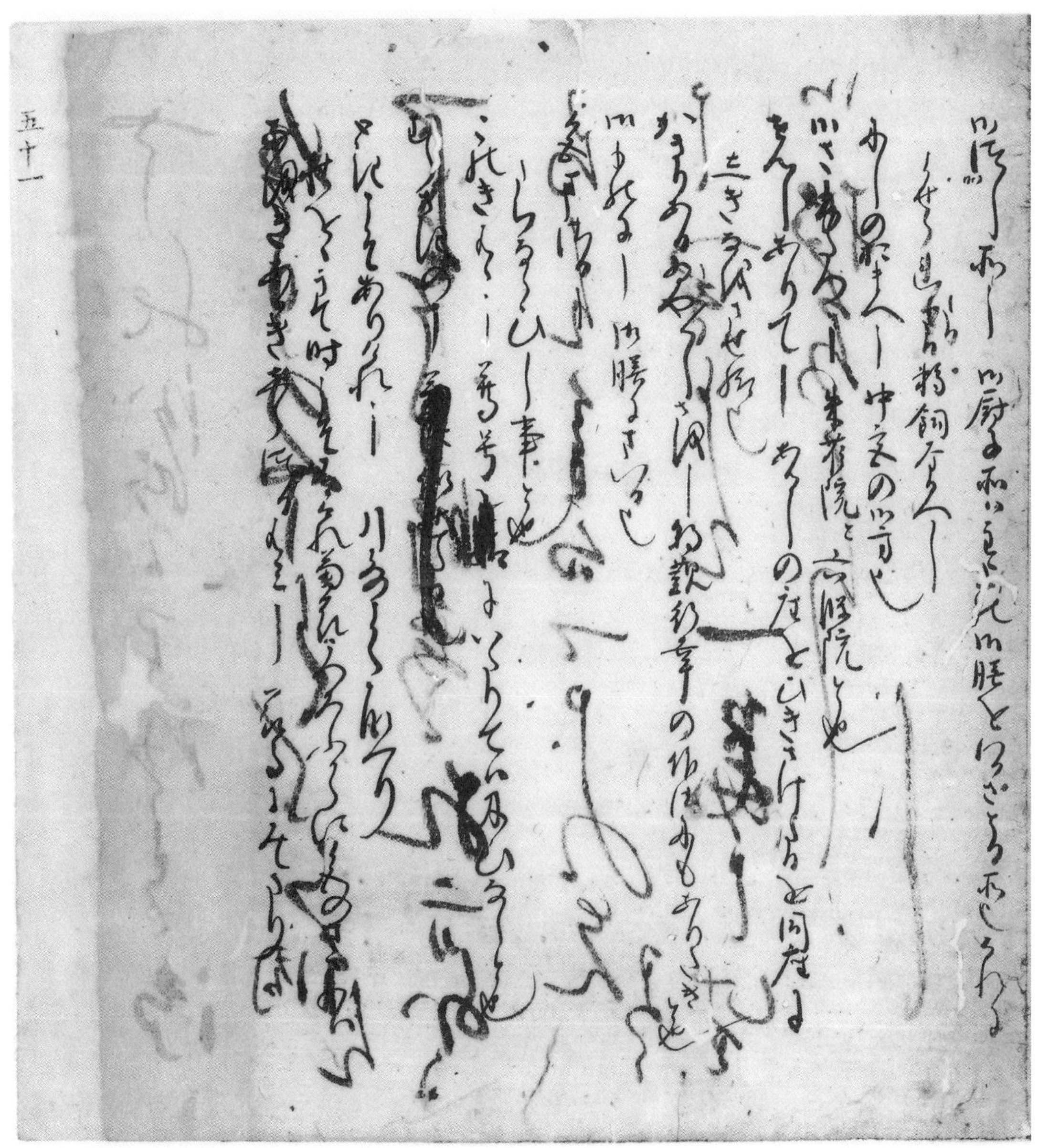

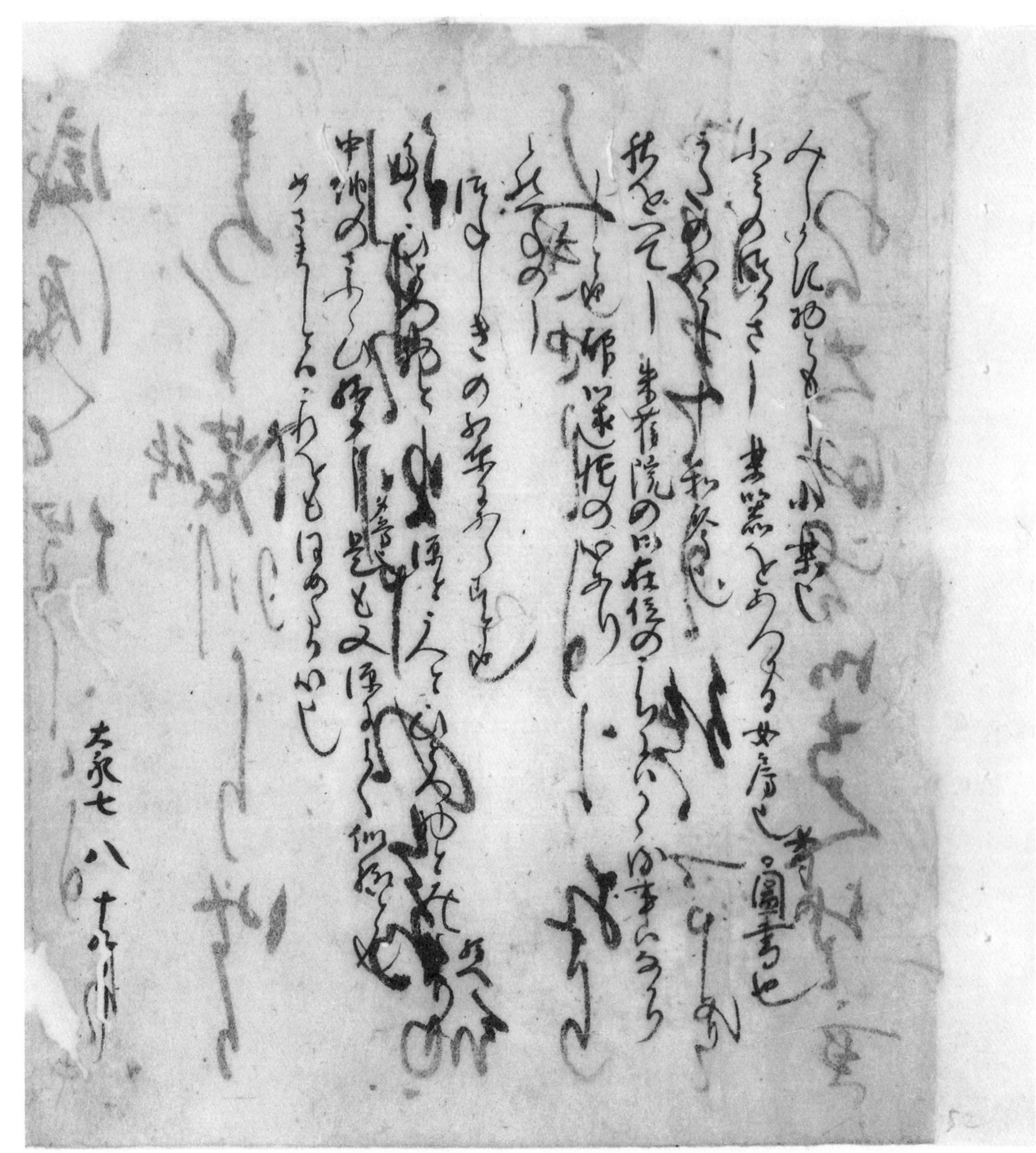

（五二ウ）

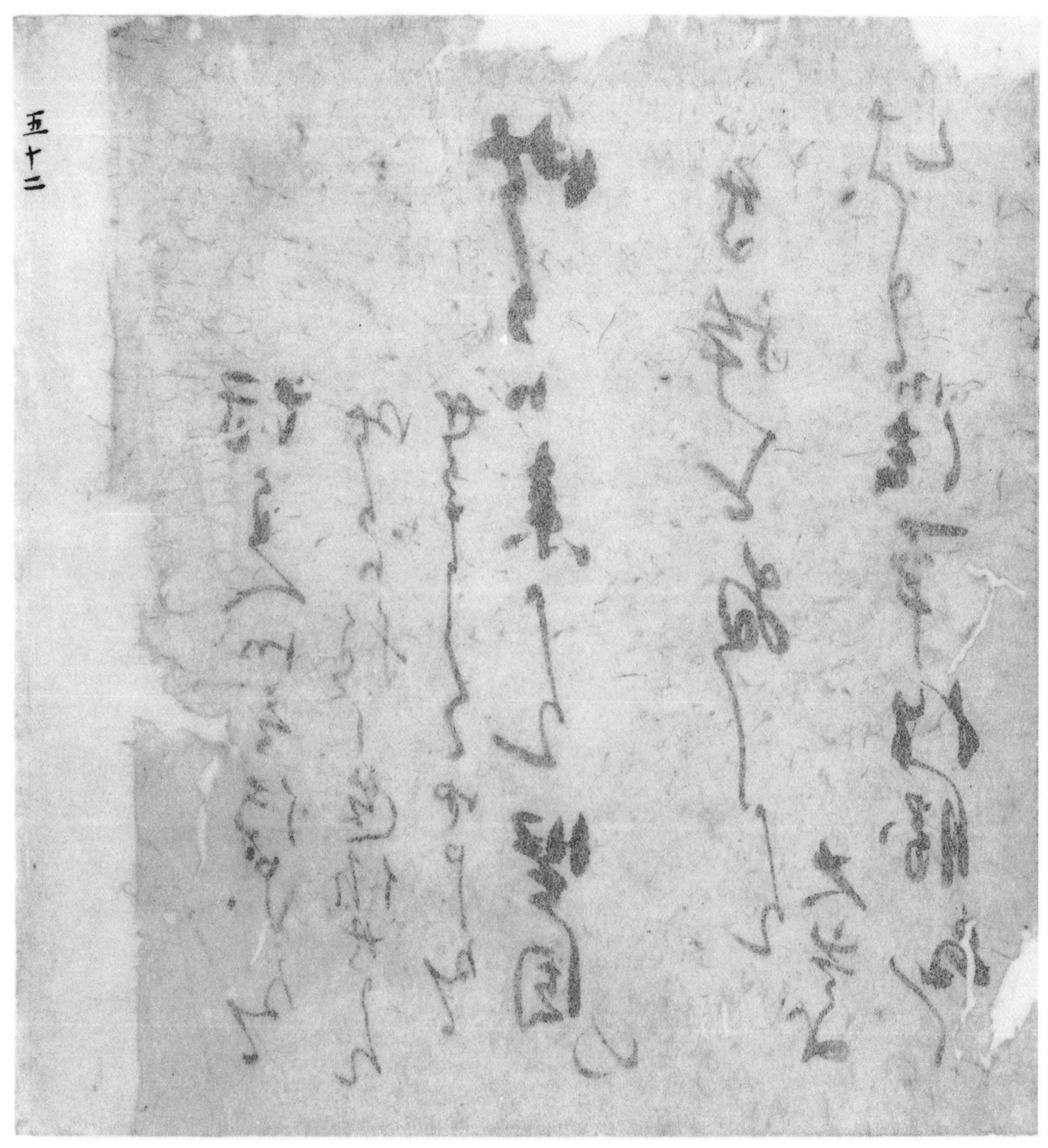

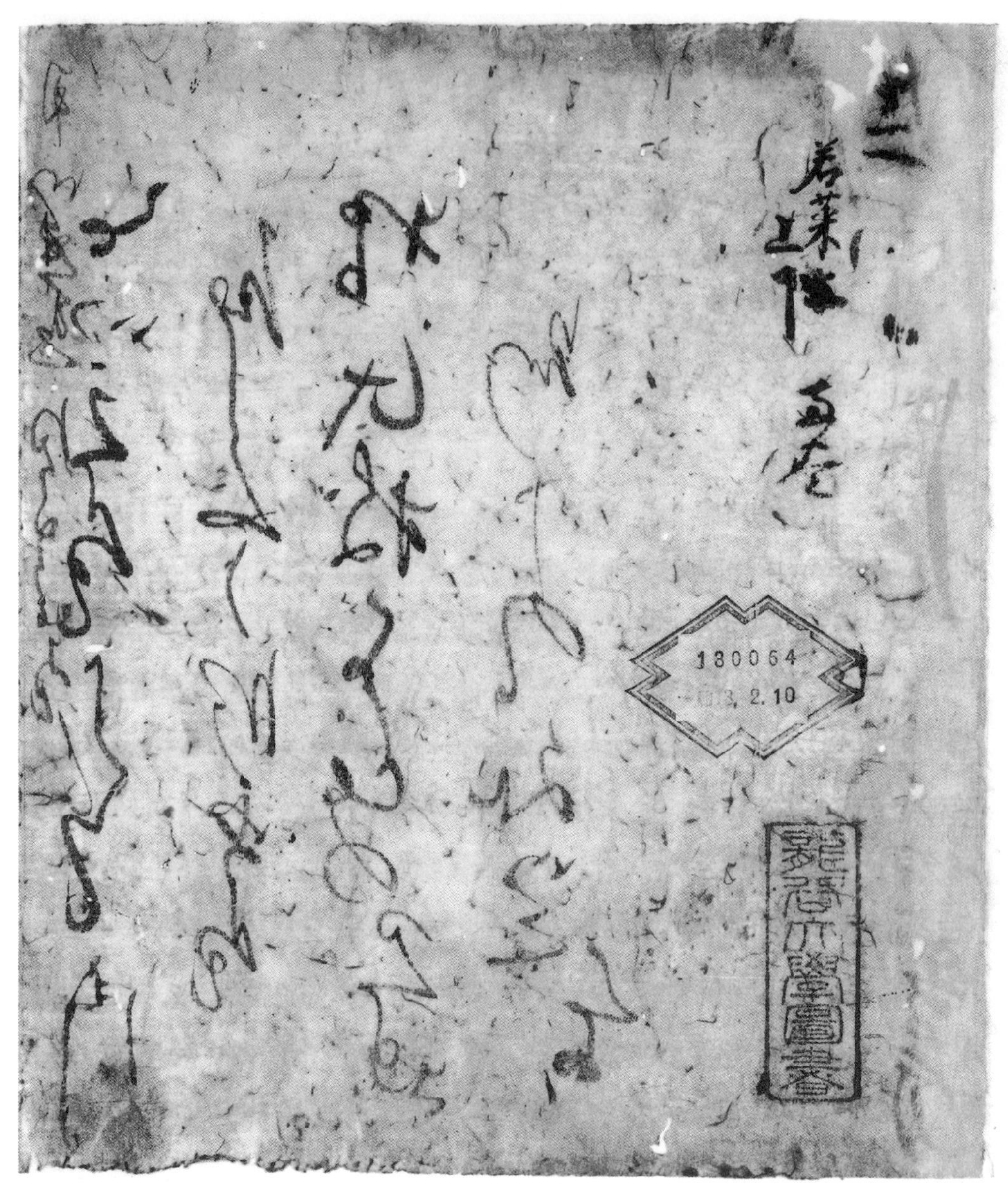

第四帖表紙　（一オ）

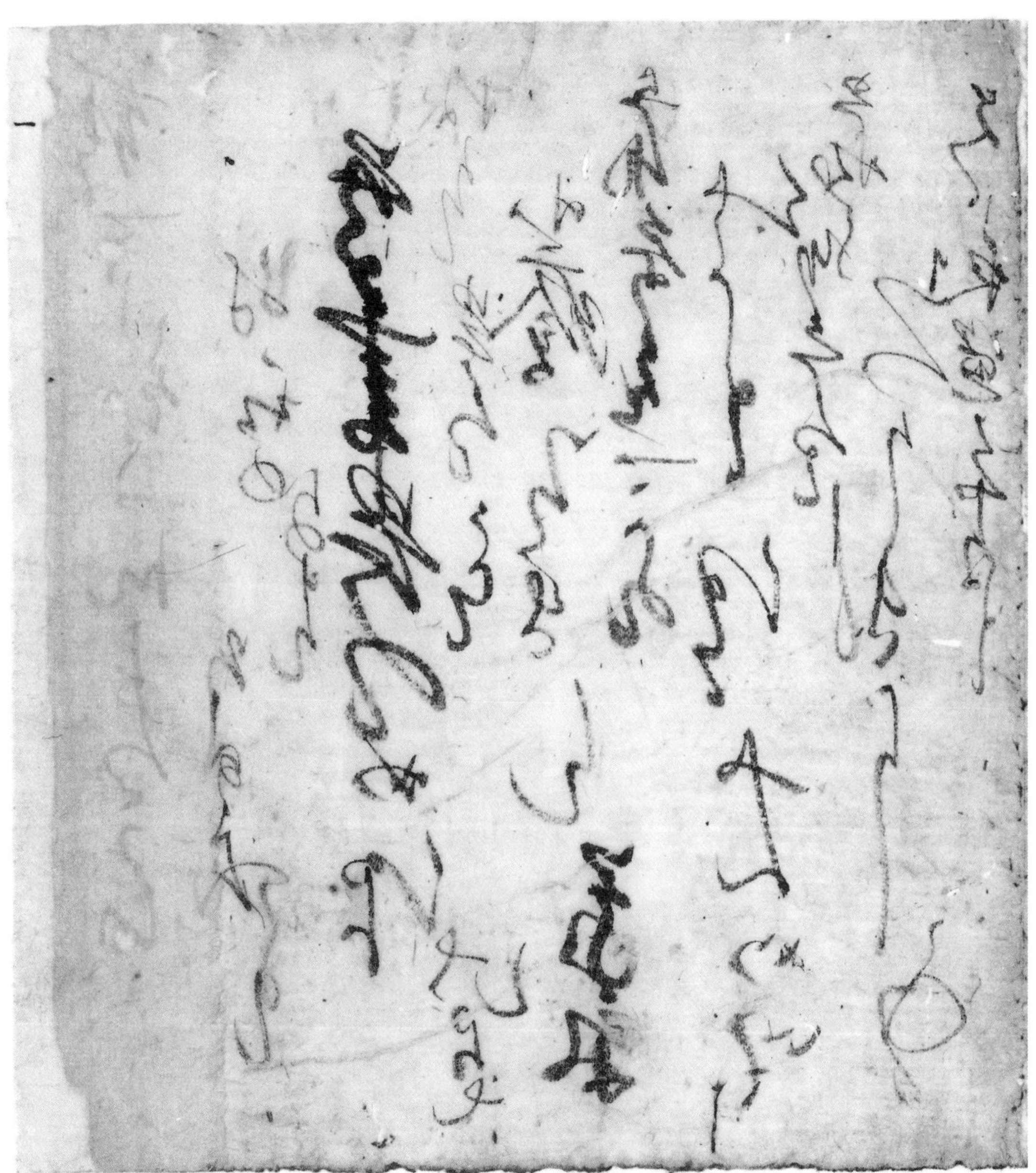

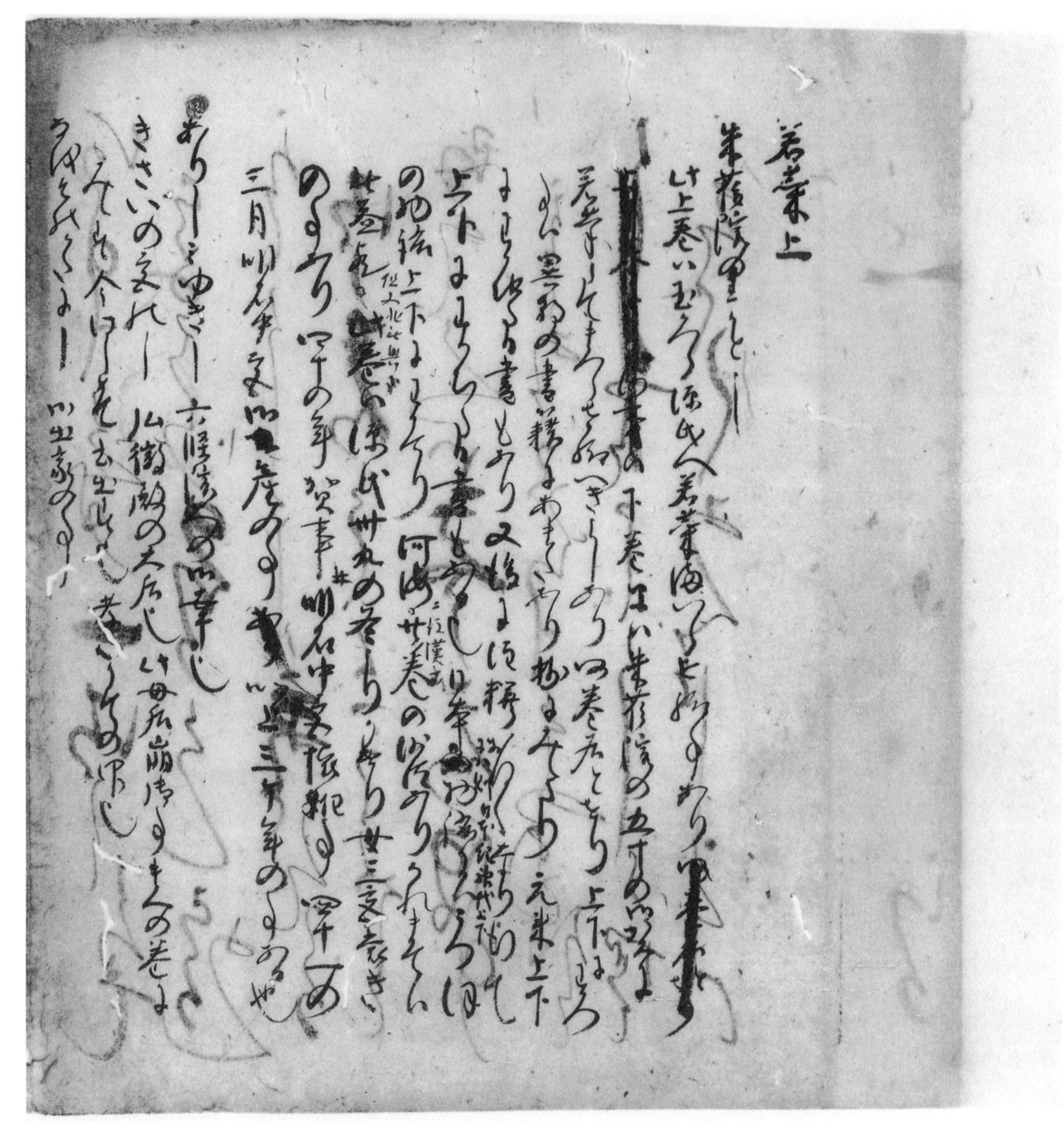

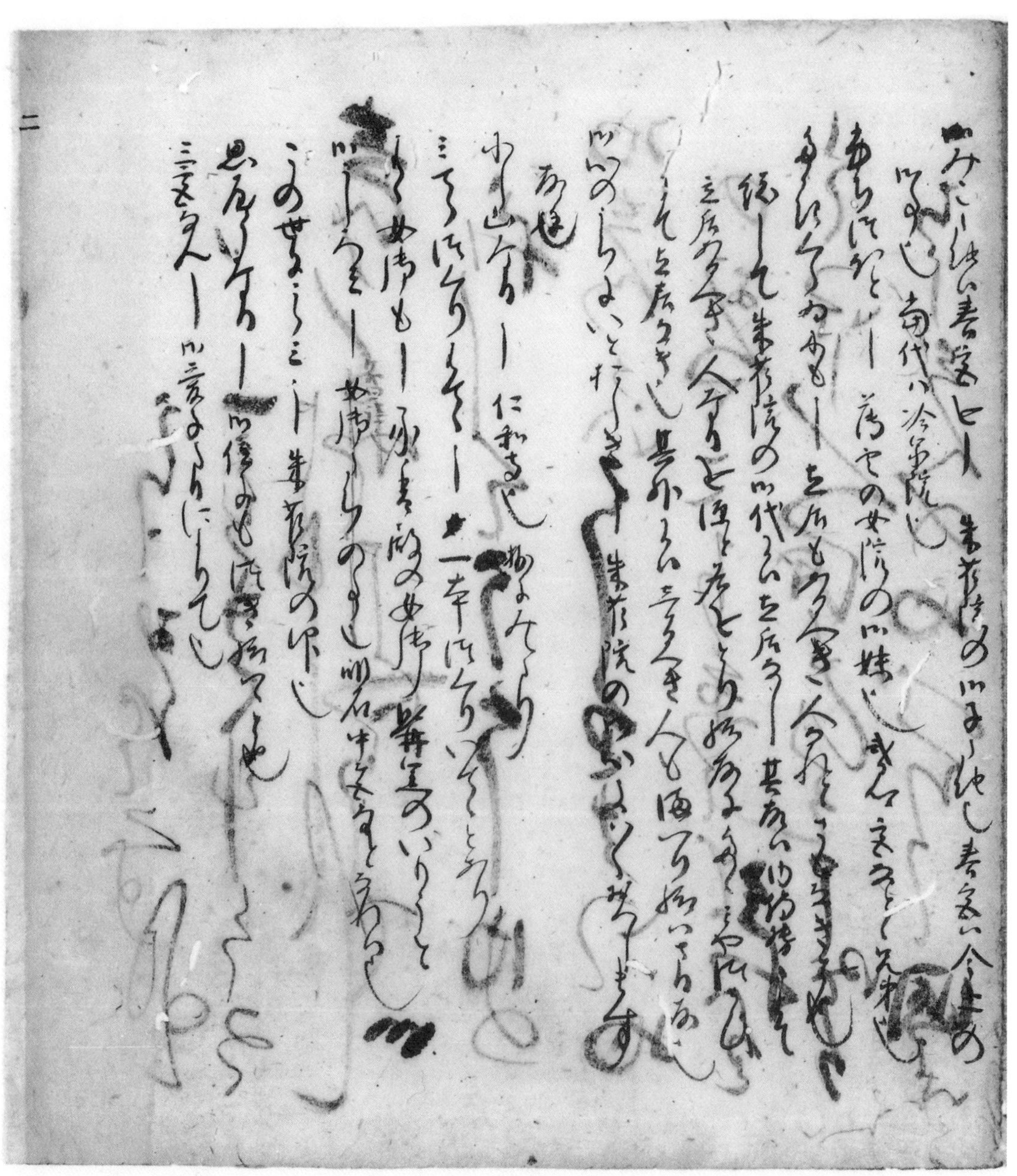

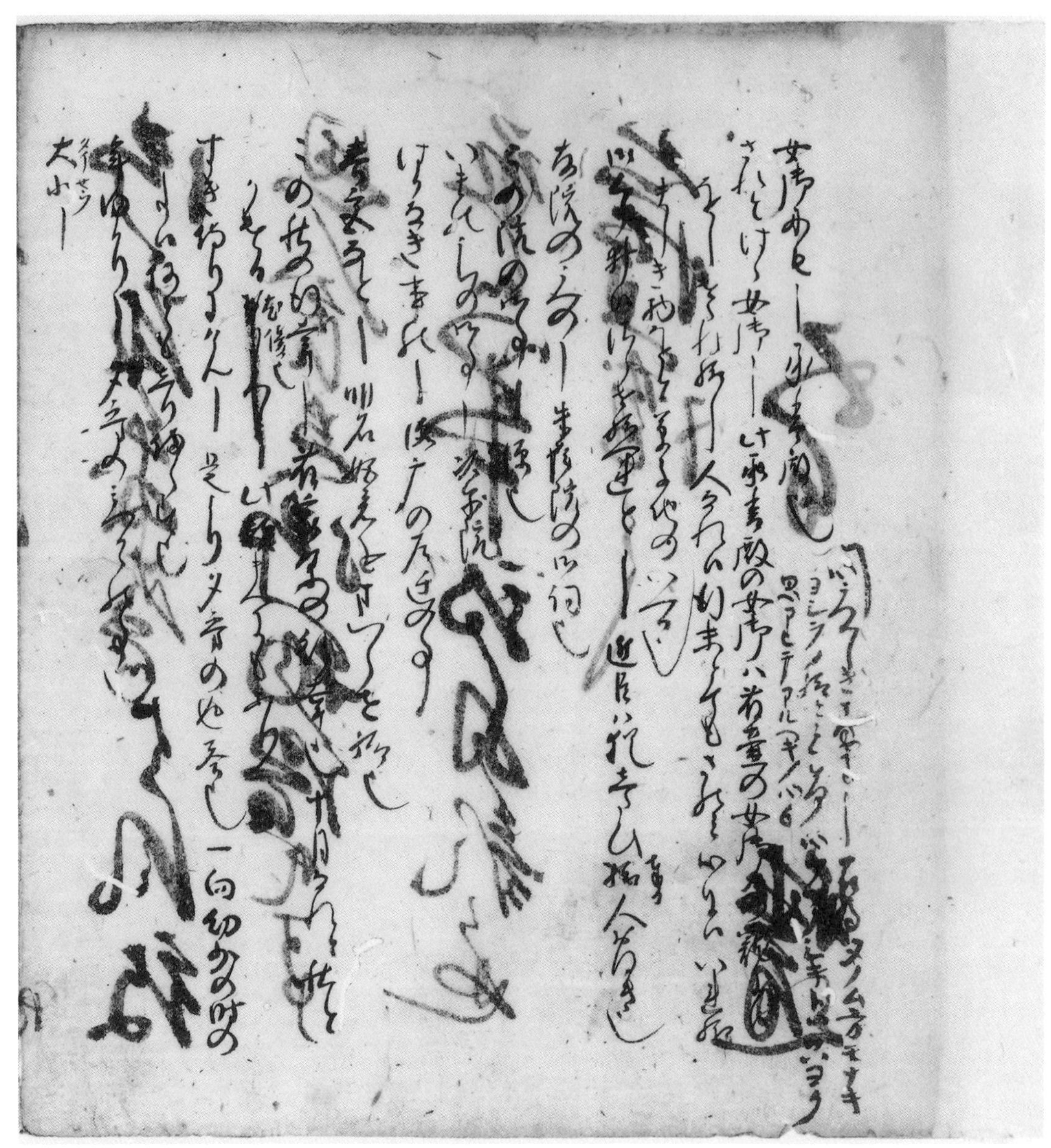

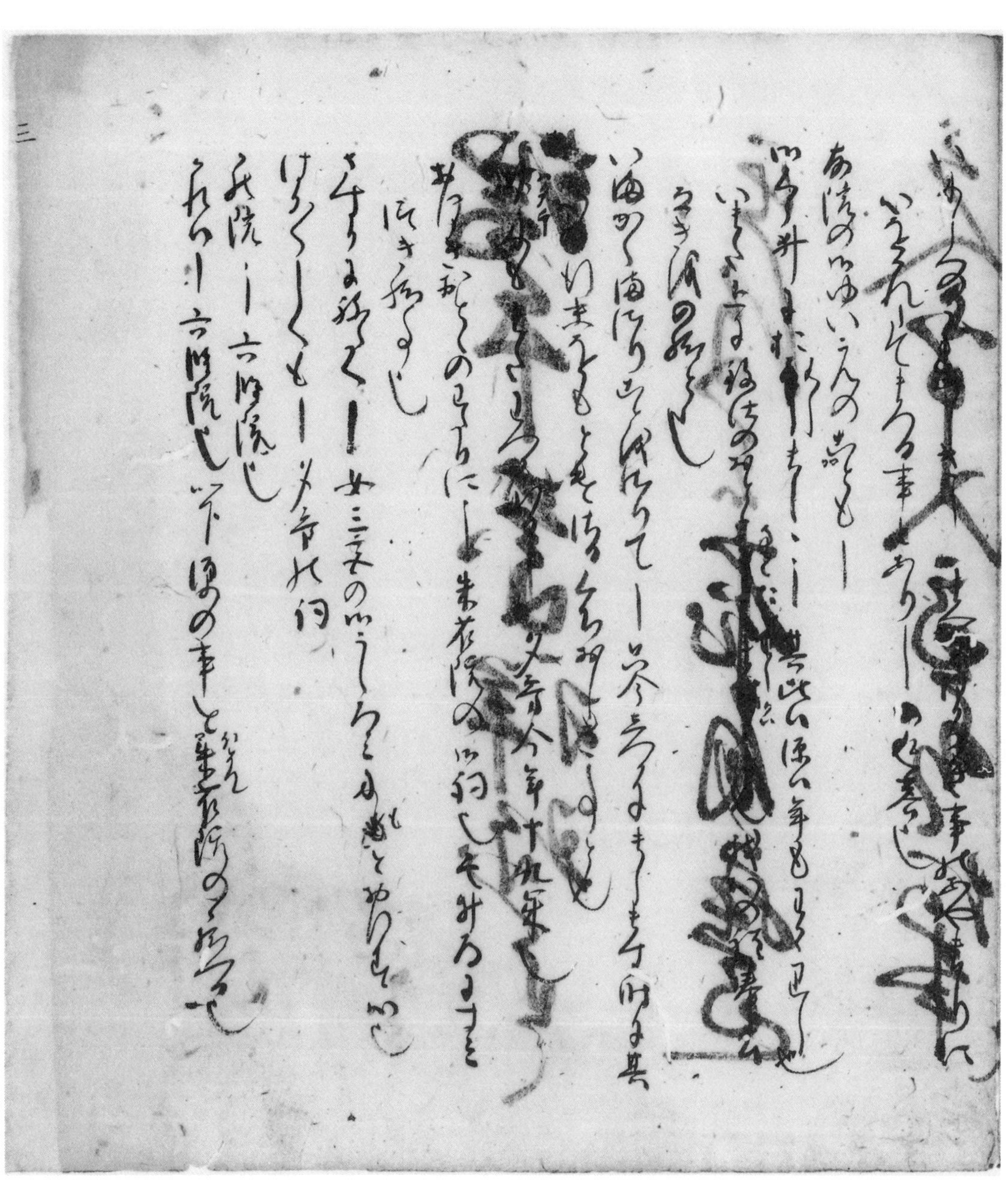

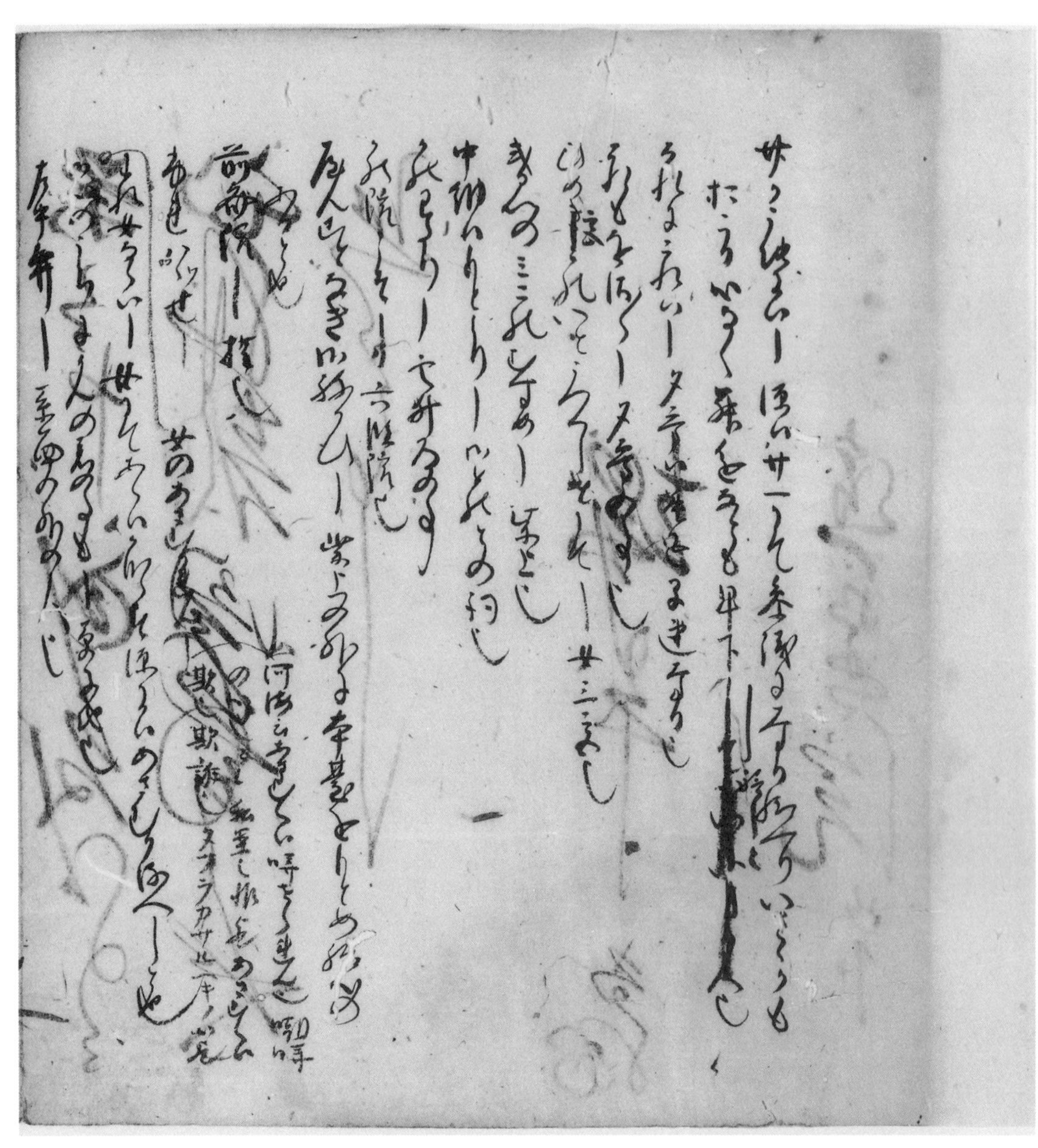

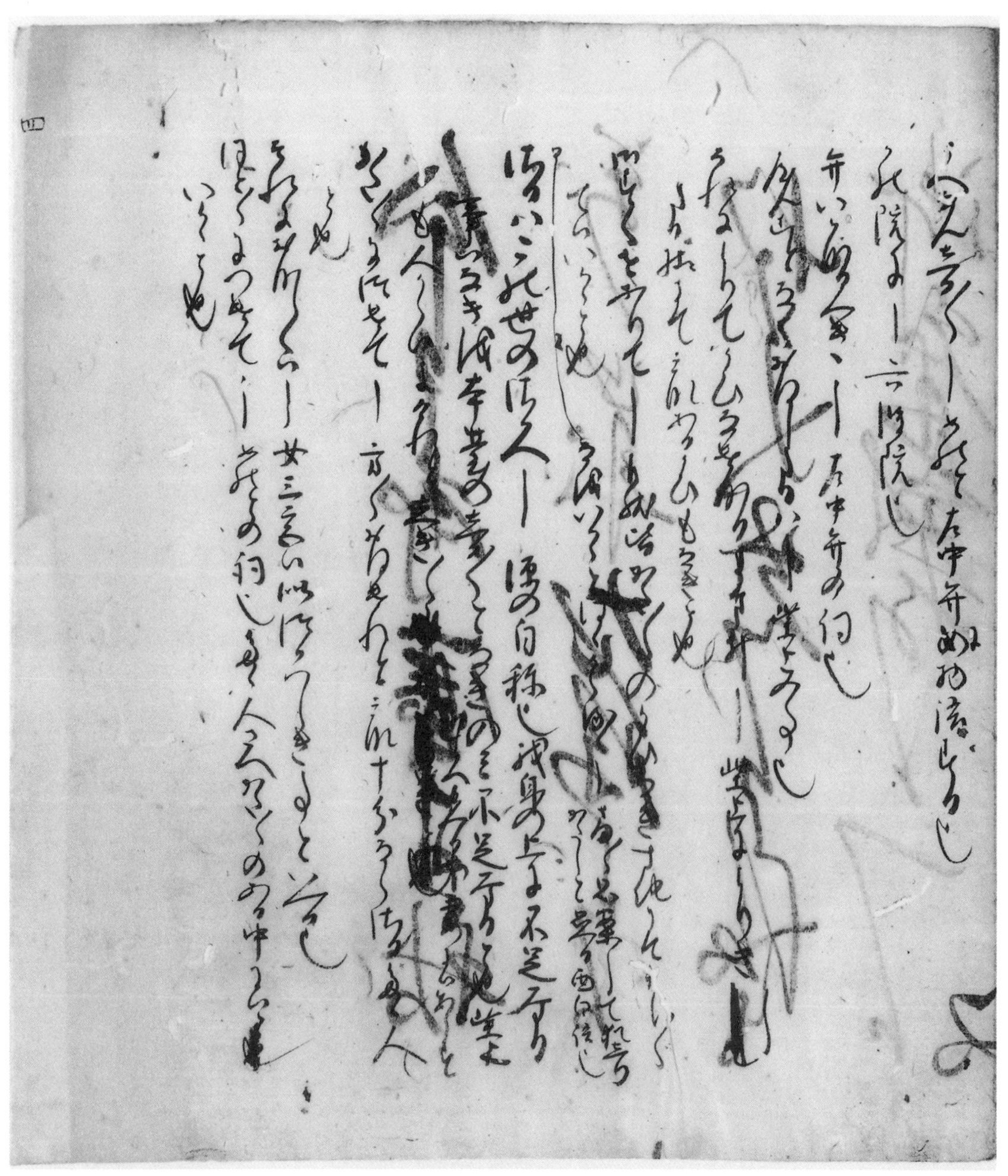

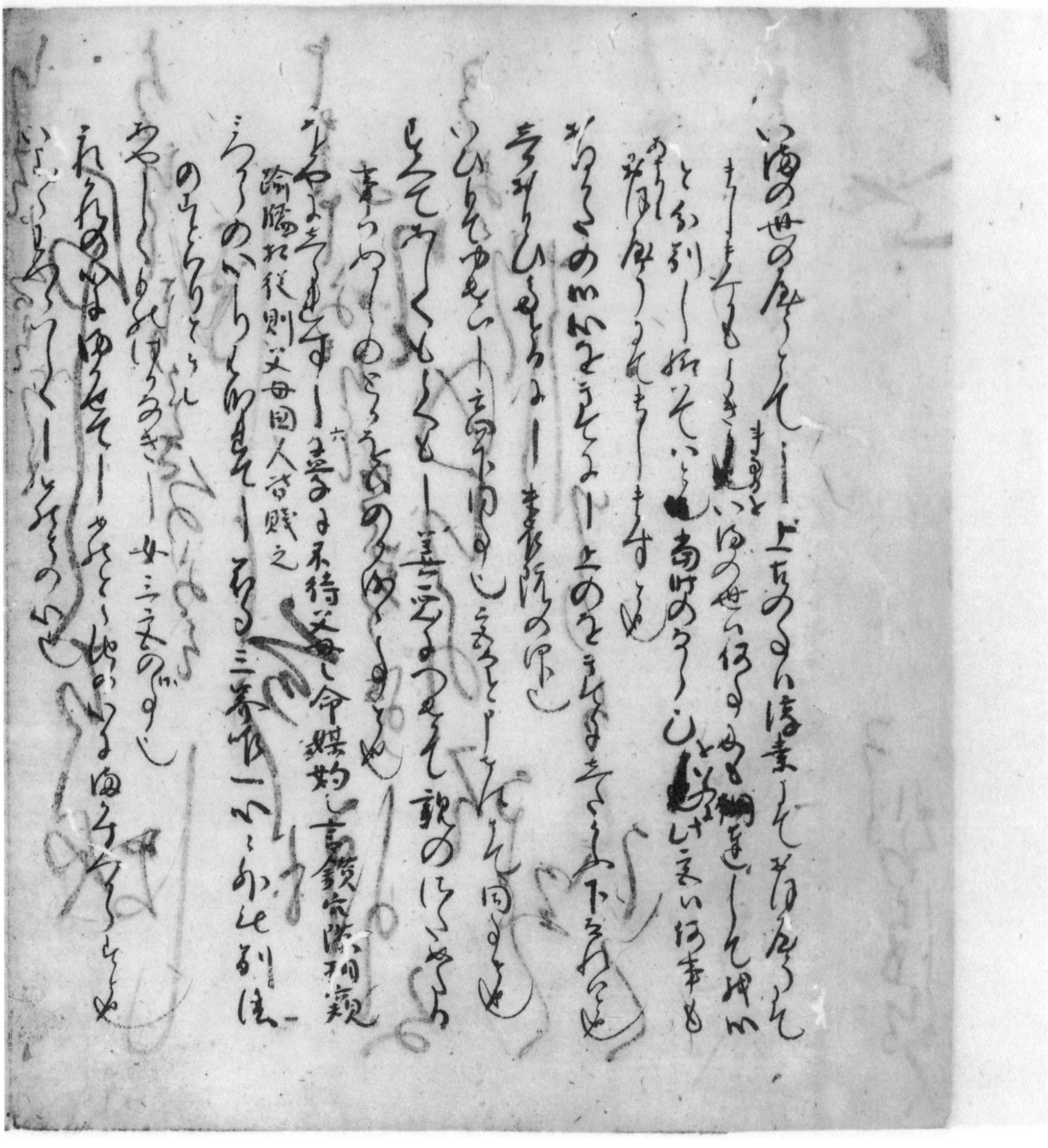
[illegible]
不待父母之命媒妁之言鑽穴隙相窺
踰牆相従則父母国人皆賤之
[illegible]

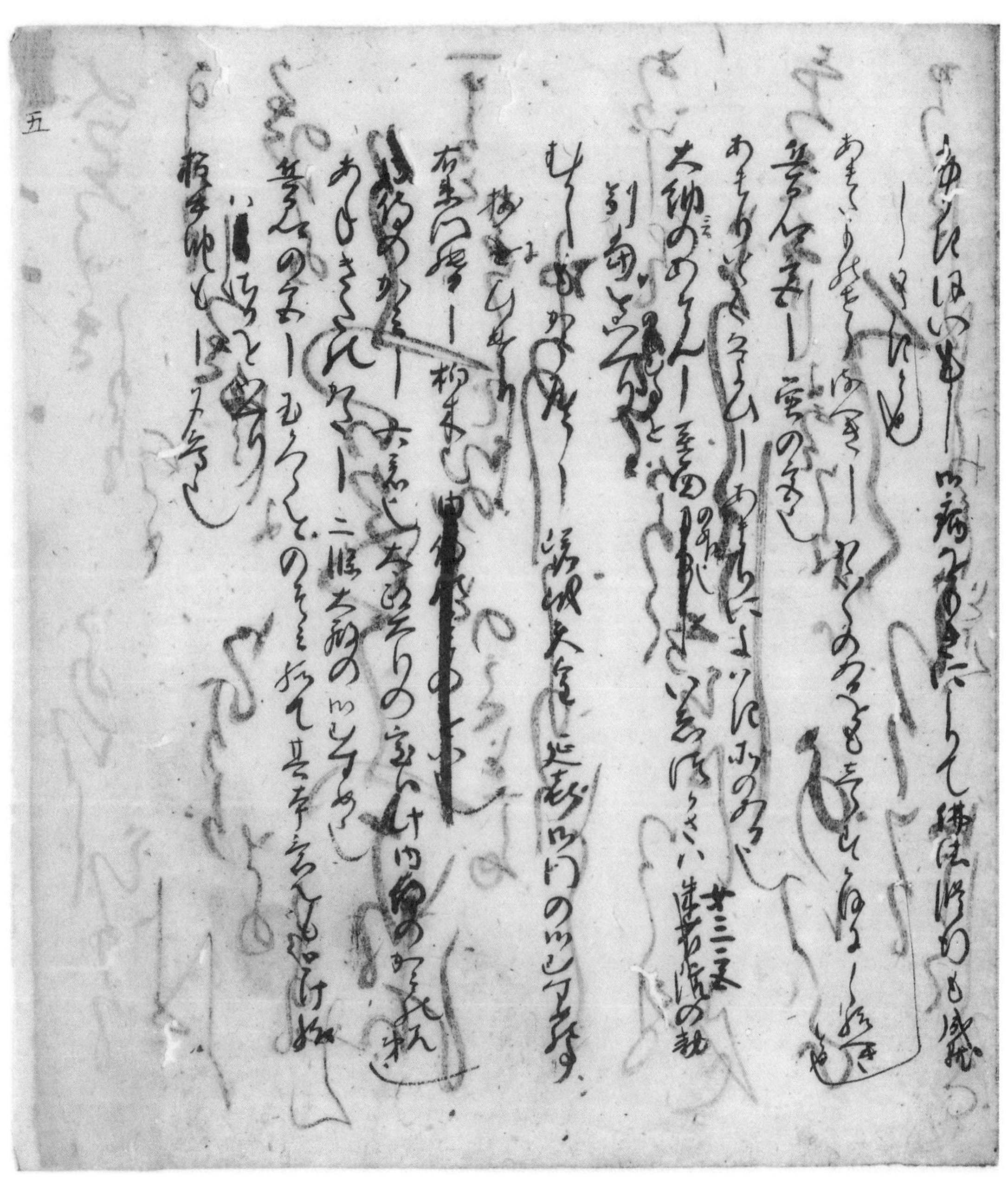

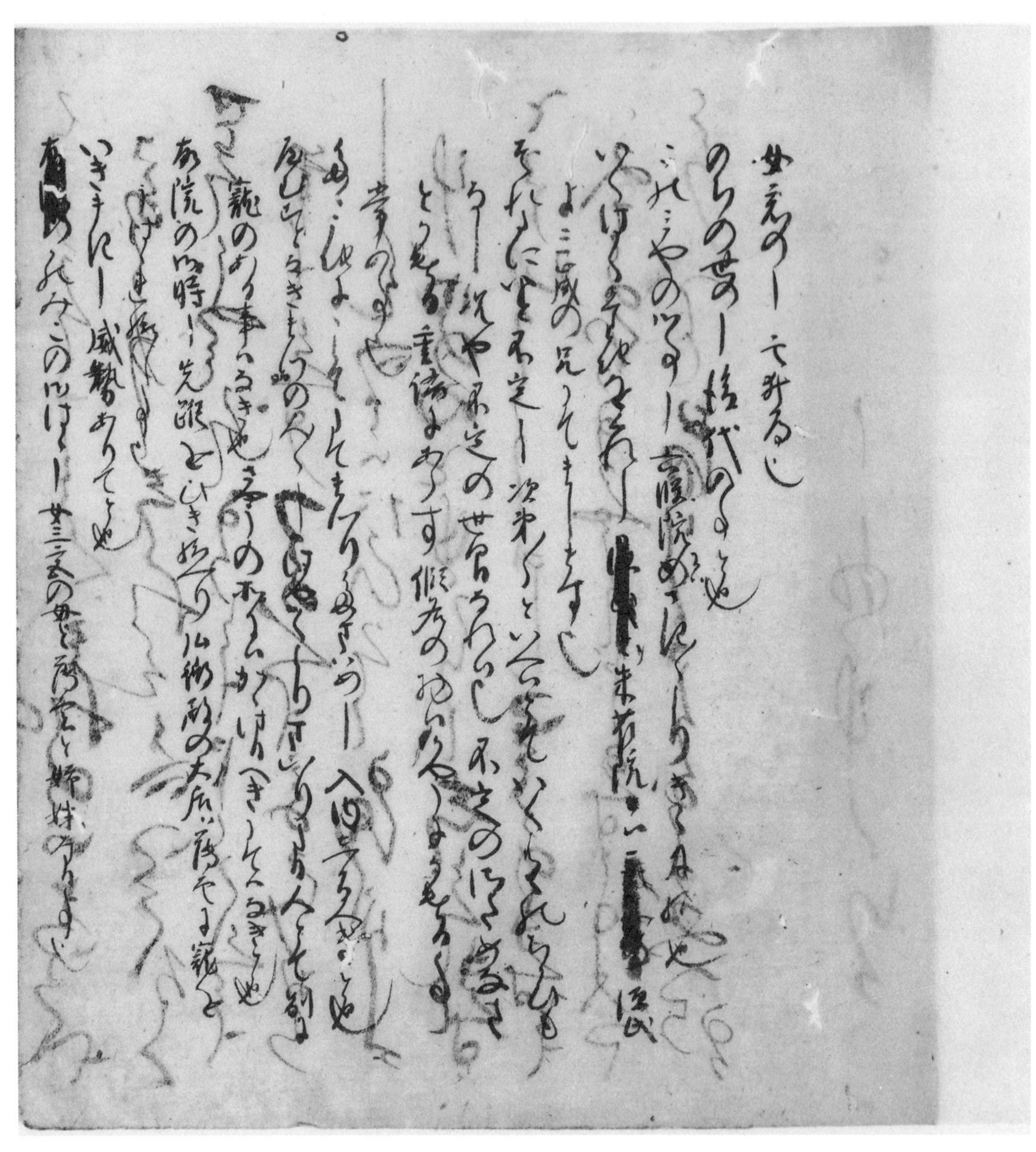

六

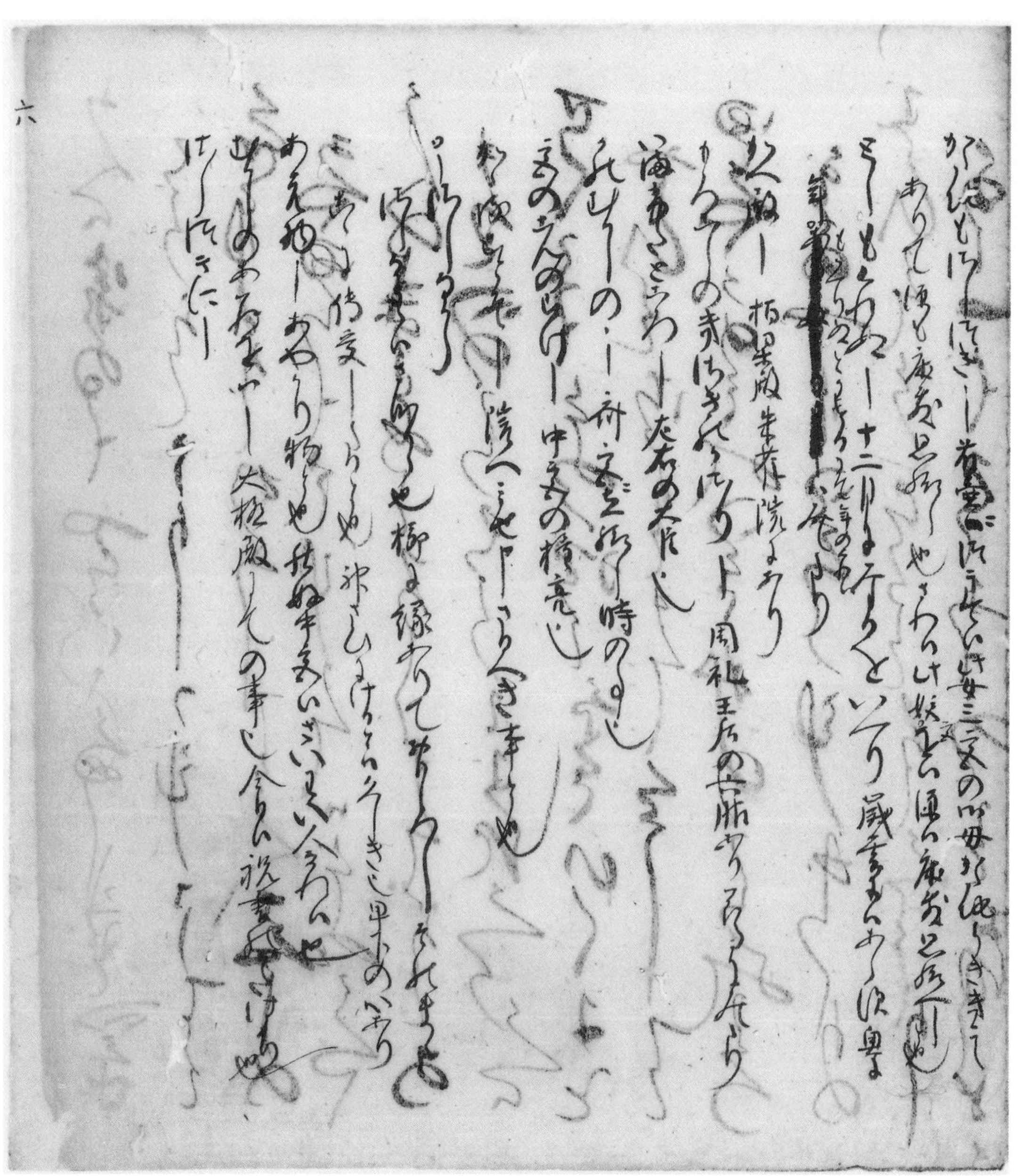

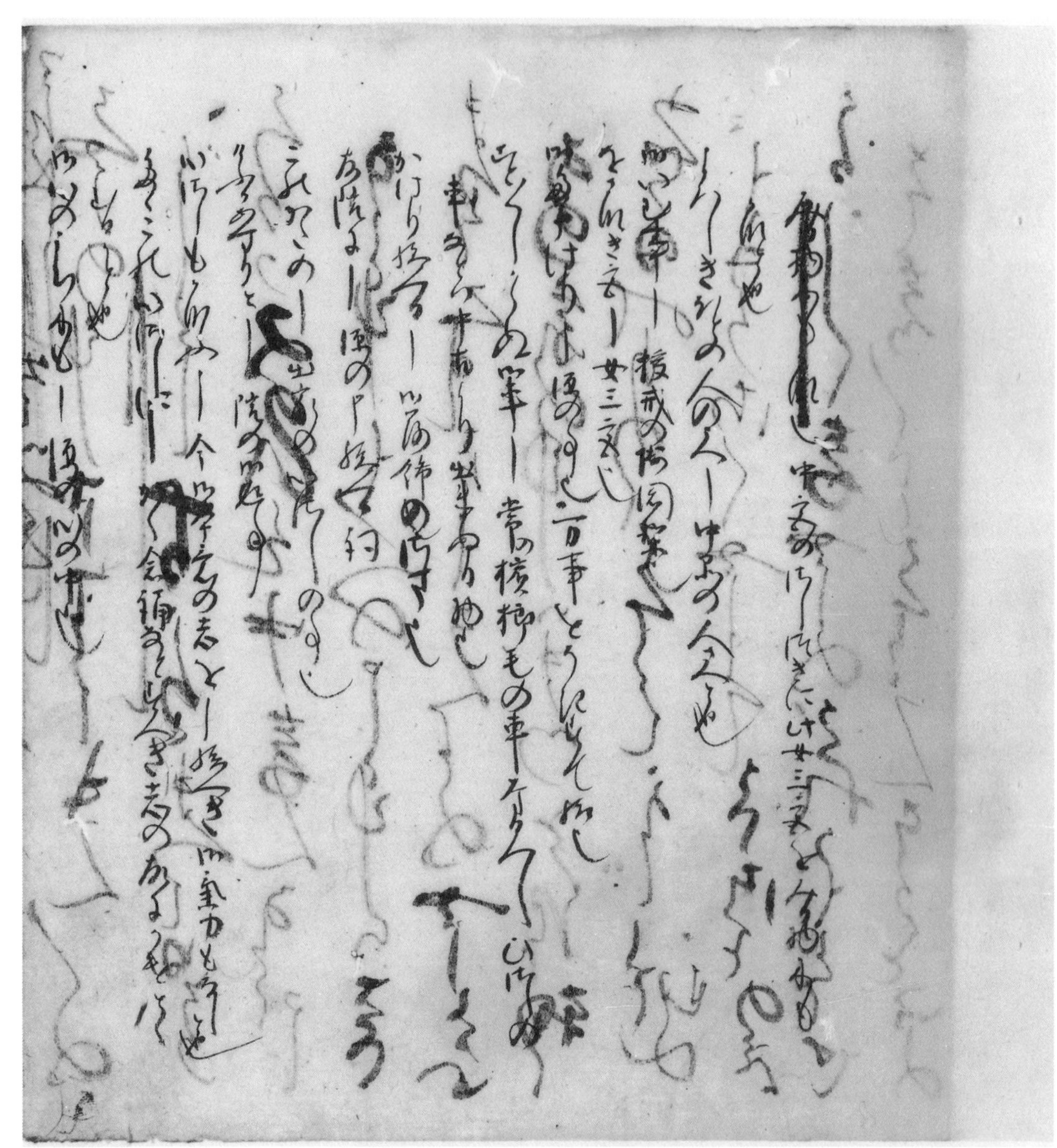

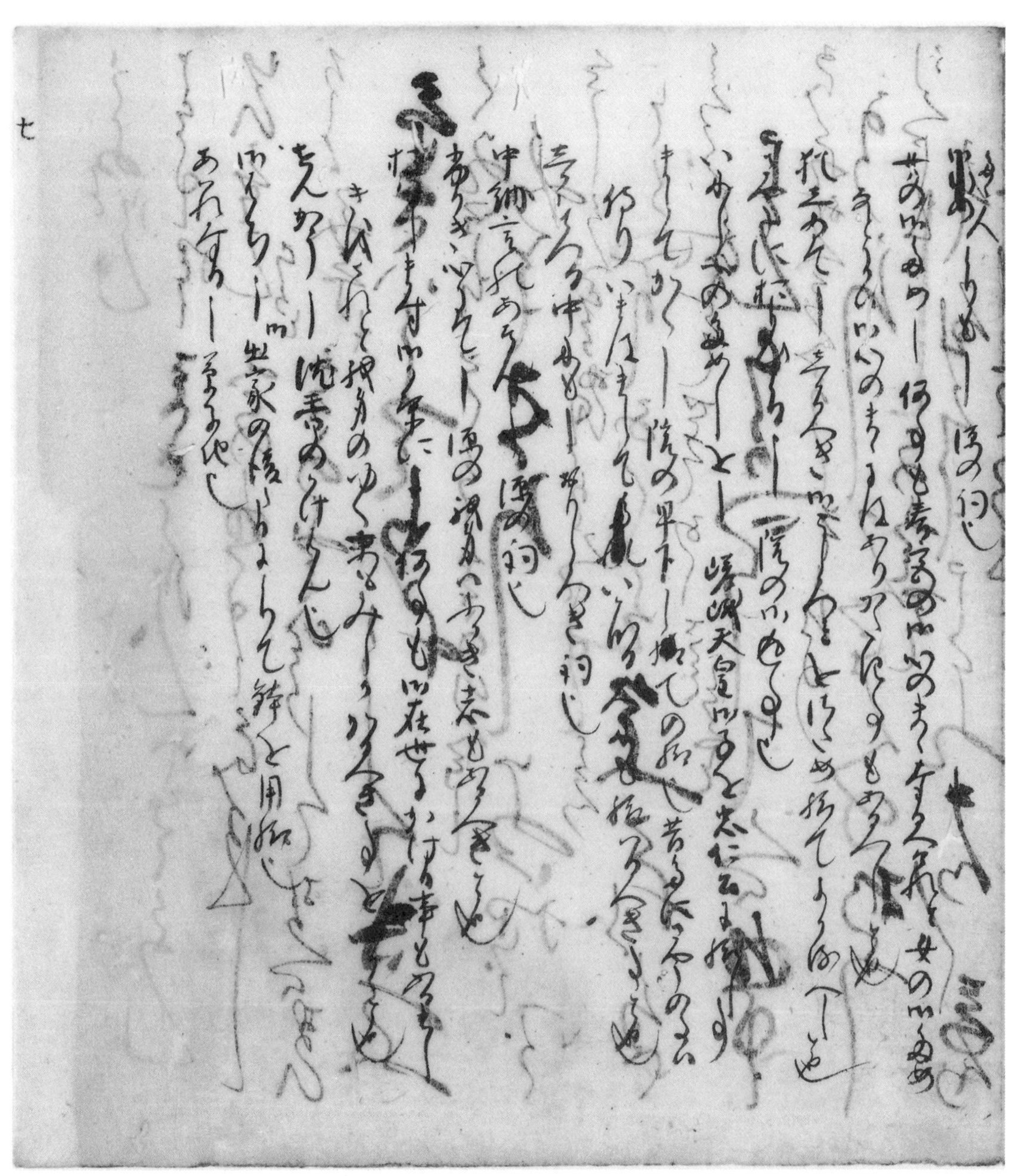

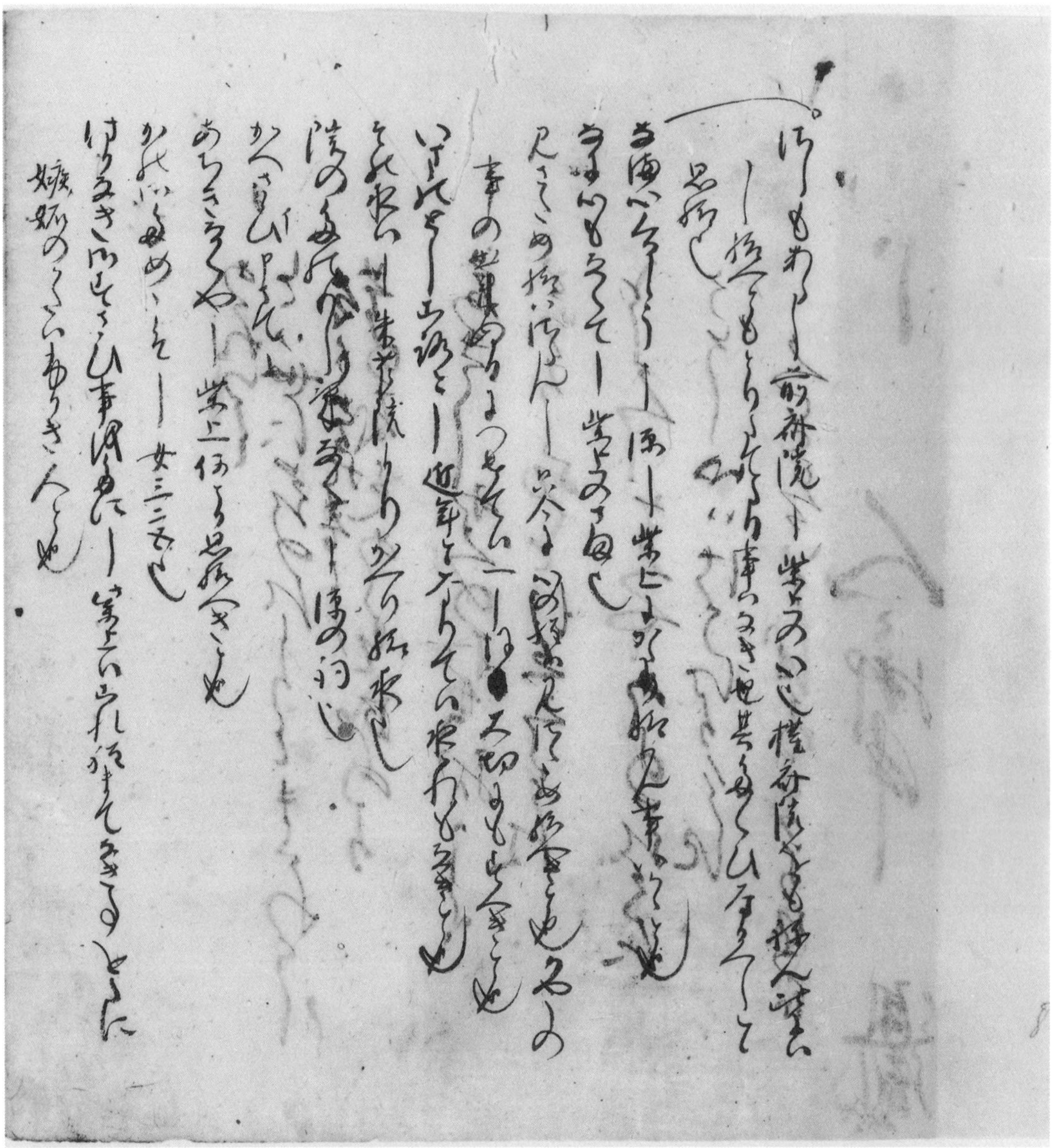

八

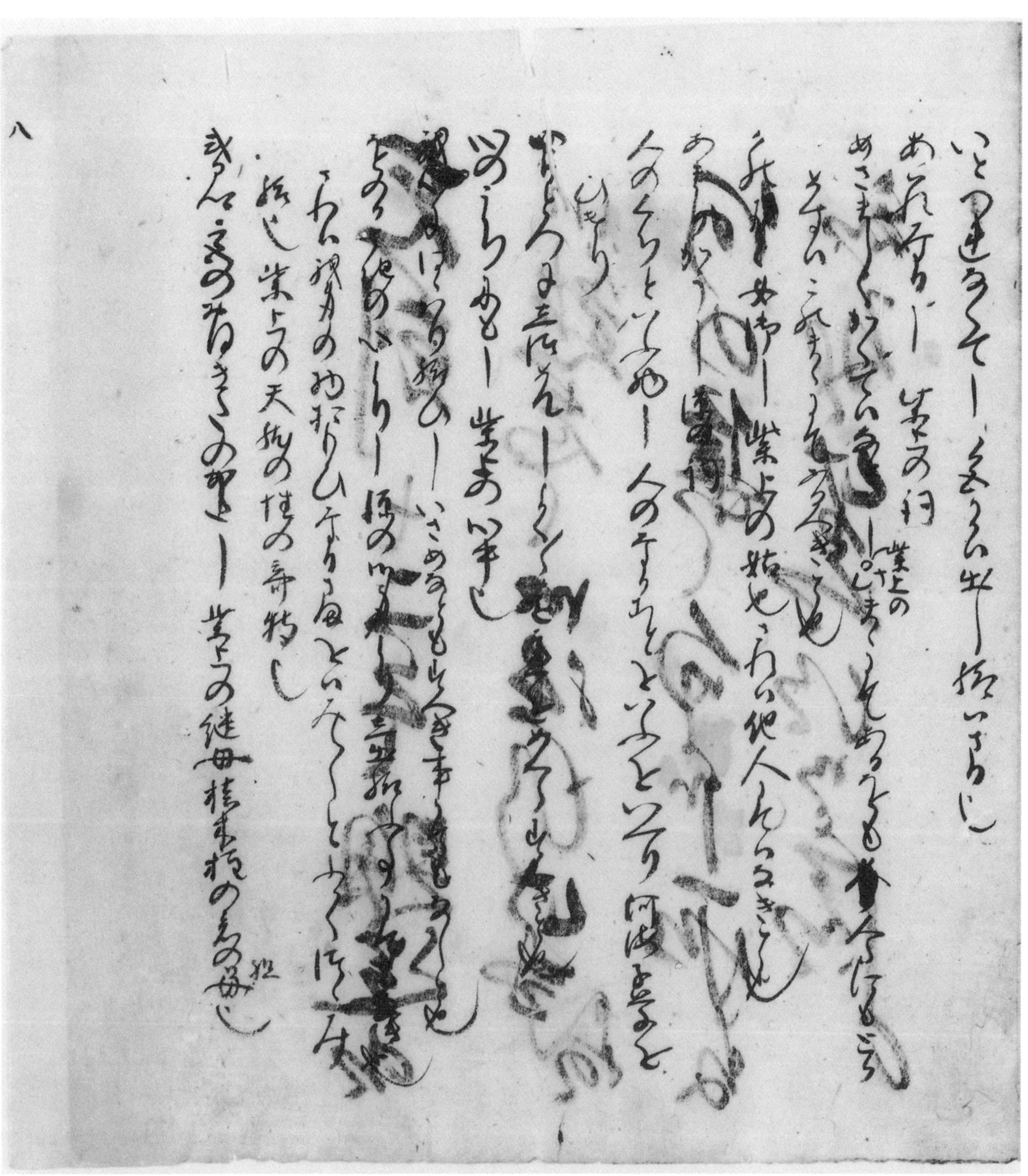

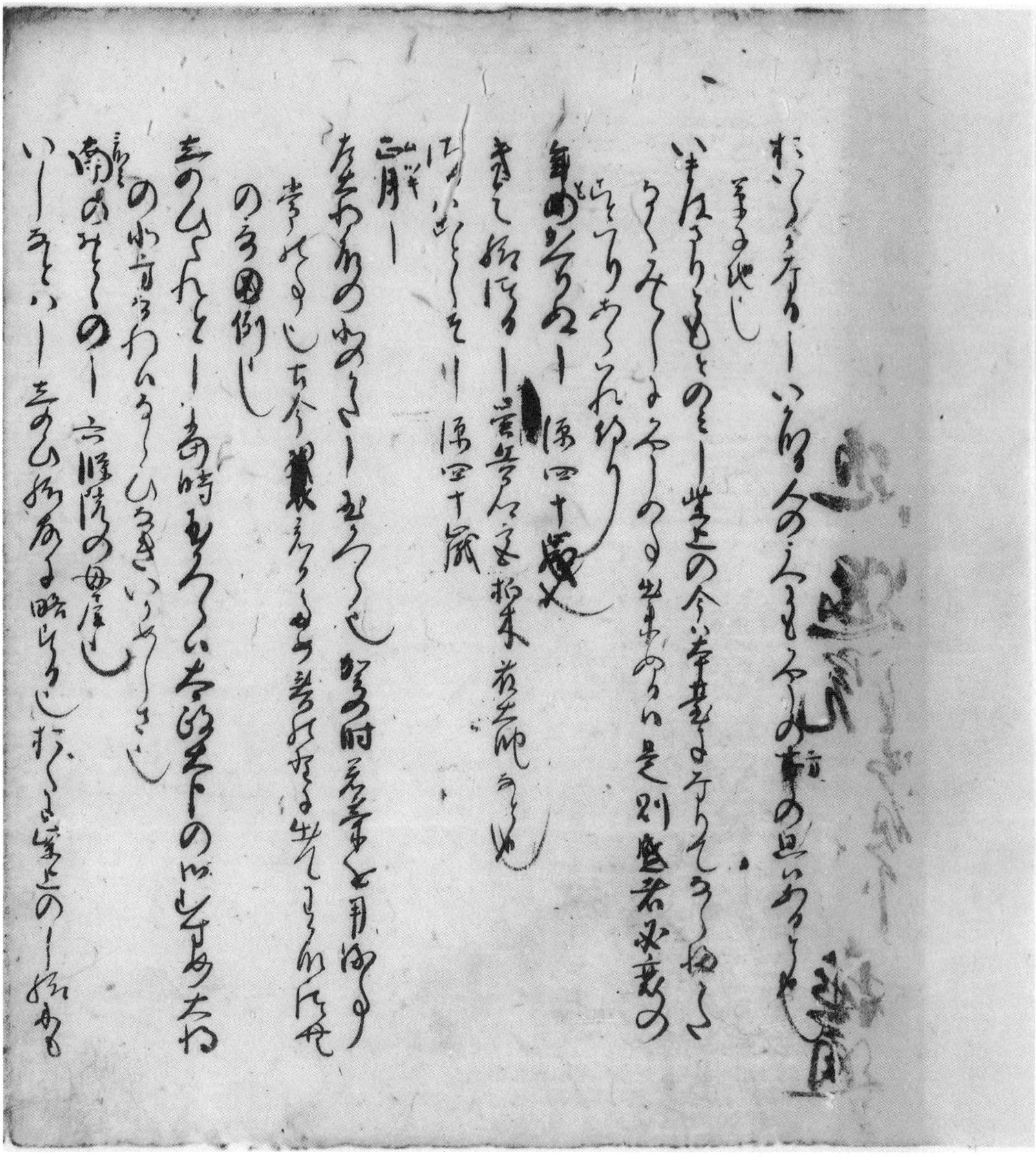

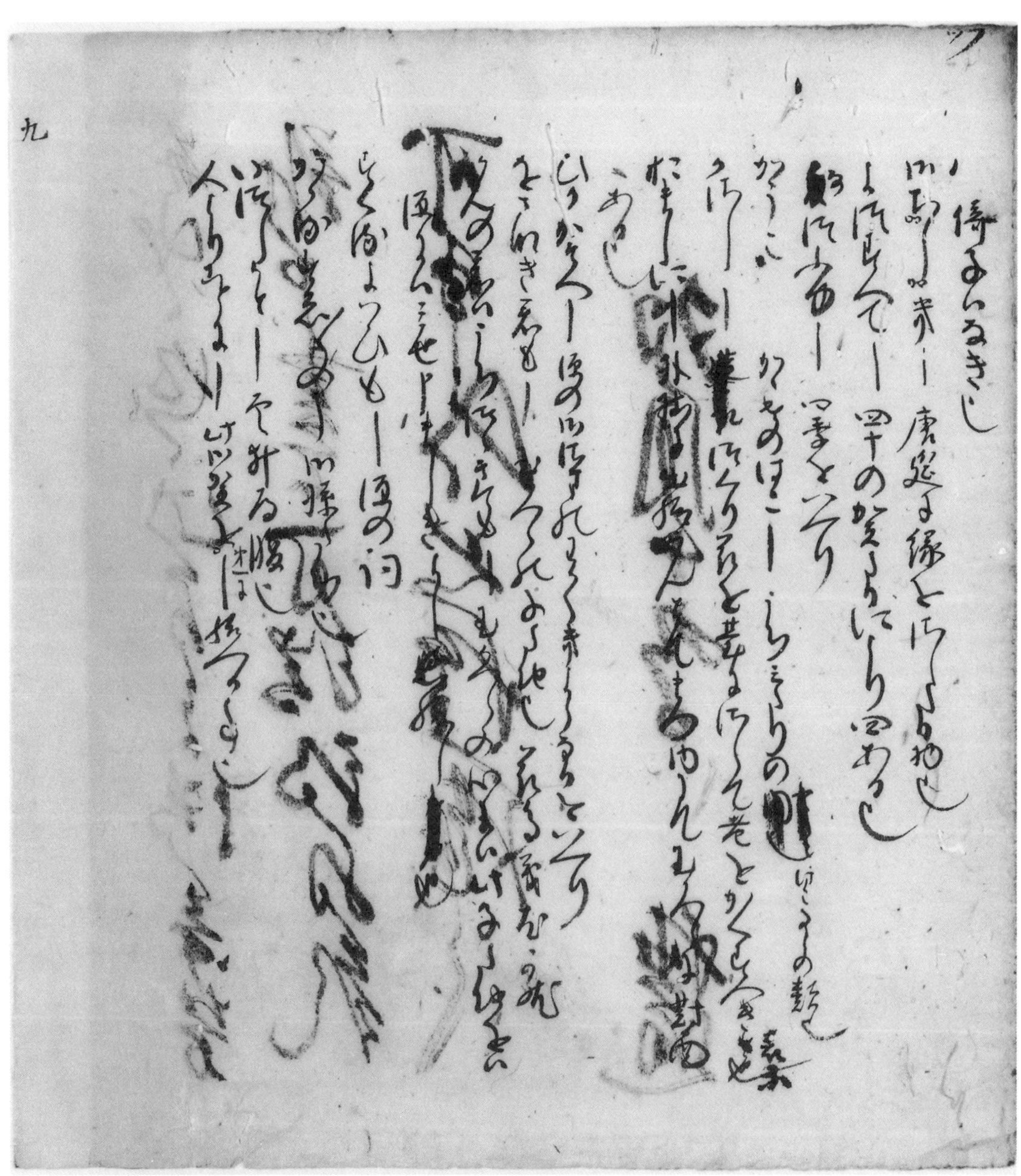

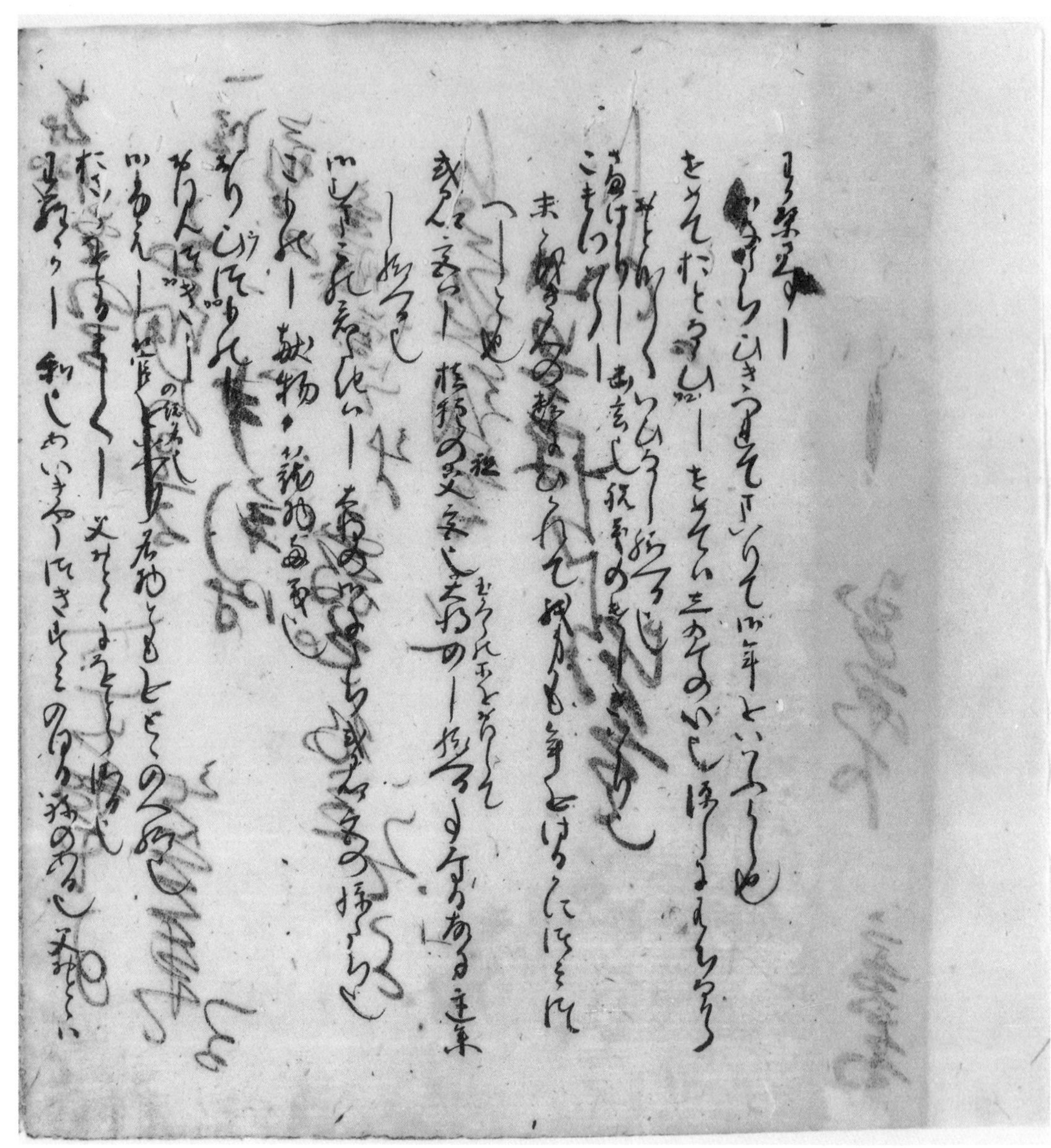

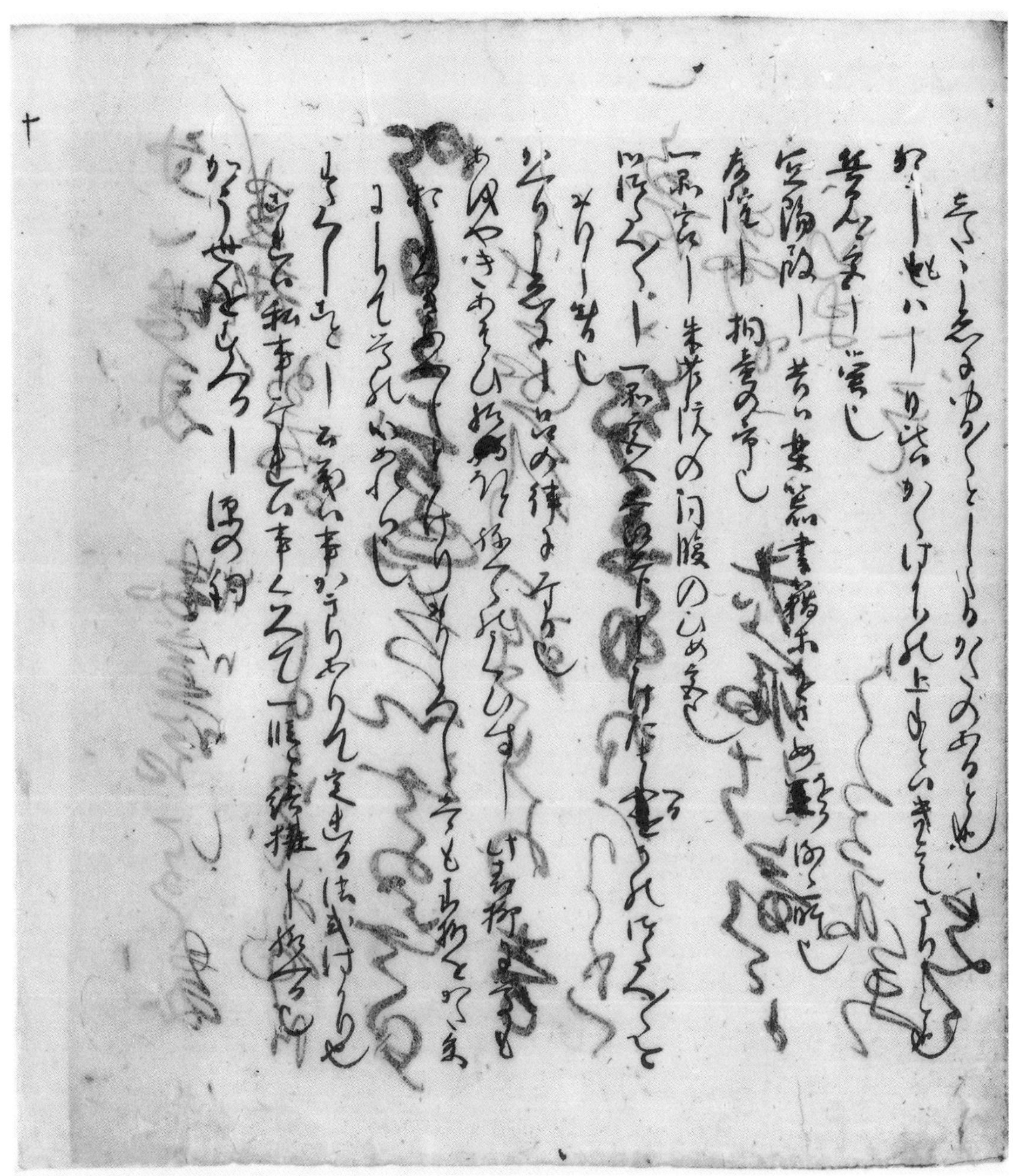

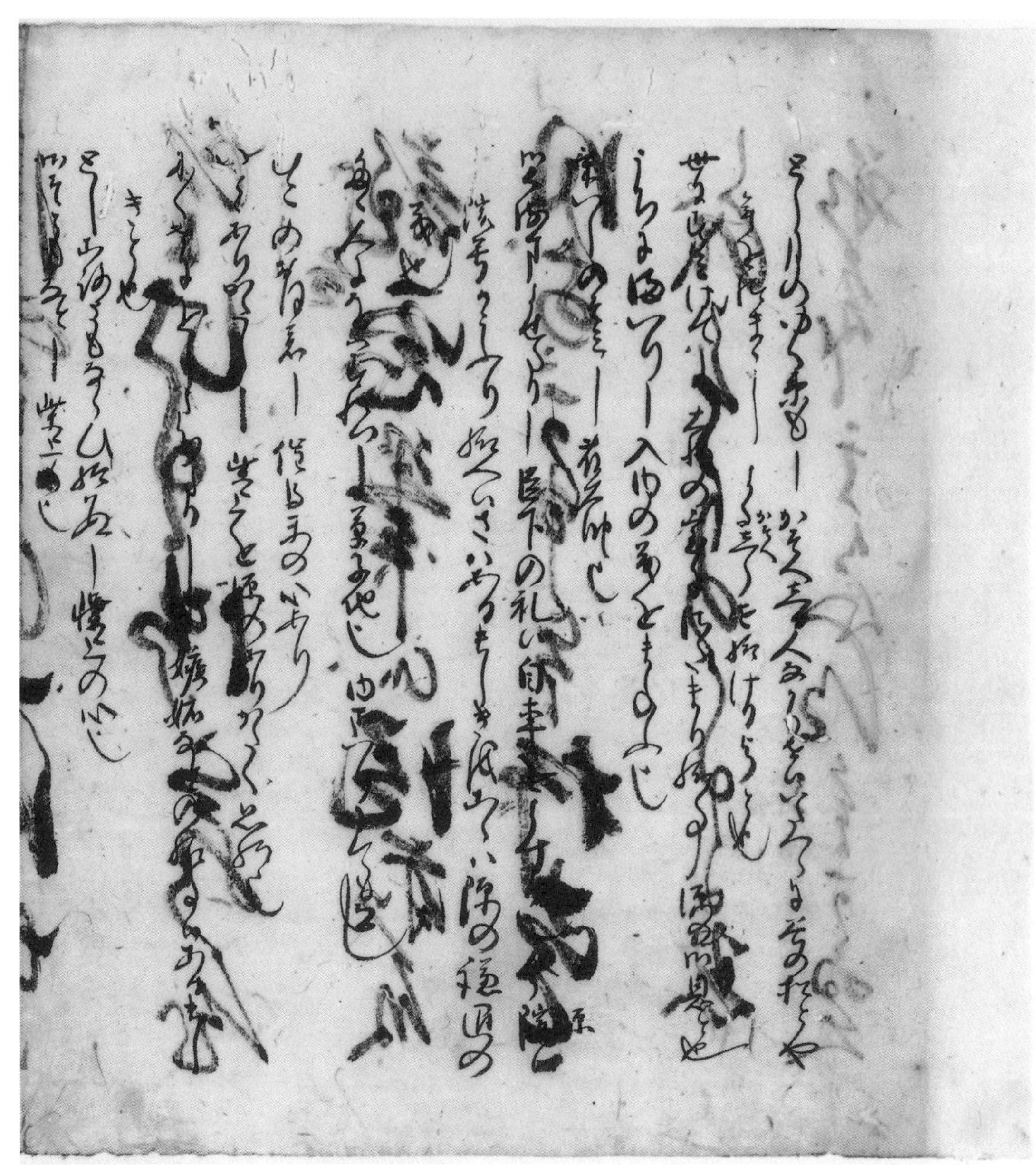

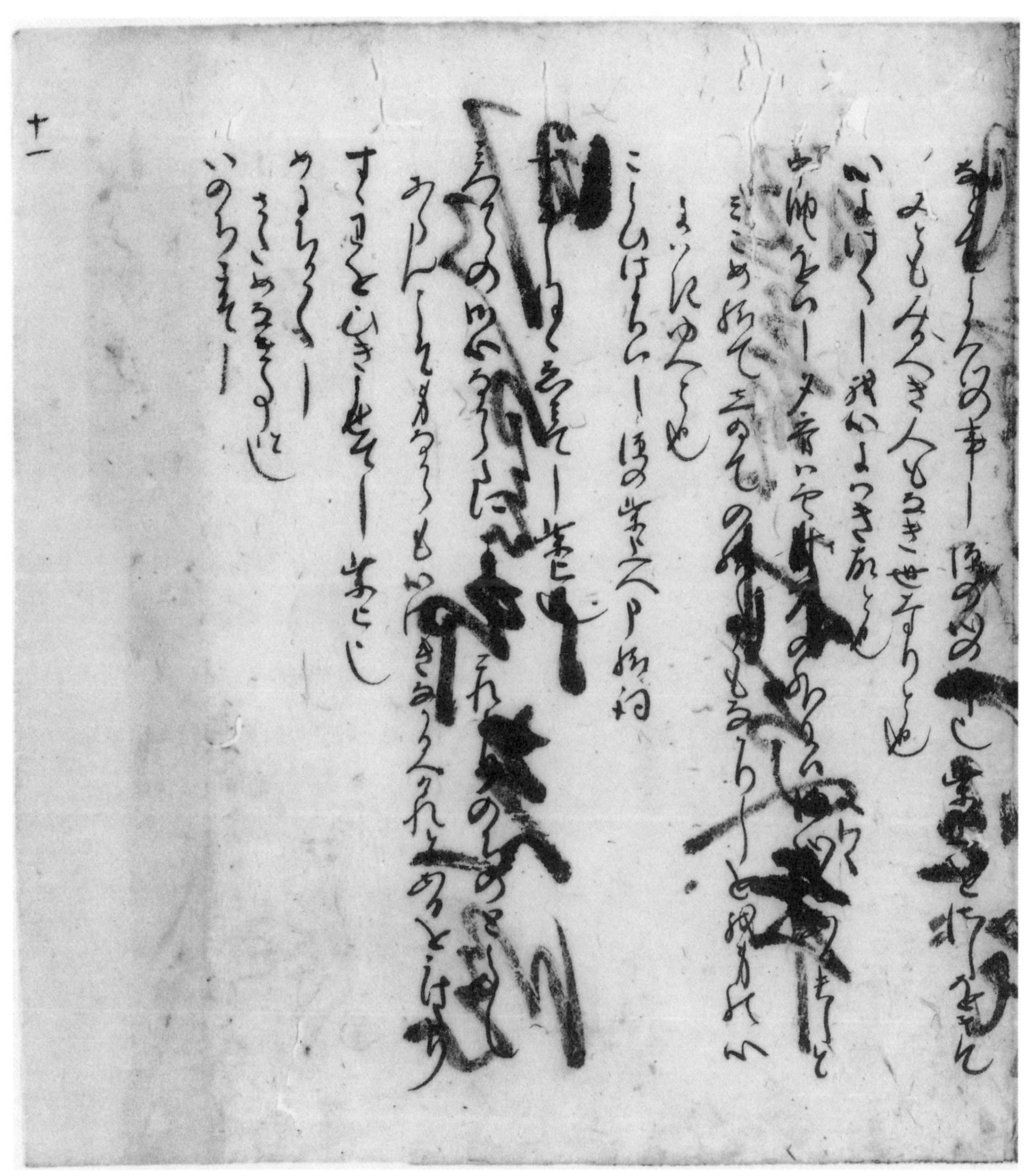

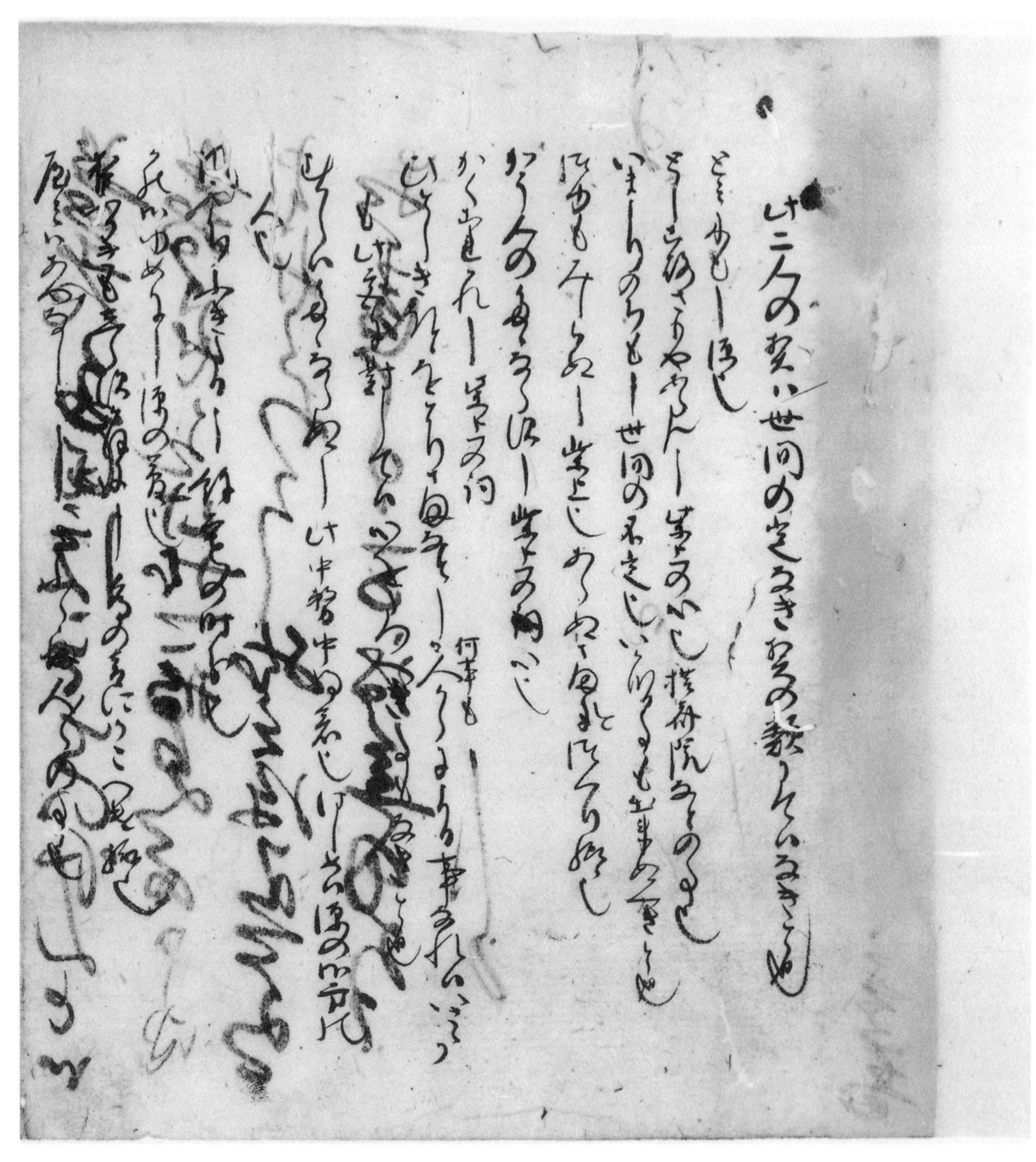

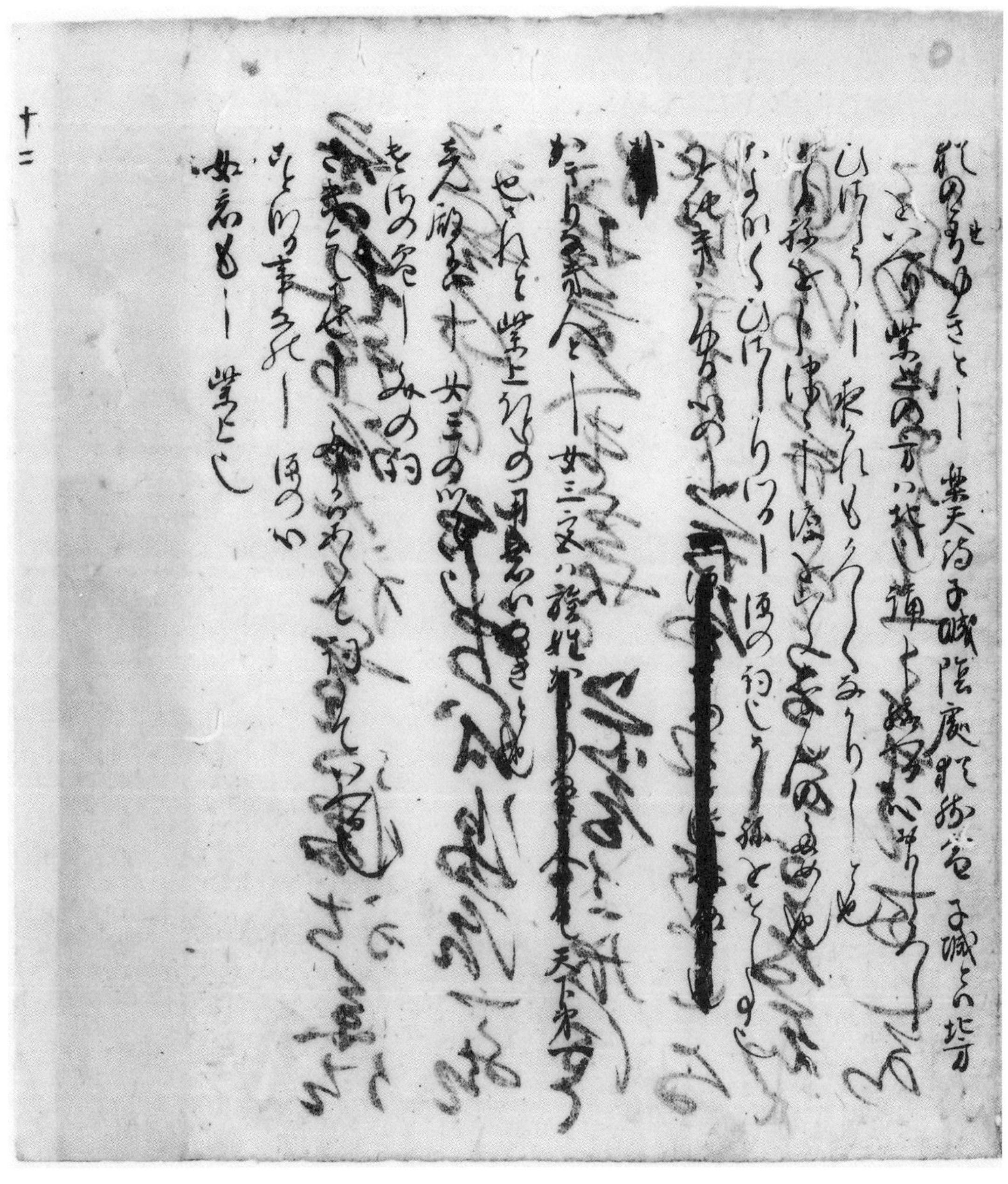

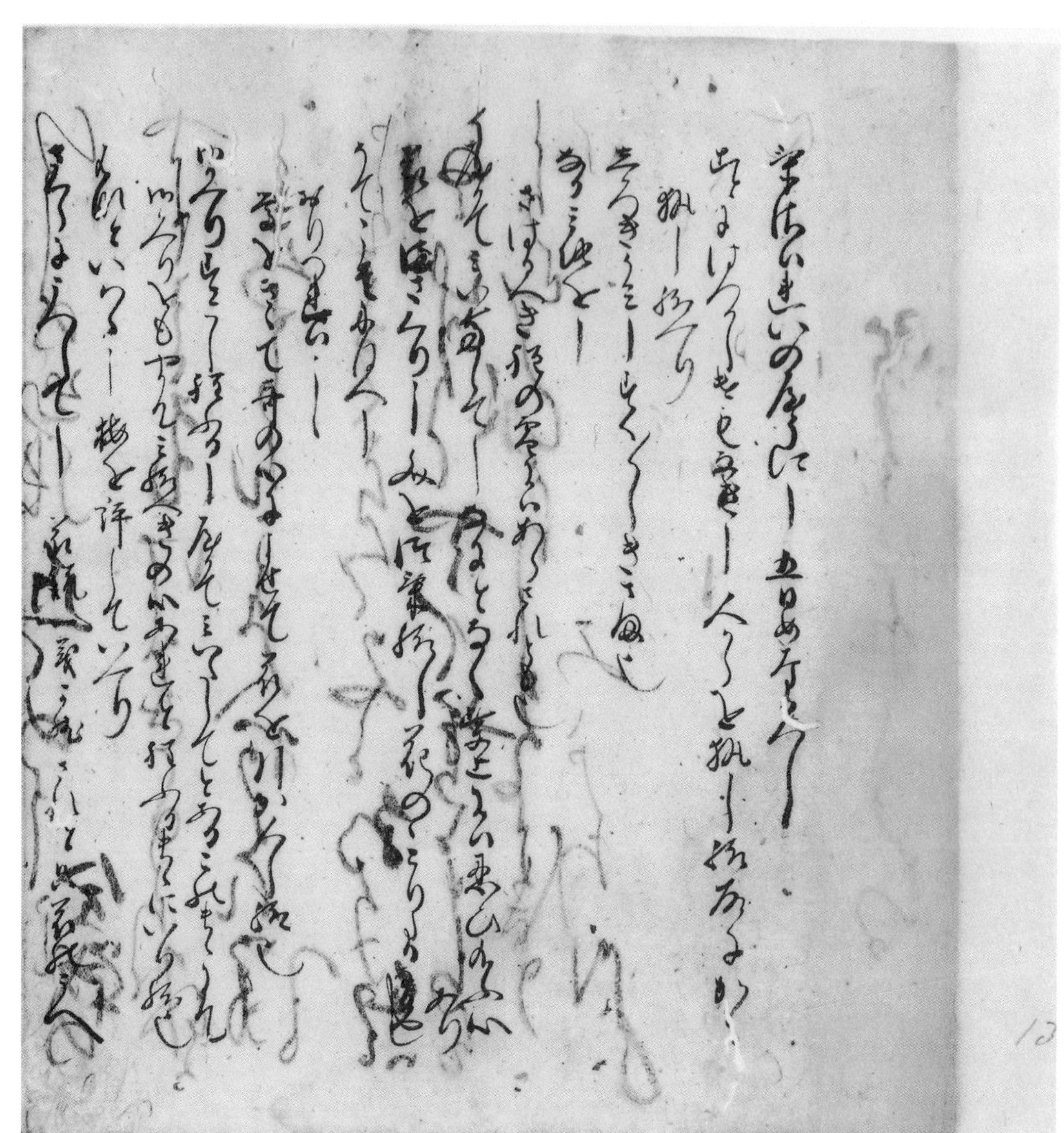

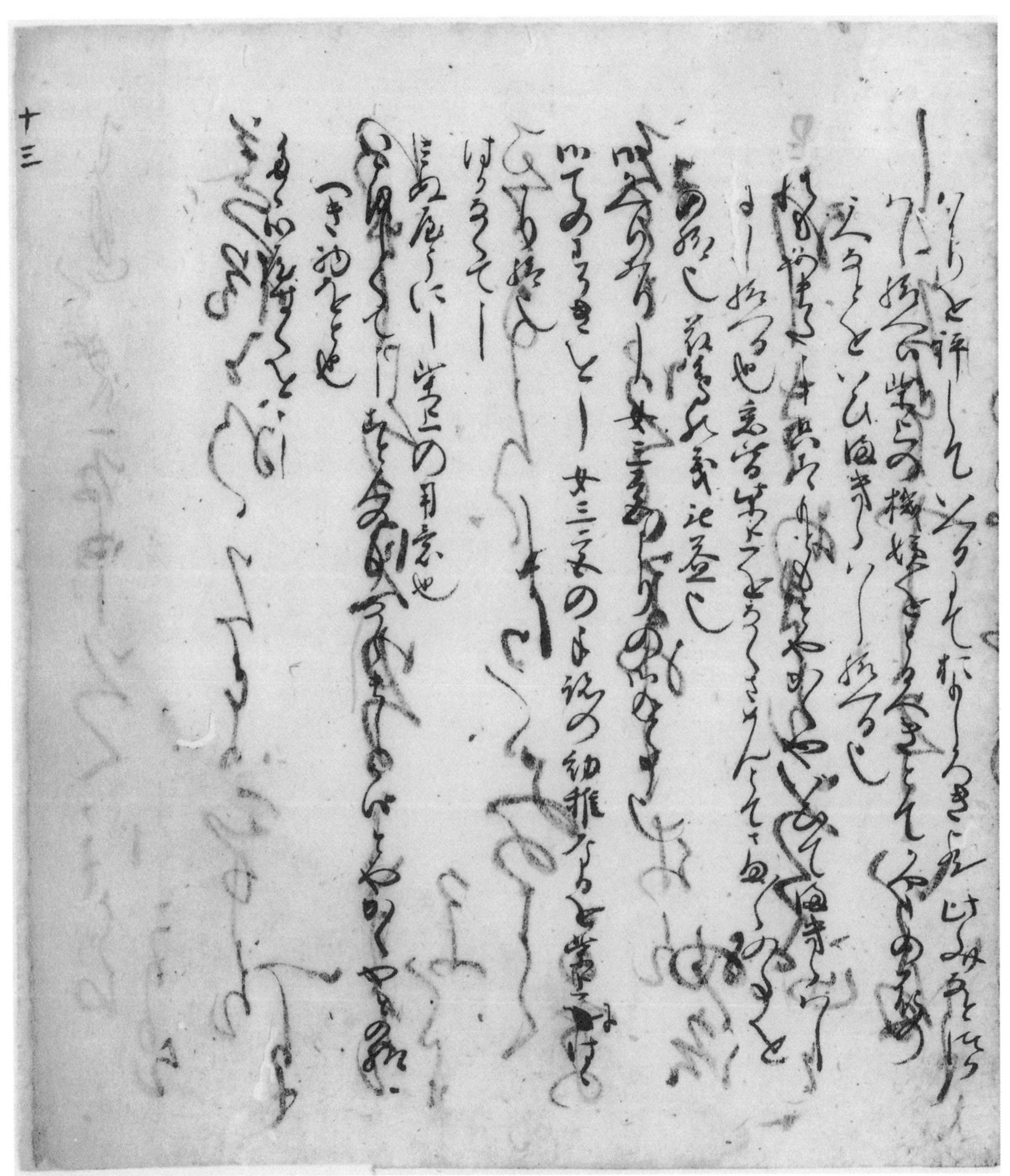

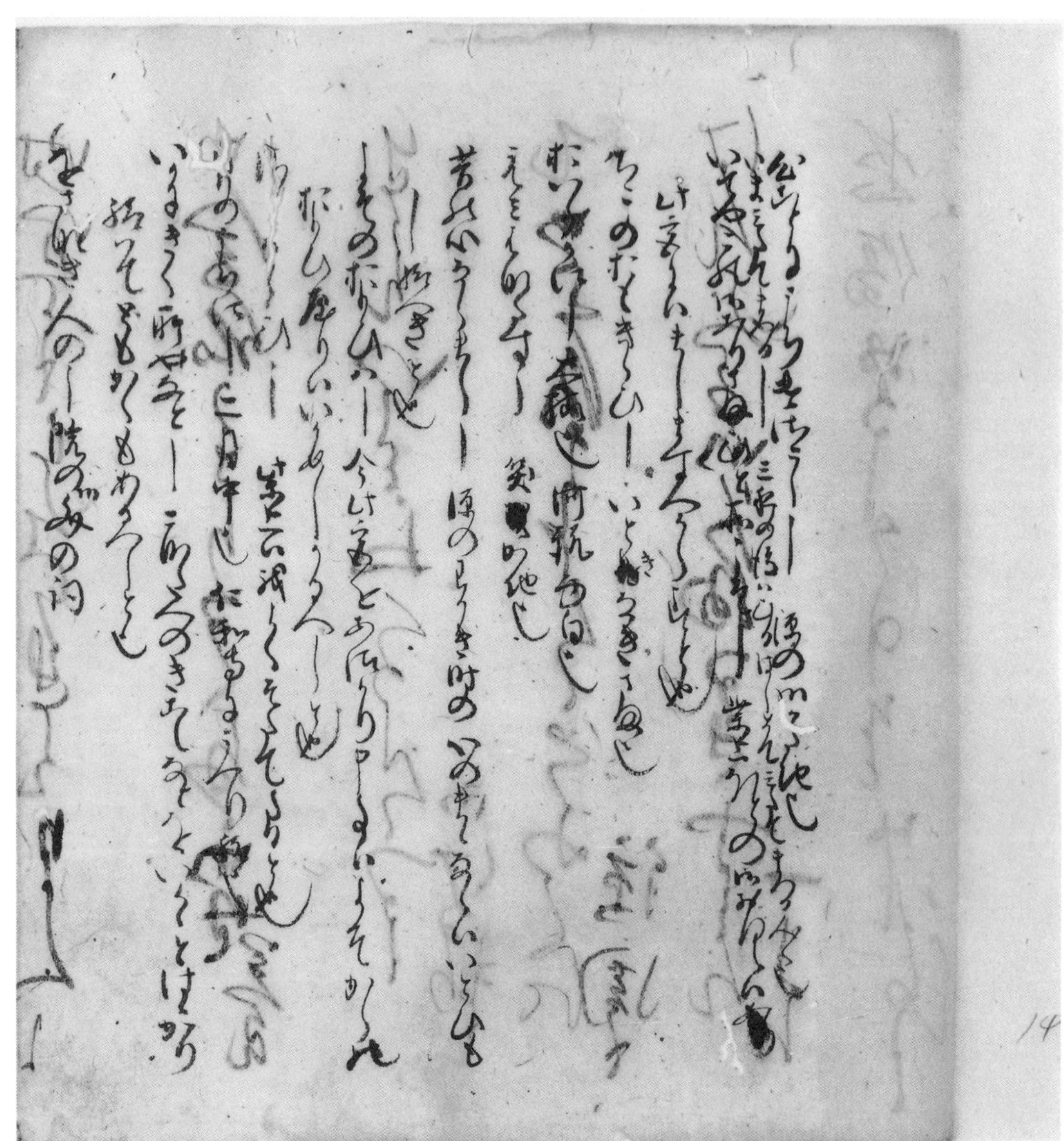

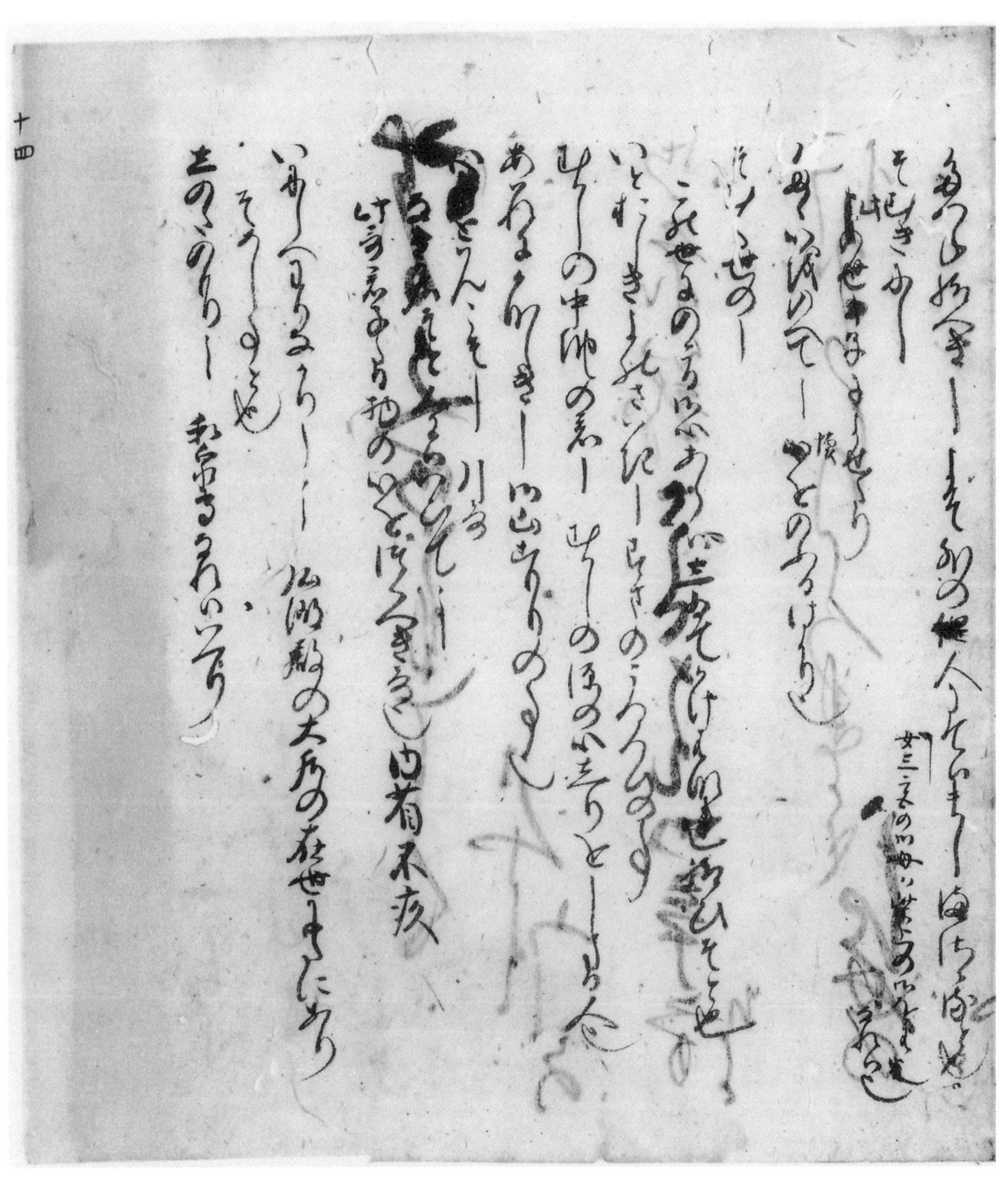

十四

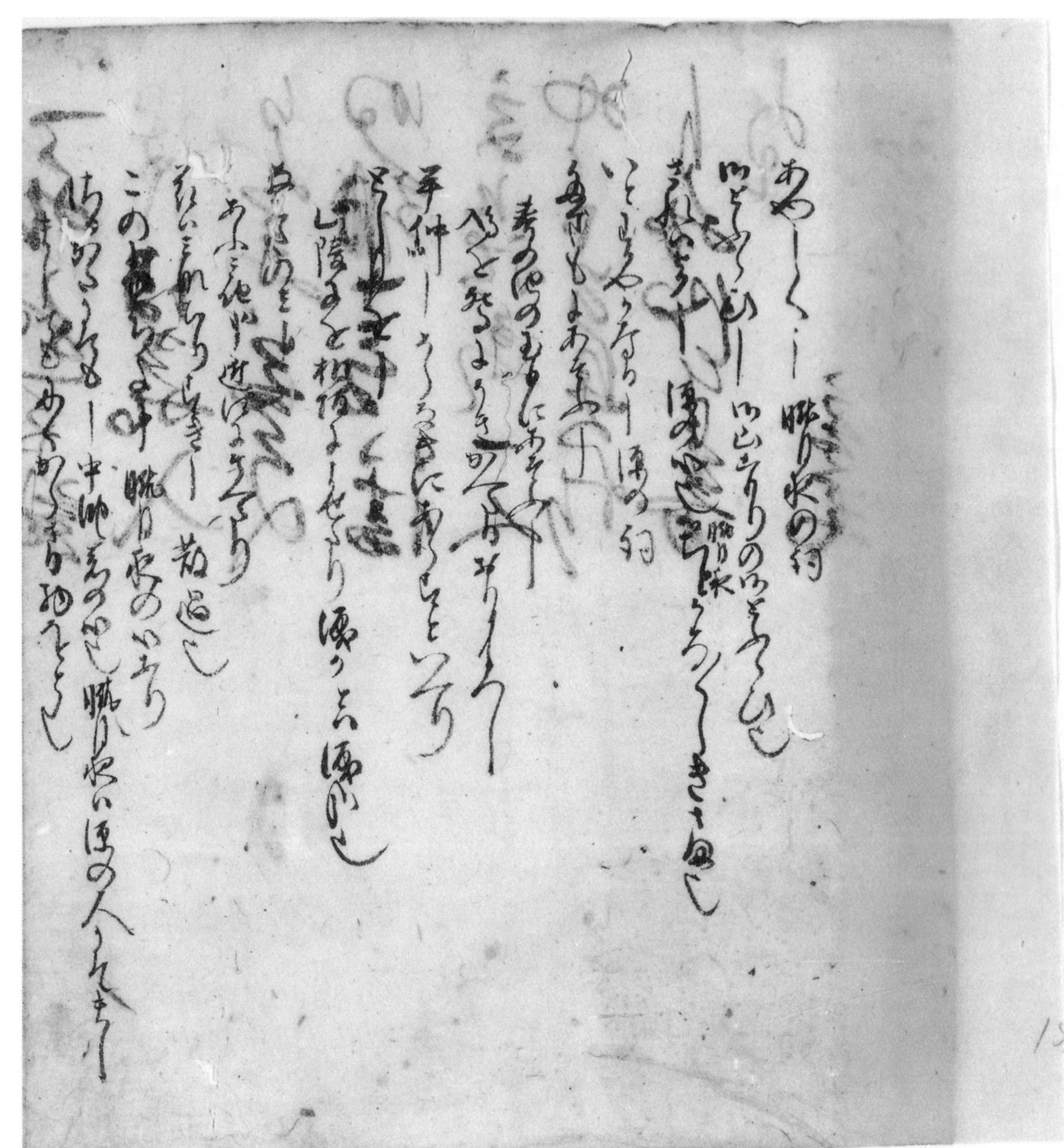

十五

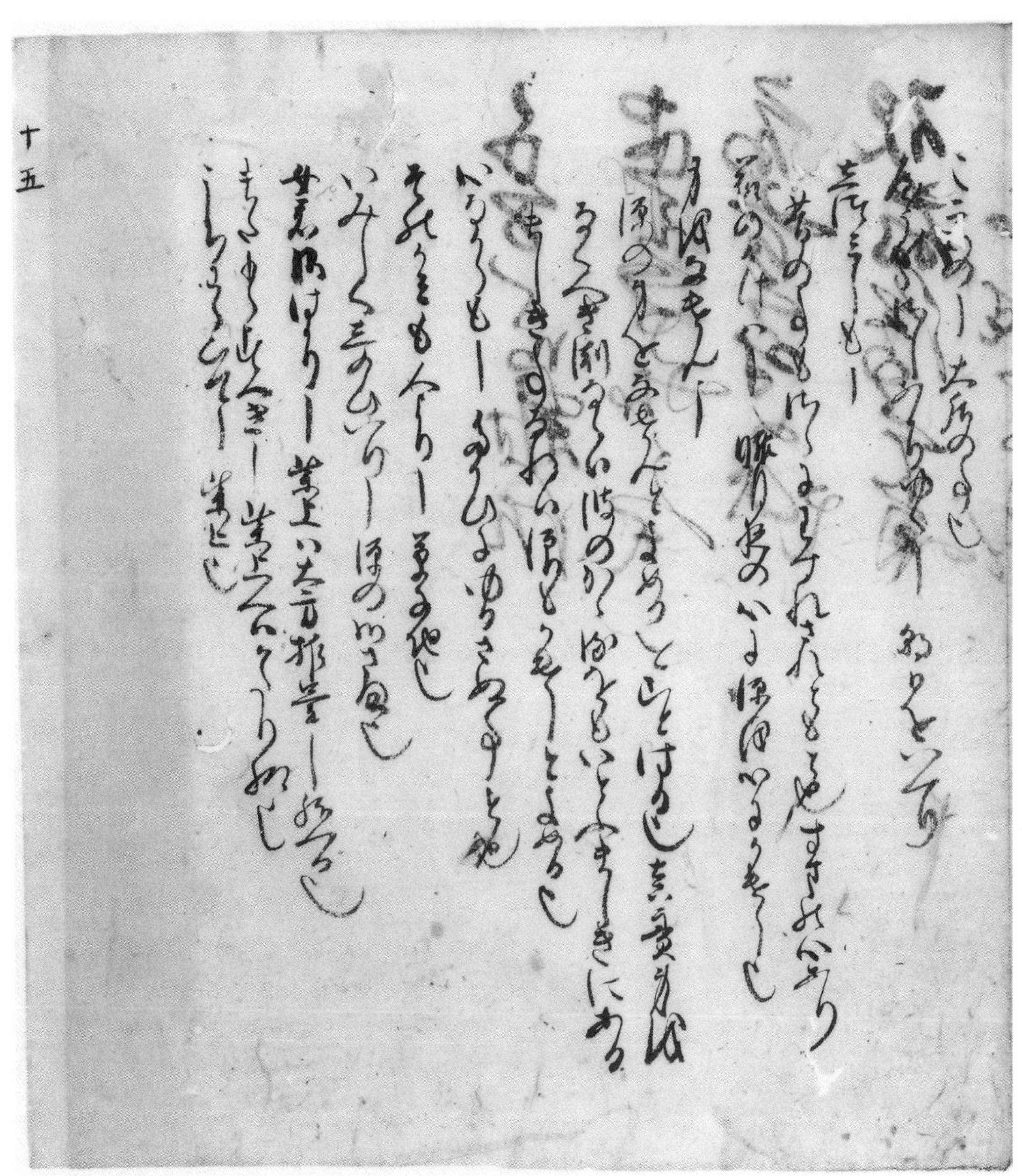

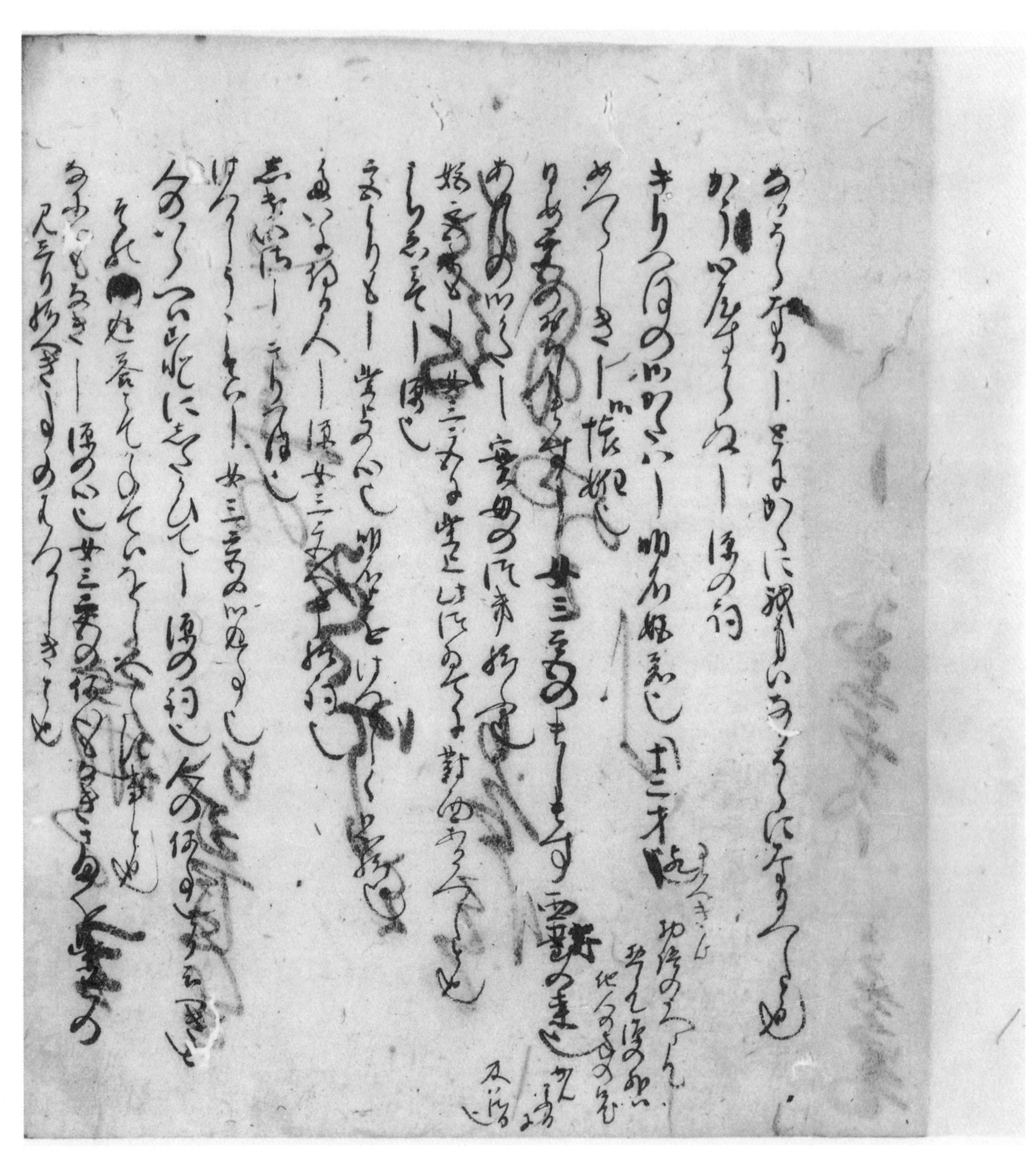

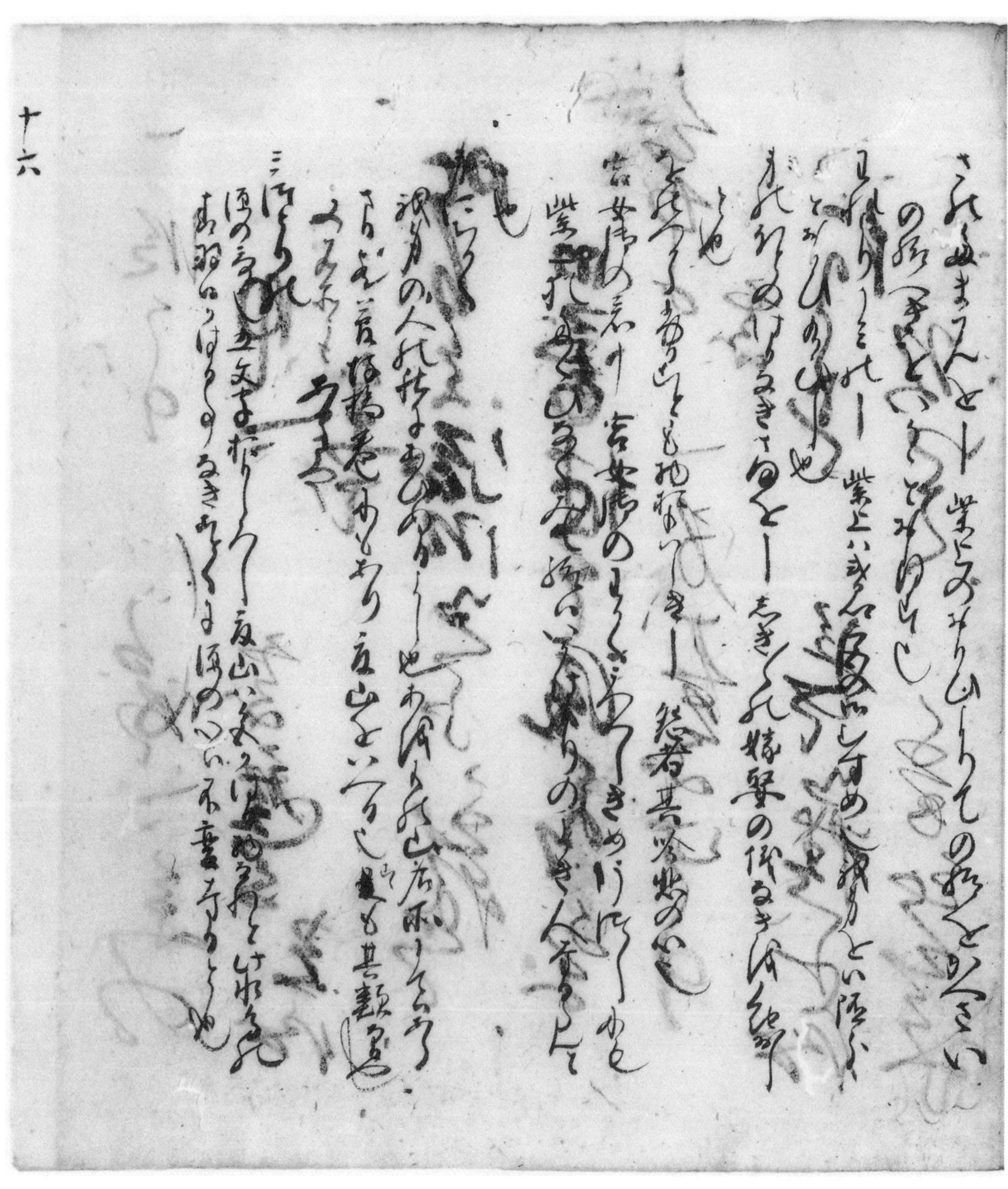

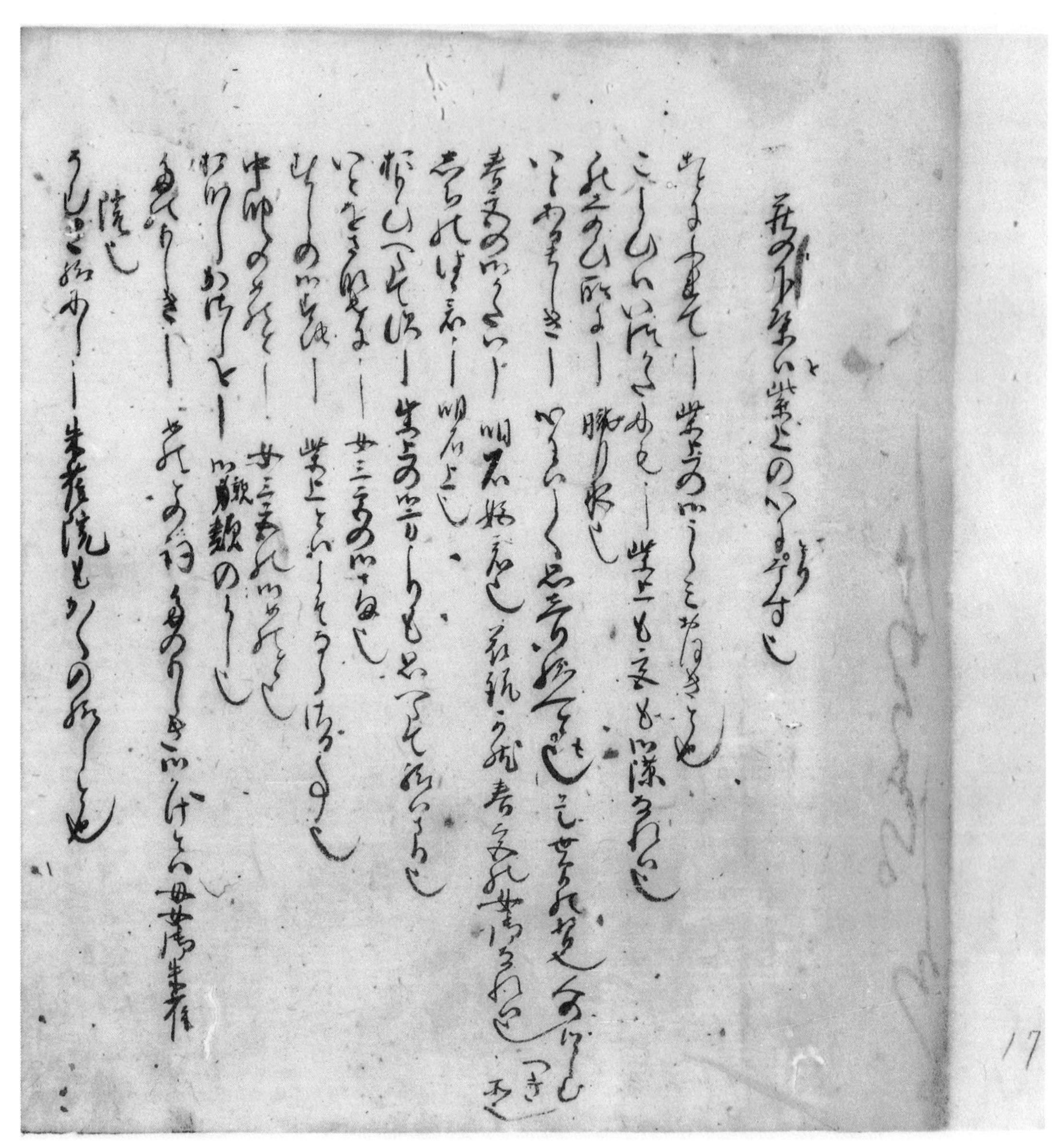

十七

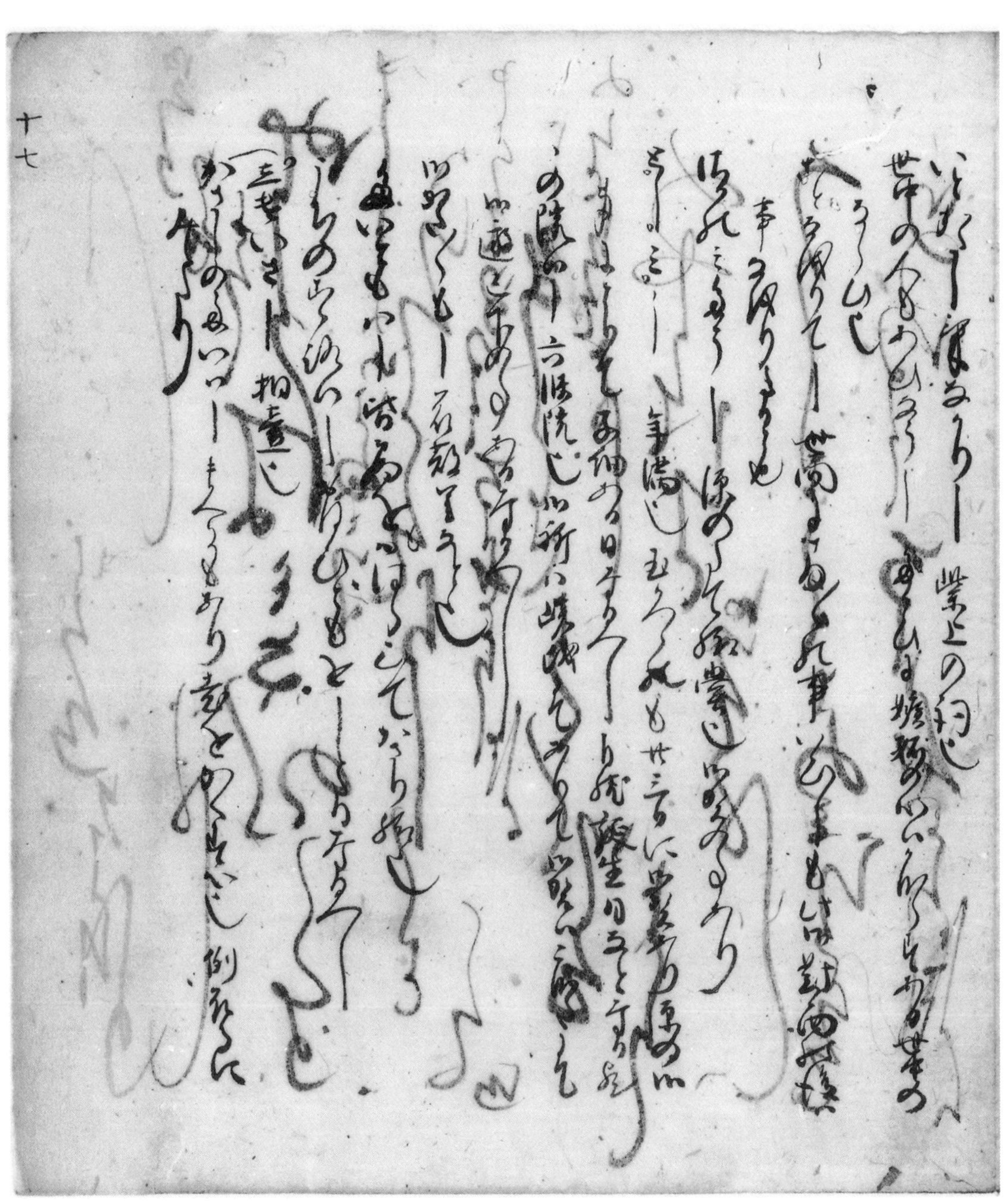

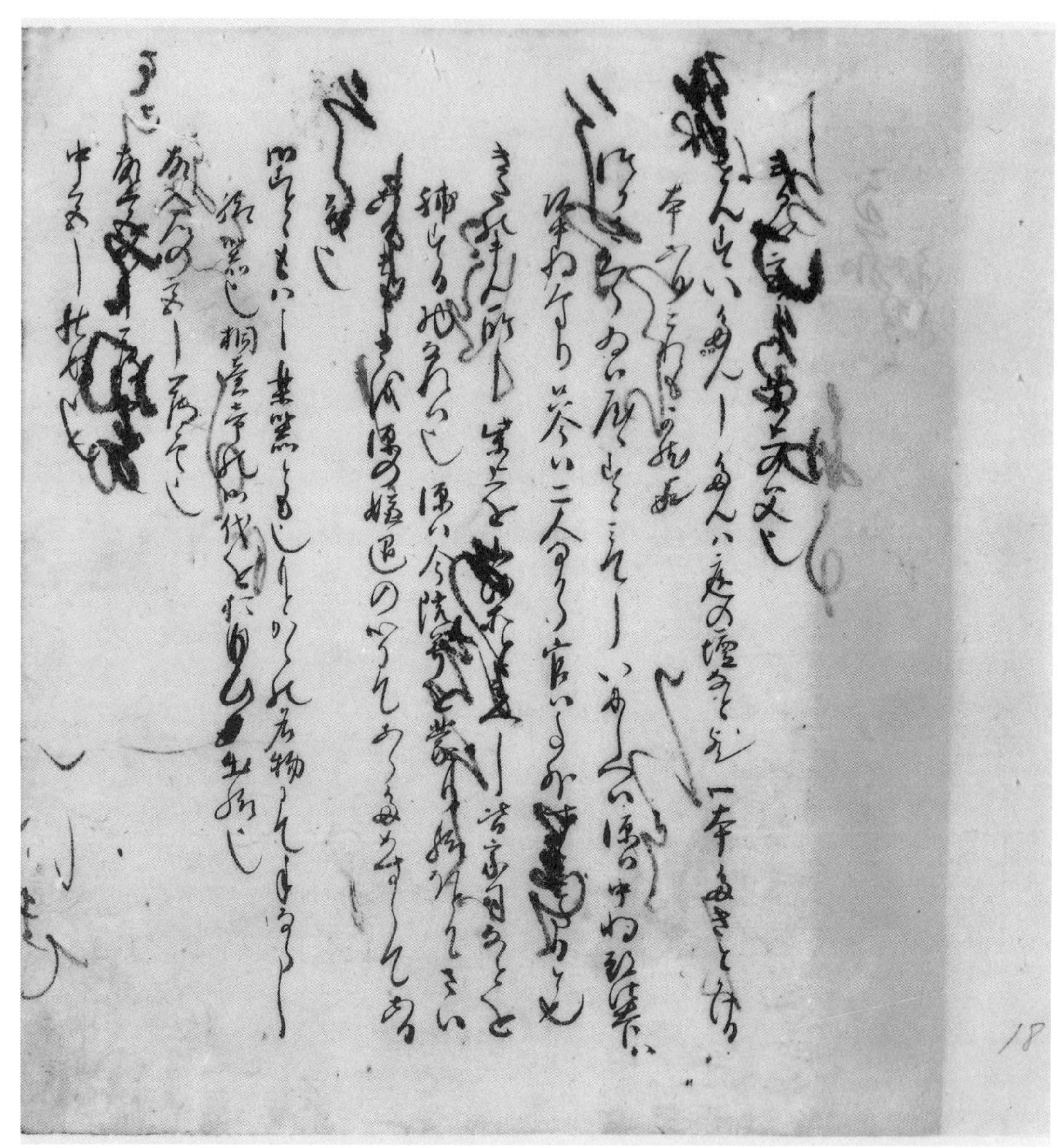

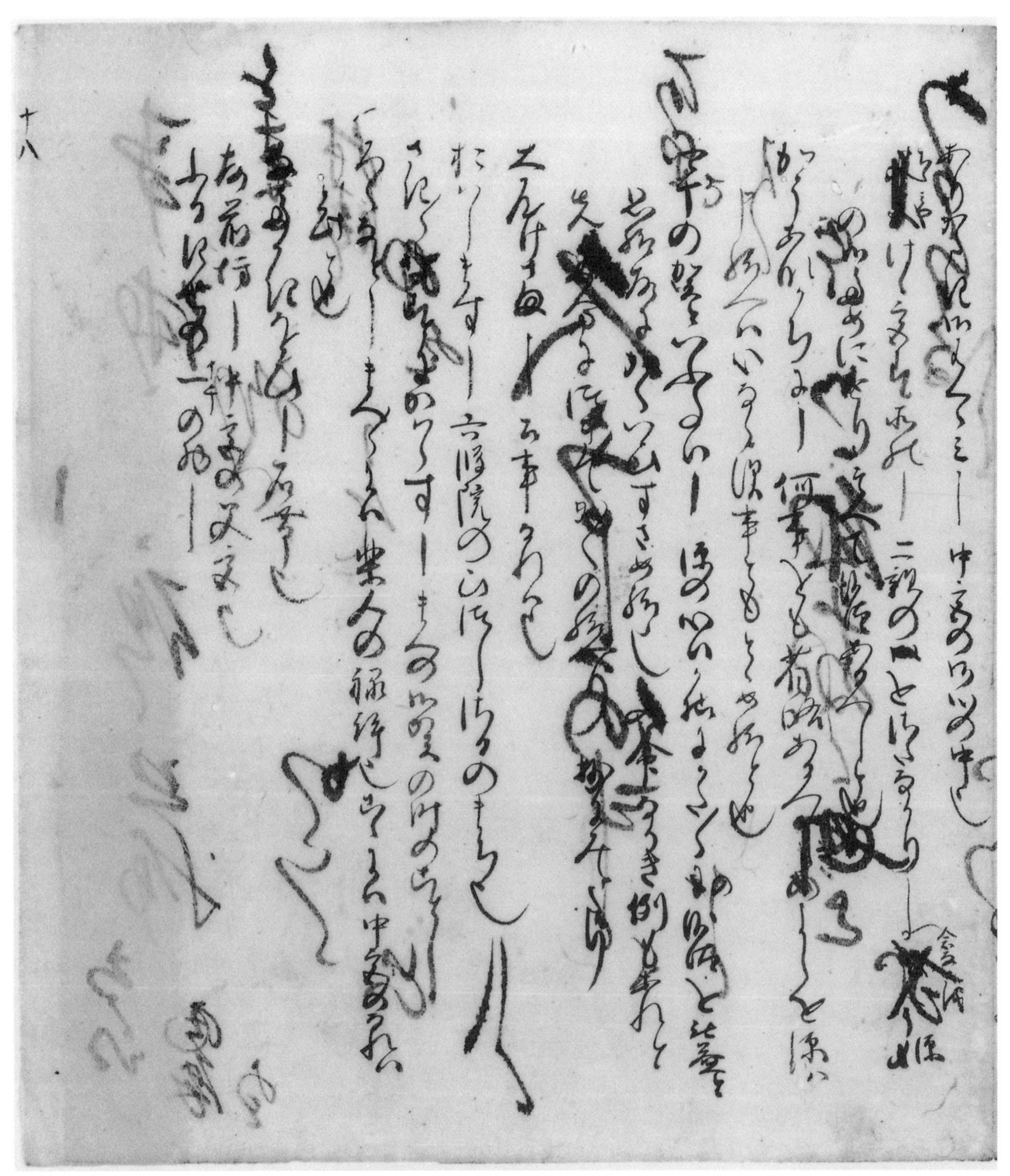

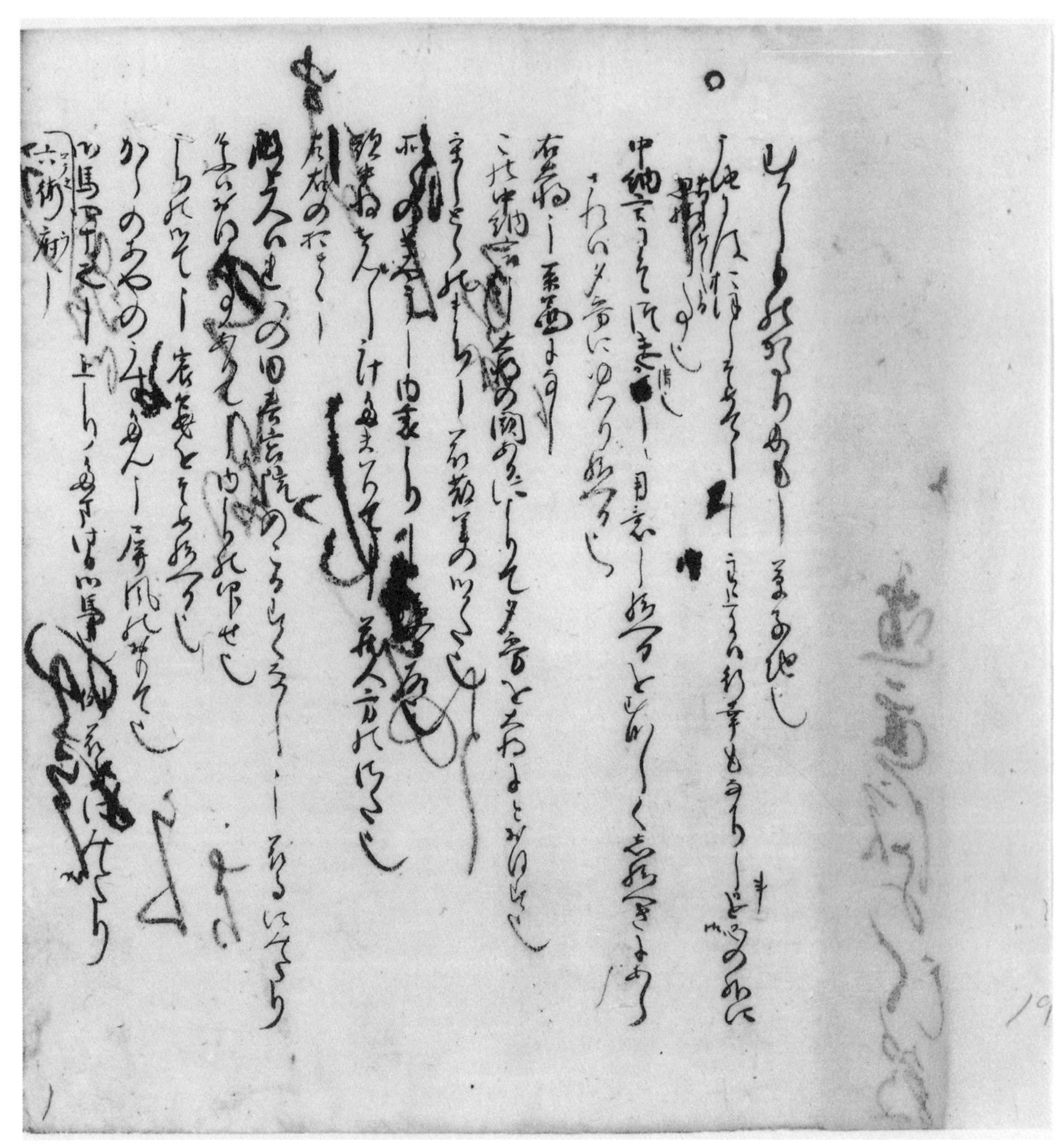

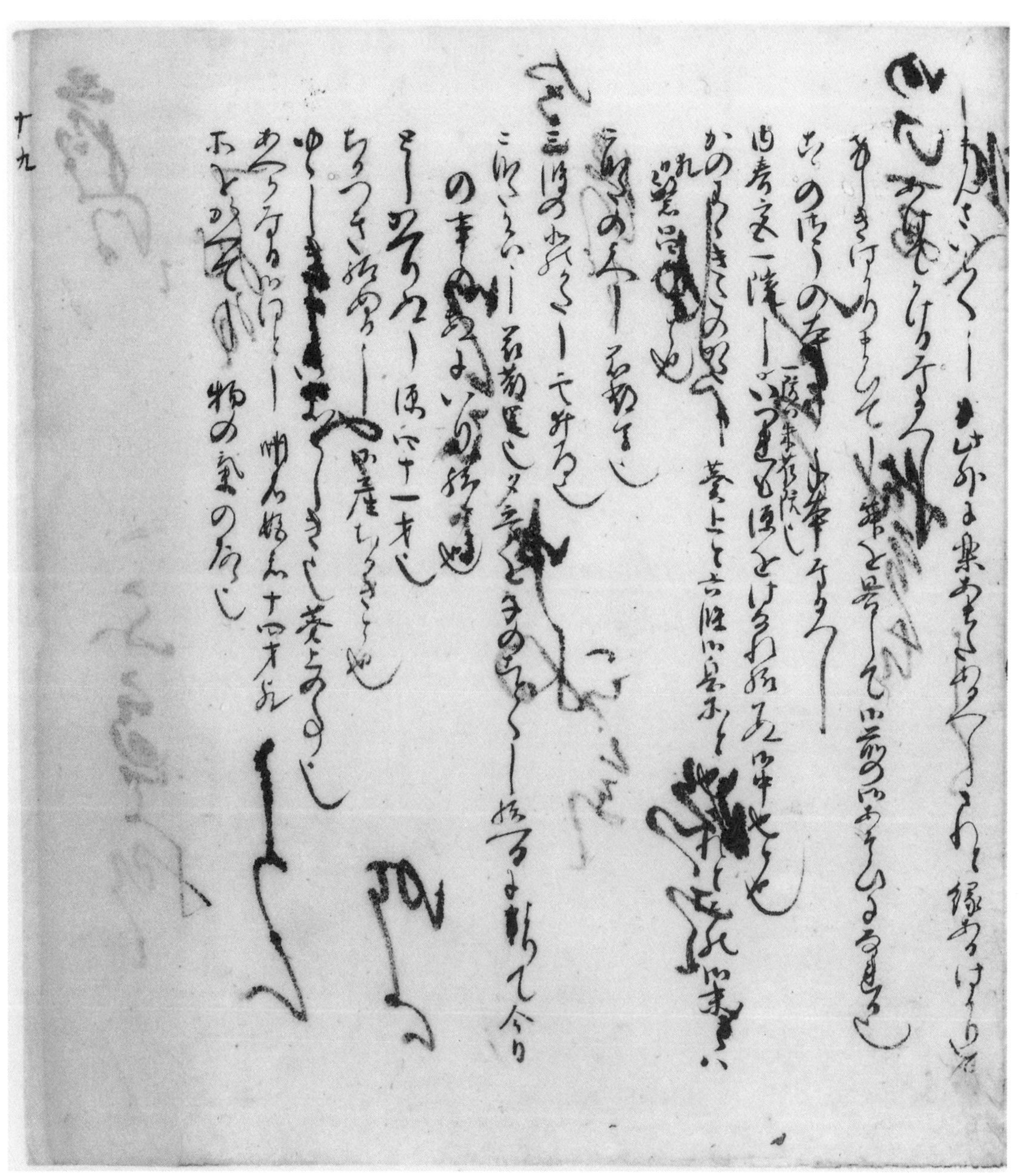

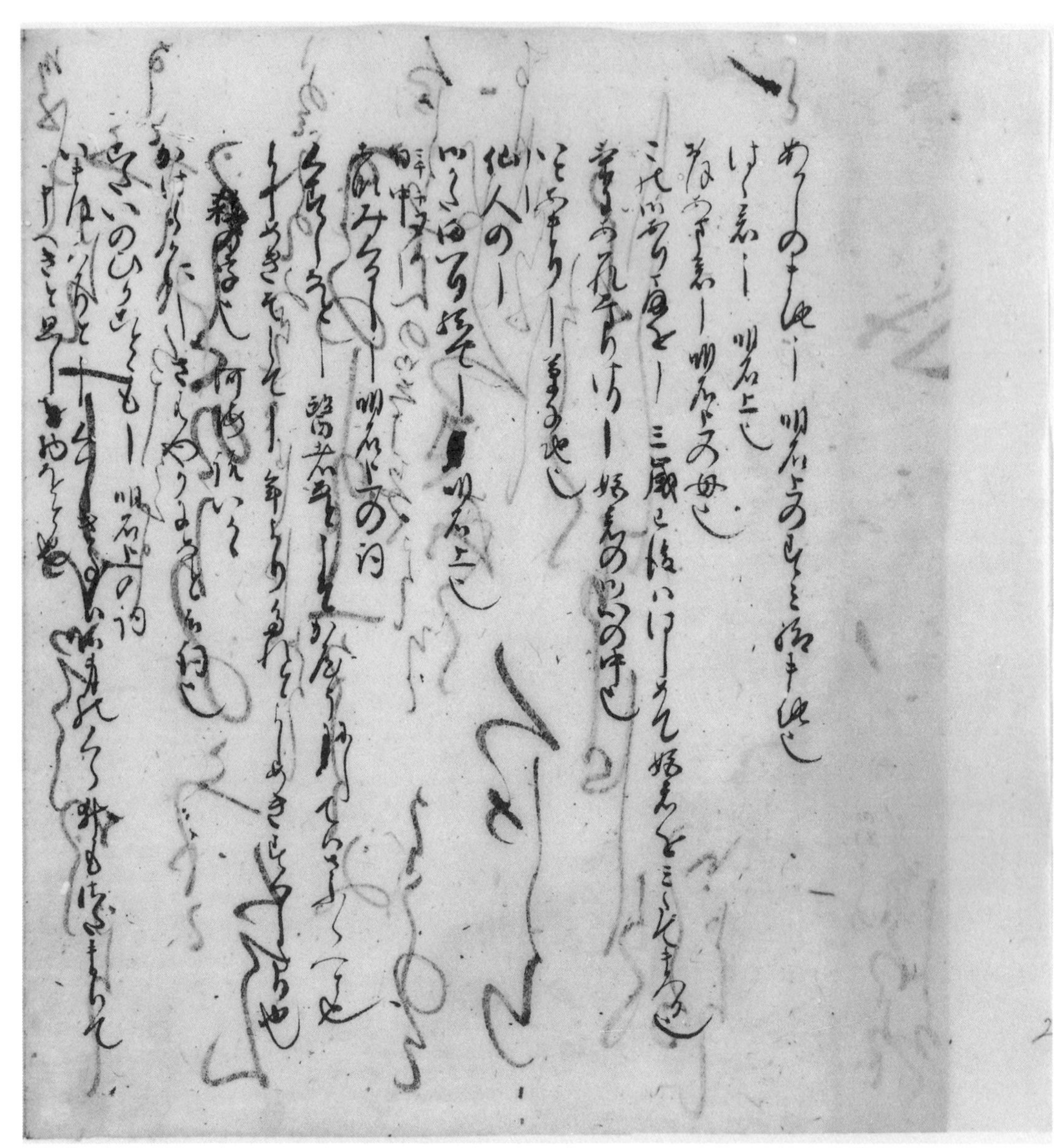

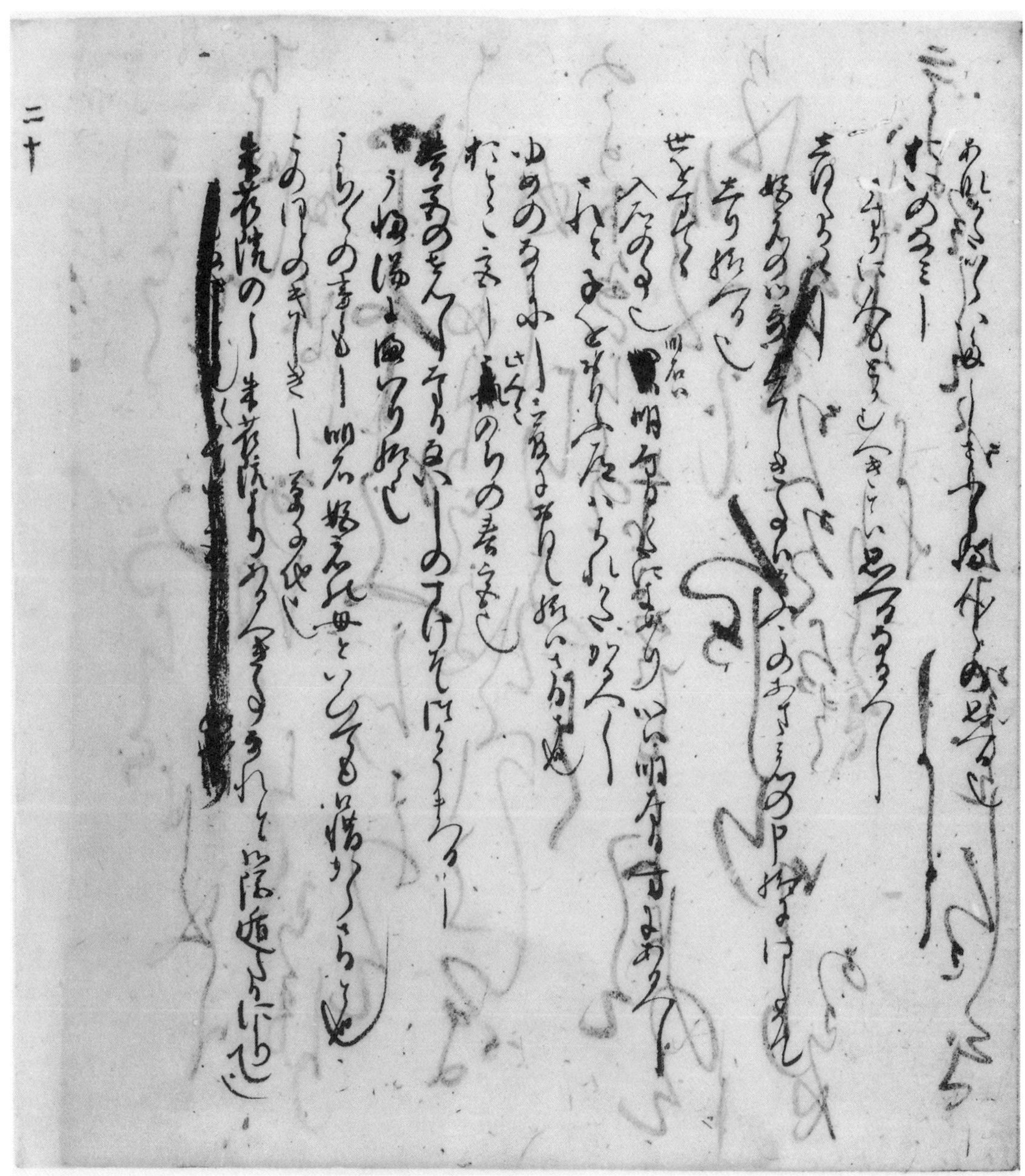

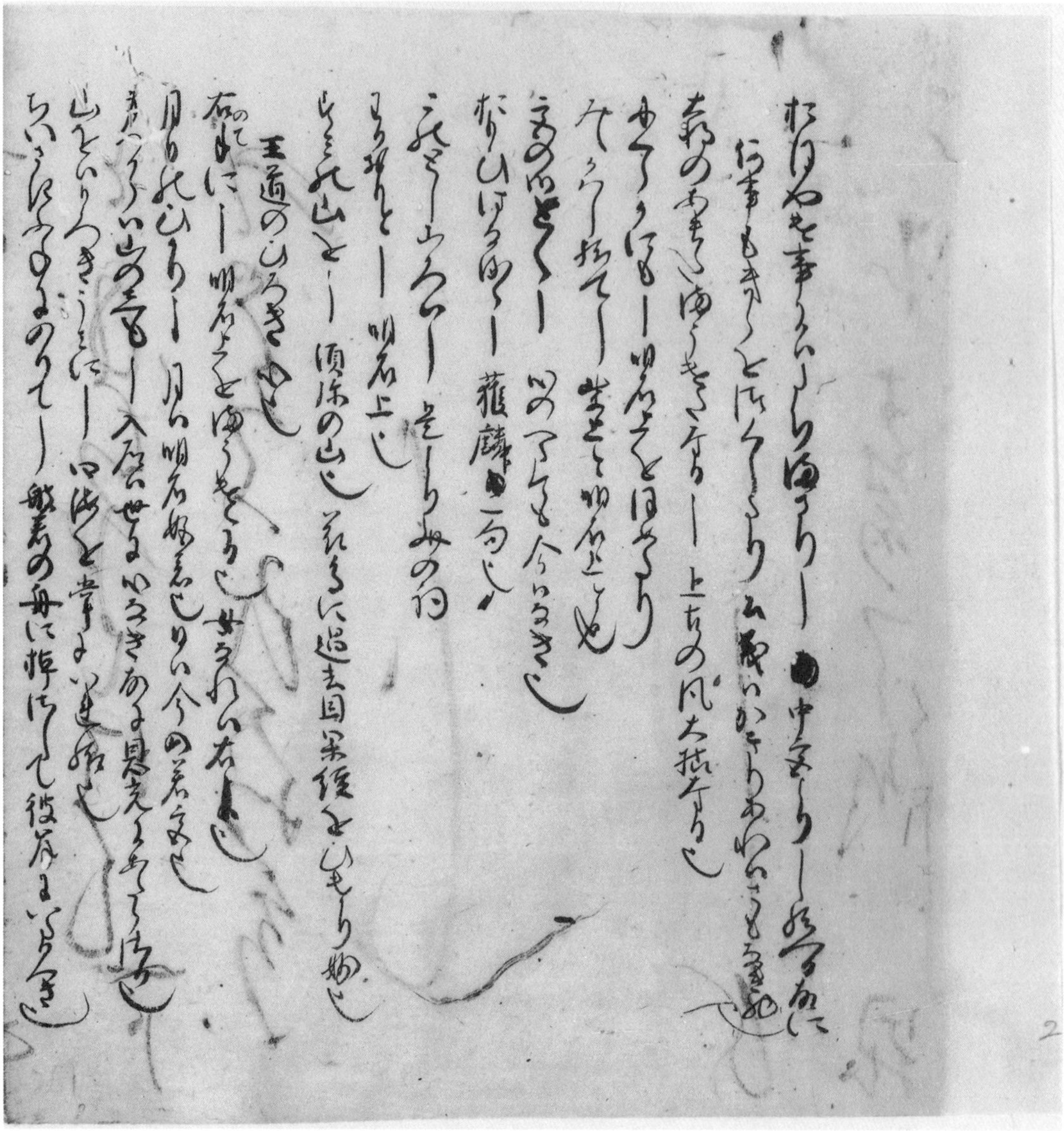

二十一

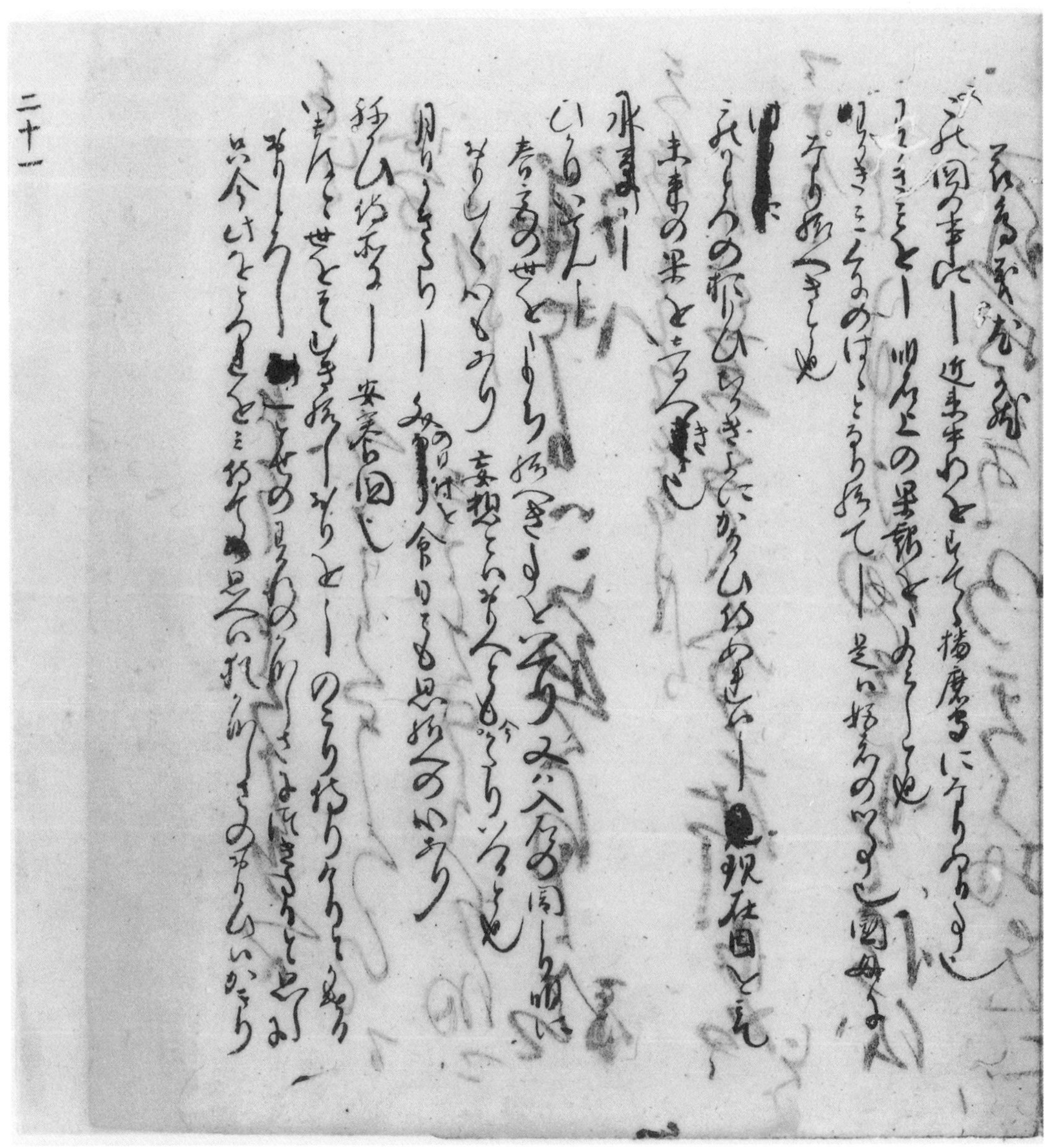

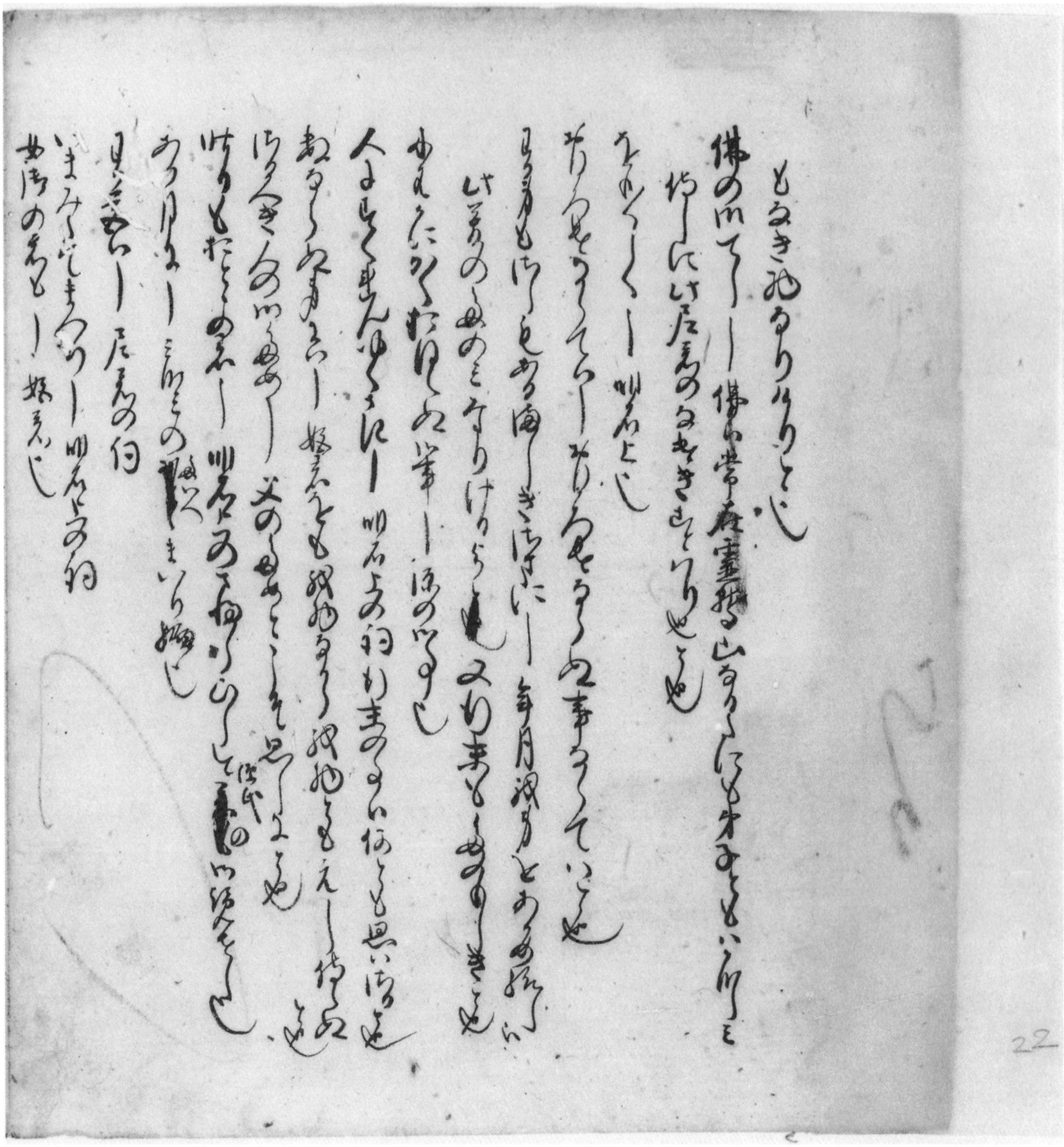

二十二

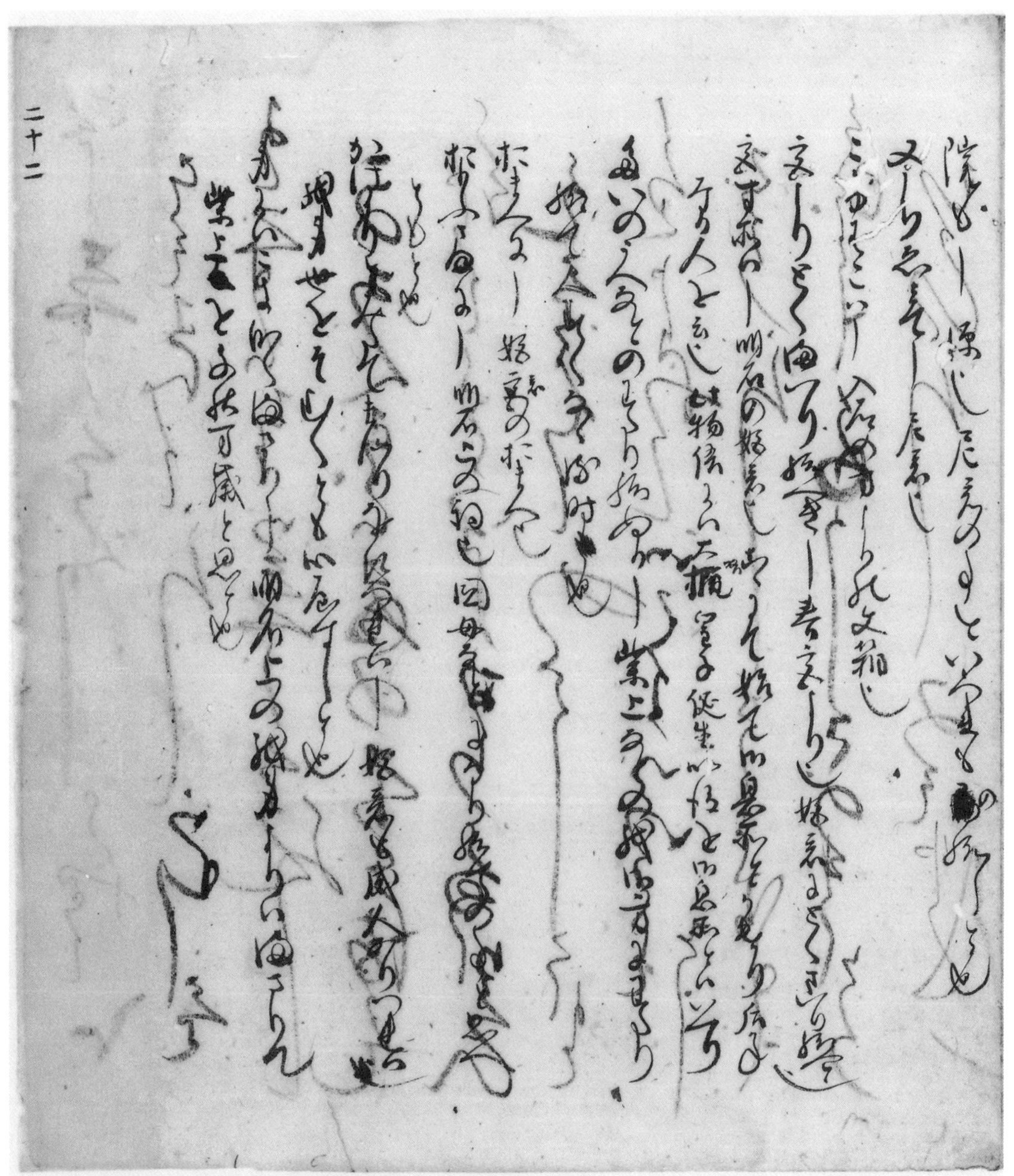

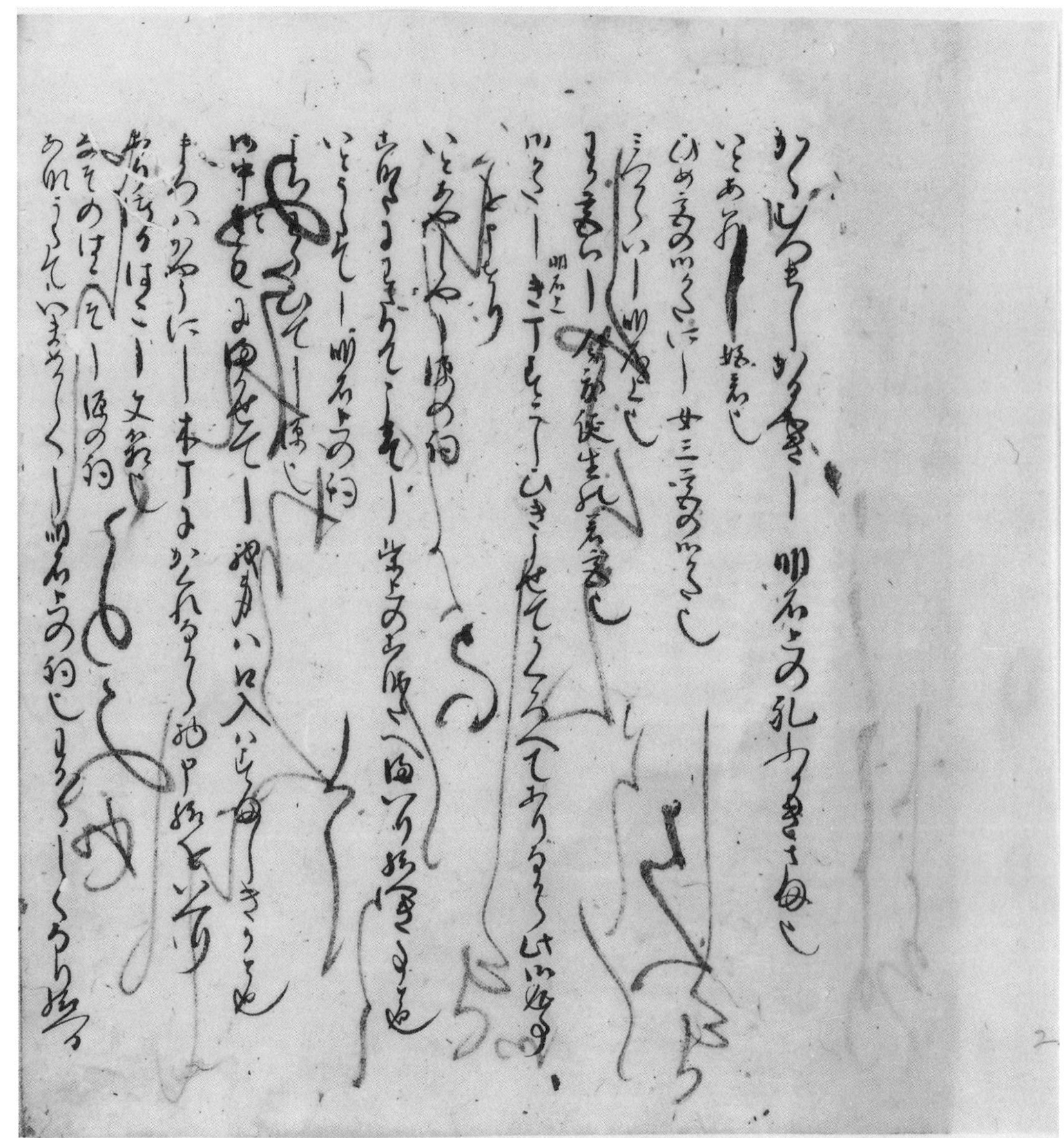

二十三

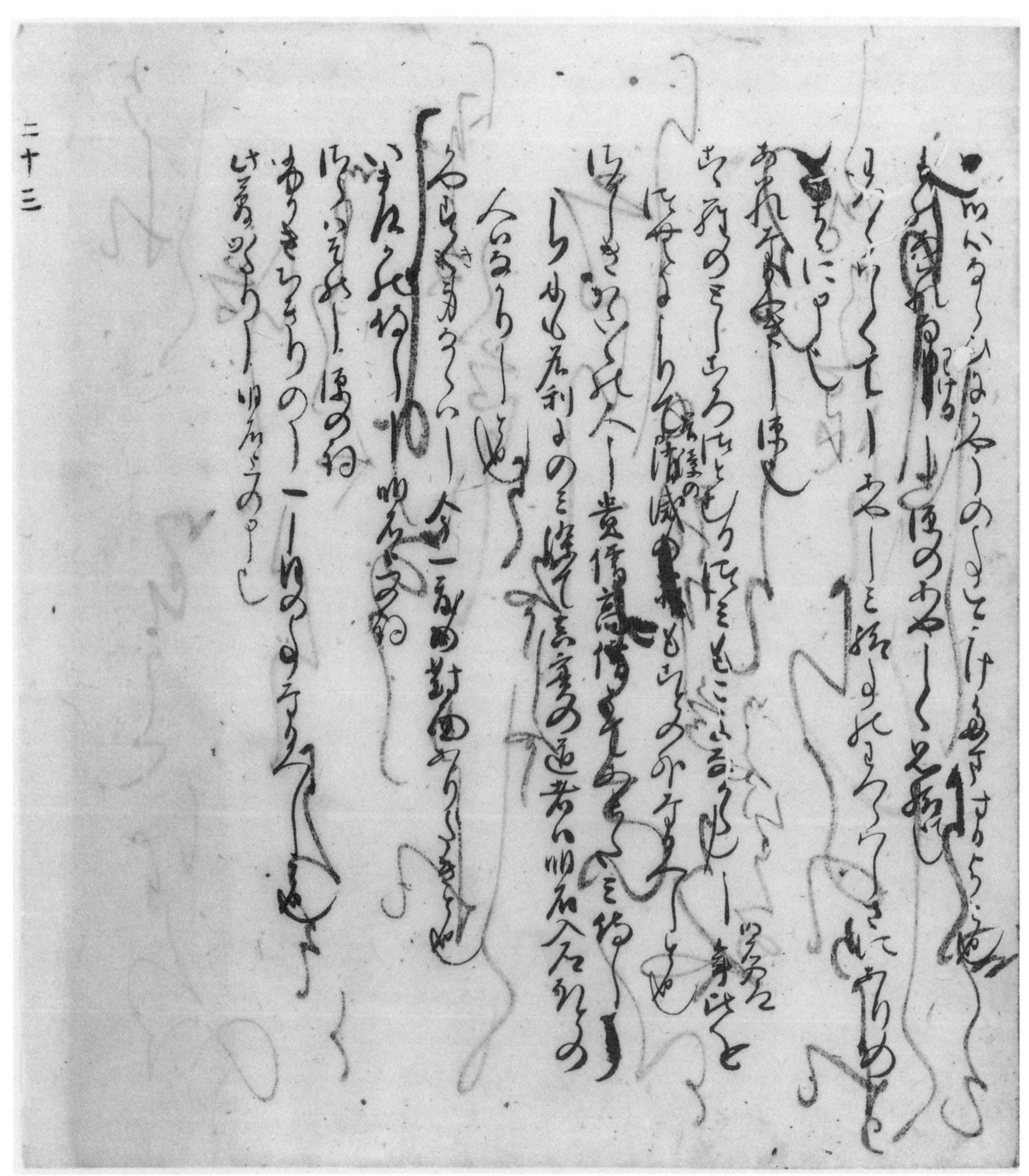

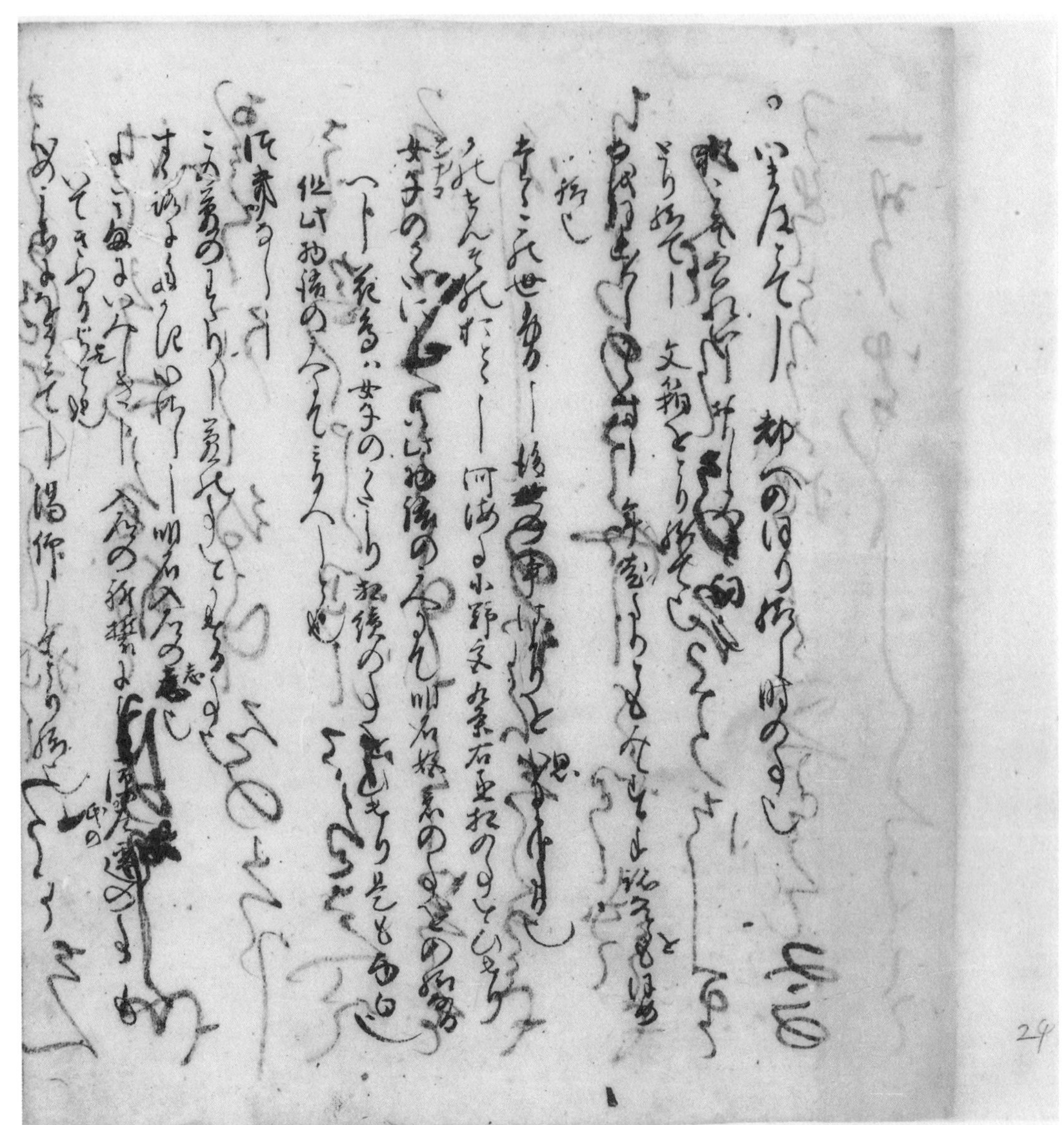

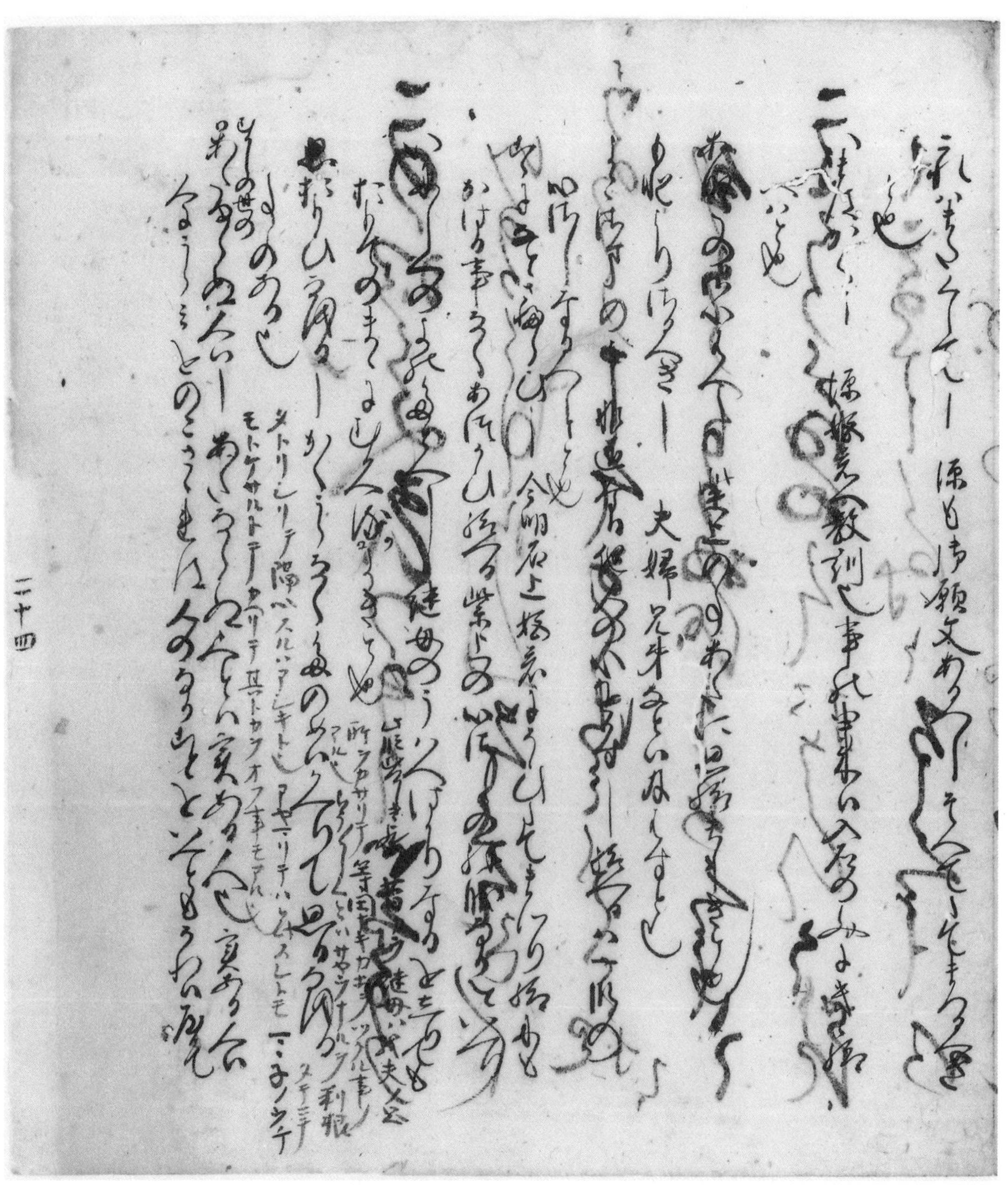

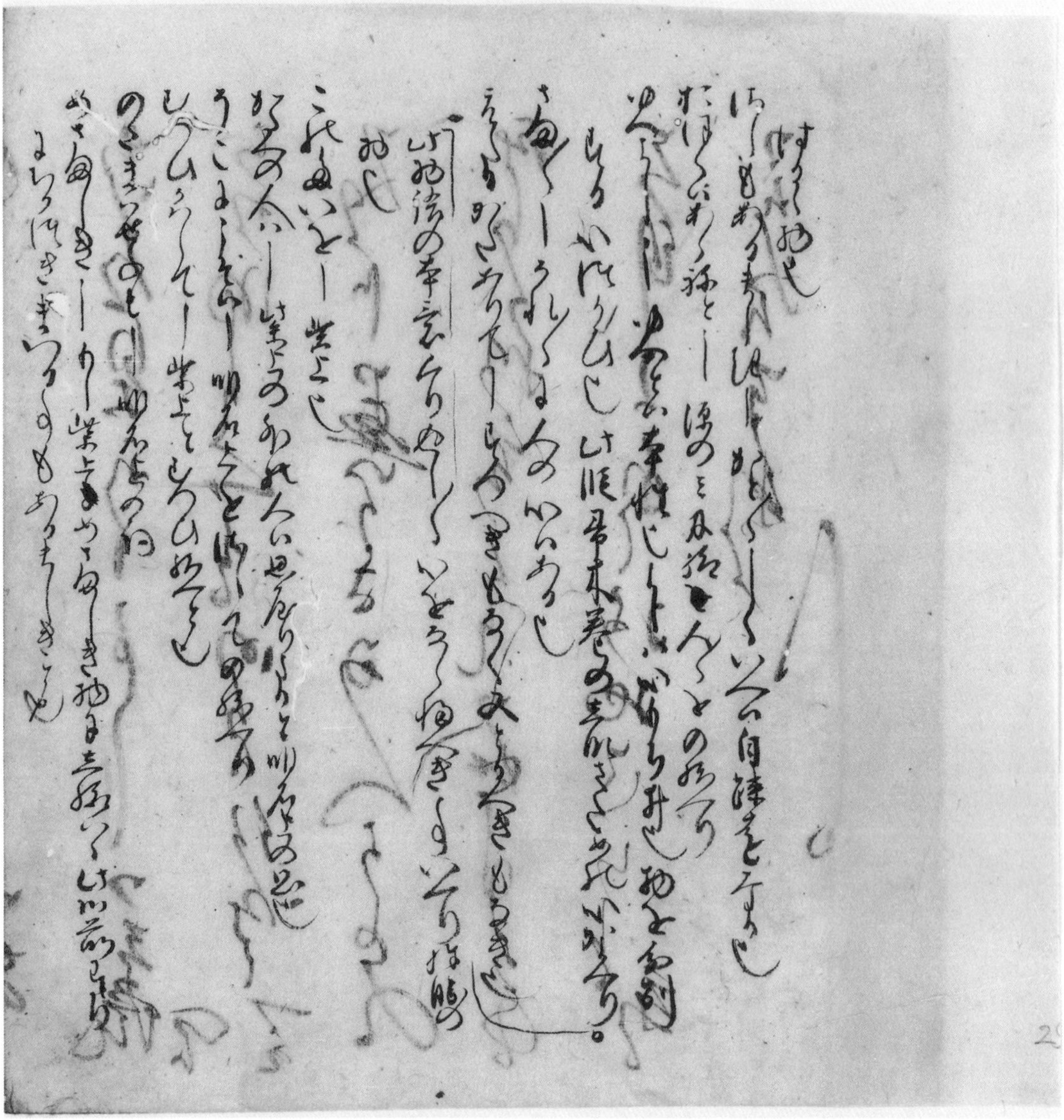

二十五

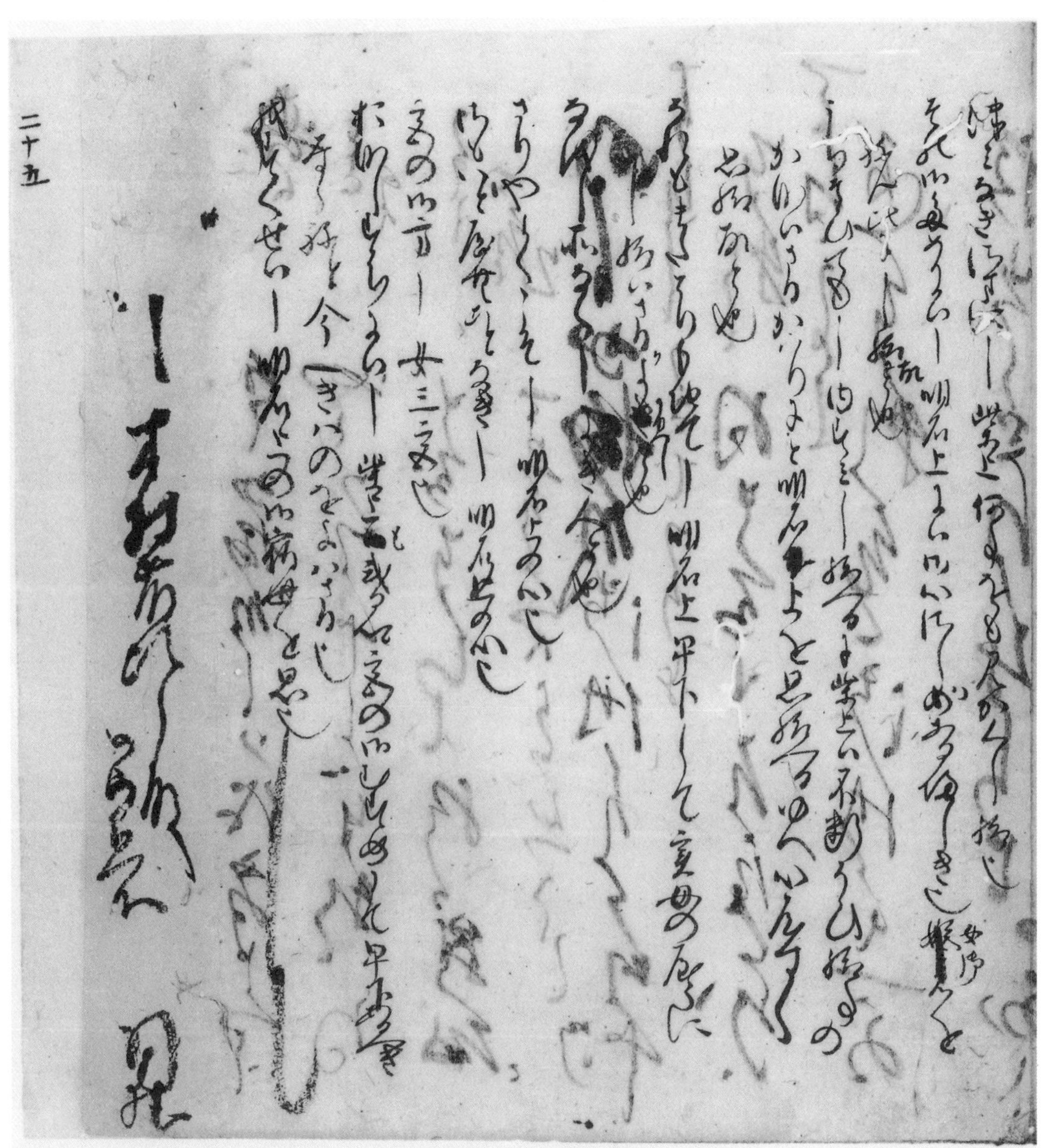

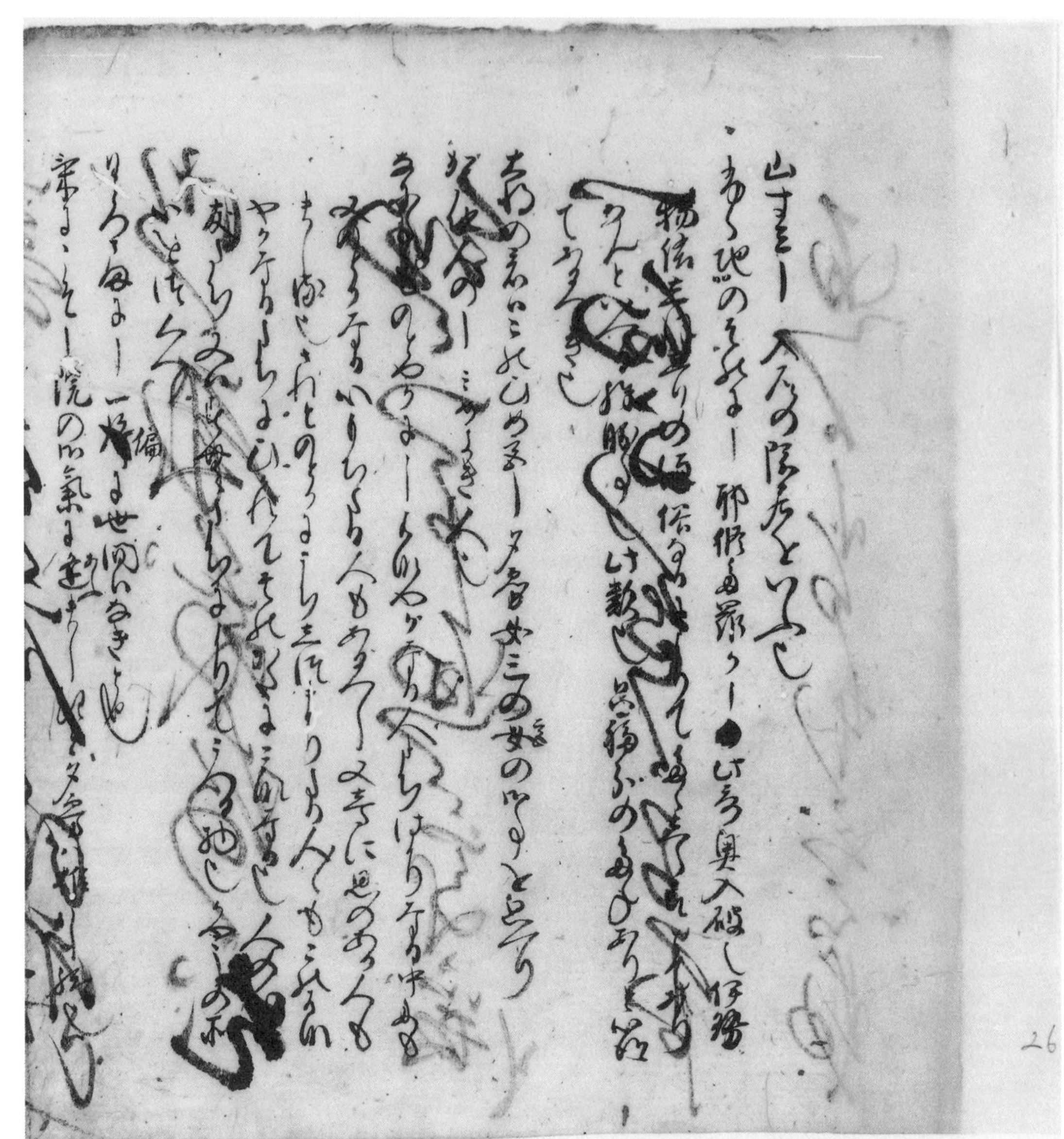

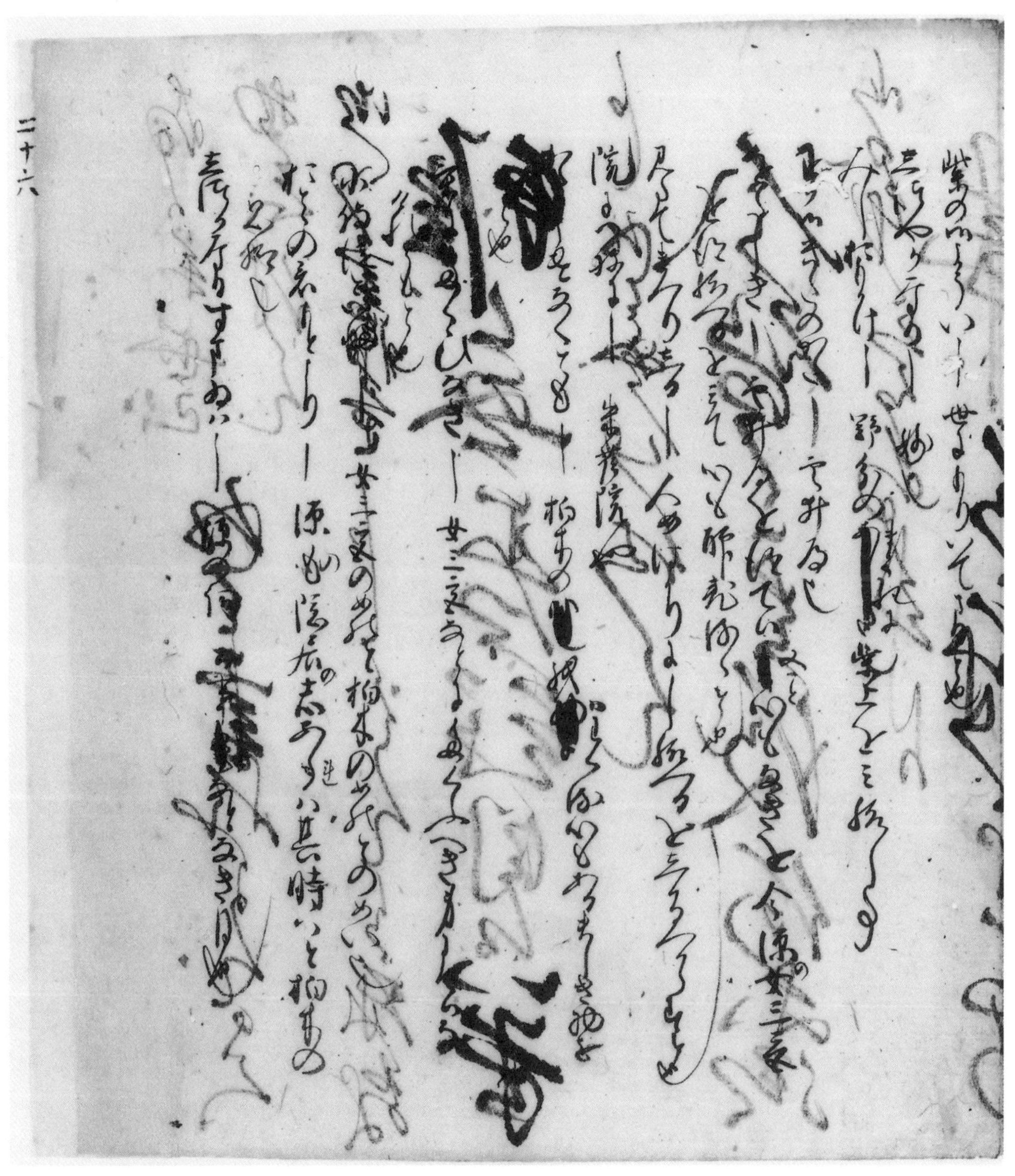

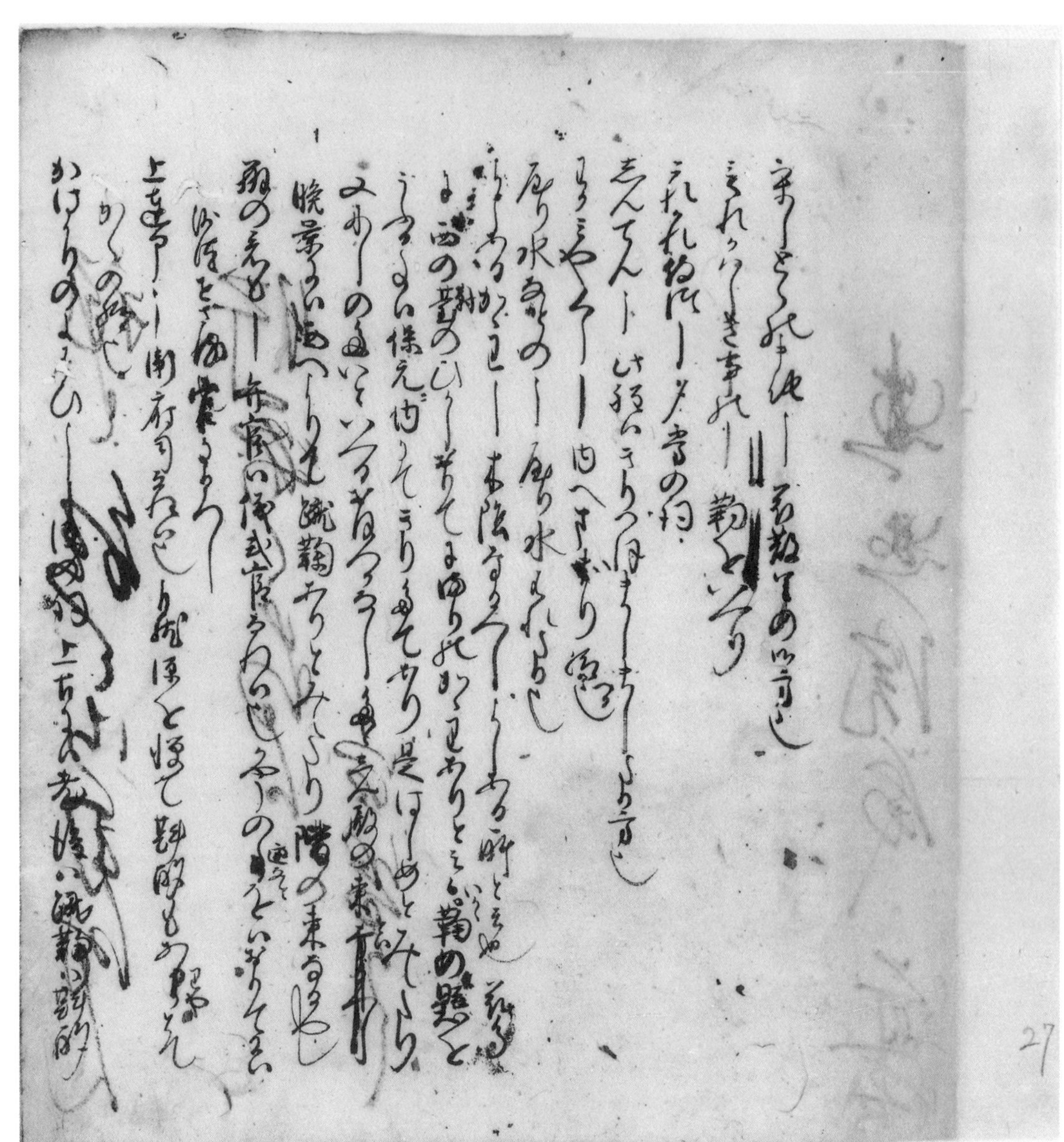

二十七

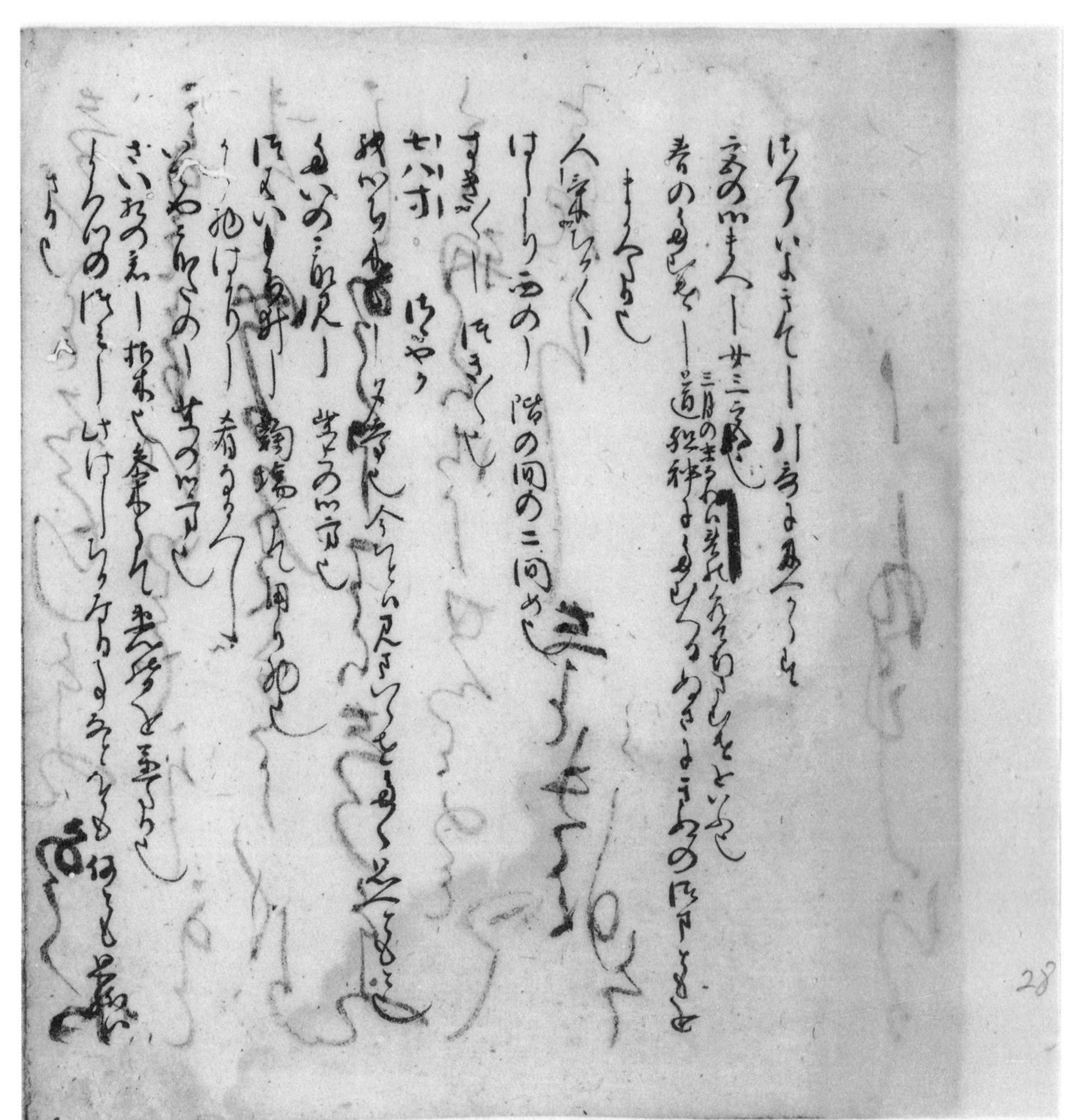

二十八

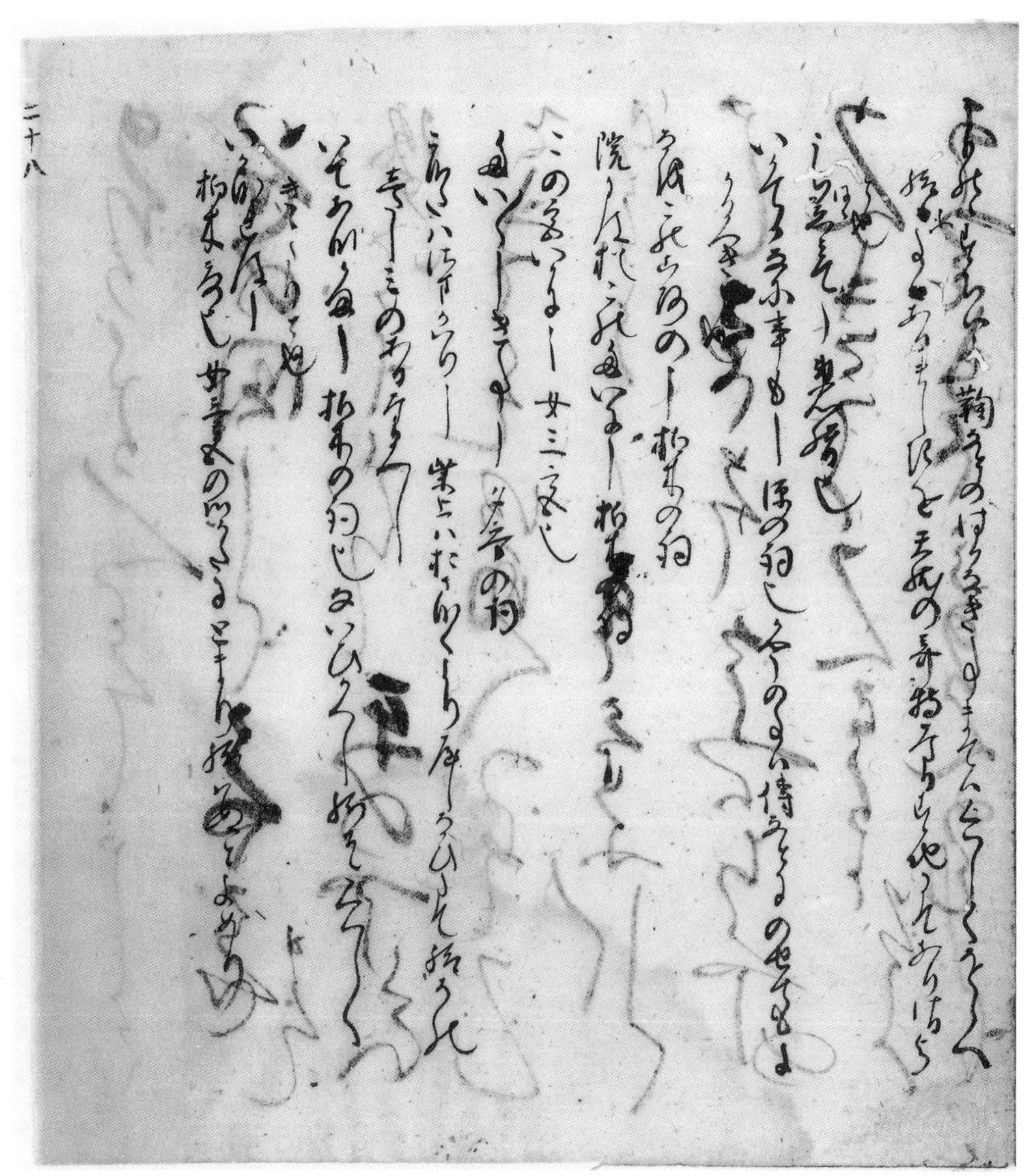

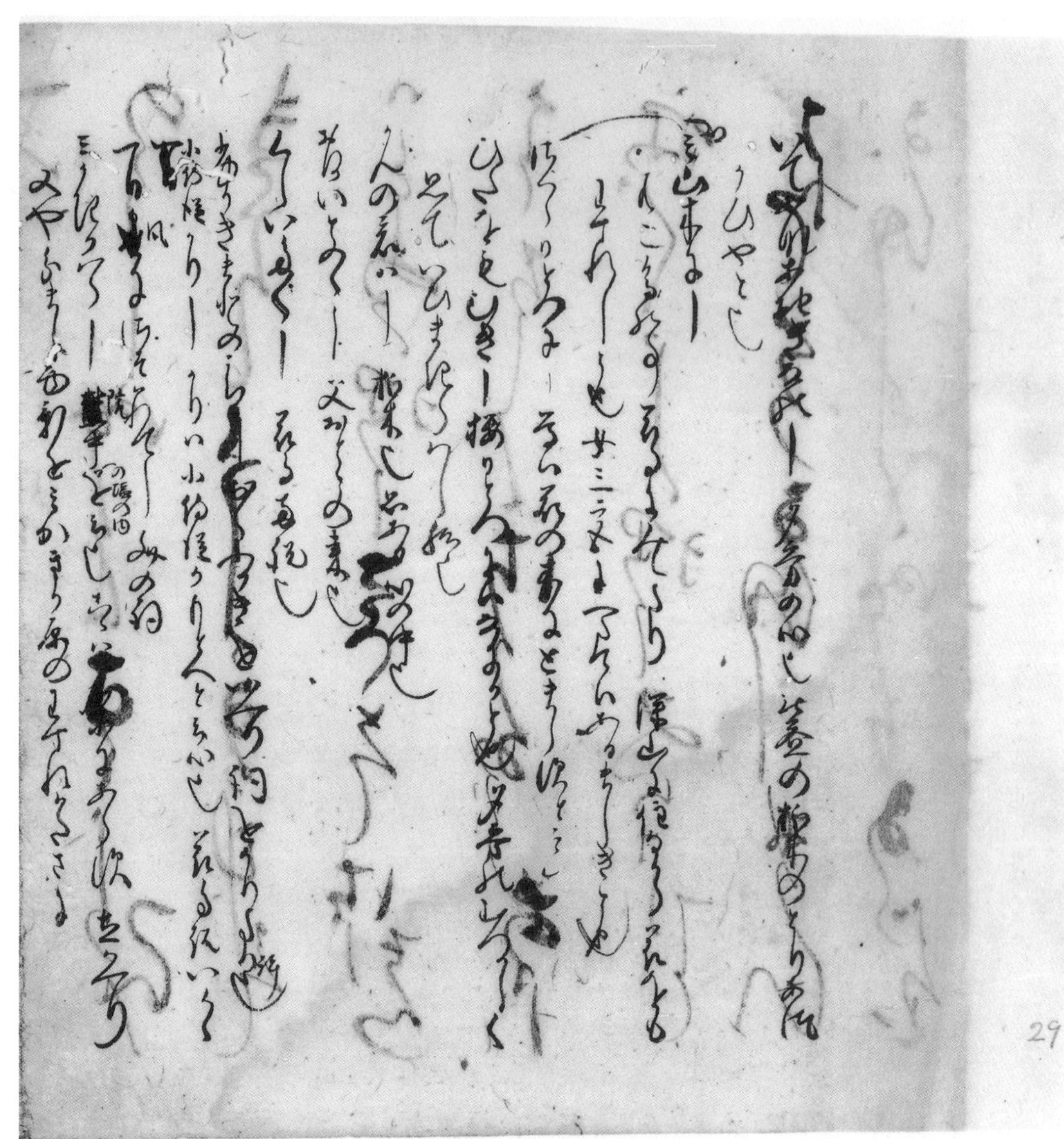

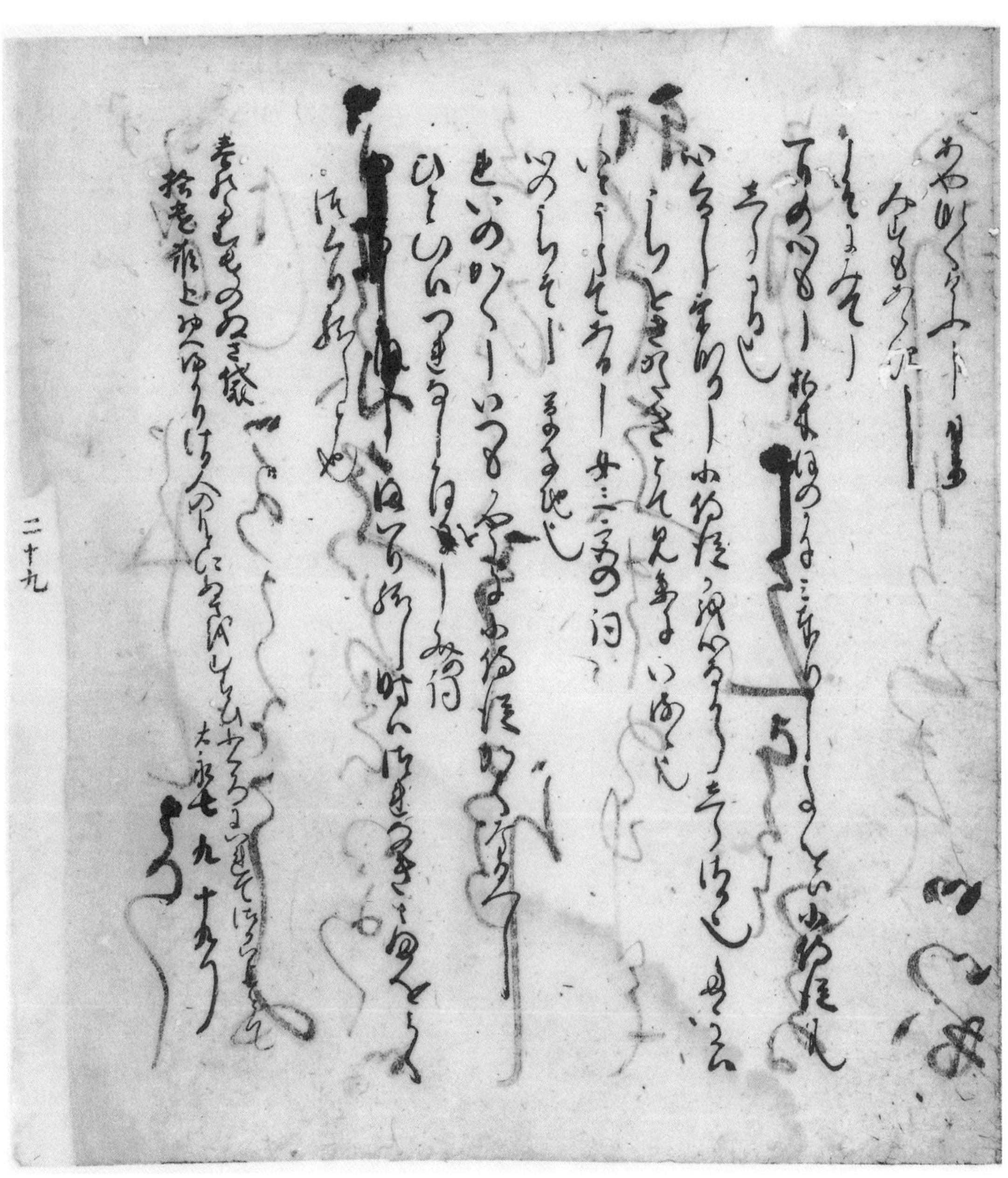

二十九

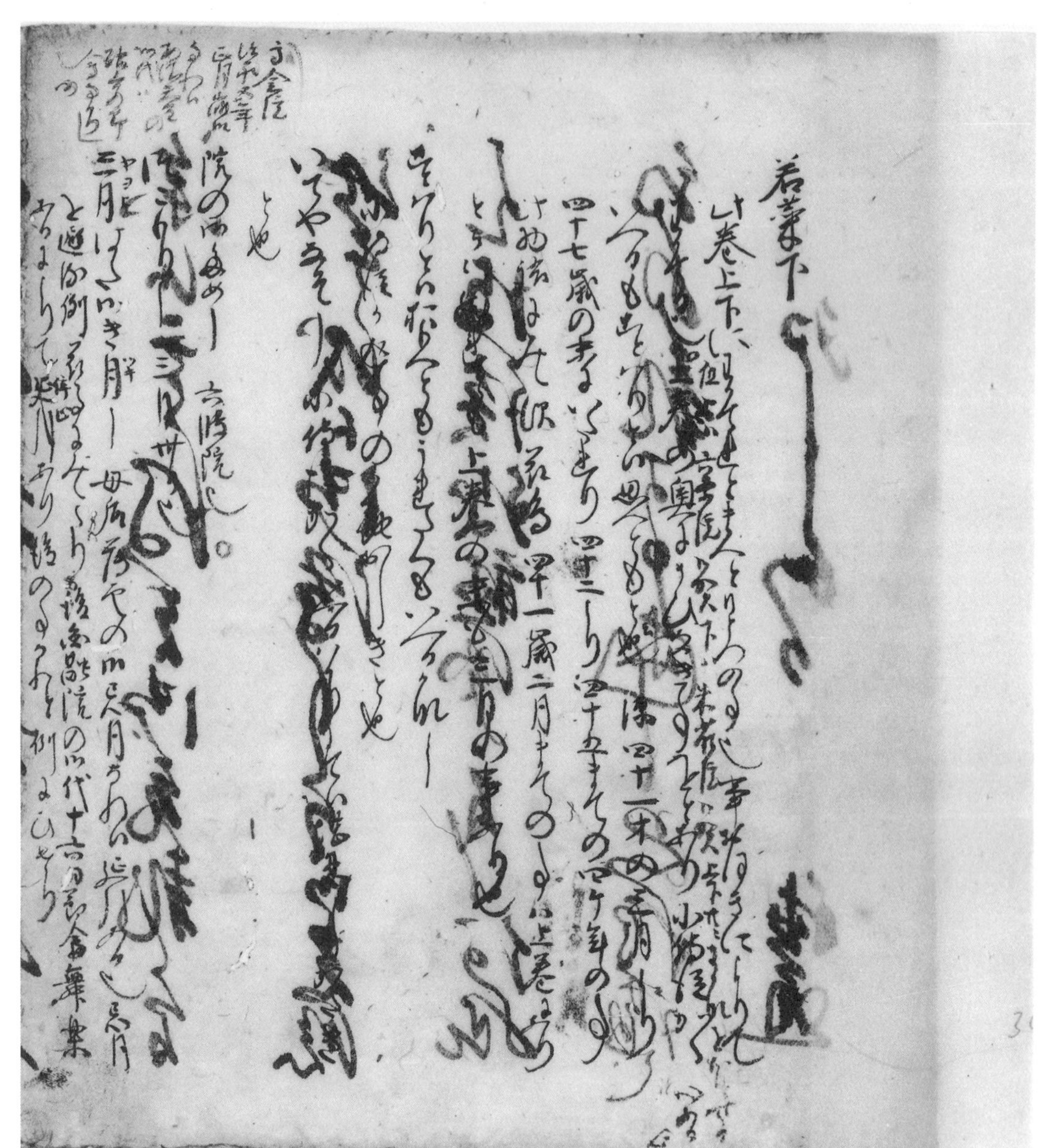

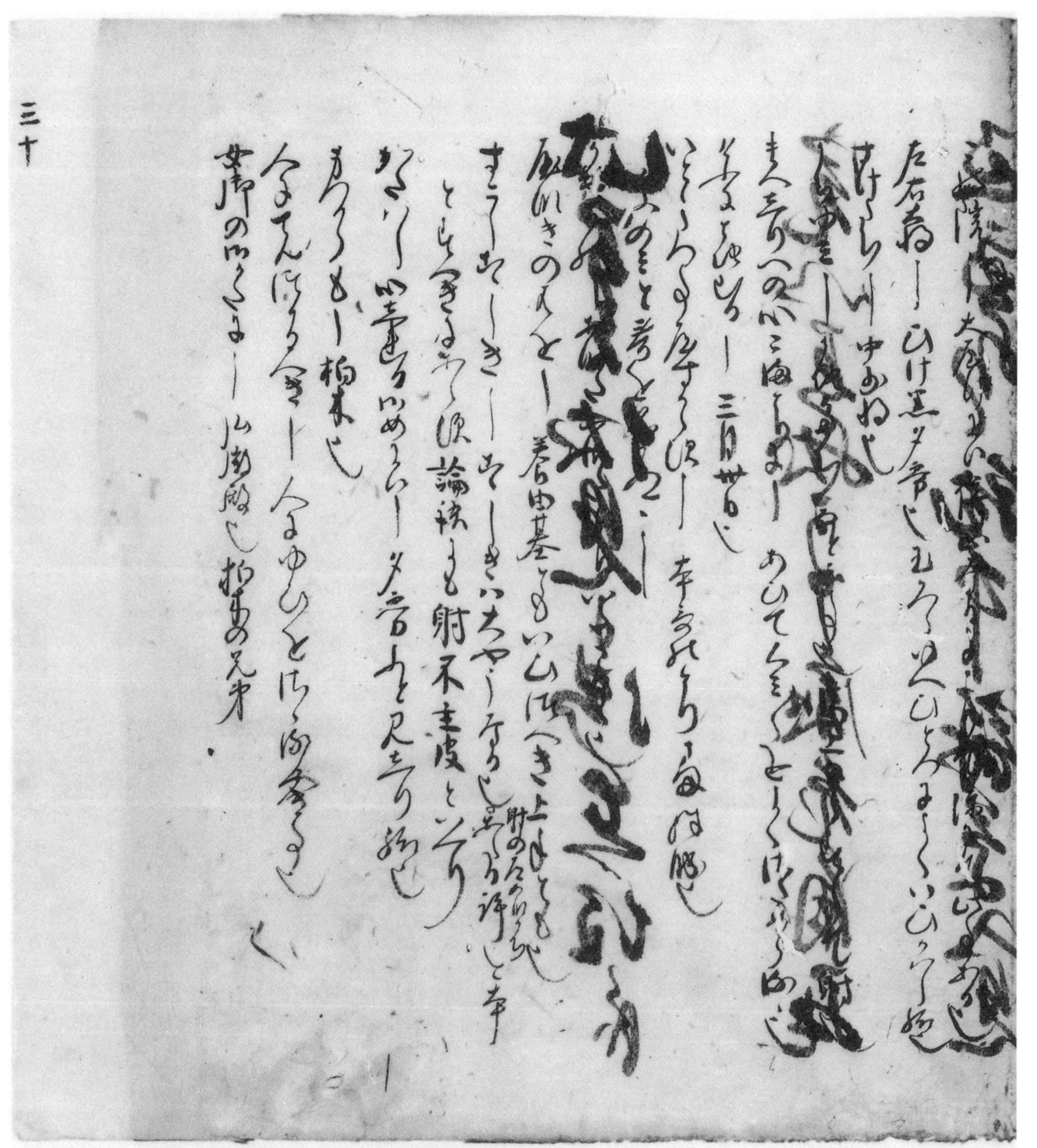

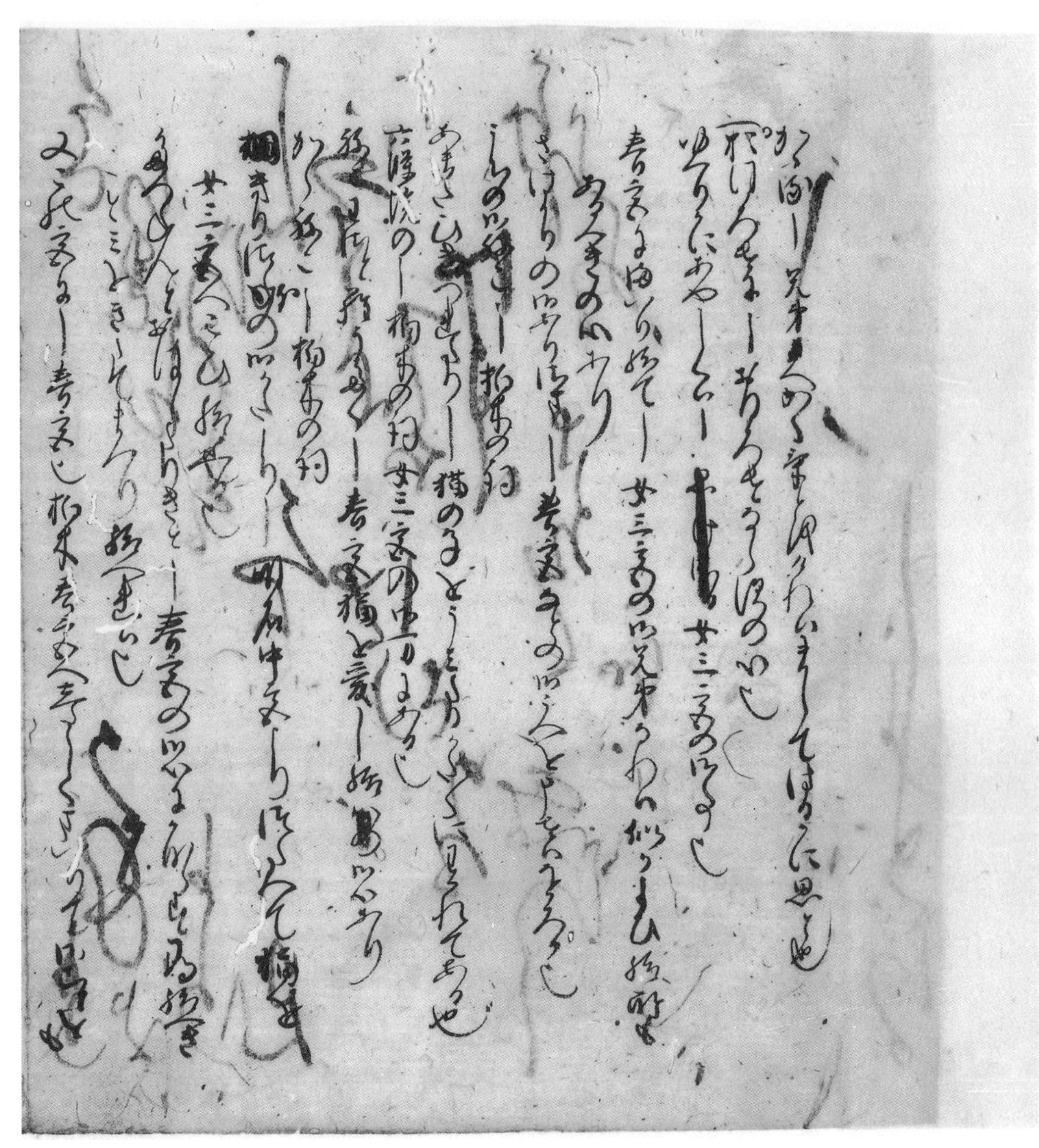

三十一

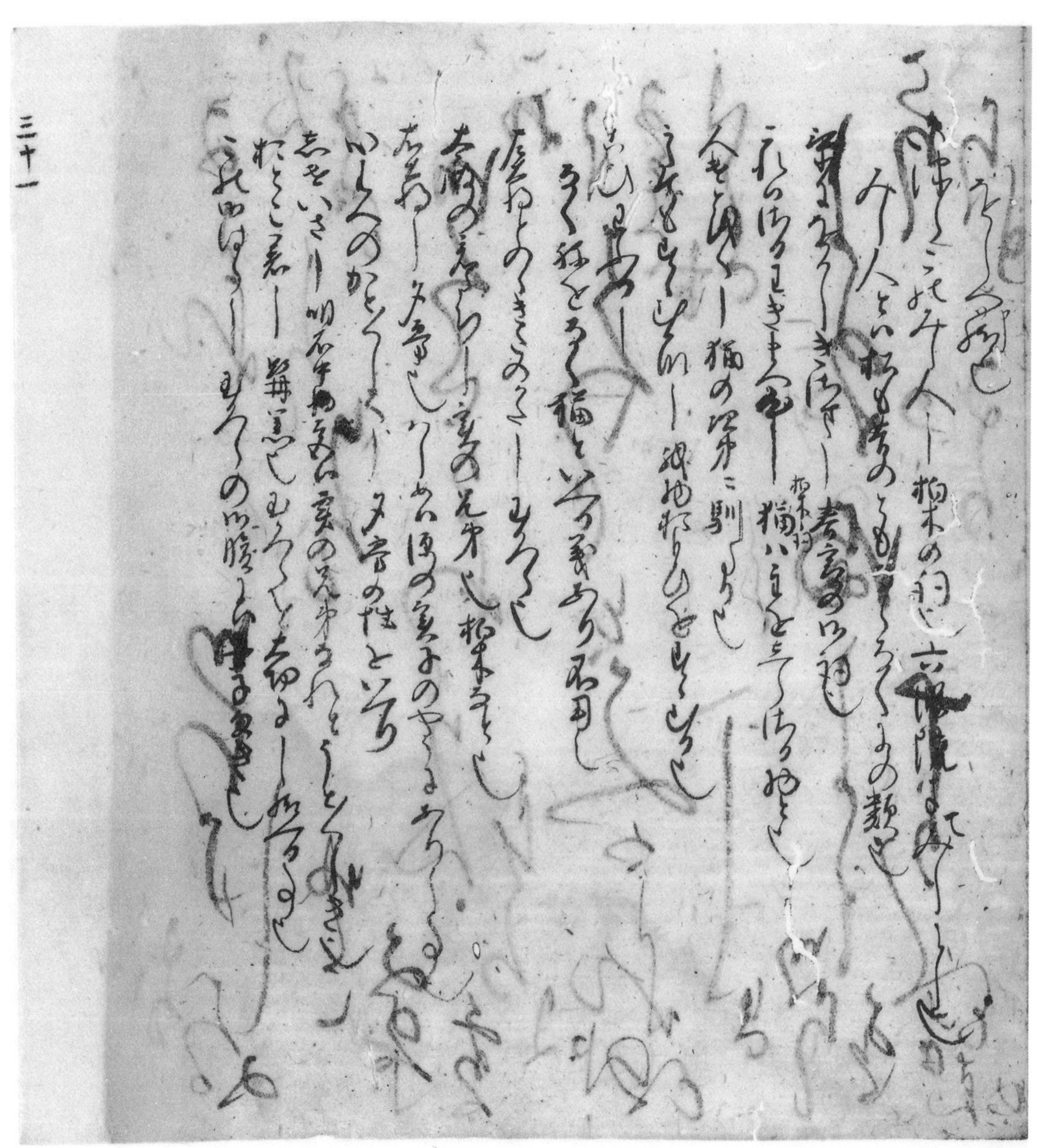

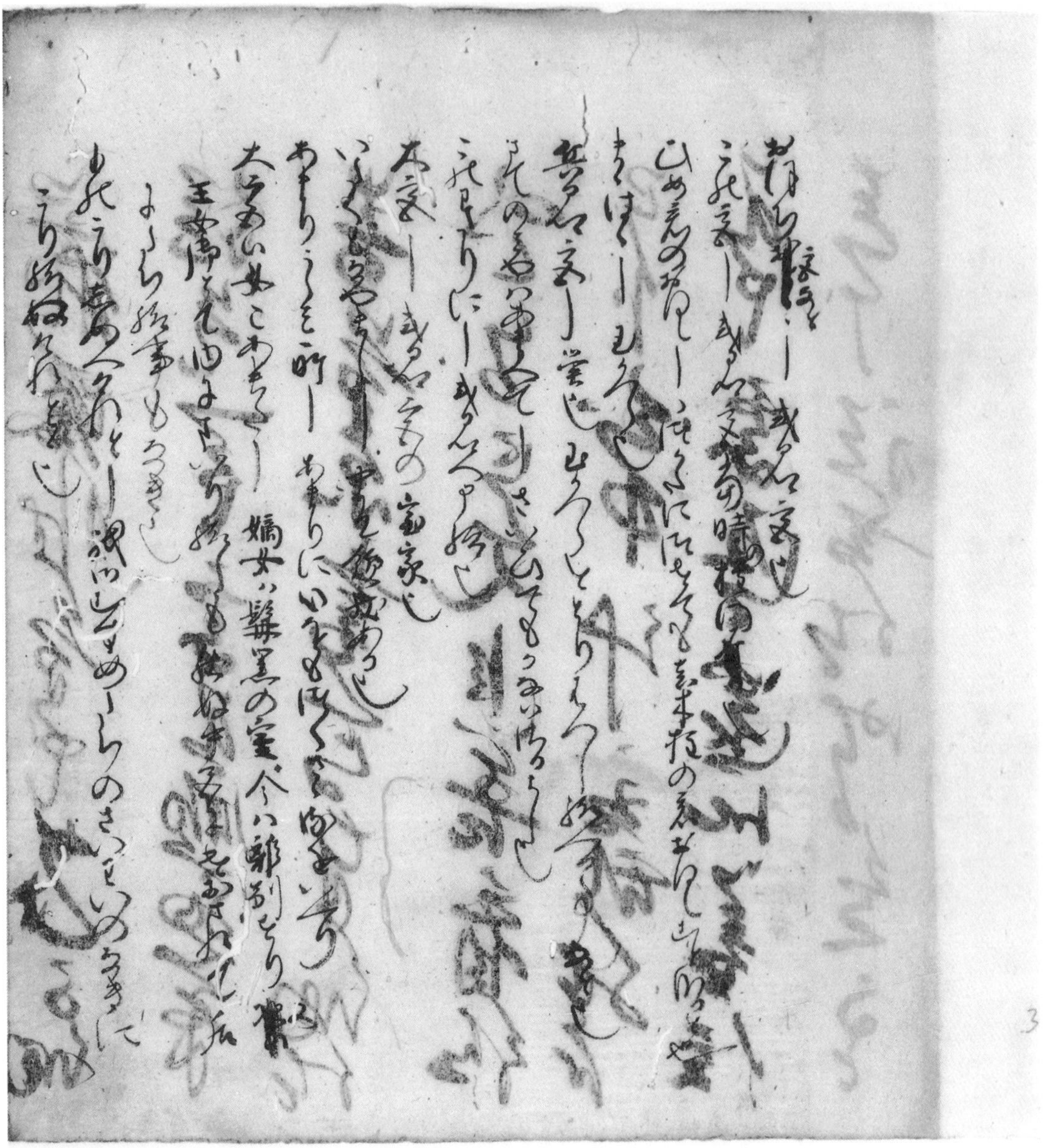

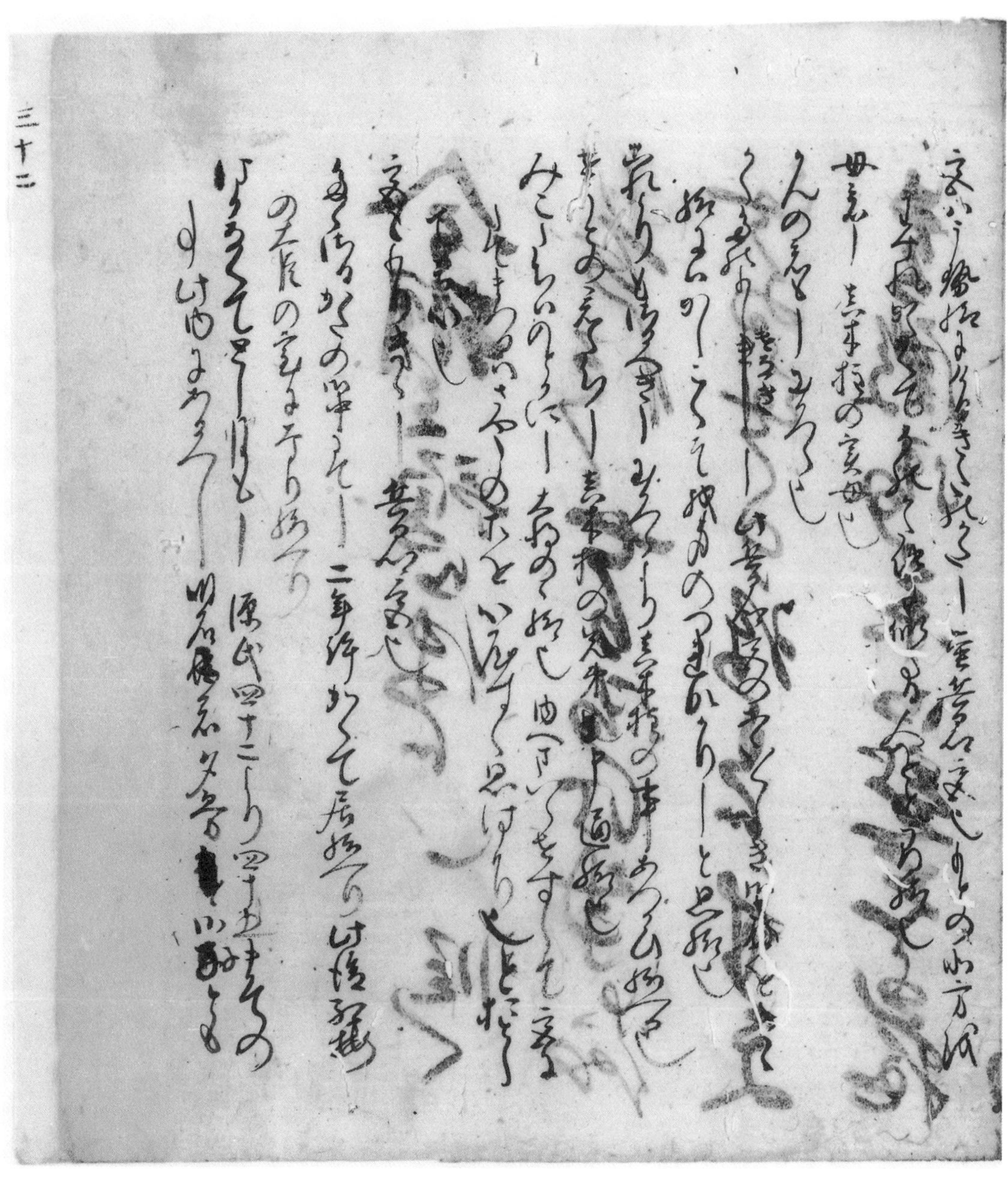

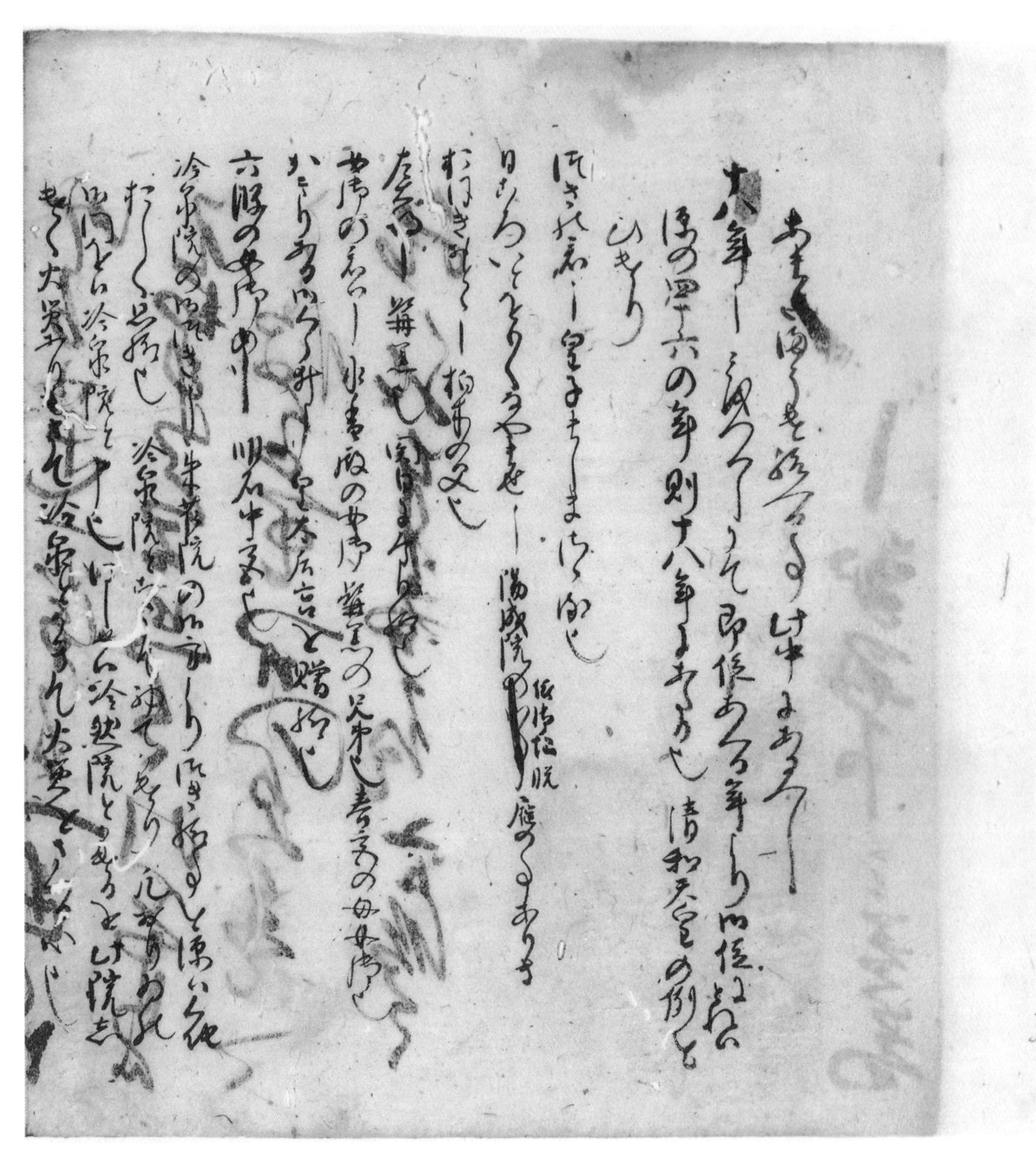

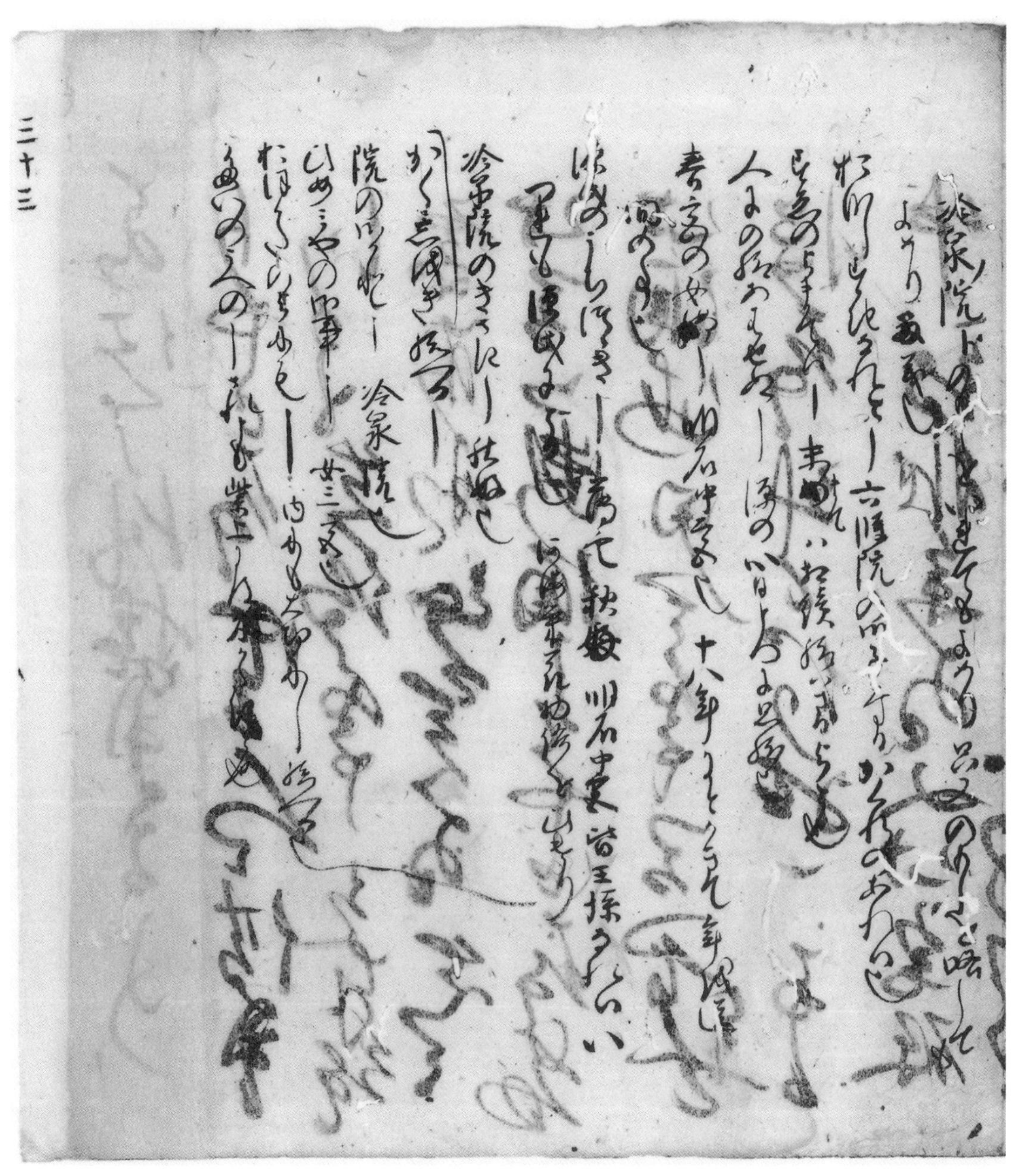

二十三

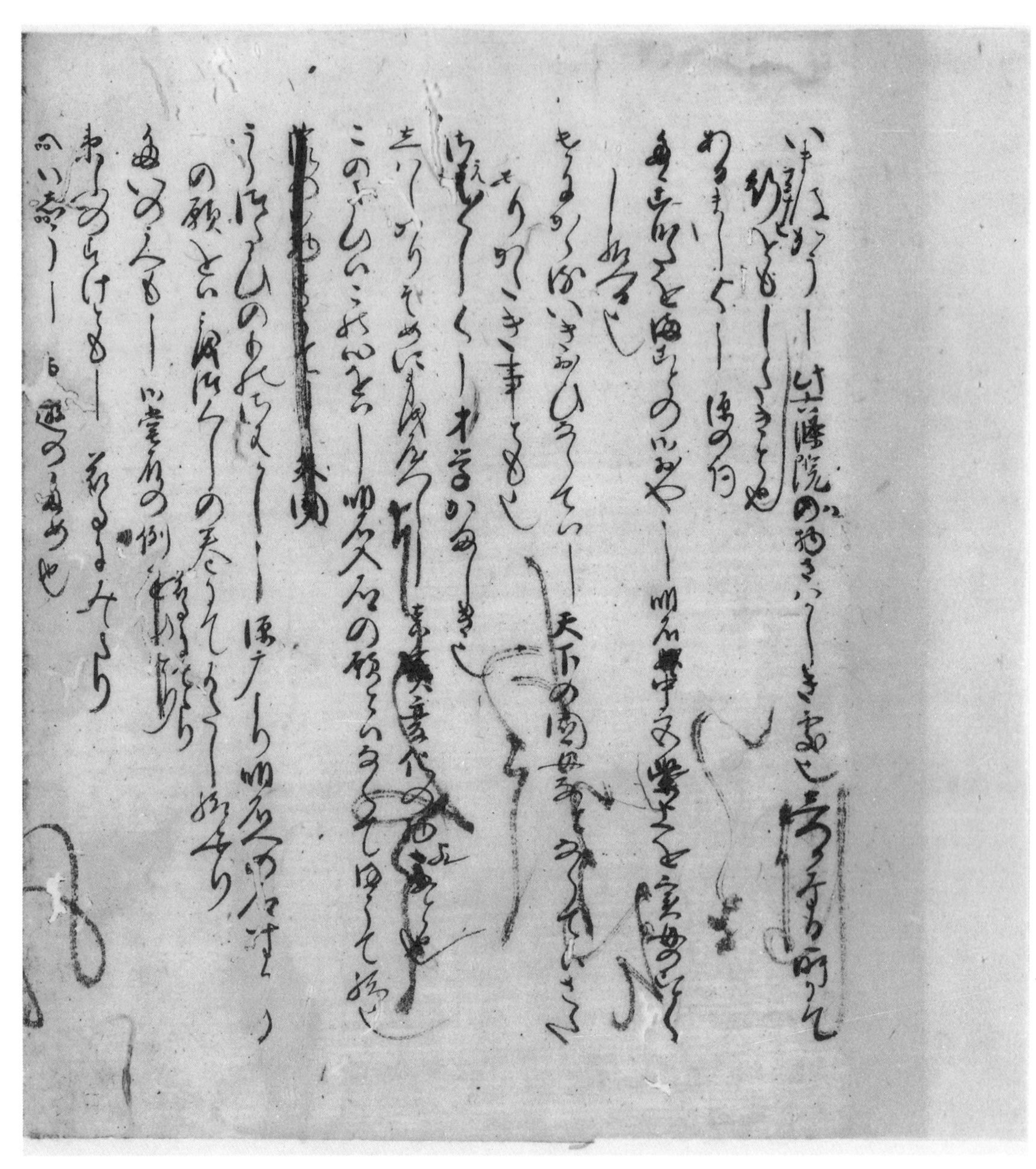

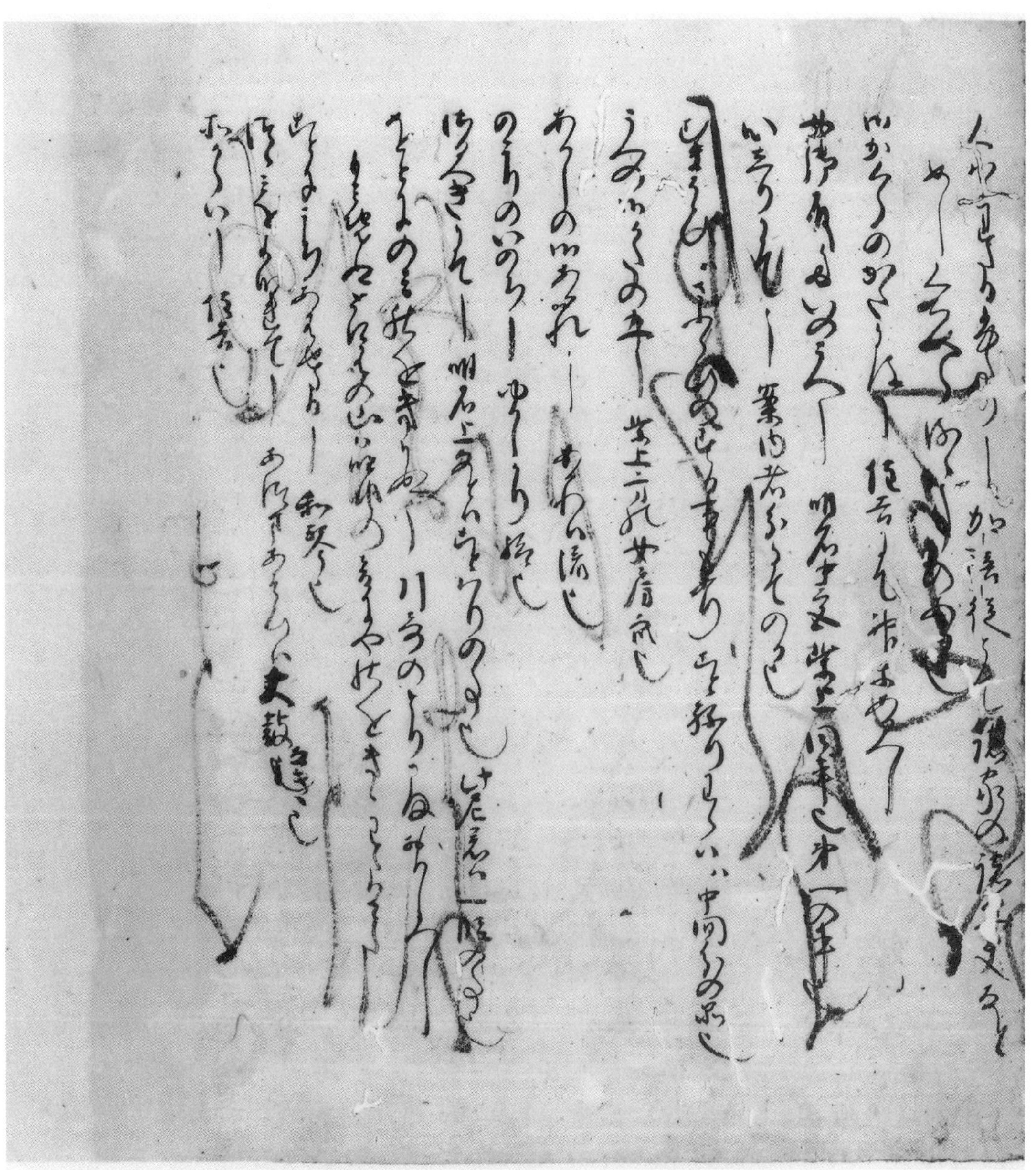

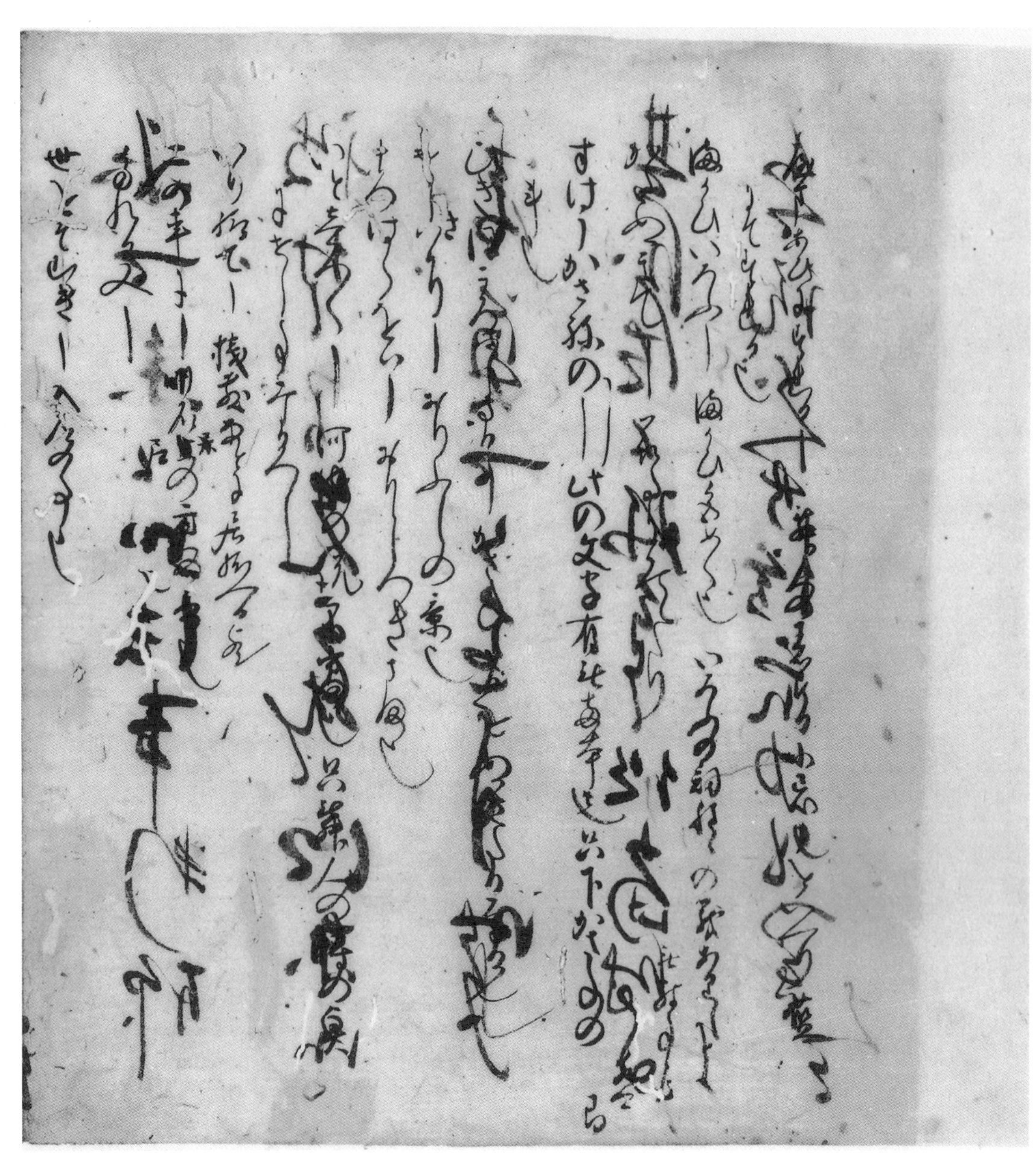

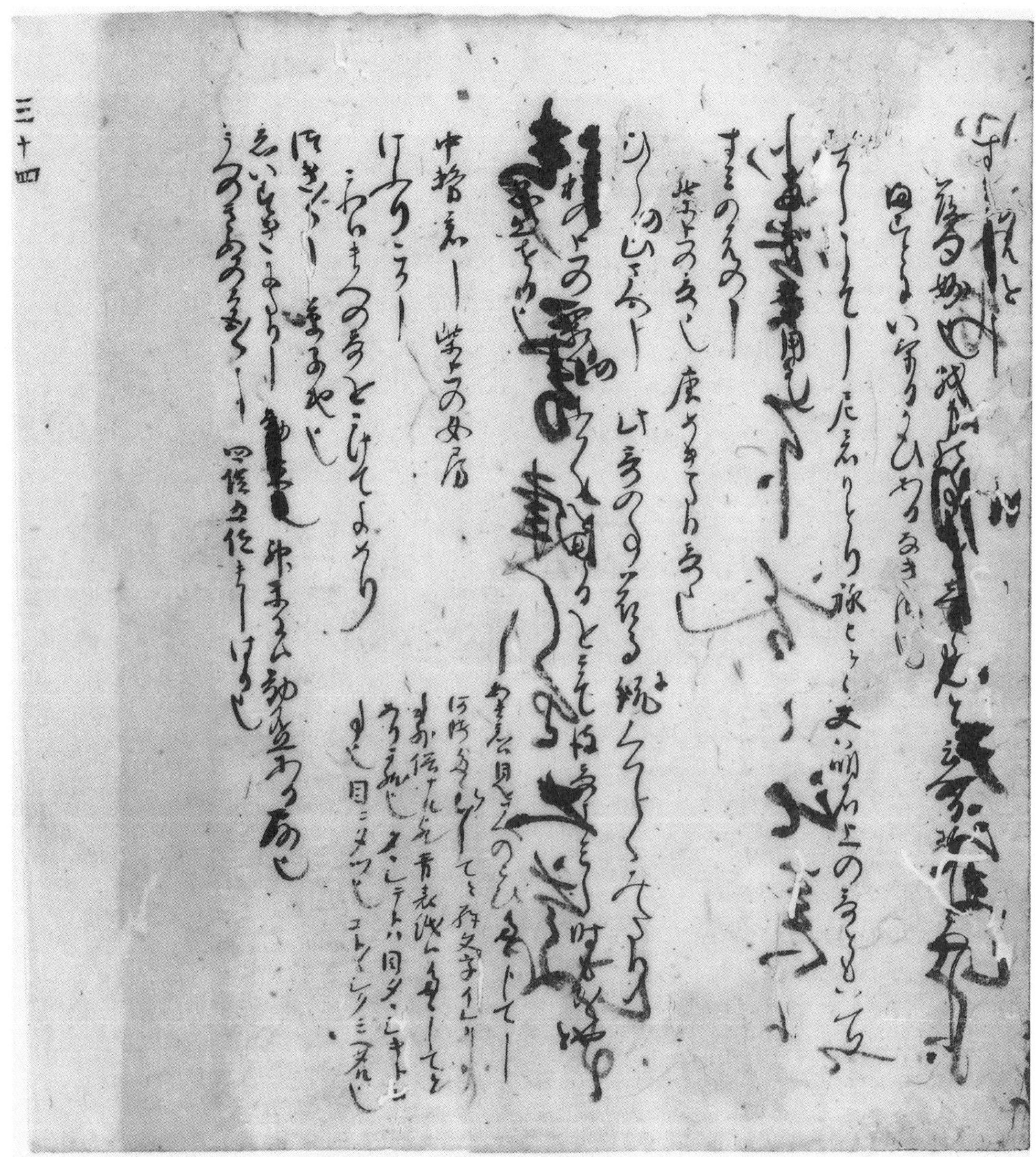
三十四

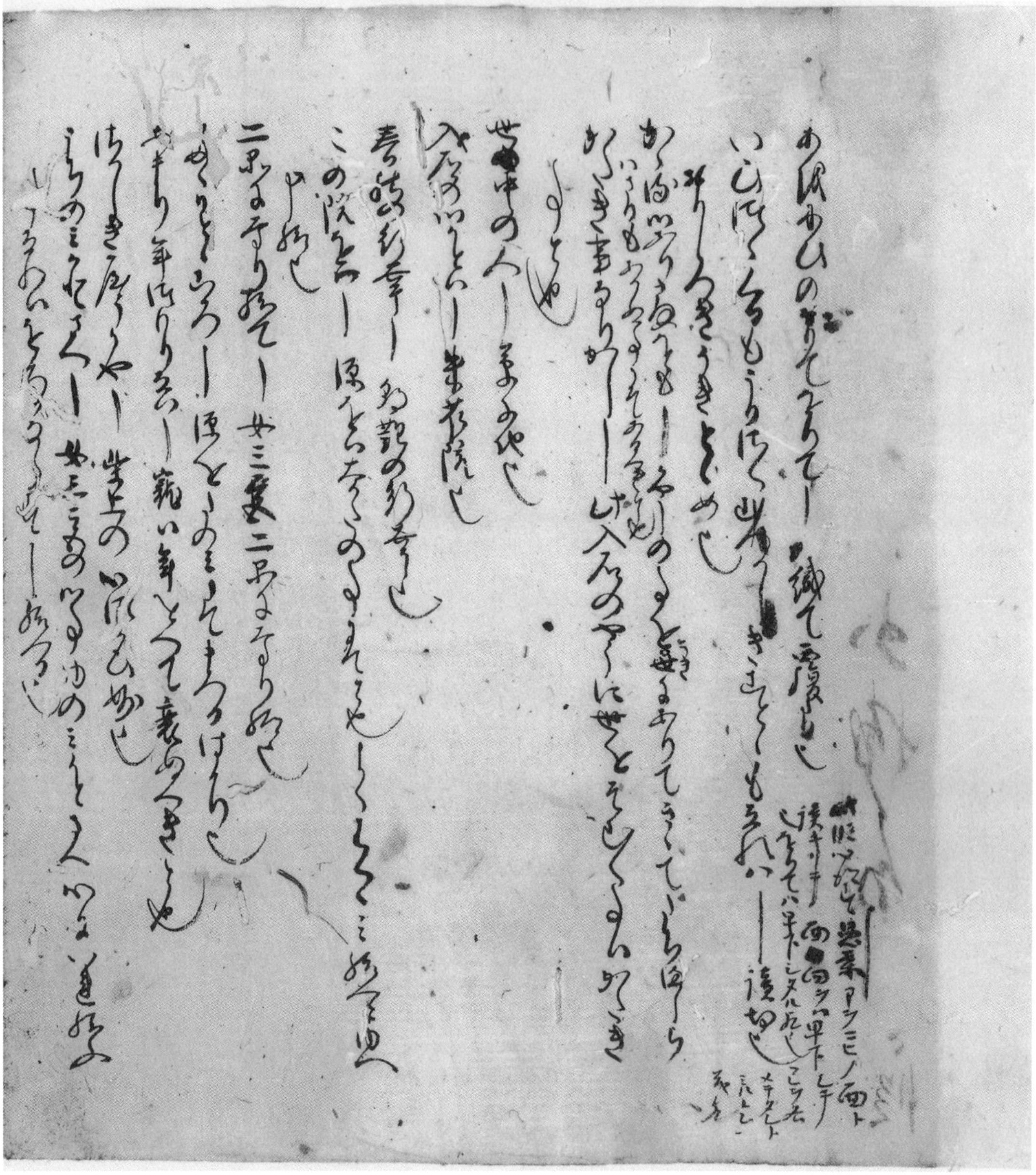

三十五

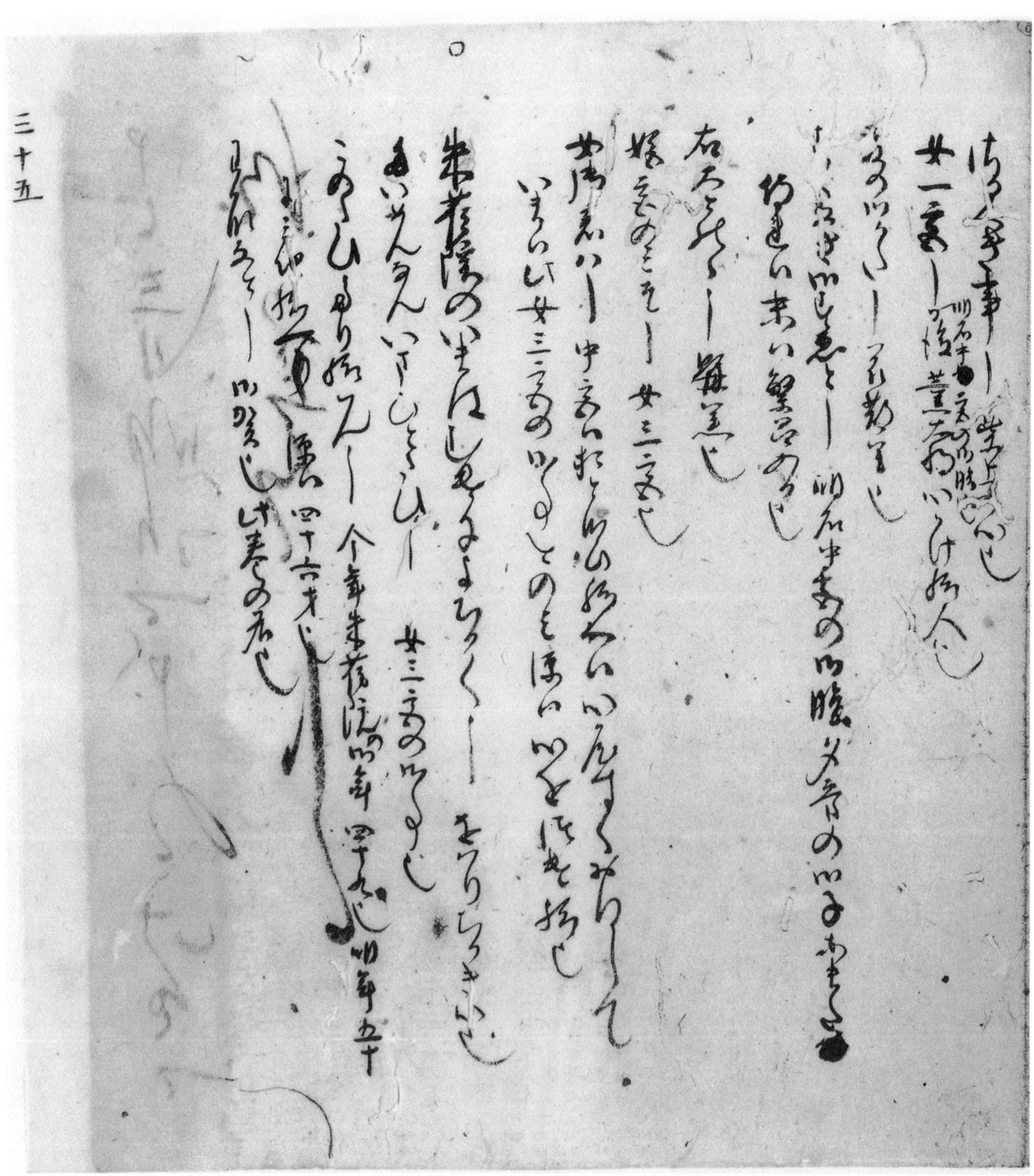

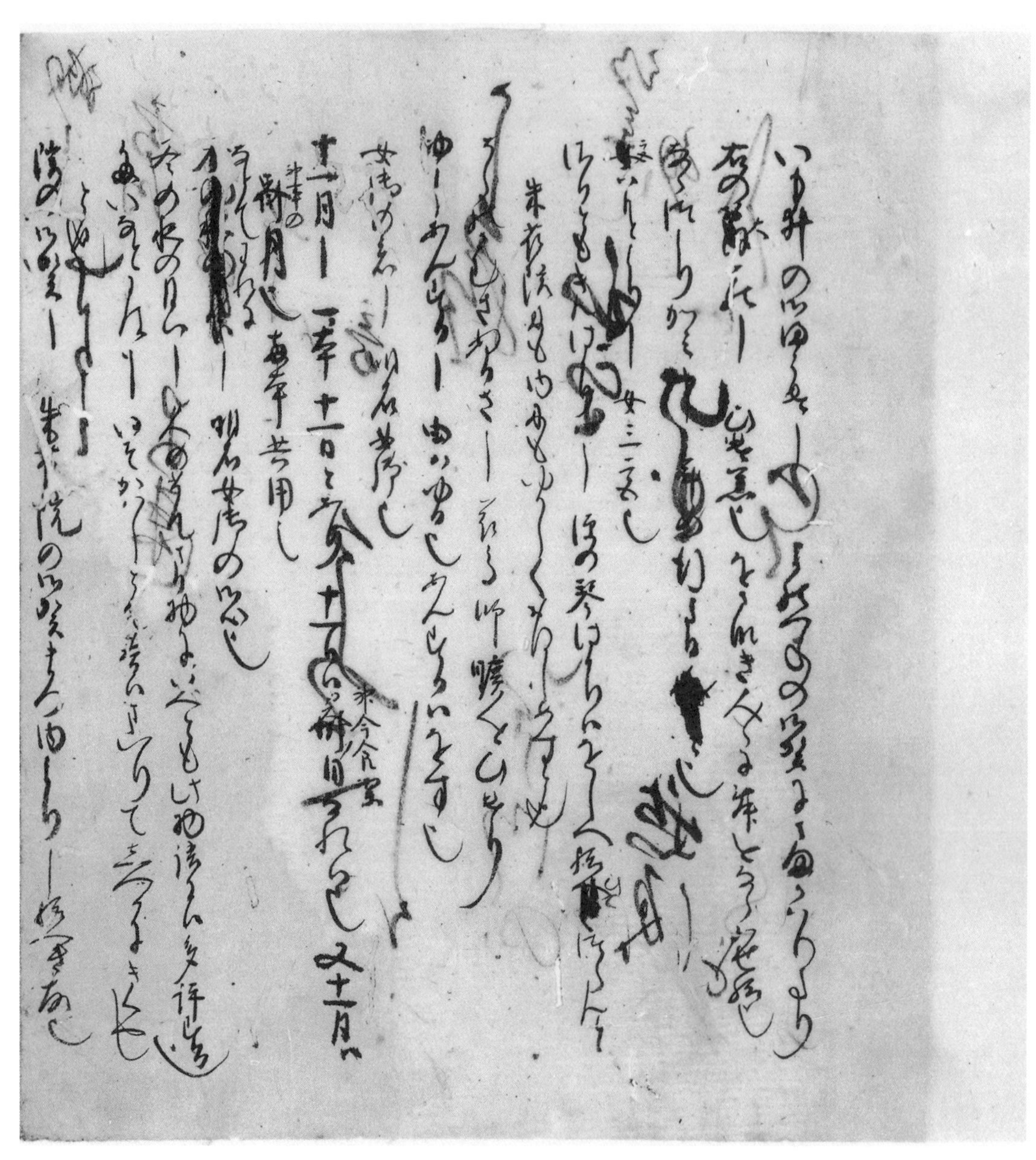

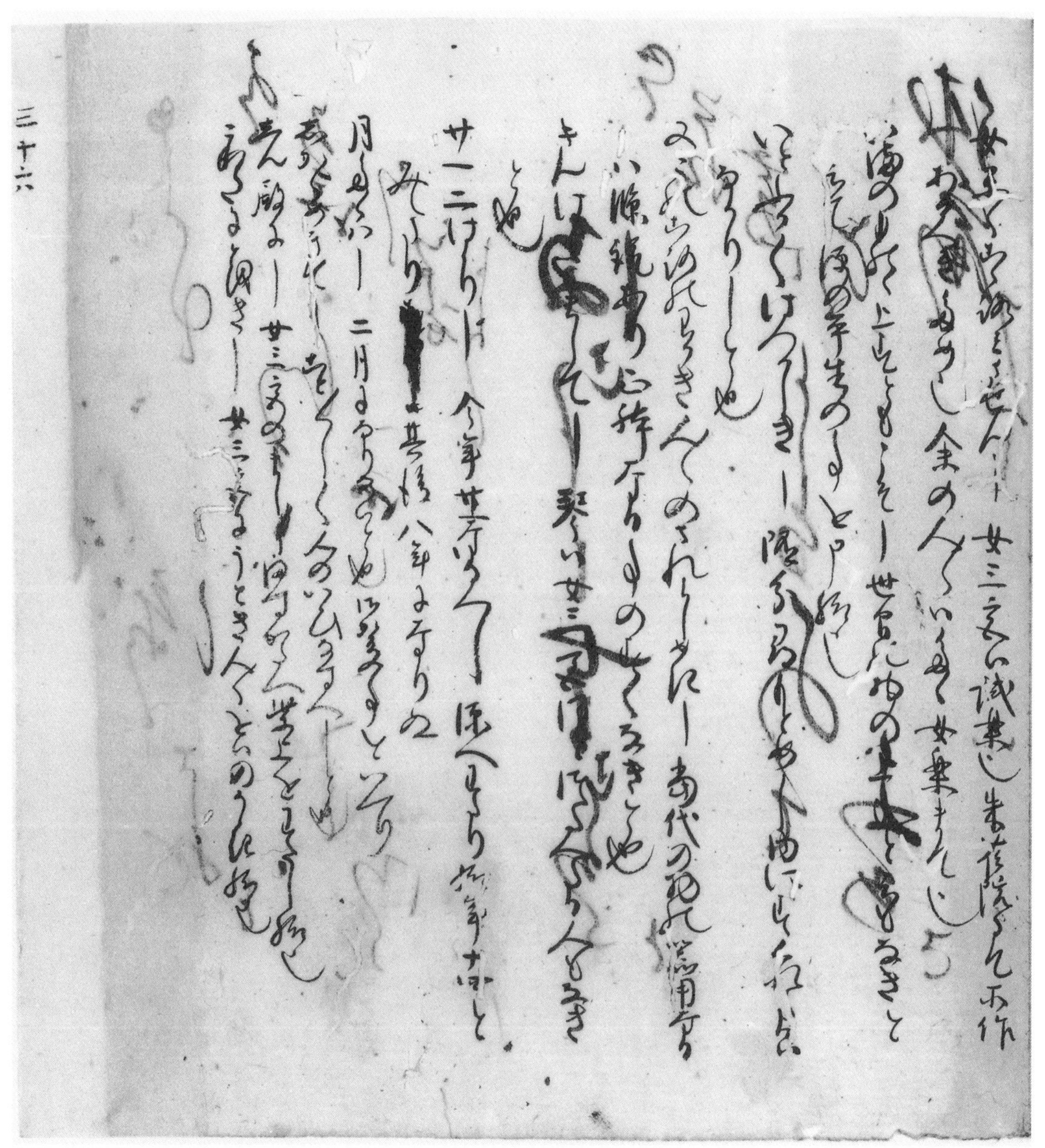
三十六

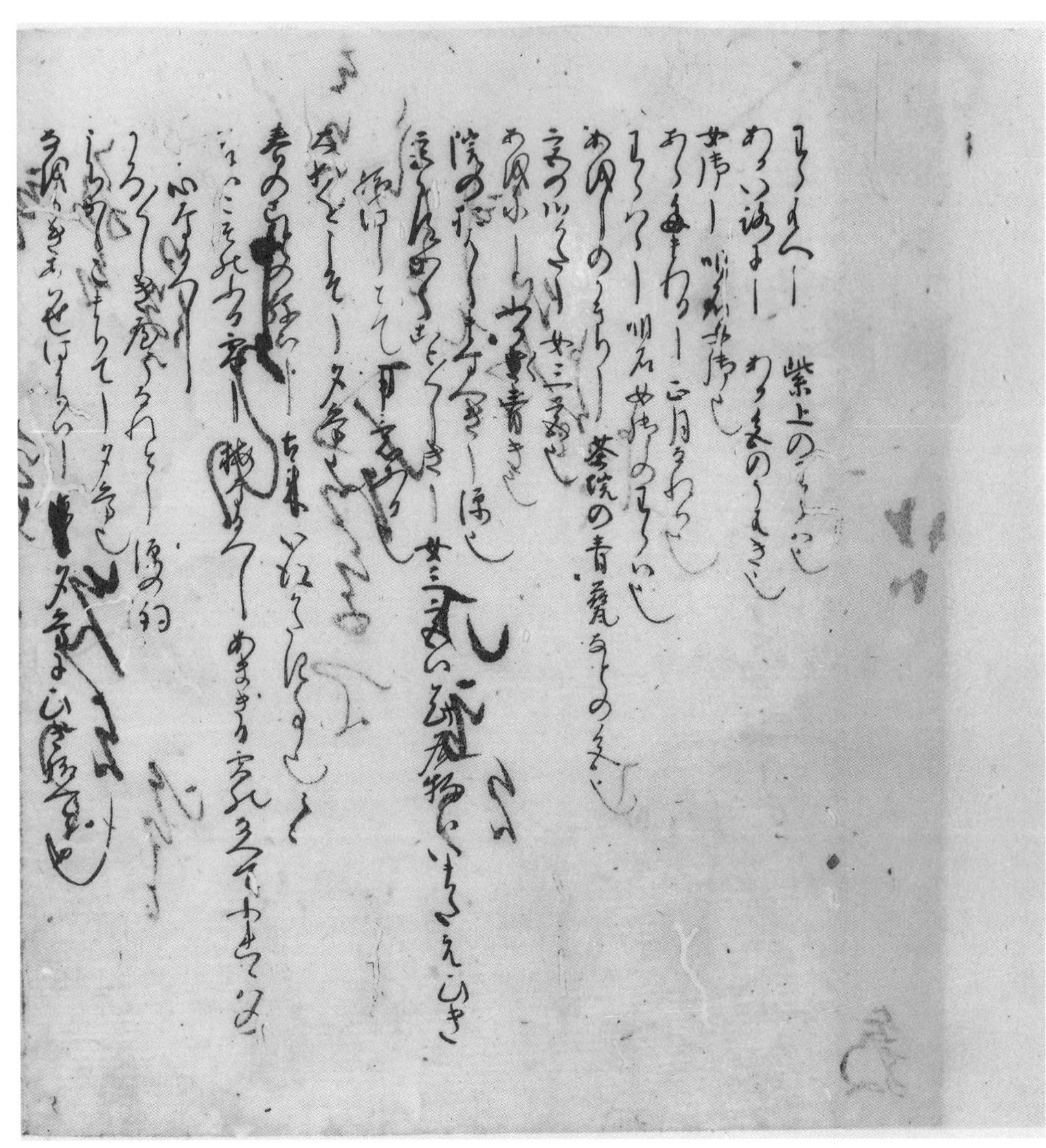

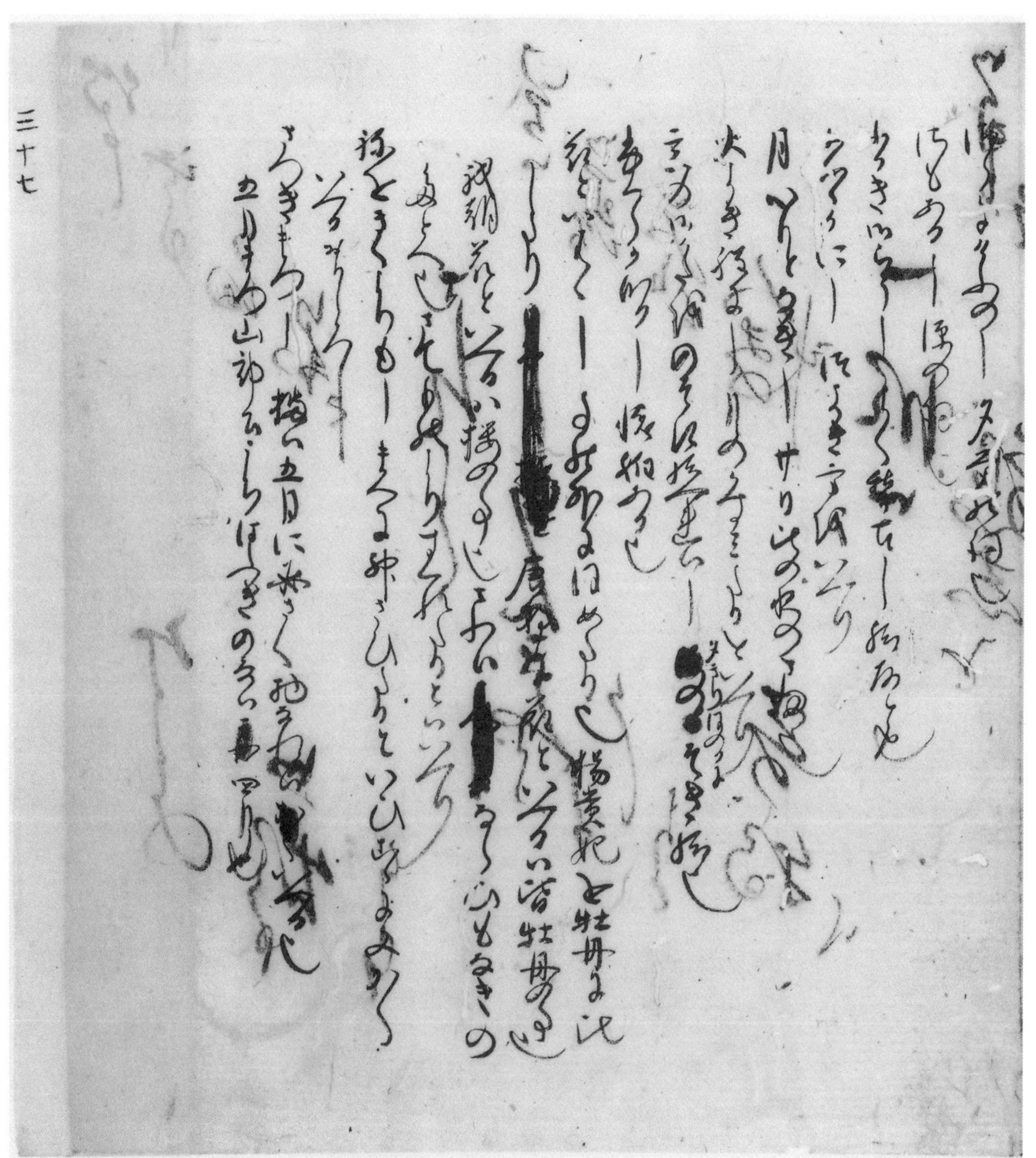
三十七

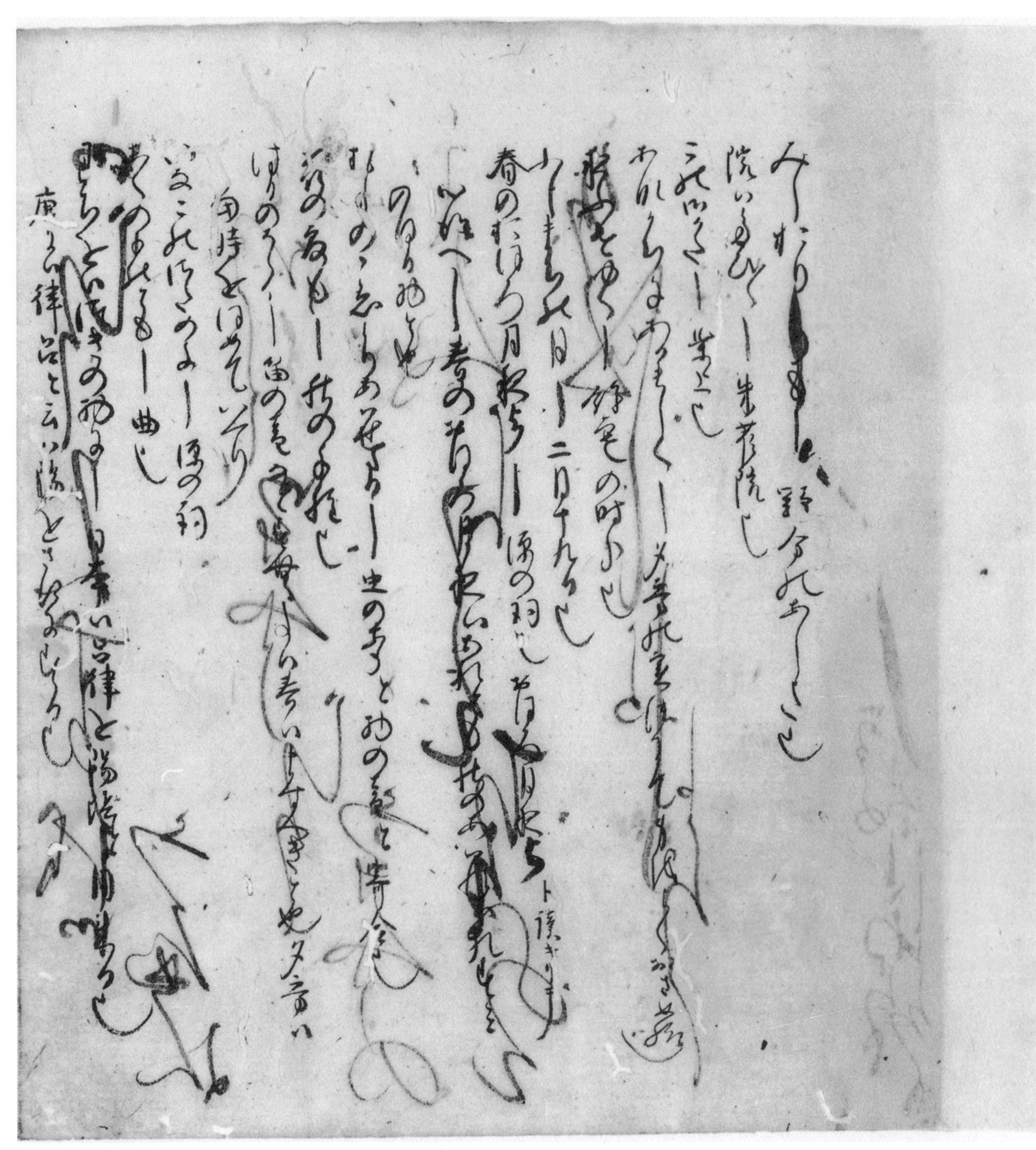

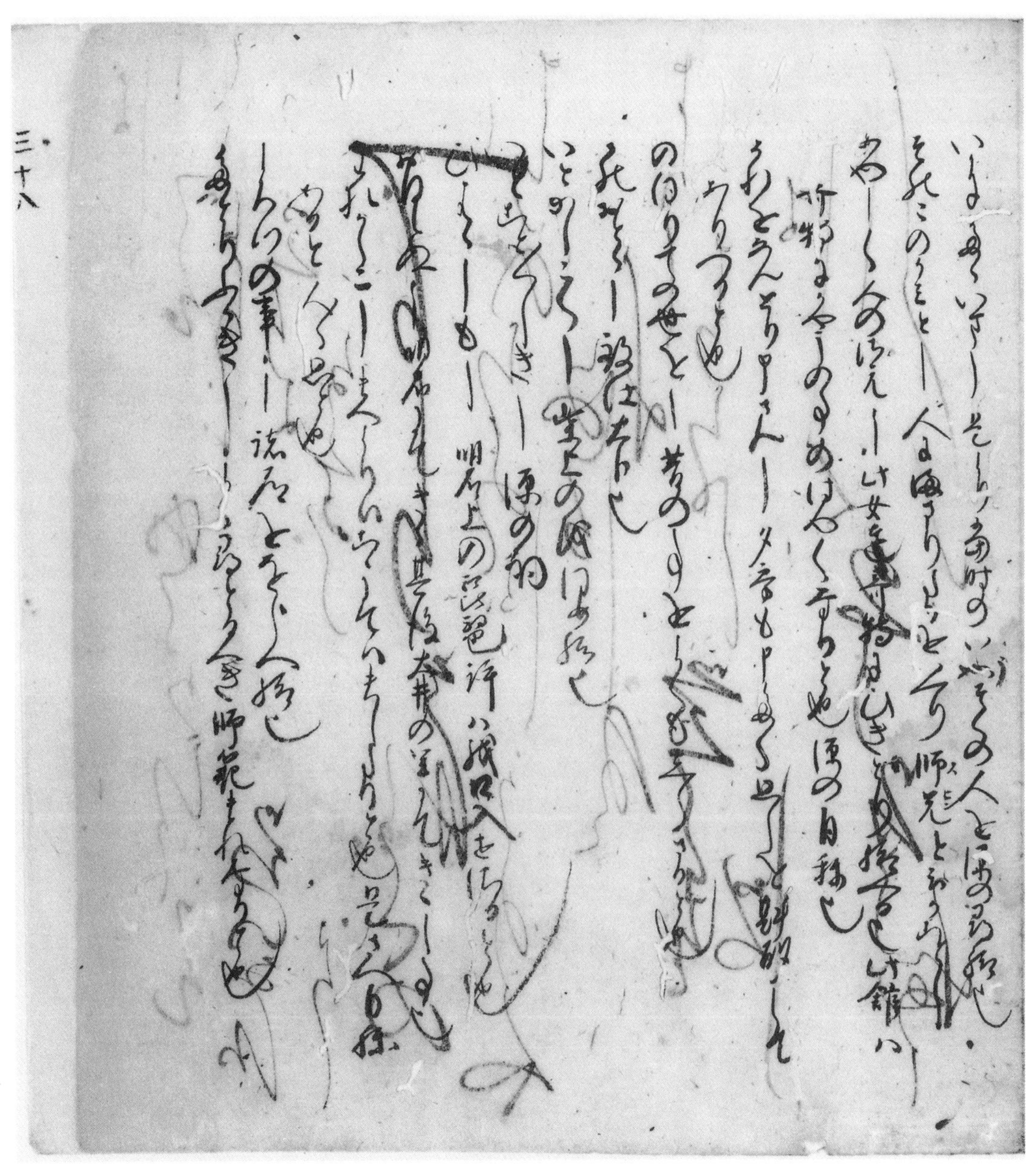

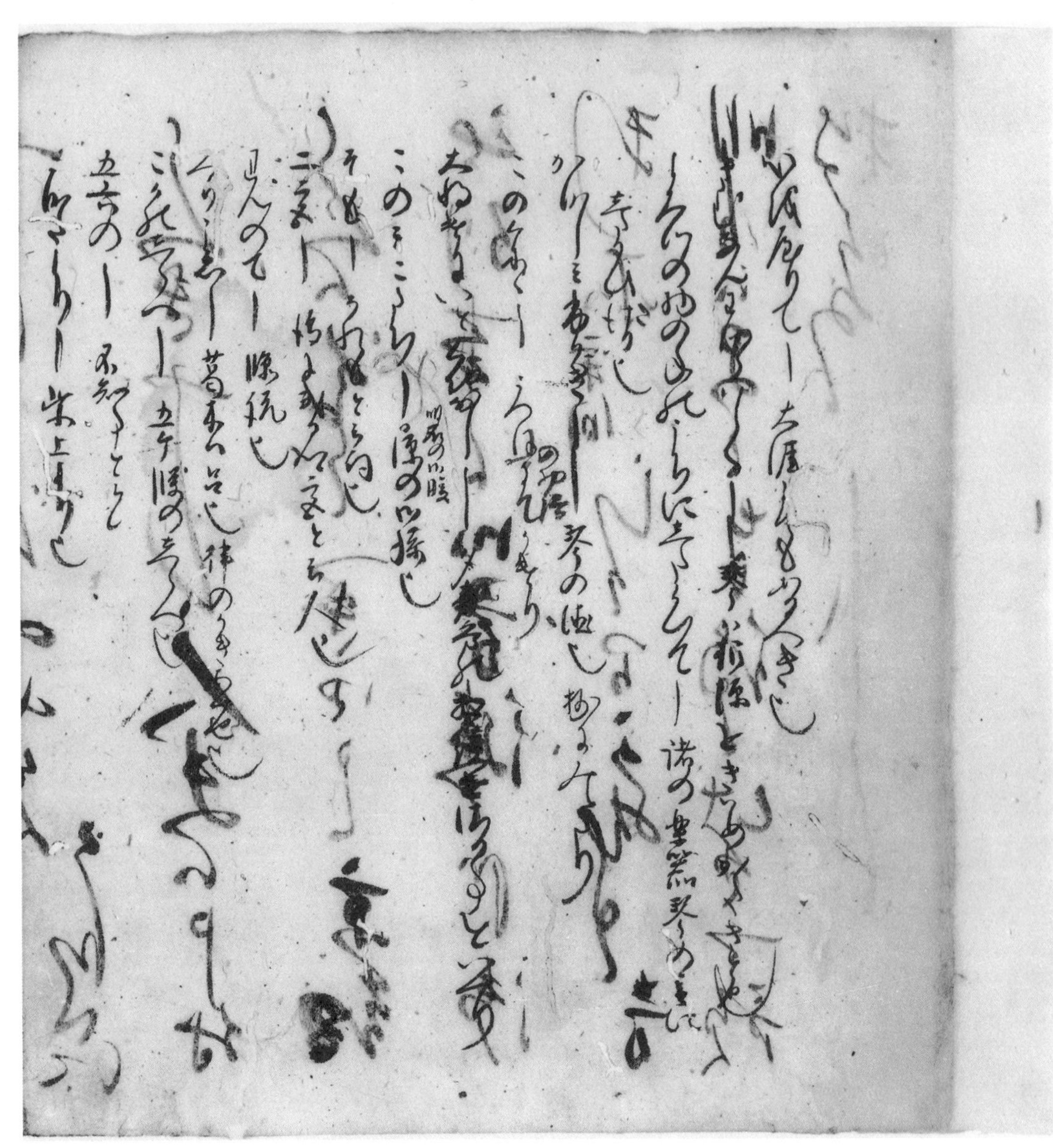

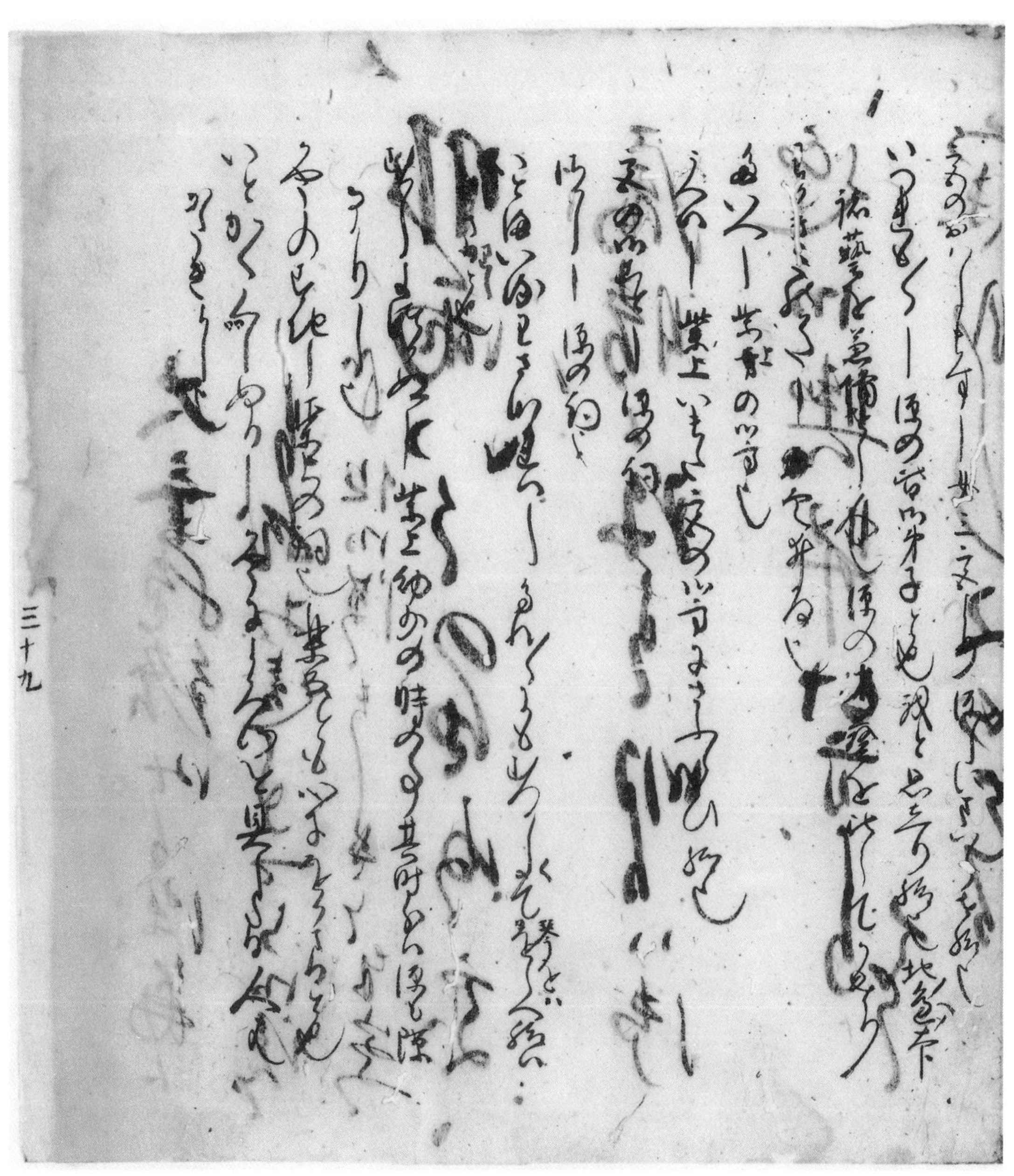

三十九

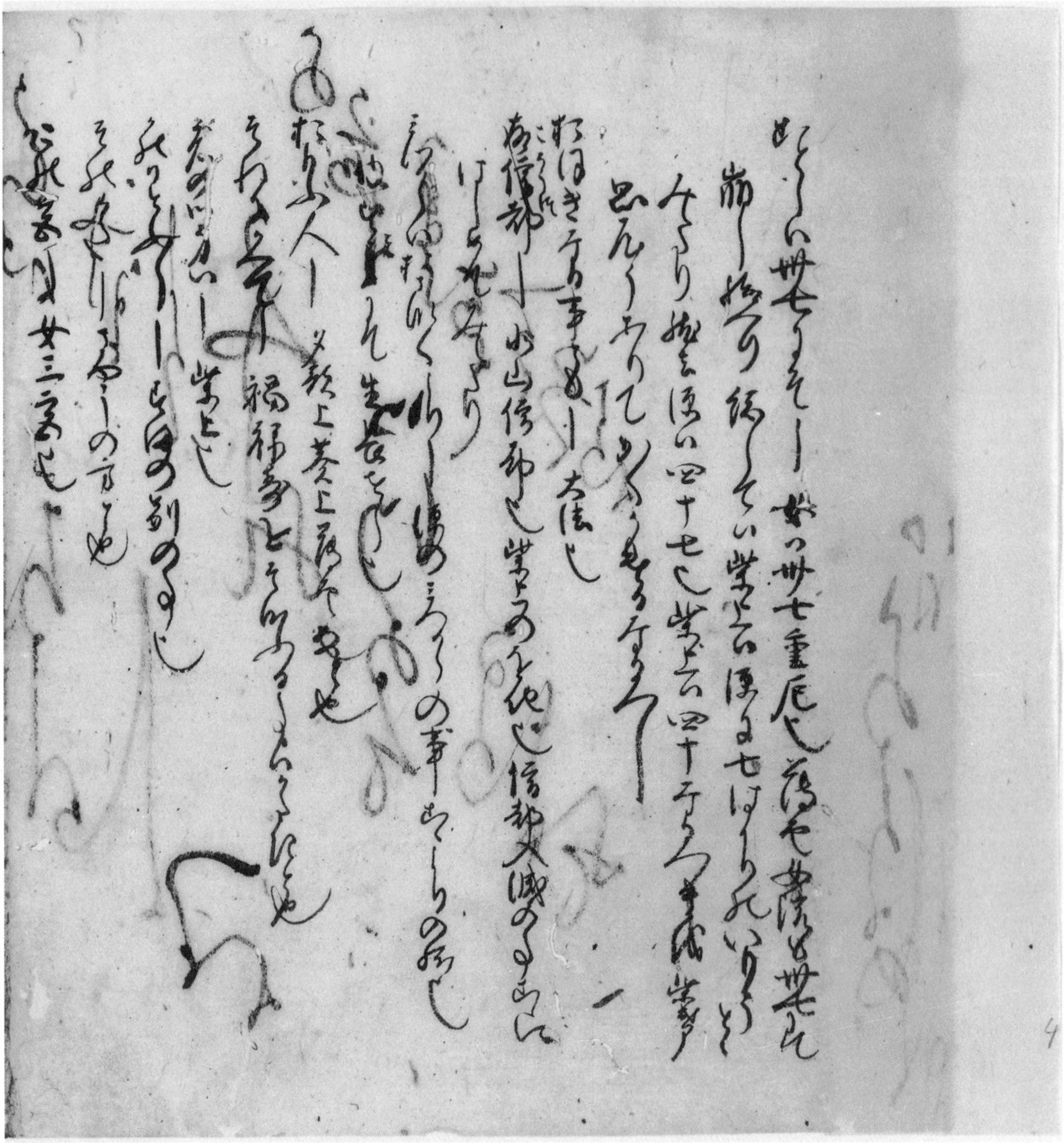

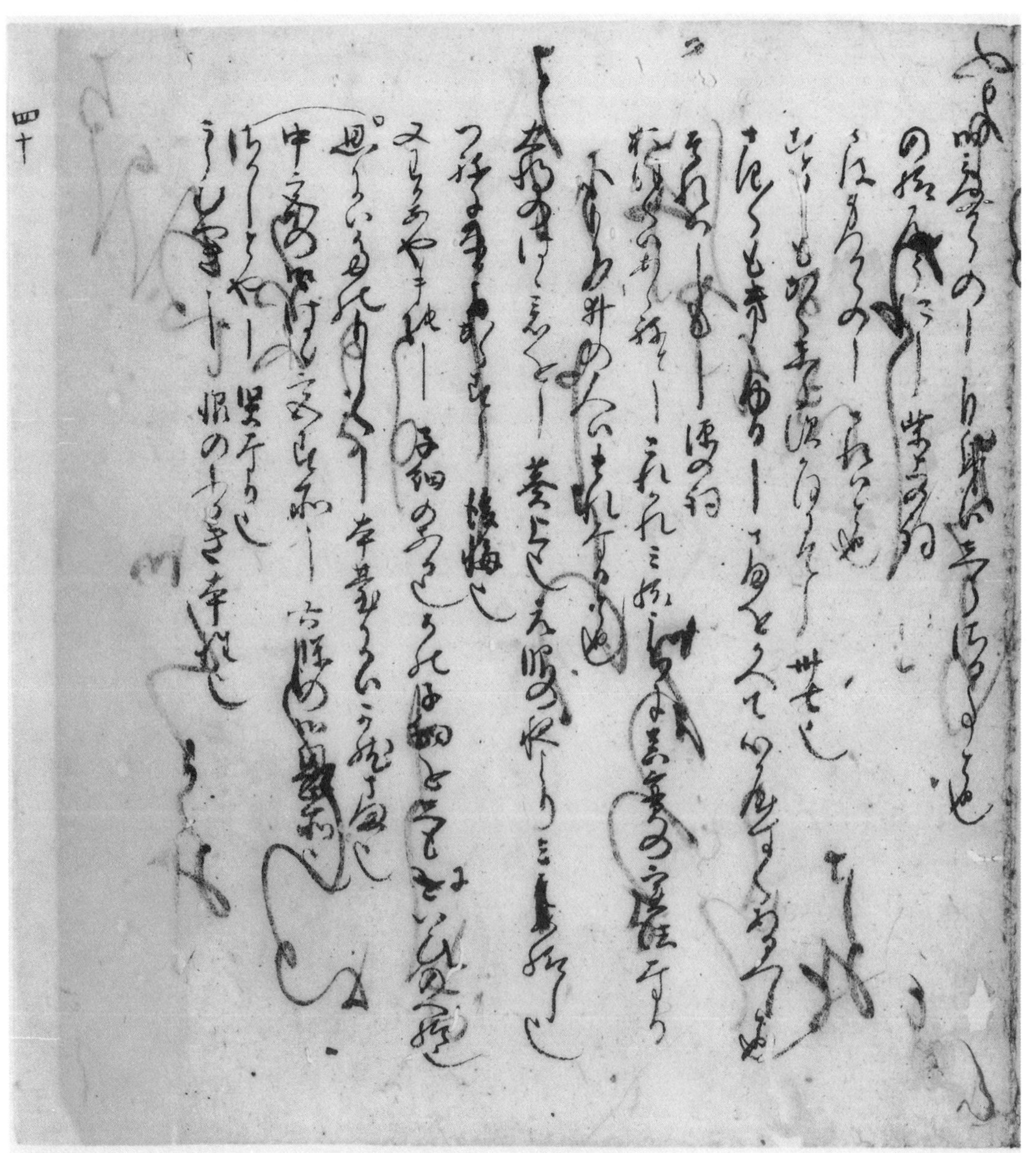

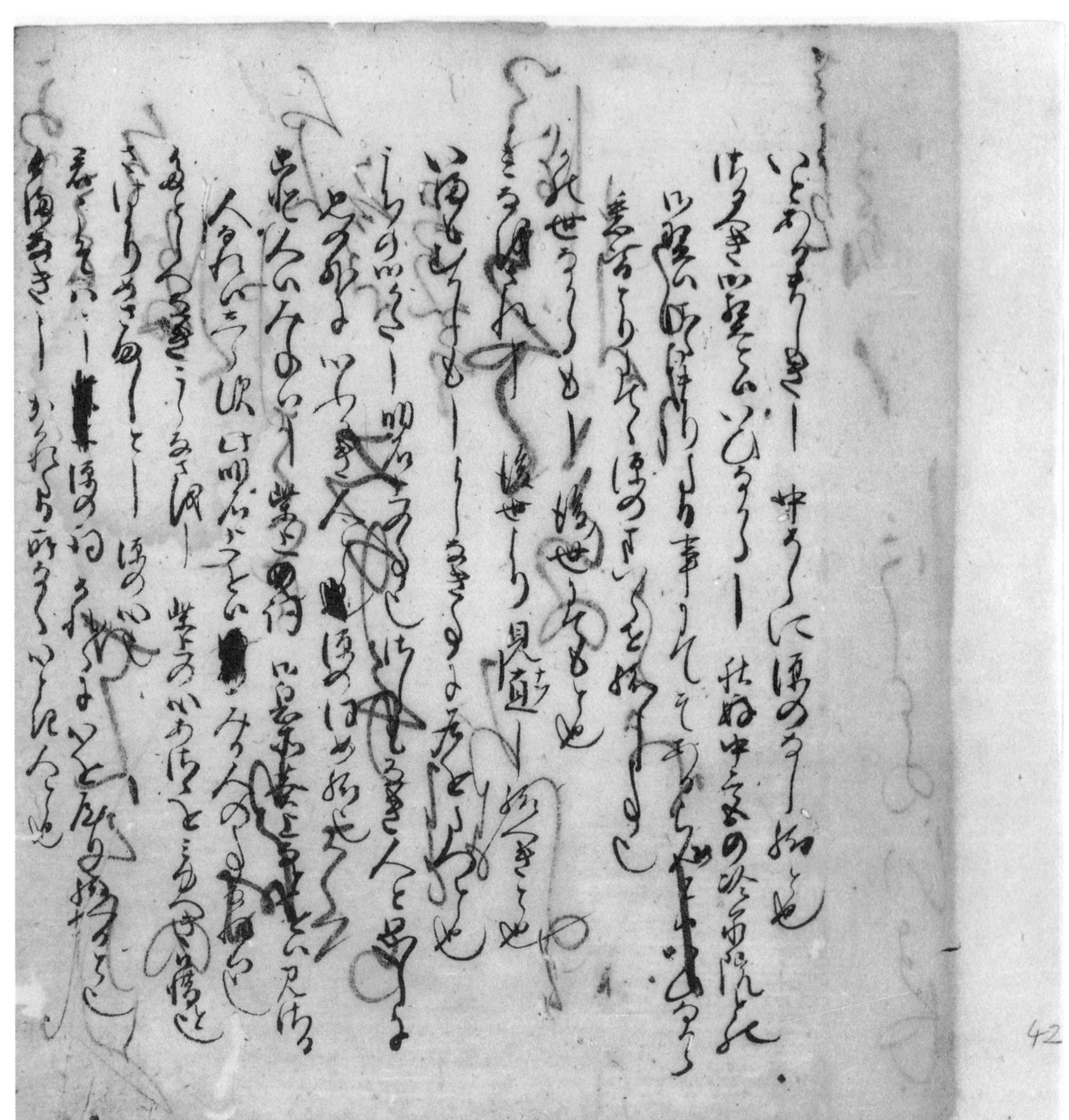

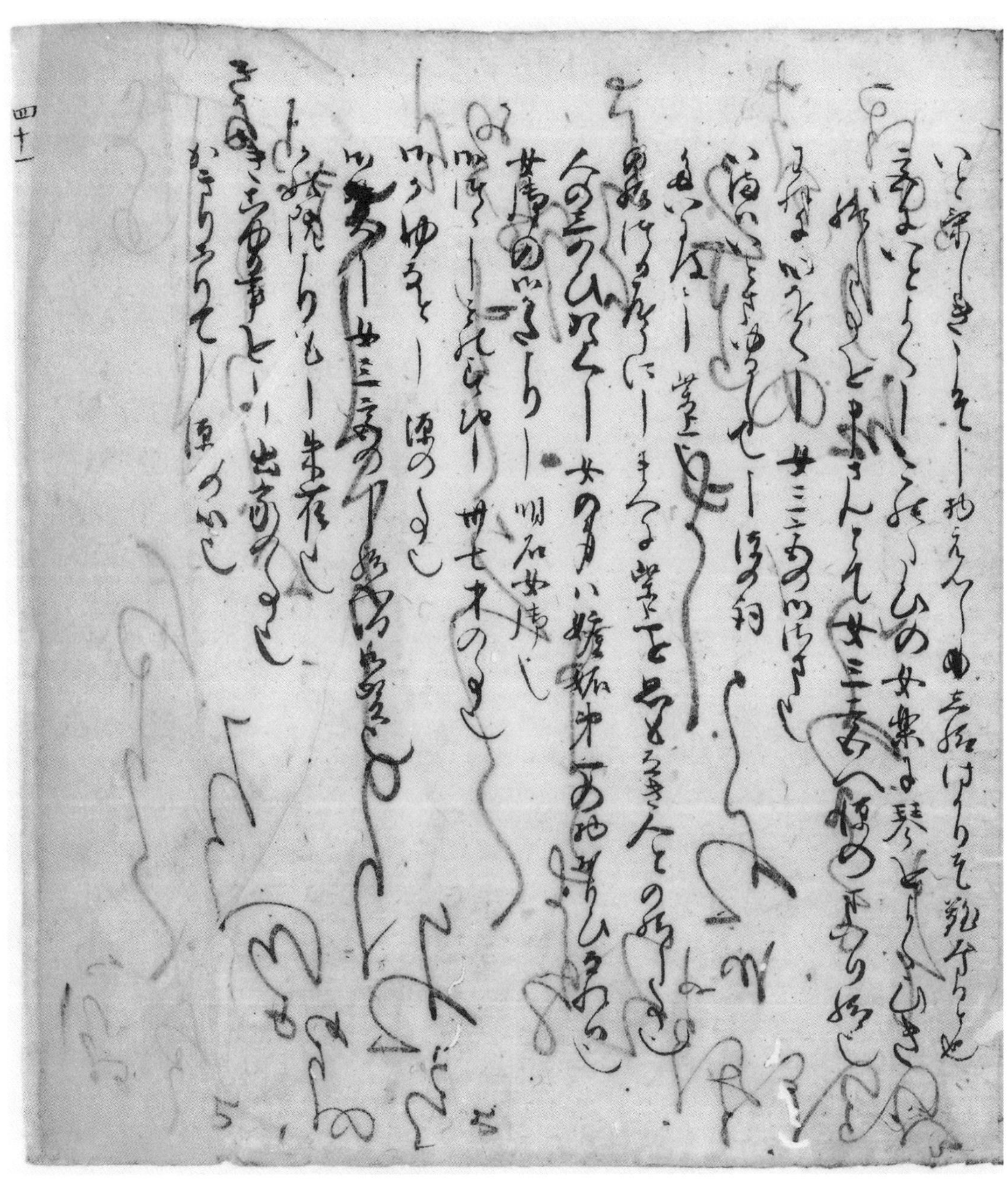

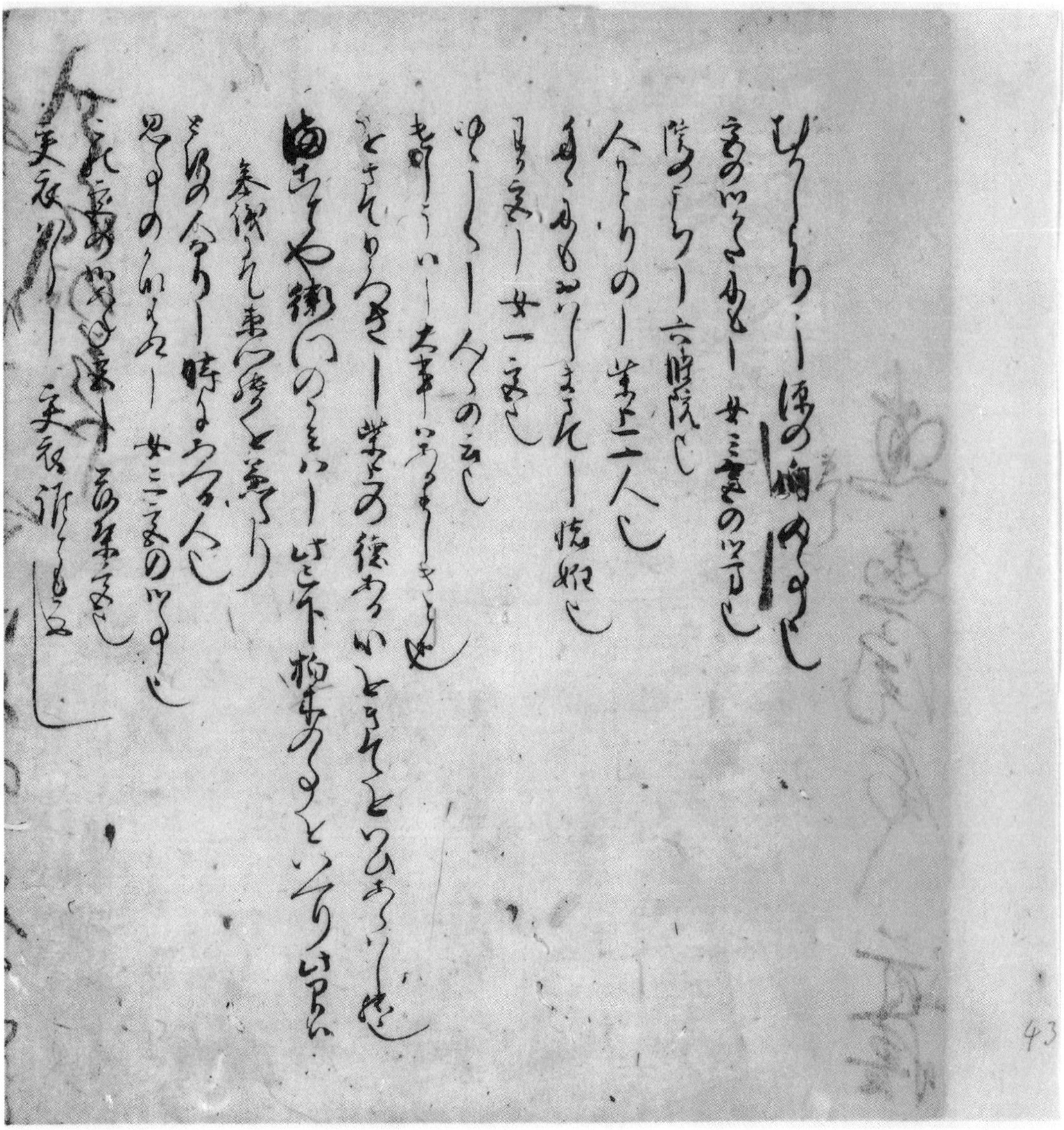

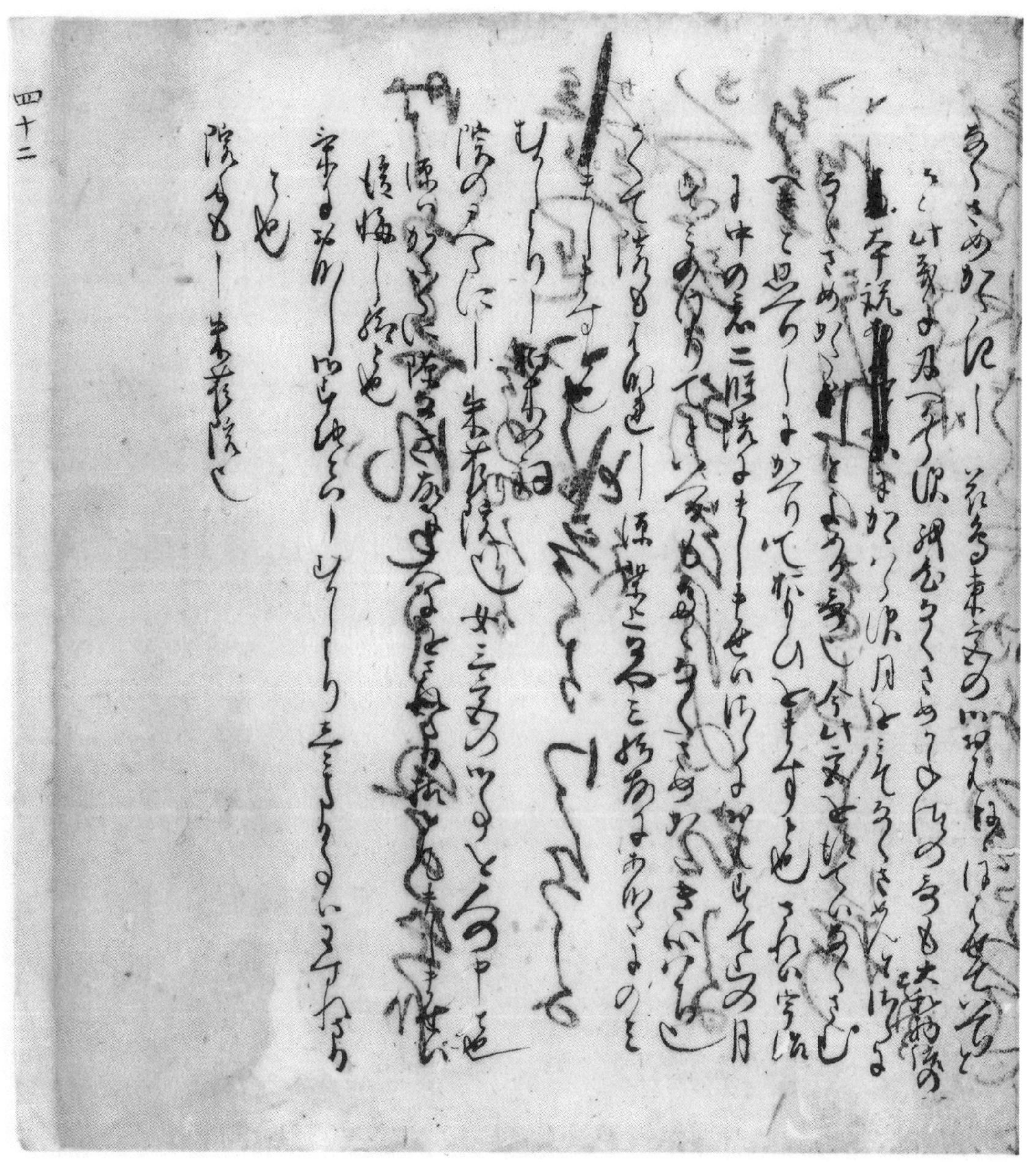

四十二

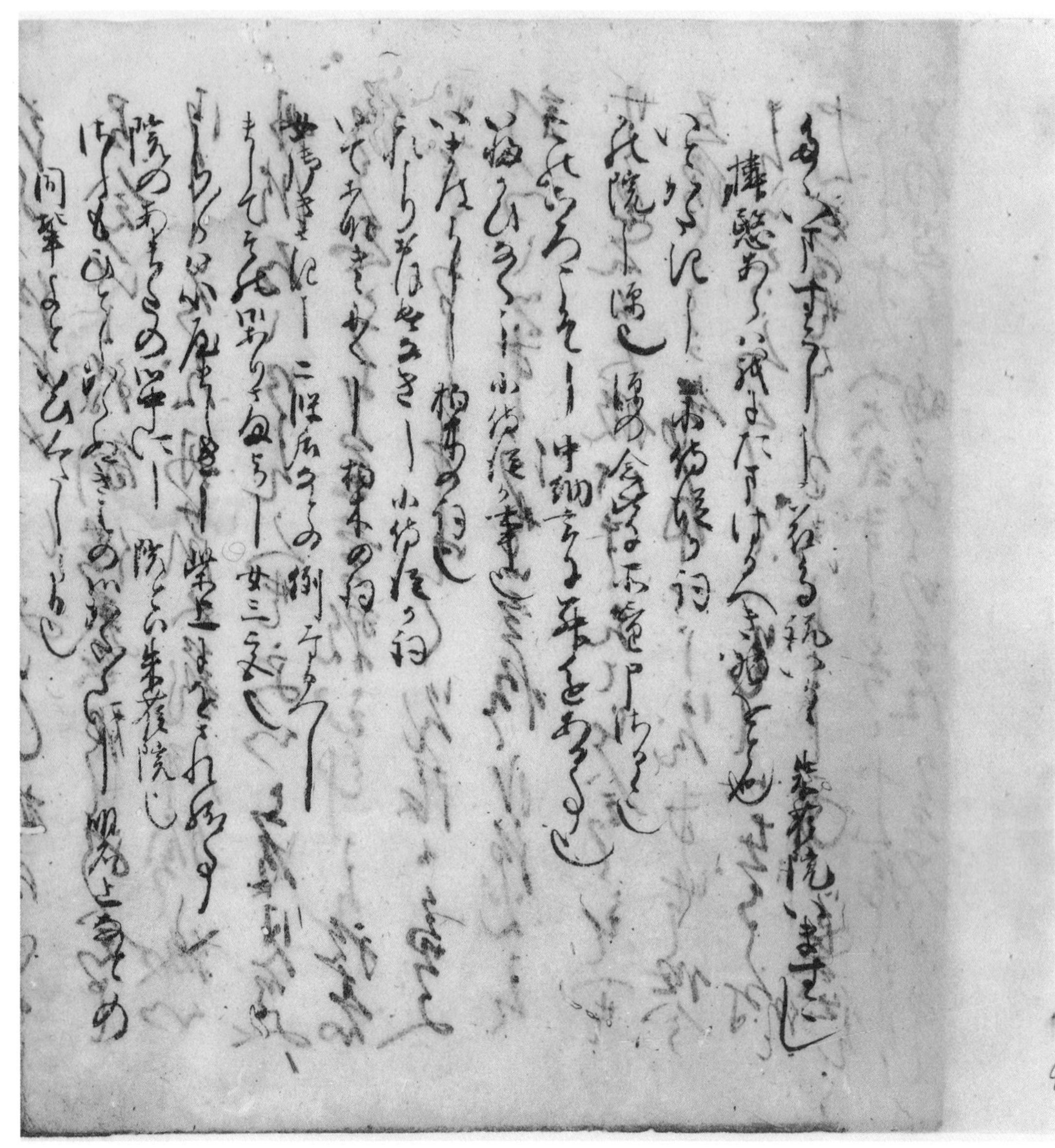

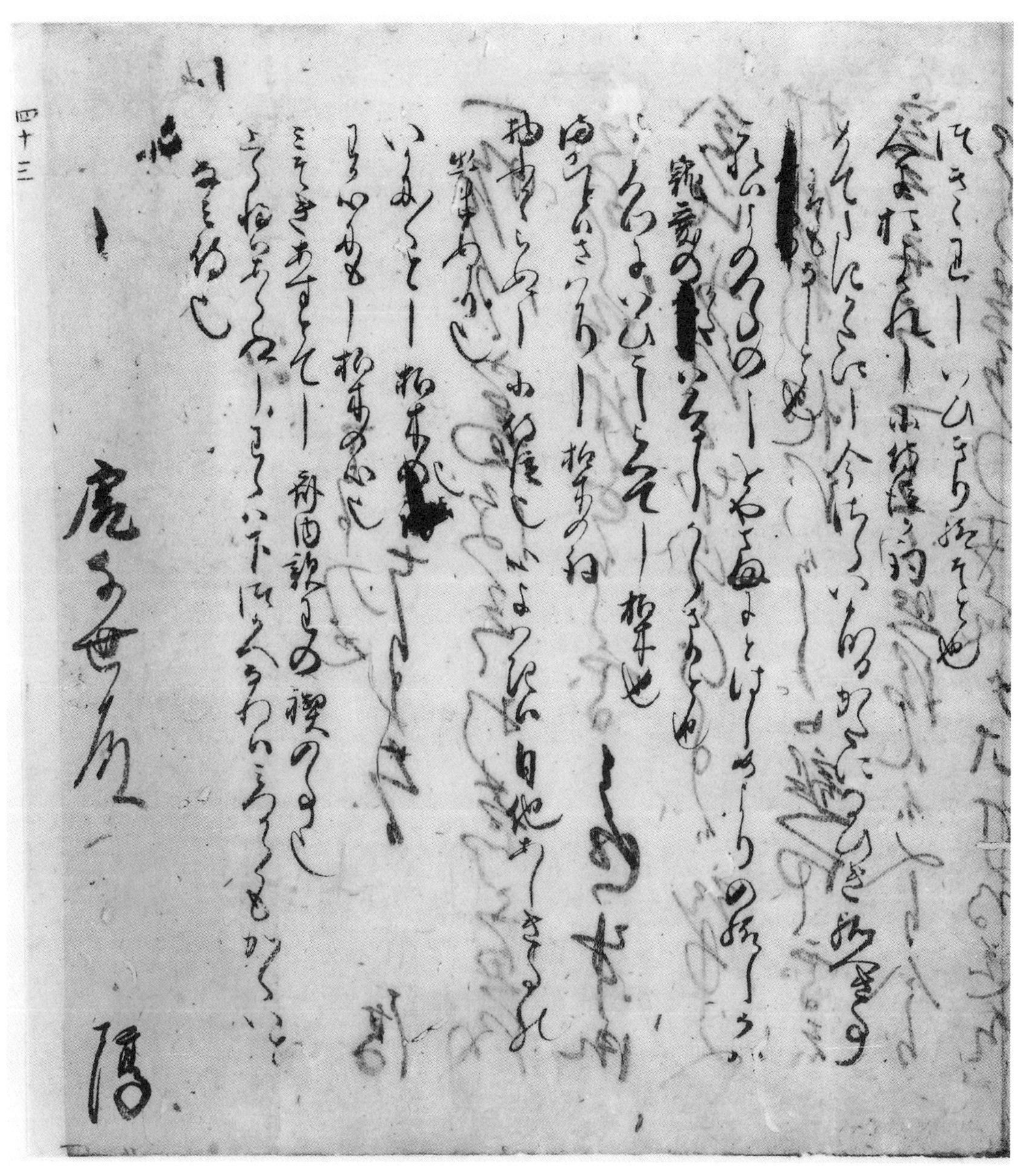

四十三

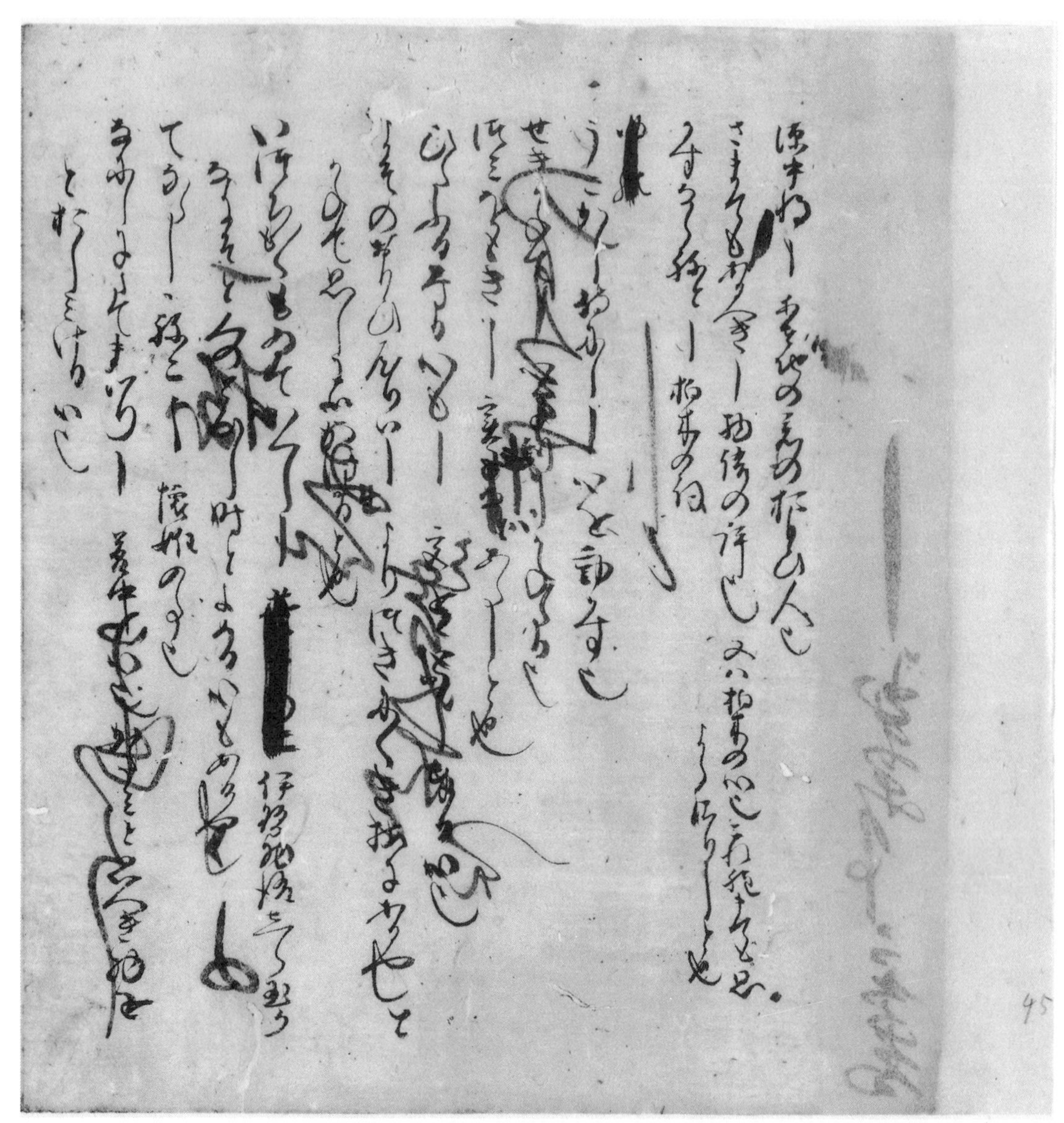

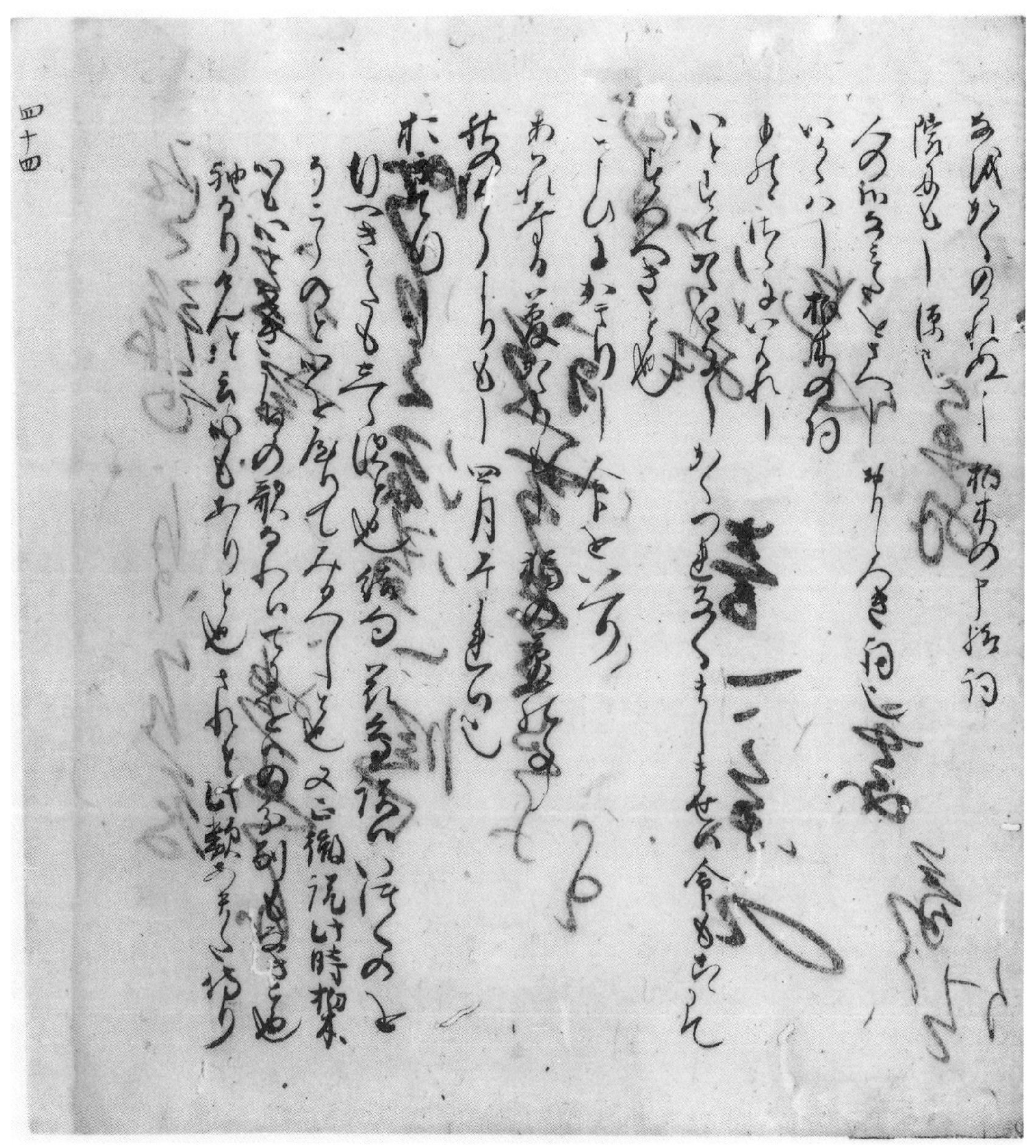

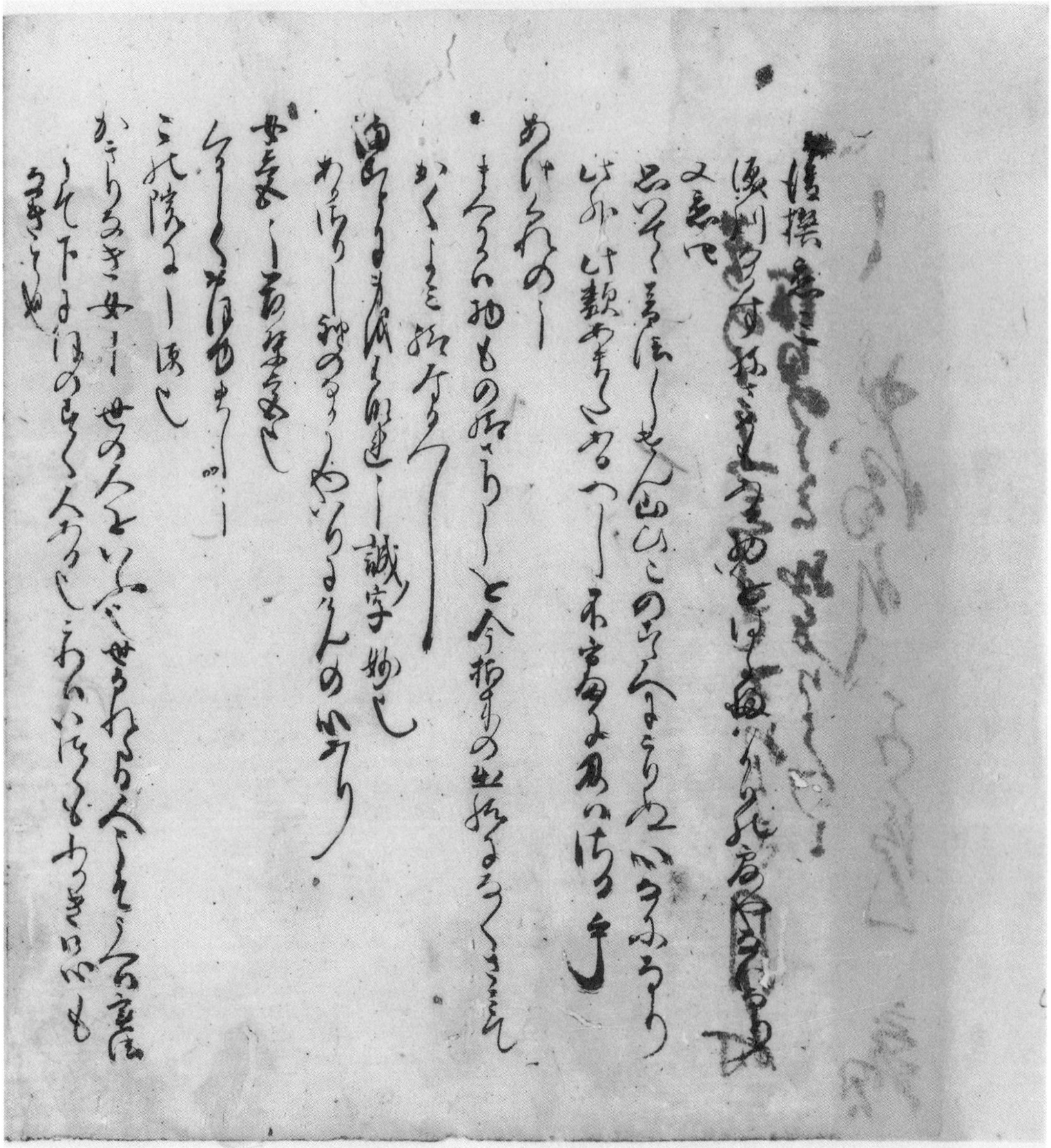

四十五

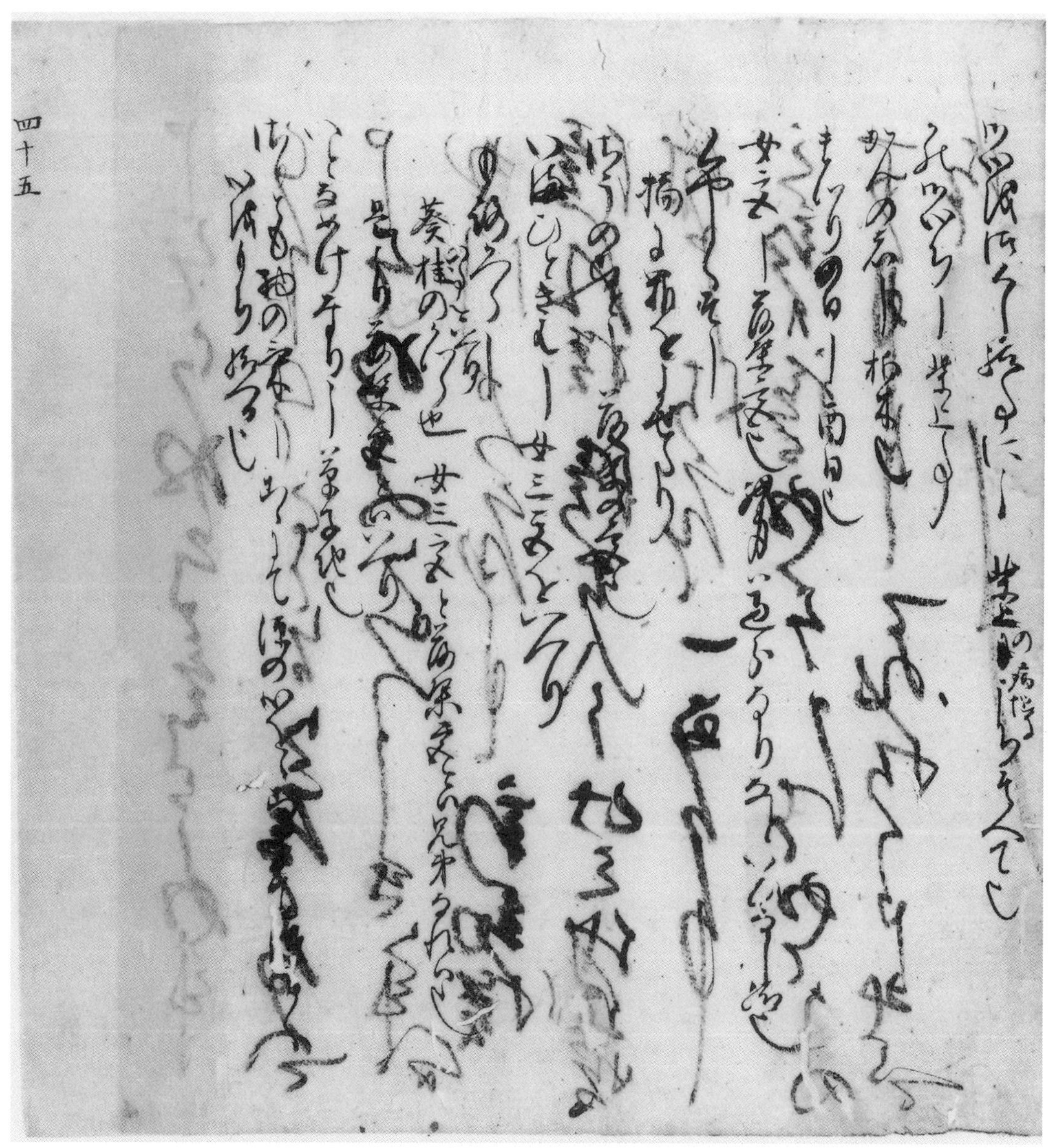

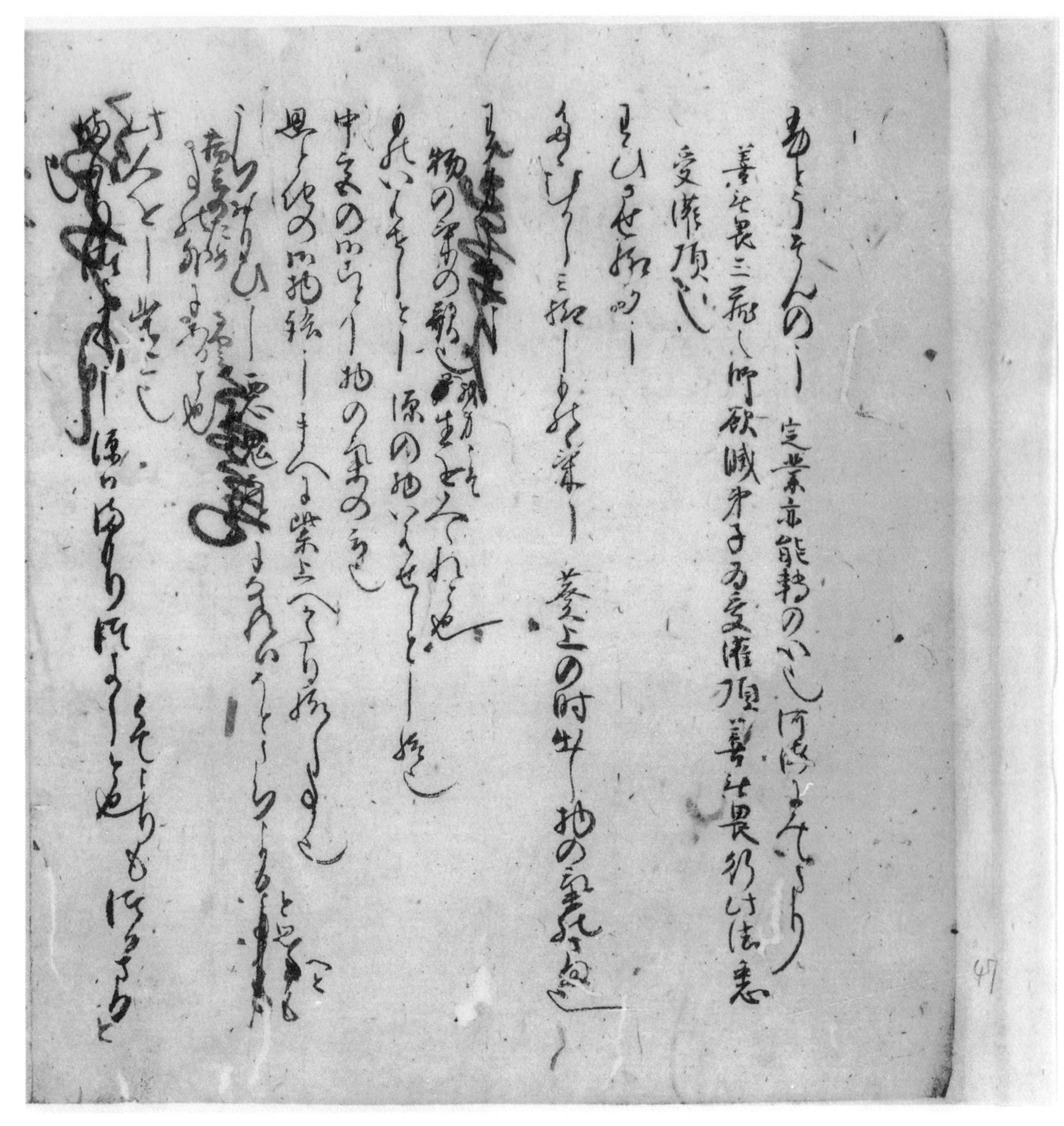

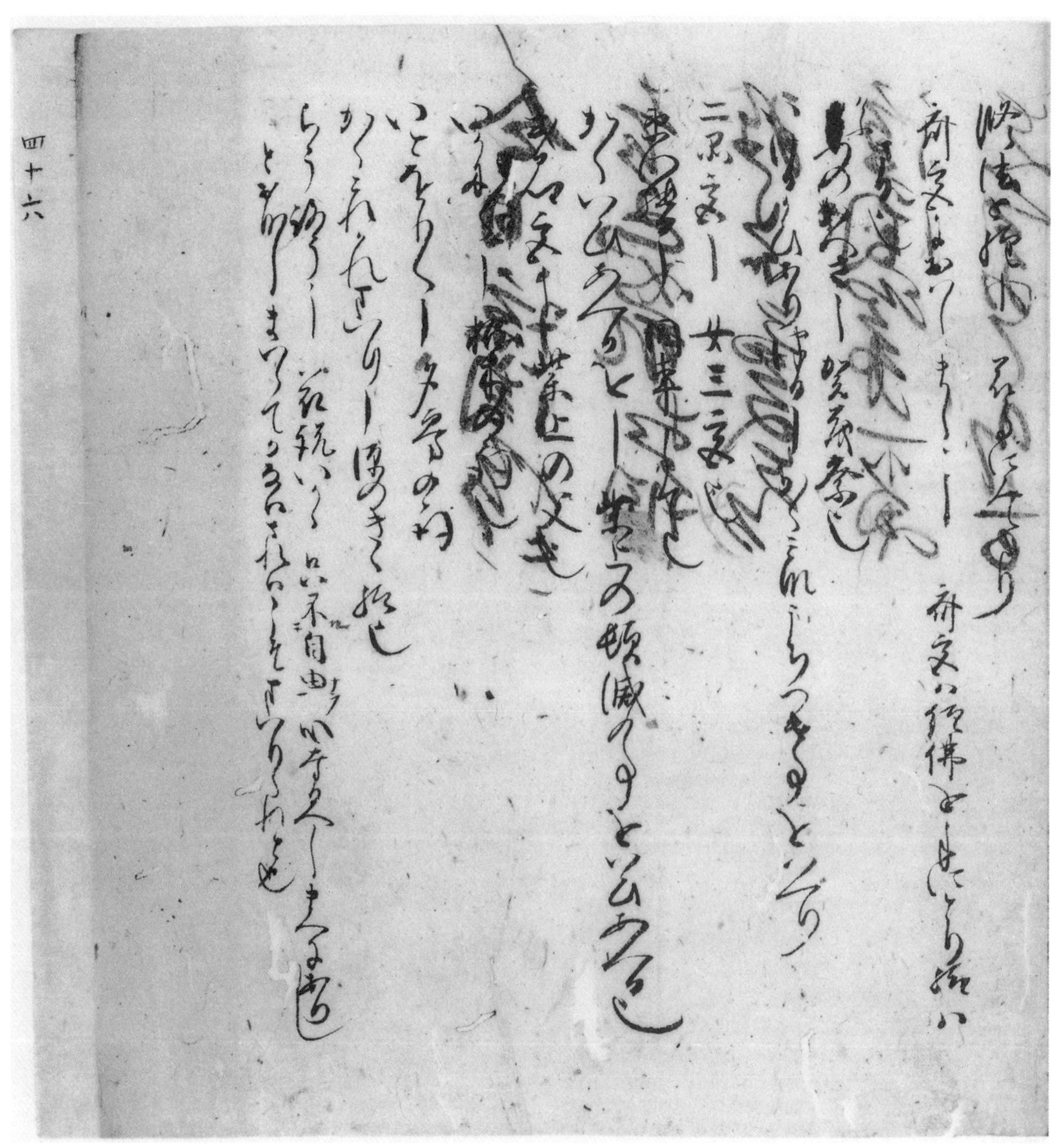

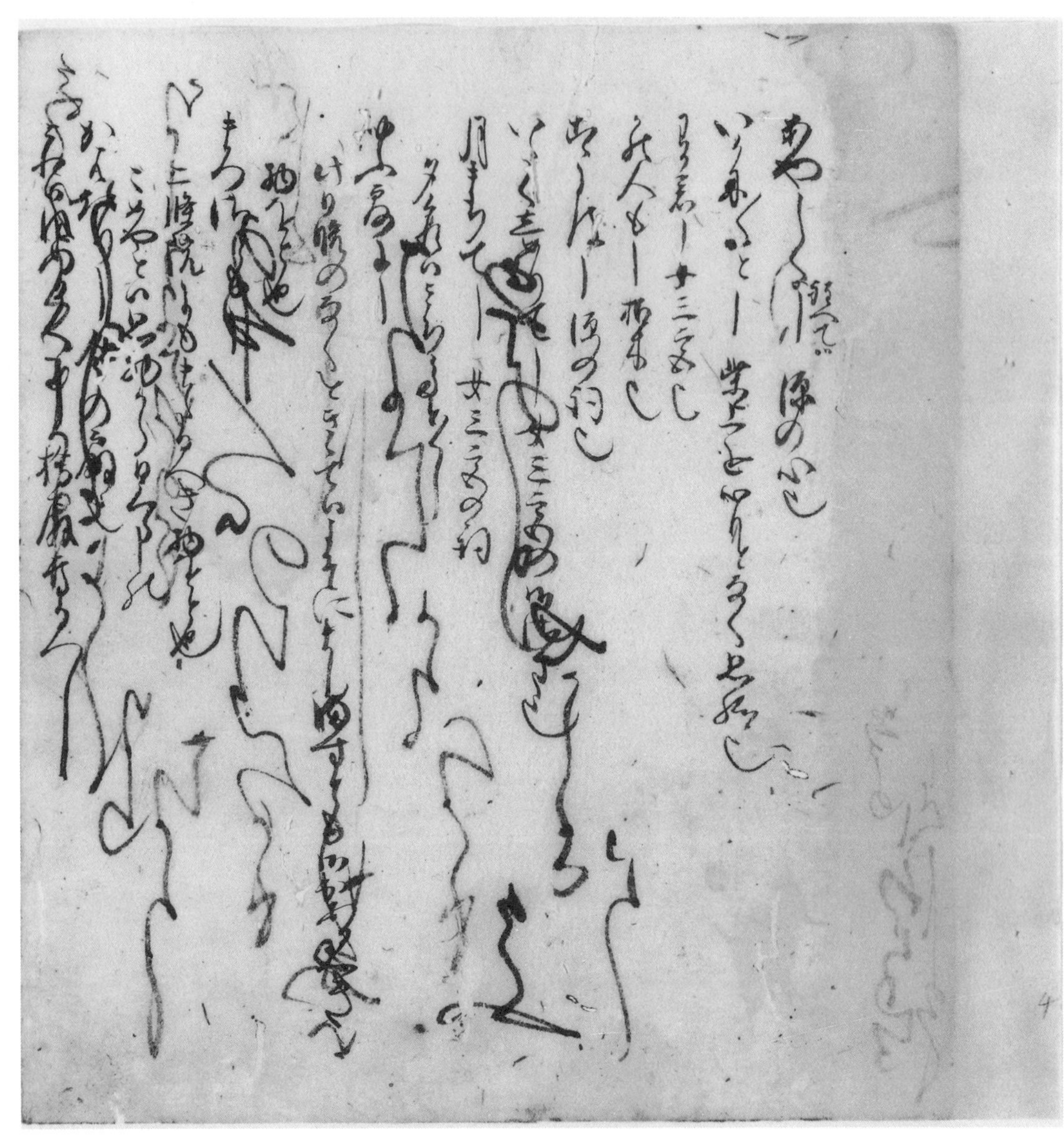

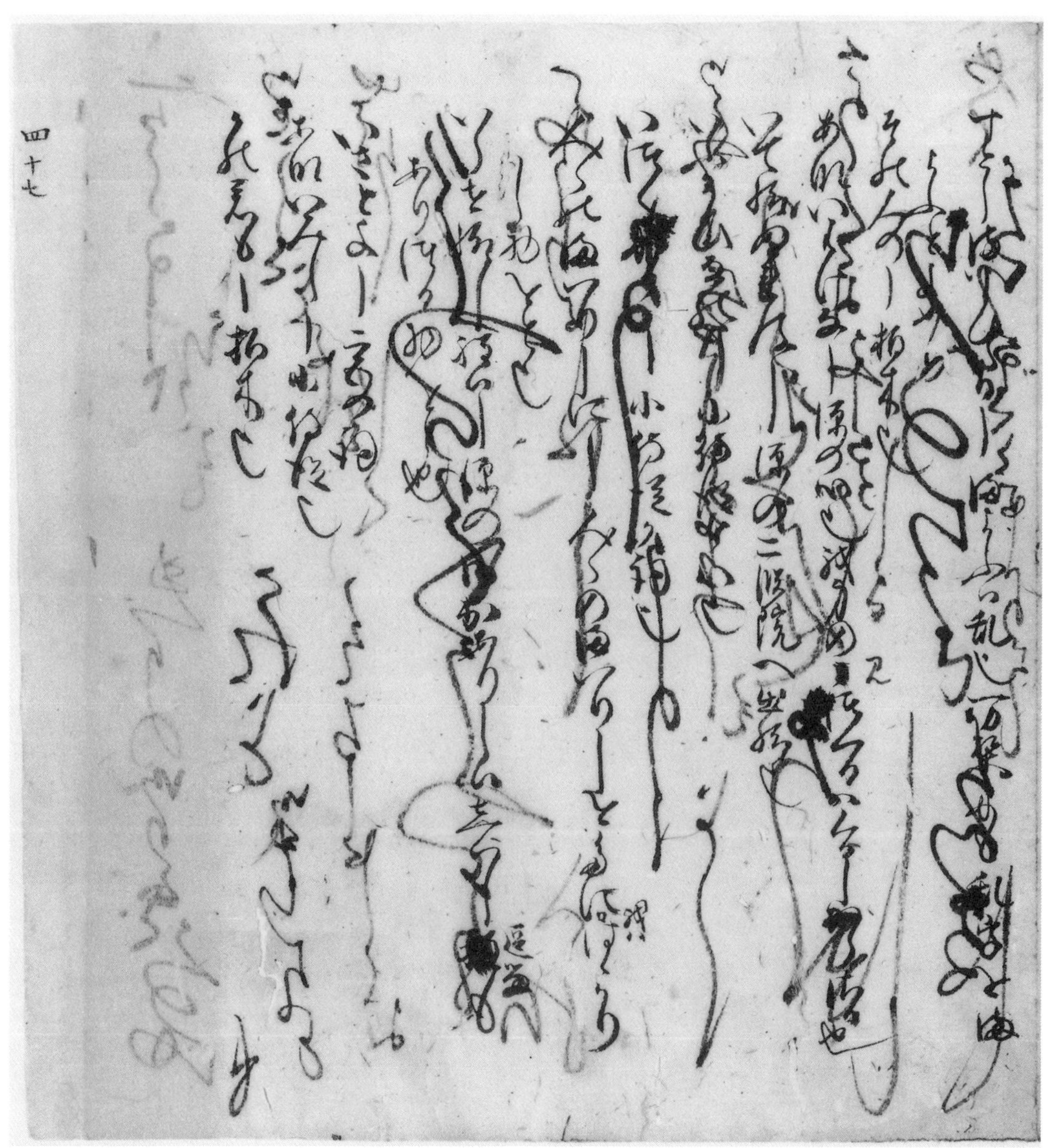

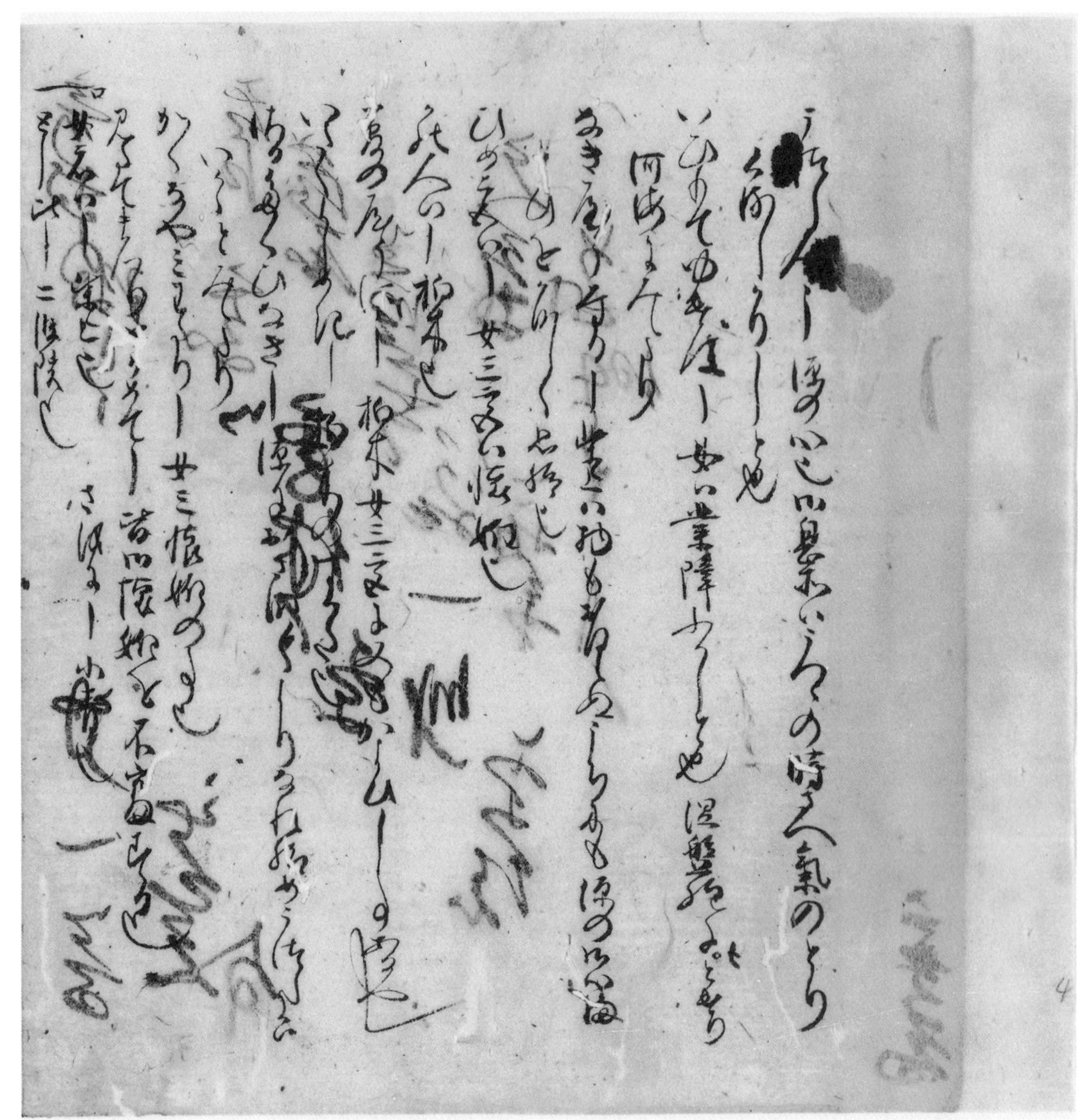

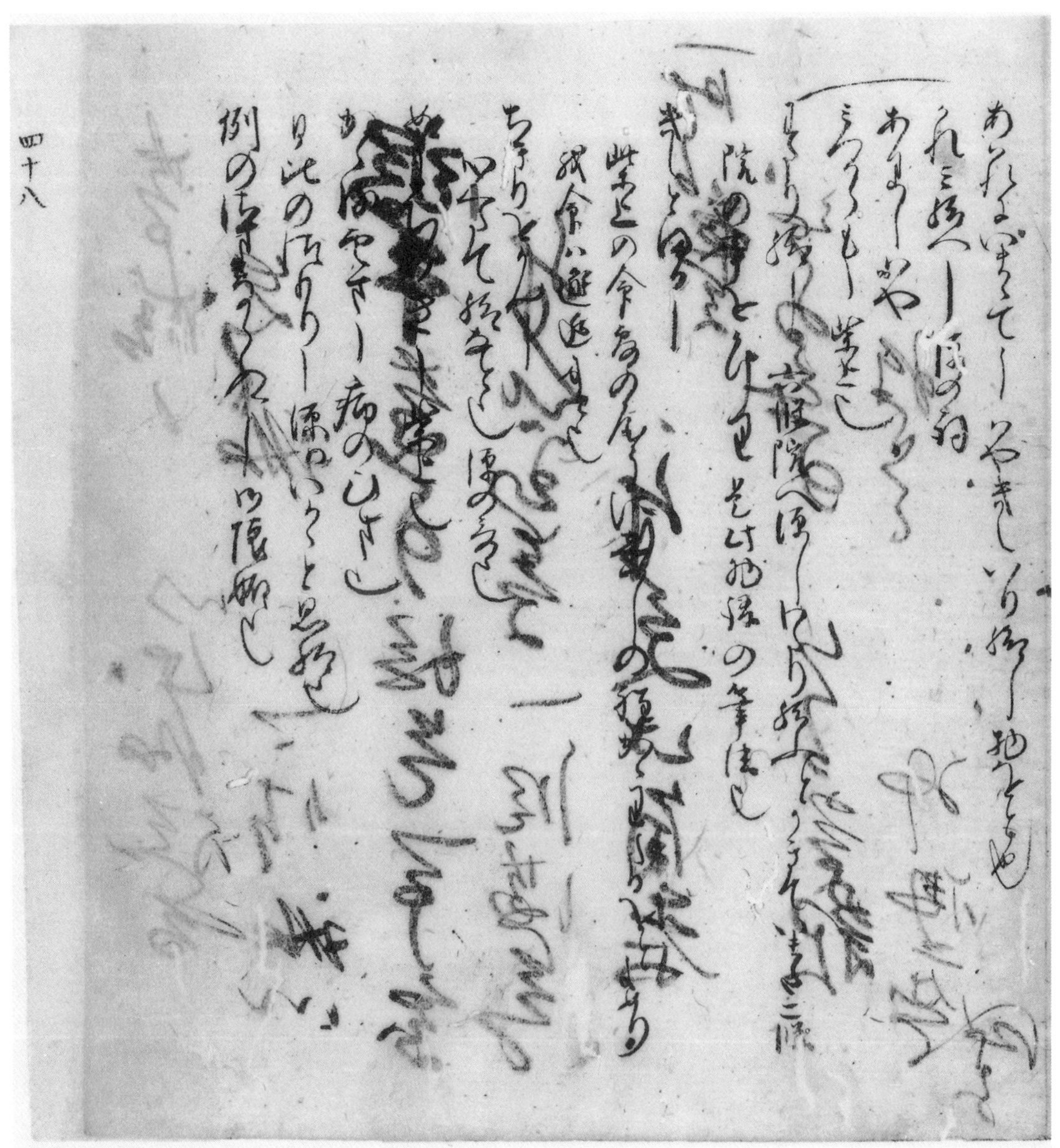

四十八

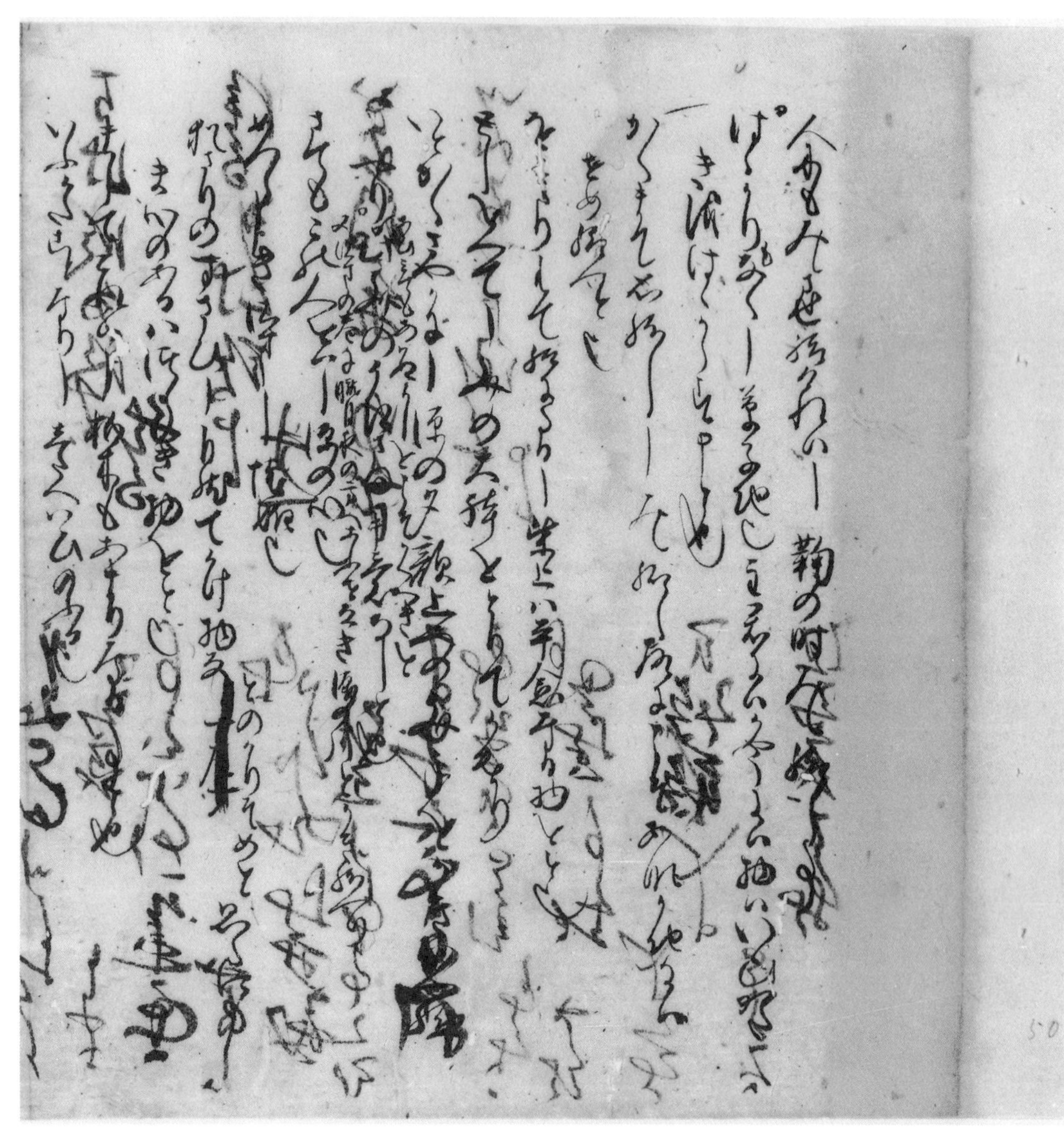

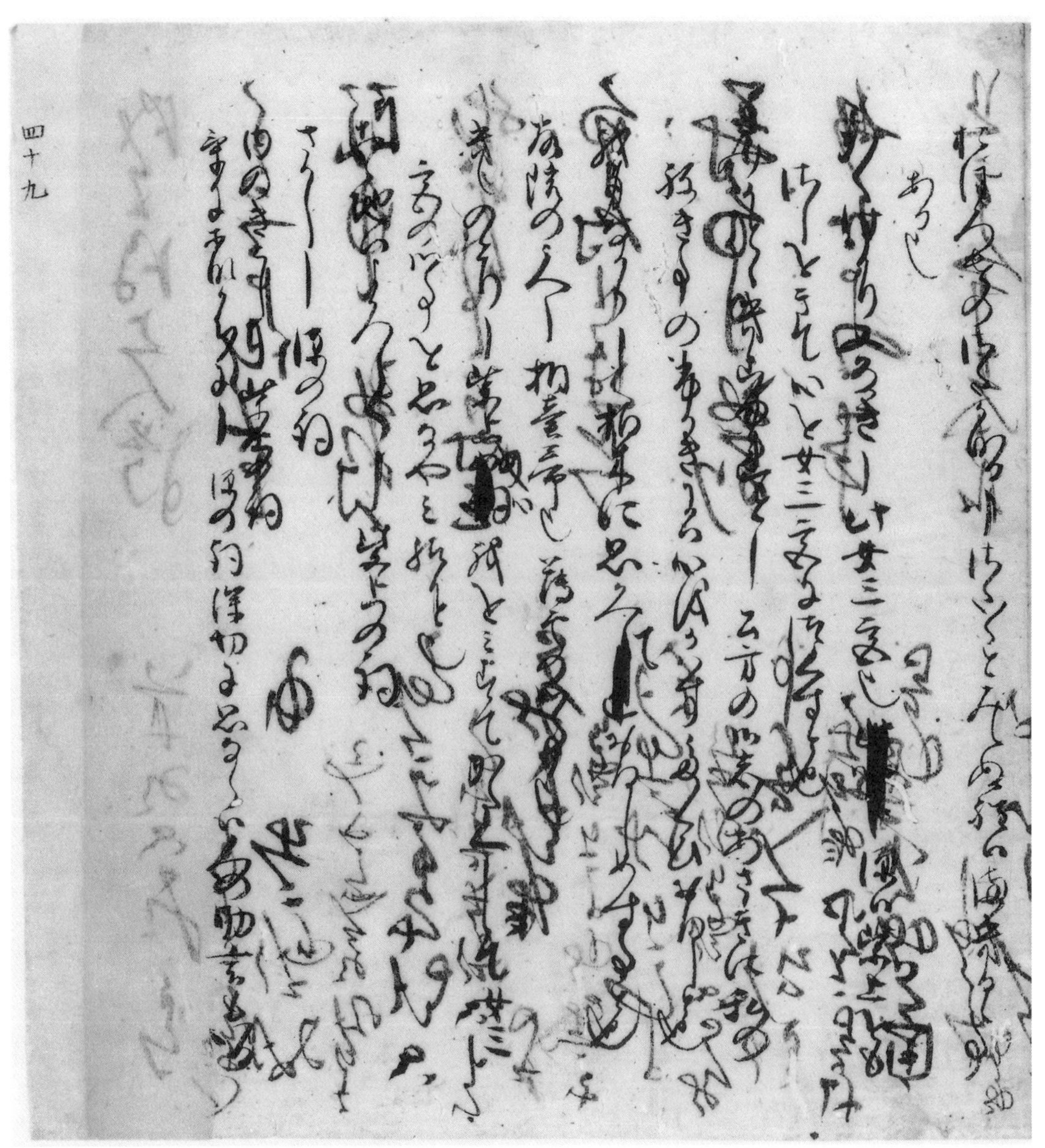

四十九

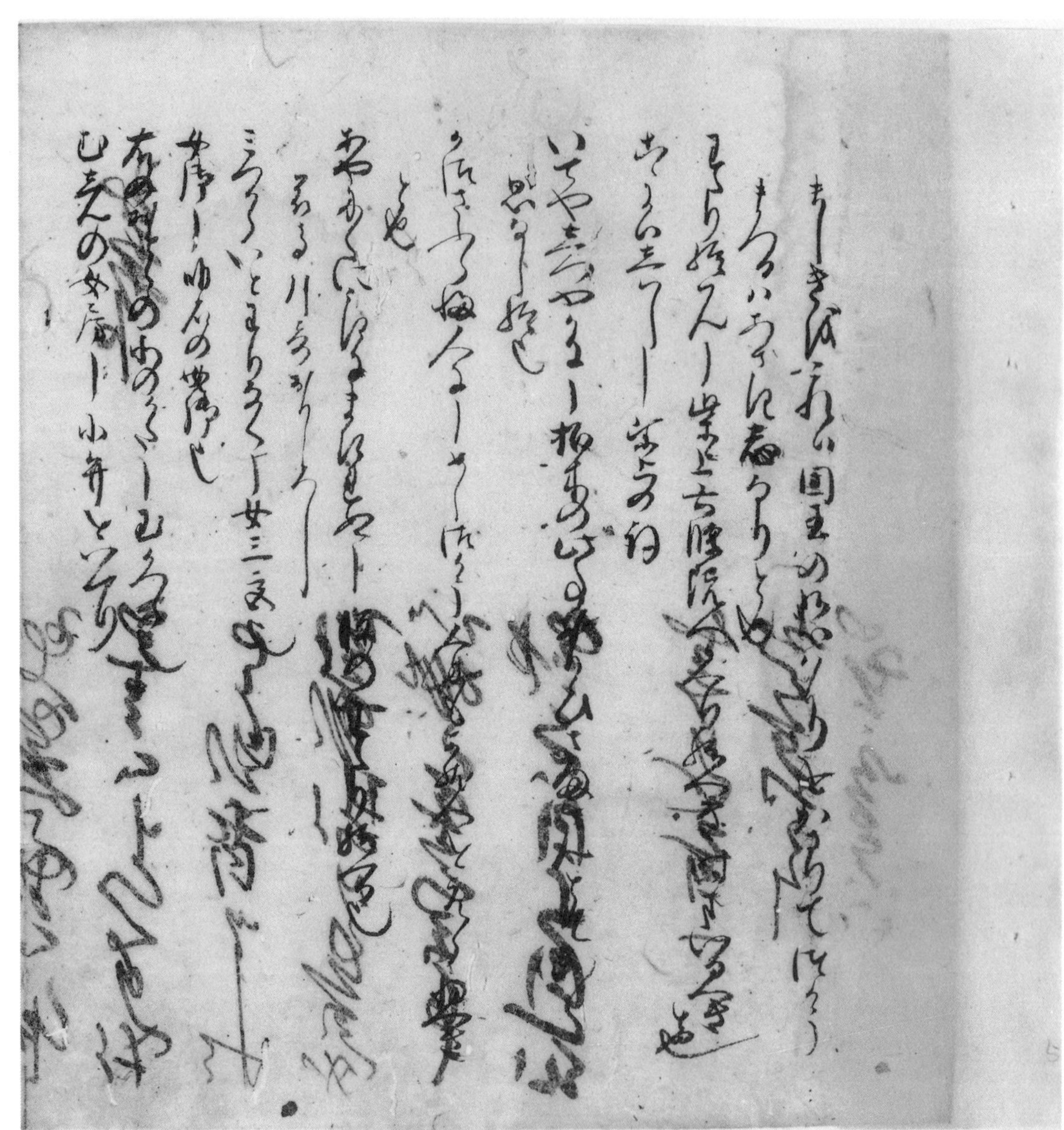

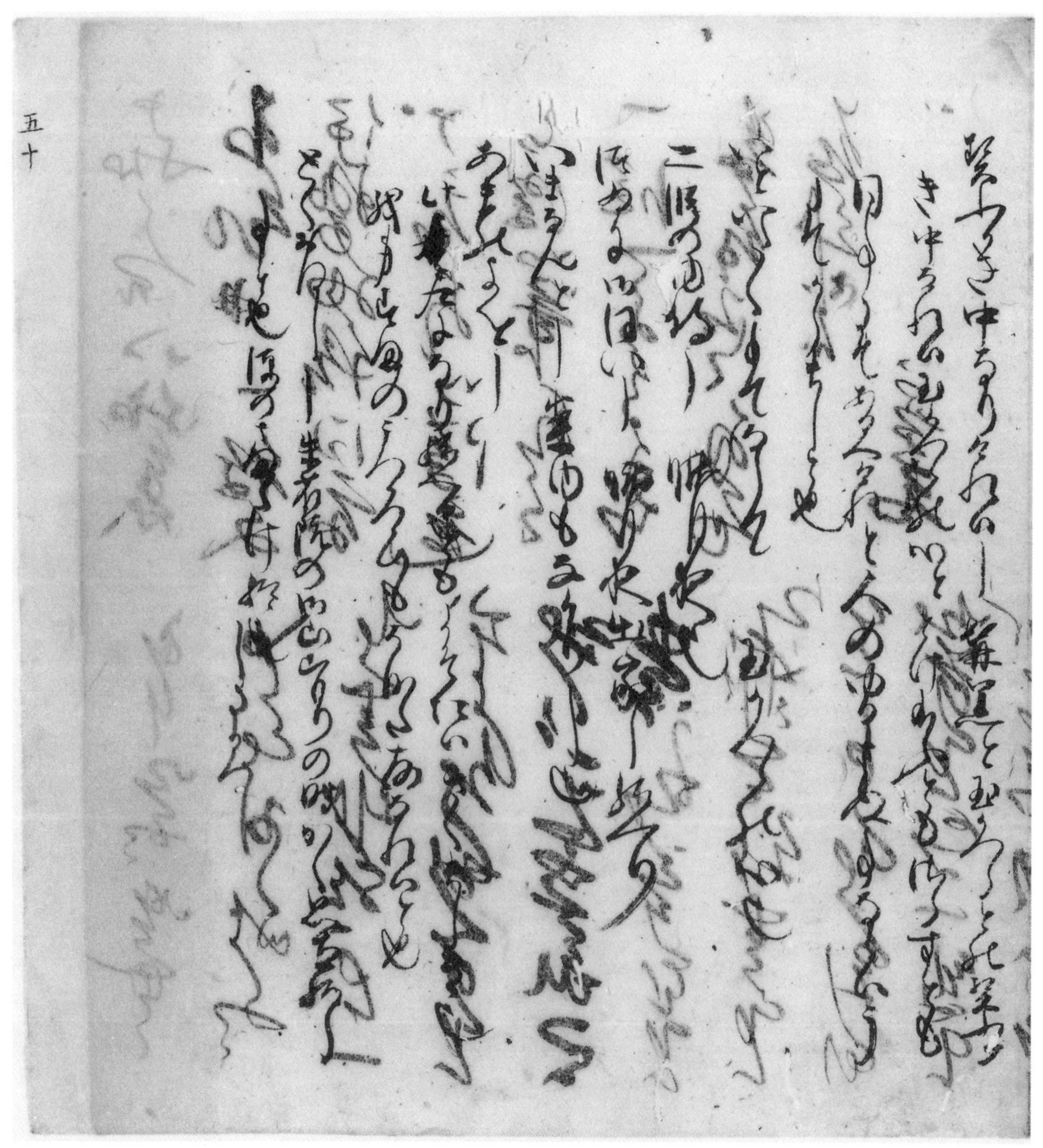
五十

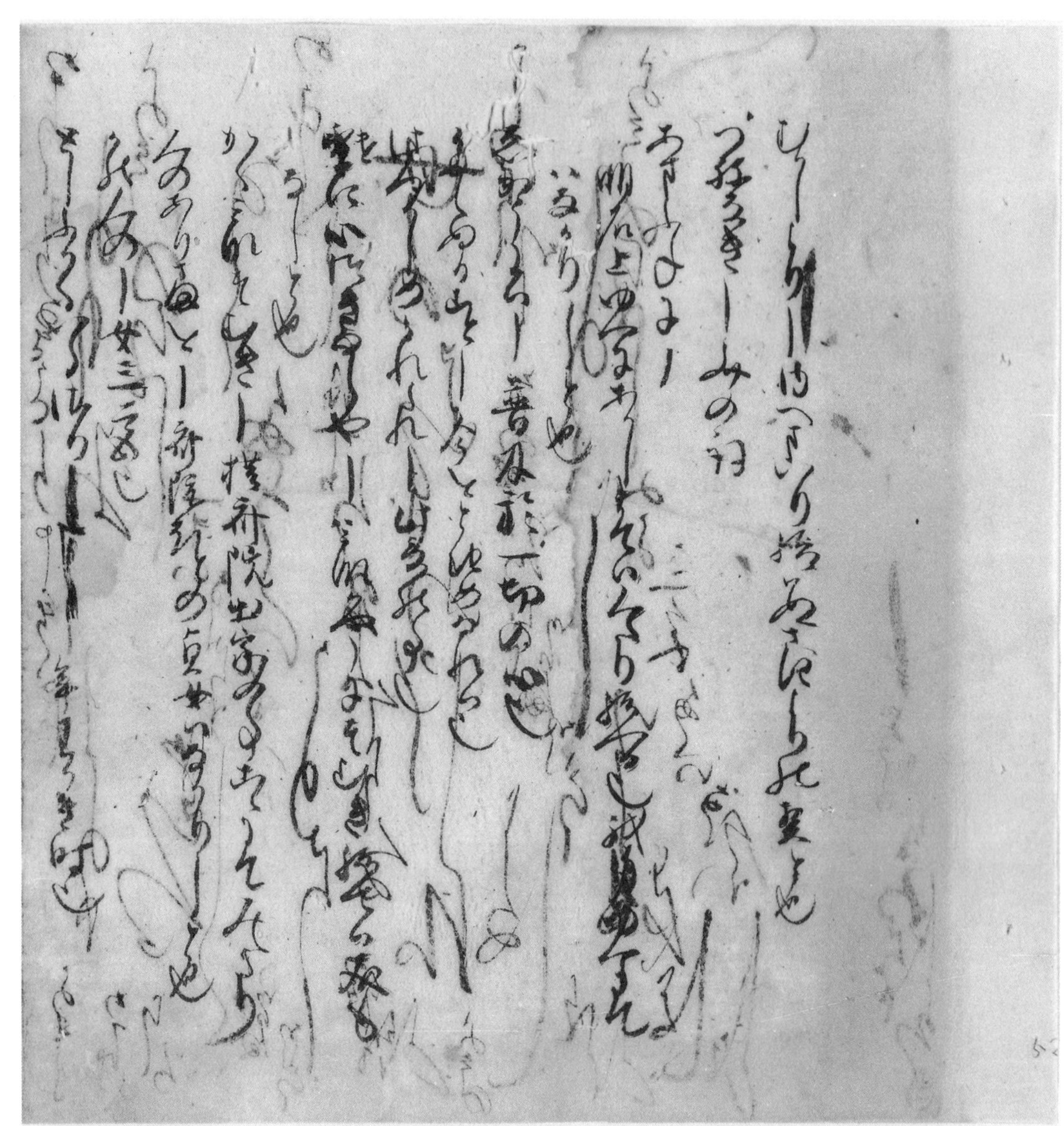

五十一

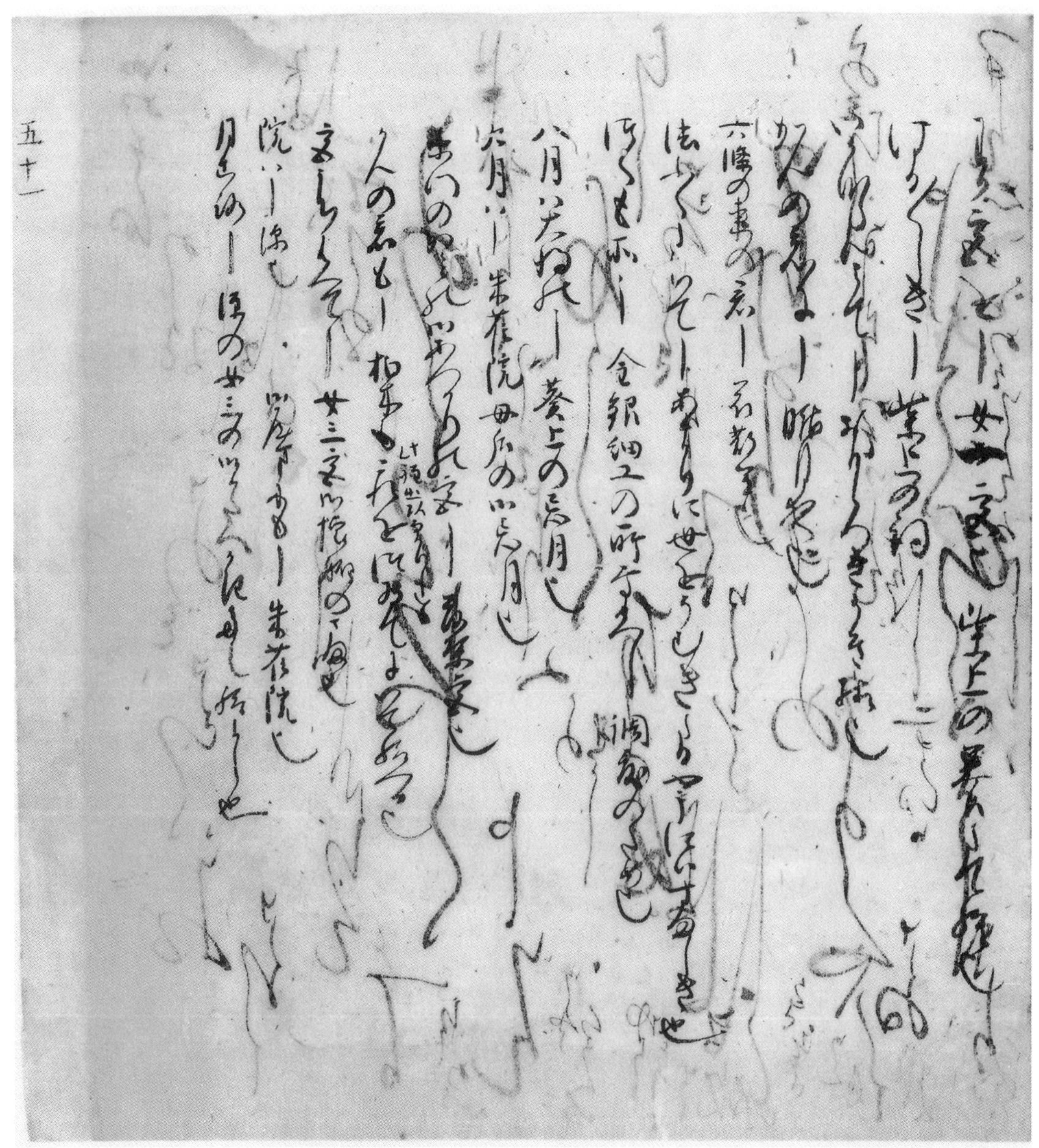

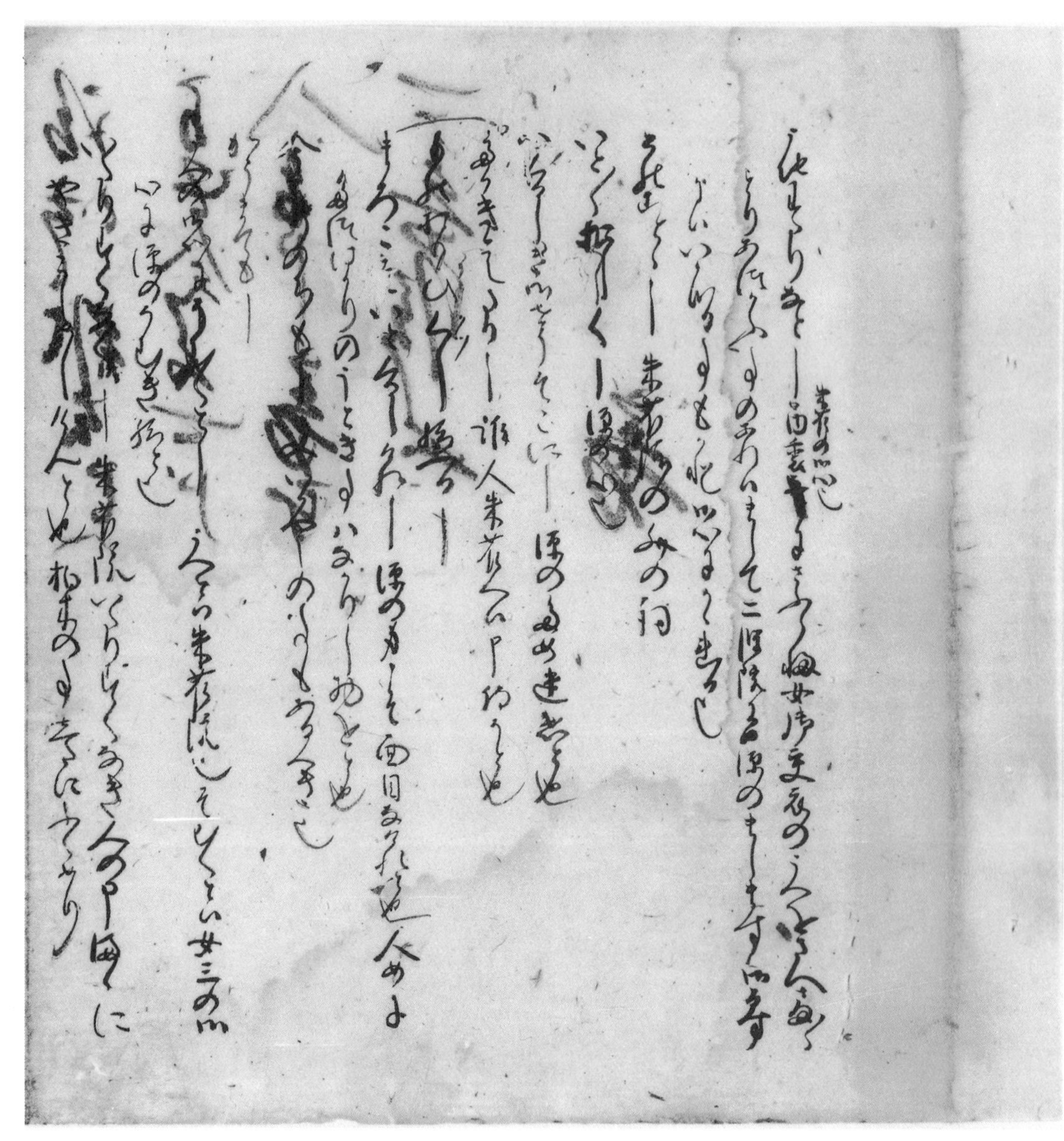

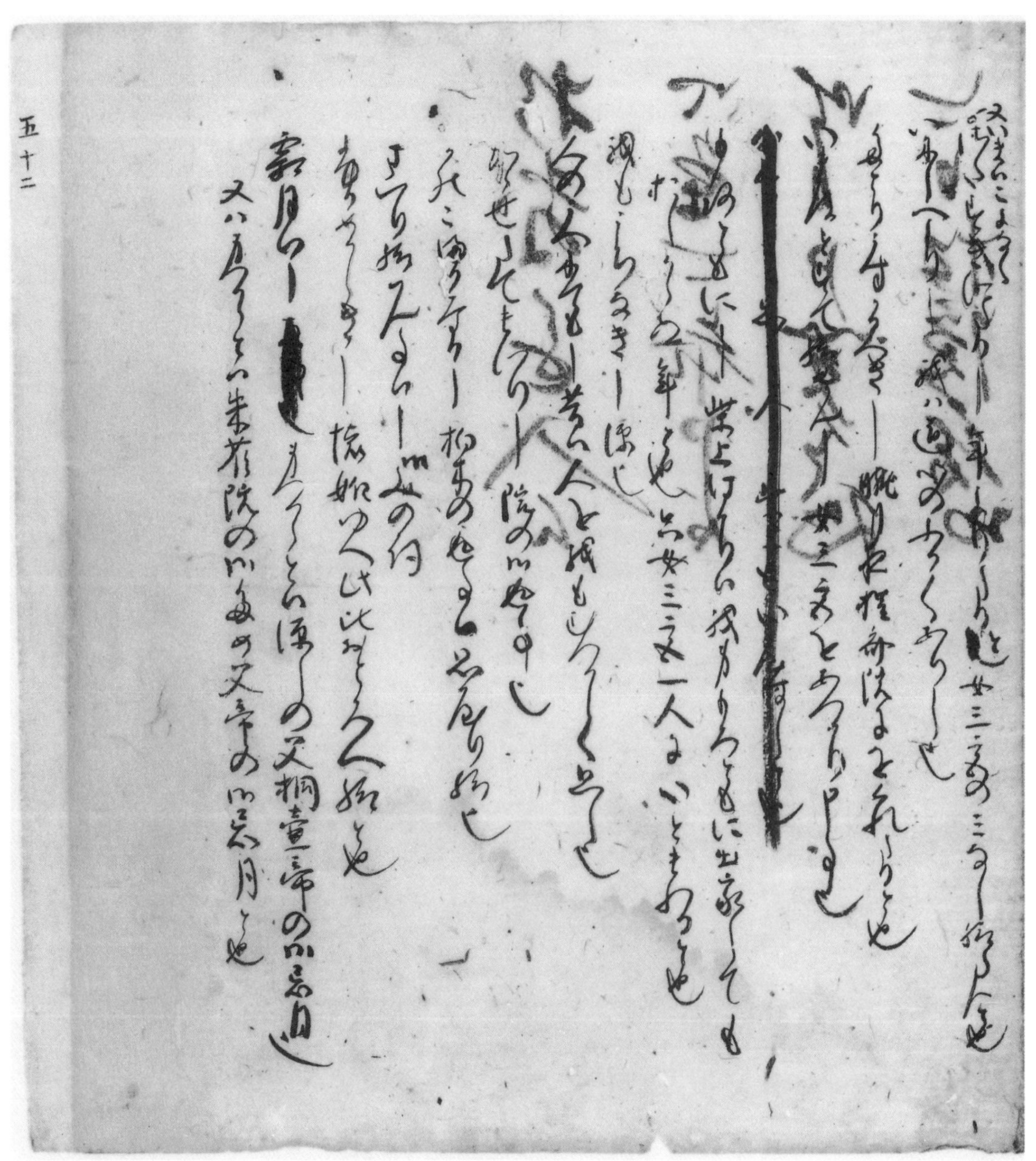

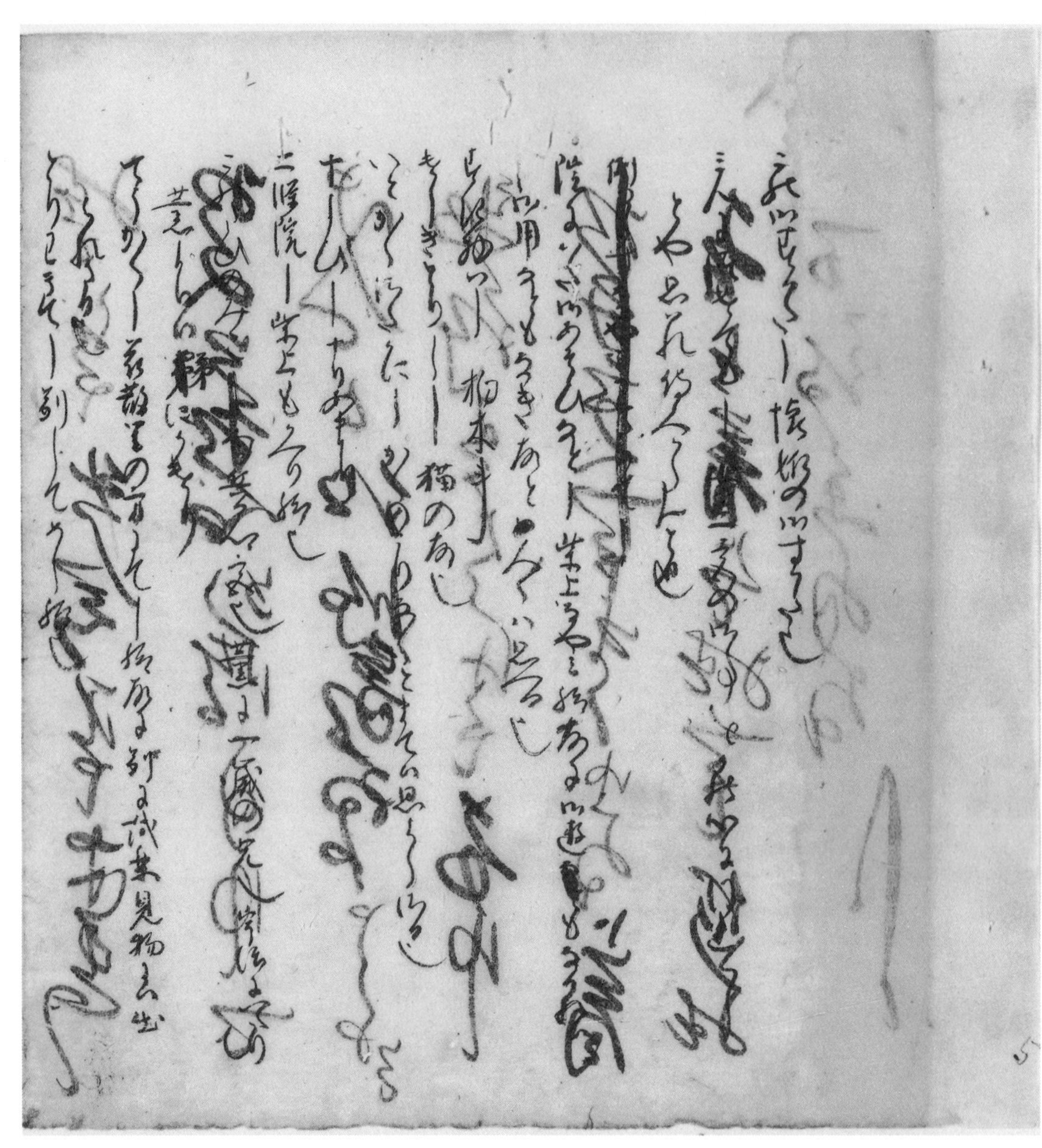

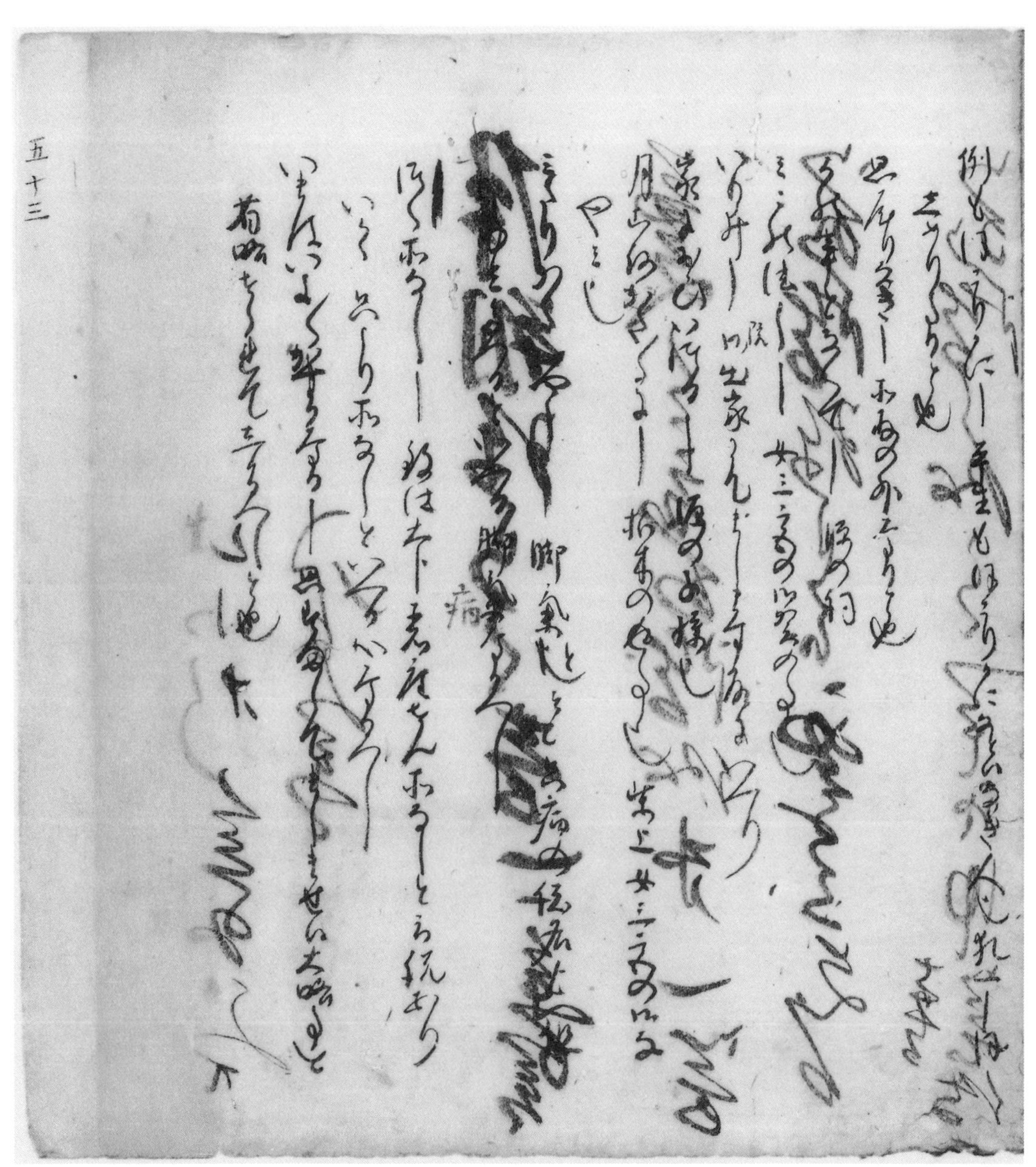

五十三

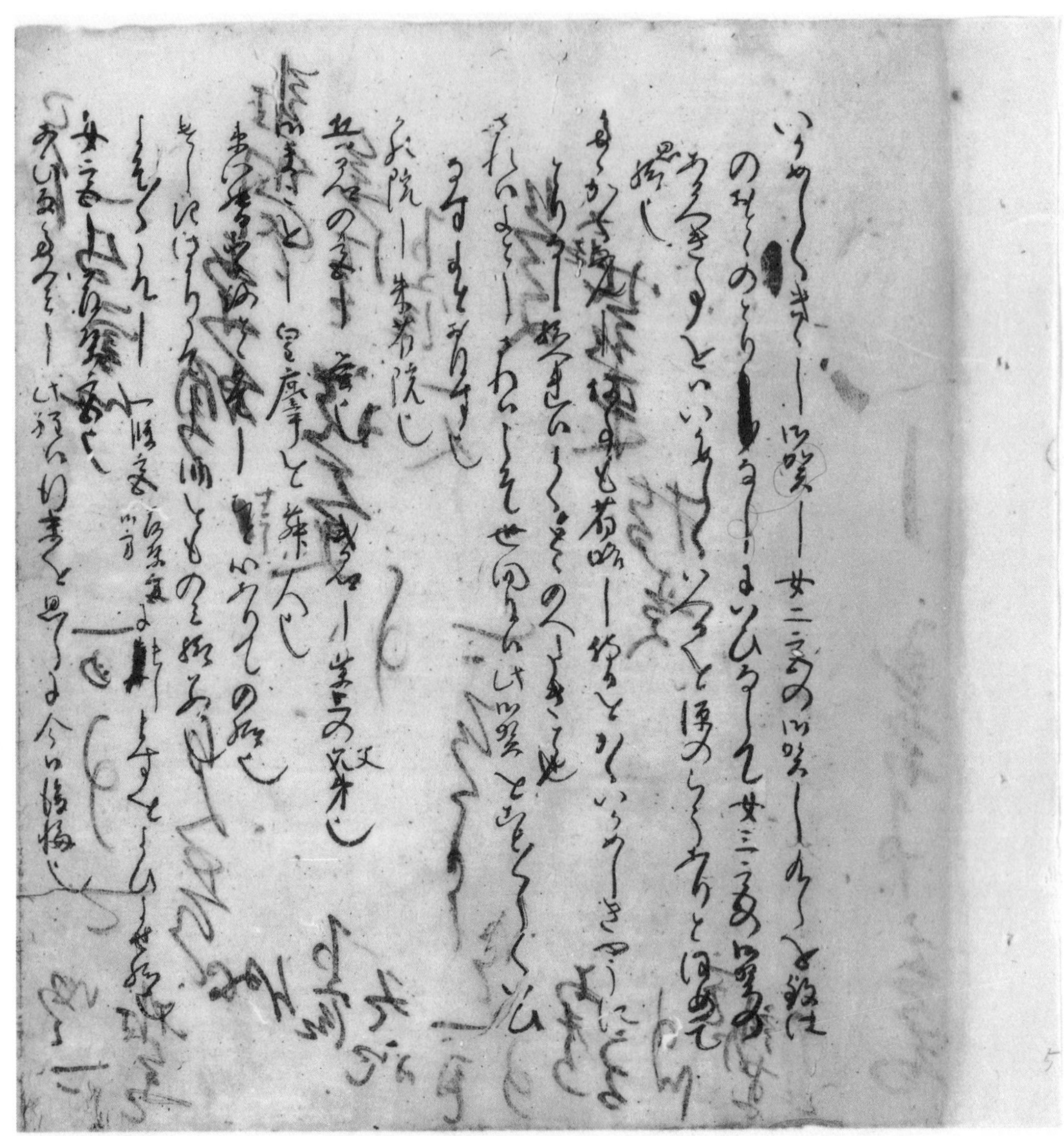

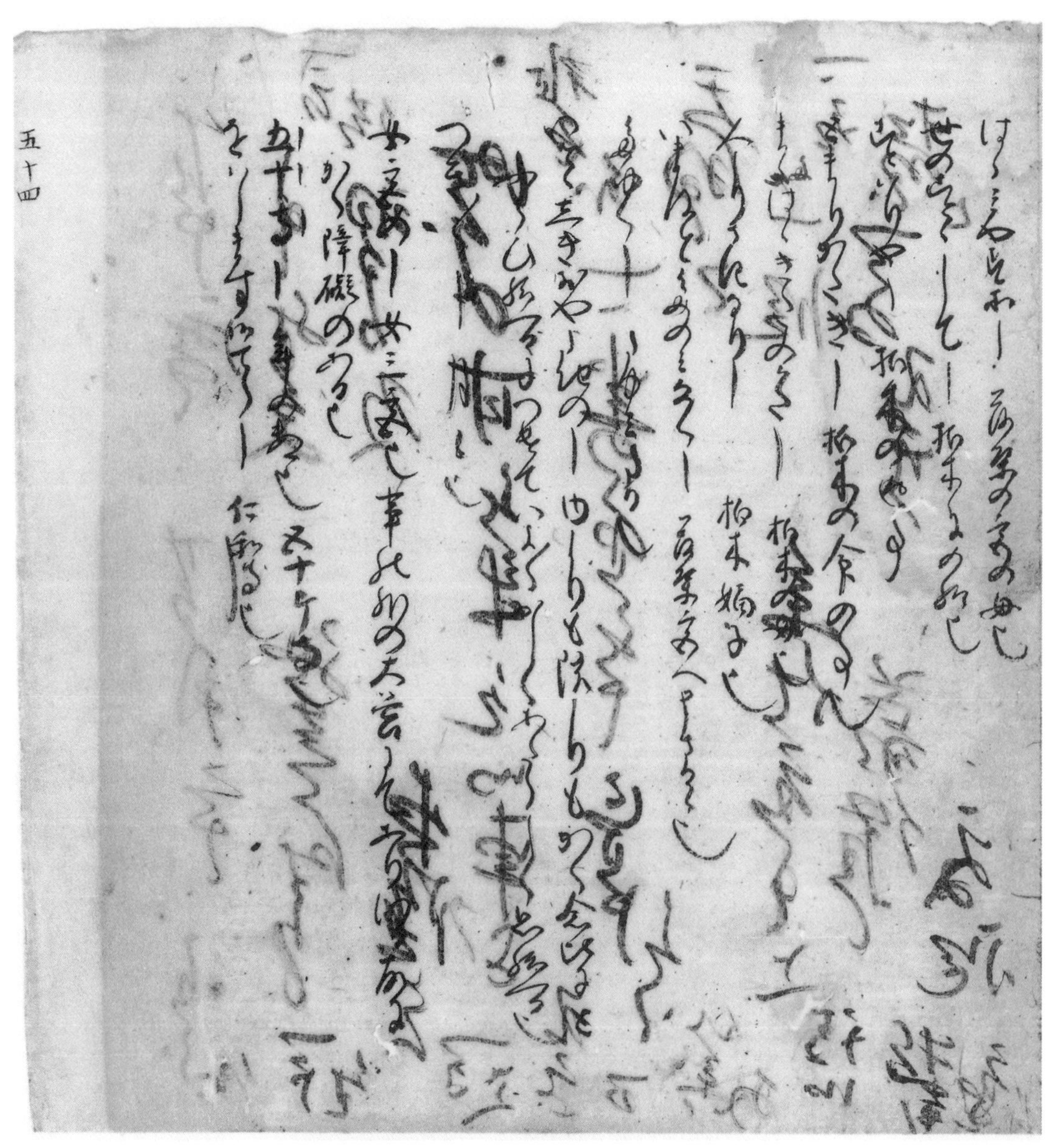

五十四

（五六ウ）

翻刻

凡　例

翻刻にあたっては、底本の表記を尊重しつつ、次のような方針にしたがって一部加工した。

一　底本で用いられている異体字・旧字体などは、原則として現在通行の字体に改める。

二　底本の仮名表記のうち、全体が漢字カタカナ交じりで表記されている小書き箇所の場合などはカタカナのままで翻刻する。それ以外については原則としてひらがなとして扱う。

三　反復記号も底本のままとする。ただし、「ミ」は「々」で表記する。

四　底本に施されている声点は、そのまま記す。また、合点は「＼」で示す。

五　見出し本文と注釈部分との間にある縦線は、「—」(ダッシュ)で示す。「…」(三点)は、縦線がないことを示す便宜的な記号である。

六　改行は底本とは別に、原則として項目ごとに行なう。ただし、項目が丁やオモテ・ウラをまたぐような箇所については、底本どおりに改行する。また、見出し本文と注釈部分との間に改行がある場合も、そのままとする。

七　注釈部分中で明らかに文末と判断できる箇所には、空白一字分を挿入する。それ以外は、底本に空白がある場合も原則として詰めて翻刻する。

八　底本に見られる補入については、次のように処理する。

(1)補入記号(補入箇所の指示)のある場合は、〈　〉に入れる。

(2)補入記号(補入箇所の指示)のない場合は、〔　〕に入れる。

九　墨消し(含、見せ消ち)による抹消は、左傍線により示す。抹消された文字は、確実に判読できる範囲において翻刻する。それ以外は、判読不能文字(後掲一四参照)として扱う。訂正して書き込まれた文字は、抹消された文字の下に(　)に入れて示す。訂正した文字をさらに消して、改めて書き込まれた場合も、同様の処置を入れ籠型に繰り返す。

一〇　明らかに振り仮名(読み仮名)や振り漢字として本文傍らに書き入れられた文字は、そのままルビの形で傍記する。

一一　補入や見せ消ちなどによるものでなく、また明確に振り仮名・振り漢字とも判断できない傍記(つまり八・九・一〇にあてはまらないもの)は、該当する本文右傍に・(傍点)を付し、その下に(　)に入れて示す。

一二　明らかに小書きされている部分は、【　】に入れて他と区別する。

一三　朱筆部分は、その全体を［　］で括り、最後に(朱)と記す。

一四　虫損や汚損、あるいは字型が不整であるかして判読不能の文字は□により示す。文字数が確定できない場合は、便宜的に□□(二字分)を宛てる。

一五　丁づけは、半丁ごとに末尾に」を付し、(2ウ)(10オ)などと示す。(2ウ)は二丁ウラ、(10オ)は一〇丁オモテの意である。なお、書き込みのない半丁は《空白》と記す。

一六　便宜的に、巻ごとの項目通し番号をそれぞれの頭に算用数字三桁で付す。また、該当する『源氏物語』本文の位置を示すために、『源氏物語大成　校異篇』(中央公論社)と新編日本古典文学全集『源氏物語』(小学館)の頁・行数を、見出しの直後に(　)内に掲げる。

例　007 この人を(四八三4・二七九7)←この見出し本文が、大成四八三頁四行および新編全集二七九頁七行にあることを示す。

一七　乱丁箇所や、本来あるべき順序とは異なって掲載されている項目部分は、とりあえず底本の順序のままで翻刻し、後掲一八にしたがって現状を後注する。なお、前掲一六の項目通し番号については、他注釈書との比較などの便宜を考えて、本来あるべき順序どおりに付すこととする。そのため、一見すると通し番号が乱れているようなところがあるが、誤りではない。

一八　底本の状況について説明を要する箇所や、前掲一～一七の処理では対応できない点については、該当箇所の後ろに①、②、③……と番号を付して、半丁ごとに後注する。

みをつくし

さやかにみえ給し　以歌為巻名

廿七歳明石より帰京の年より次年十一月までの事あり　廿七歳は明石巻の末と同年也　花鳥廿八歳の八月までの事ありと云々いかゝ

001 さやかにみえ給し（四八三1・二七九1）―すまにてみ給し三月十三日の夜の夢の事也

002 〈かく〉かへり〈給〉てはその御いそきし給（四八三2・二七九4）―源の忠孝のいたり也

003 神な月に（四八三3・二七九5）―帰京は八月也　毎事をうちをきて此御八講を程なくやかて十月にし給　孝心の切なるところあらはれたり心をつけてみるへし

004 御八講（四八三3・二七九5）―花鳥寛平御記をひけり

005 よの人なひきつかうまつる事（四八三3・二七九5）―源にもとのことく人のつかうまつる也

006 おほきさき（四八三4・二七九7）―弘徽殿也

007 この人を（四八三4・二七九7）―源也①」（1オ）

① 007 は 006 と同行にあり。

008 御かとは院の御ゆいこん（四八三5・二七九8）―御門は故院の{御}遺言をおほして悪事はむくひある事なれはとおほして御□帰京よろこひ給ふ也

009 なをしたて給て（四八三6・二七九10）―何事をももとの心はなをりたる也過て改る心也

010 おほかた世にえなかく（四八三7・二七九14）…位をさり給へき御心ある也

011 あひなくうれしき事に（四八三10・二八〇3）―あひなくとは一片（偏）にと云心也　一かたにうれしく思と也　花鳥説いかゝ

012 おとゝうせ給ふ（四八三12・二八〇7）―御門内侍のかみ人にの給詞也　おとゝは父おとゝ也

013 わか世のこりすくなく（四八三13・二八〇8）―御位をさり給へきよし也

014 昔より人には（四八三14・二八〇10）―人よりとは源をさしての給也

015 たちまさる人（四八四2・二八〇12）―源の事也

016 をろかならぬ（四八四2・二八〇13）―御心さしのふかさには源は及給ましきと也

017 よろつのつみわすれて（四八四4・二八一1）―御寵のふ□き甚しき故也」（1ウ）

018 なとか御こをたに（四八四5・二八一2）―勅語也

019 ちきりふかき人（四八四6・二八一3）―源をさしての給也

020 かきりあれは（四八四7・二八一4）―源の御事なれ（ら）はたゝ人なるへしと也

021 めてたき人なれと（四八四9・二八一7）―源の御子也　内（尚）侍の心中也　□

022 さしも思ひ給へら〈ら〉さりし（四八四10・二八一8）―父おとゝの源にゆるし給へきのよしありし時は源の心もいれすし給し事也

023 ものおもひしられ給まゝに（四八四10・二八一9）―我身のいはけなき心より出来ぬる□と也事と思しり給也　此段花鳥なとてといふより朱雀院の御心の様にしるさるいかゝ

024 あくるとし（四八四13・二八一13）…源廿八才也

025 春宮の御くゐんふく(四八四13・二八一13)―冷泉院也

026 はゝ宮は(四八五2・二八二3)―御心にはゝかる事ある故也　心をつくし給□也

027 〈【うち(朱雀也)にもめてたしと(四八五3・二八二4)―朱雀院冷ヲ褒美アル也　世ノ人モメテタキ事ニ思ヒ朱雀院モメテタク見タテマツリ給也】〉

028 御くにゆつり(四八五4・二八二7)―御譲位也

029 かひなきさまなから(四八五5・二八二8)―朱雀院大后へ申給詞也　保(宝)算をたもつへきもたるへきはかり事と也

030 数さたまりて(四八五8・二八二12)―左右の大臣闕なきなり　内大臣は令外の官とて官位令にのせさる官也　大織冠の時は内大臣を」(2オ)左右大臣の上にも置〈たりし〉也

031 ことしけきそくには(四八五9・二八二14)―そくとは職也　事しけき職をはとて辞退し給也

032 ちしのおとゝ(四八五9・二八二15)―葵上父也　花鳥にくはしくみえたり

033 御としも六十三にそなり給(四八六2・二八三9)―此もの字にて忠仁公の例をおもへるよしみえたり

034 宰相中将(四八六4・二八三12)―葵の上の兄

035 四の君(の)御はら(四八六5・二八三13)―〈二条のおとゝのひめ君〉朧月夜のあね頭中将のすさめぬ四の君とありし人也

036 かのたかさこうたひし(四八六6・二八三14)―さかきの巻にあり　紅梅の右大臣也　たかさこうたひし君ものもの字にて柏木の昇進もみえたり

037 源氏の君は(四八六7・二八四1)―御子のおほきを源のうらやみ給也

038 大殿はらのわか君(四八六8・二八四3)―夕霧也

039 こひめ君の□□(四八六9・二八四4)―葵上也　よろこひのあるにつけてもさらに思いて給也」(2ウ)

040 宮おとゝ又さらに(四八六9・二八四4)―宮は葵上の母君也　すまのうつろひの時はよくそみしかくてかゝる夢をみさるよしありしかと今よろこひにつけてはかなしくおもひ出給也

041 おはせぬなこりも(四八六10・二八四5)―葵上(は)の現存にてならねと猶源の御徳をは見給と也

042 ことにふれつゝよすかつけんことを(四八六13・二八四10)…人〳〵の程にしたかひてしかるへき事ともをめくみはからひ給也　此段は皆草子地也

043 二条院のひんかしなる宮(四八七3・二八四15)―東の院と号す　故院の御知行ありし故に源の①かく〈領〉し給也

044 心くるしけなりし(四八七5・二八五3)―去年六月よりの懐妊なれは此比誕生あるへしと也

045 めつらしきさまにてさへ(四八七9・二八五9)―女子をいへり

046 すくように御子三人(四八七11・二八五12)―若紫にありし也　花鳥にくはしくみえたり」(3オ)

①「も」の上から「の」と書く。

047 としころは世のわつらはしさに(四八八1・二八六1)―すまのうつろひなとの時は相人のことはすちなきと思給し也

048 もてはなれたるすち(四八八2・二八六3)―天子の位の事也

049 たゝ人におほしをきてける(四八八4・二八六5)―故院の源の姓を給りし

事也　故院も天子の位につき給事をはあるましき事におほしたり
しと也

050 うちのかくて（四八八4・二八六6）―冷泉院也

051 いま行するゐのあらましことを（四八八6・二八六8）―過にし方の事は皆相
人の申せしにたかはさる也　今より後の事もたのもしく思給也
明石の中宮の御事也

052 まことにかの人も（四八八7・二八六9）―明石上也

053 さるにてはかしこきすちにも（四八八8・二八六11）―后の事也

054 さるところにはかく〳〵しき人しも（四八八11・二八七1）―あかしには乳母
なともしかるへき人もありかたかるへしとて（也）　立后あるへき
人なとはつき〳〵の乳母なとも人からをえらふへき事と也」（3ウ）

055 せんしのむすめ（四八八12・二八七2）―故院に奉公の人也　花鳥にみえたり

056 はかなきさまにて（四八八13・二八七4）―はかなきさまといへるちゝ母な
ともなき(く)てはかなきさま①なき人のさまあはれなるかきさま也

057 さるへきさま（四八八14・二八七6）―あかしへくたるへきのよしをの給也

058 この御あたり（四八九2・二八七9）―源の御あたり也

059 いたしたて給（四八九4・二八七10）―くたし給也

060 しのひまきれて（四八九4・二八七12）―源の行てみ給也

061 さはきこえなから（四八九5・二八七12）―い□いまた思さためさりしを
源の只今の御出をかたしけなく思故にくたるへき心をさためたる也

062 あやしう思やりなき（四八九7・二八八1）―源の詞也

063 思さまことなる事にて（四八九7・二八八1）―思ところあると也

064 身つからも（四八九8・二八八2）―源も思かけさる須まのすまゐをもし給
し也　さやうのためしをも思てなくさみてくたるへきのよし也

065 うへの宮つかへ（四八九9・二八八4）―此女の事也　父母なき(く)なる也

066 木たちなと（四八九11・二八八6）―此家のさま也」（4オ）

①「なき」の「き」の右傍の「く」も墨消し。

067 とかくたはふれの給て（四八九12・二八八8）―なさけ□る（あるさま）の詞
なるへし

068 け□おなしうは（四八九13・二八八10）―女の心の中也

069 かねてより（四九〇2・二八八12）―
此程とてもへたてぬなかにてはなけれともと也

070 うちつけの（四九〇4・二八八15）―
かことはかこつけ也　下句は我身をつれてあかしにくたり給へか
しと也

071 なれてきこゆるを（四九〇4・二八九2）―物なれて也

072 いたしと（四九〇5・二八九2）―ほめたる詞也

073 御はかし（四九〇6・二八九5）―女子に太刀をつかはす事三条院〈皇女〉例
河海にみえたり

074 入道の思かしつき（四九〇8・二八九7）―ひめ君をかしつくさま思やり給也

075 いつしかも（四九〇12・二八九12）―こなた□(に)て養育あるへき物をと也

076 そなたにむきて（四九〇14・二九〇1）―京のかた也

077 ありかたき御心はへを（四九〇14・二九〇2）―文にも□をろかにもてなし
おもふ」（4ウ）
ましとありし事也

078 ちこのいとゆゝしきまて（四九一1・二九〇3）―乳母の思也

079 けにかしこき御心に（四九一2・二九〇4）―源の心ことにかしつき給もこ

とはりと思也

080 こもちの君(四九一5・二九〇8)―明石の上也

081 ひとりして(四九一9・二九〇13)―

源のはやく都へむかへ給へのよし也　明石上の性かやうにはなきを心のやみにて念比に申給尤あはれ也

082 あやしきまて(四九一10・二九〇15)―源の心にいれ給よし也

083 女君には(四九一10・二九一1)―紫上也

084 きゝあはせ(四九一11・二九一2)―

085 さこそあなれ(四九一11・二九一3)―源の詞也　世間の事の何事も思やうにはあらさると也

086 さもおはせなんと(四九一12・二九一4)―紫上の御腹に御子のなき事也

087 おもてうちあかみて(四九二1・二九一8)―紫上也

088 あやしうつねに(四九二1・二九一9)―紫上の詞也　にくみ給□て(□て①なよと」(5オ)

①「□て」の右傍の「□て」も墨消し。

089 いと□□うちゑみて(四九二3・二九一11)―源也の給詞にあたり□て也

090 そよたかならはしにか(四九二3・二九一11)―紫(上)の思はすなる物えんしはたかならはしにか我こそをしへたてたる物をと也

091 としころあかす恋しと(四九二5・二九一14)―紫上の心也

092 この人をかうまて(四九二7・二九二4)―源の詞也

093 またきにきこえは(四九二8・二九二6)―またきにかたらは紫のうへのあしくや心え給へきとて也

094 人からのおかし□(かりし)(四九二9・二九二8)―明石の上也(のさまも)所からの心かと也(にやといひなし給也)

095 あはれなりしゆふへのけふり(四九二10・二九二9)―煙はおなしかたになひかんの歌よみし時の事也　琴の音きゝ給し時の事なと也

096 われはまたなくこそ(四九二12・二九二12)―紫上也

097 われはわれは(と)(四九二13・二九二14)―紫上のえんし給さま也

098 あはれなりし世(よ)のさま(四九二14・二九二14)―紫上のひとりこと也

099 おもふとち(四九三1・二九三1)―」(5ウ)

あかしにての煙はおなしかたになひかんの歌なとかたり給に□よりて煙をよみ給へり　源を恨給心也　源と明石の上との中の煙よりも我こそさきたつへけれと也　思にきえぬへきよし也

100 たれにより(四九三3・二九三4)…

紫上を思ふ故にこそ世をそむきもはてすさま〴〵にうきしつみぬれと也

101 いかてみえたてまつらん(四九三3・二九三6)―紫上には命こそ限なるへけれ心のへたてはあるましきよし也

102 かのすくれたりけんも(四九三6・二九三9)―明石上の琴を聞給御耳うつりにはとて(や)ひき給はさる也

103 五月五日(四九三9・二九四1)―五十日の祝也　三月十六日より〱五十日に〻当也

104 なに事もいかにかひある(四九三10・二九四3)―都にてあらはの心也

105 我御すくせも(四九三13・二九四7)―須まなとにしつみ給しも此ひめ君の出生し給へきの宿世にやと也　花鳥説行末の事をいへりいかゝ」(6オ)

106 御つかひいたしたて給（四九三13・二九四8）―五月五日にまいりつくへき
　由をおほせていいたしたて給也
107 うみ松や①（四九四3・二九四12）―
　海辺松なるへし　みるにてはなし　不変の枕詞也　あやめは菖蒲
　によせたり
108 いかに（四九四3・二九四12）―五十日によせたり　みなおもはせていへり②
109 〈猶かくては（四九四4・二九四14）―上洛のあれの心也〉
110 うしろめたき事はよも（四九四4・二九四15）―是まて文の詞
111 こゝにもよろつ（四九四6・二九五3）―五十日の御祝也
112 この女君の（四九四8・二九五5）―明石上也
113 をさ〳〵をとらぬ人も（四九四9・二九五6）―此乳母にをとらぬ人をも尋
　出す也
114 おとろへたる宮つかへ（四九四10・二九五7）―たつきなき人なとの山すみ
　なともとむるかくたりぬる也　よろしき人はまれなると也
115 これはこよなう（四九四11・二九五8）―此御乳母也
116 かくおほしいつはかり（四九四13・二九五11）―此君をまうけたてまつる事
　をかたしけなしと明石上は思あかりたる也」（6ウ）
　①「も」の上から「や」と書く。
　②108は107と同行にあり。
117 もろともに（四九四14・二九五13）―乳母と明石上ともろともに也
118 あはれかうこそ（四九四14・二九五13）―めのとの心也　明石上をうらやむ也
119 めのとの事はいかに（四九五2・二九五15）―此文のうちにかくかき給にな
　くさむと也
120 数ならぬ（四九五4・二九六4）―
　いかに五十日にそへたり　卑下の心也
121 よろつにおもふたまへ（四九五4・二九六6）―此詞あはれ也　明石上の性
　かやうに思事をかきあらはすへき人にてなきをこれも心のやみに
　えしのひたまはぬなるへし
122 いのちの程もはかなく（四九五5・二九六7）―まへに猶かくてはえすくす
　ましきをおもひたち給ねとありし詞をうけて申〔給〕也
123 うらよりをちに（四九五8・二九六11）―引歌
　みくまの、浦よりをちにこく船のわれをはよそにへたてつる哉
　引歌よくかなへり　へたてつる哉と云つめ□る（たる）紫上の身に
　かなへり」（7オ）
124 まことにかくまて（四九五9・二九六13）―源の詞也
125 かはかりの（四九五9・二九六13）―□たる□（暫）時の事と也
126 所のさま（四九五9・二九六14）―我身のすみてよくしり給と也
127 〈やんことなき人くるしけなる（四九五12・二九七2）―上らふなともか程
　はありかたしと也〉
128 かゝれはなめりと（四九五12・二九七2）―手跡も可然也
129 めつらしく御めおとろく事のなき程（四九五14・二九七7）―花散里のさま
　也　心やすくてをこたり給也
130 よそなからも（四九六2・二九七10）―源を悉皆たのみてゐたる人なれは心
　やすきと也
131 女御の君に（四九六5・二九七14）―麗景殿の女御也
132 にしのつまと（四九六6・二九七14）―花散里の方也
133 いとゝつゝましけれと（四九六7・二九八1）―花散里のつくろはさるさま
　也（みえ侍り）

134 くゐなたに(四九六10・二九八3)―花散里の歌也　此歌尤優也　源を月に比したる也　卑下のさま此家のふりたる心をいへり」(7ウ)

135 とり〳〵にすてかたき(四九六11・二九八7)―源の御心也

136 をしなへて(四九六13・二九八9)―水鶏にをしなへて驚{給}ならはまたぬ人も来りぬへき物をと也　ちと女を疑を心にいへり　されともさはあるましき由をおくへ云のふる也

137 そらなゝかめそと(四九七2・二九八13)―すまの巻にありし歌也

138 なとてたくひあらしと(四九七2・二九八15)―花散里の語也　源のしつみ給し事を身〈一〉の思のやうに思しかとも〈帰京の後も〉うき身にては対面もかたくておなしなけかしさなると也

139 おいらかにらうたけなり(四九七4・二九九2)―さして恨なとしはし給はぬ也　花散里の性也

140 女ものおもひたえぬを(四九七7・二九九6)―女は五節の君也　源には心をとゝむる也

141 世にへん事を思たえたり(四九七7・二九九7)―源にのみ心をとゝむる故也

142 心やすき(四九七8・二九九7)―東の院也

143 さる人のうしろみ(四九七9・二九九9)―五節なとやうの人をつとへて明石の姫君をもむかへはうしろみにとおほす也」(8オ)

144 かの院のつくりさま(四九七9・二九九9)―二条院の美麗なるにはおとるへきを此院はつくりさまのめつらしきによりてみ所ある也　中〳〵の字心をつくへし

145 女御かういみなれいのこと(四九七14・三〇〇3)―院にましります也

146 春宮の御母女御(四九八1・三〇〇4)―承香殿女御也　とし比は朧月夜に寵をうはゝれ給し也

147 かくひきたかへめてたき御さいはひ(四九八2・三〇〇5)―春宮をもちたてまつり給故に只今時を得て禁中にましります也

148 このおとゝの御とのゐ所は(四九八3・三〇〇8)―源の直盧也

149 宮をもうしろみ(四九八5・三〇〇9)―春宮也

150 入道のきさき①の宮(四九八5・三〇〇11)―尼にてましませは(ましませは今さら)皇太后宮にて(なとになり給)まします也(けれは)封戸□(はかり)をます也　くはしく花鳥にみえたり

151 おとゝはことにふれて(四九八10・三〇一2)―太后は源を心よからす思給へとも源はかへりて后に心よせつかうまつり給也

152 人もやすからす(四九八12・三〇一3)―世間はさためなき物なるを太后のあまり」(8ウ)

①「い」の上から「き」と書く。

なるまてありしを今は源の御心もはつかしきと人〳〵思と也

153 兵部卿のみこ(四九八12・三〇一5)―紫上父也　左遷の時世のきこえをはゝかりて音信もなき也　源の性御(旧)悪をおもはさるにもこれは親昵なるによりて恨の色をみせ給也

154 入道の宮はいとをしう(四九九1・三〇一9)―兵部卿宮は薄雲の御兄弟也

155 兵部卿の宮の中の君(四九九4・三〇一14)―紫上のいもう{と}今一人は系図になし

156 おとゝは人よりまい(さ)り給へ(四九九5・三〇一15)―兵部卿宮に遺恨ある故に大かたにしてとりもち給事もなきと也

157 その秋□すみよしに(四九九6・三〇二3)―源廿八歳の秋也　須まにて風

雨の時を(の)願をはたし給也　住吉詣の事御堂殿の例を模せりするにや同時の事をもかけり

158 おりしもかのあかしの人(四九九8・三〇二7)―明石上のまいりあひたる也

159 こそことしは(四九九9・三〇二7)―年〳〵は年の始に詣侍るを去年今年は懐妊によりて延引ありてた丶いま詣給たる也」(9オ)

160 かく人とをつら(四九九11・三〇二11)―今源摂政し給□故に皆召具し給なるへし〈事〉花鳥にみえたり【楽人ハ楽人ト別ニ読キリテ十列トハ馬□(ヲ)馳セシムル事アリ　十列ノ奏トテ行幸ナトノ時大将奏スル事アリ　古記ニアリ　十つらなとトカケリなとノ字ニテ楽人ニテハナキ也　河海ハ楽人十人ト心得給ニヤ】

161 たかまうて給へるそ(四九九12・三〇二12)―舟よりとはせたる也

162 しらぬ人も(四九九13・三〇二13)―世中うこくはかりなる(ゆすりたる)大営をしらぬ人もある歟と也

163 けにあさましう(四九九14・三〇二14)―明石上の心也

164 まつはらのふかみとりなるに(五〇〇5・三〇三7)―住吉の景気思やるへし

165 うへのきぬのこきうすき(五〇〇6・三〇三7)―上古は位の浅深によりて袍の色の濃淡ある也

166 かすしらす(五〇〇6・三〇三8)―世中ゆすりてかんたちめ殿上人我も〳〵とつかうまつり給とあるにかなへり

167 六位のなかにも(五〇〇6・三〇三8)―あを色は鞠(麹)塵の袍を云也　今極臈とて第一の六位の蔵人着之　晴の日は第二の蔵人まてはこれを着する事もある也

168 かものみつかき(五〇〇7・三〇三9)―まへにみえたり

169 ゆけいになりて(五〇〇7・三〇三10)―衛門権佐になりて随身をめし具する也」(9ウ)

170 おなしすけ(五〇〇8・三〇三12)―廷尉のすけ也

171 あかきぬ(五〇〇9・三〇三14)…赤衣也

172 みし人〳〵ひきかへ(五〇〇10・三〇三15)―源磨にて源に服心の人〳〵のはなやきたる也

173 御くるまを(五〇〇13・三〇四5)―源の御車也

174 かはらのおと丶の(五〇〇14・三〇四6)―□河海花鳥等たしかならさるよししるさる　然れとも物語にのせたるうへはさためて証拠あるへし　まつ物語のうへにてあり御□□のま丶に心得へし　以俟後之君子也　弘安の源氏論義にも一の難義とせり

175 いまめかしうみゆ(五〇一2・三〇四9)―めつらしき也

176 □おほとのはらのわか君(五〇一2・三〇四9)―夕霧也　八歳なるへし〈源廿一の年生れ給へり〉殿上童にて扈従する(ある)也

177 雲井はるかに(五〇一4・三〇四11)―おひさきとをきよしをいへり

178 わか君(五〇一4・三〇四12)―明石姫君也

179 国のかみ(五〇一6・三〇四14)―摂津国守也」(10オ)

180 いとはしたなけれは(五〇一7・三〇四15)―はれ〳〵しき也　明石上の心也

181 神もみいれ(五〇一8・三〇五1)―大かたの手向をは神もみいれ給ましきと也　手向にはつ丶りの袖もきるへきに紅葉にあける神やかへさんの心かよへり

182 君は夢にもしり給はす(五〇一9・三〇五5)―君源はしり給はさる也

183 これみつやうの(五〇一12・三〇五8)―惟光なとは枯木再花さく心ちし侍也

184 すみよしの(五〇一14・三〇五11)―

惟光か歌也　まつこそは先を松にそへたり　神代の事とは過にしかたと云はんため也　須まあかしに沈し事をいへり　作例□へしと也たるへしと也(云々)　歌道の殊勝なるは惟光も只今かやうに歌をたてまつりて上下の懐をのへ侍る也　歌ならてはいかにして卑懐をものへ侍るへきそと也云々　【私　かなしきの詞如此時憚へキ歟　然レトモ悲トハ感シタル心ナルヘシ　三体詩一旦悲歎見孟光ト作レリ　此悲ノ字ナルヘシ】

185 あらかりし(五〇二2・三〇五14)…

行末とも住吉の神助をはわするましき也　須まにての風雨も殊なる難なくてけふまて無事なるも偏に神の」(10ウ)

たすけにかゝりしと也

186 しるしあり(五〇二2・三〇六1)—奇特なる事と也

187 かのあかしのふね(五〇二3・三〇六3)—□夢にもしり給〈は〉さりしとて驚給也

188 神の御しるへを(五〇二4・三〇六5)—神のしるへなれは明石上の事なをさりにはおほすましきと也　入道の御むかへにまいりし事なとは皆神助なると也

189 なゝせに(五〇二7・三〇六8)—七瀬は遠近にある也　とをき七瀬は難波其一中也

190 いまはたおなしなにはなる(五〇二7・三〇六9)—明石上を思給故也

191 みをつくし(五〇二12・三〇六14)…

つもし(の字)清て読也へし　心をつくし身をつくして只今船出せしも縁にてはなき歟と也

192 駒(こま)なめて(五〇二13・三〇七1)—たゝに過給ともあるへきをかや□の御音信(いま音信給を)あ①はれにかたしけなく思と也」(11オ)

①「を」の上から「あ」と書く。

193 数ならて(五〇三2・三〇七4)—

何事も数ならぬ身のあはれをいへり

194 たみのゝしまに(五〇三2・三〇七6)—明石上の(源しの御)祓也

195 御はらへのものにつけて(五〇三3・三〇七6)—木綿につけたるへし

196 日くれかたに(五〇三3・三〇七6)—景気たくひなくみえたり

197 つゆけさは(五〇三6・三〇七10)—

名にはかくれす難波をよそへたり　雨によりの歌によれり　あかし〈に〉にての露けさにおなしと也すみ給し時の露けさにもをとらさると也

198 道のまゝに(五〇三6・三〇七12)—ゆく〳〵の心也

199 あそひとも(五〇三8・三〇七13)—遊女ともなるへし

200 されといてやおかしき事も(五〇三9・三〇七15)—上達部なとさへ此遊女にめとめぬるを源しみ給てなへての世の人の事を思給へり　なのめなるとは大かたの事もと也　何事も人からによるへき事と也

201 なのめなる事〔を〕たに(五〇三10・三〇八1)—なのめなる事とは大かたの事もと也」(11ウ)

心は〈大かたの〉何事もあは〳〵しきには心もとまらぬ物をと也　まして此遊女なとはいかなるたくひなき気しきありとても心をとゝむへき事にてはなきよし也　人のをしへとなるへき事也

202 をのか心をやりて(五〇三11・三〇八3)—遊女のさま也

203 かの人は(五〇三12・三〇八4)—明石上也

204 すくしきこえて（五〇三12・三〇八4）―源をすくして也
205 又中〳〵ものおもひ（五〇三13・三〇八6）―昨日の源の御ありさまをみるにつけて猶卑下の心をそへ侍る也
206 いまや京に（五〇三14・三〇八7）―帰京ありて不日に御使あり　源の深切の志殊勝也
207 いさや又しまこきはなれ（五〇四2・三〇八9）―花鳥おちくほの歌をひけり　されと只明石の事なれは島かくれ行舟をしそ思の心もしかるへき歟
208 さりとてかくうつもれ（五〇四4・三〇八11）―明石上はかりにてもなく姫君をは」（12オ）

いかゝと思と也
209 まことやかの斎宮も（五〇四5・三〇九1）―是より斎宮の事〈を云〉也　秋好中宮也　六条御息所も中宮につれてのほり給也
210 むかしたに（五〇四7・三〇九4）―今も相かはらす源より音信〈をはし〉給へとも昔たに御息所へはつらきふしありし程にと也　又は御息所の心中也此義になしてみる也　此義可然
211 あなかちにうこかし（五〇四9・三〇九6）―源の心也　我心なからも今よりはあなかちに念比にはあるましきと思故にさのみ〔は〕□□申なひかさんとも思はさる也　かた〳〵の隙もなき身にてはをこたりもありぬへしと也
212 斎宮をそ（五〇四11・三〇九9）―源の心也
213 つみふかき所に（五〇五1・三一〇1）―斎宮は仏経なといみ給故也
214 おとろきなから（五〇五4・三一〇8）―おとろきつゝ也
215 たえぬ心さし（五〇五7・三一〇11）―源の我志の程を（の）行末（ゑ）をみせはてたて給へきまつるへき物をと也」（12ウ）
216 かくまてもお□（ほ）しと、めたり（五〇五8・三一〇12）―御息所□の心也
217 斎宮の御事を（五〇五9・三一〇13）―遺言ある也
218 かゝる御こと（五〇五12・三一一5）―源の申さるゝ也
219 いとかたき事（五〇六1・三一一8）―御息所の詞たのもしけにはの給へとも世間のならひさはありかたきと也
220 ましておもほし人めかさんに（五〇六3・三一一10）―源の大切にし給はゝかへりて紫上なとよりの嫌疑もあるへきと也
221 うき身をつみはへるにも（五〇六5・三一一13）―我身にてもしり侍と也
222 あひなくも（五〇六7・三一二1）―あちきなくも也　源の心中也
223 としころによろつ（五〇六7・三一二2）―源の詞也　年いり（たけ）てはさやうの思慮もいてきぬれは昔のやうにもなきと也
224 よしをのつから（五〇六9・三一二4）―つゐにはおほしめししるへきと也
225 御くしいとをかしけに（五〇六11・三一二6）―昔の垂（タレ）尼のさま也
226 帳のひんかし（五〇六12・三一二8）―斎宮なるへし
227 〈気たかき物から〉ひちゝかに〈今本ひそひ。かとあり　ヒソヤカナル心歟　下ノひノ字濁よし御意を得たり〉①（五〇七2・三一二13）―気たかくてしかも人ちかなる体なり　又ひそや」（13オ）

①「今本～得たり」という補入は、「ひちゝかに」に関する注記。

かなる心もあるへし　いつれにてもあるへき也
228 さはかりの給物をと（五〇七3・三一二14）―御息所の遺言にてもある物をと也
229 いとくるしく（五〇七3・三一三1）―御息所の詞也

230 ちかくまいり(五〇七5・三三2)―源の詞也
231 いとおそろしけに(五〇七6・三三5)―御息所の詞也　衰にたると也
232 思侍ことを(五〇七8・三三7)―斎宮の御事也
233 かゝる御ゆいこん(五〇七9・三三8)―源の詞也
234 故院のみこたち(五〇七10・三三9)―源の我御兄弟の事也
235 うへのおなし(五〇七11・三三12)―秋好中宮をは桐壺帝の我実の御子のやうにおほしめし□□□(し)と也
236 あつかふ人もなけれは(五〇七12・三四1)―源の我御子も□あまたなきよし也
237 〈御とふらひ〉いますこし(五〇七13・三四2)―細々にをとつれ給也
238 七八日ありて(五〇七14・三四4)―源のかへり給て後七日八日ありて也
239 御身つからも(五〇八3・三四10)―源の御出ある也
240 宮に御せうそこ〔□〕(五〇八3・三四10)―斎宮也」(13ウ)
241 なに事も(五〇八4・三四11)―宮の御返也
242 きこえさせの給をきし(五〇八4・三四12)―源の詞也
243 いとたのもしけにとし比の(五〇八6・三四14)―御息所へは中比申たえ給しをうらみ思し人もたのもしく思と也
244 あはれに(五〇八8・三五2)―源也
345 たゝいまのそらを(五〇八13・三五9)―源の申給也
246 ふりみたれ(五〇八14・三五10)―御息所さこそ思おき給つらんと也
247 そら色のかみ(五〇八14・三五12)―くもらはしきとはにひ色の心也①
248 きえかてに(五〇九5・三六2)―霙をかくし題によめり　おもしろき歌也

249 くたり給しほとより(五〇九7・三六5)―源の心也
250 かたしけなくとも(五〇九13・三六15)―源の詞也
251 あるはなれたてまつらぬ(五一〇4・三七6)―皆王孫一類也
252 この人しれす(五一〇5・三七8)―内へまいらせんの事也　此段草子地也
253 人にをとり給ましかめり(五一〇6・三七8)―芸能なとは人にをとり給ましき也」(14オ)

① 247は246と248の行間にあり。

254 我御心もさためかたけれは(五一〇7・三七11)―御かたちの心にとまり侍らはいかゝと我心なからしりかたけれはうちすみの事も人にはあらはし給はさる也
255 御わさなとの御事(五一〇8・三七12)―〈御息所の〉作善也
256 しもつかたの(五一〇11・三八3)―六条京極也
257 かきりあるみちにては(五一一1・三八8)―例なき事なれと伊勢へは具し給しかとも此道にはたくひきこえ給はぬかなしき也
258 院にも(五一一5・三九1)―朱雀院也
259 斎院なとの(五一一7・三九3)―朱雀の御連子也
260 御はらからの宮々をはします(五一一7・三九3)―内すみし給へと也　心かけ給故にの給し也
261 うへのいとあつしう(五一一9・三九6)―朱雀院病気かちにおはしますをいへり
262 ねんころに(五一一11・三九9)―朱雀院よりは念比に申給と也
263 よことり(五一一13・三九11)―入内の事也」(14ウ)
264 人の御ありさま(五一一13・三九12)―よそ人になすへきは口惜と也

大永六　臘　十七（八）了」（15ウ）

265 かう〳〵の事をなん（五二一14・三一九15）―秋好中宮（斎宮）入内の事
266 いとよう（五二二10・三二〇12）―薄雲の詞也
267 かの御ゆいこんを（五二二11・三二〇14）―御息所の遺言也
268 いまはたさやうの（五二二12・三二〇15）―朱雀院の御事也

《空白》」（16オ）

269 さらはみけしき（五二二14・三二一2）―源の詞也　【もよほしはかりのと云にて読きりて事をそへてつかまつるへきと也　院におほしへめす所を思故也〉】
270 とさまかうさまに（五二三1・三二一4）―此斎宮の事をいかにかなと思によりて也色々心かまへをするよし也
271 さはかりの心かまへもかたく侍を（五二三1・三二一5）―〈今ノ本かたくをまねひとなせり　同心歟〉　かたくとはなしかたしと也
272 のちには（五二三2・三二一6）―源の心也　こゝにとは六条院也
273 女君（五二三3・三二一8）―紫上也
274 兵部卿の宮（五二三6・三二一12）―紫上の妹也　只今源と兵部卿宮と中あしかる故也
275 権中納言（五二三7・三二一14）―葵上兄也
276 大殿の御子にて（五二三8・三二一15）―孫女を猶子にし給と也
277 宮のなかの君（五二三9・三二二1）―兵部卿宮の御女也　いつれも幼少なる故也」（15オ）

《空白》」（16ウ）

278 おとなしき御うしろみ（五二三10・三二二2）―入道宮の御心也
279 おほやけかたの（五二三12・三二二5）―外様をいへり
280 いとあつしくのみ（五二三13・三二二7）―入道宮也
281 すこしおとなひて（五二四1・三二二9）―我御身は内すみもかなひかたしかやうの人なくてはの事と也

蓬　生

巻名よもきふとつゝきたる語はなき也　よもきと云事詞にも歌にもみえたり　花鳥にはえわけさせ給ふましきよもきふの露けさになんとあり　普通の本には只よもきの露けさとある也　横のならひ也　みをつくしのさきの事もあり　源氏廿七歳の事八講の事なとの事より廿八才の四月此宮をとひ給事あり　又末は絵合の末までの事あり　末は竪なり(になる也)　〈悉皆〉ひたちの宮の一期の事(始終)をかける也(也)

001 もしほたれつゝ―(五一九1・三五1)行平の歌をもちて源しの須まの左遷の事をかける也　廿五六七歳の事よりかけり

002 我御身の(五一九2・三五3)―先人〳〵の御うへともをいふ也

003 たけのこのよ(五一九4・三五6)―只此世のうきふしといはんため也　物語のにほひおもしろし　古今序むもれ木の人しれぬことゝなりなといへる文体也　花鳥説いかゝ　此段は悉皆紫上をいへる也

004 なか〳〵そのかすと(五一九5・三五8)―源のかよひ給所の多也」(17オ)

005 ひたちの宮(五一九7・三六1)―是より末摘の事也　末摘巻にみえたり

006 おほそらのほしのひかりを(五一九11・三六6)―本説に及はす　只源の御かたよりはいさゝかなるなさけなれと待うけ給ふかたの心は一段とふかき心也　天の心をしる(おほそら)は大海にうかめてみる〔も又〕いさゝかなるたらひの水にうつしてみるも同□の□成・(□□)心也①　天の心をしる所はたゝ一(ひと)つと云心也

007 かかる〈よ〉のさはき(五一九12・三六8)―すまの左遷の事也

008 うちわすれたるやうにて(五一九13・三六9)―〈やうにての詞〉面白詞也　実真実にわすれ給にてはなけれと何かとをのつからにたえぬる也

009 そのなこり(五一九14・三六11)―源の音信給しなこり也

010 事おほえす神仏の(五二〇2・三六14)―源の出入給を神仏のやうに思しをと也

011 さるかたにありつきたる(五二〇5・三七2)―父宮にをくれ給し後也

012 中〳〵すこしよつきて(五二〇7・三七4)―中比源のかよひ給し事也(も)中たえて更さひしくかなしきよし也

013 すこしもさてありぬへき(五二〇7・三七5)―源のかよひ給し程はさふら」(17ウ)

①「成」の右傍の「□□」も墨消し。

014 もとより(五二〇10・三七9)―父宮のなくなり給し後也　ひし人〳〵もちり〳〵になると也

015 きつねのすみか(五二〇10・三七9)―梟鳴松桂枝狐蔵蘭〔菊〕叢といへる詩も荒たる所をいへり

016 まれ〔〳〵〕のこりて(五二〇14・三七14)―たま〳〵のこりてある人の申也

017 このころすりやう(両)ともの(五二〇14・三七15)―有力の物とも也

018 はなちたまはせてん(五二一1・三八1)―放遣あれ(やり給へかし)と申也

019 あないみしや(五二一4・三八4)―ひたちの宮の詞　殊勝の語也

020 なま物のゆへしらんと(五二一7・三八10)―御調度の中昔の物の本様にもと思て尋る人もある也

021 その人かの人に(五二一8・三八11)―其時の名物名作なとを聞つたふる也

022 そこそは(五二一10・三八13)―それこそは也

023 いみしく(う)いさめ給て(五二一12・三八15)―ひたちの宮也

024 みよと思ひ給て（五二一12・三二八15）—同宮の詞也　故宮も我身にみよと
おほしてそしをかせ給つらんと也
025 かろ〳〵しき人の（五二一13・三二九1）—宗廟之器不鬻於市の心也」（18オ）
026 御せうとのせんしのきみ（五二二1・三二九5）—兄弟也
027 おなしきほうしと（五二二2・三二九6）—河花ともに木法師と云々　此説
不幽玄也　同き同シキ法師と読へしと也　おなし法師の中にもと
云心也
028 しけきくさよもきを（五二二3・三二九8）—掃除などせんすへもし給はぬ
と也　〔此以下〕貧家のあれたるさまあり〳〵とかけり
029 ふよう（五二二11・三三〇7）—不用也
030 わさとこのましからねと（五二三3・三三〇15）—わさとこ〔の〕ましき事に
てはなけれと是又常のならひ也
031 おなし心なる（五二三3・三三一1）—女とも□（とち）の文かよはし給ふ
事也　さやうの事をも父宮のよからぬ事のよしを父宮の教訓あり
しま丶によくしたかひて人にもうと〳〵しくしてましますも也　天
然上臈しきさま也
032 からもりはこやのとし（五二三7・三三一6）—いつれも古物語〔共〕也　と
し゜とは今も内侍所にある（なと又摂家の末にめしつかふ女をは
〈刀自といふ〉　女の惣名なるへし）刀自の類なるへし（といふ）」
（18ウ）
033 ふる歌とても（五二三8・三三一8）—古歌万葉なとはかりはおもしろき事
もあるましき也　〔其後の〕撰集なとこそみ所もあるへきと也
034 す丶なととりよせ（五二三13・三三一14）—花園左大臣【有仁公】まては珠数
をとり給事なし　檜扇にて経陀羅尼の数をとり給と云々
035 かやうにうるはしくて（五二三13・三三一14）—是までひたちの宮の行迹を
いへり　皆上らふしきさま也
036 侍従なといひし（五二三14・三三二1）—ひたちの君のめのとのむすめ　末
摘巻にみえたり
037 かよひまいりし斎院（五二四1・三三二2）—此斎院たれともなし
038 す両の北かた（五二四2・三三二5）—のちに大弐の妻也　蓬生の君の母方
のをは也　系図の外也
039 むすめとも（五二四3・三三二5）—大弐のむすめ也
040 むけにしらぬ（五二四3・三三二6）—かけはなれぬ中也　さて侍従行かよ
ふ也　されと蓬生の君は通し給はすと也
041 をのれをはをとしめ給て（五二四5・三三二9）—此姫君のをはの云事也」
（19オ）
我身をは受領の妻になりたるなといひてをとしめ給と也
042 もとよりありつきたる（五二四8・三三二13）—草子地也　まつ世間にある
（か丶）る事のあるをいへりたくひあると総論にいひてさて末摘の
おはの事をいへり
043 かうまて（五二四9・三三二15）—此末摘のおはは天然かやうに〈おちふれ
て〉両す両なとの妻になりてあるへき宿世のありける人にてあり
けるよと也　心むけのいやしきをいへり
044 我〔【カ】〕かくをとりのさまにて（五二四11・三三三1）—此宮を我身よりも
しもさまになしたく思也
045 心はせなとの（五二四12・三三三3）—ひたちの宮をいへり
046 人にいとむ心には（五二五1・三三三7）—あなかちあらそふ御心はなけれ

と物つゝみし給故に行かよひ給□事もなしと也

047 ねたしとなん（五三五2・三三8）―□ひたちの宮の（此）おはの心也

048 かの家あるし大弐（五三五2・三三10）―｛此おはのおとこ｝こゝにて大弐になる也　此おはのおとこ」（19ウ）

049 はるかにかくまかりなんと（五三五4・三三13）―大弐の妻の云也　今大弐に成て大宰府へくたり夫に相具してくたると也

050 つねにしも（五三五5・三三14）―都の内にては細々申さゝれ｛り｝しかと也

051 ことよかる（五三五6・三三15）―詞をよくいひなす也

052 □（さら）にうけひき（五三五6・三四1）―宮はくたり□具してくたり給へきさまをはうけひき給はさる也

053 あなにく（五三五6・三四1）―をはの云也

054 うけひ〈イト読也〉①けり（五三五8・三四3）―□詛心也

055 さる程（ほと）にけによのなかに（五三五8・三四5）―如此云うちに源帰京也

056 かや□にあはたゝしき程に（五三五12・三四9）―此まきれに此宮なとの事は思出し給ふ事もなきと也

057 いまはかきりなりけり（五三五13・三四11）―ひたちの宮の方〈さま〉の心也

058 たひしかはら（五三六1・三四13）―百姓也　いやしき人〳〵までの心也

059 かなしかりしおりの（五三六2・三四15）―左遷の時の事也

060 我身ひとつ（五三六3・三四15）―ひたつ（ち）の宮の御身ひとつとおほえしと也　【世中はむかしよりやはうかりけん】」（20オ）

①「イト読也」は「ひ」についての注。

061 大弐のきたのかたされはよ（五三六4・三五3）―こゝにておちあたりて申也

062 仏ひしりも（五三六5・三五4）―法華経にも如是人難度とて仏も（の）方便にてもすくひかたき衆生あると也

063 宮うへ（五三六7・三五6）―ひたちの宮の二親をいへり

064 大弐のおいた∞つ人（五三六12・三五14）―大弐のおひの妻になれり

065 なをかくかけはなれて（五三六14・三六2）―源にたのみをかけ給也

066 我身のうくてかくわすられたる（五三七2・三六4）―只我身の果報つたなくてこそ忘られぬれと観し給ふ也　源をはうらみ給さる也　此性にて行末のさいわいとはなれる也

067 たゝ山人のあかきこのみ（五三七7・三六11）―説々あれとも只鼻を云なるへし　誹諧にことよりていへり

068 くはしくはきこえし（五三七9・三六13）―草子地也

069 いとゝかきつかん（五三七10・三七1）―よりつかんかたもなきと也

070 かの殿には古院の御れうの（五三七10・三七2）―みをつくしの巻にありし八講也　十月はかりの事也　源廿七才也」（20ウ）

071 このせんしのきみも（五三七12・三七5）―ひたちの｛宮の御子の｝あさり也　□

072 いつゝのにこり（五三八2・三七10）―源の御事也　五濁の世にうまれ給て奇特なるよし也　すくよかなる詞也

073 心うの仏ほさつ（五三八5・三七14）―仏菩薩ならは此かなしき事をもしり給はさるかと也

074 けにかきりなめりと（五三八5・三七15）―聊つらく思給也

075 をのことも（五三八10・三八9）―大弐の北のかたのともの物とも也

076 わけたる跡（五三八11・三八10）―いかなるかなしき家にも此三径はある也　此家（宮）には此三径たになき也

077 みなみおもての(五二八11・三三八12)—此大弐〔の〕妻なとの(□)車は門外にて(なと)にてこそ下車すへきをかやうに車をのりいれなとするは可然人もなき故〔又は〕所のあれたるさまへのあなつらはしさゆへなるへし》 心をつけてみるへし

078 としころいたうつゐへたれと(五二八13・三三八14)—侍従かありさまをいへり 此宮に年比さふらひて憔悴したる也 つゐへとはおとろへたる也

079 かたしけなくとも(五二八14・三三八15)—侍従をひたちの宮にとりかへたきと也」(21オ)

080 いてたちなんことを(五二九1・三三九2)—大弐の妻の詞也

081 なとかう(五二九4・三三九5)—草子地□也 よのつねの人ならはうちもなくへきそかしと也

082 故宮おはせしとき(五二九5・三三九7)—我身を随分と思て云也

083 ちかき程はをのつから(五二九11・三三九15)—京にある時をいへり

084 心とけても(五二九13・三四〇2)—宮宮也

085 いとうれしき事なれと(五二九13・三四〇4)—宮の詞也

086 けにしかなん(五三〇1・三四〇6)—大弐の妻の詞

087 兵部卿の御むすめ(五三〇3・三四〇9)—紫上也

088 心きよく我をたのみ給へる(五三〇6・三四〇13)—真実の貞女とも別して思給ましきと也

089 けにとおほすも(五三〇8・三四〇15)—宮の御心也

090 なく〳〵さらはまつ(五三〇10・三四一3)—侍従なくさめてをくりはかりにと申也

091 かのきこえ給も(五三〇11・三四一5)—侍従なかにいりて大弐の妻の申も又宮のの給もいつれもことはりなると也」(21ウ)

092 此(この)人さへ(五三〇12・三四一7)—侍従さへ我をうちすてゝはとおほす也

093 九尺よ(ハカ(アマ)リ)はかり(五三一2・三四一13)—昔はきぬのたけ九尺也 されはかつらも九尺にする也

094 くのえかう(五三一3・三四一14)—薫物の総名也

095 たゆましき(五三一5・三四二1)—ありめのまゝをいへる歌也

096 こまゝの(五三一5・三四二3)—侍従か母也 〈侍従か母をまゝといひけるなるへし 又は〉めのと〔の〕総名をまゝと云也(のやうにいひきたれるにや)

097 この人も(五三一8・三四二6)—侍従也

098 としころの(五三一9・三四二7)—年月堪忍しかたきうちをも過しきつるを今さらにくちおしきと也

099 玉かつら(五三一11・三四二10)—誓言したる也 さらに心かはらしと也 手向神は道祖神をいへり

100 いつらくらう(五三一12・三四二12)—大弐妻の云也

101 心もそらにて(五三一12・三四二13)—侍従か心也

102 おひ人さへ(五三一14・三四三1)—人〳〵とまるへくもなく云あへる也」(22オ)

103 こしのしら山思やらるゝ(五三二4・三四三7)—住吉の物語にもかひのしらね思やらるなとかける此類也

104 はかなきことを(五三二5・三四三9)—侍従か事也

105 夜(よ)るもちりかましき(五三二6・三四三10)—かたらひし枕のちりなと

もなくさひしきよし也(ちりつもりたる床のけしき也)

106 かのとのにはめつらし人に(五三三7・三四三12)—紫上をい{へ}り

107 その人はまたよに(五三三9・三四三14)—ひたちの宮の事也

108 としかへりぬ(五三三11・三四四1)—源廿八才也　みをつくしの奥也

109 かたもなく(五三三14・三四四7)—かたちもなく也

110 おほきなる松に(五三三1・三四四9)—尤此時のさま尤艶也

111 風につきて(五三三2・三四四9)—引歌に及はす

112 たち花にはかはりて(五三三3・三四四11)—花散里を心さして行給故に藤の花に橘をおほしいつる也

113 みし心ちする(五三三4・三四四12)—ひたちの宮也

114 おしとゝめさせ(五三三5・三四四14)—車をとゝめ給也

115 こゝはひたちの宮(五三三7・三四四15)—源の詞也」(22ウ)

116 しか侍と(五三三7・三四五1)—惟光か詞

117 こゝにありし人(五三三7・三四五1)—源也

118 よく尋たつねよりてを(五三三9・三四五3)—源の用心(意)也　自然この程又かよふ人もあるかのよし也

119 こゝにはいとゝ(五三三9・三四五5)—ひたちの宮の御方也

120 ひるねの夢に(五三三10・三四五6)—父宮のかなしみ給に瑞夢とも云へし(み給へるに)おりふし源しの尋とひ給ふはと也(まことに瑞夢なるへし)

121 なき人を(五三三14・三四五10)—
ひたちの宮の歌はいつもよくもきこえさるを此歌はきはめてお□(も)しろくあはれなるは時の感より出来ぬる故とみえたり

122 それはほかになん(五三四7・三四六6)—内よりのこたへ也

123 ちかうよりて(五三四10・三四六11)—惟光也

124 たしかになん(五三四11・三四六11)—いまた此所にましますＬと也

125 こよひもすきかてに(五三四12・三四六14)—源の相かはり給はさると也こなたには」(23オ)

いかゝと也

126 かはらせ給御ありさまならは(五三四14・三四七1)—よき返答也

127 よし〳〵まつかくなん(五三五3・三四七6)—惟光か詞也

128 なとかいとひさしかりつる(五三五4・三四七7)—源の問給也

129 しか〳〵なん(五三五5・三四七9)—惟光か詞也

130 我御心のなさけなさも(五三五8・三四七13)—源のみつから身をせめての給也　まへに蓬生の君も我身のうくてかくわすられにたるにこそあれと云々　かやうにたかひに我身をせめ給故にうらみもあらさるなるへし

131 いかゝすへき(五三五8・三四七13)—源の惟光にの給也

132 〈かはらぬありさま(五三五9・三四七15)—まへに老人の詞にかはらせ給御ありさまならはかゝるあさちかはらをうつろひ給はては侍なんやの語をうけたり〉①

133 ゆへある御せうそこ(五三五11・三四八6)—歌なとをまつよみ入て返しなとをみてこそよのつねならはいり給へ□をへきを末摘のさやうのかた{の}心をそきをしはかり給まゝにさもなき也　いさゝかえんならさるやうなれとかやうの所一切人の用意なるへし　心をつくへし(23ウ)

①132は23ウの左端から24オ右端にまたがって挿入。「さまならは」以下は24オであるが、便宜的に続けて翻刻しておく。

134 たつねても(五三六2・三四八11)―第二句妙也　歌なとよみかはし給事もなくはすへなかるへし(き)をかくひとりこち給ふ心おもしろし

135 猶おり給へは(五三六3・三四八13)―惟光はたゝに過給へかしと思と此詞にてみえたり

136 御さきの露を(五三六3・三四八13)―惟光おりふし騎馬なるたよりある也　種々説あり　不用之

137 御笠(かさ)さふらふ(五三六4・三四八15)―みさふらひみかさとまうせ宮城の、木のした露は雨にまされり

138 むとくなる(五三六6・三四九3)―無徳也　おもしろき事もなきと也

139 たちましりみる(五三六7・三四九3)―人かけのなきをいへり

140 心ゆかすおほされし(五三六10・三四九8)―大弐の北かたのたてまつりし故に心ゆかすおほすと也

141 いとなつかしき(五三六11・三四九10)―香の御からひつにいりたる故に香はしきと也」(24オ)

142 かのすゝけたる(五三六12・三四九11)―まへに大弐の妻にあひ給し時の几丁也

143 としころ(五三六12・三四九13)―源の詞也

144 すきならぬこたち(五三六14・三四九15)―松にかゝれる藤をいへり　杉はたつぬるしるしなれは也

145 まけきこえにける(五三七1・三五〇1)―とはせ給はぬをにまけ侍ると也

146 ほのかにきこえ(五三七3・三五〇6)―聊いらへをし給也

147 またかはらぬ心ならひ(五三七4・三五〇8)―源の心かはらさる心ならひにふとまいりたると也

148 いひしにたかふ(五三七7・三五〇11)―いとゝこそまさりにまされわすれしといひしにたかふことのつらさは

149 ひきうへし(五三七10・三五一1)―ひきうへし人はむへこそ老にたれ松の木たかく成りにけるかな　此宮の松は〈我身の〉うへしにはあらねと木たかくなりたるを驚給ふ也　我身の年もつもりたるよし也

150 ゆめのやうなる(五三七11・三五一2)―須まのうつろひの事也　いまた昔のまゝにかやうにたちとまりてある人もありけるよと也

151 ふちなみの(五三七12・三五一4)…」(24ウ)
まつこそとはひたちの宮の待方によせたり　上の詞杉ならぬしるしの詞よりよみ給へる也

152 宮こにかはりにける(五三七13・三五一6)―須まより帰京の後よろつの事のかはりたるをいへり

153 春秋のくらしかたさ(五三八1・三五一9)―上陽人の心あり　源の我身(自称して)我身をならてはたのみ給ふ人もあるましきと也　うちむきての給ふ也

154 年をへて(五三八3・三五一12)―花のたよりはかりと云なし給也

155 月いりかたに(五三八5・三五二1)―おもしろきさま也

156 あたり〳〵(五三八6・三五二3)―そこ〳〵とみえたる也

157 うへのみるめよりは(五三八8・三五二4)―宮の荒たるさまみるめのあはれな(た)るよりは又みやひかにみゆると也

158 たうこほちたる人も(五三八8・三五二5)―花鳥にみえたり　桂中納言物

語の説歟　只貧女の事也

159 おなしさまにて(五三八9・三五二6)—ふるき物をもあらためすして居給也」(25オ)

160 物つゝみしたる気はひの(五三八10・三五二7)—是をとり所に源は思給也

161 かのはなちるさと(五三八12・三五二11)—めうつしもはな〳〵とはこれもなきと也

162 まつりこけい—(五三八14・三五二13)賀茂祭の御禊也　四月なれは也

163 此\宮には(五三九2・三五三1)—

164 しもへ〻とも(五三九3・三五三2)—下部

165 □いたかき(五三九4・三五三3)—鰭板なとなるへし

166 かうたつねいて給へりと(五三九4・三五三3)—いまゝてたつね給はてすてをき給ふ事の面目なきよし也

167 二条の院いとちかき所(五三九6・三五三6)—東の院也

168 なけの御すさひ(五三九10・三五三11)—〈以下草子地也〉源の平生をいへり少々の□人をは何ともおほさぬと也

169 世にすこしこれはと(五三九11・三五三12)—六条御息所朧月夜なと也(なるへし)

170 なのめにたにあらぬ(五三九12・三五三14)—ひたちの宮のとる所もなきをいへり

171 うへしもの人〳〵(五三九14・三五四2)—退出の人〳〵帰参したき(する也)

172 心はへなとなとはた(五四〇1・三五四3)—末つむの性のなたらかなるをいへり(にならひ)たる人〳〵今さらに受領なとのはしたなきにうつろひて」(25ウ)

末つむの穏便なりしを思出る也

173 君はいにしへにも(五四〇4・三五四8)—源也

174 物のおもひやりも(五四〇5・三五四8)—源は宮中に□生長し給し故にかなしき人のおもひやりなとはなかりしを須まのうつろひの後さやうの思やりもよくおもひしり給と也

175 かく御心の(五四〇8・三五四13)—源の御気色あなかちに心にいれ給と見おほせたる也

176 ふたとせはかり(五四〇9・三五五1)—此詞にて一両年うつるへし

177 東の院(五四〇10・三五五2)—乙女巻辺にあたる也　此巻はひたちの宮の一期をかけり　さらはかく行末の事をもかけり

178 いとあなつらはしけに(五四〇12・三五五5)—人からを執し給也

179 かの大弐の北のかた(五四〇13・三五五7)—一任五ヶ年にて□のほる也これも行末をかけり

180 うれしき物から(の)(五四〇14・三五五7)—今ちと堪忍すへき物をのよし也

181 いますこしとはすかたりも(五四一1・三五五9)—草子地也」(26オ)

大永六　臘　廿一日了」(26ウ)

関屋

巻名以詞名之　あふさかの関やいかなるとあるやの字は助の字也
不可為巻名　関屋よりさとくつれ出たるとある詞より名つけたり
源廿八才の九月までの事也　花鳥竪の並と云々　然れとも横の並也

001 いよのすけ(五四七1・三九1)—伊予の任はて、上洛する也

002 またのとしひたちになりて(五四七1・三九2)—源氏すまへ赴給し前の年常陸になりてくたりし也

003 かのはゝきゝも(五四七2・三九2)—空蝉也

004 つくはねのやまを(五四七4・三九5)—かひかねをねこし山こし吹風を人にもかもやことつてやらんの歌にてかけり　かひかねを〈常陸の事なれは〉つくはねに用かへ□るたる也　此歌の心はねこし山こしと云て幾重の山をかこえつらんと云心也　されは用かへたる□(も)おもしろしと也　ことつても申たく思へともうきたる様なるたよりは」(27オ)かへりて聊爾なるよしを思て中〱おとつれも申さゝる(りし)と也

005 かきれる事も(五四七5・三九7)—源の須まへくたり給しは今年まて三ヶ年也　ひたちにくたりしは此前の年也　されは一任四ヶ年にてのほるよしよくかなへり

006 京にかへりすみ給て(五四七5・三九7)—五年めにのほるとみえたり

007 せきいる日しも(五四七6・三九9)—ひたちの守京にいる日也

008 車ともかきおろし(五四七12・三六〇4)—牛をはつす也

009 かたへはをくらかし(五四七12・三六〇5)—類ひろき故にあとさき{に}少々〈まへの日も〉上洛する也

010 車とをはかりそ(五四七13・三六〇6)—けふは車十両□かりあると也

011 斎宮の(五四七14・三六〇7)—伊勢の斎宮也

012 なにそやうの(五四八1・三六〇8)—賀茂祭なとの事を思へり①

013 殿もかく世に(五四八1・三六〇8)—春にあひたる様也

014 せき屋よりさとくつれいてたる(五四八3・三六〇12)—源の□とをり給故に皆出かしこまり居たる也

015 色〱のあを(五四八4・三六〇13)—狩襖也　面布にてうら絹也　昔はぬい物なとをもする也　又くゝりそめしたるもあり　当時すあをとて着するは此あをのうらをのけたる物也」(27ウ)

① 012は011と同行で、010と013の行間にあり。

016 御くるまはすたれおろし(五四八5・三六〇14)—旅人のおほき故憚給よし也　さらては車の簾〈さしたる事なきに〉おろす事はなき物也

017 かのむかしの小君(五四八5・三六〇14)—これも今上洛する也

018 けふのせきむかへ(五四八6・三六〇15)—空蝉の方へ源の言伝し給也　随分けふの関むかへに出給るのよし也(にい、なし給へる興あり)総して唐人なとも送迎をは関をかきりて行也

019 ゆくとくと(五四八10・三六一5)—し水よりも涙はふかきよし也

020 えしり給はし(五四八10・三六一7)—空蝉の心中に思歌なれは也

021 いしやまより(五四八11・三六一8)—参籠とみえたり

022 衛門のすけ(五四八11・三六一8)—小君也　御むかへにまいる也

023 一日まかり(五四八12・三六一9)—まうて給し時御ともにさふらはさるをこたりにまいる也

024 おほえぬ世の(五四八13・三六一12)—須まの事也
025 紀伊のかみ(五四九2・三六一15)—常陸のすけ(伊よかみ)の子也　中川の
家あるし也
026 右近のそう(五四九3・三六二1)—大将のかりの随身せし人也　須まへ相
随たて」(28オ)
まつりし也　{此人を}一段寵(抽)賞してみせ給也　刑をは□ろく
罰をはあさくし給也
027 すけめしよせて(五四九5・三六二4)—衛門のすけ也
028 いまはおほしわすれぬへき(五四九6・三六二4)—衛門のすけの思也　空
蟬をよくわすれ給はさるよと也
029 一日はちきり(五四九7・三六二5)—文の詞　行あひ給はふるき契なると也
030 わくらはに(五四九8・三六二7)…
たまさかに行あひぬれと逢事のなきよし也　近江によせたり　し
ほならぬ海はみるめなきと云也
031 せきもりの(五四九8・三六二9)—ひたちのすけ我物にして具して上洛せ
しをいへり
032 むかしにすこしおほしのく事(五四九12・三六二13)—小君か源氏に随奉ら
ぬ故にかく思ける也　おほしのくとは遠さかるをいへり　かくま
て念比にの給し物をと也
033 女にては(五四九14・三六三1)—女の身にてはさらにくるしからぬと也」
(28ウ)
034 いまはまして(五五〇1・三六三2)—空蟬の心也
035 めつらしき(五五〇1・三六三3)—草子地也
036 あふさかの(五五〇3・三六三5)—
関の景気也　むかしより源と空蟬との中は如此と也
037 ゆめのやうに(五五〇3・三六三7)—うつゝともなき也
038 あはれもつらさも(五五〇4・三六三7)—源の心中也
039 この君の(五五〇6・三六三12)—空蟬の事也　我か在世にかはらさるやう
にと也
040 しはしこそ(五五〇12・三六四6)—いつれも子とものためには継母なる故也
041 たゝこのかうちのかみ(五五一1・三六四8)—中川のあるし也　昔より心
にかけし故に心をはこふ也
042 かみもいとつらう(五五一6・三六四15)—河内守也
043 のこりの御よはひ(五五一6・三六五1)—残生をはいかゝと也
044 あいなのさかしらや(五五一7・三六五2)—草子地也

大永六　臘　廿二日了」(29オ)

《空白》」(29ウ)

絵合

以詞為巻名　両度の絵合あり　内々又外様とみえたり　凡天徳の歌合に模してかけりとみえたり　冷泉院を村上に比したる也　源卅歳の三月也　物語のうへには廿九歳の事たしかにみえす　但前斎宮の御まいりの事廿九歳の冬あるへきかとみえたり　其故は故宮す所の〈周忌霜月辺なるへし　然は其末に入内あるへし　正二月の間に入内あらは此絵合やかてはあるましき歟と云々〉

001 前斎宮の御まいり(五五七1・三六九1)―秋好也　冷泉院の女御にまいり給也　斎宮の人帰京ありて入内の例河海にみえたり

002 中宮の(五五七1・三六九1)―薄雲也　御出家の後なれとも只今別に中宮なし　さてまきれ□る(なき)故にかくかける也　薄雲の御心此入内の事可然よしの給事蓬生巻にみえ侍り

003 とりたてたる(五五七2・三六九3)―源しの心

004 二条院に(五五七3・三六九5)―□二条院より入内あるへき歟なと思給たれと朱院へのきこえをおほしてそらしらすし給也」(30オ)

005 その日になりて(五五七6・三六九9)―入内の日也

006 かうこ(五五七7・三六九10)―この字清濁両様也

007 百ふのほかを(五五七8・三六九12)―はるかにの心也

008 おと〻のきみ(五五七9・三七〇1)―源さためてみ給へきとて也

009 かくなんと(五五七10・三七〇4)―源にみせたてまつる也

010 た〻御くしの(五五七10・三七〇5)―□〈た〻の字有感〉　源の大概に御覧して大やうに上臈しきやうたい心をつけてみるへし

011 わかれちに(五五七13・三七〇7)―

榊の巻にてわかれのくしさし給時帰京あるましき由の御詞をかこつけにてはるかなる中の契に神のいさめ給かと也

なに〻

012 おと〻これを御覧し(五五七13・三七〇9)―此種□(々)の御音信を大かたに見給也　御歌なとはよく見給にてはあるへからす

013 か〻るたかひめ(五五八2・三七〇12)―冷泉院へ参給ふ事朱雀院の御心をしはかり給也

014 なに〻かく(五五八5・三七〇15)―此入内の事はた〻我心ひとつの事□也(たる)也」(30ウ)

015 つらしとも思きこえしかと(五五八5・三七一2)―須まの左遷の事

016 またなつかしう(五五八6・三七一2)―朱雀院の御心ひとつにてもなきと思なす也

017 とはかりうちなかめ(五五八7・三七一3)―時はかり也　しはし(らく)と也

018 この御返は(五五八7・三七一5)―源の詞也

019 又御せうそこも(五五八7・三七一6)―院よりは御ふみもあるへきと也

020 いとあるましき(五五八11・三七一10)―御返事なくてはかなふましきと也

021 〈しるしはかり(五五八11・三七一11)―こま〳〵とまてはなくとも申されよ也　いかさまにも御返事なくてはと也〉①　花鳥の説〈【今とナリテ御文カヨイはあるましと云々】〉いか〻

022 いにしへおほしいつるに(五五八12・三七一12)―大極殿にての事也　御涙をおとし給し事なと也　其時は朱雀院は廿五才也

023 こみやすん所の(五五八14・三七一15)―宮す所同輿し給し事也

024 わかるとて(五五九2・三七二2)―

かへりてとは帰京ありて也　かへりみし給ひそとの給ししるしもなきと也」(31オ)

①「花鳥の説いかゝ」の後に改行して挿入。

025 院の御ありさま(五五九4・三七二6)ー源の心也　中宮(秋好)の御心には院を心よせに思給へきと也　にくきかたに思やり給也

026 うちはまたいといはけなく(五五九5・三七二8)ー此巻はみをつくしの巻の次の年にはあらす　三年めなるへし　内は十三才はかりにてましますへし①

027 すりの宰相(五五九8・三七二13)ー参議にて修理大夫をかけたる人なる②へし　系図にみえす

028 よき女房なとは(五五九11・三七三1)ー故御息所の御時より可然人おほくさふらひ侍也

029 あはれおはせましかは(五五九12・三七三3)ー故宮す所の事也

030 中宮も(五六〇1・三七三8)ー薄雲也　常には三条宮にまします也

031 宮も(五六〇3・三七三11)ー薄雲也

032 人しれす(五六〇4・三七三13)ー主上の御心の中也

033 こきてんには(五六〇7・三七四2)ー致仕のおとゝの女也　おさなくまします故にあそひかたきにかたらひつき給也

034 あなたかち(五六〇10・三七四6)ー弘徽殿也」(31ウ)

①026の上に、印らしき曲線あり。

②「也」の上から「なる」と書く。

035 権中納言(五六〇11・三七四7)ー致仕大臣はこのたひの中宮に〈も〉と思てまいらせ給也

036 院には(五六〇12・三七四10)ー朱雀院也

037 斎宮のくたり(五六〇14・三七四13)ー源の申出して院の御心をもこゝろみんとて也　まへにわすれぬふしに仰られし程に也

038 とかうかの御事を(五六一3・三七五1)ーとかく申いたし給也

039 めてたしと(五六一4・三七五4)ー秋好の体の事也　院の別のくしさし給時見給し也　源はいまたほのかにもみたてまつり給は□さる故にゆかしく思給也

040 心にくき御気はひ(五六一7・三七五8)ー斎宮のおくふかなるさま也

041 見たてまつり給ふ(五六一8・三七五9)ー対面したるにはあらさる也気(す)　気はひなとをいへり□

042 かくすきまなくて(五六一9・三七五11)ー秋好弘徽殿也

043 兵部卿宮(五六一9・三七五11)ー紫上の父宮也　此御むすめ入内あるへき事まへにみえたり

044 御かとをとなひ〈給〉なは(五六一10・三七五12)ー外戚也　〈兵部卿宮は〉薄雲の兄弟なれは也

045 ましてをかしけなる(五六二1・三七六6)ー殿上人なとさへ絵をこのましく」(32オ)

046 まほならす(五六二1・三七六7)ー□秋好也

047 月なみの(五六二8・三七七1)ー十二月の絵なるへし

048 〔又〕こなたにても(五六二9・三七七3)ー絵に心をとめ給故也

049 この御かたに(五六二10・三七七4)ー秋好の御かた也

050 殿に(五六二13・三七七10)ー二条院也

051 女君と(五六三14・三七七11)—紫上也
052 長恨歌王昭君(五六三1・三七七12)—但今事の始なる故に斟酌ある也　いつれも不吉なる故也　かやうの事いかに〈も〉気(心)つかひあるへき事と也
053 こたみは(五六三2・三七七14)—このたひ也
054 かのたひの(五六三3・三七七15)—須まにての絵也
055 いまゝて(五六三6・三七八4)—紫上のうらみ給也
056 ひとりゐて(五六三8・三七八6)—
須ま巻には女君も書給たりとみゆ　されとも今も忍て」(32ウ)

かくよみ給へり　そのおりに(の)なくさみにはかやうの①絵をかきかはしても(なとを)みるへかりし物をと也　此時紫上も日記のやうにかき給しよし幻の巻にみえたり　只今は源には今まてみせ給はさるよしをうらみ給へと源にも又紫上の絵をはかくし②給也
057 うきめみし(五六三10・三七八10)—
一二句は須まあかしのうつろひをいへり　〈涙かは涙哉也〉　涙と浪とをかけたり　過にしかたに立帰ることくなると也
058 中宮(五六三10・三七八12)—薄雲也
059 かたはなるへましき(五六三11・三七八12)—□此中にてすくれたるを撰給也　絵合のあるへき張本にかきいたせり
060 やよひの十日の(五六三14・三七九2)—公事なともなく隙ある時分也
061 おなしくは御覧し(五六四3・三七九6)—絵合のくはたて也
062 こなたかなた(五六四4・三七九7)—弘徽殿梅壺也
063 むめつほ(五六四5・三七九9)—秋好也
064 名たかくゆへある(五六四5・三七九9)—ふるき絵とも也③
065 うちみるめの(五六四7・三七九11)—当世の絵なれはうちみる処きら〳〵しく目とまる也」(33オ)
①「に」の上から「の」と書く。
②「かつし」の上から「かくし」と書く。
③ 064 は 063 と同行にあり。

毎事如此物也
066 これはかれは(五六四8・三七九12)—評したる也
067 中宮も(五六四9・三八〇1)—薄雲也
068 かた〳〵御覧し(五六四9・三八〇1)—中宮もすき給事故とりもち給也
069 ひたりみきと(五六四11・三八〇4)—是則内々の絵合也
070 いうそく(五六四13・三八〇6)—有職也　河海にみえたり
071 竹とりのおきなに(五六四14・三八〇8)—竹とり〈かくやひめの物語也〉万葉に若菜の事によめるは此物語にはあらす　六百番に顕昭たかとりとよめるは万葉竹取也　別の事也
072 〈なよ竹のよゝに(五六五1・三八〇9)—花鳥に{物語}大意をしる□る(は)みえたり　先右の方より難を加へ侍り〉
073 神世の事なめれは(五六五3・三八〇11)—花鳥上代と云々　尤おもしろし
074 ゑはこせのあふみ(五六五9・三八一4)—
昌泰二年二月除目執筆時平公讃岐少目従八位下巨勢朝臣相見【画師】云々　貫之も同時たるへき也
075 かんやかみ(五六五10・三八一5)—常は宿紙をいへり　こゝは只色紙也
唐の」(33ウ)

綺にて張たるなるへし

076 としかけは(五六五11・三八一6)—うつほの物語也　十二三才の時遣唐使にて波斯国に到りて(れり)　うつほ木のなかにありて琴をひく事あり　唐日本に妙を弾する也　孝行の者也　阿修羅琴を造てあたへし事あり

077 つねのり(五六六1・三八一12)—当時の絵師也　栄花物語屛風そろへられたる所にもかやうにある也

078 【み①ちかせ(五六六2・三八一12)—血脈

義之—道風
　　　魚養—弘法大師
　　　献之

〈小野氏
敏達天皇第六世
小野篁—道風〉②】
葛絃—

079 左には(五六六2・三八一13)—左の劣たる也

080 伊勢物語(五六六3・三八一14)—右也③

081 正三位を(五六六3・三八一14)—〈左也〉　此物語当今の代にみえすと花鳥にしるさる

082 平(へい)内侍(五六六5・三八二2)—左の方人也

083 いせのうみの(五六六6・三八二3)—
いまやうの事にみなまけてはふるき物語はあるましきかと也

084 雲の上に(五六六9・三八二7)—
正三位の物語にある事なるへし　兵衛大君も此物語の中にある人なるへし　雲の上にのほれる事あるへき也　千いろの」(34オ)

①系譜に付された合点及び線は全て朱。また、「みちかせ」から「敏達天皇第六世」まで朱線を引く。なお、この項目は077から082の余白部分に小書きされている。いま仮に一項目として立てる。
②「小野氏」以下の補入は「みちかせ」についての注。
③080は079と同行で、077と081の行間にあり。

085 さい五中将(五六六10・三八二9)—薄雲勝□(と)定給也

①そこは伊勢の海をいへり

086 宮(五六六11・三八二10)—薄雲也

087 みるめこそ(五六六12・三八二11)—
此歌を藤梅壺の御歌のよし花鳥にしるさる　いか丶と□也　斎宮(梅壺)は我御方の絵なれはかやうにはの給ましき也　いかにも薄雲の御歌なるへし　今尼にてまします故にいせのあ□□(海士と)はよみ給へる也

088 一まきに(五六六13・三八二13)—結句の番〔を〕肝要□(と)あらそふ也
こ丶までは内々の合也

089 うへのも宮のも(五六六14・三八二15)—内のと斎宮との事歟　花鳥に初度絵合は斎宮と内と云々

090 御前にて(五六七2・三八三4)—主上の御前也　天徳歌合を摸せり

091 かのすまの(あかし)(五六七4・三八三6)—左遷の愁をもあらはし給はんの心あるへし

092 かみ絵を(五六七6・三八三8)—昔は多分絹に書也　紙絵はまれなる也

093 いまあらためか丶む事は(五六七6・三八三9)—源の方よりの給也　今新にか丶せたる曲もなきと也」(34ウ)

①行頭字下げの指示あり。

094 院にも（五六七8・三八三12）―朱雀院也　梅つほ（秋好）をおほしはなたぬ御心にや
095 むめつほ（五六七8・三八三12）―秋好也
096 えんきの（五六七10・三八三15）―桐壺帝を延喜帝に比する事顕然たる也
097 又わか御よの事も（五六七11・三八四1）―朱雀院の御代也
098 きむもち（五六七12・三八四5）―公茂也　絵師金岡か孫と云々
099 えんにすきたるちんのはこ（五六七13・三八四6）―花鳥両儀あり　ゐりすかしたる筥の説可然乎
100 心は（五六七14・三八四6）―花説可然也
101 たゝこと葉にて（五六七14・三八四7）―文はなき也
102 左こんの中将を（五六八1・三八四8）―院の昇殿をもゆりたる物（もの）也
103 かう〳〵しきに（五六八2・三八四9）―神〳〵しきと也
104 身こそかく（五六八3・三八四10）―
院の御製也　あはれなる御歌也　今こそあれ昔の大極殿の儀式はわすれ給はぬと也
105 むかしの御かんさし（五六八4・三八四13）―河海長恨歌をひけり」（35オ）
106 しめのうちは（五六八6・三八四14）―
朱雀院の御在位の時の斎宮にてありし時を恋しきのよし也
花鳥説尤有興有味者也
107 おとゝをもつらしと（五六八9・三八五4）―草子地〈の〉評也　須磨の事をいへり
108 きさいの宮より（五六八10・三八五6）―故弘徽殿の大后より伝る也（相伝ある）也
109 あの女御（五六八10・三八五6）―権中納言の方の女御の御伝かたへも伝るへし也
110 〈内侍の〉かんの君（五六八11・三八五7）―〈朧月夜也〉　女御□（の）をはにてましま す故にをのつから伝り侍る也
111 〈ひたりみき（五六八13・三八五10）―左は梅つほ右は弘徽殿也　西むきにて右は北左は南也〉
112 女房のさふらひ（五六八13・三八五11）―台盤所也　主上まします也
113 こうらう殿の（五六八14・三八五12）―台盤所の西也　東
114 【をの〳〵心よせつゝ（五六九1・三八五13）―各我方人〳〵ノ心アリテキゝヰタルナルヘシ】①

① 114は113の下部余白にあり。

115 左はしたむのはこに（五六九1・三八五13）―」（35ウ）
先うちしきをしきて其上にしたつくへ（ゐ）を置て其上のしき物に紫の唐錦①をしきて其にわら（又）つくゐを置てさて紫檀の箱に絵をいれて置也　又右にはうちしきはあをにのこまの錦と許ありてした机のうへのしき物をいはす　これは文章のあやに略してかゝさる也　左右ともに置様はおなし物なるへし
116 わらは六人（五六九2・三八五15）―雑役を勤すへき用也
117 あをに①（五六九5・三八六2）―萌木に黄のましわたる也
118 あしゆひのくみ（五六九5・三八六2）―くみにて花足をからみたる也　花鳥説可然　花鳥説可然
119 まへしりへと（五六九7・三八六4）―まへは左しりへは右也
120 そちの宮も（五六九8・三八六5）―〈蛍の宮也〉　絵をすき給故に其事となくめし給也（あり）て此絵の判者をし給也
121 かみゐはかきりありて（五六九13・三八六13）―絹ははたはり長し〈紙は〉

短き故に書のへさる所ありてさそと思やらるゝ所のある也」（36オ）

①「の」の上から「錦」と書く。

②「あをに」が物語本文のどの箇所に該当するか問題が残る。河内本（七毫源氏・高松宮家本・尾州家本・筆者未詳一条兼良奥書本）では、この「あをに」は「あを色」（五六九6・三八六3）の異同本文としてあるが、三条西家証本に「あをち」（五六九5・三八六2）を「あをに」とするものがある。仮に後者に該当すると見る。なお、115の注釈中に「あをにのこまの錦」の語がある。

122 むかしのあと（五七〇1・三八六15）―不恥古也

123 あさかれい（五七〇3・三八七3）―花説西の障子と云々　然れとも東なるへし　其故は朝餉と清涼殿とのあはひなるへし

124 中宮も（五七〇3・三八七3）―薄雲也　かやうの絵なとのかたよくしりたる人□（給へる）故にはつかしきと也

125 〈【ふかうしろしめしたらんと思に（五七〇4・三八七3）―中宮ノ御事也

126 おと、もいといふにおもほされて（五七〇4・三八七4）―読キルヘシ

127 所〳〵のはんとも（五七〇5・三八七4）―これは中宮の御事ナルヘシ

129 あらまほし①（五七〇5・三八七6）―源ノ心ニ中宮の御様体あらまほしと思給也　源ノサシいらへと見□□り　いか、　今□】〉

128 さ〵②しいらへ（五七〇5・三八七5）―源也

130 心のかきり思（おもひ）すまして（五七〇8・三八七10）―源の思すまして書給也

131 いはけなきほとより（五七一3・三八八10）―源の詞也

132 院のゝたまはせし（五七一4・三八八12）―坷壺の帝也

133 いのちさいはひ（五七一5・三八八14）―顔回なとの類也

134 ほんさい（五七一8・三八九1）―天下をまつりこつへきかたを能をしへ給也

135 つたなき事（五七一8・三八九2）―いたらぬ事もなきと也

136 おほえぬ山かつに（五七一11・三八九5）―須磨のうつろひの事也

137 なにのさえも（五七一14・三八九10）―帥の宮の詞

138 をのつからうつさんに（五七二2・三八九12）―諸道皆師範ありて（る物）なれは学ひ得へき也」（36ウ）

①129「あらまほし」は、物語本文に従えば128「さしいらへ」の後にくるべき。129は125・126・127に続く一連の小書き補入であるため、底本のままの順序で翻刻する。

②128「さしいらへ」の上にある合点は、125・126・127・129の小書きの補入位置を示すものであろう。

139 筆とる事と（五七二2・三八九13）―絵かく事師も不伝所あると也

140 ふかきらうなく（五七二3・三八九14）―智恵ある物はかりよくするわさ｛か｝と思へはをれ物はをろかなる物也　愚なるやうなる人もきはめてよくするわさ也

141 家のこ（五七二4・三八九15）―たかき家の人〳〵也

142 猶人にぬけぬる（五七二4・三八九15）―源をさしていへり　□天然諸道に器量あるをいへり

143 そのなかにも（五七二6・三九〇3）―連枝多くましますなかに源独傑出なる也　此帥宮も連枝也

144 琴ひかせ（五七二8・三九〇5）―文采（才）をは第一にして次に管絃をいへり　礼楽の次第をいへる也　かやうに諸道の達したる人は北辺左大臣信公の事を下にふく（ふく）①めり

145 まさなきまて（五七二11・三九〇9）―つよくほめたる也

146 廿日あまりの（五七二13・三九〇13）―まへの絵合は十日比也

147 こなたは（五七二14・三九〇13）—台盤所は西むきなれは也」（37オ）

①「し」の上から「ふく」と書き、さらに右傍に改めて「ふく」と書く。

148 ふんのつかさ（五七二14・三九〇14）—女官也　和琴なとあつかる①人也

149 さはいへと（五七三1・三九〇15）—源一人のやうにいへと此中納言も源にをとらさる人と也

150 うへ人の中に（五七三2・三九一2）—こゝに祗候の人の中也

151 みこは御そ（五七三5・三九一6）—今日の判者たる故也

152 うら〳〵のまきは（五七三6・三九一8）—薄雲へまいらせ給也

153 またのこりの（五七三7・三九一10）—御覧せられたきと也

154 うへにも（五七三8・三九一11）—主（主）上も興ありとおほす也

155 権中納言は（五七三10・三九一13）—心のやみ也　弘徽殿の事を思へり

156 さるへきせちゑ（五七三12・三九二3）—至今延喜天暦と云ことくに冷泉院をは天暦に比してさやうにいはれんと也　実なる事を本として又遊の事もありしと也

157 おとゝ（五七四1・三九二6）—源也　休退すへきと也　今聊（すこし）御主上も御成人ありてと思給也

158 〈むかしのためしをみきくに（五七四3・三九二8）—【後漢書曰位尊ケレハ身危シ　財多ケレハ命殆（アヤウ）シ　功名名遂而身退天之道也　〈運命論　木秀レ□於レ林一風必摧之　行高二於人一衆必非之〉】〉②

159 なかころなきになりて（五七四5・三九二10）—須磨の事也　此事故に今まての」（37ウ）

①「り」の上から「る」と書く。

②158は37ウの左端から38オの右端にまたがり、159の注記に割り込むように挿入。「運命論」以下は38オであるが、便宜的に続けて翻刻しておく。なお、オモテからウラへ注記が続くことを示す記号あり。

命をたもつと也

160 御たうつくらせ（五七四8・三九二14）—嵯峨〈の〉山庄の事あら〳〵書出し侍也　松風巻に此春よりと云々

161 すゑの君たち（五七四8・三九二15）—夕霧明石のひめ君也

162 いかにおほしをきつる（五七四10・三九三2）—草子地也」（38オ）

大永七　正　十七了」（38ウ）

《空白》」（39オ）

《空白》」（39ウ）

松　風

巻名歌并詞にて号す　源卅歳の秋辺よりかけり　絵合巻も同年の春の事あり

001 ひんかしの院つくりたて丶（五七九1・三九七1）—二条院の東の院也　蓬生巻の末より造給よしみえたり

002 ひんかしのたいは（五七九2・三九七4）—明石上をすませ給へきと也

003 きたのたいは（五七九3・三九七4）—空蟬なとのためなるへし

004 しんてんはふたけ給はす（五七九6・三九七8）—花鳥〔に〕河海の説をあやまりたるよししるさる　然れとも河海説可然歟　其故は六条院にても寝殿には紫上を丶き給はさる也　聊心あるとみえたり

005 やんことなき丶はの人〱（五七九8・三九七12）—　源のかよひ給所〱おほきをいへり

006 むかしは丶きみの御おほち（五八〇1・三九八10）—明石尼のおほち中務宮〔也〕　兼明親王に擬して書歟

007 あひつく°人も（五八〇3・三九八12）—

008 世中をいまはと（五八〇4・三九八14）—明石上の思也母の心也」（3オ）

009 さるへき物はあけわたさん（五八〇7・三九九3）—造作の料は京へのほすへきと也

010 あつかりこのとしころ（五八〇9・三九九4）—やともりの云也

011 内の大殿のつくらせ（五八〇10・三九九7）—源の嵯峨の御堂の事也

012 しつかなる御ほいならは（五八〇13・三九九9）—しつかにと思給は丶御心にたかふへきと也

013 なにかそれも（五八〇13・三九九10）—尼公の詞也　源の御堂ちかきはさいはひと也

014 みつからうする（五八一1・三九九13）—預の詞也　我あなかちに領知する事もなけれともかこ〱として□居住すると也

015 故民部大輔（五八一4・四〇〇1）—〈前中書王次男〉伊行の事を（に）よそへたり

016 さるへきものなと（五八一4・四〇〇1）—かはりをいたして我領する由を云也

017 そのあたりのたくはへ（五八一5・四〇〇2）—上洛ありては此田はたけなとをとりあけてられてはとてあやうけに思て申（云）也

018 つなしにくき（五八一5・四〇〇3）—つれなしを略したる也

019 はちふきいへは（五八一6・四〇〇4）—はちはらひなと云かことし　□□□□也」（3ウ）

020 さらにそのたなと（五八一6・四〇〇4）—尼公の詞也

021 券なとは（五八一7・四〇〇6）—券（支証の物）なとはあれとさやうの物には心はなきと也

022 大との丶けはひを（五八一9・四〇〇8）—源を（の）御方へもかけはなれぬさまにいへは（いひなす也）

023 かやうに思ひよるらん（五八一10・四〇〇11）—かやうに上洛すへき用意あるをは源はしり給はさる也

024 つくりはて丶そ（五八一13・四〇〇14）—明石よりかやうの所もとめ出したる由を申也

025 人にましらはん（五八一14・四〇〇15）—源の心也

026 かく思ふなりけりと（五八一14・四〇一1）—人めなき所をもとむるなり

けりと思給也
027 これみつのあそん(五八二1・四〇一3)―惟光をつかはしてみせ給也
028 うみつらにかよひたる(五八二3・四〇一5)―大井川の辺なれは海つらに似かよひて明石浦にすみ給しにたよりあると也
029 さやうのすまゐ(五八二4・四〇一6)―源の心也　明石上はかやうの所のすまゐもつきなかるましき人と也
030 つくらせ給御たうは(五八二5・四〇一7)―大覚寺の南とは栖霞寺を思て書る也　彼寺は融公の山荘也
031 たきとの丶(五八二6・四〇一8)―泉殿なとは大覚寺のにもをとらさる也」(4オ)
032 これはかはつらに(五八二6・四〇一9)―小倉宮の御所也　明石尼の家をいへり　そとしたる寝殿也
033 うちのしつらひ(五八二8・四〇一11)―惟光にみせ給て後は源の御方よりいひつけ給也
034 したしき人〳〵(五八二8・四〇一13)―むかへをくたし給也
035 露のかゝらぬ(五八二12・四〇二2)―源の契をかけ給ふ事中〳〵なると也　露ならぬ心を花にをきそめての心あり
036 さらはわか君をは(五八三1・四〇二6)―手を放たてまつらんかと同事を云也
037 としころたに(五八三2・四〇二8)―明石尼の心也　年比たに一庵の中にも入道はなかりし物をいまは此時明石上につきてのほらてはと思さためたる也
038 たゝあたにうちみる(五八三3・四〇二10)―そとしたる中さへ別はかなしき物を也
039 もてひかめたるかしらつき(五八三5・四〇二11)―入道してかやうのすまゐをせしをいへり
040 これこそはよをかきるへき(五八三6・四〇二13)―此栖にて夫婦身を終へきと思し也(に)思かけさる事の出来ぬるよと也」(4ウ)
041 わかき人〳〵(五八三7・四〇二15)―わかき人〳〵はのほりをよろこふ也
042 見なれて(五八三14・四〇三10)―入道をみしり給也　三歳なれは也
043 ゆくさきを(五八四3・四〇三13)…うちすまておもしろき歌也
044 ゆゝしやとて(五八四3・四〇三15)―いま〳〵しやと也
045 もろともに(五八四5・四〇四1)―夫婦此(播磨国の)任にくたり侍し(し時夫婦ともないし)をたゝいまひき別れん事は誠荒野の方角をもしらぬ所に迷(迷)出たる心ちし侍と也　花鳥説はさしつめてせはき歟と云々
046 こゝら契かはして(五八四6・四〇四3)―源の御志の行末もしらねはうきたる事をたのみなると也
047 いきて又(五八四8・四〇四6)…いつの世に又あひみんとかきりもしらさる也
048 をくりをたに(五八四8・四〇四8)―父をいさなひ侍る也
049 世中を(五八四10・四〇四10)―此以下入道の詞也　中将をすてゝ播磨の任に成て侍る故も我むすめをかしつくたよりにと思て任におもむき」(5オ)
侍也①
050 さらに都にかへりて(五八四13・四〇四14)―上洛してふる□(受)領なとい

はれん事口惜思て出家せし也

051 おやの御なきかけ(五八五1・四〇五1)―父大臣たるを云也

052 そのかたにつけて(五八五3・四〇五3)―其時はよく思とりたると思し也

053 君のやう〱(五八五4・四〇五4)―明石上のおとなひ給をみては都にあらはしかるへき宮つかへをもさせたてまつるへき物をと思かへす也

054 にしきをかくし(五八五5・四〇五5)―よるの錦の心也

056 仏神を(五八五6・四〇五7)―住吉なとをにたのみをかけし也

057 おもひよりかたくて(五八五7・四〇五9)―源の御事也

058 みたてまつりそめても(五八五8・四〇五9)―行末いかゝと又物おもひをし侍る也

058 君たちは世をてらし(五八五12・四〇五14)―瑞夢の事といへり

059 天にむまるゝ人の(五八五13・四〇六1)―河海今案を加(くは)へてしるさる　一旦は其興あり　されと此文をまへをかけてみる故に不審出来ぬる也　御契はかりこそはありけめと読きりて天上欲退時の文は今わかるゝ悲の心はかりにとる也　今都へのほる人は天へも」(5ウ)

①行頭字下げの指示あり。

のほる程の心ある也にて我心は此昔あると也　正法念経云天上欲退時心生大苦悩地獄諸苦毒十六不及一又云果報若尽還堕三途云々

060 いのちつきぬと(五八六1・四〇六3)―此所に藤の衣になやつれ給そなとあり(云)詞のある本あり　不用也　其故は〈其詞〉若菜巻にあり御重説なるによりて可略也

061 むかしの人もあはれと(五八六6・四〇六11)―ほの〱との歌也(をいへり)　此歌にあはれと云詞なし　されと一首の内にあはれなるはそなはれり

062 かのきしに(五八六10・四〇七1)―

063 いくかへり(五八六11・四〇七4)…うき木は只舟と同心也　舟よりは猶はかなくあたなる□□也（うきたる心あり）　からひたる歌也

064 おもふかたの(五八六11・四〇七6)―順風也

065 いへのさまも(五八六13・四〇七8)―大井家也

066 としころへつるうみつらに(五八六13・四〇七8)―おもしろきかきさま也

067 したしきけいしに(五八七3・四〇七12)―源の家司也

068 わたり給はん事は(五八七3・四〇七13)―源也」(6オ)

069 かの御かたみのきむ(五八七5・四〇七15)―明石に源のをき給琴を随身する(してのほれる)也

070 身をかへて(五八七9・四〇八6)―
我身は同しき身なから一向身をかへたる様也　松風許もとの物なると也　河海説無益歟

071 ふるさとに(五八七10・四〇八9)…【此歌ハ愚案母上ハ京ヲ云明石上ハ京明石ノ事故郷と云へき歟】　明石上は都にて誕生せし也　されとも二三歳の事なる(なり)　故郷の事をはおほえ給ましき也　只故郷にみしよとは歌のつゝきにてよめるなるへし　以琴寄事也

072 女君にはかくなんとたに(五八七12・四〇八13)―明石上ののほりの事を紫上にはたしかにも申きかせ給はさる也

073 とふらはんといひし人(五八七14・四〇九2)―明石上の事也

074 かつらの院といふ所(五八八2・四〇九5)―{紫上は}□嵯峨院も(大井と)桂の院とをひとつに心得給也　此嵯峨院をつくりて

075 おのゝえさへあらため給はん(五八八4・四〇九6)―紫上の詞也　源は只

二日三日は侍なんとある返答也」(6ウ)

076 〈れいの〉くらへくるしき(五八八5・四〇九8)—花鳥説いか、　源の心と紫上の心と{の}同からぬやうにてくるしきと也

077 いにしへのありさま(五八八5・四〇九8)—源のすき〳〵しき心もいにしへのやうにはなしと人もいひ侍る物をと也　花鳥説いか、

078 かりの御そに(五八八7・四〇九13)—源の明石にてのやつれ給し時たにたくひなかりし也

079 めつらしう(五八八10・四一〇2)—源の御心也

080 大とのはらの君を(五八八12・四一〇5)—夕霧也

081 山くち(五八八13・四一〇8)—伊勢造営の時も山口まつりあり　又鷹狩にも先いる処を山口と云也

082 うちゐみたるかほ(五八八13・四一〇9)—姫君也

083 ほいあるところに(五八九3・四一〇14)—二条院の東也

084 いとうゐ〳〵しきほと(五八九4・四一〇15)—明石上の詞也

085 かつらの院にわたり給ふへしと(五八九6・四一一4)—桂院へまいりたる人〳〵大井へたつねまいりたる也」(7オ)

086 か、るところを(五八九10・四一一8)—源の詞　かりそめも(と思て)住所に□(も)かならす習着の心ある物也　□(そこ)にすみはてされはたちはなる、時心とまるわさ也　明石にても〈やり水なとに〉心のとまり侍しと也

087 あかのくなと(五九〇1・四一二2)—□閼伽具のあるをみ〈給〉て母君の事を思出給也

088 御なをしめしいて、(五九〇3・四一二5)—礼ふかきさま也

089 つみかろく(五九〇3・四一二6)—若君をよく養たてまつりたるよと也

090 すて侍し世を(五九〇7・四一二11)—尼君の詞也

091 命いのちなかさの(五九〇8・四一二12)—念比にの給事をいへり

092 あらいそかけに(五九〇9・四一二13)—塩屋の傍にてはかなしかりしと也

093 あさきねさし(五九〇10・四一二15)—御母かたを卑下の詞也

094 むかしものかたりに(五九〇11・四一三2)—中務宮の事を語の跡なれは其事をかたり出し給也　尼公の卑下したるをさやうの方には詞をくはへすして此小倉の庭のさまをの給妙也　此詞にて明石尼の(尼君の父前中書王と云事あらはれ侍也)　族姓のたかき故は至極してきこえ侍る也　甚深なる詞也」(7ウ)

095 かことかましう(五九〇13・四一三3)—石なとたてかへさせ□なとし給故也　おりふしの景気尤感あり

096 住なれし(五九〇14・四一三5)…

尼君の歌也　我は昔のあるしなれともわすれはてたる也　水{の}声はかりむかしのま、なると也

097 いさらゐは(五九一2・四一三8)—

いさらゐは小井也　はやく〳〵の事とは過にし事也　前の歌の第二句をうけたる也

098 十四五日つこもりの日(五九一4・四一三12)—仏の縁日なる故歟両度也(ともいへり)　末の詞に月に二たひはかりの御契なりとあり此〈法事の〉たより〈にわたり給〉なるへし

099 月のあかきにかへり給(五九一6・四一四1)—大井にかへり給也

100 ありし世の(五九一7・四一四2)—明石にて岡辺へかよひ給し事也　彼やとに置給し琴也

101 しらへかはらす(五九一9・四一四4)―いま(只今)のやうに覚給也　明石巻にこの音か」（8オ）

102 ちきりしに(五九一10・四一四6)―はらぬほとにかならすなと契給し時の事也

103 かはらしと(五九一11・四一四9)―落句おもしろし　おり〳〵に我なくねをそへしと也

104 にけなからぬ(五九一12・四一四11)―源の御傍にても似あいたるやうにはなきと也　花説いかゝ

105 身にあまりたる(五九一12・四一四11)―明石上也

106 いかにせまし(五九一14・四一四13)―源の心也

107 二条の院に(五九二1・四一四15)―紫上の養子に〈し給へきかなと〉なとおほす也

108 また思はん事(五九二2・四一五1)―明石上の思はん所也いかゝ也

109 おさなき心ちに(五九二3・四一五2)―ひめ君也　初はおもきらひ〈し〉給しも次第になれむつひ給也

110 見てᵒは(五九二11・四一五15)―

111 いとさとゝをしやと(五九二12・四一六1)―里とをみいかにせよとかかくのみはしはしもみねは恋しかるらん」（8ウ）

112 はるかに思たまへ(五九二12・四一六2)―めのめ(と)の詞也

113 もろともにいてゝは(五九三1・四一六6)―明石上の事をの給也

114 うちわらひて(五九三2・四一六8)―めのと也

115 たをやきたるけはひ(五九三6・四一六12)―明石上也

116 さこそしつめつれ(五九三7・四一六14)―まへにはうこきもせさりしを云也

117 かくてこそ(こそ)もの〳〵しき―(五九三9・四一七2){源の}容儀のうちあひたるをいへり

118 かのとけたりし(五九三11・四一七5)―かものみつかきよみたるくら人也

119 人かけを見つけて(五九三13・四一七7)―うちの人かけをみつけて也

120 うら風おほえ侍る(五九三13・四一七8)―□明石にありし時の事をも謝し申□へきをもそのたよりもなきとて只今の事のつゐてにけしき(き)はみたる也

121 やへたつ山は(五九四1・四一七10)―雲の八重たつ也　此大井も人かけなくてあかしの島かくれにもさらにをとらさる也

122 まつもむかし(五九四1・四一七11)―昔の友も侍らさる也に昔わすれぬ人の詞たのもしく侍ると女の答也」（9オ）

123 こよなしや(五九四3・四一七12)―事の外也　すくれたると也　女の思あるさまにいへるによれり　我身も明石にて浮沈の思は同物也　只今は冠をえてはなやきたる也　明石上も彼浦にてくちはて給へきかと思しを思かけさると也　花鳥説良清と云々　いかゝ　良清は蔵人にてはなかりし者也

124 いまことさらに(五九四3・四一七13)―かさね{て}わさとまいるへきよし也

125 頭中将兵衛督(五九四5・四一八2)―系図になし

126 いとかる〳〵しき(五九四5・四一八3)―源の詞

127 よへの月に(五九四6・四一八5)―〈御むかへの〉人〳〵の詞

128 山のにしきは(五九四8・四一八7)…霜のたて露のぬきこそよはからし山の錦のをれはかつちる　此歌にも紅葉とはいはさるおもしろし

129 御あるしさ{は}きᵒて(五九四10・四一八10)―噪也

おきのえた（五九四12・四一八12）—①
130 ことりしるしはかり（五九四12・四一八12）—河海にくはしくみえたり
131 すゝんなかれて（五九四13・四一八13）—順流也」（9ウ）
①物語本文にしたがえば、「おきのえた」は130の後にくるべき。
132 ゐいにまきれて（五九四13・四一八14）—危をもわすれたる也
133 けふは六日の御ものいみ（五九五5・四一九6）—こゝの注にかける也　御物忌さして何事とはなし　六日なとつゝきたるなるへし　帚木巻にも侍りし也
134 くら人の弁（五九五7・四一九9）—殿上人四五人はかりと云うちなるへし
135 月のすむ（五九五8・四一九10）…かつらの院を桂の里によそへてよめりの　結句はのとかに月もすみておもしろかるへしとほめたる也
136 まうけのものとも（五九五11・四二〇1）—かつけ物引出物也なと也
137 ひさかたの（五九五14・四二〇5）—我身の幽閑なるさまは〈霧も〉はれたる也　御(行)幸なともあれかしの□(と也)　次の詞にみえたり
138 中におひたる（五九六1・四二〇7）—久かたの中におひたるさとなれは光をのみそたのむへらなる
139 かのあはちしま（五九六1・四二〇8）—明石にてこの歌を誦し給し事を也
140 ものあはれなる（五九六3・四二〇10）—草子地也」（10オ）
141 めくりきて（五九六4・四二〇11）—面影のちかくさやかなる心也　天下を手裏にいれたる也
142 うき雲に（五九六5・四二〇14）—明石にまし〳〵しは誠に浮雲の如也　祝してよめる也
143 右大弁（五九六5・四二一1）—誰ともなし　花鳥河海を破せらる　尤可然
144 雲のうへの（五九六7・四二一3）—草ふかき霞の谷にかけかくしの心あり　老人なれは故院の御事をいひいたしたる也
145 心〳〵に（五九六7・四二一5）—草子地也
146 おのゝへ(え)もくちぬへけれは（五九六9・四二一7）—紫上のまへの詞におのゝへ(え)さへあらため給はんほとやまちとをにとあるをうけたり　□常山の蛇勢あり
147 ものゝふしとも（五九六12・四二一10）—物節也　花鳥にみえたり
148 れいの心とけす（五九七5・四二二5）—紫上の事也
149 なすらひならぬ（五九七5・四二二6）—源の詞也　同程なる事こそ論する事はあれ紫上と明石上とは天地の隔あると也　たくらふるにたらさる也」（10ウ）
150 われはわれは(と)（五九七6・四二二7）—紫上をいさめ給也
151 ひきそはめて（五九七7・四二二9）—大井へ(へ)の文也
152 とけさりし御けしき（五九七9・四二二12）—紫上也
153 これやりかくし（五九七11・四二二15）—させる事なき文なれはかやうにの給て紫上へまいらせ給
154 せめて見かくし（五九七14・四二三5）—紫上見ぬかほをつくり給也
155 まことは（五九八2・四二三7）—源の詞也　姫君を見給事也
156 ひるのこかよはひ（五九八5・四二三11）—三歳といはんため也
157 いはけなけなるしもつかた（五九八6・四二三12）—しもつかたとは腰をいへり　裳着の事也

158 ひきゆひたまへ(五九八7・四三三13)―着裳の事也

159 おもはすにのみ(五九八7・四三三14)―紫上の詞也　源の心へたてあるやうに思はすなる事をのみの給程に我もあまりにみしらぬやうに□あらんもいか丶と思てこそすこしもえんしなともし侍れ　さも心には思はさると也

160 いはけなからん(五九七8・四三四1)―かのおさなき御心にはかなひぬへきと也」(11オ)

161 ちこをわりなう(五九八10・四三四2)―草子地也

162 いかにせまし(五九八11・四三四5)―源の心也

163 月にふた丶ひ(五九八12・四三四6)―〈まへにありし〉月ことの十四五日卅日の念仏なとの〈日の〉事也

164 としのわたり(五九八13・四三四7)―星合にはまさりたると也

大永七　正　廿七了」(11ウ)

うす雲

巻名は歌号之　松風と同年也　卅歳の冬より次年の卅一の秋まての事あり

001 冬になり行まゝに(六〇三1・四二七1)―大井の里の事也　桂川也

002 うはのそらなる(六〇三1・四二七2)―明石上の心也　明石の旧里をははなれきて又源もたえ〲にし給へは也

003 かのちかき所に(六〇三2・四二七4)―二条院東也

004 つらきところ(六〇三3・四二七4)―後撰十一　かりそめなる所に侍ける女に心かはりにけるおとこのこゝにてはかくひんなき所なれは心さしはありなからなんえたちよらぬといへりけれは所をかへてまちけるにみえさりけれは女
やとかへてまつにもみえすなりぬれはつらき所のおほくもあるかな　此詞書歌よくこゝにかなへりこゝもかしこもつらき所おほかるへしと也　明石上の心は二条院にうつりても源のおなしさまにかれ〲にし給はゝいかゝの心也」(12オ)

005 いかにいひてか(六〇三3・四二七5)―
うらみても(の)後さへ人のつらからはいかにいひてかねをもなくへき

006 かくてのみはひなき(六〇三4・四二七7)―中宮なとにとおほす故あれは也

007 たいに(六〇三5・四二七8)―紫上也

008 さおほすらん(六〇三7・四二七10)―明石上の心也　紫上の御(養)子なとにし給へき事也

009 あらためてやんことなきかたに(六〇三8・四二七11)―紫上の御子にし給
ともまことの御腹をならては人は申ましきと也
010 はなちかたく(六〇三9・四二八1)―源の□いか、と思給故にきと云詞に
出しかたくし給也
011 うしろやすき(六〇三10・四二八2)―自然継母なとの事(かた)をいか、と
は思〈なし〉給そと源の、給也
012 かしこには(六〇三10・四二八3)―紫上也
013 前斎宮おとなひもの①給を(六〇三11・四二八4)―紫上は年比御子なき故
に斎院(宮)を養子〈のやう〉にし給〈し〉と也　今紫上は廿四歳歟
斎院(宮)は廿三歳歟也　□只名はかりの御子にし給也」(12ウ)
①「の」の下に一字分空白あり。「し」とあるべきところ。
014 女きみの御ありさま(六〇三13・四二八7)―紫上のありさまをかたり給也
015 けにいにしへは(六〇三14・四二八9)―明石の上の心也　源の御心は猶さ
りの人には一人人一人に心をとめ給ましく見(き、)をよひ侍しに
かやうに心を紫上〈一〉人にとめ給はいかはかりの人にかと床敷思也
016 数ならぬ(六〇四2・四二八13)―明石上也　卑下也
017 おいさきとをき(六〇四4・四二九1)―姫君也
018 なに、つけては(か)(六〇四7・四二九5)―姫君をはなしては源の尋給事
もありかたきと也
019 あま君(六〇四9・四二九7)―遠慮ある人也
020 は、かたからこそ(六〇四12・四二九12)―朱雀院は延喜第十一村上天皇は
第十四の皇子にておはしませと母かたのしかるへきによりて位を
つき給也　今源も更衣腹なるによりて位につき給事のなきと也
021 さしむかひたる(六〇五1・四三〇2)―本台也
022 おとりの所(六〇五2・四三〇2)―落胤腹也」(13オ)
023 これはやんことなき(六〇五3・四三〇3)―可然御腹にもいてき給は
(は、)けをされぬへきと也
024 思よはりにたり(六〇五8・四三〇12)―明石上也
025 おもはん所の(六〇五9・四三〇13)―明石上の思はん所をためらひ給也て
御□(はかまき)□の(に)事よせての給也
026 かひなき身に(六〇五10・四三〇15)―我身のかひなきにそへてもいか、と
也　又さりとて手をはなちてもいか、也　かやうにいへるは思よ
はりたるよと源の思給也
027 いみしくおほゆへき(六〇六2・四三一9)―いみしくはつよくかなしかる
へきと也
028 さるへきにやおほえぬ(六〇六3・四三一10)―明石まてくたりしも縁にて
こそありつらんと也
029 かやうならん(六〇六12・四三二9)―行末の事をいへり
030 雪ふかみ(六〇六14・四三二11)―明石上の歌也
031 雪まなき(六〇七2・四三二14)―雪ふかき吉野の山なりとも尋かよはんと
也　もろこしのよしの、山にこもるとものの歌をふまへたり
032 この雪すこしとけて(六〇七3・四三三2)―源の御□也来り給也」(13ウ)
033 れいはまちきこゆる(六〇七3・四三三2)―面白詞也
034 さならんと(六〇七3・四三三3)―さためて御むかへなるへきと也
035 人やりならす(六〇七4・四三三4)―我心なから心ならさる也　いなひ申
ともさこそあるへき物をと也
036 かろ〳〵しきやうなりと(六〇七5・四三三6)―今更申かへさは一事両様

なるへきと也

037 い〈と〉うつくしけに（六〇七6・四三三6）―姫君也

038 をろかには（六〇七6・四三三7）―猶さりの人にてはなかりしと也　明石のうつろひなともかゝる事のあらんためなりけりと也

039 この春より（六〇七7・四三三8）―髪をゝき給也

040 あまそきのほと（六〇七7・四三三9）―ふかそき也　さけ尼の髪のほとゝ也

041 なにかその（六〇七10・四三三12）―明石上の詞也　行末しかるへき事にてたにましまさ〔は〕と也

042 みつからいたきて（六〇七12・四三四1）―明石上はつねは物ふかけなる人なりしか只今はわかれたてまつる事のたへ□□□□□かたさの（に）しのひ給はぬさま尤あはれ也　松風巻にはもろともにいて給へ」（14オ）

かしなとの給し時のさまにはかはれる所思へし

043 末とをき（六〇七14・四三四4）―行末を祝したる也

044 さりや（六〇八1・四三四6）―源の心也

045 おひそめし（六〇八2・四三四7）―松風巻にあつ（さ）①きねさしゆへそ（や）いかゝと尼上のいひしをうけてふかき心にの給也　花鳥説可然

046 人たまひに（六〇八4・四三四11）―つきの車（の人）也②　ともの女房ともの車也

047 とまりつる人（六〇八5・四三四12）―明石上の事を源の思やり給也

048 いかにつみやうらんと（六〇八6・四三四13）―是は皆源のしわさなり比〈と明石上の〉思すへきと也

049 い（ゐ）なかひたる心ちともには（六〇八7・四三四15）―きら〳〵しき所のすまゐはいかゝと人〳〵の思し也

050 にしおもて（六〇八8・四三五1）―二条院の西おもて也　すみよきやうにしつらはれたる也

051 山さとのつれ〳〵（六〇八13・四三五8）―明石上の事を思やり給也

052 物あひたる（六〇八14・四三五9）―符合したる也

053 いかにそや人のおもふ（六〇九1・四三五10）―源の心也　おなしくは紫上の」（14ウ）

①「つ」の上から「つ」と書き、さらに墨消しにして「さ」と傍記。

②「の車」の右傍の「の人」も消す。

御腹□（にてあらは）おもふ所もあるましき物をと也

054 わさとおほしいそくことは（六〇九6・四三六5）―別にとりたてたる経営もみえさる也　不断公卿殿上人さふらひ又御しつらひなとも（の）きら〳〵しく侍れは（さも）いつもの事なれはそのきはのとりたてゝみゆる事もなき也

055 たすきひきゆひ給へる（六〇九9・四三六8）―花鳥にしるせり　別勘の中也

056 身のをこたり（六〇九10・四三六10）―明石の上の後悔する也

057 さこそいひしか（六〇九10・四三六11）―たゝうちたのみきこえてわたしたてまつり給てよとまへにはいひしか也　されと涙もろなる也

058 なに事をか中〳〵（六〇九12・四三六13）―明石上よりの音信也

059 まちとをならん（六〇九13・四三七1）―源の心也　姫君のましまさぬ故と思へきと也

060 女君も（六一〇2・四三七4）―紫上也

061 年もかへりぬ（六一〇3・四三七7）―源卅一才也

062 まいりつとひ（六一〇5・四三七9）―参賀也

063 おとなしきほとのは七日（六一〇5・四三七10）―ちとをな〳〵しき人は

七日なとに」(15オ)

まいり給也

064 うはへはほこりかに(六二〇7・四三七13)—天下太平の時分也　身々にとりては皆〈そこの〉愁はあれとも(るらめと)うへは思もなき様にみゆる比□□おひ也　今(当時の)聖代をいへり

065 ひんかしの院(六二〇8・四三七14)—花散里の事也

066 ちかきしるしは(六二〇9・四三八1)—明石上は程とをし　これはちかき故に細々にもわたり給也

067 さくらの御なをし(六二一4・四三八14)—常の冬の直衣也

068 とにもいて給ぬへけれは(六二一7・四三九3)—姫君のしたひ給さま也

069 あすかへりこん(六二一8・四三九4)—桜人の歌也

070 舟とむる(六二一10・四三九7)—

桜人の歌にて悉皆よめり　明石上を遠方人になして云へり

071 行てみて(六二一12・四三九10)—

さねこんとは早く来んと也

072 なにこと丶も(六二一12・四三九12)—姫君也

073 いかに思をこすらん(六二一14・四三九14)—紫上の思やり也」(15ウ)

074 なとかおなしくは(六二二2・四四〇2)—紫上の実子にてましまさは{と}也

075 たゝよのつねのおほえに(六二二6・四四〇8)—明石上のよのつねにもあらはこれほと心くるしくも思ましき也

076 さるたくひなくやはと(六二二7・四四〇9)—明石上の大かたの人にてあらは此姫君を我御かたにとりわたして明石上をはすてをき□□たまへりともためしなきにてはあるましき物を也

077 心のとかならす(六二二9・四四〇12)—誠夢のやうにいつも思給也　明石上をあかす思給故也　引歌に及はさる哉

078 ひきくしけん(六二二12・四四一1)—河海薫云々花説(鳥)具也　いつれもおもしろき歟　【青表紙ハひきすくしトアリ　然ハ過也　超□過ノ心歟】

079 こゝはかゝるところなれと(六二二13・四四一3)—源の上臈しきさま也　いつくにてもれうしに物なとまいる事はなけれとも也

080 ちかきみてらかつら殿(六二三1・四四一5)—御寺へなとゝまきらはして御出ある也

081 けさや{か}には(六二三2・四四一6)—さすかにこゝをはさるへき処と源のし給也」(16オ)

082 女もかゝる御心のほと(六二三3・四四一8)—源しのをしなへての様にはし給{は}さるをみしりて也

083 中〱いとめなれて(六二三7・四四一13)—二条院へうつろひ〈なん〉事をはあるましき事に思給也(たる)也

084 ふりはへて(六二三8・四四一15)—たまさかなれとかくわさとわたり給□(御志)の深切なるをいへり

085 あかしにもさこそいひしか(六二三8・四四二1)—此世をは思すてつる様にいへとも也

086 その比おほきおとゝ(六二三11・四四二5)—葵上の父

087 しはしこもり給へりし(六二三12・四四二7)—致仕の表たてまつり給し時の事也

088 しつかなる御ほい(六二四3・四四二14)—源のしつかなるねかひもかなふましきと也

089 入道きさいの宮(六一四10・四三9)―薄雲也
090 ことしはかならす(六一四13・四三13)―后の御詞也　上らふしき体也
　我身と命のかきりをしりかほならんもいかゝと也」(16ウ)
091 うつしさま(六一五3・四四3)―うか〳〵としたるさま也
092 三十七にそ(六一五4・四四5)―此年の重厄此物語におほし〔女のつゝしむへき年也〕
093 つゝしませ給へき(六一五6・四四7)―主上の御心也
094 かきりあれは(六一五10・四四13)―程なく還幸ある也
095 たかきすくせ(六一五12・四五1)―女后の御心の中也　当時無双人と也
心のうち□(六一五12・四五2)―源の御事心の中のさす也
096 うへの夢のなかにも(六一五13・四五3)―源の御事を夢にもしり給はぬ
　事をかなしく思給也
097 おとゝはおほやけかたさまにても(六一六1・四五7)―太政大臣の御事
　なと也
098 かうしなと(六一六8・四六2)―柑子は毒なきなき故に□病者も食する
　と云々　但それまてもなし　只不食をいふなるへし
099 院の御ゆいこん(六一六9・四六4)―后の源へ申給事也　桐壺の御遺言也
100 御いらへも(六一六13・四六8)―源也
101 はか〳〵しからぬ(六一七2・四六13)―源の詞也
102 かしこき御身(六一七7・四七6)―〔是より〕薄雲の行跡をいへり
103 かうけに事よせて(六一七8・四七8)―権不肖の差別なき也　其身権威
　を振給へる殊勝也」(17オ)
104 くとくのかたとても(六一七11・四七11)―無用の物をはついやし給はさ
　る也
105 殿上人なとひとつ色に(六一八2・四八3)―服衣事也　諒闇也
106 物のものゝはへなき(六一八2・四八3)―天暦八年母后の事を比して云也
107 二条院(六一八2・四八5)―源の思出給也
108 山きはのこすゑ(六一八5・四八8)―峰の木すゑ也
109 入日さす(六一八8・四八11)―
　源氏も今鈍色の服を着し給故①也
110 人きかぬ(六一八8・四八13)―かやうにおもしろき歌なれと人のきかぬ
　所なれはかひなきと也　草子地也
111 入道の宮の御はゝきさき(六一八10・四九2)―先帝の后也
112 年七十(ナナソヂ)(六一八13・四九6)
113 宮の御事(六一八14・四九7)―薄雲の御事
114 もとのことく(六一九1・四九9)―御持僧にと也
115 ふるき御心さし(六一九3・四九11)―もとの心さし也
116 こ°たいに(六一九4・四九13)―」(17ウ)
　①「也」の上から「故」と書く。
117 いとそうしかたく(六一九5・四九14)―僧都の詞
118 しろしめさぬに(六一九6・四五〇2)―主上にしろしめさゝるをいへり
119 法しはひしりといへとも(六一九9・四五〇9)―寛算供奉□(の事なと
　か(そのたく〳〵ひおほし))
120 いはけなかりし時(六一九10・四五〇10)―これより主上の詞也　更に幼少
　にましま す時より心へたてすおほしめされしにい□□(まは)隔心
　□(申さるゝ事)の侍るかと也
121 あなかしこ(六一九12・四五〇12)―僧都の詞

122 すきをはしましにし院（六二〇1・四五一1）―桐壺也
123 きさき（い）の宮（六二〇1・四五一1）―薄雲也
124 世をまつりこち□ふ（給）おと丶（六二〇1・四五一1）―源也
125 仏天①のつけある（六二〇3・四五一4）―わさとかやうに申（□）なし給也
126 わか君（六二〇4・四五一5）―我君也　主上をさして申さる丶也
127 故宮（六二〇4・四五一5）―薄雲也
128 心にしらて（六二〇12・四五二1）―勅定也　よく申□給と也
129 天へんしきりに（六二一2・四五二7）―例にたかひたる天変の事まへにみえたり」（18オ）

①「仏天」の一字ごとに右傍線あり。

130 しきふ（式部）卿のみこ（六二一14・四五三10）―桃園の式部卿（宮）也
131 世はつきぬる（六二二2・四五三13）―勅定也
132 故宮のおほさん（六二二4・四五三15）―〈故宮とは〉薄雲也　位をさり給はん事をの給也
133 いとあるましき御事（六二二5・四五四2）―源の詞也
134 ひしりのみかとの（六二二7・四五四5）―聖代にも不思議（怪異）なとある事□□　漢家本朝不可勝計也　主人をなくさめ〈奉〉て申給也
135 ましてことはり（六二二9・四五四7）―致仕のおと丶、式部卿宮の薨給事也　いつれは（も）皆かきりある御命（老臣）とも也
136 かたはしまねふも（六二二10・四五四9）―かやうの事は女なとのまねふへき事にあらすと也　草子地也
137 つねよりもくろき御よそひ（六二二11・四五四9）―今〈主上も〉源もおなし素服にてましませは猶まかふ所なしと也
138 うちかしこまりて（六二三2・四五五2）―平生よりも（にも）似す慇懃に源を（に）むかひおはしますを①あやしく思給也」（18ウ）

①「世」の上から「を」と書く。

139 いまさらに（六二三5・四五五7）―薄雲もふかく忍ひ給し事なるを今さらにさた〳〵と問給へき事もいか丶とおほしめしかへす也
140 いよ〳〵御かくもん（六二三8・四五五11）―博学ならてはしりかたき事と也　【此段殊勝学者可付心也】
141 もろこしにはあらはれてもしのひても（六二三9・四五五12）―秦始皇の事河海にみえたり　いとおほかりとかける　此外にも例あるへし　〈私案之晋元帝は牛金といへる人の子也〉　案鶴林玉露第五云　呂秦牛晋　秦虎視山東蚕食六国　不知六国未滅而秦先滅矣何也　始皇乃呂不韋之子則是嬴氏為呂氏所㆑滅也　司馬氏欺人孤寡而奪之位　不知魏滅未幾而晋滅何也　元帝乃牛金之子則司馬氏為牛氏所滅也　春秋書莒人滅鄫義正如此　胡致堂欲用春秋法於始皇紀便明書呂氏　元帝紀便書牛氏以従其実①
142 日本には（六二三10・四五五13）―我国の（には）なきなるへし　花鳥陽成院の御事」（19オ）

①「呂秦牛晋」以下、国名は右傍に、人名は中央に朱線あり。

143 一世の源氏又納言大臣になりて（六二三11・四五五15）―〈其例〉河海に例をひけり　難用之　私□此事は誠似有子細哉
144 太政大臣に（六二三14・四五六5）―こ丶にては未任給也　任相国の事は乙女巻にみえたり
145 おほしよする（六二四1・四五六7）―位につけ給はんの事也　みえたり　只今源を親王になしたてまつるへき□（と）也

146 しはしとおほす所ありて(六二四8・四五七1)―源の斟酌し給也
147 御くらゐそひて(六二四8・四五七2)―□従一位の事なるへし
148 世中の御うしろみ(六二四10・四五七5)―天下の摂政也
149 権中納言(六二四11・四五七5)―葵上の兄也
150 なに事もゆつり(六二四12・四五七7)―源の心かまへ也
151 命婦はみくしけ殿の(六二五1・四五七11)―王命婦也
152 この事をもし(六二五2・四五七13)―源の尋給也」(19ウ)

153 きこしめさむ事を(六二五3・四五七15)―薄雲の御心にあなかちにしのふ
(ひ)給し事也　きこしめさんとは主上にきこしめすへき事也
154 ひとかたならす心ふかく(六二五5・四五八2)―薄雲のかく心ふかくおは
しますを一かたならす源の恋しく思給也
155 斎宮の女御は(六二五6・四五八5)―秋好中宮也　是より中宮の御事をい
へり　源のうしろみ給さま也
156 あらまほしう(六二五7・四五八7)―中宮のしかるへき人にてましませは
源もよろこひ思給也
157 秋の比二条院に(六二五8・四五八9)―今は源の(氏を)御里の分にし給也
はしめは□□朱雀院へのきこえをおほしてよそ物や(人)のやうに
し給しと也
158 御袖もぬれつゝ(六二五12・四五八13)―源也
159 せんさいともこそ(六二六1・四五九3)―源の詞也　百草の花のひもとく
なとの心あり
160 時しりかほなる(六二六2・四五九4)―諒闇の中なるを花はしらさる歟と
也」(20オ)

161 むかしの御事とも(六二六4・四五九6)―御息所の御事
162 かくれはとにや(六二六5・四五九8)―
いにしへの昔の事をいと、しくかくれは袖そ露けかりける
163 みたてまつらぬこそ(六二六7・四五九10)―中宮をは源はいまたさたかに
見たてまつり給はさる也　昔は男女のへたてふかき(はるかなり)
さまみえたり
164 すきにしかた(六二六7・四五九11)―源の過にしかたの事ともかたり出給也
165 このすき給にし(六二六11・四六〇1)―御息所也①
166 あさましうのみ(六二六11・四六〇2)―御息所はつゐに源をうらみはて給
し事
167 かうまてもつかうまつり(六二六12・四六〇3)―かやうの事にてさりとも
見なをし給へきかと也
168 もえしけふりの(六二六13・四六〇4)―いかにいひてもかへらぬ事と也
むすほゝれもえし煙をいかゝせん君たにこめ(かけ)よなかき契を
169 いまひとつはのたまひさし②(六二六14・四六〇6)―
いまひとつは薄雲の御事なるへし(きに)こめて書さしたるおもし
ろし
170 なかころ(比)の身のなきにしつみ侍し(六二六14・四六〇6)―左遷の時の
事」(20ウ)

①165は164と166の行間にあり。

②169の見出し本文は、168と169の注釈部分との行間にあり。

171 ひんかしの院に(六二七2・四六〇8)―花散里也　東院にうつろはし給事
こゝにはしめてみえたり
172 おほろけに(六二七6・四六〇13)―おほろけならぬと也　此入内の事も□

随分の奉公にて侍り　おほろけならぬ(る)心にてはしいてさる事と也　中宮をは我物にしてありともさもありぬへき事也　猶さりならさる心の中なると也

173 あはれとたに(六二七7・四六〇14)―おほしめししるへき事と也

174 数ならぬおさなき人の(六二七11・四六一6)―〔明石の〕姫君也　後には入内あるへし　其間まちとをなるへきと也

175 この門ひろけさせ給て(六二七12・四六一7)―□秋好の御さいはいにて此源氏の一門を繁昌すへきと也　皇子御誕生なとの心をふくめり

176 としのうちゆきかはる時〱の花もみち(六二八1・四六一13)―六条院つくるへき心□□(あらまし)也

177 あらはなるさため(六二八4・四六二1)―古来未決事と也」(21オ)

178 もろこしには(六二八4・四六二2)―河海石季倫金谷園并楽天句をひけり

179 やまとことの葉には(六二八5・四六二3)―

春はたゝ花のひとへにさくはかり物のあはれは秋そまされる

180 時〱につけて(六二八6・四六二4)―

春秋に思みたれてわきかねつ時につけゝつゝうつる心をの心なるへし

181 いつかたにか御心よせ侍へからん(六二八9・四六二8)―六条院四季にわかちてつくるへき心かまへ也　其中にていつかたにすませ給へきにかと御心をみんため也

182 いときこえにくき(六二八10・四六二9)―大事なる返答とおほしたる也

183 ましていかゝ思ひ(六二八11・四六二11)―我身はかなき心なとには分別ありかたきと也

184 あやしときゝし(六二八11・四六二12)―

いつとても恋しからすはあらねとも秋の夕はあやしかりけり」(21ウ)

185 はかなうきえ給にし(六二八12・四六二12)―故御息所のかくれ給へる事秋なれは心のよせのある由也　大事なる返答をかくいひなせる尤殊勝也

186 君もさは。(六二八14・四六三1)―

187 いつこの御いらへ(六二九1・四六三3)―いかゝ御いらへをし給へきとも心得給はぬと也

188 このつゐてに(六二九2・四六三4)―草子地也

189 あさましうも(六二九6・四六三10)―源の詞也

190 まことに心ふかき人は(六二九6・四六三11)―真実に心ふかき人はかやうにあさはかにも詞にもいたし侍らぬ物をと也

191 つらからんとて(六二九7・四六三12)…

つらからん人のためにはつらくしてつらきはつらき物としらせん

192 わたり給ひぬ(六二九7・四六三12)―秋好もうちへひきいり給とて源も退出し給也

193 やなきのえたに(六二九9・四六三15)―源の〈よろつ〉具したる御さまをいへり

梅かゝを桜の花にゝほはせて柳の枝にさかせてしかな」(22オ)

194 かうあなかちなる(六二九12・四六四6)―源の□みつからの事をいへり

195 これはいとにけなき(六二九13・四六四7)―秋好に心かけ給事

196 おそろしうつみふかき(六二九14・四六四8)―薄雲にかよひ給し事は猶つみふかき事也　されとそのいにしへは年わかき程にて思やりなき

にゆるさるゝかたもあるへしと思さまし給也

197 なをこのみちは(六三〇2・四六四10)―年たけぬれは好色の道には遠慮の心も出来ぬる物と也(也)　うしろやすしと也

198 君の春の明ほの(六三〇5・四六五1)―紫上の春をあはれみ給ふ事此詞よりみえたり

199 いかておもふ事(六三〇8・四六五4)―紫上ゆへに山こもりもとゝこほり侍と也

200 山里(さと)の人も(六三〇9・四六五7)―明石の上也

201 世中をあちきなく(六三〇10・四六五9)―明石上の事也

202 なとかさしも思ふへき(六三〇11・四六五10)―明石の上の京へ〈わたし〉出給〈はん事〉をきらはしく思はおほけなき事と源の思給也」(22ウ)

203 すみなるゝ(六三〇13・四六五14)―大井里也

204 いとふかゝらさらん(六三〇14・四六五14)―猶さりの人をゝきてたに心とまるへきあはれふかき所〈のさま〉也

205 〈つらかりける御ちきりの〉さすかにあさからぬを思ふに(六三一1・四六六1)―姫君のいてき給ふといへり

206 こしらへかね給(六三一2・四六六2)―なくさめかね給也

207 かゝり火ともの(六三一3・四六六3)―八月の末なれは自然の篝火なともあるへし

208 かゝるすまゐに(六三一3・四六六4)―明石にての事也　浦のいさり火なとをみさる人ならはめつらかに思へきを明石上は目にちかく明石にてみしゆへにめつらかにも思給ましきと也

209 いさりせし(六三一5・四六六6)―此歌古来称美の歌也
明石にても(の)物おもひも大井にての心つくしもおなしきに又鵜舟のかゝりの(を)海士のいさりにまかふを(おもひ)よ□(そへ)てうき事のはなれぬと也(心をいへり)　第四句面白し(ことに感あり)」(23オ)

210 おもひこそまかへ(六三一5・四六六8)―誠に明石にてのいさり火に似たる(りと)也

211 あさからぬ(六三一7・四六六9)―
花鳥説可然　明石の上のかくいひ給よりも我身の下のおもひは猶さりならぬと也　落句おもしろし

212 たれうき物と(六三一7・四六六11)―
うちかへし思へはかなし世中をたれうき物としらせそめけん
〔花鳥〕源氏の君を(の)御心をあかしの上の恨たると云々　いかゝこれは源の心なるへし

大永七　三　十日了」(23ウ)

あさかほ

巻名以歌并詞号せり　源氏卅一歳の九月より冬の末までの事みえたり

001 斎院は御ふく(六三九1・四六九1)―薄雲巻の末に式部卿宮うせ給よしあり　此事なるへし　河海に延喜帝をひのみこの事をひけり　準拠の例なるへし　斎宮は一代の(に)一度かはる也　斎院は其御身に服あれはをり給也　代始にはかきらさる也

002 いとくちおしと(六三九3・四六九5)―源の御心也

003 なか月になりて(六三九3・四六九6)―重服になり給故に斎院をおり給て先他所にまし〳〵て後に桃園宮にうつり給とみえたり　桃園宮は今の仏真(心)寺其跡也

004 女五宮(六三九4・四六九6)―式部卿宮の御連枝也

005 こ院このみこたちを(六三九5・四六九8)―桐故院とは桐壺の帝也

006 いまもしたしく(六三九6・四六九9)―源もしたしく大切に思給也」(24オ)

007 おなししんてん(六三九7・四六九10)―桃園東の方には女五宮住給也

008 程もなくあれにける(六三九7・四六九10)―式部宮薨給て程もへさるにあれたるさまあはれ也　うちつけにさひしくもあるか紅葉ゝもぬしなきやとは色なかりけりの心あり

009 宮たいめん(六三九8・四六九12)―女御女女五宮也此巻に宮と云事五あり　槿斎前斎院父桃園式部卿女五宮三宮【致仕北方】薄雲女院等也　これは女五宮也

010 このおほとのゝ宮は(六三九9・四七〇1)―三宮也　葵上の母宮也　此女五宮よりは年まさり給へともわかくみえ給也

011 院のうへ(六三九11・四七〇4)―桐壺の帝也　女五宮の詞也

012 この宮さへ(六三九13・四七〇6)―式部卿宮の也

013 かしこくも(六三九14・四七〇8)―源の御年より(心のうちに)御年のよりたる事を思給也

014 院かくれ給て後は(六四〇1・四七〇9)―是より源の詞也

015 おほえぬつみに(六四〇2・四七〇10)―すまの事也

016 たま〳〵おほやけに(六四〇3・四七〇11)―帰京し侍りては又政道に隙なきと也」(24ウ)

017 いとも〳〵(六四〇6・四七〇15)―女五宮の詞也　命なかくて須まのうつろひなとの事見聞侍〈し〉はかなしきと也

018 かくてよにたちかへり(六四〇7・四七一2)―今たちかへり給て〈かく〉さかへ給を見侍れは命なかさもかひあるやうに侍と也

019 いときよらに(六四〇9・四七一5)―さしむかひて源をほめ給也

020 内のうへなん(六四〇12・四七一8)―冷泉院源によく似給と也

021 さりともをとり(六四〇13・四七一10)―源にはをとり給へきと也(と)をしはかりたると也

022 ことにかくさしむかひて(六四〇14・四七一11)―源の心の中也

023 やまかつになりて(六四〇14・四七一13)―源の詞也　すまなとのやつれ也

024 あやしき御をしはかり(六四一3・四七二3)―さりともをとり給へらんとありし返答也

025 とき〳〵みたてまつらは(六四一3・四七二4)―女五宮の詞也　源を時〳〵みたてまつりたきのよし也

026 三宮うらやましく(六四一5・四七二6)―葵上の母宮をいへり」(25オ)

027 このうせたまひぬる(六四一6・四七二8)―式部卿宮也　槿斎院を源に嫁したきよし思より給し事也
028 すこしみゝとまり給ふ(六四一7・四七二9)―まへの宮の(物語)ともにきゝにくき事とも侍しに此一言に聊耳をとゝめ給也
029 さもさふらひ(六四一7・四七二10)―源の詞也　さも侍らはうれしかるへき由也
030 みなさしはなたせ給ひてと(六四一8・四七二11)―うと〳〵しくし給をいへり
031 あなたの御まへを(六四一9・四七二13)―斎院の御かた也
032 かくさふらひたる(六四一11・四七三1)―源の詞也
033 にひいろのみす(六四一13・四七三4)―只今服したるによりて也
034 せんしたいめんして(六四二1・四七三8)―斎院の宣旨也
035 いまさらにわか〳〵しき(六四二2・四七三8)―簾中へもいり給へき物をあまりによそ〳〵しきと思給也
036 神さひにける(六四二3・四七三9)―源の心をかけ給事の年久しくなるよし也
037 ありし世はみな夢に(六四二4・四七三11)―内よりの返答也　斎院にておはせし事なとは久敷(しく)なりたると也」(25ウ)
038 らうなとは(六四二5・四七三13)―年月の労なとゝはおもひしらさる也
039 けにこそさためかたき(六四二6・四七三14)―源の身上以下何事も不定なる也
040 人しれす(六四二8・四七四1)―年月は斎院にてましま す程はいもせのかたらひも思たえぬるを只今はよきひまありと思へるを神のゆるしとはよみ給へる也　こゝらつれなきとは源みつからつれなく世にふる心也
041 いまはなにのいさめ(六四二8・四七四3)―今はかこつけ給へき事(かた)もなかるへし　時節を得たるとおほえたる物をと也
042 なへて世の(に)わつらはしき(六四二9・四七四3)―すまへ行給ふし事也　其後はすきかましき心もなき物をと也①
043 かたはしをたに(六四二10・四七四5)―人つてならてきこえはやの心也
044 御よういなと(六四二11・四七四6)―源の用意を②ほめたる也
045 すくし給へと(六四二12・四七四7)―宿徳なと着して居給へとも位よりは年わかくみえ給也　さふらふ人〳〵の云也
046 なへて世の(六四二13・四七四9)―〈斎院の御返事也〉　世中のあはれはかりを云かはし給をも神は」(26オ)

①「すきかましき」以下は042と043の行間にあり。
②「也」の上から「を」と書く。

昔ちかひしまゝにゆるし給ましきと也　堅固にいひはなち給也
047 あな心う(六四二14・四七四11)―源の詞也
048 しなとの風に(六四二14・四七四11)―河海にみえたり
049 みそきをかみは(六四三1・四七四12)―源の詞　恋せしのみそきを神はうけすとか人をわするゝ罪ふかくして　人を忘るゝ〈は〉罪ふかしといさめたる心也
050 よつかぬ御ありさま(六四三2・四七四14)―此斎院は人にかはりて人になひくかたの心こはきよし也
051 見たてまつりなやめり(六四三3・四七五1)―さふらふ人〳〵のみたてまつりなやむ也
052 すき〳〵しきやうに(六四三3・四七五1)―今夜は人の思□ところを思て

立給也

053 よはひのつもりには(六四三4・四七五3)―かく外様むきにありしを面目もなきと也　うらみたる詞也」(26ウ)

054 世にしらぬやつれを(六四三5・四七五3)―引歌　君か門いまそ過行いて、みよ恋する人のなれるすかたを　せめてみをくり給へかしと也

055 ところせきまて(六四三6・四七五5)―さふらふ人〳〵也

056 おほかたのそらも(六四三7・四七五7)―九月卅日かた也

057 とりかへしつゝ(六四三8・四七五8)―斎院にましまas時申かはし給し事を思出給也

058 心やましくてたちいて給ぬる(六四三9・四七五11)―これは源の①御心也

059 けさやかなりし(六四三12・四七六1)―文の詞也　よそ〳〵しく簾の外にさふらひしもおもなきやうなれとかなしくもわすれかたさにもよほされて申侍と也

060 みしおりの(六四四1・四七六7)―源のあなかちにみたてまつり給にてはなけれとあさかほたてまつりし事帚木巻にいひし也　そのかみの事をいへる也　下句の心は槿の花のさかりは程なき物なるをあはれと思給へき由也　心はあひみん事をいそくよし也」(27オ)

①「也」の上から「の」と書く。

061 かつはなと(六四四2・四七六10)―かやうに申もかつはいかゝおほすらんと也　花鳥の儀あり　いかゝ①

062 をとなひたる(六四四3・四七六10)―歌のさまのすくよかなる故に御返をし給也

063 あきはてゝ(六四四5・四七六13)―歌の〈さしむきての〉おもてはかりをとりて返事をし給也　下句我御身ひとつにかきるへからす　世間のはかなきさまを此槿に比していへる也　うつるはうつろふ也　かやうに用たるはまれ也なる也

064 につかはしき(六四四5・四七六15)―今物おもひのうちなるに盛者必衰のことはりもおもひよそへられてあはれなる由也　花のさかりは過やしぬらんとあるも我身のおとろへ行ありさまに似つかはしきととりなし給也

065 なにのをかしき(六四四6・四七七1)―いつくにをかしきふしのこもる事もなきをあはれにみ給也

066 人の御ほと(六四四8・四七七3)―草子地也　かやうの贈答なと人のほと〳〵にあしくかたりなしてあしき事もある物也　其おりは興ありと思事も後に語り伝てさしもなき事のある也　〈これも〉世間此(の)」(27ウ)

①「花鳥の儀」以下は061と062の行間にあり。

と(をしへ)也

067 たちかへりいまさら(六四四10・四七七7)―只今は似あはぬ様に思給へともと也

068 せんしをむかへつゝ(六四四14・四七七11)―源のかたらひ給也

069 さふらふ人〳〵(六四四14・四七七12)―斎院にさふらふ女房也

070 宮はそのかみたに(六四五1・四七七14)―源も宮も年わかくましまas時たにもつれなくて過給し物をと也

071 よの人にかはり(六四五5・四七八4)―かく心ふかき所に源はふかく心をとめ給也

072 よのなかにもりきこえて（六四五6・四七八6）—世間には人〳〵よき御あはひなりなと、沙汰あると也
073 たいのうへも（六四五8・四七八8）—紫上也
074 御気しきなとも（六四五10・四七八11）—源也
075 まめ〳〵しく（六四五10・四七八12）—真実なるを我にもきかせ給はさる也
076 おなしすち（六四五11・四七八13）—紫上式部卿〈宮〉息女也　槿斎院又宮の御子なるよし也
077 人にをしけたれ（六四五14・四七九1）—紫上の我身はをしけたるへきと也」（28オ）
078 よろしきことこそ（六四六3・四七九5）—猶さりなる事こそ也
079 やくとは御ふみを（六四六5・四七九7）—内すみの隙の役には文を書給事をし給也
080 けに人のことは（六四六5・四七九8）—紫上の心也　人のいふなる事は虚言にてはなきよと也
081 気しきをたに（六四六6・四七九9）—おほろけにもしらせ給はさるを紫上のうらみ給也
082 かんわさなとも（六四六7・四七九11）—諒闇の故に十一月なれとも神事も停廃する也
083 五の宮（六四六7・四七九12）—女五宮也
084 見もやり給はす（六四六12・四八〇4）—紫上也
085 わか君を（六四六12・四八〇4）—明石姫君也
086 あやしく御けしきの（六四六13・四八〇5）—源の詞也
087 しほやきころも（六四六13・四八〇6）—
すまのあまのしほやき衣なれゆけはうとくのみこそ成まさりけれ」（28ウ）
088 なれゆくこそ（六四七1・四八〇8）—紫上の詞
なれ行はうき世なれはやすまのあまのしほやき衣まとをなるらん
089 宮に御せうそこ（六四七2・四八〇10）—女五宮へ此夕かならすまいるへき由かねて申給し也
090 かゝりける事も（六四七3・四八〇12）—紫上の心也
091 にひたる御そ（六四七4・四八〇13）—源氏の衣裳をいへり　軽服なれは也
092 まことにかれまさり（六四七5・四八〇15）—紫上の心也　此まゝにかれ給てはと也
093 うちよりほかの（六四七7・四八一1）—源の詞也　参内より外のありきは物うけれとも式部卿の宮かくれ給ては心ほそく住給を心もとなきなと意趣をのへて出給也
094 いてや御すき心の（六四七10・四八一5）—さふらふ人〳〵のいへる也
095 宮には（六四七11・四八一8）—女五宮也
096 きたおもての人しけき（六四七11・四八一8）—北門は雑人の出入しけき故にはかゝり給也
097 にしなるかこと〳〵しきを（六四七12・四八一9）—西門よりいり給也」（29オ）
098 けふしもわたり給はしと（六四七13・四八一11）—今日は暮はてぬれは思給しより給はさりしと也
099 うすゝき（六四七14・四八一12）—すさましきなり也
100 こほ〳〵と（六四八1・四八一14）…
101 上（シヤウ）のいといたく（六四八1・四八一14）—門の鑰のくちてさひつきたる也

行少馬蹄生易蹶用稀印鎖渋難開

102 きのふけふと（六四八2・四八一15）―源須磨よりの帰京は今年まて五年也　総して久しき事をは三とせと云へる故に三とせのこなたとはいへり　よろつに世かはり又式部卿宮も薨し給て世の転変するをいへり

103 三とせのあなた（六四八2・四八二1）―青表紙本三そとせのあなたとあり　私案之三そとせ可然也　其故は源氏今年卅一歳也　我身昨日今日のわらはへと思しにはや三十年さきに成ぬると身を観し給也　花三そとせ可用之　天文二九月注之①

104 いつのまに（六四八5・四八二7）―世の変するをいへり

105 ひこ。しろひ（六四八6・四八二9）―

106 宮の御かたに（六四八6・四八二10）―女五宮也」（29ウ）

① 103は102と104の行間にあり。

107 いひ。きとか（六四八9・四八二14）…

108 かしこけれと（六四八11・四八三1）―誰ともしらぬ老人の詞也

109 院のうへはをはおと丶（六四八12・四八三3）―まへにみえたり

110 そのよのことは（六四九1・四八三7）―〈源の詞也〉　院の御かとの御代の事也

111 をやなしにふせるたひ人と（六四九2・四八三9）―我身は今おやもなしとの給也　いひはなちてもたち給へきをかくあへしらひ給へる源の仁〈恕の〉心のふかさ（く）なさけあるさまみるへし　しなてるやかた岡山にいひにうへてふせる旅人あはれおやなし

112 すけ。みにたる（六四九4・四八三11）―老者の歯おちて口うちゆかみたるさま□（にや）

113 うちされんとは（六四九5・四八三12）―左礼事の心也

114 いひこしほとに（六四九5・四八三13）―身をうしといひこし程に今は又人のうへともなけくへきかな　我身の年のよりたるをは忘てへいまたわかしと思し友の年よりたるを云へる也〉　人のうへを云也　源内侍我身の老をはいはすして源のかくおひたち給へると思と也」（30オ）

115 いましもきたる（六四九6・四八三14）―今更に来りたる老のやうに源内侍は思と也　老はもとよりの老なる物をと也

116 このさかりに（六四九7・四八四1）―源内侍の年さかりにはいかはかりの女御更衣もましく〳〵けるも皆はかなく過給しをいへり

117 入道の宮なとの（六四九9・四八四3）―薄雲也　いまた四十にもたり給はさるをいへり　世は不定也　源内侍はかくなからへて侍るよと也

118 心ときめき（六四九12・四八四7）―かく世中の不定をあはれと思給へるすかたなるを源内侍は我身のうへを思給故と昔の心をわすれさるへ□なるへし

119 としふれと（六四九13・四八四8）―おやのおやとはをはおと丶とありし事也〔おやのおやと思はましかは問てまし我この子にはあらぬなるへし〕

120 身をかへて（六五〇1・四八四11）―なくさめての給也　後世まてをやをわする丶子はなきと也

121 にしおもて（六五〇2・四八五1）―斎院の御方也

122 ひとまふたま（六五〇3・四八五2）―真実の貞女也　いとひかほにもし給はぬ也」（30ウ）

123 ありつるおいらく（六五〇5・四八五4）―河海に枕草子すさましき物おう

なのけさうしはすの月夜云々　【但】当時流布の枕草子に此事なし　他本に此事ある歟　【但】清少納言か父元輔か歌にへいさかくてありあかしてん冬の月〉春の花にもを(お)とらさりけりと冬の月を愛したる也　然□(その)むすめの身としてすさましき物にいひなさんはいかゝと覚侍也(如何　又)〈此巻の〉おくにも〈此事〉みえたり　篁か歌同奥に河海にみえたり

124 人つてならて(六五〇7・四八五8)―
いまはたゝおもひたえなんとはかりを―①

125 むかしわれも人も(六五〇8・四八五9)―斎院の御心也

126 こ宮なとの(六五〇9・四八五10)―父宮は源にもなとおほし給し事也

127 さたすき(六五〇10・四八五12)―さかり過たる心也

128 あさましう(六五〇11・四八五13)―源の心也

129 さすかにはしたなく(六五〇12・四八五15)―しかもそむかさるさまにし給也

130 まことに(六五〇13・四八六2)―誠の字おもしろし　【[マヘニ物アハレナル御ケシキヲ心トキメキニトアル　コレヲウケテマコトニトハコ、ニイヘリ(朱)]】

131 つれなさを(六五一1・四八六4)―□」(31オ)
①「いまはたゝ……―」は歌の上の句のみを記して、以下を略す。

132 心つからのと(六五一1・四八六6)―河海引歌あまた侍れとさしてかなはさる歟　たゝ我身の心つからと云へるなるへし　恋しきも心つからのわさなれはをき所なくもてそわつらふ　此河海三首の内□可用之歟

133 けにかたはら(六五一2・四八六6)―さふらふ人〳〵の心也

134 あらためて(六五一3・四八六8)―斎院の貞なる心をおり〳〵にあらためてはいかにして用ゆへきそと也　人のうへにてさやうにあらたむるときゝしたにもあるましき事に思しにまして我身にはいかゝあらため侍るへきと也　結句心はかりを①とある本あり　これ可然歟　末の詞にむかしにかはることはならはすと侍り　心かはりとあれは詞かさなりてはいかゝと也　【[私　心カハリ只これ歟　ワサト重テ云常の事也　青表紙イツレモ心カハリトアリ(朱)]】

135 むかしにかはる(六五一3・四八六10)―我は昔にかはる事はなきと也

136 いさゝかは(六五一6・四八六13)―もらし給なと也

137 なに事にか(六五一7・四八六15)―さふらふ人にもの給也」(31ウ)
①「と」の上から「を」と書く。

138 〈かるらかにをしたちて(六五一8・四八七1)―源の心人の心をやふりてをしたる事なとはあるましきとさふらふ人〳〵の云也〉

139 けに人のほとの(六五一9・四八七3)―斎院の御心也　源の御心を思しり給はぬにてはなき也

140 なへてのよの人の(六五一10・四八七4)―此あはれをみしりたるさまにもてなさは尋常の人のつらに思なし給へき也　さやうにてはかひなかるへしとふかく斎院は思給也

141 としころしつみつるつみ(六五二1・四八七10)―斎院にては経仏の結縁もなきをいへり　そなたにむきてねをのみそなくなとよみ給しも此心也

142 御をこなひをとは(六五二1・四八七10)―出家し給へきなとの心かまへもあれと人のいかゝとりなさんと思わつらひ給也

143 御はらから(六五二5・四八八1)―系図にみえす　させる人もなきなるへし

144 □ひとつ御はらならねは(六五二5・四八八1)―別腹なれは也

145 めてたき人の(六五二7・四八八3)—源をさしていへり」(32オ)

146 ひとつ心と(六五二8・四八八4)—同心に源に心をよせたる也

147 まけてやみなんも(六五二9・四八八6)—源の心帚木巻にありしかことし
まけてはやまし①〈まけてはやまし　又人からを思て思はすてし
と也〉

148 むかしよりもあまたへ(経)まさりて(六五二11・四八八10)—{源し}人の心を経
歴して事のさま〳〵心得まさり給也

149 御あたけ①も(六五二11・四八八10)—

150 しのひ給へといかゝうちこほるゝ(六五二14・四八八13)—紫上也

151 あやしくれいならぬ(六五二14・四八八15)—源のあやしみ給也

152 宮うせ給(六五三2・四八九2)—源の詞也　薄雲也

153 まろかれたる(六五三7・四八九8)—涙にまろかれたる也

154 世にかくまて(六五三9・四八九11)—われこそかくそたてたる物をと也

155 さい院にはかなしこと(六五三10・四八九12)—こゝにて源のいひ出し給也

156 昔よりこよなう(六五三11・四八九14)—斎院の御事也

157 かしこも(六五三12・四九〇1)—斎院也

158 まつとたけとの(六五四2・四九〇7)—ふかくもなき雪のさま也」(32ウ)

①「まけてはやまし」の墨消しは147と148の行間にあり。
②「け」に付された声点は双点か単点か不分明。

159 冬の夜のすめる月に(六五四4・四九〇10)—おもしろき評也　端にくはし
くしるせり　つもりそふ老となるともいかてかは雪のうへなる月
をみさらんと家隆のよめるもかやうの心なるへし

160 あこめみたれき(六五四11・四九一3)—うへにかさみを着るへきを夜なる
によりて略したるなるへし

161 おひしとけなき(六五四11・四九一3)—袴の腰なるへし

162 わらはけて(六五四13・四九一5)—おさなきさま也　童気也　おさなき
心に興したるさま也

163 うちとけかほ(六五四13・四九一6)—女の扇を持(モタ)する事は面をかくさんた
め也ため也　されは扇なともおとしてうちとけたる也　{【河云女
房も冬をかきらす用扇檜扇也ト云々　如何】}

164 ふくつけかれと(六五四14・四九一7)—力をいれて大にまろかさんとせ
し(する)也

165 中宮のおまへにゆきのやま(六五五1・四九一9)…源の紫上へかたり給也
中宮は薄雲也　雪山の事花鳥河海花鳥にみえたり　永仁(伏見後
伏見院)の比まては此事あり　諸家の記録にもみえたり」(33オ)
蔵人頭奉行として沙汰せし也

166 はかなき(六五五2・四九一10)—はかなき事なれとはなやかなる人にてま
しましゝと也

167 もていてゝらう〳〵しき(六五五6・四九二4)—とりたてゝはへ〳〵しき
所はなかりしかともと也

168 はかなき事をもしなし給ひしはや(六五五7・四九二6)…

169 やはらかにをひれたる(六五五8・四九二7)—

170 君こそはさいへと(六五五10・四九二9)—紫上の御ためには薄雲はをは也
さて紫のゆへとはいへり

171 前さい院(六五五11・四九二11)—是より槿斎院の事をの給也

172 内侍のかみこそは(六五五14・四九二15)—紫上の詞也

173 あやしくもありける(六五六1・四九三2)—源と名をとり給ゆへゆかしき

と也

174 さかし（六五六2・四九三3）—源の詞也

175 さも思ふにいとおしく（六五六3・四九三4）—我も後悔ありまして内侍のかみ悔給ふ〈事〉あるへし」（33ウ）

176 しつけさと（六五六5・四九三7）—□わか実法なるうへにてさへあやまちたる事のありし〔と〕也

177 山里の人こそは（六五六6・四九三9）—〔これより〕明石上をほめての給也

178 人よりことなる（六五六7・四九三10）—明石上受領のむすめたるをいへり

179 いふかひなき（六五六8・四九三12）—源のあひ給人のうちにさのみいふかひなききはの人はなけれとそのうちにしかるへきと思人のまれなると也

180 ひんかしの院に（六五六9・四九三13）—花散里也

181 さはたさらに（六五六10・四九三14）—此人の様なるはありかたきと也

182 氷とち（六五六14・四九四5）—□
当座体〈許〉にてしかもなまみもなく勝たる歌也

183 恋きこゆる人（六五七2・四九四8）—薄雲也

184 わくる御心も（六五七2・四九四9）—もとより紫上を思給ふに又かさねて御心をしめ給也　又の義はわくる心を又かへして思給也」（34オ）

185 かきつめて（六五七4・四九四11）—
かきあつめて也　雪もよには花鳥の（に）くはし　花鳥紫上とむつましき事をいへり

186 宮の御事（六五七5・四九四13）—宮とは薄雲也

187 もらさしと（六五七6・四九五1）—夢のうち也

188 今（いま）もいみしく（六五七10・四九五6）—夢中よりの涙也

189 うちもみしろかて（六五七11・四九五7）—紫上のしつまりたるさま用意ある也　〈又説源氏の事也　然は女君いかなる事にかとおほすにと読きりてうちもみしろかてふし給へりと心得うへし〉

190 とけてねぬ（六五七12・四九五8）—今いさゝか物をも申かはすへき物をと也

191 うちにも御心のをにゝ（六五八5・四九六3）—主上僧都のかたり申せし後は源の（を）かたしけなくし給故にふかくつゝみ給也

192 なき人を（六五八8・四九六7）—
いかやうにしたひて行侍るとも其生所の（は）しりかたきと也　水は三津（みつせ川）をよせたり

大永七　四　十六日了」（34ウ）

乙女

巻名以詞并歌号之〈五節の事ある故に号すとみえたり〉 源氏卅二の四月より卅四の十月までの事みえたり

001 としかはりて(六六五1・一七1)―薄雲〔の〕諒闇三月まて也 只今諒闇并四月の衣かへ也

002 まして(六六五2・一七3)―四月天気和又清をいへり

003 前斎院□は(には)①(六六五3・一七4)―槿斎院也 今年はおりゐ給ふをいへり

004 おまへの(なる)かつら(六六五3・一七5)―斎院の御まへ也 人〳〵蔡(祭)御禊なとを思いつる也

005 大殿(ヲホトノ)(六六五4・一七6)…

006 みそきの日は(六六五4・一七6)―除服也賀茂御禊日也 祭の三日前也

007 かけきやは(六六五6・一七9)―思かけさる事と也 去年まては斎院なりしを思かけすおりゐ給事と也 君かみそきとは除服の日の祓の事也 いつしか斎院おりさせ給て除服の御そきし給はんとは思さりしと也 藤を渕によせたり 此物語にあまた所にみえたり」(35オ)

①「前斎院」の一字ごとに右傍線あり。

藤衣(ふちころも)(六六五9・一八1)―

008 ふちのはなに(六六五7・一七11)―藤衣のえんあり

009 おりのあはれなれは(六六五7・一七11)―何事も其時節に感ある事也

010 藤ふちころも(六六五9・一八1)―除服のみそき也 月日の早くうつるよし也 あすか川渕にもあらぬ我やともせにかはり行物にそありけるの心あり□

011 はかなくとはかり(六六五9・一八3)―歌の中にはかなきことを詞にあらはさす されは此詞にて歌を□足す也

012 御ふくなをしの(六六五10・一八4)―父宮の御服をぬき給也(へは)吉服を調して源よりまいらせ給也

013 院は見くるしき(六六五11・一八5)―院とは斎院也 院とはかりかけるめつらしき也

014 としころも(六六五13・一八7)―斎院にまし〳〵し時もかやうの事は常の事なれはとせんしの申給也

015 わかき人〳〵(六六六4・一八14)―斎院への御心さしにて侍る物をとて人〳〵笑也」(35ウ)

016 こなたにも(六六六4・一八14)―女五宮斎院に御対面の時はかく教訓し給也

017 なにかいまはしめたる(六六六5・一九1)―式部卿宮の素意も斎院にてまします事は本意とも思給はさりしと也

018 すちことになり給て(六六六6・一九2)―源をよそ人にみなしたるをはくちおしき事に思給し也

019 こ大殿のひめ君(六六六8・一九5)―葵上也

020 三宮(六六六9・一九6)―葵上の母宮也

021 やんことなくえさらぬ(六六六10・一九8)―葵上也

022 さらかへりて(六六六12・一九10)―斎院おりゐ給て又源しの、給まつはし給事也

023 心つきなしと(六六六13・一九12)―斎院の御心也

024 宮人も(六六七2・二〇1)―さふらふ人〳〵也
025 かの御みつからは(六六七3・二〇3)―源也
026 おほさゝるへし(六六七5・二〇6)―是まて斎院の御事をいへり
027 大殿はらのわか君(六六七5・二〇7)―是より夕霧の御事也
028 御くゐんふく(六六七5・二〇7)―夕霧十二歳也」(36オ)

029 おほ宮の(六六七6・二〇8)―夕霧の祖母
030 かのとのにて(六六七7・二〇10)―三条の宮也
031 右大将殿(六六七7・二〇10)―一条摂政息也
032 四位になしてん(六六七10・二〇15)―一世の源氏は直に従四位下に叙する也　夕霧は二世の源氏なれは□(五位)に叙すへき人なれとも夕霧は世のおほえもあるによりてさためて四位になり給へきと世間の人も思たる也
033 しかゆくりなからん(六六七12・二一1)―不意也　思やりもなくと也
034 あさきにて(六六七13・二一3)―六位の緑の袍をいへり
035 殿上にかへり給を(六六七13・二一3)―夕霧は童殿上□(とて)童体にて昇殿したる人なれはやかてかへりのほり給をいへり
036 御たいめんありて(六六七14・二一4)―大宮源に対面し給て也
037 お(を)いつかすましう(六六八1・二一6)―昇進に人の遂付かたき心也
038 〈大かくのみちに(六六八1・二一7)―礼学記　玉不レ琢不レ成レ器人不レ学不レ知レ道是故古之王者建レ国君レ民教学為レ先云々　雖レ有二嘉肴一弗レ食不レ知二其□甘一　雖レ有二至道一弗レ学不レ知二其善一　大学　鄭注大学者以二記其博学一可以為政也〉①
039 二三年(六六八2・二一8)―丞相の子息大学の道にいる事良相俊賢」(36ウ)

① 038は36ウの左端から37オの右端にまたがり、039の注記に割り込むように挿入。「君レ民教学」以下は37オであるが、便宜的に続けて翻刻しておく。

等の例あり

040 みつからは(六六八4・二一10)―源の自称也
041 たゝかしこき(六六八5・二一12)―延喜の帝よりならひとりたる也　それさへをよはさる事のある也おほき也
042 はかなきをやに(六六八8・二一15)―舜なとは別の事也(賢子も愚父にをよふ事はかたきことはり也)
043 たかき家のことして(六六八10・二二3)―世間の事をあけての給也
044 はなましろき(六六八13・二二7)―
045 やまとたましゐ(六六九2・二二11)―日本のめあかし也なと云心也
046 さしあたりて(六六九3・二二12)―当時さしあま(た)りては叙爵なとあるへき事をいへり
047 侍らすなりなん(六六九4・二二13)―源のなくなり給ての行末までも也
048 うちなけき(六六九7・二三2)―大宮也
049 此大将なとも(六六九8・二三3)―我御子也
050 おさな心ちにも(六六九9・二三4)―夕霧也
051 左衛門督(六六九9・二三5)―大将と別腹の兄弟也」(37オ)
052 うちわらひ給て(六六九12・二三8)―源也
053 この人のほとよ(六六九12・二三10)―夕霧の事をいへり
054 あさなつくる(六六九14・二三13)―字也　儒者になるとては必ある事也　文章院にて堂監といふ物か簡にかけ(きつく)る也　文屋康秀を古

今序に文琳とかけるもあさな也　此類也　両抄に〈くはしく〉みえたり

055 はゝかる所なく(六七〇3・二四2)―源の御子なりとて所をゝきてはゝかる事もなく□かきりある法式のことくに事をおこなふへきよしを下知し給也

056 いゐよりほかに(六七〇4・二四4)―窮したる儒者ともは皆借着する也

057 〈すくしつゝ〉(六七〇8・二四8)―年のよりたる人をいへり〉

058 へいしなとも(六七〇8・二四9)―酌をとる也

059 民部卿(六七〇9・二四10)―系図〈なき人〉也

060 をほなく〳〵(六七〇9・二四10)―此詞は念比なる心也　されとこゝにてはつゝしみたる心也

061 【おほなく〳〵(六七〇9・二四10)―愚案あふなく〳〵おほなく〳〵同詞也　伊勢物語あふなく〳〵思はすへしの歌ハおほなく〳〵ニテねん比ノ心也　コ、ニハ念比ノ心トハ見エス　伊勢物語天福本ノ声ニアフ°ナく〳〵トふノ字濁テ声ヲサセリ　此物語ノをほなく〳〵ハアフ‥ナく〳〵ノ心アル歟トミヘタリ　ヲチハゝカリタル心ト覚ヘタリ　天文廿一四十三　大学守□】①

062 〈とかめいてゝいてゝおろす(六七〇10・二四11)―河海説〈さもこそとはみえ侍れと歟〉いかゝと覚る也　過分なりとておとろきたるさま也〉②」(37ウ)

①061は059と060の下部余白にあり。060と同じ見出しであるが、仮に別項目として立てる。

②062は38オの065と066の間にあり。

063 おほしかいもとあるし(六七〇10・二四12)―此事十ヶ条之一也　おほしとは凡の字也　凡河内など云我身を凡なりと卑下したる也　かいもとあるしとは垣下の人と云也　大饗なとにも垣(エ)下(カ)の公卿とてある也　こゝにてもさしさたまりたる人数の外を云也　かく凡下の儒者ともの中に大将なとのましり給へる事は過分なる事と也(申心にや)

064 ひさ°うに侍りたう°ふ°(六七〇10・二四12)―非常に侍り給ふ也

065 かくはかりのしるしと(六七〇11・二四12)―大学の衆の詞也　か様に人く〳〵のしなをもしらすしてはおほやけにつかうまつらせ給ふ□かすこふる過分なるよしを申也

066 ほころひて(六七〇12・二四14)―たへかねて笑也

067 なりたかし(六七〇13・二四15)―風俗の歌の詞也　人く〳〵わらひ給はゝ座を」(38オ)

①ひきてたち(つ)へきとてをとしたる也

【河海　結政時上卿入外記戸官掌唱二鳴(フ)高(ト)一　論郷党篇　摂(カキヲサ□)レ斉(ヲ)升(ニ)レ堂鞠蒻如也　鞠蒻者駿慎也　屏(カクシテ)レ気似不息者】②

068 なめけなりとて(六七一3・二五6)―無礼なりとてもとかむる也

069 あされかたくなゝる(六七一6・二五11)―しとけなきさま也

070 けうさうしまとはされ(六七一7・二五12)―けさうする也　物をついせうするなり也　源の出座し給はゝ□皆ついせうする様なるへきもあしかるへきとてかくれ居給也　【青表紙ハけうさうしなとはされなんトアリ□　然はけうさうしなとはト読キリテされなんト読ヘシ　心ハツイセウシナトセハ左礼なるへし　本ノ道ニハ〈ソムクヘキトハ、カリテ斟酌アル心也〉】

071 かへりまかつる(六七一8・二六1)―源の仁恕のふかき心みえたり

072 さい人《シン》③(六七一10・二六4)―秀才をいへり

073 みしかきころの夜(六七一13・二六9)―四月の末なれは也

074 左中弁(六七一13・二六10)―系図の外の人也　文章生を経歴(より昇進)する人なるへし

075 えたの雪をならし(六七二3・二六14)―ならしとは馴也

076 おと丶の御は(六七二6・二七2)―源の御詩をいへり

077 女のえしらぬ(六七二7・二七4)―草子地也」(38ウ)

①行頭字下げの指示あり。

②「河海結政」以下の小書きは38オにあるが、便宜的に注釈末尾に掲げた。

③「人」の振り仮名「シン」の「シ」に「シ゚」と声点あり。

078 にうかく(六七二8・二七6)―束修の礼也　論語(述而)にも自行束修以上吾未嘗無誨焉　花鳥に令の文をのせらる

079 よるひるうつくしみて(六七二10・二七10)―草子地也

080 おほかたの人から(六七三1・二八2)―夕霧也

081 た丶四五月《ヨツキイツヽキ》(六七三3・二八5)―

082 いまはれうしうけさせん(六七三4・二八7)―大学寮にての試也　くはしく諸抄にみえたり是也大学寮にて史記をよましめて難義を問て儒士をこ丶ろむる事也　くはしく抄にみえたり

083 まつ御まへにて(六七三4・二八7)―源の御まへにて内々試給也

084 左大弁(六七三4・二八8)―以下の三人系図にみえさる也

085 つましるし(六七三7・二八13)―説々あれとも只わすれたる所にはしるしを」(39オ)してをく事のあるをつましるしといふなる也べし

086 さるへきに(六七三8・二八13)―此人は大学の道にいかせ給はてはと思也いり給へき器也と人〳〵思へる也

087 おやのたちかはりしれ行(六七三11・二九3)―しれは癡字也　帚木巻にしるせり

088 大将さかつきさし給へは(六七三13・二九5)―此御師に盃をさし給也

089 世のひか物にて(六七三14・二九7)―世間へは□うちもむかすすね〳〵しき人也

090 大かくにまいり給(六七四3・二九12)―寮試の当日也

091 れん(う)もんに(六七四4・二九12)―大学寮の門也

092 火さの君(六七四6・二九15)―夕霧也

093 座の末《すゑ》を(六七四7・三〇2)―学生は以レ長-幼為《ヲ》レ序と令にも(いへる令の)文也

094 おろしの丶しる(六七四8・三〇3)―制止をくはふる也」(39ウ)

095 大かくもさかゆる(六七四9・三〇5)―藤氏には勧学院とてたてをき源氏には奨学院橘氏には学館院をたて丶いつれにても学問をさせ侍るへき心みえたり

096 文人《モンニン》きさう(六七四11・三〇7)―進士及第也　花鳥にくはしくしるさる大数をあけていへは二也　方略の宣旨をかふかうふる人を(は)本の文章の生也　進士とて国々より進するを擬文章生とは云也　文人きさうとは此事也　夕霧は擬文章也　此以後行幸の時御前の試ある(りし)也

097 かくてきさき(六七四14・三〇13)―立后の事あり

098 は丶宮(六七五1・三〇14)―薄雲也　前斎宮の事をあなかちにとおほし

めしたる也
099 源氏のうちしきり（六七五2・三〇15）―河海花鳥〔に〕くはしくみえたり
100 兵部卿宮（六七五4・三一4）―紫上の父也　桃園式部卿宮薨して後式部卿闕たるによりて任し給なるへし」（40オ）
101 御は丶かたにて（六七五7・三一7）―薄雲と式部卿宮の女の女御としたしき心也
102 梅つほ（六七五9・三一9）―秋好也①
103 御さいわいの（六七五9・三一10）―故母宮す所は不幸にて過給しをひきかへさいわい人なると也
104 おと丶太政大臣にあかり（六七五10・三一12）―勘例抄にみえたり
105 人からいとすくよかに（六七五11・三一15）―〔此已下〕大将の事をいへり
106 ゐんふたき（六七五12・三二1）―榊巻にあり
107 おほやけことには（六七五13・三二2）―有職のかた也
108 をとらすさかへ（六七五14・三二3）―源にをとらす也さる也
109 いま一所（六七六1・三二5）―雲井の雁也
110 わかんとをり（六七六1・三二5）―雲井の雁の母は王孫也　今は按察大納言の室になり給へる也
111 それにませてのちのおやに（六七六3・三二8）―ま丶父にそへん事をいへり【まかせてよせてなと異本ある歟】
112 女御には（六七六4・三二9）―弘徽殿也
113 おのこ丶にはうちとくましき（六七六7・三二14）―夕霧は十二才雲井雁は十四歳也
114 よそ〳〵になりては（六七六14・三三9）―学問をして各々に居給をいへり」（40ウ）

① 102は101と103の行間にあり。

115 所〳〵のたいきやう（六七七4・三四1）―太政大臣并内大臣の大饗也
116 宮はよろつ（六七七7・三四5）―大宮也
117 ひはこそ（六七七8・三四6）―内大臣の詞
118 なにのみこ（六七七9・三四9）―なにくれと上手をかそへあけ給也
119 おほきおと丶の山さとに（六七七10・三四10）―明石の上也
120 もの丶上手の丶ちには（六七七11・三四11）―前大王の御手よりひきつたへたるよしまへにありし事也
121 ひろうあはせ（六七七13・三四14）―合奏をせてはと也
122 ちうさす事（六七八1・三五2）―左手にてをす事をいへり
123 さいはいにうちそへて（六七八2・三五3）―大宮の詞明石君（上）のさいわい人なるをいへり
124 やむことなきにゆつれる（六七八4・三五6）―紫上養子にし給事也
125 女はた丶心はせ（六七八5・三五8）―内大臣の詞
126 女御を（六七八6・三五9）―弘徽殿也
127 おもはぬ人に（六七八7・三五11）―秋好にをされたると也　述懐をの給へり
128 この君を（六七八8・三五12）―雲井の雁也」（41オ）
129 東宮の御元服（六七八9・三五13）―朱雀院の御子〔後に〕今上と申せし也
130 さいわい人ののはらのきさきかね（六七八10・三五14）―明石の中宮をいへり
131 なとかさしも（六七八12・三六2）―大宮の詞也　忠仁公以来藤原氏はさるすちなれはさやう〔に〕思うんして思すて給ましき事と也

132 この御ことにて（六七八14・三六5）—源にすこしうらみある由也
133 ひき（め）君の御さま（六七九1・三六6）—雲井の雁也
134 きひわ（は）に（六七九1・三六7）—いとき（け）なきさま也
135 りちのしらへの（六七九6・三六13）—秋になりておりにあひたる調子也
136 かせのちからけたしすくなし（六七九8・三七1）—豪士賦序の詞也 ｛選
四十六ノ部ニアリ｝ 私案之豪士賦ハ斉王冏(ケイ)ト云人功にほこり爵
をかけ（たるをそしり）たる賦也 文選には序はかりを載たり 此
序に将不足繁哀響也といへる つきに是故苟(ニマ)時啓(ニトキヒラケテ)二於天(ニ)一理(コトハリ)
尽(ツキヌルナリ)二於民(ニ)一 庸-夫可(モク)三以済(テナシツ)二聖賢之(ノ)功(ヲ)一斗筲可(モシ)三以定(テム)二烈-士之(ノ)業(ヲ)一
言(イフトナリアフコトヲ)レ 遇(ヲリニ)レ 時 也 故曰才(ハ)レ不(シテ)レ半レ古(ニ)而功已倍(セリト)レ之 蓋得(シシハナリ)二 之(ヲ)
於時勢(ノニ)二云々 此心は庸夫とていやしき者も時①」（41ウ）

①次の42丁と43丁は綴じ違えによる乱丁。136の注釈は43オに続く。

155 ①こゝにさふらふも（六八二6・四一6）—内大臣の詞也
156 よからぬものゝ（六八二8・四一9）—ひめ君故に大宮にもむ（そ）むくへ
き事の出来ぬると也
157 いかやうなる事にて（六八二11・四二2）—大宮の詞也
158 たのもしき御かけに（六八二13・四二4）—内大臣の詞也
159 おさなきものを（六八二13・四二4）—ひめ君をあつけたた（て）まつりし事
160 あめのした（六八三3・四二9）—天下無双の有職の源氏の也 源并夕霧
をさしていへり
161 なにはかりのほとにもあらぬ（六八三4・四二11）—身のなかにてめつら
しけもなき也 夕霧のと雲井雁とはいとこなるをいへり
162 ゆかりむつひ（六八三7・四二14）—めつらしけなきよし也
163 ゆめにもしり給はぬ（六八三10・四三4）—大宮也

164 くちおしきことは（六八三12・四三6）—我こそ思へけれと也
165 みたてまつりしより（六八三13・四三8）—此姫君をわたし給し時より心
をつくしゝ事也
166 むなしきことにて（六八四3・四三14）—跡なき事なとを人のいふにやと
也」（42オ）

①42丁と43丁は綴じ違えによる乱丁。

167 なにのうきたることにか（六八四4・四三15）—内大臣の詞
168 わかき人といひなから（六八四9・四四8）—内大臣の詞
169 限かきりなきみかとの御いつきむすめ（六八四11・四四12）—醍醐天皇康
子内親王の事河海にみえたり
170 気しきをしりつたふる（六八四13・四四13）—媒なとのありて伝るは常の
事也
171 よししはし（六八五4・四五6）—内大臣の語
172 そこたちは（六八五6・四五9）—めのとたちをさしての給也
173 大納言とのに（六八五8・四五12）—按察大納言也 雲井雁のまゝ父也
174 おとこ君の（六八五13・四六4）—夕霧をは猶大切に思給也
175 もとよりいた（た）う思ひつき給（六八六1・四六7）—内大臣は此姫君を
はおもひすてゝをき給しを我こそかくやしなひたて侍し物をとお
ほす也
176 この君よりほかに（六八六3・四六10）—春宮をさしをきては此夕霧の外
をは誰人をもとむへきそと也
177 おとゝをうらめしう（六八六6・四六13）—内大臣をうらめしく思給也①」
（42ウ）

①42丁と43丁は綴じ違えによる乱丁。

①賢聖の名あり　又斗筲のすこしきなる才ある物も時を得てあけ用らる丶事のあり　又才学の古の人に半まてもなき(及さる)人も功名のすくれたる人のある也　其故は時の運なりといへる也　只今内大臣の心も今源の勢に天下よりぬれは我むすめの立后なとの事は時いたらさると思給心あるによりて此句を誦し給なるへしかやうに末の句を引あはせてみ侍ら□(は)味あるへき歟

137 いと丶そへんとにや(六七九11・三七5)—感を加たる也

138 おさ〳〵たいめん(六七九13・三七8)—内大臣の語也

139 さえのほとより(六七九14・三七10)—才学のあまり過たるもわろきと也
ふえのねにも(六八〇2・三七14)—□

140 はうしおとろ〳〵しからす(六八〇5・三八3)—うるはしき拍子にはあらて檜扇なと□うち給へるなるへし

141 はきかはなすり(六八〇5・三八5)—花鳥の説尤おもしろし　【催馬楽呂歌更衣　衣かへせん□わかきぬは野原しの原萩か花すりトアリ】」(43オ)

①この注釈は41ウの137の続き。42丁と43丁の綴じ違えによる乱丁。

142 大殿も(六八〇5・三八6)—花鳥故大殿と云々　然れとも只源の事なるへし

143 いとおしき事(六八〇11・三八14)—夕霧のひめ君に心かけ給ふ事也

144 おと丶(六八〇12・三九1)—内大臣也

145 我御うへ(六八〇14・三九5)—内大臣の御うへ夕霧雲井雁の事を云也

146 おれたる事こそ(六八一1・三九6)—御をきてにたかひたる事の出来ぬへきと也

147 〈子をしるといふ(六八一1・三九6)—知子知若父【昭十三文如此未勘】大学人莫知其子之悪□〉

148 〈されはよおもひよらぬことには(六八一2・三九8)—内大臣の心也〉

149 をと□(も)せていて給ぬ(六八一4・三九10)—内大臣也

150 わつらはしき御心をと(六八一8・四〇1)—内大臣の御心を人〳〵思也

151 おと丶のしゐて(六八一10・四〇5)—秋好立后の事也　此ひめ君をはかならす立后あるへきと思給故也

152 大宮をも(六八一14・四〇10)—大宮〔を〕もうらめしく思給也

153 を丶お丶しくあさやきたる(六八二2・四〇13)—わつらはしくたけき心也　総しては男〳〵しき也　【河雄拔　日本紀】

154 しきりにまいり給(六八二3・四一1)—細々に□(まいり給)時は大宮もよろこひ給也①」(43ウ)

①42丁と43丁は綴じ違えによる乱丁。

178 御心のうちを(六八六6・四六13)—大宮の御心の内を内大臣へ見せたてまつりてはと草子地にかく也

179 ぜひしらす(六八六9・四七5)—

180 御ことによりて(六八六10・四七6)—大宮の詞

181 心にかゝれる(六八六13・四七10)—夕霧の心也

182 なに事にか(六八六14・四七12)—夕霧の詞①

183 よしいまより(六八七3・四七15)—大宮の詞

184 なかさうし(六八七6・四八5)—中障子也

185 雲井のかりも(六八七9・四八10)—これより名となれり
霧ふかき雲井のかりも我ことやはれせぬ物のかなしかるらん

186 こしゝう(六八七11・四八12)—雲井雁ののめのとこ也

187 ひとりことを(六八七12・四八13)—雲井雁の心也

188 あはれはしらぬ(六八七12・四八15)—草子地也

189 さ夜なかに(六八八1・四九3)—
夕霧の歌也　き、てかなしき心也

190 身にもしみける(六八八1・四九5)—」(44オ)
①182は181と同行にあり。

191 又かうさはかるへき事とも(六八八7・四九14)—かくへたてらるへき事とも思給はさる也
吹よれは身にもしみける秋風を色なき物とおもひけるかな　萩のうは風身にもしみけるとかけ(き)つ、けたるさま艶におもしろし

192 おと、はそのま、(六八八11・五〇3)—内大臣也　母宮へまいり給はさる也　雲井雁をわか御方にわたしたてまつらんと也

193 きたのかたには(六八八11・五〇4)—雲井雁の継母也

194 た、大かたいとむつかしき(六八八12・五〇6)—弘徽殿の立后なきを□に(念なく)思給故さとにいたしたてまつらんそのほと雲井雁をも里にをきたてまつるへきといひなし給也

195 さすかにうへにつと(六八九1・五〇9)—立后こそなけれと御寵愛はおとらされは此うへつほねに主上はつとさふらひ給也のみさふらひ給へは主上もたえすましますも也

196 にはかにまかてさせ(六八九2・五〇12)—雲井雁をわたさんとてまつ女御」(44ウ)

197 しふ〳〵に(六八九4・五〇13)—
をわたしたてまつり給也

198 つれ〳〵におほされん(六八九4・五〇14)—内大臣の詞

199 さくしり(六八九6・五一1)—さかしくさしすきたる心也　夕霧をいへり　説々無益歟

200 宮いとあへなしと(六八九7・五一5)—大宮也

201 ひとりものせられし女こ(六八九8・五一5)—葵上也

202 うちかしこまりて(六八九11・五一10)—内大臣の返事也

203 心にあかすおもふ(六八九11・五一10)—一端を申はかり也　〈おもひの外にへたてありておほしなすもつらくとある詞をうけて心のへたてなき故に心に思とをりをかく申と也〉

204 ふかくへたて(六八九13・五一12)—ふかく思たてまつるにてはなき也

205 内にさふらふか(六八九13・五一12)—女御里いての事也

206 はく、み人となさせ(六九〇2・五二1)—雲井雁を人となし給事

207 かうおほしたちに(六九〇3・五二3)—大宮の詞

208 おさなき心とも(六九〇5・五二5)—夕霧雲井雁也

209 さもこそはあらめ(六九〇6・五二6)—親子のなかとてもたのみかたきと也　此おと、は物のおもひやりもふかきとのみ思しに此事」(45オ)
は我身ひとりのあやまちにのみ思給事をうらみ給也

210 このころはしけう(六九〇8・五二11)—一月に三日はかり大宮にまいり給へとありしにあはせてしけき也

211 左少将少納言—(兵衛佐侍従大夫(六九〇10・五二14)—)①皆大宮の御孫也

212 左衛門督権中納言(六九〇12・五三1)—内大臣の兄弟也　別腹也

213 この君に(六九〇14・五三3)—夕霧也

214 大宮の御心さしも(六九〇14・五三4)—夕霧一人をうつくしく思給也

215 このひめ君(六九一1・五三5)—夕霧につきては雲井雁を大切に思給也

手ならし給故也

216 かくてわたり(六九一2・五三7)―たゝいまひきわかれ給へき事也

217 とのはいまのほとに(六九一3・五三9)―内大臣は参内ありて御夕つかた御むかへをたてまつらんと也　此間に用意なとあるへきよし也」(45ウ)

①「―」の右傍に「兵衛佐侍従大夫―」と記す。

218 いふかひなき事を(六九一4・五三10)―内大臣の心の中也　かくて夕霧にゆるしてもあるへき{か}とはおほせと又それも口惜也

219 心さしのふかさ(六九一6・五三13)―夕霧の志をこゝろむへきと也

220 宮もよもあなかち(六九一8・五四1)―草子地也

221 宮の御ふみにて(六九一10・五四4)―同殿なから各々にすみ給故に文をたてまつり給也

222 こめかしく(六九一13・五四8)―おほ〳〵としたる也　巨の字也

223 いてむつかしきことな(六九二8・五五5)―大宮の詞也

224 いてやものけなしと(六九二9・五五7)―宰相の詞也　夕霧をあなつり給事也

225 わか君(六九二9・五五8)―若君我君両様也　めのとの詞なれは若の字可然歟

226 よろしきときこそ(六九二11・五五12)―猶さりの時こそ也

227 おとゝの御心の(六九二14・五六4)―〈夕霧の詞〉　内大臣の事也

228 さは(わ)れ(六九三1・五六4)―サワレ也　又さはれと読{人}もあり

229 まろも(六九三3・五六7)―雲井雁の詞也」(46オ)

230 とのまかて(六九三5・五六10)―内よりま退出ある也

231 そゝ。①やなと(六九三5・五六11)―

232 さもさはかれはと(六九三6・五六12)―夕霧は本□(くるしくも)なく思給也

233 御めのと(六九三7・五六13)―雲井雁のめのと也

234 宮しらせ給はぬ(六九三8・五六14)―宮にしり給はぬよしありしはそら事と云也

235 かれきゝたまへ(六九三13・五七6)―夕霧の詞　雲井雁にいひかけ給也

236 くれなゐの(六九三14・五七8)―夕霧の歌

237 いろ〳〵に(六九四2・五七11)―かくさま〳〵に人のもてあつかふなるはいかなる色に染たる衣にかと也

238 しもこほり(六九四11・五八11)―景気おもしろし　三四句殊勝云々

239 大とのにはことし五せち(六九四11・五八13)―源のまいらせらるゝ五節に惟光かむすめまいる也

240 なにはかりの(六九四12・五八13)―させる経営にてはなけれとゝ也②

241 ひんかしの院(六九四13・五八15)―花散里也」(46ウ)

①「ゝ」の声点、虫損のため単点か双点か不分明。

②240は239と241の行間にあり。

242 過にしとし(六九五1・五九3)―去年薄雲の諒闇也　ことしは〈色あらたまり〉とりそへてきらをつくしたる也

243 左衛門督(六九五4・五九6)―葵上の兄弟也　是公卿分也

244 うへの五せち(六九五4・五九6)―公卿分二人受領分二人也　此受領分{は}上より出さるゝ心也　さてうへのとはいへり

245 宮つかへすへく(六九五5・五九8)―舞姫をそのまゝとゝめ給事善相公

の意見にみえたり　河海にみえたり
246 あそんのいつきむすめ(六五8・六〇1)—惟光は我むすめまいらせ事はいか〳〵と思侍れと按察大納言も〔ほかはらの〕実子をたてまつり給故に実のむすめをたてまつる也
247 まひならはしなと(六五10・六〇3)—兼てさとにてよくさたせし也
248 いま一とところのれう(六六2・六〇10)—しかるへき人のあまたあれはいま一分もまいらせたきと也
249 大かく(かく)の君(六六3・六〇13)—夕霧也」(47オ)
250 うへの御かた(六六6・六一3)—紫上の御方也
251 わか御心ならひ(六六7・六一4)—継母のあはひをさけ給ふ也
252 なやましけにて(六六10・六一8)—惟光か女也
253 かの人(六六11・六一9)—雲井雁に似たり
254 なに心もなく(六六14・六一13)—心もなくみかへりたるなるへし
255 あめにます(六七1・六一14)—天照大神也　宮人もとは天人也　舞姫をいふ我領する心を□たかへそと也　【〔青表紙とよわかひめとアリ　延喜式神名住吉廿二座ノ内ニ天水分豊浦命(アメミツトヨワケトヨラノミコト)ト云アリ　私案惟光ハ今摂津守ニテ進ル也　然レハ此舞姫ハ摂津国ヨリマイルニヨリテ彼神ノ宮人ト云心歟　然□トヨワケ□アル也(朱)〕】
256 みつかきのと(六七2・六二1)—久しき世よりの心はあまりにうちつけなると草子地の書也
257 なまむつかしき(六七3・六二2)—此女の思也
258 けさうしそふとて(六七3・六二2)—けしやうなとしそゆ(ふ)る也
259 五せちにことつけて(六七5・六二6)—五節の日直衣を着也　余勘宇

治左府記仁平元年十一月十七日癸丑晴今夕五節参内師長未蒙聴直衣之宣旨束帯参入似無面目仍不参内云々　案之五節の次上古直衣を聴歟　夕霧も此次直衣を聴とみえたり」(47ウ)
260 こゝしう(六七10・六二13)—巨々也
261 ものきよけ(六七11・六二14)—草子地也　何事もしたてからなる也
262 れいのまひゝめ(六七12・六三1)—上古は十二三也　今年は年もたけたる也
263 むかし御めとまり(六七14・六三3)—つくしの御(五)節の事也
264 おとめこも(六八2・六三6)—つくしの御(五)節に(のもとへ)つかはし給也　我身も年のふりぬるよし也
265 とし月のつもり(六八2・六三8)—久敷(しく)とたえをきて御尋あるもあはれなる也
266 かけていへは(六八5・六三10)—結句に(むかし)(そのかみ)①源に逢たてまつりし事也袖(を結句におもはへたる也)
267 あをすりのかみ(六八5・六三12)—辰の日はあを色をきる故おりにあひたる也
268 こ°すみおほすみ(六八6・六三12)—
269 けゝしう(六八8・六四1)—
270 つらき人の(六八10・六四3)—雲井雁也
271 あふみのはからさき(六八11・六四7)—五節は内野にて祓をする也」(48オ)

①「結句に」の左傍の「むかし」も墨消しにして、右傍に「そのかみ」と書く。

こゝにあふみ(国)のかみによせてからさきとかける妙也
272 左衛門督(六九八13・六四9)—実子にはあらさる也
273 それもとゝめさせ(六九八14・六四9)—五節にまいりたる也①
274 かの人は(六九九1・六四11)—夕霧也
275 うちそへて(六九九3・六四15)—雲井雁の事にうちそへて也
276 せうとの(六九九4・六五1)—此舞姫の兄弟也
277 ましか゜゜(六九九7・六五5)—汝か也
278 いかてか(六九九8・六五6)—返答也
279 さき〳〵も(六九九10・六五9)—かやうの事は父もいましめし物とは思へとも也
280 みとりのうすやう(六九九12・六五12)—六位の衣によれり
281 日かけにも(六九九14・六五14)—
我心かけたるを云也
282 ふたりみるほとに(六九九14・六六1)—兄弟なり
283 ちゝぬし(七〇〇1・六六1)—惟光也　父主也
284 なこりなくうちゑみて(七〇〇4・六六5)—惟光よろこひたる也
285 きんち゜゜らは(七〇〇4・六六6)—汝等也
286 殿の御心をきて(七〇〇7・六六9)—源氏の御心□(を)云也　但夕霧をいへる」(48ウ)
① 273は272と274の行間にあり。
可然□也
287 みないそきたち(七〇〇8・六六12)—かやうにはいへと皆たち侍る也
【[私イソキタテケルトハ内マイリノ事ヲイソキタツナルヘシ(朱)]】
288 かの人はふみをたに(七〇〇9・六六13)—雲井雁へ文をたにかよはし給はさる也
289 さとさへうく(七〇〇12・六七3)—雲井雁の事を思出侍るつまとなる故に三条宮も物うく思はるゝ也
290 とのはこのにしのたいに(七〇〇13・六七4)—夕霧を花散里にあつけ給事子のことくにし給へと也
291 たゝの給まゝに(七〇一1・六七7)—源のゝ給まゝにし給也
292 ほのかになと(七〇一2・六七9)—夕霧の花散里をほのみ給也
293 又むかひてみるかひなからん(七〇一5・六七13)—夕霧の花散里の事(さま)を思給也
294 はまゆふはかりの(七〇一7・六七15)—机帳のへたてをいへり　常は隔はてたる事にいへり　こゝにうすき事にいへるめつらしく妙なる也」(49オ)
295 大宮の(七〇一8・六八2)—いまたかたちのきよらにまします也
296 宮はたゝ(七〇一12・六八7)—夕霧の祖母宮也
297 おいねと(七〇二2・六八14)—夕霧の詞
298 おとこはくちをしき(七〇二4・六九2)—宮の詞
299 なにかは(七〇二6・六九5)—夕霧の詞
300 こおとゝ(七〇二7・六九6)—葵上の父
301 ものへたてぬ(七〇二8・六九8)—源は紫上の方にいつもまします故にをのつからけとをくなり侍ると也
302 けゝしう(七〇二9・六九8)—こと〳〵しう也
303 たいの御かた(七〇二10・六九10)—花散里也
304 おやいま一ところ(七〇二11・六九11)—葵上也

305 ついたちにも（七〇三6・七〇9）―源卅三才也　太政大臣にては公事に
（節会なとにもあなかちに）出仕せさる也　〈但〉中古以来（は）節会
に参する事あり
306 よしふさのおと丶（七〇三7・七〇10）―忠仁公也　准三后は忠仁公」（49
ウ）
はしめ也　あを馬をみる事未勘得
307 朱雀院に（七〇三9・七〇14）―院（仙洞）への行幸は毎事（年）朝覲の行幸
とてあるは父子の御時の事也　これは兄弟にてまします故にい
か丶と也　但賢木の巻に春宮をはいまのみこになしてなと〈の給
はせをきし〉とかけり　然者冷泉院は朱雀院の御猶子とみえたる
歟と云々　【さならて仙洞への行幸の事近代中古よりは連々の事
なるをや】
308 故宮（七〇三10・七〇15）―薄雲也
309 忌月（キツキ）①（七〇三10・七〇15）―□（音に）よむへし②
310 あを色（七〇三12・七一3）―麴塵也
311 おなしあか色（七〇三14・七一4）―かやうのはれの日は第一の公卿は主
上とおなし色を着する也
312 院もいと（七〇四1・七一6）―朱雀院也
313 わさとの文人（モンニン）（七〇四2・七一9）―きとしたる作文とはなき也
314 かく生（七〇四3・七一11）―学生とは今日及第すへき人をいふ」（50オ）
①振り仮名の「ツキ」のさらに右側に「クハチ」とあり。
②309は308と同行にあり。
315 式部のつかさの（七〇四3・七一12）―勅題を出さる丶也
316 大殿のたらう君（七〇四4・七一13）―夕霧也
317 おくたかき（七〇四4・七一15）―臆病を云也
318 つなかぬふねに（七〇四5・七二1）―放島の作文とて中島の人もか□
（よ）はぬ所にやりて詩を作らする也　その故は自然人に読合なと
させしの用也　唐朝にも進士を試るには人もかよはさる処（所）に
をしこめてをきて文をか丶せ侍也
319 かうくるしき（七〇四7・七二4）―楽なとはかりしてもあそひぬへき物
をとおほす也
320 院のみかと又さはかりの事（七〇四9・七二6）―花鳥此院の御門を桐壺
としるさるあやまれる歟　朱雀院にてあるへし　昔の花宴の時を
おほしいてたる也
321 鶯の（七〇四12・七二10）―今日の春鶯囀はかはらされともむつれし〈花と
は〉桐壺帝のかはりたる給をいへり」（50ウ）
322 こ丶のへに（を）（七〇四14・七二13）―洞中をちとうらみたる也　今日の
行幸にて春をはしめてしると也
323 帥のみこ（七〇四14・七二14）―蛍兵部卿宮也
324 いにしへを（七〇五2・七三1）―唐堯よりの礼楽をつたへたると〈御代を
祝し給〉也
325 あさやかに（七〇五2・七三3）―祝言なるによりて也
326 うくひすの（七〇五4・七三5）―御製也　我御代の何事も昔に及はさる
よしを卑下し給也
327 これは御わたくし（七〇五5・七三8）―草子地也
328 おほきさいの宮（七〇五13・七四5）―朱雀院の母后
329 かくなかくおはしましける（七〇六2・七四10）―主上の御心也　かやう

に年ふりてもなからへ給たくひありける物をとさらに薄雲の御事をかなしく思出給也
330 いまはかくふりぬる(七〇六3・七四11)―后の詞也
331 さるへき御かけとも(七〇六5・七四14)―〈桐壺帝〉摂政大臣(太政大臣)なと也」(51オ)
332 をと丶もさるへきさまに(七〇六6・七五2)―只今はつゐて也　かならすわさとまいるへきのよし也
333 いまもさるへき(七〇六10・七五8)―これより皆草子地也
334 おいもておはする(七〇六14・七五12)―〈老〉ひかみ給たる也
335 進士になり給ぬ(七〇七2・七六2)―横入したる学生なれは進士といへり　本道の代々儒者の家の人ならは秀□(才)と云へき也
336 三人(七〇七3・七六4)―夕霧此中也
337 かの人の御こと(七〇七4・七六5)―雲井雁の事也
338 おと丶の(七〇七4・七六6)―内大臣也
339 中宮のふるき宮(七〇七8・七六12)―宮す所の旧跡也
340 式部卿の宮(七〇七9・七六13)―紫上の父宮也
341 としかへりては(七〇七11・七七1)―源卅四也
342 御としみの事(七〇七12・七七2)―御賀也　年満也　「三代実録第卅四元慶二年九月廿五日丁巳太上天皇延屈碩学高僧五十人於清和院大設斎会講法華経限三日訖太皇大后今年始満五十之算由是慶賀修善祈禱余齢親王公卿文武百官畢会」(51ウ)
343 うへはいそかせ(七〇七13・七七4)―紫上也
344 ひんかしの院にも(七〇七14・七七5)―花散里紫上の御中よきをいへり①
345 ことにふれて(七〇八3・七七9)―源し式部卿の宮を(と)すこしよからぬ御中なりしは紫上のたくひなき寵にひかれて枉たる事をせしの御心也
346 女御の御ましらひ(七〇八9・七八2)―王女御立后あるへきをさもなき事を云也②
347 ひんかしの院にすみ給(七〇八12・七八8)―花散里也
348 やり水のをとまさるへき(七〇九6・七九3)―
349 くたに(七〇九12・七九9)―牡丹の類と云々
350 五月(サツキ)(七〇九13・七九11)―③
351 上め(シャウメ)(七一〇1・七九13)―□無上の馬也
352 われはかほなるは丶そはら(七一〇3・八〇1)―母にた□(より)ありおもしろくかけり
353 ひかんの(七一〇4・八〇3)―時正なれはよき日にいへり」(52オ)

① 344は343と345の行間にあり。
② 346は345と347の行間にあり。
③ 350は349と同行にあり。

354 御くるま十五(七一〇7・八〇7)―紫上のうつろひ也
355 四位五位かち(七一〇8・八〇8)―六位はすくなき也
356 いまひとかた(七一〇10・八〇11)―花散里也　まへに花散里そその夜そひてうつろひ給ふとあり
357 侍従の君(七一〇10・八〇12)―夕霧也　花散里に供奉し給也
358 こまけ(七一〇12・八〇14)―こわけ也
359 五六日(イツカムイカ)(七一〇13・八一1)…①
360 さはいへと(七一〇13・八一1)―紫上のをたくひなく思しにこれは猶一

段とみえたる也

361 こなたに(七二5・八二11)―紫上の御方也

362 わらはのおかしきを(七二8・八三1)―花鳥上東門院の御事をひけり

363 さふらひなれたれは(七二8・八三2)―天然よき人〳〵のさふらふ所也

364 心から(七二10・八三4)―
心から春を心にしめ給とも紅葉へのおもしろき〉をも御覧せよと也

365 風にちる(七二13・八三8)―
紅葉は花よりはかろき也　いはねの松の春のをもき」(52ウ)
①359は358と同行にあり。
こそまされとよめる也　□ねたます様にの給へともちとも卑下せすしての給也

366 御せんなる人〳〵(七三1・八三12)―中宮の御まへ也

367 春の花さかりに(七三2・八三13)―{これ}胡蝶巻の序にかき出す也

368 いとゝおもふやうなる(七三5・八四2)―程遠からす四町八町の中にてかくいひかはし給へる事満足する也

369 大井の御かたは(七三6・八四4)―明石上也

大永七　四　廿四了」(53オ)

《空白》」(53ウ)

玉　鬘

巻名以歌号之　源氏卅五才の三月より十二月までの事をいへり

001 とし月へたゝりぬれと(七九1・八七1)―此巻は悉皆玉かつらの伝にかけり　されは過にしかたの久しき事もある也　此発端末摘巻に似たり　然るに心もちゐ各々にしておもしろし　まつ末摘巻の心は常陸の宮の事を聞てもし夕皃の上に似かよひたる人もかと思て尋よりたる心あり　此巻の心は今此六条院を造畢ありてさても此院の内に夕皃の在世ならは一方はふたけ侍るへき物をと思心より〈あらましかはと〉ふかく思出給也　かくみ侍らねは発端聊つきなき様なるか此事諸抄の沙汰に及はさる也」(54オ)

002 右近はなにの人かすならねと(七九3・八七4)―夕顔上の後むかへとり給也

003 すまの御うつろひ(七九4・八七6)―此間には紫上の御かたにわたし給也

004 かのにしの京にとまり(七九10・八八3)―此以下玉かつらの事をいへり

005 わかなもらすな(七九12・八八6)―
いぬかみのとこの山なるいさゝ川いさとこたへてわかなもらすな
夕顔の上はいかにしてむなしくなりたるそと人のとふへきをつゝみ給へきとて右近を外につかはさすしてをき給へる也　そのゆへに(さて)右近はかの西京の故郷へは音信もせすしてある故に玉鬘のゆくゑもしらさる也

006 その御めのと(七九13・八八7)―夕皃上のめのと□

007 ち、おと、①(七二〇4・八八14)—致仕のおと、中将の時也
008 またよくも(七二〇6・八九2)—父君をも見しり給ましきと也
009 しりなから(七二〇7・八九3)—かくと案内申ても(は)しり給なからは
中〳〵下国の事はゆるし給ましきと也
010 心わかうおはせし(七二〇12・八九13)—夕皃上の事を思出たる也
011 おはせましかは(七二〇13・八九15)—此詞并両首の歌の作者河海」(54ウ)
①該当物語本文は「ち、君」。「ち、おと、」という本文は026と027の間(七二二10・九二7)に見える。
花鳥両抄其説不同也　河海説可然云々　其故はおはせましかはといへるも玉かつら(夕顔上)の在世にてありとも妻は夫にしたかふなれは夫のくたるにはかならす相具すへき事也　然はむすめの詞□(歌)なるへし　そのうへおさなき物の歌よめる事なきにてはあるへからす　後撰八冬の歌
①おやのほかにまかりてをそくかへりけれはつかはしける人のむすめのやつなりける
神な月時雨ふるにもくるゝ日を君まつ程はなかしとそ思
012 うらかなしくも(七二一1・九〇3)—引歌に及ふへからす
013 ふたりさしむかひて(七二一2・九〇3)—まへにしるせり
014 ふな人も(七二一3・九〇5)—我身こそは思はある物は(を)舟人は何の思の侍(あ)るそと也
015 こしかたも(七二一4・九〇7)—君とは夕顔の上也」(55オ)
①「おやのほかに……」は和歌の詞書で一字下げ。
016 かねのみさき(七二一5・九〇10)—われはわすれすとは都を忘れさる也
ちはやふるかねのみさきをすくれとも我はわすれすしかのすめかみ
017 かしこにいたりつきて(七二一6・九〇11)—筑前の也
018 夢なとに(七二一7・九〇13)—夕顔の上を也
019 心ちあしくなやみ(七二一9・九〇14)—必夢の名残もなやましきやうなるは霊気なとにけとられたる人とおほしき也
020 少弐にんはて、(七二一10・九一2)—少弐上洛也
021 ことなるいきほひなき(七二一11・九一3)—道の程もわつらはしき故也
022 たゆたひつ、(七二一11・九一3)—猶予したる也
023 この君のとをはかり(七二一12・九一5)—少弐は任限五ヶ年なれは九十はかりなるへし
024 をのこ、三人(七二二3・九一13)—少弐の子とも也　一人は豊後介也其外は二郎三郎也」(55ウ)
025 わか身のけうをは(七二二4・九一14)—臣たるもの、志ありかたし
026 その人の御ことは(七二二5・九二1)—玉かつらの実父をは〔我〕館の中にもあらはさ、る也
027 き、ついつ、(七二二11・九二9)—聞伝つ、也
028 いときなきほとを(七二三2・九三1)—箒木巻になてしこの歌の事也
029 むすめとも、(七二三4・九三4)—皆よすかさたまりてありつきたる也
030 心のうちにこそ(七二三5・九三5)—かくありつき侍(ぬ)れはをのつから都へのほる事は何かとしてうち過侍る也
031 ものおほししる(七二三6・九三7)—玉かつら也
032 ねさう(七二三7・九三8)—年星也　〈又年三〉　正五九月〔此儀可然歟〕後世のつとめなとし給也
033 ひせんのくにとそ(七二三8・九三10)—任はて、後肥前国に住する歟

034 大夫のけ゜ん(七二三10・九三13)―監は大宰の大監也　相当六位也　さふらひの中監にて叙爵したるか叙留してあるを大夫監とは云也

035 おなし心(七二四3・九四7)―何事〈も〉いひあはせて同心合力すへしと也」(56オ)

036 ふたりは(七二四3・九四8)―二郎三郎也

037 をの〳〵わか身の(七二四4・九四9)―此二人か心也

038 世にしられて゜は(七二四6・九四12)―

039 この人の(七二四7・九四12)―大夫監也

040 なかのこのかみ(七二四10・九五2)―兄弟の内にて第一の兄と也□□□□いへり

041 たい〳〵しく(七二四11・九五2)―これはをかしけなる事と也　退の字也

042 あけたてまつらん(七二四12・九五4)―上洛をいへり

043 われはおほえたかき身と(七二四14・九五8)―大夫監也

044 ことはそいとたみたりける(七二五2・九五11)―孝経〔序〕吾嫌其説遷然無以難之　手跡は大かたよろしきをは詞のすく〳〵ともなき也したゝみてこそ物はいふなれとよめるとおなし

045 けさう人は(七二五6・九六1)―大夫監か詞也

046 よは゜ひとは(九二五6・九六1)―」(56ウ)

047 秋ならねとも(七二五7・九六2)―三月なれは也　引歌あやしか□(かり)□りの心をとれり

048 心をやふらしとて(七二五7・九六3)―大夫監か心をやふらしとて也

049 おはおとゝ(七二五8・九六3)―故小弐の後室也　玉かつらを孫といひなしたれは祖母と云心也

050 こ少弐(七二五8・九六4)―大夫監か詞也

051 いかうにつかふまつるへく(七二五10・九六7)―威光也

052 おとゝも(七二五13・九六11)―おはおとゝ也

053 しふ゜〳〵に(七二五13・九六11)―女房ともおほきよしきこしめす故いかゝとおほしめすと也

054 すやつは゜ら(七二六1・九六13)―しやつは゜らと云詞也

055 ひとしなみ(七二六1・九六13)―同輩にはすましきと也

056 きさきのくらゐに(七二六1・九六14)―玉かつらをは本台とすへき也

057 いかゝはかくの給を(七二六2・九六15)―おはおとゝの詞也

058 おもひはゝかること(七二六3・九七2)―かたわなる〈よし〉をいへり

059 さらになおほし(七二六5・九七4)―大夫監か詞也」(57オ)

060 天下(テンカ)に(七二六5・九七4)―天下音にわさと読也　奥に①このわか(和歌)は□といへり　〔田舎人の詞つかひなるへし〕

061 きのはて(七二六7・九七7)―三月は春のはての月也　本説なき事なれと当座をいひの□かれんため也

062 おりていく(七二六8・九七9)―大夫監歌よむ也

063 ⧖②きみにもし(七二六10・九七11)―鏡の明神両儀あり　両抄にみえたり　広継は御霊八所の一所也　奥にあるは神功皇后歟

064 このわかは(七二六10・九七12)―随分と自称也

065 あれにもあらねは(七二六11・九七13)―われにもあらすあきれたるさま也

066 うちおもひける(七二六13・九八1)―心に思まゝをありのまゝにいへり

067 としをへて(七二六14・九八2)―年月かけてしかるへき幸をといのりたる也　此大夫監にとられなは神をつらしと思へきと也　監かおもはん所をも忘てうち思けるまゝによめるとかけり

068 いてやこはいかに(七二七1・六八4)—監き丶とかめてたる也　□多分本まてや③とあり　可用之　耕雲本も如此　しはしまての心也

069 さはいへと心つよく(七二七2・六八6)—まへにまろはまして物もおほえすとはいひつれとも此歌をの心をのへたる也　さてさはいへとゝかけり」(57ウ)

①「に」と「こ」の間、右寄りに「と」らしき文字あり。

②╳は補入箇所を指示する記号。玉鬘巻末(70ウ)に同じ記号で補入内容を記載。

③「とあり」以下、行間に補入か。「□多分」以下が補入か。

070 この人のさまことに(七二七2・六八7)—歌の心を□此人のかたわなり(あり)といひつるをもかへりみ給はすちきりをき給へり　もし此御心のたかひなは神をもつらしと思へきと也　歌〔の〕心をあらぬさまに用かへたる事伊勢物語かすかの丶歌なとの例也

071 おいさり〳〵と(七二七4・六八9)—領状する也　さり〳〵はさにてあると云也

072 まれ〳〵のはらから(七二七9・六九2)—たまさかの兄弟も中□へき(思あはさる)也

073 兵部君(七二八1・六九9)—末のいもと也

074 大夫のけん(七二八1・六九10)—こ丶の注にかけり

075 まつらのみや(七二八4・一〇〇1)—都にてもみたき(思いて)ぬへきと也　おくろさきみつのこしま〔の〕人ならは都のつとにいさといはましをの(と)いへる心あり

076 うきしまを(七二八7・一〇〇3)—兵部君の歌也　うき島は名所也　されと是は名所にあらす只うきたるはかり也

077 行さきも(七二八8・一〇〇5)—玉かつらの歌身のうへによそへたる尤あはれ也」(58オ)

078 うきことに(七二九1・一〇〇15)—玉鬘の歌也　又説兵部君と云々　両説共用之　又行末とても風波にまかせたる也

079 すこし心のとまりて(七二九7・一〇一9)—思たちてのほりし時はさも思はさりしをいま心もしつまりて思出てあさましきまてかなしむ也

080 胡の地のせいし(七二九8・一〇一11)—〈豊後介のありさま〉文集縛戎人詩〔の〕心よく相似たり　全篇をみるへし

081 この人(七二九14・一〇二3)—玉かつら也

082 いそきいりぬ(七三〇1・一〇二4)—京へいる也

083 九条にむかし(七三〇1・一〇二5)—めのとのしれる人也

084 秋にもなるま丶に(七三〇4・一〇二9)—三月より思たてちてのほる程にとかくして秋になる也　おもしろし

085 た丶水とりの(七三〇5・一〇二10)—故(古)尺さま〳〵也　花鳥別勘にもあり　其義に及はす　関々睢鳩在彼(河)洲とて(といへる)其所を得①」(58ウ)

①次の59丁と60丁は綴じ違えによる乱丁。085の注釈は60オに続く。

106 ①れいならひにけれは(七三三14・一〇六7)—紫上の御あたりも〈はれ〳〵しきましらひ〉心にもかなはされは玉鬘にかへりあふへき祈念に連々参詣せし也

107 わかなみの人(七三三4・一〇六11)—同輩はかりにてはなくて主君あるとおほしき也

108 兵とうた∞と(七三10・一〇七5)—豊後介のもとの名也　此名不審(先例あり)　案之兵部にてある人の子の(父の兵部丞なとにてありける時)太郎なるを云歟(につきて姓をくはへて藤太といへる歟)

109 おほえすこそ(七三13・一〇七9)—〈かくたつぬるを〉此三条不審に思たる也

110 かいねり(七三14・一〇七12)—絹を練てあかく染たる物也

111 わかよはひ(七四1・一〇七14)—右近か我もはつかしき也

112 あかおもと(七四3・一〇八2)—□わかおもと也

113 うへは(七四4・一〇八4)…夕顔上也

114 おと、はおはすや(七四5・一〇八6)—右近か詞也　少弐北方をいへり

115 あてき(七四6・一〇八7)—兵部君也

116 君の御こと(七四6・一〇八8)—夕皃上の事をはこたへさる也」(59オ)

①59丁と60丁は綴じ違えによる乱丁。

117 みなおはします(七四7・一〇八8)—三条か詞也

118 いとつらく(七四8・一〇八11)—夕皃上をつれて行ぬる人は此右近なれは也

119 なきかはす(七四10・一〇八14)—もろともになきたるさまおもしろし

120 わか君(七四11・一〇八15)—我君也　夕皃上をいへり

121 また、き(七五1・一〇九5)—一瞬也

122 むかしそのおり(七五2・一〇九6)—右近か心也

123 いてやきこえても(七五3・一〇九8)—夕皃上此世にましまさぬよしをいへり

124 このすけにも(七五6・一〇九14)—豊後介也

125 なかにうつくしけ(七五8・一一〇1)—玉かつら也

126 うつきのひとへめく(七五9・一一〇2)—一本のしひとへめく物とありのしをかけてねりきぬをはりてのしをかけたる物也　卯月の時分着る物也

127 あしなれたる人(七五10・一一〇5)—右近は早く御堂にまへりつく也」(59ウ)

①59丁と60丁は綴じ違えによる乱丁。59丁の続きは61丁。

086 まつらはこさき(七三〇13・一〇三7)—神〔功〕皇后鏡を埋給しなるへし

①たる心なれは只今よるへもなきすかたをくかにまとへるとはいへる也

087 こ∞しとて(七三一2・一〇三13)—五師也

088 おやのかたらひし(七三一2・一〇三14)—故少弐かしる人也

089 うちつきて(七三一3・一〇四2)—それにつきては也

090 仏の御なかに(七三一3・一〇四2)—菩薩と(を)仏といへるいか、と云説あれと仏菩薩は同事なれは也

091 もろこしに(七三一4・一〇四4)—縁起にみえたり

092 とをきくにの(七三一5・一〇四5)—遠国といひなから我国の人なれはいかてか霊験なからんと也　又の義は徳道上人の聖朝安穏藤氏繁昌と祈給へは玉鬘は藤氏の人なれはと也　両説共可也

093 ことさらにかちよりと(七三一6・一〇四7)—一段の懇志たる□(によりて)也」(60オ)

①この注釈は41ウの085の続き。59丁と60丁の綴じ違えによる乱丁。

094 ありけんさまを(七三一10・一〇四12)—三歳にてはなれ給故母上の御かたちをはおほえ給はさる也

095 つはいち（七三二13・一〇四15）―長谷寺のあたりとみゆ
096 たのもし人（七三二1・一〇五3）―豊後介也
097 ゆみやもちたる（七三二1・一〇五4）―めし具したる人也
098 をんなはら（七三二2・一〇五4）―おはおと、さては兄弟也
099 ひすましめくもの（七三二2・一〇五5）―いやしき女也
100 おほみあかし（七三二4・一〇五6）―つは市にて用意せし也
101 家あるし（七三二4・一〇五7）―別の人をやとさんとせし〈物を〉とてはら
たちたる也
102 けに人〳〵きぬ（七三二6・一〇五10）―かやうにいふうちに人〳〵の来る也
103 これもかちよりなめり（七三二6・一〇五11）―〈これ右近也〉　玉かつらの
事の祈り故歟也
104 ぜ°上なと（七三二11・一〇六1）―幕の類也　ついたち障子のやうなる物
なり
105 とし月にそへて（七三二13・一〇六4）―彼参詣を訓尺する也　草子地也」
（60ウ）

128 このきみを（七三五11・一一〇6）―玉かつら也
129 そや（七三五11・一一〇7）―初夜也
130 この御しは（七三五13・一一〇9）―玉かつらはけふはしめてまいり給へは
也　右近は連々まいりたりし故に仏のちかきかたにつほねをかま
へたる也　又の義は御願の長谷寺は宿老次第に局をかまへて人を
やとす也　またふか丶らぬとは今の玉かつらの師は宿老ならさる
よし也　此義可然歟
131 にしのまにとをかりけるを（七三五13・一一〇9）―玉かつらの局は末の方
なれは右近か局は仏にちかしとあり　堂は東むき也　其左右の局
より西の局はとをきと也
132 かくあやしき（七三六1・一一〇12）―右近か詞也
133 このくにのかみ（七三六9・一一一8）―大和守也
134 大ひさに（七三六11・一一一10）―大悲者也　観音也」（61オ）
135 三条らも（七三六12・一一一12）―其器量のすこしきなる物はねかひ事〈も〉
かくあり
136 いと□（い）たくこそ（七三六14・一一一14）―右近か詞
137 中将とのは（七三六14・一一一14）―今の内大臣
138 御かたしも（七三七2・一一二2）―今内大臣の御むすめとてある玉かつら
なとさやうの受領なとの妻になり給へき事かと也
139 あなかま（七三七3・一一二3）―三条か詞
140 観世（くはん）せをんしに（七三七4・一一二4）―筑紫の国也　爾今東大寺西室知行
あ□管領也
141 つくし人は（七三七5・一一二7）―玉かつら也
142 御あかしふみ（七三七7・一一二9）―願文なるへし
143 さやうの人はくさ〳〵しう（七三七7・一一二10）―例文なれは大かたよく
心得て書也
144 るり君（きみ）（七三七8・一一二11）―玉かつらのの童名也（歟）
145 その人このころなん（七三七9・一一二12）―わさとこの比といへる奇特
也」（61ウ）
146 きくもあはれなり（七三七10・一一二13）―つくし人のきく也
147 しれる大とこ（七三七12・一一三2）―つは市にはあらす
148 おほえぬたかき（七三七14・一一三5）―右近か物語也

149 との、うへの(七三七14・一二三6)―紫上也
150 またをひいて(七三八1・一二三7)―明石姫君也
151 かうやつれ(七三八3・一二三9)―玉かつらをいへり
152 ち、みかと(七三八4・一二三11)―桐壺也
153 たうたいの御は、きさき(七三八5・一二三12)―薄雲女院
154 われにならひ。(七三八10・一二四4)―双也　〈紫上事をの給て〉源し我身をよきためしにの給也
155 いつくか□(を)とり(七三八12・一二四7)―玉かつらはをとり給ましきと也
156 いた、きをはなれたる(七三八13・一二四8)―河海花鳥共用之
157 おい人(七三九1・一二四10)―おはおと、也
158 ほと。〳〵(七三九1・一二四11)―殆也①
159 〈【ち、おと、にきこしめされかすまへられ給へきたはかり給へ(七三九5・一二五1)―給へきト云詞落着セメテとは也　コ、ハ上ノはやよきさまにみちひき給へと云ニ影略シテ見ヘキ也　さまニタ□ハカリ給ヘト云ヘキヲさまノ字上ニアルヲモタセテ書也　文体面白】〉{【此義非也　マヘニカケテハ見ヘカラス　たはかりとはハカリ事也　かすまへられ給へきヤウニハカラハレヨト云也】}
160 うしろむき(七三九6・一二五3)―玉かつら也
161 いてや身こそ(七三九7・一二五3)―右近か詞
162 ありしさま(七三九11・一二五10)―こ、にてありしさまを右近かくはしく語出也
163 心のをさなかりける(七三九14・一二五14)―そのかみは右近も〈心〉をさなかりしを云也」(62オ)

①158は157と同行にあり。

164 少弐になりたまへる(七四〇1・一二五15)―少弐になりて□くたるとて源にいとまこひにまいり給へりしをもみし也　されとその時もえ尋よらさりしと也
165 ふたもとの(七四〇8・一二六10)―今日泊瀬にまうて侍らすは何として逢へきそと也
166 うれしきせにも(七四〇8・一二六12)―いのりつ、たのみそわたる初瀬川うれしきせにもなかれあふやと
167 はつせ川(七四〇10・一二六13)―玉かつらの返答也　そのかみの事はしらねと今日あひぬる事のうれしさ{は}袖にもあまる也
168 ゐなかひこち〳〵(七四〇11・一二七1)―かたちにうちそへたるやうたいをほめたる也
169 おと、をうれし(七四〇13・一二七3)―おはおと、をありかたく思也
170 は、きみは(七四〇13・一二七3)―夕顔上よりはまさりさまなる也　{凡}此物語には紫上を第一にほめてかきて次には玉かつらをほめて書也
171 つくしを心にく、(七四一1・一二七6)―所詮筑紫は人の〈よく〉生長の(する)所と心にく、思也
172 みなみし人はさとひにたる(七四一1・一二七6)―玉かつらの外は〈みな〉ゐなかひたる也」(62ウ)
173 秋風たにより(七四一2・一二七9)―かけつくりの坊のさま也
174 人なみ〳〵ならん(七四一4・一二七10)―父おと、とにかすまへられたてまつらんとも思はさりしに皆〳〵物めかしくし給をき、てたのもしく思給也
175 はら〳〵(七四一5・一二七12)―内大臣の御子也
176 いつとても(七四一7・一二七15)―寺より出るとてもあり所をたかひによ

くをしへをく也

177 いひかはすたつき(七四一9・二八2)—六条と九条と程ちかき故也

178 右近は大とのに(七四一9・二六4)—泊瀬より下(還)向以後也

179 このことを(七四一10・二八4)—玉かつらの事也

180 みかとひきいるゝより(七四一10・二八5)—二条院は狭少なりしめうつりに只今六条院のさまひろくすみ給へるを云也

181 おもひふしたり(七四一12・二八8)—玉かつらの事を思ふしたる也

182 右近めしいつれは(七四一13・二八11)—紫上よりめす也

183 おとゝも御覧して(七四一14・二八11)—紫上の御方にて源のみ給にはあらす」(63オ)

別に御覧しける也　次の詞にうへにきかせたてまつらてと云へる詞にてしりぬへし

184 こまかへる(七四二1・二八13)—{河海}万葉{十一}若反当時をひけり　当時流布仙覚か点本若反（ワカヘリ）と点せり　古点こまかへる也　若わかゝへる心分明なる者乎

185 まかてゝなぬか(七四二2・二八15)—長谷寺に三日参籠首尾七日はかり也

186 あはれなる人(七四二3・二九1)—玉かつら也

187 またうへにきかせ(七四二4・二九3)—此詞にてみえたり　紫上の御方にてはあらす

188 御とのあふら(七四二6・二九7)—紫上の御方也

189 女君は廿七八(七四二8・二九8)—実は廿八也

190 かの人を(七四二10・二九11)—玉かつら也①

191 おほとのこもるとて(七四二11・二九13)—源の御あしさすりなとさせ給也

192 さりやたれか(七四二14・三〇1)—さふらふ人〳〵の云也

193 としへぬるとち(七四三1・三〇4)—源のたはふれの給也　紫上の右近をもいかゝと思自然うたかひ給へきと也

194 さるましき心と(七四三2・三〇5)—紫上の詞　源の御心一向にさあるましきとは思はさる〈と〉也」(63ウ)

① 190は189と同行にあり。

195 かのたつねいてたりけん(七四三6・三〇10)—源の詞　たはふれ事也

196 あなみくるしや(七四三7・三〇12)—右近か詞

197 けにあはれ(七四三8・三〇14)—源の詞

198 よし心しり給はぬ(七四三11・三一3)—源の詞也　紫上は其世の事はしり給ましき也　くはしくはかたり申ましきと也

199 うへあなわつらはし(七四三12・三一4)—紫上の詞

200 かたちなとは(七四三13・三一6)—源の詞

201 こよなうこそ(七四三14・三一8)—右近か詞也①

202 をかしのことや(七四四1・三一9)—源の詞　この君とは紫上をいへり　花鳥この君とは源自称と云々　いかゝ

203 いかてかさまてはと(七四四2・三一10)—右近詞

204 したりかほに(七四四2・三一11)—こゝにてをやかりての給也

205 かくきゝそめてのち(七四四3・三一13)—源の□也右近に□(也)

206 かつ〳〵いとうれしく(七四四10・三二7)—右近か心也

207 いたつらにすきものし(七四四11・三二10)—夕皃上のむなしくなり給しは源ゆへ也と右近か□と(すこし)かこちて申也」(54オ)

① 201は200と同行にあり。

208 いたうもかこちなす(七四四13・三二12)—源の詞

209 かくてつとへたるかた〳〵(七四四14・一三14)―人のあまたある中にも
夕皃上ほとの人はなきと也

210 わか心なかさをみはつるたくひ(七四五1・一三15)―花散里末摘なとの
類也

211 御せうそこ(七四五4・一三4)―六条院にむかへとらんとてまつ玉かつ
らの①御かた〈へ〉消息をつかはし給ふ也

212 かのすゑつむ(七四五4・一三4)―草子地　釈してかけり　末摘の事に
こり給へる也

213 ものまめやかに(七四五6・一三7)―真実に(の)おやめきてかき給也・
(へる也)

214 しらすとも(七四五8・一三9)―そなたにはしらせたまはすともまこと
のをやのすちはたゆましきと也　みくりはすちといはんため也
水草也

215 身つからまかて、(七四五9・一三11)―右近也

216 うへにもかたらひ(七四五10・一三12)―紫上へも我むすめ尋出たるよし
を申きかせ給也」(64ウ)

①「に」の上から「の」と書く。

217 御くしけとの(七四五10・一三13)―大臣家にもあり　衣服をした、むる
事をつかさとる物也

218 さうしみは(七四五12・一四1)―玉かつら也

219 かこと(七四五12・一四1)―すこし也　ひたち帯のかことはかりといへ
るかことし

220 右近かかすにも(七四六2・一四6)―源のねんころに心をつかひ給やう
をいひきかせたてまつる也

221 たいらかに(七四六4・一四8)―其身安穏にたにもましまさはつゐには
親子の道はたゆましきと也　先源にまかせたてまつり給へと也

222 かすならぬ(七四六7・一四13)―詞つ、き殊勝の歌也　うきは淤泥也
筑紫に塩しみてありし事よと也

223 てははかなたちて(七四六8・一四15)―手跡は玉かつらはおくれたり
蛍巻にもみえたり　何事も紫上におとりさまなる事はなきを手跡
はをくれたる也

224 みなみのまち(七四六9・一五2)―紫上の御方」(65オ)

225 げ゜せうに(七四六10・一五4)―

226 さふらふ人の(七四六11・一五6)―中宮の御方はすみ給へき方はあれと
皆みやつかひ人のつらに人の思へき也

227 あひすみも(七四六13・一五8)―花散里とあひすみもよかるへしと也

228 かのありしむかし(七四七1・一五11)―夕皃の上の事を只今語給也

229 かく御心に(七四七1・一五12)―紫上のうらみての給也

230 わりなしや(七四七2・一五13)―源の詞

231 人のうへにても(七四七4・一六1)―我身の上の(ある)事なれと人のう
へにいひなし給也

232 おもはぬなかも(七四七4・一六1)―おもふなかもおもはぬなかもと云
心也　思略していへる也　女の道にまとひたるは不可然と也

233 をのつからさるましき(七四七6・一六3)―涯分に心を、きし也

234 あはれとひたふるに(七四七6・一六4)―あまたの中に夕皃上のことき
(やうなる)はなかりし也

235 きたのまち(七四七7・一六5)―明石上也」(65ウ)

236 さりともあかし(七四七10・一三六9)─紫上の詞　紫上も明石上をはをし
けちかたく思給故也
237 又ことはりそかしと(七四七12・一三六12)─此姫君の母上なれは源のすて
かたく思給はことはりと思給也
238 すか〳〵しくも(七四七13・一三六14)─早従(速)にはなりかたき也
239 にはかにまとひ(七四八1・一三七2)─俄上洛し給程に也
240 その人の(七四八3・一三七5)─玉かつらの本族姓をはあらはさゝる也
241 十月(七四八5・一三七8)─一本十一月とあり　いつれも可然也
242 ひんかしの御かた(七四八5・一三七9)─花散里也
243 あはれとおもひし(七四八6・一三七9)─源の詞
244 女になるまて(七四八8・一三七12)─年より□るたけたる也　今年玉かつ
ら廿二歳也(歟)【〈娘　部舎少女也〉女部舎未嫁謂之女已嫁謂
之婦　若父母於女子雖已嫁亦曰女】【礼内則篇　女子十年不出云々
十有五年而 笄(カンサシス)】
245 中将を(七四八9・一三七14)─夕霧こゝにてはしめて中将とみえたり　夕
霧をも御子のことくよくあつかひ給をいへり
246 けにかゝる人の(七四八12・一三八2)─花散里の詞」(66オ)
247 かのおやなりし(七四八13・一三八5)─〔源の詞〕　夕皃上をいへり
248 御心も(七四八14・一三八6)─花散里をさしての給也
249 つき〳〵しく(七四八14・一三八7)─花散里の詞
250 との、うちの人は(七四九2・一三八9)─源の御かた〳〵の人〳〵の思也
251 むかしひかるくゑんし(七四九5・一三九2)─玉かつらのつき〳〵の人也
あてき大弐のめの(□□)となとなるへし
252 右近かいはなては(七四九8・一三九6)─妻戸なとなるへし

253 このとくちに(七四九8・一三九6)─源の会釈にかくの給也
254 わりなく(七四九11・一三九13)─玉かつら也
255 右近かゝけてすこしよす(七四九13・一三〇2)─灯の事也　灯といはすし
てかける筆法奇特也
256 おもなの人や(七四九13・一三〇3)─是もゑしやくにの給也　無面也
257 〈【けにとおほゆる御まみの(七四九13・一三〇3)─夕皃上ニヨク似タルヲ
云ニヤ】〉
258 としころ(七五〇1・一三〇6)─源の詞也
259 あしたゝす(七五〇7・一三〇15)─三四歳の時よりゐ中にくたり侍也」
(66ウ)
よく似あひたる返答也　三とせになりぬの歌詞にての給也
260 しつみたまへる(七五〇9・一三一2)─源の詞
261 いふかひなくは(七五〇10・一三一3)─此いらへをしかるへく思給也
262 うへにもかたり(七五〇11・一三一6)─紫上にも語給也
263 あやしの人の(七五一3・一三一14)─紫上詞也
264 まことにきみをこそ(七五一4・一三一15)─紫上をもかやうにしてをきて
人の心をもみたるへき物を我物にさためをきて後悔あると也
265 すゝりひきよせ(七五一6・一三二3)─源也
266 こひわたる(七五一7・一三二5)─身とは夕源しの身也　夕皃上をわすれ
す恋わたる身はおなし我身也　いかなるすちとは玉鬘は誠のおや
に尋あひたき志のあるへき也
267 けにふかう(七五一8・一三二7)─源のあさくはおほさぬよと紫上の思給也
268 人かすならす(七五一10・一三二12)─夕霧の玉かつらの方へまいりての詞
也」(67オ)

269 かたはらいたき(七五一12・一三三14)―夕霧は真実の兄弟と思給也

270 心のかきりつくしたりし(七五一12・一三三15)―豊後介国にて我心のかきりつくして玉鬘をあかめたりしも事も只今この御すまゐをみれはかきりもなくゐなかひたる事にてありけるよと也

271 おやはらから(七五一14・一三三3)―夕霧なと也

272 いまそ三条も(七五二1・一三三4)―まへに大弐(大和守)の北｛の｝かたになり給へき様に長谷寺にて祈りし事

273 けんかいきさし(七五二2・一三三5)―大夫監か事

274 このすけもなりぬ(七五二5・一三三8)―豊後介も家司になる也

275 いかてかかりにても(七五二6・一三三10)―此介なとはかりそめにも此殿中へは出入しかたきを今家司になりて心やすく出入して結句人をしたかゆ(ふ)ると也

276 てうしたるも(七五二11・一三四4)―調する事なとゐなかひてはとおほしてこなたよりもしたて、たてまつり給也」(67ウ)

277 かた〳〵にうらやみなきやうに(七五二13・一三四7)―紫上へ申給也

278 世になき色あひ(七五三2・一三四10)―紫上かやうの方へたらひ給へる事也　さやうの事をする所をいへり

279 うちとのより(七五三3・一三四12)―板引にいまはする物は昔はうちたるき給へる

280 御（ミ）そひつ(七五三4・一三四14)―御の字ミト読へシ

281 いつれをとり(七五三5・一三五1)―

282 きたまはん人の御かたち(七五三6・一三五2)―人〳〵の｛御｝かたちを大かたしらんためにかくの給也

283 さていつれをか(七五三8・一三五5)―さては紫上はいつれをき給へきそと也

284 それもか、みにては(七五三9・一三五6)―我身も鏡なとにてみるはかりにてはしりかたき事也　これをも源にはからひ給へと也　花鳥の儀聊異ある歟

285 かの御れう(七五三11・一三五8)―紫上の御ため也」(68オ)

286 さくらのほそなかに(七五三11・一三五8)―さくら色はおもて白也

287 かいねり(七五三11・一三五9)―紅也

288 かいふのおりもの(七五三12・一三五10)―大浪にみる貝也

289 夏の御かた(七五三13・一三五13)―花散里

290 くもりなく(七五三13・一三五13)―うはき也

291 にしのたい(七五三14・一三五15)―玉かつら也

292 うちのおと、(七五四1・一三六1)―さては〈実父の〉内大臣によく似たるよと｛お｝ほす

293 もの、色はかきりあり(七五四4・一三六5)―玉かつらへのは結構にみえたると紫上の思給とおほしくてかくの給也

294 そこひあるものをとてかのすゑつむ(七五四5・一三六6)―此句うつり奇特なるかきさま也

295 こきか(七五四7・一三六10)―紫也　河説あやまれり

296 ゆるし色(七五四10・一三六13)―うす紅也　上古は尼も用也　朽葉にかさねたる花説可然

297 おなしひ(七五四10・一三六13)―｛皆｝元日の御れう也」(68ウ)

298 けにけついたる(七五四11・一三六14)―紫上の似よせて見給へきと(ため)ことはり□(なり)と也

299 やまふきのうちき（七五四13・一三七5）―使の禄也
300 いてやたまへるは（七五五1・一三七7）―文の詞
301 きてみれは（七五五3・一三七9）―
302 あふよりにたる（七五五4・一三七11）―奥字也　上古也　あまりにふるめかしき也
303 御けしきあしけれは（七五五6・一三七14）―此禄あまり比興なれは源の御気色もあしけれは御使ははやく罷出る也
304 さかしらに（七五五8・一三八1）―末摘の返しのよからぬをさかしらありとの給へり
305 はつかしきまみ（七五五8・一三八2）―源のまみ也
306 からころも（七五五9・一三八3）―末摘はから衣と云歌をおほくよみ給也　こゝにてついてに歌よむ事を云也
307 まろも（七五五9・一三八3）―源のわれも此類也」（69オ）
308 まとひ（ゐ）はなれぬ三もし（七五五12・一三八7）―われ人より（あひ）□（会合の）時はかならすまとひ（ゐ）してなとよまてはと思也　三もしとはまとひ（ゐ）の三字也
309 あた人（七五五12・一三八8）―けさうたちたる事にはあた人と云事をかならすよむ也
310 やすめところ（七五五13・一三八8）―中の五文字也
311 よろつのさうし（七五五14・一三八10）―歌枕とは名所の歌をあつめたる草子也　毎度あそこゝにつゝくる許也　同事はかり也
312 ひたちのみこの（七五六1・一三八12）―蓬生君の父宮
313 みよとて（七五六2・一三八13）―源へまいらせ給ひし也
314 よくあないしりたまへる（七五六5・一三九1）―かやうの事よくならひ伝給なるへし
315 いとまめやかにて（七五六6・一三九2）―紫上の実にの給也
316 ひめ君にも（七五六7・一三九4）―あさむきての給也」（69ウ）
317 とおかりけれと（七五六8・一三九6）―
318 すへて女は（七五六9・一三九7）―お（を）しへ〈のさま〉妙也
319 こゝろのすちを（七五六11・一三九9）―又心をたてんとせははらあしき様なるへし
320 御かへりことは（七五六12・一三九11）―かく物語をして末摘の返歌し給へき事とも思給はさる也
321 をしかへしたまはさらん（七五六13・一三九12）―文の返事に歌のあるにはをしかへし返歌あるへき常の事也　かへしやりてん袖をぬらしてとあるにをしかへしたまはさらんといへる詞□おもしろし
322 なさけすてぬ（七五六14・一三九13）―かく紫上の給につけて也
323 かへさんと（七五七1・一三九15）―かへしやりてんとあるをこれは夜の衣にとりなしてよめる殊勝也　源の我身の問事もなきによるはことはり□と也」（70オ）

⧖

〈新千載恋二
あさからすたのめたる男の心ならす肥前国へまかりて侍けるかたよりにつけて文をこせて侍ける返事に
紫式部
あひみんとおもふ心はまつらなる鏡の神やかけてしるらむ〉①

大永七　五　二了」（70ウ）

①この補入が063に関するものであることを、⊠の記号で指示。063にも同じ記号あり。

《空白》」（71オ）

《空白》」（71ウ）

行　幸

巻名以歌号之　大原野行幸也　源卅六才の十二月也　卅七才の二月までの事也　竪並也　初音巻も卅六才也

001 かくおほしいたらぬ（八六五1・二八九1）―玉かつらを源のおほしける心也　いかなるしかるへき縁もかなと也

002 このをとなしのたき（八六五1・二八九2）―源にしたに心かけ給ふ事也　引歌〈いかにしていかによからん〉をの山のうへよりおつる音なしの滝　此歌かなふへき歟

003 かのおと丶（八六五3・二八九5）―内大臣也

004 きはぎはしく（八六五3・二八九5）―

005 〈さておもひくまなく〉けさやかなる（八六五5・二八九6）―内のおと丶の玉かつらの事をしり給て又源しの密通をあらはしてけさやかならんも〈に内大臣の御かたへのきこえあらは〉〈我御心なから〉おこかましかるへしと也

006 朱雀より（八六五8・二八九12）―西のしゆしやか也　行幸の道つかひは上卿の〈陣の座にて〉おはする也　野行幸の事〔の〕例花鳥にみえたり十二月の例は仁和例を引用此巻は延長六年をの例を純用と」（2オ）みえたり　榊巻に〈斎宮〉母そひてくたり給事又親王供奉の事はみな仁和例也　太政大臣供奉なき事延長の例也

007 たけたち（八六五10・二九〇3）―人からせいころよき人たち也

008 あをいろのうへのきぬ（八六五12・二九〇5）―一日の晴にはあを色を着也　今の□蔵人極臈の着する也　主上はかならすかやうの時はあか色

を着御し給也

009 みこたち（八六五14・二九〇7）―鷹つかふ人は皆衣裳（装）を野にてあらたむる也　両抄にみえたり

010 そゐのたか丶ひ（八六六1・二九〇9）―〈諸衛也〉　六府也（をいふ）　みなすりかりきぬ也　左右にわかり（ち）てあか色あを色ある也　｛【青表紙諸本このゐのたか丶いとアリ　可然　サテコソましで世になれぬ詞ヨクタテリ】｝①

011 うきはしのもと（八六六4・二九〇13）―行幸の道の橋也　はしわたしの官人とて検非違使の故実ある事也

012 にしのたい（八六六4・二九〇15）―玉かつら也

013 みかとのあか□（いろ）（八六六6・二九一1）―御輿の内より外には心をもとめぬ（さる）也　立ならふへき事もなきと也

014 わかち丶おと丶（八六六7・二九一3）―内大臣也　□れも（此父おと丶も）御門より外に目うつるへきも」（2ウ）

①この補入は010～013の上部余白にあり。

015 ましてかたち―（八六六10・二九一6）（―）①其外のわか殿上人はましてなすらふへきもなき也

なしと也

016 かたちありや（八六六10・二九一6）―平生はその人かの人と名もあり（すかたよき）かたちよき名ある人〳〵もみないてきえする（したる）と也

017 兵部卿宮（八六七2・二九一15）―蛍也

018 右大将（八六七3・二九二1）―鬚黒也②

019 おもりかに（八六七3・二九二1）―そ丶けさる人｛と｝也

020 やなくひ（八六七3・二九二3）―大納言の大将は行幸の日はやなくひを負也　大臣の大将は行幸の日もやなくひはを（お）はさる（すして随身にもたしむる）也

021 いかてかはつくろひ（八六七4・二九二6）―大将は年ふくるまてけさうをする也　此大将はひけかちなる故にけさうなと似あふましきと也かくとりわきいへるは只今玉かつらに心かけ給ふ事の切なる故也

022 おと丶の君（八六七6・二九二8）―〈おと丶は源也〉　玉かつらを内侍に（の）かみにまいらせ給へきの事也

023 なれ〳〵しきすち（八六七8・二九二10）―玉かつらの心也　〈宮つかへの事はくるしく思へと〉いさ丶かは御あたりちかくはさふらひつかうまつらはやとは思よると也」（3オ）

①「かたち―」を消した上で「―」（見出し項目と注釈の間の縦線）を書く。

②018は017と同行にあり。

024 御さうそくともなをし（八六七10・二九二14）―なをし両儀あり　｛一説｝直衣と云々　一説改｛なをす｝の義也　改の儀しかるへしと也

025 六条院より（八六七11・二九二15）―一献を申さる丶也

026 けふつかふまつらせ（八六七12・二九三1）―〈草子地也〉　源の故障のよし申さる丶也

027 くら人のさゐもん（八六七13・二九三2）―此野より源へまいらせ給ふ也

028 おほせ事には（八六七14・二九三3）―女房の身なれはか丶さると也

029 ゆきふかき（八六八2・二九三5）―
ふるき跡とは延喜野行幸ありし事也

030 太政大臣（八六八2・二九三7）―先蹤もあれはまいり給へかしと也　此御

歌を訓尺せる也

031 をしほ山（八八5・二五三9）—
大原野行幸は今日始たるによりて是則万代のはしめたるへしと称美申さる、也

032 そのころほひ（八八5・二五三11）—又作者の書也　さやうのおりの事まねふに」（3ウ）
わつらはしくなんと云へる語にか、れり

033 き\のふうへは（八八7・二五三13）—源の文の詞①

034 かのことはおほしなひき（八八7・二五三14）—内侍のかみにまいり給へき事也

035 あいなの（八八9・二五四2）—あはく\しき事と也

036 よくもをしはからせ（八八9・二五四3）—玉かつら〈ら〉②の心也

037 うちきらし（八八11・二五四5）—くもる心也　きりわたり□□□ま也
（しらみ□る（たる）也）　みゆき雪行幸にそへたり　かやうに歌にてこたへ給へるおもしろし

038 おほつかなき（八八11・二五四7）—たしかにも見及はさる（たてまつらさる）のよし也

039 しかく\の事を（八八12・二五四8）—内侍のかみへのあらまし〉の事を紫上へ源の此つゐてにかたり給也

040 こ、なからのおほえには（八八13・二五四9）—中宮をも源の御子とし〔て〕まいらせ給へり　今又此内侍のかみまいり給て玉かつらに寵をうは、れ給ては中宮の御心使なしと也

041 かのおと、に（八八13・二五四9）—実父の内のおと、の（に）の御子の事をあらはしてまいり給ても□又弘徽殿のおほす所いか、と也

042 わか人（うと）③の（八八14・二五四11）—主上へはたれも心をと、め給へきと也」（4オ）

①033は032と034の行間にあり。
②「の」の上から「ら」と書き、さらにそれを消して右傍に「ら」と書き直す。
③「人」の振り仮名「うと」の「と」に「と゜」と声点あり。

043 あなうたて（八九2・二五四13）—紫上の詞

044 いてそこにしも（八九3・二五四15）—源の詞　そことは紫上をいへり

045 又御かへり（八九4・二五五1）—まへは源より文はかり□にて歌のなかりしを〈玉かつら〉歌にてかへり事をし給へり①　さて又返歌のある也

046 あかねさす（八九5・二五五2）…目をきらすはきりふたかる心也

047 猶おほしたて（八九5・二五五4）—宮仕を思立給へと也

048 よたけく（八九8・二五五7）—私勘此巻よたけくとかける詞三処にあり
いつれも聊心のかはりある歟　こ、にかけるは事の外なるまて（いかめしく）ことく\しきを云歟　又よろつうゐく\しくよろつよたけくこれはまとほなる心歟　よたけき御ふるまひとはこれは待かねたる心歟　師説よたけくはのとかなる心と云々

049 女の（は）きこえたかく（八九10・二五五11）—人の女子なと云て誰ともなくておしかくしてをける也　さて氏神なとをもあらはさてあると也」（4ウ）

①「る」の上から「り」と書く。

050 このもしおほし（八九13・二五五15）—内侍〔のかみ〕なとになり給は、春

□大明神の御心もいか、と也
051 わさとかましきのちの名まて（八八九14・二九六2）―【実父にしらせたて
まつらては源の私あるやうにや後のきこえもあらんと也】
052 なを〳〵しき人のきはこ□（こそ）いまやうとては（八九〇1・二九六3）―
た、人なとことそ（こそ）とりおやなとする事のあれと也
053 御こしゆひ（八九〇4・二九六6）―〔□〕男女両様也　内大臣へ申さる、也
054 大みやこその冬つかたより（八九〇4・二九六7）―内大臣斟酌ある也
055 いかにせまし（八九〇7・二九六11）―源の心
056 御ふくあるへきを（八九〇8・二九六12）―玉かつらの祖母なれは也
057 三条宮に（八九〇9・二九六14）―源三条宮にまいり給也
058 いまはまして（八九〇10・二九七1）―源の御ありきたやすからさる也
059 御心ちのなやましさ（八九〇12・二九七5）―おもしろき書さま也
060 けしうはおはし（八九〇14・二九七7）―源の詞　さしては煩給はしと思侍
ると也
061 なにかし（八九〇14・二九七7）―夕霧也
062 うゐ〳〵しくよたけく（八九一3・二九七12）―」（5オ）
063 おれ〳〵しき（八九一5・二九七14）―おろかなる也　ほれ〳〵しき也
064 としのつもり（八九一6・二九七15）―大宮の詞
065 いてたちいそき（八九一11・二九八7）―往生をいそくと也　妙也
066 さる事ともなれは（八九一14・二九八11）―源の心也　ことはりある事と也
067 うちのおと、は（八九二2・二九八13）―源の詞　日々にまいり給かと也
068 おほやけこと（八九二5・二九九2）―大宮詞　殊勝也
069 中将のうらめしけに（八九二6・二九九5）―雲井雁の事
070 たてたるところ（八九二9・二九九9）―内大臣の天然の性をの給へり　大
宮の御心にはこのきこえしらせんと源の、給は此雲井雁の事と□
推し給てかくの給也
071 いふかひなきに（八九二11・二九九11）―〔源の詞　初は〕夕霧もおさなかり
し時分の事なれは口入もすへきと思しをくつろく〳〵もなかりし
故にはしめ□申へく思しも悔思へる也　さらに申へき事にあらす
と也
072 よろつのこと（事）に（八九二14・二九九15）―立にし名とまへにあるをうけ
てその名をもあらふにあらはれさる事はあらしと也」（5ウ）
073 かく、ちおしきにこりのすゐに（八九三1・三〇〇2）―ちと内大臣をさみ
したる詞也　少々の事をはき、すくさてはさのみ何事もそこか□
（より）きよき事はありかたきと也
074 するになれは（八九三3・三〇〇3）―人のおちふる、事をいへり
075 さるはかの（八九三4・三〇〇5）―内大臣のしり給へき人をを尋出たると也
076 そのおりは（八九三5・三〇〇7）―尋出たるおりは誰人の子ともしらさり
し也
077 さるもの、（八九三6・三〇〇9）―御子のすくなきはかり也
078 むつひも見侍らす（八九三7・三〇〇10）―むかへはとりなからむつひさり
し也
079 かのところの（八九三9・三〇〇12）―内侍所也
080 こらうのすけ（八九三11・三〇〇14）―二人あるすけの転任あるへきか　又
競望のかた〳〵もあると也
081 いゐたかく（八九三13・三〇一1）―しかるへき人を撰ふへきと也
082 いゐのいとなみ（八九三13・三〇一2）―私の家のかへりみせさる人と也
説々あれと此義可然也

083 したゝかなる（八九三14・三〇一3）―すけ二人は年月の労はあれと只可然
人からをゑらはるへきとの定め也」（6オ）
084 にけなきことゝも（八九四3・三〇一6）―此仰は尤なる也
085 宮つかへはさるへき（八九四3・三〇一7）―総して宮つかへに出たつ事は
可然寵をも得へきの心かまへあるへし　されとこれは内侍所の政
をしたゝめんの心あれは人のむすめまいらせんは本意なき事也
女御更衣こそ望をもかくへき事なれと又此事をきらひはつへき事
にてはなき也
086 よはひのほとなと（八九四7・三〇一12）―内大臣の御子にて可然也　源か
□□（の御）子にて□いさゝかちかひたると也
087 御なやみにことつけて（八九四11・三〇二2）―大宮の御なやみ也　御腰結
の事を故障ありし事也
088 よろしう（八九四12・三〇二3）―大宮の御病のよろしき也
089 宮いかに〳〵（八九四13・三〇二6）―宮の御詞也　不審し給也
090 かしこには（八九四14・三〇二6）―内大臣也
091 かゝるなのり（八九四14・三〇二7）―近江君もとめ出し給事也
092 このとしころうけたまはりて（八九五1・三〇二9）―大宮の詞也　義あま
た侍れと」（6ウ）
たゝ源の憐愍の心ふかきよしをきゝ及て実父の方をさしをきて御
子になり給へるかと当座のとりあはせに大宮のゝ給也　御子のふ
んにてゐ給へるかと也なりぬるにやとは源の御子のふんにて□ゐ
給へるにやと也
093 さるやう侍る（八九五2・三〇二10）―源の詞
094 大宮の御ふみあり（八九五12・三〇三9）―大宮より源のとふらひ給よしの
御せうそこ侍る也
095 六条のおとゝ（八九五12・三〇三11）―大宮の文の詞
096 なに事にか（八九六1・三〇三15）―内大臣の心也
097 つれなくておもひ（八九六4・三〇四3）―夕霧のおりたちてもいひより給
はさるをいへり
098 いなひ所なからんか。（八九六6・三〇四7）―
099 又なとかさしも（八九六7・三〇四7）―いまためらひ給也　これ内大臣
の御心くせ也
100 たけたち（八九六12・三〇四14）―人から也」（7オ）
101 ふとさもあひて（八九六12・三〇四15）―なれあひたる也
102 あゆまひ（八九六13・三〇五1）―歩さま也
103 えひそめの御さしぬき（八九六13・三〇五2）―直衣布袴といへるいてたち也
104 かうしたゝかにひきつくろひ（八九七3・三〇五6）―此段わつらはしきや
う也□□□（両義あり）　なすらへてもみえ給はさりけりと云まて
を源の容儀にみる也儀あり　又義は光こそまさり給へと云まて源
の事也　其末は内大臣也　きら〳〵しき所は内大臣□はまさり給
へきと也　二義何れも□（共に用之）
105 とう大納言春宮大夫（八九七5・三〇五9）―内大臣の弟也
いまはきこゆる御こともゝ（八九七5・三〇五9）―
106 さいはひ人に（八九七9・三〇五14）―人〳〵の云也　大宮のさいはひ人な
ると云也
107 さふらはては（八九七14・三〇六7）―内大臣の内源へ①申給ふ事也
108 御かうし。や（八九八1・三〇六8）―勘当也考事也　勘当也

109 かんたうは〈こなたさまにこそ〉(八九八2・三〇六9)—源の詞也

110 〈【かうしとおもふ事〈侍り〉(八九八2・三〇六9)—此詞イ本にはからしと
おもふ事トアリ　此本の心ナラハこなたさまになんト読キリテか
うしと思事と読へシ　此玉かつらノ事ヲ申イタスヘシトテ又我ヲ
考事シ給ヘキノアルト也　□(から)しと卜云本不可然也　青表
紙□本諸本かうしとアリ】〉

111 この事にや(八九八3・三〇六10)—雲井雁の事にやと思給也」(7ウ)

①「に」の上から「へ」と書く。

112 むかしより(八九八4・三〇六12)—源の詞

113 大小(タイセウ)の事(八九八5・三〇六13)—①

114 ことかきりありて(八九八10・三〇七4)—万機をし給へるいとまなき也

115 いにしへは(八九八12・三〇七8)—内大臣詞也

116 たい〳〵しき(八九八13・三〇七8)—あまりに緩怠なるまてと也

117 はねならへたる(八九八14・三〇七10)—須磨にもつはめさならふると歌に
もあり　卑下しての給也

118 思給へしらぬ(八九九2・三〇七13)—源を(の)御恩をわするゝ事はなきと
也　関白なとゆつり給へる事也

119 そのつゐ(い)てに(八九九4・三〇八1)—玉かつらの事をいひ出給也

120 おとゝいとあはれに(八九九5・三〇八1)—内大臣也

121 そのかみより(八九九5・三〇八3)—内大臣の詞

122 もらしきこしめさせし(八九九7・三〇八5)—もとかたり申しと也

123 はか〳〵しからぬ(八九九8・三〇八6)—近江君尋出給たる事也

124 あはれにおもふたまへ(八九九10・三〇八9)—玉かつらの事を思出給也

125 ひき(め)きみの御ことを(九〇〇2・三〇九2)—葵の上のおはせましかは
と也

126 しほ(ヲ)〳〵と(九〇〇4・三〇九4)—」(8オ)

①113は112と同行にあり。

127 中将の御ことをは(九〇〇4・三〇九6)—雲井雁の事也

128 かのおとゝ(九〇〇6・三〇九8)—内大臣もよきつゐてなる物をと也

129 こよひも御ともに(九〇〇7・三〇九10)—内大臣の詞

130 さらはこの御なやみも(九〇〇9・三〇九12)—源の詞　御裳きの事也

131 又いかなる御ゆつり(九〇〇13・三一〇2)—花鳥説いかゝ　関白をも源よ
り(の)ゆつり給へり(ひし)に又何事をかと世間に皆おもふ也

132 おとゝうちつけに(九〇〇14・三一〇5)—玉かつらをいつしかゆかしく思
給也

133 やんことなきかた〳〵(九〇一2・三一〇8)—紫上なとのつらにし給へは
人めをいかゝと思思給故におほす也　又さりとて聊爾ににはし
給はしとてあらはし給也

134 それをきすとすへき(九〇一4・三一〇11)—源のきよき事はあるましと思
へとそれもちからなき事と也

135 ことさらにも(九〇一5・三一〇12)—わさともこそ源の御あたりへはまい
らせおくへけれと也

136 みやつかへさまにも(九〇一5・三一〇13)—内侍督(かみ)にまいり給はゝ
女御の御ためいかゝと也」(8ウ)

137 よろしくおはしませは(九〇一9・三一一4)—大宮の御病のよろしき也

138 れいのわたり(九〇一10・三一一5)—源の玉かつらの御方へわたり給也

139 あへきことゝも(九〇一11・三一一6)—内大臣にあひたてまつらせ給ふへ

き事なと念比にをしへ給也
140 あはれなる御心は(九〇一11・三一一7)—玉かつらの心也　実父よりも念
比なると也
141 おほす物から(九〇一12・三一一8)—此からの字妙也　かく念比なる事は
たくひなけれと今実父にしられたてまつるは一段とうれしきと也
142 むへなりけりとおもひあはする(九〇一14・三一一10)—野分の日の事を
(あやし)かりしに思あはせ給也
143 かのつれなき人(九〇一14・三一一11)—雲井雁也　雲井雁よりはまさりさ
まなる物をと也
なをもあらす(九〇二1・三一一12)—
144 されとあるましき(く)(九〇二2・三一一13)—夕霧の実法なる也
145 三条宮より(九〇二3・三一二1)—玉かつらへの文ある也
146 きこえんにも(九〇二5・三一二5)—文の詞也　いま〳〵しきとはその身
尼にてましますよし也」(9オ)
147 なかきためし(九〇二6・三一二6)—命なかきためしにと也
148 あはれにうけたまはり(九〇二7・三一二7)—我御孫なるのよし也
149 御気しきにしたかひて(九〇二7・三一二8)—かく〔は〕申せは(とも)御気
しきにしたかふへしと也
150 ふたかたに(九〇二9・三一二9)—
〈玉かつらは〉内大臣の〈御〉子なれとも大孫(宮)の御孫又源の御子
といへとも葵上のまゝ子なれは是も又孫と云々
151 いたしや(九〇二11・三一二13)—いたはしや也
152 御てふるひにけり(九〇二13・三一二15)—①
153 卅一しのなかに(九〇二14・三一三2)—歌よむ事をこゝにもいさめて式部
かいへる也　あまり縁〈の詞の〉すきたる〈も〉あしき事也　そへた
るることのかたき也とは堅固過たる也
から衣きつゝなれにしつましあれはも此歌の類也　【されとそれ
は折句なれはえさらぬ事なるへし　古人沙汰したる事也】
154 からのたきもの(九〇三2・三一三6)—河海両義あり　いつれにてもある
へし
155 おちくりとかや(九〇三10・三一四4)—昔は執したる物也
156 あはせのはかま(ま)(九〇三11・三一四5)—なかへなき也
157 しらきりみゆる(九〇三11・三一四5)—しらみくろみたる色也」(9ウ)

① 152は151と同行にあり。

158 おいらかなり(九〇四1・三一四10)—おとなしき也①
159 かくものつゝみしたる人はひきいり(九〇四2・三一四12)—人のおしへ也
160 かへりことはつかはせ(九〇四3・三一四13)—源の仁恕ある也　人をから
を思給故也
161 わか身こそ(九〇四7・三一五2)—
162 しゝかみ(九〇四8・三一五4)—ちゝみたる也
163 ゐりふかく(九〇四8・三一五4)—仮名はうき〳〵としたるこそよけれ
ゐりいれたるやう也
164 ましていまはちからなくて(九〇四9・三一五6)—侍従なとありし時はあ
つらへ給しを今はさやうの人さへなくて自身苦労してよみ出し給
へきと也
165 から衣(九〇四13・三一五11)—
玉かつらの返事は別にあるへし　□□此歌は源のかき給也　唐衣
と云歌をしけく読給へる故也

166 みせたてまつり給へは（九四14・三五14）―源かやうにかきて玉かつらへみせたてまつり給也
167 君いと（九五1・三五14）―君は玉かつら也
168 ろうしたる（九五1・三五15）―嘲弄也②
169 よしなきこと（九五2・三六1）―草子地也　かやうの事をかけるはよしなきと也
170 さしもいそかれたまふましき（九五2・三六3）―とくたいめんありたきの心也」（10オ）

①158は10オの右端にあり。

②168は167と同行にあり。

171 やうかはりて（九五6・三六8）―源の心にいりたる事也　実子にてもなし又室家にてもなきをいかなる事にかくまて心にはいり侍るそと也
172 ゐの時（九五6・三六9）―御対面ある時也
173 すこしひかりみせて（九五8・三六11）―かやうの時の灯は光ほのかなるへきをこれは実子を此つゐてあらはしてんの心にてわさとあらはにし給也
174 よのつねのさほう（九五12・三七1）―内大臣の実子といふ事はいまた世間の披露なき□故にあるへき作法にと源〔の〕の給也
175 <けにさらにきこえさせ（九五13・三七2）―内府の詞　源の念比なる事をいへり>
176 かきりなきかしこまり（九五13・三七4）―<内大□の詞>かくもてあつかひ給かたしけなさはかきりなき事と也
177 うらめしや（九六2・三七7）―いまゝてしらて過けるよと也
178 しほたれ給（九六3・三七9）―歌にあまの心よとあるによせたり」（10ウ）
179 よるへなみ（九六5・三七12）―我身のよるへはいつくともなかりしをき〔そ〕なたより尋ねもし給はさりしよと也　源のをしはかりて返事をかくし給へり
180 いとわりなき（九六5・三七14）―今まて尋給はぬをわりなしとかこちたる也
181 みこたちつき〳〵（九六7・三八2）―次々也
182 御けさう人も（九六8・三八3）―兵部卿宮鬚黒なと也
183 中将弁（九六9・三八5）―中将は柏木也
184 <人しれすおもひし事（九六10・三八6）―兄弟ともしらて心かけし事をからくもおもひ又実のはらからなれはうれしく思と也>
185 さまことなる（九六11・三八8）―六条院のさま〳〵の事をし給へるをいへり
186 中宮の（九六12・三八9）―秋好也
187 猶しはしは御心つかひし給て（九六13・三八10）―源内大臣へ申給詞也
188 たゝ御もてなし（九七3・三九1）―内府の返事
189 御をくりもの（九七5・三九4）―裳きの禄例よりも事くはへたる也」（11オ）
190 兵部卿のみや（うちより御気し□ある）（九七9・三九9）―内よりの御左右を待てと也
191 なまかたほなる（九七11・三九13）―源のかくねんころかり給は玉かつ

らの大かたしかるへき人ゆへにてこそあるらめと思やり給也
192 かの御ゆめ(九〇七13・三一九15)―蛍巻にみえたり
193 女御はかり(九〇七13・三一九15)―内大臣語給也
194 °じねんに(九〇八1・三二〇4)―
195 さかなもの、(九〇八2・三二〇5)―近江君也①
196 ふたかたに(九〇八4・三二〇8)―源と内大臣と也
197 あふなげ°に(九〇八4・三二〇8)―奥もなくと也
198 中将(九〇八5・三二〇10)―柏木也
199 しかかしつかるへき(九〇八5・三二〇10)―ふたかたにもてなさるらんと
いふにかゝれり②
200 あなかまみな(九〇八7・三二〇13)―近江君の詞
201 ないしのかみあかは(九〇八11・三二一3)―中将弁内侍のかみ闕あらは中
将弁こそのそみ申へきにと嘲弄していへる也
202 ましりひきあげ°たり(九〇九1・三二一9)―
203 けにしあやまりたる(九〇九2・三二一10)―近江君尋出したる事はちか」
(11ウ)

①195は194と同行にあり。
②199は198と同行にあり。

比誤たる也
204 少将はかゝるかた(九〇九3・三二一11)―少将はなさけ〳〵しく〳〵なくさ
めて〉いひ給也
205 かたきいは(九〇九4・三二一13)―抄にみえたり　かくかきなせる面白也
御心しつめてはらたちたるさま也　御心しつめてこそあは雪のこ
とく思のきゆる事もあらめと也
206 あまのいはと(九〇九6・三二一15)―兄弟の事に奇特なるとりあはせ也
少将はなくさめての給を柏木はさやうにはらたち給はゝ、ひきこみ
てゐ給へと也
207 御まへの御心の(九〇九8・三二二2)―女御也
208 いそしく(九〇九8・三二二3)―いそかしく也
209 をと°いとけさやかに(九〇九14・三二二12)―をとはいらへたる也
210 むねの(に)てをゝきたる(九一〇5・三二三5)―おとろきたる也
211 したふ°(清歟)り(九一〇6・三二三6)―」(12オ)
212 ゐみたまひ(九一〇6・三二三6)―内大臣をかしく思へるを堪忍ある也
213 いとあやしく(九一〇6・三二三7)―草子地也　実もなき御くせと也
214 さもおほし(九一〇7・三二三7)―内大臣の詞
215 ひゝしく(九一〇9・三二三11)―師説秘々也　ねんころになといふ心と
云々　□(今)案ひ°ゝ°しくの心にて可然歟
216 人のおやけなく(九一〇11・三二三13)―草子地也
217 やまとうたは(九一〇12・三二三14)―近江君の詞
218 つまこゐ(九一〇13・三二三15)―本人の①申給事に言をそへていはんと也
219 世人は(九一一3・三二四6)―なにかこゝへむかへ給はゝかくはし給まし
き事と也　たゝ此人のよろしからぬをはちをまきらはしてかくあ
つかひ給と世(の)人のさま〳〵いふと也

大永七　七　十二了」(12ウ)

①「に」の上から「の」と書く。

蘭

源卅七　八月九月の事也　物語には三月より五ヶ月の事はみえす

001 内侍のかみの（九一七1・三七1）―玉かつら内侍のかみの事行幸の巻に粗沙汰あり　五ヶ月の間に内侍のかみになり給へるなるへし　里なから内侍のかみに任する例花鳥にみえたり

002 たれも〳〵（九一七1・三七1）―源□（と）内大臣と也

003 おやとおもひ（九一七1・三七2）―玉かつらの心中也　源の心かけ給をいへり

004 心よりほかに（九一七3・三七4）―自然御門の寵にもあつかる事のあらはと也

005 いつかたにも（九一七4・三七6）―たま〳〵おやにしられたてまつりて又程なく女御なとに心をかれたてまつりてはと也

006 うけひ（イ）給人〳〵（九一七6・三七9）―呪詛の心也　こゝにては只あしさまに思心也

007 さりとてかゝるありさま（九一七8・三七12）―宮仕に出たつ事あしき事にてはなきと也

008 まことのちゝ（九一七10・三八3）―源の心かけ給へきと内のおとゝのをしはかり給故にわか□□ものにもえとりもちてし給はさる也

009 いつかたも〳〵（九一八2・三八11）―源内大臣也」（13オ）

010 うすきにひ色（九一八5・三九1）―三条大宮なやみ給事前巻にみえたり　此巻にてうせ給と□みえたり　〈三月廿日と藤のうらはにみえたり　三月なるへし〉　今玉かつら祖母の服をき給へり

011 宰相中将（九一八7・三九4）―夕霧参議に昇進事こゝにてみえたり　行幸□蘭の巻の間にて昇進あるへし

012 こまやかに（なる）（九一八8・三九5）―□色のこき也　軽服は心の浅深ある也　夕霧は最愛の孫たるによりて色のこき也

013 はしめよりものまめやかに（九一八9・三九7）―玉かつら実の兄弟のよしをいひしらせ給故に夕霧はまことのはらからのことくし給へる也

014 いまあらさりけりとて（九一八10・三九9）―今さらにうと〳〵しくし給へきもいかゝと也

015 とのゝ御せうそこ（九一八12・三九12）―源よりの御ことつて也

016 内よりおほせ（九一八12・三九12）―内より夕霧〈を御使と〉して源へ申されし□そのよしをやかて玉かつらの御方へ申給也

017 御かへり（九一八13・三〇1）―玉かつら源への返答也」（13ウ）

018 かの野わきのあした（九一八14・三〇2）―玉かつらを夕霧見給し事

019 うたてあるすちに（九一九1・三〇3）―実子にとりてはあまりむつましく心得かたく思給し事

020 猶もあらぬ心ちそひて（九一九2・三〇4）―夕霧の我身もあらぬ心のつくと也

021 さ\はかり見所ある（九一九3・三〇5）―御門とよき御あはひなるへしと也　〈【弄云源しと玉かつら〈と〉の事也】〉①

022 をかしきさまなる（九一九3・三〇6）―中宮女御の御ためにて（には）わつらはしき事のあるへき也

023 人にきかすましと（九一九5・三〇8）―夕霧のつくりことにかくの給也

024 うへの御けしきの（九一九8・三〇13）―まへに人にきかすましと侍つるといへる事の子細を訓尺する也

025 御ふくも(九一九10・三一1)—玉かつら物の給けはひ見まほしくてかくいひかけ給也　八月也　三月廿日大宮の御忌日也　八月廿日まて軽服の日也　花四月とあるは誤也

026 十三日(シウサンニチ)(九一九11・三一2)…

027 たくひ給はん(九一九12・三一4)—玉かつらの詞也

028 この御ふくなと(九一九13・三一6)—今内大臣実子の事あらはれて(はヾ此三条宮の)御服をき」(14オ)

①「弄云」以下の注釈は見出し項目中の「見」から線を引いて補入。

給へるによりて人あまたし□(るへき)也

029 いとらう(九二〇1・三一7)—遠慮を□くらす功〈労〉のある也

030 もらさしと(九二〇1・三一8)—中将はしのひかたき物をと也　秀能か歌露をたにいまはかたみの藤衣あたにも袖を吹嵐かなとよめるも此語勢也

031 さてもあやしく(う□)(九二〇2・三一10)—兄弟かと思へはさはなくて軽服はおなしやうにきたるは心得さる事と也　此衣なくてはと也

032 なに事も(九二〇4・三一13)—玉かつらの返答　夕霧さへ分別なきなれはましていかゝ分別すへきそと也

033 らにの花の(九二〇7・三二2)—□らんしらに諸本異あり　拾遺愚草物名はんひとはしめよめるを□はにひと後にあらためたる也　仮名のならひはぬる字をはに文字にてをくる也　しおんしおにの類也

034 これも御らんすへき(九二〇8・三二4)—蘭は類あまたあり　蘭〈兄蕙弟といふ事あり〉□(□)　兄弟の事にとる歟　紫のゆかりをいへる歟」(14ウ)

035 うつたへに(九二〇9・三二5)—総してはひたすらになと云心也　一向にの心也　磯辺の浪のうつたへにの心はうつたひにと云義あり如何　こゝの心は一向におもひもかけすしてとり給へる也　河説いかゝ　{【河云ヤカテト云也　ウチツケ同也】}①

036 おなし野の(九二〇10・三二7)—上句三条宮の御服をおなしやうに着給へるを云也　ふちはかまは藤衣の心あり　かことは誓言也　こゝの心は只□□□(少はかり)と云心也　かことはかりもあ□ん□□思の心□へし

037 道のはてなる(九二〇10・三二9)—あつまちの

038 たつぬるに(九二〇13・三二11)—此歌花鳥儀もおもしろき歟　玉かつら夕霧は此程まては兄弟也されは同野と云へき程もなきと也　はるけき中□(に)てもなき程に□かこつへきよしもなしといひのかれたると也　又の義は玉かつらと夕霧とのなかをよく尋ぬれは兄弟にはあらすはるけき野へ也　されと又はるかによそ人といふへき事にはあらす　うす紫ほとのゆかりはあるへしと也　実はいとこ」(15オ)

①「河云」以下の小書き部分は上部余白にあり。

なる故也

039 あさきもふかきも(九二〇14・三二14)—夕霧の詞也　玉かつらの心にとまる事はあるらんとの給まつはるゝ也　いかさまにもはなれたる中にてはなき也

040 えしつめ(九二一2・三三1)—□(とかく)申出すへきにてはなけれともと也

041 いまはた(九二3・三三3)―まへにはかことといひこゝにははやいひ
出ぬれは身をつくしてもあはんと云へる也

042 頭中将(九二4・三三3)―柏木也

043 人のうへに(九二4・三三4)―

044 かたはらいたけれは(九二8・三三9)―作者也(の)詞也

045 かんの君(九二8・三三11)―はしめてかんの君といへり　内侍のかみ也

046 心うき御気し{き}かな(九二9・三三12)―夕霧の心也

047 いりはて給ぬれは(九二11・三三15)―奥へひきいり給也

048 かのいますこし身にしみて(九二12・三四3)―紫上也

049 おまへにまいり(九二14・三四6)―源の御まへ也

050 御返なと(九三1・三四7)―玉かつらよりの御返事を申さるゝ也」
(15ウ)

051 この宮(ミヤ)つかへ(九三1・三四8)―源の詞也

052 れんし給へる(九三2・三四9)―れんしは念比なる也　又調練也

053 さても人さまは(九三6・三四14)―夕霧の返答也　とち(いつかた)さ
まにしてしかるへきそと也

054 いみしき御おもひ(九三8・三五2)―中宮弘徽殿にをよふ事はありか
たきと也

055 わさとさるすち(九三9・三五4)―内よりも(は)女御になとさりかた
く(き)仰にてもなけれは出たち給はんもいかゝと也

056 さる御なからひ(九三10・三五5)―源と兵部卿宮と也　此御なかはに
てはひきたかへかたき事と也　さしもおりたちてねん比にの給物
をと也

057 かたしや(九三11・三五7)―源の返答難義なる事と也

058 わか心ひとつ(九三11・三五7)―我実子にてもなきと也

059 大将(九三12・三五8)―鬚黒也

060 かゝる事の(九三12・三五8)―かやうのくるしき事をもかけはなれて
よそにきくへき物を我〈子〉のやうにし給て今は後悔なると也

061 かのおとゝ(九三1・三五14)―{又}父おとゝのひきとり給へき様もな
き{と}也

062 人からは(九三3・三五15)―真実は兵部卿宮の室家にてしかるへきと
也」(16オ)

063 みやつかへにも(九三5・三六2)―褒美しての給也

064 けしきの(九三7・三六5)―夕霧の源の心をみんとて申さるゝ也

065 としころ(九三7・三六6)―夕霧の詞也

066 ひかさま(九三8・三六7)―源の心なとかけ給よし人のいへる也

067 かのおとゝも(九三8・三六7)―内大臣也

068 大将のあなたさま(九三9・三六8)―大将の内々申さるゝをも父お
とゝはこのおもむきの返答をし給へると也

069 かた〳〵(九三10・三六10)―源の詞

070 御心ゆるして(九三11・三六11)―実父の許諾にこそしたかふへけれと也

071 女は三にしたかふ(九三11・三六12)―礼記に婦人(ハ)従レ人者也　幼(ワトキニハ)
則従レ父ー兄嫁(スル)　則従レ夫々従レ子(ニ)【従(トハ)　謂順二其教令一】云々

072 ついてをたかへ(九三12・三六12)―今は内大臣の儀にこそしたかふへ
けれ其次第をたかへてはをのか心のまゝにはいかゝと也　をのか
とは源のみつからの給也

073 うち〳〵にも(九三13・三六14)―〈内大臣の心也〉　紫上其外の人〳〵
也　思人たちおほき事也

074 えそのすちの(九二三14・三三六15)—紫上なとの御かた〳〵の数にはなすらへかたきと也」(16ウ)

075 おほそふの宮つかへ(九二三14・三三七1)—かくみやつかへに出し給ふ事は玉かつらの下心をはをしこめてし給事と内大臣かたにはの給と也

076 らうろう(九二四1・三三七1)—牢籠也　鳥に(を)籠にいり(れ)獣の(を)牢(ヲリ)にいり(れ)たるかことしと也【青表紙ハらうの字ナシ　ろうしてとあり　可然歟　伊勢物語にも此詞あり　みやつかへに論して歟　論してとは定めての心歟　さま〳〵に□□し、を今決定してと云にや　今度□】

077 けにさはおもふらん(九二四3・三三七4)—源の心也

078 まか〳〵しき(九二四4・三三七5)—曲也　正直になきと也

079 いたりふかき(九二四4・三三七6)—内大臣の心ならひと也

080 おもひくまなしや(九二四5・三三七8)—かくる、所もなきと也

081 御けしきは(九二四6・三三七9)—夕霧の心也

082 かしこくも(九二四9・三三七13)—人はおそろしく思よると也

083 御ふく(九二四10・三三八1)—八月也

084 月た、は(九二四10・三三八1)—九月は忌(いむ)月なれは也①

085 うちにも心もとなく(九二四11・三三八3)—内にはひきたかへなとし給てはとおほすにによりいそき給へる也

086 たれも〳〵(九二四12・三三八4)—兵部卿宮大将なと也

087 よしの、たきを(九二四13・三三八6)—てをさへてよしの、滝はせきつとも人の心はいか、とそおもふ

088 中将も(九二四14・三三八8)—夕霧也」(17オ)

①084は083と同行にあり。

089 たはやすく(九二五2・三三八10)—夕霧のさま也

090 との、御つかひにて(九二五6・三三九1)—内大臣よりの御使にて柏木まいり給へる也

091 猶(なを)もていてす(九二五6・三三九1)—頭中将は実子(兄弟)なれといまたしのひ給也

092 かつらのかけに(九二五7・三三九3)—庭の桂の木なるへし

093 見き、いるへくも(九二五8・三三九3)—はしめはへたて給を今はさもなき也

094 宰相のきみ(九二五10・三三九7)—さふらふ人也　玉かつらのめい也　夕皃上のいとこなる歟

095 なにかしを(九二五10・三三九8)—柏木の詞也

096 たえぬたとひ(九二五12・三三九11)—兄弟の事也

097 こたいの(九二五12・三三九11)—〈めつらしからぬ〉ふるき事也

098 けにとしころ(九二五13・三三九13)—玉かつらの返事

099 かくまてとかめ(九二六1・三三九15)—かくの給へはかへりてへたて〳〵かましきと也

100 なやましく(九二六2・三四〇2)—又柏木の詞也

101 まいり給はん(九二六5・三四〇6)—いつ比まいり給へきそと也

102 なに事も(九二六6・三四〇7)—内大臣は何をも人めをは、かり給と也

103 いつかたにつけても(九二六8・三四〇10)—頭中将の詞　兄弟といひ又文くはしき事はしらて文なとまいらせし事かた〳〵にと也」(17ウ)

104 まつはこよひなと(九二六9・三四〇12)—ひ□□へたてなくうち〳〵へもまいりぬへき物をと也

105 きたおもて(九二六10・三四〇13)—内々の方也

106 きむたちこそ(九二六10・三四〇13)—宰相なとこそ物へたて給へけれと也
107 けに人き丶を(九二六13・三四一2)—つもりたる事をも申たけれとなをさ
りにてはなきと也
109 いもせ山(九二七2・三四一6)—
いもせは兄弟をいへり　兄弟ともしらて文なとまいらせたるよと
也　をたへの橋には心はなきと也(し)　ふみまよふといふ恋によ
せたるはかり也　ふみまよひけるよと歌より詞にかきつ丶くる也
古今津の国の名(な)にはおもはす山しろのとはにあひみん事をの
みこそといへる名所二をよめる　此作例なるへし
108 すくよかに(九二七1・三四一4)—①
110 まとひける(九二七4・三四一9)—
何ゆへともしらさりしと也
111 をのつから(九二七6・三四一13)—な□ゆへ□□宰相の君の云也　かく疎
遠にてはへありはつ〉□□ましき事と也」(18オ)

①108は109と110の行間にあり。補入の際に物語本文とは逆の掲
載順になったか。

112 よしなかゐ(九二七7・三四一14)—柏木の詞
113 らうつもり(九二七8・三四一15)—奉公の臈(労)也
114 大将はこの中将(九二七12・三四二8)—右近大将右近中将也
115 人からも(九二七13・三四二10)—大将をいへり
116 かのおと丶(九二八1・三四二12)—源也
117 さるやうある事(九二八2・三四二13)—源の心さし給ゆへこそと内大臣の
疑推也
118 式部卿(九二八5・三四三3)—紫上の兄弟也
119 六条のおと丶(九二八7・三四三6)—紫上のあね大将の本台なれはこれを
をしのけてはいか丶と源は思給へる也
120 かのおと丶(九二八9・三四三9)—実父也
121 女はみやつかへ(九二八10・三四三9)—玉かつらの心の中也　宮つかへは
物うけにおほしたりともりき丶給也
122 おほとの丶(九二八11・三四三11)—源也
123 弁のおもと(九二八13・三四三13)—此人大将にあはせ給し也
124 たのみこしも(九二九2・三四四5)—八月なるへし
125 数ならは(九二九3・三四四7)—」(18ウ)
我身数ならは九月は人のいむ月なれはいとふへきをこの月た丶は
内へまいり給へき故にいみある月をもは丶からて一すちにいそき
たる也
126 月た丶は(九二九3・三四四9)—十月に内へまいり給事をよくき丶給なる
へしと也
127 いふかひなき(九二九4・三四四10)—宮つかへに出給事
128 あさ日さす(九二九6・三四四11)—
花鳥義あり　はやくきえやすき身なるをよくはからひ給へと也
又の義は内にさふらひ給は丶天顔にふれてましますへ①き也　さ
れは朝日さすひかりをみてもとはいへり　我むすほ丶れたるおも
ひをはわすれ給な(そ)と也　此義可然歟
129 いとかしけたる(九二九7・三四四12)—篠をいへり　歌にゆつりたる也
130 うちあひたるや(九二九8・三四四13)—両方の御使(の)行あひたる也
131 式部卿宮の左兵衛のかみ(九二九8・三四四15)—これも玉かつらに心かけ
たる人也　こ丶にてはしめて左兵衛のかみの伝をかけり

132 わすれなん(九二九12・三五3)―事からおもしろき歌也　義孝歌をい
さゝかひきなをす也」(19オ)
①「也」の上から「へ」と書く。

133 おほしたえぬへ(九二九13・三五6)―内へまいり給なはかやうの事たえ
ぬへき也　いまをなこりなるへきと也

134 宮の御かへり(九二九14・三五7)―兵部卿の宮はかりの御かへりある也

135 心もて(九三〇2・三五8)―
けたすもあらなんとあるをうけたり　葵は必日にむかふ物也
〈衛足とて〉身をたもちたる物也　されと日にむかふとて霜をはえ
けたさる物也　そのことく玉かつらの宮仕に出たつ事も我心から
なる事にてはなき也　人まかせなるをいへり

136 あはれをしりぬへき(九三〇3・三五12)―我御心からにてはなきとある
を宮はうれしくみ給也

137 女の御心〈はへ〉は(九三〇5・三六2)―この君をなん本(ホン)に　花説いかゝ
玉かつら□の心はへを本にすへきと也　紫上をは第一にして次に
は玉かつらを女の本にはすへきと云心也　此物語に此よし所々に
みえたり

大永七　七　廿四了」(19ウ)

《空白》」(20オ)

《空白》」(20ウ)

真木柱

巻名以歌号之　源卅七の十月より卅八の秋までの事ありあり　但
末に十一月にいとをかしきちこをさへいたき出給とあれは十一月
までのことある歟　【まきはしらをみ給に手もおさけれとあり
歌にも又詞にもまきのはしらとあり　此詞のみまきはしらとある
也】

001 うちにきこし(九三五1・三九1)―玉かつら鬚黒の大将にあひ給へる事
をいへり　花鳥にくはしくみえたり

002 しはし人に(九三五1・三九2)―源の心中也　世界へひろくしらせしと
也　公私のためしかるへからさると也

003 ほとふれと(九三五2・三九4)―大将の心也　玉かつらの心に大将の
〈御心の〉思の外なる事とおほしてうちもとけ給はさる也

004 みるまゝに(九三五4・三九7)―大将の心也　此人を自然兵部卿宮によ
ことられてはと思給也

005 女君の(九三五7・三九10)―玉かつら也　心よくも思給はさる故に出頭
もなき也

006 けにそこら心くるしき(九三五8・三九11)―

007 心あさき人(九三五8・三九12)―河海云心あさき人とは鬚黒をいふとい
へり(る)義あり　これも□□おもしろし　又の儀はひけくろの□
本台の北方の物の気をさま〳〵祈り」(21オ)
給しかともそのしるしもなかりし也　その故は物の気のしうねき
故也　今此玉かつらの事を祈り給へるにははやく成就する也　こ

れは玉かつらは心あさき人なる故に利生もすみやかなると也　此
時は心あさき人とは玉かつらをいへり　此説可然歟①
008 おと丶も（九三五9・三五〇2）—此もの字は源も玉かつらも本意にてはな
きと也
009 たれも〳〵（九三五10・三五〇3）—実父なとはゆるし給也
010 きしきいとになく（九三五11・三五〇5）—大将の出入の儀式也　かやうの
事をも源のよく沙汰し給へる也　源の性殊勝也
011 わかとのに（九三五12・三五〇6）—大将の我御方也
012 かしこにまち（九三五13・三五〇8）—いまた本の北のかたましませは也
013 ち丶おと丶は（九三六2・三五〇13）—内大臣の御心にはみや□うしろみな
き宮つかへよりは大将のぬしつき給事をはしかるへき事と思給也
014 心さしはありなから（九三六4・三五〇15）—涯分の程ははく丶むへけれと
も」（21ウ）
① 007は006と同行から書き出す。
女御を丶きたてまつりてふたかたにはいか丶と思給也
015 三日のよ（九三六7・三五一5）—嫁娶の三日め也　もちゐなとの儀式也
016 このおと丶の（九三六8・三五一6）—源の心はかけなから実事なきよしを
父おと丶のき丶あけ（き）らめ給也
017 内にもきこしめして（九三六11・三五一15）—天聴にも達する也
018 みやつかへなと（九三六12・三五二2）—よすかさたまりたりとも時〳〵は
まいり給へと也
019 しも月にな□（なり）ぬ（九三六13・三五二4）—神事の月也　内侍のかみの
所へすけ以下来て事をいひ合る也
020 兵衛の督（九三七2・三五二9）—これも玉かつらに心かけし人也　大将の
本台の兄弟也　されはかた〳〵にくちおしく思給也
021 女はわら丶ら（か）に（九三七7・三五三1）—にこやかに也
022 もてかくし（九三七8・三五三1）—大将に対しては和したるさまをもて
かくして□（機）嫌あしきさまをつくり給也
023 心もてあらぬさま（九三七8・三五三2）—玉かつらの心ならす大将にあひ
給事也　此心を源はくはしくはしり給ましきとてはつかしく思給
也　おくの巻にも玉かつらの心ならさるよしをほめて源の丶給へ
る」（22オ）
事ある也
024 宮の御心さま（九三七9・三五三3）—玉かつらは兵部卿宮に心ひく也
025 とのもいとおしう（九三七11・三五三6）—源を人の疑しも今けかれさる事
はあらはれぬへきと也
026 うちつけに（九三七12・三五三7）—うちつけなる事は源の心くせにてきら
ひ給たる也
027 いまさらに（九三七14・三五三9）—源の心くせなれは今よりこそ大事なる
へけれと也
028 大将のおはせぬ（九三八1・三五三12）—源の御出ある也
029 け丶しき（九三八4・三五四2）—かと〳〵しきさま也
030 すくよかなる（九三八5・三五四5）—此程大将にならひて今源にむかへは
別□（の物に）みゆると也
031 よそに見はなつ（九三八9・三五四12）—源の心也　我物にしてもみるへき
物をと也
032 おりたちて（九三八11・三五四14）—
一二句源の実事なきをいへり　手をとりて引わたす程の〔事は〕あ

りしと也　わたり川は三途也　されとこゝにては只川とみて可然歟
033 おもひのほか（九三八11・三五1）―歌を足したる也」（22ウ）
034 みつせ川（九三八14・三五3）…
此歌義あまたあれ①と只はかなくよめる歌也　かやうの事の出来
さるさきにきえたきと也　又はさたまれる死期の来らさるさきに
きえたきと也　五文字はわたらぬさきといはんためにをける也
035 心をさなき（九三八14・三五5）―源の詞也　たれも三途□川はかならす
わたる事也
036 よき。みち（九三九1・三五5）―三途川の事也　善道（ヨキ）と云説あり　非也
037 御てのさきはかり（九三九1・三五6）―夫婦のかたらひをはしめたる人
三途川を引わたす也　実事なしとても夫婦のかたらひをいひしら
せたる故にひきわたす程の事はあるへきと也　琴（こと）を枕にて
なとありしなとはかりにても云へき也
038 まめやかに（九三九2・三五7）―玉かつらも思しり給事あるへきと也
心さしの事也
039 世になきしれ〳〵し（九三九2・三五8）―子のことくし給なから心かけ
給事
040 又うし〈ろ〉やすく（九三九3・三五8）―かくはくゝむ事はえわすれ給ま
しきと也
041 いとおしうて（九三九4・三五10）―源の別の事にいひなし給也」（23オ）
①「り」の上から「れ」と書く。
042 うちにのたまはする（九三九5・三五11）―源の詞也
043 なをあからさまに（九三九5・三五12）―最（暫）時にてもまいり給へと也
044 をのかものと（九三九6・三五12）―大将の事也
045 おもひそめ（九三九7・三五14）―源の心はまつ宮つかへに出して後には
ともかくもと思しと也
046 二条のおとゝ（九三九7・三五14）―父おとゝ也　二条の父おとゝをも二
条の（と）号せり（系図に二条のおとゝとあるは弘徽殿大后の父大
臣事也）
047 あはれにも（九三九8・三六1）―玉かつら也
048 たゝあるへき（九三九10・三六3）―心つかひをゝしへ給也
049 かしこに（九三九11・三六4）―大将の心也　最（暫）時も参内をは〈心に〉
ゆるし給はさる也　内侍のかみにてはかならす拝賀に参し給へき
事也
050 そのつゐてに（九三九12・三六7）―参内あらはすくに大将の亭へわたす
へきと也心あれはさもと思なり給へる也
051 きたのかた（九四〇2・三六13）―大将の本台也
052 なよひかに（九四〇3・三六14）―大将の事也　只実めなるかたはかりな
る人なれはかく思事をもえ思かへし給はさる也
053 ひたおもむき（九四〇5・三七2）―一方むき也」（23ウ）
054 女君人にをとり（九四〇6・三七3）―大将の本台也
055 ちゝみこ（九四〇7・三七4）―先帝の親王也
056 かのうたかひ（九四〇12・三七11）―大将の心に源に密通（通）を疑し事も
さもなきをうれしと思給也
057 式部卿の宮（九四〇13・三八1）―式部卿宮よりよひとり給也
058 やさしかるへし（九四一1・三八4）―はつかしき也　年のおもはん事そ
（も）やさしき（く）といへるも此心也

059 をのかあらんこなたは(九四一1・三五八4)―こなたとはあらんあひたはと云心也　行末を云にはあなたと云也

061 うちはへ①(九四一5・三五八9)―うちたへ也

060 いまはかきりの身にて(九四一4・三五八7)―一度よすかさたまりて又たちかへり給へき事面目なきと也

062 本上(ホンシヤウ)(九四一5・三五八9)―②

063 時(とき)〳〵心あやまり(九四一6・三五八10)―物の気也

064 玉(たま)をみかける(九四一8・三五八14)―大将の心也　玉をみかけるとは玉かつらのすみ給かた也

065 きのふけふの(九四一9・三五九1)―□□鬚黒の北方にの給詞　しかるへき人と云物は何事をも思のとめてこそあるへき物をと也」(24オ)

①061は、物語本文に従えば060の後にくるべき。

②062は060と同行にあり。

066 身もくるしけに(九四一11・三五九3)―北方の身もくるしけなる故にさのみはえうちいてさる也

067 としころ―(ちきり)(九四一12・三五九5)―大将もこゝなとあはれを(と)思給也

068 よの人にもにぬ(九四一13・三五九5)―物の気をいへり　我は涯分は堪忍すへきをと也

069 おほしうとむな(九四一14・三五九8)―此なの字製禁の心にはあらす　うとみ給けるよといひかけたる詞也

070 女の御心のみたりかはしき(九四二2・三五九9)―女は遠慮なき故世のありさまをも御覧しはてさるなるへし

071 宮のきこし(九四二3・三五九12)―女こそあれ父宮の同意し給へる事心得かたき也

072 かうじ(九四二5・三五九14)―かんたう也

073 い□(と)ねたけに(九四二6・三五九15)―如此〈大将の〉いひ給を北方は嘲弄しての給と思給也

074 もくの君中将(九四二7・三六〇2)―もくの君は大将の御方の女房中将は北方にさふらふ人也　いつれも大将の思人也」(24ウ)

075 身つからを(九四二9・三六〇5)―北方の詞　我身の事はかりにてはあらて父宮の御うへをさへの給事と也

076 宮の御事を(九四二10・三六〇7)―大将の詞

077 玉のうてなに(九四三5・三六一4)―玉かつらをむかへんと也

078 御なかよくて(九四三9・三六一10)―玉かつらをむかへは御中よくてましませ也

079 人の御つらさは(九四三13・三六一15)―北方の詞

080 大殿(おほとの)のきたのかた(九四四1・三六二3)―紫上也

081 かく人のおやたち(九四四2・三六二5)―玉かつらを大将にあはす(はせたて)まつる事は紫上のわさとりもちてし給へると式部卿のかたにはいへる也

082 こゝには(九四四3・三六二6)―何ともこゝには思はさると也

083 もてない(九四四4・三六二7)―ともかくもと北方のゝ給也

084 いとよう(九四四4・三六二8)―かくの給まてはしかるへし　又物の気をこりてはと也

085 大殿の(おほとのゝ)きたのかたの(九四四5・三六二9)―大将の詞

086 いつきむすめ(九四四5・三六二9)―紫上はいまた人のいつきむすめ〈の〉ことくして」(25オ)

我身をさへ人まかせなるやうにし給へれはまして〈人〉のうへまての事はいか丶とりもち給へきそと也

087 〈人の御おやけなく(九四四7・三六三11)―式部卿宮をいへり〉

088 くれぬれは心もそらにて(九四四8・三六三1)―大将玉かつらの御かたへまいり給へきの心也

089 この御けしきも(九四四10・三六三4)―北方の事

090 むかへひ(九四四11・三六三5)―河海にみえたり

091 かうしなともさなから(九四四12・三六三7)―かうしも夜にいれともおろさ丶る也

092 いまはかきり(九四四14・三六三10)―〔尤〕あはれ也　いふ〈かひ〉あるましきとみさため給也

093 か丶るにはいかてか(九四五1・三六三11)―大将の詞

094 おと丶たち(九四五2・三六三13)―源内大臣也

095 たちとまりても(九四五6・三六四3)―北方詞也

096 よそにても(九四五7・三六四4)―おもしろきかきさま也

097 そてのこほりも(九四五7・三六四5)―
思つ丶ねなくにあくる冬の夜は袖の氷のとけすもあるかな

098 みつからは(九四五8・三六四8)―北方也」(25ウ)

099 ならひなき御ひかり(九四五14・三六四15)―源也

100 お丶しき(九四六1・三六五1)―男々しき也

101 中将もくなとあはれ〈の〉よや(世也)(九四六3・三六五5)―北の方の心によせて私の物えんしもあるへし

102 さうしみ(九四六4・三六五6)―北方也

103 おほきなるこのしたなりつる火とり(九四六5・三六五8)―袖に引いれたる火とりにはあらす　まへに御ひとりめしていよ〳〵たきしめ〈たてまつり〉給とありしひとりなるへし

104 いかけ給(九四六6・三六五9)―沃懸也

105 見あふる見あふる(九四六7・三六五9)―みもあへぬ也

106 きよらをつくし(九四六12・三六六6)―玉かつらのわたりをいへり

107 心た〈かひ〉丶ひ(九四六13・三六六7)―大将の心也　これは物の気のするわさと也

108 よは丶ひの丶しり(九四七3・三六六11)―呼叫也

109 うたれひかれ(九四七3・三六六13)―行者のうちた丶きなとする事也

110 心さへ(九四七8・三六七5)―
雪もよ□□檯の巻にもあり　非夜字語の助也」(26オ)

111 つ丶しやかに(九四七9・三六七7)―実なる也

112 心ときめき(九四七11・三六七10)―夜かれをは玉かつらは何とも思給はさるを大将はいか丶と思給也

113 心のうちに(九四七13・三六七13)―大将の心也

114 御さうそく(九四八1・三六八2)―北方はいつも物の気かちにのみましませは大将の御装束無沙汰し給てよろつうちあはさる也

115 ひとりゐて(九四八7・三六八11)―
独を火取によせたり

116 なこりなき(九四八7・三六八13)―もくの君の詞也

117 かやうの人に(九四八9・三六八15)―大将の心也　玉かつらをみるにはさても此もくの君なとに物をもいひふれてありけるよと思給也

118 なさけなき(九四八10・三六九1)―これはなさけなき事と草子地の評也

119 うきことを(九四八11・三六九2)―大将の返歌也

120 ちうけん(九四八12・三六九4)―玉かつらへも北方へもよりつかて二仏の
中間なと云かことくにてはと也
121 一〈夜〉はかりの(九四八13・三六九6)―玉かつらの方にゐ給へり」(26ウ)
122 ちゝ宮(九四九7・三七〇6)―式部卿宮也
123 人のたえはてん(九四九11・三七〇13)―つめては堪忍しかたき事も出来ぬ
へきと也
124 かたへは(九五〇3・三七一5)―少々はと云かことし
125 えさらす(九五〇10・三七二1)―父の御かたをえさらす也
126 かのおとゝたち(九五〇12・三七二4)―源内大臣也　天下の事は此二人に
よくしたかふへしと也
127 〈【かく心をくへきわたりそとさすかにしめられて(九五〇12・三七二4)―
シメラレテトハトノ心歟　シメヲクナトノ心歟　ヘタテラレテノ
心歟　今案也】〉
128 むかし物かたり(九五一1・三七二8)―住吉の物語に□嫡女を父はねんこ
ろに思しかと継母のいひしによりてをろかに成し也
129 かたのやうに(九五一3・三七二10)―北方の〈母といふ形はかりにて〉なか
らへてあるたにかやうなると也かやうの事のいてきぬれは行さき
猶おほつかなしと也
130 いまなんともきこえて。(九五一7・三七三3)―姫君は大将の愛子たるに
よりかくつよくなこりを思給也
131 かくくれなんにまさにうこき給なんや(九五一10・三七三6)―日はくれ侍
れは玉かつらの方へこそいそき給へけれ　こなたへはなにかと也
132 ひはた色(九五一12・三七三8)―ふる〔き〕柱の色によせたり」(27オ)

133 いまはとて(九五一14・三七三11)―
あはれなる歌也　これより柱真木柱の君といへり
134 なれきとは(九五二2・三七三14)―
柱は無心の物なりとも柱はおもひ出る□(事)も(の)あるへき也
(りとも)い□此やとりにとまる事はありかたき(へき身にては
なき)と也
135 あさけれと(九五二5・三七四4)―
石間の水は中将也　かけはなるへき懸を影によせたり
136 ともかくも(九五二7・三七四8)―
我もおもほえさる也
137 かくるゝまてそ(九五二9・三七四11)―
文選別賦に視喬木於古里といへり
きみかすむやとの梢をゆく〳〵もかくるゝまてに帰みしはや
138 きみかすむ(九五二9・三七四12)―またふたゝひかへり〔み〕すへくも思は
さると也
139 宮には(九五二11・三七五1)―〔これより〕式部卿宮の御かたへ出給ての事也
140 いみしう(九五二11・三七五1)―一度嫁娶して後は故郷にたちかへる事あ
るましき事□なれは也」(27ウ)
141 はゝきたのかた(九五二11・三七五1)―紫上の継母也　よからさる人のよ
しまへ〳〵の巻にもみえたり
142 おほきおとゝ(九五二11・三七五2)―源の事也
143 女御をも(九五二13・三七五4)―女秋好中宮を入内させて式部卿宮の女御
をはをしけつやうにし給へる事
144 御中のうらみとけさりし(九五二14・三七五5)―須磨への音信なかりし事

也　他人にはうらみもなき也　紫上のゆかりを思給はゝ世のはゝかりもあるましき物をと也

145 人ひとりを(九三三1・三七五7)—紫上を寵し給はゝ其兄弟なとゝてはくゝみ給事もなきを云也　姉妹弟兄皆列土とこそいへる物をと也

146 すゝろなるまゝこ(九三三2・三七五9)—玉かつらを鬚黒にあはせたてまつるには(事は)紫上の造意ときこえのある也

147 〈【{案}①いとをしみにしほふなる人の(九三三3・三七五10)—大将ノ実法ナルヲミコメテ也　ゆき所ナキトハユルク方モナキヲミコメテト也】〉

148 ふかう(九三三7・三七六1)—不幸也

149 をのれひとり(九三三9・三七六3)—御賀のありし事也

150 いよ〳〵はらたちて(九三三11・三七六6)—北方也」(28オ)

①「案」は別字か。「いとをしみ」以下が物語本文に該当。

151 かんの君(九三四1・三七六13)—いとまを申て宮の御方へわたり給也

152 きのさしぬき(九三四5・三七七3)—□きとは綺也　おり物也

153 なとかはにけなからん(九三四6・三七七4)—玉かつらにならへても可然と也

154 まつとのに(九三四8・三七七8)—大将の御方也

155 をゝしくねんし給へと(九三四9・三七七10)—男々しく也　まき柱の歌なとみ給なるへし

156 よの人にゝす(九三四10・三七七14)—物の気の事也

157 とし比の(九三四11・三七八1)—祈禱なとねん比にし給へる事

158 思のまゝならん(九三四12・三七八2)—実法ならさる人は堪忍しかたきと也

159 たいめんし給へくも(九三五2・三七八7)—大将の北方の心也

160 なにかたゝ(九三五2・三七八9)—大将の心の今さらなるにてもなき也　年比うかれ給へると也　北方はあひ給へくもあれと宮のかくさゝへ給へる也

161 いさめ申(九三五5・三七八12)—父母のいさめ給也」(28ウ)

162 いとわか〳〵しき(九三五5・三七八13)—大将の心(詞)也

163 のとかに(九三五6・三七八14)—心の油断ありしと也

164 いまはたゝなたらかに(九三五7・三七九1)—今ちと堪忍ありて事のさまをも御覧しさためてつめて大将のとかをさらぬやうに治定し給て人にもことはらせて進退を定め給へき事と也

165 女君の御さま(九三六4・三八〇3)—玉かつら也

166 うちたえて(九三六5・三八〇6)—あまりにはしたなくもてなし給しにことつけて其後は音信もなきと也

167 春のうへ(九三六7・三八〇8)—紫上也

168 かたき事なり(九三六8・三八〇10)—難義の事と也

169 をのか心ひとつ(九三六8・三八〇10)—実父まかせなれは也

170 をのつから人のなからひは(九三六11・三八〇14)—真実なき事はついにはかくれなき事と也

171 このまいり給はんと(九三六13・三八一4)—内侍のかみに(の)よろこひ申にまいり給へる事

172 なめく(九三六14・三八一6)—無礼也」(29オ)

173 としかへり(九三七2・三八一7)—源卅八の年也

174 おとこたうか(九三七2・三八一8)—見物かてら也

175 かた〳〵のおとゝたち(九三七3・三八一9)—源内大臣也

176 宰相中将（九五七4・三八一10）—夕霧也

177 せうとのきんたち（九五七5・三八一11）—柏木なと也

178 承香殿（九五七6・三八一13）—紫宸殿のうしろに仁寿殿あり　そのうしろにある殿也　鬢黒のいもとのゐ給へる所也

179 にしに宮の女御（九五七6・三八一13）—当代の女御式部卿宮の女御也

180 御心のうちは（九五七7・三八一14）—玉かつらとは只今心のへたてあるへきと草子地のをしはかりていへり

181 ことにみたりかはしき（九五七9・三八二1）—当代は更衣なとはなくてみな中宮女御なとはかりましますと也

182 中宮弘徽殿（九五七9・三八二2）—中宮は秋好弘徽殿は内大臣の女（むすめ）　この宮の女御は式部卿宮の御むすめ承香殿のにしにすみ給女御也

183 右〈左〉の大殿（九五七10・三八二3）—行幸の巻よりの左大臣紅梅巻の時分まて」（29ウ）

184 中納言宰相（九五七10・三八二4）—此両人□（系）図不載之ありし人也

185 春宮の女御（九五七13・三八二8）—朱雀院の女御髯黒のいもうと春宮の母儀也

186 宮はまた（九五七13・三八二9）—春宮也　いまたわかくおはしませとも母女御は時にあひほのめく心也

187 はふき（九五八1・三八二11）—省略也

188 むかひはらにて（九五八5・三八三1）—当腹（腹）をいへり

189 大将との丶太郎君（九五八6・三八三2）—まへに十はかりにて殿上したりし（せし）よしある人也

190 よそ人と（九五八6・三八三3）—いつれも玉かつらのよそ人にあらすと也

191 この御つほね（九五八8・三八三5）—玉かつらの御つほね也

192 しはしはすくい（九五八10・三八三7）—玉かつらもさふらふ人もしはしはこのま丶うちすみしてあるへき事をねかはしく思と也

193 けはひにきは丶しく（九五八12・三八三10）—大将用意をくはへ給也

194 とのゐ所に（九五八13・三八三13）—大将の直廬也」（30オ）

195 おなし事を（九五九1・三八四1）—玉かつらへ申給也

196 さふらふ人〳〵そ（九五九2・三八四2）—あたりより御返事を申也

197 さはかりきこえ（九五九5・三八四6）—大将の心也

198 ねんしあまりて（九五九7・三八四10）—兵部卿宮文をまいらせ給也

199 それよりとて（九五九8・三八四11）—大将の方よりと□は（き丶給て）み給也

200 みやま木に（九五九9・三八四13）—
五文字は大将も（を）云　大将にしたかひてましますよと也　【私河海紅葉賀ヲ引テ花の傍のみ山木を（と）云をひかれたり　心ゆかすや　愚案大将ノ唐名ハ大樹将軍也　それを云にや】

201 さえつるこゑも（九五九9・三八四15）—
も丶ちとりさえつる春は物ことにあらたまれとも我そふり行　我そふり行の心あり

202 うへわたらせ（九五九11・三八五1）—此返事を思惟し給へる所へわたらせ給へる也　かきさまおもしろし

203 かの御心はへ（九五九13・三八五4）—かのとは源也　源は初はおやのことくにし給へり　さてにけなき事と思し也

204 いとなつかしけに（九五九14・三八五6）—□詞也宮つかへに出給はてひきたかへ大将になひき給事也（を）うらみの給也（はする）也」（30ウ）

205 あやしう(九六〇2・三八五8)—勅定也
206 よろこひなとも(九六〇2・三八五9)—玉かつら三位に叙する事ある歟
207 かゝる御くせ(九六〇3・三八五11)—玉かつらのくせと也　まへに仰られし事のありしも〔御〕返事をも申されさりし事あるへし　只今もおなし事と也
208 なとてかく(九六〇5・三八五12)—とをきちきりといはんため也　下心は紫は灰を□□(あはする)物なる故也　〔下心は〕三位に叙し給と(を云)也
209 こくなりはつましき(九六〇5・三八五14)—うすき契と也
210 たかひ給へる(九六〇6・三八五15)—六条院にたかふ所ましまさゝれはふと源とおほえてかく申御返事を申給へる也
211 宮つかへの(九六〇7・三八六1)—此歌の注を草子地書也
212 いかならん(九六〇9・三八六3)—奉公の労もなくて昇進の事也　【私　紫ハ五色ノ外ニテ同色也　ソレ色トモシラヌトハイヘリ　我レハコキウスキノ分別モ(差別モ)分別セサルト也】
213 いまよりなん(九六〇9・三八六5)—向後こそ一段と奉公も申へけれと也
214 そのいまより(九六〇10・三八六6)—勅定也
215 うれふへき(九六〇11・三八六7)—此人(事)をきゝしる人にきかせられたきと也
216 やう〳〵こそは(九六一1・三八六12)—連々に御□(もと)おほす也」(31オ)
217 いそきまとはし(九六一2・三八六14)—退出の事をいそき給也
218 みつからも(九六一2・三八六15)—此人故に我身も時宜にたかひてはと也
219 ちゝおとゝ(九六一4・三八七3)—内大臣也
220 さらはものこり(九六一5・三八七4)—勅定也
221 人よりさきに(九六一5・三八七5)—勅語也
222 むかしのなにかしか(九六一6・三八七6)—おさへてもとゝめ給へき物をと也　平貞文か歌河海にみえたり
223 われはわれと(九六一11・三八八1)—主上の御心也
224 御てくるま(九六一11・三八八3)—内侍のかみ退出也
225 こなたかなた(九六一12・三八八3)—源内大臣の人達也
226 きひしきちかきまもり(九六一13・三八八5)—近衛大将をいへり　おもしろきかきさま也
227 九重に(九六二1・三八八7)—

只今退出ありては□□雲上ははるかに思□はかりの□(思へきと也)　【私　九重ハ近衛ノ近キマモリニテ遠クヘタテラレハ□云ニヤ】　【〈河海かはかりハ香ハカリト云々　但〉カハカリハスコシノ心ニヤ　後ノ歌モ同シカルヘシ】

228 野をなつかし(九六二3・三八八10)—」(31ウ)

春のゝにすみれつみにとこし我そ野をなつかしみ一夜ねにける

玉かつらの心は一夜の契なとはありもすへき事と也

229 おしむへかめる人(九六二3・三八八11)—大将也　これもことはり也
230 いかてかきこゆへきと(九六二4・三八八12)—いま行末はいかなるたよりにておほせかよはし給へきそとおほしめす也
231 かはかりは(九六二5・三八八14)—

玉かつらの歌也　香はかり也　さすかにわすれははて給ひそといへる心のい□□すこしはある也

232 したいならぬ(九六二12・三八九11)—不ㇾ進退也
233 女もしほやく(九六二13・三八九14)—おもはぬかたになひく心也　すまの

あまのしほやく煙
234 ぬすみもて（九六二14・三八九15）―大将の心なり
235 【かのいりゐ給し（九六二15・三九〇1）―大将ノエンシタル也　心ちして
ト読キルヘシ　よには心とけぬト云ヨリハ玉かつらの事也】①
236 かの宮（九六三3・三九〇4）―式部卿宮也
237 たゝおもふことの（九六三4・三九〇5）―玉かつらの事也
238 たゆめられたる（九六三6・三九〇9）―い□たはかられぬると也」（32オ）
①235は234と同行にあり。
239 わらゝかな（な）るけもなき（九六三9・三九〇13）―大将はきすくにて和し
たるかたのなき也
240 かきたれて（九六四1・三九一6）―
さりとも源をはしのひ給へきと也
241 いかてかきこゆへからん（九六四2・三九一9）―いつかきこゆへからんと也
242 この人にも（九六四6・三九一14）―右近也
243 なかめする（九六四10・三九二4）―
うたかた義さま〳〵也　河海にみえたり　いつれも只最（暫）時の
心也
244 あなかしことゐや〳〵しく（九六四11・三九二7）―敬也
245 ひきひろけて（九六四12・三九二8）―軒のしつくのとある歌なれはおもし
ろきかきさま也
246 むかしのかんの君（九六四13・三九二10）―朧月夜也　其世の事も思出給也
朧月夜も内侍のかみ玉かつらも内侍のかみ也　宿世いかにと也
247 さしあたりたる（九六四14・三九二11）―〔まつ〕時にあたる事なれはこれは
堪かたきと也」（32ウ）

248 いまはなにゝか（九六五2・三九二13）―自今以後は何事にか心をみたるへ
きと也
249 さましわひ（九六五3・三九二14）―思さます也
250 たまもはなかりそ（九六五4・三九三1）―此事ふとかきいたしたる不審也
心あるへし　心は只今ひきはなれても又かならす逢へきなれは藻
なとかりそと也（心を含める歟）〔案之〕後漢杜詩伝将帥和睦士卒
鳧藻　注言歓悦如鳧戯水藻とあり　此心なるへき歟
251 あかもたれひき（九六五6・三九三5）―
たちておもひい（ゐ）てもそ思わきもこかあかもたれひきいにし姿
を　退出の時をわすれ給はさると也
252 なをかのありかたかりし（九六五9・三九三10）―源也
253 春の御まへをうちすてゝ（九六五12・三九三15）―にしの台へわたり給也
254 くれ竹のませ（九六五13・三九四1）―山吹の事おもろし（もしろし）
255 色（いろ）に衣（ころも）を（九六五14・三九四5）―河海歌心相叶歟（にひけ
る内六帖の歌へ【くちなしの色に衣を染しよりいはて心に物をこそ
思へ】〉相叶歟）　又　読人しらす
続古今　おもふともこふともいはし山吹の色に衣をそめてこそき
め」（33オ）
256 おもはすに（九六六1・三九四7）―
此歌しかるへき歟　玉かつらをは山吹に比したれは（りし）なれ（也）
257 かほにみえつゝ（九六六1・三九四9）―おもかけにみゆる也
夕されは野へになくてふかほ鳥のかほにみえつゝわすられなくに
258 けにあやしき（九六六3・三九四10）―宮つかへを□せ（に出し）て時〳〵い
たしたてまつらんの心にてありしにたかひたると也

259 かりのこ(九六六3・三九四11)—□皃の子也
260 おほつかなき(九六六5・三九四14)—文の詞
261 おなしすに(九六六9・三九五4)—
されたる歌也　かへりし巣に又みえぬ事をよめり
262 女はまことの(九六六10・三九五7)—実父さへ女はさはなき物をと大将の
実法の心よりつよくの給也
263 まろきこえんと(九六六14・三九五12)—大将のかき給也
264 すかくれて(九六七1・三九五14)—
もとより数ならてすかくれてある身なれは{と}也　大将のかくよ
み給へるは数ならねは細々に源にまいらせ給事もなき」(33ウ)

と云心也
265 よろしからぬ(九六七1・三九六1)—源にかしこまりたる心也　すき〳〵
しやとはたはふれ也
266 この大将(九六七2・三九六2)—此文なとかき給事はめつらしと也
267 ほけしれて(九六七5・三九六6)—しれおろかなる也
268 ひめ君をそ(九六七8・三九六10)—槙柱の君也
269 わかき御心のうちに(九六七9・三九六12)—真木柱の心也
270 あやしう(九六七14・三九七5)—草子地也
271 十一月に(九六八1・三九七7)—男子誕生也　是は十一月の〈末の〉事なれ
とまついひ出してをく也　此巻は秋までの事あり
272 わさとかしつき給(九六八4・三九七12)—{玉かつらは}内大臣のわさとか
しつき給ふ弘徽殿なとにもおとり給はさると也
273 みやつかへにかひありて(九六八6・三九七15)—今男子をうみ給へるにも
宮つかへならは宮をもまうけ給ふへき物をと也

274 おほやけも(ことは)(九六八9・三九八3)—内侍のかみにて其職をは里に
てし給也」(34オ)

275 まいり給はぬことそ(九六八9・三九八3)—内侍のかみはかならすして
(も)宮中にさふらはさる事もあれは也
276 さてもありぬへき(九六八10・三九八4)—かやうにもあるへき事かと也
草子地也
277 内侍のかみのそみし(九六八11・三九八7)—近江君也
278 宰相中将(九六九2・三九八15)—夕霧也
279 れいならす(九六九3・三九八15)—平生の実法をいへり
280 あふなき(九六九6・三九九5)—無奥也
281 よになれぬ(九六九6・三九九6)—夕霧也
282 奥つ船(九六九10・三九九9)—
283 この御かたには(九六九10・三九九12)—夕霧の心也　此女御の御方にはか
く用意なき人はあるましき物をさてはこのきゝをよひし近江君な
るへしと推し給也
284 よるへなみ(九六九13・三九九14)—夕霧のかへし也　舟人は近江君を云也
思はぬかたへよる事はなき物□をと也　はしたなめたる□(と)也

大永七　八　六」(34ウ)

梅か枝

御裳きの事

巻名以詞号之　源卅九歳正二月の事也

001 御裳きの事(九七五1・四〇三1)―明石の中宮十二才也　うつほのあて宮も十二才にてもきの事あり　□なすらへかけるにや

002 春□(宮)も(九七五1・四〇三2)―今上也　十三才也

003 おほやけわたくし(九七五3・四〇三5)―公事なともなくてひまある比也

004 大弐の(九七五3・四〇三6)―大宰大弐は一任五ケ年にてあらたまれる也　されはすまの巻にいへる大弐にてはあるへからす　されと又其時たてまつれると云義もある也

005 猶いにしへのには(九七五4・四〇三6)―新渡の香具とも也

006 故院の御よのはしめ(九七五7・四〇三11)―源を鴻臚館にて相せし時の(たて)まつりし物ともなるへし

007 ひこんき(九七五8・四〇三12)―金□欄ナト(など)の類也

008 このたひのあやうすもの(九七五9・四〇四2)―大弐のたてまつれる新渡の物とも也」(35オ)

009 かうとも(九七五10・四〇四4)―沈香也

010 ふたくさつゝ(九七五11・四〇四6)―あなたこなたわかちて□(薫)物をあはせさせ給ふ也

011 うちにもとにも(九七五12・四〇四7)―御元服御裳きの事也

012 そうわの御いましめ(九七五14・四〇四10)―仁明天皇也　両抄にみえたり

013 ふたつのほう(九七五14・四〇四10)―黒方侍従也　不伝男といふ制禁なるをいかてか源は伝給らんと也

014 心にしめて(九七六1・四〇四11)―一段と執し給也

015 うへは(九七六1・四〇四12)―紫上也

016 はなちいて(九七六2・四〇四12)―花鳥にくはし　所詮は殿の両方に小寝殿ある母屋の中をなからにして御帳をたつる物也　母屋の中をいへり　外様むきをはなちいてとは云也　晴の方也

017 八条の式部卿(九七六2・四〇四13)―両抄にみえたり

018 にほひのふかさ(九七六3・四〇四14)―源も紫上も同方を調合ある也　さて勝劣をわかつへきとはいへり

019 人の御おやけなき(九七六4・四〇四15)―草子地也　源(紫上)をは紫上(源)の御子のことくし給し事也」(35ウ)

020 かうこ。(九七六6・四〇五3)―御厨子のをき物也

021 所〱の心をつくし給へらん(九七六7・四〇五4)―にほひのすくれたるをとりていれんと也

022 兵部卿宮(九七六10・四〇五9)―蛍の宮也

023 御いそき(九七六10・四〇五9)―裳きの事

024 むかしよりとりわきたる(九七六11・四〇五10)―源と宮との事也

025 前斎（セン）院①(九七六12・四〇五12)―槿也

026 きこしめす事(九七六13・四〇五13)―源の心とけ給へるを事也

027 ほゝゑみて(九七七1・四〇五15)―源也

028 いとなれ〱しき(九七七1・四〇五15)―薫物をあはせ調合の事を申されしと也

029 こゝろは。(九七七3・四〇六6)―箱のなかにうち枝の様につくりて糸にかけられたる也　黒方は□中におもひもます(と云)物なれは松尤

似あひたり霜雪にもをかされぬ匂にたとへたり　緑は黒色にたよりあり　松に付たるかた〳〵心ある也

えんなるもの、―兵部卿宮の詞②

030 えんなるもの、(九七5・四〇六8)―兵部卿宮の詞」(36オ)

①「斎院」の一字ごとに右傍線あり。

②この墨消し項目は、029の墨消し部分の次行にあり。

031 花の香は(九七6・四〇六10)―

このあはせ給たき物はにほひもなけれとうつし給へき袖からなるへしと我身を卑下したる也給へる也　たゝかはかりそ袖にのこれるも此心也

032 こうはいかさね(九七8・四〇六14)―花鳥の説可然

033 なに事あり(かは)侍らん(九七11・四〇七3)―源の詞　文をは枝につけてをき給也

034 花のえに(九七13・四〇七5)…

人のとかめん香をはつゝめとも此たき物の匂をはえつゝむましきと也　かりそめにかなたへ物申事なとも此匂ゆへつゝみかたきと也

035 とやありつらん(九七13・四〇七7)―宮のゆかしかり給程にかやうに歌をよみてありつるけなと申給也

036 まめやかに(九七14・四〇七8)―源の詞也　かく薫物あはせなと方々へ申給はこと〳〵しき様なれと明石姫君は源の一子にてあれはかく□る(し)侍ると也」(36ウ)

037 いとみにくけれは(九八1・四〇七10)―源の卑下の詞也　此明石姫君かたちも醜けれは他人ははつかしく思て腰ゆひの事秋好へ申と也

038 はつかしき所の(九八3・四〇七12)―秋好の事也

039 あえ物も(九八4・四〇七14)―宮の詞　誠あやかり給へき事也　やかて中宮にもたち給へき事と也

040 これわかせ給へ(九八7・四〇八3)―源の詞　此薫物の勝負をわかせ給へと也

041 しる人にもあらすやと(九八8・四〇八5)―色をも香をもしる人そしる也　たれにかみせんの詞にかゝれり

042 いひしらぬにほひとも(九八9・四〇八6)―宮の辞退し給へるをいかさまにもすゝみをくれの聊なき事はあるまし□と源の申給也

043 一くさなとか(九八9・四〇八6)―其中になとか一種のすゝみをくれはなくてはと也　てにをは聊すへ(は)りにくけれと是文体也」(37オ)

044 みかはみつ(九八11・四〇八9)―承和の例を抄にみえたり

045 これみつの宰相(九八12・四〇八10)―惟光参議に任する事こゝにはしめてみえたり

046 兵衛のそう(九八13・四〇八10)―乙女にて童〈にてありし者〉也

047 おな(な)しうこそは(九八14・四〇八13)―みなもとは同方なるへきを各別にみえたり　いかゝしたる事そと也

048 さはいへと(九九3・四〇九1)―源も紫上も黒方をあはせ給へれとこれはいつれよりもしつやかなる気のありてすくれたると也　〔黒方のふりいかやうにあるへき事とそ薫物の家にいふ事也〕

049 しゝうはおとゝの御(九九4・四〇九2)―侍従をあはせ給人〳〵もあれと其中にて源のすくれたると也

050 三くさあるなかに(九九5・四〇九4)―梅花を加て三種也　春のおとゝなるによせて梅花をすくれたりとする也

051 このころの風に(九七九6・四〇九6)―梅花なれは也　{□の□□此比の
風に梅花　宗祇}
052 冬の御かた(九七九10・四〇九10)―明石上也
053 とき〳〵によれる(九七九10・四〇九11)―梅花荷葉菊花荷葉なとは時にあ
ひつゝかつ〳〵もあはせ給へるとて斟酌ある也」(37ウ)
054 さきのすさく院(九七九11・四〇九12)…旧記なとには宇多の御門也　此物
語にては承平の御門也　花鳥にみえたり
055 おもひえて(九七九13・四〇九14)―{まへの}けたれんことあひなしとおほ
してとおもひえて也
056 心え(き)たなき(九七九14・四一〇1)―源の詞　いつれをもすてすの給へ
は也
057 おと、のあたり(九八〇2・四一〇5)―殿のあたり也
058 くら人所(九八〇3・四一〇7)―六条院の殿上也
059 あすの御あそひ(九八〇3・四一〇7)―御裳きの御遊あるへしと也
060 むめか枝いたしたる(九八〇9・四一〇14)―此巻の名也これによれる歟
061 たかさこうたひし(九八〇10・四一〇15)―榊巻にありし事也
062 うくひすの(九八〇13・四一一3)―
催馬楽の梅かえをうたひしに感したる也　心しめつるとはたき物
に心をしめつるにと也
063 千世もへぬへし(九八〇13・四一一4)―花もちらすはの心也　{祝のおり
なるによりて此詞たよりあり}
064 色もかも(九八一1・四一一5)…
源の歌也　此あたりをたえすとひ給へと也」(38オ)
065 鶯の(九八一3・四一一8)…
頭中将の宰相中将にさすとて笛竹と(を)よめる也
066 心ありて(九八一4・四一一11)…
吹とを(ほ)せといふをうけたり
067 なさけなくと(九八一4・四一一13)―人〳〵の花のためなさけなしといへる也
068 かすみたに(九八一6・四一一14)―
夜のあくれは鳥は心よせになく物也　されは霧たになくは夜のあ
けたりと思て鳥も心よけにほころふへきと也
069 まことにあけかたに(九八一6・四一二1)―此歌をうけていへり
070 てふれ給はぬ(九八一8・四一二2)―未□也いまた試もせぬたき物なるへし
071 花の香を(九八一9・四一二4)―
兵部卿か宮の我袖なとにはとめかたきと也　えならぬ一説艶なら
ぬ也　卑下の詞也　一義えならぬはたゝならぬ也　只今をくり給
へる御なをしの心あり何となく優なる心あり」(38ウ)
072 くんしたりやと(九八一10・四一二6)―くつしたりと也　いもにをそれた
り(やとかめんと)と云へるをわらひ給也
073 御くるまかくるほとに(九八一10・四一二6)―車に牛をかくるほと也　を
ひつきてつかはし給也
074 めつらしと(九八一11・四一二8)…
花の下の事なれは花の錦といふ也　いもやとかめんといへるをな
くさめてよめる也　又云此直衣など□　□□□□事(まいらせ給
事)をいへり　よのつねの人ならはかくはいひ給ましきを此宮と
源とは一段の□□(と)へたてなき中なれはかくの給と也　古来此
二説あり　此□□□□□(後日){後に}仰に云此歌おこりたる歌也

花宴巻に二条のおとゝの我屋との花しなへての色ならはとよめるは其性奢たる人たるたれは也　源氏は此心あるへからす　いかゝ案之兵部卿宮は一夜の夜かれもなき人なれは此一夜の夜かれを北方は程久しきやうに思給へし　只今帰り給をは故郷へ錦を着□□(て)かへりたるやうにめつらしき事に北方は」(39オ)思給へきと也　いとくんしたりとわらひ給と云へるによくかなへる歟と云々

075 又なき事(九八一11・四一二10)—我室家をも又なき人と思てをち給と也

076 かくて西のおとゝに(九八一13・四一二13)—秋好の坤の殿也

077 宮のおはします(九八一14・四一二13)—中宮也

078 御くしあけの内侍(九八一14・四一二14)—髪上の事也

079 宮はみたて(九八二3・四一三3)—〈中宮〉明石の姫君をはしめてみ給也

080 おほしすつましき(九八二3・四一三4)—源中宮へ申給詞

081 のちのよの(九八二4・四一三5)—中宮の行啓なとは後代なとの例になるへきと思故にしのひ侍ると也

082 おとゝもおほすさま(九八二8・四一三9)—源の思まゝに繁昌なりと也

083 はゝ君(九八二9・四一三11)—明石上也

084 かゝる所の(九八二11・四一三13)—明石紫式部か筆也

085 よろしきに(九八二11・四一三14)—大方の事たにあるに此所のありさま筆もをよはさる也」(39ウ)

086 大将(九八三1・四一四6)—系図になし

087 この御かたは(九八三6・四一四13)—明石の中宮也

088 宮にも(九八三7・四一四14)—中宮也

089 よろつのこと(九八三12・四一五7)—〈紫上に源しかたり給ふ詞〉　いろはの事河海にみえたり

090 ふるきあとは(九八三14・四一五9)—昔は行草はかりにて今のやうにはなき也

091 とよりて(九八四1・四一五11)—外へよりて也　上古をはあふよりてと云也

092 女手を(九八四2・四一五12)—今の仮名也

093 中宮の〈はゝ〉みやす所(九八四3・四一五13)—六条の御息所也

094 くやしき事に(九八四5・四一六1)—御息所はくやしき事に思給しと也

095 さしもあらさりけり(九八四5・四一六3)—我身は心かはりはついになか(か)りし也　かやうの事皆紫上にかたり給也

096 かとやをくれ(九八四7・四一六7)—つよき所なきと也

097 故入道の宮(九八四8・四一六8)—薄雲也

098 よはき所(九八四9・四一六9)—花の義可然也」(40オ)

099 院の内侍のかみ(九八四9・四一六10)—朧月夜也　当世手習(かき)也　筆のきゝたる所ある也

100 かの君と(九八四10・四一六12)—朧月夜也

101 こゝにと(九八四10・四一六12)—紫上也

102 このかすには(九八四11・四一六13)—紫上の詞

103 いたうなすくし給そ(九八四12・四一六14)—源の詞　さのみ慢し給そと也

104 にこやかなる(九八四12・四一六14)—むくやきある也

105 まんなのすゝみたるほとに(九八四13・四一六15)—河花の尺義いつれも心得かたき歟　これは紫上の手跡を源〈氏の〉の給へる也　今もある事也　女に真名をつよくこのみて書人あり　さて真名にのみ心をとむる人は仮名に心もとめすしてすて筆おほき也　紫上はかやう

にみえたり
106 兵部卿（九八四14・四一七3）―蛍也
107 左衛門督（九八四14・四一七3）―不入系図①
108 ひとよろひ（九八五1・四一七4）―一双也
109 けしきはみ（九八五1・四一七4）―宮や左衛門督のかける程はかき給へき
と」（40ウ）

①107は106と同行にあり。

110 式部卿宮の兵衛督（九八五5・四一七10）―紫上の兄弟也
111 れいのしんてん（九八五7・四一七13）―たき物あはせ給所也
112 しろきあかき（九八五13・四一八7）―皆色紙也
113 けちゑん（九八五14・四一八7）―しろきあかきひらをは執し給へる也
114 御しとね（九八六2・四一八10）―源はまへより茵をしき給なるへし　さて
そへさせ給といへり
115 つれ〳〵に（九八六5・四一八15）―源の詞
116 かの御さうし（九八六6・四一九2）―草子を持参ある也
117 すくれてしも（九八六7・四一九3）―不悪也　源しのめに無上ならぬ斗也
118 三くたり（九八六9・四一九6）―歌といふ義あり　但双紙の詞文字すく
なゝる歟
119 かうまては（九八六10・四一九8）―源のほめ給へる也
120 かゝる御なかに（九八六11・四一九9）―宮の詞　□此みな〳〵の中にはお
もてつれなき事なれは涯分心をつかひ侍ると也
121 すくみたり（九八六13・四一九13）―こは〳〵しき也」（41オ）
122 なこ°う（九八七1・四一九15）―

123 女て［手］（九八七1・四二〇1）―仮名也　なこやかなる也①
124 ふてのをきてすまぬ（九八七7・四二〇9）―我意にまかせたる也　心たゝ
〔し〕けれは筆たゝして（と）いへることくに人〳〵のこのみある事
也
125 うたなともことさらめき（九八七8・四二〇10）―異様なる也
126 いとまいるへき（九八七13・四二一3）―ひき（ま）のいるへきと也
け□
127 けうし°（九八七14・四二一3）―
128 つきかみ（九八八1・四二一7）―ふるき手本とも也
129 御子（こ）の侍従（九八八2・四二一8）―式部卿の〈宮の〉御子也
130 古万葉集（九八八3・四二一9）―嵯峨天皇の手本なとのため歌を撰てかき
給へるなるへし　〔万葉〕全部にてはあるへからす
131 おなしきたまのちく（九八八5・四二一11）―あさきなる玉の軸の事にや
132 たんのからくみ（九八八5・四二一11）―段々の文也
133 やかてこれはとゝめ（九八八8・四二一15）―源へまいらせ給也
134 をんなことを（九八八9・四二二1）―たとへ（ひ）実子なりともみはやす
へき器」（41ウ）

①123は122と同行にあり。

量なき女子なとにはつたふましく思しに今姫君の御ためにたてま
つれる本意なると也
135 しゝうにからの本（九八八10・四二二3）―源の返報也
136 上中下（カミナカシモ）（九八八12・四二二7）…
137 かのすまの日記（九八九3・四二二14）―絵合に須ま明石の両巻こそ出され
たれ　其外日記ある也

138 ひめきみ（九八九6・四三4）―雲井雁也

139 かの人の御けしき（九八八7・四三6）―夕霧也　す丶みての給事もなき也

140 人しれす（九八九9・四三9）―人しれす後悔ある也

141 ひとかたに（九八九9・四三9）―夕霧のとかはかりにもえいひなし給はさる也

142 かくすこしたわみ給へる（九八九10・四三9）―内大臣の御心くつろきたるよしをき丶及て（給）也

143 あさみとり（九八九12・四三13）―六位すくせと云し事也

144 おと丶は（九八九13・四三15）―源也　夕霧のひとりすみをわひ給也

145 かのわたり（九八九14・四四1）―雲井雁の事也」（42オ）

146 右大臣中務宮（九九〇1・四四1）―皆系図にみえす

147 かやうの事はかしこき御をしへ（九九〇3・四四4）―源も思しりたる事也　桐壺の御門の御教訓にもかやうの事は〳〵たかひかたかりしと也

148 しりひ゜に（九九〇6・四四9）―のちよはき也

149 くらゐあさく（九九〇10・四四14）―浅位なる程は身もちもをのつから聊になると也

150 女のことにて（九九〇12・四五2）―〈此段殊勝の段也〉□□也　心をつくへし　河海にみえたり

151 とりあやまり（九九〇14・四五4）―あひそめたる人をなかそらになさ丶る様にすへしと也

152 もしはおやの心に（九九一2・四五6）―親のためを思へし

153 それをかたかとに（九九一3・四五8）―一かとにと也

154 かやうなる（九九一5・四五11）―夕霧の心也　猶ふかく雲井雁の事を思すて給はさる也

155 女もつねよりことに（九九一6・四五12）―雲井雁の心　おと丶とは内大臣也」（42ウ）

156 たかまことをか（九九一9・四六2）―引歌よくかなへりいつはりと思物からいまさらにたかまことをか我はたのまんおり〳〵夕霧の文をかはし給もた丶偽とは思なからさならてはたかまことをたのむへきそと也

157 中務の宮（九九一11・四六5）―まへにありし中務宮夕霧をむことらんとの事也

158 なみたをうけて（九九二1・四六10）―内大臣姫君へ申給也

159 いかにせまし（九九二2・四六12）―内大臣の心也　す丶みて〔も〕云へきかと也

160 あやしく（九九二4・四六14）―思はすなる涙と也

161 御ふみあり（九九二5・四七1）―夕霧よりの文也

162 つれなさは（九九二7・四七3）―雲井の雁のつれなさはよのつねにあるさま也　かくつれなきをつゆもわすれすしたひさまなるかたの（きにける）心のふかさは我身のことくなるは又たくひ〈又〉もあるましきと也

163 けしきはかりも（九九二7・四七5）―かくこまやかなる文に此中務宮」（43オ）のかたよりむことり給へきのあらましをはほのき丶給へきをいさ丶かもさやうのかたをほのめかし給はさるはあやしき事と也

164 かきりとて（九九二9・四七7）―夕霧も世の人のならひにやと云心也

165 とあるをあやしと（九九二9・四二七9）―此程まてはかやうのおもむきの
返事はなかりしをいかなる事にやと夕霧の心に不審ある也　此中
務宮の事をはしり給はさる故也

166 見給へるとそ（九九二10①・四二七9）―巻〳〵の終の詞皆かくのことし

大永七　八　十三了　昨日始之」（43ウ）

藤裏葉

巻名以詞号之　源卅九の春より冬にいたれり

001 御いそきのほとにも（九九七1・四三一1）―御裳きの事也

002 宰相中将はなかめかちにて（九九七1・四三一1）―雲井雁の事也①

003 かつはあやしく（九九七1・四三一2）―夕霧の心中也　かくあなかちに思
事ならは内大臣の退居ありてあなかちに申さはゆるし給へきをお
なしくは内大の（臣）の方よりをれ給やうにありたきと也

004 おと丶のかすめ（九九七5・四三一7）―梅かえの巻に内大臣のの給し事也
草子地也

005 かの宮にも（九九七7・四三一10）―中務の宮夕霧を□□□□給へきとの
（にけしきはみ給し）事也

006 わか御かたさま（九九七9・四三一12）―夕霧を引たかへては雲井雁のため
あしかるへしと也

007 しのふとすれと（九九七9・四三二1）―をさなき（まへに）夕霧密通の事也

008 なをまけぬへ□き（九九七11・四三二2）―内大臣の心」（44オ）

① 002 と 003 の間が一行分空白。

009 うへはつれなくて（九九七11・四三二4）―内大臣と夕霧と也　親昵なから
このうらみはある也

010 三月廿日（九九七14・四三二8）―蘭巻三条大宮の忌月四月とあり　誤こ丶
にてみえたり

011 こくらく寺（九九七14・四三二8）―河海にみえたり　代々摂家の墓所也
古今ふか草の山けふりたにたてとよめるも此処也　只今内大臣此

所へまいり給也

012 このおと、をは(九九八3・四三12)—夕霧雲井雁の事故夕霧の心うちとけさる也

013 おと、もつねよりは(九九八5・四三15)—只今ゆるすへきかなと思給故也

014 よろつをとりもちて(九九八6・四三1)—外祖母の御事なれは也

015 心ときめきに(九九八10・四三7)—夕霧のしほたれ給けしきみとかめ給□(と)也

016 なとかいとこよなう(九九八11・四三8)—内大臣の詞也

017 けふのみのり(九九八11・四三8)—祖母のゆかりをわすれ給はすは我をはよそになし給そと也　雲井雁の事したにあり

018 うちかしこまりて(九九八13・四三11)—夕霧也

019 過にし御おもう(む)けも(九九八13・四三11)—大宮の事也　何事も源を(内大臣)をたのみ」(44ウ)

申へきよしの給ひをきしと也

020 心あはた、しき(九九九1・四三15)—心ならすあはた、しく帰給也　まへにあまけありと、云てこ、にてあはする筆法心ある物也

021 きみいかに(九九九2・四四1)—夕霧也　内大臣思なをり給かと思給也

□らのとしころ(九九九4・四四4)—内大臣の心也

022 一日の花のかけ(九九九8・四四10)—極楽寺にての事也

023 わか屋との(九九九11・四四13)—たつね給へとゆるしたる歌也　はるの名残をも思給へしと□

024 なか〳〵に(九九九14・四五2)—五文字おもしろし　まへの歌は内大臣至極ゆるしたる歌也　このうへにてはまとひはすましき事なるをかくなこりなく□ゆるし給へはかへりて中〳〵まとひぬへきと也

025 くちおしくこそ(一〇〇〇1・四五4)—夕霧也(の)臆して御返事をもはか〳〵しく申さ、る也　ひきなをして申給へと也

026 御ともにこそ(一〇〇〇1・四五5)—頭中将の詞也　御供申へきと也」(45オ)

027 わつらはしき(一〇〇〇2・四五6)—夕霧の詞

028 おと、のおまへに(一〇〇〇2・四五7)—此音信を源氏へみせたてまつり給也

029 思やうありて(一〇〇〇3・四五7)—源の詞　雲井の雁の事なるへしと也

030 さもす、みものし(一〇〇〇3・四五8)—こなたよりす、み申にこそあれと也

031 すきにしかたのけう(一〇〇〇4・四五9)—大宮の教訓ありしをもき、給はて不孝に思しに今おもひなをり給は孝心のいたりなりと也

032 の給御心をこり(一〇〇〇4・四五9)—草□地也　つゐには内大臣はまけ給と也

033 さしも侍らし(一〇〇〇5・四五10)—夕霧の詞也　思やうありてと□いへる詞にか、れり

034 わさと(一〇〇〇6・四五13)—源の詞也

035 いかならんと(一〇〇〇7・四五14)—夕霧の心也

036 なをしこそ(一〇〇〇8・四五15)—源の詞

037 非参議(一〇〇〇8・四五15)—三位中将なとの程こそあれ今はふたあひの色こきは似あはさると也

038 中将をはしめ(一〇〇〇12・四六6)—頭中将也

039 なを人にすくれ(一〇〇〇13・四六8)—夕霧也

040 かれは(一〇〇一4・四六14)—源也」(45ウ)

041 たはれて（一〇〇一5・四三七1）―たはやきたる也
042 色こ゚とに（一〇〇一9・四三七6）―
043 この花のひとり（一〇〇一10・四三七8）―藤を評したるおもしろし
044 月はさしいてぬれと（一〇〇一13・四三七12）―まへには四月一日とあるを
河内かた種々の沙汰あり　〈されとこれは〉七日也　末にみえたり
一日比と云へる両日也
045 みたりかはしくしゐゑはし（一〇〇二1・四三七14）―夕霧にしゐ給也
046 さる心ちして（一〇〇二1・四三七15）―夕霧心して斟酌ある也
047 君はすゑのよには（一〇〇二1・四三七15）―内大臣の詞
048 よはひふりぬる（一〇〇二2・四三八2）―我身をみすて給と也
049 文籍にも家礼（一〇〇二3・四三八2）―両抄にみえたり　所詮は家礼は父
子の礼を他人にも用るあれは我身外舅なれは儒□（所をも）を□か
るへき事と也
050 なにかしのをしへ（一〇〇二3・四三八3）―両抄の義不然歟　是はた丶儒
道の事をいへる也
051 いたう心なやまし（一〇〇二4・四三八4）―内大臣の我心をなやまし給ふ
物かなとうらみ給也」（46オ）
052 いかてか（一〇〇二5・四三八6）―夕霧の詞也
053 むかしを思たまへ（一〇〇二6・四三八6）―故致仕の大臣大宮葵上なとの
御か□（ゆかりを）し□□思へは身をすて丶もつかふへしと也
054 御ときよく（一〇〇二8・四三八9）―内大臣の時宜を□かく□□て也（よき
也）
055 さうときて（一〇〇二8・四三八10）―夕霧を饗応し給也
056 ふちのうら葉（一〇〇二8・四三八10）―内大臣詞

057 むらさきに（一〇〇二11・四三八13）―
雲井雁の事をほのめかす也　女を紫にたとふる也　〈松よりさき
こすを松より過て〔と〕はいへり　松を待によせたり〉　我むすめ
の数ならぬによりて我松に程ふると也　【今ヨリハ紫ノユカリニ
モムツヒヌヘシト也】
058 はいしたてまつり（一〇〇二12・四三八15）―礼をし給へる也
059 いくかへり（一〇〇二13・四三九2）―
あまたの年をすき丶つると也　花のひもとくは今日の事也　能宣
か歌にいくかへりさきちる花をすくしつ丶物おもひくらす春にあ
ふらんの心也
060 たをやめの（一〇〇三1・四三九5）―
これも雲井雁におもひよそへていへり」（46ウ）
061 つき〳〵すんな□る（一〇〇三1・四三九7）―すんし(誦)なかる(流)と云義ありと
云々
062 七日のゆふつくよ（一〇〇三2・四三九9）―三（四）月七日のよしこ丶にて
みえたり　【ついたち比と上にいへるは上旬比といふたるへし】
063 けにまた゚ほのかなる（一〇〇三3・四三九10）―花なともほのかに残〔れ〕る也
064 あしかきを（一〇〇三6・四三九13）―河海にしるせり　今うたふ心は夕霧
の方より女の事をおやに申たるやうにとりなしてうたふ也
065 けやけうも（一〇〇三6・四三九13）―てきめんなりと也内大臣の丶給也
066 としへにけるこの家の（一〇〇三7・四三九14）―花鳥と丶ろけるをとしへ
にけると展転書写の誤と云々　いか丶　こ丶はた丶夕霧のわさと
用かへてうたひ給なるへし　今祝言の席なれはと丶ろけるなとは
いか丶と心つかひしてあるへき事なる□（を）弁少将ふと用意なく

てありのまゝにうたふへきとおほして内大臣こゝに声をくはへて
うたひかへたる(給たる)なるへし　此事これにかきらす常の事也
毛詩なとうたふにも漢家に此例おほし　又孟子なとに毛詩の詩尚
書の詞所にしたかひ用にしたかひてもしよみをもあらぬさまに用
かへてかへたる事めつらしからさる事也　ゆめ〳〵書写の誤と
は」(47オ)
　みるへからす
067 いたうそらやまひして(一〇〇三9・四〇3)―夕霧也
068 朝臣や御〈や〉すみ所(一〇〇三11・四〇6)―□物也　おと丶頭中将をさ
　してのたまへり
069 花のかけの(一〇〇三12・四〇9)―あたなると云心也　内大臣のゆるし
　給へるをいへり
070 松にちきれるは(一〇〇三13・四〇10)―おもしろき返答也
　常磐なる松にちきれる花(藤)なれはをのか比とそ花はさきける
071 ねたのわさや(一〇〇三14・四〇12)―頭中将は我かた□□のまけたるよ
　とねたく思給也
072 おとこ君は(一〇〇四2・四〇15)―夕霧也
073 いつかしうそ(一〇〇四2・四〇15)―よく堪忍したるよと思給也
074 よのためしにも(一〇〇四4・四一3)―夕霧の詞
075 いたきぬしかな(一〇〇四7・四一7)―いた〳〵しきく云たる人なると也
076 かはくちの(一〇〇四7・四一7)―催馬楽也　河海花鳥昔の事を云とい
　へり　いつれもいかゝ也　いかにまもり給へともつゐにはゆるし
　てまけてゆるし給〈よ〉と也　かやうに当代の事に見るへき歟也
077 あさき名を(一〇〇四9・四一9)―」(47ウ)
　雲井雁の歌　おと丶をいまあさきとの給はいかさまにもらし給に
　かと也
078 こめき(一〇〇四10・四一11)―大やうなる也　ほめたると也
079 もりにける(一〇〇四11・四一13)―くきたの関□□菊　きふくまもる関
　也　それもまもる(もるゝ)事はある物なれはあさきにのみもるゝ
　にてはなき也
080 あかしはてゝ[8](一〇〇四14・四二3)―
081 御ふみは(一〇〇五1・四二5)―もとのことくいまたしのひ給也
082 中〳〵けふは(一〇〇五2・四二5)―しのひ給し時よりは(も)〈けふは中
　〳〵〉返事をもし給ひにくゝ思給也
083 つきせさりつる(一〇〇五3・四二8)―夕霧の詞也　つれなくましま
　と也(よし)也
084 とかむなよ(一〇〇五5・四二10)…
　今よりはしのふましきそと也
085 うちゑみて(一〇〇五6・四二12)―内大臣也　手跡を褒美し給也
086 けさはいかに(一〇〇五12・四三7)―源の詞也
087 御こともみえす(一〇〇六5・四四2)―御子ともみえさる也」(48オ)
088 うすき御なをし(一〇〇六7・四四5)―色の薄也
089 しろき御そ(一〇〇六7・四四5)―直衣にかさなりたるきぬ也
090 丁子そめのこかるゝ(一〇〇六9・四四7)―かさね也
091 くはん仏(一〇〇六11・四四10)―抄にみえたり
092 わさとならねと(一〇〇七1・四五1)―夕霧の一方にさたまり給へるを
　うらめしと思ふわか人あるへしと也
093 とし月(ころ)のつもり(一〇〇七2・四五2)―ことかたに夕霧の心うつ

し給はさるをいへり
094 女御の御ありさま(一〇〇七6・四四五7)—女御は御さいわい心よからさる故也①
095 きたのかた(一〇〇七7・四四五9)—雲井雁の継母也
096 あ\せちのきたのかた(一〇〇七8・四四五14)—雲井雁の実母也
097 六条院の御いそき(一〇〇七9・四四六2)—明石中□宮(ひめ君)春宮へまいり給也
098 たいのうへみあれに(一〇〇七10・四四六3)—紫上也　此時分紫上の栄花の盛也　若紫よりは思事のある也
099 中宮の御は、みやす所(一〇〇八2・四四六12)—六条の御息所の事を思て□□(の給へり)
100 なけきおふやうにて(一〇〇八4・四四六15)—葵上の事也　此事只今の給いつれは禁忌なれはいひさし給也
101 中将は(一〇〇八5・四四七2)—た、人におひ〈出〉給を云也」(48ウ)

①094は093と095の行間にあり。

102 宮はならひなき(一〇〇八6・四四七2)—秋好也　中宮に立給てならひなき人也　其むくひある歟と也
103 かんたちめ(一〇〇八9・四四七7)—紫上の桟敷に居給へり　これ□
104 そなたにいて給ぬ(一〇〇八10・四四七8)—源のわか御桟敷也
105 藤内侍のすけも(一〇〇八12・四四七11)—惟光かむすめ夕霧心かけ給人也
106 た、ならす(一〇〇九1・四四八1)—藤内侍の心也　夕霧雲井雁にさたまれる事也
107 なにとかや(一〇〇九3・四四八3)—とをくなるをいへり　かつみつ、はかくみつ、也
108 おりすくし給はぬ(一〇〇九4・四四八7)—わさと問給事なれは也
109 かさしても(一〇〇九6・四四八10)—そなたにこそよくしり給へけれと也　夕霧は及第の人なれは也
110 はかせならては(一〇〇九6・四四八12)—桂の葉風也　博士の心もあり
111 なをこの内侍(一〇〇九7・四四八13)—夕霧心をとめ給也
112 きたのかたそひ給へき(一〇〇九8・四四九1)—紫上のそひ給へきと也
113 かの御うしろみ(一〇〇九9・四四九3)—明石上也」(49オ)
114 かの人も(一〇〇九10・四四九5)—明石上也
115 この御心にも(一〇〇九11・四四九5)—姫君也　此紫上もさやうに思給る也　しからすは何としてもまことの母をは恋給しく思給へき(て)うらみ給へきと也
116 あなたにも(一〇一〇2・四四九13)—明石上へ源の、給也
117 その夜はうへそひて(一〇一〇7・四五〇3)—紫上そひてまいり給也
118 たちくたり(一〇一〇7・四五〇4)—明石上はまつ今夜は斟酌ある也
119 人のめおとろく(一〇一〇10・四五〇8)—事そき給也
120 人の(に)ゆつるましう(一〇一〇12・四五〇12)—紫上の御はらならましかはと也
121 たちかはり(一〇一〇14・四五一1)—紫上は退出ありて明石上かはりにまいり給也
122 御たいめん(一〇一一1・四五一1)—紫上明石上に御対面ある也
123 かくおとなひ(一〇一一1・四五一1)—紫上の詞也
124 これもうちとけぬる(一〇一一2・四五一4)—此もの字は姫君をも成人ありてはしめなりと云心也
125 ものなとうちいひたる(一〇一一3・四五一4)—明石上をしかるへき人

〈と〉紫上の思給也

126 又いと気たかう(一〇一4・四五一6)—明石上の心也　紫上をいへり

127 そこらの(一〇一4・四五一7)—源の方〳〵の御中にも紫上を別□て(とりわき)」(49ウ)

たる様にし給へるもことはりと也

128 かうまてたちならひきこゆるちきり(一〇一6・四五一9)—これにたちならふ事は{と}我身をもおもひあかれる也

130 〈御てくるまなと(一〇一7・四五一10)—紫上の事也　花鳥姫君の御事とあり　いかゝ〉①

129 いてき給気しき(一〇一7・四五一10)—紫上の退出をみれはをよひなき事也

131 ひゐなのやうなる(一〇一9・四五一13)—姫君の御事也　明石上の心也

132 ひとつものとも(一〇一10・四五一14)—うれしきもうきも心はひとつにてわかれぬ物は涙なりけり

133 おもふさまに(一〇一12・四五二2)—姫君の御ありさま也

134 宮もわかき(一〇一14・四五二5)—春宮也

135 うへもさるへき(一〇二6・四五二14)—紫上也

136 さりとてさしすき(一〇二7・四五二15)—しかるへき人と明石上を思給へり

137 なかゝらすのみ(一〇二8・四五三3)—源の御命のうちにと也

138 御まいりかひある(一〇二9・四五三4)—是も源のうれしく思給也

139 宰相の君も思ひなく(一〇二10・四五三6)—雲井雁のことも(を)ゆるし給事

140 その秋太上天皇(一〇三3・四五四4)—花鳥にみえたり(の義可然)

141 つかさかふかうふり(一〇三3・四五四5)—年官年爵也」(50オ)

① 130は51オの154と155の間にあり。なお、物語本文に従えば、130は129の後にくるべき。

142 むかしのれいをあらためて(一〇三5・四五四6)—ての字清濁両義也　濁時は太政大〈臣の御封〉天皇にかはらすと也

143 うちにまいり給へき(一〇三6・四五四8)—かる〳〵しかるましきと也

144 内大臣あかり給て(一〇三8・四五四11)—内大臣より太政大臣になり給也

145 あるしのおとゝ(一〇三10・四五四14)—内大臣也

146 中〳〵人にをされ(一〇三10・四五四14)—雲井雁はなま〳〵の宮つかへよりは夕霧にさたまり給をしかるへしと思給也

147 女君のたいふのめのと(一〇三11・四五五1)—雲井雁のめのと也

148 あさみとり(一〇三13・四五五4)—{浅緑ハ}六位を云也　こき紫は三位也　花鳥の義尤可然

149 はつかしういとおしき(一〇三14・四五五7)—たいふのめのと也

150 ふた葉より(一〇四2・四五五9)—なたゝるは名にたてる也　さやうにも思はさりし物をと陳したる也

151 三条殿に(一〇四4・四五五13)—大宮のすみ給し御所也

152 せんさいとも(一〇四6・四五六2)—楽天句童稚尽成人園林半喬木といへる」(50ウ)かことし

153 ふた所(一〇四9・四五六9)—雲井雁夕霧也

154 なれこそは(一〇四13・四五六14)—水こそあるしなれと也

155 なき人の(一〇一三14・四五七2)—
大宮なとの御なこりもなきと也
156 中納言(一〇一五3・四五七8)—夕霧也
157 ありつる御てならひ(一〇一五7・四五七13)—まへのやり水の歌とも也
158 おきなは(一〇一五8・四五七15)—夕霧太政大臣也　花鳥夕霧と云々　いかゝ
159 そのかみの(一〇一五10・四五八1)—
こといみしてはとはの給へ(つ)れ□(と)かく歌よみ給也　わかき人達成人して我身は老木となれると也
160 つらかりし(一〇一五11・四五八3)—おと、をうらめしと思し事也
161 神無月の廿日(一〇一五14・四五八9)—
162 六条院に行幸(一〇一五14・四五八9)—以下例とも両抄にみえたり」(51オ)
163 御つ゜し所(一〇一六8・四五九5)—御厨子所は主上の御膳をつかさとる所也　それによせられたる(たる)鵜飼なるへし
164 にしのおまへ(一〇一六10・四五九9)—中宮の御方也
165 御さふたつ(一〇一六12・四五九14)—朱雀院と六条院と也
166 せんしありて(一〇一六12・四六〇1)—あるしの座をひきさけたるを同座にしきなをさせ給也
167 かきりあるゐや〳〵しさを(一〇一六13・四六〇2)—朝覲行幸の作法にもありたきと也
168 御ものに(一〇一七3・四六〇7)—御膳にまいる也
169 色まさる(一〇一七10・四六一1)—
たちならひし事と也
170 このきはゝ(一〇一七12・四六一4)—尊号を給にいたりては及ひなしと也

171 むらさきの(一〇一七13・四六一6)—菊に似せたる也
172 ときこそありけれ(一〇一七13・四六一8)—引歌よくかなへり
秋をゝきて時こそ有けれ菊花うつろふからに色のまされは
173 あをきあかきしらつるはみ(一〇一八2・四六一12)—花鳥にみえたり」(51ウ)
174 みしかき物とも(一〇一八3・四六一13)—小楽也
175 ふみのつかさ(一〇一八3・四六二1)—楽器をあつかる女房也　〈女司〉図書也
176 うたのほうし(一〇一八6・四六二2)—和琴也
177 秋をへて(一〇一八8・四六二4)—朱雀院の御在位のうちにはかゝる事はなかりしと也　聊御述懐の心あり
178 よのつねの(一〇一八10・四六二7)—
つねしきの紅葉にあらすと也
179 たゝひとつ物と(一〇一八11・四六二10)—源とうへとひとつ物とみえた(給へ)り
180 中納言のさふらひ給か(一〇一八12・四六二10)—〔夕霧也〕　是も又源によく似給と也　めさましとはこれをもほめたる心也

大永七　八　十九了」(52オ)

《空白》」(52ウ)

若　菜　上

001 朱雀院のみかと（一〇三五1・一七1）―
此上巻は玉かつら源氏へ若菜まいらせ給事あり　仍巻名とせり　上下巻にわかつ事は下巻には朱雀院の五十の御賀に若菜たてまつらせ給へきよしあり　仍巻名とせり　上下にわかつ事は異朝の書籍にあまたあり　抄にみえたり　元来上下にわかちたる書もあり　又後に注釈おほくなり行て上下にわかちたる書もある也　日本〈には則日本紀神代上下〉□物語にはうつほの物語上下にわかてり　河海〈に後漢書〉廿巻の沙汰あり　かれまては無益歟〈但又非無興哉〉　此巻は源氏卅九の冬よりかけり　女三宮裳きの事あり　四十の年賀事〔并〕明石中宮懐妊事　四十一の三月明石中宮御□産の事あり以上三ヶ年の事ある也

002 ありしみゆき（一〇三五1・一七1）―六条院への御幸也

003 きさいの宮の（一〇三五3・一七5）―弘徽殿の大后也　此母后崩御事まへの巻にみえす　今はしめて書出す也　孝心にての仰也

004 なをそのかたに（一〇三五4・一七6）―御出家の事」（2オ）

005 □みこたちは春宮を（一〇三五6・一七9）―朱雀院の御子たち也　春宮は今上の御事也　当代は冷泉院也

006 ふちつほと（一〇三五7・一七10）―薄雲の女院の御妹也　式部卿宮など、兄弟也

007 たかきくらゐにも（一〇三五8・一七12）―立后もあるへき人なれとさもなきと也　総して朱雀院の御代には立后なし　其故は内侍督こそ立后あるへき人なるを源と名をとり給故にた、みやつかひにて立后なき也　其外にはしかるへき人もまいり給はさる故也

008 御心のうちにいとおしき（一〇三五12・一八5）―朱雀院の御心よはくおはします故也

009 にし山なる（一〇三六3・一八13）―仁和寺也　抄にみえたり

010 みてらつくりはて、（一〇三六3・一八13）―□一本つくりいて、とあり

011 は、女御も（一〇三六9・一九7）―承香殿の女御髯黒のいもうと

012 御うしろみ（一〇三六12・一九13）―女御（［みや曰誤也（朱）］）たちの事也　明石中宮なとなれは也①

013 この世にうらみ（一〇三六13・二〇1）―朱雀院の仰也

014 思やうなる（一〇三七3・二〇5）―御位にもつき給は、と也

015 三宮なん（一〇三七4・二〇7）―御愛子たるによりて也」（2ウ）

①「女御たちの事也」の中央と「なれは」の左に朱線あり。

016 女御にも（一〇三七7・二〇12）―承香殿也

017 〔心うつくしきさまに（一〇三七7・二〇12）―花鳥タノム方モナキヨシヲノ給ト云々如何　心ウツクシキトハ只ヨク思アヒテアルヘキノ心歟〕

018 されとは、女御（一〇三七7・二〇12）―此承香殿の女御は藤壺の女御の寵にはをしけたれ給し人なれは行末とてもさのみ心にはいれ給ましき物をと草子地のいへる也

019 御くらゐはさらせ給へれと（一〇三七14・二一8）―近臣は猶したひ給（奉る）人おほき也

020 故院のうへの（一〇三八5・二三3）―朱雀院の御詞也

021 この院の御事（一〇三八6・二三4）―源也

022 いまのうちの御事(一〇二八6・二二4)―冷泉院也

023 はかなき事の(一〇二八8・二二6)―須磨の左遷の事

024 春宮なと(一〇二八12・二三13)―明石姫君をまいらせ給也

025 この秋の行幸(一〇二九4・二三5)―藤裏葉の行幸也　十月なれと秋とかけるおもしろし(尤優也)　此類まへにもあり

026 すき侍りにけん(一〇二九7・二三10)―是より夕霧の返答也　一向幼少の時の事は何ともしり侍らす也

027 年まかり(一〇二九7・二三11)―夕霧のみつからの事也

028 大小(タイセウ)(一〇二九9・二三13)―」(3オ)

029 いにしへのうれはしき(一〇二九10・二三14)―まへにはかなき事のあやまりに心をかれたてまつる事とありし□返答也

030 故院の御ゆいこんのこ゚とも(一〇二九12・二四2)―

031 御くらゐにお□(はし)まし、(一〇二九13・二四3)―其比は源は年もわかゝりし也　いまた上に致仕のおと、□と也(なとおはせしかは)我心の程奉公なきをの給と也

032 いまかくまつりことをさりて(一〇三〇1・二四5)―只今しつかにまします時に其心の行末をもとけさるくちおしき事と也

033 廿(ハタチ)にもまたわつかなる(一〇三〇4・二四10)―夕霧今年十九歳也

034 おほきおと、のわたりに(一〇三〇7・二四14)―朱雀院の御詞也　雲井雁にすみつき給事也

035 さすかにねたく(一〇三〇8・二五1)―女三宮の御うしろみにも(も)とおほす心也

036 はかく〵しくも(一〇三〇12・二五7)―夕霧の詞

037 かの院(一〇三一1・二五11)―六条院也

038 かれは(一〇三一3・二五14)―六条院也　以下源の事を〈ほめて〉朱雀院の、給へる也」(3ウ)

039 廿かうちには(一〇三一11・二六10)―源は廿一にて参議になり給へり　いさゝかもおこる心なく昇進なとも卑下□(し給しと)也

040 それにこれは(一〇三一12・二六11)―夕霧は昇進早速なる也

041 それもをさく〵(一〇三一14・二六13)―夕霧の事也

042 ひめきみ(宮)のいとうつくしけにて(一〇三二1・二七1)―女三宮也

043 式部卿のみこのむすめ(一〇三二5・二七7)―紫上也

044 中納言はもとより(一〇三二11・二七15)―御めのとの詞也

045 かのわたり(一〇三二11・二七15)―雲井雁の事

046 かの院こそ(一〇三二13・二八2)―六条院也

047 やんことなき御ねかひ(一〇三二14・二八5)―紫上の外に本台をもとめ給心のあると也

048 前斎院(一〇三三1・二八5)―槿也

049 ふれぱゝ(ワ)せ(一〇三三5・二八12)―

050 われ女ならは(一〇三三7・二八14)―女にてあらはかならす源にはあさむかるへしと也

051 〈女のあさむかれん(一〇三三8・二八15)―河海云あさむくは哢せられん也　嘲哢の心也云々　私案之非歟　あさむくは欺也　欺誑也　タフラカサルヘキノ心歟〉

052 御心のうちにかんの君の事も(一〇三三9・二九1)―草子地也

053 左中弁(一〇三三10・二九4)―系図の外の人也」(4オ)

054 うへなんしかく〵(一〇三三12・二九7)―めのと左中弁の(に)物語する也

055 かの院に(一〇三三13・二九8)—六条院也
056 弁いかなるへき(一〇三四8・三〇6)—左中弁の詞也
057 やんことなくおほしたるは(一〇三四11・三〇9)—紫上の事也
058 それによりてかひなけなるすまゐ(一〇三四12・三〇10)—紫上によりき□(し)たる様にてみなあるかひもなきと也
059 御すくせありて(一〇三四13・三〇11)—自然皆かた〳〵のかひなきすちにてまし〳〵てはいか丶と也
060 〈なをいか丶とは丶からる丶(一〇三四14・三〇14)—さま〳〵思案して猶しりかたしと思へる面白語也〉
061 さるはこの世のさかへ(一〇三五1・三〇15)—源の自称也　我身の上に不足なる事はなきを本台のしか〳〵となきのみ不足なると也　紫上も人からはよけれともしき〳〵に□也(むかへ給へる本妻にはあらす)
062 かた〳〵につけて(一〇三五4・三一4)—方〳〵おほけれとみな十分ならさるた丶人と也
063 それにおなしくは(一〇三五7・三一7)—女三宮は似つかはしき事といへる也
064 ほと〳〵につけて(一〇三五11・三一13)—めのとの詞也　た丶人さへかた〳〵のある中にはと也(いか丶と也)」(4ウ)
065 いまの世のやうとて(一〇三六1・三二4)—上古の事は淳素にておほやうにてましますもよき□也(事なるを)いまの世は何事にも調達して我心と分別し給はてはと也当時のならひ□也(をいふに)此宮は何事も〈あまりに〉おほやうにてましますと也
066 おほかたの御心をきてに(一〇三六4・三二8)—上のをきてにしたかふ下なれはと也
067 しかおもひたとるに(一〇三六6・三二12)—朱雀院の仰也
068 いひもてゆけは(一〇三七2・三三9)—高下同事也　宮なと申せはとて同事と也
069 すへてあしくもよくも(一〇三七3・三三12)—善悪につけて親のさためたる事はぬしのとかをはのかる丶事と也
070 をやにしられす(一〇三七7・三四2)—〔六〕孟子に不待父母之命媒妁之言鑽穴隙相窺踰墻相従則父母国人皆賤之
071 みつからの心よりはなれて(一〇三七10・三四5)—花鳥三界唯一心々外無別法のことはりと云々
072 あやしくものはかなき(一〇三七12・三四8)—女三宮の〔御〕事也
073 これかれの心にまかせて(一〇三七13・三四9)—めのとたちの心にまかすへからすと也
074 いよ〳〵わつらはしく(一〇三八1・三四12)—めのとの心也」(5オ)
075 ふかきほいも(一〇三八2・三四15)—御病をもきによりて仏法修行も成就しかたきと也
076 あまたものせらるへき(一〇三八4・三五3)—かた〳〵のあるをもしらすかほにし給へきと也
077 兵部卿宮(一〇三八7・三五7)—蛍の宮也
078 あまりいたくなよひ(一〇三八8・三五8)—あまりによはき所のある也
079 大納〔言〕のあそん(一〇三八10・三五11)—系図になし(の外也)　いゑつかさは朱雀院(女三宮)の勅別当を〈のそむ事を〉いへり
080 むかしもかうやう(一〇三八12・三五13)—嵯峨天皇延喜御門の御むすめの事抄□(に)ひけり

081 右衛門督（一〇三九1・三六2）―柏木也内侍のかみのをい也

082 内侍のかみ（一〇三九12・三七6）―六君也　太政大臣の室は此内侍のかみの兄弟也

083 あねきたのかた（一〇三九13・三七6）―二条大殿の御むすめ也

084 兵部卿の宮（一〇三九14・三七9）―玉かつらをのそみ給て其本意をもとけ給は□さるをいへり

085 権中納言も（一〇四〇5・三八2）―夕霧也」（5ウ）

086 女君の（一〇四〇8・三八6）―雲井雁也

087 のちの世の（一〇四一1・三九1）―後代の事と也

088 このみやの御事（一〇四一6・三九9）―六条院の（には）さき〳〵よりきゝ及給也

089 いくはくたちをくれ（一〇四一8・三九12）―源氏と朱雀院□は三歳の源氏に三歳の兄にてまします也

090 それたにいと不定（一〇四一12・四〇3）―次第〳〵といへはとていくはくのちかひもなし　況や不定の世間なれは也　不定のさためなさとかける重語にあらす　仮名の物はかやうにかける事常の事也

091 たゝうちにこそたてまつりたまはめ（一〇四二8・四一2）―入内しかるへきと也

092 やむことなきまつ°の人〳〵（一〇四二9・四一3）―はやくよりまいりたる人とて別に寵のある事はなき也　さやうの所にはかゝはるへきにてはなきと也

093 故院の御時（一〇四二11・四一5）―先蹤をひき給へり　弘徽殿の大后は薄雲に寵をうはゝれ給し事也

094 いきまき（一〇四二11・四一6）―威勢ありてと也

095 故院のかのみこの御はゝ（一〇四二12・四一8）―女三宮の母と薄雲と姉妹なる事也」（6オ）

096 かたちもさしつき（一〇四二13・四一9）―藤壺□（に）つきては此女三宮の御母かたちよききこえありて源も床敷思給し也　されは此姫〈宮〉をは源は床敷思給へしと也

097 としもくれぬ（一〇四三1・四一13）―十二月になるをいへり　歳暮にはあらす　奥に年〈もかへりぬとかけるにて年のくれは〉□はみえたり

098 かへ殿（一〇四三4・四二2）―栢梁殿　朱雀院にあり

099 もろこしのきさきのかさり（一〇四三5・四二3）―周礼王后の六服あり花鳥にみえたり

100 いまふたところ（一〇四三9・四二8）―左右の大臣也

101 かのむかしの（一〇四四1・四三3）―斎宮〔に〕立給し時の事也

102 宮のこんのすけ（一〇四四3・四三5）―中宮の権亮也

103 かゝることそ（一〇四四4・四三6）―院へみせ申さるへき事と也

104 ①さしなから（一〇四四6・四三8）…
さしなからはさなから也　櫛に縁ありておもしろし　そのまゝこゝに伝受したると也　神さひにけるとは久しき也　卑下の心あり〉

105 あえ物（一〇四四7・四三11）―あやかり物と也　秋好中宮はさいわい人なれは也

106 むかしのあはれをは（一〇四四8・四三13）―大極殿にての事也　今日は祝言のかたはかり也

107 さしつきに（一〇四四10・四三15）―」（6ウ）

①行頭字上げの指示あり。

みる物にもかな也中宮のさしつきに此女三宮をみる物にもかなと也

108 よろしきほとの人のうへ(一〇四四12・四四4)—中品の人さへと也

109 御いむ事(一〇四五3・四四11)—授戒の阿闍梨也

110 をさなき宮(一〇四五7・四五2)—女三宮也

111 御たうはり(一〇四五10・四五6)—源の事也　万事をそきすて給也

112 こと〳〵しからぬ御車(一〇四五12・四五10)—常{の}檳榔毛の車なるへしひさしの車なとは中古より出来ぬるもの也

113 かはり給へる(一〇四六2・四六1)—御落飾の①さま也

114 故院に(一〇四六3・四六3)—源の申給へる詞

115 このかたの(一〇四六4・四六4)—出家の心さしの事也

116 けふかあすかと(一〇四六10・四六13)—院の御返事

117 心さしもかなふ(一〇四六12・四七1)—今御本意の志をし給へき御気力もなしと也

118 たゝこの心さしに(一〇四六14・四七3)—かく念誦なとすへき志の故にかけとゝむるかと也

119 御心のうちにも(一〇四七5・四七9)—源の心の中也」(7オ)

①「也」の上から「の」と書く。

120 御心の(たゝ人)よりも(一〇四七6・四七11)—源の詞也

121 女の御ため(一〇四七11・四八3)—何事も春宮の御心のまゝなるへけれと女の御ためなとには御心のまゝにはありかたき事もあるへしと也

122 猶しゐて(一〇四七14・四八8)—しかるへき御うしろみをさため給てよかるへしと也

123 さやうにおもひよる(一〇四八2・四八10)—院の御返事也

124 いにしへのためしを(一〇四八3・四八12)—嵯峨天皇御子を忠仁公に給し事

125 ましてかく(一〇四八5・四八14)—院の卑下し給ての給也　昔たにさやうの事は侍りいまはましてたれいかなる人にも給はるへき事と也

126 しかすつる中にも(一〇四八6・四八15)—おもしろき詞也

127 中納言のあそん(一〇四八11・四九8)—源の詞也

128 ふかき心にて(一〇四八13・四九10)—源の我身はふかき志もあるへきと也

129 おはします御かけに(一〇四八14・四九11)—何事も御在世にかはる事もあるましきをされと我身のゆく末もみしかかるへき事をいかゝと也

130 せんかう(一〇四九4・五〇5)—沈香のかけはん也

131 御はち(一〇四九4・五〇5)—{御}出家の後たるによりて鉢を用給也

132 あはれなる(一〇四九5・五〇7)—草子地也」(7ウ)

133 〈なま心くるしう(一〇四九8・五〇12)—源し紫上にかたり給はん事いかゝと也〉

134 さしもあらし前斎院(一〇四九10・五〇14)—紫上の心也　槿斎院をもねん比にはし給へともとりたてたる事はなき也　其たくひなるへしと思給也

135 なに心もなくて(一〇四九11・五一2)—紫上のさま也

136 見さため給はさらん(一〇四九13・五一5)—只今に心の程は見さため給へきと也　かやうの事の出来ぬるにつけては一しほ□大切にもすへきと也

137 いまのとしころと(一〇四九14・五一6)—近年となりては夜かれもなきと也

138 その夜は(一〇五〇2・五一8)—朱雀院よりかへり給夜也

139 院のたのもしけなく(一〇五〇4・五一11)—源の詞也

140 かへさひ申さて(一〇五〇10・五二4)—

141 あちきなくや(一〇五〇11・五二6)—紫上何とか思給へきと也

142 かの御ためこそ(一〇五〇12・五二8)―女三宮也

143 はかなき御すさひ事をたに(一〇五〇13・五二10)―紫上はこれ程まてなき事をたに嫉妬のかたはふかき人と也」(8オ)

144 いとつれなくて(一〇五一1・五二12)―色には出し給はさる也

145 あはれなる(一〇五一1・五二12)―紫上の詞

146 めさましくかくてはなと(一〇五一2・五二14)―〈紫上の〉此まゝにてあるをも人か人たにもとかめすはこのまゝにてあるへきと也

147 かのはゝ女御(一〇五一3・五二15)―紫上の姑也　されは他人にてはなきと也

148 あまりかう(一〇五一4・五三1)―源の詞

149 人のくちといふ物(一〇五一7・五三6)―人のなかことをいふをいへり河海孟子をひけり

150 心ひとつにしつめて(一〇五一9・五三8)―よく〳〵遠慮をめくらすへきと也

151 心のうちにも(一〇五一10・五三11)―紫上の心中也

152 我心にはゝかり給ひ(一〇五一11・五三12)―いさめなともすへき事にてもなしと也

153 をのかとちの心より(一〇五一12・五三13)―源の御身よりし出給ふ事にてもなき也　されは我身の物おもひなるさまをはみえしとふかくつゝみ給也　紫上の天然の性の奇特也

154 式部卿宮のおほきたのかた(一〇五一14・五三15)―紫上の継母槙木柱の君の〈祖〉母也」(8オ)

155 おいらかなる(一〇五二2・五四4)―いかなる人のうへにもかやうの事(方)の思はあると也　草子地也

156 いまはさりともとのみ(一〇五二3・五四5)―紫上の今は本台になりてならふかたなくみえしにかやうの事出来ぬるは是則盛者必衰のことはりあらはれ侍り

157 年の(も)かへりぬ(一〇五二5・五四9)―源四十歳也

158 きこえ給つる(一〇五二6・五四10)―蛍兵部卿宮柏木藤大納言なと也

159 さるはことしそ(一〇五二8・五四14)―源四十歳

160 正月(ムツキ)(一〇五二10・五五3)―

161 左大将殿の北のかた(一〇五二11・五五3)―玉かつら也　賀の時若菜を用る事常の事也　古今我衣君かため春の野に出てわかなつむの歌の①例也

162 しのひたれと(一〇五二12・五五6)―当時玉かつらは太政大臣の御むすめ大将の北方なれはならひなきいかめしさ也

163 南(みなみ)のおとゝの(一〇五二14・五五8)―六条院の母屋也

164 いしなとは(一〇五三1・五五9)―しのひ給故に略する也　おくに紫上のし給にも」(9オ)

①「も」の上から「の」と書く。

165 御ち∞し∞き(一〇五三1・五五10)―唐筵に縁をさしたる物也椅子はなき也

166 よつすへて(一〇五三3・五五11)―四十の賀たるにより四ある也

167 □(な)つふゆ(一〇五三3・五五12)―四季をいへり

168 かうこかゝけのはこ①(一〇五三3・五五12)―うちみたりの用也(□□)はこなとの類也

169 かさし(一〇五三5・五五15)―□□つくり花を台にさして老をかくすへき

と(表示)也

170 おましに(一〇五三8・五六6)―外様に出給はんとてまつ内にて玉かつらに対面ある也

171 ひかかそへ(一〇五三10・五六9)―源の御さまのわかくきよらなるをいへり

172 をさなき君も(一〇五三13・五六12)―玉かつらの子たち也　花鳥義尤可然

173 かんの君はうちつゝきても(一〇五三13・五六13)―玉かつらの心には此子たちをは源にはみせ申ましきよし思給し□□也

174 すくるよはひも(一〇五四2・五七1)―源の詞

175 かゝるすゑ〳〵の(一〇五四3・五七3)―御孫たち也

176 いつしかと(一〇五四4・五七5)―雲井雁腹也

177 人よりことに(一〇五四5・五七6)―此御賀に〈第一に〉し給へる事也」(9ウ)

①「かうこ」と「かゝけのはこ」の間に空白あり。物語本文に従えば、その間に本文の省略があることになる。仮に一つの項目として立てる。

178 わか葉さす(一〇五四9・五七10)―御子たちひきつれてまいりて御年をいはふよし也

179 せめておとなひ(一〇五四9・五七12)―せめてはしゐての心也　源しにはちなからおとなしくいひなし給へる也

180 さまはかり(一〇五四10・五七13)―幽玄也　祝義のけしきはかり也

181 こまつはら(一〇五四12・五七14)―末とをき人の齢にひかれて我身も年をはるかにつみつへしと也

182 式部卿宮は(一〇五四13・五八3)―槇柱の〈祖〉父宮也　〈玉かつらの所をおほして〉大将のし給へる事なる故に遅参し給へる也

183 御むまこの君たちは(一〇五五2・五八7)―大将の御子たち式部卿宮の孫たち也

184 こもの(一〇五五3・五八8)―献物□籠物両義也

185 おりひつもの(一〇五五3・五八8)―

186 おほんつき(一〇五五5・五八10)―

187 御ふえ(一〇五五7・五八13)―管をいへり（の総名也）　名物ともをとゝのへ給也

188 おさ〳〵をとるましく(一〇五五13・五九6)―父おとゝにをとらさる也

189 わらゝか(一〇五六4・五九15)―和也　あいきやうつきすみのほるねのある也　父おとゝは」(10オ)

したこゑにゆる〳〵としたるかたのあると也

190 かうし□(も)は(一〇五六5・六〇1)―日比はかくはかりの上手とはきこえさりしと也

191 兵部卿宮(一〇五六6・六〇2)―蛍也

192 宜陽殿(一〇五六6・六〇3)―昔は楽器書籍等をさめ□(をか)るゝ所也

193 故院(一〇五六7・六〇3)―桐壺の帝也

194 一品宮(一〇五六7・六〇4)―朱雀院の同腹のひめ宮也

195 御つたへ〳〵(一〇五六9・六〇6)―一品宮へ太政大臣申うけたまふを(へる)そのつたへ〳〵をおほし出る也

196 かへりこゑに(一〇五六13・六〇12)―呂の律になる也

197 あをやきあそひ給程ほとねくらのうくひす(一〇五六14・六〇13)―此青柳に鶯もおとろきぬへしとかけり　おもしろし　しかも青柳をかた糸によりて鶯の心あれは也

198 わたくしこと(一〇五七1・六〇14)―公義は事かきりありて定れる法式は

かり也　これは私事なれは事くはへて一段と結構し給へる也

199 かう世をすつる(一〇五七3・六一2)―源の詞」(10ウ)

200 とし月のゆくゑも(一〇五七3・六一2)―かそへしる人なかりせはいたつらに谷の松とや年をつまゝし　よく〳〵かそへ〳〵しらせ給けるよと也

201 世にすみはて(一〇五七10・六一11)―大将の室にさたまり給事源の御恩と也

202 うちにまいり(一〇五七13・六二2)―入内の義をまねふ也

203 けいしのそみ(一〇五八1・六二5)―藤大納言也

204 御くるまよせたり(一〇五八2・六二6)―臣下の礼は自車をよする也　今院(源)は院号かうふり給へはさはあるましきをこゝは源の謙退の義也

205 たゝ人にをはすれは(一〇五八3・六二8)―草子地也　内まいりにてもなし

206 むこのおほ君(一〇五八4・六二9)―催馬楽の心あり

207 いとゝありかたし(一〇五八11・六三3)―紫上を源のありかたく思給也

208 にくけにをしたちたる(一〇五八14・六三8)―嫉妬なとの給事はあるましきと也

209 としころさもならひ給はぬ(一〇五九2・六三12)―紫上の心也

210 御そともなと(一〇五九3・六三13)―紫上□也」(11オ)

211 なとてよろつの事(一〇五九5・六三15)―源の心の中也　紫上をさしをきて又ともみるへき人もなき世なりと也

212 心よはく(一〇五九5・六四3)―我心よはき故と也

213 中納言をは(一〇五九6・六四6)―夕霧は雲井雁の外にはま(又わく)心もあるましとみこめ給てしゐての給事もなかりしを我身の心よはきゆへと也

214 こよひはかりは(一〇五九8・六四8)―源の紫上へ申給詞

215 すこしほゝゑみて(一〇五九10・六四11)―紫上也

216 みつからの御心なからたに(一〇五九10・六四12)―これよりのちのとたえあらんこそ身なからも心つきなかるへけれとあるをうけたり

217 すゝりをひきよせて(一〇五九13・六四15)―紫上也

218 めにちかく(一〇五九14・六五2)―さためなき事{と}也

219 いのちこそ(一〇六〇2・六五6)―」(11ウ)

此二人の契は世間の定なき契の類にてはなきと也

220 とみにも(一〇六〇2・六五8)―源也

221 としころさもやあらん(一〇六〇5・六五12)―紫上の心也　槿斎院なとの事也

222 いまよりのちも(一〇六〇7・六六1)―世間の不定也　いかなる事も出来ぬへきと也

223 つゆもみしらぬ(一〇六〇13・六六9)―紫上也　あらぬさまに(を)つくり給也

224 かう人のたゝならす(一〇六一1・六六11)―紫上の詞心也

225 かくこれかれ(一〇六一1・六六12)―紫上の詞

226 ひとしきほとをとりさまなと(一〇六一5・六七2)―〈何事も〉人からによる事なれはいさゝかも此宮に対しては心をたつへき事もなきと也

227 むかしはたゝならぬ(一〇六一9・六七7)―此中務中将君也　はしめは源の御方の人也

228 風うちふきたる(一〇六二5・六八6)―余寒の時分也

229 かの御ゆめに(一〇六二8・六八12)―源の夢也

230 夜ふかきもしらすかほに(一〇六三10・六八14)―鳥の音にかこつけ給也

231 やみはあやなしと(一〇六三13・六九3)―さふらふ人〳〵の事也」(12オ)

232 猶のこ〈れ〉る雪と(一〇六三14・六九6)―楽天詩子城陰処猶残雪　子城とは北方をいへり　紫上の方は北也　誦し給へる心おもしろし

233 ひさしう(一〇六三1・六九7)―夜かれも久しくなかりしと也

234 そらねをしつゝ(一〇六三2・六九8)―源をこらしめんのため也

235 こよなくひさしかりつる(一〇六三2・六九9)―源の詞也　そらねをせし事也

236 をちきこゆる心の(一〇六三3・六九10)―源をおろそかに思故と也

□

237 かきりなき人と(一〇六三6・七〇2)―女三宮は族姓かきりなき人にて天下第一也　されと紫上ほとの用意はなきと也

238 しん殿には(一〇六三8・七〇7)―女三の御かた也

239 けさの雪(一〇六三9・七〇7)―文の詞

240 さきこえさせ(一〇六三10・七〇9)―文にはあらて詞にていへる也

241 ことなる事なの(一〇六三10・七〇10)―源の心

242 女君も(一〇六三13・七〇13)―紫上也」(12ウ)

243 けさはれいのやうに(一〇六三13・七〇15)―五日めなるへし

244 ことにはつかしけもなき(一〇六三14・七一1)―人からを執し給故にかう執し給へり

245 しろきかみ(一〇六四1・七一2)―すく〳〵しきさま也

246 なかみちを(一〇六四2・七一3)―さはるへき程の雪にはあらされとも也

247 やかてみいたして(一〇六四3・七一6)―なにとなく紫上には忍ひ給ふ心あり

248 花をまさくり(一〇六四4・七一7)―文をつけ給し花のゝこりたるなるへし

249 そてこそにほへ(一〇六四6・七一9)―おりつれは―①
鶯をきゝて歌の心によせて花を引かくし給也

250 御かへりすこし程ふる(一〇六四8・七一13)―やかてみいたしてとあることのまゝにて御かへりをもやかてみ給へきの心あれと程ふるまゝにいり給也

251 はなといはゝ(一〇六四9・七一14)―梅を評していへり

252 さくらにうつして(一〇六四9・七一15)―花説一義可然　されと只花のうへ」(13オ)

①「おりつれは―」は歌の初句のみを記して以下を略す。

はかりを評していへるにておもしろき歟　此文なとつかはし給へは紫上の機嫌をとるへきとてかやうの花のうへなとをいひまきらはし給へる也

253 猶もあまた(一〇六四10・七二1)―只こゝもともとやかくやいひてまきらはしにし給へる也　悉皆紫上をなくさめんとてさま〳〵の事をの給也　花鳥の義無益也

254 御かへりあり(一〇六四12・七二3)―女三宮よりの御返事也

255 御てのわかきを(一〇六四13・七二5)―女三宮の手跡の幼稚なるを紫上□(に)はゝかり給也

256 はかなくて(一〇六五2・七二10)―

257 みぬやうに(一〇六五4・七二13)―紫上の用意也

258 いとほしくて(一〇六五5・七三15)―こと人の事ならましかはとやかくやとの給へき物をと也

259 たゝ心やすくを(一〇六五5・七三15)―」(13ウ)

260 心ことにうちけさうし(一〇六五6・七三2)―源の御かたち也

261 いまみたてまつる(一〇六五7・七三3)―三夜の後はひるはしめてみたてまつる人〳〵也①

262 いてやこの御ありさまひと所こそ(一〇六五8・七三6)―紫上ほとの御おほえはあり此宮にはましますへからすと也

263 ちこのおもきらひ(一〇六五12・七三11)―いと□(き)なきさま也

264 おいらかに(一〇六六1・七三15)―大様也　河説面白也

265 えみはなたす(一〇六六4・七四5)―笑□かち也

266 昔の心ならまし(一〇六六4・七四5)―源のわかき時の心のまゝならはいとひもし給へきと也

267 よそのおもひは(一〇六六7・七四8)―今此宮をあつかり申事はよそからのおもひやりはいかめしかるへしと也

268 さしならひ(一〇六六7・七四9)―紫上は我よくそたてたると也

269 月のうちに(一〇六六11・七五1)―二月中也　仁和寺にうつり給也

270 いかにきく所やなと(一〇六六12・七五4)―こなたへのきこえなとをいかゝとはゝかり給はてともかくもあるへしと也

271 をさなき人の(一〇六七1・七五8)―院の〔御〕文の詞」(14オ)

①262は261と263の行間にあり。

272 たつね給へき(一〇六七2・七五10)―よそ外の他人にてはましまさゝると也　〈女三宮の御母は紫上の御をは也なれは也〉

273 そむきにし(一〇六七4・七五11)…この(此)世□子によせたり

274 たゝ心をのへて(一〇六七8・七六3)―心(懐)をのふるはかり也

275 そむく世の(一〇六七9・七六4)―

この世にのこる御心あらはしゐてかけはなれ給ひそと也

276 いとおしきよのさはき(一〇六八6・七七6)―すまのうつろひの事

277 むかしの中納言の君(一〇六八12・七八3)―むかしの源の心しりをしたる人也

278 あはれにかなしき(一〇六九5・七八12)―御山こもりの事也

279 心のとはんこそ(一〇六九6・七八14)―引歌なき名そと人にはいひて―①

此歌君子たる物の心をつくへき歌也　内省不疚

280 いにしへわりなかりし(一〇六九7・七九2)―弘徽殿の大后の在世にたにありそめし事と也

281 しのたのもり(一〇六九10・七九6)―和泉守なれはいへり」(14ウ)

①「なき名そと人にはいひて―」は歌の初句・第二句のみを記して以下を略す。

282 あやしく(一〇七〇7・八〇7)―朧月夜の詞

283 御とふらひ(一〇七〇9・八〇10)―御山こもりの御とふらひ也

284 されはよ(一〇七〇11・八〇13)―源の心也　〈朧月夜〉ちとかろ〳〵しきさま也

285 いとわかやかなる(一〇七〇14・八一1)―源の詞

286 たまもにあそふ(一〇七一2・八一5)―

春の池の玉もにあそふ―①

鳰を鴛にかきかへたるおもしろし
287 平仲。(一〇七一4・八一7)—そらなきにあらすといへり
288 とし月を(一〇七一6・八一10)—
此障子を相坂によせたり　涙かとは涙哉也
289 なみたのみ(一〇七一7・八一13)—
あふみちは近江にそへたり
290 花はみなちりすき(一〇七二3・八二14)—散過也
291 このふちよ(一〇七二7・八三3)—朧月夜の心あり
292 さるかたにても(一〇七二11・八三9)—中納言君の心也　朧月夜は源の人にてましましてもにくからさる物をと也」(15オ)
①「春の池に玉もにあそふ—」は歌の初句・第二句のみを記して以下を略す。
293 こ宮の(一〇七二13・八三11)—大后の事也
294 やう〳〵さしあかりゆく(一〇七三3・八四1)—朝日をいへり
295 しつみしも(一〇七三6・八四5)—
昔の事もさらにわすれされともと也　すまの心あり
296 花のかけは(一〇七三8・八四9)—朧月夜の心に源を心にかけし也
297 身をなけん(一〇七三9・八四10)—
源の身をなけんとよめるをことはる也　真実身をなくへき渕ならは波のかゝるをもいとふましきにあるましき事なれは浪もかけしとよめる也
298 心なからも(一〇七三10・八四12)—たかひにゆるさぬ事と也
299 そのかみも人より(一〇七三11・八四14)—草子地也
300 いみしくしのひいり(一〇七三13・八五2)—源の御さま也
301 女君さはかり(一〇七三14・八五3)—紫上は大方推量し給へる也
302 またもらすへき(一〇七四3・八五7)—紫上へはかたり給也
303 うちわらひて(一〇七四5・八五11)—紫上也」(15ウ)
304 なかそらなる(一〇七四7・八五12)—とにかくに我身はなかそらになるへしと也
305 かう心やすからぬ(一〇七四8・八五14)—源の詞
306 きりつほの御かたは(一〇七四14・八六9)—明石姫君也　十三才也(歟)(なるへき歟)①【物語のうへにて総して源の外は他人の年の沙汰かんかふるに及はさる也】
307 めつらしき(一〇七五3・八六13)—〔御〕懐妊也
308 ひめ宮のおはします(一〇七五5・八六15)—女三宮のまします西対の東也
309 あかしの御かた(一〇七五6・八七1)—実母のつき給ふ也
310 姫宮にも(一〇七五7・八七5)—女三宮に紫上此つゐてに対面あるへしと也
311 うちゑみて(一〇七五9・八七8)—源也
312 宮よりも(一〇七五11・八七10)—紫上の心也　明石上をはつかしく思給也
313 たいに侍る人(一〇七五13・八七13)—源女三宮へ申給詞也
314 しけいさ(一〇七五13・八七14)—きりつほ也
315 はつかしうこそは(一〇七六2・八八3)—女三宮の御返事也
316 人のいらへはことにしたかひて(一〇七六3・八八4)—源の詞也　人の何事をか云へきをその□返答とてかねてはをしへかたき事と也
317 なに心もなき(一〇七六5・八八7)—源の心也　女三宮の何心もなきさまを紫上の見しり給へき事のはつかしきと也」(16オ)
①「也」を墨消しにして「歟」と書き、さらに右傍に「なるへき歟」と記す。

318 さのたまはんを(一〇七六6・八八8)―紫上のおもひよりての給をかへさいの給へきをいか、とおほす也

319 われよりかみの(一〇七六7・八八10)―紫上は式部卿宮の御むすめ也　我身をは随分とおもひ給ひし也

320 身のほとのはかなきさまを(一〇七六8・八八11)―しき〳〵の嫁娶の儀なきをくちおしと也

321 をのつからふることも物おもはしき(一〇七六9・八八13)―怨者其吟悲の心也

322 宮女御の君(一〇七六11・八九1)―宮女御のわかくうつくしきめうつしにも紫上猶たくひなくみえ給はいかはかりのよき人なるらんと也

323 身にちかく(一〇七七7・八九14)…
我身の人の秋にあひぬるよし也　あをはの山名所にてはあらさる歟　夢浮橋巻にもあり　夏山をいへる也　是(こゝ)も其類なるへし　又名所にもあるにや

324 みつとりの(一〇七七9・九〇2)…
源の歌也　五文字おもしろし　夏山は色かはる物なれと此水鳥の青羽はかはる事なきことくに源の心は不変なると也」(16ウ)

325 ことにふれて(一〇七七10・九〇4)―紫上の御うらみおほきと也
萩の下葉は(を)紫上の心に〈とり〉なす也①

326 こよひはいつかたにも(一〇七七11・九〇7)―紫上も宮も御隙なれは也

327 かのしのひ所に(一〇七七12・九〇7)―朧月夜也

328 いとあるましき(一〇七七12・九〇8)―心にはよく思しり給へと〈も〉也
是世間の習也　人のつゝしむへき所也

329 春宮の御かたは(一〇七七13・九〇10)―明石姫君也　花説可然　春宮の女御なれは也

330 しちのは、君(一〇七七13・九〇10)―明石上也

331 おもひへたてす(一〇七八1・九〇12)―紫上の御方よりも思へたて給はさる也

332 いとをさなけに(一〇七八3・九〇15)―女三宮の御さま也

333 むかしの御すち(一〇七八4・九一1)―紫上とはよそならさる事也

334 中納言のめのと(一〇七八4・九一1)―女三宮の御めのと也

335 おなしかさしを(一〇七八4・九一2)―御身(親)類のよし也

336 たのもしき(一〇七八7・九一6)―めのとの詞たのもしき御かけとは母女御朱雀院也

337 そむき給にし(一〇七八9・九一9)―朱雀院もかくの給しと也」(17オ)

① 324と325の間が一行分空白。

338 いとかたしけなかり(一〇七八12・九一13)―紫上の詞也

339 世中の人もあひなう(一〇七九3・九二5)―たかひに嫉妬の心はかならすある世中のならひ也

340 ことなをりて(一〇七九8・九二11)―世間にさま〳〵の事いひしも此御対面の後は事なをりたると也

341 さかのみたう(一〇七九9・九二13)―源のたて給堂也　御賀の事あり

342 と。し。み。(一〇八〇2・九三9)―年満也　玉かつらのも廿三日に御賀あり　源の御身にとりて子細ある日なるへし　自然誕生日などなる歟

343 この院は(一〇八〇2・九三9)―六条院也　御祈は嵯峨にてありて御賀はこなたにて御遊已下の事あるなるへし

344 御かた〳〵も(一〇八〇4・九三12)―花散里なと也

345 たいともは(一〇八〇5・九三13)―皆局を□(も)はらひてかさり給也

346 うちのこゝろは(一〇八〇9・九四6)—おほひとともをしたるなるへし

347 〈かさしのたいは(一〇八〇10・九四7)—まへにもあり　老をかくす心也例花鳥にみえたり〉

348 しけいさ(一〇八〇11・九四8)—桐壺也」(17ウ)

349 式部卿宮(一〇八〇12・九四10)—紫上の父也

350 せんすいたﾟん(一〇八〇13・九四12)—たんは庭の壇なと歟　一本たきとかける本あり　これも可然歟

351 つかさくらゐはや、す、みて(一〇八一10・九五11)—いにしへは源は中将致仕大臣は頭中将なり　只今は二人ながら官は事外す、みたると也

352 きたのまん所(一〇八一13・九五15)—紫上を北政所と云へし　皆家司なとを補する物なれは也　源は今院号を蒙り給ほとにさはあるましきを源の嫌退の心にてあらためすしてある義也

353 御こと、もは(一〇八二2・九六4)—楽器とも也　もとからの名物にて手ならし給器也　桐壺帝の御代をおもひ□出給也

354 故入道の宮(一〇八二6・九六9)—薄雲也

355 故宮の(一〇八二8・九六13)—薄雲也

356 中宮(一〇八二13・九七5)—秋好也」(18オ)

357 ありかたき御はく、み(一〇八三1・九七9)—中宮の御心の中也

358 父宮(ちちみや)は、宮す所の(一〇八三3・九七10)—二親の□をさたなかりし〈念なきを〉今□(源)の御ためにとりそへて沙汰あるへしと也

359 かうあなかちに(一〇八三3・九七12)—何事をも省略あるへきのよしを源は申給へは心ならす事ともと、め給と也

360 四十の賀といふ事は(一〇八三4・九七13)—源の心はか様にかた〳〵に(の)沙汰を無益と思給故にかくいひすさめ給也　又命なかき例もあれと先多分につきてかくの給へり　抄にみえたり

361 大やけさま(一〇八三7・九八1)—公事なれは也

362 おはします(一〇八三8・九八3)—六条院のひつしさるのまち也

363 さき〳〵にことにかはらす(一〇八三8・九八3)—まへの御賀の時のことし

364 ろくなと(一〇八三9・九八4)—まへ〳〵には楽人の禄許也　こゝには中宮のなれは如此と也

365 なたかきをひ(一〇八三12・九八7)—石帯也

366 故前坊(一〇八三12・九八7)—中宮の父宮也

367 ふるき世の一(イチ)の物(一〇八三13・九八9)—」(18ウ)

368 むかしものかたりにも(一〇八三14・九八10)—草子地也

369 うちにはおほしそめてし(一〇八四2・九八13)—主上には行幸もなかりし〈事〉を〈御〉心の外に思給し(覚しめしたる)事也

370 中納言にそつけﾟ□(【清也】)(一〇八四2・九八14)—用意し給へるをむなしくし給へきにあらされは夕霧にゆつり給へる也

371 右大将(一〇八四3・九八15)—系図になし

372 この中納言(一〇八四3・九九1)—大将の闕あるによりて夕霧を大将になおほす也

373 うしとらのまち(一〇八四5・九九5)—花散里の御かた也

374 所〳〵のきやう(一〇八四7・九九7)—内裏よりし給へる故也

375 頭中将せんしうけたまはりて(一〇八四8・九九8)—蔵人方のさた也

376 左右のおとゝ(一〇八四9・九九9)—

377 殿上人はれいの内春宮院のこるすくなし(一〇八四9・九九10)—花鳥にみえたり

378 けふはおほせ事ありて(一〇四11・九九12)―内よりの仰せ也
379 うちの御て(一〇四14・一〇〇3)―宸筆をそめ給へる也
380 からのあやのうすたん(一〇五1・一〇〇4)―屏風のおもて也
381 御馬四十疋(一〇五5・一〇〇9)―上よりたまはる御馬也　例花鳥にみえたり
382 六衛府(ロクヱウ)(一〇五6・一〇〇10)―①」(19オ)

① 382 の上に補入を意味すると思われる線(合点か)あり。

383 まんさいらく(一〇五7・一〇〇12)―□此外に楽あまたあるへし　されと縁あるはかりをあけてかけるなるへし
384 けしきはかりまひて(一〇五7・一〇〇12)―舞を略して御前の御あそひになれる也
385 こゝのさうの本(一〇六2・一〇一9)―手本なるへし
386 内春宮一院(一〇六5・一〇一13)―〈一院は朱雀院也〉　いづれも源をはなれ給はぬ御中也と也
387 かのはゝきたのかた(一〇六8・一〇二3)―葵上と六条御息所と也　されとかの御末〳〵は〈猶〉繁昌あると也
388 こなたのうへ(一〇六10・一〇二6)―花散里也
389 三条の北のかた(一〇六11・一〇二7)―雲井雁也
390 こなたには(一〇六12・一〇二9)―花散里也　夕霧を子のことくし給へるに□(より)て今日の事の数にいり給と也
391 としかへりぬ(一〇六14・一〇二13)―源四十一才也
392 ちかつき給ぬる(一〇七1・一〇二13)―御産ちかきと也
393 ゆゝしき(一〇七2・一〇三1)―いま〳〵しき也　葵上の事也
394 あへかなる御ほと(一〇七5・一〇三4)―明石姫君十四才歟
395 所をかへて(一〇七7・一〇三7)―物の気の故也」(19ウ)
396 あかしのまち(一〇七8・一〇三8)―明石上のすみ給まち也
397 はゝ君(一〇七10・一〇三12)―明石上也
398 おほあま君(一〇七11・一〇四1)―明石上の母也
399 この御ありさまを(一〇七12・一〇四2)―三歳已後ははしめて姫君をみたてまつる也
400 けにあはれなりけり(一〇八7・一〇四15)―姫君の御心の中也
401 いとあまり(一〇八14・一〇五11)―草子地也
402 仙人の(一〇九1・一〇五13)①―
403 御かたまいり給て(一〇九3・一〇五15)―□明石上也
404 日中(ニチチウ)(一〇九3・一〇六1)―
405 あなみくるし(一〇九5・一〇六3)―明石上の詞
406 くすしなと(一〇九6・一〇六5)―医者なとこそかやう□(にし)てはさふらへと也
407 よしめきそして(一〇九7・一〇六7)―年よりたれとよしめきすくしたる也　殺の字也　河海説いかゝ
408 かはらかに(一〇九10・一〇六10)―さはやかになと云詞也
409 こたいのひかことゝも(一〇九11・一〇六12)―明石上の詞
410 いまはかはかりと(一一〇2・一〇七4)―くはしき事は御身のくらゐもさたまりて申へきと思しを物をと也」(20オ)

①「仙人」の一字ごとに右傍線あり。

411 あなかたはらいた(一一〇8・一〇七12)―さふらふ人〳〵の思へる也
412 おいのなみ(一一〇9・一〇七12)―

さすかに人もとかむへきとは思へるなるへし

413 しほたるゝ(一〇九〇12・一〇八2)—

姫君の御歌くはしき事はけふこのあま君の申給にはしめてしり給へる也

414 世をすてゝ(一〇九〇14・一〇八5)…

入道の事也　□□(明石は)明なるかたによめり　心は明なる方にあるへしされと子をおもふ道ははれかたかるへし

415 ゆめのなかに(一〇九一1・一〇八7)—夢におほえ給はさると也

416 おとこ宮(一〇九一3・一〇八12)—これ(此みこ)のちの春宮也

417 春宮のせんしなるないしのすけそつかうまつる(一〇九一12・一〇九8)—

うふ湯にまいり給也

418 うち〳〵の事も(一〇九一13・一〇九10)—明石姫君の母といひても口惜からさると也

419 このほとのきしき(一〇九一14・一〇九12)—草子地也

420 朱雀院の(一〇九二2・一〇九15)—朱雀院よりあるへき事なれと御隠遁たるによりて也□」(20ウ)

421 おほやけ事にはたちまさり(一〇九二4・一一〇5)—□中宮よりし給へる故に何事もきらをつくしたり　公義はかきりあれはさもなき物也

422 大将のあまたまうけたなる(一〇九二9・一一〇12)—上古の風大様なる也

423 にくらかにも(一〇九二14・一一一6)—明石上をほめたり

424 みえかはし給て(一〇九三1・一一一7)—紫上と明石上と也

425 宮の御とく(一〇九三2・一一一8)—心のへたても今はなき也

426 おもひはなるゝ(一〇九四1・一一三14)—獲麟の　一句也

427 このとしころは(一〇九四2・一一三1)—是より文の詞

428 わかおもと(一〇九四10・一一三11)—明石上也

429 すみの山を(一〇九四11・一一三13)—須弥の山也　花鳥に過去因果経をひけり　妙也　王道のひろき心也

430 右{の}手に(一〇九四11・一一三13)—明石上をまうけたる也　女なれは右とは也

431 月日のひかり(一〇九四11・一一三13)—月は明石姫君也　日は今の若宮也

432 身つからは山のしも(一〇九四12・一一三14)—入道は世に心なき故に恩光にあたらさる也

433 山をはひろきうみに(一〇九四13・一一三15)—四海を掌にいれ給也

434 ちいさきふねにのりて(一〇九四13・一一四1)—般若の舟に棹さして彼岸にいたるへき也」(21オ)

花鳥義尤可然

435 〈又〉この国の事に(一〇九五5・一一四9)—近衛中将をすてゝ播磨守になりぬる事也

436 わかきみを(一〇九五7・一一四11)—明石上の果報をたのみしと也

437 わかきみくにのはゝとなり給て(一〇九五8・一一四13)—是は姫君の御事也　国母になり給へきと也

は□に

438 このひとつのおもひちかきよにかなひ侍めれは(一〇九六10・一一四15)—

□現在因をみて未来の果をしるへ□(き)也

439 水草(一〇九五13・一一五4)—

440 ひかりいてん(一〇九五14・一一五6)—

春宮の世をたもち給へき事をいへり　又は入道の闇より明におもむく心もあり　妄想とはおもへとも〈今〉かたりいつると也

441 月日かきたり(一〇九五14・一一五8)―文□(の日付を)命日とも思給への心あり

442 ねかひ侍所に(一〇九六4・一一五13)―安養国也

443 いまはと世をそむき給しおりを(一〇九六13・一一六15)―のこり侍りけりとかけるおもしろし　□一とせのわかれのかなしさにつきたると思しに只今此をとつれをみ侍ての思へは猶かなしさのおもひはかきり」(21ウ)

444 仏の御てし(一〇九七7・一一七11)―仏は常在霊鷲山なるたにも弟子ともはかなしみ侍しに此尼君のなけきことはり也と也もなき物なりけりと也

445 をも〳〵しく(一〇九七11・一一八3)―明石上也

446 おほろけならては(一〇九七11・一一八3)―おほろけならぬ事ならてはと也

447 わか身もさしもあるましきさまに(一〇九八4・一一八12)―年月我身をあかめ給しは此夢のたのみなりけるよと也又行末もたのもしきと也

448 にはかにかくおほえぬ御事(一〇九八11・一一九7)―源の御事也

449 人にすくれんゆくさき(一〇九九4・一二〇2)―明石上の詞　行末の事は何とも思はさると也

450 数ならぬ身には(一〇九九5・一二〇3)―姫君をも我物なから我物ともえし侍らぬと也

451 さるへき人の御ため(一〇九九7・一二〇5)―父のためとこそ思しにと也

452 昨日もおと丶の君(一〇九九9・一二〇10)―明石上のさふらひしを君も(源氏の)御覧せし也

453 あか月に(一〇九九12・一二〇14)―みなみの□(たいへ)まいり給也

454 わか宮は(一〇九九12・一二〇14)―尼君の詞

455 いまみたてまつり(一〇九九13・一二一1)―明石上の詞

456 女御の君も(一〇九九13・一二一1)―姫君也」(22オ)

457 院も(一〇九九14・一二一2)―源也　尼君の事をいつれも□(の)給しと也

458 又うちゐみて(一一〇〇2・一二一5)―尼君也

459 こふはこは(一一〇〇3・一二一7)―入道の方よりの文箱也

460 宮よりとくまいり給へき(一一〇〇3・一二一9)―春宮より也　姫君にとくまいり給へと也

461 宮す所は(一一〇〇6・一二一13)―明石の姫君也　こ丶にて始て御息所とかけり　后かねなる人を云也　此物語には大概(略)皇子誕生以後を御息所とはいへり

462 たいのうへなとのわたり給ぬる(一一〇〇11・一二二6)―紫上なとの我御方にわたり給て人すくな丶る時と也

463 おまへに(一一〇〇12・一二二7)―姫宮(君)のおまへ也

464 おもふさまに(一一〇〇12・一二二8)―明石上の詞也　国母なとになり給ての事と思へともと也

465 かはかりとみたてまつりをきつれは(一一〇一5・一二三3)―姫君も成人ありつれは也　我身世をそむくとも心やすしと也

466 身にはこよなくまさり(一一〇一8・一二三7)―明石上の我身よりはまさりて紫上□を千秋万歳と思と也」(22ウ)

467 かくむつましかるへき(一一〇一12・一二三14)―明石上の礼ふかきさま也

468 いとあはれに(一一〇二2・一二四3)―姫君也

469 ひめ宮の御かたに(一一〇二3・一二四5)―女三宮の御かた也

470 みつからは(一一〇二4・一二四7)―明石上也

471 わか宮は(二〇三5・二三四8)—今度誕生の若宮也

472 御かた(二〇三6・二三四10)—{明石上}き丁すこしひきよせてかくろへてありなから此御返事を申せり

473 いとあやしや(二〇三7・二三四11)—源の詞

474 こなたにわたりてこそ(二〇三9・二三四14)—紫上のこなたへまいり給へき事と也

475 いとうたて(二〇三10・二三四15)—明石上の詞

476 うちわらひて(二〇三13・二三五5)—源也

477 御中□(と)もにまかせて(二〇三13・二三五5)—我身は口入はすましきかと也

478 まつはかやうに(二〇三1・二三五7)—木丁にかくれなから物申給をいへり

479 ありつるはこ(二〇三3・二三五11)—文箱也

480 なそのはこそ(二〇三4・二三五12)—源の詞

481 あなうたていまめかしく(二〇三5・二三五13)—明石上の詞也　わか〳〵しくなり給へる」(23オ)

□御心ならひにかやうの事をうけたまはるよと也

482 ものあはれな□(りける)(二〇三7・二三六1)—源のあやしく思給{て}也

483 わつらはしくて(二〇三8・二三六2)—あやしみ給事のわつらはしさにありのまゝに申也

484 あはれなるへき(二〇三11・二三六7)—源也

485 こゝらのとしころつとむるつみもこよなからん(二〇三12・二三六9)—{明石入道}年比をつむによりて〈罪障の〉消滅の罪もことの外なるへしと也

486 さかしきかた〳〵の人(二〇三13・二三六10)—貴僧高僧とてあまたみ侍しにうちにも名利にのみ染て真実の道者は明石入道ほとの人はなかりしと也

487 かやすく(き)身ならは(二〇四4・二三七1)—今一度の対面ありたきと也

488 いまはかの侍し(二〇四4・二三七2)—明石上の詞

489 さらはその(二〇四5・二三七3)—源の詞

490 ふかきちきりの(二〇四9・二三七9)—一しほの事なるへしと也

491 此夢かたり(二〇四10・二三七10)—明石上の申也」(23ウ)

492 いまはとて(二〇四12・二三七12)—都へのほり給し時の事也

493 猶こそあはれは(二〇四12・二三七13)—おもしろき詞也

494 とり給て(二〇四13・二三七14)—文箱をとり給て也

495 なをほれ〳〵しからす(二〇四13・二三七15)—年老たりともみえす　手跡なと〈を〉もほめ給也

496 たゝこの世ふる(二〇四14・二三八2)—後世の事はかりを心にかけたる(思)也

497 かのせんそのおとゝ(二〇五1・二三八2)—河海に小野宮九条右丞相の事をひけり

498 女子(ヲンナコ)のかたに(二〇五3・二三八5)—只此物語のうへにて明石姫君の事をの給なるへし　花鳥は女子のかたより相続の事をひけり　是も面白也　但此物語のうへにてみるへしと也

499 つき8なし(二〇五4・二三八6)—

500 この夢のわたり(二〇五5・二三八7)—夢の事をかける事也

501 すゝろにたかき心さし(二〇五6・二三八8)—明石入道の□(志)也

502 よこさまにいみしき(一〇五9・一二八13)―入道の祈誓により源〈氏の〉
左遷の事もいてきぬる□(歟)と也
503 心のうちにをかみて(一〇五11・一二九1)―渇仰してとり給也(24オ)
504 これはまたくして(一〇五11・一二九2)―源も御願文あるへし　そへて
たてまつるへきと也
505 いまはかく(一〇五12・一二九5)―源姫君へ教訓也　事の由来は入道の
文にき丶給へはと也
506 あなたの御心はへ(一〇五13・一二九6)―紫上の事あたに思給ましきと也
507 もとよりさるへき(一〇五14・一二九6)―夫婦兄弟なとは及はすと也
508 よこさまの(一〇五14・一二九7)―非道なる他人の心をかすし給へるは
一段の心さしなるへしと也
509 こ丶になとさふらひ(一〇六1・一二九9)―今明石上姫君にそひたてま
つり給にもかはる事なくあつかひ給へる紫上の心さしの殊勝なる
をいへり
510 いにしへのよのたとへ(一〇六3・一二九10)―継母のうはへはかりなる
をしりてもおもてのま丶にむかへる〈か〉よきと也　【此段むつか
しき歟　昔カラ継母ハ我夫ノ思所ヲカサリテ等閑ナキカホヲツク
ル事ノアル也　らう〳〵しくとハサヤウナルヲ利根タテニテタト
リシリテ隔心スルハアシキト也　アヤマリテハ如此スレトモマ丶
子ノウチモトケサルトテカヘリテ其トカヲオフ事モアル也】
511 思おもひなをる(一〇六6・一二九15)―かくうらなくたのめはかへりて
思ひなをる事のある也
512 〈むかしの世の〉あたならぬ人は(一〇六6・一三〇1)―あたならぬ人と
は実ある人也　実ある人は人にうらみをのこさ丶れは人のなかこ
とをいへともそれはやかて」(24ウ)
はる丶物也
513 さしもあるましき(一〇六8・一三〇3)―かと〳〵しくいへは自疎遠な
る也
514 おほくはあらねと(一〇六10・一三〇5)―源のみ及給を人〳〵をの給へり
515 ゆへよし(一〇六10・一三〇6)―ゆへとは本性也　よしは心もちゐ也
物を分別する心つかひ也　此段帚木巻のしなさための心かよへり
〈此物語の本意くり返し〳〵心をならふへき事いへり　殊勝の物也〉
516 さま〳〵(一〇六11・一三〇6)―それ〳〵に人の心はある也
517 えたるかたありて(一〇六11・一三〇8)―すつへきもなく又とるへきも
なき也
518 このたいを(一〇六14・一三〇10)―紫上也
519 かたへの人は(一〇七2・一三〇13)―紫上の外の人は思やりたると明石
上の思也
520 そこにこそは(一〇七2・一三〇15)―明石上をさしての給へり
521 むつひかはして(一〇七3・一三一1)―紫上とむつひ給へと也
522 のたまはせねと(一〇七4・一三一2)―明石上の詞
523 めさましき(一〇七5・一三一4)―もし紫上□めさましき物にし給はヽ
此御前わたりにちかつきまいる事もあるましきと也」(25オ)
524 つみなきさまに(一〇七8・一三一8)―紫上何事をも見かくし給也
525 その御ためには(一〇七9・一三一10)―明石上には御心さしの(は)ある
ましき也　姫君(女御)をねん比にし給〈故〉と也
526 うちそひても(一〇七10・一三一11)―内すみし給へるに紫上は不断そひ

給事のかなはさるかはりにと明石□上を思給へるゆへ心やすく思給故と也

527 それもまたとりもちて（二〇七11・一三二12）—明石上卑下して実母のやうにし給はさる〔か〕よき（かるへし）と也

528 なをし所なく（二〇七14・一三二1）—よき人と也

529 さりやよくこそ（二〇八1・一三二3）—明石上の心也

530 さもいとやむことなき（二〇八1・一三二5）—明石上の心也

531 宮の御方（二〇八3・一三二7）—女三宮也

532 おなしすちには（二〇八5・一三二9）—紫上□（も）式部卿宮の御むすめにて卑下あるへきならねと今一きはのをよはさる也

533 我すくせは（二〇八6・一三二11）—明石上の御宿世を思也」（25ウ）

534 山すみ（二〇八8・一三二14）—入道の隠居をいふ也

535 ふくち゜のそのに（二〇八9・一三二15）—耶修多羅か—①□此歌奥入破之伊勢物語しほしりの注俗なるによりてたゝしらすとてありなんといへる　殊勝事也　此類也　只福分のたねありと心得てあるへき也

536 大将の君はこのひめ宮（二〇八10・一三三3）—夕霧女三の女（宮）の御事を思へり

537 かたち人の（二〇九2・一三三11）—みめよき人也

538 なに事ものとやかに（二〇九4・一三三13）—はなやかなる人たちはかりなる中にも又のとかなる心もちたる人もあるへし　又したに思のある人もましる也　されとのとかにうちしつまりたる人〳〵もこのはなやかなるたちにひかれてそのかたにみななる也　人の心は友たち又はすむたちによりてうつる物也　かやうの所心をつくへし

539 ひとつさまに（二〇九8・一三四4）—一片（偏）に世間はなきと也

540 けにこそ（二〇九12・一三四9）—院の御気に逢（あふ）ましきと夕霧は推し給也」（26オ）

①「耶修多羅か」のあとの「—」は省略記号。

541 紫の御ようい（二〇九12・一三四10）—世にもりいてさると也

542 しつやかなり（二〇九13・一三四11）—妙也

543 みしおもかけ（二一〇1・一三四13）—野分のあした（まきれに）紫上をみ給し事

544 わか御きたのかた（二一〇2・一三四14）—雲井雁也

545 をたしき（二一〇3・一三五1）—雲井雁を得ては□（又こと）心もなきを今源〔の〕女三宮を得給へるをみて心も聊乱るゝと也

546 見たてまつりしる（二一〇7・一三五6）—人めはかりにし給へるをしかるへからすと也

547 院につねに（二一〇8・一三五9）—朱雀院也

548 かたしけなくとも（二一一1・一三六4）—柏木の心也我物に（はわく）る心もあるましき物をと也

549 けにたくひなき（二一一2・一三六5）—女三宮なとにたくふへき身にてはなけれともと也

550 小侍従といふ（二一一2・一三六6）—女三宮のめのと柏木のめのとのめい也

551 おとゝの君もとより（二一一3・一三六7）—源も（の）隠居〔の〕志あら（れ）は其時はと柏木の思給也

552 しつかなるすまゐは（二一一6・一三六12）—源の詞　公事なと□なき月也」（26ウ）

553 うしとらのまち(二二10・一三七2)—花散里の御方也
554 みたれかはしき事の(二二11・一三七3)—鞠をいへり
555 これかれ侍つ(二二14・一三七7)—夕霧の詞
556 しんてん(二二14・一三七8)—此程はきりつほましましたる方也
557 わかみやくし(二二三1・一三七8)—内へま□(い)り給〈へる〉也
558 やり水なとの(二二三2・一三七10)—やり水はれたる也
559 よしあるかゝり(二二三2・一三七10)—木陰なるへし　よしある所と云也　花鳥に西の台(対)のひかしおもてにまりのかゝりありと云々〈いかゝ〉　鞠の懸をうふる事は保元〔に〕内にてきりたてあり　是はしめとみえたり　又にしのたいといへるおほつかなし　たゝしん殿の東なるへし(とは)晩景には西へよりて蹴鞠ありとみえたり　階の東なるへし
560 弁の君も(二二三5・一三八2)—弁官は儀式官なれは也　かやうの事(遊なと)をはおもてには沙汰せさる官なるへし
561 上達部(二二三6・一三八4)—衛府司なれは也　自然源を憚て斟酌もあるか(りや)とてかくの給也
562 かはかりのよはひ(二二三7・一三八5)—源の詞　上古には老後は蹴鞠は斟酌」(27オ)

ある也　成通も五十未満まて蹴也　頼輔六十七の年上鞠せしは一段の事也
563 さるはいと軽〳〵なりや(二二三7・一三八6)—まへに〔は〕みたりかはしき事のさすかにめさめてとほめ□こゝにはきやう〳〵なるといへり　かやうにひきあはせてみるへき也
564 もえ木(二二三11・一三八11)—花はちりたる跡也

565 さくらのかけによりて(二二三1・一三九1)—次第に西による也
566 すみのかうらに(二二三2・一三九2)—東也
567 上らうも(二二三3・一三九4)—
568 桜のなをし(二二三6・一三九7)—各直衣也
569 さしぬきのすそつかたすこしふくみたる(二二三6・一三九8)—花鳥さしぬきのすそとる事家々説かはれりと云々　これは鞠をけるにつきて種々〔の〕説ありと云々　此時分はさやうの沙汰あるへからすとりあへすいつものさしぬきすかたなるへし　□□□(浮文)の指貫は浮文なれは□む□を(ともを)いふなるへし
570 しほれたるえた(二二三8・一三九11)—鞠にあたりてしほれたるなるへし」(27ウ)

571 さくらはよきて(二二三10・一四〇1)—引歌に及へからす
572 宮の御まへ(二二三10・一四〇2)—女三宮也
573 春のたむけ(二二三12・一四〇4)—〈三月の末なれは春のくれて行たむけをいふ也〉　道祖神にたむくるぬさにきぬのつまともをまかへたる也①
574 人気②ちかく(二二三12・一四〇5)—
575 はしより西の(二二四6・一四一2)—階の間の二間め也
576 すき〳〵(二二四8・一四一3)—つき〳〵也
577 七八寸③(二二四11・一四一7)…さゝやか
578 我心ちにも(二二五4・一四二3)—夕霧也　今ちとは見まいらせたく思へともと也
579 たいのみなみ(二二五12・一四二13)—紫上の御方也
580 つはいもちゐ(二二五14・一四二15)—鞠場にて用る物也

581 から物はかり(二二六1・一四三2)—肴なるへし
582 いてやこなたの(二二六4・一四三8)—紫の御方也
583 さい相の君(二二六8・一四四2)—柏木也　参木にて衛門督を兼たる也
584 よろつのつみ(二二六8・一四四2)—此はしちかなる事なとをも何とも
思給はさる也」(28オ)

①29ウの若菜上巻末に「春のたむけのぬさ袋」とあるのも573に関連した注釈。

②「人」と「気」との間の左寄りに両字をつなぐ線あり。

③「七八寸」の一字ごとに右傍線あり。

585 もの、すちは(二二六12・一四四8)—鞠なとのはかなき事まてはくはしくをしへ給□(ふ)事あるましきを天然の奇特なるすちにてありけるよと也
586 うち〈ほ、〉ゑみて(二二六14・一四四10)—衛門督也
587 いかてかなに事も(二二七1・一四四13)—源の詞也　かやうの事は伝なとにのせてもよかるへきと也
588 なをこのころの(二二七8・一四五8)—柏木の詞
589 院には猶このたいに(二二七12・一四五14)—柏木の詞
590 この宮いかに(二二七13・一四六1)—女三宮也
591 たい〳〵しき事(二二八1・一四六3)—夕霧の詞
592 こなたはさまかはり(二二八1・一四六4)—紫上はおさなくよりやしなひたて給そのしたしみのあるなるへし
593 いてあなかま(二二八3・一四六7)—柏木の詞也　ないひかくし給そくはしくき、たりと也
594 いかなれは(二二八6・一四六11)—

柏木歌也　女三宮の御かたにとまり給はぬとよめり(28ウ)

596 いてあなあちきなの(二二八7・一四六14)—夕霧の心也　無益の柏木のとりあつかひやと也
595 〈さくらひとつに①(二二八6・一四六13)—鶯は花の木にとまらすと云々〉
597 み山木に(二二八9・一四七1)—
はこ鳥の事花鳥にみえたり　深山に住なから花をもわすれしと也
女三宮にへたてはあるましきと也
598 ひたをもむき(二二八10・一四七3)—桜ひとつにはなにかと也　夕霧のむつかしく思ていひまきらはし給也
599 かんの君は(二二八11・一四七6)—柏木也　思ある心の中也
600 おほいとの、(二二八11・一四七6)—父おと、の東也
601 くしいたく(二二八14・一四七11)—花鳥両説也
602 ふかきまとのうち(二二九4・一四八1)—おくふかきをいへり　詞をかりたる{許}也
603 小侍従かり(二二九6・一四八3)—かりは小侍従かもとへと云心也　花鳥説いか、
604 一日□(風)にさそはれて(二二九6・一四八3)—文の詞
605 みかきかはら(二二九6・一四八4)—□(院)中〈の垣の内〉を云也　こ、は名所にあらす　立かへり又や分まし面影をみかきか原のわすれかたさに」(29オ)

①物語本文に従えば、595は596の前に補入されるべき。

606 あやなくけふ(二二九8・一四八5)—□

みすもあらす—①

607 よそにみて(一二九9・一四八7)—

608 一日の心も(一二九10・一四八9)—柏木ほのかにみ奉りし事をは小侍従はしらさる也

609 心くるしけなる(一二九12・一四八13)—小侍従か我心なからしらさる也たゝにはうちをきかたきとて見参にいるゝ也

610 いとうたてある(一二九13・一四八15)—女三宮の詞

611 心のうちそ(一三〇6・一四九9)—草子地也

612 れいのかく(一三〇7・一四九11)—いつもかやうに小侍従かくなるへし

613 ひとひはつれなしかほに(を)(一三〇7・一四九11)—文の詞

614 つれなしかほ(一三〇7・一四九12)—まいり給し時はつれなきさまをよくつくり給しと也

春のたむけのぬさ袋

拾遺雑上　物へまかりける人のもとにぬさをむすひふくろにいれてつかはすとて②

大永七　九　十九了」(29ウ)

①「みすもあらす—」は和歌の初句のみを記して以下を略す。

②この注釈は、573に関連するもの。仮に独立した項目としては立てずにおく。

若菜下

此巻上下にわかてれとまへとひとつの事也　事おほきによりてわかてる也　〈但上は六条院御賀下は朱雀院御賀　上下共にわかなを本とせる心ある歟〉　上巻の奥にかひなき事をとあり　小侍従かくいへるもことはりとは思へともと〔云〕也　源四十一才の三月より四十七歳の末にいたれり　四十二より四十五までの四ケ年の事此物語にみえす　花鳥四十一歳二月までの事は上巻にありと云々　然れとも上巻の末も三月の事ある也

001 ことはりとはおもへともうれたくもいへるかな(一三五1・一五三1)—小侍従か返事のくちおしきと也

002 いてやなそ(一三五1・一五三2)—小侍従かくいへるはかりにては堪忍しかたきと也

003 院の御ため(一三五4・一五三6)—六条院也

004 つこもり(一三五4・一五三7)—三月卅日也

005 三月(ヤヨヒ)はた御き月(ツキ)(一三五7・一五三10)—母后薄雲の御忌月なれは延引ある也　忌月を避る例花鳥にみえたり〈高倉院治承五年正月崩御なれは安徳天皇の御代は踏歌の節会なかりし也〉　後円融院の御代十六日節会舞楽あるによりて延引(停止)あり　後の事なれと例にひけり」(30オ)

006 この院(一三五7・一五三11)—大やけには停止なるによりて源にて此事ある也

007 左右大将(一三五8・一五三12)—ひけ黒夕霧也　玉かつらゆへひとつに

よくいひかはし給也
008 すけたち(一一三五9・一五四1)—中少将也
009 かちゆみ(一一三五9・一五四2)—かちたちなと云事也　馬上ならすして射也
010 まへしりへの心こまとりに(一一三五11・一五四4)—あひてくみ〳〵をよくさためらるゝ也
011 けふにとちむる(一一三五11・一五四5)—三月卅日也
012 いとゝたつ事やすからす(一一三五12・一五四6)—本歌のとりさま殊勝也　けふのみと春を思はぬ—①
013 かけもの(一一三五13・一五四7)—あなたこなたよりいたさるゝ也
014 やなきのはを(一一三五14・一五四8)—養由基ともいひつへき上手とも也
015 すこしこゝしき(一一三六1・一五四10)—こゝしきは大やうなる也　〈射の道あなかち〉あたる許を本とすへきにあらす　論語にも射不主皮といへり
016 かたはし心しれる御めには(一一三六3・一五四12)—夕霧ふと見しり給也
017 身つからも(一一三六6・一五五3)—柏木也
018 人にてんつかるへき(一一三六8・一五五5)—人にゆひをさゝるへき事也
019 女御の御かたに(一一三六11・一五五10)—弘徽殿也　柏木の兄弟」(30ウ)

①引歌の初句・第二句のみを表記して以下を略す。

020 かゝる(一一三六13・一五五13)—兄弟さへかくけとをけれはましてはるかに思と也
021 〈ゆくりかにあやしくは(一一三六14・一五五13)—思かけさる女三宮の御事也〉
022 おほろけに(一一三六14・一五五15)—おほろけならすの心也
023 春宮にまいり給て(一一三七1・一五六2)—女三宮の御兄弟なれは似かよひ給所もあるへきの心あり
024 さはかりの御ありさま(一一三七3・一五六5)—春宮なとの御うへを申せはをろか也
025 うちの御ねこ(一一三七4・一五六7)—柏木の詞
026 あまたひきつれたり(一一三七4・一五六7)—猫の子をうみたるかた〳〵にわかれてある也
027 六条院の(一一三七6・一五六9)—柏木の詞　女三宮の御方にある也
028 ねこわさとらうたく(一一三七7・一五六11)—春宮猫を愛し給心の御心あり
029 からねこ(一一三七8・一五六13)—柏木の詞
030 桐きりつね(ほ)の御かたより(一一三七10・一五七2)—明石中宮よりつたへて猫を女三宮へこひ給へる①也
031 たつねんとおほしたりきと(一一三七12・一五七4)—春宮の御心にかならす尋給へきとみをきたてまつり給へれは也
032 又この宮に(一一三七14・一五七7)—春宮也　柏木春宮へしたしくまいりて御ことをも」(31オ)

①「也」の上から「へる」と書く。

をしへ〈申〉給也
033 いつらこのみし人(一一三八2・一五七9)—柏木の詞也　六条院に〔て〕みしよし也　みし人とは松も昔のともならなくにの類也
034 けにをかしきさま(一一三八3・一五七11)—春宮の御詞也
035 これはさるわきまへ心(一一三八5・一五七13)—〔柏木詞〕　猫は主をしらさる物と也
036 人けとをく(一一三八9・一五八4)—猫の次第に馴たる也

037 うたてもすゝむかな(二三八12・一五八8)—我物おもひをすゝむる也

038 こひわふる(二三八13・一五八10)—
なくねをなく猫といへる義あり　不用之

039 左大将とのゝきたのかた(二三九3・一五九2)—玉かつら也

040 大殿の君たち(二三九3・一五九2)—実の兄弟也　柏木なと也

041 右大将(二三九3・一五九3)—夕霧也　はしめは源の実子のやうにありし事也

042 心はへのかと〳〵しく(二三九4・一五九4)—夕霧の性をいへり

043 しけいさ(二三九6・一五九6)—明石中将宮は実の兄弟なれとうと〳〵しき也

044 おとこ君(二三九7・一五九9)—髯黒也　玉かつらを大切にし給へる事也

045 この御はら(二三九9・一五九10)—玉かつらの御腹には女子なき也」(31ウ)

046 おほちおとゝ(宮なと)(二三九10・一五九12)—式部卿宮也

047 この宮(二三九12・一五九15)—式部卿宮当時〔の〕権門なる也

048 ひめ君のおほえ(二四〇2・一六〇6)—いつかたにつけても真木柱の君おほえことなると也

049 まゝはゝ(二四〇6・一六〇11)—玉かつら也

050 兵部卿宮(二四〇7・一六一1)—蛍也　玉かつらをとりはつし給へる事なと也

051 さてのみやはあまへて(二四〇9・一六一4)—さいひてもかなはさるよし也

052 このわたりに(二四〇10・一六一4)—式部卿へ申給也

053 大宮(二四〇10・一六一5)—式部卿宮の室家也

054 いたくもなやまし(二四〇13・一六一8)—やかて領状ある也

055 あまりうらみ所(二四〇13・一六一10)—あまりに心をもつくさゝるをいへり

056 大宮は女こあまた(二四一1・一六一13)—嫡女は髯黒の室今は離別せり猶は(又)王女御とて内にまいり給しも秋好中宮にけおされて后にたち給事もなき也

057 ものこりしぬへけれと(二四一2・一六一14)—我御むすめたちのさいわいのなきにこり給へ①けれとゝ也」(32オ)
①「ぬ」の上から「へ」と書く。

058 宮はうせ給にけるきたのかた(二四一6・一六二5)—蛍兵部卿宮也　もとの北方をわすれかたくてそのかたちに似たる人をと尋給也

059 母君(二四一10・一六二10)—真木柱の実母也

060 かんの君も(二四一13・一六二15)—玉かつら也

061 かくたのもしき—(けなき)(二四一13・一六二15)—此兵部卿宮のあた〳〵しき御さまをきゝ給にはかしこくそ我身のつれなかりしと思給也

062 これよりもさるへき(二四二5・一六三8)—玉かつらより真木柱の事あつかひ給へる也

063 せうとの君たち(二四二5・一六三8)—真木柱の兄弟也　申通給也

064 みこたちはのとかに(二四二8・一六三12)—大将のゝ給也　内へまいらせすして宮にたてまつるはさやうの所を心やすく思はかり也とおとして云心也

065 宮ももりきゝ(二四二9・一六三14)—兵部卿宮也

066 たゝさるかたの御中にて(二四二13・一六四5)—二年許かくて居給へり

此後紅梅の大臣の室になり給へり

067 はかなくてとし月も(一三三14・一六四6)—源氏四十二より四十五まての事此内にあるへし　明石姫君夕霧なと御子(子)とも」(32ウ)あまたまうけ給へる事此中にあるへし

068 十八年(一三三1・一六四7)—みをつくしにて即位あくる年より御位にとれは源の四十六の年則十八年にあたる也　清和天皇の例をひけり

069 つきの君(一三三1・一六四8)—皇子ましまさゝる也

070 日ころいとをもくなやませ(一三三4・一六四12)—陽成院の御事(依御悩脱)屣の事ありき

071 おほきおとゝ(一三三7・一六五2)—柏木の父也

072 左大将(一三三9・一六五5)—髯黒也　関白になり給也

073 女御の君は(一三三10・一六五6)—承香殿の女御髯黒の兄弟也　春宮の母女御也

074 かきりある御くらゐ(一三三11・一六五7)—皇太后宮を贈給也

075 六条の女御の(一三三12・一六五8)—明石中宮也

076 冷泉院の御つき(一三四1・一六五13)—朱雀院の御方よりつき給事を源はくちおしく思給也　冷泉院とこゝにて初てかけり　凡おりゐの御門をは冷泉院と申也　はしめは冷然院とかけるを此院しけく火災あり　さて冷泉とかきて火災をさくる心也」(33オ)冷泉〔ノ〕院とのもしをいれてもよめり　只又のもしを略してもよめり　両義也

077 おなしすちなれと(一三四2・一六五14)—六条院の御子なるかくれのあれは也

078 すゑのよまては(一三四3・一六五15)—末の(まて)は相続給はさるよと也

079 人にの給あはせぬ(一三四4・一六六1)—源の心ひとつに思給也

080 春宮の女御(一三四4・一六六3)—明石中宮也　十八年にとかきて年を送間の事也

081 源氏のうちつゝき(一三四5・一六六4)—薄雲秋好①明石中宮皆王孫なれはいつれも源氏にとる也　河海栄花物語をひけり

082 冷泉院のきさき(一三四6・一六六5)—秋好也

083 か〵くしをき給へる(一三四7・一六六6)—

084 院の御かと(一三四8・一六六8)—冷泉院也

085 ひめみやの御事(一三四10・一六六11)—女三宮也

086 おほかたのよにも(一三四10・一六六12)—内にも大切にし給へる也

087 たいのうへの(一三四11・一六六13)—されとも紫上には及かたきと也」(33ウ)

①「宮」の上から「好」と書く。

088 いまはかう(一三四13・一六七1)—此六条院の(は)物さはかしき家也　しつかなる所にて行(ヲコナヒ)をもしたきと也

089 あるましく(一三五2・一六七5)—源の詞

090 たゝこなたをまことの御おや(一三五5・一六七10)—明石姫中宮紫上を実母のことくし給へる也

092 ①けにかゝるいきおひならては(一三五12・一六八5)—天下の国母ならてはさたありかたき事とも也

093 さえ(え)〳〵しく(一三五14・一六八7)—才学かましき也

094 しはしかりそめに身をやつし(一三六2・一六八10)—真実変化の物かな(歟)と也

095 このたひはこの心をは(二三六4・一六八13)—明石入道の願とはなくて
まうて給也
院の御物まうて(二三六4・一六八13)—外聞
096 うらつたひのものさはかし(二三六5・一六八14)—源磨より明石への道
すからの願をはみをつくしの巻にてはたし給へ②り
097 たいのうへも(二三六7・一六九2)—御堂殿の例をひけり(花鳥にみえたり)
098 ゐふのすけとも(二三六11・一六九7)—花鳥にみえたり
099 へ゜いし゜ふ(二三六12・一六九9)—東遊のため也」(34オ)③
①091は35ウの128と129の間にあり。
②「と」の上から「へ」と書く。
③この丁は後筆による丁づけがないが、34丁として扱う。したがって以下の丁から丁数がずれる。
100 くはゝりたるふたり(二三六14・一六九11)—加陪従①とて諸家の諸大夫
なとめしくはへらるゝ事のある也
101 御かくらのかたには(二三七1・一六九12)—住吉にて神楽あるへし
103 女御殿たいのうへ(二三七4・一七〇2)—明石中宮紫上同車也　第一の
車也
104 心しりにて(二三七6・一七〇3)—案内者分にてのる也
102 む〵まそひはさふらひのする事もあり②(二三七3・一六九15)　ことねり
わらはは中間分の品也
105 うへの御かたの五(二三七6・一七〇4)—紫上方の女房衆也
106 あかしの御あか゜れ(二三七7・一七〇5)—あかれは清也
107 のこりのいのち(二三七11・一七〇10)—ゆかしかり給也

108 さるへきにて(二三七12・一七〇12)—明石上なとはことはりの事也　此
尼君は一段の事也
109 をとにのみ秋をきかぬ(二三七14・一七一2)—引歌のとりさまおもしろし
もみちせぬときはの山は吹風の音にや秋をきゝわたるらん
110 ことにうちあはせたる(二三八3・一七一6)—和琴也
111 つゝみをはなれて(二三八4・一七一7)—あつまあそひは太鼓也(なき也)
112 所からは(二三八5・一七一8)—住吉也」(34ウ)
①「加」「陪」「従」の間に字をつなぐ線あり。
②「むまそひ」までが物語本文。その後に縦線なく、本文を含めての注となっている。大成・新編全集の頁・行は便宜的に文末に示す。なお、物語本文の順に従えば、101の次に来るべき項目。
113 やまあひにすれる(二三八5・一七一9)—舞人の着する小忌也をいへり
藍にてすれる也
114 まかひいろふ(二三八7・一七一12)—まかひ色めく也　いろふの詞種々
の義ありしかとも無殊事歟　猶可尋
115 かたぬきて(二三八8・一七一14)—花鳥にみえたり
116 すはうかさねの(二三八9・一七一15)—此の文字有無両本也　只下かさ
ねの事也
117 ひきほころはしたる(二三八9・一七二1)—かさねたるをぬきたるなる
へし
118 けし〔き〕はかり(二三八10・一七二2)—おりふしの景也
119 まつはらをは(二三八10・一七二2)—おもしろきさま也
120 いとしろく(二三八11・一七二3)—河海の説不審也　只舞人の時の興に
せし事なるへし

121 いり給て(二三九1・一七三9)―桟敷なとに居給へる歟

122 二の車に(二三九1・一七三9)―明石上(尼(呆))①の方への歌也

123 たれか又(二三九3・一七三10)―

124 世をそむき(二三九6・一七三15)―入道の事也」(35オ)

①「上」を消して左傍に「尼」と書き、さらに右傍に「呆」と書く。

125 すみ□□(のえを)(二三九8・一七三2)―

落句妙也　我身の事をしるらんと云へるおもしろし　まことにいけるかひあるなきさ也

126 むかしこそ(三三九10・一七三5)―尼君ひとり詠と云々　又は明石上の歌ともいへり　両義共用之

127 すみのえの(二四〇3・一七三5)―

紫上の歌也　唐めきたる歌也

128 ひら{の}山さへ(二四〇4・一七四2)―此歌の事花鳥説(に)くはしくみえたり　松の上の霜を(の)ふかくをけるをみて彼歌よみし時もかくやと思出せる也

091 ①【あま君は目をさへのこひたゝして(二三五8・一六七14)―河海たゝ□(ら)してと羅文字イレリヲ事外伝ナル歟　青表紙はたゝしてとあり可然也　タ、シテトハ目タ、シキト云事也　目ニタツ也　コト〳〵シクミヘタル也】

129 中務君(二四〇6・一七四7)―紫上の女房

130 はふりこか(二四〇8・一七四8)―

これはまへの歌をうけてよめり

131 つき〳〵(二四〇8・一七四10)―草子地也

132 ゐいすきにたる(二四〇12・一七四15)―勧□也神楽には勧盃ある故也

133 うへのきぬの色〳〵(二四一4・一七五9)―四位五位ましはる也」(35ウ)

①091は、34オの090と092との間にあるべき項目。ただし、物語本文に「あま君は」なし。

134 あをにひのお(お)もてをりて(二四一7・一七五13)―織て覆たる也　【此条心得す　愚案アヲニヒノ面ト読キリテ面□白ヲハ卑下シテ也をりてハ卑下シタル歟也　コレヲ各メテタシトミハレシ義歟】

135 いひつゝくるもうるさくむつかしきことゝもなれは(二四一10・一七六3)―読切也　おもしろきかきとゝめ也

136 かゝる御ありさまをも(二四一10・一七六4)―かやうの事を〈うき〉世にありてきゝてたちましらはさるもあかぬ事にてあるへきと也

137 かたき事なりかし(二四一11・一七六5)―此入道のやうに世をそむく事はかたき事と也

138 世の中の人(二四一12・一七六6)―草子地也

139 入道の御かとは(二四二1・一七六11)―朱雀院也

140 春秋の行幸(二四二2・一七六12)―朝覲の行幸也

141 この院をは(二四二4・一七六14)―源をは大かたの事にてと也　よくはくゝみ給へと内へ申給也

142 二品になり給て(二四二5・一七七1)―女三宮二品になり給也

143 たゝひとゝころ(二四二6・一七七4)―源をたのみたてまつるはかり也

144 あまり年つもりなは(二四二7・一七七4)―寵は年をへて衰ぬへきと也

145 さかしきやうにや(二四二9・一七七7)―紫上の心つかひ妙也

146 うちのみかとさへ(二四二10・一七七8)―女三宮の御事内のみかとさへ心にいれ給ふ事なれはをろかならすし給つる也」(36オ)

147 さるへき事(二四三11・一七七10)—紫上の心也
148 女一宮(二四三13・一七七15)—〈明石中□宮の御腹也〉 後薫大将心かけ給人也
149 夏の御かた(二四三2・一七八4)—花散里也
150 すくなき御するゐと(二四三4・一七八7)—明石中宮の御腹夕霧の御子あまた□侍れは末は繁昌ある也
151 右大との丶(二四三6・一七八11)—髯黒也
152 姫宮のみそ(二四三10・一七八15)—女三宮也
153 女御君は(二四三10・一七九1)—中宮はおとなひ給へは心やすくおほしていまは此女三宮の御事をのみ源は心をつけ給也
154 朱雀院のいまはむけによちかく(二四三12・一七九4)—をはりちかき心也
155 たいめんなんいまひとたひ(二四三14・一七九6)—女三宮の御事也
156 このたひたり給はん(二四四5・一七九14)—今年朱雀院{の}御年四十九也 明年五十にみち給へり 源は四十六才也
157 わかなと(二四四5・一七九14)—御賀也 此巻の名也」(36ウ)
158 いもゐの御まうけ(二四四6・一七九15)—よのつねの御賀にさまかはりたり
159 右のおほ(大)との(二四四9・一八〇5)—ひけ黒也 をさなき人〳〵に舞をならはせ給也
160 な丶つよりかみ(二四四10・一八〇6)—年の行たる□也
161 女(宮)はもとより(二四五1・一八〇13)—女三宮也
162 さりともきんはかりは(二四五3・一八一2)—源の琴はかりはをしへ給へ□(ひ)つらんと朱雀院にも内にもゆかしくおほしめすと也
163 そらのさむさぬるさ(二四五12・一八一14)—花鳥師曠をひけり

164 ゆしあんする(二四五14・一八二3)—由はゆる也 あんするはをす也
165 女御の君(二四六2・一八二6)—明石女御也
166 十一月(二四六7・一八二12)—一本十一日とあり 十一日は〈神今食潔斎{の}日なれは也 又十一月は斎(神事の)月也 両本共用之
167 冬の夜の月は(なとてわれに)(二四六8・一八二14)—明石女御の御心也
168 冬の夜の月は(二四六9・一八三1)—人のめてさる物にいへとも此物語には多評する也
169 たいなとには(二四六12・一八三5)—いそかはしとて春はまいりてしつかにきくへしと也
170 院の御賀(二四六14・一八三9)—朱雀院の御賀まつ内よりし給へき故也」(37オ)
171 女かくこ丶ろみさせん(二四七4・一八三14)—女三宮は試楽也 朱雀院にて所作あるへきため也 余の人〳〵はた丶女楽まて也
172 いまのもの丶上手ともこそ(二四七4・一八三15)—世間の物の上手と云もなきと云て源の平生の事を申給也
173 いとふかくはつかしき(二四七8・一八四4)—随分尋もとめし内にすくれたるはなかりしと也
174 又このころのわかき人〳〵のされよしめき(二四七9・一八四6)—当代の物の器用なるは臨説あり 正体なる事のすくなきと也
175 きんはたまして(二四七10・一八四7)—琴は女三宮ほとつたへたる人もなきと也
176 廿一二はかり(二四七12・一八四10)—今年廿一なるへし 源へわたり給年十四とみえたり □其後八年になりぬ
177 月た丶は(二四八5・一八五6)—二月になりなはと也 御賀事といへり

178 しかくめきて(二四八6・一八五8)―こと〳〵しく人のいひなすへしと也
179 しん殿に(二四八7・一八五9)―女三宮のまし□ますかたへ紫上をわたし給也
180 こなたにとをき(二四八8・一八五10)―女三宮にうとき人〳〵をはのそき給也」(37ウ)

181 わらはへ(二四八10・一八五13)―紫上のわらは也
182 あかいろに(二四八10・一八五13)―あか色のうはき也
183 女御(二四八12・一八五15)―明石女御也
184 あらたまれる(二四八12・一八六1)―正月なれは也
185 わらはゝ(二四八14・一八六4)―明石女御のわらは也
186 あをしのかきり(二四九2・一八六8)―茶碗の青甆なとの色也
187 宮の御かた(二四九3・一八六9)―女三宮也
188 あをに(二四九4・一八六11)―ふかき(く)青き也
189 院のおはしますへき(二四九7・一八六15)―源也
190 宮にはかくこと〳〵しき(二四九13・一八七6)―女三宮は如此名物はいまたえひき給はしとて用意ある也
191 大将をこそ(二五〇2・一八七12)―夕霧也
192 春のことのねは(二五〇8・一八八5)―古来心得かたき事也云々
193 花はこそのふる雪(二五〇13・一八八11)―梅なるへし　あまきる雪のなへてふれゝはの心なるへし
194 かろ〳〵しきやうなれと(二五一2・一八九1)―源の詞
195 うちかしこまりて(二五一4・一八九3)―夕霧也
196 なをかきあはせはかりは(二五一6・一八九5)―源に夕霧にひき給へと也」(38オ)
197 さらにけふの(二五一6・一八九6)―夕霧の詞也
198 さもある(二五一8・一八九8)―源の詞也
199 ふかき御らう(二五二3・一九〇9)―よく稽古し給故と也
200 ふつゝかに(二五二9・一九一1)―つよき方をいへり
201 月心もとなき(二五二11・一九一5)―廿日比の夜のさま也
202 火よき程に(二五二12・一九一6)―月のかすみたるをいへり
203 宮の御かたをのそき給へれは(二五二12・一九一7)―源(夕きりほのかに)の□そき給也
204 ふくらかなる(二五三6・一九二5)―懐妊ある也
205 花といはゝ(二五三14・一九二15)―事の外にほめたる也　楊貴妃を牡丹に比したり　日本には桜を唐朝に花といへるは皆牡丹の事也　我朝花といへるは桜の事也　されは人□ならひもなきのたとへ也さてものよりすくれたるとはいへり
206 ねをきくよりも(二五四7・一九三9)―まへに神さひたるといひこゝに又かくいへるおもしろし
207 さつきまつ(二五四7・一九三10)―橘は五月に必さく物なれはかくいへる也　五月まつ山郭公うちはふきの歌はうつ四月也」(38ウ)

208 みしおりよりも(二五四9・一九三13)―野分のあした也
209 院はたひ〳〵(二五四11・一九四1)―朱雀院也
210 この御かた(二五四14・一九四4)―紫上也
211 あなかちにあるましく(二五五2・一九四8)―夕霧の実法にて身をよくおさめ給也
212 夜ふけゆく(二五五3・一九四10)―余寒の時分也
213 ふしまちの月(二五五4・一九四10)―二月十九日也

214 春のおほろ月夜よ(二五五4・一九四12)―源の詞也　おほろ月夜よ{ト読キリテ}心得へし　春のおほろ月夜はあれとも秋のあはれは猶すみのほる物と也
215 むしのこゑよりあはせたる(二五五5・一九四13)―虫の声と物の音と寄合也
216 花の露も(二五五8・一九五2)―秋の千種也
217 はるのそら(二五五9・一九五3)―笛の音なとすむ事は春はますへきと也　夕霧は当時をほめていへり
218 いなこのさためよ(二五五13・一九五8)―源の詞
219 こくのものとも(二五五14・一九五10)―曲也
220 りちをはつきの物に(二五六1・一九五11)―日本は呂律を陽陰と用来る也　唐には律呂と云は陽をさきにする也」(39オ)
221 いかにたゝいま(二五六1・一九五12)―是より当時のいつ(う)そくの人を源の尋給也
222 そのこのかみと(二五六3・一九五14)―人にまさりたるをいへり　師兄(スヒン)と云かことし
223 あやしく人のさえ(二五六6・一九六3)―此女達奇特にひきとり給へる也　此館は奇特にかやうの事のはやくなると也　源の自称也
224 それをなんとり申さん(二五六8・一九六6)―夕霧も申たく思しを斟酌してありつると也
225 のほりての世を(二五六10・一九六8)―昔の事をよくもしらさると也
226 かのおとゝ(二五六14・一九六14)―致仕大臣也
227 いとかしこく(二五七2・一九七2)―紫上のをほめ給也
228 いとこと〱しき(二五七3・一九七3)―源の詞

229 ひはゝしも(二五七5・一九七6)―明石上の琵琶許は我口入せさると也
230 おほえぬ(二五七6・一九七8)―明石にてきゝ其後大井の里にてきゝし事也
231 われかしこ(二五七8・一九七10)―まへよりはこゝにてはましたると也　是さへ自称あると人〱思と也
232 よろつの事(二五七8・一九七12)―諸道ををしへ給也
233 たとりふかき(二五七10・一九七14)―よく尋とるへき師範まれなると也」(39ウ)
234 心をやりて(二五七12・一九八1)―大涯にてもあるへき也
235 きむなんわつらはしく(二五七12・一九八2)―琴は根源をきはめかたきと也
236 よろつの物のねのうちにしたかひて(二五七14・一九八4)―諸の楽器琴の音にしたかひけ(た)る也
237 かなしみふかき(二五七14・一九八5)―琴の徳也　抄にみえたり
238 このくにゝ(二五八2・一九八7)―うつほ{の物語}にてかけり
239 大将けにいとくちおし(二五九7・二〇〇1)―夕□霧の相続せさる事をいへり
240 このみこたち(二五九7・二〇〇3)―〈明石の御腹〉源の御孫也
241 そも(二五九8・二〇〇6)―それもと云詞也
242 二宮(二五九9・二〇〇8)―後に式部卿宮と云人也
243 りんのて(二六〇4・二〇一7)―臨説也
244 かへりこゑ(二六〇5・二〇一8)―葛木は呂也　律のかきあはせ也
245 こかのしらへ(二六〇6・二〇一9)―五ケ条のしらへ也
246 五六の(二六〇7・二〇一10)―不知事と云々

247 こなたより(二六一1・二〇三8)—紫上より也」(40オ)
248 宮のおはします(二六一4・二〇三13)—女三宮より源しにまいらせ給也
249 いつれも〳〵(二六一8・二〇三2)—源の皆御弟子と也　我と思しり給也　北{の}辺{の}大臣諸芸を兼備せし人也　源の才芸を比してかけり
250 わかきたのかた(二六一11・二〇三7)—□雲井雁也
251 たいへ(二六二3・二〇四1)—紫方(上)の御方也
252 うへは(二六二3・二〇四1)—紫上いまた宮の御方にさふらひ給也
253 宮の御こと(二六二5・二〇四4)—源の詞
254 さかし(二六二8・二〇四8)—源の詞也
255 いとまいるわさなれは(二六二9・二〇四10)—たれ〳〵にもむつかし〈く〉て〈琴をは〉をしへ給はさる(りし)と也
256 むかしよつかぬ(二六二12・二〇四14)—紫上幼少の時の事　其時分は源も隙なかりし也
257 かやうのすち(二六三2・二〇五6)—紫上の詞也　楽なとも心にをかさると也
258 いとかく〳〵しぬる(二六三5・二〇五9)—かやうによろつを具したる人はかたきよし也」(40ウ)
259 ことしは卅七にそ(二六三8・二〇五13)—女の卅七重厄也　薄雲女院も卅七にて崩し給へり　総しては紫上は源に七はかりのいもうと、みえたり　然云源は四十七也　紫上は四十なるへきを紫式部思やうありてかくかけるなるへし
260 おほきなる事とも(二六三11・二〇六2)—大法也
261 故僧都(こそうつ)(二六三11・二〇六3)—北山僧都也　紫上のをち也　僧都入滅の事こゝにはしめてみえたり
262 みつからはおさなくより(二六三13・二〇六6)—源のみつからの事こゝよりの給也　内す□(み)にて生長せし也
263 おもふ人(二六四2・二〇六9)—夕顔上葵上薄雲な①と也
264 それにかへて(二六四4・二〇六13)—福禄寿をそなふる事はかたきと也
265 君の御身は(二六四5・二〇六14)—紫上也
266 かのひとふし(二六四6・二〇六14)—すまの別の事也
267 そのかた(二六四10・二〇七5)—さやうの方と也
268 この宮(二六四11・二〇七6)—女三宮也」(41オ)

①「也」の上から「な」と書く。

269 御みつからの(二六四12・二〇七8)—自身はしらさる事と也
270 の給やうに(二六四14・二〇七10)—紫上の詞
271 さは身つからの(二六五1・二〇七12)—されはと也
272 ことしもかくしらすかほにて(二六五3・二〇七15)—卅七也
273 さき〳〵もきこゆる(二六五4・二〇八1)—さまをかへて心やすくあるへしと也
274 それはしも(二六五4・二〇八3)—源の詞
275 おほくはあらねと(二六五9・二〇八10)—これかれみ給うちに真実の実法なる心もちゐの人はまれなると也
276 大将のは、君を(二六五11・二〇八14)—葵上也　元服の夜よりみそめ給し也
277 つねになかよからす(二六五12・二〇八15)—後悔也
278 又わかあやまち(二六五14・二〇九1)—子細のある也　その子細をしも

を(に)いひのへ給也

279 〈さかしとや(二六六2・三〇九5)—賢なる也〉

280 思にはたのもしく(二六六2・三〇九5)—本台には可然さま也

281 中宮の御は、宮す所(二六六3・三〇九7)—六条の御息所也

282 うらむへき(二六六5・三〇九9)—恨のふかき本性也」(41ウ)

283 いとあるましき(二六六9・三〇九14)—中そらに源のなし給と也

284 さるへき御契とはいひなから(二六六11・三一〇2)—秋好中宮の冷泉院との御契はさたまりたる事にてそあるらんとはいひ(め)なから悉皆とりたて、源のまいらせ給し事也

285 かの世なからも(二六六13・三一〇4)—後(の)世にてもと也

286 みなをされ(二六六13・三一〇4)—後世より見直(ナヲ)し給へきと也

287 いまもむかしも(二六六13・三一〇5)—よしなき事に名をたつと也

288 うちの御かた(二六七1・三一〇7)—明石上の事也　さしもなき人と思しに思の外に心ふかき人と也源のほめ給也

289 こと人はみねは(二六七4・三一〇12)—紫上の①詞　御息所葵上なとをは見さる人なれはしらす　此明石上をは□□みる人の事なれは也

290 たとしへなきうらなさを(二六七6・三一〇14)—紫上の心あさ、をみゆへき口惜と也

291 さはかりめさましと(二六七7・三一一2)—源の心也

292 君こそは(二六七9・三一一4)—紫上源の詞　それ〳〵に心をやり給へると也

293 くまなき(二六七10・三一一5)—かくれたる所なく心とき人と也」(42オ)

①「也」の上から「の」と書く。

294 いと気しきこそ(二六七11・三一一7)—物えんしのし給はかりそ難なると也

295 宮にいとよく(二六七12・三一一9)—このたひの女楽に琴をよくひき給し事を申さんとて女三宮へ源のまいり給也

296 われに心をく(二六七13・三一一11)—女三宮の御さま也

297 いまはいとまゆるして(二六七14・三一一12)—源の詞

298 たいには(二六八3・三一二1)—紫上也

299 の給つるやうに(二六八7・三一二7)—まへに紫上を思もなき人との給し事也

300 人のしのひかたく(二六八8・三一二8)—女の身は嫉妬第一の物おもひなれは也

301 女御の御方より(二六八13・三一三1)—明石女御也

302 御つつしみのすち(二六九2・三一三5)—卅七才の事也

303 御かゆなと(二六九3・三一三6)—源の事也

304 御賀(二六九10・三一四1)—女三宮のし給へる御賀也

305 かの院よりも(二六九11・三一四2)—朱雀也

306 きこゆる事を(二七〇3・三一四11)—出家の事也

307 かきりありて(二七〇4・三一四12)—源の心也」(42ウ)

308 むかしより(二七〇6・三一四15)—源の自の事也

309 宮の御かたにも(二七〇9・三一五5)—女三宮の御方也

310 院のうち(二七〇10・三一五6)—六条院也

311 人ひとりの(二七〇12・三一五8)—紫上一人也

312 たゝにもおはしまさて(二七〇13・三一五11)—懐妊也

313 わか宮(二七〇14・三一五13)—女一宮也

314 ゆゝしく(一七一3・二六2)―人〳〵の云也
315 けしうは(一七一3・二六2)―大事はあるましきと也
316 をきてひろき(一七一4・二六3)―紫上の徳ある心をきてをいひあらはし給也
317 まことや衛門のかみは(一七二1・二七4)―此已下柏木の事をいへり
此君は参議にて衛門督を兼たり
318 ときの人なり(一七二2・二七5)―時にあへる人也
319 思事のかなはぬ(一七二2・二七7)―女三宮の御事也
320 この宮の御あね宮(一七二3・二七7)―落葉宮也
321 更衣はら(一七二4・二七8)―更衣誰ともなし」(43オ)
322 なくさめかたき(一七二6・二七11)―花鳥東宮の御おはと(に)ゝほはせていへりと云々　此義に及へからす　我心なくさめかねつの歌も大和物語の□□本説あれともにかゝはらす月をみてなくさめんと(すれと)さらになくさめかたき(し)とよめる歌也　今此宮を得てはなくさむへきと思へりしにかへりておもひをますと也　されは宇治に中の君二条院にましませはさらにおはすて山の月すみのほりてといへるもたゝなくさめかたき心はかり也
323 かくて院もはなれ(一七二12・二八4)―源紫上なやみ給故にあなたにのみましますと也
324 むかしより(一七二13・二八6)―柏木の詞
325 院のうへたに(一七三2・二八9)―朱雀院也　女三宮の御事を人の申と也　源はかた〳〵に隙なき故に人にをされたる様にてましませは後悔し給と也
326 けにおなし御すちとは(一七三8・二九2)―むかしよりしみたる事はわすれさると也
327 院にも(一七三12・二九7)―朱雀院也」(43ウ)
328 たゝいますこし(一七三13・二九10)―花鳥説いかゝ　朱雀院いますこし憐愍あらは我にたまはるへき物をと也
329 いとかたき(一七三14・二九11)―小侍従か詞
330 かの院(一七四1・二九12)―源也　源の念比に所望申さるゝ也
331 このころこそ(一七四2・二九14)―中納言に昇進ある事也
332 いふかひなく(一七四3・二九15)―小侍従か事也
333 いまはよし(一七四4・三〇1)―柏木の詞也
334 これよりおほけなき(一七四7・三〇6)―小侍従か詞
335 いてあなきゝにく(一七四8・三〇9)―柏木の詞
336 女御きさき(一七四9・三〇10)―二条后なとの例なるへし
337 ましてその御ありさまよ(一七四10・三〇11)―女三宮也
338 うち〳〵は心やましき(一七四11・三〇12)―紫上にをされ給事
339 院のあまたの御中に(一七四11・三〇13)―院とは朱雀院也
340 さしもひとしからぬきはの御かた〳〵に(一七四12・三〇14)―明石上なとの同輩よといひくたしたる也」(44オ)
341 つきゝり(一七四14・三一2)―いひきり給そと也
342 人におとされ(一七五1・三一3)―小侍従か詞
343 めてたきかたに(一七五1・三一4)―今さらいかなるかたになひき給へき事にてもなしと也
□□□□
344 これはよのつねの(一七五2・三一4)―をやさまにとはしめよりの給

しかは寵愛の□□(かた)はくるしからさると也

345 よろつにいひこしらへて(二七五5・三二一9)—柏木也

346 まことはさはかり(二七五5・三二一9)—柏木の詞

347 物ふか丶らぬ(二七五10・三二二1)—小侍従也　心よはきは自他あしき事の出来ぬる也

348 いかに〳〵と(二七五14・三二二7)—柏木の詞(也)

349 わか心にも(二七六2・三二二10)—柏木の心也

350 みそきあすとて(二七六7・三二三2)—斎内親王の禊の事也

351 上らふはあらぬ(二七六8・三二三3)—わらは下つかへなれはみつからもかくいとなみ侍也」(44ウ)

352 源中将(二七六11・三二三6)—あせちの君のおもひ人也

353 さまてもあるへき(二七六13・三二三9)—物語の評也　又は柏木の心也　これ程まても思よらさりしと也

354 かすならねと(二七七5・三二四6)—柏木の詞
ゆかの①(二七七1・三二三15)

355 うこかし侍にし(二七七10・三二四13)—心を動かす也

356 せきかねて(二七七12・三二五1)—心に制しかねたる也

357 つみをもき(二七七14・三二五3)—実事なと(事は)あらしと也

358 ひたふるなる心も(二七八3・三二五7)—宮を丶と゜し奉る心也

359 よそのおもひやりは(二七八4・三二五10)—よりつきにくき様にあるへしとかねて思しに心かは〈れ〉ると也

360 いつちも〳〵もゐてかくし(二七八9・三二六1)—□□□の上伊勢物語しら玉かなにそと人のとひし時とよめる心もあるへし

361 てならし丶ねこ(二七八11・三二六4)—懐妊の事也

362 なにしにたてまつり(二七八12・三二六6)—夢中心也　かたみと思へき物をとおしみける心也」(45オ)

①「ゆかの」という物語本文は、353と354の間にあり。

363 なをかくのかれぬ(二七八14・三二六9)—柏木の申給詞

364 院にも(二七九4・三二六14)—源也

365 人の御なみたをさへ(二七九6・三二七1)—おもしろき詞也

366 いか丶は(二七九7・三二七4)—柏木の詞

367 もの丶さらにいはれ(二七九9・三二七6)—

368 いとすてかたきに(二七九11・三二七10)—かくつれなくましませは命もこ丶にてすつへきと也

369 こよひにかきり(二七九12・三二七11)—命をいへり

370 あはれなる夢かたりも(二八〇6・三二八11)—猫の夢の事

371 秋のそらよりも(二八〇8・三二八14)—四月なれは也

372 おきて行(二八〇9・三二八15)—
行へきかたもしらすと也　結句花鳥説はいつくのをそこらのと心をやりてみるへしと也　又正徹説此時柏木心も心となきうちの歌なれはてにをはの分別もなきと也　袖なりけんと云心もありと也されと此類あまた侍り」(45ウ)

後撰恋三
涙川なかすねさめもある物をはらふはかりの露やなになり
又恋四
思いて丶音信しけん山ひこのこたへにこりぬ心なになり
此外此類あまたあるへし　不審に及はさる乎

373 あけくれの(一二八〇11・三九4)―
まへには物もの給さりしを今柏木の出給になくさみてかくよみ給
なるへし
374 まことに身をはなれ(一二八〇13・三九7)―誠{の}字妙也　あかさりし
袖のなかにやいりにけんの心あり
375 女宮(一二八〇13・三九9)―落葉宮也
376 くるしくおほゆまし。(一二八一6・三〇4)―
377 この院に(一二八一7・三〇5)―源也
378 かきりなき女(一二八一8・三〇7)―世の人をいふ也　世なれたる人こ
そうへは実法にて下にほのすく人ある也　これはいつくもふかき
御心もなきと也」(46オ)
379 御心をつくし給事に(一二八一14・三一1)―紫上に(の病悩に)うちそへ
て也
380 かの御心ち(一二八二4・三一5)―紫上事
381 かんの君(一二八二8・三一13)―柏木也
382 まつりの日(一二八二9・三一14)―酉日也
383 女宮(一二八二11・三二1)―落葉宮也　我身は過分なりなといひなし給也
384 くやしくそ(一二八三1・三二5)―
摘に罪をよせたり
385 さうのこと(一二八三6・三二13)―落葉の宮也
386 いまひとときは(一二八三7・三二15)―女三宮をいへり
387 もろかつら(一二八三9・三三1)―
葵{の事をいへり}　桂のかつら也　女三宮と落葉宮とは兄弟なれ
は也　是より落葉宮とはいへり

388 いとなめけなり(一二八三10・三三3)―草子地也
389 さりとも物の気(一二八四4・三四1)―こゝにて源の心をゝこして□□
く心をもち給へる也」(46ウ)
390 ふとうそんの(一二八四8・三四7)―定業亦能転の心也　河海にみえた
り　善無畏三蔵之師欲滅弟子為受灌頂善無畏行此法悉受灌頂也
391 わひさせ給か。(一二八五2・三五4)―
392 たゝむかしみ給しものゝ気(一二八五7・三五10)―葵上の時出し物の気
のさま也
393 わか身こそ(一二八五14・三六4)―
物の気の歌也　〈我身こそ〉□生をかへたれと也
394 ものいはせしと(一二八六2・三六8)―源の物いはせしとし給也
395 中宮の御こと(一二八六2・三六9)―物の気の云也
396 思とちの御物語(一二八六6・三六13)―まへに紫上へかたり給し事也
397 うちおもひ(一二八六8・三七2)―悪鬼なとになれはそとたちよる□□
□□(と思事(へと)も)〈病者のため〉事の外に〈なやみ〉あると也
398 此人を(一二八六9・三七3)―紫上也
399 まもりつよく(一二八六10・三七4)―源はまもりつよしと也(くてよりも
つかさると也)」(47オ)
400 修法と経(一二八六12・三七6)―花鳥にみえたり
401 斎宮におはしましゝ(一二八七1・三七10)―斎宮は経仏を手にとり給は
さる也
402 □ふ(けふ)のかへさ(一二八七5・三八3)―賀茂祭也
403 いけるかひありつる(一二八七7・三八5)―かくみなうちつけ事をいへり

404 二品宮(二八〇10・三八10)—女三宮也

405 衛門督(二八〇12・三八13)—同車して也

406 かくいひあへるを(二八〇13・三八15)—紫上の頓滅の事をいひあへる也

407 式部卿宮(二八八2・三九5)—紫上の父也

408 いかに〳〵(二八八4・三九7)—柏木の詞也

409 いとをもく(二八八6・三九10)—夕霧の詞

410 かくこれかれまいり(二八八11・四〇3)—源のきゝ給也

411 らうろう(二八九1・四〇8)—花説いかゝ　只不ル二自由ナラ一心なるへし
まへにありしとおなし　まいらてかなはされはこそまいりたれと
也」(47ウ)

436 ①あやしく〈程へて。〉(二九三4・四六12)—源の心也

437 いかに〳〵と(二九三8・四七3)—紫上を心もとなく思給也

438 わか君(二九三10・四七6)—女三宮也

439 かの人も(二九三11・四七8)—柏木也

440 こゝには(二九四4・四八7)—源の詞也

441 いたくしめりて(二九四8・四八12)—女三宮の御さま也

442 月まちて(二九四12・四九2)—女三宮の詞　夕くれはみちたと〳〵し

443 ゆふ露に(二九五1・四九6)—
此日晩のなくをきゝてはよそにましますとも御出あるへき物をと也

444 まつさとも(二九五4・四九10)—
二条院にもまたるへき物をと也　こめやとは思物から日くらしの

445 かはほり(二九五7・五〇2)—今の扇也

446 これは風ぬるく(二九五7・五〇3)—檜扇なるへし」(48オ)
①48丁と49丁は綴じ違えによる乱丁。436は49ウの435に続く項目。

447 すこしまよひたる(二九五9・五〇5)—まよふは乱也　万葉にも乱字
をまよふとよめり

448 その人の(二九五12・五〇9)—柏木也

449 あないはけな(二九六3・五〇15)—源の心也　我身のみ(見)つくるは
くるしからさる也

450 いて給ぬれは(二九六5・五一5)—源の二条院へ出給也

451 いふかひなの(二九六8・五一9)—小侍従か心也

452 いつくにか(二九六9・五一9)—小侍従か詞也

453 人〳〵のまいりしに(二九六9・五一10)—人〳〵のまいりしをたにへ我
は〉はゝかりし物をと也

454 いらせ給し程は(二九六10・五一12)—源の御出ありしはしは□(逗
留)もありつる物をと也

455 いさとよ(二九六11・五二1)—宮の詞

456 あないみし(二九六13・五二4)—小侍従也

457 かの君も(二九六13・五二4)—柏木也」(48ウ)

412 ①うつし人(二八九4・四〇12)—源の心也　御息所はうつゝの時さへ
気のとりくるしかりしと也

413 いひもてゆけは(二八九6・四一1)—女は業障ふかしと也　涅槃経に
〈も〉とけり　河海にみえたり

414 なきやうなる(二九〇9・四三12)—紫上は物もおほえぬうちにも源の
御心まとひをかなしく思給也

415 ひめ宮は(二九〇14・四三5)—女三宮は懐妊也

416 かの人は(二九一2・四三8)—柏木也

417 夢のやうに(二九一3・四三8)—柏木女三宮に又もかよひし事のある

へし

418 いたくよしめき(二九一5・二四三11)―柏木のすかた也

419 さるたくひなき(二九一6・二四三13)―源におさなくよりなれ給めうつしにはいか丶とみえたり

420 かくなやみわたり(二九一7・二四三14)―女三懐妊の事也

421 みたてまつり□かめて(二九一8・二四四1)―皆御懐妊を不審する也

422 〈わたり給(二九一9・二四四6)―六条院へ源しわたり給ふとかきていまた二条院の事をかけり　是此物語の筆法也〉

423 女君は(二九一10・二四四6)―紫上也

424 さをに(二九一13・二四四11)―小青也②

425 とし比(二九二1・二四四14)―二条院也」(49オ)

①48丁と49丁は綴じ違えによる乱丁。412は47ウの411に続く項目。

②424は423と同行にあり。

426 あはれにいま丶て(二九二3・二四五2)―はやきえいり給し物をと也

427 かれみ給へ(二九二5・二四五6)―源の詞

428 ありしは〻や(二九二8・二四五9)…

429 みつからも(二九二8・二四五10)―紫上也

430 きえとまる(二九二9・二四五11)―

紫上の命露のやうにしはしの程か丶りたるをとよめり　我命は邂逅にと也

431 ちきりをかん(二九二10・二四五14)―

心へたて給なと也　源の歌也

432 めにちかき(二九二12・二四六3)―紫上也

433 か丶る雲ま(二九二13・二四六4)―病のひま也

434 日比のつもり(二九三1・二四六8)―源はいか丶と思給也

435 例のさまならぬ(二九三3・二四六10)―御懐妊也①」(49ウ)

①48丁と49丁は綴じ違えによる乱丁。435に続く項目は48オの436。

458 人にもみえさせ給けれは(二九七2・二五二7)―鞠の時みえ給し事

459 〈かくまて思給し(二九七3・二五二9)―みえ給し故にこそあなかちにはせめ給へと也〉

460 は丶かり{も}なく(二九七4・二五二10)―草子地也　主君にはかやうには物はいひかたきをは丶からす申と也

461 をこたりはて給にたる(二九七7・二五二14)―紫上は平癒なる物をと也

462 としをへて(二九七10・二五三5)―文の大体をとりてかけり

463 いとかくさやかに(二九七12・二五三7)―源の夕顔上への文手をかきかへ給へり　〈【又すまの巻に朧月夜の方へあふせなき涙の川とかき給へり】〉　〈【あひみてもあはぬよしをこそかく丶きを】〉此文のかきさま用意なしと也

464 さてもこの人をは(二九八1・二五三13)―源の心也

465 めつらしきさま(二九八2・二五三13)―懐妊也

466 猶さりのすさひ(二九八4・二五四2)―自然てかけ物な□□□□(とのかりそめと)思たにもま心のあるはつらき物をと也

467 ましてこれは(二九八6・二五四4)―柏木もあまりなる事と也

468 いふかたことなり(二九八7・二五四6)―したへいひのふる也」(50オ)

469 おほろけのさたかなる(二九八11・二五四11)―さた〱とみえぬ程はまきる丶事ある也

470 かくはかり又なき(二九八13・二五四13)―此女三宮也　此心□　源は紫

上をもさしをきて心を女三宮につくすと也

471 みかと丶きこゆれと(二九九1・三五五2)—公方の御志のあさきに私のねき事のふかきには心をかはすたくひおほしと也

472 我身なから(二九九5・三五五6)—柏木に思かへたれ(て)おほしめす事と也

473 故院のうへ(二九九7・三五五9)—桐壺帝也　薄雲の御事也

474 きえのこり(二九九10・三五五14)—紫上の詞(の心)　我をみすてかたくして女三宮の御事を思なやみ給かと也

475 こ丶ちはよろしく(二九九12・三五六1)—紫上の詞

476 さかし(二九九13・三五六4)—源の詞

477 内のきこし(三〇〇3・三五六10)—紫上の詞

478 けにあなかちに(三〇〇6・三五六13)—源の詞　深切に思ならは人の助言もいる」(50ウ)

ましきをこれは国王の御心はかりをかさりてつかうまつるはあさき志なりと也

479 わたり給はん(三〇〇9・三五七3)—紫上六条院へかへり給へき時まいるへきと也

480 こ丶にはしはし(三〇〇10・三五七4)—紫上の詞

481 いてやしつやかに(三〇一13・三五八14)—柏木の此事おもひさまさんとてかく思なし給也

482 かつさふらふ人に(三〇二4・三五九5)—めしつかう人にも可然人をえらふへきと也

483 あやにくにうきにまきれぬ(三〇二7・三五九11)—源のわたり給へる也
花鳥引歌おもしろし

484 みつからいとわりなく(三〇三13・三六〇5)—女三宮也

485 女御(三〇三2・三六〇8)—明石の女御也

486 右のおと丶の北のかた(三〇三5・三六〇13)—玉かつら也

487 むしんの女房(三〇三8・三六一2)—小弁をいへり」(51オ)

488 契ふかき中なりけれは(三〇三11・三六一6)—髯黒と玉かつらとの契ふかき中なれは玉かつらの心ととけ給ふともさらすとも同事にてあるへけれと人のゆるさぬ事ならはうたてからましと也

489 いといたくもてなして(三〇三13・三六一9)…玉かつらの心也

490 二条の尚侍(三〇三14・三六一11)—朧月夜也

491 つゐに御ほい(三〇四2・三六一14)—朧月夜出家し給へり

492 いまなんと(三〇四3・三六二1)—案内もなかりし也

493 あまのよを(三〇四5・三六二3)—
此□尼になり給へるをもよそにはきくましき也　我身すまのうつろひもそなた故なれはと也

494 とくおほし(三〇四8・三六二8)—朱雀院の御山こもりの時かく思立給し事と也　源のさまたけ給也(し)たるへし」(51ウ)

495 むかしより(三〇四9・三六二10)—内へまいり給はぬさきよりの契と也

496 つねなき(三〇四12・三六二13)—文の詞

497 あまふねに(三〇四14・三六二15)—
明石上ゆへにあかしまてはくたり給へる也　我身ゆへにてはなかりしと也

498 ゑかうには(三〇四14・三六三2)—普及於一切の心也

499 たえぬること(三〇五3・三六三5)—今をとちめなれは也

500 はつかしめられたれ(三〇五4・二六三7)―此歌の事也
501 □(け)に心つきなしや(三〇五4・二六三7)―みなかやうにそむき給て
は友もなしと也
502 かくみなそむき(三〇五7・二六三11)―槿斎院出家の事こゝにてみえたり
503 人のありさまを(三〇五9・二六三13)―斎院ほとの貞女はなかりしと也
504 かの人の(三〇五10・二六三14)―女三宮也
505 としふかくいらさりし(三〇五13・二六四4)―年わかき時也」(52オ)

506 わか宮を(三〇五14・二六四6)―女一①宮也　紫上の養たて給也
507 はか〳〵しき(三〇六6・二六四14)―紫上の詞
508 いかならんとて(三〇六7・二六四15)―おもしろきかき様也
509 かんの君に(三〇六9・二六五4)―朧月夜也
510 六条の東の君(三〇六11・二六五6)―花散里也
511 法ふくたちて(三〇六11・二六五7)―あまりに世をそむきたるやうには
すましき也
512 つくも所(三〇六13・二六五9)―金銀細工の所なるへし　調度のため也
513 八月は大将の(三〇七1・二六六2)―葵上の忌月也
514 九月は(三〇七2・二六六3)―朱雀院母后の御忌月也
515 衛門のかみの御あつかりの宮(三〇七4・二六六5)―落葉宮也
516 かんの君も(三〇七5・二六六8)―柏木も(此程出頭なかりしを)これを
つゐてにいて給へる也
517 宮うちはへて(三〇七7・二六六11)―女三宮御懐妊のさま也
518 院は(三〇七9・二六六13)―源也
519 御やまにも(三〇七11・二六七2)―朱雀院也②
520 月ころ(三〇七12・二六七3)―源の女三の御かたへかきたえ給よし也」

(52ウ)
①「三」の上から「一」と書く。
②519は518と同行にあり。

521 うちわたりなと(三〇八3・二六七10)―〈朱雀の御心也〉　内裏なとにさ
ふらふ女御更衣のうへをさへさま〳〵とりあつかふ事のあれはま
して二条院に□源のましまず御るすにはいかなる事もかと御心に
かゝれる也
522 そのことゝ(三〇八6・二六七15)―朱雀院の文の詞
523 いと〳〵お①しく(三〇八11・二六八8)―源の心也
524 心くるしき御せうそこに(三〇八14・二六八11)―源のため迷惑と也
525 〈まろこそいとくるしけれ(三〇八14・二六八11)―源の身こそ面目なけれ
と也　人めにたつはかりのうとき事はなかりし物をと也〉
526 たかきこえたる(三〇九1・二六八13)―誰人朱雀へは申侍そと也
527 ものおもひくし(クツ)給へる(三〇九3・二六八15)―
528 今よりのちも(三〇九5・二六九4)―又いかやうの事もあるへき也
529 かうまても(三〇九5・二六九5)―
530 うへの御心にそむくと(三〇九6・二六九5)―うへとは朱雀院也　そむ
くとは女三の御心に源のそむき給と也
531 いたりすくなく(三〇九7・二六九7)―朱雀院いたりすくなき人の申
まゝにやきこしめしけんと也　柏木の事したにふくめり」(53オ)
①「を」の上から「お」と書く。

532 〈又いまはこよなく〉さたすきにたり(三〇九8・二六九9)―年とりたる
也(と)女三宮のみなし給らんと也

533 いにしへより(一二〇九12・二六九14)─我は道心のふかくありし也

534 たとりうすかるへき(一二〇九12・二六九14)─朧月夜槿斎院にをくれたると也

535 いまはとすて給けん(一二〇九14・二七〇1)─女三宮をあつかり申事也 心くるしと思ひし人(一二一〇3・二七〇5)─紫上も心やすしと也

536 もろともに(一二一〇5・二七〇9)─紫上はかりは我身もろともに出家してもおしからぬ年と也　只女三宮一人に心とまれると也

537 我もうちなき(一二一〇12・二七一2)─源也

538 人のうへにても(一二一〇12・二七一2)─昔は人を我もむつかしく思し也

539 かゝせたてまつり(一二一一1・二七一6)─院の御返事也

540 かのこまかなる(一二一一1・二七一7)─柏木の返事□思やり給也

541 まいり給はん事は(一二一一4・二七一12)─｛御｝文の詞

542 ふるめかしき(一二一一5・二七一15)─懐妊ゆへ此比おとろへ給と也

543 霜月は(一二一一6・二七二2)─□□也　身つからとは源しの父桐壷帝の御忌月也　又は身つからとは朱雀院の御ため父帝の御忌月と也」(53ウ)

544 この御すかた(一二一一7・二七二3)─懐妊の御すかた也

545 みんにつけても(一二一一12・二七二11)─女三宮の御事をかの心にほれ〳〵しとや思はれ侍へからんと也

546 院にはた御あそひなと(一二一一14・二七二14)─紫上なやみ給故に御遊なと例ならすなやみわたりて(一二一一14・二七二14)─ともなけれは御用なともなき故と□人〳〵は思へる也

547 すき物は(一二一二1・二七三1)─柏木事

548 けしきとりし(一二一二2・二七三1)─猫の故也

549 いとかくさたかに(一二一二2・二七三2)─かくのこりなくとまては思よらさる也

550 十よひ(一二一二4・二七三4)─十日あまり

551 二条院(一二一二4・二七三5)─紫上もかへり給也

552 このたひのみこ(一二一二6・二七三8)─匂兵部卿宮也　薫に一歳の兄也　宇治にいたりて薫よりは□(弟)にかけり

553 てうかく(一二一二9・二七三12)─花散里の方にてし給故に別に試楽見物には出られさる也

554 とりわきて(一二一二14・二七四4)─別してめし給也」(54オ)

555 例もほこりかに(一二一三5・二七四11)─平生もほこりかになとはなき人也　猶一しほしめりたると也

556 思やりなき(一二一三9・二七四15)─所存の外なると也

557 その事となくて(一二一三10・二七五2)─源の詞

558 みこの法し(一二一三12・二七五5)─女三宮の御賀の事也

559 いもゐ(一二一三13・二七五7)─｛院｝御出家にてまします故にいへり

560 家におひいつる(一二一三14・二七五8)─源の子孫也

561 月ころかた〳〵に(一二一四5・二七五15)─柏木の返事也　紫上女三宮の御なやみ也

562 みたりかくひやう(一二一四6・二七六1)─脚気也(と)云々　只病の総名歟　但ふみたつるといへる脚気(病)なるへし

563 つく所なし(一二一四11・二七六8)─致仕大臣着座せん所なしと云説ありいかゝ　只より所なしといへる心なるへし

564 いまはいよ〳〵かすかなる(一二一四13・二七六11)─思すましてましませは大略事を省略せられてしかるへしと也」(54ウ)

565 いかめしくきゝし御賀(一三五3・二七六15)―女二宮の御賀し給しを致仕のおとゝのとりもちなしにいひなして女三宮の御賀のあるへき事をはいかめしくいへるを源のらうありとほめて{思}給也
566 たゝかくなん(一三五4・二七七3)―何事も省略し侍るをかくいかめしきやうにとりなし給へれはよくとゝのへたきと也
567 されはよと(一三五5・二七七4)―されはこそ世間には此御賀をこと〳〵しくいひなすよとおほす也
568 かの院(一三五7・二七七7)―朱雀院也
569 兵部卿の宮(一三六12・二七九1)―蛍也
570 式部卿(一三七1・二七九5)―紫上の兄弟(父)也①
571 御まこを(一三七8・二七九9)―皇麞を舞人也
572 衛門督こゝろとゝめて(一三七10・二八〇5)―ひと(すこし)心ありての給也
573 けしきはかりにて(一三八1・二八〇11)―酒をものみ給はぬ也
574 よそ〳〵にて(一三八8・二八一9)―一条宮【落葉宮御方】①に□□(ましま)すをよひよせ給也
575 女宮(一三八8・二八一10)―落葉宮也
576 あひなたのみ(一三八9・二八一12)―此程は行末を思しに今は後悔也」(55オ)

①570は569と同行にあり。

577 はゝみやす所(一三八12・二八一15)―落葉の宮の母也
578 世のことゝして(一三八12・二八二1)―柏木にの給也
579 ことはりや(一三九2・二八二6)―柏木の返事
580 とまりかたき(一三九7・二八二12)―柏木の命の事也
581 まゝ(た)はゝきたのかた(一三九8・二八二14)―柏木の母也
582 人よりさきなり(一三九11・二八三4)―柏木嫡子也
583 いまはとたのみなく(一三九14・二八三8)―落葉宮へ申さるゝ也
584 たゆく(一三〇2・二八三10)―たゆみたる也
585 いとゝしきおやたちの(一三〇10・二八四7)―内よりも院よりもかく念比にとふらひ給へるにつけていよ〳〵おしくあたらしく思給へる也
586 つき〳〵(一三一2・二八五1)―月々也
587 女宮の(一三一3・二八五2)―女三宮也　事の外の大営にてありつる故にかく障礙のある也
588 五十寺①(一三一4・二八五3)―年の数也　五十ケ寺也
589 をはします御てら(一三一4・二八五4)―仁和寺也」(55ウ)

①「五十寺」の一字ごとに右傍線あり。

590 まかひるさなの(一三一4・二八五4)―此結語古来さま〳〵の説あり諸抄にみえたり　不載之　或云後漢書逸民伝韓康伝公是韓伯休那といへる那の字同心と云々　所詮は此物語発端と結句とをさま〳〵にかへてかくへき造意あり　されはかく種々にかくへきとてかやうに□かけるなるへし　心はあらはにきこえ侍るにや吹まよふ野風を寒み秋萩のうつりも行か人の心の

大永七　十　十六日了」(56オ)

《空白》」(56ウ)

解説

一　概観と書誌

三条西家における『源氏物語』の注釈は、講釈とその聞書（筆録）の繰り返しによって複雑な様相を示している。いくつもの注釈書もそうした一連の講釈—筆録の中で作成されてきており、その成立についてなお不分明な点が多い。

たとえば、三条西家源氏学の根幹ともいうべき注釈書『細流抄』の成立に関しては、従来はおおよそ次のような理解がなされていた。つまり、永正七年（一五一〇）に『弄花抄』を完成させた実隆が直後に『源氏愚抄』の執筆を企て、それをもとに翌八年と一〇年の二度にわたって催した講釈の聞書が成立した。その執筆者は講釈を聴聞した実隆の子公条である。この両度聞書によって公条が実隆から源氏学を継承したであろうことは、大永三年（一五二三）に公条が伏見宮（貞敦親王）家において源氏講釈を行っていることによっても察せられる。

その後、能登守護畠山義総の求めに応じて、公条は大永五年（一五二五）から八年にかけてと、天文三年（一五三四）の二回にわたって聞書を清書して送った。その二度にわたって作成された清書本がそれぞれ第一次（第一類）本『細流抄』と第二次（第二類）本『細流抄』となった。つまり、『細流抄』は実隆の講釈を聴聞した公条の聞書（の清書本）そのものであり、実隆・公条の二人によって作られた注釈書である、と考えられてきたのである。

ところが、そうした成立に関する理解を改める必要が生じた。そして、それを促したのが、今回、龍谷大学善本叢書の一冊としてその影印と翻刻を公にする龍谷大学大宮図書館所蔵『源氏物語細流抄』（以下、龍大本『細流抄』または龍大本と略す）なのである。この龍大本『細流抄』は、能登に送付した注釈書（従来は『細流抄』とされていたもの）の公条自筆草稿本と認められるのだが、その内容は現存本『細流抄』とは同じではなくかなりの増補が見られ、むしろ公条の作成した『明星抄』に近い特徴を有していることがわかってきた。しかも、公条は以後もこの龍大本に増補改訂を施しつつ、自らの講釈の親本として長らく大切に使用していたと思われる。

このような状況を勘案して、いわゆる『細流抄』は能登送付本そのものではなく、さらに遡って実隆が公条らに講釈した際の親本にあたるものではないかと考えられるようになったのである。こうした成立事情に関する現在の見解については次節で詳しく紹介するが、龍大本の存在は三条西家源氏学の歴史、そして『源氏物語』注釈史を考察する上で欠くことのできない貴重な資料なのである。

さて、この龍大本『細流抄』についてであるが、実隆等に宛てた書簡の紙背を利用して作成されたもので、そのために紙背の文字が裏うつりして読みにくくなっている。もちろん書簡の方も、当時のことを知る上で貴重な資料と思われる（ただし往来物の手習いのようなものもある。参考までに、本書の口絵写真に紙背文書の一部を載せてある）。残念なことに、龍大本としては澪標巻から若菜下巻までの四帖一六巻しか所蔵されていない（初音巻から野分巻の六巻分も欠）。ただしツレと思われる一帖が、東北大学附属図書館狩野文庫に収められており、そちらは柏木巻から竹

河巻までの九巻が含まれる。さらに、東海大学桃園文庫蔵『源氏物語聞書』（昭和の新写本）も一連の資料であるらしいが、その原本の所在については不明という。

龍大本『細流抄』は公条自筆草稿本であるから、本来は三条西家で大切に保管されていたはずである。それがいつの頃か流出し、龍谷大学図書館と東北大学附属図書館に別れたのであろう（他の巻の行方は未詳）。龍大本の各帖に押された日付印には「昭13.2.10」と見える。なお、龍谷大学図書館の写字台文庫には、その転写本『源氏物語聞書』一四帖（若菜上下巻の一帖のみ欠）が所蔵されており、ある時点までは確かに全巻揃っていたことが察せられる。

以下、簡単な書誌を記しておく。図書館の認定書名は『源氏物語細流抄』となっているが、外題・内題などはない。三条西公条の自筆草稿で、大永八年にほぼ完成したが、その後も継続的に補訂されている（少女巻の三七丁の061には「天文二一年四月一三日」の日付が見られる）。請求番号は「０２１・４２１・４」。これまでは第一帖は袋綴じで、残りの三帖は広げた状態の仮綴じとなっていた。第二〜四帖の中央にみえる折れ目や左上に後筆で書き込まれた各帖ごとの丁数、あるいは第一帖の状態などから鑑みて、本来は袋綴じされていたのを開いたものであることは間違いなかろう。おそらくは、紙背文書を見るために一旦ほどき、その後乱丁を避けるために通し番号を付した上で開いたままで再度綴じ直したのであろう（しかし、数箇所乱丁があり、丁数が抜けているところもある）。ただし、それがいつ、誰によってなされたのかは今のところ確認できていない。本書に影印を載せるために写真撮影する際に、第一帖も他と同様に広げ、その上で全帖ともほどいて皺を伸ばし、さらに虫損箇所を若干補修した。本調査終了後に改めて仮綴じをする予定になっているが、第一帖も今後はそのまま広げた形とすることにした。広げた第一帖の寸法はタテ二四・五センチ×ヨコ四七・二センチとなっているが、もともと不揃いの反故書簡を使っているために、寸法は各帖微妙に異なっている。また仮製本の際に、不揃いだったヨコの寸法を合わせるため、第一帖については左右に紙を継ぎ足している。さらに、これまでは二枚の板で挟む形で所蔵していたが、今回の調査に際して（従来の板を利用しつつ）新たに帙を作った。

各帖の丁数（含、表紙）は、第一帖が全四一丁（丁づけ分三八丁のほか、表紙一丁、末尾遊紙一丁、裏表紙一丁）、第二帖が全七一丁（冒頭と末尾に遊紙各一丁）、第三帖が全五二丁（途中遊紙一丁）、第四帖が全五六丁（後筆による左上の丁数は五五丁となっているが、33丁と34丁の間に丁づけのない丁あり）である。各帖の表には、第一帖は「七　澪蓬関絵」、第二帖は「八　風雲朝女髪」、第三帖は「十一　行袴柱梅藤」、第四帖は「十二　若菜上下両巻」と所収している巻名の略号が付されている。仮に全一五帖だとすると、一〜六、九、一〇、一三〜一五が欠となり、狩野文庫はそのうちの一三に当たる。この計算だと桐壺巻から明石巻までの一三巻に六帖費やされていることになるが、これは本文の量に比例したものではなく、物語の前半に注の項目が多いためであろう。

参考までに、ツレである狩野文庫本の書誌を示すと、認定書名は『源氏物語註』となっており、請求番号は「１１４２１-１」、整理番号は「置別・阿１・34」（貴重書）である。寸法はタテ二二・五センチ×ヨコ四二・二センチ。丁数は全七一丁（表紙一丁、墨付六九丁、遊紙一丁）となっている。本来は綴じられていた可能性があるが、現在は広げたままで綴じられることなく帙に入れられている（かなり痛みが激しい）。二箇所に錯簡が存し、それに関する付箋が二枚付いている（一枚はペン書き）。

狩野文庫のマイクロ資料（丸善）でも見ることができる。

なお、伊井春樹『源氏物語注釈史の研究』（桜楓社、一九八〇年）、同編『源氏物語注釈書・享受史事典』（東京堂出版、二〇〇一年）、呉羽長「東北大学附属図書館所蔵『源氏物語註』について」（『日本文芸論稿』一〇、一九八〇年六月）参照。

＊狩野文庫の『源氏物語註』の調査にあたっては、仁平道明氏（東北大学）に格段のご配慮を賜った。記して深謝する。

（吉海　直人）

二　筆者と成立事情

『源氏物語』の注釈史は、平安時代末期に成立した藤原（世尊寺）伊行の『源氏釈』や鎌倉時代初期の藤原定家『奥入』などを嚆矢として、中世には『河海抄』（四辻善成著、貞治年間（一三六二～一三六八）成立）や『花鳥余情』（一条兼良著、文明年間（一四六九～一四八七）成立）といった、後世に多大な影響を与えることになる古注釈書がいくつも著され、近世・近代における旺盛な活動を経て現代に至る。そうした陸続と登場する『源氏物語』注釈書の歴史にあって、逍遙院三条西実隆（康生元年（一四五五）～天文六年（一五三七））もまた『細流抄』を作り上げたのだが、「室町後期から江戸初期の『湖月抄』にいたる『源氏物語』研究は、いずれも『細流抄』の影響下にあるといっても過言ではない」（『日本古典文学大辞典』（岩波書店）の「細流抄」の項（伊井春樹））とも評されるほど、『細流抄』あるいは実隆の存在感は大きく、そして深い（ただし、岩坪健「『細流抄』の享受―堂上派と地下派―」（『源氏物語古注釈の研究』和泉書院、一九九九年）によれば、『細流抄』は「室町時代においては『萬水一露』が引用しただけの秘伝書であった」という）。それは『源氏物語』のみに限られることではなく、実隆は広く「古典学」の最高権威として認知されていたのである。この点について、宮川葉子は次のように述べる。

> 帝に近侍していた関係上、禁裏本の書写や校合に始まった研鑽は、宗祇に古今伝受し、源氏物語や伊勢物語講釈の聴聞を経ることにより、やがて歌壇の中枢の地位を獲得、古典学者として花開いて行く。そして息公条・孫実枝のみならず、外孫九条稙通や正親町公叙へ自らの古典学を相伝することで、近世においては三条西家の古典学と呼べる一つの学統を作り上げたのである。こうした実隆の評価は、（中略）崇拝の対象にまで高まる。しかも実隆個人のみならず三条西家の古典学への崇拝は、帝を中心とする堂上歌壇専用ではなかった。（中略）近世の武家も三条西家に興味を持っていたことに留意しておきたいのである。（『三条西実隆と古典学〔改訂新版〕』風間書房、一九九九年）

実隆にはじまり、子公条（称名院、長享元年（一四八七）～永禄六年（一五六三））や孫実枝（三光院、永正八年（一五一一）～天正七年（一五七九））らによって確立していった古典学の家としての三条西家は、中世後期から近世において多大な影響力を発揮していったのだが、その核となるべきものが『源氏物語』と『古今集』（古今伝授）であった。龍大本『細流抄』は前者、つまり「源氏学の家」としての三条西家の注釈実態やその史的展開を知る上で貴重な資料である。

実隆は一条兼良―宗祇―肖柏という源氏学の系譜に連なり、それをさらに深化・発展させていった。その彼による『源氏物語』講釈を聴聞した息子の公条が聞書した自筆本が龍大本『細流抄』である。成立事情については伊井春樹による詳細な研究がある。第一節でも既に簡単に触れているが、伊井『源氏物語注釈史の研究』（桜楓社、一九八〇年）や同編『源氏物語注釈書・享受史事典』（東京堂出版、二〇〇一年）を参照しつ

つ、おおよそ時系列に沿って改めて示せば次のようになる。

①永正元年（一五〇四）ごろ、実隆は、兼良や宗祇の講釈を聴聞した肖柏がまとめた『源氏聞書』を借り受け、それを基礎資料として第一次本『弄花抄』を作成した。さらに永正七年（一五一〇）には第二次本『弄花抄』を作成した。『弄花抄』は実隆、さらには三条西家の源氏学の出発点・源流ともいうべき注釈書である（なお、宮川は前掲書で、文明一八年（一四八六）ごろに出来上がっていた可能性を指摘する）。

②永正七年（一五一〇）～永正一〇年（一五一三）に、実隆は自身による注釈書として『細流抄』を作成した。

③永正八年（一八一一）～永正一〇年（一五一三）にかけて、実隆は『細流抄』を親本とした一度目の講釈を行なう。このとき聴聞した公条が作成したのが第一次本『源氏聞書』である。

④永正一〇年（一五一三）～永正一一年（一五一四）にかけて、実隆は二度目の講釈を行なう。このとき聴聞した公条が作成したのが第二次本『源氏聞書』である。学習院大学国文研究室蔵（三条西家旧蔵）『源氏聞書』一帖は、そのうちの桐壺巻～花宴巻の残欠本である。また、龍谷大学大宮図書館蔵『源氏物語聞書』（請求番号913・36-14-16、写字台文庫）の一六帖目にあたる「初音歌詞巻」は江戸時代の転写本ではあるが、初音巻～竹河巻が収められている。

⑤大永三年（一五二三）、公条は第二次本『源氏聞書』を用いて講釈をした。

⑥大永五年（一五二五）、能登守護であった畠山義総が『源氏物語』注釈書を求めてきた。そこで、実隆は桐壺巻のみ「桐壺愚抄」を書き、帚木巻以降は第一次本『源氏聞書』をもとにし、さらに第二次本の増補注をも加えつつ公条が草稿本を作成し、実隆の校閲を経て清書していった。この注釈書は大永八年（一五二八）に全巻完成を見る。これが初度の能登送付本『源氏聞書』である（宮川は前掲書で、義総がもともと所望したのは公条の聞書ではなかったかとする）。龍大本はこのとき作られた公条草稿本の一部であり、そのツレが東北大学附属図書館の狩野文庫に存在する。

⑦公条は、草稿本聞書を手元に置いて講釈の親本として利用し、あるいはを注記を増補したりしていった。

⑧天文二年（一五三三）、自邸の火災によって⑥の初度能登送付本『源氏聞書』を失った義総は、再び注釈書を依頼してきた。そこで、今回は桐壺巻も含めてすべて公条の『源氏聞書』に拠ることとし、⑥で作成した草稿本聞書をもとに再び清書して送った。これが再度の能登送付本『源氏聞書』である。

⑨天文八年（一五三九）～天文一〇年（一五四一）ごろ、草稿本聞書を転写し、注記などを整理して、新たな注釈書『明星抄』を作成した。ただし、公条はその後も草稿本聞書を愛用していたようで、自筆本には天文二一年（一五五二）までの注記が見える。

こうした経緯が認められるとすれば、龍大本を『細流抄』と称することは必ずしも正確でないことになる。つまり、『細流抄』を親本とした実隆の講釈を聞書したものをもとに、能登に送付するための注釈書の草稿として公条が書いたノートが龍大本なのであり、しかもそこには公条独自の長年にわたる注記も書き込まれているのであれば、実隆の『細流抄』そのものとは区別すべき公条の注釈書と見なさなければなるまい。そこで、いま仮に「草稿本聞書」と称してきたのであるが、しかし一

方で、実隆の日記『実隆公記』天文二年三月一一日条には「能州有状、細流抄所望事也」とあり、あるいは義総もまた、

　次十一月十六日貴礼同到来、殊細流抄御奥書外題拝見、喜悦千万候

（『古簡雑纂』所収の義総書状（一一月五日）。天文三年と考えられる。引用は、米原正義『戦国武士と文芸の研究』（おうふう、一九七六年）による。）

というように、能登へ送付した側も能登で受け取った側も『細流抄』と呼んでいるという事実がある。これについて伊井は、「当時はそれほど区別する意識がなく二つの名称（『帥源氏聞書』と『細流抄』のこと。「帥」は公条を指す―引用者注）が用いられていたようである」（前掲書）とする。龍大本を『細流抄』と称する故がないわけではないのである。

　そもそも『源氏物語細流抄』という書名は、龍谷大学大宮図書館編『龍谷大学大宮図書館和漢古典籍分類目録（総記・言語・文学之部）』（龍谷大学、一九九九年）に載る仮題である。目録は「三条西公条自筆稿本」とも注記している。実隆の『細流抄』そのものと混乱を招かないように公条草稿本聞書であることを示しつつ、一方で『細流抄』とも呼ばれたという歴史的証言をも勘案したとき、目録の注記を生かした『三条西公条自筆稿本 源氏物語細流抄』という書名を、やや煩わしい名ではあるが仮に宛てておきたいと思う。

　繰り返すが、龍大本は『細流抄』そのものではなく、むしろ公条の『明星抄』に近しい性格を持ちつつ、なおそれとも異なる独自の注記を含んだ注釈書として、公条（三条西家）における活発な注釈活動の（増殖）過程をかいま見せてくれるのである。また、本書は「稙通」（実隆の孫で、公条の甥にあたる九条稙通）などから「逍遙院」宛てに送られた書簡の裏などを利用しており、その紙背文書も注目すべきものとしてあるが、今回の調査では扱うことができなかった。

＊本節は、「龍谷大学図書館蔵『源氏物語細流抄』の研究――「関屋」「絵合」の翻刻と解説――」（『龍谷大学仏教文化研究所紀要』第四二集、二〇〇三年一一月）の第一節を礎稿とする。

（安藤　徹）

三　『源氏物語』注釈史上の位置

本節においては、龍大本『細流抄』が『源氏物語』の注釈史の上においてどのような位置を占めるのかについて、簡単に考察を試みたい。これを考えるに際しては、この本の成立事情が一つの重要な要素となる。成立については夙に伊井春樹によって詳説されており、前節の「筆者と成立事情」でも述べられているので詳しくは省略するが、父三条西実隆が『細流抄』を親本として行った二度の講釈をもととし、さらに大永五年（一五二五）に能登守護畠山義総から注釈書の依頼が実隆のもとに届いたのを契機として、送付用として整理された草稿本である。現存の各巻の最後には整理を終えた日付が残っており、「澪標」大永六年（一五二六）一二月一八日から「若菜下」大永七年（一五二七）一〇月一六日までの経過が辿られる。これのツレとされる東北大学附属図書館蔵『源氏物語註』を加えて『細流抄』として送付されるが、畠山義総は天文元年（一五三二）暮ごろ不慮の火災でこれを焼失したため、天文二年（一五三三）二月二二日に再度所望し、これを受けて天文三年（一五三四）末までに再び送付されている。このように、龍大本『細流抄』は能登守護畠山義総が『源氏物語』の注釈書を所望したことと関わって作成されたものであり、さらにこの後、三条西公条は天文八年（一五三九）以降天文一〇年（一五四一）ごろ、自らの注釈を『明星抄』としてまとめたと言われている（伊井春樹「『細流抄』から『明星抄』へ」（『源氏物語注釈

史の研究』桜楓社、一九八〇年））。時系列の流れから言えば、父実隆の『細流抄』の流れを汲みながら、公条が『明星抄』をまとめるその途中を繋ぐ位置にある注釈書ということになる。しかし、現存する『細流抄』、龍大本、『明星抄』を比較対照とすると、大まかにはその時系列で理解できるものの、それだけで単純に継承関係が辿れるわけではない。それは、龍大本『細流抄』や『明星抄』が成立後もそれぞれ別々に増補され続けたためだと考えられている。龍大本『細流抄』の方は公条自身によって、『明星抄』の方は公条およびその子実枝によって増補されたと伊井は述べる。さらに、龍大本で注目されるのは、これをもととして増補されたものが『源氏物語秘抄』としてまとめられ、それが中院通勝の『岷江入楚』に「秘」として吸収されたとされる点である（前掲「『細流抄』から『明星抄』へ」、同「公条の『源氏物語秘抄』」（前掲書所収））。いわば『源氏物語秘抄』のもととなったのが龍大本であり、公条自身による増注の過程を経て『岷江入楚』の「秘」となったとする見取り図を示したわけだが、それはどれほどの蓋然性があるのか。

以下に、今回の調査結果から分かったこと、および推測されることを、(1)本書と内閣文庫本『細流抄』および『明星抄』との関係、(2)注の継承から見た『源氏物語秘抄』、(3)龍大本『細流抄』の小書き補入注から推測される事実、の三点について紙幅の関係で結論のみを示すこととする。

(1)本書と内閣文庫本『細流抄』および『明星抄』との関係

内閣文庫本『細流抄』と龍大本『細流抄』の注の見出し項目の比較（本書所収「『細流抄』『明星抄』との見出し項目対照表」を参照）によって分かることは、内閣文庫本『細流抄』によって立項された内容は基本的に龍大本『細流抄』にも継承されているという点である。ただし、今回調査した範囲内では、内閣文庫本真木柱巻の注番号256「すき〳〵しやと」の一例のみが内閣文庫本『細流抄』の独自項目として見つかった。しかし、これについては『弄花抄』および龍大本『細流抄』以降の注釈書も、内閣文庫本の255「よろしからぬ」と256「すき〳〵しやと」を一緒にして、龍大本265「よろしからぬ　源にかしこまりたる心也　すき〳〵しやとはたはふれ也」のように注記するために起こったためと考えられる。言うなれば内閣文庫本の二項目を一項目として扱ったために招来したことで、これ以外ではすべて内閣文庫本で立項しているものは龍大本でも立項している。また、内閣文庫本において項目のみ存在して注の内容のないものがいくつか見られるが、その場合であっても龍大本は項目を基本的に継承している。そのうちいくつかは龍大本において注がつけられ『明星抄』に引き継がれている。以上から、立項の仕方において、内閣文庫本『細流抄』から龍大本『細流抄』へという流れは確認できるであろう。

ただし、立項される見出し項目の数は、内閣文庫本に比して龍大本の方が大幅に増えている。一番増注されているのは、少女巻で25項目、次に若菜上巻で23項目で、一番増注の数が少ないのが関屋巻で2項目。一巻平均で11項目程度増えている。先述したように、内閣文庫本『細流抄』から龍大本『細流抄』へと継承される過程には実隆から公条への二度の講釈が介在しており、立項目数の増加はこのことと関わると考えられる。

一方、同じく公条著と言われる『明星抄』と龍大本の関係を見てみると、見出し項目数および注内容、そして立項する際の言葉の取り方において極めて近似している。もちろん、龍大本だけの独自注や『明星抄』だけの独自注もいくつか見出すことはできるが、内閣文庫本『細流抄』

と龍大本『細流抄』の差ほどの違いとしては見られない。龍大本『細流抄』がより『明星抄』的性格をもっていると言われる所以である。すなわち、立項目の仕方において、龍大本『細流抄』は内閣文庫本『細流抄』を忠実に継承した上で大幅に増注し、『明星抄』は龍大本の立項目をそのまま継承していることが認められる。三者の間で注の取捨選択は行われていないことを確認しておく。

⑵注の継承から見た『源氏物語秘抄』

龍大本が公条自筆本であることにより、もとよりあった注と後から加えられた注を明確に分けることができる。その後期に補入された小書き補入注は、『明星抄』に継承される場合とされない場合があり、かつ『岷江入楚』の「秘」として継承される場合とされない場合がある。これをどのように位置付けるのかが問題である。今ここで、一つ一つの用例を確かめながら論述する余裕がないので、内閣文庫本『細流抄』と龍大本『細流抄』、『明星抄』、そして『岷江入楚』の見出し項目および注内容を比較検討してみた結果、内閣文庫本『細流抄』にない龍大本『細流抄』および『明星抄』の独自注が『岷江入楚』の「秘」とどう関わるかを示すとおおよそ次のようになる。項目の後に記した括弧〈 〉は、その注の継承を図式化したものである。

①龍大本『細流抄』の注が『明星抄』に引き継がれ、『岷江入楚』に「秘」として引用される例がある。〈龍→明→秘→岷〉

②龍大本『細流抄』の小書き補入注が『明星抄』に引き継がれ、『岷江入楚』に「秘」として引用される例がある。〈龍(補入)→明→秘→岷〉

③龍大本『細流抄』の注が『明星抄』に引きつがれ、『源氏物語秘抄』の説として『岷江入楚』に「箋」(山下水?)を経由して入り込んだ例がある。〈龍→明→秘→箋(山下水)→岷〉

④龍大本『細流抄』の小書き補入注が『明星抄』に引き継がれず、『岷江入楚』に「秘」として引用される例がある。〈龍(補入)→秘→岷〉

⑤龍大本『細流抄』の注が『明星抄』には引き継がれるが、『岷江入楚』に引き継がれない例がある。〈龍→明〉

⑥龍大本『細流抄』の小書き補入注が『明星抄』には引き継がれるが、『岷江入楚』に引き継がれない例がある。〈龍(補入)→明〉

⑦龍大本『細流抄』の小書き補入注が、『明星抄』にも『岷江入楚』にも引き継がれない場合がある。

⑧龍大本『細流抄』の注を『明星抄』が一部変更し、それが『岷江入楚』に「秘」として引用される例がある。〈龍→明(一部変更)→秘→岷〉

⑨龍大本『細流抄』に増補した注で『明星抄』に「箋」として入っている注が、『岷江入楚』に「秘」として引用される例がある。〈箋→明→秘→岷〉

⑩龍大本『細流抄』に増補した注で『明星抄』に「箋」として入っている小書き補入注が、『岷江入楚』に「秘」として引用されている例がある。〈明(箋補入)→秘→岷〉

⑪龍大本『細流抄』にない『明星抄』の独自注が、『岷江入楚』に「秘」として引用される例がある。〈明→秘→岷〉

⑫龍大本『細流抄』にない『明星抄』の独自注で「三光院自筆書入」の付いているものが『岷江入楚』に「秘」として引用される例がある。〈明(三光院自筆書入)→秘→岷〉

⑬龍大本『細流抄』にない『明星抄』の独自注が、『岷江入楚』に「秘」としては引用されない例がある。

⑭龍大本『細流抄』にない『明星抄』の小書き補入注が『岷江入楚』に「秘」として引用されない例がある。

以上の一四形態を見出す。龍大本を中心に据えると、①～④が龍大本の注が『岷江入楚』に「秘」として引かれる例。⑤⑥⑦が引き継がれない例。⑧～⑫は龍大本にない注が「秘」として引用される例。⑬⑭が『明星抄』の独自注が継承されない例である。数だけで言えば、①と②が圧倒的に多く、それ以外は数例。この事実から見て、『岷江入楚』に「秘」として引用されている『源氏物語秘抄』の内容は、そのほとんどが龍大本『細流抄』の注から出発していると考えられる。ただし、龍大本『細流抄』がそのまま『秘抄』ではないことは⑧～⑫の形態からして明らかである。さらに⑧の例はごく少数で、⑬⑭の例はほとんど『明星抄』が『弄花抄』を引用したものである。この場合『岷江入楚』は『明星抄』経由ではなく「弄」と記し、明らかに「秘」と区別している。以上の内容から推測される『源氏物語秘抄』への注の流れは、以下のようにまとめることができる。

龍大本『細流抄』から始まり、『明星抄』を経由して『秘抄』に継承されたもの……①②③

龍大本『細流抄』から始まり、『明星抄』を経由せずに『秘抄』に継承されたもの……④

龍大本『細流抄』に『明星抄』が増注して『秘抄』に継承されたもの……⑧⑨⑩

『明星抄』から始まり、『秘抄』に継承されたもの……⑪⑫

ここで問題となるのが、⑫である。『岷江入楚』の「諸抄」によれば『源氏物語秘抄』は「一秘　三西家ノ抄　称名院ノ義也」とあり、称名院公条の説とされている。その意味で、龍大本『細流抄』と『明星抄』が『秘抄』のもととなったと考えるのは可能である。しかし、『明星抄』のうち⑫の例は『明星抄』に加えられた三光院実枝の説だというのであり、③は龍大本や『明星抄』の説が、「箋」（実枝の説）を通して『岷江入楚』に公条説として入ったことになる。特に⑫は「三光院自筆書入」と注が付いている例であり、誰がこれを付けたのか、信憑性はどれほどかが問題となろう。さらに厳密に言えば、⑨⑩にも問題があり、『明星抄』における「箋」が誰の説として加えられたものなのかも未詳のままである。それは先述したとおり、『明星抄』が公条から実枝に伝えられ、実枝が増注したとも言われるためである。以上のように、未詳の問題が残るとはいえ、これをあるがまま信じるとすれば、『源氏物語秘抄』は、龍大本『細流抄』を基本としながら、何度かに渡って加えられた公条による増補注を含み、さらに実枝の説を一部含み込んだものだったことが推察される。

⑶龍大本『細流抄』の小書き補入注から推測される事実

龍大本『細流抄』の記述のうち、小書き補入注を除いたもとからある注記は、そのほとんどが『明星抄』に引き継がれ、澪標巻から絵合巻を除いて『岷江入楚』に「秘」として引用されている。このように「秘」として引用されか否かは巻によって差異があるが、このことが後から書き加えられた小書き補入注でも同様なのか、巻毎に他に特徴があるのかを調べてみると、次のような結果が出た。

ⓐ澪標・蓬生・関屋・絵合の四巻については、小書き補入注が『岷江入楚』に「秘」として継承される例が一例もない。

ⓑ松風・薄雲・朝顔・少女・玉鬘の五巻については、龍大本『細流抄』の小書補入注が、『明星抄』には引き継がれずに『岷江入楚』に「秘」として引用される箇所がある。

ⓒ行幸・藤袴・真木柱・梅枝・藤裏葉の四巻については、龍大本『細流抄』にない『明星抄』の独自注が『岷江入楚』で「秘」となる例が多く、かつ龍大本『細流抄』の中の小書補入注で『岷江入楚』に引き継がれなかった例が一番多い巻々である。

ⓓ若菜上・下巻については、ⓒ行幸〜藤裏葉巻の特徴に近く、『明星抄』の独自注が『岷江入楚』で「秘」となる例がある。また、この若菜上・下巻には、小書き補入注が『明星抄』にも『岷江入楚』にも引き継がれない例がある。

このように見てくると、巻毎の特徴とともに、いくつかの巻が一緒になって綴じられている「帖」毎にも特徴があると見るべきであろう。澪標巻から絵合巻までを一帖とするのは龍大本『細流抄』も『明星抄』も同じであり、このことを勘案すると、一つの推測として『源氏物語秘抄』もまた同じ構成であった可能性が考えられる。そう考えると、ⓐについて、この巻々にのみ『岷江入楚』に「秘」の引用が見られないのは、龍大本の注が『秘抄』に引き継がれなかったと言うよりは、『岷江入楚』が参照した『秘抄』がこの帖のみ散逸していた可能性も考えられるのではないか。

さらに、成立の順序から言えば、内閣文庫本『細流抄』、龍大本『細流抄』、『明星抄』、『源氏物語秘抄』、そして『岷江入楚』となるが、龍大本に付けられた補入注のその後の継承状況を見ると、増注の過程は三期に分けられ、第一期『明星抄』成立前まで、第二期『明星抄』成立後『秘抄』成立前まで、第三期『秘抄』成立後に分けることが可能なのではないか。

以上、今回の調査から分かったことと推測されることを結論のみ述べてきた。龍大本『細流抄』が『源氏物語秘抄』のもととなったこと、および講釈による増注がかなり長期に渡って行われたために、注釈書間の錯綜した注の出入りを生んできた可能性が考えられるのである。

（浅尾　広良）

四　声点のあり方

㈠国語史上における声点と古典籍

龍大本『細流抄』には、多くはないが、いわゆる「声点」と呼ばれる符合が付されている（解説末尾掲載の「龍大本『細流抄』の声点一覧」参照）。その数は帖によって繁簡があり、第一帖では少なく、第二帖が一番多くかなりの数になる。ついで第四帖が多い。こうした傾向が何を意味するのか（前節参照）、またどんな語に「声点」が差されているのか、どういう意図（目的）で差声されているのか、などが研究の課題になる。

ところで、声点は漢籍文を訓むために施される補助符号（訓点）の一つで、カナ点、ヲコト点、返り点、レ点、句読点、清濁点などの類であり、これらの「点」はすべて「つける」（「点灯」の点など）の意で用いている。ただし、清濁点は、一般的には声点の一部と考えられている。

声点は、本来漢字の声調（アクセント）を示すためのしるしであった（「声」は漢語で声調を意味する）。つまり書かれた漢字のどの位置にしるしを付けるかによって、その漢字の声調（平仄の区別）を示したものであったが、やがて、そのしるしを単点にするか双点にするかの区別によって、音の清濁をも区別するようになった。このように一つの声点で、声調も清濁も合わせて区別する方法が、和語や和語文にも活用されるよ

うになっていった。一部の古辞書や古典作品の伝本などにそれを見ることができるのである。特に古典作品の転写本に声点が差されているものを、「声点本」という。『古今和歌集』のそれは代表的なもので、研究も進んでいる（秋永一枝『古今和歌集声点本の研究』（校倉書房、一九七二～二〇〇一年）など）。清輔の『奥義抄』、僧顕昭の『袖中抄』など、平安末期からの歌学書、和歌注釈書の類から差声が盛んになされるようになったようだ。特に伝本でも、声点が差されているものには「片仮名本」が多い（浅田徹「声点注記を有する歌書―定家に至る―」（『和歌　解釈のパラダイム』笠間書院、一九九八年））。

古典作品においては、声点を示すことによって言葉を正確に読み理解することが目的となっているが、特にアクセントの差声が注目されている。たとえば京大本『顕昭・後拾遺抄注』には声点注記が見られる。それによると、『後拾遺集』231番歌の「ことしも（あきの）」に声点がついていて（「低低低上」のアクセントがつけてある）、それによって「こと」は「事」の意の語で「しも」は強調の助詞だと分かるという。つまり「今年も」の意と読んではいけないという意図で注記がなされていることを意味している（秋永一枝「京大本『後拾遺抄注』声点考」（『早稲田大学大学院文学研究科紀要』二八、一九八二年三月））。このように解釈が左右されるところに差声されているのである。アクセントの違いは語の違いが区別できる機能をもっているからである。

しかし後世になると、アクセントは問題にせず、清濁の区別のためだけに、語の理解を誤らないように声点をつける場合も存在した。龍大本『細流抄』はこの場合に属し、ほとんどが清濁を区別するためにのみつけられたものである。

古くは、清濁を区別するために、清音は単点で、濁音は双点（重点、複声点とも）で示していたが、後には、濁音だけを双点で示すようになった（つまり清音のときは何もつけない―現在の表記法はこの流れを受けている）。龍大本も特に注意が必要なとき、つまり清音でなく濁音で読むべきことに注意を向けたいときに、濁点符号（双点―ゴマ点と圏点があるが、龍大本では、圏点が原則）を付けているのである。

国語史における、声調（アクセント）や清濁の研究は、もっぱら古辞書やいわゆる代表的な「声点本」などを参考にしてなされてきたのであるが、古典籍の多くの伝本の中に散らばって存在する声点（声調も清濁も）を収集することで、国語史を補う重要な資料として扱われていかねばならないところである。

⑵龍大本『細流抄』の「声点」のあり方

①濁点符号の位置

龍大本の声点は、圏点による双点によって、該当の「かな」が濁音で読まれるべきことを示すものがほとんどである。いうまでもないが、濁音で読むべきすべての「かな」に声点がつけられているわけではない。それぞれの事例によって、濁点注記の必要性は異なるであろうが、それ故、当時の語意識を知る資料ともなる。

一つの圏点は、二筆で書いているようである。差声の位置には、左肩、左尻、右肩の三箇所が見られる。これらの意味するところはまだよくわからない。中で、左につけるとき、「肩」と「尻」を区別しているのであるが、これは声調（アクセント）に応じたものである可能性がある。本来声調と清濁とは一つの声点で示したものであるから、清濁だけが目的であっても、声調の区別を伴わざるを得なかったのである。しかし、龍大本にみる「肩」と「尻」の区別が声調の「高低」に応じたものかど

うかの判断は今後の課題である。「右」については、「肩」につけたものばかりで「尻」につけたものは見られない。これの意味もよくわからないが、後の時代になって、言葉を正確に読み取る上で声調は問題にされなくなり、清濁のみが問題にされるようになると、清濁の違いを示すために「右肩」にのみ濁点を付するようになる（注・この表記式が現代語に見る濁点の示し方となってきている）。龍大本では、濁音を含む語の声調がはっきりしないとき、「右肩」に声点をつけたのだろうか。

数はごく少ないが、単点によって清音で読むべきことを示したところもある。清音か濁音か、読み方で言葉が異なるとき、清音であることをことさら注意すべきという判断があったものと思われる。なお一箇所アクセントを問題にしていると思われる個所がある。若菜上の項目「としみ」が声音符号（単点）で「低低低」というアクセントを示している。注記部分には「年満也……」とある。また、少女巻には184「なかさうし」の項で「し」には左尻に濁点符号をつけ、「さう」には清音符号をつけて、「さうし」のアクセントを「低低低」と付けている。「中障子」のことである。

②注釈項目の構成

本文は、巻ごとの区切りを示し、注釈する各項目は「A―B（也）」の組み立て、つまり「A」は、『源氏物語』の本文から注釈すべき語句を取り出した「見出し」であり、その下に棒線（ダッシュ）「―」をしるし、「B」に注記（「……也」の文形がほとんど）をほどこすという構造になっている。

濁点符号（声点）はほとんど「A」の部分につけてある。本来、『源氏物語』本文には濁点符号はつけられていないわけで、本文を読むときの注意が見出し部分に濁点符号をつけて促されているのである。だから、「B」の注釈部分は和文体で書かれるところであるから、当然濁音符号は原則として見られない。ただし、例外がいくつかみられ、例えば玉鬘巻の054「すやつはら」の項（「は」の左尻に濁点符号）の注記部分（「B」）に「しやつはらと云詞也」とあり、その「は」にも左尻に濁点符号が記されていて、珍しい例である（なお、呉羽長「東北大学附属図書館所蔵『源氏物語註』について」（『日本文芸論稿』一〇、一九八〇年六月）によると、ツレである狩野文庫本にも数箇所の指摘がある）。

実は、項目によっては、「A（見出し語）」のみを示して「B」の注記が空白になっているものが多々ある。こうした処置が必要であった場合として、次の四種類が考えられる。

(ア)本文中の和歌の語句を取り上げている場合。棒線のみ残し、注記は行を改めてなされている。

(イ)見出し語に声点（清濁符号）が付された項目の場合。

(ウ)本文の漢字表記の語の「よみ」をカタカナで振り仮名した項目

例「七十」に「ナナソチ」と（薄雲巻112）、「大殿」に「ヲホトノ」と（少女巻005）。

この項の立項の目的は、漢字の「よみ」を示すこと自体にあったと考えられるので、必然的に「B」の注記は不要であった。

(エ)(ア)(イ)(ウ)に属さず、注記を保留していると思われるなど、意図不明の場合。少ないが、注目すべき項目。

本節で問題にするのは、(イ)である。ただし、見出し語に濁音符号が付されている項目のすべてにおいて、「B」の注記部分を欠いているかというと、そうではない。ただ、ざっとみて六、七割の項目が「B」を欠いていることに注目したい。このことは、見出し語に清濁の区別を示す

こと自体が、注釈を施す目的であったと読みとることができ、あえて棒線のあと（「B」の部分）に、注記するまでもなかったことを意味しているのであろう。

　解釈に関わる典型的な例を示すならば、松風巻の「見ては」や藤裏葉の「あかしはてて」の項目において、「て」の左尻に濁音符号が差されている。「見ては」「明かし果てて」と清音で読むか、「見では」「明かし果てで」と濁音で読むかで、肯定表現か否定表現かの違いがあり、意味がまったく異なるのである。例えば、「いろは」歌では、「あさきゆめみし」の「し」を清音で読むか濁音で読むかで、この歌を、過去を悔いる歌と見るか、未来への決意を述べた歌と見るかという、大きな解釈の違いをもたらすことになる。

　平安時代になると、「かな」（平仮名・カタカナともに）が成立するが、「かな」文字には清濁の区別がなかった。「か」なら「か」という文字で清濁どちらにも用いたのである。日本語から清濁の区別が消えたわけではないが、清濁の区別を「かな」という音節文字においては問題にしなかったのである。本来『古今和歌集』など特に和歌は「ひらがな」だけで表記されたのだが、読解の際には清濁の区別は、その都度的確に判断しなければならないというリスクを負うことは承知のはずである。「ひらがな」ばかりの中に、訓読みの漢字を用いるだけで相当の混乱を避けることができたはずであるにもかかわらずである。論者によっては、清濁どちらかというあいまいさを、文芸の世界では積極的に活用していたと受け取るべきだと主張する（小松英雄『やまとうた――古今和歌集の言語ゲーム』（講談社、一九九四年）ほか）。それが平安末期以降、清濁はどちらかでないといけないという合理的表現を目指すようになったのだという。この原本なども、そうした表記上の態度に立っているわけである。

③その他の注意項目

その他、龍大本について注意すべき事柄を以下に列挙しておく。

ⅰ漢語（字音語）をかな表記している本文の語に濁音であることを明示した声点も多い。中には「かうこ」（香壺のことと思われる）を立項し、梅枝巻020では「こ」の左尻に濁点符号を示し（「かうご」と読ませている）、若菜上168では「かうこ」に声点を付していないが、絵合巻006では「かうこ―この字清濁両様也」（なお、『弄花抄』には「濁へし」とあり、『岷江入楚』には「御説清濁両説云々」と指摘しつつ「濁説を用へし」としている）としている。

ⅱ数少ないが、若菜上287の「平仲」の「仲」に、また同巻574の「人気ちかく」の「気」に濁音符号を付けて、その漢字を濁音で読めという指示をしている。

ⅲ声点とは関係ないが、読みにかかわる注記で、玉鬘巻280に「御そひつ」の項の注記に「御の字ミと読へシ」とあるのが注目される。平安の和文体の文章では、ほとんど「おほん」には「御」の漢字を用いるのが慣例となっている。そこで逆に、「御」が接頭辞「おほん」でなく接頭辞「み」であるときには注記が必要であったわけである。では、『源氏物語』本文でそこを何故「御」と漢字表記にしたのか、問題になってくる。

(3)おわりに

連濁などの場合があって、清濁の違いがいつも語の識別や意味の区別にかかわるわけではないが、「すむとにごるで大違い」といわれるように、清濁の取り違えが、大きな解釈の違いをもたらすことがある。当時の語の意識や語感を知るためにも、注釈書類でどんな語句について、清

濁が注意されていたかを知ることは、国語史のみならず、古典の解釈をする上でも重要なことであろう。古典籍に存在する声点が幅広く収集されねばならないと考えている。

＊本節は、「研究ノート　龍谷大学図書館蔵『源氏物語細流抄』（仮題）の声点」（『龍谷大学仏教文化研究所所報』二七、二〇〇三年一一月）に加除修正したものである。

（糸井　通浩）

付　龍大本『細流抄』の声点一覧

1　声点の付されている項目について、簡潔を旨として必要な箇所のみを示した。なお、見出し語のみで注記のない場合は〈ナシ〉と表記し、注記を省略した場合は該当箇所に〈略〉と示した。

2　参考として、清濁に触れる注記もいくつか掲げた。それらについては、末尾に《参考》と示してある。

（糸井　通浩・安藤　徹）

澪標

191 みをつくし…つの字清て読へし〈略〉（11オ）《参考》

227 気たかき物からひちゝかに〈今本ひそひ゜かとあり　ヒソヤカナル心歟　下ノひノ字濁よし御意を得たり〉—〈略〉（13オ）

蓬生

032 からもりはこやのとし—〈略〉とし゜とは今も内侍所なと又摂家の末にめしつかふ女をは刀自といふ〈略〉（18ウ）

064 大弐のおいた゜つ人—〈略〉（20ウ）

164 しもへ゜とも—下部（25ウ）

関屋

（ナシ）

絵合

006 かうこ—この字清濁両様也（30ウ）《参考》

松風

007 あひつく°人も―〈ナシ〉（3オ）
110 見て°は―〈ナシ〉（8ウ）
129 御あるししさはき°て―噪也（9ウ）
131 す°んなかれて―順流也（9ウ）

薄雲

116 こ°たいに―〈ナシ〉（17ウ）
186 君もさは°―〈ナシ〉（22オ）

朝顔

048 しなと°の風に―〈略〉（26ウ）
099 うすす°き―すさましきなり也（29ウ）
100 こ°ほ〳〵と…〈ナシ〉（29ウ）
105 ひこ。しろひ―〈ナシ〉（29ウ）
107 いひ°きとか―〈ナシ〉（30オ）
112 すけ°みにたる―老者の歯おちて口うちゆかみたるさまにや（30オ）
149 御あた°け°も―〈ナシ〉（32ウ）
＊「け」に付された声点は双点か単点か不分明。
162 わらはけ°て―おさなきさま也　童気也〈略〉（33オ）
164 ふくつけか°れと―力をいれて大にまろかさんとする也（33オ）
168 はかなき事をもしなし給ひしは°や…〈ナシ〉（33ウ）
169 やはらかにをひ°れたる―〈ナシ〉（33ウ）

少女

044 はなまし°ろき―〈ナシ〉（37オ）
045 やまとたまし°ゐ―〈略〉（37オ）
054 あさ°なつくる―字也〈略〉（37ウ）
061 おほな〳〵―〈略〉伊勢物語天福本ノ声ニアフ°ナ〳〵トふノ字濁テ声ヲサセリ　此物語ノをほな〳〵ハアフ‥ナ〳〵ノ心アル歟トミヘタリ〈略〉（37ウ）
064 ひさ°うに侍りたうふ°―非常に侍り給ふ也（38オ）
072 さい人(シン)―秀才をいへり（38ウ）
＊「人」の振り仮名「シン」の「シ」に「シ°」と声点あり。
179 ぜ°ひしらす―〈ナシ〉（44オ）
184 なかさ。う。し°―中障子也（44オ）
197 しふ°〳〵に―〈ナシ〉（45オ）
225 わか君―若君我君両様也　めのとの詞なれは若の字可然歟（46オ）
《参考》
228 さはれ―サワレ也　又さは°れと読人もあり（46オ）
231 そ。。やなと―〈ナシ〉（46ウ）
＊虫損のため、単点か双点か不分明。
268 こ°すみおほすみ―〈ナシ〉（48オ）
277 ましか°―汝か也（48ウ）
285 きんち°らは―汝等也（48ウ）
349 く。た°に―牡丹の類と云々（52オ）
351 上め(シャウメ)―□無上の馬也（52オ）
355 四位五位か°ち―六位はすくなき也（52ウ）

玉鬘

034 大夫のけん―監は大宰の大監也〈略〉（56オ）
038 世にしられては―〈ナシ〉（56ウ）
046 よはひとは―〈ナシ〉（56ウ）
053 しふ〳〵に―〈略〉（57オ）
054 すやつはら―しやつはらと云詞也（57オ）
108 兵とうたと―〈略〉（59オ）
087 こしとて―五師也（60オ）
104 ぜ上なと―幕の類也〈略〉（60ウ）
154 われにならひ―双也〈略〉（62オ）
158 ほと〳〵―殆也（62オ）
225 げせうに―〈ナシ〉（65ウ）
237 すか〳〵しくも―早速にはなりかたき也（66オ）

行幸

004 きはぎはしく―〈ナシ〉（2オ）
042 わか人（うと）の―〈略〉（4オ）
　＊「人」の振り仮名「うと」の「と」に「と」と声点あり。
098 いなひ所なからんか―〈ナシ〉（7オ）
108 御かうしや―考事也　勘当也（7ウ）
109 かんたうはこなたさまにこそ―〈略〉（7ウ）
194 じねんに―〈ナシ〉（11ウ）
197 あふなげに―奥もなくと也（11ウ）
202 ましりひきあげたり―〈ナシ〉（11ウ）
209 をとゞいとけさやかに―をとはいらへたる也（12オ）
211 したふ（清歟）り―〈ナシ〉（12オ）
215 ひゝしく―師説秘々也　ねんころになといふ心と云々　今案ひゝしくの心にて可然歟（12ウ）

藤袴

108 すくよかに―〈ナシ〉（18オ）

真木柱

036 よきみち―三途川の事也　善（ヨキ）道と云説あり　非也（23オ）
072 かうじ―かんたう也（24ウ）
108 よはひのゝしり―呼叫也（26オ）
111 つしやかに―実なる也（26ウ）
130 いまなんともきこえて―〈略〉（27オ）

梅枝

020 かうこ―御厨子のをき物也（36オ）
029 こゝろは―〈略〉（36オ）
122 なこう―〈ナシ〉（41ウ）
127 けうし―〈ナシ〉（41ウ）
148 しりひに―のちよはき也（42ウ）

藤裏葉

042 色ことに―〈ナシ〉（46オ）
063 けにまたほのかなる―〈略〉（47オ）

080 あかしはてゝﾟﾟ—〈ナシ〉（48オ）
142 むかしのれいをあらためて—ての字清濁両義也　濁時は太政大臣の御封にかはらすと也（50ウ）《参考》
163 御つﾟﾟし所—御厨子所は主上の御膳をつかさとる所也〈略〉（51ウ）

若菜上

030 故院の御ゆいこんのこﾟﾟとも—〈ナシ〉（3ウ）
049 ふれはﾟﾟゝ[ワ]せ—〈ナシ〉（4オ）
092 やむことなきまつﾟﾟの人〳〵—はやくよりまいりたる人とて別に寵のある事はなき也〈略〉（6オ）
165 御ちﾟﾟしﾟﾟき—唐筵に縁をさしたる物也（9ウ）
179 せめておとなひﾟﾟ—〈略〉（10オ）
185 おりひ[ゥ]つﾟﾟもの—〈ナシ〉（10オ）
186 おほんつﾟﾟき—〈ナシ〉（10オ）
287 平仲ﾟﾟ—〈略〉（15オ）
342 とﾟしﾟみﾟ—年満也〈略〉（17ウ）
350 せんすいたﾟﾟん—たんは庭の壇なと歟　一本たきとかける本あり〈略〉（18オ）
370 中納言にそつけﾟ【清也】—用意し給へるをむなしくし給へきにあらされは夕霧にゆつり給へる也（19オ）
499 つきﾟﾟなし—〈ナシ〉（24オ）
535 ふくちﾟﾟのそのに—〈略〉（26オ）
563 さるはいと軽〳〵ﾟﾟなりや—まへにはみたりかはしき事のさすかにめさめてとほめこゝにはきやう〳〵なるといへり〈略〉（27ウ）
574 人気ﾟﾟちかく—〈ナシ〉（28オ）
576 すきﾟﾟ〳〵—つき〳〵也（28オ）
577 七八寸—さゝﾟﾟやか（28オ）

若菜下

099 へﾟﾟいしﾟﾟふ—〈略〉（34オ）
106 あかしの御あかﾟﾟれ—あかれは清也（34ウ）
258 いとかく〳〵ﾟﾟしぬる—かやうによろつを具したる人はかたきよし也（40ウ）
358 ひたふるなる心も—宮をゝとﾟﾟし奉る心也（45オ）
376 くるしくおほゆましﾟﾟ—〈ナシ〉（46オ）
391 わひさせ給かﾟﾟ—〈ナシ〉（47オ）
436 あやしく程へてﾟﾟ—〈略〉（48オ）
428 ありしはﾟﾟや…〈ナシ〉（49ウ）